भारतीय शासन और राजनीति

लेखक मंडल

- डॉ. बासुकी नाथ चौधरी, एसोसिएट प्रोफेसर, पी.जी.डी.ए.वी. कॉलेज (सांध्य), दिल्ली विश्वविद्यालय
- डॉ. युवराज कुमार, असिस्टेंट प्रोफेसर, सत्यवती कॉलेज, दिल्ली विश्वविद्यालय
- डॉ. गीता सहारे, असिस्टेंट प्रोफेसर, लक्ष्मीबाई कॉलेज, दिल्ली विश्वविद्यालय
- संजय शर्मा, सेंटर फॉर फेडरल स्टडीज, जामिया हमदर्द, दिल्ली
- प्रदीप कुमार, दिल्ली विश्वविद्यालय
- डॉ. मधु दमानी (राठी), असिस्टेंट प्रोफेसर, देशबंधु कॉलेज (सांध्य), दिल्ली विश्वविद्यालय
- डॉ. मनीषा रॉय, असिस्टेंट प्रोफेसर, श्री गुरु नानक देव खालसा कॉलेज, दिल्ली विश्वविद्यालय
- स्मिता यादव, असिस्टेंट प्रोफेसर, दौलत राम कॉलेज, दिल्ली विश्वविद्यालय
- डॉ. आशुतोष कुमार, एसोसिएट प्रोफेसर, सत्यवती कॉलेज (सांध्य), दिल्ली विश्वविद्यालय
- डॉ अर्चना सौशिल्य, एसोशिएट प्रोफेसर, अदिति महाविद्यालय, दिल्ली विश्वविद्यालय
- डॉ. बलवान गौतम, एसोशिएट प्रोफेसर, देशबंधु कॉलेज, दिल्ली विश्वविद्यालय
- डॉ. रणजीत कुमार, असिस्टेंट प्रोफेसर, शहीद भगत सिंह कॉलेज (सांध्य), दिल्ली विश्वविद्यालय
- रीतेश भारद्वाज, असिस्टेंट प्रोफेसर, श्याम लाल कॉलेज (सांध्य), दिल्ली विश्वविद्यालय
- दीपशिखा, अस्सिटेंट प्रोफेसर, जानकी देवी महाविद्यालय, दिल्ली विश्वविद्यालय
- अंजू अग्रवाल, एसोशिएट प्रोफेसर, महाराजा अग्रसेन कॉलेज, दिल्ली विश्वविद्यालय
- डॉ. गीता सहारे, असिस्टेंट प्रोफेसर, लक्ष्मी बाई कॉलेज, दिल्ली विश्वविद्यालय
- नागेन्द्र शर्मा, एसोशिएट प्रोफेसर, पी.जी.डी.ए.वी. कॉलेज (सांध्य), दिल्ली विश्वविद्यालय
- डॉ. मयंक कुमार, एसोशिएट प्रोफेसर, सत्यवती कॉलेज, दिल्ली विश्वविद्यालय
- प्रवीण कुमार झा, अस्सिटेंट प्रोफेसर, शहीद भगत सिंह कॉलेज, दिल्ली विश्वविद्यालय
- कुसुम लता चड्ढा, एसोसिएट प्रोफेसर, पी.जी.डी.ए.वी. कॉलेज, दिल्ली विश्वविद्यालय
- श्रुति शर्मा, असिस्टेंट प्रोफेसर, मिरांडा हाउस कॉलेज, दिल्ली विश्वविद्यालय
- डॉ. कविता अरोड़ा, असिस्टेंट प्रोफेसर, भूगोल विभाग, शहीद भगत सिंह कॉलेज, दिल्ली विश्वविद्यालय।

भारतीय शासन और राजनीति

सम्पादन

बासुकी नाथ चौधरी
एसोसिएट प्रोफेसर
राजनीति शास्त्र विभाग
पी.जी.डी.ए.वी. कॉलेज (सांध्य)
दिल्ली विश्वविद्यालय

युवराज कुमार
राजनीति शास्त्र विभाग
सत्यवती कॉलेज
दिल्ली विश्वविद्यालय

प्रस्तावना

प्रोफेसर महेन्द्र प्रसाद सिंह
पूर्व विभागाध्यक्ष
राजनीति शास्त्र विभाग
दिल्ली विश्वविद्यालय

ओरियंट ब्लैकस्वॉन

भारतीय शासन और राजनीति

ओरियंट ब्लैकस्वॉन प्राइवेट लिमिटेड

मुख्य कार्यालय

3-6-752 हिमायत नगर, हैदराबाद 500 029 (तेलंगाना), भारत

ई-मेल: centraloffice@orientblackswan.com

शाखाएँ

बंग्लुरू, भोपाल, चेन्नई, गुवाहाटी, हैदराबाद, जयपुर,
कोलकाता, लखनऊ, मुंबई, नई दिल्ली, नोएडा, पटना, विशाखापटनम्

प्रथम प्रकाशन 2011
पुनर्मुद्रित: 2019

ISBN : 978 81 250 4184 9

लेज़रटाइपसेटर

बुकप्रिंट, दिल्ली द्वारा वॉकमैन चाणक्य 12/14 में टंकणीकृत
नई दिल्ली

मुद्रक

बी. बी. प्रेस, नोएडा

प्रकाशक

ओरियंट ब्लैकस्वॉन प्राइवेट लिमिटेड

3-6-752 हिमायत नगर, हैदराबाद 500 029 (तेलंगाना), भारत

ई-मेल: info@orientblackswan.com

अनुक्रम

खंड-II

खंड-III

खंड-IV

भूमिका

आदिम युग से लेकर आज तक का मानवीय इतिहास परिवर्तन और परिवर्तन के माध्यम से उन्नति एवं विकास का इतिहास है। मानवीय प्रकृति, राज्य एवं शासन के स्वरूप तथा विभिन्न संस्थाओं की प्रकृति में भी गुणात्मक परिवर्तन हुआ है। शैक्षणिक संस्थाओं की प्रकृति में भी बदलाव को रोका नहीं जा सकता था। वस्तुतः परिवर्तन ही शाश्वत है। प्रस्तुत पुस्तक इसी परिवर्तन का अनूठा उदाहरण है।

एक समय था जब प्रतियोगी परीक्षाओं और प्रतिष्ठित शिक्षण संस्थाओं में अंग्रेजी माध्यम का बोलबाला था। फिर समय ने करवट ली और दिल्ली विश्वविद्यालय जैसे प्रतिष्ठित शैक्षणिक संस्थान और अखिल भारतीय प्रतियोगी परीक्षाओं में भी हिंदी ने माध्यम के रूप में अपनी जगह बनाई और इसी माध्यम में पुस्तकों की आवश्यकता महसूस की जाने लगी। राजनीति शास्त्र में हिंदी में श्रेष्ठ पुस्तकों का अभाव था, इससे इनकार नहीं किया जा सकता है। *भारतीय शासन और राजनीति* पुस्तक की रचना इस आवश्यकता को पूरा करने के लिए हुई।

इस पुस्तक में स्वतंत्रता की पूर्व संध्या से लेकर वर्तमान तक के विभिन्न पहलुओं को निष्पक्ष रूप से विवेचित करने का प्रयास किया गया है। अध्ययन की दृष्टि से मोटे तौर पर विभिन्न अध्यायों को पांच भागों में बांटा जा सकता है।

पहला भाग स्वतंत्रता आंदोलन एवं राष्ट्रवाद के विभिन्न वैचारिक दृष्टिकोण को विश्लेषित करने से प्रारंभ होता है और राज्य की प्रकृति तक को विवेचित करता है। संविधान निर्माण एवं उसका दार्शनिक आधार, मौलिक अधिकार, राज्य के नीति-निदेशक तत्त्वों तथा वर्तमान संविधान में नए अधिकारों—सूचना का अधिकार एवं मुफ्त और अनिवार्य शिक्षा का अधिकार आदि की विवेचना विशद रूप से करता है।

दूसरा भाग शासन की संवैधानिक संरचना एवं उसकी कार्यप्रणाली को विश्लेषित करता है। संसद से लेकर स्थानीय स्वशासन एवं राष्ट्रपति से लेकर पंचायत प्रमुख तक की संवैधानिक शक्ति एवं कार्यपद्धति को समझने का प्रयास करता है। भारतीय संसद तथा इसके सदस्यों की संवैधानिक स्थिति एवं व्यक्तिगत शक्तियों/अधिकारों तथा संसद से संबंधित विभागों व मंत्रालयों और संसदीय लोकतंत्र के समक्ष चुनौतियों का अध्ययन, भारतीय न्यायपालिका की न्यायिक सक्रियता तथा न्यायिक समीक्षा के माध्यम से समाज परिवर्तन की भूमिका, प्रशासन, लोक प्रशासन, नवीन प्रशासन तथा प्रशासन के भारतीय संदर्भ में विकास के सामाज़िक, आर्थिक तथा राजनैतिक क्षेत्रों का अध्ययन भी किया गया है। इस भाग में भारतीय संविधान-संशोधन के माध्यम से हुए सामाजिक-राजनीतिक परिवर्तन तथा मुख्य संशोधनों का अध्ययन किया गया है। केंद्र व राज्यों के बीच तनाव व संतुलन भी इसी भाग के अंग हैं।

तीसरा भाग सामाजिक, आर्थिक एवं राजनीतिक जीवन को प्रत्यक्ष रूप से प्रभावित करने वाले तत्त्वों का विस्तृत विश्लेषण करता है। भारतीय राजनैतिक दलों, दलीय पद्धति के साथ दबाव समूहों का वर्णन तो करता ही है, किसान, मजदूर, दलित एवं स्त्रियों के आंदोलनों की भी समीक्षा करता है।

चौथा भाग विकास एवं उससे जुड़ी नीतियों को समझने का प्रयास करता है। विकास से जुड़ी समस्याओं के अलावा कृषि एवं उद्योग नीति के साथ-साथ विकास को विदेश नीति एवं पर्यावरण जैसे प्राकृतिक संदर्भों में भी विश्लेषित कर समझने का प्रयास किया गया है।

पांचवां भाग भारत में आतंकवाद, वनवासियों के अधिकार तथा मानवाधिकार से जुड़ी तमाम समस्याओं और समाधानों के साथ इस पुस्तक को एक विशेष दर्जा दिलाता है क्योंकि इन विषयों को अलग से सम्मिलित किया गया है।

प्रस्तुत पुस्तक में विभिन्न विषयों के बारे में सर्वोत्तम उपलब्ध स्रोतों से लाभ उठाया गया है जिनके उद्धरण इस पुस्तक में दिए गए हैं, उन सभी विद्वानों के हम आभारी हैं। इस पुस्तक की एक विशिष्टता यह है कि पुस्तक को तैयार करने में जितने भी शिक्षकों ने योगदान किया है सभी दिल्ली विश्वविद्यालय के अध्यापनरत अनुभवी शिक्षक हैं जिन्हें विद्यार्थियों की समस्या एवं आवश्यकता दोनों की जानकारी एवं समझ है। इसी कारण से यह पुस्तक विद्यार्थियों के लिए अधिक सरल एवं बोधगम्य बन पड़ी है।

विद्यार्थियों के बीच इस पुस्तक को लाने में जिन लोगों का अति महत्त्वपूर्ण योगदान रहा है, यदि उनकी चर्चा न की जाए और औपचारिक रूप से उनका आभार व्यक्त न किया जाए तो हम अपने कर्त्तव्य से चूक जाएंगे।

सर्वप्रथम हम आभारी हैं भारतीय शासन प्रणाली पर पितामह भीष्म जैसी विद्वता रखने वाले प्रोफेसर एम. पी. सिंह के जिन्होंने पुस्तक के विभिन्न अध्यायों को स्वयं पढ़ा, सुधारा एवं बहुमूल्य सुझावों से लाभान्वित किया। प्रारंभ से लेकर प्रकाशन तक के बीच की गतिविधियों को क्रियान्वित करने में प्रोफेसर सिंह ने विशेष भूमिका निभाई।

तत्कालीन विभागाध्यक्ष प्रोफेसर विद्युत चक्रवर्ती भी धन्यवाद के पात्र हैं। वस्तुतः इस पुस्तक की नींव उन्होंने ही रखी। उन्हें ठीक से हिंदी नहीं आती है लेकिन हिंदी माध्यम के छात्रों का हित उन्हें चिंतित करता रहता है। शायद एक शिक्षक की पहचान यही तो है।

इस पुस्तक में अपने बहुमूल्य लेख देने के लिए हम सभी अंशदाता शिक्षकों का भी हृदय से आभार प्रकट करते हैं, जिन्होंने अपने व्यस्त कार्यक्रम से समय निकालकर यह लेख लिखे, जिससे पुस्तक अधिक उपयोगी और सम्यक बन सकी।

इस पुस्तक का उद्देश्य स्नातक, स्नातकोत्तर के छात्रों के अलावा सिविल सेवा की प्रतियोगी परीक्षा में भाग लेने वाले विद्यार्थियों की जरूरतों को पूरा करना है।

हम पुस्तक के सुरुचिपूर्ण एवं समयबद्ध प्रकाशन के लिए प्रकाशक ओरियंट ब्लैकस्वॉन को धन्यवाद देते हैं। ओरियंट ब्लैकस्वॉन के संपादकीय विभाग ने पुस्तक को वर्तमान स्वरूप देने में जो परिश्रम किया है इसके लिए हम उनके आभारी हैं।

जुलाई 2010

डॉ. बासुकी नाथ चौधरी
डॉ. युवराज कुमार

प्रस्तावना

भारतीय शासन और राजनीति के क्षेत्र के अध्ययन के लिए मैं तीन प्रमुख विकासों को रेखांकित करना चाहता हूँ। इन तीन विकासों के फलस्वरूप इस क्षेत्र का मूलभूत रूपांतर हो रहा है। ये तीन कारक हैं–लोकतंत्रीकरण (Democratization), संघीयकरण (Federalization), तथा भूमंडलीकरण (Globalization)।

लोकतंत्रीकरण से हमारा अभिप्राय उन आधुनिक प्रक्रियाओं से है जिनके कारण एक पारंपरिक और लगभग सामंतवादी (semi-feudal) समाज समता और स्वतंत्रता की ओर अग्रसर हो रहा है। जातीय व वर्गीय विभेदों को पाट कर लोकतांत्रिक राजनीति एक सहभागी लोकतंत्र का सूत्रपात करती है। भारतीय संविधान नागरिकों के व्यक्तिगत तथा सामूहिक अधिकारों तथा कर्त्तव्यों, राज्य के नीति निदेशक सिद्धांतों तथा एक निर्वाचित शासन का प्रावधान करता है। इस शासन-पद्धति-की रूपरेखा संसदीय-संघीय है। साथ ही, संविधान में स्थानीय शासन एवं जनजातियों के लिए पांचवीं तथा छठी अनुसूचियों में स्वायत्त जिलों व क्षेत्रों में स्वशासन की भी व्यवस्था की गई है। पंचायतों व नगरपालिकाओं में निर्वाचित कार्यकारी पदों पर महिलाओं के लिए 33 प्रतिशत आरक्षण है, जिसे 50 प्रतिशत तक बढ़ाने का निर्णय किया गया है।

नागरिक अधिकारों के विमर्श एवं व्यावहारिक पक्षों में अभूतपूर्व विकास हुए हैं। भारतीय न्यायपालिका द्वारा विकसित वाद-कानून (case law) के अंतर्गत संविधान द्वारा प्रदत्त स्वतंत्रता व समता के मौलिक अधिकारों में नए आयाम जुड़ गए हैं, जैसे कि जीवन के अधिकार में स्वास्थ्य व स्वच्छ वातावरण व पर्यावरण में रहने का अधिकार भी शामिल है, प्राथमिक शिक्षा का अधिकार एक मौलिक अधिकार है, आदि। प्राथमिक शिक्षा का अधिकार तो अब वाद-कानून में ही अधिकार न रह कर संविधानिक संशोधन द्वारा संविधान में भी लिख दिया गया है। इनके अलावा, संसदीय विधानों के द्वारा कई महत्त्वपूर्ण वैधानिक अधिकारों का भी निर्माण किया गया है–जैसे सूचना का अधिकार, राष्ट्रीय ग्रामीण रोजगार गारंटी का अधिकार आदि। साथ ही, आहार का अधिकार देने वाला विधेयक भी संसद में अभी प्रस्तावित है। 1993 से एक क्रियाशील राष्ट्रीय मानव अधिकार आयोग भी इस क्षेत्र में बहुत महत्त्वपूर्ण काम कर रहा है। न्यायपालिका व मीडिया के साथ अब एक सजग नागरिक समाज भी इस क्षेत्र में कार्यरत है। पिछड़े वर्ग के नागरिकों को आरक्षण की सुविधा दी गई है। फिर भी, भारतीय लोकतंत्र की महायात्रा तब तक अपने गन्तव्य तक नहीं पहुंच पाएगी जब तक राजनीतिक लोकतंत्र के साथ-साथ देश में सामाजिक व आर्थिक लोकतंत्र भी नहीं आ जाते। इस अपेक्षित विकास की ओर संविधान सभा में अपने अंतिम अभिभाषण में डॉ. भीमराव रामजी अंबेडकर ने बहुत मुखर संकेत किया था।

अभी तो राजनीतिक लोकतंत्र की प्राप्ति में भी बड़ी बाधाएं हैं। उदाहरण के तौर पर हम भारतीय दलीय पद्धति तथा सामाजिक आंदोलनों को देखें। इन दोनों मामलों में लोकतंत्र की अवहेलना सर्वविदित है। राजनीतिक दलों में आंतरिक लोकतंत्र का अभाव है। व्यक्तिवाद तथा परिवारवाद का बोलबाला है। भ्रष्टाचारी तथा आपराधिक तत्त्वों का बाहुल्य है। दलीय व्यवस्था के चरमरा जाने के कारण सरकार बनाना तथा उसे ईमानदारी एवं स्थिरता से चलाना असंभव-सा हो गया है। अभी देश में निर्वाचन-सुधार और पार्टी-प्रणाली में वैधानिक सुधार की समस्या सबसे प्रमुख राजनीतिक चुनौतियों में से एक है। ईमानदार, पारदर्शी, और उत्तरदायी शासन के अभाव की स्थिति में जनांदोलनों की वैधता निर्विवाद है। पर उनमें संकीर्ण, स्वार्थी एवं जनहित के विरोध के हितों का संप्रेषण एवं हिंसा व अन्य अप्रजातांत्रिक माध्यमों का प्रयोग लोकतंत्र के लिए घातक है।

अब हम भारतीय राजनीति में दूसरे महत्त्वपूर्ण विकास, संघीयकरण, के पहलू पर आते हैं। भारतीय संविधान का स्वरूप संसदात्मक व संघात्मक दोनों है। पर संविधान लागू होने के चार दशकों तक अखिल भारतीय कांग्रेस के नेतृत्व में एक-दलीय वर्चस्व वाली पार्टी-प्रणाली के कारण शासन व राजनीति में संघीय पहलू प्रायः दबा रहा। मंत्रिपरिषद, बल्कि मात्र प्रधानमंत्री के आधिपत्य में संसदीय पहलू पूरी राजनीतिक प्रणाली पर हावी रहा। 1989 के लोकसभा चुनाव के बाद से बहु-दलीय प्रणाली के अंतर्गत राष्ट्रीय स्तर पर गठबंधन व अल्पमत की सरकारों के दौर में शासन व राजनीति में संघीय प्रवृत्तियों का अभूतपूर्व विकास हुआ है। इस चरण में राज्य सरकारों की स्वायत्तता बढ़ी है। अब राजनीतिक व आर्थिक क्षेत्रों में राज्य सरकारों की भूमिका का विस्तार हुआ है। दलीय राजनीति-प्रेरित केंद्र सरकार के द्वारा संविधान के अनुच्छेद 356 के अंतर्गत दूसरे दलों की राज्य सरकारों को असंविधानिक तौर पर ध्वस्त कर देने की प्रवृत्ति पर भी अंकुश लगा है। गठबंधन सरकारों में राष्ट्रपति, प्रधानमंत्री, एवं मंत्रिपरिषद की शक्तियों व कार्यकलाप का एक नया व्याकरण विकसित हुआ है। राष्ट्रपति के विवेक की शक्तियों के प्रयोग की संभावनाएं बढ़ी हैं, प्रधानमंत्री की शक्तियों पर साझा सरकार के घटक दलों का नियंत्रण बढ़ा है, तथा मंत्रिमंडल की एकता तथा संसद के प्रति उत्तरदायित्व के सिद्धांत में व्यावहारिक विखंडन आया है। पर न्यायपालिका की शक्तियों तथा क्रियाशीलता में अभूतपूर्व विस्तार हुआ है।

संघीयकरण के दौर में क्षेत्रीय दलों की संख्या तथा शक्ति बढ़ गई है। पुराने क्षेत्रीय दलों के अतिरिक्त कई नए व शक्तिशाली क्षेत्रीय दलों का निर्माण हुआ है। जनता दल, भारतीय जनता पार्टी व अखिल भारतीय कांग्रेस जैसे राष्ट्रीय दलों के नेतृत्व में बनी संघीय गठबंधन सरकारों—राष्ट्रीय फ्रंट/संयुक्त फ्रंट, राष्ट्रीय जनतांत्रिक मोर्चा, संयुक्त प्रगतिशील मोर्चा—में बहुसंख्यक क्षेत्रीय दलों की भागीदारी रही है, जो सरकार को बनाने व तोड़ने में निर्णायक भूमिका अदा करते हैं। 1952 के पहले आम चुनाव में जहां क्षेत्रीय दलों का कुल मतदान के 8.10 प्रतिशत पर, तथा कुल संसदीय सीटों के 6.95 प्रतिशत पर नियंत्रण था, वहीं अब वे 2009 में क्रमशः 14.39 प्रतिशत व 27.97 प्रतिशत के भागीदार बन गए हैं।

अब हम भारतीय राजनीतिक-आर्थिकी में तीसरे विकास, आर्थिक उदारीकरण तथा भूमंडलीकरण, के पहलू पर विहंगम दृष्टि डालेंगे। आधुनिक काल में भारत में आर्थिक उदारीकरण तथा भूमंडलीकरण का दौर 1980 के दशक में बहुत सीमित स्तर पर शुरू हुआ, और 1991 में इस प्रक्रिया को अपेक्षाकृत व्यापक रूप से लागू किया गया। इसके पहले के दौर में प्रधानमंत्री जवाहरलाल नेहरू के "भारतीय समाजवाद" की परिकल्पना के अनुसार, राज्य के द्वारा नियंत्रित "मिश्रित" अर्थव्यवस्था में सार्वजनिक क्षेत्र के उद्योगों को निजी क्षेत्र के उद्योगों पर वरीयता देकर, केंद्रीय आर्थिक नियोजन के माध्यम से अंतर्मुखी राष्ट्रीय विकास की रणनीति लागू की गई थी। लेकिन 1990 के अंत में केंद्रीय स्तर पर भीषण आर्थिक संकट के कारण बाजारवादी व्यवस्था को राष्ट्रीय व भूमंडलीय दोनों क्षेत्रों में भारत सरकार को अपनाना पड़ा। 1990 के दशक के अंत तक राज्य सरकारों को भी भीषण आर्थिक संकट का सामना करना पड़ा, तथा राज्य-स्तर पर भी पूंजीवादी आर्थिक सुधारों को लागू करना एक विवशता बन गई। इन सुधारों में आर्थिक तंत्र में राज्य के हस्तक्षेप/नियंत्रण को कम किया गया। सीधे प्रशासनिक नियंत्रण के स्थान पर स्वायत्त नियामक अभिकरणों की स्थापना की गई। सार्वजनिक क्षेत्र के उद्योगों में पूंजी का विनिवेशन किया गया या उनका पूर्णतः निजीकरण किया गया। भारतीय अर्थतंत्र को विदेशी पूंजी, प्रौद्योगिकी और बहुराष्ट्रीय कंपनियों के लिए खोला गया। इस प्रक्रिया को क्रमशः आगे बढ़ाया गया, और यह अब तक जारी है।

इन सुधारों के परिणामतः निजी क्षेत्र तथा राज्य सरकारों की स्वायत्तता में वृद्धि हुई है। केंद्र सरकार की तरह राज्य सरकारें भी अब देशी और विदेशी पूंजी को अपने यहां निवेश के लिए आकर्षित करने के लिए बेहतर इन्फ्रास्ट्रक्चर की सुविधा या करों में छूट उपलब्ध कराने का प्रोत्साहन प्रदान कर रही हैं। आर्थिक सुधारों के दौर में भारत की वार्षिक विकास दर में वृद्धि हुई है। अंग्रेजी राज के दौरान 1.5 प्रतिशत विकास दर, तथा 1980 के दशक के पहले लगभग 3 प्रतिशत विकास दर के स्थान पर अब यह सूचकांक 6 से 7 प्रतिशत तक पहुंच गया है। इसमें आगे और विकास की संभावना का दावा किया जाता रहा है। लेकिन इस विकास की समस्याएं यह रही हैं कि इसमें रोजगार की वृद्धि बहुत कम हुई है, इस विकास में व्यापक वितरण या भागीदारी बहुत न्यून या शून्य स्तर पर हुई है, और एक द्वैध अर्थव्यवस्था पनप रही है, जिसके अंतर्गत एक ओर अति-विकसित छोटे एन्क्लेव पनप रहे हैं तथा दूसरी ओर भीषण निर्धनता के विशाल क्षेत्रों का विस्तार हो रहा है।

इस दौर में क्षेत्रीय आर्थिक विषमता में भी वृद्धि हुई है। निजी पूंजी-निवेश में आंध्र प्रदेश, गुजरात, हरियाणा, कर्णाटक, केरल, पंजाब, तथा तमिलनाडु जैसे समृद्ध प्रदेशों को, अगस्त 1991-मार्च 2000 की अवधि में, अगर 66.7 प्रतिशत की हिस्सेदारी प्राप्त हुई, तो वहीं असम, बिहार, मध्य प्रदेश, उड़ीसा, राजस्थान, उत्तर प्रदेश तथा पश्चिम बंगाल जैसे राज्यों को मात्र 27.4 प्रतिशत पूंजी निवेश का प्रस्ताव मिला। विदेशी पूंजी-निवेश में विषमता और भी ज्यादा भीषण है। आर्थिक उदारीकरण के बाद से सिर्फ पांच राज्यों—आंध्र प्रदेश, गुजरात, कर्णाटक, महाराष्ट्र तथा तमिलनाडु—में 75 प्रतिशत एफ.डी.आई. निवेशित हुई है। स्पष्टतः इन विसंगतियों में लोकतांत्रिक व राजकीय हस्तक्षेप आवश्यक है।

मैं डॉ. बासुकी नाथ चौधरी तथा डॉ. युवराज कुमार द्वारा संपादित *भारतीय शासन और राजनीति* के ओरिएंट ब्लैकस्वॉन द्वारा प्रकाशन का स्वागत करता हूँ। इसके संपादन में मैं संपादक-द्वय का सलाहकार रहा हूँ। मुझे यह प्रस्तावना लिखने के लिए आमंत्रित करने के लिए मैं डॉ. चौधरी, डॉ. कुमार तथा प्रकाशन-संपादक श्रीमती सुगंधि कपूर एवम् निशा रॉय चौधरी के प्रति आभारी हूँ। उन्हें धन्यवाद।

18 जुलाई, 2010
दिल्ली

प्रोफेसर महेन्द्र प्रसाद सिंह
पूर्व विभागाध्यक्ष
राजनीति शास्त्र विभाग
दिल्ली विश्वविद्यालय

खंड–I

1. स्वतंत्रता प्राप्ति की पूर्व संध्या पर भारत के सामने समस्याएँ
2. संविधान सभा: भारतीय राज्य व्यवस्था के परिप्रेक्ष्य में
3. भारतीय संविधान; मौलिक अधिकार, राज्य के नीति निदेशक सिद्धांत तथा मौलिक कर्त्तव्य
4. भारतीय राज्य की प्रकृति: निर्धारित तत्त्व व अवधारणाएँ
5. सामाजिक संरचना व लोकतांत्रिक प्रक्रिया; परिप्रेक्ष्य, रुझान एवं चुनौतियां

1

स्वतंत्रता प्राप्ति की पूर्व संध्या पर भारत के सामने समस्याएँ

किसी भी राष्ट्र के वर्तमान या किसी निश्चित समय को जानने के लिए उसके इतिहास की समझ आवश्यक है। वस्तुत: इतिहास ही किसी राष्ट्र के सामाजिक, आर्थिक और राजनीतिक जीवन को प्रभावित करता है। इतिहास साक्षी होता है उन कारणों का जो प्रभावी स्थितियाँ पैदा करती हैं और उन कारणों का जिम्मेदार भी। भारत भी उसका अपवाद नहीं है। अत: स्वतंत्रता प्राप्ति की पूर्व संध्या पर भारत के सामने जो समस्याएँ थीं, उनको समझने के लिए संक्षिप्त रूप से क्रमवार इतिहास के उन पन्नों में जाना होगा, जहाँ से भारत पराभव की ओर बढ़ने लगा।

यहाँ एक प्रश्न है–किस अवधि का इतिहास और कैसा इतिहास? पहले प्रश्न का उत्तर आसान है–अंग्रेजी शासन का इतिहास क्योंकि गुलामी में हमें अंग्रेजों ने जकड़ा था। उससे पहले मुगलों का शासन था। मुगल भी बाहरी और आक्रमणकारी थे। परंतु भारत विजय के बाद वे यहीं बस गए। मुगलों से पहले भी भारत पर कई बार बर्बर आक्रमण हुए और वे भारत की धन संपदा को लूटकर वापस अपने देश चले गए। दूसरा प्रश्न कठिन भी है और महत्त्वपूर्ण भी क्योंकि भारतीय स्वतंत्रता आंदोलन को इतिहासकारों ने अपने-अपने आदर्शों की परिसीमा में बाँधकर लिखने का प्रयास किया है। स्वाभाविक है कि जब व्यक्ति एक ही घटना को अलग-अलग रूप में विश्लेषित करता है तो उससे उत्पन्न समस्याओं एवं उसके निदानों की भी समझ अलग-अलग होगी।

अत: आवश्यक है कि अति संक्षेप में अंग्रेजी शासन स्थापित होने से पहले की भारतीय समाज की झलक, ब्रिटिश शासन की प्रकृति एवं स्वतंत्रता आंदोलन की दिशा को समझने का प्रयास करें। तत्पश्चात् स्वतंत्रता संग्राम के इतिहास लेखन (historiography) को विश्लेषित करें। इसके बाद ही सही परिप्रेक्ष्य में समस्याओं की चर्चा संभव है। समस्याओं को समझ लेने के बाद उसके निदान के लिए किए गए प्रयासों की आलोचनात्मक व्याख्या की जाए।

पृष्ठभूमि

प्राचीन समय से भारत की आर्थिक समृद्धि और सांस्कृतिक वैभव दुनिया भर में चर्चा का विषय था। इसी समृद्धि ने विदेशी बर्बर जातियों को भारत की ओर आकर्षित किया। 16वीं

डॉ. बासुकी नाथ चौधरी, एसोसिएट प्रोफेसर, पी.जी.डी.ए.वी. कॉलेज (सांध्य), दिल्ली विश्वविद्यालय

शताब्दी के प्रारंभ में मुगलों ने भारत पर आक्रमण किया। भारतीय शासकों को पराजित किया और शासक के रूप में यहीं बस गए। मुगल शासन का स्वरूप केंद्रीकृत था। बादशाह ही कार्यपालिका, व्यवस्थापिका और न्यायपालिका का प्रमुख था। इन शासकों ने सामाजिक जीवन खासकर ग्रामीण जीवन के सामाजिक पहलू में परिवर्तन करने की ओर कोई नकारात्मक कदम नहीं उठाया।

गाँव का स्वरूप "आत्मनिर्भर" था। जमीन पंचायत की थी। आपसी लेन-देन का आधार "वस्तु-विनिमय प्रणाली" था। कर उपज का निश्चित भाग था और कर चुकाने का आधार फसल तैयार होने की स्थिति थी न कि एक निश्चित तारीख। प्राकृतिक आपदाओं के समय न केवल कर को माफ कर दिया जाता था वरन् बादशाह की ओर से प्रजा को सहायता भी मिलती थी। लोग अपनी आवश्यकताओं की सारी चीजें साप्ताहिक बाजार से ले लेते थे। शहर से उनका कोई संबंध नहीं था। भारत उस समय अमन-चैन और समृद्धि का पर्याय बना हुआ था। विलियम डेलरिंपल लिखते हैं कि 17वीं सदी के मुगल काल की चर्चा करें तो मुगल शासन अपने चरम पर था। चीन का मिंग वंश ही अकेला ऐसा शासन था जो पूरी दुनिया में उसका मुकाबला कर सकता था। उस समय सुदूर यूरोप में उन्हें सत्ता और संपत्ति का सबसे बड़ा प्रतीक माना जाता था। मिल्टन के महाकाव्य *पैराडाईज लॉस्ट* में आदम को ईश्वर के भावी चमत्कार दिखाने के लिए मुगल काल के महान शहरों आगरा और लाहौर में ले जाया जाता है।[1]

ऐसे ही शांत "पैराडाईज" में जहाँगीर के समय 1601 में ब्रिटिश ईस्ट इंडिया कंपनी ने व्यापारी के रूप में भारतीय बाजार में प्रवेश किया। शुरुआती दौर में तो वे व्यापारी ही थे लेकिन ज्यों-ज्यों मुगलों की शक्ति क्षीण होती गई और भारत के विभिन्न शासक आपस में ही लड़ते-मरते दिखने लगे, अंग्रेजी कंपनी ने इसका फायदा उठाना शुरू किया। पलासी युद्ध के बाद 1765 में उन्होंने बिहार, बंगाल और उड़ीसा के राजस्व वसूली का अधिकार प्राप्त कर लिया था। धीरे-धीरे इस कंपनी ने न केवल व्यापार पर अपना एकाधिकार जमा लिया वरन् वे यहाँ के शासक बन बैठे। शासक बनने का उद्देश्य शासन करने की चाहत नहीं थी बल्कि शासन के माध्यम से उन नीतियों को प्रभावित करने की शक्तियाँ हासिल करना था, जिससे भारत का अधिकतम आर्थिक शोषण किया जा सके। शासन पद्धति यहाँ भी केंद्रीकृत थी, यद्यपि विधायिका, कार्यपालिका या न्यायपालिका का अलग-अलग स्वरूप जरूर दिखाई देता था। देश की आर्थिक नीतियों का संचालन इस प्रकार से किया गया कि कृषि एवं उद्योग चौपट हो गया। अकाल भारतीय जीवन का अभिन्न अंग बन गया। गाँव की आत्मनिर्भरता समाप्त हो गई। कृषक, हस्तशिल्पी एवं कारीगर कर्ज के बोझ तले टूट गए। एक दिन ऐसा आया कि भारत कच्चे माल का निर्यात और तैयार माल का आयात करने वाला देश होकर रह गया। हम पूर्णरूपेण गुलाम हो चुके थे। विलियम डेलरिंपल के अनुसार जब ईस्ट इंडिया कंपनी की स्थापना हुई थी तब ब्रिटेन में दुनिया के सकल घरेलू उत्पाद (जी.डी.पी.) का 1.8 फीसदी उत्पादन ही हो रहा था, जबकि भारत की इसमें हिस्सेदारी 22.5 फीसदी थी। 1870 में जब ब्रिटिश शासन अपने शिखर पर था, तब ब्रिटेन की हिस्सेदारी बढ़कर 9.1 फीसदी हो गई थी। यह वह समय था, जब भारत पहली बार तीसरी दुनिया का हिस्सा बन चुका था। यह भारत पूरी दुनिया के लिए अकाल, गरीबी और

बदहाली का प्रतीक था।[2] कंपनी की दमनकारी नीतियों ने त्राहि माम् की स्थिति पैदा कर दी। 1857 में कंपनी सरकार के विरुद्ध असफल क्रांति हुई और भारतीय शासन की बागडोर ब्रिटिश सम्राट के अधीन हो गई। सम्राट का शासन भी ब्रिटिश हित को साधने के लिए ही था, जिससे ब्रिटेन मजबूत हो सके। लेकिन इन्हीं लक्ष्यों (ब्रिटिश हित) की प्राप्ति के लिए सरकार ने जो कुछ किया, उसके कुछ फायदे हमें भी हुए यद्यपि ये फायदे अप्रत्यक्ष थे। अंग्रेजी शासन के कारण हम राजनीतिक एकता के सूत्र में बँधे। हमारी रुचि, व्यक्तिवाद, उदारवाद, उपयोगितावाद, सीमित सरकार, समानता, स्वतंत्रता, अधिकार और न्याय जैसी विचारधाराओं में बढ़ी। इन्हीं सीखों और ब्रिटिश शोषण ने हमें राष्ट्रवाद की भावना से प्रेरित किया। अंतत: 1885 में भारतीय राष्ट्रीय कांग्रेस के गठन के साथ राष्ट्रवाद की अभिव्यक्ति हुई। यह सच है कि अपने गठन के समय यह आभिजात्य वर्ग का संगठन था लेकिन यह भी सच है कि पहली बार ही अखिल भारतीय स्तर का संगठन प्रमुखत: भारतीय सोच के साथ गठित हुआ था।

1885 से 1947 तक का राष्ट्रीय स्वतंत्रता संग्राम आंदोलन दो बातें इंगित करता है। *पहला* कमोबेश स्वतंत्रता संग्राम आंदोलन को भारतीय राष्ट्रीय कांग्रेस ने नेतृत्व प्रदान किया। *दूसरा* जब भी कांग्रेस नेतृत्व ने चुप्पी साधी, आंदोलन हिंसक, अस्थायी और दिशाहीन हो गया।

यदि कांग्रेस के कार्यक्रमों को ध्यान में रखकर विश्लेषण हो तो स्पष्ट है कि यद्यपि स्वराज की माँग बहुत बाद में आई लेकिन जो भी माँगें आईं, वह कहीं न कहीं प्रजातंत्रात्मक थीं। मसलन परिषदों में भारतीयों का प्रतिनिधित्व या नौकरशाही में भारतीयों के लिए स्थान। इन्हीं लोगों ने शासन की शोषणकारी आर्थिक नीतियों का विश्लेषण किया और नरमपंथी नेता दादा भाई नौरोजी ने ''सोखन सिद्धांत'' (drain theory) का प्रतिपादन किया। धीरे-धीरे कांग्रेस में गरमपंथियों का वर्चस्व होता जा रहा था जो राजनैतिक सुधार को सामाजिक सुधार पर प्राथमिकता देते हुए खुले आम अंग्रेजों की न्यायप्रियता पर अविश्वास कर रहे थे। गरम दल के नेताओं को नरमपंथियों का समर्थन एकदम नहीं मिल रहा था, यह सोचना भी गलत होगा। यह महज इत्तेफाक नहीं था कि 1906 का कांग्रेस अधिवेशन कलकत्ता में दादा भाई नौरोजी के सभापतित्व में संपन्न हुआ और पहली बार इसी मंच से कांग्रेस ने ''स्वराज'' की माँग की थी।

ऐसे में अंग्रेजों के लिए आवश्यक हो गया कि किसी तरह राष्ट्रवादी खेमे में फूट डाली जाए। परिणाम था–1906 में आगा खाँ के नेतृत्व में मुस्लिम लीग का गठन और 1909 का मार्ले-मिंटो सुधार। इंडियन कांउसिल एक्ट 1909 के तहत निर्वाचन क्षेत्रों का बँटवारा जातीय व धार्मिक आधार पर किया गया। मुसलमानों के लिए सुरक्षित सीटें बनीं। मुसलमान केवल मुसलमान उम्मीदवारों को ही वोट दे सकता था। विपिन चंद्र के मुताबिक 'इस कुटिल नीति के चलते यह जताने की कोशिश की गई कि हिंदुओं और मुसलमानों के राजनीतिक, आर्थिक व सांस्कृतिक हित परस्पर मेल नहीं खाते। इस तरह अंग्रेजों द्वारा मुसलमानों के लिए पृथक निर्वाचन क्षेत्र बनाना एक ऐसा विषवृक्ष साबित हुआ, जिसके चलते बाद में हिंदूस्तान में सांप्रदायिकता की फसल उग आई।'[3]

1916 में ''हिंदू महासभा'' का गठन मुस्लिम लीग के खिलाफ प्रतिक्रिया स्वरूप था। 1916 में ही तिलक के प्रयास से ''लखनऊ पैक्ट'' हुआ, जिसमें हिंदू और मुसलमानों ने

एक साथ मिलकर आंदोलन चलाने का निर्णय किया। प्रथम विश्व युद्ध भी इसी समय चल रहा था और कहा जा रहा था कि विश्व को प्रजातंत्र हेतु सुरक्षित बनाने के लिए यह युद्ध लड़ा जा रहा था। ऐसे में कुल मिलाकर अंग्रेजी सरकार दबाव में थी और भारत सरकार अधिनियम 1919 (द्वैध प्रशासन–dyarchy) अमल में आया।

इस अधिनियम की असफलता, क्रांतिकारी नौजवानों का सशस्त्र विद्रोह, गाँधी के नेतृत्व में चल रहा स्वतंत्रता संग्राम और साइमन कमीशन की विफलता–कुल मिलाकर अंग्रेजी सरकार पर भारतीयों को प्रशासन में अधिक प्रतिनिधित्व देने के लिए दबाव बढ़ गया। इसके परिणामस्वरूप 1935 के अधिनियम ''प्रांतीय स्वायत्तता'' (provincial autonomy) की घोषणा की गई। प्रांतीय स्वायत्तता के तहत चुनाव हुए और 11 में से 8 राज्यों में कांग्रेस की सरकार बनी और 1 सितंबर 1939 को द्वितीय विश्वयुद्ध शुरू होते ही सारी स्वायत्तता समाप्त हो गई। ब्रिटिश सरकार को भारतीय सहायता की आवश्यकता थी और बिना किसी भारतीय नेता या संगठन से बात किए भारत को युद्ध में शामिल कर दिया गया। वायसराय ने विभिन्न दलों के अंतर्विरोध का इस्तेमाल किया और लीग को कांग्रेस के खिलाफ इस्तेमाल करने का प्रयास किया। प्रतिक्रिया स्वरूप सभी प्रांतीय कांग्रेस मंत्रिमंडलों ने इस्तीफा दे दिया।

दूसरी ओर मुहम्मद अली जिन्ना ने 23 मार्च 1940 को लाहौर अधिवेशन में ''द्वि-राष्ट्र सिद्धांत'' के आधार पर मुसलमानों के लिए पाकिस्तान की माँग की। आंदोलन चलता रहा और ब्रिटिश सरकार भारतीय स्वतंत्रता की माँग ठुकराती रही। द्वितीय विश्व युद्ध समाप्त हुआ। ब्रिटेन की स्थिति जर्जर हो गई थी। विश्व जनमत साम्राज्यवाद के खिलाफ था। ब्रिटिश सरकार पर भारत को स्वतंत्र करने के लिए अमेरिकी राष्ट्रपति भी दबाव बना रहे थे। 18 फरवरी 1946 को भारतीय नौसेना ने विद्रोह किया। ब्रिटेन में भी सत्ता परिवर्तन हो गया था। 19 फरवरी 1946 को ब्रिटिश प्रधानमंत्री क्लीमेंट एटली ने भारत को स्वतंत्र करने की घोषणा की और अपने तीन मंत्रियों (लार्ड पैंथर लारेंस, सर स्टेफोर्ड क्रिप्स एवं ए. बी. एलेक्जेंडर) को भारतीय नेताओं से मिलकर स्वतंत्रता के संबंध में योजना बनाने के लिए भेजने की बात की। कई दौर की बातचीत कांग्रेस, मुस्लिम लीग और अंग्रेजी सरकार के प्रतिनिधियों के साथ हुई। परंतु सब बेकार। सभी के राग अलग-अलग थे। कांग्रेस चाहती थी–पहले आजादी, विभाजन बाद में। जिन्ना की जिद थी–पहले विभाजन, फिर आजादी। अंत में 14 जून 1947 को कांग्रेस कार्यसमिति की बैठक में 'गाँधीजी व्यथित हृदय से गए और कांग्रेसजनों को विभाजन को तात्कालिक अनिवार्यता के रूप में स्वीकार करने को कहा। लेकिन उन्होंने यह भी सलाह दी कि वे (कांग्रेसजन या कांग्रेसी नेता) इसे हृदय से स्वीकार न करे तथा इसे निरस्त करने का दीर्घकालीन कार्यक्रम बनाएं।'[4] 15 अगस्त 1947 की सुबह अंततः भारत आजाद हो गया।

इतिहास लेखन (Historiography)

भारत आजाद तो हुआ लेकिन विभाजित भी हुआ। आंदोलन में कई उतार-चढ़ाव आए। कई बार कांग्रेस आक्रामक आंदोलनों के साथ आगे बढ़ी और कहीं आंदोलन वापस लिया तो कई बार अलग-अलग समूहों से समझौता किया।

आखिर क्यों? और इस क्यों का उत्तर समझने के लिए हमें आंदोलन के इतिहास लेखन को समझना होगा।

इसमें कोई शक नहीं कि भारत बहुलवादी देश था और है। अलग-अलग समुदाय, वर्ग, धर्म, क्षेत्रीयता, जातियों के देश में राष्ट्रीय आंदोलन के समय अलग-अलग विचारों का उभरना भी स्वाभाविक था। परंतु सुरेंद्र नाथ बनर्जी के शब्दों में 'भारत इन विविधताओं के साथ ही एक राष्ट्र का रूप ग्रहण कर रहा था', और स्वतंत्रता आंदोलन को उसी रूप में विश्लेषित किया जाना चाहिए। परंतु अलग-अलग इतिहासकारों ने अलग-अलग इतिहास लेखन की पद्धति को अपनाया। आइए, संक्षेप में कुछ दृष्टिकोणों (schools of thought) का विश्लेषण करें:

1. साम्राज्यवादी दृष्टिकोण: इस दृष्टिकोण के प्रतिपादक लार्ड डफरिन, कर्जन और मिंटो जैसे वायसराय और जार्ज हैमिल्टन जैसे भारत सचिव कहे जा सकते हैं। उनकी राजकीय घोषणाओं में बार-बार इंगित किया जाता था कि भारत को राष्ट्र मानना उचित ही नहीं है। 1940 में साम्राज्यवादी विचारधारा के प्रतिपादकों को सैद्धांतिक स्वरूप बूस टी. मैकली ने प्रदान किया। इस सिद्धांत के उदारवादी पक्ष को रेजिनाल्ड कोपलैंड ने और 1947 में पी. स्पियर ने अपने इतिहास लेखन में अपनाया। 1968 और उसके बाद 'स्वतंत्रता संग्राम के दकियानूसी और रूढ़िवादी स्वरूप को नया रूप देकर आगे बढ़ाने का काम अनिल सील, जे. ए. गैलाधर आदि ने किया।'[5]

साम्राज्यवादी दृष्टिकोण के विचारक यह नहीं मानते कि भारत राष्ट्र बनने की प्रक्रिया में था। उनकी दृष्टि में भारत भिन्न-भिन्न जातियों, संप्रदायों, धर्मों, समुदायों और क्षेत्रों का समूह था, जिसका अलग-अलग चिंतन था और उसी चिंतन पर आधारित उसका हित था। ये ''भारतीय राष्ट्र'' की अवधारणाओं को स्वीकार नहीं करते हैं। जाति और धर्म के आधार पर बने सदियों से चले आ रहे ये समूह राजनीतिक संगठन के मुख्य सचेतक थे। इसलिए जाति और धर्म पर आधारित राजनीति ही यहाँ पर मुख्य है, राष्ट्रवाद तो उसका ऊपरी आवरण मात्र है। अनिल सील की मानें तो 'दूर से देखने पर जो राजनीतिक संघर्ष जान पड़ता है उसका नजदीक से निरीक्षण करने पर प्रायः यह पता चलता है कि वे अपने पुराने समुदाय की स्थिति की रक्षा कर रहे हैं या उसकी स्थिति सुधार रहे हैं।'

साम्राज्यवादी दृष्टिकोण स्वतंत्रता आंदोलन को ऐसे संघर्ष के रूप में भी चित्रित करता है जहाँ हताश, शिक्षित, मध्यवर्ग ''परोपकारी ब्रिटिश राज'' के विरुद्ध लड़ने के लिए राष्ट्रवाद का इस्तेमाल कर रहा था। अनिल सील एक कदम आगे बढ़कर लिखते हैं कि 'ब्रिटिश साम्राज्य की कृपा से उपकृत होने के लिए एक अभिजात गुट दूसरे अभिजात गुट से संघर्ष कर रहा था और राष्ट्रीय आंदोलन इस संघर्ष का प्रतिनिधित्व करता था। इस प्रकार यह विचारधारा उपनिवेशवादी शोषण, अल्प विकास और अंतर्विरोधों को नकारती है। इनका मानना है कि राष्ट्रीय आंदोलन तो सत्ता के लिए संघर्ष का बहाना मात्र है।'[6]

ताज्जुब है साम्राज्यवादी विचारधारा के इतिहास लेखकों को गाँधी के सत्याग्रह, सुभाष के संघर्ष और भगत सिंह, चंद्रशेखर और खुदीराम की न तो कुर्बानी दिखती है और न ही कुर्बानी की वजह। उनका त्याग तो विशुद्ध मातृप्रेम और सिद्धांत पर आधारित था। डॉ. एस. गोपाल इतिहास लेखन की इस विधा पर टिप्पणी करते हुए ठीक ही कहते हैं

कि इन लोगों ने न केवल दिमाग को वरन् शालीनता, चरित्र, ईमानदारी और निःस्वार्थ प्रतिबद्धता को भी राष्ट्रीय आंदोलन से बाहर कर दिया।

2. राष्ट्रवादी इतिहास लेखनः इतिहास लेखन में दूसरा महत्त्वपूर्ण दर्शन राष्ट्रवादी इतिहास लेखन का है। जैसा कि नाम से ही लगता है इस वर्ग में ऐसे इतिहासकार हैं जिन लोगों ने स्वतंत्रता संग्राम में या तो हिस्सेदारी की या उसके साक्षी रहे हैं। लाला लाजपतराय, पट्टाभि सीतारमैया, सुरेंद्र नाथ बनर्जी इस विचारधारा के प्रमुख इतिहासकार हैं। स्वतंत्रता के बाद के वर्षों में बी. आर. नंदा और अमलेश त्रिपाठी ने इस विचारधारा की मजबूती से वकालत की और इसे प्रचारित प्रसारित किया।

इन इतिहासकारों ने उपनिवेशवाद के शोषणकारी चरित्र और उनके शासन के उद्देश्य को उजागर किया और राष्ट्रीय आंदोलन को राष्ट्रवाद के उदय, राष्ट्रीय चिंतन की चेतना, स्वतंत्रता की समझ एवं स्वराज की चाहत का मिश्रित परिणाम माना है तभी तो राष्ट्रीय आंदोलन के चरित्र को विश्लेषित करते हुए सुरेंद्रनाथ बनर्जी ने कहा था कि भारत राष्ट्र बनने की प्रक्रिया में था।

राष्ट्रवादियों ने राष्ट्रीय आंदोलन के विश्लेषण में प्रमुखतः राष्ट्रवादी आदर्शों और राष्ट्रीय जागरूकता को सर्वोच्चता प्रदान की। राष्ट्रवादियों की आलोचना करते हुए विपिन चंद्र लिखते हैं कि राष्ट्रवादियों की एक कमजोरी उनके इतिहास लेखन में साफ-साफ झलकती है और वह है कि वर्ग और जाति के रूप में भारतीय समाज में जो अंतर्विरोध था, उसे या तो इन लोगों ने पूर्णतः नजरअंदाज किया या उसके महत्त्व को कम करके राष्ट्रवाद की महिमा का गुणगान किया।

परंतु विपिन चंद्र की राय किसी दृष्टिकोण से ठीक नहीं लगती। राष्ट्रवादी भावना केवल स्वतंत्रता संग्राम के लिए नहीं होती यद्यपि उपनिवेशवाद, राष्ट्रवादी भावना की प्रेरक शक्ति है। यदि हम नरमपंथियों की विचारधारा को ठीक से समझें तो वह राजनीतिक सुधार की कीमत पर भी पहले सामाजिक सुधार की चाहत दर्शाते हैं। यही वह सामाजिक अंतर्विरोध था, जिसे वह सामाजिक सुधारों के माध्यम से समाप्त करना चाहते थे। अगर राष्ट्रवादी इन अंतर्विरोधों को नकारते तो गाँधी ने हरिजन उद्धार के लिए जो काम किया, नहीं करते। इन अंतर्विरोधों की कड़ी की समझ में पूना पैक्ट को समझा जाना चाहिए। इन सारे अंतर्विरोधों के भारतीय समाज में रहते हुए भी राष्ट्रवाद की भावना इतनी प्रबल थी कि बाकी सभी भावनाएँ दबकर रह गईं। शेखर बंद्योपाध्याय ठीक ही कहते हैं कि प्राचीन भारतीय गौरवशाली परंपराओं से ओत-प्रोत भावना, राष्ट्रीयता की उभरती लहर और पीड़ादायक उपनिवेशवादी शासन, इन तीनों ने मिलकर बाकी सभी विरोधाभासी भावनाओं को बहा दिया।

3. मार्क्सवादी दृष्टिकोणः तीसरा और महत्त्वपूर्ण लेखन का दृष्टिकोण मार्क्सवादियों का है। रजनी पाम दत्त ने अपनी पुस्तक *इंडिया टुडे* और ए. आर. देसाई ने *भारतीय राष्ट्रवाद की सामाजिक पृष्ठभूमि* में इस विचारधारा का इज़हार किया है। राष्ट्रवादी इतिहासकारों की भाँति ये भी स्वीकार करते हैं कि भारत राष्ट्र बनने की प्रक्रिया में था। लेकिन भारतीय समाज के अंदर के अंतर्विरोधों को उजागर करते हैं। ये राष्ट्रीय आंदोलन को मात्र बुर्जुआ का आंदोलन नहीं मानते हैं लेकिन बुर्जुआ के प्रभावशाली नेतृत्व एवं भूमिका की ओर पाठकों का ध्यान

आकर्षित करते हैं। विपिन चंद्र के मुताबिक ये बुर्जुआ (पूँजीपति वर्ग) के साथ राष्ट्रीय नेतृत्व की समानता दर्शाते हैं अथवा इन दोनों को एक साथ मिला देने की प्रवृत्ति इनमें है। इस आंदोलन के चरित्र के आधार पर ही ये लोग इसके वर्गीय स्वरूप का विवेचन करते हैं। उदाहरण के तौर पर, ये आंदोलन के अहिंसात्मक स्वरूप को पेश करते हैं या इस तथ्य को कि राजनीति के तहत यह पीछे भी हटा और इसने कई समझौते भी किए।

बाद के मार्क्सवादी लेखकों में एस. एन. मुखर्जी और सुमित सरकार भी हैं लेकिन इनको नेतृत्व प्रदान विपिन चंद्र ने किया। विपिन चंद्र और उनके कुछ साथियों ने अपनी पुस्तक *भारत का स्वतंत्रता संग्राम* में मार्क्सवादी दृष्टिकोण को भी राष्ट्रवादी दिशा प्रदान की। इनकी राय में भारत का मुक्ति संग्राम मूलतः भारतीय जनता और उपनिवेशवाद के हितों के बीच आधारभूत अंतर्विरोधों का नतीजा था। 19वीं शताब्दी के सचमुच वे पहले लोग थे जिन्होंने उपनिवेशवाद की आर्थिक समीक्षा का विकास कर इसकी जटिल संरचना का रहस्य लोगों के सामने रखा। वे उपनिवेशवादी नीति और उपनिवेशवादी ढाँचे की अनिवार्यताओं के अंतर को भी समझने में सक्षम थे। औपनिवेशिक प्रजा के रूप में भारतीय जनता का अनुभव लेकर और उपनिवेशवाद के विरुद्ध भारतीय जनता के सामान्य हितों को पहचानकर राष्ट्रीय नेताओं ने क्रमशः एक सुस्पष्ट उपनिवेशवाद विरोधी विचारधारा विकसित की जिसको उन्होंने राष्ट्रीय आंदोलन का आधार बनाया।

4. उपाश्रित अध्ययन अथवा सबाल्टर्न स्टडीजः 1982 और उसके बाद कुछ इतिहासकारों ने इतिहास लेखन में एक नया सिद्धांत प्रतिपादित किया है, जिसे सबाल्टर्न अध्ययन या जनआधारित इतिहास का अध्ययन कहते हैं। 1982 में पहली बार रंजीत गुहा की संपादित पुस्तक *सबाल्टर्न स्टडीज* आई। इस पुस्तक के बाद से ही अध्ययन की यह विचारधारा सामने आई।

राष्ट्रीय आंदोलन के अब तक के इतिहास लेखन को इस विचारधारा ने सिरे से खारिज कर दिया। उनके अनुसार किसी भी इतिहासकार ने यह समझने की कोशिश नहीं की कि इस आंदोलन में जनता का क्या योगदान है? वह जनता जो वस्तुतः पीड़ित, असहाय और नेतृत्वहीन थी। जिसके हितों की ओर किसी का ध्यान नहीं था और न ही ऐसी निरीह जनता का कोई नेतृत्व था। फिर भी यह जनता जुझारू थी, नहीं तो रौलेट एक्ट के खिलाफ 1919 में या सभी महत्त्वपूर्ण कांग्रेसी नेताओं के जेल में होने के बाद भी 1942 की क्रांति की व्याख्या कैसे की जाए? इस विचारधारा के मुताबिक भारतीय राष्ट्रीयता का इतिहासलेखन अभिजात वर्गीय इतिहासलेखन था। भारतीय समाज में अंतर्विरोध अभिजात वर्ग (भारतीय और ब्रिटिश दोनों) और निचले स्तर की जनता के बीच था। वस्तुतः उपनिवेशवाद और भारतीय जनता के बीच कोई अंतर्विरोध था ही नहीं। चूँकि कोई अंतर्विरोध नहीं था, इसलिए राष्ट्रीय आंदोलन का अस्तित्व भी नहीं था। और चूँकि राष्ट्रीय आंदोलन का कोई अस्तित्व नहीं था इसलिए यह भी मान्य नहीं है कि अभिजात नेतृत्व ने देश की जनता को गुलामी से स्वतंत्रता की राह दिखाई। इनके मुताबिक अभिजात वर्गीय इतिहासलेखन ने, ऐसा लगता है कि उस समय नेतृत्व की महिमा को अध्यात्म की चाशनी लगाकर मंडित किया है।

इस अध्ययन के अनुसार राष्ट्रीय आंदोलन वस्तुतः अभिजन वर्ग के बीच सत्ता पर काबू पाने का बहाना और तरीका था। 'राष्ट्रीय आंदोलन दो धरातल पर चलाया जा रहा था, अभिजन वर्ग का राष्ट्रीय आंदोलन नकली था। दूसरे धरातल पर निचले स्तर की जनता का आंदोलन ही असली था।' अभिजात वर्ग के संघर्ष की दिशा कानूनी और संवैधानिक थी, जबकि सबाल्टर्न संघर्ष की दिशा तुलनात्मक रूप से उग्र। जहाँ अभिजात वर्ग का संघर्ष नियंत्रित एवं सावधानियों से भरा था, सबाल्टर्न संघर्ष ज्यादातर स्वतः स्फूर्त्त था।[7]

सबाल्टर्न अध्ययन का विश्लेषण चौंकाने वाला यह तथ्य सामने लगाता है कि यह विचारधारा साम्राज्यवादी विचारधारा के विश्लेषण के अतिनिकट है। अंतर मात्र इतना है कि जहाँ साम्राज्यवादी इतिहास दर्शन आंदोलन को एक इकाई के रूप में देखता है, सबाल्टर्न अध्ययन आंदोलन को दो भागों में बाँटकर, एक भाग को, जिसे वह नकली आंदोलन कहता है, साम्राज्यवादी इतिहासलेखन के साथ जोड़ देता है। विश्लेषण से यह स्पष्ट होता है कि ये अभिजात वर्ग के प्रभुत्व के खिलाफ थे परंतु इनकी यह स्वीकारोक्ति प्रशंसनीय है कि सबाल्टर्न वर्ग द्वारा जिस विद्रोह या क्रांति की पहल की गई वह इतना शक्तिशाली नहीं था कि राष्ट्रीय आंदोलन को स्वतंत्रता संग्राम में परिणत कर देता। वह तो ऐसे नेतृत्व की आशा में था जो वास्तव में ऐसा संग्राम छेड़ सके जो उसे स्थानीय आंदोलन से राष्ट्रीय आधार पर साम्राज्यवाद विरोधी गतिविधियों को धरातल प्रदान कर पाता। यहाँ पुनः एक प्रश्न अनुत्तरित है कि अगर अभिजात वर्ग का नेतृत्व नकली लड़ाई लड़ रहा था, तो वह कौन–सा नेतृत्व था जिसने हमें आजादी दिलाई? हमें यहाँ सहमत होना पड़ेगा विपिन चंद्र के साथ जो कहते हैं 'यह दृष्टिकोण अनैतिहासिक और हर तरह की अलोकप्रिय दुस्साहसिक चेतना को महामंडित करता है और प्रबुद्ध वर्ग, संगठित दलीय नेतृत्व और दूसरे अभिजन समूहों की हर पहल और हर गतिविधि के प्रति इसमें एक अनैतिहासिक तिरस्कार भाव मौजूद है।'[8]

इतिहासलेखन की विभिन्न विचारधाराओं के विश्लेषण के बाद यह निष्कर्ष आसानी से निकाला जा सकता है कि साम्राज्यवादी और नव साम्राज्यवादी इतिहासलेखन न तो समसामयिक है और न ही उसकी कोई प्रासंगिकता है। अतः उसे नकारना ही बेहतर है।

उदारवादी विचारधारा के बारे में कहा जा सकता है कि उनके द्वारा राष्ट्रीयता और राष्ट्रीयता के उद्‌भव के लिए प्रतिपादित दर्शन तात्कालिक समय की आधारभूत सच्चाइयों पर आधारित था। परंतु विपिन चंद्र द्वारा यह आरोप लगाना कि उन्होंने भारतीय समाज के अंतर्विरोधों (जाति और धर्म पर आधारित) को नकारने या कम करके आंकने की प्रवृत्ति दिखाई, गलत है। आंदोलनकारी नेतृत्व को इसका पूर्ण आभास था जो उनकी रणनीति और कार्यशैली से साफ उजागर होता है।

विश्लेषण चाहे किसी भी विचारधारा के प्रणेताओं ने किया हो, यह साफ है कि इतिहासलेखन आंशिक है। सबने केवल कांग्रेस नेतृत्व के क्रियाकलापों पर आधारित विश्लेषण किया है। 1905 तक कांग्रेस द्वारा संचालित आंदोलन कमोबेश धर्मनिरपेक्ष आंदोलन था। 1905 के बाद आंदोलन को कमजोर करने के लिए अंग्रेजों द्वारा इसमें सांप्रदायिकता का बीज बोया गया। निश्चितरूपेण हम भारतीय भी इसकी जिम्मेवारी से बच नहीं सकते हैं। परंतु विश्लेषकों ने इसे नजरअंदाज किया। इतिहासलेखन में आंदोलनों या

घटित घटनाओं का चारित्रिक विश्लेषण तो करना ही चाहिए, जिम्मेदारी भी निश्चित करनी चाहिए। सबाल्टर्न अध्ययन खंडित, अतिसंकीर्ण क्षेत्रीय आंदोलन की चर्चा करता है और इस अध्ययन को सम्मानजनक स्थान दिलाने के लिए और अधिक शोध और अध्ययन की आवश्यकता है।

स्वतंत्रता-प्राप्ति की पूर्व संध्या पर भारत के सामने समस्याएँ

पंडित नेहरू की प्रसिद्ध पंक्ति कि "बरसों पहले हमने नियति के साथ एक करार किया था", 15 अगस्त 1947 को फलीभूत हुआ। भारत में अगर आजादी का जश्न था तो विभाजन की विभीषिका भी थी। जश्न के साथ आजादी ने पीड़ा, नफरत, द्वेष और ढ़ेर सारी समस्याओं को भी जन्म दिया।

अध्ययन की सुविधा के लिए **समस्याओं** को तीन भागों में बाँटा जा सकता है–

तात्कालिक समस्याएँ

ऐसी समस्याएँ जो आजादी, विभाजन और सत्ता के हस्तांतरण के फार्मूले के कारण उत्पन्न हुईं। मसलन–शरणार्थियों की समस्या, देशी रियासतों की समस्या, एक प्रजातांत्रिक संविधान बनाने की समस्या आदि।

1. विभाजन की त्रासदी और शरणार्थी समस्याः विभाजन का आधार सांप्रदायिक था। यह अप्राकृतिक चिंतन पर आधारित था कि हिंदुओं और मुसलमानों के चिंतन और हित इस कदर अलग-अलग हैं कि दोनों दो राष्ट्र हैं। अतः विभाजन सांप्रदायिक घृणा और उन्माद के साथ आया। वैसे तो पूरे पाकिस्तान में हिंदू-सांप्रदायिक उन्माद के शिकार हुए लेकिन पंजाब, सिंध और सीमा प्रांत में स्थिति काफी गंभीर थी। हजारों की संख्या में पाकिस्तान के अल्पसंख्यक हिंदू शरणार्थी के रूप में विभाजन के तुरंत बाद प्रतिदिन दिल्ली पहुँचने लगे। कृपलानी लिखते हैं कि 'असंख्य शरणार्थी पाकिस्तान से यहाँ धड़ाधड़ आ रहे थे।....गाँव के गाँव नष्ट कर दिए गए थे। महिलाओं का सम्मान लूटा गया, उनका अपहरण किया गया और लूट के माल के समान बंटवारा हुआ। कभी-कभी उन्हें भरे बाजार में बेचा गया।...हिंदू और सिक्ख शरणार्थियों के दलों और उनकी रेलगाड़ियों पर आक्रमण किए गए।"[9] भारत में भी इसकी भयंकर प्रतिक्रिया हुई और यहाँ से भी हजारों की तादाद में अल्पसंख्यक मुस्लिम सब कुछ छोड़कर पाकिस्तान गए। हिंदू-सिक्ख हों या मुस्लिम, जिसने भी इस त्रासदी को झेला, अपने साथ विद्वेष, घृणा एवं धार्मिक उन्माद को आगे ले गया। भारत के सामने इस प्रकार दो समस्याएँ खड़ी हो गईं। एक सांप्रदायिक दंगों पर नियंत्रण करने की और दूसरा शरणार्थियों को बसाना एवं उनके जीवनयापन की व्यवस्था करना। दंगों पर सरकारी मुस्तैदी और गाँधी के प्रयासों से सफलता मिली। कहा जा सकता है कि गाँधी की शहादत इसकी अंतिम परिणति थी। जहाँ तक शरणार्थियों की समस्या थी तो सरकार के प्रशासनिक कदमों एवं आमजनों के सहयोग से धीरे-धीरे इसका भी समाधान हो चुका है।

2. देसी रियासतों की समस्याः भारतीय स्वतंत्रता अधिनियम 1947 में व्यवस्था थी कि ग्रेट ब्रिटेन भारतीय देशी राज्यों पर न तो अपनी सर्वोपरि संप्रभुता (paramountacy) रखेगा

और न ही उसे भारत की नई सरकार को सौंपेगा। प्रधानमंत्री एटली ने विश्वास व्यक्त किया कि बातचीत के जरिए ये देशी राज्य किसी-न-किसी देश (भारत या पाकिस्तान) में सम्मिलित होने का रास्ता निकाल लेंगे। इस प्रकार देशी राज्यों के सामने तीन विकल्प थे–

1. भारत में शामिल हो जाए
2. पाकिस्तान में शामिल हो जाए या
3. अपना स्वतंत्र स्वाधीन अस्तित्व कायम रखें

प्रधानमंत्री नेहरू ने देशी रियासतों से बातचीत करने एवं भारतीय संघ में उन्हें शामिल करने की जिम्मेवारी गृह मंत्री सरदार वल्लभभाई पटेल को सौंपी। वे अधिकांश राज्यों को मनाकर और कूटनीतिक या राजनीतिक दबाव दिखाकर भारतीय संघ में शामिल करने में सफल रहे लेकिन जम्मू और कश्मीर, हैदराबाद, जूनागढ़, भोपाल, इंदौर, धोलपुर, नाभा एवं त्रावणकोर की रियासतों ने एकता के मार्ग में बाधाएँ उत्पन्न कीं। त्रावणकोर, जोधपुर और भोपाल के शासक लार्ड माउंटबेटन की पहल पर भारतीय संघ में शामिल हो गए। इंदौर, धोलपुर और नाभा के शासकों ने भोपाल रियासत को अपना नेता मान रखा था और भारतीय संघ में भोपाल के शामिल होने के कारण ये सभी रियासतें भी शामिल हो गईं। मुख्य समस्या हैदराबाद, जम्मू-कश्मीर और जूनागढ़ को लेकर थी। तो आइए, इन तीनों की विशेष चर्चा करें–

हैदराबाद: हैदराबाद के शासक निजाम थे जबकि वहाँ की आबादी में 85 फीसदी हिंदू थे। 11 जून 1947 को निजाम ने हैदराबाद को प्रभुत्व संपन्न स्वाधीन राष्ट्र घोषित कर दिया। हिंदुओं पर तरह-तरह के अत्याचार शुरू हो गए। पटेल निजाम के खिलाफ कड़े कदमों की वकालत कर रहे थे और माउंटबेटन रोड़े अटका रहे थे। अंतत: राजगोपालाचारी के गवर्नर जनरल बनने के बाद भारतीय सेना ने 13 सितंबर 1947 को सीधी कारवाई शुरू की और 18 सितंबर 1947 को हैदराबाद भारतीय संघ का अभिन्न अंग बन गया।

जम्मू और कश्मीर: भौगोलिक दृष्टिकोण से जम्मू और कश्मीर का महत्त्व अत्यंत संवेदनशील था। यह जिस संघ में मिलता, उसकी सामरिक शक्ति बढ़ जाती। यहाँ महाराजा हरि सिंह का शासन था और आबादी में मुसलमानों का बहुमत था। तत्कालीन गृह सचिव वी. पी. मेनन, जो राज्यों के एकीकरण की प्रक्रिया से जुड़े थे, लिखते हैं कि माउंटबेटन महाराजा हरि सिंह को पाकिस्तान से मिल जाने के लिए उकसाते रहे और यहाँ तक कह दिया कि पटेल भी महाराजा का पाकिस्तान में विलय का विरोध नहीं करेंगे।[10] दूसरी ओर जम्मू-कश्मीर के प्रमुख मुस्लिम नेता शेख अब्दुल्ला, मुहम्मद जिन्ना का तीव्रतम विरोध कर रहे थे। महाराजा असमंजस में थे और निर्णय नहीं कर पा रहे थे। पटेल ने राष्ट्रीय स्वयं सेवक संघ के सर संघचालक गुरुजी श्री गोलवरकर के माध्यम से महाराजा से संपर्क साधा और ज्यों ही गुरुजी ने महाराजा की स्वीकृति की सूचना गृह मंत्री को दी, पाकिस्तानी सेना ने जम्मू-कश्मीर रियासत पर आक्रमण कर दिया। महाराजा ने भारत से मदद की याचना की और भारत ने बदले में जम्मू-कश्मीर को भारतीय संघ में विलय करने की शर्त रखी। विलय प्रपत्र पर महाराजा के हस्ताक्षर होते ही भारतीय सेना कश्मीर पहुँची और पाकिस्तानी सेना को खदेड़ने लगी। अभी युद्ध जारी ही था कि पंडित नेहरू ने युद्ध विराम की घोषणा, संयुक्त राष्ट्र संघ की

मध्यस्थता के कारण कर दी। जम्मू-कश्मीर का 1/3 भाग पाकिस्तान के कब्जे में रह गया। पाकिस्तान इसे "आजाद कश्मीर" कहता है, जबकि भारत इसे "पाक अधिकृत कश्मीर" कहता है।

इस प्रकार देशी रियासतों के एकीकरण की समस्या समाप्त हुई और भारतीय संघ भाषा के आधार पर राज्यों के पुनर्गठन की ओर अग्रसर हो गया।

3. भयभीत, शंकालु मुस्लिम एवं हिंदू समाज: सांप्रदायिक दंगों को पाकिस्तान में अल्पसंख्यक हिंदुओं और भारत में मुसलमानों ने झेला था। विभाजन के बाद भी यद्यपि दुनिया की सबसे ज्यादा मुस्लिम आबादी भारत में थी लेकिन त्रासदी की भयावहता ने उनके विश्वास को इस कदर तोड़ा था कि कहीं-न-कहीं वह भयभीत और शंकालु हो गए थे। भय और शंका की तीव्रता और गहराई इतनी थी कि आज भी वही दबी प्रतिक्रिया यदा-कदा मुस्लिमों की कार्यप्रणाली में उजागर हो जाती है।

4. उपजाऊ भू-भाग एवं महत्त्वपूर्ण औद्योगिक शहर का पाकिस्तान का हिस्सा बन जाना: सबसे महत्त्वपूर्ण आर्थिक प्रभाव जिसका खामियाजा भारत को हमेशा भुगतना पड़ेगा, पाकिस्तान में उसका उपजाऊ भू-भाग चला जाना है। पश्चिमी पंजाब, सिंध और उत्तर-पश्चिम सीमा प्रांत जो कृषि एवं उद्योग दोनों दृष्टिकोण से महत्त्वपूर्ण था, उस पर पाकिस्तान का कब्जा हो गया। पूर्वी बंगाल जो वस्त्रों और उससे जुड़े उद्योगों के लिए विश्व प्रसिद्ध था, भी पाकिस्तान का हिस्सा हो गया। उससे भारतीय अर्थव्यवस्था का कमजोर होना स्वाभाविक था।

दीर्घकालिक समस्याएँ

भारत के सामने ऐसी समस्याएँ भी थी जो लंबे अंग्रेजी शासन के कारण थीं। व्यापारिक कंपनी से कंपनी शासन और कंपनी शासन से ब्रिटिश शासन तक की यात्रा, वस्तुत: उपनिवेशवाद के विभिन्न चरण थे जो भारतीयों के शोषण की अलग-अलग प्रकृति की कहानी कही जा सकती है। इसीलिए हम इसे दीर्घकालीन कारणों से उत्पन्न समस्या की श्रेणी में रख सकते हैं। ब्रिटिश शासन का मूल उद्देश्य आर्थिक सोखन (drain) था, इसलिए सबसे ज्यादा प्रभाव भी आर्थिक स्थिति पर ही पड़ा। आर्थिक पहलू जीवन के अन्य पहलुओं को भी प्रभावित करता है जैसे-शिक्षा, संस्कृति, कला-कौशल आदि। आइए, अब इन्हें विश्लेषित करें-

1. अति पिछड़ा आर्थिक स्वरूप: सोने की चिड़िया कहलाने वाला भारत, जिसकी समृद्धि की ओर आकर्षित होकर ही ब्रिटिश ईस्ट इंडिया कंपनी व्यापार करने आई थी, ने कृषि और उद्योग दोनों को नष्ट कर दिया।

कृषि का विध्वंस: 1764-65 में ईस्ट इंडिया कंपनी को भू राजस्व वसूलने का अधिकार मिला था। राजस्व वसूलने का कार्य क्लाइव ने बंगाल के डिप्टी दीवान के पास ही छोड़े रखा। 1771 में कंपनी ने राजस्व वसूली का काम अपने हाथ में लिया। 1793 में लार्ड कॉर्नवालिस ने स्थायी बंदोबस्त लागू किया। इसका असर भयावह था। कर अब निश्चित कर दिया गया था, एक निश्चित तिथि तक देना था और नकद मुद्रा में देय था।

कर में बेतहाशा वृद्धि हुई। 1764-65 में जिस समय कंपनी को भू राजस्व का अधिकार मिला था, वसूलने लायक रकम (केवल बंगाल में) 81,75,533 रुपये थी, जो 1936-37 में बढ़कर £23.9 मिलियन थी।[11] जमीन पर निजी स्वामित्व स्थापित हो गया जिससे जमींदार वर्ग का उदय हुआ। बढ़ते करों के कारण कृषि का वाणिज्यीकरण हुआ और सूदखोर वर्ग का उदय हुआ। जमीन की खरीद-बिक्री शुरू हुई और कृषक ऋण के बोझ में दबता गया। 1929 में कृषकों पर 900 करोड़ का कर्ज था[12] जो बढ़कर 1937 में 1800 करोड़ हो गया।[13] गाँव में रहने वाले कृषकों की स्थिति अत्यंत नाजुक हो गई।

उद्योग-धंधों का चौपट होना: भारतीय हस्तशिल्प कलाओं पर ब्रिटिश उपनिवेशवाद के प्रभाव का बड़ा ही तात्त्विक, सारगर्भित एवं संक्षिप्त विवरण प्रस्तुत करते हुए डी. आर. गाडगिल लिखते हैं कि हस्तशिल्पियों का ह्रास भारत के आर्थिक संकट की सर्वाधिक नाटकीय घटना है। धीरे-धीरे स्थिति यह हुई कि भारत कच्चे माल का निर्यात और तैयार ब्रिटिश माल का आयात करने वाला देश हो गया। भारत में मुक्त रूप से ब्रिटिश व्यापार शुरू करना, भारत में निर्मित वस्तुओं पर ब्रिटेन में बिक्री के लिए भारी कर लगाना, भारत के कच्चे माल का निर्यात करना, सीमा शुल्क और परिवहन कर लगाना, भारत में रहने वाले अंग्रेजों को विशेष सुविधाएँ प्रदान करना, भारत में रेलवे का निर्माण करना, भारतीय कारीगरों को अपने रोजगार की गुप्त बातें बतलाने को बाध्य करना, देसी रजवाड़ों आदि का लोप होना आदि ने कुटीर उद्योग एवं हस्तशिल्प का पूर्णतः विध्वंस कर दिया।

इस प्रकार कृषि और उद्योग दोनों ही बर्बाद हो गए और जिस समय भारत आजाद हुआ, उस समय न कोई आद्योगिक ढाँचा था और न ही कोई कृषि नीति। यह सच है कि विश्व युद्धों की दौड़ में भारत में उद्योग का विकास हुआ लेकिन विकास के बदले उसे वृद्धि कहना ज्यादा उचित होगा क्योंकि ये उद्योग बिरला, टाटा, डालमिया जैसे उद्योगपतियों के हाथों तक ही सीमित था और आम लोगों के जीवन में उसका कोई सकारात्मक प्रभाव नहीं पड़ा।

आर्थिक समस्याओं को इस प्रकार भी समझा जा सकता है–

2. प्रति व्यक्ति नीची आय: 1950-51 में प्रति व्यक्ति वार्षिक आय 264 रुपये थी। परंतु उन दिनों उद्योगपति भी थे और दूसरी ओर पीठ से सटे पेट लेकर चलने वाले भूखे मजदूर, किसान भी। इसलिए यह प्रति व्यक्ति वार्षिक आय भी आम व्यक्ति की वास्तविकता को समझने-समझाने में अक्षम ही होगी। 1951 में साक्षरता की दर मात्र 16.6% थी।

3. बेरोजगारी और अल्परोजगार: आजादी के पहले की व्यवस्था को भी देखें तो कृषि और हस्तशिल्प आपस में साझा संबंध पर आधारित थे। हस्तशिल्प की समाप्ति के साथ वह बोझ भी कृषि पर ही पड़ने लगा। आजादी के समय व्यापक बेरोजगारी थी और जो खेती जैसे धंधों से जुड़े थे, वे भी अल्परोजगार की समस्याओं का सामना कर रहे थे, क्योंकि कृषि सालों भर रोजगार नहीं देती थी। यों तो समाज का अधिकांश तबका बेरोजगारी और अल्परोजगार से जूझ रहा था परंतु अनुसूचित जाति और अनुसूचित जनजाति की स्थिति अत्यंत नाजुक थी।

4. तकनीक का निम्न स्तर: आजादी के समय भी भारत विशाल जनसंख्या एवं प्रचुर प्राकृतिक संपदा से संपन्न देश था। परंतु हम अपने संसाधनों का उपयोग नहीं कर सके क्योंकि उत्पादन की तकनीक का स्तर बहुत निम्न था। पूँजी की भी कमी थी। इसीलिए किसी आविष्कार की भी संभावना नहीं थी। आर. पी. दत्त की राय है कि विपुल संपत्ति के अभाव में आविष्कार भी बेकार है क्योंकि उसका प्रयोग तो किया ही नहीं जा सकता। उनकी तो राय है कि भारत की लूट के कारण ही ब्रिटेन में भी औद्योगिक क्रांति सफल हो सकी।

5. परिवहन, बैंकिंग, बीमा आदि नदारद: विकसित राष्ट्र का एक लक्षण मजबूत परिवहन, उदार बैंकिंग पद्धति और सुरक्षा के लिए बीमा जैसी सेवाएँ हैं। जिस समय भारत आजाद हुआ, परिवहन की कोई भी पद्धति–रेल, सड़क या वायु मार्ग–इतना भी मजबूत नहीं था कि पूरे भारत के राज्यों को एक-दूसरे से जोड़ सके। बैंकिंग व्यवस्था अत्यंत धनी लोगों की थाती थी। व्यापार में या जीवन के किसी और क्षेत्र में सामान्य आदमी की पहुँच से बैंक बाहर था। बीमा की वास्तविकता तो दूर, अधिकांश जनता बीमा के बारे में शायद कुछ जानती भी नहीं थी।

6. आर्थिक विषमता: यद्यपि भारत अत्यंत अविकसित राष्ट्र था, फिर भी समाज में भयंकर आर्थिक विषमता व्याप्त थी। समाज की सबसे ऊपर की इकाई जमींदार वर्ग की थी और वे रईसी के पर्याय थे। सबसे निचले पायदान पर वे लोग थे जो बंधुआ मजदूर का जीवन जीने के लिए अभिशप्त थे। भारत गुलाम रहा या स्वतंत्र, इतिहास तो इस बात का गवाह है ही कि समाज के अभिजात वर्ग के जीवन पर कभी कोई अंतर नहीं पड़ा।

सामाजिक समस्याएँ

सामाजिक समस्याओं में मुख्य रूप से अशिक्षा, अंधविश्वास, सांप्रदायिकता एवं गुलाम मानसिकता शामिल हैं।

1. अशिक्षा, अंधविश्वास एवं रूढ़िग्रस्त समाज: मानव जीवन को यदि समष्टि (set) माना जाए तो शिक्षा उसका सबसे महत्त्वपूर्ण व्यष्टि (sub-set) है। दुर्भाग्यवश जिस समय भारत आजाद हुआ, उस समय समाज अशिक्षा के अंधकार से ढका था। 1951 में भारत में शिक्षितों की संख्या 16.6% थी। मिडिल पास व्यक्ति प्राथमिक विद्यालयों में शिक्षक बन जाते थे। तो उस समय की ग्रामीण शिक्षा एवं महिलाओं की शैक्षणिक स्थिति की केवल कल्पना की जा सकती है।

अशिक्षित समाज स्वाभाविक रूप से अंधविश्वास और रूढ़ियों से ग्रसित होगा। भारत भी इसका अपवाद नहीं था। सामाजिक जीवन में अंधविश्वास व्याप्त था। निचली जातियों के साथ संबंध अंधविश्वास नहीं अमानवीय रूढ़िवादिता थी। अज्ञेय ने अपनी पुस्तक *शेखर: एक जीवनी* में लिखा है कि मद्रास में दो तरह की सड़कें होती थीं। एक ब्राह्मण के लिए और दूसरी सड़क हरिजनों एवं छोटी जातियों के अन्य लोगों के लिए। इस प्रकार जाति/धर्म/क्षेत्रीयता/भाषा पर बँटा समाज, अपनी चली आ रही परंपराओं से हटने या नई रचनात्मक चीजों को स्वीकार करने के लिए बिल्कुल तैयार नहीं था। वस्तुत: रूढ़िवादिता

पर गौरवान्वित होना समाज की विशेषता जैसी थी। लड़कियों को पढ़ने के लिए स्कूल भेजना भी तौहीन माना जाता था।

2. साम्प्रदायिक समाजः बीसवीं सदी के दूसरे और तीसरे दशक में जहाँ मुस्लिम नेताओं ने सांप्रदायिक चिंगारी भड़काई, हिंदू नेताओं ने आंदोलन को आम लोगों तक पहुँचाने के लिए हिंदू देवी-देवताओं का इस्तेमाल किया। गाँधी जी ने रामराज्य का सपना देखा, चौथे दशक तक आते-आते मुस्लिम सांप्रदायिकता अपने शिखर पर पहुँच गई थी। हमें स्वीकार करना पड़ेगा कि आजादी के समय हमारा समाज अति सांप्रदायिक था। इसकी अभिव्यक्ति न केवल विभाजन के बाद सांप्रदायिक दंगों में दिखाई दी वरन् देशी राज्यों के एकीकरण के समय भी यह खुलकर दिखाई दे रहा था। आजादी के 60 साल बाद भी आज स्थिति ऐसी है कि हिंदू और मुसलमान–दोनों ही संप्रदाय में कट्टरपंथी मौजूद हैं। कट्टरपंथ की तीव्रता और आबादी के प्रतिशत में दोनों संप्रदायों में कम ज्यादा हो सकते हैं। यहाँ तात्पर्य यह है कि हिंदू और मुसलमानों की आबादी में जमीन आसमान का अंतर है और आबादी के अनुपात में कट्टरपंथियों की संख्या का आकलन मुश्किल है।

3. गुलाम मानसिकताः लार्ड मैकाले ने जिस शिक्षा पद्धति को लागू किया, उस शिक्षा पद्धति ने न केवल अंग्रेजों के शासन काल में एक ऐसे वर्ग को पैदा किया जो उनका समर्थक हो वरन् पूरे समाज को मानसिक रूप से गुलाम बना दिया। अंग्रेजी बोलने वालों के प्रति आँखों में विशेष आदर का भाव आज भी देखा जा सकता है। जिन विश्वविद्यालयों और कॉलेजों ने अपने-आप को श्रेष्ठता की श्रेणी में देखना पसंद किया, अंग्रेजी को अपना माध्यम बनाया। शायद ही देश में कोई ऐसा पब्लिक स्कूल हो जहाँ हिंदी या क्षेत्रीय भाषा में पढ़ाई होती हो। इस प्रकार आजादी के समय हम गुलाम मानसिकता के तो थे ही, आज भी हम उस मानसिकता से नहीं उबर पाए हैं। गुलाम मानसिकता का ही परिणाम है कि लाठी वाला सिपाही समाज में एक शिक्षक से ज्यादा सम्मान पा रहा है।

4. आशाओं और अपेक्षाओं से लबालब भरा समाजः गुलामी के समय जब राष्ट्रीय स्वतंत्रता आंदोलन चल रहा था तो समाज का वह हर वर्ग जो पीड़ित एवं असहाय, निरीह एवं शोषण का शिकार तथा निर्बल था, चाहे वह किसी जाति/धर्म या उद्योग धंधे से जुड़ा था, अंग्रेजी शासन व्यवस्था को उसके शोषणकारी चरित्र के कारण अपनी समस्याओं के लिए जिम्मेदार मानता था। हमारे आंदोलनकारी नेतृत्व ने समाज के हर तबके में एक अद्भुत विश्वास भर दिया कि अंग्रेजी सरकार से स्वतंत्रता मिलते ही उनकी सारी समस्याएँ समाप्त हो जाएँगी। इस प्रकार प्रत्येक भारतीय अपनी-अपनी समस्याओं का निदान स्वतंत्रता में देख रहा था। गाँधी जी के "रामराज्य" की कल्पना में जीता भारतीय समाज आज भी इंतजार कर रहा है पंडित नेहरू के उस करार का जिसे बहुत पहले पंडित जी ने नियति के साथ किया था।

निष्कर्ष

हम कह सकते हैं कि अपेक्षाओं से भरे समाज ने काफी विकास किया है। हमारी विकास दर लगभग 9% को छू रही है, फिर भी उच्च शिक्षा पर खर्च जी.डी.पी. का 5 फीसदी है।

लोकतंत्र मजबूत हुआ है फिर भी नंदीग्राम की समस्या है। सत्ता का हस्तांतरण आसानी से होता है फिर भी संसद में अपराधी छवि वाले सांसदों की संख्या बढ़ रही है। संसद में होने वाले हंगामे के कारण आम तौर पर सत्र स्थगित हो जाते हैं। 1985 में संसद के सत्रों की संख्या 109 थी जो 2007 के मध्य नवंबर तक मात्र 49 पर आकर टिक गई। जाहिर है, अगर सत्रों की तादाद यूँ ही घटती रही और बेनतीजा बहस का सिलसिला चलता रहा तो वह दिन दूर नहीं, जब संसद भी देश की बड़ी समस्याओं का ही एक अहम् हिस्सा बन कर रह जाएगी। अब आम जनता अब भी "स्वराज" की बाट जोह रही है, स्वतंत्रता मिले तो वर्षों हो गए।

संदर्भ

1. डेलरिंपल, विलियम, द *लास्ट मुगल: द फॉल ऑफ ए डायनेस्टी*, 25 अक्टूबर 2007 संपादकीय *हिंदुस्तान*, "सिर्फ चमत्कार नहीं है भारत की तरक्की"।
2. *वही*
3. चंद्र, विपिन, *भारत का स्वतंत्रता संग्राम*, हिन्दी माध्यम कार्यान्वयन निदेशालय, दिल्ली विश्वविद्यालय, 1995, भूमिका।
4. *वही*
5. वही
6. सील, अनिल, *The Emergence of Indian Nationalism: Competition and Collaboration in the later 19th Century*, Cambridge University Press: London, 1968.
7. गुहा, रंजीत, व चक्रवर्ती, गायत्री, (ed), *Selected Subaltern Studies*, Oxford University Press: New York, 1988.
8. चंद्र, विपिन: *वही*
9. कृपलानी, आचार्य, *गाँधी* पृ. 292-293.
10. मेनन, वी. पी., द *स्टोरी ऑफ द इंटीग्रेशन ऑफ द इंडियन स्टेटस*, पृ. 376.
11. दत्त, आर. पी., *India to-day*, People Publishing House: Bombay, 1947.
12. दत्त, आर. पी., इंडिया टुडे में वर्णित सेंट्रल बैंकिंग इनक्वाइरी कमेटी-1929.
13. Agricultural Credit Department 1937.

2

संविधान सभाः भारतीय राज्य व्यवस्था के परिप्रेक्ष्य में

संविधान समाज की आत्मा भी है और आईना भी। समाज की संरचना और राजनैतिक शासन के रूप-रंग की जानकारी भी संविधान के माध्यम से चित्रित होती है। सामाजिक, धार्मिक, आर्थिक और राजनीतिक पृष्ठभूमि को समेटे अभिसमयों और लिखित विधानों का वह दस्तावेज जो नागरिकों के जीवन को न केवल नियंत्रित एवं संचालित करता हो वरन् उसके सर्वांगीण चतुर्दिक विकास के लिए मार्ग प्रशस्त करता हो, संविधान कहलाता है। एक आम नागरिक से लेकर केंद्रीय सरकार तक सभी इससे अधिकार प्राप्त करते हैं और उसी को आधार बना अपने कर्त्तव्यों का पालन भी करते हैं। अत: साफ है कि आज किसी भी राष्ट्र की पहली आवश्यकता गतिमान संविधान है।

लिखित संविधान का इतिहास बहुत पुराना नहीं है। अमेरिका 1776 में आजाद हुआ और 1777 में ''आर्टकिल ऑफ कनफेडरेशन'' नाम से संविधान आया। इस संविधान में केंद्र इतना कमजोर था कि यह संविधान चल नहीं पाया। फिर फिलाडेल्फिया में एक सम्मेलन बुलाया गया और 1787 में वर्तमान अमेरिकी संविधान अस्तित्व में आया। 1791 में फ्रांस का, 1848 में स्विट्जरलैंड का, 1867 में कनाडा का और 1901 में ऑस्ट्रेलिया का लिखित संविधान अस्तित्व में आया। 1946 में भारतीय संविधान के निर्माण के लिए भारतीय संविधान सभा का गठन हुआ। परंतु यह कहना भी कि इससे पहले संविधान का स्वरूप था ही नहीं, गलत होगा। मेगस्थनीज ने अपनी पुस्तक *इंडिका* में तत्कालीन संविधान की चर्चा की। उसने लिखा है कि मौर्य साम्राज्य की राजधानी पाटलिपुत्र को शासित करने के लिए 6 पार्षद (council) थे। प्राचीन समय में भी अरस्तु ने 158 नगर राज्यों के संविधानों का तुलनात्मक अध्ययन किया था। तुलनात्मक अध्ययन अपने-आप इंगित करता है कि प्रत्येक संविधान एक जैसा नहीं हो सकता है। प्रत्येक राष्ट्र की स्थिति (राजनीतिक, सामाजिक, सांस्कृतिक, धार्मिक, आर्थिक, औद्योगिक आदि) अलग-अलग होती है, अत: स्वाभाविक है कि एक ऐसे संविधान की आवश्यकता होगी जो संबंधित राष्ट्र की तात्कालिक आवश्यकताओं की पूर्ति तो करता ही हो, मजबूत भविष्य की इमारत भी तैयार करता हो। पश्चिमी राष्ट्रों की तुलना में भारतीय समाज अनोखा था। ब्रिटिश संविधान जहाँ सदियों के प्रजातांत्रिक मूल्यों के विकास का प्रतिनिधित्व करता है, वहीं अमेरिकी संविधान

डॉ. बासुकी नाथ चौधरी, एसोसिएट प्रोफेसर, पी.जी.डी.ए.वी. कॉलेज (सांध्य), दिल्ली विश्वविद्यालय

या फ्रांस का संविधान राजनीतिक क्रांति का परिणाम है। परंतु भारत की स्थिति भिन्न थी। अखिल भारतीय स्तर पर सीमित एवं संवैधानिक शासन का न कोई इतिहास था और न ही एकात्मक समाज। स्वतंत्रता आंदोलन की दशा सांप्रदायिक और जातीय तो थी ही, देशी रियासतों के अपने हित और अपना राग। ऐसे में एक ऐसे संविधान का निर्माण करना था जो राष्ट्रीय एकता और अखंडता को अक्षुण्ण रखते हुए गांधी के "स्वराज" की परिकल्पना को पूरा कर सके। जनता आकांक्षाओं से लबालब भरी थी। स्वतंत्रता का अर्थ सामान्य जन की समस्याओं का अंत था। ऐसे में हमारे सामने 1935 का अधिनियम था, दुनिया के कई प्रजातांत्रिक राष्ट्रों के लिखित संविधान थे और अपना उद्देश्य, स्वरूप, निश्चय और मंशा बतलाता हुआ उद्देश्य प्रस्ताव (objective resolution) जो दिसंबर 1946 के एसेंबली सेशन में स्वीकार किया गया था।[1] दुनिया के संविधानों से अपनी परिस्थिति के मुताबिक अलग-अलग प्रावधानों को हमने अपने संविधान में शामिल किया--जैसे संसदीय व्यवस्था इंग्लैंड से, संघात्मक शासन कनाडा से, मौलिक अधिकार अमेरिका से, मौलिक कर्त्तव्य सोवियत संघ से, नीति निदेशक सिद्धांत आयरलैंड से, संविधान संशोधन प्रक्रिया दक्षिण अफ्रीका से, आपातकालीन शक्तियां जर्मनी से, समवर्ती सूची ऑस्ट्रेलिया से लेकर अपने संविधान में सम्मिलित किया।

संक्षेप में यह कहा जा सकता है कि जब से राष्ट्र राज्य का वर्तमान स्वरूप आया है, जिसमें जिम्मेदार सरकार, शक्तियों के विकेंद्रीकरण की अवधारणा और राज्य का कल्याणकारी चरित्र समाहित है, लिखित संविधान आवश्यक हो गया है।

संविधान सभा का प्रादुर्भाव

संविधान सभा की माँग वस्तुतः भारतीयों के द्वारा आत्मनिर्णय एवं स्वतंत्रता की माँग थी। इसकी पहली झलक 1895 के "स्वराज विधेयक" में मिलती है जिसे तिलक के द्वारा प्रस्तुत किया गया था। सरकार अधिक-से-अधिक शासन में भारतीयों की थोड़ी-बहुत भागीदारी की बात सोच रही थी।

1858 का अधिनियम

1. Lead came from Lord Canning, who introduced the portfolio system in Indian administration in 1859. Dividing the work of government into different branches. Various members of the Governor General's council were made in charge of these branches.
2. Vested the entire revenue of the country in the Governor-General in council. The Provincial governments became totally subsidiary to the council.

1861 का अधिनियम

1. Introduced non-official members in the administration. Though this council had no authority to control the executive.

2. Empowered the provincial Governments to legislate on provincial matters.
3. The executive council was expanded to include the advocate General of provinces, in addition to four non-official members who were invariably Indians.

Remarkable: In the sense that it introduced Indians in the administration by recommending the inclusion of non-official members. Thus, it involved Indians in public administration.

1892 का अधिनियम

ब्रिटिश संसद सदस्य चार्ल्स ब्रैडलॉ (बेंतसे ठतंकसंनही) 1889 के बंबई अधिवेशन में शामिल हुआ। उसने विधान सभाओं में सुधार के लिए एक मसौदा तैयार किया। परिणाम था–1892 का अधिनियम

1. काउंसिल के सदस्यों की संख्या में इजाफा
2. काउंसिल के सदस्य को चुनने से पहले सरकार के लिए आवश्यक था कि सभी प्रतिनिधि संस्थाओं से विचार-विमर्श करें।
3. विधायी कार्यों के अलावा काउंसिल को अधिकार था कि वह सरकार की वित्त संबंधी मसलों पर खिचाई कर सके यद्यपि उसको परिवर्तित या अस्वीकार करने का अधिकार नहीं था।

1909 का अधिनियम

1907 में रॉयल कमीशन की स्थापना की गई। इसका उद्देश्य–विक्षुब्ध भारतीय जनता की बदलती एवं वास्तविक स्थिति का आकलन कर प्रशासन में आवश्यक सुधार का सुझाव देना था। कमीशन की सिफारिश के आधार पर 1908 में ब्रिटिश संसद में एक बिल आया जो बाद में 1909 मार्ले-मिंटो सुधार के रूप में सामने आया।

उल्लेखनीय: (1) इस अधिनियम के अंतर्गत भारतीय मुसलमानों को विधान सभाओं में सांप्रदायिक आधार पर प्रतिनिधित्व मिल गया। मुसलमानों को अपने प्रतिनिधि पृथक निर्वाचन क्षेत्रों से निर्वाचित करने थे। इसके अलावा किसी भी अर्थ में और किसी भी क्षेत्र में भारतीयों को प्रशासन की जिम्मेदारी नहीं सौंपी गई। ब्रिटिश संसद में इन सुधारों पर भाषण देते हुए लार्ड मार्ले (तत्कालीन भारत मंत्री) ने कहा था कि यदि सुधारों के विषय से यह अनुमान लगाया जाए कि इनसे प्रत्यक्ष या अप्रत्यक्ष रूप से भारत में संसदीय सरकार की स्थापना होगी तो उनका उन सुधारों से कोई वास्ता नहीं है।

(2) ''फूट डालो और शासन करो'' की अंग्रेजी नीति को पहली बार खुलकर लागू कर दिया गया।

1919 का अधिनियम

विश्व युद्ध के शुरू होते ही ब्रिटिश सरकार की नीतियों में परिवर्तन दिखाई देने लगा। वस्तुत: यह परिवर्तन युद्ध में भारतीयों से पूर्ण सहयोग प्राप्त करने की नीति थी।

बदलती स्थिति: मुस्लिम लीग–आगा खाँ की अध्यक्षता में ब्रिटिश शह पर बन चुकी थी जो अपने लिए अलग प्रतिनिधित्व की मांग कर रही थी। पहली बार राष्ट्रीय स्वतंत्रता आंदोलन, हिंदू-मुस्लिम पैक्ट (लखनऊ पैक्ट) एवं विश्व युद्ध के दबाव में 1917 में भारत मंत्री मॉन्टेगू ने ब्रिटिश संसद में घोषणा की कि 'ब्रिटिश सरकार की नीति भारत में धीरे-धीरे उत्तरदायी शासन (responsible government) की स्थापना है। उसी आश्वासन के तहत भारत सरकार अधिनियम 1919 आया। यह अधिनियम द्वैध शासन प्रणाली (dyarchy) के नाम से भी प्रसिद्ध है।

इस अधिनियम के तहत केंद्र सरकार के स्वरूप में किसी प्रकार का परिवर्तन नहीं किया गया था। राज्यों (प्रांतीय) के प्रशासन को दो भागों में बाँट दिया गया था। हस्तांतरित और आरक्षित। इनकी निम्न विशेषताएँ थी–

(i) विषय हस्तांतरित हों या आरक्षित गवर्नर के अधीन थे।
(ii) हस्तांतरित विषयों पर गवर्नर को सलाह देने के लिए मंत्रिपरिषद् की व्यवस्था थी और मंत्रियों का व्यवस्थापिका का सदस्य होना आवश्यक था।
(iii) मंत्रियों को स्वतंत्रता तो थी, परंतु हस्तांतरित विषयों के अधीन जिन विषयों को रखा गया था, वह या तो बहुत महत्त्व के नहीं थे या उन विषयों का चरित्र ऐसा था जिसमें उत्तरदायित्व ज्यादा था, शक्ति कम।
(iv) सामूहिक उत्तरदायित्व का अभाव था और गवर्नर की सर्वोच्चता संपूर्ण थी।

आरक्षित विषयों में–

(i) महत्त्वपूर्ण और शक्तिशाली विभाग शामिल थे।
(ii) जिन पार्षदों के अधीन ये विभाग थे, वे न तो व्यवस्थापिका के सदस्य थे और न ही व्यवस्थापिका के प्रति उत्तरदायी थे।
(iii) इन पार्षदों की स्वामिभक्ति पूर्णरूपेण गवर्नर के साथ थी।

मुख्यत: विषयों के बँटवारे और गवर्नर की अक्षुण्ण शक्ति ने समस्याएँ पैदा कीं। परंतु यह माना जाता है कि इस अधिनियम ने उत्तरदायी शासन की शुरुआत तो की। पर जैसे थोड़ी से बारिश प्यासी धरती को और गर्म बना देती है, वैसे ही इस अधिनियम ने राष्ट्रीय स्वतंत्रता आंदोलन में और उबाल ला दिया। यह अधिनियम भारतीय जनमानस की आकांक्षाओं से बहुत दूर था। प्रतिक्रियास्वरूप ही गाँधी ने 1922 में कहा कि स्वराज ब्रिटिश संसद से उपहार में नहीं मिलेगा। गाँधी ने संविधान सभा की ओर इशारा करते हुए यह भी कहा कि–"स्वराज्य का अर्थ है–जनप्रतिनिधियों द्वारा कायम की गई ऐसी व्यवस्था जो जनता की आकांक्षाओं और आवश्यकताओं के अनुरूप हो।"[2]

1924 में मोती लाल नेहरू के नेतृत्व में स्वराज दल ने संविधान सभा की माँग की। उन्होंने सुझाव दिया था कि भारतीय प्रतिनिधियों की एक सभा बुलाई जाए, जिसमें भारतीय संविधान के निर्माण की योजना बनाई जाए। सरकार ने, स्वाभाविक है, इस पर कोई ध्यान नहीं दिया। 1919 के अधिनियम में एक प्रावधान था कि 10 वर्षों के बाद उस अधिनियम की समीक्षा की जाएगी। इसी प्रावधान के तहत ब्रिटिश सरकार ने 1928 में भावी राजनीतिक ढाँचे में परिवर्तन के लिए सर जॉन साइमन की अध्यक्षता में एक समिति का

गठन किया। इस समिति में कोई भी भारतीय प्रतिनिधि नहीं था। जले पर नमक छिड़कते हुए तत्कालीन भारतीय सचिव ने यह भी कह दिया कि अपने लिए भी संविधान बनाने की कूवत और कौशल भारतीयों में नहीं है। प्रत्युत्तर में आई–नेहरू समिति रिपोर्ट। पंडित मोती लाल नेहरू के नेतृत्व में सर्वदलीय सम्मेलन ने भावी संविधान के निर्माण के लिए एक समिति बनाई। समिति के अन्य सदस्य थे–सर तेज बहादुर सप्रू, सुभाष चंद्र बोस और सर अली इमाम। नेहरू समिति की रिपोर्ट में निम्न सुझाव थे–

(i) एक अखिल भारतीय संघ की स्थापना हो, जिसमें भारत के ब्रिटिश प्रांत एवं देशी रियासतें शामिल हों

(ii) मौलिक अधिकार संविधान में समाहित किए जाएं

(iii) केंद्र में गवर्नर-जनरल और प्रांतों में गवर्नर ''संवैधानिक अध्यक्ष'' के रूप में कार्य करें

नेहरू समिति की रिपोर्ट को कांग्रेस से समर्थन मिला परंतु मुस्लिम लीग ने पुनः इसका विरोध किया। अंग्रेजी सरकार द्वारा इसे नकारना स्वाभाविक था। परंतु स्वराज दल के लोग एक मिशन के तौर पर संविधान सभा की अवधारणा को प्रचारित-प्रसारित करते रहे।

1935 का अधिनियम

साइमन कमीशन की रिपोर्ट के बाद, ब्रिटिश सरकार 1935 अधिनियम के साथ आई। यह अधिनियम **प्रांतीय स्वायत्तता अधिनियम** के नाम से भी प्रचलित है। इस अधिनियम के द्वारा प्रांतों को स्वायत्तता और केंद्र में द्वैध शासन व्यवस्था लागू करना था। परंतु इस अधिनियम का केंद्र सरकार संबंधी भाग लागू नहीं किया गया। हाँ, प्रांतों में उत्तरदायी शासन व्यवस्था चुनावों के आधार पर लागू हो गई। इस अधिनियम के तहत हुए चुनाव में 11 में से आठ राज्यों में कांग्रेस की सरकार बनी। कांग्रेसी नेताओं को संसदीय प्रजातंत्र में होने वाले सत्ता के प्रयोग का अनुभव प्राप्त हुआ। प्रांतीय स्वायत्तता अधिनियम में हिस्सेदारी के बावजूद संविधान सभा की माँग जारी रही। 1936 के लखनऊ कांग्रेस अधिवेशन में संविधान सभा के महत्त्व की व्याख्या की गई तो 1937 के फैजपुर और 1938 के हरिपुरा अधिवेशन में संविधान सभा की माँग से संबंधित प्रस्ताव पास किए गए।

1939 में द्वितीय विश्व युद्ध प्रारंभ हो गया। बिना किसी नेता या संगठन से विचार किए, भारत को ब्रिटिश सरकार द्वारा झोंक देने के विरोध में दिसंबर 1939 में कांग्रेस मंत्रिमंडलों ने इस्तीफा दे दिया। एक बार फिर संवैधानिक संकट खड़ा हो गया। 17 अक्टूबर 1939 को वायसराय लिनलिथगो ने घोषणा की कि:

(i) ब्रिटिश सरकार का लक्ष्य भारत में डोमिनियन राज्य बनाना है;

(ii) विश्व युद्ध के बाद संविधान निर्माण पर विचार किया जाएगा;

(iii) प्रत्येक निर्णय लेने में सभी प्रमुख राजनीतिक दलों एवं देशी रियासतों के प्रतिनिधियों की हिस्सेदारी होगी, जो परामर्शदात्री समिति (consultative committee) के रूप में काम करेगी।

वस्तुत: वायसराय ने विभिन्न दलों के अंतर्विरोधों का इस्तेमाल किया था। लीग और देसी रियासतों को अपना हित कांग्रेस से अलग दिख रहा था और वायसराय इन दोनों को कांग्रेस के खिलाफ इस्तेमाल करने का प्रयास कर रहा था।

इसके तुरंत बाद 23 मार्च 1940 को लीग ने लाहौर अधिवेशन में **"द्वि-राष्ट्र"** सिद्धांत के आधार पर पाकिस्तान की माँग की औपचारिक घोषणा की और संविधान सभा की माँग को स्वीकार कर लिया।

8 अगस्त 1940 को वायसराय लिनलिथगो ने प्रस्तावित किया कि यूरोप में युद्ध की समाप्ति के बाद–

(i) भारत में डोमेनियन ढाँचे के आधार पर पूर्ण उत्तरदायी सरकार की यथाशीघ्र स्थापना की जाएगी।

(ii) भारत के नए संविधान का प्रारूप तैयार करने के लिए एक संविधान सभा का गठन किया जाएगा। **ध्यातव्य** है कि पहली बार ब्रिटिश सरकार ने संविधान सभा की माँग और भारतीयों द्वारा इसके निर्माण को स्वीकारा।

परंतु उनकी नीति और नीयत में यहाँ भी खोट दिखाई देता है। वे कहते हैं कि–ऐसे किसी संवैधानिक समझौतों को मान्यता नहीं दी जाएगी जो अल्पसंख्यकों के हितों के खिलाफ होगा। यहाँ महत्त्वपूर्ण यह है कि अल्पसंख्यकों के हितों को परिभाषित कैसे किया जाए?

क्रिप्स मिशन

इस प्रकार एक ओर अंग्रेजी सरकार भारतीय समाज के अंतर्विरोधों का इस्तेमाल कर रही थी और दूसरी ओर विश्व युद्ध के कारण ब्रिटिश सरकार पर भी कई तरह के दबाव थे। अमेरिकी राष्ट्रपति रूजवेल्ट ब्रिटिश प्रधानमंत्री चर्चिल पर भारतीय समस्या को सुलझाने के लिए दबाव बना रहे थे। जापान सिंगापुर पर कब्जा करके भारत के द्वार पर दस्तक दे रहा था और चीन के शासक च्यांग-काई शेक भारत आकर भारतीय स्वतंत्रता संग्राम का समर्थन कर चुके थे। **यहाँ गौरतलब** है कि चीन जापान के विरुद्ध संघर्षरत था। ऐसी स्थिति में ब्रिटिश सरकार ने अपने एक मंत्री स्टेफोर्ड क्रिप्स को भारत भेजा। कांग्रेस के कई बड़े नेताओं से सर क्रिप्स के अच्छे संबंध थे। 23 मार्च 1942 को क्रिप्स दिल्ली पहुँचे। भिन्न राजनैतिक एवं अन्य महत्त्वपूर्ण नेताओं से बात करने के बाद निम्न प्रस्ताव सामने आया–

(i) भारतीय संघ के संविधान बनाने हेतु ब्रिटिश भारत एवं देशी रियासतों द्वारा चुनी गई संविधान सभा होगी।

(ii) कोई भी एक या एक से अधिक प्रांत जिन्हें संघ के लिए बनाया गया संविधान मंजूर नहीं होगा वे–

  (a) प्रस्तावित संघ से अलग रहने एवं अपना अलग संविधान बनाने के लिए स्वतंत्र होंगे। वे अलग संघ बनाने के लिए भी स्वतंत्र होंगे।

  (b) देशी रियासतों को यह भी अधिकार होगा कि वे नए संविधान को स्वीकार करें या न करें।

अब तक यह निश्चित तो हो गया था कि भारत की स्वतंत्रता अवश्यंभावी है, परंतु सवाल यह था कि बागडोर किसके हाथ में दी जाए और कितनी दी जाए। कांग्रेस ने कहा–भारत छोड़ो, मुस्लिम लीग ने कहा–विभाजित करो, तब भारत छोड़ो, देशी रियासतों ने पुकार लगाई–हमें शक्तिशाली बनाकर भारत छोड़ो।

कैबिनेट मिशन

ब्रिटेन में घटनाक्रम तेजी से बदल रहा था। युद्ध समाप्त हो चुका था। चर्चिल चुनाव हार गए थे। एटली के नेतृत्व में श्रमिक दल की सरकार बन गई थी। भारत में प्रशासनिक तंत्र में विद्रोह दिखाई दे रहा था। प्रधानमंत्री एटली ने अपने मंत्रिमंडल के तीन सदस्यों (लार्ड पैथिक लॉरेंस, सर स्टेफॉर्ड क्रिप्स तथा ए. वी. एलैक्जेंडर) को भारतीय नेताओं से विचार-विमर्श कर भारतीय स्वतंत्रता के संबंध में योजना बनाने भेजा। यह प्रतिनिधिमंडल ''कैबिनेट मिशन'' के नाम से प्रसिद्ध हुआ। कैबिनेट मिशन ने सभी राजनीतिक दलों, संगठनों के नेताओं से बातचीत की और शिमला में एक असफल त्रि-पक्षीय सम्मेलन करवाया। किसी भी प्रस्ताव पर चूँकि भारतीय राजनीतिक दलों के बीच सहमति नहीं हो सकती तो कैबिनेट मिशन के सदस्यों ने आपस में विचार करके एक प्रस्ताव तैयार किया, जिसकी घोषणा ब्रिटिश प्रधानमंत्री ने 16 मई 1946 को हाउस ऑफ कॉमन्स में की। इस घोषणा के मुताबिक:

(i) त्रिस्तरीय संघ के निर्माण की योजना थी।

(ii) स्वतंत्र भारत के लिए संविधान का प्रारूप तैयार करने के लिए संविधान सभा की व्यवस्था थी।

इस प्रकार अब संविधान सभा के गठन का मार्ग प्रशस्त हो गया था।

संविधान सभा का गठन

संविधान सभा की रचना के लिए निम्न प्रस्ताव थे:

(i) संविधान सभा में हर दस लाख की आबादी के लिए एक प्रतिनिधि होना चाहिए। इस प्रकार संविधान सभा के सदस्यों की संख्या तय नहीं की गई।

(ii) प्रांतीय प्रतिनिधियों का चुनाव 1946 में प्रांतीय विधानसभाओं के द्वारा हुआ। देशी रियासतों के प्रतिनिधि राजाओं के द्वारा मनोनीत किए गए। सदस्यों को चुनने वाले मतदाताओं को मत देने का अधिकार संपत्ति, शिक्षा एवं कर देने की क्षमता पर निर्भर था।

उपर्युक्त दोनों सूत्रों के आधार पर सीटों का वितरण निम्न प्रकार था– (a) ब्रिटिश भारत के 296 सदस्य (साधारण–210, मुसलमान-78, सिक्ख-4 तथा चीफ कमिश्नरों द्वारा शासित प्रदेशों से–4); (b) देशी राज्यों से–93

पट्टाभि सीतारमैया ने ब्रिटिश भारत के प्रतिनिधियों का विभिन्न प्रांतों तथा वर्गों में विभाजन निम्न रूप से किया है–

वर्ग-अ

प्रांत	*साधारण*	*मुस्लिम*	*कुल*
मद्रास	45	4	49
बंबई	19	2	21
उत्तर प्रदेश	47	8	55
बिहार	31	5	36
मध्य प्रांत	16	1	17
उड़ीसा	09	0	09
कुल योग	167	20	187

इन प्रांतों के प्रतिनिधियों के अतिरिक्त इस वर्ग में दिल्ली, अजमेर, मारवाड़ और कुर्ग (चीफ कमिश्नर शासित क्षेत्र) से भी 1-1 गैर मुस्लिम प्रतिनिधि लेने थे। इस प्रकार इस वर्ग के प्रतिनिधियों की संख्या कुल-190 हुई।

वर्ग-ब

प्रांत	*साधारण*	*मुस्लिम*	*सिक्ख*	*योग*
पंजाब	08	16	04	28
पश्चिमोत्तर सीमा प्राप्त	0	03	0	03
सिंध	01	03	0	04
कुल योग	09	22	04	35

वर्ग 'ब' में ब्लूचिस्तान के चीफ कमिश्नर के प्रांत से 1 प्रतिनिधि लिया गया। इस प्रकार इस वर्ग के प्रतिनिधियों की कुल संख्या 36 हुई।

वर्ग-स

प्रांत	*साधारण*	*मुस्लिम*	*योग*
बंगाल	27	33	60
असम	07	03	10
कुल योग	34	36	70

कैबिनेट मिशन की योजना के अनुसार प्रांतों के लिए 296 सदस्यों का जो चुनाव हुआ, उसका चुनाव परिणाम निम्न था-

पार्टी का नाम	*निर्वाचित सदस्यों की संख्या*
कांग्रेस	208
मुस्लिम लीग	73
यूनियनिस्ट पार्टी	01
यूनियनिस्ट मुस्लिम	01
यूनियनिस्ट शिडयूल कास्ट	01
कृषक प्रजा पार्टी	01
अनुसूचित जाति संघ	01
सिक्ख (कांग्रेस के अलावा)	01
साम्यवादी	01
स्वतंत्र उम्मीदवार	08
कुल योग	296

मुस्लिम लीग यद्यपि पाकिस्तान की माँग कर रही थी और कैबिनेट मिशन की आलोचना भी कर रही थी। पर उसने संविधान सभा का चुनाव लड़ा जिसका परिणाम उसके लिए उत्साहवर्द्धक नहीं था। फिर जब भारत के विभाजन को कांग्रेस कार्यसमिति ने स्वीकार कर लिया तो पाकिस्तान का सृजन हो गया। अब पाकिस्तान के लिए अलग संविधान बनाने की जरूरत थी। मुस्लिम लीग के 73 निर्वाचित प्रतिनिधियों में से 57 सदस्यों ने पाकिस्तान की ओर रुख किया। 4 देशी रियासतों के प्रतिनिधि भी पाकिस्तान गए। इस प्रकार संविधान सभा की संख्या 292 में से 235 रह गई। देशी रियासतों से 89 सदस्य थे। इस प्रकार संविधान सभा के सदस्यों की कुल संख्या 324 रह गई। हैदराबाद एक ऐसी देशी रियासत थी जिसका प्रतिनिधि संविधान सभा में सम्मिलित नहीं हुआ।

संविधान सभा की प्रकृति

चुनाव के बाद पहला काम देश के लिए एक प्रजातांत्रिक संविधान का निर्माण करना था। यह कार्य संविधान सभा की प्रकृति पर निर्भर करता था। यहाँ कुछ विद्वानों ने संविधान सभा की प्रकृति पर मुख्यतया दो प्रश्नों को उठाया है। आवश्यक है कि हम उनकी चर्चा निम्न रूप से करें–

1. संविधान सभा की प्रभुसत्ता का प्रश्नः संविधान सभा का निर्माण कैबिनेट मिशन प्रस्ताव और ब्रिटिश संसद में प्रधानमंत्री एटली द्वारा की गई घोषणा पर आधारित था। साथ ही कैबिनेट मिशन ने केंद्र सरकार को मात्र तीन विभाग दिए थे–प्रतिरक्षा, विदेश और संचार; तथा इन तीनों विभागों को चलाने के लिए राजस्व इकट्ठा करने का अधिकार।

इस तकनीकी पहलू का सहारा लेकर कुछ लेखकों ने संविधान सभा की प्रभुसत्ता पर ही प्रश्न चिह्न लगा दिया। उनका तर्क था कि चूँकि संविधान सभा का गठन ब्रिटेन की संसद में पारित प्रस्ताव पर आधारित था, इसलिए इसे किसी भी समय ब्रिटिश संसद द्वारा भंग किया जा सकता था। मेरी राय में यह विवाद शायद "प्रभुसत्ता" शब्द की समझ की कमी के कारण पैदा हुआ है जिसके कारण निम्न हैं–

(i) चूँकि भारत गुलाम था, अतः स्वतंत्रता एवं उसको सुव्यवस्थित करने के लिए अंग्रेजी सरकार को भी प्रस्ताव अपनी संसद में ही लाना पड़ता और दूसरा विकल्प क्या था?

(ii) प्रस्ताव में भारत की संप्रभुता निहित थी। संविधान सभा तो इस संप्रभु देश के लिए संविधान निर्माण करती और सभी प्रतिनिधि भारतीय होते।

(iii) ऐसी स्थिति में अगर एक सामान्य प्रस्ताव में संविधान सभा को समाप्त किया जा सकता था तो न अंतरिम शासन व्यवस्था का कोई महत्त्व था और न ही स्वतंत्रता के आगाज़ का।

(iv) ब्रिटिश सरकार के लिए यह संभव भी नहीं था कि वह संविधान सभा की प्रभुसत्ता पर प्रश्न चिह्न भी लगा पाती, समाप्त करने की बात तो दूर, ऐसा सोचना भी ब्रिटिश सरकार के लिए आत्मघाती होता।

अतः इसमें तो कोई दो राय है ही नहीं कि संविधान सभा संप्रभु थी। पंडित जवाहर लाल नेहरू ने स्वतंत्रता के अवसर पर साफ शब्दों में कहा था–"आजादी और ताकत के

मिलते ही हमारी जिम्मेदारियाँ भी बढ़ गई हैं। संविधान सभा इन जिम्मेदारियों को निभाएगी। संविधान सभा एक पूर्ण प्रभुत्व-संपन्न संस्था है, वह देश के आजाद नागरिकों का प्रतिनिधित्त्व करती है।"[3] एन. जी. आयंगार ने प्रभुसत्ता के विचार पर संविधान सभा में कहा कि 'इस संविधान सभा का स्रोत यह नहीं है कि इसके निर्माता सम्राट की सरकार के तीन सदस्य हैं वरन् यह है कि उसके प्रस्तावों को जनता ने स्वीकार कर लिया।'[4] एक और तथ्य ध्यान देने लायक यह है कि 15 अगस्त 1947 के बाद से भारत की किसी भी संस्था की प्रभुता के बारे में चिह्न लगाना तो अनर्गल प्रलाप है।

2. संविधान सभा क्या प्रतिनिधिक संस्था थी: संविधान निर्माण और उसे लागू करने के विषय पर प्रस्तावना में कहा गया है, "हम भारत के लोग, भारत को एक संपूर्ण प्रभुत्व संपन्न लोकतंत्रात्मक गणराज्य बनाने के लिए तथा उसके समस्त नागरिकों को सामाजिक, आर्थिक और राजनीतिक न्याय प्राप्त करने के लिए इस संविधान को अधिनियमित तथा आत्मार्पित करते हैं।"

विवाद इस बात पर है कि क्या जिन लोगों ने संविधान निर्माण में अपनी भूमिका निभाई, सचमुच "हम, भारत के लोगों" का प्रतिनिधित्व करते थे। औरों को तो छोड़िये, स्वयं कांग्रेस का समाजवादी धड़ा मानता है कि चूँकि संविधान सभा के सदस्यों का चुनाव प्रत्यक्ष रूप से नहीं हुआ, इसलिए इसे संपूर्ण भारतीय जनता की प्रतिनिधि सभा नहीं कहा जा सकता है। जय प्रकाश नारायण इस वर्ग के अग्रणी प्रवक्ता थे। के. वी. राव भी इसी दृष्टिकोण के समर्थक जान पड़ते हैं।

इस विवाद पर यदि अति आदर्शवादी दृष्टिकोण अपनाएँ तो कांग्रेसी समाजवादियों की राय ठीक लगती है। ऐसा इसलिए क्योंकि संविधान सभा के सदस्यों का चुनाव प्रांतीय विधानसभा के सदस्यों द्वारा हुआ और प्रांतीय विधानसभाओं के सदस्यों का चुनाव भी वयस्क मताधिकार पर आधारित न होकर, ऐसे मतदाताओं के द्वारा हुआ जिन्हें मतदान का अधिकार निश्चित की गई संपत्ति, कर देने की क्षमता और शैक्षणिक योग्यता के कारण मिला था। मात्र 28.5 फीसदी वयस्क मतदाताओं ने प्रांतीय विधानसभा के सदस्यों का चयन किया था।[5] इस प्रकार वयस्क मतदाताओं में 71.5 फीसदी तो प्रांतीय प्रतिनिधियों के चुनने में ही छाँट दिए गए थे। देशी रियासतों के प्रतिनिधि भी जनता के द्वारा चुने नहीं गए थे। के. वी. राव के मुताबिक आबादी के लगभग 5 फीसदी लोगों ने ही संविधान सभा के सदस्यों का चुनाव किया।[6]

एक बात और कही जा सकती है कि संविधान सभा के सदस्यों ने दल-विशेष के सदस्यों की तरह काम किया। कांग्रेस ने संविधान सभा में भी "एक दल" बना लिया जो पर्दे के पीछे मुद्दों पर निर्णय लेते थे और पार्टी ह्विप के अधीन उसे संविधान सभा में लागू करते थे। तभी तो समिति के प्रमुख सदस्य श्री त्यागी ने कहा कि यह राष्ट्र को बहुमत दल के द्वारा दिया गया संविधान है।[7]

परंतु आदर्श के धरातल पर दिए गए ये तर्क कर्णप्रिय भले हों, किसी भी तरह मान्य नहीं होने चाहिए। कारण है कि संविधान सभा का निर्माण कैबिनेट योजना के आधार पर हुआ था और कांग्रेस या अंततः मुस्लिम लीग ने संविधान सभा को स्वीकृति किसी आदर्श के तहत नहीं दी थी। व्यावहारिकता इसे स्वीकार करने का मूल कारण था।

दूसरा, संविधान सभा का गठन जिस समय हुआ, पूरा राष्ट्र सांप्रदायिक दंगों की चपेट में था और ऐसे समय में चुनाव कराना न तो संभव था और न ही व्यावहारिक।

तीसरा, अगर वयस्क मताधिकार के आधार पर चुनाव होता तो भी संविधान सभा का स्वरूप लगभग ऐसा ही होता। यदि प्रांतीय स्वायत्तता के तहत चुनाव और 1946 में प्रांतीय विधानसभाओं के साथ स्वतंत्रता के बाद के प्रथम चुनाव परिणाम का तुलनात्मक विश्लेषण करें तो लगभग यही स्वरूप उभर कर आता है।

चौथा और सबसे महत्त्वपूर्ण तथ्य यह है कि कांग्रेस ने संविधान सभा को प्रतिनिधि स्वरूप देने के लिए हरसंभव प्रयास किया। कांग्रेस के प्रयास से ऐसे लोगों का भी चयन हुआ जो कांग्रेस से संबद्ध नहीं थे। डॉ अंबेडकर, डॉ राधाकृष्णन, के. टी. शाह एवं हृदय नाथ कुंजरू आदि इसी श्रेणी में आते हैं। जय प्रकाश नारायण और सर तेज बहादुर सप्रू को भी आमंत्रित किया गया था। जय प्रकाश नारायण ने समाजवादियों के साथ इसे अस्वीकार कर दिया। सर तेज बहादुर सप्रू का स्वास्थ्य साथ नहीं दे रहा था।

इस प्रकार कहा जा सकता है कि संविधान सभा की आलोचना उसके प्रतिनिधि स्वरूप को लेकर की जाए, उचित नहीं है। निश्चित रूपेण ''संविधान सभा सारे भारत की एक लघु झाँकी (India in microcosom) प्रस्तुत करती थी।''[8]

संविधान का निर्माण

संविधान सभा की पहली बैठक संसद भवन के केंद्रीय कक्ष में 9 दिसंबर 1946 को हुई। सभा के वरिष्ठतम सदस्य डॉ. सच्चिदानन्द सिन्हा को अस्थायी अध्यक्ष चुना गया। 11 दिसंबर 1946 को डॉ राजेंद्र प्रसाद संविधान सभा के स्थायी अध्यक्ष चुने गए। टी.टी. कृष्णामचारी और एच. सी. मुखर्जी इसके उपाध्यक्ष थे।

संविधान निर्माण की शुरुआत पंडित नेहरू के ''उद्देश्य प्रस्ताव'' से हुई। उद्देश्य प्रस्ताव भावी संविधान की रूप-रेखा थी। पं. नेहरू के उद्देश्य प्रस्ताव निम्नलिखित थे–

(i) यह संविधान सभा भारत को एक स्वतंत्र प्रभुसत्ता संपन्न गणराज्य घोषित करने और उसी के भविष्य के शासन के लिए संविधान बनाने के अपने दृढ़ निश्चय को व्यक्त करती है।

(ii) वर्तमान ब्रिटिश इंडिया क्षेत्र, वर्तमान भारतीय रियासतों के क्षेत्र और भारत के ऐसे दूसरे भाग, जो इस समय ब्रिटिश भारत और भारतीय रियासतों के क्षेत्र से बाहर हैं और दूसरे क्षेत्र, जो स्वतंत्र प्रभुसत्ता संपन्न भारत में मिलना चाहते हों, उन सबका एक संघ बनेगा।

(iii) इन सभी क्षेत्रों की वर्तमान सीमाओं या ऐसी दूसरी सीमाओं के साथ, जो संविधान सभा और बाद में संविधान के कानून के अनुसार निश्चित की जाएँ, स्वायत्त इकाइयों का पद मिलेगा, और वे सरकार और शासन की सभी शक्तियों का प्रयोग करेंगी मात्र उन शक्तियों और कार्यों को छोड़कर जो संघ को दिए जाएँ या उसके पास है या संघ में समझे जाते हैं या फिर संघ उन कार्यों और अधिकारों से उत्पन्न है।

(iv) जिसमें स्वतंत्र, प्रभुसत्ता संपन्न भारत, उसके भागों और सरकार के सभी अंगों को अपनी शक्तियाँ और अधिकार जनता से मिले हैं। और

(v) जिसमें भारत के सब लोगों को सामाजिक, आर्थिक तथा राजनैतिक न्याय, पद और अवसर तथा कानून के सामने समानता, विचार और अभिव्यक्ति, विश्वास, धर्म-पूजा, व्यवसाय, समुदाय व संगठन बनाने और कार्य करने की कानून और राजनैतिक नैतिकता के अनुसार स्वतंत्रता हो।

(vi) जिसमें अल्पसंख्यकों, पिछड़े हुए और आदिवासी क्षेत्रों और पिछड़ी तथा शोषित जातियों के लिए पर्याप्त हितों तथा उनकी रक्षा की व्यवस्था होगी।

(vii) जिसके द्वारा सभ्य राष्ट्रों के कानून और न्याय के अनुसार गणतंत्र के स्थायित्व और/भू-भाग अथवा भूमि, जल और आकाश में इसके संप्रभु अधिकारों की सुरक्षा की जाएगी।

(viii) जो पुरातन भूमि विश्व में अपना अधिकारपूर्ण और सम्मानित स्थान रखती है, मानव कल्याण एवं विश्व शांति के विस्तार में पूर्णतया प्रयत्न करेगी।

इस प्रकार भारतीय नेतृत्व जिस प्रकार का संविधान एवं भावी भारतीय राज्य व्यवस्था की परिकल्पना करता था, उसका स्पष्ट चित्रण ''उद्देश्य प्रस्ताव'' करता है। यह साफ था कि भारत स्वतंत्र, प्रभुत्व संपन्न एवं संघीय गणराज्य होगा जहाँ जनता सर्वोपरि होगी और सारी शक्तियों का स्रोत भी आर्थिक, सामाजिक एवं राजनीतिक स्वतंत्रता पर आधारित न्याय होगा। उचित प्रतिबंधों (reasonable restriction) के साथ विचारों की स्वतंत्रता होगी। अल्पसंख्यकों, पिछड़ी जातियों, आदिवासियों आदि के विकास के लिए काम किया जाएगा और भारत हरसंभव ऐसे उपायों को मजबूत करने का प्रयास करेगा जिससे अंतर्राष्ट्रीय शांति एवं सद्भाव पैदा हो। 22 जनवरी 1947 को नेहरू द्वारा प्रस्तावित ''उद्देश्य प्रस्ताव'' मंजूर हो गया।

संविधान सभा की कार्य पद्धति

संविधान सभा ने समितियों के माध्यम से कार्य करना शुरू किया। कई समितियाँ बनाई गईं। सबसे महत्त्वपूर्ण समिति ''प्रारूप समिति'' (drafting committee) थी, जिसका गठन 29 अगस्त 1947 को भारतीय संविधान का प्रारूप तैयार करने के लिए था। डॉ. भीमराव अंबेडकर इस समिति के अध्यक्ष थे। इसमें कुल सात सदस्य थे। अन्य सदस्य थे–के. एम. मुंशी, श्री डी. पी. खेतान, श्री एन. गोपाला स्वामी आयंगर, अल्लादि कृष्णास्वामी अय्यर, मुहम्मद सादुल्ला एवं श्री बी. एल. मित्तर। कुछ समय के बाद श्री. टी. टी. कृष्णामचारी ने डी. पी. खेतान एवं श्री बी. एल. मित्तर का स्थान श्री एन. माधवन राय ने लिया। इसके अलावा श्री बी. एन. राव एवं श्री एस. एन. मुखर्जी को इसमें शामिल किया गया। बी. एन. राव समिति के संवैधानिक विशेषज्ञ के रूप में काम कर रहे थे जबकि मुखर्जी मुख्य प्रारूप तैयार कर्त्ता थे।

बी. एन. राव सेवानिवृत्त आई.सी.एस. एवं न्यायविद थे। संविधान सभा ने श्री राव को संवैधानिक पद्धति को नजदीक से समझने के लिए अमेरिका, कनाडा आदि की शैक्षणिक यात्रा पर भेजा। इन राष्ट्रों में उन्होंने अनेक शिक्षाविदों, न्यायाधीशों, राजनीतिज्ञों एवं संवैधानिक विशेषज्ञों से साक्षात्कार किया और वहाँ की राज व्यवस्था का गहन संवैधानिक

अध्ययन किया। उनका अनुभव एवं अध्ययन साफ-साफ भारतीय संविधान में झलकता है। अन्य समितियों में प्रमुख समितियाँ थीं–

(i) संघ संविधान समिति (Union Constitution Committee)

(ii) संघ शक्ति समिति (Union Powers Committee)

(iii) प्रांतीय संविधान समिति (Provincial Constitution Committee)

(iv) मूल अधिकारों, अल्पसंख्यकों आदि से संबंधित समिति (Committee Related with Fundamental Rights and Minorities.)

(v) वार्ता समिति (Negotiation Committee.)

वार्ता समिति का गठन संविधान सभा ने पहले ही कर लिया गया था। इसका मुख्य कार्य देशी रियासतों से बातचीत करना था। वैसे तो समितियों ने अपना कार्य किया ही पर संविधान सभा ने संविधान की मुख्य विशेषताओं के संबंध में एक प्रश्नावली तैयार की तथा राय और सुझाव आमंत्रित करते हुए इसे केंद्रीय विधानमंडल एवं प्रांतीय विधानमंडल के सदस्यों के पास भी भेजा। वहाँ से कुछ लाभकारी सुझाव भी आए। संविधान सभा की कार्य प्रणाली पर मुख्यतया दो तरह की राय देखने को मिलती है–एक धड़े के अगुआ ग्रेनविल आस्टिन हैं, जिनकी राय अधिकतर विद्वानों ने मानी है। इनके अनुसार भारतीय संविधान के निर्माण में अत्यधिक श्रेष्ठ प्रक्रिया को अपनाया गया। उनके अनुसार ये प्रक्रियाएँ थीं[9]–

सहमति से निर्णय (Decision Making by Consensus): प्रारूप समिति के गठन पर दृष्टि डालें तो साफ हो जाता है कि तत्कालीन राष्ट्रीय नेताओं ने बहुमत के बजाय सर्वसम्मति से निर्णय की प्रक्रिया को प्राथमिकता दी। उन्हें पता था कि वे ऐसे राष्ट्र का संविधान बना रहे थे जिसकी सुंदरता विभिन्नताओं में सिमटी हुई थी। इसीलिए प्रारूप समिति की अध्यक्षता डॉ. भीमराव अंबेडकर को दी गई जो कांग्रेसी नीतियों के विरोधी और आलोचक रहे थे। यदि के. एम. मुंशी को छोड़ दें तो बाकी के सदस्य कांग्रेस के समर्पित नेता तो कहे ही नहीं जा सकते हैं।

सुझावों और प्रस्तावों को यदि अस्वीकृत किया गया तो न केवल सुझाव देने वाले सदस्यों को उसका कारण बताया जाता था वरन मान-मनौवल के बाद प्रस्ताव वापस ले लिए जाते थे। हाँ, इतना जरूर था कि प्रस्ताव के प्रत्येक अनुच्छेद पर कांग्रेस कार्य समिति की बैठकों में विस्तृत चर्चा होती थी। एम. वी. पायली ने इस संदर्भ में लिखा है कि, 'संविधान सभा में वाद-विवाद को पूरा प्रोत्साहन मिला, आलोचना के प्रति सहनशीलता अपनाई गई, लंबे वाद-विवाद के प्रति असंतोष नहीं दिखाया गया, अपने विचार दूसरों पर लादने एवं शीघ्रता से कार्य समाप्त करने का प्रयास नहीं किया गया। यह एक पूर्ण लोकतांत्रिक प्रक्रिया थी, जिस पर भारतीय लोग गर्व कर सकते हैं।"[10]

ग्रेनविल आस्टिन के अनुसार तीन तत्त्वों ने सर्वसम्मति के आधार पर निर्णय लेने में सहायता प्रदान की। ये थे–संविधान सभा में एकता का वातावरण, आदर्शवादिता का वातावरण और राष्ट्रीय उद्देश्य की विद्यमानता।

समायोजन का सिद्धांत (Principle of Accommodation): ऐसा राष्ट्र जो जातीय, धार्मिक, क्षेत्रीय, शैक्षिक और आर्थिक आधार पर विभिन्न समूहों में बँटा हो, कोई एक

निश्चित सोच या निश्चित सिद्धांत, उस समाज पर एक साथ एवं एक तरह से लागू करना संभव नहीं हो सकता। ऐसा सिद्धांत या संविधान राष्ट्र के विघटन को ही गतिशीलता प्रदान करता। अतः संविधान निर्माताओं ने खोखले आदर्शों की बजाय व्यावहारिकता को प्राथमिकता दी। इसीलिए समायोजन का सिद्धांत अपनाया गया। समायोजन का अर्थ है दो विरोधी दिखने वाली बातों में परस्पर समन्वय स्थापित करना। संविधान में समायोजन के सिद्धांत के कुछ अति महत्त्वपूर्ण उदाहरणों को इस प्रकार समझा जा सकता है–

(i) पंचायती व्यवस्था एवं केंद्रीय शासन के बीच समन्वय: गाँधीजी संविधान सभा के सदस्य नहीं थे, परंतु उनके आदर्शों को नकारना न राष्ट्रीय हित में था और न ही संभव था। फिर शक्ति का विकेंद्रीकरण सर्वसम्मति से किया गया। गाँधी की राय में शक्ति की इकाई ग्राम पंचायत से शुरू होनी चाहिए थी। वहाँ जनता द्वारा प्रत्यक्ष रूप से चुने गए प्रतिनिधि क्रमवार सोपान के द्वारा संसद तक के प्रतिनिधियों का चुनाव करते। डॉ. राजेंद्र प्रसाद भी इसी के पक्षधर थे। दूसरी ओर नेहरू, पटेल और ऐसे लोग जो परिस्थिति के कारण मजबूत केंद्रीय सरकार के पक्ष में थे, संसद का निर्माण प्रत्यक्ष चुनाव के द्वारा चाहते थे। दोनों विचारधाराओं की महत्ता को स्वीकारते हुए समन्वय स्थापित हुआ। स्थानीय प्रशासन के लिए ग्राम पंचायत की भूमिका स्वीकारी गई। इसे न केवल राज्य के नीति निदेशक तत्त्वों में शामिल किया गया, वरन् स्थानीय प्रशासन की इकाई भी माना गया। दूसरी ओर संसद के लिए भी प्रत्यक्ष निर्वाचन की व्यवस्था की गई। यह समन्वय की विलक्षणता ही है कि आज प्रशासन की वास्तविक इकाई ग्राम पंचायत होने लगी है, जहाँ जिला परिषद में स्थानीय विधायक और सांसद सदस्य होते हैं और जिला परिषद का अध्यक्ष पंचायतों के प्रतिनिधियों द्वारा निर्वाचित होता है। इतना ही नहीं, जिलाधीश जिला परिषद् अध्यक्ष के सचिव होते हैं।

(ii) गणतंत्रीय व्यवस्था और राष्ट्रमंडल की सदस्यता: राष्ट्रमंडल उन राष्ट्रों का समूह है जो कभी ब्रिटिश साम्राज्य के उपनिवेश थे। पदेन ब्रिटिश महारानी या महाराजा इसके अध्यक्ष हैं। ऑस्ट्रेलिया और कनाडा जैसे विकसित राष्ट्रों ने स्वतंत्रता के बाद भी अपने राष्ट्राध्यक्ष के रूप में ब्रिटिश महारानी के प्रतिनिधि को स्वीकार कर रखा है। यहाँ यह जान लेना हितकर होगा कि राष्ट्रमंडल के राष्ट्रों के मामलों में महारानी संबंधित राष्ट्र की सरकार के परामर्श के आधार पर ही कोई नियुक्ति करती है। भारत ने गणतंत्र की घोषणा की। साफ था कि यहाँ का राष्ट्राध्यक्ष भी जनता के द्वारा चुना गया प्रतिनिधि होगा। इसके बावजूद भी संविधान निर्माताओं ने राष्ट्रमंडल की सदस्यता बरकरार रखी। आज इसके फायदे दिख रहे हैं। आज जब दुनिया छोटी होती जा रही है और परस्पर निर्भरता आज की सच्चाई है, न केवल राष्ट्रमंडल की सदस्यता के कारण हमारा आर्थिक विकास हो रहा है वरन् एक मजबूत प्लेटफार्म भी है जिसके माध्यम से विभिन्न मुद्दों पर हम अपनी राय और भावनाओं से दुनिया को अवगत करवाते हैं।

(iii) मौलिक अधिकारों एवं उचित प्रतिबंधों में समन्वय: अधिकार विकास के लिए परिस्थितियाँ पैदा करते हैं और मौलिक अधिकार किसी व्यक्ति के व्यक्तित्व को निखारने में चतुर्मुखी भूमिका अदा करता है। परंतु प्रतिबंधों के अभाव में स्वतंत्रता कभी भी उच्छृंखलता का रूप धारण कर लेती है। इसलिए समाज की शांति एवं राष्ट्र के खिलाफ किसी तरह के विद्रोह को रोकने के लिए मौलिक अधिकारों पर उचित प्रतिबंधों की भी

व्यवस्था की गई है। यद्यपि इन प्रतिबंधों की आलोचना करने वाले यह भी कहते हैं कि भारतीय संविधान एक हाथ से मौलिक अधिकार देता है और दूसरे हाथ से वापस ले लेता है लेकिन आज स्वतंत्रता के बाद हमें इसका फायदा साफ नजर आता है। जातीय दूरियाँ कम हुई हैं, सांप्रदायिक भावनाएँ भले ही कुछ हद तक समाज की कुछ आबादी में हों, कम से कम सामाजिक घृणा नहीं है। मौलिक अधिकारों को मजबूती मिली है और कुल मिलाकर प्रजातंत्र मजबूत हुआ है।

कार्य पद्धति पर दूसरी राय: ग्रेनविल आस्टिन जहाँ संविधान सभा की कार्य पद्धति को श्रेष्ठतम की श्रेणी में रखते हैं, इस दृष्टिकोण के विपरीत विचार रखने वाले भी हैं। इसके अगुआ के. वी. राव हैं। उन्होंने लिखा है कि संविधान सभा की कार्यपद्धति की जितनी स्तुति की जाती है, वस्तुत: स्थिति उतनी अच्छी नहीं थी। संविधान सभा में हुई बहस का उदाहरण लेकर उन्होंने अपनी बातों के औचित्य को सिद्ध करने का प्रयास किया है।

राव लिखते हैं कि फिलाडेल्फिया सम्मेलन में एक अमेरिकी लेखक ने वाशिंगटन और मेडिसन को क्रमश: कमांडर और दार्शनिक की उपाधि दी। ठीक उसी तरह भारतीय संदर्भ में पटेल जहाँ कमांडर थे, वहीं पंडित नेहरू दार्शनिक थे। अंबेडकर के बारे में राव लिखते हैं कि उनको प्रारूप समिति का अध्यक्ष बनाना कांग्रेस के लिए सहूलियत की बात थी क्योंकि ''निर्णय लेने की जिम्मेदारी का निर्वाह अंबेडकर ने कहीं नहीं किया। अपनी राय रखने और उनकी वकालत करने के बदले उन्होंने अपने सिद्धांतों के साथ हमेशा समझौता किया।'' राव उदाहरण देते हैं कि अंबेडकर ने 1947 में संविधान सभा के सदस्यों के बीच अपना एक लेख वितरित किया, जिसमें अध्यक्षीय शासन प्रणाली की वकालत की और बाद में स्वयं उसका विरोध संविधान सभा में ही किया। अंबेडकर ने ''उद्देश्य प्रस्तावना'' का यह कहते हुए जमकर विरोध किया कि जो संविधान अपने लिए समाजवादी राज्य (socialist state) शब्द का प्रयोग नहीं करता, वह उस प्रकार का सामाजिक, आर्थिक और राजनीतिक न्याय नहीं कर सकता जैसा उद्देश्य प्रस्तावना में कहा गया है। लेकिन जब के. टी. शाह ने भारत को ''समाजवादी राज्य'' कहने संबंधी प्रस्ताव पेश किया तो संविधान सभा में उसका विरोध डॉ. अंबेडकर ने ही किया। राव इस तरह के कई उदाहरण देकर यह सिद्ध करते हैं कि अंबेडकर संविधान सभा में कांग्रेस एवं नेहरू की इच्छाओं का भौतिक प्रतिबिंब हो गए थे।

प्रक्रिया संबंधी दूसरे दोषों की ओर इंगित करते हुए राव लिखते हैं कि संविधान को ऐसा कानूनी रूप दिया गया कि अनेक सदस्यों की उपस्थिति और उपयोगिता बेमतलब सिद्ध हो गई। सामान्य कानूनविदों को भी अंबेडकर की फटकार ने चुप करा दिया।[11] एक उदाहरण लें: वर्तमान संविधान के अनुच्छेद 22 खंड 4–7 पर अंबेडकर का भाषण देखिए–'मेरे मित्रो, श्री त्यागी इन अनुच्छेदों को लेकर काफी क्रोधित (enraged) और विचलित हैं। खैर, मुझे लगता है कि मैं अपने मित्र त्यागी को माफ कर सकता हूँ क्योंकि वे अधिवक्ता नहीं हैं और वे जानते ही नहीं हैं कि क्या हो रहा है। लेकिन मैं वकालत वाली पृष्ठभूमि के सदस्यों को जैसा रुख उन्होंने अपनाया है, उसके लिए माफ नहीं कर सकता।' और सारी बहस वहीं समाप्त हो गई। संविधान सभा की आलोचना इसलिए भी की जाती है कि कुछ अतिमहत्त्वपूर्ण विषयों पर भी समय नहीं दिया गया। आर्थिक

आपातकाल जैसे अतिमहत्त्वपूर्ण प्रस्तावों को भी तीन मिनट में निपटा दिया गया। बहस के लिए समय इसलिए नहीं था क्योंकि उस दिन दीपावली थी और सदस्यों को घर जाने की जल्दी थी।

निष्कर्ष

संविधान सभा की कार्य प्रणाली पर दोनों प्रकार के तर्कों का विश्लेषण करने के बाद हम यह निष्कर्ष निकाल सकते हैं कि संभव है कि कहीं-कहीं आलोचना की गुंजाइश हो लेकिन न तो नेतृत्व की मंशा पर शक किया जा सकता है और न ही भारतीय संविधान को कांग्रेस द्वारा या चोटी के नेतृत्व द्वारा आरोपित संविधान कहा जा सकता है।

इस प्रकार संविधान सभा ने 9 दिसंबर 1946 से कार्य करना शुरू किया और फरवरी 1948 में संविधान का मसौदा प्रकाशित कर दिया। फरवरी 1948 से अक्टूबर 1948 तक जनता एवं विशेषज्ञों की प्रतिक्रिया जानी गई। नवंबर 1948 से 25 नवंबर 1949 तक उस मसौदे पर फिर से विचार किया गया और 26 नवंबर 1949 को संविधान सभा ने अपनी स्वीकृति की मुहर लगा दी। 24 जनवरी 1950 को सभा के 308 सदस्यों ने संविधान पर दस्तखत कर दिए और 26 जनवरी 1950 को भारत में भारतीयों द्वारा निर्मित नया संविधान लागू हो गया। 2 साल 11 महीने और 18 दिनों की कड़ी मेहनत के बाद संविधान सभा ने 395 अनुच्छेदों और 8 अनुसूची (schedules) वाला संविधान हमें दिया।

राजकीय व्यवस्था

संविधान निर्माताओं ने जिस प्रकार की राजकीय व्यवस्था की, उसकी झलक निम्न रूप से देखी जा सकती है–

1. प्रस्तावना: प्रस्तावना प्रत्येक संविधान का निचोड़ होता है और संबंधित राष्ट्र के सामाजिक, आर्थिक और राजनीतिक राजकीय व्यवस्थाओं को प्रतिबिंबित करने वाला दस्तावेज। प्रस्तावना भारत को एक संप्रभु लोकतांत्रिक गणतंत्र घोषित करता है। यह सामाजिक, आर्थिक और राजनीतिक न्याय दिलाने की बात करता है और देश को धर्मनिरपेक्ष घोषित करता है। अंबेडकर ने प्रारंभिक दिनों में प्रस्तावना में ''समाजवादी देश'' शब्द जोड़ने की वकालत की। के. टी. शाह के नेतृत्व में संविधान सभा के कुछ सदस्यों ने इसी आशय के समर्थन में प्रस्ताव पेश किया लेकिन ऐसा संभव नहीं हो पाया। बाद में इंदिरा गाँधी के नेतृत्व में संसद ने 42वें संविधान संशोधन के द्वारा प्रस्तावना में ''समाजवादी'' और 'धर्मनिरपेक्ष' शब्दों को जोड़ा।

2. मौलिक अधिकार: संविधान के अभिन्न अंग के रूप में मौलिक अधिकार की चर्चा पहले-पहल 1928 में प्रकाशित ''नेहरू रिपोर्ट'' में दिखी। 1931 में कराची अधिवेशन और 1945 में ''सप्रू रिपोर्ट'' में भी नागरिक अधिकारों की माँग उठाई गई। स्वतंत्रता के बाद संविधान सभा में बी. एन. राव के सुझाव पर अधिकारों को दो भागों में बाँटा ''वादयोग्य अधिकार'' (justiceable rights) और अवादयोग्य अधिकार (non-justiceable rights)।[12] सामाजिक-आर्थिक स्थिति को देखते हुए ऐसे अधिकार जिन्हें उस

समय नहीं दिया जाना था, को अवादयोग्य अधिकार घोषित कर राज्य के नीति निदेशक तत्त्वों में शामिल कर लिया। राज्य को दिए गए ये ऐसे निर्देश हैं जिनका पालन कर ऐसे राज्य की स्थापना की जाएगी जिसमें आर्थिक केंद्रीकरण न हो, पंचायती राज्य की स्थापना हो, बच्चों और महिलाओं के कल्याण के लिए कार्य किए जाएँ और अंतर्राष्ट्रीय स्तर पर शांति कायम करने में भारत हर संभव प्रयास करे।

वादयोग्य अधिकारों को मौलिक अधिकारों का दर्जा दिया गया। इन अधिकारों के तहत स्वतंत्रता, समता, धार्मिक स्वतंत्रता, शोषण के खिलाफ अधिकार आदि दिए गए हैं। साथ ही यदि केंद्र सरकार, राज्य सरकार या कोई भी संवैधानिक संस्था संवैधानिक दायित्वों से मुँह मोड़े या अपने अधिकारों का गलत प्रयोग कर रही हो तो संविधान में संवैधानिक उपचारों का प्रावधान मौलिक अधिकार के रूप में जनता को प्राप्त है। मौलिक अधिकारों का हनन होने पर जनता सीधे उच्च न्यायालय(अनुच्छेद 226) और आवश्यक समझे तो उच्चतम न्यायालय(अनुच्छेद 32) का दरवाजा खटखटा सकती है। कानूनी अधिकारों के हनन पर कार्रवाई निचली अदालत से ही शुरू होगी।

3. संघीय संविधानः संघ तो बनना ही था। कैबिनेट मिशन की योजना, ब्रिटिश सरकार द्वारा भारतीय स्वतंत्रता अधिनियम, 1935 के तहत प्रांतीय स्वायत्तता का अनुभव, भारत की सांस्कृतिक और सामाजिक विविधता आदि कई ऐसे संयोग थे, जिसमें संघीय शासन होना स्वाभाविक-सा लगता है। परंतु इतिहास इस बात का भी गवाह था कि भारत में जब-जब केंद्र सरकार कमजोर हुई, देश का पतन हुआ। स्वतंत्रता के समय भी विघटनकारी ताकतों ने सिर उठा रखा था। अतः मजबूत केंद्र की आवश्यकता थी। इसलिए ऐसे संघीय शासन की व्यवस्था की गई जो अमेरिका की तुलना में कनाडा के ज्यादा नजदीक है।

4. संप्रभु संसदः संसद की आंतरिक और बाह्य शक्तियों पर ध्यान दें तो इसमें दो राय नहीं कि अंतर्राष्ट्रीय संदर्भ में संसद संप्रभु है और इस पर किसी तरह का न तो कोई दबाव बनाया जा सकता है और अगर ऐसा प्रयास किया भी जाए तो अस्वीकार्य है। आंतरिक तौर पर संघीय व्यवस्था होने के कारण, उन विषयों पर जो केंद्र सूची में हैं, संसद सर्वोच्च है। आपातकालीन स्थिति में संविधान के कुछ अनुच्छेदों को छोड़कर, संप्रभुता संसद के पास है। हाँ, यह मानना पड़ेगा कि संसदीय शासन प्रणाली होने के बाद भी भारतीय संसद, इंग्लैंड की ससंद की भाँति नहीं है जिसके बारे में कहा जाता है कि संसद अपने क्षेत्राधिकार में कुछ भी कर सकती है।

5. संघीय कार्यपालिकाः ब्रिटिश शासन प्रणाली का अनुभव लिए राष्ट्रीय नेतृत्व में संसदीय शासन प्रणाली को अपनाया गया। राष्ट्राध्यक्ष के रूप में राष्ट्रपति पद का सृजन हुआ और शासनाध्यक्ष के रूप में प्रधानमंत्री का। राष्ट्रपति राष्ट्र का प्रथम नागरिक है। जिसे संसद के सदस्यों के साथ-साथ विधानसभाओं के सदस्यों द्वारा चुना जाता है। राष्ट्रपति अलंकार का पद ज्यादा है, शासन का कम। संविधान में साफ है कि राष्ट्रपति के शासन में सहायता करने के लिए प्रधानमंत्री के नेतृत्व में एक मंत्रिपरिषद होगी। ब्रिटिश संवैधानिक परंपराओं का पालन करते हुए राष्ट्रपति मंत्रिपरिषद की राय के आधार पर ही शासन करता है। आपातकाल के समय में 42वें संविधान संशोधन के द्वारा राष्ट्रपति के

लिए मंत्रिपरिषद् की राय पर अमल करना बाध्यकारी बना दिया गया। 44वें संविधान संशोधन ने 42वें संविधान संशोधन के इस संशोधन में थोड़ा बदलाव किया। अब स्थिति यह है कि अगर मंत्रिपरिषद् कोई प्रस्ताव राष्ट्रपति के सामने स्वीकृति के लिए रखती है और राष्ट्रपति महसूस करता है कि इस पर और विचार या संशोधन की आवश्यकता है तो एक बार मंत्रिपरिषद् के पास पुनर्विचार के लिए वापस कर सकता है। मंत्रिपरिषद् पुनः वह बिल यदि राष्ट्रपति के समक्ष ज्यों-का-त्यों भी पेश करे तो राष्ट्रपति अपनी स्वीकृति देने के लिए बाध्य है। परंतु किसी भी प्रस्ताव को एक निश्चित अवधि के अंदर अपनी स्वीकृति प्रदान करने के लिए राष्ट्रपति बाध्य नहीं है अर्थात् राष्ट्रपति पर बिलों को स्वीकृति देने के लिए कोई निश्चित समय सीमा तय नहीं की गई है।

प्रधानमंत्री मंत्रिमंडल का प्रमुख, संसद का नेता, राष्ट्र का प्रवक्ता, बहुमत दल या गठबंधन का नेता और देश का वास्तविक शासक है। वह मंत्रिमंडल का निर्माण करता है और मंत्रिपरिषद् की सहायता से देश पर शासन करता है। बदलते समय के साथ राजनैतिक दलों का जो स्वर उभर कर आया है, उसका परिणाम है कि आज कैबिनेट ही संसद को संचालित करने लगी है।

6. एकीकृत स्वतंत्र न्यायपालिका: लोकतंत्र शक्ति के विकेंद्रीकरण पर आधारित है। कार्यपालिका और विधानपालिका से स्वतंत्र न्यायपालिका। मौलिक अधिकारों, कानूनी अधिकारों और मानवाधिकारों की सुरक्षा के लिए न्यायपालिका का स्वतंत्र होना तो आवश्यक है ही। संघीय व्यवस्था को भी मजबूत करने में न्यायपालिका की महती भूमिका है। संविधान सभा ने संघीय व्यवस्था में भी एकीकृत न्यायपालिका की व्यवस्था की।

सर्वोच्च न्यायालय न केवल संविधान की व्याख्या करने वाली सर्वोच्च सत्ता है, वरन् यह संविधान का रखवाला है। संविधान सभा ने जिस प्रकार की न्यायिक व्यवस्था की, उस पर आज आम नागरिक गर्व कर सकता है। विधानपालिका और कार्यपालिका की नैतिकता में जो गिरावट आई है और धन-बल और बाहुबल पर जिस तरह संसद के चुनाव जीते जा रहे हैं, न्यायपालिका अगर ऐसी न होती, जैसी आज है तो देश निश्चितरूपेण गृहयुद्ध की ओर अग्रसर होता। कभी-कभी लगता है कि भारतीय समाज अगर आज जीवंत है तो इसीलिए कि न्यायालय है। शायद न्यायिक पुनर्विचार और न्यायिक सक्रियता के चलते।

इसके अलावा संविधान की गतिशीलता को बनाए रखने के लिए संवैधानिक परिवर्तनों की प्रक्रिया एवं परिवर्तन करने की शक्ति, वयस्क मताधिकार, धर्म निरपेक्षता एवं अल्पसंख्यकों की सुरक्षा से संबंधित विषयों पर संविधान में प्रावधान है।

उपसंहार: अंत में हम संविधान सभा के सदस्यों और राष्ट्रीय नेतृत्व का अभिवादन किए बिना नहीं रह सकते क्योंकि उनकी अग्रगामी सोच ने ही एक ऐसा संविधान बनाया, जो आज भी जीवंत है और कई आंतरिक समस्याओं-कश्मीर समस्या, नागा समस्या, पंजाब तथा जम्मू और कश्मीर में आतंकवादी आंदोलन, नक्सल विद्रोह, आपातकाल, मंडल-मंदिर आंदोलन, राजनीतिक दलों में आया राम, गया राम की प्रवृत्ति, धन बल और बाहुबल की समस्या आदि, और तीन बाह्य आक्रमणों के बाद भी लोकतंत्र दिनों दिन मजबूत हुआ है। फिर भी मेरी राय है कि संविधान निर्माताओं ने न्यायिक आधार यदि ''कानून द्वारा स्थापित प्रक्रिया'' (Procedure Established by Law) के बदले 'न्याय की उचित प्रक्रिया' (Due

Process of Law) को अपनाया होता तो भ्रष्टाचार और लूट-मार की जितनी समस्याएँ हमें दिखती हैं, निश्चितरूपेण वे कम होती और जीवन ज्यादा सुखमय, आसान, भयमुक्त और आजाद होता।

संदर्भ

1. For the Objective Resolution see, CAD Vol.1 No. 5 p. 59.
2. आस्टिन, ग्रेनविल, *दि इंडियन कांसटिट्यूशन: कार्नर स्टोन ऑफ ए नेशन*, ऑक्सफोर्ड यूनिवर्सिटी प्रेस, बंबई, 1974 पृ. 1.
3. कश्यप, सुभाष, *जवाहर लाल नेहरू और संविधान,* नई दिल्ली से उद्धृत।
4. संविधान सभा बहस (Constituent Assembly Debate) Vol. I, पृ. 70.
5. त्यागी, रुचि, *भारतीय शासन और राजनीति,* मयूर पेपर बैक: नई दिल्ली, 2006, पृ. 33.
6. राव, के. बी., *पार्लियामेंटरी डेमोक्रेसी इन इंडिया*, पृ. 24.
7. संविधान सभा बहस, Vol. IX, पृ. 1656.
8. आस्टिन, ग्रेनविल, *वही*
9. *वही*
10. पायली, एम. वी., जैन, डॉ. पुखराज, और डॉ. फाड़िया *भारतीय शासन और राजनीति*, साहित्य भवन पब्लिकेशन: आगरा, 1998, पृ. 19 से उद्धृत.
11. संविधान सभा बहस, Vol. IX पृ. 1558-59.
12. राव, बी. एन.: *इंडियाज कांसटिट्यूशन इन मेकिंग*, पृ. 249.

3

भारतीय संविधान; मौलिक अधिकार, राज्य के नीति निदेशक सिद्धांत तथा मौलिक कर्त्तव्य

कोई भी देश बिना संविधान के एक व्यवस्थित शासन की कल्पना भी नहीं कर सकता जो सभी को एकता के बंधन में बांध सके; साथ ही सभी के अधिकार, कर्त्तव्य, उत्तरदायित्त्व इत्यादि सुनिश्चित कर सके। संविधान निर्माताओं के समक्ष मुख्य प्रश्न होता है कि किस प्रकार के संविधान का निर्माण किया जाए जिससे कि वर्तमान या समकालीन परिस्थितियों के अनुरूप प्रत्येक नागरिक उससे संतुष्ट हो सके। भारतीय संविधान निर्माताओं के समक्ष भी कुछ इसी प्रकार की चुनौतियां थीं। जैसा कि आप जानते हैं कि भारत में धर्मों, जातियों, वंशों, संस्कृतियों, भाषाओं इत्यादि की भिन्नता पाई जाती है। ऐसे में इन भिन्नताओं में एकता स्थापित करना बड़ा ही मुश्किल कार्य था। सभी की भाषा, संस्कृति, धर्मों इत्यादि की सुरक्षा एवं अस्मिता को सुरक्षित करने का कार्य संविधान निर्माताओं के कंधों पर था। लेकिन संविधान-निर्माताओं ने समय एवं परिस्थितियों के अनुरूप इस प्रकार के संविधान का निर्माण किया जिससे सभी को संतुष्टि प्राप्त हो सके।

प्रस्तावना

भारतीय संविधान की प्रस्तावना संपूर्ण संविधान का दर्शन है जिसमें संविधान के उद्देश्यों, लक्ष्यों, आदर्शों तथा प्रयोजन स्पष्ट रूप से दिए गए हैं। वास्तव में कहा जाए तो प्रस्तावना संविधान की आत्मा भी होती है। प्रस्तावना से ही संविधान-निर्माताओं की मंशा का पता चल जाता है कि वे किस प्रकार का संविधान बनाना चाहते हैं।

भारतीय संविधान सभा की पहली बैठक 9 दिसंबर, 1946 को हुई और 13 दिसंबर, 1946 को पंडित जवाहरलाल नेहरू द्वारा संविधान सभा में उद्देश्य प्रस्ताव (Objectives Resolution) प्रस्तुत किया गया। उक्त प्रस्ताव को संविधान सभा ने 22 जनवरी, 1947 को सर्वसम्मति से स्वीकार कर लिया। नेहरू के प्रस्ताव की रूपरेखा महात्मा गांधी द्वारा अनेक बार व्यक्त विचारों पर आधारित थी जैसाकि 1931 में जब गांधीजी द्वितीय गोलमेज सम्मेलन में भाग लेने लंदन जाने वाले एक जहाज पर खड़े थे। तब एक पत्रकार ने गांधीजी से पूछा कि ''आप भारत के लिए कैसा संविधान लेकर आना पसंद करेंगे?'' तो गांधी जी का उत्तर[1] कुछ इस प्रकार था:

डॉ. युवराज कुमार, असिस्टेंट प्रोफेसर, सत्यवती कॉलेज, दिल्ली विश्वविद्यालय

'मैं भारत के लिए ऐसा संविधान लाने का प्रयास करूंगा जो भारत को दासता और संरक्षण के बंधनों से मुक्त कर दे। जो उसे सब अधिकार दे। आवश्यकता पड़ने पर पापकर्म करने का अधिकार तक दे। मैं ऐसे भारत का निर्माण करना चाहता हूं जिसमें निर्धन से निर्धन व्यक्ति भी यह अनुभव करे कि भारत उसका अपना ही देश है। मैं ऐसा भारत चाहता हूं जहां ऊंच और नीच का भेद न हो, सभी संप्रदाय मिल-जुलकर रहें। ऐसे भारत में छुआछूत के लिए कोई स्थान नहीं होगा, न नशीली मदिरा के लिए स्थान होगा, न मादक औषधियों के लिए। स्त्रियों और पुरुषों को समानाधिकार प्राप्त होंगे। हमारे संबंध शेष संसार के साथ शांतिपूर्ण होंगे, न हम किसी का शोषण करेंगे न किसी को अपना शोषण करने देंगे। कोटि-कोटि मूक भारतीयों के हितों की रक्षा करते हुए हम अन्य देशी या विदेशी हितों की सावधानी से रक्षा करेंगे। यही मेरे स्वप्नों का भारत है।'

इस कथन में कदापि अत्युक्ति नहीं कि केवल "प्रस्तावना" वरन् समूचे संविधान में महात्मा गांधी के स्वप्नों के स्वतंत्र भारत की ध्वनि सुनाई देती है तथा 42वें संविधान संशोधन, 1976 के द्वारा प्रस्तावना में तीन शब्दों "पंथनिरपेक्ष, समाजवादी और राष्ट्र की अखंडता" को जोड़ने के पश्चात्, हमारे संविधान की प्रस्तावना इस प्रकार है-'हम भारत के लोग, भारत को एक संपूर्ण प्रभुत्व संपन्न, समाजवादी, पंथनिरपेक्ष, लोकतंत्रात्मक गणराज्य बनाने के लिए तथा उसके समस्त नागरिकों को-सामाजिक, आर्थिक और राजनीतिक न्याय, विचार, अभिव्यक्ति, विश्वास, धर्म और उपासना की स्वतंत्रता, प्रतिष्ठा और अवसर की समता प्राप्त करने के लिए तथा उन सबमें व्यक्ति की गरिमा और राष्ट्र की एकता और अखंडता सुनिश्चित करने वाली बंधुता बढ़ाने के लिए, दृढ़ संकल्प होकर अपनी इस संविधान सभा में आज दिनांक 26 नवंबर, 1949 ई. (माह मार्गशीर्ष, शुक्ल पक्ष, मिती सप्तमी, संवत् दो हजार छः विक्रमी) को एतद् द्वारा इस संविधान को अंगीकृत, अधिनियमित और आत्मार्पित करते हैं।'

संविधान सभा में संविधान तथा प्रस्तावना के विभिन्न पहलुओं पर व्यापक वाद-विवाद हुआ जिसमें विभिन्न दृष्टिकोणों, मतों और प्रवृत्तियों का उद्‌घाटन हुआ। प्रस्तावना के प्रारंभिक शब्दों में इस बात पर बल दिया गया कि अंतिम सत्ता जनता में निहित है और जनता की इच्छा से ही संविधान का उद्‌भव हुआ है। परंतु प्रश्न था कि क्या संविधान सभा यथार्थतः भारतीय जनता का प्रतिनिधित्व करती है या नवीन संविधान सभा का निर्माण करना चाहिए? लेकिन यह विचार ठोस नहीं था, क्योंकि अप्रत्यक्ष रूप से निर्वाचित संविधान सभा पहले से ही संपूर्ण देश के विभिन्न हितों, समुदायों और वर्गों का प्रतिनिधित्व करती थी। जोकि एक सच्ची प्रतिनिधि संस्था थी। प्रस्तावना में निहित "हम भारत के लोग" (We, the People of India) शब्द पर एन.एन. शाह ने कहा कि "हम भारत के लोग" शब्द समुचित नहीं है, क्योंकि संविधान-निर्मात्री सभा वयस्क मताधिकार के आधार पर जनता द्वारा प्रत्यक्ष रूप से चुनी नहीं गई है। लेकिन डॉ. अंबेडकर ने तर्कसम्मत उत्तर देते हुए कहा कि 'प्रस्तावना इस बात को अच्छी तरह अभिव्यक्त कर देती है कि संप्रभुता भारत की जनता में निहित है, और संविधान सभा इस बात को संपूर्ण भारत की जनता की तरफ से ही घोषित कर रही है।'[2] "गणतंत्र" शब्द पर भी संविधान सभा में काफी वाद-विवाद हुआ जिसके स्थान पर "राज्यों" शब्द को रखने का सुझाव दिया। जिसका

कारण था कि एक गणतंत्रात्मक राज्य का राष्ट्र-मंडल (Commonwealth) में कोई स्थान नहीं होता। परंतु बी.एन. राव ने यह विचार प्रकट किया कि 'राष्ट्रमंडल की धारणा में स्पष्टत: विकास होता रहा है और वह अब इस स्तर पर पहुंच चुका है जिसमें गणतंत्रात्मक संविधान वाले राज्य भी अपना स्थान पा सकते हैं।[3] अंतत: संविधान सभा का अंतिम निर्णय "गणराज्य" शब्द को बनाए रखने का ही हुआ। मौलाना हसरत मोहनी ने भी "प्रभुत्व संपन्न स्वतंत्र गणराज्य" शब्द को प्रस्तावना में रखने का प्रस्ताव रखा और तर्क दिया कि यदि भारत राष्ट्रमंडल का सदस्य बना रहेगा तो वह हॉलैंड की तरह ही ब्रिटेन के अधीनस्थ एक गणतंत्रात्मक अधिराज्य (a Republican Dominion under Britain) होगा।[4] परंतु डॉ. अंबेडकर ने असहमति प्रकट करते हुए स्पष्ट किया कि "संप्रभु" (Sovereign) शब्द "स्वतंत्रता" की ही अभिव्यक्ति करता है और एक स्वतंत्र देश किसी दूसरे स्वतंत्र देश के साथ किसी संधि से बंधता है तो वह इस कारण किसी भी रूप में कम प्रभुत्व संपन्न नहीं हो जाता।[5] अंत में संविधान सभा द्वारा मौलाना हसरत मोहनी का संशोधन अस्वीकार कर दिया गया और भारत को एक "संप्रभुत्व संपन्न लोकतंत्रात्मक गणराज्य" घोषित कर दिया गया।

"प्रस्तावना" के संबंध में और भी अनेक छोटे-मोटे विवाद हुए पर प्रारूप समिति द्वारा तैयार प्रस्तावना ही संविधान सभा द्वारा बिना किसी संशोधन के स्वीकार कर ली गई। संविधान निर्मात्री सभा द्वारा जिस ढंग से उद्देश्य प्रस्ताव और प्रस्तावना स्वीकार किए गए, वह इस तथ्य को प्रमाणित करते हैं कि भारत के संविधान निर्माण की कार्य-प्रणाली पूर्णत: प्रजातांत्रिक थी।[6]

डॉ अंबेडकर ने संविधान सभा में भाषण देते हुए कहा कि 'इस संविधान सभा की रचना करते समय वास्तव में हमारे दो उद्देश्य थे--(i) "राजनीति लोकतंत्र" के स्वरूप को निश्चित करना तथा (ii) यह प्रतिपादित करना कि हमारा आदर्श "आर्थिक लोकतंत्र" है।"[7] यहां प्रोफेसर लास्की का यह कथन उद्धरणीय है कि राजनीतिक समानता तब तक वास्तविक नहीं हो सकती जब तक कि उसके साथ वास्तविक आर्थिक समानता भी न हो। इस अर्थ में कहा जा सकता है कि हमारे संविधान निर्माताओं ने बहुत सुंदर ढंग से प्रस्तावना व संविधान में इन दोनों आदर्शों को संविधान में सम्मिलित किया है।

प्रस्तावना में भारतीय गणराज्य के चार उद्देश्य हैं—न्याय (justice), स्वतंत्रता (liberty), समानता (equality) और बंधुत्व (fratenity)। न्याय से हमारा अभिप्राय वैयक्तिक हितों एवं सामाजिक हितों के बीच समन्वय स्थापित करने से है जिसमें सामाजिक, आर्थिक व राजनीतिक न्याय को रखा गया है। सामाजिक न्याय के विचार में यह भावना निहित है कि समाज में सभी प्रकार की असमानताओं का अंत होना चाहिए। आर्थिक न्याय में आर्थिक समानता का विचार शामिल है तथा राजनीतिक न्याय इस बात का आश्वासन देता है कि जाति, मूलवंश, संप्रदाय, धर्म या जन्म स्थान के आधार पर विभेद के बिना सभी नागरिकों को राजनीतिक प्रक्रिया में भाग लेने के अधिकारों में बराबर हिस्सा मिले अर्थात् देश की जनता के साथ राज्य लोकतांत्रिक बर्ताव करेगा।

भारतीय संविधान निर्माताओं ने स्वतंत्रता शब्द का प्रयोग सकारात्मक अर्थ में किया है। उन्होंने स्वतंत्रता को इसलिए स्वीकार किया है क्योंकि उसके माध्यम से व्यक्ति एवं राष्ट्र दोनों

के व्यक्तित्व का विकास होता है। जिसके अंतर्गत व्यक्ति सामाजिक हितों को क्षति पहुंचाए बिना अपने व्यक्तित्व का विकास कर सकता है। इसके लिए प्रस्तावना में भारत के नागरिकों को विचार, अभिव्यक्ति, विश्वास, धर्म और उपासना की स्वतंत्रता प्रदान की गई। इनके लिए संविधान के भाग 3 में व्यापक प्रावधान किए गए हैं तथा इन स्वतंत्रताओं के संरक्षण के लिए स्वतंत्र न्यायपालिका की स्थापना की गई है।

संविधान में समानता (equality) का अर्थ सभी व्यक्तियों की समान स्थिति एवं समान अवसर की उपलब्धता है। वस्तुत: यह विचार फ्रांस के क्रांतिकारियों द्वारा घोषित मानवीय अधिकारों के घोषणा-पत्र में प्रयुक्त किया गया था–'मनुष्य अधिकारों में स्वतंत्र एवं समान पैदा हुए हैं।' भारतीय संविधान निर्माताओं ने समानता को संविधान के मौलिक अधिकारों के अंतर्गत अनुच्छेद 14-18 तक में रखा है जिसमें सभी व्यक्तियों को कानून के समक्ष समानता और कानून का समान संरक्षण की व्यवस्था की गई। धर्म, जाति, लिंग, जन्म-स्थान आदि के आधार पर भेदभाव निषेध किया गया, सरकारी पद पर नियुक्ति के लिए सभी को समान अवसर प्रदान किए गए तथा सामाजिक समानता को अधिक पूर्णता देने के लिए अस्पृश्यता का निषेध किया गया।

संविधान की प्रस्तावना का चौथा उद्देश्य बंधुत्व है। इस शब्द का प्रयोग दो उद्देश्यों की पूर्ति के लिए किया गया है। प्रथम, मानव की गरिमा को स्थापित करना। द्वितीय, राष्ट्र की एकता को कायम करना क्योंकि भारत को एक लंबे समय तक सांप्रदायिक घृणा के वातावरण का सामना करना पड़ा था। उसे एक राष्ट्र की भांति जीवित रखने के लिए परमावश्यक था, कि सभी प्रकार की सांप्रदायिक एवं समाज-विरोधी भावनाओं का उन्मूलन किया जाए। प्रस्तावना के बंधुत्व का सिद्धांत इसी पवित्र लक्ष्य की प्राप्ति के लिए लाया गया है। साथ ही, बंधुता का अंतर्राष्ट्रीय पक्ष भी रखा गया है जो हमें विश्वबंधुत्व की संकल्पना 'वसुधैव कुटुम्बकम्' के प्राचीन भारतीय आदर्श की ओर ले जाता है। इसे संविधान के अनुच्छेद 51 में निदेशक सिद्धांतों के अंतर्गत स्पष्ट किया गया है।

भारतीय संविधान की प्रस्तावना को संविधान निर्माताओं के विचारों को जानने की कुंजी माना जाता है। पर क्या प्रस्तावना का कोई वैधानिक महत्त्व है या नहीं, क्या यह किसी संदिग्ध अधिनियम या कानून पर प्रभाव डाल सकती है, क्या इसे संविधान का अंग माना जाए या नहीं? इस पर उच्चतम न्यायालय ने ''इन री बेरूबारी यूनियन'' (1960)[8] मामले में मत व्यक्त किया कि प्रस्तावना संविधान का अंग नहीं है, क्योंकि इसके न रहने से संविधान के मूल उद्देश्यों में कोई अंतर नहीं पड़ता है। यह (प्रस्तावना) न तो सरकार को शक्ति प्रदान करने का स्रोत है और न ही उस शक्ति को किसी भी भांति निर्बंधित, नियंत्रित या संकुचित करती है। प्रस्तावना का महत्त्व केवल तब होता है जब संविधान की भाषा अस्पष्ट या संदिग्ध हो। ऐसी अवस्था में संविधान का अर्थ स्पष्ट करने के लिए प्रस्तावना का सहारा लिया जा सकता है। लेकिन 1973 में केशवानन्द भारती बनाम केरल राज्य[9] के मामले में उच्चतम न्यायालय ने ''इन री बेरूबारी यूनियन'' मामले के निर्णय को बदलते हुए यह अभिनिर्धारित किया कि प्रस्तावना संविधान का एक भाग है। इस मामले में अनुच्छेद 368 के अंतर्गत प्रस्तावना के आधार पर संसद की संविधान संशोधन की शक्ति पर परिसीमा लगाई गई थी और यह निर्णय दिया गया कि संसद संविधान में संशोधन

तो कर सकती है किंतु यह संविधान के ''आधारभूत ढांचे'' (basic structure) को नष्ट नहीं कर सकती है क्योंकि प्रस्तावना में संविधान का आधारभूत ढांचा निहित है, जिसको संशोधन करके नष्ट नहीं किया जा सकता है। अगर इसमें से कुछ भी निकाल दिया जाता है तो सांविधानिक ढांचे का गिर जाना निश्चित है। अत: प्रस्तावना में संशोधन किया जा सकता है। किंतु उस भाग में संशोधन नहीं किया जा सकता जो ''आधारभूत ढांचे'' से संबंधित है। अत: हमारे संविधान की प्रस्तावना के उदात्त और गरिमामय शब्द भारत के समूचे संविधान का सारांश, दर्शन, विचारों, आदर्शों, अभिव्यक्तियों और उसकी आत्मा का निरूपण करते हैं।

मौलिक अधिकार

भारतीय संविधान में मूल अधिकारों का प्रावधान आधुनिक लोकतांत्रिक विचारों की प्रवृत्ति के अनुकूल है। भारतीय संविधान के भाग 3 में अनुच्छेद 12 से 35 में इन अधिकारों का विस्तार से उल्लेख किया गया है। इस भाग को भारत का अधिकार-पत्र या मैग्ना कार्टा भी कहा जा सकता है। इन अधिकारों का संबंध मात्र मानवीय पक्ष की संवेदना, सहयोग एवं वैचारिक आदान-प्रदान तक ही सीमित नहीं है, बल्कि यह किसी भी सभ्य एवं सुसंस्कृत समाज का व्याकरण भी होता है जिसके मूल में, मानव गरिमा, न्याय, निष्पक्षता एवं शोषण रहित सामाजिक न्याय निहित रहता है। यदि कहें कि इनका संबंध मानवीयता से है, तो भी गलत न होगा क्योंकि मानव के सुखपूर्वक रहने के अधिकार को सुरक्षित रखने के लिए ही अधिकारों की कल्पना की गई है। विभिन्न राजनीतिक चिंतकों ने भी अधिकारों को अपने-अपने ढंग से परिभाषित किया है जिनमें लास्की का कहना है कि 'अधिकार मानव जीवन की वे परिस्थितियां हैं जिनके अभाव में, सामान्यत: व्यक्ति अपने व्यक्तित्व का विकास नहीं कर सकता है।' बोसांके का मानना है कि 'अधिकार व्यक्ति का ऐसा दावा है जिसे समाज द्वारा मान्यता दी जाती है और राज्य द्वारा लागू किया जाता है।' ग्रीन के अनुसार अधिकार व्यक्ति द्वारा अपने उद्देश्यों को प्राप्त करने की वह शक्ति है जो सामाजिक समुदाय द्वारा इस शर्त पर सुनिश्चित की जाती है कि वह इन कार्यों से समुदाय का भला करेगा। अर्नेस्ट बर्फर का मानना है कि 'अधिकार न्याय की उस सामान्य व्यवस्था का परिणाम है जिस पर राज्य और उसके कानून आधारित हैं।' अत: स्पष्ट है कि अधिकार राज्य के अंतर्गत व्यक्ति को प्राप्त होने वाली ऐसी अनुकूल परिस्थितियां और अवसर हैं जिनसे उसे आत्मविकास में सहायता मिलती है।

अधिकारों का अस्तित्व समाज के वृहत् हित में ही संभव है और अधिकारों का अस्तित्व समाज में ही संभव है, समाज से बाहर नहीं। अधिकारों के निर्माण के तीन चरण हैं-सर्वप्रथम, यह व्यक्ति की मांग हो। दूसरे, इसे समाज द्वारा स्वीकृत होना चाहिए और अंतत: इसकी राज्य द्वारा स्वीकृति होनी चाहिए। तभी अधिकार अपना एक मान्यता प्राप्त वैधानिक रूप ले पाएगा।

मौलिक अधिकार को प्रजातंत्र का आधार स्तंभ माना जाता है। यह एक देश के राजनीतिक जीवन में सरकर की तानाशाही स्थापित होने से रोकने के लिए भी आवश्यक है। मौलिक अधिकार व्यक्ति की स्वतंत्रता और सामाजिक नियंत्रण के बीच उचित

सामंजस्य की स्थापना करते हैं। जब मौलिक अधिकारों को संवैधानिक रूप से स्थिर कर दिया जाता है तो उनके महत्त्व और सम्मान में अधिक वृद्धि हो जाती है। इससे उन्हें साधारण कानून से अधिक उच्च स्थान और पवित्रता प्राप्त हो जाती है। इससे वे अनुल्लंघनीय बन जाते हैं और विधायी, कार्यपालिका व न्यायिक सत्ता के लिए उनका पालन आवश्यक हो जाता है। नागरिकों के मौलिक अधिकार मानवीय स्वतंत्रता के मापदंड और संरक्षक दोनों ही हैं। इस कारण उनका अपना मनोवैज्ञानिक महत्त्व है। आज के युग में कोई राजनीतिक दार्शनिक उनकी उपेक्षा नहीं कर सकता।

सैद्धांतिक अधिकार

प्राकृतिक अधिकारों का सिद्धांत: 17वीं और 18वीं शताब्दी से संविदावादियों (Social Contract) द्वारा विकसित किया गया। जिसके अनुसार मनुष्य को कुछ अधिकार राज्य की स्थापना से पूर्व भी प्राप्त थे। ये अधिकार जन्मजात हैं। इनकी रक्षा के लिए ही व्यक्ति समाज और राज्य का निर्माण करता है। इस सिद्धांत से संबंधित सर्वप्रमुख विचारक जॉन लॉक हैं। उनके अनुसार व्यक्ति को जीवन, स्वतंत्रता तथा संपत्ति जैसे प्राकृतिक अधिकार जन्मजात प्राप्त हैं। रूसो, मिल्टन, वाल्टेअर, दीदरो, ब्लैकस्टोन तथा थॉमस पेन ने भी इस सिद्धांत का समर्थन किया। अमेरिकी स्वतंत्रता की घोषणा(1776), मानवाधिकारों के फ्रांसीसी घोषणा-पत्र(1789) तथा संयुक्त राष्ट्र संघ के अधिकारों के सार्वभौमिक घोषणा-पत्र(1948) में भी प्राकृतिक अधिकारों को मान्यता दी गई।

अधिकारों के कानूनी या वैधानिक सिद्धांत: यह कानून को संप्रभु की आज्ञा मानता है। अतएव यह स्पष्ट है कि अधिकारों का अस्तित्व राज्य में ही संभव है। हॉब्स ने सर्वप्रथम इस धारणा का प्रतिपादन किया। यद्यपि इस सिद्धांत को बैंथम, ऑस्टिन, सामंड और रिची जैसे विद्वानों द्वारा विकसित किया गया। बैंथम का कथन है 'अधिकार कानून का फल है बिना कानून के अधिकार नहीं है। कानून के विरुद्ध कोई अधिकार नहीं है कानून से पूर्व कोई अधिकार नहीं है।'

अधिकारों का ऐतिहासिक सिद्धांत: मनुष्य को जो सुविधाएं लंबे समय तक प्रथाओं तथा परंपराओं के तहत प्राप्त होती है। कालांतर में वही अधिकारों का रूप ग्रहण कर कर लेती हैं। जिसे मैकाइवर, सेविग्नी, एडमंड वर्क, सर हेनरी मेन और बर्गेस आदि राजनीतिक चिंतकों का समर्थन प्राप्त है।

अधिकारों के उपयोगितावादी या समाज-कल्याण सिद्धांत: अधिकारों को समाज द्वारा स्वीकृत कुछ मूल सुविधाएं मानते हैं जिसका उद्देश्य सामाजिक कल्याण है। सामाजिक कल्याण का आशय ''अधिकतम व्यक्तियों के अधिकतम कल्याण'' से है। व्यक्ति की जो मांगें सामाजिक कल्याण के अनुकूल नहीं है उन्हें अधिकार के रूप में स्वीकार नहीं किया जा सकता। इस सिद्धांत को बढ़ावा देने वालों में बैंथम, रॉस्को पाउंड और लास्की प्रमुख विद्वान हैं।

अधिकारों के आदर्शवादी या दार्शनिक सिद्धांत: 19वीं शताब्दी में इसका प्रतिपादन किया गया। इसके अनुसार व्यक्ति को अपने नैतिक विकास के लिए कतिपय

सुविधाओं की आवश्यकता होती है जिन्हें अधिकार कहते हैं। टी.एच. ग्रीन इस सिद्धांत के प्रमुख प्रतिपादक हैं। कांट और रूसो ने भी इसका समर्थन किया।

अधिकारों का मार्क्सवादी सिद्धांतः औपचारिक रूप से यह कोई सिद्धांत नहीं है। यद्यपि मार्क्स ने पूंजीवादी व्यवस्था के अंतर्गत दिए जाने वाले अधिकारों के खोखलेपन की चर्चा की है। मार्क्स के अनुसार साधन संपन्न वर्ग अपने प्रभुत्व को बरकरार रखने के लिए अधिकारों की व्यवस्था को जन्म देता है। सर्वहारा वर्ग को सही अर्थों में अधिकारों की प्राप्ति पूंजीवादी व्यवस्था के विनाश के उपरांत ही हो सकती है। इस विचारधारा में कार्ल मार्क्स व एंजिल्स के विचारों का समावेश किया गया है। इस प्रकार, कहा जा सकता है सिद्धांतकारों ने अपने-अपने ढंग से अधिकारों को मान्यता दी तथा अधिकारों पर निरंतर चिंतन के द्वारा इनको बनाए रखने में सहायता की।

अंतर्राष्ट्रीय अधिकार

अंतर्राष्ट्रीय स्तर पर अधिकारों को सुव्यवस्थित करने का व्यवहारिक प्रयास द्वितीय विश्व युद्ध (1939-45) के पश्चात् ही हुआ। संयुक्त राष्ट्र की स्थापना (24 अक्टूबर, 1945) के साथ ही मानव अधिकारों को उसके प्रमुख उद्देश्यों में शामिल किया गया और संपूर्ण विश्व में मानव अधिकारों की स्थापना के लिए प्रयास किए गए। संयुक्त राष्ट्र संघ ने अपने मानव अधिकार घोषणा पत्र 10 दिसंबर 1948 में मानव अधिकारों का स्पष्ट एवं विस्तृत वर्णन किया है। मानव अधिकारों की सार्वभौमिक घोषणा में कुल 30 अनुच्छेद रखे गए, जिसमें मानव के मूलभूत अधिकारों एवं स्वतंत्रताओं की चर्चा की गई। इसके अनुच्छेद एक और दो के अंतर्गत मानव मात्र को विवेकशील प्राणी मानते हुए उनकी गरिमा, स्वतंत्रता, समानता और भ्रातृत्व की भावना पर बल दिया गया है; और मांग की गई कि उनमें जाति, वर्ण, लिंग, भाषा, धर्म, राजनीतिक विचारधारा, राष्ट्रीय या सामाजिक मूल, संपत्ति, जन्म या किसी अन्य स्थिति के आधार पर कोई भेदभाव न किया जाए। इसके अतिरिक्त 'संयुक्त राष्ट्र संघ के आर्थिक, सामाजिक एवं सांस्कृतिक अधिकारों का घोषणा-पत्र, 1966; नागरिक एवं राजनीतिक अधिकारों का अंतर्राष्ट्रीय घोषणा-पत्र, 1966; व्यक्तिगत अधिकारों का प्रोटोकोल 1966 इत्यादि वे महत्त्वपूर्ण घोषणा-पत्र हैं जो विश्व के नागरिकों को मानव अधिकार प्रदान करते हैं। संयुक्त राष्ट्र संघ विश्व के सभी देशों से आशा करता है कि वे अपने दैनिक कार्यकलापों में इन अधिकारों को सुनिश्चित करें क्योंकि प्रत्येक सदस्य अपनी मानवीयता के कारण कुछ मौलिक अधिकार रखता है जो कानूनी या राष्ट्रीय न होकर सर्वव्यापक अधिकार होते हैं जो प्रत्येक राज्य में किसी भी प्रकार की परिस्थितियों की उपस्थिति या अभाव में लोगों को मिलने ही चाहिए। ये राज्य या समाज की देन न होकर स्वयं व्यक्ति में अंतर्निहित हैं। मैकफरसन का मानना है, "मानव अधिकार वे नैतिक अधिकार हैं जो प्रत्येक पुरुष या स्त्री को केवल मानव होने के नाते मिलते हैं।" ये अधिकार अन्य अधिकारों से इसलिए भिन्न हैं क्योंकि इनमें सर्वव्यापकता, व्यक्तिपरकता, सर्वोच्चता, व्यवहारिकता तथा कार्यान्वयन देखा जा सकता है।

भारत में मौलिक अधिकार

भारतीय संविधान में भी मौलिक अधिकारों की व्यवस्था की गई जो अमेरिकी संविधान के ''बिल ऑफ राइट्स'', संयुक्त राष्ट्र संघ द्वारा पारित ''मानवीय अधिकारों के सार्वभौमिक घोषणा-पत्र'' तथा ''फ्रांसीसी मानव अधिकारों की घोषणा'' से प्रभावित है। परंतु भारत में मौलिक अधिकारों की शुरुआत मांग के रूप में सन् 1895 से हुई।[10] जबकि मौलिक अधिकारों के विचारों का सूत्रपात सन् 1215 में इंग्लैंड के ''मैग्ना कार्टा'' से हुआ। भारत में राष्ट्रीय आंदोलन के आरंभ से ही लोग अपने भावी संविधान में मौलिक अधिकारों को केंद्रीय रूप में स्वीकार करना चाहते थे। भारत में अंग्रेजी राज्य का स्वरूप पूर्णत: स्वेच्छाचारी था। अपनी इस प्रवृत्ति के कारण अंग्रेजी सरकार लोगों पर मुकदमा चलाए बिना उन्हें नजरबंद कर देती थी। इन अत्याचारों की प्रतिक्रियास्वरूप स्वाधीनता आंदोलन के नेताओं ने प्रारंभ से ही नागरिकों के मूल अधिकारों पर जोर देना शुरू कर दिया था। परिणामस्वरूप 1915 में श्रीमती ऐनी बेसेंट द्वारा ''होमरूल विधेयक'' में मूल अधिकारों की मांग प्रस्तुत की गई। 1925 में ''दि कॉमनवेल्थ ऑफ इंडिया बिल'' में अधिकारों की भी घोषणा निहित थी। भारतीय राष्ट्रीय कांग्रेस ने 1927 में ''मद्रास अधिवेशन'' में एक संकल्प पास कर निर्धारित किया कि भारत के भावी संविधान का आधार मूल अधिकारों की घोषणा होनी चाहिए। सर्वदल सम्मेलन द्वारा नियुक्त नेहरू समिति (1928) ने जिस भावी संविधान की संस्तुति की थी, उसमें मौलिक अधिकार निहित थे। मार्च 1931 के रांची अधिवेशन में कांग्रेस ने मूल अधिकारों की मांग को दोहराया। अंतत: 1946 में ब्रिटिश कैबिनेट मिशन ने इस बात को स्वीकार किया कि भारत के संविधान में मौलिक अधिकारों की लिखित गारंटी देना आवश्यक है। कैबिनेट मिशन ने अन्य बातों के साथ-साथ मौलिक अधिकारों पर भी रिपोर्ट देने के लिए एक सलाहकार समिति के गठन की सिफारिश की। 27 फरवरी, 1947 को संविधान सभा में मौलिक अधिकार से संबंधित उपसमिति की बैठक हुई। सरदार पटेल की अध्यक्षता में निर्मित समिति ने इस पर विस्तारपूर्वक विचार करके अपना सुझाव दिया। जिसकी मुख्य सिफारिशें थीं (i) अधिकारों को दो वर्गों में रखा जाए—मौलिक अधिकार (वाद सापेक्ष) और राज्य के नीति निदेशक तत्त्व (वाद निरपेक्ष)। (ii) मौलिक अधिकार को संघ सूची में रखा जाए तथा सर्वोच्च न्यायालय को इसका अभिरक्षक बना दिया जाए। संविधान सभा की प्रारूप समिति ने इसी प्रतिवेदन के आधार पर संविधान मे रखे गए मौलिक अधिकारों की रचना की।

लेकिन मौलिक अधिकार को लेकर संविधान सभा के सामने सबसे बड़ी चुनौती अधिकारों का चयन तथा उनकी सुरक्षा व्यवस्था को लेकर थी। अधिकार के चयन में वे जिन परिस्थितियों से प्रभावित हुए, वे थी[11] (i) भारतीय समाज में जाति व्यवस्था तथा छुआछूत का अंत करना आवश्यक था; (ii) विदेशी शासनकाल में भारत के लोगों का अनेक प्रकार की निर्योग्यताओं (disqualification) को सहना पड़ा था, जिनका उन्हें कटु अनुभव था। इनको दूर कर संविधान सभा एक स्वतंत्र समाज की स्थापना करना चाहती थी; (iii) अल्पसंख्यकों की संस्कृति की सुरक्षा का प्रश्न भी एक महत्त्वपूर्ण समस्या थी; (iv) एक महत्त्वपूर्ण समस्या थी कि वे किन अधिकारों को मौलिक अधिकार की सूची

में डालें और किन अधिकारों को राज्य के नीति निदेशक तत्त्वों के अंतर्गत रखें। इस मुद्दे पर काफी विवाद उत्पन्न हुआ और अंत में हमारे संविधान निर्माताओं के बीच यह निर्णय हुआ कि जो न्याय योग्य हो उसे मौलिक अधिकार और जो वैधानिक रूप से वाद-सापेक्ष नहीं हो उसे राज्य के नीति निदेशक सिद्धांतों में रखा जाए।

मौलिक अधिकारों की विशेषताएं

भारतीय संविधान में प्रदत्त मौलिक अधिकारों के समावेश का उद्देश्य विधि के शासन की स्थापना के द्वारा उन मूल्यों को संरक्षण प्रदान करना था जोकि स्वतंत्र समाज के लिए आवश्यक हैं। वास्तव में यह अधिकार व्यक्ति के पूर्ण बौद्धिक, नैतिक और आध्यात्मिक विकास के लिए काफी जरूरी थे। मौलिक अधिकारों की विशेषताएं इस प्रकार हैं–

1. भारतीय संविधान में मौलिक अधिकारों के प्रयोग की दृष्टि से नागरिकों तथा विदेशियों में अंतर किया गया है।
2. संविधान में उल्लिखित मौलिक अधिकारों को दो श्रेणियों में बांटा जा सकता है। कुछ अधिकारों की प्रकृति निषेधात्मक है, जो राज्य को निषेधाज्ञा देते हैं, अन्य अधिकारों की प्रकृति सकारात्मक है।
3. भारतीय संविधान में मौलिक अधिकारों का विवेचन दूसरे देशों के संविधानों की अपेक्षा कहीं अधिक विस्तृत है।
4. मौलिक अधिकार सीमित हैं, असीमित (absolute) नहीं हैं। भारत में इन्हें कई सीमाओं से प्रतिबंधित किया गया है जैसे राज्य को उनके प्रयोग या उपयोग पर उचित प्रतिबंध लगाने का अधिकार है।
5. यह सैद्धांतिक नहीं, वरन् व्यावहारिकता पर आधारित है और संपूर्ण समाज के लिए उपयोगी है। इनमें सभी नागरिकों के लिए समानता के अधिकार के साथ ही साथ अल्पसंख्यकों, अनुसूचित जातियों, आदिम जनजातियों एवं पिछड़े वर्गों की उन्नति एवं विकास के लिए विशेष व्यवस्था की गई है।
6. इनका संरक्षण न्यायालय द्वारा संविधान के अनुच्छेद 32 व अनुच्छेद 226 के अनुसार किया जाता है। संसद आवश्यकता पड़ने पर मौलिक अधिकारों में संशोधन कर सकती है या नहीं, यह विवादास्पद विषय बन गया है क्योंकि राज्य द्वारा लगाया गया प्रतिबंध उचित है या नहीं यह न्यायालय ही निश्चित करते हैं।
7. भारतीय संविधान में नागरिकों के लिए जो मौलिक अधिकार उल्लिखित हैं उनके अतिरिक्त नागरिकों को कोई प्राकृतिक अधिकार नहीं दिए गए।
8. मौलिक अधिकार संसद या राज्य विधानमंडलों द्वारा बनाए गए कानूनों से ऊपर हैं।
9. ये सरकार की निरंकुशता पर अंकुश रखते हैं ताकि इन अधिकारों का किसी भी प्रकार से उल्लंघन न किया जा सके। अगर सरकार अनुचित प्रतिबंध लगा भी देती है तो न्यायालय द्वारा उन प्रतिबंधों को अवैध घोषित किया जा सकता है।
10. भारतीय नागरिकों के मूल अधिकारों को राज्य की सुरक्षा और सार्वजनिक सुरक्षा की दृष्टि से सिर्फ संवैधानिक आपातकाल में निलंबित किया जा सकता है।

संविधान प्रदत्त मौलिक अधिकार

मूल संविधान में नागरिकों को सात मौलिक अधिकार प्रदान किए गए थे किंतु 44वें संविधान संशोधन, 1978 द्वारा संपत्ति के मौलिक अधिकार को समाप्त कर दिया गया है तथा इसे अनुच्छेद 300 (क) में रखकर कानूनी अधिकार का दर्जा दिया गया। इससे अब संविधान में केवल छह मौलिक अधिकारों का ही प्रावधान है जिन्हें अनुच्छेद 14 से 32 तक के बीच विस्तृत रूप से दर्शाया गया है। अनुच्छेद 12, 13, 33, 34 तथा 35 में मौलिक अधिकारों से संबद्ध कुछ सामान्य उपबंध दिए गए हैं। सूचना का अधिकार अधिनियम, 2005 पारित होने के बाद यह भी अब मौलिक अधिकारों में शामिल हो गया है। अनुच्छेद 12 में 'राज्य' की परिभाषा दी गई है। इसके अनुसार राज्य के अंतर्गत भारत सरकार एवं संसद, प्रत्येक राज्य की सरकार एवं विधानमंडल तथा सब प्रकार के स्थानीय तथा अन्य अधिकारी जो भारतीय राज्य क्षेत्र में हैं और जो भारत सरकार के अधीन हैं, सभी राज्य में शामिल हैं।

अनुच्छेद 13 के दो महत्त्वपूर्ण पक्ष हैं। एक ओर संविधान के प्रारंभ के पूर्व से ही प्रचलित वे समस्त विधियां, कानून जो मौलिक अधिकारों के प्रतिकूल थे, उन्हें इस सीमा तक अवैध घोषित कर दिया जाएगा जहां तक वे मौलिक अधिकारों के साथ मेल नहीं खाएंगे। दूसरी ओर यह अनुच्छेद राज्य द्वारा प्रत्याभूत अधिकारों के विरुद्ध विधि-निर्माण निषिद्ध कर देता है। इस अनुच्छेद की विशेषता है कि इसके द्वारा न्यायपालिका को वैधानिक अधिनियमों पर इस दृष्टि से पुनर्विचार का अधिकार प्राप्त हो गया कि उक्त अधिनियमों का संविधान के साथ सामंजस्य है या नहीं। अनुच्छेद 33 के अंतर्गत संसद को यह अधिकार दिया गया है कि वह सशस्त्र सेना में अनुशासन बनाए रखने के लिए तथा सैनिक कर्त्तव्यों का भली-भांति परिपालन करने की दृष्टि से भारत के सशस्त्र बल से संबद्ध मौलिक अधिकारों में आवश्यक संशोधन कर सकती है। अनुच्छेद 34 के अंतर्गत किसी स्थान पर मार्शल लॉ लागू होने पर मौलिक अधिकारों को सीमित करने के संबंध में व्यवस्था की गई है तथा अनुच्छेद 35 का संबंध ऐसे समस्त कानूनों से है जो मौलिक अधिकारों के क्रियान्वयन से संबंधित है।

1. समानता का अधिकार

भारतीय संविधान के अनुच्छेद 14 से 18 तक समानता के मौलिक अधिकार का प्रावधान किया गया है। अनुच्छेद 14 यह उपबंधित करता है कि 'भारत राज्य-क्षेत्र में किसी व्यक्ति को विधि के समक्ष समानता से अथवा विधियों के समान संरक्षण से राज्य द्वारा वंचित नहीं किया जाएगा।' इस अनुच्छेद में दो वाक्यांशों का प्रयोग किया गया है–एक है–"विधि के समक्ष समता" तथा दूसरा है–"विधियों का समान संरक्षण"। दोनों वाक्यांशों में समानता होते हुए भी कुछ अंतर है। विधि के समक्ष समता एक नकारात्मक वाक्यांश है जिसका तात्पर्य है समान परिस्थिति वाले व्यक्तियों के साथ विधि द्वारा दिए गए विशेषाधिकारों तथा अधिरोपित कर्त्तव्यों–दोनों के मामले में समान व्यवहार किया जाएगा और प्रत्येक व्यक्ति देश की साधारण विधि के अधीन होगा। "विधि का समान संरक्षण" वाक्यांश समानता का

सकारात्मक रूप है जिसका तात्पर्य है समान परिस्थिति वाले प्रत्येक व्यक्ति के साथ समान व्यवहार करना अर्थात् समान कानूनों को लागू करना।[12] किंतु यदि ध्यानपूर्वक देखा जाए तो दोनों वाक्यांशों में एक ही उद्देश्य निहित है और वह है–समान न्याय।[13] अनुच्छेद 14 में निहित ''विधि का शासन'' संविधान का 'आधारभूत ढांचा' है: अत: इसे अनुच्छेद 368 के अधीन संशोधन करके नष्ट नहीं किया जा सकता है।

अनुच्छेद 15 राज्य को धर्म, मूलवंश, जाति, लिंग, जन्म-स्थान या इनमें से किसी आधार पर किसी नागरिक के विरुद्ध असमानता या भेदभाव का व्यवहार करने से रोकता है। अनुच्छेद 15(2) यह उपबंध करता है कि केवल धर्म, जाति, लिंग अथवा जन्म-स्थान के आधार पर कोई नागरिक दुकानों, होटलों, मनोरंजन-स्थानों, कुंओं, तालाबों, घाटों, सड़कों एवं अन्य सार्वजनिक स्थान जो जनता के उपयोग के लिए समर्पित कर दिए गए हैं, अथवा पूर्ण या आंशिक रूप से राज्य-निधि द्वारा पोषित हैं, के उपयोग के संबंध में किसी शर्त, प्रतिबंध उत्तरदायित्व एवं अयोग्यता से प्रभावित न होगा। अनुच्छेद का मुख्य उद्देश्य हिंदू-समाज में व्याप्त कुरीतियों को समाप्त करके भारत में एक नए समाज की स्थापना करना है। अनुच्छेद 15(3), अनुच्छेद 15(1) और (2) में दिए गए सामान्य नियम का अपवाद है। यह अनुच्छेद उपबंधित करता है कि अनुच्छेद 15 की कोई बात राज्य को स्त्रियों और बालकों के लिए कोई विशेष उपबंध बनाने से नहीं रोकेगी। स्त्रियों और बालकों की स्वाभाविक प्रकृति ही ऐसी होती है जिसके कारण उन्हें विशेष संरक्षण की आवश्यकता होती है। भारत में स्त्रियों की दशा बड़ी शोचनीय थी। वे सामाजिक कुरीतियों जैसे बाल-विवाह, बहु-विवाह, सती-प्रथा आदि की शिकार थीं और पूर्ण रूप से पुरुषों पर आश्रित थीं, इसी कारण राज्य को उनके लिए विशेष कानून बनाने का अधिकार प्रदान करना उचित है। राज्य ने इससे संबंधित कुछ अधिनियम भी बनाए हैं, जैसे--राष्ट्रीय महिला आयोग अधिनियम, 1990; दहेज प्रतिषेध अधिनियम, 1961; प्रसूति प्रसुविधा अधिनियम, 1961; बाल श्रम (प्रतिषेध और विनियम) अधिनियम, 1986; अनैतिक व्यापार (निवारण) अधिनियम, 1956; सती (निवारण) अधिनियम, 1987 इत्यादि। संविधान के अनुच्छेद 15(4) के अंतर्गत राज्य किन्हीं सामाजिक तथा शैक्षिक दृष्टि से पिछड़े हुए वर्गों या अनुसूचित जातियों और अनुसूचित जनजातियों की उन्नति के लिए विशेष प्रावधान कर सकता है। इस अनुच्छेद 15(4) को संविधान के प्रथम संशोधन अधिनियम, 1951 द्वारा जोड़ा गया है। यह संशोधन 'मद्रास राज्य बनाम चम्पाकम दोराईराजन[14] के मामले में उच्चतम न्यायालय के निर्णय के परिणामस्वरूप जोड़ा गया है। इन वर्गों के व्यक्तियों को विशेष संरक्षण की आवश्यकता है इसलिए कोई विधान जो इस वर्ग के व्यक्तियों के लिए विशेष उपबंध करने के लिए आवश्यक है, असांविधानिक नहीं माना जाएगा। अनुच्छेद के खंड (1) द्वारा केवल जाति के आधार पर विभेद प्रतिषिद्ध है किंतु खंड (4) के अधीन राज्य के लिए यह अनुज्ञेय है कि वह पिछड़े वर्गों के लिए या अनुसूचित जातियों या अनुसूचित जनजातियों के लिए सार्वजनिक संस्थाओं में स्थानों का आरक्षण करे या उन्हें फीस में रियायत दे।[15]

अनुच्छेद 16 यह उपबंधित करता है कि राज्य के अधीन किसी पद पर नियोजन या नियुक्ति से संबंधित विषयों में सभी नागरिकों के लिए अवसर की समता होगी। खंड (2)

यह कहता है कि राज्य के अधीन किसी नियोजन या पद के संबंध में केवल धर्म, मूलवंश, जाति, लिंग, उद्भव, जन्मस्थान, निवास या इनमें से किसी के आधार पर कोई भी नागरिक अपात्र नहीं होगा और न उससे विभेद किया जाएगा। इस प्रकार अनुच्छेद 16 के खंड (1) और (2) में राज्य की नौकरियों में समता का सामान्य नियम निहित है। राज्य के अधीन नियोजन या नियुक्ति के अवसर की समता के उक्त नियम के तीन अपवाद हैं जो खंड (3), (4), 4 (क) और (5) में उल्लिखित है। खंड (3) संसद को यह शक्ति प्रदान करता है कि वह विधि बना कर सरकारी सेवाओं में नियुक्ति के लिए उस राज्य में 'निवास' की अर्हता विहित कर सकती है। खंड (4) राज्य को सरकारी सेवाओं में 'पिछड़े वर्गों' के लिए पदों के आरक्षण करने की शक्ति प्रदान करता है। 77वें संविधान संशोधन 1995 द्वारा जोड़ा गया नया खंड 4(क) अनुसूचित जाति एवं अनुसूचित जनजाति के लिए सरकारी सेवाओं में "प्रोन्नति में आरक्षण" करने की शक्ति प्रदान करता है। संविधान के 81वें संशोधन अधिनियम 2000 द्वारा जोड़ा गया नया खंड 4(ख) यह उपबंधित करता है कि इस अनुच्छेद की कोई बात राज्य को उन रिक्तियों को जो अनुच्छेद 16(4) या खंड 4(क) के उपबंधों के अनुसार किसी वर्ष में भरे जाने के लिए आरक्षित हैं, उन्हें अगले वर्ष या वर्षों में भरे जाने से नहीं रोकेगी और ऐसे वर्ग की रिक्तियों पर उस वर्ग की रिक्तियों के साथ, जिनमें उन्हें भरा जाना है, आरक्षण की 50 प्रतिशत सीमा के निर्धारण के प्रयोजन के लिए विचार नहीं किया जाएगा। ऐसी रिक्तियों को एक पृथक वर्ग माना जाएगा और उन्हें अगले वर्षों में भरा जाएगा भले ही वे 50 प्रतिशत से बढ़ जाएं। खंड (5) ऐसी विधियों के लागू होने को अनुच्छेद (1) और (2) के प्रभाव से बचाता है जो किसी धार्मिक या सांप्रदायिक संस्था के किसी पद पर नियुक्ति के लिए किसी व्यक्ति के लिए विशिष्ट धर्म की जानकारी रखने की अर्हता विहित करता है।[16] राज्याधीन नियोजन में अवसर की समानता के सामान्य नियम के तीन अपवाद हैं जो खंड (3), (4), (5) में उल्लिखित हैं। ध्यान रहे कि अनुच्छेद 16 केवल राज्य के अधीन नौकरियों में अवसर की समानता का अधिकार प्रदान करता है। गैर-सरकारी नौकरियों में यह अधिकार प्राप्त नहीं है।

अनुच्छेद 17 के अंतर्गत अस्पृश्यता का अंत किया गया है और उसका किसी भी रूप में आचरण निषिद्ध है। अस्पृश्यता से उपजी किसी निर्योग्यता को लागू करना अपराध होगा जो विधि के अनुसार दंडनीय होगा। संसद को यह प्राधिकार दिया गया है कि वह विधि द्वारा इस अपराध के लिए दंड विहित करें (अनुच्छेद 35)। इस शक्ति के प्रयोग में संसद ने अस्पृश्यता (अपराध) अधिनियम, 1955 अधिनियमित किया था। इसका संशोधन और पुन: नामकरण होकर अब यह (1976 से) सिविल अधिकार संरक्षण अधिनियम, 1955 हो गया है। यह अधिनियम अस्पृश्यता के अपराध के लिए दंड की व्यवस्था करता है।[17] इसके अनुसार अस्पृश्यता के अपराध के लिए अधिकतम 500 रुपये जुर्माना या 6 माह की सजा या दोनों सजाएं साथ-साथ दी जा सकती हैं। अस्पृश्यता की परिभाषा न तो संविधान में दी गई है और न ही उपर्युक्त अधिनियम में। यह उपधारणा की गई है कि इस शब्द का अर्थ सर्वविदित है। यह उस सामाजिक पद्धति के प्रति निर्देश करता है जिसमें कुछ दलित वर्गों को उनके जन्म के कारण ही हेय दृष्टि से देखा जाता है और तथाकथित उच्च वर्गों या जातियों के लोगों से समागम में उन्हें कुछ निर्योग्यताएं होती हैं। इस अधिनियम

में कुछ कार्यों को जब वे अस्पृश्यता के आधार पर किए जाते हैं तब अपराध माना गया है और उनके लिए दंड विहित किया गया है।

अनुच्छेद 18 के अंतर्गत राज्य किसी भी व्यक्ति को, चाहे वह नागरिक हो या विदेशी, को उपाधियां प्रदान करने से मना करता है। किंतु अनुच्छेद 18(क) के अनुसार यह प्रतिबंध केवल राज्य के विरुद्ध है। अन्य सार्वजनिक संस्थाएं जैसे विश्वविद्यालय आदि अपने नेताओं या गुणीजनों का सम्मान करने के लिए उन्हें उपाधियां या सम्मान दे सकते हैं। अनुच्छेद 18(ख) में राज्य को सेना या विद्या संबंधी सम्मान देने से नहीं रोका गया है यद्यपि उनका उपयोग उपाधि के रूप में किया जा सकता है तथा अनुच्छेद 18(ग) राज्य का सामाजिक सेवा के लिए कोई सम्मान या पुरस्कार देने से निवारित नहीं किया गया है। इस सम्मान का उपाधि के रूप में अर्थात् अपने नाम के साथ जोड़कर उपयोग नहीं किया जा सकता। इस प्रकार भारत रत्न या पद्म विभूषण का, प्राप्तकर्ता द्वारा उपाधि के रूप में प्रयोग नहीं किया जा सकता और इसलिए यह संविधान में प्रतिषेध के अधीन नहीं आते हैं।[18]

अनुच्छेद 18 के उपबंधों का उल्लंघन करने वालों के लिए संविधान में किसी दंड का उपबंध नहीं है। यह अनुच्छेद केवल निर्देशात्मक है, आदेशात्मक नहीं। किंतु संसद को विधि बनाकर इन उपबंधों का उल्लंघन करने वालों के लिए दंड का प्रावधान करने की पूरी शक्ति प्राप्त है। संसद ने अभी तक इस प्रकार की कोई विधि पारित नहीं की है।

2. स्वतंत्रता का अधिकार

अनुच्छेद 19 से 22 स्वतंत्रता के अधिकार से संबंधित हैं। इसके अंतर्गत अनुच्छेद 19(1) में नागरिकों को छ: स्वतंत्रताएं दी गई हैं, किसी विदेशी को नहीं। जो इस प्रकार हैं–

(i) विचार और अभिव्यक्ति की स्वतंत्रता। इसमें भारत के प्रत्येक नागरिक को भाषण, लेखन, सूचना प्राप्त करने एवं अन्य व्यक्तियों के विचारों का प्रचार करने की स्वतंत्रता दी गई है। इसमें प्रेस की स्वतंत्रता भी निहित है अर्थात् समाचार-पत्रों के माध्यम से विचारों का प्रकाशन इस अधिकार में सम्मिलित है।

(ii) नि:शस्त्र एवं शांतिपूर्ण सभा की स्वतंत्रता। इसमें सब नागरिकों को बिना हथियारों के शांतिपूर्ण ढंग से सभा या सम्मेलन आयोजित करने का अधिकार प्राप्त है।

(iii) समुदाय या संघ बनाने की स्वतंत्रता। इसमें सब नागरिकों के समुदाय या संघ बनाने की स्वतंत्रता दी गई है। पर इस स्वतंत्रता पर भारत की प्रभुसत्ता व अखंडता अथवा सार्वजनिक व्यवस्था या नैतिकता के हित में राज्य की ओर से उचित प्रतिबंध लगाए जा सकते हैं।

(iv) देश के किसी भी भाग में भ्रमण करने की स्वतंत्रता। इसमें भारत के सभी नागरिक बिना किसी प्रतिबंध या विशेष अधिकार-पत्र के संपूर्ण भारत के क्षेत्र में घूम सकते हैं।

(v) भारत राज्य क्षेत्र में अबाध निवास की स्वतंत्रता। इसके अंतर्गत भारत के सभी नागरिक अपनी इच्छानुसार स्थायी या अस्थायी रूप से भारत में किसी भी स्थान पर बस सकते हैं। किंतु, राज्य द्वारा सामान्य जनता के हित और अनुसूचित जातियों के हित में इस पर उचित प्रतिबंध लगाया जा सकता है तथा

(vi) वृत्ति, उपजीविका या कारोबार की स्वतंत्रता। इसके अनुसार सभी भारतीय नागरिकों को वृत्ति, उपजीविका, व्यापार तथा व्यवसाय करने की स्वतंत्रता दी गई है जिसमें सार्वजनिक हित का उद्देश्य निहित है।

परंतु अनुच्छेद 19(2) के अंतर्गत निम्न आधार पर नागरिकों की वाक् और अभिव्यक्ति की स्वतंत्रता पर निर्बन्धन लगाए जा सकते हैं–राज्य की सुरक्षा के संबंध में, विदेशी राज्यों के साथ मैत्रीपूर्ण संबंधों के हित में, लोक व्यवस्था स्थापित करने के संबंध में, शिष्टाचार या सदाचार के हित में (decency or morality), न्यायालय-अवमान (Contempt of Court) के कारण, मानहानि से संबंधित, अपराध उद्दीपन के मामले में (incitement to an offence) तथा भारत की प्रभुता एवं अखंडता पर किसी प्रकार की आंच आने पर। *सभा एवं सम्मेलन की स्वतंत्रता* (अनु. 19(i)(ख) के अधिकार पर भी तीन आधार पर निर्बन्धन लगाए जा सकते हैं–सभा शांतिपूर्ण होनी चाहिए, सभा बिना हथियार के होनी चाहिए तथा राज्य लोक व्यवस्था के हित में युक्तियुक्त प्रतिबंध लगा सकता है। *संघ की स्वतंत्रता* (अनु. 19(1)(ग)) पर राज्य को लोक-व्यवस्था या नैतिक या देश की प्रभुता के हित में युक्तियुक्त प्रतिबंध लगाने की शक्ति प्राप्त है। *संचरण की स्वतंत्रता* (अनुच्छेद 19(i)(घ)) पर राज्य साधारण जनता के हित में तथा किसी अनुसूचित जनजाति के हित के संरक्षण के लिए युक्तियुक्त निर्बन्धन लगा सकता है। *निवास की स्वतंत्रता* (अनुच्छेद 19(i) (ड़)) और भ्रमण की स्वतंत्रता एक-दूसरे की पूरक हैं और दोनों का उद्देश्य राष्ट्रीय एकता की स्थापना करना है। किंतु फिर भी, अनुच्छेद 19 के खंड (5) के अंतर्गत इस अधिकार पर राज्य साधारण जनता के हित में या अनुसूचित जनजातियों के संरक्षण के युक्तियुक्त निर्बन्धन लगा सकता है तथा वृत्ति, आजीविका, व्यापार एवं कारोबार की स्वतंत्रता (अनुच्छेद 19(i)(छ) पर भी राज्य को साधारण जनता के हित में; किसी वृत्ति या व्यापार के लिए आवश्यक वृत्तिक या तकनीकी अर्हताएं निर्धारित करके तथा नागरिकों को पूर्णतः किसी व्यापार या कारोबार से बहिष्कृत करने की शक्ति प्रदान करके राज्य को निर्बन्धन लगाने की शक्ति प्राप्त है। व्यापार करने के अधिकार में व्यापार को बंद कर देने का अधिकार भी शामिल है।[19]

स्वतंत्रता के अधिकार में अनुच्छेद 20 उन व्यक्तियों को, जिन पर अपराध करने का अभियोग लगाया गया है, के लिए सांविधानिक संरक्षण प्रदान करता है–(1) कार्योत्तर विधियों से संरक्षण (protection from ex-post facto law) (2) दोहरे दंड से संरक्षण (protection from double jeopardy), तथा (3) आत्म-अभिशंसन से संरक्षण (protection from self-incrimination).

अनुच्छेद 20 का खंड(1) यह उपबंधित करता है कि कोई व्यक्ति केवल किसी प्रवृत (in force) विधि के अंतर्गत विहित अपराध के लिए दोषी ठहराया जाएगा अन्य अपराध के लिए नहीं और न ही वह अधिक दंड का पात्र होगा, जो अपराध के समय प्रवृत्त विधि के अधीन दिया जा सकता था। कार्योत्तर विधि वह विधि है जो अपराध करने के पश्चात् बनाई जाती है और ऐसे कार्य को अपराध घोषित करती है जो जब किया गया था, अपराध नहीं था या प्रवृत्त विधि में विहित दंड की मात्रा को बढ़ा देती है। साधारणतया

विधानमंडल भूतलक्षी (retrospective) और भविष्यलक्षी (prospective) दोनों प्रकार की विधियां बना सकता है। अनुच्छेद 20 केवल दंड विधि बनाने का प्रतिषेध करता है।[20]

अनुच्छेद 20 का खंड(2) व्यक्ति को एक ही अपराध के लिए एक बार से अधिक ''अभियोजित'' और ''दंडित'' नहीं किए जाने का उपबंध करता है। अर्थात् दोहरे दंड से संरक्षण का प्रावधान करता है। लेकिन अनुच्छेद 20(2) वहां लागू नहीं होता है जहां दूसरा अभियोजन किसी दूसरे अपराध के लिए चलाया जाता है। अनुच्छेद 20(2) एक ही अपराध के लिए दो बार अभियोग चलाए जाने को वर्जित करता है, दूसरे अपराध के लिए अभियोग चलाने के लिए नहीं।[21]

अनुच्छेद 20 का खंड(3) यह उपबंधित करता है कि किसी भी व्यक्ति को, जिस पर कोई आरोप लगाया गया है, स्वयं अपने विरुद्ध साक्ष्य देने के लिए बाध्य नहीं किया जाएगा। लेकिन अनुच्छेद 20(3) का संरक्षण तभी मिलेगा जब व्यक्ति किसी अपराध में अभियुक्त (accused) हो, उसे अपने विरुद्ध गवाही देने के लिए बाध्य किया गया हो तथा उसे अपने ही विरुद्ध गवाही देने के लिए बाध्य किया जाए।

स्वतंत्रता के अधिकार में अनुच्छेद 21 यह उपबंधित करता है कि 'किसी व्यक्ति को उसके प्राण या दैहिक स्वाधीनता से विधि द्वारा स्थापित प्रक्रिया के अनुसार ही वंचित किया जाएगा अन्यथा नहीं।' इस अनुच्छेद में ''नागरिक'' शब्द का प्रयोग न करके ''व्यक्ति'' शब्द का प्रयोग किया गया है। इसका तात्पर्य यह है कि अनुच्छेद 21 का संरक्षण नागरिक एवं विदेशी सभी प्रकार के व्यक्तियों को प्राप्त है।

अनुच्छेद 21 विधायिका तथा कार्यपालिका दोनों के विरुद्ध संरक्षण प्रदान करता है। गोपालन बनाम् मद्रास राज्य[22], 1950 के मामले में उच्चतम न्यायालय ने यह मत व्यक्त किया था कि अनुच्छेद 21 केवल कार्यपालिका के कृत्यों के विरुद्ध संरक्षण प्रदान करता है, विधानमंडल के विरुद्ध नहीं। अतएव विधानमंडल कोई विधि पारित करके किसी व्यक्ति को उसके प्राण एवं दैहिक स्वतंत्रता से वंचित कर सकता है। किंतु मेनका गांधी बनाम् भारत संघ[23], 1978 के मामले में उच्चतम न्यायालय ने गोपालन के मामले में दिए गए अपने निर्णय को उलट दिया कि अनुच्छेद 21 केवल कार्यपालिका के कृत्यों के विरुद्ध ही नहीं बल्कि विधायिका के विरुद्ध भी संरक्षण प्रदान करता है। विधानमंडल द्वारा पारित किसी विधि के अधीन विहित प्रक्रिया, जो किसी व्यक्ति को उसके प्राण एवं दैहिक स्वाधीनता से वंचित करती है, नैसर्गिक न्याय (natural justice) के सिद्धांतों के अनुरूप होनी चाहिए। इसमें न्यायालय ने यह अभिनिर्धारित किया है कि ''प्राण'' का अधिकार केवल भौतिक अस्तित्व तक ही सीमित नहीं है बल्कि इसमें मानव-गरिमा को बनाए रखते हुए जीने का अधिकार है। इस अधिकार को आपातकाल की स्थिति में भी समाप्त या सीमित नहीं किया जा सकता।

संविधान का अनुच्छेद 22 गिरफ्तारी व बंदीकरण के विरुद्ध सांविधानिक सुरक्षा प्रदान करता है। इसके अनुसार बंदी बनाए जाने वाले व्यक्ति को कुछ सांविधानिक अधिकार प्रदान किए गए हैं। अनुच्छेद 22 के अनुसार गिरफ्तारियां दो प्रकार की हो सकती हैं[24]–

1. सामान्य दंड-विधि के अधीन गिरफ्तारी (punitive)
2. निवारक निरोध-विधि के अधीन गिरफ्तारी (preventive)

सामान्य दंड-विधि के अधीन किसी अपराध का संबंध में गिरफ्तार हुए व्यक्तियों को अधिकार या संरक्षण है कि–(i) गिरफ्तारी के कारण जानने का अधिकार; (ii) अपनी रुचि के वकील से परामर्श करने और बचाव करने का अधिकार; (iii) गिरफ्तारी के बाद 24 घंटों के अन्दर किसी मजिस्ट्रेट के समक्ष पेश किए जाने का अधिकार; तथा (iv) 24 घंटे से अधिक निरोध मजिस्ट्रेट के आदेश के अधीन ही हो सकता है। उक्त संरक्षणों का उल्लंघन गिरफ्तारी को असंवैधानिक बना देता है। लेकिन यह प्रदत्त चारों अधिकार विदेशी शत्रु को उपरोक्त गिरफ्तारियों के अधीन प्राप्त नहीं हैं।

निवारक निरोध-विधि के अधीन भी किसी व्यक्ति को निवारक निरोध के अंतर्गत की गई गिरफ्तारी से संरक्षण प्रदान किया गया है। निवारक गिरफ्तारी दंडात्मक गिरफ्तारी से भिन्न है। दंडात्मक गिरफ्तारी निरुद्ध व्यक्ति को दंड देने के उद्देश्य से की जाती है, किंतु निवारक बंदीकरण का उद्देश्य दंड देना नहीं वरन् अपराध करने से रोकना या निरुद्ध व्यक्ति को किसी निश्चित उद्देश्य को पूरा करने से रोकना है। इसमें निरुद्ध किए गए व्यक्ति के ऊपर कोई अपराध का आरोप नहीं लगाया जाता है। यह एक एहतियाती कार्यवाही है जो किसी व्यक्ति को अपराध करने से रोकने के लिए अपनाई जाती है। इसमें व्यक्ति को केवल संदेह के आधार पर गिरफ्तार कर लिया जाता है। अनुच्छेद 22(4-7) के अंतर्गत निवारक निरोध कानून के अंतर्गत निरुद्ध किए गए व्यक्ति को संरक्षण प्रदान किए गए हैं–(i) सलाहकार-बोर्ड द्वारा पुनर्विलोकन के पश्चात् ही कार्यवाही की जाएगी; (ii) गिरफ्तारी के कारणों को जानने तथा गिरफ्तारी आदेश के विरुद्ध अभ्यावेदन (representation) करने का अधिकार; तथा (iii) सलाहकार बोर्ड की प्रक्रिया।

अनुच्छेद 22 में गिरफ्तार व्यक्ति की सुरक्षा की गारंटी के साथ-साथ खंड(4) में निवारक (नजरबंदी) (Preventive Detention) के लिए बहुत कठोर प्रावधान की व्यवस्था की गई है। यह संसद को राज्य की सुरक्षा, सार्वजनिक व्यवस्था बनाए रखने, समुदाय के लिए आवश्यक वस्तुओं एवं सेवाओं की आपूर्ति बनाए रखने, देश की रक्षा, विदेशी मामलों और भारत की सुरक्षा से संबंधित मामलों में उपर्युक्त कारणों से निवारक नजरबंदी कानून बनाने के लिए शक्ति देता है। निवारक नजरबंदी शब्द परिभाषित नहीं है। कानूनी प्रावधानों के अनुसार निवारण उद्देश्यों के लिए बनाए कानून के अंतर्गत किसी व्यक्ति को गिरफ्तार या बंदी बनाया जा सकता है। इसके लिए निवारक निरोध अधिनियम, 1950 (Preventive Detention Act, 1950), आंतरिक सुरक्षा व्यवस्था अधिनियम, 1971–'मीसा' (Maintenance of Internal Security Act, 1971–MISA) तथा आतंकवादी और विध्वंसात्मक गतिविधि निरोध अधिनियम, 1995 (टाडा) बनाए गए। संविधान के अनुच्छेद 21(क) को संविधान के 86वें संशोधन अधिनियम, 2002 के द्वारा जोड़कर बच्चों को अनिवार्य एवं निःशुल्क शिक्षा का अधिकार प्रदान किया गया।

3. सूचना पाने का अधिकार

लोकतांत्रिक एवं सरकारी प्रक्रिया में जनसहभागिता उसी दशा में अर्थपूर्ण होती है जब नागरिकों की सरकारी सूचना तक यथोचित पहुंच होती है। सरकारी सूचना तथा अभिलेखों

तक जनमानस की सुगम पहुंच सुशासन, पारदर्शिता, जवाबदेही तथा सहभागिता की नींव रखती है जिसके ऊपर उच्च विकास दर युक्त सुदृढ़ राष्ट्र का निर्माण होता है। इन सभी को ध्यान में रखकर संसद ने 11 मई, 2005 को 'सूचना का अधिकार अधिनियम, 2005' पारित किया और राष्ट्रपति की स्वीकृति के बाद यह अधिनियम जम्मू और कश्मीर राज्य के अलावा संपूर्ण भारत में लागू हो गया।[25] इस सूचनाधिकार की प्रकृति में पारदर्शिता, जवाबदेहिता (accountability), सहभागिता (participatary), उत्तरदायित्वता (responsibility), संवेदनशीलता (sensetiveness) एवं मुक्तता (openness) आदि महत्त्वपूर्ण तत्व सम्मिलित किए गए हैं। भारतीय संविधान के अंतर्गत सूचना का अधिकार एक मौलिक अधिकार है। यह अधिकार अनुच्छेद 19(1)(क) एवं अनुच्छेद 21 के अधीन क्रमश: भाषण एवं अभिव्यक्ति एवं प्राण तथा दैहिक स्वतंत्रता का एक अभिन्न भाग है। हालांकि अनु. 19 में सूचना का अधिकार विशिष्टता बताया नहीं गया है, लेकिन भारत के सर्वोच्च न्यायालय ने अपने दिए गए अनेक निर्णयों के अंतर्गत यह संप्रेषित किया गया है कि जानने का अधिकार भाषण एवं अभिव्यक्ति के अधिकार का एक भाग ही है।[26]

सूचना पाने का अधिकार अधिनियम 2005 सूचना की स्वतंत्रता अधिनियम 2002 के स्थान पर लाया गया है। इस नए अधिनियम में सभी नागरिकों को सूचना तक पहुंच का अधिकार सुस्पष्टतया प्रदान करना, सभी लोक अधिकारियों के लिए इस प्रकार की सूचना के प्रसार को एक बाध्यता बनाया जाना, केंद्र एवं राज्य स्तर पर एक उच्चस्तरीय स्वतंत्र निकाय के रूप में सूचना आयोगों की स्थापना करना आदि का प्रावधान किया गया है। इस अधिनियम के अधिकार क्षेत्र में केंद्र एवं राज्य सरकारों के सभी मंत्रालय तथा विभाग (सुरक्षा एवं इंटेलीजेंस संगठनों को छोड़कर), पंचायती राज संस्थाएं तथा स्थानीय नगर निकाय, सरकार से वित्तपोषित गैर-सरकारी संगठन (NGOs) तथा केंद्र एवं राज्य सकारों के स्वामित्व वाले निगम तथा कंपनियां आदि को शामिल किया गया है। उपरोक्त इन सभी अधिकार क्षेत्रों में जन-सूचना अधिकारी की नियुक्ति की जाती है जो सूचना व अन्य प्रकार की जानकारी से संबंधित विषयों पर कार्य करता है तथा नागरिकों द्वारा मांगी गई सूचना यथासंभव 30 दिन के भीतर यदि जीवन और स्वतंत्रता का मामला है तो 48 घंटे के भीतर देनी होती है। सूचना प्राप्त करने के लिए किसी नागरिक द्वारा दिए गए आवेदन को लेने से मना करना, समय से सूचना न देना या आधी-अधूरी सूचना देना, गलत सूचना देना, वांछित सूचना को नष्ट करना या भ्रामक सूचना देना आदि के लिए कठोर दंड का प्रावधान भी किया गया है।

सूचना पाने का अधिकार अधिनियम 2005 कितना प्रभावी तथा लाभकारी सिद्ध होगा यह इस बात पर निर्भर करेगा कि इस अधिनियम को सही अर्थों में लागू करने के लिए केंद्र एवं राज्य सरकारें किस सीमा तक तैयार है। यह अधिनियम कानून की किताबों में तो होगा ही साथ ही इसके प्रावधान अब केवल अतिक्रमण ही नहीं होंगे, बल्कि वे सरकारी अधिकारियों के लिए बाध्यकारी होंगे। लेकिन फिर भी आधुनिक लोकतंत्र ने इस सूचना के अधिकार को अधिक विस्तृत एवं प्रत्यक्ष रूप से अंगीकार किया है जिससे इसका मूल्यांकन उपलब्धियों तथा सेवा प्रदान करने जैसे मानकों के आधार पर किया जाता है।

4. शोषण के विरुद्ध अधिकार

संविधान के अनुच्छेद 23 व 24 में शोषण के विरुद्ध अधिकारों का प्रावधान किया गया है। अनुच्छेद 23 के अनुसार अनैतिक कार्य हेतु मानवों का क्रय-विक्रय, बेगार या बलात् श्रम को गैर-कानूनी या निषिद्ध ठहराया गया है जिसका उल्लंघन करने पर दंड दिया जा सकता है तथा अनुच्छेद 24 के अनुसार 14 वर्ष से कम उम्र का कोई भी बच्चा किसी भी कारखाने की खदान या खतरनाक उद्योगों में रोजगार पर नहीं लगाया जा सकता। यह प्रावधान एक प्रकार से समाज में व्याप्त विभिन्न प्रकार के शोषण के अंत की व्यवस्था करता है, क्योंकि भारत में सदियों से किसी-न-किसी रूप में दासता की प्रथा विद्यमान रही है जिसके अंतर्गत दलित, खेतिहर मजदूर तथा स्त्रियों पर अत्याचार किए जाते रहे हैं।

अनुच्छेद 23 व्यक्ति को न केवल राज्य के विरुद्ध संरक्षण प्रदान करता है बल्कि प्राइवेट व्यक्तियों के विरुद्ध भी संरक्षण प्रदान करता है।[27] स्पष्टतः अनुच्छेद 23 किसी भी प्रकार से मनुष्यों के शोषण को वर्जित करता है। इस अनुच्छेद द्वारा भारतीय समाज के दो बहुत बड़े कलंक नारी क्रय-विक्रय तथा बेगार का अंत हो गया है। ये दोनों कुरीतियां भारतीय समाज में बहुत समय से चली आ रही थीं। अनुच्छेद 35 के अंतर्गत संसद को इस अनुच्छेद द्वारा वर्णित कार्यों के करने के लिए कानून बनाकर दंड देने की व्यवस्था करने की शक्ति है। अपनी इस शक्ति के प्रयोग में संसद ने न्यूनतम मजदूरी अधिनियम, 1948, बंधुआ मजदूर प्रणाली उन्मूलन अधिनियम, 1976, स्त्री तथा लड़की अनैतिक व्यापार दमन (संशोधन) अधिनियम, 1986 पारित किया है। इस अधिनियम के अधीन मानव-दुर्व्यापार एक दंडनीय अपराध है। परंतु अनुच्छेद 23 जहां मानव के दुर्व्यापार और बलात् श्रम का प्रतिषेध करता है और शोषण के विरुद्ध अधिकार देता है वहां 1983 में संजीव राय बनाम राजस्थान राज्य के वाद में उच्चतम न्यायालय ने यह निर्णय दिया कि सूखा राहत कार्य में नियोजित व्यक्तियों को न्यूनतम मजदूरी दर से कम मजदूरी का भुगतान करना अनुच्छेद 23 का उल्लंघन करता है। लेकिन अनुच्छेद 23 के खंड (2) के तहत इसका अपवाद भी है जिसके तहत राज्य को यह अधिकार प्राप्त है कि लोकहित में बिना किसी भेदभाव के सैन्य एवं सामाजिक सेवाओं के लिए अनिवार्य सेवाओं का आरोपण भी कर सकता है।

5. धार्मिक स्वतंत्रता का अधिकार

संविधान के अनुच्छेद 25 से 28 तक धार्मिक स्वतंत्रता का प्रावधान किया गया है। इसमें अनुच्छेद 25 के अनुसार सभी लोगों को, चाहे वे नागरिक हों या विदेशी, अंतःकरण की स्वतंत्रता तथा किसी भी धर्म को अपनाने, उस पर आचरण करने और शांतिपूर्ण तरीके से उसका प्रचार करने का अधिकार है। अनुच्छेद 26 विभिन्न धर्मावलंबियों को निम्नलिखित अधिकार प्रदान करता है—धार्मिक संस्थाएं स्थापित करने का अधिकार, धार्मिक मामलों का प्रबंध करने का अधिकार, चल व अचल संपत्ति के सृजन व स्वामित्व का अधिकार तथा कानून के अनुसार उक्त संपत्ति के उपभोग का अधिकार। अनुच्छेद 27 के अनुसार धर्म से संबंधित आय पर राज्य कर नहीं लगाएगा। किसी व्यक्ति पर कोई ऐसा भुगतान करने

के लिए दबाव नहीं डाला जा सकता जिसका उपयोग किसी धर्म अथवा धार्मिक कार्य को संपन्न करने के लिए किया जाना हो तथा अनुच्छेद 28 के अनुसार, जो शिक्षण संस्थाएं राज्य द्वारा मान्य हैं या जिन्हें राज्य द्वारा आर्थिक सहायता दी जाती है, उनमें धार्मिक शिक्षा नहीं दी जा सकती है।

संविधान के 42वें संशोधन 1976 द्वारा प्रस्तावना में ''पंथ-निरपेक्ष'' शब्द को समाविष्ट किया गया है। भारत में तात्पर्य केवल यह है कि राज्य धर्म के मामले में पूर्णत: तटस्थ है। राज्य प्रत्येक धर्म को समान रूप से संरक्षण प्रदान करता है, किंतु किसी धर्म में हस्तक्षेप नहीं करता है। राज्य के पंथ-निरपेक्ष स्वरूप में कोई रहस्यवाद नहीं है। धर्म-निरपेक्षता न ईश्वर-विरोधी है और न ईश्वर-समर्थक। यह भक्त, संशयवादी और नास्तिक सभी को समान मानती है।[28] संविधान में ''धर्म'' शब्द की कोई परिभाषा नहीं दी गई है। इसके अर्थ को समझने के लिए हमें न्यायिक-निर्णयों की सहायता लेनी होगी। उच्चतम न्यायालय ने इस शब्द की बड़ी विशद परिभाषा की है। न्यायालय ने कहा कि 'धार्मिक स्वतंत्रता सैद्धांतिक विश्वासों तक ही सीमित नहीं है इसके अंतर्गत धर्म के अनुसरण में किए गए कार्य भी हैं और इसमें कर्मकांडों, धार्मिक कार्यों, संस्कृति और उपासनाओं की पद्धतियों की गारंटी है जो धर्म के अभिन्न अंग हैं। धर्म या धार्मिक परिपाटी का आवश्यक भाग क्या है, उसका निर्धारण न्यायालयों द्वारा विशिष्ट धर्म के सिद्धांतों के प्रति निर्देश से किया जाएगा और इसके अंतर्गत ऐसी परिपाटियां आती हैं जिन्हें समुदाय द्वारा धर्म का भाग समझा जाता है।'[29]

संविधान के अनुच्छेद 25 में प्रदान की गई धार्मिक स्वतंत्रता पर राज्य सार्वजनिक व्यवस्था, सदाचार और जनता के स्वास्थ्य के हित में, धर्म से संबद्ध आर्थिक, वित्तीय राजनीतिक क्रियाओं का विनियम तथा समाज-कल्याण और समाज-सुधार विषयक विधियां बनाकर उन सामाजिक कुरीतियों एवं अंधविश्वासों का उन्मूलन कर सकता है अर्थात् निर्बंधन लगा सकता है जो राज्य की प्रगति में बाधा उत्पन्न करते हैं। धार्मिक शिक्षा से संबंधित अधिकार में अनुच्छेद 28(1) के खंड(3) के अनुसार राज्य से मान्यता प्राप्त या राज्य निधि से पोषित होने वाली शिक्षा-संस्था में उपस्थित होने वाले व्यक्ति को धार्मिक शिक्षा या उपासना में भाग लेने के लिए बाध्य नहीं किया जाएगा, जब तक कि उस व्यक्ति ने या यदि यह आवश्यक है तो उसके संरक्षक ने इसके लिए अपनी सहमति न दे दी हो। संक्षेप में, अनुच्छेद 28 चार प्रकार की शैक्षिक-संस्थाओं का उल्लेख करता है–(i) राज्य द्वारा पूरी तरह से पोषित संस्थाएं, (ii) राज्य द्वारा मान्यताप्राप्त संस्थाएं, (iii) राज्यनिधि से सहायता पाने वाली संस्थाएं तथा (iv) राज्य-प्रशासित किंतु किसी धर्मस्थ या न्यास के अधीन स्थापित संस्थाएं।

राज्य द्वारा पूरी तरह पोषित संस्थाओं की श्रेणी में आने वाली संस्थाओं में किसी प्रकार की धार्मिक शिक्षा नहीं दी जा सकती है। राज्य द्वारा मान्यता प्राप्त संस्थाओं व राज्यनिधि से सहायता पाने वाली संस्थाओं की श्रेणी में आने वाली संस्थाओं में धार्मिक शिक्षाएं दी जा सकती हैं, बशर्ते इसके लिए लोगों ने अपनी सम्मति दे दी हो और राज्य-प्रशासित किंतु किसी धर्मस्थ या न्यास के अधीन स्थापित संस्थाओं की श्रेणी में आने वाली संस्थाओं में धार्मिक शिक्षा देने के बारे में कोई प्रतिबंध नहीं है।

6. संस्कृति और शिक्षा संबंधी अधिकार

भारतीय संविधान के इस मौलिक अधिकार से बहुमत की निरंकुशता से अल्पसंख्यक वर्गों के अधिकारों को सुरक्षित रखने का प्रयास किया गया है। क्योंकि भारत में विभिन्न धर्म, जाति, संस्कृति, भाषा के लोग रहते हैं और इन सभी की सुरक्षा का प्रावधान संविधान के अनुच्छेद 29 व 30 में किया गया है। अनुच्छेद 29 खंड(1) में भारत या उसके किसी भाग के अल्पसंख्यक नागरिक को अपनी विशेष भाषा, लिपि या संस्कृति को बनाए रखने का प्रावधान या अधिकार दिया गया है तथा संविधान के अनुच्छेद 29(2) में राज्य द्वारा घोषित या राजकीय सहायता से संचालित किसी शिक्षण संस्था में प्रवेश के लिए किसी भी नागरिक को उसकी भाषा, धर्म जाति, वंश या इनमें से किसी भी आधार पर वंचित नहीं किया जाएगा। इसी प्रकार संविधान के अनुच्छेद 30 के अनुसार राज्य भाषा या धर्म के आधार पर किसी शिक्षण संस्था को सहायता देने से भेदभाव नहीं बरतेगा और सभी अल्पसंख्यक वर्गों को धर्म या भाषा पर आधारित अपनी रुचि की शिक्षण संस्था की स्थापना का अधिकार होगा। इससे यह स्पष्ट है कि राज्य किसी अल्पसंख्यक वर्ग पर किसी भी प्रकार की भाषा या संस्कृति नहीं थोपेगा बल्कि उनकी संस्कृति व भाषा को पूरा संरक्षण देगा जिससे वह अपनी भाषा व संस्कृति की अस्मिता को बनाए रखे।[30]

वास्तव में, अल्पसंख्यक की परिभाषा इस प्रकार की गई है कि एक ऐसा समुदाय, जिसकी संख्या किसी राज्य की कुल जनसंख्या के 50 प्रतिशत से कम हो, अल्पसंख्यक समुदाय माना जाएगा। इसका अर्थ यह है कि यदि कोई समूह संपूर्ण देश की जनसंख्या के संदर्भ के बहुमत में हो लेकिन किसी क्षेत्र विशेष में अल्पमत में हो तो उस क्षेत्र में स्थापित की गई कोई शिक्षा संस्था अल्पसंख्यक संस्था नहीं कहलाएगी। यह भी सिद्धांत विकसित किया गया कि राज्य की ओर से आर्थिक सहायता देते समय कोई ऐसी शर्त नहीं रखी जाएगी जिससे अनुच्छेद 30 के विशेषधिकारों से संस्था विशेष वंचित हो जाए।

सांस्कृतिक और शिक्षा संबंधी स्वतंत्रताओं की यह कहकर आलोचना की गई है कि ये स्वतंत्रताएं ''धर्म निरपेक्षता'', ''राष्ट्रीय एकता'' और ''जातियों के एकीकरण'' के लिए चुनौती सिद्ध हो सकती हैं। संविधान सभा के दामोदर स्वरूप सेठ ने यह शंका व्यक्त की थी कि 'धर्म या समुदाय पर आधारित शिक्षा संस्थाएं राष्ट्रीय एकता और धर्म निरपेक्षता में बाधा प्रस्तुत करेंगी और सांप्रदायिक और संकीर्ण राष्ट्र विरोधी दृष्टिकोण का विकास करेंगी जिसके भयंकर परिणाम निकल सकते हैं।'[31] दूसरे शब्दों में ये स्वतंत्रताएं विघटनकारी तत्त्वों के प्रति रियायतें हैं। दूसरे, अनुच्छेद 27, अनुच्छेद 15 के विपरीत है। जहां अनुच्छेद 15 किसी भी आधार पर नागरिकों में भेदभाव नहीं करता, संरक्षणात्मक विभेद को छोड़कर वहीं अनुच्छेद 29 में भी ''संस्कृति'' शब्द को परिभाषित नहीं किया गया और यदि संस्कृति शब्द का अर्थ सामाजिक, धार्मिक और नैतिक मूल्यों पर आधारित रूढ़ियों से लिया गया तो ये स्वतंत्रताएं प्रतिगामी और प्रतिक्रियावादी सिद्ध हो सकती हैं।

लेकिन भारत में विभिन्नता होने के साथ एकता को बनाए रखना अति आवश्यक है और यह तभी संभव है जब इस लोकतांत्रिक देश में सभी अपनी अस्मिता के साथ जीने

का अधिकार रखते हो जिससे वे स्वयं को सुरक्षित महसूस कर सकें और देश के विकास में भागीदारी निभा सकें। अत: भारतीय संविधान में शिक्षा व संस्कृति का अधिकार अल्पसंख्यक वर्गों को एक अनमोल तोहफा है।

7. संवैधानिक उपचारों का अधिकार

संविधान में मौलिक अधिकारों को क्रियान्वित करने की व्यवस्था के बिना अधिकार निरर्थक माने जाएंगे। इसके लिए संविधान निर्माताओं ने संविधान के अनुच्छेद 32 में इन अधिकारों को लागू करने के संबंध में न्यायिक संरक्षण का प्रावधान किया गया है। इस अनुच्छेद के महत्त्व पर डॉ. अंबेडकर ने संविधान सभा में कहा कि "यदि मुझसे कोई यह पूछे कि संविधान का वह कौन-सा अनुच्छेद है जिसके बिना संविधान शून्यप्राय हो जाएगा, तो इस अनुच्छेद 32 को छोड़कर मैं और किसी अनुच्छेद की ओर संकेत नहीं कर सकता। यह तो संविधान की दृष्टि तथा आत्मा है।"[32] भूतपूर्व मुख्य न्यायाधीश श्री पी. बी. गजेंद्र गडकर ने इसे भारतीय संविधान का सबसे प्रमुख लक्षण और संविधान द्वारा स्थापित प्रजातांत्रिक भवन की आधारशिला कहा है।[33] क्योंकि अनुच्छेद 32 के अंतर्गत प्रत्येक नागरिक को भाग तीन (मौलिक अधिकारों) में दिए गए अधिकारों को लागू कर पाने के लिए समुचित प्रक्रिया अपनाते हुए सर्वोच्च न्यायालय में अपील करने का अधिकार प्राप्त है तथा अनुच्छेद 226 के अंतर्गत उच्च न्यायालय में अपील करने का अधिकार प्राप्त है।

अनुच्छेद 32(1) नागरिकों को संविधान के भाग 3 द्वारा प्रदत्त अधिकारों को प्रवर्तित कराने के लिए उच्चतम न्यायालय को समुचित कार्यवाहियों द्वारा प्रचालित करने के अधिकार की गारंटी प्रदान करता है। अनुच्छेद 32(2) उच्चतम न्यायालय को इन अधिकारों को प्रवर्तित कराने के लिए समुचित निर्देश या रिट, जिनके अंतर्गत बंदी-प्रत्यक्षीकरण (*Habeas Corpus*), परमादेश (*Mandamus*), प्रतिषेध (*prohibition*) अधिकार-पृच्छा (*qua warranto*) तथा उत्प्रेषण (*certiorari*) प्रकार के रिट, भी सम्मिलित हैं, जारी करने की शक्ति प्रदान करता है। अनुच्छेद 32(3) के अधीन संसद विधि द्वारा किसी न्यायालय को उसकी स्थानीय सीमाओं के भीतर उच्चतम न्यायालय द्वारा खंड(2) के अधीन प्रयोग की जाने वाली किसी या सभी शक्तियों का प्रयोग करने के लिए सशक्त कर सकती है। खंड(4) यह उपबंधित करता है कि संविधान द्वारा अन्यथा उपबंधित के सिवाय इस अनुच्छेद द्वारा गारंटी किए गए अधिकारों को निलंबित नहीं किया जाएगा। अनुच्छेद 32 के अधीन उच्चतम न्यायालय की अधिकारिता संविधान का "आधारभूत ढांचा" (basic structure) है; अत: इसे अनुच्छेद 368 के अधीन संशोधन करके नष्ट नहीं किया जा सकता है।[34]

उच्चतम न्यायालय को समुचित कार्यवाहियों द्वारा प्रचलित करने का अधिकार उसी व्यक्ति को उपलब्ध है जिसके मूल-अधिकार का अतिक्रमण होता है।[35] इस अनुच्छेद का प्रयोग केवल नागरिकों के मूल अधिकारों को प्रवर्तित कराने के लिए किया जा सकता है।[36] प्रत्येक मामले में प्रार्थी को यह दिखाना आवश्यक है कि वह कानून, जिसे वह चुनौती देना चाहता है, उसके मूल अधिकारों को आघात पहुंचाता है। यही नहीं वरन् जिस रिट के

अंतर्गत उपचार की प्रार्थना की जाती है, उसका संबंध भी किसी न किसी मूल अधिकार से होना चाहिए अर्थात् उपचार समुचित कार्यवाहियों के माध्यम से ही प्राप्त किया जाना चाहिए। अनुच्छेद 32 के अधीन समुचित उपचार देने की शक्ति विवेकाधीन (discretionary) नहीं है। यदि कोई नागरिक अपने किसी मूल अधिकार के अतिलंघन को दिखाने में सफल होता है तो उच्चतम न्यायालय से अनुच्छेद 32 के अधीन एक अधिकार के रूप में समुचित उपचार पाने का अधिकार होगा। लेकिन अनुच्छेद 32 के क्षेत्र को अत्यंत विस्तृत करते हुए न्यायालय ने यह अभिनिर्धारित किया है कि अनुच्छेद 32 के अधीन कोई संस्था या लोकहित (Public Interest Litigation) से प्रेरित कोई नागरिक किसी ऐसे व्यक्ति के संवैधानिक या विधिक अधिकारों के प्रवर्त्तन के लिए रिट फाइल कर सकता है जो निर्धनता अथवा किसी अन्य कारण से न्यायालय में रिट फाइल करने में सक्षम नहीं है। उच्चतम न्यायालय निम्नलिखित आदेशों, निर्देशों तथा रिटों को जारी कर सकता है–

1. बंदी प्रत्यक्षीकरण: बंदी प्रत्यक्षीकरण का शाब्दिक अर्थ है, "बंदी को न्यायालय के सामने उपस्थित करो।" यदि किसी व्यक्ति या नागरिक को गैर-कानूनी ढंग से कार्यकारिणी या विधायिका के किसी पदाधिकारी द्वारा बंदी बनाया जाता है या कारावास में रखा जाता है तो वह इस रिट (writ) का प्रयोग अपनी मुक्ति के लिए कर सकता है। इस रिट की प्रार्थना बंदी स्वयं या उसकी ओर से उसके किसी मित्र या रिश्तेदार द्वारा भी की जा सकती है। जब न्यायालय के द्वारा बंदी की प्रार्थना पर रिट जारी की जाती है तो उस पदाधिकारी को, जिसने प्रार्थी को अपनी अभिरक्षा (custody) में रखा हुआ है, यह आदेश दिया जाता है कि बंदी को अदालत के सामने उसके बंदी बनाए जाने के कारणों को बताते हुए उपस्थित करें। यदि प्रथम दृष्टया यह साक्ष्य है कि बंदी को विधिवत रोका गया है और उसके परीक्षण (trial) के लिए उचित कदम उठाए जा रहे हैं तो उसे अभिरक्षा में वापस दिया जा सकता है। किंतु यदि उसे रोके जाने के कारण असंतोषजनक दिखाई देते हैं तो न्यायालय बंदी को तुरंत छोड़ देने का आदेश देगा। इस रिट को तभी जारी किया जाता है–जहां निरोध, कानून द्वारा स्थापित प्रक्रिया के अनुरूप न किया जाए, जहां व्यक्ति को 24 घंटों के अंदर पेश न किया गया हो तथा जहां निरोध प्राधिकारी ने दुर्भावना से प्रेरित होकर किया हो।

2. परमादेश: परमादेश का शाब्दिक अर्थ है, "हम आदेश देते हैं।" इस रिट द्वारा सुप्रीम कोर्ट किसी व्यक्ति या लोक प्राधिकारी या निचले न्यायालय को निर्देश (direction) देता है कि वह उसमें लिखा हुआ कोई विशेष कार्य करे, जिसको करना उसका कानूनी या लोक-कर्त्तव्य या सांविधनिक कर्त्तव्य है या ऐसे कर्त्तव्यों को गैर-कानूनी तरीके से न करे। यह आदेश उन सभी मामलों में जारी किया जा सकता है, जहां पिटिश्नर के पास कोई विशेष कानूनी अधिकार है किंतु उसे लागू करने हेतु कोई विशेष उपचार (special remedy) उपलब्ध नहीं है। इसके अलावा यह ऐसे मामलों में भी जारी किया जा सकता है, जहां कोई वैकल्पिक कानूनी उपाय विद्यमान हो किंतु वह इससे कम सुविधाजनक, लाभदायक व प्रभावकारी तरीका है।

यदि किसी व्यक्ति को गैर-कानूनी तरीके से उसके पद से हटाया गया है या उस पद अथवा कार्य करने से वंचित किया गया है जिसका वह अधिकारी है तो यह रिट उसके

पद या कार्य पर फिर से स्थापित कराने तथा पद या कार्य पर प्रवेश पाने के लिए जारी किया जाएगा, बशर्ते कि ऐसा पद या कार्य सार्वजनिक प्रकार का हो। यह रिट अधिकार की रिट नहीं है, बल्कि यह न्यायालय के विवेक की वस्तु है। अतः यह उन अवस्थाओं में जारी नहीं किया जाएगा अर्थात् जहां संबंधित व्यक्तियों को कर्त्तव्य पालन में अपने विवेक का प्रयोग करना होता है, निजी व्यक्ति या संस्था पर कोई लोक-कर्त्तव्य उत्पन्न होते हैं तथा व्यक्तियों के बीच केवल संविदात्मक कर्त्तव्य उत्पन्न होते हैं।

3. प्रतिषेध: यह रिट एक न्यायिक रिट है जिसका शाब्दिक अर्थ ''मना करना'' है। जो किसी वरिष्ठ न्यायालय द्वारा अधीनस्थ न्यायालयों, न्यायाधिकरणों या निकायों को जारी किया जाता है जिसके द्वारा उन्हें क्षेत्राधिकार की अनुपस्थिति या क्षेत्राधिकार की अधिकता में मुकदमा सुनने की कार्यवाही से रोक दिया जाता है। यह रिट दोनों स्थितियों में जारी किया जाता है–*पहला,* जहां कार्य क्षेत्राधिकार के बाहर (outside the jurisdiction) किया जाता है तथा *दूसरे,* जहां क्षेत्राधिकार का पूर्ण अभाव (absence of jurisdiction) होता है। इसके अलावा यह वहां भी जारी किया जाता है जहां किसी कानून या कानून के सिद्धांतों का उल्लंघन किया जाता है। किंतु यह किसी न्यायाधिकरण के मार्ग, अभ्यास या प्रक्रिया को ठीक करने के लिए या कार्यवाहियों को गुणों के अनुसार गलत निर्णय के लिए जारी नहीं किया जाएगा।

4. अधिकार-पृच्छा: इस रिट का शाब्दिक अर्थ है ''आपका क्या अधिकार है?'' यह रिट उस व्यक्ति के खिलाफ जारी किया जाता है जिसने किसी सार्वजनिक पद, कार्य या स्वतंत्रता का दावा किया हो या उसे छीन लिया हो। इस रिट द्वारा न्यायालय उससे पूछता है कि वह किस कानूनी अधिकार से अपने दावे (claim) का समर्थन करता है। यदि जांच करने पर पता चलता है कि उसके पास कोई अधिकार नहीं है तो न्यायालय उसे पद (office), कार्य या स्वतंत्रता से वंचित कर देगा तथा उस पद को रिक्त (vacant) घोषित कर देगा। स्मरणीय है कि लोक पद पर किसी व्यक्ति की वैधता को कोई भी व्यक्ति इस रिट के लिए चुनौती दे सकता है, भले ही वह पीड़ित न हो, या उसके किसी अधिकार या हित का उल्लंघन न हुआ हो। इस रिट की मांग करने हेतु दो शर्तें पूरी होनी चाहिए–*पहली,* विवादित पद एक सार्वजनिक पद हो तथा *दूसरी*, जिस व्यक्ति ने पद धारण किया हो उसे ऐसा करने का अधिकार न हो।

5. उत्प्रेक्षण: यह रिट सर्वोच्च या उच्च न्यायालय द्वारा किसी अधीनस्थ न्यायालय, न्यायिक या अर्धन्यायिक कार्यों के करने वाले निर्णयों की गलतियों को ठीक करने के लिए जारी किया जाता है और आदेश दिया जाता है कि अपने द्वारा दिए गए निर्णय को वरिष्ठ न्यायालय में भेज दिया जाए ताकि उनकी वैधानिकता की जांच की जा सके और यदि दोषपूर्ण है तो उन्हें रद्द किया जा सके। यह आदेश इन अवस्थाओं में जारी किया जा सकता है–(i) निर्णय अधीनस्थ न्यायालय या न्यायिक या न्यायाधिकरण (Tribunal) द्वारा क्षेत्राधिकार की अधिकता (excess) या अनुपस्थिति (absence) में दिया गया है। (ii) निर्णय में स्पष्ट वैधानिक गलती (legal mistake) की गई है तथा (iii) निर्णय में प्राकृतिक न्याय के सिद्धांतों का पालन नहीं किया गया है।

यद्यपि उत्प्रेषण और प्रतिषेध मिलते-जुलते हैं किंतु फिर भी दोनों में यह अंतर है कि प्रतिषेध द्वारा निचले न्यायालयों को बिना क्षेत्राधिकार या अधिकार की अधिकता में निर्णय करने से रोका जाता है जबकि उत्प्रेषण में उसके द्वारा दिए गए निर्णय की वैधानिकता की जांच की जाती है।

अनुच्छेद 32 का निलंबन

अनुच्छेद 32 को संविधान के तीसरे भाग में रखे जाने के कारण स्वयं ही एक मूल अधिकार है और इसका खंड(4) यह कहता है कि अनुच्छेद 32 द्वारा प्रदत्त अधिकार, संविधान द्वारा अन्यथा उपबंधित किए जाने के सिवाय, निलंबित नहीं किया जाएगा। संविधान में केवल एक परिस्थिति का उल्लेख है जबकि इस अनुच्छेद को निलंबित किया जा सकता है। जब अनुच्छेद 352 के अंतर्गत आपात की उद्घोषणा कर दी गई हो तो अनुच्छेद 359 के अंतर्गत राष्ट्रपति भाग 3 द्वारा प्रदत्त अधिकारों को प्रवर्तित करने के लिए किसी न्यायालय के प्रचालन (to move any court) अधिकार को उक्त कालावधि के लिए, जिसमें कि उद्घोषणा लागू रहती है, निलंबित करने की घोषणा कर सकता है। संविधान के 44वें संशोधन, 1978 द्वारा यह स्पष्ट कर दिया गया है कि अनुच्छेद 21 और 22 को अनुच्छेद 359 के अधीन उद्घोषणा द्वारा निलंबित नहीं किया जा सकता है।

इस प्रकार संवैधानिक उपचारों के अधिकार द्वारा संविधान के मौलिक अधिकारों को संरक्षण प्रदान किया गया है। संविधान में लक्षित सामाजिक न्याय के उद्देश्य को प्राप्त करने के लिए आम आदमी को अवसर की स्वतंत्रता प्रदान करने; गरीबी, अज्ञानता और रोगों के विरुद्ध संघर्ष करने और उनका अंत करने; तथा आर्थिक और राजनीतिक संस्थाओं का निर्माण करने के लिए संविधान निर्माताओं ने लोकतांत्रिक ढांचे के अंतर्गत कल्याणकारी राज्य की संकल्पना को स्वीकार किया ताकि प्रत्येक पुरुष और महिला को न्याय मिल सके और उनका जीवन सुखमय बन सके। लोकतांत्रिक राजनीतिक ढांचे में सबसे पहले व्यक्तिगत स्वतंत्रता पर जोर दिया गया और वयस्क मताधिकार द्वारा शांतिपूर्ण और व्यवस्थित ढंग से सत्ता हस्तांतरण की व्यवस्था की गई। वास्तव में, यह अधिकार व्यक्तियों के लिए मानव गरिमा एवं सामाजिक कल्याण सुनिश्चित करता है, क्योंकि इनका स्वरूप धर्म, जाति, लिंग, वंश तथा जन्म स्थान से परे है।

अधिकारों के हनन संबंधी घटनाएं समाज में दिन-प्रतिदिन घट रही हैं। मौलिक अधिकारों के होते हुए भी धर्म, वर्ग, जाति, लिंग, जन्म आदि के आधार पर भेदभाव अभी विद्यमान है और खुलेआम इसका प्रयोग हो रहा है। यद्यपि संविधान में लिंग की समानता की घोषणा की गई है, फिर भी महिलाओं पर पुरुषों का वर्चस्व बना हुआ है तथा लिंगानुपात में गिरावट आती जा रही है। अस्पृश्यता के मौलिक अधिकार के बावजूद आज भी अछूतों की दशा से सभी परिचित हैं। परंतु प्रश्न यह उठता है कि भारत में कितने लोग न्यायालय जाने की स्थिति में हैं और मौजूदा सामाजिक और आर्थिक परिस्थितियों में, नौकरशाही, कार्यपालिका और पुलिस न्यायालय के आदेशों को कितनी ईमानदारी से लागू करती है? वास्तव में न्यायिक उपचार केवल उन्हीं लोगों तक सीमित है, जिनके पास संपत्ति है क्योंकि न्याय महंगा होने

के कारण अधिकारों के संरक्षण में बाधा उत्पन्न होती है। साधारण दृष्टिकोण से यह न्याय तभी प्राप्त हो सकता है जब न्याय प्राप्त करना सहज, सस्ता तथा शीघ्रगामी होगा जिससे कि प्रत्येक नागरिक अपने अधिकारों की सुरक्षा को लेकर निश्चिंत महसूस करे तथा अपने सर्वांगीण विकास के साथ, देश के विकास में सहभागी बन सके जिससे समता युक्त व शोषणमुक्त समाज की स्थापना हो सके।

संपत्ति का अधिकार

मूल संविधान के अनुच्छेद 19(1)(च) में संपत्ति अर्जित करने, रखने तथा बेचने की स्वतंत्रता प्रदान की गई थी जबकि अनुच्छेद 31(1) में संपत्ति के विषय में राज्य तथा नागरिकों के संबंधों की तथा व्यक्तिगत संपत्ति में राज्य द्वारा हस्तक्षेप किए जाने की परिस्थितियों तथा सीमाओं को निर्धारित किया गया था। अनुच्छेद 31 का जो मूल स्वरूप संविधान में निश्चित किया गया था वह बाद में संशोधनों द्वारा धीरे-धीरे परिवर्तित होता रहा। अंततः 1978 में संविधान का 44वां संशोधन करके अनुच्छेद 19(1)(च) को संविधान से हटा दिया गया और अनुच्छेद 31(1) को भाग-3 से हटाकर एक नया अनुच्छेद 300(क) बनाया गया।[37] जिससे संपत्ति का मौलिक अधिकार समाप्त हो गया और कानूनी अधिकार बन गया। जिसके अनुसार कोई भी व्यक्ति बिना विधि के आदेश के अपनी संपत्ति से रहित नहीं किया जाएगा। इसके परिणामस्वरूप (क) अगर किसी की संपत्ति किसी पदाधिकारी द्वारा बिना विधि की अनुमति के ले ली जाती है या विधि द्वारा प्रदत्त अधिकार सीमा से आगे जाकर ऐसा किया जाता है तो इसके निदान के लिए प्रभावित व्यक्ति को अनुच्छेद 32 के अनुसार उच्चतम न्यायालय से शीघ्र न्याय नहीं मिल पाएगा क्योंकि यह अब कानूनी अधिकार है, मौलिक नहीं। मौलिक अधिकारों के हनन पर ही हम संविधान के अनुच्छेद 32 के तहत् लेखों के माध्यम से उच्चतम न्यायालय का दरवाजा खटखटाते हैं। (ख) उसे अनुच्छेद 226 के तहत उच्च न्यायालय के समक्ष या किसी साधारण मुकदमे के जरिए न्याय पाने का प्रयास करना होगा।

फिर भी, 44वें संशोधन द्वारा दो अपवाद किए जा रहे हैं और क्षतिपूर्ति देनी होगी: अल्पसंख्यकों द्वारा स्थापित और संचालित शिक्षा संस्थाओं और स्वयं-जोत की कृषि भूमि को जो विधि सीमा से अधिक न हो।

अंत में, कह सकते हैं कि व्यक्तिगत संपत्ति के संबंध में न्यायालय का क्षेत्राधिकार अत्यधिक सीमित कर दिया गया है और वह पूर्णतया सरकार की दया का पात्र बन गया है। यदि सरकार किसी व्यक्तिगत संपत्ति को हस्तगत करना चाहती है तो वह इस आशय का कानून बगैर अधिक कठिनाई के पास करा सकती है और नागरिकों के पास अपनी संपत्ति को सुरक्षित रखने का कोई साधन न होगा क्योंकि वह न्यायालय में उस कानून के औचित्य को चुनौती नहीं दे सकते।

राज्य के नीति निदेशक सिद्धांत

भारत में राज्यों के नीति निदेशक सिद्धांतों का वर्णन संविधान के भाग चार में अनुच्छेद 36 से 51 में किया गया है जोकि कल्याणकारी राज्य की विचारधारा पर आधारित हैं। संविधान निर्माताओं का उद्देश्य देश के आर्थिक जीवन में मौलिक परिवर्तन लाना तथा ऐसी बाह्य परिस्थितियों का सृजन करना था जिनमें मनुष्य अपना पूर्ण विकास कर सके और सामाजिक तथा आर्थिक लोकतंत्र की स्थापना हो सके। इन निदेशक सिद्धांतों को ग्रहण करने की प्रेरणा 1935 के भारत सरकार अधिनियम के अंतर्गत उन अनुदेश-पत्रों, जो उपनिवेशों के गवर्नर-जनरल और गवर्नरों के नाम जारी किए जाते थे से नहीं वरन् 1937 के आयरलैंड के संविधान से ली गई है। साथ ही कई और प्रभाव भी इन सिद्धांतों पर पड़े हैं। संविधान निर्माताओं पर संयुक्त राष्ट्र संघ के चार्टर तथा मानव अधिकार-पत्र का भी प्रभाव पड़ा क्योंकि जब संविधान सभा संविधान बनाने का कार्य कर रही थी तब मानव अधिकार-पत्र पर संयुक्त राष्ट्रसंघ में विचार किया जा रहा था। लेकिन फिर भी यह धारणा सर्वथा निराधार होगी जैसाकि कि प्रोफेसर पायली मानते हैं[38] कि इस अध्याय में विदेशी विचार अंकित किए गए हैं अथवा इनमें अर्वाचीन पाश्चात्य, राजनैतिक अथवा सामाजिक, दार्शनिक सिद्धांतों का अनुसरण किया गया है। लेकिन इनमें से बहुत से सिद्धांत पूर्णतः भारतीय हैं और राष्ट्रीय आंदोलन के आधार-स्तंभ रहे हैं। ग्राम-पंचायत, कुटीर उद्योग, नशाबंदी, गौ वध निषेध, अनुसूचित जाति तथा अनुसूचित जनजातियों से संबद्ध कई उपबंध ऐसे हैं जो पूर्णतः भारतीय हैं। ये ऐसे आदर्श हैं जिनकी स्वीकृति के लिए गांधी जी ने जीवन भर परिश्रम किया था।

ग्रेनविल आस्टिन का कहना है कि राज्य के नीति निदेशक सिद्धांतों में सामाजिक क्रांति की झलक दिखाई देती है, उनका उद्देश्य भारतीय जनता को सकारात्मक अर्थों में स्वतंत्र बनाना है। यह कहना गलत न होगा कि संविधान का भाग 4 अर्थात् नीति निदेशक सिद्धांत मूल अधिकारों के पूरक हैं। संविधान का कोई दूसरा भाग इतना महत्त्वपूर्ण नहीं जितना कि भाग 4 है। इसमें तथा तीसरे भाग में सामूहिक रूप से हमारे संविधान का दर्शन निहित है। चौथा भाग उन आदर्शों का उल्लेख करता है जिन्हें प्राप्त करना है और उसकी प्रक्रिया को निर्धारित करता है जिसके द्वारा उन आदर्शों की प्राप्ति हो सकती है। चौथे भाग की उपेक्षा करने का अर्थ संविधान द्वारा लाए गए जीवनाधार, राष्ट्र को दिलाई गई आशाओं और उन मूल आदर्शों की उपेक्षा करना होगा जिनके आधार पर संविधान का निर्माण किया गया है।[39] नीति निदेशक सिद्धांत हमारे संविधान की संजीवनी व्यवस्थाएं हैं। इन सिद्धांतों में हमारे संविधान का और उसके सामाजिक न्याय दर्शन का वास्तविक तत्त्व निहित है। ये तत्त्व हमारे संविधान की प्रतिज्ञाओं और आकांक्षाओं को वाणी प्रदान करते हैं। संविधान, निदेशक सिद्धांतों का मार्ग प्रशस्त करता है और निदेशक सिद्धांत एवं उनका क्रियान्वयन संविधान को सामाजिक शक्ति से अभिसिंचित करते हैं। निदेशक सिद्धांतों का प्रयोजन शांतिपूर्ण तरीकों से सामाजिक क्रांति का पथ-प्रशस्त कर कुछ सामाजिक और आर्थिक उद्देश्यों को तत्काल सिद्ध करना है। इस प्रकार की सामाजिक क्रांति के माध्यम से संविधान सामान्य व्यक्ति की बुनियादी आवश्यकताओं की पूर्ति करना और हमारे समाज की संरचना में परिवर्तन करना चाहता है।

निदेशक तत्त्वों को संविधान के प्रभावी भागों में से एक माना गया है क्योंकि इनके माध्यम से संविधान, उद्देशिका में निर्धारित लोकतंत्रात्मक कल्याणकारी राज्य के आदर्श को प्राप्त किया जाए और उस सामाजिक और आर्थिक क्रांति को साकार किया जाए जिसका सपना हमारे गणराज्य के संस्थापकों ने देखा था। न्यायमूर्ति के.एस. हेगड़े के शब्दों में 'मूल अधिकारों का प्रयोजन है एक समतावादी समाज का सृजन हो, सभी नागरिकों को सामाजिक प्रपीड़न अथवा प्रतिबंध से मुक्ति मिले और सभी को स्वतंत्रता सुलभ हो। निदेशक तत्त्वों का प्रयोजन है कतिपय सामाजिक तथा आर्थिक लक्ष्य निर्धारित किए जाएं और उन्हें तुरंत प्राप्त करने के लिए अहिंसक सामाजिक क्रांति का सूत्रपात किया जाए। ऐसी सामाजिक क्रांति के द्वारा संविधान आम आदमी की बुनियादी जरूरतों को पूरा करने और हमारे समाज के सांचे-ढांचे को बदलने का प्रयास करता है। इसका लक्ष्य भारतीय जनता को सही अर्थों में स्वतंत्र बनाना है।[40]

सामूहिक रूप से यह सिद्धांत लोकतंत्रात्मक भारत का शिलान्यास करते हैं।[41] ये भारतीय जनता के आदर्शों व आकांक्षाओं का वह भाग है जिन्हें वह एक सीमित अवधि के भीतर प्राप्त करना चाहती है। जब भारत सरकार इन्हें कार्यरूप में परिणत कर पाएगी तो भारत एक सच्चा कल्याणकारी राज्य कहला सकेगा। इसलिए संविधान के अनुच्छेद 37 में कहा गया है कि "इस भाग (चौथे भाग) में दिए गए उपबंधों को किसी न्यायालय द्वारा बाध्यता नहीं दी जा सकेगी, किंतु तो भी, इसमें दिए गए तत्त्व देश के शासन के मूलाधार हैं और निश्चय ही विधि बनाने में इन सिद्धांतों को लागू करना राज्य का कर्त्तव्य होगा। डॉ. राजेंद्र प्रसाद ने कहा है कि 'नीति निदेशक सिद्धांतों का उद्देश्य जनता के कल्याण को प्रोत्साहित करने वाली सामाजिक व्यवस्था का निर्माण करना है।" डॉ. अंबेडकर ने कहा था कि 'यदि कोई भी सरकार इन नीति निदेशक तत्त्वों की उपेक्षा करती है तो उन्हें निश्चित ही इसके लिए मतदाताओं के समक्ष उत्तरदायी होना पड़ेगा।' ध्यान देने योग्य बात यह है कि स्वयं संविधान यह घोषित करता है कि नीति निदेशक तत्त्व मूल अधिकारों से इन अर्थों में भिन्न हैं कि इन्हें न्यायालय द्वारा लागू नहीं किया जा सकता और यदि सरकार अपनी नीतियों का निर्माण करते समय इन सिद्धांतों की उपेक्षा करती है तो सरकार के विरुद्ध कोई वैधानिक कार्यवाही नहीं की जा सकती।

निदेशक तत्त्वों का लक्ष्य राज्य के कुछ कर्त्तव्य निर्धारित कर आम जनता को वास्तविक स्वतंत्रता प्रदान करना है। इन निर्देशक तत्त्वों को जे. सी. जौहरी ने तीन भागों में बांटा है—लोकतंत्रीय समाजवादी, बौद्धिक उदारवादी तथा गांधीवादी निदेशक तत्त्व। इसी प्रकार बसु ने राज्य के आदर्श, राज्य की नीति का निर्धारण तथा नागरिकों के न्याय-अन्याय अधिकार के रूप में नीति निदेशक तत्त्वों का वर्गीकरण किया है। जी. पार्थसारथी ने इन निदेशक तत्त्वों को तीन शीर्षकों के अंतर्गत रखा है—सामान्य सिद्धांत, आर्थिक सिद्धांत तथा कानूनी सिद्धांत तथा पुखराज जैन इन्हें लोककल्याणकारी तथा समाजवादी राज्य की स्थापना करने वाले सिद्धांत, गांधी विचारधारा से संबंधित निदेशक तत्त्व, अंतर्राष्ट्रीय शांति को बढ़ावा देने वाले निर्देशक तत्त्व तथा कतिपय नए निदेशक तत्त्वों की श्रेणी में बांटते हैं। अंततः उपरोक्त नीति निदेशक तत्त्वों के वर्गीकरणों का समावेश करते हुए इनको आगे कुछ श्रेणियों में रखा जा सकता है।

सामाजिक तथा आर्थिक न्याय संबंधी निदेशक तत्त्व: संविधान का अनुच्छेद 38(1) राज्य को यह निर्देश देते हैं कि वे लोक कल्याण की अभिवृद्धि करके ऐसी सामाजिक व्यवस्था की स्थापना का प्रयास करें जिनमें सामाजिक, आर्थिक और राजनीतिक न्याय प्रत्येक व्यक्ति के लिए सुनिश्चित है। ये वे निर्देश हैं जो संविधान की प्रस्तावना में अंतर्निहित हैं, जिनके अनुसार राज्य का कर्त्तव्य अपने नागरिकों के लिए सामाजिक, आर्थिक और राजनीतिक न्याय प्रदान करना है। 44वें संविधान संशोधन द्वारा अनुच्छेद 38 में एक नया खंड(2) जोड़कर एक नया निर्देशक तत्त्व जोड़ा गया है। खंड(2) यह उपबंधित करता है कि राज्य विशेष रूप से, आय की असमानता को कम करने का प्रयास करेगा और न केवल व्यक्तियों के बीच बल्कि विभिन्न क्षेत्रों में रहने वाले और विभिन्न व्यवसायों में लगे हुए लोगों के समूहों के बीच प्रतिष्ठा, सुविधाओं और अवसरों की असमानता समाप्त करने का प्रयास करेगा।

संविधान का अनुच्छेद 39 आर्थिक न्याय के सिद्धांत को प्राप्त करने के लिए राज्य को अपनी नीति का इस प्रकार संचालन करने का निर्देश देता है–(i) राज्य सभी नागरिकों, महिलाओं और पुरुषों को समान रूप से आजीविका के पर्याप्त साधन उपलब्ध कराने का प्रयास करेगा। (ii) राज्य प्रयास करेगा कि समाज के भौतिक संसाधनों का स्वामित्व एवं नियंत्रण इस प्रकार विभक्त हो जिससे सर्वोत्तम सामूहिक हित हो। इस खंड के अधीन उद्देश्यों की पूर्ति करने के लिए राज्य उत्पादन के साधनों का राष्ट्रीयकरण कर सकता है।[42] (iii) राज्य प्रयास करेगा कि संपत्ति और उत्पादन के साधनों का केंद्रीकरण न हो जिससे कि सर्वसाधारण का अहित हो। (iv) राज्य स्त्री तथा पुरुष दोनों को समान कार्य के लिए समान वेतन की व्यवस्था करेगा। (v) राज्य प्रयास करेगा कि कामगार महिलाओं और पुरुषों तथा कम उम्र के बच्चों के स्वास्थ्य और कार्यशक्ति का दुरुपयोग न हो और आर्थिक परेशानी के कारण नागरिकों को ऐसे व्यवसाय न करने पड़ें जो उनकी आयु और स्वास्थ्य के प्रतिकूल हो तथा (vi) बालकों को स्वतंत्र और गरिमामय वातावरण में स्वस्थ विकास के अवसर और सुविधाएं दी जाएं और बालकों तथा अल्पवय व्यक्तियों की शोषण से तथा नैतिक और आर्थिक परित्याग से रक्षा की जाए। अनुच्छेद 39(6) या खंड(च) 42वें संविधान संशोधन द्वारा जोड़ा गया है। इसमें बल दिया गया है कि बालकों के विषय में राज्य की एक रचनात्मक भूमिका है। प्रस्तुत संशोधन खंड(च) की विषयवस्तु तथा उसमें अंतर्निहित मूल भावना में कोई परिवर्तन नहीं करता है।

अनुच्छेद 38 और 39 में विधिशास्त्र के ''वितरण न्याय'' (Distributive Justice) का सिद्धांत निहित है। हमारा संविधान राज्य को न्याय के तमाम वितरण का निर्देश देता है। विधि बनाने की दृष्टि से ''वितरण न्याय'' की धारणा का अर्थ है नागरिकों के बीच आर्थिक विषमता को समाप्त करना।[43] अनुच्छेद 39(घ) के अनुसरण में संसद ने समान पारिश्रमिक अधिनियम, 1976 पारित किया है। रनधीर सिंह बनाम ''भारत संघ'' के मामले में उच्चतम न्यायालय ने यह अभिनिर्धारित किया है कि यद्यपि ''समान कार्य के लिए समान वेतन'' संविधान के अधीन एक मूल अधिकार नहीं है किंतु एक निर्देशक तत्त्व है; किंतु निश्चय ही यह एक सांविधानिक लक्ष्य है और यदि राज्य इस मामले में विभेद करता

है तो न्यायालय इसके पालन कराने के लिए अनुच्छेद 32 के अधीन अपनी अधिकारिता का प्रयोग कर सकता है।

शिक्षा तथा समान नागरिक संहिता संबंधी निदेशक तत्त्वः बच्चों के लिए निःशुल्क और अनिवार्य शिक्षा के लिए राज्य को अनुच्छेद 45 के अंतर्गत निर्देश दिए गए हैं कि राज्य 14 वर्ष तक के बच्चों को निःशुल्क एवं अनिवार्य शिक्षा प्रदान करने की व्यवस्था करेगा। 86वें संविधान संशोधन अधिनियम 2002 द्वारा अनुच्छेद 45 में संशोधन करके यह जोड़ा गया है कि राज्य 6 वर्ष से कम उम्र के बच्चों की शुरुआती देखभाल और उनकी शिक्षा की व्यवस्था भी करेगा। अर्थात् अनुच्छेद 45 में राज्य को सभी बच्चों को तब तक के लिए शुरुआती देखभाल और शिक्षा की व्यवस्था करने के लिए प्रयास करना होगा जब तक वह छः साल की आयु का नहीं हो जाता है। उन्नीकृष्णन बनाम आंध्र प्रदेश राज्य[44] के ऐतिहासिक निर्णय में उच्चतम न्यायालय ने यह अभिनिर्धारित किया है कि 14 वर्ष के बालकों को निःशुल्क शिक्षा देना राज्य का सांविधानिक दायित्व है क्योंकि अनुच्छेद 21 के अधीन शिक्षा पाने का अधिकार एक मूल अधिकार है। किंतु उच्च शिक्षा पाने के मामले में यह अधिकार राज्य की आर्थिक क्षमता पर निर्भर करेगा।

संविधान का अनुच्छेद 44 राज्य को यह निर्देश देता है कि राज्य भारत के समस्त राज्य-क्षेत्र में नागरिकों के लिए एकसमान सिविल संहिता प्राप्त कराने का प्रयास करेगा। उच्चतम न्यायालय ने अपने एक ऐतिहासिक महत्त्व के निर्णय सरला मुदगल बनाम भारत संघ[45] में प्रधानमंत्री से यह निवेदन किया कि वे संविधान के अनुच्छेद 44 पर नया दृष्टिकोण अपनाएं जिसमें सभी नागारिकों के लिए एक ''समान सिविल संहिता'' के बनाने का निर्देश दिया गया है और कहा कि ऐसा करना पीड़ित व्यक्ति की रक्षा तथा राष्ट्रीय एकता एवं अखंडता की अभिवृद्धि दोनों दृष्टि से आवश्यक है। आश्चर्य की बात यह है कि आज संविधान को लागू हुए 60 वर्ष के लगभग हो गए हैं और इस बीच अनेक सरकारें आईं और गईं किंतु अनुच्छेद 44 में निहित संविधान के उक्त निर्देश को कार्यान्वित करने के कर्त्तव्य का पालन किसी के द्वारा नहीं किया गया।

अनुच्छेद 44 इस धारणा पर आधारित है कि सभ्य समाज में ''धर्म और वैयक्तिक विधि'' में कोई संबंध नहीं होता है। अतः समान सिविल संहिता बनाने से किसी समुदाय के सदस्यों के अनुच्छेद 25, 26 तथा 27 के अधीन प्रतिभूत मूल अधिकारों पर कोई प्रभाव नहीं पड़ता है। आज हमारे राजनेता व धर्म के ठेकेदार वोट की राजनीति में फंसे हुए हैं जो समान सिविल संहिता बनाने में बाधक बने हुए हैं। सभी दल संविधान के पालन की दुहाई तो देते हैं लेकिन खासतौर से मुस्लिम समुदाय में स्त्रियों की दशा सुधारने के लिए वैयक्तिक विधि का आधुनिकीकरण करने से कतराते हैं और संविधान के निर्देश की अवहेलना कर रहे हैं जोकि ठीक नहीं है। लेकिन फिर भी हाल के कतिपय साहसिक निर्णयों द्वारा उच्चतम न्यायालय तथा विभिन्न उच्च न्यायालयों ने समान सिविल संहिता को बनाए जाने के लिए मार्ग प्रशस्त किया है। भारत सरकार ने भी कुछ कानून बनाकर आमूल सुधार तो किए हैं, किंतु आज तक सभी नागरिकों के लिए एक समान संहिता नहीं बनाई जा सकी है और हिंदू तथा मुसलमानों के लिए उत्तराधिकार, विवाह, तलाक तथा अभिभावक संबंधी कानून आज भी अलग-अलग हैं।

सामाजिक सुरक्षा संबंधी निदेशक तत्त्व: इसके अंतर्गत अनुच्छेद 42 राज्य को निर्देश देता है कि वह व्यक्तियों से प्रतिकूल अवस्था में एवं स्त्रियों से प्रसूतावस्था में कार्य न कराए जाने की व्यवस्था करे। अनुच्छेद 41 के अंतर्गत काम के अधिकार, शिक्षा का अधिकार तथा बेरोजगारी की अवस्था में सार्वजनिक सहायता, वृद्धावस्था, बीमारी एवं अशक्तता और अन्य अवांछनीय मामलों में सहायता सुनिश्चित करने के लिए राज्य प्रभावी प्रावधान करेगा। अनुच्छेद 46 राज्य को निर्देश देता है कि वह समाज के दुर्बल वर्गों विशेषतः अनुसूचित जातियों एवं अनुसूचित जनजातियों के शैक्षिक तथा आर्थिक हितों की उन्नति एवं सामाजिक तथा अन्य सभी प्रकार के शोषण से उनकी रक्षा करेगा। अनुच्छेद 47 के अधीन राज्य का यह प्राथमिक कर्त्तव्य होगा कि वह जनता के जीवन एवं पोषाहार-स्तर को ऊंचा करने एवं लोक स्वास्थ्य में सुधार करने का प्रयास करे एवं मादक द्रव्यों तथा स्वास्थ्य के लिए हानिकारक औषधियों का उपयोग प्रतिबंधित करे। अनुच्छेद 39(क) जिसे 42वें संविधान संशोधन द्वारा जोड़ा गया जो निर्देश देता है कि राज्य ऐसी कानूनी व्यवस्था दे जिससे कि न्याय सभी को समान अवसर के आधार पर प्राप्त हो विशेषतः आर्थिक या किसी अन्य निर्योग्यता के मामले में तथा राज्य किसी अन्य तरीके से निःशुल्क विधिक सहायता की व्यवस्था करे। अनुच्छेद 43 राज्य से अपेक्षा करता है कि वह कर्मकारों को काम निर्वाह मजदूरी, शिष्ट जीवन स्तर और उसका संपूर्ण उपभोग सुनिश्चित करने वाली काम की दशाएं तथा सामाजिक और सांस्कृतिक अवसर प्राप्त कराने का प्रयास करेगा और विशेष रूप से ग्रामों में कुटीर उद्योग को बढ़ाने का प्रयास करेगा तथा अनुच्छेद 43(क) राज्य से यह अपेक्षा करता है कि राज्य उपयुक्त विधान द्वारा या किसी अन्य प्रकार से किसी उद्योग से लगे हुए उपक्रमों (undertaking) व स्थापनों (establishments) अथवा अन्य संगठनों के प्रबंध में कर्मकारों का भाग लेना सुनिश्चित करने के लिए कदम उठाएगा।

कृषि, पशुपालन, पर्यावरण व वन्य जीवों संबंधी निदेशक तत्त्व: संविधान का अनुच्छेद 48 राज्य को निर्देश देता है कि वह कृषि और पशुपालन को आधुनिक और वैज्ञानिक प्रणालियों पर संगठित करने का प्रयास करेगा तथा विशेषतया गायों और बछड़ों तथा अन्य दुधारू और वाहक ढोरों की नस्ल के परीक्षण और सुधारने के लिए और उनके वध का प्रतिषेध करने के लिए कदम उठाएगा; तथा अनुच्छेद 48(क) पर्यावरण का संरक्षण तथा वन्य जीवों की रक्षा के लिए राज्य से यह अपेक्षा करता है कि राज्य देश के पर्यावरण की सुरक्षा तथा उनमें सुधार करने का और वन तथा वन्य जीवों की रक्षा का प्रयास करेगा। इनसे संबंधित कुछ अधिनियम भी बनाए गए हैं—वन्य जीवन (सुरक्षा) अधिनियम, 1972; वन (संरक्षण) अधिनियम, 1980; पर्यावरण (संरक्षण) अधिनियम, 1986; जल (प्रदूषण-नियंत्रण व रोकथाम) अधिनियम, 1974; वायु (प्रदूषण-नियंत्रण व रोकथाम) अधिनियम, 1981 इत्यादि।

राष्ट्रीय महत्त्व के स्मारकों, स्थानों और वस्तुओं के संरक्षण संबंधी निदेशक तत्त्व: संविधान का अनुच्छेद 49 यह उपबंधित करता है कि राज्य कलात्मक या ऐतिहासिक अभिरुचि वाले प्रत्येक स्मारक या स्थान या वस्तु की यथास्थिति

लुंठन (spoilation), विरूपण (disfigurement), विनाश, अपसारण (removal), व्ययन अथवा नियति से रक्षा करना राज्य का अधिकार होगा।

स्थानीय स्वशासन संबंधी निदेशक तत्त्वः संविधान का अनुच्छेद 40 भारत में स्थानीय स्वशासन की नींव रखता है। इसके अंतर्गत राज्य को यह निर्देश दिया जाता है कि वह ग्राम पंचायतों का संगठन करने के लिए कदम उठाएगा और उनको ऐसी शक्तियां और प्राधिकार प्रदान करेगा जो उन्हें स्वायत शासन की इकाइयों के रूप में कार्य करने योग्य बनाने के लिए आवश्यक हों। अनुच्छेद 40 के माध्यम से लोकतांत्रिक प्रणाली को ग्राम और नगर स्तर पर प्रारंभ करना है जोकि राष्ट्रपिता महात्मा गांधी के रामराज्य के सपने को साकार करने की तरफ एक संवैधानिक प्रयास है। 2 अक्टूबर, 1959 को भारत के प्रथम प्रधानमंत्री पं. जवाहर लाल नेहरू ने राजस्थान के नागौर जिले में पंचायती राज प्रणाली का उद्घाटन करके स्थानीय स्वशासन का शुभारंभ किया। संविधान के 73वें व 74वें संविधान संशोधन, 1992 के द्वारा क्रमशः अनुसूची ग्यारह व बारह को जोड़ा गया तथा अनुच्छेद 243 के खंडों के अंतर्गत पंचायती राज-प्रणाली व नगरपालिकाओं को संवैधानिक दर्जा प्रदान किया गया है। इस अधिनियम को राष्ट्रपति ने 20 अप्रैल, 1993 को अपनी स्वीकृति प्रदान की और 24 अप्रैल, 1993 को इसे लागू कर दिया गया।

संविधान में ग्रामीण क्षेत्रों से संबंधित पंचायती राज व्यवस्था में निम्नलिखित प्रकार की व्यवस्था की गई–गांव अथवा गांवों के समूह में ग्राम सभा; ग्राम और अन्य स्तरों या स्तर पर पंचायतों का गठन; ग्राम और उसके बीच के स्तर पर पंचायतों की सभी सीटों के लिए और इन स्तरों पर पंचायतों के अध्यक्षों के लिए सीधा चुनाव; ऐसे स्तरों पर पंचायत-सदस्यों और पंचायत-अध्यक्षों के पदों के लिए जनसंख्या के अनुपात में अनुसूचित जाति और अनुसूचित जनजाति के लोगों के लिए सीटों का आरक्षण; महिलाओं के लिए कम-से-कम एक तिहाई आरक्षण; पंचायत के लिए साल के कार्यकाल का निर्धारण करना और किसी भी पंचायत की बर्खास्तगी की स्थिति में छः महीने के भीतर उसका चुनाव कराना इत्यादि। इसी प्रकार स्थानीय शहरी निकायों के लिए समान ढांचा तैयार करने और इन निकायों को स्वायत्तशासी सरकार की प्रभावशाली लोकतांत्रिक इकाई के रूप में मजबूत बनाने के कार्य में मदद करने के उद्देश्य से तीन प्रकार की नगरपालिकाओं का गठन किया गया–ग्रामीण क्षेत्रों से शहरी क्षेत्रों में परिवर्तित हो रहे क्षेत्रों के लिए नगर पंचायतें, छोटे शहरी क्षेत्रों के लिए नगरपालिका परिषदें और बड़े शहरी क्षेत्रों के लिए नगर निगम; निर्धारित अवधि की नगरपालिकाएं, तथा साथ ही राज्य निर्वाचन आयोगों की नियुक्ति, राज्य वित्त आयोगों की नियुक्ति और महानगर तथा जिला योजना समितियों का गठन किया गया है। अर्थात् 73वें व 74वें संविधान संशोधन के द्वारा पंचायतों व नगरपालिकाओं के गठन, संरचना, शक्तियों और उत्तरदायित्वों के बारे में आवश्यक उपबंध किए गए हैं। यह उपबंध पंचायतों और नगरपालिकाओं के नियमित और समय पर निर्वाचन को सुनिश्चित करने और उन्हें लोकतंत्र की सबसे छोटी इकाई के रूप में विकसित करने के लिए किए गए हैं।

कार्यपालिका से न्यायपालिका के पृथक्करण संबंधी निदेशक तत्त्वः संविधान के अनुच्छेद 50 के अंतर्गत राज्य को यह निर्देश दिया गया है कि राज्य लोक-सेवाओं में न्यायपालिका को कार्यपालिका से पृथक करने के लिए कदम उठाएगा। जैसा कि आप

जानते हैं भारत सरकार के तीन अंग हैं–विधानपालिका, कार्यपालिका एवं न्यायपालिका। ये तीन अपने-अपने अधिकार क्षेत्र में कार्य करते हैं और एक-दूसरे के हस्तक्षेप से दूर रहते हैं। इससे इनकी क्षमता व निष्पक्षता को बढ़ावा मिलता है। परंतु इन तीनों अंगों में आपसी समन्वय है जो इस लोकतांत्रिक देश के लिए आवश्यक भी है।

अंतर्राष्ट्रीय शांति और सुरक्षा संबंधी निदेशक तत्त्व: संविधान का अनुच्छेद 51 यह उपबंधित करता है कि राज्य अंतर्राष्ट्रीय क्षेत्र में (i) अंतर्राष्ट्रीय शांति और सुरक्षा की अभिवृद्धि का, (ii) राज्यों के बीच न्याय और सम्मानपूर्ण संबंधों के बनाए रखने का, (iii) एक-दूसरे से व्यवहारों में अंतर्राष्ट्रीय विधि और संधि-बाध्यताओं के प्रति आदर बढ़ाने का और (iv) अंतर्राष्ट्रीय विवादों का मध्यस्थता द्वारा निपटारे के लिए प्रोत्साहन देने का प्रयास करेगा। यह अनुच्छेद अंतर्राष्ट्रीय जगत तथा स्वयं के लिए अति महत्त्वपूर्ण भी है क्योंकि जिस प्रकार अंतर्राष्ट्रीय स्तर पर ''शक्ति का संघर्ष'' तीव्र गति से बढ़ रहा है, विश्व तीसरे युद्ध की ओर अग्रसर हो रहा है और अंतर्राष्ट्रीय पर्यावरण आतंकवाद, सीमा संबंधी विवाद, पर्यावरण अवनति, नशीली दवाओं की तस्करी इत्यादि समस्याओं से दूषित होता जा रहा है। उसके लिए इस अनुच्छेद की महत्ता और अधिक बढ़ जाती है जो अंतर्राष्ट्रीय व्यवस्था को बनाए रखने में सहयोग करता है।

उपरोक्त सिद्धांतों से स्पष्ट होता है कि संविधान के अनुच्छेद 36 से 51 में देश की आर्थिक तथा सामाजिक परिस्थितियों में परिवर्तन लाने के उद्देश्य से कुछ आदर्शों का उल्लेख किया गया है जो संविधान की प्रस्तावना में घोषित सिद्धांतों का ही विस्तृत रूप है। ऐसा प्रतीत होता है कि संविधान निर्माता भारत में राजनीतिक जनतंत्र के साथ आर्थिक जनतंत्र भी लाना चाहते थे। ग्रेनविल ऑस्टिन का कहना है कि भारत का संविधान मूलत: एक सामाजिक प्रलेख है और इसके अधिकांश प्रावधान या तो प्रत्यक्ष रूप से सामाजिक क्रांति के लक्ष्यों को बढ़ावा देने के उद्देश्य से बनाए गए हैं अथवा उस क्रांति को प्रोत्साहित करने के लिए आवश्यक परिस्थितियों का निर्माण करते हैं। इस सामाजिक क्रांति का लक्ष्य संविधान के भाग 3 और भाग 4 में निहित दिखाई देता है और यह कहना गलत न होगा कि मूल अधिकार तथा नीति निदेशक तत्त्व संविधान की अंतरात्मा है।[46] अत: ये सिद्धांत एक प्रजातंत्रीय समाजवादी व्यवस्था की रचना करते हैं जिन्हें महात्मा गांधी और जवाहरलाल नेहरू जैसे नेताओं का समर्थन था। डॉ. अंबेडकर के शब्दों में, 'अत: यदि ये राज्य के नीति निदेशक सिद्धांत अपने निर्देशों व सार तत्त्व में समाजवादी नहीं हैं, तो मैं यह समझने में असमर्थ हूं कि फिर समाजवाद और क्या है।'[47] अत: ये लोकतांत्रिक समाजवाद के आईने को पूरी तरह से दर्शाता है।

मौलिक अधिकार तथा राज्य के नीति निदेशक सिद्धांत का संबंध

मौलिक अधिकारों तथा नीति निदेशक सिद्धांतों के पारस्परिक संबंधों के विषय में न्यायपालिका तथा संसद का दृष्टिकोण परिवर्तित होता रहा है। 1951 के *चम्पाकम दोराईराजन* मामले में सर्वोच्च न्यायालय ने मौलिक अधिकारों की तुलना में वास्तविक प्रकृति को स्पष्ट करते हुए कहा है कि 'संविधान के चौथे भाग में दिए गए राज्य के नीति

निदेशक सिद्धांत तृतीय भाग में दिए गए उपबंधों के ऊपर नहीं हो सकते, क्योंकि मौलिक अधिकार अनुच्छेद 32 व अनुच्छेद 226 के अंतर्गत न्यायपालिका के लेखों, आदेशों या निर्देशों द्वारा लागू किए जा सकते हैं, किंतु निदेशक सिद्धांत स्पष्टतः न्यायालय द्वारा लागू किए जाने योग्य नहीं हैं।'

मौलिक अधिकारों वाला भाग बहुत पवित्र है जिसे कोई संसदीय कानून या प्रशासकीय आदेश सीमित नहीं कर सकता जब तक कि उसे तृतीय भाग के उपबंध द्वारा अनुमति प्राप्त न हो। 'राज्य के नीति निदेशक सिद्धांतों को तृतीय भाग में वर्णित मौलिक अधिकारों के अधीन तथा सहायक के रूप में रहना चाहिए। निदेशक तत्त्वों से संबंधित राज्य के कार्य उन सीमाओं के भी अधीन हैं जो संविधान के विभिन्न उपबंधों के अधीन राज्य पर लागू होते हैं और जिनका कोई आधार नहीं है। निर्देशक तत्त्वों के संबंध में राज्य के कार्य संसदीय व प्रशासकीय शक्तियों के अधीन हैं।"[48] समय के साथ-साथ निदेशक तत्त्वों के बारे में न्यायपालिका के दृष्टिकोण में भी व्यापक परिवर्तन हुआ और शंकरी प्रसाद बनाम भारत संघ, 1952 के निर्णय में सर्वोच्च न्यायालय ने संविधान संशोधन की शक्ति जिसमें मूल अधिकार भी सम्मिलित हैं, अनुच्छेद 368 में निहित कर दिया तथा सज्जन सिंह बनाम राजस्थान राज्य 1965 में भी मूल अधिकारों में संशोधन का अधिकार अनुच्छेद 368 में माना गया। तथा कहा गया कि निदेशक तत्त्व 'देश के शासन चलाने में मौलिक हैं और भाग तीन के उपबंधों का इन तत्त्वों के साथ सही ढंग से संबंध स्थापित किया जाना चाहिए।' परंतु गोलकनाथ बनाम पंजाब राज्य, 1967 के मामले ने अपने बहुमत के निर्णय में कहा कि ससंद को मूल अधिकारों में कमी या समाप्त करने का अधिकार नहीं है। अर्थात् संसद मूल अधिकारों में संशोधन नहीं कर सकती है। सर्वोच्च न्यायालय द्वारा इससे पूर्व में किए गए निर्णय बाध्यकारी नहीं होंगे। अनुच्छेद 368 केवल प्रक्रिया बताता है, क्षेत्र नहीं। इसके फलस्वरूप संपत्तिधारी वर्ग के अधिकारों को पूर्ण सुरक्षा प्रदान हो गई और नीति निदेशक सिद्धांतों को लागू करने में रुकावट आ गई। बैंकों के राष्ट्रीयकरण के मामले में भी सर्वोच्च न्यायालय ने संपत्ति के अधिकार के संरक्षण के पक्ष में निर्णय दिया। इससे संसद के दृष्टिकोण में क्रांतिकारी मोड़ आया। गोलकनाथ और बैंकों के राष्ट्रीयकरण विवादों द्वारा उत्पन्न समस्याओं के समाधान के लिए दिसंबर, 1971 में संविधान में 24वां और 25वां संशोधन किया गया।

24वें संविधान संशोधन (1971) द्वारा यह व्यवस्था की गई कि संसद को संविधान के किसी भी अनुच्छेद (जिनमें मौलिक अधिकार भी शामिल हैं) में संशोधन करने का अधिकार है। 25वें संविधान संशोधन (1971) द्वारा एक नए अनुच्छेद 31(ग) में यह प्रावधान किया गया कि अनुच्छेद 39(ख) और (ग) में विनिर्दिष्ट नीति निदेशक तत्त्वों को प्रभावित करने वाले कानून या नियम को असंगत अथवा अनुच्छेद 14, अनुच्छेद 19 तथा अनुच्छेद 31 में सम्मिलित मौलिक अधिकारों में दिए गए अधिकारों में से किसी अधिकार को कम करने के आधार पर अमान्य नहीं समझा जाएगा। लेकिन 1973 में केशवानंद भारती बनाम केरल राज्य केस में इन संशोधनों को सर्वोच्च नयायालय में चुनौती दी गई। न्यायालय के निर्णय में स्वीकार किया कि निदेशक तत्त्वों को कार्यान्वित करने के लिए अनुच्छेद 368 द्वारा मूल अधिकारों में संशोधन किया जा सकता है। लेकिन संसद संविधान के बुनियादी ढांचे (basic structure) में परिवर्तन नहीं कर सकती। 1976 में 42वें

संविधान संशोधन द्वारा मूल अधिकारों पर नीति निदेशक सिद्धांतों की प्रधानता को पूर्णतया स्थापित कर दिया गया। इस संशोधन के द्वारा 31(ग) में परिवर्तन करके यह व्यवस्था कर दी गई कि भाग 4 में उल्लिखित सिद्धांतों में से सभी या किन्हीं सिद्धांतों को कार्यान्वित करने के उद्देश्य से बनाए गए किसी कानून की वैधता को इस आधार पर चुनौती नहीं दी जा सकेगी कि वह मूल अधिकारों का अतिक्रमण करता है। अर्थात् 42वें संशोधन ने सभी निदेशक सिद्धांतों को मूल अधिकारों से सर्वोच्च बना दिया। लेकिन 1980 में मिनर्वा मिल बनाम भारत संघ केस में सर्वोच्च न्यायालय ने व्यवस्था दी कि 42वें संशोधन द्वारा मौलिक अधिकारों को नीति निदेशक सिद्धांतों के अधीन करने से संविधान के एक मूलभूत लक्षण का उल्लंघन हुआ है इसलिए यह अमान्य है और कहा कि 'निदेशक सिद्धांतों को मौलिक अधिकारों की अपेक्षा उच्चता की स्थिति प्रदान करने पर संविधान की आधार संरचना ही नष्ट होती है।' इस प्रकार वैधानिक दृष्टि से पुनः मौलिक अधिकारों को निदेशक सिद्धांतों पर वरीयता की स्थिति प्राप्त हो गई है।

मौलिक अधिकार और निदेशक सिद्धांतों में उपर्युक्त वर्णित संबंध से यह निष्कर्ष नहीं निकाला जाना चाहिए कि इनमें कोई अंतर्निहित विरोध या संघर्ष है, अपितु वस्तुतः वे एक-दूसरे के पूरक हैं। इन दोनों का लक्ष्य एक ही है और वह है—व्यक्तित्व का विकास तथा कल्याणकारी राज्य की स्थापना करना। जैसाकि भूतपूर्व न्यायाधीश के. सदानंद हेगड़े का कहना है कि 'सिद्धांततः एक ही संविधान के दो भागों में कोई असंगति नहीं हो सकती। राज्य नीति के निर्देशक तत्त्वों को अपनाकर हमारे संविधान निर्माताओं ने कोई असंगति उत्पन्न नहीं की। उनका प्रयत्न तो वैयक्तिक अधिकार और सामाजिक कल्याण में समन्वय स्थापित करना था।'[49] इस प्रकार यह कहा जा सकता है कि अब न्यायालय ने मौलिक अधिकारों और निदेशक सिद्धांतों के बीच संतुलन कायम करने के विचार को बढ़ावा दिया है। यद्यपि ये परस्पर विरोधी दिखते हैं, लेकिन वास्तव में एक-दूसरे के पूरक हैं। आवश्यकता तो इस बात की है कि मौलिक अधिकार और निदेशक सिद्धांतों के संबंध में सभी संबद्ध पक्षों द्वारा इसी दृष्टिकोण को अपनाया जाए।

नीति निदेशक सिद्धांत और प्रयास

राज्य के नीति निदेशक सिद्धांतों को लागू तथा इन निदेशक सिद्धांतों को यथार्थ बनाने के लिए अनेक महत्त्वपूर्ण नीतिगत कार्यवाहियां राज्य की पंचवर्षीय योजनाओं का संचालन किया गया। प्रथम पंचवर्षीय योजना में जमींदारी प्रथा के उन्मूलन की सिफारिश की। इसे लागू करने के लिए अनेक अधिनियम बनाए गए। इसके साथ ही साथ भूमि की अधिकतम सीमा, राजाओं और नवाबों के विशेषाधिकारों की समाप्ति, संपत्ति के केंद्रीकरण की प्रवृत्ति को रोकने, उत्पादन के कुछेक महत्त्वपूर्ण साधनों एवं बैंकों के राष्ट्रीयकरण और वितरणात्मक न्याय उपलब्ध कराने के प्रस्तावों को केंद्र एवं राज्य दोनों की सरकारों द्वारा पारित किया जा चुका है।[50] इसी प्रकार, अधिकांश राज्यों ने ग्राम पंचायतों को संगठित कर लोकतंत्र के विकेंद्रीकरण की दिशा में सकारात्मक कदम उठाए हैं। अनुसूचित जातियों, अनुसूचित जनजातियों, महिलाओं, बच्चों, वृद्धों, अल्पसंख्यकों, अन्य पिछड़े वर्गों इत्यादि के शिक्षा के स्तर में सुधार,

सामाजिक, सांस्कृतिक, धार्मिक तथा उनके आर्थिक हितों के संरक्षण के लिए भी अनेक कदम उठाए गए हैं जो संतुलित आर्थिक विकास राष्ट्र व सरकार की नीति का लक्ष्य रहा है। इस विकास का उद्देश्य समाज की उत्पादन शक्ति को बढ़ाकर ऐसी परिस्थितियां उत्पन्न करना है जिनमें भिन्न प्रकार की योग्यता, इच्छा एवं मानसिक प्रेरणाओं को अभिव्यक्ति का अवसर मिल सके। इसके अलावा कृषि और उद्योगों की उन्नति, स्वास्थ्य की सुविधाएं, नौकरी व कार्य के साधनों में वृद्धि, राष्ट्रीय आय व लोगों के रहन-सहन के स्तर को ऊंचा उठाने के प्रयत्न, बीमारी और दुर्घटना के विरुद्ध सुरक्षा, मजदूर वर्ग में बीमा योजना, बेरोजगारी बीमा योजना और रोजगार की सुविधाएं बढ़ाने के प्रयास, हिंदू कोड बिल के द्वारा समान विधि संहिता प्राप्त करने का प्रयास, अस्पृश्यता निवारण कानून, कमजोर वर्गों के बालकों के लिए छात्रवृत्ति और अन्य सुविधाएं उपलब्ध कराना, निःशुल्क और अनिवार्य शिक्षा की दिशा में कदम, गरीबों को मुफ्त कानूनी सहायता से संबंधित समिति का गठन, सामाजिक सुरक्षा पेंशन का प्रावधान तथा बाल श्रमिकों के हितों के संरक्षण हेतु केंद्रीय बाल श्रमिक बोर्ड का गठन इत्यादि वे प्रयास हैं जिससे नीति निदेशक तत्त्वों को व्यावहारिक रूप देकर भारत में सामाजिक और आर्थिक न्याय के लक्ष्य को प्राप्त किया जा सके। परंतु, नई आर्थिक नीति (उदारीकरण, निजीकरण तथा वैश्वीकरण) संविधान के भाग चार के एकदम विपरीत है। जैसा कि प्रोफेसर ए.एस. नारंग का कहना है कि 'यदि सामाजिक न्याय की धारणा का त्याग ही कर दिया जाता है तो इससे संविधान के भाग चार को ही खतरा नहीं है बल्कि इससे संविधान के भाग तीन (मौलिक अधिकार) को और भी ज्यादा खतरा है।'[51] लेकिन फिर भी, राज्य को संविधान में वर्णित नीति निदेशक तत्त्वों व नई आर्थिक नीति के बीच संतुलन स्थापित करते हुए, इन सिद्धांतों के अनुकूल समाज की रचना करने के लिए इन्हें व्यवस्थित रूप से क्रियान्वित करते रहना होगा क्योंकि एक ऐसे समाज की रचना करना जिसमें प्रत्येक नागरिक को अपने लिए योग्य जीवन-स्तर प्राप्त करने तथा देश की समृद्धि बढ़ाने के लिए उचित परिस्थितियां उत्पन्न करने के लिए राज्य को भारी दायित्व ग्रहण करना है।

नीति निदेशक सिद्धांत तथा मौलिक अधिकार के बीच भेद

राज्य के नीति निदेशक सिद्धांतों तथा मौलिक अधिकारों के बीच के भेद को जानने के लिए उन तमाम बातों को उजागर करना होगा। जो दोनों की वास्तविक स्थिति से अवगत कराती हैं। सर्वप्रथम, मौलिक अधिकारों को नकारात्मक अधिकार के रूप में देखा जाता है जिनसे राज्य को अमुक कार्य न करने का आदेश दिया जाता है जबकि नीति निदेशक तत्त्व सकारात्मक अधिकार हैं जिनसे राज्य देश में एक सामाजिक और आर्थिक लोकतंत्र की स्थापना करने का प्रयास करेगा। द्वितीय, मौलिक अधिकारों को न्यायालय द्वारा लागू करवाया जा सकता है अर्थात् यह वाद योग्य (justiciable) है तथा नीति निदेशक सिद्धातों को न्यायालय द्वारा लागू नहीं करवाया जा सकता अर्थात् यह वादयोग्य नहीं (non-justiciable) हैं। तृतीय, मौलिक अधिकारों के द्वारा राजनीतिक लोकतंत्र की स्थापना की गई है तथा नीति निदेशक सिद्धांतों द्वारा आर्थिक लोकतंत्र की स्थापना होती है। चतुर्थ, राज्य के कानून द्वारा, जब तक वे अन्यथा निर्धारित नहीं किए जाते, निदेशक सिद्धांत मौलिक अधिकारों के सहायक

हैं, किंतु निदेशक सिद्धांतों की तुलना में मौलिक अधिकार प्राथमिक हैं। अर्थात् मौलिक अधिकारों का कानूनी महत्त्व है जबकि नीति निदेशक सिद्धांत नैतिक आदेश मात्र ही है। पंचम, मौलिक अधिकारों को (अनुच्छेद 20 तथा 21 में वर्णित अधिकारों को छोड़कर) अनुच्छेद 352 के अंतर्गत घोषित आपातकालीन स्थिति में प्रवर्त्तन काल में स्थगित किया जा सकता है। जबकि निदेशक सिद्धांतों का जब तक क्रियान्वयन नहीं होता तब तक वे स्थायी रूप से स्थगन की अवस्था में ही बने रहते हैं। इस प्रकार स्पष्ट है कि मौलिक अधिकार व नीति निदेशक सिद्धांतों के बीच की वास्तविक स्थिति में हमारे मूल संविधान ने मौलिक अधिकारों की तुलना में निर्देशक तत्त्वों को कम आंका है।

नीति निदेशक सिद्धांत की आलोचना: नीति निदेशक तत्त्वों का जिस समय निर्माण हो रहा था, उस समय संविधान सभा तथा उसके बाहर के सिद्धांत आलोचनाओं से घिरे हुए थे। जिसका मुख्य कारण था नीति निदेशक सिद्धांतों का न्याय योग्य न होना या कानून की शक्ति प्राप्त न होना। जिसके आधार पर आलोचकों ने इन सिद्धांतों को शुभ इच्छाएं, नैतिक उपदेश या ऐसी राजनीतिक घोषणाओं के समान माना है जिनका कोई संवैधानिक महत्त्व नहीं है। अर्थात् इसे "काले हीरे" के समान माना गया जिसका कोई मूल्य नहीं होता तथा इसे बोझ के रूप में देखा गया। प्रोफेसर के.टी. शाह ने कहा कि 'यह एक ऐसा चैक है जिसका भुगतान बैंक की इच्छा पर छोड़ दिया गया है।' तथा बी.एन. राव ने कहा कि 'राज्य के नीति निदेशक सिद्धांत राज्य के अधिकारों के लिए नैतिक उपदेश के समान हैं और वे इस आलोचना के पात्र हैं कि संविधान में नैतिक उपदेशों के लिए उचित स्थान नहीं है।'[52] कुछ अन्य आलोचकों का मानना है कि एक प्रभुसत्तासंपन्न राज्य के लिए इस प्रकार के आदेशों का कोई औचित्य नहीं है जिससे उसके संप्रभु होने पर उंगली उठाए। प्रोफेसर जेनिंग्स का कहना है कि 'नीति निदेशक तत्त्व किसी निश्चित तथा तर्कसंगत दर्शन पर आधारित नहीं हैं, वे अस्पष्ट हैं; उन्हें न तो उचित रूप से क्रमबद्ध किया गया है और न तार्किक ढंग से वर्गीकृत ही किया गया है। एक ही बात को बार-बार दोहराया गया है। स्मारकों के संरक्षण जैसी मामूली बात को अत्यधिक महत्त्वपूर्ण सामाजिक तथा आर्थिक परिस्थितियों से मिलाकर उलझाव पैदा कर दिया गया है।'[53] कुछ विचारकों का यह भी कहना है कि भविष्य के लिए किसी आर्थिक या सामाजिक ढांचे का निर्धारण करना इस कारण ज्यादा उपयोगी नहीं हो सकता है क्योंकि इस वैज्ञानिक युग में सामाजिक परिवर्तनों की गति तथा दिशा को निश्चित करना संभव नहीं है। इसके तर्क में यह कहा जा सकता है कि यही सोचकर संविधान निर्माताओं ने इन सिद्धांतों को न्याय योग्य नहीं बनाया तथा समय व परिस्थितियों के अनुरूप सरकार इन्हें छोड़े या स्वीकारे। परंतु प्रोफेसर पायली का मानना है कि जब इन सिद्धांतों के संशोधन करने का समय आएगा तब तक भारत इनका पूरा लाभ उठा चुका होगा और भारत भूमि में आर्थिक लोकतंत्र की जड़ें गहरी हो चुकी होंगी। इसके साथ ही जिस स्वरूप में ये सिद्धांत संविधान में अंकित किए गए हैं उनका भी लक्ष्य प्राप्त हो चुका होगा। साथ ही ये सिद्धांत तब तक भारतीय परंपरा का अंग बन चुके होंगे।[54]

नीति निदेशक सिद्धांतों का महत्त्व

संविधान में नीति निदेशक तत्त्व समाविष्ट करने के समर्थकों द्वारा यह तर्क दिया जाता है कि यद्यपि इन सिद्धांतों के पीछे न्यायिक बल नहीं है तथापि इसके पीछे जनमत की शक्ति विद्यमान है और यदि कोई सरकार इन निदेशकों की उपेक्षा करती है तो अगले आम चुनाव में जनता उस दल को पदच्युत कर देगी। श्री अल्लादि कृष्णस्वामी अय्यर ने कहा था कि 'कोई भी लोकप्रिय मंत्रिमंडल संविधान के चतुर्थ भाग के उपबंध का उल्लंघन करने का दुस्साहस नहीं करेगा। संविधान का कोई भी आदेश चाहे वह न्याय योग्य न भी हो सरकार के सभी अंगों के लिए कम प्रतिबंधक नहीं होता। यदि राज्य उन आदर्शों की उपेक्षा करता है तो व्यावहारिक रूप से यह स्वयं संविधान की उपेक्षा करने के समान होगा।[55] दूसरी तरफ यह कह कर भी निदेशक सिद्धांतों का विरोध किया जाता है कि इन सिद्धांतों को मानना व न मानना सरकार की इच्छा पर निर्भर करता है। अत: इन सिद्धांतों के अनुसार भविष्य में सरकार का संगठन और संचालन करना है तो इन्हें न्याययोग्य बनाना चाहिए। इस मांग के विरुद्ध एक महत्त्वपूर्ण तर्क यह है कि इन सिद्धांतों को न्याय योग्य बनाया ही नहीं जा सकता क्योंकि इससे अनेक संवैधानिक द्वंद्व उत्पन्न हो जाएंगे। ये सिद्धांत राज्य पर कुछ दायित्व डालते हैं और यदि किसी समय राज्य इनका पालन न करे तो राज्य के विरुद्ध कैसे कार्यवाही की जाएगी। वास्तव में नीति निदेशक सिद्धांत जनमत की शक्ति से भरपूर, शासन की सफलता व असफलता का ऐसा मापदंड है जो अप्रत्यक्ष रूप से वैधानिक शक्ति प्राप्त किए हुए हैं। जैसा कि हम जानते हैं कि इंग्लैंड के संविधान का एक बड़ा भाग प्रथाओं और परंपराओं पर आधारित है, प्रथाएं जिनके पीछे न्यायिक शक्ति नहीं होती फिर भी, उनका पालन कानूनों के समान ही किया जाता है। इसी प्रकार हमारे इन सिद्धांतों के पीछे भी केवल जनमत की शक्ति होती है। जिनके भय के कारण प्रत्येक सरकार इन सिद्धांतों के अनुसार अपनी नीतियों के निर्माण करने का यथासंभव प्रयास करती है। यह आशा की जा सकती है कि जैसे-जैसे भारत के लोगों में राजनीतिक चेतना विकसित होती जाएगी वैसे-वैसे नीति निदेशक सिद्धांतों की प्रभावशीलता बढ़ती जाएगी। क्योंकि ये सिद्धांत क्रांतिकारी गुणों से ओत-प्रोत हैं जिसके कारण ही इन सिद्धांतों को संविधान का अंग बनाया गया है।

अंत में यही कहा जा सकता है भारत के लोकतंत्र की सफलता और असफलता का अनुमान नीति निदेशकों के क्रियान्वयन की सफलता या असफलता से लगाया जा सकता है। जिसके लिए देखना यह है कि क्या भारत के सत्तारूढ़ अभिजन ने संविधान निर्माताओं द्वारा चिंहित सामाजिक-आर्थिक लक्ष्यों को प्राप्त करने के लिए अपेक्षित नीतियों का निर्माण किया या नहीं? और यदि किया है, तो वे किस सीमा तक सफल रहे हैं? क्योंकि ब्रिटिश साम्राज्य से हमने राजनीतिक स्वतंत्रता की क्रांति जीती थी परंतु सामाजिक व आर्थिक क्रांति की यात्रा अभी शुरू हुई है। स्वतंत्रता के पश्चात् भारत के शासक अभिजन ने क्या सामान्य व्यक्ति के लिए जीविकोपार्जन के समुचित साधन उपलब्ध कराने में सफलता प्राप्त की है? क्या हम समान संहिता के लक्ष्य को प्राप्त कर पाए हैं? क्या सदियों से वंचित, प्रताड़ित एवं हाशिये पर जीवनयापन करने वाले जनसमुदाय को संविधान

निर्माताओं की आशा के अनुरूप न्याय प्राप्त करा पाए हैं? इस प्रकार के प्रश्नों से हम स्वयं नीति निदेशक सिद्धांतों का आकलन कर सकते हैं?

लेकिन जहां तक निदेशक सिद्धांतों के रूपांतरण का प्रश्न है, शासन ने निःसंदेह कुछ क्षेत्रों में कारगर कदम उठाए हैं। जिनमें जमींदारी उन्मूलन अधिनियम, औद्योगिक अधिनियम, भूमि सुधार अधिनियम, हिन्दू कोड बिल, संपत्ति के मौलिक अधिकार को सीमित करना, अनिवार्य एवं निःशुल्क शिक्षा उपलब्ध कराना, दास प्रथा, बंधुआ मजदूरी और अस्पृश्यता उन्मूलन के लिए कानून बनाना इत्यादि हैं। साथ ही बाल श्रमिक, बंधुआ मजदूर, सबकी शिक्षा, ढांचागत विकास, विकास की दिशाएं, महिला सशक्तीकरण, शोषणमुक्त समाज आदि विषयों पर विमर्श बरकरार है। इससे हम यह समझ सकते हैं कि सरकार संविधान निर्माताओं के सपनों को साकार करने के लिए निरंतर प्रयासरत है, लेकिन फिर भी इस बात से इंकार नहीं किया जा सकता कि आजादी से अब तक लक्षित स्वरूप को हम पूरी तरह हासिल नहीं कर पाए हैं। इसके लिए दृढ़ इच्छा शक्ति की आवश्यकता है।

मौलिक कर्त्तव्य (Fundamental Duties)

मूल भारतीय संविधान में मौलिक कर्त्तव्य का समावेश नहीं किया गया था। 42वें संविधान संशोधन, 1976 द्वारा संविधान के भाग IV(क) के अनुच्छेद 51(क) में दस मौलिक कर्त्तव्यों का समावेश किया गया। लेकिन मौलिक कर्त्तव्यों को लागू करवाने के लिए कोई भी उपबंध नहीं किया गया है। कर्त्तव्य, अधिकार का एक अभिन्न अंग है। दोनों एक ही सिक्के के दो पहलू हैं। जो किसी एक व्यक्ति के लिए कर्त्तव्य है, वही दूसरे के लिए अधिकार है। यदि सभी व्यक्तियों को जीवन का अधिकार प्राप्त है तो सभी व्यक्तियों का यह कर्त्तव्य हो जाता है कि वे मानव जीवन का आदर करें और किसी अन्य व्यक्ति को आहत न करें। वास्तव में मौलिक कर्त्तव्य देश तथा समाज के प्रति ऐसे आदर्श कर्त्तव्यों की ओर संकेत करते हैं जो राष्ट्र निर्माण के लिए आवश्यक हैं तथा जिससे नागरिक कुछ सामान्य मूल्यों के आधार पर देशप्रेम तथा राष्ट्रवाद का अनुकरण करें। भारत के प्रत्येक नागरिक का कर्त्तव्य होगा कि:—

1. संविधान का पालन करे और उसके आदर्शों, संस्थाओं, राष्ट्रध्वज और राष्ट्रगान का आदर करे।
2. स्वतंत्रता के लिए हमारे राष्ट्रीय आंदोलन को प्रेरित करने वाले उच्च आदर्शों को हृदय में संजोए रखे और उनका पालन करे।
3. भारत की संप्रभुता, एकता और अखंडता की रक्षा करे और उसे बनाए रखे।
4. देश की रक्षा करे तथा बुलाए जाने पर राष्ट्र की सेवा करे।
5. धर्म, भाषा और प्रदेश या वर्ग पर आधारित सभी भेदभाव से परे भारत के लोगों में समरसता और समान भ्रातृत्व की भावना का निर्माण करे। ऐसी प्रथाओं का त्याग करे जो स्त्रियों के सम्मान के विरुद्ध हों।
6. हमारी सामूहिक संस्कृति की गौरवशाली परंपरा का महत्त्व समझे और उसका परिरक्षण करे।
7. प्राकृतिक पर्यावरण की, जिसके अंतर्गत वन, झील, नदी और वन्य जीव हैं, रक्षा करे और उसका संवर्द्धन करे तथा प्राणी मात्र के प्रति दयाभाव रखे।

8. वैज्ञानिक दृष्टिकोण, मानववाद और ज्ञानार्जन तथा सुधार भावना का विकास करे।
9. सार्वजनिक संपत्ति को सुरक्षित रखे और हिंसा से दूर रहे।
10. व्यक्तिगत और सामूहिक गतिविधियों के सभी क्षेत्रों में उत्कर्ष की ओर बढ़ने का प्रयास करे जिससे राष्ट्र निरंतर बढ़ते हुए, प्रयत्न और उपलब्धि की नई ऊंचाइयों को छू ले।
11. छः साल से चौदह साल तक की आयु के बच्चों के माता-पिता या अभिभावक अथवा संरक्षक को अपने बच्चे को शिक्षा दिलवाने के लिए अवसर उपलब्ध करवाए। (86वें संविधान संशोधन अधिनियम, 2002 द्वारा संविधान के अनुच्छेद 51(क) में संशोधन करके (जे) के बाद नया अनुच्छेद (के) जोड़ा गया है।)

संविधान में सम्मिलित किए गए ये मूल कर्त्तव्य एक साहित्यिक रचना प्रतीत होते हैं जो काल्पनिक अधिक हैं और व्यावहारिक कम। ये कुछ ऐसे उपदेश हैं जो नैतिकता पर आधारित हैं और जिन्हें विधिपूर्ण ढंग से कार्यान्वित किया जाना कठिन होगा, क्योंकि संविधान में जिन आदर्शों को कर्त्तव्यों के नाम से जोड़ा गया है उनको कार्यान्वित करना संसद द्वारा समय-समय पर बनाए जाने वाले कानूनों पर निर्भर करेगा। यदि इनका कार्यान्वयन संसद की इच्छा पर निर्भर करता है तो संविधान में इनके उल्लेख किए जाने की कोई आवश्यकता ही न थी। वैसे भी निदेशक तत्त्वों के अंतर्गत राज्य कर्त्तव्यों की भांति नागरिकों के कर्त्तव्यों को भी न्यायालयों द्वारा प्रवर्तित नहीं कराया जा सकता। उनका पालन कराने या उनका उल्लंघन होने पर दंड देने के लिए संविधान में कोई उपबंध नहीं है।

मौलिक कर्त्तव्यों में कुछ ऐसे कर्त्तव्य हैं जिनका प्रत्यक्ष या अप्रत्यक्ष रूप से उल्लेख मौलिक अधिकारों और नीति निदेशक तत्त्वों में पाया जाता है। उदाहरण के लिए धर्म, भाषा तथा प्रदेश या वर्ग के आधार पर आपस में भेदभाव न करने का उपदेश अनुच्छेद 14 देता है, प्राकृतिक पर्यावरण की, जिसके अंतर्गत वन्य जीव भी सम्मिलित हैं, रक्षा करने का कर्त्तव्य अनुच्छेद 48(क), तथा ऐतिहासिक स्थानों की सुरक्षा करने का दायित्व अनुच्छेद 40 में पाया जाता है। साथ ही, संविधान में ऐसे शब्दों का प्रयोग किया गया जिससे इन कर्त्तव्यों का मनमाना अर्थ लगाया जा सकता है। जैसे ''मिली-जुली संस्कृति'' (composite culture), ''वैज्ञानिक दृष्टिकोण'' (scientific temper), ''अन्वेषण और सुधार भावना'' (spirit of enquiry and reform) तथा ''मानववाद'' (humanism), आदि ऐसे शब्द हैं जिनका अर्थ अस्पष्ट है जबकि इनका अर्थ एकदम स्पष्ट होना चाहिए था।

अंत में यही कहा जा सकता है कि संविधान में मौलिक कर्त्तव्यों के जोड़े जाने का केवल मनोवैज्ञानिक महत्त्व ही बताया जा सकता है। संविधान में इन सिद्धांतों के उल्लेख कर देने से उनकी पवित्रता और मौलिकता तो निस्संदेह ही बढ़ जाती है। चूंकि संविधान देश की मौलिक विधि होने के नाते अन्य विधियों से सर्वोच्च है। अतः उसमें वर्णित कर्त्तव्यों का मूल्य तथा महत्त्व साधारण विधियों की अपेक्षा स्वाभाविक रूप से ज्यादा समझा जाएगा। अगर प्रभावी रूप से मौलिक कर्त्तव्यों का पालन करवाना है तो लोगों को नागरिकता के मूल्यों तथा कर्त्तव्यों के बारे में शिक्षित करना होगा और उनमें जागृति उत्पन्न करनी होगी तथा एक ऐसे अनुकूल वातावरण का निर्माण करना होगा जिसमें प्रत्येक नागरिक अपने संवैधानिक कर्त्तव्यों का पालन करने तथा समाज के प्रति अपना ऋण चुकाने में गर्व तथा बंधन का अनुभव करे।

संदर्भ

1. पायली, एम. वी. *भारतीय संविधान*, यूनाईटेड बुक हाउस: दिल्ली, 1977, पृष्ठ 43-44.
2. राय, एम. पी., *भारतीय सरकार और राजनीति*, कॉलेज बुक डिपो: जयपुर, पृष्ठ 152-153.
3. Rao, B. N., *India's Constitution in the Making*, p. 347.
4. Constituent Assembly Debates, Oct. 1949, p. 430.
5. *वही*, पृष्ठ. 454-56.
6. Mishra, Panchanand, *The Making of the Indian Republic*, p. 26.
7. पार्थसारथी जी, *भारत का सांविधानिक इतिहास*, मीनाक्षी प्रकाशन: मेरठ, 1976, पृष्ठ 10.
8. इन री बेरूबारी यूनियन, ए.आई.आर., 1960, एस.सी., 845, पांडेय, जयनारायण, *भारत का संविधान*, सेंट्रल लॉ एजेंसी; इलाहाबाद, 2001, पृष्ठ. 33.
9. पांडेय, जयनारायण, *वही*, पृष्ठ 33.
10. साठे, एस. पी., ''जवाहरलाल नेहरू तथा मौलिक अधिकार'', *संसदीय पत्रिका*, पृष्ठ 101.
11. Pylee, M. V., *Indian Constitution*, pp. 87–88.
12. डायसी, ए. वी., *इंट्रोडक्शन टु द स्टडी ऑफ द लॉ ऑफ कांस्टिट्यूशन*, मैकमिलन: लंदन, 1924, 10वां संस्करण, पृष्ठ 49.
13. डायसी, *वही*, पृष्ठ 47.
14. मद्रास राज्य बनाम् चम्पाकम, दोहराईराजन, ए.आई.आर. 1952, एस.सी. 226.
15. चित्रलेखा बनाम् मैसूर राज्य, ए.आई.आर., 1964, एस.सी. 1823 (1827).
16. पांडेय, जय नारायण, *भारत का संविधान*, सेंट्रल लॉ एजेंसी, 2001, पृष्ठ 123.
17. बसु, डी. डी., *भारत का संविधान–एक परिचय*, प्रेंटिस हाल ऑफ इंडिया प्राइवेट लिमिटेड: दिल्ली, 1997, पृष्ठ 98.
18. बसु. डी. डी., *वही*, पृ. 96.
19. हाथी सिंह मैन्युफैक्चरिंग कंपनी बनाम् भारत संघ, ए.आई.आर., 1961, एस.सी. 923.
20. हाथी सिंह मैन्युफैक्चरिंग कंपनी बनाम् भारत संघ, ए.आई.आर. 1960, एस.सी. 223.
21. पांडेय, जय नारायण, *भारत का संविधान*, सेंट्रल लॉ एजेंसी, इलाहाबाद, 2001, पृ. 191-192.
22. गोपालन बनाम् मद्रास राज्य, ए.आई.आर., 1950, एस.सी. 88.
23. मेनका गांधी बनाम भारत संघ, ए.आई.आर., 1978, एस.सी. 597.
24. पांडेय, जय नारायण, *भारत का संविधान*, सेन्ट्रल लॉ एजेंसी, इलाहाबाद, 2001, पृष्ठ 242-249.
25. जैन, रमेश, गुर्जर, नाथूलाल, *सूचना का अधिकार (अपेक्षाएं एवं चुनौतियां)* भाग-1, सबलाइम पब्लिकेशंस; जयपुर, 2006, पृष्ठ 2.
26. जैन, रमेश, गुर्जर नाथू लाल, वही, पृष्ठ 27.
27. पीपुल्स यूनियन फॉर डेमोक्रेटिक राइट्स बनाम भारत राज्य, ए.आई.आर., 1982, एस.सी. 1473
28. बोम्मई बनाम् भारत संघ, 1994, 3 एस.सी.सी.
29. कमिश्नर हिन्दू रेलिजस एंडाउमेंट्स मद्रास बनाम श्री एल. टी. स्वामियार, ए.आई.आर. 1954, एस.सी. 282.
30. जौहरी, जे. सी., *भारतीय शासन और राजनीति*, विशाल पब्लिकेशंस: दिल्ली, 1988, पृ. 408.
31. नटाणी, प्रकाश नारायण, *भारत का संविधान*, साहित्यगार: जयपुर, 2005, पृष्ठ 121-122.
32. जौहरी, जे. सी. *वही*, पृष्ठ. 409.
33. P.B. Gajendragadkar, *The Constitution of India*: Its Philosophy and Basic Postulates, University College. Nairobi, 1969, pp. 60–63.
34. फर्टिलाइजर कारपोरेशन, कामगार संघ बनाम भारत संघ, ए.आई.आर. 1981, एस.सी. 345.
35. आंध्र इंडस्ट्रियल वर्क्स बनाम चीफ कंट्रोलर इंपोर्ट्स, ए.आई.आर. 1974, एस.सी. 1539.

36. थापर, रमेश, बनाम् मद्रास राज्य, ए.आई.आर. 1950 एस.सी.
37. सईद, एस. एम. *भारतीय राजनीतिक प्रणाली*, मैकमिलन, दिल्ली, 1980, पृष्ठ 36.
38. पायली, एम. वी. *भारतीय संविधान,* यूनाइईटेड बुक हाउस, दिल्ली, 1977, पृ. 139.
39. हेगड़े, के. एस., *डायरेक्टिव प्रिंसिपल्स ऑफ स्टेट पॉलिसी: इन द कांस्टि्ट्यूशन ऑफ इंडिया*, नेशनल पब्लिकेशन, दिल्ली, 1972, पृ. 69.
40. कश्यप सुभाष, *हमारा संविधान*, नेशनल बुक ट्रस्ट, इंडिया, 2001, पृष्ठ 113.
41. पायली, *वही*, पृष्ठ 142.
42. कर्नाटक राज्य बनाम रघुनाथ रेड्डी, ए.आई.आर. 1978, एस.सी. 215.
43. सेंट्रल इन्लैंड वाटर ट्रांसपोर्ट कॉरपोरेशन बनाम ब्रजोनाथ (1986) 3 एस.सी.सी. 156.
44. उन्नीकृष्णन बनाम आंध्र प्रदेश (1993), ए.सी.सी. 645.
45. सरला मुदगल बनाम भारत संघ (1995), 3 एस.सी.सी. 635.
46. ऑस्टिन, ग्रेनविल, *दि इंडियन कांस्टिट्यूशन: कार्नर स्टोन ऑफ एक नेशन*, ऑक्सफोर्ड यूनिवर्सिटी प्रेस: बंबई, 1966, पृ. 50-51.
47. Constituent Assembly Debates, Vol., VIII, p. 402.
48. K. C. Markandan; *Directive Principes in the Indian Constitution*, Allied Publishers: New Delhi 1966, p. 245.
49. हेगड़े, के. सदानंद, भारतीय संविधान के राज्य नीति के निर्देशक तत्त्व, 1972, पृ. 2-3. नारंग, ए. एस., *भारतीय शासन एवं राजनीति*, गीतांजलि पब्लिशिंग हाउस; दिल्ली, 2000, पृ. 59.
50. नारंग. ए. एस. *वही*, पृष्ठ 61.
    - Champakam Dorairajan Vs. The State of Madras, AIR 1951, SC 226.
    - A.K. Gopalan Vs. State of Madras AIR. 1950, SC 27.
    - Golak Nath Vs. State of Punjab, 1967.
51. Constituent Assembly Debates, Vol. III, p. 470.
52. जैनिंग्स, सर आइवर, *सम कैरेक्टरिस्टिक्स ऑफ दि इंडियन कांस्टिट्यूशन*, ऑक्सफोर्ड यूनिवर्सिटी प्रैस, 1953, पृ. 8.
53. पायली, *वही*, पृष्ठ 150.
54. हेगड़े, के. एस., *वही*, पृष्ठ 49.

4

भारतीय राज्य की प्रकृतिः निर्धारित तत्त्व व अवधारणाएँ

राजनीतिक व सामाजिक पारस्थितियों पर आधारित समकालीन विचारधारा के रूप में राज्य की प्रकृति का विषय पुनः उभर कर सामने आया है। कई विचारक इसके किसी भी सिद्धांत के वजूद को स्वीकार नहीं करते हैं[1] पर जन्म से मरण तक राज्य व्यवस्था हमारे जीवन पर असर डालती हैं।[2] राज्य की किसी एक चिरस्थायी धारणा या प्रकृति पर पहुँचना असंभव है क्योंकि समय व परिस्थितियों के अनुसार धारणा के नाम व मूल स्वरूप में परिवर्तन आता रहा है और भविष्य में भी आता रहेगा ऐसा होना स्वाभाविक भी है। जहाँ तक राज्य की विशेष प्रकृति का प्रश्न है, राज्य एक ऐतिहासिक इकाई है। सामाजिक आर्थिक तथा अन्य भौतिक परिस्थितियों के परिणामस्वरूप ही इसमें बदलाव आता है। इसके वास्तविक अध्ययन के लिए हमें उन सामाजिक वास्तविकताओं को भी समझना होगा जिसकी अभिव्यक्ति राज्य के माध्यम से हुई। भौतिक परिस्थितियों में होने वाले परिवर्तन राजनीतिक परिवर्तन के रूप में परिवर्तित हुए जिसके परिणामस्वरूप राज्यों का स्वरूप भी बदलता गया परंतु यह भी सत्य है कि राज्य कोई वस्तु नहीं है बल्कि नियमों, तरीकों एवं भूमिकाओं की वह व्यवस्था है[3] जो व्यक्तियों द्वारा संचालित होती है। नवोदित राज्यों में होने वाले राजनीतिक उलट-फेर और परिवर्तन को समझने के लिए राज्यसंस्था की अवधारणा का भी विश्लेषण किया जाना अवश्यंभावी बन गया, साथ ही इसमें व्यापकता लाने के लिए सामाजिक व आर्थिक पारिस्थितिकीय शक्तियों के विश्लेषण को भी विशेष रूप से सम्मिलित किया गया। इसलिए यह कहा जा सकता है कि समाज के विभिन्न वर्गों के लोगों के हितों और विचारों के अनुरूप ही राजनीति प्रणाली का रूप निर्धारित होता है। गुलामी से आजाद हुए देशों में जहाँ विदेशी शासन के कारण राजनीति और समाज के बीच तालमेल बैठने में विलंब हो जाता है, यह तालमेल देर से और अचानक पैदा होता है। इसलिए प्रायः इसके कारण गहरे झटके लगते हैं। आजादी के बाद नए राज्यों में तूफानी तरीके से सामाजिक परिवर्तन आना एक आम बात है। भारत ऐसे ही देशों में अभी तक भी खास देश है, कि या तो उन्होंने ऐसी नीति अपनाई कि जिसमें सामाजिक परिवर्तन की गति पर स्वतः ही नियंत्रण रहे या उनके नेता ऐसे हैं जो कि इस गति को जरूरत के मुताबिक बढ़ा या घटा सकते हैं।[4]

डॉ. गीता सहारे, असिस्टेंट प्रोफेसर, लक्ष्मीबाई कॉलेज, दिल्ली विश्वविद्यालय

राज्य की प्रकृति

राज्य की प्रकृति या उसके यथार्थ स्वरूप को समझना इतना आसान कार्य नहीं है। इसको परिभाषित करने में कई जटिलताएं आती हैं क्योंकि इसके लिए हमें राज्य के दार्शनिक, ऐतिहासिक, आर्थिक स्वरूप एवं सामाजिक वर्गों, उत्पादन की प्रचलित प्रणालियों और निर्दिष्ट सामाजिक-व्यवस्था के अंतर्गत प्रभुता एवं अधीनता के संबंधों पर ध्यान देना होगा तथा इस बात पर भी ध्यान देना होगा कि प्रभुता और अधीनता का संबंध असंख्य बाह्य परिस्थितियों, जलवायु एवं भौगोलिक प्रभावों, सामाजिक विचित्रताओं, ऐतिहासिक प्रभावों आदि के फलस्वरूप अनंत विभिन्नताओं को व्यक्त कर सकता है।[5] राज्य की प्रकृति के अध्ययन के मूलभूत दृष्टिकोण उदारवादी और मार्क्सवादी विचारधाराओं से प्रभावित हैं लेकिन दोनों ही विचारधाराओं के भीतर भी कई प्रकार के मतभेद हैं। उदारवादी विचारधारा के अंर्तगत संस्थागत और राजनीतिक अर्थव्यवस्थावादी दृष्टिकोण प्रमुख हैं वही मार्क्सवादियों में भी पूर्ण वर्ग आधिपत्य (complete class domination) और सापेक्षित स्वायत्तता (relative autonomy) के समर्थकों के बीच मतभेद विद्यमान है। इसी तरह शासकवर्ग पर भी कोई सहमति नहीं है। संविधान का विश्लेषण और शासन प्रणाली की प्रकृति उदारवादियों द्वारा अपनाई गई महत्त्वपूर्ण विधि है। संविधान में वर्णित संस्थाओं तथा इनके कार्यों के आधार पर राज्य की प्रकृति को लोकतंत्रतात्मक राज्य, कल्याणकारी राज्य, निरंकुश राज्य आदि घोषित किया जाता है।[6]

यह सच है कि सामान्यतः शासन प्रणाली का स्वरूप राज्य की प्रकृति को दर्शाता है, लेकिन, यह सत्ता के सामाजिक आधार और इसके वैधीकरण के औचित्य की प्रकृति को पूर्णतः व्यक्त नहीं करता है। यदि हम राज्य की सरकारी संस्थाओं के ढाँचे को ही सब कुछ मान लें, तो हम इस तरह बहुत से महत्त्वपूर्ण पहलुओं को नजरअंदाज कर देते हैं। अतः संविधान का विश्लेषण करते समय उसके उपबंधों का विश्लेषण और उन्हें लागू करने के तरीकों के साथ-साथ इसकी भूमिकाओं का भी निर्धारण किया जाना आवश्यक है। राज्य की प्रकृति का निर्धारण करने का एक और तरीका है कि इसके उत्पादन के साधनों की जाँच की जाए और देखा जाए कि उत्पादन के साधनों पर किस वर्ग का अधिकार व नियंत्रण है। इसका मुख्य मापदंड इस बात का पता लगाना होता है कि राज्य की नीति के संपूर्ण निर्देशन के अनुसार वे कौन से वर्ग हैं जिनके कल्याण के लिए मूलतः राज्य की शक्तियों का प्रयोग किया जाता है।

मार्क्सवादी विचारधारा के अनुसार राज्य समाज की एक महत्त्वपूर्ण संस्था है। उसका जन्म वर्गों और वर्ग संघर्ष के उदय के कारण हुआ तथा किसी भी वर्ग विभाजित समाज में राज्य एक तटस्थ शक्ति के रूप में कार्य नहीं कर सकता क्योंकि वह तत्कालीन सामाजिक व आर्थिक व्यवस्था को बनाए रखने में एक महत्त्वपूर्ण भूमिका निभाता है। इसलिए वह कई मायनों में पक्षपातपूर्ण ढंग से कार्य करता है तथा उसके कार्यों की प्रवृत्ति किसी निर्दिष्ट व्यवस्था में प्रभुत्वसंपन्न वर्गों के हितों के अनुकूल होने की होती है व इस प्रधान वर्ग या वर्गों का पूँजी और भूमि पर स्वामित्व होता है। इस प्रकार ये वर्ग उत्पादन

के साधनों पर स्वामित्व व नियंत्रण रखते हैं। यही वर्ग राज्य की आधारशिला कहलाता है। मिलिबैंड के अनुसार, 'शासक वर्ग वह होता है जो भौतिक एवं मानसिक उत्पादन के एक प्रमुख भाग पर स्वामित्व या नियंत्रण रखता है, और इस प्रकार यह नियंत्रण, संचालन और निर्देशन करता है अथवा राज्य में भी प्रमुख होता है।'[7] कुछ अन्य विचारकों की धारणा है कि राज्य किसी भी तरह वर्ग शासन का औजार नहीं होता क्योंकि 'राजनीतिक संरचना आर्थिक संरचना से और राजनीतिक सत्ता आर्थिक सत्ता से एक हद तक स्वायत्त होती है।'[8] परंतु निश्चित स्वायत्तता अथवा सापेक्षित स्वतंत्रता की धारणा का यह मतलब नहीं कि राज्य वर्गों से स्वतंत्र रहकर कार्य करता है या फिर वर्ग-हित या राज्य समाज के टकरावों और संघर्षों के ऊपर होता है।

यह संभव है कि राज्य का नौकरशाही वर्ग, शासक वर्ग का एजेंट ना हो। यह भी संभव है कि वर्ग शक्ति स्वयं ही राज्यशक्ति में परिवर्तित नहीं होती। दूसरे शब्दों में शासक वर्ग और प्रशासक वर्ग दो अलग-अलग अस्तित्व वाले वर्ग हो सकते हैं। यह भी संभव है कि ये दोनों एक-दूसरे में व्याप्त (overlap) भी हो, लेकिन साथ ही साथ एक-दूसरे से अलग और भिन्न भी हों। लेकिन मार्क्सवादियों का विश्वास है कि राज्य राजनीतिक तौर पर कितना ही स्वतंत्र रहा हो वह समाज में आर्थिक और सामाजिक दृष्टि से प्रभावशाली वर्ग का *संरक्षक* रहता हैं। यहाँ यह कहना जरूरी है कि औपनिवेशिक यातना के पश्चात् बने नए राष्ट्रों की आजादी के बाद राजनीतिक स्थिति अत्यंत मुश्किल रही। साथ ही यह भी तथ्य है कि पश्चिमी देशों में राज्य के वर्ग स्वरूप को समझने के लिए प्रयुक्त अवधारणाओं का प्रयोग किसी भी तीसरी दुनिया के राज्य के वर्ग स्वरूप के निर्धारण करने के लिए इस्तेमाल नहीं किया जा सकता है। परंतु यह भी कहा जाता है कि राज्य का "अतिविकसित" स्वरूप, "आधारभूत" वर्गों की बहुलता, महानगरीय पूँजीपति वर्ग की संरचनात्मक उपस्थिति, शिक्षित और वेतनभोगी मध्य वर्गों की राजनीतिक भूमिका, व्यवस्था में अफसरशाही और सेना का महत्त्व, तथा उन क्रियाविधियों में परिवर्तन, जिनके द्वारा साम्राज्यवादी व्यवस्था उपनिवेशवाद के बाद की तीसरी दुनिया में अपना आर्थिक, सैन्य व राजनीतिक दबदबा बनाए हुए हैं–ये अन्य कारक हैं जो उन अवधारणाओं की एक नई एवं सृजनात्मक व्याख्या और प्रयोग को आवश्यक बना देते हैं जिनका उपयोग तीसरी दुनिया में किसी भी देश के वर्ग-स्वरूप की रूपरेखा प्रस्तुत करने के लिए किया जाता है। भारत ऐसा ही एक देश है। महाद्वीपीय आकार, अनेक विविधताएं, क्षेत्रीय व सामाजिक विषमताओं, सांस्कृतिक विभिन्नताओं, और उत्पादन की परस्पर विरोधी प्रणालियों का सहअस्तित्व भारतीय राजनीतिक व्यवस्था के वर्ग स्वरूप का विश्लेषण करने के मार्ग में कई कठिनाइयाँ उत्पन्न करते हैं।[9]

फिर भी यह बात अपनी जगह पर सही है कि भारतीय राज्य सभी वर्गों का राज्य नहीं कहा जा सकता, ज्यादातर नीतियां शक्तिशाली वर्ग को फायदा पहुँचाती हैं। उसका बाह्य रूप लोकतांत्रिक है परंतु आधारभूत तत्त्व विशिष्ट वर्गीय है। इस तर्क की पुष्टि के लिए कसौटियों का प्रयोग किया जाता है; *पहला*, लोगों का सामाजिक दृष्टिकोण जो राजनीतिक प्रणाली का संचालन करते हैं, *दूसरा*, संरचनात्मक अनिवार्यताएं यानि सरकार द्वारा अपनाई गई मूल नीतियाँ, *तीसरा*, राजव्यवस्था के प्रभावशाली व अग्रणीय व्यक्ति।

उत्तर उपनिवेशवादी समाजों के संदर्भ में एक धारणा है कि राज्य की प्रकृति को प्रभावित करने वाला एक अन्य तत्त्व स्वतंत्रता व प्रभुसत्ता की धारणा है जहाँ यह तर्क दिया जाता है कि स्वतंत्रता प्राप्ति के बाद भी, राष्ट्रीय स्वतंत्रता हकीकत की बजाय अभी भी एक सपना है। समकालीन विश्वव्यवस्था, प्रभुसत्ता और स्वतंत्रता की संरचना है। राष्ट्र जितना अधिक शक्तिशाली होगा उसे उतनी ही स्वतंत्रता प्राप्त होती है लेकिन यह इतना आसान नहीं है क्योंकि इन देशों (उत्तर उपनिवेश देशों) पर काफी दबाव रहता है[10] समकालीन वास्तविकता यह है कि राज्य की प्रकृति का विश्लेषण किसी एक मापदंड से नहीं किया जा सकता है। अर्थपूर्ण और समुचित विश्लेषण करने के लिए हमें उपयुक्त सभी मापदंडों पर एक साथ विचार करना पड़ता है। इसके लिए राज्य की सामाजिक संरचना और संस्थागत संरचना के साथ-साथ सामाजिक आधार और अंतर्राष्ट्रीय राज्य-प्रणाली में इसकी स्थिति के अध्ययन की भी आवश्यकता होती है। इस प्रकार राज्य को समझने के लिए राज्य की शक्ति के सामाजिक आधार का भी अध्ययन करना होगा क्योंकि यही आधार राजनीतिक प्रवृत्तियों पर ज्यादा प्रभाव डालता है। इस तरह राज्य की प्रकृति का मूल्यांकन तथा अध्ययन वर्ग और सामजिक अंतर्विरोध दोनों के संदर्भ में किया जाता है जिसमें उदारवादी, मार्क्सवादी व गाँधीवादी प्रकृति के रूप प्रमुख हैं। भारतीय स्वरूप के विश्लेषण के लिए भारत की भौगोलिक परिस्थिति, राजनीति, सामाजिक, आर्थिक, सांस्कृतिक, क्षेत्रीयता, भाषा व संविधान एक-दूसरे को प्रभावित करते हैं तथा आधार भी बनते हैं। इनका अध्ययन जरूरी है क्योंकि राजनीति और संविधान एक-दूसरे के मूल में रहते हैं जबकि समाज के केंद्र में राज्य की उत्पत्ति होती है और वहीं राजनीति समाज को प्रभावित करती है।

भारतीय राज्य की प्रकृति के निर्धारक तत्त्व

आजादी के बाद भारत एक प्रभुत्व संपन्न देश है तथा संविधान की सर्वोच्चता व लिखित रूप जनता के हाथ में संपूर्ण प्रभुत्व प्रदान कर राज्य के लोकतांत्रिक रूप को निश्चित बनाता है जो लिखित, कठोर व नम्यता के रूप में विद्यमान है।

भारत के संविधान की प्रस्तावना राज्यव्यवस्था के स्वरूप का निर्धारण करती है तथा 42वें संविधान (1976) के आधार पर इसे प्रभुत्वसंपन्न, समाजवादी, धर्मनिरपेक्ष, लोकतंत्रात्मक गणराज्य घोषित करती है।

भारत में नागरिकों को भारत की एकता व बंधुता बनाए रखने के लिए न्याय, स्वतंत्रता, समानता व बंधुत्व जैसे मौलिक अधिकारों से नवाजा गया है।

अनुसूची-I (एक) के अनुसार संविधान का स्वरूप संघीय है जहाँ तीन अनुसूचियों में केंद्र व राज्यों को शक्तियों प्रदान की गई हैं। साथ ही मतभेद की स्थिति में भारत के सर्वोच्च न्यायालय को अंतिम अधिकार दिया गया है तथा केंद्र को ज्यादा शक्तिशाली बनाया गया है।

भारत के एकीकरण की समस्या के लिए विभिन्न अल्पसंख्यक वर्गों को अधिकाधिक सुविधाएं, नागरिक कल्याण योजनाएं, अनुसूचित जाति व जनजाति को विशेष अधिकार

प्रदान कर देश में व्याप्त बेरोजगारी, अशिक्षा, अस्पृश्यता, शोषण व असमानता जैसी बुराइयों को मिटाने का प्रयास किया है।

भारत का विभाजन द्विराष्ट्र सिद्धांत पर हुआ परंतु भारत ने मजहब को संविधान का आधार नहीं मानकर सभी मतों व संप्रदायों को आदर-सम्मान देकर संविधान में 'सर्वमत समादर' के सिद्धांत को अपनाया है।

भारतीय समाज जाति प्रधान समाज है तथा सैकड़ों जातियों के अपने संगठन हैं। संख्या बल के आधार पर उनका महत्त्व कम या ज्यादा होता है तथा संसदीय प्रणाली में संख्या बल के महत्त्व के कारण ये जातियां अपने पृथक अस्तित्व के जरिए राजनीति व शासन में अपना प्रभाव बनाए हुए हैं। चुनाव, नीति-निर्धारण में विभिन्न राजनीतिक दल जातिगत समीकरणों की उपेक्षा नहीं कर पाते।[11]

संविधान निर्माताओं ने "समाजवाद" और "लोकतंत्र" इन दोनों को मिलाकर कल्याणकारी राज्य का स्वरूप अपनाया है। पंचायती राज, पिछड़े वर्गों के संरक्षण, विश्व शांति एवं मानव कल्याण संविधान के मुख्य परिप्रेक्ष्य थे। कर्मचारी राज्य बीमा अधिनियम, भविष्य निधि, पेंशन अधिनियम व बोनस योजनाओं से श्रमिकों को सामाजिक-आर्थिक सुरक्षा प्रदान करना, किसानों की ऋण उपलब्धता आदि लोकतंत्र व समाजवाद के बीच एक मध्यम मार्ग जोड़ते हैं।

भारतीय संविधान भारत की सभी 28 इकाइयों को अपने-अपने क्षेत्र में प्रदान की गई शक्तियों के आधार पर स्वायत्तता प्रदान करता है। केंद्र व राज्यों में संसदीय लोकतंत्र को माना गया जहाँ राष्ट्रपति सर्वोच्च व उत्तरदायी मंत्रिमंडल जिसका मुखिया प्रधानमंत्री होता है, वह संसद के प्रति उत्तरदायी है। लोकसभा व राज्यसभा दोनों सदनों की सीटों का बंटवारा जनसंख्या के आधार पर निश्चित किया गया है।

न्यायपालिका की सर्वोच्चता व स्वतंत्रता पर विशेष ध्यान देकर उसे अंतिम निर्णय का अधिकारी बनाया गया है।[12] साथ ही संविधान की व्याख्या, मौलिक अधिकारों व शक्ति विभाजन के विषयों पर उसे निष्पक्ष (part III) अधिकार दिए गए हैं तथा "प्रतिबद्ध" न्यायालय के स्वरूप को माना गया है।

सात केंद्र शासित प्रदेशों को सीधे राष्ट्रपति के अधिकार क्षेत्र में रखा गया है जो अपने विशेष प्रशासकों जैसे लेफ्टिनेंट गवर्नरों व चीफ कमीशनरों की सहायता से इनमें कार्य संचालन का काम करते हैं।

भारत की एकता को ध्यान में रखते हुए (Part II) संविधान में *इकहरी* नागरिकता को अपनाया गया है।

सार्वभौमिक वयस्क मताधिकार के तहत 18 वर्ष के सभी भारतीय नागरिकों को किसी जाति, लिंग, शैक्षिक योग्यता या संपत्ति, धर्म, नस्ल आदि के भेदभाव के बिना मतदान का अधिकार दिया गया है।

चुनाव आयोग को भी संविधान के तहत स्वतंत्र, निष्पक्ष व स्वायत्त एजेंसी के आधारभूत रूप में चुनाव निर्धारण व निष्पक्ष व स्वतंत्र चुनाव कराने का अंतिम अधिकार दिया गया है।[13]

आर्थिक क्षेत्र में तेजी से विकास करने के लिए सार्वजनिक व निजी दोनों क्षेत्रों को पूरी स्वतंत्रता प्रदान करने की कोशिश की गई है, साथ ही "मिश्रित अर्थव्यवस्था" ने

भारतीय राज्य के स्वरूप को पूँजीवादी व मार्क्सवादी दोनों खेमों से पृथक करके एक विशिष्ट स्थान प्रदान किया है।

संविधान के भाग चार में नीति निदेशक सिद्धांतों के तहत राज्य को यह सुनिश्चित करने का अधिकार दिया गया है कि धन व उत्पादन के साधनों का सर्वसाधारण के लिए अहितकर सकेंद्रण ना हो। इन निर्देशों का मुख्य ध्येय आर्थिक और सामाजिक लोकतंत्र कायम करना है।

लोकतंत्र, कर्तव्य, समाजवाद, धर्मनिरपेक्षता, पंचायती राज, लोककल्याण, उदारवाद, विश्वशांति, गुटनिरपेक्षता, सहयोग व सदभाव, आर्थिक, राजनीतिक व सामाजिक समानता, जनता की सर्वोच्चता आदि मूल्यों को राज्य के आधार के रूप में को प्राथमिकता देने का प्रयास किया गया है।[14]

भारतीय राज्य का स्वरूप

उदार लोकतंत्रीय राज्य के रूप में: उदारवाद का अर्थ है कि ऐसी राजनीतिक व्यवस्था जहाँ व्यक्ति की स्वतंत्रता सुरक्षित हो। भारतीय लोकतंत्र ब्रिटिश संसदीय लोकतंत्र पर आधारित है।[15] जिसे तीन कारणों से अपनाया गया। (i) भारतीय संविधान के निर्माता संसदीय शासन प्रणाली से परिचित थे जिसकी नींव भारत में 1861 के अधिनियम द्वारा रखी गई व 1892, 1919 तथा 1935 के अधिनियम द्वारा इसका विस्तार हुआ। (ii) संसदीय कार्यप्रणाली सरल होती है और जनता की समझ में आसानी से आती है भारत जैसे बड़े विकासशील देश के लिए यह प्रणाली उपयुक्त थी। (iii) संविधान के निर्माता संसदीय शासन प्रणाली के गुणों से अवगत थे। डॉ. अंबेडकर ने खुद कहा था कि 'इसमें उत्तरदायित्व तथा स्थिरता दोनों पाई जाती हैं तथा संसदीय पद्धति में शासन के उत्तरदायित्व का व्यक्तिगत तथा सामूहिक मूल्यांकन होता रहता है।'

भारत के लिए ब्रिटिश मॉडल के संसदीय लोकतंत्र को इसलिए भी सर्वाधिक उपयुक्त समझा गया कि भारत का प्राचीन शासन वर्तमान भारत की आवश्यकताओं व आकांक्षाओं की पूर्ति करने में सक्षम नहीं था। लोकतंत्र भारत की तत्कालीन व भावी समस्याओं का निदान करने की क्षमता रखता है तथा यह देश के अधिकाधिक लोगों को शासकीय प्रक्रिया में भागीदार बनाकर आर्थिक व सामाजिक न्याय तथा समानता के आदर्श को मूर्त रूप दे सकता है।

कांग्रेस के सभी नेताओं ने भावी शासन के स्वरूप की जब भी कल्पना की वह संसदीय लोकतंत्र ही था[16] जिसमें भारत के सभी वयस्क चुनाव प्रक्रिया के माध्यम से अपने प्रतिनिधियों को चुनें और देश की सरकार अपने कार्यों के लिए इन प्रतिनिधियों के प्रति उत्तरदायी हो। साथ ही यह भी देखा गया कि उस समय भारत के वरिष्ठ नेता भारत के विशिष्ट मौलिक आदर्शों से व गाँधी के सिद्धांतों से भी भली-भाँति परिचित थे। इसके द्वारा कुछ भारतीय मूल्यों को भी इस ढाँचे में जोड़ दिया गया।

केंद्रीकृत राज्य के रूप में: जहाँ गाँधी ने भारत को एक विकेंद्रीकृत के राज्य के रूप में देखा वहीं भारतीय राज्य असल में केंद्रीकृत राज्य के रूप में उभरा। आर्थिक

विकास व सामाजिक बदलाव सबंधी सभी अधिकार केंद्र के हाथ हैं। केंद्र के पास कृषि, उद्योग, पब्लिक सेक्टर जैसे विषय हैं। साथ ही व्यापार, वाणिज्य व कानून व्यवस्था व नागरिक सुरक्षा से जुड़ी महत्त्वपूर्ण शक्तियाँ भी हैं जिसके द्वारा केंद्र को महान शक्तियाँ प्रदान की गई हैं जो महत्त्वपूर्ण विषय राष्ट्र की एकता बनाए रखने के लिए आवश्यक हैं; इनमें एकरूपता स्थापित करने का प्रयत्न किया गया जैसे सभी केंद्रीय संस्थानों, मनोरंजन, खेलों, स्वास्थ्य सेवाओं, प्रशासनिक व सुरक्षा संबंधी पदों, नियुक्तियों व सेवाओं में केंद्रीय शक्ति की दृढ़ता को देखा जा सकता है।[17] रजनी कोठारी ने एक मजबूत व केंद्रीकृत राज्य को लोकतंत्र का सही रूप माना है।

प्रशासनिक राज्य के रूप में: भारत में संपूर्ण विकास प्रक्रिया को संचालित करने की सारी शक्तियाँ सुसंगठित व प्रशासनिक ढाँचे में निहित हैं। सभी महत्त्वपूर्ण विषयों व कार्यक्रमों पर जैसे कृषि संबंधी उत्पादन, औद्योगीकरण, सामुदायिक विकास, शिक्षा व सुशासन आदि पर मुख्य प्रशासनिक अधिकारी व नौकरशाही का दबदबा है। शासन के स्वरूप पर विचार करने पर यह आवश्यक हो जाता है कि सरकार के विभिन्न संस्थानों के लिए समाज के किन श्रेणियों से लोग आते हैं। जैसा कि सर्वविदित है कि ये प्रशासनिक अधिकारी उच्च-मध्यम वर्ग से आते है जिससे इन राजनीतिक नेताओं, प्रशासकों, न्यायाधीशों व फौजी अफसरों के बीच एक विलक्षण समानता देखने को मिलती है। इन सबकी विश्वदृष्टि, विश्वास का प्रतिमान और समाज के आधार के प्रति दृष्टिकोण एक ही हैं जो इन्हें प्रशासन में उच्च शैक्षिक व प्रशासनिक स्थान प्रदान करता है।[18] आज के राज्य में उच्च भारतीय प्रशासनिक सेवा (IAS) जैसे प्रशासनिक अधिकारियों का दृष्टिकोण समानता, धर्मनिरपेक्षता व आरक्षण जैसे विषयों पर विपरीत पाया जाता है जिसका असर राज्य की कार्यनीति व कानूनों के कार्यान्वयन पर भी पड़ता है।[19]

लोककल्याणकारी राज्य के रूप में: डॉ. अंबेडकर के अनुसार संविधान का उद्देश्य केवल राजनीतिक क्षेत्र में ही लोकतंत्र स्थापित करना नहीं है बल्कि एक कल्याणकारी राज्य के रूप में भी बढ़ावा देना है। भारतीय राज्य अपने नागरिकों के लिए विभिन्न कल्याणकारी योजनाओं को प्रस्तुत करता है। कर्मचारी बीमा अधिनियम, भविष्य निधि व पेंशन अधिनियम व बोनस योजनाओं के अंतर्गत श्रमिकों को सामाजिक-आर्थिक सुरक्षा प्रदान करना, सरकारी संस्थानों द्वारा किसानों को ऋण उपलब्धता, कृषि, मजूदरों व श्रमिकों की न्यूनतम मजदूरी तय करना, वृद्धावस्था पेंशन योजनाएं, शिक्षा, स्वास्थ्य व आवास की सुविधाएं, उच्च जीवन स्तर योजनाएं आदि लागू करना है। परंतु मार्क्सवादी समर्थक इन सब योजनाओं व राज्य के लोककल्याणकारी स्वरूप को पूँजीवादी नीति व व्यवस्था करार देते हैं। उनका कहना है कि इन सभी कार्यों के बावजूद भारतीय राज्य पूँजीवादी स्वरूप को ही कायम किए हुए है।[20]

समाजवादी राज्य के रूप में: भारतीय राज्य उदार लोकतांत्रिक व समाजवादी व्यवस्था का प्रतिमान है। 42वें संविधान संशोधन में भारत के संविधान में "समाजवाद" शब्द जोड़ा गया। नेहरू समाजवाद से अत्याधिक प्रभावित थे। उनका कहना था कि—स्वाधीनता का अर्थ हर तरह के शोषण से मुक्ति है, इसके द्वारा उत्पादन व वितरण के साधनों पर सामाजिक अधिकार व नियंत्रण होना चाहिए। भारतीय राज्य लोकतांत्रिक समाजवाद की

दिशा में अग्रसर है जिसके द्वारा सामाजिक व आर्थिक न्याय की स्थापना की जाएगी। भारतीय राज्य में जिस समाजवाद को स्वीकार किया गया है उसे जनतांत्रिक विधियों से स्थापित किया जाना है ताकि देश का आर्थिक उत्थान संभव हो। राज्य, गरीबों के शोषण को रोकने, श्रमिकों, स्त्रियों व बच्चों को पर्याप्त अधिकार व इनके कल्याण की योजनाओं, वर्ग विशेषाधिकारों की समाप्ति जैसे विस्तृत समाजवादी कार्यक्रमों द्वारा समाज में व्याप्त विषमता को कम करने के लिए प्रयासरत है, जो समाजवादी राज्य की प्रतिबद्धता को दर्शाता है।

पूँजीपति राज्य के रूप में: स्वतंत्रता के बाद मिश्रित अर्थव्यवस्था को अपनाया गया जिसका अर्थ था एक नियोजित और विनियामक अर्थव्यवस्था जिसे पूँजीवादी अर्थव्यवस्था से भिन्न माना गया तथा राजकीय विनिमय, भूमि सुधारों, सार्वजनिक क्षेत्र, बैंक राष्ट्रीयकरण और निजी क्षेत्र में हस्तक्षेप करने के उपायों को समाजवादी गतिविधियों के रूप में देखा गया। पर व्यवहार में राजनेताओं ने विभिन्न वर्गों और वर्गहितों को स्वीकार किया और यह दर्शाने की कोशिश की कि कांग्रेस सभी वर्गों यानि रैयतों, जमींदारों, श्रमिकों व पूंजीपतियों की भी पार्टी है। मिश्रित अर्थव्यवस्था, समाजवादी अर्थव्यवस्था से आमूल रूप से भिन्न थी क्योंकि उसने पूँजीपति वर्ग के हितों की जड़ें नहीं खोदीं। मार्क्सवादियों के अनुसार भारतीय राज्य आर्थिक क्षेत्र में निजीकरण, विदेशी कंपनियों का बढ़ता निवेश, नौकरशाही, सेना व न्यायपालिका का राजनीतिकरण, भूमि का असमान वितरण सभी पूँजीपति वर्ग को लाभान्वित करने की योजनाएँ व तरीके हैं। इसलिए भारतीय राज्य व संविधान पूँजीवादी व्यवस्था पर आधारित है जिसमें आर्थिक रूप से संपन्न वर्ग का प्रभुत्व है व यह तार्किक दृष्टि से एक पूँजीवादी राज्य है।[21]

धर्मनिरपेक्ष राज्य के रूप में: 42वें संविधान संशोधन के तहत भारत की प्रस्तावना भारत को एक धर्मनिरपेक्ष राज्य के रूप में वर्णित करती है। इसका अर्थ यह नहीं है कि राज्य अधार्मिक व धर्मविरोधी है। उसका अर्थ यह है कि भारत एक धर्म आधारित या मजहबी राज्य नहीं है।[22] नागरिकों के धार्मिक विचार व विश्वास पर राज्य का हस्तक्षेप नहीं है। इसलिए इसे **सर्वधर्म समभाव** की संज्ञा दी गई है। भारत की धर्मनिरपेक्षता का स्वरूप सब धर्मों के प्रति समान सम्मान में प्रकट होता है। साथ ही राज्य को किसी विशेष धर्म को मानने के लिए लोगों को ना तो प्रोत्साहित और ना ही हतोत्साहित करना चाहिए। राज्य का कार्य यह भी देखना होगा कि यहाँ के नागरिकों को धर्म के नाम पर किसी प्रकार का भेदभाव ना सहना पड़े साथ ही वे भी भारत की संस्कृति को बनाए रखें। इस तरह भारतीय राज्य धार्मिक कार्यों व सिद्धांतों से अपने आपको तटस्थ रखकर धार्मिक सहिष्णुता की रक्षा करता है।[23]

एकात्मक व्यवस्था के साथ संघवादी राज्य: भारत राज्यों का संघ कहलाता है जिसके अंतर्गत लिखित संविधान, केंद्र व राज्यों के मध्य केंद्रीय सूची, राज्य सूची व समवर्ती सूची में वर्णित शक्तियों का बंटवारा। केंद्र व राज्यों तथा राज्य-राज्यों में उत्पन्न मतभेद को दूर करने का अंतिम व सर्वोच्च निर्णय का अधिकार सर्वोच्च न्यायालय को दिया गया है। परंतु कुछ ऐसी व्यवस्थाएं भी हैं जो संविधान के एकात्मक स्वरूप को प्रदर्शित करती हैं जैसे शक्तियों में मतभेद होने पर केंद्र को प्राथमिकता देना, संसद के

विधि निर्माण की शक्तियों का व्यापक होना है। एक शक्तिशाली केंद्र के साथ संसदीय शासन प्रणाली को अपनाया गया है जहाँ मंत्री-परिषद् संसद के प्रति उत्तरदायी होती है। राज्यों के राज्यपालों की नियुक्ति राष्ट्रपति अपने प्रतिनिधि के रूप में करता है तथा केंद्र कभी भी विशेष परिस्थिति के अनुसार राज्यों में आपातकालीन व्यवस्था घोषित कर सकता है जिससे राज्य की सत्ता केंद्र के हाथ में आ जाती है। इस तरह भारतीय संविधान संघीय तो है पर वह संघवाद के सर्वमान्य सिद्धांतों पर आधारित नहीं है।

हस्तक्षेपीय राज्य के रूप में: कुछ विद्वान भारतीय राज्य को निम्न आर्थिक विकास व सामाजिक व धार्मिक सुधारों के हस्तक्षेपीय राज्य के रूप में देखते हैं। इस तरह राज्य केवल राजनीति व्यवस्था का ही प्रतिनिधि नहीं है बल्कि वह उद्योग, व्यापार, वाणिज्य, समाज के वर्गों के समान लाभ व विकास के लिए भी जबावदेह है। राज्य धर्म में भी हस्तक्षेप कर सकता है अगर उसका प्रभाव नैतिकता, नागरिक व्यवस्था व स्वास्थ्य पर विपरीत पड़ता है[24] अनुच्छेद 25(1)। धर्म के नाम पर की जाने वाली विभिन्न राजनीतिक, धार्मिक व आर्थिक कार्यवाही पर राज्य रोक लगा सकता है अगर ये गतिविधियाँ भारत की समानता व धर्मनिरपेक्षता व हिंदू धर्म की भारत की नीति को ठेस पहुँचाती हैं (25(2)(a) व 25(2)(b))। सारे देश में "एक समान नागरिक संहिता" लागू करने (अनुच्छेद 44), तथा अस्पृश्यता व छुआछूत को खत्म करने संबंधी (अनुच्छेद 17) कार्यवाही में राज्य का हस्तक्षेप अनिवार्य बन जाता है।[25]

अभिजात वर्गीय राज्य के रूप में: आरंभ से ही प्राथमिक व अग्रणीय भारतीय राजनीति में उच्च कुलीन या अभिजात वर्ग का आधिपत्य रहा है। हालांकि आम वर्ग ने राष्ट्रीय आंदोलन में भाग जरूर लिया परंतु सभी राष्ट्रीय पार्टियों में शीर्ष पदों व उच्च नेतृत्व में उच्च कुलीन वर्ग का ही आधिपत्य रहा है। भारत की पहली संसद में भी सभी कुलीन शिक्षित वर्गीय नेता (अंबेडकर को छोड़कर) थे जो ज्यादातर विदेश से उच्च कानूनी व राजनीतिक शिक्षा लेकर आए थे और जिनका राजनीतिक वातावरण पर पूर्णतः प्रभुत्व था। परंतु आजादी के बाद धीरे-धीरे मध्यम उच्च वर्गीय नेतृत्व का दौर आया जो शिक्षा के अवसरों द्वारा नेतृत्व की द्वितीय श्रेणी में जगह पाने में सफल रहे तथा शीर्ष स्थानों पर विराजमान होने से अभिजात वर्ग का स्थान पा सके। इस तरह इस वर्ग ने पहली श्रेणी के वरिष्ठ अभिजात वर्ग को धीरे-धीरे कम कर अपना आधिपत्य कायम कर लिया। आज के राज्य में यही मध्यम उच्च वर्ग शीर्षस्थ संस्थाओं पर आसीन है जिसने शिक्षा, मजबूत आर्थिक स्थिति व नेतृत्व की क्षमता के कारण न केवल शहरों बल्कि ग्रामीण संस्थाओं में (ग्रामीण संपत्तिवान साहूकार, जमींदार व मुखिया) अपना वर्चस्व आज भी जमा रखा है।[26]

दमनकारी राज्य के रूप में: भारतीय राज्य का स्वरूप सैद्धांतिक रूप से लोकतांत्रिक है परंतु व्यवहार में यह आज भी पूँजीवादी व उच्चवर्गीय व्यवस्था का पोषक रहा है। जहाँ तक नागरिकों के जीवन व संपत्ति को सुरक्षा, स्वतंत्रता, कानून व्यवस्था व देश की रक्षा के प्रश्न हैं, आज भी समाज में राज्य के शीर्ष अधिकारों द्वारा अलोकतांत्रिक तरीकों का इस्तेमाल किया जाता है। समय-समय पर आंदोलनकारियों चाहे वे किसी भी वर्ग से संबंधित हो राज्य ने इनको दबाने के लिए अमानवीय तरीकों का इस्तेमाल किया है। सामाजिक, आर्थिक व राजनीतिक व धार्मिक समस्याओं को सुलझाने में आज भी विभिन्न

सुरक्षा एंजेसियों जैसे सेना, पुलिस व अन्य सुरक्षा तंत्र, ये सभी दमनकारी नीतियों के कारण नाकाम व आलोचनात्मक शक्तियाँ सिद्ध हो रही हैं। अंतर्राष्ट्रीय झगड़े व समस्याओं को सुलझाने में इनके द्वारा की गई कार्यवाहियों में भी इनकी जबावदेही पर कई सवाल उठाए जा सकते हैं जिसके द्वारा आम नागरिक अपने अधिकारों की सुरक्षा के प्रति इन्हें अक्षम समझने लगा है। हर वर्ग इनकी पारदर्शिता व वचनबद्धता पर सवाल उठाता है। इनके द्वारा व्यवस्था सुदृढ़ करने के नाम पर उठाए गए अमानवीय व पीड़ादायक तरीकों को अलोकतांत्रिक व अमानवीय कहा जा सकता है जो मानव अधिकारों के प्रति राज्य की प्रतिबद्धता को अक्षम बना देता है।

इस तरह राज्य के उपरोक्त स्वरूप को ध्यान में रखते हुए विभिन्न विचारधाराओं से प्रभावित विचारकों के विभिन्न दृष्टिकोणों को उजागर करने का प्रयास किया गया है।

राज्य की प्रकृतिः विभिन्न दृष्टिकोण

राज्य का उदारवादी दृष्टिकोणः राजनीतिक संस्थाओं के संदर्भ में: बहुत से विद्वानों ने भारतीय लोकतंत्र को पश्चिमी लोकतांत्रिक व्यवस्था के अनुकरण के रूप में पूर्ण प्रभुत्वसंपन्न लोकतांत्रिक राष्ट्र राज्य की ओर अग्रसर माना।[27] मोरिस जोंस ने इसे "स्वतंत्र राष्ट्रीय लोकतंत्र" की संज्ञा दी। रजनी कोठारी ने इसकी निम्न विशेषताएं बताईं–1. नागरिकों की मांगों तथा दबावों के संदर्भ में निर्णय लेने के लिए उच्च स्तरीय वैधता व प्राधिकार में वैधता 2. राजनीतिक लोकतंत्र, 3. सामाजिक गतिशीलता व 4. आर्थिक विकास एवं राष्ट्रीय एकीकरण के लक्ष्यों को एक साथ प्राप्त करने में राज्य की प्रमुख व केंद्रीय भूमिका। परंतु 1970-80 के दशक में भारत की इस उदारवादी प्रकृति पर प्रश्न चिन्ह लगा दिए। रजनी कोठारी के अनुसार नवधनाढ्य वर्ग ने अपने संकीर्ण हितों की पूर्ति के कारण राज्य की स्वायत्तता को नष्ट कर दिया जिससे इसका संस्थागत स्वरूप बिखर गया तथा राजनीति का अपराधीकरण होने लगा व समाज में हिंसा बढ़ती जा रही है तथा राज्य के आंतरिक व सार्वजनिक कार्यों में अहितकारी नीति का विकास हो रहा है जो दमन पर आधारित है।

आज के बदलते परिवेश में विदेशी षडयंत्रों से सतर्कता, सही सैन्य रणनीति, राष्ट्रीय हितों की सर्वोच्चता, परमाणु शक्ति का विस्तार आदि विषय प्रधान व आवश्यक हैं। इनको प्राप्त करना ही राज्य की वैधता का आधार है और जिनको प्राप्त करने के लिए लोकतांत्रिक मूल्यों का भी बलिदान कर दिया जाता है। इन विचारधाराओं व घटनाओं ने उदारवाद राज्य की स्वायत्ता की परंपरा को कमजोर कर दिया है तथा आज के नवउदारवादी राज्य की प्रकृति को राजनीतिक अर्थव्यवस्था के परिप्रेक्ष्य में देखते हैं।

राज्य की प्रकृति का राजनीतिक-आर्थिक दृष्टिकोणः उपरोक्त वर्णन के आधार पर कहा जा सकता है कि राज्य की प्रकृति पर विभिन्न धार्मिक, आर्थिक व सामाजिक प्रणालियों का असर रहता है परंतु राज्य के कार्य, उद्‌देश्य व नीतियों को समझने के लिए केवल राजनीतिक संस्थाओं की अवधारणाओं का अध्ययन ही पर्याप्त नहीं है बल्कि इसकी राजनीतिक अर्थव्यवस्था भी अध्ययन योग्य है। यह भी सच्चाई है कि भारतवर्ष में प्रमुख

सिद्धांत अधिकतर राजनीतिक अर्थव्यवस्था के परिप्रेक्ष्य से ही लिए गए हैं जिनमें राज्य को नीतियों, उद्देश्यों व योजनाओं व उनकी प्राप्ति में इसको मुख्य मध्यस्थ माना है। रूडोल्फ व रूडोल्फ के अनुसार भारतीय राज्य कमजोर व सुदृढ़ राज्य हैं। इसकी शक्ति व सुदृढ़ता के कई पहलू हैं[28] जैसे (i) यहाँ की मूलभूत बड़ी औद्योगिक इकाइयाँ, (ii) केंद्रीयकरण, (iii) लोकतंत्र, समाजवाद व धर्मनिरपेक्षता की विचारधारा जिसने राजनीतिक कलह को कम किया है, (iv) बहुहितैशी व सर्ववर्गीय तथा लोकलुभावन कांग्रेस की प्रभुता, (v) प्रशासनिक नौकरशाही का लौह आवरण की तरह सुदृढ़ रहना। साथ ही रूडोल्फ ने इसके कमजोर पक्ष पर भी प्रकाश डाला है जैसे: (i) प्रगति की लहर गाँव व कस्बों तक ना पहुँचना, (ii) इंदिरा युग में राज्य व कांग्रेस पार्टी का कमजोर होना, (iii) राजनीति प्रभावीकरण के बढ़ते स्तर के कारण राज्य की सार्वभौमिकता पर विपरीत प्रभाव पड़ना, (iv) धार्मिक कट्टरवाद तथा सांप्रदायिकता के कारण सभ्य समाज में पैदा हुई कटुता से राज्य की सबको साथ लेकर प्रगति की धारा में बहने की शक्ति का कमजोर होना। (v) देश में बढ़ते जातीय व वर्गीय द्वंद्व आदि।

रूडोल्फ के अनुसार इन सब कमजोरियों के बावजूद सुदृढ़ता के तत्त्वों की बहुलता के कारण भारत राज्य एक बड़ी आर्थिक शक्ति के रूप में उभरा है। निजी व सार्वजनिक दोनों क्षेत्रों में संगठित अर्थव्यवस्था है।[29] राष्ट्रीयकृत बैंकों, बड़े उद्योगों और तकनीकी काबिलियत के कारण भारत आज वित्तीय पूँजी व औद्योगिकीकरण में एक बड़ी शक्ति बना है जिससे नागरिक रोजगार के ज्यादा अवसर प्राप्त हुए हैं। परिणामस्वरूप राज्य का प्रभुत्व कायम रहता है। साथ ही सर्वव्याप्त व असंगठित अर्थव्यवस्था विशेषकर कृषि क्षेत्रों में राज्य की शक्ति अभी भी क्षीण है जिसके कारण पिछड़ा वर्ग कम तथा समृद्ध वर्ग अधिक लाभान्वित होता है व पिछड़े तबकों के लिए समाजवादी नीतियाँ विफल हो जाती हैं। ऐसे समय में तदर्थ संगठन (demand group) उदाहरण के लिए महाराष्ट्र का शेतकारी संगठन, भारतीय किसान यूनियन (Punjab and UP) राज्य पर दबाव बनाते हैं परंतु ये भी संकुचित दायरे में सिमट कर रह जाते हैं तथा उस वर्ग की मांग को नज़रअंदाज कर देते हैं जिसके लिए ये बनी थीं। यहाँ रूडोल्फ राजनीतिक अर्थव्यवस्था की व्याख्या में वर्ग विश्लेषण की वैधता को नकार देता है।

फ्रांसाइव फ्रांकेल ने राजनीति अर्थव्यवस्था को राज्य के विभिन्न स्तरों व विभिन्न भागों व विभिन्न शासनों की विचारधाराओं में अंतर्क्रिया के रूप में देखा है जिससे राज्य की नीतियाँ व दिशा प्रभावित होती है। फ्रांकेल ने भारत की जनशक्ति को 'उदार राजनीति और अति सामाजिक परिवर्तन का विरोधाभास' माना है।[30] उसके विश्लेषण के अनुसार भारत में प्रचलित बीच के रास्ते की विचारधारा तथा प्रणाली का आधार राजनीतिक व्यवस्था पर पड़ने वाले अनेक दबावों और अर्थव्यवस्था के बीच संतुलन स्थापित करने की समस्या रही है। उदाहरण के लिए, स्वतंत्रता के प्रारंभिक चरण में योजना आयोग द्वारा गठित नीतियों पर नेहरू विचारधारा का प्रभाव देखने को मिलता है जिसमें भारत के बढ़ते औद्योगिकीरण, कृषि क्षेत्र में अनाज की आपूर्ति भी शामिल है परंतु कृषि उपज पर केंद्र कोई नीति नहीं बना सका क्योंकि वह राज्य का विषय है। इसी कारण कृषि सुधार व

उपजाऊ नीतियों की गति धीमी रही। परंतु फ्रांकेल ने परिवर्तन के लिए बनाई गई नीतियों तथा योजनाओं की विफलता के कारणों की चर्चा नहीं की है। अतुल कोहली ने राज्य तथा जिला स्तर का अध्ययन किया है तथा राज्य व क्षेत्रों के बीच के अंतर को समझने का प्रयास किया है। उसके अनुसार राज्य की चिरस्थायी विशेषताएं होती हैं जैसे इसकी संरचना जो बदलती नहीं है परंतु शासन व लोक प्रभुता बदलती रहती है। कोहली ने शासकीय योग्यता की केंद्रीय भूमिका को किसी भी देश की राजनीतिक-आर्थिक उन्नति का जिम्मेदार बताया है। कोहली ने लोकतांत्रिक पूँजीवादी तृतीय विश्व के राज्यों की विवेचना उनके विकास के उच्चांक तथा संसाधनों के निजी संचालन की सीमाओं से उत्पन्न आंतरिक तनाव से की है। उसके अनुसार कुछ ऐसे भी देश हैं जो विपरीत परिस्थितियों में भी दूसरे देशों से उनके सामाजिक परिवर्तन की दिशा में उठाए गए ठोस कदमों की वजह से अधिक अग्रसर हैं।[31]

गुन्नार मृडाल के अनुसार भारतीय लोकतंत्र अधिकांश गरीब जनता को अपने हितों की रक्षा के लिए राजनीति शक्ति का उपयोग करने के लिए संगठित करने में असमर्थ रहा है। वह नागरिकों को इसके लिए गतिशील बनाने में असमर्थ रहा है इसलिए उन्होंने भारतीय राज्य को नरम राज्य (soft state) कहा है।[32]

आशीष नंदी के अनुसार भारत पहले की तुलना में अधिक शक्तिशाली है परंतु यह भी सत्य है उसकी शक्ति का स्त्रोत दमनकारी प्रवृत्ति व कानूनी शक्ति है। यह शक्ति किसी विभाग, राजनीतिक संस्था व समाज से उत्पन्न नहीं होती बल्कि राज्य खुद इसका निर्माण करता है इसलिए यह पता लगाना कठिन हो जाता है कि भारत किसका देश है। इसके लिए वर्ग सबंधों, व्यवस्था व स्थिति की उन्नति व अवनति का अध्ययन जरूरी है। रजनी कोठारी ने कई महत्त्वपूर्ण प्रश्न उठाए हैं कि क्या भारत एक छोटे वर्ग का उपकरण है जिसका सामाजिक आधार संकीर्ण व दिन ब दिन और संकीर्ण होता जा रहा है, राज्य के प्राधिकार व अखंडता की क्या वैधता है, क्या यह कमजोर वर्ग का अभिकर्त्ता है, समाज में न्याय का स्त्रोत है वह व्यवस्था बनाए रखता है और विभिन्न तत्त्वों व हितों को एक साथ संभालता है। स्वायत्तता, वैधता, संस्थाकरण, कार्यनिष्पादन में वृद्धि या कम से कम इसे बनाए रखना—क्या ये सभी उद्देश्यपूर्ण सकारात्मक राज्य का निर्माण करते हैं। माधव गाडगिल के अनुसार भारतीय राज्य अपने तत्त्वों के आधार पर लौह त्रिभुज का आतंरिक भाग बन गया है जिसके घटक हैं (1)सरकारी सहायता से लाभ उठाने वाले : शहरी जनसंख्या, उद्योग व धनी किसान (2)किसको सहायता दी जाए इसका निर्धारण करने वाले राजनीतिज्ञ तथा (3)इस आर्थिक सहायता का प्रबंध करने वाले नौकरशाह। आर्थिक सहायता से लाभान्वित वर्ग इस त्रिभुज के दो कोणों (राजनीतिज्ञ व नौकरशाह) के साथ इस आर्थिक लाभ को बाँटते हैं तथा उनके बीच में वे सभी निर्णय, राज्य की कार्यप्रणाली और विकास संबंधी कार्यक्रम के निर्देशन पर नियंत्रण करते हैं।

मार्क्सवादी दृष्टिकोण: मार्क्सवादी विचारधारा के अनुसार राज्य शासक वर्ग के हाथ एक यंत्र है जिसका मुख्य उद्देश्य वर्ग विशेष का संरक्षण व उसके हितों को सुरक्षित करना है। परंतु वामपंथी दलों व वामपंथी विचारधारा व बुद्धिजीवियों में कई मतभेद हैं। भारतीय साम्यवादी दल का निर्माण रूस की साम्यवादी विचारधारा से प्रभावित था। 1950

के पूर्वार्ध में भारत की कम्युनिस्ट पार्टी ने राज्य की प्रकृति को अर्द्ध सामंती व अर्द्ध उपनिवेशी राज्य के रूप में माना, बाद में इसे भू-स्वामी बुर्जआ राज्य के रूप में देखा व भारत को एक ऐसा पूँजीवादी राज्य माना जिसमें राज्य पूँजीपति व बड़े भूस्वामियों के प्रभुत्व को रोकने में नाकामयाब रहा। कुछ भाग की छवि को इन्होंने प्रगतिशील व राष्ट्रवादी माना जिसने राज्य को प्रगतिशील बनाया।[33] हालांकि यह वर्ग भारतीय राज्य पर पूर्ण आधिपत्य जमाने में असमर्थ रहा है परंतु यह अपनी शक्ति द्वारा राज्य की प्रकृति को हमेशा प्रभावित करता रहा है। सी.पी.आई. राज्य को पूँजीपति व भूस्वामी वर्ग के शासक वर्ग का एक अंग मानती है जो विकास की पूँजीवादी प्रक्रिया के लिए विदेशी वित्तीय पूँजी के साथ सहयोग कर रहा है। अन्य दल सी.पी.आई.(एम.एल.) भारतीय राज्य को अर्द्ध-उपनिवेशी मानता है जिसने वास्तविक स्वतंत्रता प्राप्त नहीं की है।

सी.पी. भांबरी के अनुसार ग्रामीण व शहरी दोनों क्षेत्रों में संपत्तिवान वर्ग ने देश पर शासन करने व अपने हितों के संरक्षण के लिए राजनीति प्रणाली का उपयोग करने के लिए गठबंधन का निर्माण किया है।[34] ए.आर. देसाई के अनुसार परस्पर विरोधी दिखाई देने के बावजूद भारतीय राज्य *पूँजीवाद राज्य* है। रणधीर सिंह के अनुसार भारतीय राज्य गरीब-विरोधी व वर्गों में विभक्त रहा है। अजीत राय इसे पूँजीपति वर्ग व ग्रामीण वर्गों की तानाशाही का ही हिस्सा मानते हैं।

मार्क्सवादी बुद्धिजीवियों का एक अन्य वर्ग राज्य की मध्यस्थता की भूमिका व सापेक्षिक स्वायत्ता (relative autonomy) पर बल देता है। हम्जा अल्वी[35] राज्य को एक तरफ सैन्य नौकरशाही संरचना, और आर्थिक संरचना की दृष्टि से अपेक्षाकृत स्वायत्त तथा दूसरी ओर धनी वर्ग से प्रभावित मानते हैं। राज्य तीन प्रकार के धनी वर्गों के प्रतिस्पर्धी हितों के बीच मध्यस्थ का काम करता है। ये हैं (i) महानगरीय मध्यम वर्ग (ii) देशी मध्यम वर्ग (iii) भू-स्वामी वर्ग। इनके प्रति सामान्य कार्य करने के साथ-साथ राज्य को देश की सामाजिक सुरक्षा का भी उत्तरदायित्व उठाना पड़ता है। प्रणववर्द्धन के अनुसार पूँजी के सबसे बड़े वितरक के रूप में भारतीय राज्य ने शासक वर्ग या गुटों की सीमा का उल्लंघन करने की इच्छा शक्ति उत्पन्न कर ली है। इसके कार्यों व प्रमुख वर्गों के बीच हालांकि सर्वहित के मामलों में आत्म सहमति बन गई है फिर भी व्यवस्था को बनाए रखने के लिए राज्य किसी विशेष वर्ग के हितों को नियंत्रित कर स्वायत्तता को लागू कर सकता है।[36] सुदीप्त कविराज का दावा है कि भारत के मामले में पिछले वर्षों की लोकतांत्रिक प्रणाली को कम करके आंकना गलत है।[37] मनोरंजन मोहंती मानते हैं कि भारतीय राज्य में दोहरी राज्य प्रणालियों का प्रभाव है जो जटिल ऐतिहासिक और सामाजिक प्रक्रियाओं से बंधी है। साथ ही वे कहते हैं कि भारत में उदारवादी लोकतंत्र की कार्यप्रणाली उतनी ही वास्तविक है, जितनी कि भारत में सत्तावाद की वृद्धि। रंजीत साहू कहते हैं कि हालांकि भारत की राजनीतिक व्यवस्था पर धनी किसानों, पूँजीपतियों, भू-स्वामियों, नौकरशाहों का प्रभुत्व है लेकिन ये वर्ग एक-दूसरे से सहयोग नहीं करते व शोषण के अलग-अलग तरीकों व माध्यमों द्वारा अलग-अलग स्तर पर कार्यरत रहते हैं। प्रोफेसर अचिन विनायक ने अपनी किताब *इंडिया इन ट्रांजिशन* में कहा है कि लोकतांत्रिक राजनीति के द्वारा ग्रामीण अभिजात वर्ग जिनकी शक्ति संग्रह का तत्त्व औद्योगिक बुर्जआ वर्ग से किसी भी तरह मेल

नहीं खाता है। इस प्रस्तावित लोकतांत्रिक राजनीति में बड़े औद्योगिक पूँजीपतियों का प्रभुत्व ग्रामीण क्षेत्रों की तुलना में, हमेशा कायम रहता है। अचिन विनायक ने भारतीय राज्य को पूँजीवादी लोकतांत्रिक राज्य के रूप में देखा है जिसकी चार विशेषताएं हैं[38] (i)जनमत आधारित राजनीति (Plebiscitary politics) का जारी रहना, (ii)संघवाद्र का इजाफा, (iii)हिंदू राष्ट्रवाद के एकीकरण को बढ़ावा, (iv)अधिक सुदृढ़ व शक्तिशाली लोकतंत्र। इस तरह यह पूँजीवादी लोकतांत्रिक राज्य तमाम कमियों जैसे नेतृत्व द्वंद्व, अलोकल्याणकारी प्रवृत्तियों, कमजोर वैधता व असंगठनात्मक प्रवृत्ति व अधिक केंद्रीयता के बावजूद अपनी साख व स्थायित्व को बनाए रखने में कामयाब रहा है।

हालांकि ये सभी मार्क्सवादी लेखक राज्य के वर्गीय ढांचे, कार्यों व उद्देश्यों का व्यापक विश्लेषण नहीं कर पाए परंतु शासक वर्ग के प्रति इनकी विचारधारा आपस में मेल खाती है। इस तरह इनके दृष्टिकोण के आधार पर भारतीय राज्य की संगठनात्मक विशेषताओं को इस प्रकार दर्शाया जा सकता है कि *पहला*, राज्य वैध हिंसा का एकाधिकारी एजेंट है, *दूसरा*, यह शोषित जनता के प्रत्यापन/सहयोजन का नैतिक, राजनीतिक व आर्थिक क्रम विकसित करता है। *तीसरा*, राज्य शासक वर्ग का राजनीतिक नेता है जिसका नेतृत्व शासक वर्ग के अंदर विरोधी गुटों को संगठित करता है व पूँजीवादी प्रणाली का संचालन करता है। चौथा, क्योंकि भारतीय राज्य पूंजीवादी और राष्ट्रवादी व्यवस्था का प्रमुख प्रतिमान है इसलिए, यह एक तरफ समाज का पुनर्निर्माण करता है, दूसरी तरफ पारंपरिक व सामंतवादी समाजों का विघटन करता है। इस तरह यह प्रक्रिया अत्यंत खंडित परंतु दीर्घकालीन है।[39]

परंपरागत रूढ़िवादी व दलीय मार्क्सवादी विचारधारा को छोड़कर उदारवादी नव मार्क्सवादी बुद्धिजीवी विचारधारा इस बात पर जरूर सहमत है कि बड़े वर्ग के पूर्ण नियंत्रण से भारत अपनी आपेक्षिक स्वायत्तता बनाए हुए है इसलिए, एक निश्चित शासक वर्ग की समाज के ऊपर कोई आधिपत्य, या नैतिक व सांस्कृतिक श्रेष्ठता नहीं है।

राज्य प्रकृति का गाँधीवादी दृष्टिकोणः गाँधी की विचारधारा के विषय में गहन अध्ययन करने पर यह प्रतीत होता है कि गाँधी, राज्य के विषय में प्रत्येक स्वरूप को भली भाँति समझते थे तथा भारत की सामाजिक व्यवस्था में प्रचलित विभिन्न विचारधाराओं से भी परिचित थे। उनका कहना था कि मनुष्य एक सामाजिक प्राणी है तथा वह समाज के बिना नहीं रह सकता और मनुष्य को भी ऐसा कोई कार्य नहीं करना चाहिए जो समाज के लिए अहितकर हो।[40] इसलिए मनुष्य को अपने पर काबू रखना चाहिए तथा खुद को सुशासित बनाना चाहिए। यही स्वराज भी था। वास्तव में गाँधी ने किसी वाद का प्रतिपादन नहीं किया। उनका कहना था मैं किसी नवीन विचारधारा का प्रतिपादन नहीं कर रहा हूँ अपितु जो कुछ अच्छा है उसे मैं भारत की परिस्थिति के अनुसार व्यवहार में लाना चाहता हूँ। प्रोफेसर बी.आर. मेहता गाँधी को भारतीय जीवन के सर्वाधिक निकट पाते हैं। उनका कहना है कि गाँधी भारतीय समाज की एकता, विविधता के उपरांत जीवित रहने की क्षमता को समझने में सफल हुए।[41] पटाभि सीतारमैया नें लिखा है कि गाँधीवाद 'सिद्धांतों का, मतों का, नियमों का, विनियमों का और आदेशों का समूह नहीं है परंतु यह एक जीवन के विषय में पुरानी दशा की पुनः स्थापना करता है और वर्तमान समस्याओं के लिए प्राचीन समाधान प्रस्तुत करता है।'

गाँधी ने भारत के नव-निर्माण की कल्पना की थी उनका कहना था कि भारत राज्य का उत्थान केवल प्राचीन आदर्शों के अनुरूप आचरण करके ही संभव हो सकता है।[42] उनके विचारों में समाजवाद, साम्यवाद, व्यक्तिवाद व अराजकतावाद सभी का स्पष्ट वर्णन है। उनके विचारों की आधारशिला सत्य व अहिंसा पर आधारित थी जो भारतीय परिवेश के अनुकूल सिद्ध हुई। गाँधी ने आर्थिक व राजनैतिक क्षेत्र म्रें विकेंद्रीकरण का समर्थन किया। उनका कहना था कि ग्राम पूर्ण रूप से स्वायत्तशासी व स्वतंत्र हों और उन पर केंद्र का अंकुश कम से कम हो। गाँधी का कहना था कि असली लोकतंत्र वह है जिसमें जनता अपनी पंचायतों का गठन करे व कारखानों का विस्तार करे। जिससे वर्ग संघर्ष कम हो। उनका कहना था कि असाधारण अवस्था में ही शक्ति का उपयोग करना चाहिए अन्यथा अहिंसा व प्रेम का सहारा लेना चाहिए। पूँजीपति, जमींदार व साहूकार वर्ग को गरीब जनता का शोषण नहीं बल्कि उनका उत्तरदायित्व लेना चाहिए। वैश्वीकरण विकासशील देशों के लिए खतरनाक है।

सामाजिक जीवन के उत्थान के लिए गाँधी ने सामाजिक बुराइयों को मिटाने का प्रयत्न किया। उनका कहना था एक वर्ग दूसरे वर्ग का शोषण न करे, बड़े उद्योग धंधों की जगह कुटीर उद्योगों को प्राथमिकता, पूँजी के केंद्रीयकरण को रोकना, बड़े उद्योगों द्वारा राष्ट्रीय आवश्यकताओं की पूर्ति व छोटे कुटीर उद्योगों की सहायता करनी चाहिए, जनता में कार्य करने की शक्ति का संचार होना चाहिए। राज्य के संबंध में गाँधी राज्य की सत्ता स्वीकार नहीं करते। यहाँ उनके विचार अराजकतावादियों से मिलते हैं। उनका कहना था कि जब तक किसी कार्य को स्वेच्छा व खुशी से न किया जाए वह नैतिकता के धरातल पर अपूर्ण होता है और इसके द्वारा वे राज्यविहीन लोकतंत्र चाहते थे, जो समाज को एक परिवार की संज्ञा दे। अगर व्यक्ति बिना राज्य के अस्तित्व के अपने सामाजिक कर्तव्यों का पालन करता है तभी राज्य विहीन समाज की स्थापना संभव हो सकती है। वे कहते थे प्रभुता जनता में निहित है। व्यक्ति राज्य का भी उसी प्रकार सदस्य है जैसे अन्य समुदायों का।

गाँधी जी निरस्त्रीकरण के पक्षधर थे। वे अहिंसा के पुजारी थे। हथियारों की दौड़ को वे विश्व शांति व नैतिकता के खिलाफ मानते थे। उनका कहना था कि अंतर्राष्ट्रीय झगड़ों के निपटारे का माध्यम अहिंसा, नैतिकता, पंचनिर्णय व शांतिपूर्ण मध्यस्थता होना चाहिए। न्यायपूर्ण कार्य राज्य व पंचायतें करें तथा झगड़ों का निपटारा आपसी समझौते के द्वारा होना चाहिए। हिंसा को गाँधी असभ्यता व अमानवता के रूप में देखते थे। उनका विचार था कि अहिंसा सभी मनुष्यों के व्यवहार का मुख्य आधार होना चाहिए जिससे मानसिक वृद्धि का विकास होता है। गाँधी जी ने कायर मनुष्य को मानसिक हिंसा का अनुयायी माना है। वे साहस को मुख्य स्थान देते थे। उन्होंने रामराज्य को समाज का आधार बनाने की चेष्टा की। ग्राम स्वराज का सपना इसी की देन था। उनका कहना था सत्ता का निम्नतम स्तर तक विकेंद्रीकरण कर देना चाहिए ताकि संपूर्ण सत्ता का उपभोग करने में प्रत्येक व्यक्ति की भागीदारी हो, यही सर्वोत्तम शासन कहलाएगा। उनका कहना था कि प्रत्येक गाँव एक पूर्ण स्वायत्त गणराज्य बनेगा जिसका संचालन ग्रामीण जनता द्वारा चुनी ग्राम पंचायतें करेंगी जिसमें छोटे स्तर पर विधायिका, कार्यपालिका व न्यायपालिका जैसे स्वतंत्र व निष्पक्ष निकाय होंगे, इनके ऊपर खंड या मंडल पंचायत, फिर जिला पंचायतें व आखिर में प्रांतीय

पंचायतें होंगी तथा शीर्ष पर केंद्रीय सरकार जो संपूर्ण देश की शासन व्यवस्था के साथ-साथ इन पंचायतों की जरूरतें व कठिनाइयों को दूर करने का प्रयत्न करेगी।[43] इस तरह गाँधीवादी विचारधारा वाले राज्य के स्तर को ऊँचा उठाने के लिए गांधी ने स्वतंत्र भारत के निर्माण के लिए जो विचार रखे वे इस प्रकार थे (i)राज्य द्वारा कुटीर उद्योगों का विकास व प्रोत्साहन, (ii)सरकार ग्राम पंचायतों का गठन करेगी तथा उनको इतनी शक्तियाँ प्रदान करेगी कि वे प्रबंधकीय इकाइयों के रूप में सफलतापूर्वक कार्य कर सकें, (iii)सरकार द्वारा मद्य व अन्य नशीले पदार्थों के दुरुपयोग पर रोक लगाना, (iv)सरकार खेती बाड़ी तथा पशुपालन का संगठन वैधानिक आधार पर करेगी। (v)राज्य निर्बल व पिछड़ी जातियों की प्रगति के लिए प्रयत्न करेगा; (vi)कार्यपालिका का न्यायपालिका से पृथक्करण; (vii)उद्योगों के प्रबंधन में कर्मचारियों की भागीदारी; (viii)स्वराज की स्थापना जो अहिंसा पर आधारित हो।

गांधीवादी विचारधारा वाले यह मानते हैं कि वर्तमान राज्य में नागरिकों को मौलिक अधिकारों को देने के बावजूद उन पर अधिक प्रतिबंध भी लगे हैं। ये विचारक मानते हैं कि भारत में व्यक्ति की स्वतंत्रता पर राज्य की प्रभुता हावी हो रही है तथा वर्तमान व्यवस्था ने गांधीवादी अर्थव्यवस्था व व्यवस्था को कभी अपना लक्ष्य नहीं बनाया जिसके कारण यहाँ कभी भी गांधीवादी आदर्श पर आधारित संस्थाओं का विकास नहीं हो पाया। वैश्वीकरण की दौड़ में चरखा, खादी, स्वदेशी ज्यादा प्रासंगिक नहीं रहे हैं परंतु गांधीवादी सत्यमार्ग व आदर्श विचार विश्वशांति में अभी भी अपनी जगह सुरक्षित रखे हुए हैं।

निष्कर्ष

राज्य की प्रकृति के विषय में विभिन्न दृष्टिकोणों से स्पष्ट है कि विभिन्न आर्थिक, राजनीतिक व सामाजिक अंतर्विरोधों के बावजूद भारत अपनी स्वायत्ता व स्थायित्व को बचाए रखने में कामयाब रहा है तथा अंतर्राष्ट्रीय मानचित्र पर एक बड़ी आर्थिक व राजनीतिक शक्ति व मजबूत लोकतंत्र के रूप में उभरा है।[44] आज का भारत न तो कृषक और मजदूर वर्ग के अधीन समाजवादी, धर्मनिरपेक्ष लोकतंत्र है, न ही परंपरागत अर्थों में बुर्जुआ राज्य है परंतु समीकरणों के खेल में यह एक बड़े बुर्जुआ व धनी कृषक वर्ग से प्रभावित राज्य है। हालांकि उत्तर-उपनिवेश राज्य कई प्रावधानों में उपनिवेशी राज्य का ही विस्तार है लेकिन साथ ही यह अन्य ऐतिहासिक पारिस्थितियों में उपनिवेश-विरोधी संघर्ष की देन भी है। जहाँ तक गरीब व वंचित वर्ग का प्रश्न है लोकतंत्र इस चुनौती को पूरा करने में सफल नहीं हो पाया है। अन्य राष्ट्रीय व अंतर्राष्ट्रीय समस्याओं के लिए यह दमनकारी प्रवृत्ति का राज्य बनता जा रहा है जो यहाँ के दमनकारी यंत्रों को सुदृढ़ता प्रदान कर रहा है। लोकतांत्रिक मशीनरी कल्याणकारी होने के बावजूद अंतर्राष्ट्रीय पूँजीवादी व्यवस्था, शक्तिशाली प्रशासक वर्ग व उच्च विशिष्ट वर्ग के नियंत्रण से प्रभावित रही है। अंतत यही कहा जा सकता है कि भारतीय राज्य का स्वरूप ''लोकतांत्रिक समाजवाद'' का है जो किसी विशेष वर्ग की ओर कम अपितु संपूर्ण वर्गों के कल्याण अर्थात् कल्याणकारी राज्य के रूप में अधिक है।

संदर्भ

1. Yadav, Yogender, ''Theories of the Indian state'' *Seminar*, 367, March 1990, p.16.
2. Prof. Singh, M. P., & Roy, Himanshu, *Indian Political System (eds)*, Manak Publication: New Delhi, 2005, p. 78.
3. Huntington, Samual, *Political Order in Changing Societies*, connecticut: Yale University Press: New Heaven, 1968, pp 11–15.
4. Jones, W. H. Morris, *The government and politics in India,* Universal Book Stall: New Delhi, 1989 pp. 3-5.
5. Miliband, Ralph, *Marx and the state*, *Monthly Review Press*: New York 1965.
6. Kaushilk, Susheela, *Indian Government and Politics*, Hindi Madhyam Directorate: Delhi, 1984, pp. 131–133.
7. Miliband, Ralph, *Marx and the state*, Op. cit .
8. Nicos Poulantzas, *Political Power and Social Classes*, N.L.B. and sheed and ward: London, 1978, p. 191.
9. Dr. Gupta, R. L., *Indian Government and Politics*: New Delhi, 1998, pp. 149–150.
10. Boris Frankel, *On the state of the state*, *Theory and society,* vol. 7, 1979, p. 205.
11. Pylee, M. V., *India's Constitution*, United Book House: New Delhi, 1977, pp. 400–405.
12. Kashyap, Subhash, *Jawaharlal Nehru and the Constitution of India*, Metropoliton Co: New Delhi 1982, pp-330–332.
13. Noorani, A. G., "Constitutional Amendments", *The Indian Express*, October 15, 1989, p.5
14. Austin, Granville, *The Indian constitution: Corner Stone of a Nation*, Oxford University Press: Oxford, 1976, pp. 318–19.
15. Santhanam, K., *The Ideology of the Constitution*, Delhi, 1976, pp. 3–7.
16. Atul Kohli, *Democracy and discontent*, Cambridge University Press: Cambridge, 1991, pp. 6–10.
17. Kothari, Rajni, *State against Democracy*, New Delhi, 1988, p. 294.
18. Arora, Satish K., "Social background of Indian Cabinet", *Political and Economic Weekly*, August 1972, p. 1525.
19. Kurian, Methew, *India: State and Society*, Published Article by Prakash Karat, New Delhi, 1975, p. 274.
20. Miliband, Ralph, *The State in the capitalist society*, Quarlet Books: London, 1973 pp. 30–35.
21. Desai, A. R., *भारतीय राष्ट्रवाद की आधुनिक प्रवृत्तियाँ*, मैकमिलन: न्यू दिल्ली, 1978. p. 81 and 421.
22. Smith, D. E., *India as a Secular State*, Princeton University Press, 1966.
23. Dr. Fadia, B.L., *Indian Government and Politics*, Sahitya Bhavan Publication:, Agra, 2006, pp. 197–198.
24. *Ibid,* p. 197.
25. Wheare, K. C., *Modern constitution*, Oxford University Press: London, 1964, p. 227.
26. Arora, Satish K., op. cit, pp. 240–45.
27. चंद्र, विपिन, *आजादी के बाद का भारत* (1947-2007), दिल्ली विश्वविद्यालय, 2009, pp. 111–120.

28. Rudolph, Lloyd, and Rudolph, Sussan, *In pursuit of Laxmi: The political economy of the Indian State*, Orient Langman: Hydrabad, 1987, ch. III & No.9.
29. *Ibid.*
30. Frankel, Francine, *India's Political Economy 1947-77* Oxford University Press: Delhi, 1978, p. 22–25.
31. Kohli, Atul, *State and Poverty in India: The Politics of Refoms*, Cambridge University Press: Cambridge 1987, pp. 304–6.
32. Myrdal, Gunnar, *Asian drama*, vol. II, Pantheon: New York, 1961, pp. 1338–39.
33. ''भारतीय कम्युनिस्ट पाट्री का कार्यक्रम'', भारतीय कम्युनिस्ट पार्टी प्रकाशन: नई दिल्ली, 1985, p. 11 and p. 32.
34. Bhamri, C. P., "Administrative Elite and Political Modernization in India", 1970-71, *The Indian Journal of Public Administration*, Jan-March 1971, pp. 47–64.
35. Alavi, Hamza, "State in the Post Colonial Societies", *New left Review*, No-74, July/August 1972.
36. Bardhan, Pranab, *The political economy of development in India*, Oxford University Press: Delhi, 1984, pp. 33–37.
37. Kaviraj, Sudipta, "Critique of passive Revolution", Economic and Political Weekly, XXII, 45-47, SN Nov. 1989, p. 2429 and 2430.
38. Verma, Meera, Mehta, Mrinal & Basu, Rumki, *Essays on India Government and Politics*, Jawahar Publisher:, New Delhi, 1999, pp 26-27.
39. Jessop, Bob, *Capitalist State: Maxist Theories and Methods*, Martin Robertson Publication, Oxford, 1982, pp. 50–55.
40. Pandhya, Abha, "Gandhi and Agrarian class", *Economic and Political Weekly*, July-I, 1978 pp. 1077–80.
41. Mehta, V. R., *Ideology, Modernization and Politics in India*, Manohar Publication: New Delhi, 1983, pp. 4-20.
42. Dhawan, Gopinath, *The Political Philosophy of Mahatma Gandhi*, Nav Jiwan Publication House: Ahmedabad, 1946, p. 54.
43. Austiens, Granville, op cit, p. 34.
44. Brass, Paul, *The Politics of India Since Independence*, IInd edition, Cambridge University Press: Cambridge, 1992 p. 366.

5

सामाजिक संरचना व लोकतांत्रिक प्रक्रिया; परिप्रेक्ष्य, रुझान व चुनौतियाँ

पिछले 60 वर्षों में भारत में लोकतंत्र अपनी जड़ें जमा चुका है। लोकतांत्रिक आधार पर चुनी गई सरकारों का नियमित रूप से कार्य करना, (हालांकि आपातकाल इसका अपवाद माना जा सकता है।) वयस्क मताधिकार का प्रावधान तथा संगठन बनाने की पूर्ण स्वतंत्रता उसका निरंतर प्रयोग एवं राजनीतिक समूहों का भारतीय राजनीति में उद्‌भव लोकतांत्रिक मजबूती को प्रमाणित करता है। विकासशील देशों में लोकतंत्र अपनाने के प्रति पश्चिमी आधुनिक विचारकों जैसे—ल्यूशियन पाई द्वारा यह मत व्यक्त किया गया कि इन देशों में परंपरागत सामाजिक संरचना होने के कारण लोकतंत्र की सफलता संदेहपूर्ण है।[1]

इन राजनीतिक विचारकों के अनुसार विकासशील देशों में परंपरागत सामाजिक संरचना होने के कारण लोकतंत्र के लिए आधारभूत आवश्यकताओं जैसे कि, राजनीतिक चेतना, शिक्षा का सामान्य स्तर व सामाजिक समानता का अभाव है। परंतु इन राजनीतिक विशेषज्ञों के लिए यह आश्चर्यजनक है कि भारत जैसे एक विकासशील देश में, परंपरागत सामाजिक संरचना होने के बावजूद लोकतांत्रिक प्रक्रिया बहुत अच्छी तरह से कार्य कर रही है। वास्तव में भारत में लोकतंत्र का एक नया रूप उभरा है जो कि पश्चिमी देशों के लोकतंत्र से भिन्न है तथा अपने आप में एक अनुपम उदाहरण है। रजनी कोठारी के अनुसार भारत की परंपरागत सामाजिक संरचना को मुख्यतः जाति के द्वारा एक राजनीतिक आधार प्रदान किया गया है जिससे कि जनसमूह का एकत्रीकरण हुआ तथा लोकतंत्र के माध्यम से राजनीतिक सत्ता में विभिन्न जातियों की भागीदारी संभव हो पाई।[2] यद्यपि भारत में परंपरागत सामाजिक संरचना ने बहुत अच्छा तालमेल बनाया है, परंतु फिर भी भारत में लोकतांत्रिक प्रक्रिया को बहुत-सी चुनौतियों का सामना करना पड़ रहा है जैसे कि विकास व एकीकरण के उचित मापदंडों को लागू करना, सांप्रदायिकता की समस्या का समाधान करना इत्यादि। इस अध्याय में भारत की सामाजिक असमानताओं व लोकतंत्र के उदय की संक्षिप्त चर्चा की गई है। इसके अतिरिक्त यह विश्लेषण भी किया गया है कि किस प्रकार भारत में परंपरागत सामाजिक संरचना होने के पश्चात् भी लोकतंत्र सफल रूप से अपनी जड़ जमा चुका है।

संजय शर्मा, सेंटर फॉर फेडरल स्टडीज, जामिया हमदर्द, दिल्ली

इस अध्याय को मुख्यत: तीन भागों में विभाजित किया गया है। पहले भाग में भारत की सामाजिक संरचना के विभिन्न घटकों की चर्चा की गई जिसमें जाति व भारतीय राजनीति, वर्ग, भाषा व सांप्रदायिकता जैसे विषयों का विश्लेषण किया गया है। अध्याय के दूसरे भाग में भारतीय लोकतंत्र के द्वारा उठाए गए कदमों का उल्लेख किया गया है, जैसे सूचना का अधिकार, आर्थिक उदारीकरण, नरेगा (NREGA), नि:शुल्क व अनिवार्य शिक्षा, महिला सशक्तीकरण, पंचायती राज व आरक्षण इत्यादि। इसके अतिरिक्त अध्याय के अंत में भारतीय लोकतंत्र के सम्मुख विकास व क्षमता निर्माण (capacity builiding) जैसी विभिन्न चुनौतियों का वर्णन किया गया है।

सामाजिक संरचना से अर्थ है कि समाज के विभिन्न भाग किस प्रकार से व्यवस्थित हैं तथा इन भागों में किस प्रकार का संबंध है। रेड क्लिफ ब्राउन के अनुसार सामाजिक संरचना से अभिप्राय है समाज में किस प्रकार व्यक्ति आपस में एक-दूसरे से संबंधित हैं। भारतीय सामाजिक संरचना का अध्ययन करने के लिए जाति, भाषा और अल्पसंख्यक वर्ग का अध्ययन आवश्यक है।

सामाजिक संरचना व भारत में लोकतंत्र का उदय

भारत के प्राचीन इतिहास में लोकतांत्रिक आधार पर कार्य करने वाले जनपदों का विवरण मिलता है। परंतु वर्तमान लोकतंत्र की जड़ें ब्रिटिश राज से ही मानी जा सकती है। भारत में लोकतंत्र को अपनाने व इसके सतत् विकास के लिए विभिन्न कारक उत्तरदायी हैं जैसे कि भारतीय अभिजन वर्ग न केवल लोकतांत्रिक मूल्यों में विश्वास करने लगा वरन् उसके संचालन में भी निपुण हो चुका था। भारत में लोक सेवा प्रणाली विकसित हुई तथा भारत ने एक केंद्रीकृत राज्य के रूप में कार्य करना आरंभ किया। ब्रिटिश राज द्वारा लोकतंत्र को भारत में सीमित रूप से लागू किया गया परंतु यह भारत का राजनीतिक नेतृत्व ही था जिसके द्वारा लोकतंत्र को भारत की परिस्थितियों के अनुरूप अपनाया गया। उदाहरणत: वयस्क मताधिकार का प्रावधान, संघवाद की स्थापना, धर्म निरपेक्ष राज्य की घोषणा तथा समाजवादी लोकतांत्रिक विकास को अपनाना भारतीय लोकतंत्र को सफल बनाने में सहायक रहे। भारत के राष्ट्रवादी नेताओं द्वारा वयस्क मताधिकार को अपनाया गया तथा इसके संबंध में यह धारणा व्यक्त की गई कि मताधिकार के प्रयोग द्वारा जनता में राजनीतिक चेतना का उदय होगा जिससे जनता लोकतंत्रीय शासन में अपनी हिस्सेदारी सुनिश्चित कर पाएगी। राष्ट्रवादी नेता भारत की विभिन्नताओं के प्रति भी सचेत थे तथा इन विभिन्नताओं को भी एकता की कड़ी में पिरोने के लिए न केवल संघवाद को अपनाया वरन् लोकतांत्रिक प्रक्रिया द्वारा प्रत्येक व्यक्ति की शासन में हिस्सेदारी भी सुनिश्चित की। भारत के राष्ट्रवादी नेता ब्रिटिश राज की "फूट डालो व शासन करो" की नीति से अवगत थे तथा इसे रोक पाने की असफलता के कारण भारत को विभाजन जैसे कष्ट को झेलना पड़ा। ब्रिटिश राज की इस नीति का दमन करने तथा भविष्य में इस प्रकार की प्रवृत्तियों से बचने के लिए ही राष्ट्रवादी नेताओं ने भारतीय संविधान में धार्मिक स्वतंत्रता का अधिकार प्रदान कर राज्य के धर्मनिरपेक्ष चरित्र को स्थापित किया। इस प्रकार ब्रिटिश राज द्वारा भारत में लोकतंत्र की स्थापना की गई परंतु इसका वर्तमान स्वरूप भारतीय राष्ट्रवादी नेताओं की ही देन है।[3]

भारतीय समाज एक बहुसांस्कृतिक समाज है जो कि भाषा, जाति, वर्ग व क्षेत्रीयता इत्यादि के आधार पर विभाजित है। भारतीय समाज में यदि जाति व वर्ग को देखा जाए तो राजनीतिक एवं सामाजिक असमानता की छवि उजागर होती है। विभिन्न विकासशील देशों में भी भारत के समान सामाजिक असमानता व्याप्त है जिसके संदर्भ में आधुनिक उपागम के समर्थकों द्वारा इन विकासशील देशों में लोकतंत्र की सफलता को संदेह की दृष्टि से देखा गया। इन विचारकों का मानना था कि भारत जैसे विभाजित समाज में विभिन्न लोगों को शासन में भागीदारी देना व इनकी मांगों को पूरा कर पाना अत्यंत कठिन है।

विशेषत: भारत के संदर्भ में हैरीसन शैलिंग, एक पश्चिमी राजनीतिक अध्ययनकर्ता द्वारा 1960 के दशक में भारत का अध्ययन किया गया तथा भाषा के आधार पर राज्यों के पुनर्गठन की मांग व अन्य इसी तरह के क्षेत्रीय आंदोलनों का अध्ययन करने के पश्चात् अपने लेख "इंडिया द मोस्ट डेंजर्स डिकेड्स" में यह तर्क दिया कि भारत आने वाले समय में विभिन्न छोटे-छोटे भागों में बंट जाएगा तथा लोकतंत्र में इसका कोई भी हल निकाला जाना, अत्यंत कठिन है। परंतु आने वाले दशकों में शैलिंग की यह अवधारणा भारतीय सामाजिक संरचना व लोकतंत्र के तालमेल द्वारा पूर्णत: गलत साबित हुई। इसके विपरीत भारत में सामाजिक परिवर्तन द्वारा लोकतंत्र ने एक नए मार्ग को अपनाया तथा पश्चिमी विचारकों की ऐसी अवधारणाओं को निरस्त किया जिसमें यह डर व्यक्त किया गया था कि भारत में लोकतंत्र की सफलता बहुत मुश्किल है।

भारत में लोकतंत्र की न केवल जड़ें ही जमी हैं अपितु इसका विस्तार भी हुआ है। लोकतंत्र की यह सफलता विभिन्न तथ्यों से ज्ञात होती है जैसे कि व्यक्तियों द्वारा अपना विरोध प्रकट करने की स्वतंत्रता, नए संगठनों के निर्माण की स्वतंत्रता तथा समाज के विभिन्न वर्गों द्वारा राजनीतिक सत्ता में भागीदारी के लिए मांगों का उठाना इत्यादि। लोकतंत्र ने भारत में निचली जाति व पिछड़े वर्ग को शासन में भागीदारी दिलाने के लिए एक साधन के रूप में कार्य किया है। यद्यपि भारत में लोकतंत्र संसाधनों के उचित बंटवारे को संभव न बना पाया हो परंतु फिर भी इसके द्वारा संसाधनों पर कुछ ही वर्गों के आधिपत्य को जरूर रोका गया है। भारत में लोकतंत्र द्वारा परंपरागत सामाजिक संरचना में प्रवेश किया गया तथा जाति संबंधी असमानताओं को लोकतंत्र द्वारा काफी सीमा तक कम किया गया है। लोकतांत्रिक प्रक्रिया द्वारा ही सामाजिक आधार पर राजनीतिक रूप से कमजोर लोगों को सशक्त बनाया गया तथा परंपरागत सशक्त राजनीतिक वर्गों पर निर्भरता में कमी आई।

भारत में जाति व राजनीति

भारत की परंपरागत सामाजिक संरचना असमानता पर आधारित रही है, जिसका ज्वलंत उदाहरण भारत में जाति प्रथा है। अंबेडकर के अनुसार भारत में जाति के आधार पर पाई जाने वाली असमानता विश्व में एक अनूठा उदाहरण पेश करती है क्योंकि जाति व्यवस्था में जन्म के आधार पर ही मनुष्यों में भेदभाव किया जाता है। भारत की सामाजिक संरचना का विश्लेषण करने पर यह ज्ञात होता है कि वर्ग व्यवस्था व जाति व्यवस्था एक ही सिक्के के दो पहलू हैं। भारत में विभिन्न संसाधनों जैसे भू-स्वामित्व, उच्च सरकारी नौकरी

व उत्पादन के अन्य साधनों पर सामान्यत: उच्च जातियों का ही प्रभुत्व रहा है। इस तथ्य का उदाहरण भारत के मद्रास राज्य से मिलता है जिसमें कि ब्राह्मणों की जनसंख्या 3 से 4 प्रतिशत रही परंतु वहाँ की अधिकांश भूमि तथा सभी उच्च पदों पर ब्राह्मणों का ही बोलबाला था। यह स्थिति लगभग संपूर्ण भारत में रही जहाँ पर विभिन्न उत्पादन के संसाधनों पर उच्च जाति के लोगों का ही प्रभुत्व रहा। अंबेडकर के अनुसार इसमें कोई संदेह नहीं है कि ब्राह्मणों ने वर्षों से भारत पर शासन किया है तथा वर्तमान में भी यह स्थिति द्रष्टव्य है। ब्राह्मणों का निरंतर शासक वर्ग में बने रहना दो कारणों से स्पष्ट होता है—पहला, लोगों की ब्राह्मणों के प्रति भावना तथा दूसरा, प्रशासन पर ब्राह्मणों का प्रभुत्व।[4] ब्राह्मणों को जाति व्यवस्था में सर्वोच्च स्थान दिया गया है तथा ब्राह्मणों को अत्यंत सम्मानजनक माना गया है। यही कारण है कि यद्यपि ब्राह्मण कोई भी अपराध करे, प्राचीन ग्रंथों के अनुसार उसे प्राणदंड नहीं दिया जा सकता। इसके अतिरिक्त समाज में ऐसी विभिन्न परंपराएँ हैं जो कि ब्राह्मणों को विशेष दर्जा प्रदान करती हैं। प्राचीन समय से ही ब्राह्मणों का प्रशासन पर प्रभुत्व रहा है। ब्राह्मणों ने क्षत्रियों का सदा से ही साथ दिया है क्योंकि इन दोनों वर्गों द्वारा मिलकर ही शासन किया जा रहा है। भारतीय सामाजिक संरचना में विद्यमान इस असमानता को देखते हुए ही अंबेडकर ने यह तर्क दिया था कि भारत में लोकतांत्रिक स्वतंत्रता से पहले सामाजिक परिवर्तन की आवश्यकता है। सामाजिक समानता के अभाव में लोकतंत्र से कोई लाभ नहीं मिल पाएगा क्योंकि शासक वर्ग सदा से ही इस असमानता का पक्षपाती रहा है। इसलिए वास्तव में स्वराज्य की स्थापना के लिए जाति प्रथा का उन्मूलन आवश्यक है। परंतु आने वाले वर्षों में इसी जाति व्यवस्था ने निम्न जाति के व्यक्तियों को राजनीतिक एकीकरण के लिए आधार प्रदान करवाया तथा राजनीतिक शासन में इस निम्न वर्ग की भागीदारी सुनिश्चित की।

भारत में राजनीतिक प्रक्रिया एक महत्त्वपूर्ण साधन के रूप में स्थापित हुई जिसके द्वारा परंपरागत सामाजिक संरचना तथा लोकतांत्रिक प्रक्रिया का सामंजस्य स्थापित हो पाया। राजनीतिक प्रक्रिया तथा सामाजिक संरचना के अध्ययन करने से पहले यह जानना आवश्यक है कि वैचारिक रूप से जाति पर आधारित भेदभाव की विभिन्न स्रोतों द्वारा आलोचना की गई। हालांकि विभिन्न राजनीतिक समूहों द्वारा इस आलोचना का समर्थन नहीं किया गया परंतु इन समूहों द्वारा इसका पूर्णत: विरोध भी नहीं किया गया। सर्वप्रथम यदि इतिहास में देखा जाए तो चौथी ई.पू. बौद्ध तथा जैन धर्म द्वारा जाति प्रथा का विरोध किया गया। वास्तव में जैन तथा बौद्ध धर्म के उदय का एक कारण भारत में जाति प्रथा विरोध द्वारा ऐसे धर्म की स्थापना करना था जो कि मनुष्य की समानता को महत्त्व दे। इसके अतिरिक्त आधुनिक समय में जाति प्रथा का विरोध विभिन्न जातियों से संबंध रखने वाले व्यक्तियों द्वारा किया गया। राजाराममोहन राय, तथा दयानंद सरस्वती जो कि उच्च जातियों से संबंध रखते थे, तथा दूसरी ओर ज्योतिबा फूले, ई. वी. रामस्वामी नायकर तथा अंबेडकर जो कि निम्न जातियों से संबंध रखते थे सभी के द्वारा जाति प्रथा का भरपूर विरोध किया गया। जाति प्रथा के विरोध में इस वैचारिक आलोचना का प्रभाव भारतीय संविधान में भी स्पष्ट रूप से देखा जा सकता है। भारतीय संविधान के मौलिक अधिकारों के प्रावधान में समानता तथा स्वतंत्रता को सुनिश्चित किया गया है तथा जाति, धर्म, लिंग या जन्म के स्थान के आधार पर किसी भी सामाजिक भेदभाव

का स्पष्ट रूप से निषेध किया गया है। भारतीय संविधान के अनुच्छेद 17 में अस्पृश्यता के अंत का प्रावधान किया गया है।

यद्यपि वैचारिक आधार पर जाति प्रथा का विरोध किया गया है परंतु व्यवहार में जाति प्रथा आज भी विद्यमान है। इस वैचारिक व व्यावहारिक विरोध के कारण ही भारतीय राजनीति में विभिन्न संघर्षों का उद्‌भव हो रहा है। परंतु जाति का राजनीतिकीकरण होने से जाति प्रथा समाप्त करने संबंधी विभिन्न मांगों का दमन हुआ है तथा जाति का भारतीय राजनीति में संस्थानीकरण संभव हो पाया है।

जाति के विरोध में निम्न व पिछड़ी जाति के सुधारकों ने आत्म-सम्मान, शिक्षा सुविधा तथा राजनीतिक सत्ता में भागीदारी के लिए मांगें उठाईं। निम्न व पिछड़ी जातियों ने अपनी मांगों को पूरा करने के लिए मुख्यत: एक ओर तो संस्कृतिकरण प्रक्रिया को अपनाया जिससे निचली जातियों द्वारा उच्च जातियों के रहन-सहन के तरीकों को अपनाया गया।[5] तथा दूसरी ओर इन पिछड़ी जातियों द्वारा अपने पिछड़ेपन के आधार पर राजनीतिक सत्ता में भागीदारी की मांग की गई। परंतु पिछड़े वर्गों की मांग का उच्च जातियों द्वारा विरोध किया गया जिससे कि विभिन्न संघर्षों का समय-समय पर जन्म भी हुआ। वर्तमान में दलित तथा सवर्णों के मध्य विभिन्न संघर्ष होते रहते हैं। उदाहरणत: महाराष्ट्र के अंकोला क्षेत्र में तथा हरियाणा के गुहाणा में दलित बस्तियों में सवर्णों द्वारा आग लगा दी गई जिसका मुख्य कारण दलितों के द्वारा सामाजिक समानता व राजनीतिक अधिकारों की मांग किया जाना था। परंतु भारतीय राजनीति में दलितों के राजनीतिक एकीकरण में जाति ने एक प्रमुख भूमिका निभाई है। इस तथ्य का महत्त्वपूर्ण उदाहरण उत्तर प्रदेश है जहाँ पर एक दलित महिला मायावती ने मुख्यमंत्री का पद प्राप्त किया। यह बड़ा ही आश्चर्यजनक, साहसी और जबरदस्त बदलाव है। राजनीतिक प्रक्रिया व संवैधानिक प्रावधानों द्वारा भारत में दलितों को राजनीतिक सत्ता में भागीदारी प्राप्त हुई है यद्यपि इससे दलित वर्ग को कोई विशेष आर्थिक लाभ न भी मिला हो परंतु इस वर्ग में आत्म-सम्मान व सामाजिक समानता की भावना उत्पन्न हुई है जो कि लोकतंत्र के माध्यम से ही संभव हो पाया है। इसके अतिरिक्त दलितों के पास राजनीतिक सत्ता आने से इनके द्वारा समाज में आत्म सम्मान का प्रयास किए जाने के प्रति विरोध में भी कमी आई है, उदाहरणत: मायावती द्वारा आगरा विश्वविद्यालय का नाम परिवर्तित करके अंबेडकर विश्वविद्यालय किया गया जिसके प्रति सवर्ण जातियों द्वारा ऐसा कोई विशेष विरोध सामने नहीं आया जैसा कि 1960 से 1970 के दशकों में देखने को मिलता है।

यदि दक्षिण भारत में दलित राजनीति की ओर ध्यान दिया जाए तो हम पाएंगे कि दक्षिण भारत में ब्राह्मण विरोधी आंदोलन काफी समय से सक्रिय था। हालांकि कांग्रेसी नेता जैसे कामराज नाडार द्वारा कांग्रेस के जनाधार का विस्तार कर उसमें दलितों को भी शामिल करने का प्रयास किया परंतु कांग्रेस को इसमें कोई सफलता प्राप्त नहीं हुई। पर यह बहुत ही आश्चर्यजनक है कि जहाँ एक ओर द्रविड़ आंदोलन द्वारा जाति व्यवस्था को जड़ से समाप्त करने की मांग की जा रही थी वहीं जाति के आधार पर ही इस आंदोलन ने लोगों का राजनीतिक एकत्रीकरण कर दिया। इस प्रकार दक्षिणी भारत में भी जाति का राजनीतिकरण हुआ तथा जाति सामाजिक क्रिया का आधार बनी।

पिछड़ी जातियों का उदय (Rise of Backward Caste)

भारत में जातियों के राजनीतिक उदय का कारण इन जातियों का उचित प्रतिनिधित्व प्रदान करवाने में कांग्रेस की विफलता रही। कांग्रेस पर मुख्यत: उच्च जातियों जैसे कि ''ब्राह्मण, राजपूत व भूमिहारों'' का ही प्रभुत्व रहा। इन जातियों का देश के आर्थिक संसाधनों व राजनीतिक शक्ति पर एकछत्र प्रभुत्व रहा। उदाहरणत: शिक्षा व्यवस्था, प्रशासन तंत्र तथा भू-स्वामित्व इन उच्च जातियों के हाथों में ही रहा। इसके अतिरिक्त भारत के राजनीतिक दलों विशेषत: कांग्रेस पर इन जातियों का स्वामित्व बना रहा। कांग्रेस में आंतरिक कलह द्वारा भी व्यक्तिवादी प्रवृत्ति उभरने लगी तथा स्थिति को मजबूत करने के लिए विभिन्न उच्च जाति के नेताओं द्वारा अपना जनाधार बढ़ाने के प्रयास में पिछड़ी जातियों के लोगों को शामिल किया जाने लगा। इस नई भर्ती प्रक्रिया से पिछड़ी जातियों को भी भागीदारी मिलने लगी जिससे वे वंचित थीं।

पिछड़ी जातियों के राजनीतिकरण के लिए कुछ अन्य कारण भी महत्त्वपूर्ण हैं, जैसे कांग्रेस के विरोध में नवीन राजनीतिक दलों का उदय; उदाहरणत: डॉ. राममनोहर लोहिया द्वारा संचालित प्रजा समाजवादी दल व चौधरी चरण सिंह के नेतृत्व में भारतीय क्रांति दल।[6] वर्तमान में पिछड़ी जातियों का जनाधार अन्य राजनीतिक दलों के द्वारा भी बढ़ा है, जैसे समाजवादी दल, राष्ट्रीय जनता दल तथा भारतीय राष्ट्रीय लोक दल इत्यादि। पिछड़ी जातियों के राजनीतिकरण का एक अन्य महत्त्वपूर्ण कारण जमींदारी प्रथा का उन्मूलन, भूमि-सुधार व हरित क्रांति का आगमन भी रहा। इन सभी कारणों से पिछड़ी जातियाँ आर्थिक रूप से सशक्त बनीं तथा इन जातियों में राजनैतिक अभिवंचन की भावना आई जिससे कि इन विभिन्न राजनैतिक दलों जैसे प्रजा समाजवादी दल व भारतीय क्रांति दल द्वारा जाति को आधार बनाकर क्षैतिज आधार पर पिछड़ी जातियों का एकत्रीकरण किया गया। पिछड़ी जातियों से संबंधित राजनैतिक दलों ने भारतीय जनता पार्टी द्वारा की जा रही अयोध्या में राम मंदिर की मांग से मुस्लिम जनाधार को भी अपने साथ जोड़ने में सफलता प्राप्त की।

मंडल आयोग की भी पिछड़ी जातियों के राजनीतिकरण में महत्त्वपूर्ण भूमिका रही है। मंडल आयोग को 1979 में सरकार द्वारा अन्य पिछड़े वर्ग (OBC) के संबंध में आरक्षण के विस्तार के लिए नियुक्त किया गया। मंडल आयोग ने आर्थिक व सामाजिक पिछड़ेपन को आधार मानते हुए 3248 जातियों को अन्य पिछड़े वर्ग का दर्जा देने की सिफारिश की। 1989 में वी. पी. सिंह की गठबंधन सरकार द्वारा मंडल आयोग की सिफारिशों को लागू किया गया जिसके परिणामस्वरूप अन्य पिछड़े वर्गों की आर्थिक स्थिति में और अधिक सुधार आया तथा जाति के आधार पर पिछड़ी जातियों के राजनीतिकरण में वृद्धि हुई।

पिछड़ी जातियों के राजनेताओं जैसे कि मुलायम सिंह यादव द्वारा भारतीय जनता पार्टी को कड़ा मुकाबला दिया गया तथा मुलायम सिंह द्वारा सैनिक व प्रशासनिक संस्थाओं में आरक्षण का विस्तार कर पिछड़ी जाति के जनाधार को विस्तृत करने के प्रयास किए गए। इस प्रकार कांग्रेस की विफलता, हरित क्रांति व मंडल आयोग जैसे विभिन्न कारणों से भारत में पिछड़े वर्गों का राजनीतिकरण हुआ।

संप्रदायवाद (Communalism)

संप्रदायवाद भारतीय लोकतंत्र में एक महत्त्वपूर्ण चुनौती है। संप्रदायवाद का अर्थ है कि एक धार्मिक समुदाय द्वारा अपने सामाजिक व राजनीतिक हितों को अन्य धार्मिक समुदायों से सर्वोपरि मानना। संप्रदायवाद में यह विश्वास भी होता है कि चूँकि हिंदू, मुस्लिम व सिक्ख अलग-अलग धर्मों से संबंध रखते हैं इसीलिए इनके सामाजिक, आर्थिक व राजनीतिक हित भी अलग-अलग हैं।[7] इस प्रकार संप्रदायवाद धार्मिक द्वेष पर आधारित दुर्भावना है।

भारत में संप्रदायवाद का उदय ब्रिटिश राज की "फूट डालो व शासन करो" की नीति से माना जा सकता है। यह सर्वविदित है की भारत के इतिहास में मुस्लिम शासकों के काल में धर्मों के आधार पर इस प्रकार के झगड़ों का अभाव था जैसा कि ब्रिटिश काल व भारतीय स्वतंत्रता के बाद के काल में पाया जाता है। वास्तव में ब्रिटिश शासन के प्रति विरोधस्वरूप उभरते जनमानस को विभाजित करने के लिए ही ब्रिटिश शासकों द्वारा सांप्रदायिक नीतियों को अपनाया गया जिसमें कि वह सफल भी रहे हैं। भारत व पाकिस्तान का विभाजन इन सांप्रदायिक नीतियों का ही नतीजा रहा है।

भारत में स्वतंत्रता के पश्चात् भी संप्रदायवाद के बढ़ने का मुख्य कारण विभिन्न समुदायों के आर्थिक हितों में आपसी टकराव रहा है। ब्रिटिश राज में औद्योगिक व्यवस्था व निजी क्षेत्र का ठीक प्रकार विकास नहीं हुआ था जिससे कि रोजगार के साधन के रूप में सरकारी क्षेत्र व लघु उद्योग ही महत्त्वपूर्ण साधन रहे हैं। स्वतंत्रता प्राप्ति के पश्चात् भी भारतीय अर्थव्यवस्था का तीव्र विकास नहीं हो पाया जिससे कि विभिन्न धार्मिक समुदायों में आर्थिक हितों को लेकर संघर्ष बना रहा। इस संबंध में गोधरा, मुरादाबाद व अलीगढ़ इत्यादि स्थलों पर धार्मिक संघर्षों के पीछे धार्मिक समुदायों के आर्थिक हितों में टकराव है। उदाहरणतः मुरादाबाद में मुस्लिम कारीगर पीतल (brass) के बर्तन बनाने में निपुण हैं परंतु इन्हीं मुस्लिम कारीगरों द्वारा जब पीतल के बर्तनों के निर्यात में हस्तक्षेप किया गया तो हिंदू व्यापारी व मुस्लिम हितों में टकराव आरंभ हो गया।

भारत में संप्रदायवाद का एक अन्य मुख्य कारण राजनीतिक भी रहा है। भारत में राजनीतिक दलों का निर्माण धार्मिक आधार पर हुआ। उदाहरणतः हिंदू महासभा व अकाली दल व शिवसेना जिससे कि धर्म विशेष के हितों को प्रोत्साहित किया गया। इनके अतिरिक्त ऐसे संगठनों का निर्माण हुआ जो धार्मिक हितों के आधार पर विभिन्न गतिविधियों में शामिल रहे हैं। उदाहरणतः विश्व हिंदू परिषद्, स्टूडेंट इस्लामिक मूवमेंट ऑफ इंडिया (SIMI), जमात-ए-इस्लाम इत्यादि। भारत में राष्ट्रीय स्तर के राजनीतिक दलों के द्वारा भी अपनी स्थिति मजबूत करने के लिए संप्रदायवाद को बढ़ावा दिया गया जिसका ज्वलंत उदाहरण अयोध्या कांड व 2002 के गोधरा दंगे हैं। इन सभी कारणों से भारत में संप्रदायवाद ने अपनी जड़ें जमाई हुई हैं तथा भारतीय लोकतंत्र के सामने संप्रदायवाद एक बहुत बड़ी चुनौती के रूप में उपस्थित है। हालाँकि 1991 के पश्चात् आर्थिक उदारीकरण व इसके परिणामस्वरूप भारत में आर्थिक विकास से लोगों की आय के स्रोतों का विकास हुआ है। इसके अतिरिक्त शिक्षा के संदर्भ में 2001 के आंकड़ों के अनुसार 64.5 प्रतिशत भारतीय शिक्षित हैं; जिनकी संख्या वर्तमान में भी बढ़ रही है। इन सभी परिवर्तनों से

संप्रदायवाद जिसे विपिन चंद्र मिथ्या चेतना (False Consciousness) कहते हैं वर्तमान में इतना प्रभावी नहीं रह गया है।[8]

अल्पसंख्यक (Minority)

भारत एक सांस्कृतिक देश है, इसमें विभिन्न भाषा, धर्म व क्षेत्रीयता के व्यक्ति निवास करते हैं। भारतीय लोकतंत्र में अल्पसंख्यक के अधिकारों की सुरक्षा पर विशेष ध्यान दिया गया है। इसका उदाहरण भारतीय संविधान के अनुच्छेद 29 व 30 में मिलता है जिसमें भारत के अल्पसंख्यकों को शिक्षा व सांस्कृतिक पहचान बनाए रखने संबंधी मौलिक अधिकार दिए गए हैं। भारतीय लोकतंत्र में यह सुनिश्चित करने का प्रयास किया गया है कि बहुसंख्यकों द्वारा अल्पसंख्यकों के अधिकार व उनकी सांस्कृतिक पहचान पर अतिक्रमण न किया जाए।

भारत में अल्पसंख्यक कौन हैं व उनका क्या आधार है यह बहुत ही महत्त्वपूर्ण प्रश्न है? इस संदर्भ में सामान्यतया यह समझा जाता है कि हिंदू धर्म के व्यक्ति बहुसंख्यक (majority) हैं तथा मुस्लिम धर्म के व्यक्ति अल्पसंख्यक हैं। परंतु वास्तव में हिंदू धर्म में भी बौद्ध, जैन व सिक्ख अल्पसंख्यक वर्ग की श्रेणी में आते हैं। किसी भी जाति या सजातीय समूह के अल्पसंख्यक होने का आधार यह होना चाहिए कि वह जाति या सजातीय समूह के जीवन-निर्वाह का स्तर क्या है तथा यह समूह कितना शक्तिवान या शक्तिहीन है। इस संबंध में माइनर वीनर अपने अध्याय ''माइनौरिटी आइडेंटिटी'' में लिखते हैं कि 'वह समूह जो समाज के केंद्रीय मूल्यों (central values) को नहीं बांटते हैं अपने आप को अल्पसंख्यक समूह के रूप में देखते हैं।'[9] इस प्रकार जो धार्मिक, भाषायी या सांस्कृतिक समूह जो समाज के केंद्रीय मूल्यों से संबंध नहीं रखते वह अल्पसंख्यक कहे जा सकते हैं। परंतु केंद्रीय मूल्यों को बांटने का यह अर्थ नहीं है कि यह समूह शक्तिहीन है अपितु इसका यह अर्थ है कि केंद्र की संस्कृति, मूल्यों व केंद्र से आने वाली शक्ति को यह समूह अपना नहीं मानते। इस विश्लेषण के पश्चात् यह जानना आवश्यक है कि भारत में भाषा व धर्म के आधार पर किसी समूह को अल्पसंख्यक का दर्जा दिया जाता है।

1. भाषा के आधार पर अल्पसंख्यक: भारत में भाषा के आधार पर अल्पसंख्यकों को मान्यता दी गई है। भाषा के आधार पर वह भाषायी समूह अल्पसंख्यक कहलाता है जो कि राज्य की आधिकारिक भाषा (official language) को अपनी मातृभाषा के रूप में प्रयोग नहीं करता। भारत में आधिकारिक भाषा को लेकर भी उत्तरी व दक्षिणी भारत में विवाद रहा है। हिंदी भाषा 1995 में संपूर्ण भारत में आधिकारिक भाषा के रूप में लागू की जानी थी। परंतु दक्षिण भारत के लोगों द्वारा इस निर्णय का विरोध किया गया तथा इसे सांस्कृतिक आधिपत्य का दर्जा दिया जाने लगा। इन्हीं कारणों से भारत सरकार ने अंग्रेजी भाषा को दूसरी आधिकारिक भाषा के रूप में प्रयोग करने का निर्णय किया। भाषा के आधार पर नेपाली (लगभग 14 लाख), कोंकणी (लगभग 15 लाख) व संथाली (लगभग 38 लाख) अल्पसंख्यक समूह हैं। भाषा के आधार पर अल्पसंख्यक समूहों के संबंध में भारतीय लोकतंत्र में एक नई प्रवृत्ति अनुभव की जा रही है जिसमें वे अल्पसंख्यक समूह आते हैं जो किसी राज्य की आधिकारिक भाषा के अतिरिक्त किसी आधिकारिक भाषा का

प्रयोग करते हैं जैसे कि असम, कर्नाटक, महाराष्ट्र, तमिलनाडु इत्यादि। इसका एक परिणाम यह निकला है कि इन राज्यों के मुख्य शहरों में आधिकारिक भाषा प्रयोग करने वाले व्यक्ति भी अल्पसंख्यकों की श्रेणी में आ गए हैं। जैसे कि मुंबई में मराठी भाषी 42.8 प्रतिशत, बंगलुरू में कन्नड़भाषी 23.7 प्रतिशत हैं तथा ऐसी ही स्थिति गुवाहाटी में है जहाँ असमी अल्पसंख्यकों की श्रेणी में आ गए हैं।[10] इस परिवर्तन के परिणामस्वरूप ही इन राज्यों में प्रतिक्रियावादी शक्तियों ने जन्म लिया है तथा 'Son of the soil' की भावना जोर पकड़ती जा रही है। इस प्रवृत्ति की परिणति विभिन्न प्रतिक्रियावादी समूहों के रूप में हो रही है जैसे कि मुंबई में ''शिव सेना'' व -''महाराष्ट्र नवनिर्माण सेना (MNS)'' तथा असम में ''उल्फा'' इत्यादि। इन प्रतिक्रियावादी समूहों द्वारा हिंदी भाषी समूहों के विरुद्ध हिंसात्मक कार्यवाही आम बात हो गई है। इस प्रकार यह विघटनकारी प्रवृत्ति भारतीय लोकतंत्र के सामने एक नई चुनौती प्रस्तुत कर रही है। भारत में अल्पसंख्यक समूहों द्वारा दो मुख्य मांगें की जाती रही हैं। प्रथम अलग राज्यों की स्थापना की मांग व द्वितीय अपनी भाषा को राज्य की आधिकारिक भाषा की मान्यता प्रदान करवाने की मांग।

2. धर्म के आधार पर अल्पसंख्यक: भारतीय संविधान में धर्म के आधार पर भी अल्पसंख्यक वर्ग को मान्यता प्रदान की गई है। यदि 2001 की जनगणना के आंकड़ों की ओर ध्यान दिया जाए तो हिंदू कुल जनसंख्या का 83.6 प्रतिशत, मुस्लिम 13.4 प्रतिशत व ईसाई 2.3 प्रतिशत हैं। साधारणतया मुस्लिम व ईसाई धर्म को अल्पसंख्यकों की श्रेणी में रखा जाता है तथा हिंदुओं को बहुसंख्यकों की श्रेणी में परंतु यहाँ यह ध्यान देना आवश्यक है कि हिंदू धर्म में सिक्ख, बौद्ध व जैन धर्म के मतों को भी शामिल किया गया है जो भारतीय जनसंख्या का क्रमश: 1.9 प्रतिशत, 0.84 प्रतिशत व 0.4 प्रतिशत है तथा अल्पसंख्यकों की श्रेणी में आते हैं।

भारत में धर्म के आधार पर अल्पसंख्यक समूहों का विश्लेषण करते समय दो मुख्य प्रवृत्तियाँ सामने आती हैं। एक ओर तो विभिन्न अल्पसंख्यक धर्मों के व्यक्ति भाषा, जाति व क्षेत्रीयता के आधार पर बंटे हुए हैं। उदाहरणत: ईसाई धर्म के लोग जाति के आधार पर विभाजित हैं। मुख्यत: दक्षिण भारत में यह प्रवृत्ति अधिक पाई जाती है जहाँ ईसाइयों में जाति के आधार पर भेदभाव विद्यमान है। इस प्रकार सिक्ख धर्म में भी जाति भेदभाव पाया जाता है तथा विभाजन का आधार अनुसूचित जाति व गैर अनुसूचित जाति (मुख्यत: जाट सिक्ख) है। इसके अतिरिक्त मुस्लिम धर्म के लोग भाषा के आधार पर विभाजित हैं। उदाहरणत: मलयालम, उर्दू व बंगाली भाषा के लोग बहुतायत संख्या में मुस्लिम हैं। इस प्रकार अल्पसंख्यक धर्म के व्यक्तियों में आंतरिक विभाजन देखने को मिलता है।

दूसरी मुख्य प्रवृत्ति, धार्मिक समूहों के विश्लेषण में, अल्पसंख्यक धार्मिक समूह व हिंदू धर्म में इनके संबंधों को लेकर है। हिंदू धर्म एक समावेशी धर्म है। यदि यह प्रश्न किया जाए कि हिंदू कौन है या हिंदू होने का आधार क्या है इसका उत्तर अत्यंत समावेशी है क्योंकि हिंदू धर्म में कोई विशेष धार्मिक ग्रंथ नहीं है तथा न ही कोई विशेष धर्म कांड है। इनके अभाव में साधारणतया यह माना जाता है कि वह व्यक्ति जो हिंदू धर्म के दर्शन में विश्वास रखता है वह हिंदू है। हिंदू धर्म में गुरुद्वारे जाने या बौद्ध या जैन धर्म का पालन करने में कोई आपत्ति नहीं है। इस प्रकार हिंदू धर्म एक समावेशी धर्म के रूप में सामने

आया है। भारत में धार्मिक आधार पर अल्पसंख्यक समूहों का अध्ययन इस विश्लेषण को ध्यान में रखकर ही किया जाना चाहिए।

अल्पसंख्यकों की मांगें

भारतीय संविधान के अनुच्छेद 29 व 30 में अल्पसंख्यकों के सांस्कृतिक व शैक्षिक अधिकारों को सुनिश्चित किया गया है। तथापि समय-समय पर भारतीय अल्पसंख्यकों द्वारा विभिन्न मांगें की जाती रही हैं जिनका विश्लेषण निम्नलिखित है:

पृथक राज्य के निर्माण की मांग: भारत में स्वतंत्रता प्राप्ति के पश्चात् से ही भाषा के आधार पर पृथक राज्यों के निर्माण की मांग की जाने लगी थी। आरंभ में इन मांगों का भारतीय नेतृत्व द्वारा विरोध किया गया परंतु निरंतर संघर्ष के चलते इन मांगों को माना गया तथा भाषा के आधार पर राज्यों का पुनर्गठन किया गया। भारत में विभिन्न समूहों द्वारा स्थान विशेष से प्रेम किया जाता रहा है तथा विभिन्न अनुसूचित जनजाति व भाषायी अल्पसंख्यकों द्वारा पृथक राज्य की स्थापना की मांग की गई, उदाहरणत: असम में बोडोलैंड व पश्चिमी बंगाल में गोरखालैंड की स्थापना की मांगें इत्यादि। नए राज्यों की स्थापना से स्थानीय व्यक्तियों को विभिन्न लाभ मिलते हैं, जैसे सरकारी रोजगार, भूमि व राजनीतिक शक्ति इत्यादि। इन्हीं सभी तथ्यों के कारण अल्पसंख्यकों द्वारा पृथक राज्यों की स्थापना की मांग की जाती रही है।

भाषा को मान्यता प्रदान करने की मांग: अल्पसंख्यक समूहों द्वारा अपनी भाषा को आठवीं सूची में शामिल करवाने की मांग भी लगातार की जाती रही है। अल्पसंख्यकों द्वारा अपनी भाषा को आठवीं सूची में शामिल करवाने से अखिल भारतीय सेवाओं व राज्य स्तर के रोजगारों की परीक्षा अपनी भाषा में परीक्षा देने का अवसर प्राप्त होता है। अल्पसंख्यकों की इन मांगों के चलते ही 92वें संविधान संशोधन द्वारा बोडो, संथाली, मैथिली व डोगरी को आठवीं सूची में शामिल किया गया। आठवीं सूची में भाषा को शामिल करवाने का एक अन्य कारण अपनी पहचान को बनाए रखना भी है।

आरक्षण की मांग: अल्पसंख्यकों द्वारा विकास की प्रक्रिया में अपनी भागीदारी सुनिश्चित करने के लिए समय-समय पर आरक्षण की मांग भी की जाती रही है। अल्पसंख्यकों द्वारा आरक्षण की मांग राजनीतिक नेतृत्व व प्रशासनिक सेवाओं में की जाती है। इन दोनों क्षेत्रों में आरक्षण से राजनीतिक शक्ति के साथ-साथ आर्थिक विकास भी संभव हो पाता है। हाल ही में भारत सरकार द्वारा राजेंद्र सच्चर कमेटी का गठन किया गया जिसमें यह विश्लेषण किया गया कि मुस्लिम अपनी जनसंख्या के अनुपात में विभिन्न क्षेत्रों, जैसे शिक्षा, सेना व प्रशासनिक सेवा इत्यादि, में कितनी मात्रा में हैं। इस प्रकार भारत सरकार द्वारा भविष्य में ऐसे कदम उठाने की अपेक्षा की जाती है जिससे कि विभिन्न क्षेत्रों में अल्पसंख्यकों के अनुपात के अनुसार इसकी भागीदारी संभव हो सके।

सुरक्षा की मांग: सुरक्षा अल्पसंख्यकों के लिए एक महत्त्वपूर्ण विषय है। इसी कारणवश अल्पसंख्यकों द्वारा निरंतर सुरक्षा की मांग की जाती रही है। अल्पसंख्यक समूह अपनी सुरक्षा को लेकर चिंतित रहते हैं क्योंकि समय-समय पर धर्म व जाति के आधार

पर अल्पसंख्यकों को हिंसा का शिकार होना पड़ा है; उदाहरणतः बाबरी मस्जिद के ढहाए जाने पर हुए दंगे, गोधरा कांड के परिणामस्वरूप गुजरात में मुस्लिमों के विरुद्ध हिंसा तथा उड़ीसा के कंधमाल जिले में ईसाई धर्मों के अनुयायियों व उनके धार्मिक स्थलों पर हिंदू राष्ट्रवादियों द्वारा हिंसात्मक कार्यवाही इत्यादि। इन विभिन्न हिंसात्मक कार्यवाइयों में अल्पसंख्यकों द्वारा यह अनुभव किया गया कि पुलिस या तो दंगे करने वालों के साथ होती है या अक्रियात्मक (non-functional) ही रहती है। यह प्रवृत्ति 1984 के सिक्ख दंगों व गोधरा कांड के कारण हुए गुजरात दंगों के समय साफ तौर पर देखी जा सकती है। इस प्रकार राज्य द्वारा इन सांप्रदायिक दंगों में संलिप्त रहने से अल्पसंख्यकों की सुरक्षा का प्रश्न और अधिक महत्त्वपूर्ण हो जाता है। यह विषय भारतीय लोकतंत्र के समक्ष एक महत्त्वपूर्ण चुनौती प्रस्तुत करता है।

हाल ही के वर्षों में मुस्लिम अल्पसंख्यकों की स्थिति का अध्ययन करने के लिए गठित राजेंद्र सच्चर कमेटी द्वारा अपनी रिपोर्ट में कहा गया कि मुस्लिम सुरक्षा, पहचान (identity) व विकास तीनों ही दृष्टि से पिछड़े हुए हैं। उदाहरणतः विभिन्न सांप्रदायिक दंगों से अल्पसंख्यक भयभीत रहते हैं तथा उर्दू भाषा के उचित प्रचार-प्रसार के अभाव में मुस्लिम संप्रदाय अपनी पहचान को लेकर सशंकित रहते हैं। इसके अतिरिक्त शिक्षा व रोजगार की दृष्टि से भी अल्पसंख्यकों की स्थिति अच्छी नहीं है। इस प्रकार भारतीय लोकतंत्र में ऐसे कदम उठाए जाने की सख्त आवश्यकता है जिससे कि अल्पसंख्यकों की सुरक्षा, पहचान व विकास की उचित व्यवस्था की जा सके।

भारत में जाति व वर्ग

भारत में जाति व वर्ग आपस में एक-दूसरे से जुड़े हुए हैं। यदि भारतीय समाज में वर्ग का विश्लेषण करना हो तो जाति संबंधों को अनदेखा नहीं किया जा सकता। इस संबंध में मार्क्सवादियों द्वारा ही विश्वास किया गया कि भारत के संबंध में समानता को सामाजिक वर्ग के संघर्ष के द्वारा प्राप्त किया जा सकता है तथा जाति अपने आप में एक सजातीय पहचान है जिसे अनदेखा किया जा सकता है। परंतु भारतीय समाज के संबंध में यह विचार पूर्णतः सही नहीं है।

भारत में विभिन्न समुदायों द्वारा वृहत्तर समानता की मांग की गई परंतु वास्तव में भारतीय समाज में समानता व्यक्तिगत आधार पर कम और जातिगत आधार से अधिक जुड़ी हुई है। भारतीय समाज के संबंध में यह कहना भी अनुचित है कि जाति व वर्ग संबंधों में समानता है क्योंकि एक ही जाति में अलग-अलग वर्ग के व्यक्ति पाए जाते हैं। उदाहरणतः हरित क्रांति व आरक्षण की व्यवस्था से उन पिछडे वर्गों के कई सदस्यों जो जमींदार वर्ग की श्रेणी में आते थे, को अन्य सदस्यों की अपेक्षा अधिक लाभ हुआ। इसके अतिरिक्त वर्ग संबंधों पर जातिगत संबंध हमेशा से ही अधिक प्रभावी रहे हैं। जातिगत आधार पर विभिन्न राजनेताओं जैसे कि तमिलनाडु में एम.जी.आर. बिहार में लालू प्रसाद यादव व उत्तर प्रदेश में मायावती व मुलायम सिंह यादव इत्यादि द्वारा जातिगत आह्वान पर व्यक्तियों ने वर्ग आधार को अनदेखा करके सदा ही जातिगत प्रतिक्रिया जताई है। इसके अतिरिक्त जाति के आधार पर एकीकरण का एक अन्य कारण दूसरी जातियों द्वारा

हिंसात्मक व आर्थिक शोषण भी है। उदाहरणतया बिहार में रणबीर सेना द्वारा निचली जातियों के लोगों के घरों को जलाना व हरियाणा की खाप पंचायत द्वारा निम्न जातियों का सामूहिक बहिष्कार करना इत्यादि। इन सभी कारणों से मार्क्सवादियों का यह कथन कि जाति एक काल्पनिक संरचना है तथा सामाजिक वर्ग के संघर्ष द्वारा भारत में समानता की स्थापना की जानी चाहिए उचित प्रतीत नहीं होता।"

भारतीय समाज में वर्ग व जाति का विश्लेषण करते समय यह मानना पड़ेगा कि भारतीय समाज में सामाजिक पहचान के रूप में जाति सामाजिक वर्ग की अपेक्षा अधिक महत्त्व रखती है। इसके अतिरिक्त भारतीय समाज में वर्ग पर आधारित ट्रेड यूनियन (trade union) राजनीतिक क्षेत्र में उतनी महत्त्वपूर्ण भूमिका नहीं निभा पाए हैं जितनी जाति पर आधारित आंदोलनों द्वारा निभाई गई है। इस प्रकार भारतीय राजनीति में वर्ग व्यवस्था का अध्ययन जातिगत संबंधों को ध्यान में रखकर ही किया जाना अधिक उचित प्रतीत होता है।

भारतीय लोकतंत्र में भाषा

भारत के बहुसांस्कृतिक समाज में भाषा पहचान (identity) का एक महत्त्वपूर्ण भाग रही है। भारतीय लोकतंत्र में भाषा से संबंधित तीन मुख्य विषय रहे हैं–भाषा के आधार पर राज्यों का पुनर्गठन, भाषा के आधार पर प्रमुख शहरों में बदलता स्वरूप तथा 'son of the soil' की उभरती प्रवृत्ति तथा शिक्षा व भाषा। ब्रिटिश राज में भारतीय राज्यों का स्वरूप उनकी तत्कालीन विजयों व विस्तारवादी नीतियों पर आधारित था। स्वतंत्रता प्राप्ति के पश्चात् राज्यों के गठन में भाषा ने एक प्रमुख भूमिका निभाई। राज्यों के गठन के संबंध में संविधान सभा ने धर आयोग (Dhar Commission) की स्थापना की। इस आयोग द्वारा भाषा को राज्यों के गठन में मान्यता नहीं दी गई तथा आयोग के अनुसार ऐसा करने से राष्ट्रीय एकता की भावना को ठेस पहुँचती है। परंतु देश के विभिन्न भागों से भाषा के आधार पर राज्यों के पुनर्गठन की माँग की जा रही थी। उदाहरणत: तेलुगू के आधार पर आंध्र-प्रदेश व गुजराती के आधार पर गुजरात इत्यादि। इन मांगों के परिणामस्वरूप एक अन्य समिति का निर्माण किया गया जिसके सदस्यों में जवाहर, पटेल व पट्टाभि-सीतारमैया थे। इस समिति द्वारा भी भाषा के आधार पर राज्यों के पुनर्गठन की मांग को नकार दिया गया। परंतु भाषा के आधार पर अलग आंध्र प्रदेश की मांग को लेकर पोट्टी श्रीरामलू ने अनिश्चितकालीन भूख-हड़ताल की जिसमें उनकी मृत्यु हो गई। इस घटना के फलस्वरूप जन आंदोलन और अधिक बढ़ा तथा केंद्र सरकार द्वारा एच. एन. कुंजरन की अध्यक्षता में एक अन्य राज्य पुनर्गठन आयोग की स्थापना की गई जिसने भाषा के आधार पर राज्यों की स्थापना की सिफारिश की। इसके पश्चात् भारत में विभिन्न राज्यों का पुनर्गठन भाषा के आधार पर किया गया। उदाहरणत: आंध्र प्रदेश, महाराष्ट्र, गुजरात, हरियाणा व पंजाब इत्यादि।

राज्य की आधिकारिक भाषा क्या हो यह भी भारतीय लोकतंत्र में एक महत्त्वपूर्ण विषय रहा है। स्वतंत्रता के पश्चात् संविधान में यह प्रावधान किया गया कि 1965 तक अंग्रेजी भाषा को द्वितीय आधिकारिक भाषा के रूप में प्रयोग किया जाए तथा 1965 के पश्चात् हिंदी को संपूर्ण भारत में आधिकारिक भाषा के रूप में प्रयोग किए जाने का

प्रावधान किया गया था। परंतु इस प्रावधान का दक्षिण भारत के राज्यों जैसे तमिलनाडु, कर्नाटक, आंध्र प्रदेश इत्यादि द्वारा विरोध किया गया। इस संबंध में दक्षिणी राज्यों द्वारा कहा गया कि हिंदी भाषा आर्यों की संस्कृति के आधिपत्य को दर्शाती है। इन मांगों के चलते ही केंद्र सरकार द्वारा इस प्रावधान को हटाया गया तथा अंग्रेजी भाषा को अनिश्चित काल के लिए द्वितीय आधिकारिक भाषा के रूप में प्रयोग करने का निर्णय किया।

शिक्षा में भाषा के प्रयोग पर भी भारतीय लोकतंत्र में विभिन्न तथ्य उभरकर सामने आए हैं। जहाँ एक ओर शिक्षा समवर्ती सूची का विषय है तो दूसरी ओर संविधान द्वारा मातृभाषा व हिंदी के प्रोत्साहन का भार (अनुच्छेद 350A व 351) संघ को सौंपा गया है। इस संबंध में संघ सरकार द्वारा यह पक्ष लिया गया कि मातृभाषा का प्रयोग प्राइमरी शिक्षा स्तर तक ही होना चाहिए। दक्षिण भारत में डी.एम.के. जैसे राजनीतिक दलों द्वारा यह आरोप लगाया गया कि केंद्र द्वारा हिंदी को अन्य भाषाओं पर थोपा जा रहा है। संघ सरकार द्वारा आगे चलकर शिक्षा के क्षेत्र में तीन-भाषायी सूत्र अपनाया गया जिसके अनुसार शिक्षा में मातृभाषा, आधिकारिक भाषा (official language) हिंदी व भारत की एक आधुनिक भाषा का अध्ययन था। इस प्रकार गैर-हिंदी प्रदेशों में हिंदी के अध्ययन का प्रावधान किया गया था। परंतु यह प्रावधान राज्यों की स्वेच्छा पर छोड़ा गया था कि इसे लागू किया जाए अथवा नहीं। ''तीन भाषायी सूत्र'' को विभिन्न राज्यों द्वारा जैसे तमिलनाडु, को अपनाने में अनियमितताएँ अपनाई गईं जिससे कि हिंदी को पाठ्यक्रम में विकल्प के रूप में रखा गया।

भाषा के संबंध में सरकारिया आयोग ने भी विचार किया तथा इस संबंध में निम्नलिखित सुझाव दिए–

- सरकारी कार्य, संघ अथवा राज्य, उसी स्थानीय भाषा में ही किया जाना चाहिए।
- भारत के सभी राज्यों में एकरूप ''तीन भाषायी सूत्र'' समान रूप से लागू किया जाए जिससे देश की एकता व अखंडता बनी रह सके।
- भाषायी अल्पसंख्यकों की सुरक्षा के लिए आचार संहिता को बनाया व लागू किया जाना चाहिए।[12]

इस प्रकार भाषा भारतीय समाज में सामाजिक पहचान का एक अभिन्न अंग है तथा लोकतांत्रिक प्रक्रिया में भाषा को राजनीतिक आधार के रूप में प्रयोग किया गया है। वर्तमान में यह आवश्यकता है कि विभिन्न अल्पसंख्यकों की भाषा की पूर्ण सुरक्षा की जाए।

भारतीय लोकतंत्र द्वारा उठाए गए नए कदम

भारतीय लोकतंत्र द्वारा आर्थिक विकास, स्वशासन की व्यवस्थाएं, सामाजिक न्याय व प्रशासन में पारदर्शिता संबंधी विभिन्न कदम समय-समय पर उठाए गए हैं। इन सभी नवीन प्रवृत्तियों के फलस्वरूप लोकतंत्र में लोगों की भागीदारी व विश्वास बढ़ा है।

1. पंचायती राज व्यवस्था: भारतीय सामाजिक संरचना व लोकतांत्रिक प्रक्रिया पर पंचायती राज व्यवस्था ने बहुत गहरा प्रभाव डाला है। भारतीय संविधान के 73वें व 74वें संविधान संशोधन के माध्यम से स्थानीय स्वशासन की संवैधानिक व्यवस्था की गई है। इस

संशोधन के द्वारा सभी राज्यों को स्थानीय स्वशासन संबंधी व्यवस्था करना आवश्यक बनाया गया है। स्थानीय स्वशासन की इस व्यवस्था को साकार करने में केंद्र व राज्य की सरकारों के साथ-साथ गैर सरकारी संगठनों (NGOs) व स्वयं सहायता समूहों (SHGs) ने भी महत्त्वपूर्ण भूमिका निभाई है।

पंचायती राज व्यवस्था द्वारा राजनीतिक स्वशासन के साथ-साथ सामाजिक न्याय व आर्थिक विकास को भी सुनिश्चित किया गया है। पंचायती राज व्यवस्था द्वारा सत्ता का राजनीतिक विकेंद्रीकरण संभव हुआ है। पंचायती राज व्यवस्था से ग्रामीण क्षेत्रों में सेवाओं का सुचारू रूप से संचालन संभव हो पाया है जैसे कि ग्रामीण विद्यालयों में अध्यापकों की उपस्थिति का बढ़ना, स्वास्थ्य केंद्रों का ठीक प्रकार से कार्य करना तथा उचित दर की दुकानों (fair price shop) का नियमित रूप से कार्य करना इत्यादि। पंचायती राज व्यवस्था द्वारा सामाजिक न्याय की स्थापना भी संभव हो पाई है। ग्रामीण परिप्रेक्ष्य में जाति व लिंग संबंधों में परिवर्तन आया है। पंचायती राज व्यवस्था में अनुसूचित जाति, जनजाति व महिलाओं के आरक्षण का प्रावधान है जिसके द्वारा ग्रामीण समाज में व्यापक परिवर्तन आया है। पंचायती राज व्यवस्था के आरंभ के वर्षों में सवर्ण जाति के व्यक्तियों द्वारा *छद्म उम्मीदवारों* के आधार पर स्थानीय सत्ता पर नियंत्रण रखा जाता था। परंतु कालांतर में निम्न जातियों व महिलाओं द्वारा इस व्यवस्था में परिवर्तन कर सामाजिक न्याय को संभव बनाया। पंचायती राज व्यवस्था को और अधिक प्रभावी बनाने की इस व्यवस्था को पी.ई.एस.ए. (Panchayat Extension to the Scheduled Areas Act) (PESA) 1996 द्वारा पांचवीं अनुसूची में आने वाले अनुसूचित क्षेत्रों में भी लागू किया गया।[13] इस प्रकार पंचायती राज व्यवस्था सामाजिक न्याय के एक महत्त्वपूर्ण साधन के रूप में उभरकर आई।

पंचायती राज व्यवस्था द्वारा ग्रामीण क्षेत्र में आर्थिक विकास में भी योगदान किया गया। पंचायती राज द्वारा केंद्र की विभिन्न योजनाओं का क्रियान्वयन किया गया जैसे संपूर्ण ग्रामीण रोजगार योजना, राष्ट्रीय ग्रामीण रोजगार गारंटी योजना, सर्व शिक्षा अभियान, दोपहर का भोजन (mid day meal), राष्ट्रीय स्वास्थ्य योजना व भारत निर्माण के अंतर्गत आने वाली विभिन्न योजनाएं इत्यादि। इस प्रकार भारतीय लोकतंत्र की पंचायती राज व्यवस्था से स्वशासन, सामाजिक न्याय व आर्थिक विकास संभव हो पाया है तथा लोगों का भारतीय लोकतंत्र में विश्वास और अधिक बढ़ा है।

2. आर्थिक उदारीकरण: भारत में स्वतंत्रता प्राप्ति के समय मिश्रित अर्थव्यवस्था को अपनाया गया। मिश्रित अर्थव्यवस्था में राज्य की भूमिका को अत्यंत महत्त्व दिया गया इसके पीछे मुख्य कारण यह था कि इस काल में अर्थव्यवस्था में राज्य के हस्तक्षेप व नियंत्रण को विश्व भर में उचित माना गया था। राज्य के हस्तक्षेप द्वारा ही समानता व अन्य सामाजिक उद्देश्यों की प्राप्ति का समर्थन किया जाता था जिनकी प्राप्ति में स्वतंत्र बाजार प्रणाली की भूमिका संदेहास्पद थी। परंतु कालांतर में विभिन्न आर्थिक संस्थाओं द्वारा वांछित उद्देश्यों की प्राप्ति न हो सकी जैसे सरकारी उद्यमों द्वारा निवेश के लिए संसाधन जुटा पाने में असमर्थता व सरकार द्वारा चालू खर्चे (current spending) अधिक किए जाने से 1980 के दशक में बजट घाटे का सकल घरेलू उत्पाद की तुलना में 6.4 से 9 प्रतिशत तक जाना इत्यादि। इन सभी कारणों के फलस्वरूप 1991 में भारत द्वारा आर्थिक

उदारीकरण को अपनाया गया। आर्थिक उदारीकरण में दो नीतियों को अपनाया गया। प्रथम स्थिरीकरण नीति (stablisation policy) व द्वितीय संरचनात्मक सुधार नीति (structural reform policy)। इस संबंध में डॉ. मनमोहन सिंह द्वारा यह धारणा प्रकट की गई कि स्थायित्व के अभाव में सुधारों को प्रभावी नहीं किया जा सकता। आर्थिक उदारीकरण में मुख्यतः तीन उद्देश्यों की प्राप्ति के लिए प्रयत्न किए गए।

(a) वित्तीय स्थिरता: जिससे बढ़ते वित्तीय घाटे को रोका जा सके।

(b) आंतरिक उदारीकरण: जिससे कि देश में प्रतियोगिता का माहौल तैयार हो सके। इसके लिए उद्यमों को उत्पादन, नियुक्ति व निवेश इत्यादि के लिए बाजार की स्थिति के अनुरूप निर्णय लेने की स्वतंत्रता प्रदान की जा सके।

(c) वैश्वीकरण: विभिन्न उपायों जैसे विदेशी व्यापार व विनिमय दर पर नियंत्रण कम करके, विदेशी निवेश को आमंत्रित करके, विश्व अर्थव्यवस्था को भारतीय अर्थव्यस्था के साथ जोड़ना।[14]

इन उद्देश्यों की प्राप्ति के लिए सरकार द्वारा विभिन्न कदम उठाए गए जैसे कि वित्तीय नीति में सुधार द्वारा आयात लाइसेंस प्रणाली को समाप्त किया गया, औद्योगिक नीति में सुधार के द्वारा नई औद्योगिक नीति को लागू किया गया, भारतीय रुपये का 20 प्रतिशत अवमूल्यन किया गया तथा भारतीय प्रतिभूति व विनिमय बोर्ड (SEBI) की स्थापना की गई।

आर्थिक उदारीकरण व भारतीय समाज पर पड़े प्रभावों को दो भागों में बाँटा जा सकता है। आर्थिक उदारीकरण के परिणामस्वरूप सकल घरेलू उत्पाद में वृद्धि हुई जो 1992-1998 के दौरान 6.5 प्रतिशत रही जो कि उदारीकरण के पहले के समय से अधिक रही है।[15] औद्योगिक क्षेत्र की भी पुनर्स्थापना हुई, उद्योग मंदी के दौर से उभरे तथा इनकी क्षमता व उत्पादन में वृद्धि हुई। भारत में विदेशी निवेश को भी विभिन्न क्षेत्रों में बढ़ावा मिला जो एक सकारात्मक परिणाम है। इसके अतिरिक्त रोजगार के क्षेत्र में भी वृद्धि दर्ज की गई व गरीबी रेखा से नीचे रहने वाले लोगों की प्रतिशतता जो कि 1991 में 39 प्रतिशत थी आर्थिक उदारीकरण के पश्चात् वर्तमान में 26 प्रतिशत रह गई। परंतु आर्थिक उदारीकरण के विभिन्न नकारात्मक प्रभाव भी देखे जा सकते हैं जैसे व्यापार के उदारीकरण द्वारा छोटे उद्योगों (small scale industry) व अकुशल रोजगार (unskilled labour) पर इसका विपरीत प्रभाव पड़ा, समाज में आर्थिक असमानता बढ़ी तथा राज्य की भूमिका शिक्षा, स्वास्थ्य व रोजगार में कमी हो गई। विकसित देशों में उदारीकरण के दौर में सामाजिक सुरक्षा का कार्यभार राज्य से उद्योगों द्वारा कॉरपोरेट सोशल रिस्पोंसिबिलिटी के रूप में लिया गया है। परंतु भारतीय परिप्रेक्ष्य में कॉरपोरेट सोशल रिस्पोंसिबिलिटी अभी विकसित नहीं हुई है जिसके कारण भारत के आर्थिक रूप से पिछड़े इलाकों में माओवाद व नक्सलवाद जैसी समस्या बढ़ रही है। ऐसी स्थिति में राज्य द्वारा आगे आकर समान विकास के साथ-साथ सामाजिक सुरक्षा पर बल दिया जाना अत्यंत आवश्यक है अन्यथा भारत में लोकतांत्रिक प्रक्रिया पर प्रश्न चिह्न लगाना स्वाभाविक है।

3. सूचना का अधिकार (Right to Information): सूचना का अधिकार भारतीय लोकतंत्र की एक विशिष्ट उपलब्धि है। सूचना के अधिकार की पृष्ठभूमि में सामाजिक कार्यकर्ता अरुणा राय व उनके गैर सरकारी संगठन मजदूर किसान शक्ति संगठन (MKSS)

की महत्त्वपूर्ण भूमिका रही है। सूचना का अधिकार 13 अक्टूबर 2005 से भारत में लागू किया गया। सूचना के अधिकार द्वारा भारतीय प्रशासनिक व्यवस्था को और अधिक उत्तरदायी व पारदर्शी बनाया गया है जिससे व्यक्तियों की भारतीय लोकतंत्र में आस्था और अधिक सुदृढ़ हुई है। सूचना के अधिकार द्वारा यह सुनिश्चित किया गया है कि भारतीय नागरिक विभिन्न सरकारी विभागों से निर्देशित सूचना प्राप्त कर सकता है। सूचना का अधिकार किस प्रकार भारतीय लोकतंत्र को सुदृढ़ करने में सहायक सिद्ध हुआ है, इसका आभास विभिन्न उदाहरणों द्वारा लगाया जा सकता है। जैसे की भारतीय रेलवे पेंशन एसोशिएसन द्वारा अपनी पेंशन व अन्य सेवानिवृत्ति के भत्तों के लिए असंख्य प्रयास किए गए परंतु कोई हल नहीं निकला। इसी संस्था द्वारा जब सूचना के अधिकार का प्रयोग कर इस संबंध में पश्चिमी रेलवे से इनकी पेंशन व सेवानिवृत्ति के भत्तों की अदायगी न करने का कारण पूछा गया तो पश्चिमी रेलवे द्वारा इनके सभी भत्तों की अदायगी कर दी गई।[16] कर्नाटक के ग्रामीण क्षेत्र में सूचना के अधिकार का प्रयोग कर ''खाद्य अधिकार'' (right to food) भी सुनिश्चित किया गया। इसके अतिरिक्त ऐसे असंख्य उदाहरण हैं जहाँ सूचना के अधिकार के प्रयोग से लोगों का भारतीय लोकतंत्र में विश्वास और अधिक हुआ है। सूचना का अधिकार वास्तव में भारतीय लोकतंत्र के लिए एक वरदान ही साबित हुआ है।

4. महिला सशक्तीकरण: भारतीय समाज में महिलाओं की स्थिति बड़ी ही सोचनीय रही है। यद्यपि प्राचीन भारत में मैत्रेयी व गार्गी जैसी विदुषियों का विवरण मिलता है जो सामाजिक व राजनीतिक गतिविधियों में पुरुषों के साथ कंधे से कंधा मिलाकर चलती थीं। परंतु कालांतर में कृषि के विकास व निजी संपत्ति के प्रभावों के कारण महिलाओं की भूमिका गृहकार्यो तक ही सिमट कर रह गई। महिलाओं को राजनीतिक गतिविधियों से वंचित रखा गया तथा शिक्षा से भी महिलाओं को विपन्न रखा गया। भारतीय समाज में महिलाएँ विभिन्न प्रकार की कुरीतियों से भी ग्रस्त थीं, जैसे सती प्रथा, बाल-विवाह, विधवा पुनर्विवाह पर रोक तथा बहु-विवाह प्रथा इत्यादि। भारत में महिलाओं की स्थिति ब्रिटिश राज के समय से ही सुधरने लगी थी जैसे कि सती प्रथा, बाल-विवाह, व विधवा पुनर्विवाह (शारदा एक्ट) के संबंध में अधिनियम जारी हुए। इसके अतिरिक्त महिलाओं द्वारा राजनीतिक गतिविधियों जैसे सत्याग्रह, सविनय अवज्ञा व भारत छोड़ो आंदोलनों में भागीदारी की गई। परंतु व्यापक आधार पर महिला सशक्तीकरण स्वतंत्र भारत में ही प्रारंभ हुआ जिसे दो भागों में विभाजित किया जा सकता है-(i) विभिन्न कानूनी प्रावधान व (ii) लोकतांत्रिक प्रक्रिया के द्वारा महिला सशक्तीकरण।

भारतीय संविधान में विभिन्न प्रावधानों द्वारा पुरुष व महिलाओं के बीच परंपरागत भेदभाव को दूर करने का प्रयास किया गया है। उदाहरणत: कानून के समक्ष समानता (अनुच्छेद 14), अवसर की समानता(अनुच्छेद 16), समान कार्य के लिए समान वेतन (अनुच्छेद 39), मातृत्व सुरक्षा व राहत(अनुच्छेद 42)। संवैधानिक प्रावधानों के अतिरिक्त भारतीय संसद द्वारा विभिन्न अधिनियमों को लागू किया गया है जिससे महिला सशक्तीकरण संभव हो पाया है। इन अधिनियमों में से मुख्य निम्नलिखित हैं–

- Indian Penal Code (1860)
- Special Marriage Act (1954)

- Hindu Marriage Act (1955)
- The Hindu Succession Act (1956)
- The Indian Divorce Act (1969)
- The Equal Remuneration Act (1976)
- National Commission for Women Act (1997)
- The Pre Natal Diagnostic Techniques Act (1994)
- The Immoral Traffic Act (1956)
- The Indecent Representation of Women (Prohibition) Act 1986
- The Commission of Sati (Prevention) Act (1987)[17]
- Domestic Violence Act (2005)

विभिन्न अधिनियमों द्वारा महिलाओं को विभिन्न सामाजिक कुरीतियों जैसे सती प्रथा, बहु-विवाह व घरेलू हिंसा इत्यादि से सुरक्षा प्रदान करवाई गई है। इन कानूनी प्रावधानों से भारतीय समाज में महिलाओं की स्थिति में सुधार आया है तथा महिला सशक्तीकरण भी संभव हो पा रहा है। भारतीय समाज में महिला सशक्तीकरण में लोकतांत्रिक प्रक्रिया ने भी महत्त्वपूर्ण भूमिका निभाई है। भारत में पंचायती राज व्यवस्था ने महिलाओं को राजनीतिक रूप से सशक्त बनाया है। इसके पीछे मुख्य कारण यह रहा है कि 73वें संविधान संशोधन द्वारा महिलाओं को पंचायतों में 1/3 आरक्षण प्रदान किया गया है। इस व्यवस्था से पहले भारत में महिलाओं का राजनीतिक प्रतिनिधित्व बहुत कम रहा। 1952 की प्रथम लोकसभा में केवल 3 प्रतिशत, 1996 में यह 7.3 प्रतिशत रही व 1999 में केवल 47 महिलाएँ थीं जो कि लोकसभा का लगभग 10 प्रतिशत है।[18] परंतु इसके विपरीत 1993-94 के पंचायती राज के चुनावों में 8,00,000 महिलाओं ने भाग लिया जो कि भारतीय लोकतंत्र में एक अच्छा परिवर्तन है।

पंचायतों में महिलाओं के आरक्षण से उनकी सामाजिक, आर्थिक व राजनीतिक स्थिति में गुणात्मक परिवर्तन हुआ। आरंभ में महिलाओं के आरक्षण के विरुद्ध कहा जाता था कि महिलाएँ एक ''छद्म'' (proxy) उम्मीदवार के रूप में रहती हैं तथा उनके पिता या पति के रूप में पुरुष ही शासन करते हैं। परंतु समय के साथ-साथ महिलाओं की राजनीतिक व सामाजिक स्थिति में मजबूती आई है तथा महिलाओं द्वारा शासन में पुरुषों के समक्ष भागीदारी की जा रही है। पंचायती राज की इस व्यवस्था व महिलाओं की भागीदारी से युगों से चली आ रही महिला दमन व महिलाओं के पद-सोपान में परिवर्तन आया है तथा महिलाएं सत्ता व निर्णय-निर्माण में अपने अधिकारों का प्रयोग कर रही है।[19] परंतु वर्तमान में भी महिलाओं को विभिन्न चुनौतियों का सामना करना पड़ रहा है, जैसे प्रशासन का महिलाओं के प्रति दुर्व्यवहार, ऊँची जाति की महिलाओं द्वारा निम्न जाति की महिलाओं के प्रति भेदभाव व पुरुष प्रधान समाज में महिलाओं की राजनीतिक भागीदारी को हेय दृष्टि से देखे जाना इत्यादि। तथापि यह कहना अतिशयोक्ति न होगा कि भारतीय लोकतांत्रिक प्रक्रिया में महिलाएँ अपने अधिकारों के प्रति जागरूक हो रही हैं। यही कारण है कि जहाँ बिहार व उत्तराखंड जैसे राज्यों में महिलाओं का पंचायती राज में आरक्षण 33 प्रतिशत से बढ़कर 50 प्रतिशत कर दिया गया है। इस प्रकार कानूनी व लोकतंत्र-दोनों प्रकार से महिला सशक्तीकरण करने में सफल हो पाया है।

5. राष्ट्रीय ग्रामीण रोजगार गारंटी योजना: राष्ट्रीय ग्रामीण रोजगार गारंटी योजना (NREGA) भारतीय लोकतंत्र की एक विशिष्ट उपलब्धि है। यह योजना एक वित्तीय वर्ष में ग्रामीण क्षेत्रों में प्रत्येक परिवार के वयस्क सदस्यों को 100 दिनों का रोजगार सुनिश्चित करवाती है। यह योजना 25 अगस्त, 2005 से लागू की गई तथा 2 फरवरी, 2008 में यह 200 जिलों में लागू की गई। इस योजना का विस्तार निरंतर होता रहा तथा वर्तमान में यह योजना 610 जिलों में लागू है।[20] 2 अक्टूबर, 2009 को इस योजना का नाम परिवर्तित किया गया तथा वर्तमान में इसे "महात्मा गाँधी ग्रामीण रोजगार गारंटी योजना" के नाम से जाना जाता है। इस योजना का मुख्य लक्ष्य ग्रामीण रोजगार के साथ-साथ ग्रामीण विकास को भी सुनिश्चित करना है। इस योजना के द्वारा ग्रामीण कामगार को काम के अधिकार (Right to work) को भी सुनिश्चित करवाया गया है। संपूर्ण देश में इस योजना ने लोकतंत्र में लोगों के विश्वास को और अधिक सुदृढ़ किया है। भारत के विभिन्न राज्यों में इस योजना के परिणाम भिन्न रहे हैं जिसका मुख्य कारण राजनीतिक व प्रशासनिक इच्छा में विभिन्नता रहा है। विभिन्न राज्यों जैसे आंध्र प्रदेश, राजस्थान व केरल में इस योजना को बहुत अच्छी तरह से लागू किया गया है। आंध्र प्रदेश में योजना के कार्यान्वयन पर निगरानी रखने के लिए ई-गवर्नेंस का सफल रूप से प्रयोग किया गया। राजस्थान में उत्तर भारत के अन्य राज्यों की अपेक्षा यह योजना अधिक सफल रही। राजस्थान के डुंगूरपुर जिले में गैर-सरकारी संस्थाओं की उपस्थिति के कारण यह योजना प्रभावपूर्ण तरीके से लागू हो पाई। केरल में भी कुटुम्बश्री नामक महिलाओं के स्वयं सहायता समूह (self help group) के द्वारा इस योजना का कार्यान्वयन ठीक प्रकार से हुआ। दूसरी ओर झारखंड जैसे राज्य में यह योजना ठीक प्रकार से लागू नहीं की जा सकी जिसका मुख्य कारण इस राज्य में पंचायती राज व्यवस्था का अभाव रहा है।

इस प्रकार महात्मा गांधी ग्रामीण रोजगार योजना भारत में सामाजिक सुरक्षा (social security) के एक महत्त्वपूर्ण साधन के रूप में उभर कर आई है। भारतीय लोकतंत्र को और अधिक मजबूत बनाने के लिए इस योजना के कार्यान्वयन को राष्ट्रीय, राज्य व स्थानीय स्तर पर और अधिक प्रभावी बनाना होगा जिससे कि ग्रामीण जनता आर्थिक समानता के साथ-साथ अपनी राजनीतिक स्वतंत्रता का भी प्रयोग कर सके।

6. नि:शुल्क व अनिवार्य शिक्षा (free and compulsory education): भारतीय लोकतंत्र की उपलब्धियों में नि:शुल्क व अनिवार्य शिक्षा का प्रावधान एक महत्त्वपूर्ण स्थान रखता है। एक लंबे समय तक भारत में नि:शुल्क व अनिवार्य शिक्षा के प्रति सरकार उदासीन रही जिसके मुख्यत: दो कारण हो सकते हैं, प्रथम, सरकार द्वारा यह भय कि यह प्रावधान विभिन्न विवादों को जन्म दे सकता है जिससे कि न्यायालयों में इससे संबंधित विवादों की वृद्धि होगी। द्वितीय इस प्रावधान द्वारा सरकार पर अधिक वित्तीय भार पड़ेगा।[21] शिक्षा का समाज में अपना ही महत्त्व है। शिक्षा के द्वारा मनुष्य अपने अधिकारों के साथ-साथ अपनी स्वतंत्रता का प्रयोग कर सकता है, इससे व्यक्ति की राजनीतिक, आर्थिक व सांस्कृतिक विषयों में रुचि बढ़ती है। इसके अतिरिक्त शिक्षा के माध्यम से महिला सशक्तीकरण के साथ-साथ अन्य कुरीतियों को भी खत्म किया जा सकता है, जैसे बाल-मजदूरी व कमजोर वर्गों का सशक्तीकरण इत्यादि। इन सभी विषयों को ध्यान में

रखते हुए व शिक्षा के एक समान प्रचार-प्रसार के लिए भारत सरकार द्वारा 2002 में 86वां संविधान संशोधन किया गया जिसमें भारतीय संविधान में अनुच्छेद 21A व 51A (के) को जोड़ा गया तथा अनुच्छेद 45 में परिवर्तन के द्वारा भारतीय संसद द्वारा नि:शुल्क व अनिवार्य शिक्षा को सुनिश्चित किया गया है। अनुच्छेद 21(क) छह से चौदह वर्ष तक के बच्चों को नि:शुल्क और अनिवार्य शिक्षा प्रदान करने की जिम्मेवारी राज्य को प्रदान करता है। इसी प्रकार अनुच्छेद 45 के अंतर्गत छह वर्ष तक के सभी बच्चों के लिए स्वास्थ्य व शिक्षा की व्यवस्था करना राज्य का दायित्व होगा तथा अनुच्छेद 51(क) प्रारंभिक शिक्षा को सर्वव्यापी बनाने के उद्देश्य से अभिभावकों के लिए भी यह कर्त्तव्य निर्धारित करता है कि वे छह से चौदह वर्ष तक के अपने बच्चों को शिक्षा का अवसर प्रदान करें। परंतु यह बहुत ही खेदजनक है कि 2002 में संविधान संशोधन के पश्चात् अब तक केंद्रीय सरकार ने ऐसे कानूनों को लागू करने के लिए ठोस कदम नहीं उठाए, जिससे कि इस अधिकार का कार्यान्वयन सुनिश्चित हो सके।

7. आरक्षण नीति: भारतीय लोकतंत्र द्वारा सामाजिक व आर्थिक समानता को ध्यान में रखते हुए आरक्षण की व्यवस्था का प्रावधान किया गया। भारत में आरक्षण की व्यवस्था का उदय ब्रिटिश काल से ही माना जा सकता है। परंतु स्वतंत्र भारत में आरक्षण की व्यवस्था का मुख्य उद्देश्य अवसर की समानता व सामाजिक न्याय की प्राप्ति करना था। वहीं ब्रिटिश राज में आरक्षण व्यवस्था का उद्देश्य फूट डालो व शासन करो की नीति पर आधारित था।

भारतीय संविधान में आरक्षण आनुपातिक आधार पर दिया गया है। भारत में अनुसूचित जाति को लगभग 15 प्रतिशत तथा अनुसूचित जनजाति को 7.5 प्रतिशत आरक्षण की व्यवस्था है। यदि अनुसूचित जनजाति की स्थिति को देखा जाए तो यह ज्ञात होता है कि वे बहुत परंपरागत तरीके से अपने जीवन का निर्वाह करते हैं। इनके पास अपनी स्थानीय तकनीक है तथा यह मुख्यत: जंगल के उत्पादों द्वारा तथा झूम खेती के द्वारा ही अपना जीवन व्यापन करते हैं। इसके अतिरिक्त यह जनजातियाँ मुख्यधारा के विपरीत एकांत में ही रहती हैं।

अनुसूचित जाति, दूसरी ओर ऐतिहासिक काल से एक शोषित वर्ग के रूप में अपना जीवन-निर्वाह करती आई है। प्राचीन काल से ही इस जाति के सदस्यों को अछूत माना जाता रहा है। यह वर्ग जातिगत भेदभाव से काफी पीड़ित रहा है। इस जाति के लोगों को गाँवों के अंदर रहने पर प्रतिबंध रहा है तथा ये लोग गांवों के बाहर ही अपनी बस्तियाँ बनाते थे। गाँवों में सवर्णों तथा अनुसूचित जातियों के पानी पीने के कुएँ अलग-अलग होते थे। इसके अतिरिक्त इस जाति के लोगों को शिक्षा का अधिकार तथा शासन में भागीदारी भी नहीं दी जाती थी। इस प्रकार भारत में अनुसूचित जाति व अनुसूचित जनजाति के आरक्षण की व्यवस्था इस उद्देश्य से प्रदान करवाई गई कि आने वाले समय में यह दोनों वर्ग मुख्यधारा में शामिल हो सकेंगे। भारतीय संविधान में इन अनुसूचित जाति व जनजाति के अतिरिक्त अन्य पिछड़े वर्ग (other backward classes) को भी आरक्षण प्रदान किया गया है। परंतु अन्य पिछड़े वर्ग के संबंध में सरकार को ही यह उत्तरदायित्व दिया गया है कि वह इस वर्ग के संबंध में प्रावधान करे। अन्य पिछड़े वर्ग के आरक्षण के संबंध में

काका कालेलकर की अध्यक्षता में एक राष्ट्रीय आयोग की स्थापना 1953 में की गई। इस आयोग का मुख्य कार्य यह निर्धारित करना था कि अन्य पिछड़े वर्ग को आरक्षण दिया जाए या नहीं। यद्यपि राष्ट्रीय आयोग द्वारा अन्य पिछड़े वर्ग को सरकारी सेवाओं व शिक्षा में 70 प्रतिशत आरक्षण देने की माँग की गई तथा जाति के आधार पर 2399 जातियों की पहचान की गई। परंतु सरकार ने इस आयोग की सिफारिशों को अमान्य कर दिया। एक बार पुनः सरकार द्वारा 1979 में मंडल आयोग की स्थापना की गई। आयोग ने अन्य पिछड़े वर्ग को आरक्षण के संबंध में अपनी सिफारिशों में कहा कि आरक्षण आर्थिक आधार पर न दिया जाए तथा जाति के आधार पर हो न कि व्यक्तिगत आधार पर। आयोग ने आरक्षण की व्यवस्था सेवाओं व शिक्षा क्षेत्र में दी जाने की सिफारिश की। आयोग ने भारत में 3743 जातियों को अन्य पिछड़े वर्ग में शामिल करने तथा 27 प्रतिशत आरक्षण देने की सिफारिश की। मंडल आयोग की सिफारिशों पर लंबी अवधि तक कोई कार्रवाई नहीं की गई तथा 1989 में भारत के प्रधानमंत्री वी. पी. सिंह द्वारा ही इन सिफारिशों को लागू किया गया। भारत में सवर्ण जातियों द्वारा सरकार के इस निर्णय का विरोध किया गया तथा विभिन्न विश्वविद्यालयों व अन्य शैक्षिक संस्थानों में छात्रों ने इस अन्य पिछड़े वर्ग को आरक्षण दिए जाने का हिंसात्मक गतिविधियों द्वारा विरोध किया।

आरक्षण व्यवस्था का सवर्णों द्वारा विरोध किया गया तथा इस संबंध में यह तर्क दिया गया कि आरक्षण व्यवस्था व्यक्तिगत आधार पर होनी चाहिए न कि जातिगत आधार पर तथा यह भी कहा गया कि आरक्षण व्यवस्था को लंबी अवधि तक लागू करने से सरकारी सेवाओं की गुणवत्ता का भी हनन होता है। वामदलों द्वारा आरक्षण व्यवस्था का विरोध किया गया तथा इसके स्थान पर भूमि-सुधार द्वारा समानता लाने के प्रयास को जोर दिया गया। परंतु अन्य पिछड़े वर्ग के आरक्षण का वामदलों ने समर्थन किया तथा इस संबंध में यह तर्क दिया गया कि इस आरक्षण द्वारा भारत में जाति आधारित पद-सोपान (hierarchy) बहुलवाद में परिवर्तित हो रहा है।

वर्तमान में, जबकि आरक्षण भारतीय राजनीति में अपना स्थान निश्चित कर चुका है, आरक्षण का विस्तार चिकित्सा संस्थानों, सेना व निजी क्षेत्रों में भी किए जाने की मांग की जा रही है। इसके अतिरिक्त आरक्षण व्यवस्था में महिलाओं व मुस्लिमों को भी शामिल करने की माँग की गई। परंतु आरक्षण व्यवस्था में विस्तार से देश में विभाजनकारी प्रवृत्तियों के बढ़ने की समस्या है तो दूसरी ओर महिलाओं को आरक्षण व्यवस्था में शामिल करने से विभिन्न मुद्दों का जन्म होगा जैसे क्या आरक्षण सवर्ण महिलाओं को भी दिया जाएगा तथा क्या आरक्षित जातियों में भी महिलाओं के लिए स्थान आरक्षित किए जाएंगे इत्यादि। आरक्षण के इस विस्तार में जहाँ एक ओर तो आरक्षित जातियों व जनजातियों के लाभ के अवसर कम हो जाएँगे तो दूसरी ओर यह न्यायपालिका की आरक्षण संबंधी स्थिति के विरुद्ध होगा जिसमें आरक्षण की सीमा को 49 प्रतिशत तक निर्धारित किया गया है।

यदि भारत की सामाजिक संरचना व लोकतांत्रिक प्रक्रिया के परिप्रेक्ष्य से देखा जाए तो आरक्षण व्यवस्था द्वारा विभिन्न पिछड़ी जातियों को राजनीतिक सत्ता में भागीदारी के साथ-साथ आर्थिक विकास व सामाजिक स्थिति में परिवर्तन के अवसर प्राप्त हुए हैं। परंतु आरक्षण के संबंध में यह कहना गलत न होगा कि आरक्षित जातियों का एक वर्ग

विशेष (creamy layer) इस व्यवस्था का अधिकांशतः लाभ उठा रहा है जिससे कि जहाँ इस व्यवस्था को आरक्षित जातियों में निचले वर्गों तक जाना होगा तथा साथ ही यह भी सुनिश्चित करना होगा कि आरक्षण व्यवस्था सामाजिक व आर्थिक विकास के साधन के रूप में इसे एक समय विशेष तक ही लागू किया जाए अन्यथा यह विपरीत भेदभाव (reverse discrimination) के रूप में परिवर्तित हो सकती है।

भारतीय लोकतंत्र के समक्ष चुनौतियाँ

बहुसंस्कृति व विभिन्नताओं वाला देश होते हुए भी भारत ने लोकतांत्रिक प्रक्रिया को बनाए रखा है। परंतु भारतीय राजनीतिक परिवेश में ऐसी विभिन्न समस्याएँ हैं जो कि लोकतंत्र की सफलता के समक्ष विभिन्न चुनौतियाँ प्रस्तुत करती हैं। भारत में लोकतंत्र की सफलता के लिए यह आवश्यक है कि इन चुनौतियों का हल खोजा जाए। इन विभिन्न चुनौतियों में से मुख्य चुनौतियाँ निम्नलिखित हैं–

1. विकास की चुनौती: भारत की स्वतंत्रता के 60 से अधिक वर्षों के पश्चात् भी भारत की लगभग 26 प्रतिशत जनसंख्या गरीबी रेखा के नीचे जीवन व्यतीत कर रही है। इसके अतिरिक्त भारत में बेरोजगारी की समस्या बढ़ रही है। जहाँ एक ओर आर्थिक उदारीकरण से भारत का सकल घरेलू उत्पाद व राष्ट्रीय आय बढ़ी है, वहाँ दूसरी ओर आर्थिक असमानता भी तीव्र गति से बढ़ रही है। भारत में विकास का लाभ वर्ग व क्षेत्र विशेष को ही अधिक मिल रहा है। यदि भारत के बीमारू राज्यों के ग्रामीण परिवेश को देखा जाए तो एक अलग ही प्रकार का भारत नजर आता है। इस प्रकार आर्थिक उदारीकरण व वैश्वीकरण के द्वारा विकास तो हुआ है परंतु यह संपूर्ण विकास नहीं कहा जा सकता। विकास के इसी विखंडित रूप के परिणामस्वरूप भारत में नए सामाजिक आंदोलन जैसे ''नर्मदा बचाओ'' आंदोलन का आरंभ हुआ। इसके अतिरिक्त भारत के लगभग 11 राज्य नक्सलवाद व माओवाद की समस्या से ग्रस्त हैं जिसका मुख्य कारण भारत में असमान विकास है। इस प्रकार भारत के विभिन्न क्षेत्रों व वर्गों के समरूप विकास के प्रयास किए जाने अत्यंत आवश्यक हैं अन्यथा आने जाने वाले समय में आंतरिक संघर्ष और अधिक तीव्रता के साथ उभर कर आएँगे।

2. सुरक्षा या संप्रदायवाद की चुनौती: भारतीय समाज में समय-समय पर धार्मिक आधार पर ऐसी हिंसक घटनाएँ हुई हैं जिनसे भारत में विभिन्न धार्मिक समुदायों की सुरक्षा की चुनौती बढ़ गई है। भारत एक धर्मनिरपेक्ष देश है तथा संविधान में अनुच्छेद 25 से 28 तक धार्मिक स्वतंत्रता का प्रावधान दिया गया है। परंतु आर्थिक, राजनीतिक व अन्य कारणों से भारत में सांप्रदायिक दंगे होते रहे हैं। उदाहरणतः 1992 में बाबरी मस्जिद विध्वंस व 2002 में गुजरात में गोधरा इत्यादि। इनके अतिरिक्त हाल ही में उड़ीसा के कंधमाल जिले व अन्य स्थानों पर ईसाई धर्म अपनाने वाले परिवारों पर भी हिंदू राष्ट्रवादियों द्वारा हिंसक कार्यवाही की गई। इस प्रकार भारत में अल्पसंख्यक संप्रदाय के व्यक्तियों की सुरक्षा भारतीय लोकतंत्र के सामने एक चुनौती के रूप में उभर कर आई है। लोकतंत्र की सफलता को सुनिश्चित करने

के लिए यह आवश्यक है कि सांप्रदायिक आधार पर होने वाली हिंसक कार्यवाही को रोका जाए जिससे कि भारत की धर्मनिरपेक्षता को बनाए रखा जा सके।

3. क्षमता निर्माण की चुनौती: भारत की जनसंख्या 30–35 प्रतिशत तक की संख्या में युवा हैं। इस स्थिति को अवसर के रूप में देखा जाता है तथा इसे जनसांख्यिकीय लाभांश (demographic dividend) के रूप में जाना जाता है। परंतु भारतीय जनसंख्या की संरचना के इस अवसर का लाभ तब ही उठाया जा सकता है जबकि भारत में शिक्षा, स्वास्थ्य व अन्य सेवाओं की पर्याप्त मात्रा में उपलब्धता हो, जिससे कि मानव संसाधन का निर्माण हो सके। परंतु इन सब सुविधाओं के अभाव के कारण भारत में क्षमता निर्माण का हनन हो रहा है तथा समाज में अनियमितता, अपराध व विघटनकारी शक्तियों जैसे माओवादी व नक्सलवादी आंदोलन इत्यादि का जन्म हो रहा है।

4. एकीकरण की चुनौती: भारतीय बहुलवादी संरचना में विघटनकारी प्रवृत्तियों का जन्म हो रहा है जिससे कि भारत के विभिन्न क्षेत्रों में संघर्ष देखने को मिल रहे हैं। हाल ही के वर्षों में आंतरिक विस्थापन, जो भारतीय नागरिकों का मौलिक आधार है, भाषा व सजातीय संबंधी संघर्षों को जन्म दे रहा है। महाराष्ट्र में स्थानीय नेताओं द्वारा सजातीय आधार पर स्थानीय लोगों का राजनीतिक समर्थन प्राप्त करने के लिए उत्तरी भारत के लोगों के आगमन पर हिंसात्मक रूप से रोष प्रकट किया जा रहा है। इस कार्य को महाराष्ट्र के स्थानीय राजनीतिक दल द्वारा बढ़ावा दिया जा रहा है। दूसरी ओर असम में हिंदी भाषियों के हिंसात्मक रूप से राज्य से निष्कासन का प्रयास किया जा रहा है। इस प्रकार भारत में विभिन्न भाषा, धर्म, जाति व क्षेत्रों के व्यक्तियों में सामंजस्य का एकीकरण करना बहुत आवश्यक है।

इस प्रकार यह कहा जा सकता है कि भारत में लोकतंत्र विभिन्न समस्याओं से घिरा हुआ है तथा लोकतंत्र व सामाजिक संरचना के आपसी सामंजस्य को बनाए रखने के लिए इन चुनौतियों का हल खोजना अत्यंत आवश्यक है।

निष्कर्ष

भारतीय सामाजिक संरचना व लोकतांत्रिक प्रक्रिया का विश्लेषण करने से यह ज्ञात होता है कि लोकतंत्र के एक नए रूप का उद्‌भव हुआ है जो कि भारत की परंपरागत सामाजिक संरचना से प्रभावित होते हुए इस संरचना में परिवर्तन का माध्यम भी है। भारतीय राजनीति में विभिन्न क्षेत्रीय मांगें समय-समय पर उभर कर आती रही हैं जिनका काफी हद तक सफलतापूर्वक समाधान किया जाता रहा है। भारतीय राजनीति में विभिन्न क्षेत्रीय राजनीतिक दलों जैसे कि डीएमके, अकाली दल, तेलंगाना राष्ट्रीय समिति (TRS) इत्यादि का वर्चस्व बढ़ा है जिससे कि भारत इनके माध्यमों से और अधिक संघीय व लोकतांत्रिक देश बनने में सक्षम हुआ है। भारत में क्षेत्रीय प्रवृत्तियाँ अधिकाधिक स्वशासन व विकास की मांग को लेकर प्रेरित हैं। इसी स्थिति को देखते हुए आरेंट लिजहार्ट द्वारा सही कहा गया है कि भारत में परंपरागत सामाजिक संरचना व लोकतंत्र के सामंजस्य से Consociationalism का उदय हुआ है। लिजहार्ट ने Consociationalism के चार मुख्य तत्त्वों–आनुपातिक प्रतिनिधित्व,

महागठबंधन (Grand Coalition), खंडीय स्वायत्तता (Segmented Automony) व अल्पसंख्यक निषेधाधिकार को भारतीय लोकतंत्र में पाया है। लिजहार्ट के अनुसार भारतीय चुनावों में किसी भी एक राजनीतिक दल को बहुमत प्राप्त नहीं हो पा रहा है जिससे कि केंद्र व विभिन्न राज्यों में गठबंधन के आधार पर सरकारों का निर्माण हो रहा है। इसके अतिरिक्त भारत में मंत्रिमंडल के गठन का विश्लेषण किया जाए तो भारत की धार्मिक, जाति, व भाषायी विभिन्नता का समावेश मंत्रिमंडल में पाया जाता है। अंत में भारतीय लोकतंत्र द्वारा अल्पसंख्यकों के हितों को विशेष रूप से महत्त्व दिया जाता है तथा विभिन्न सत्ताधारी राजनीतिक दल ऐसे कार्यों को करने से हिचकिचाते हैं जिससे कि अल्पसंख्यकों की भावनाओं को ठेस पहुँचे। 1980 के दशक में शाहबानो का विवाद इसका उचित उदाहरण है जिसमें कि सरकार द्वारा वैधानिक व्यवस्था के स्थान पर मुस्लिम संप्रदाय की भावनाओं को प्राथमिकता दी गई।

आजादी के बाद से लोकतंत्र उर्ध्वाधर व क्षैतिज दोनों प्रकार से विस्तार की ओर बढ़ रहा है। सामाजिक संरचना, जैसे जाति में राजनीतिकरण लोकतांत्रिक शासन के कारण ही संभव हो पाया है। भारतीय लोकतंत्र की सफलता ने उन सभी पश्चिमी राजनीतिक विचारकों की उन आशंकाओं व अवधारणाओं को दूर किया जिसमें भारत के परंपरागत परिवेश में लोकतंत्र क़ी सफलता के प्रति संदेह व्यक्त किया जा रहा था। परंतु भारत में लोकतंत्र को विभिन्न समस्याओं का सामना करना पड़ रहा है जैसे धीमा आर्थिक विकास, गठबंधन सरकार की अस्थिरता, गरीबी, क्षेत्रीय असमानता तथा जाति व संप्रदाय के आधार पर होने वाली हिंसक गतिविधियाँ इत्यादि। इस प्रकार भारतीय लोकतंत्र, जो संघात्मक शासन व धर्मनिरपेक्ष तथा समाजवादी आदर्शों पर आधारित है, को अभी और विभिन्न चुनौती व समस्याओं का सामना करते हुए अपने आपको स्थायी व सशक्त बनाना है।

भारत में लोकतांत्रिक प्रक्रिया द्वारा विभिन्न पिछड़ी जातियों को सामाजिक न्याय, आर्थिक विकास व राजनीतिक सशक्तीकरण के अवसर प्राप्त हुए जिससे कि इनकी सामाजिक साख में परिवर्तन संभव हो पाया है। यद्यपि पिछड़े वर्ग व दलित नेताओं द्वारा अपने वर्ग व जाति विशेष के व्यक्तियों के लिए विशेष आर्थिक नीतियाँ न भी लाई गई हों परंतु इनकी सामाजिक स्थिति में अवश्य ही परिवर्तन आया है। इससे हम कह सकते हैं कि भारत में जहाँ एक ओर सामाजिक संरचना का लोकतंत्रीकरण हुआ है तो वहीं दूसरी ओर लोकतंत्र का भारतीयकरण भी हुआ है।

संदर्भ

1. Pye, Lucian W., "The Politics of Southeast Asia", in Gabriel A. Almond and James S. Colemen. (Ed.), *The Politics of Developing Areas*, Princeton University Press: New Jersey, 1960, pp. 65–152.
2. Kothori, Rajni, "Caste and Modern Politics", in Sudipto Kaviraj, (Ed.), *Politics in India*, Oxford University Press: New York, 1997, pp. 57-70.
3. Kohli, Atul, (Ed.), *The Success of India's Democracy*, Cambridge University Press: Cambridge, 2001.
4. Rodrigues, Valerian, *The Essential Writings of B. R. Ambedakar*, Oxford University Press: New Delhi, p. 135.

5. Srinivas, M. N., *Religion and Society Among the Coorgs of South India,* Cloredon Press: Oxford, 1952, p.32
6. Weiner, Myron, "The Struggle for Equality: Caste in Indian Politics", in Atul Kohli (Ed.), The Success of India's Democracy, Cambridge University Press: Cambridge, 2001, p.-197.
7. Chandra, Bipin, *Communalism in Modern India*, Vikas Publishing House: Delhi, 1984.
8. Chandra, Bipin, "Communalism as False Consciousness", in Sudipta a Kaviraj (Ed.), *Politics in India*, Oxford University Press: New York, 1997, pp. 299–304
9. Weiner, Mynor, "Minority Identity" in Sudipta Kaviraj Ed. *Politics in India*, Oxford University Press: New York, 1997, pp. 241-254
10. *Ibid,* pp 241-254.
11. Weiner, Myron, "The Struggle for Equality: Caste in Indian Politics", in Atul Kohli. (Ed.) *The Success of India's Democracy*, Cambridge University Press: Cambridge, 2001, p. 210.
12. The Commission on Centre State Relations, New Delhi, Government of India, 1988, pp. 525–529.
13. Singh, Ajay Kumar, *Mapping Panchayati Raj in India*, Centre for Federal Studies: New Delhi, 2009, p. 25.
14. Kapila, Uma, *Indian Economy: Performance and Politics,* Academic Foundation: New Delhi, 2009, pp. 94–1118.
15. *Ibid*
16. http://www.cic.gov.in
17. http://www.nrcw.nic in
18. Buch, Nirmal, "Panchayat and Women". Kurukshetra, New Delhi, Ministry of Rural Development, Vol. 49, no. 7, April, pp-8-17
19. Ramon, Vosanthi, *Women's Reservation and Democratisation, EPW*, Mumbai, December 30, pp. 3346–3350.
20. http://www.nrega.nic.in/nrega_dist.htm.
21. Dreze, Jean and Sen, Amartya, *India Development and Participation.* Oxford University Press: New Delhi, 2002, pp. 184–185.

- Frankel, Francine and R., Zoya Hasan, Rajeev Bhargava and Bolveer Arora, (Ed.) *Transforming India*, Oxford University Press: New Delhi, 2000.
- Kohli, Atul, Ed. *The Success of India's Democracy*, Cambridge University Press: Cambridge, 2001.
- Kothari, Rajni, *Rethinking Democracy*, Orient Longman Publication: New Delhi, 2007.
- Chatterjee, Partha, (Ed.) *State and Politics in India*, Oxford University Press: New Delhi.
- Rodrigues, Valerian, *Essential Writings of B. R. Ambedkar*, Oxford University Press, New Delhi, 2002.
- *Economic & Political Weekly, "National Election Survey Study* 2009*"*, Mumbai Sameeksha Trust Publication, September 26-October 2, Vol. XLIV, No. 39, 2009.
- Almond, Gobriel A. and Jumes S. Coteman, (Ed.) *The Politics of the Developing Treos*. Princeton University Press: Princeton, 1960.
- Kaviraj, Sudipt. (Ed.) *Politics in India*, Oxford University Press, New York, 1997.

- Biju, M. R. Ed., *Decentralisation An Indian Experience*. National Publishing House: Jaipur, 2007.
- Srinivas, M. N., *Religion and Society Among the Coorgs of South India*, Claredon Press: Oxford, 1952.
- Chandra, Bipan, *Communalism in Modern India*, Advent Book Division, 1984.
- Singh, Ajay Kumar, *Mapping Panchayati Raj in India*, Centre for Federal Studies: New Delhi, 2009.
- Kapila, Uma. *Indian Economy: Performance and Politics*, Academic Foundation: New Delhi, 2009.
- Dreze, Jean and Sen, Amaratya, *India Development and Participation*, Oxford University Press: New Delhi, 2002.

खंड–II

6. संघात्मक संरचना और प्रणाली: केंद्र-राज्यों के मध्य तनाव व खिंचाव के कारण
7. भारतीय संघ में राज्य पुनर्गठन नीति
8. भारतीय संसद
9. भारत का राष्ट्रपति एवं संघीय कार्यपालिका
10. भारतीय न्यायपालिका: न्यायिक समीक्षा तथा न्यायिक सक्रियता
11. राज्य सरकार और उनकी कार्यप्रणाली
12. स्थानीय स्वशासन प्रणाली
13. प्रशासन की प्रकृति तथा राजनैतिक एवं विकासीय प्रक्रिया में उनकी भूमिका
14. संवैधानिक संशोधन: सामाजिक-राजनीतिक परिवर्तन

2. शक्तियों का वितरण: केंद्र और राज्य के बीच शक्तियों का स्पष्ट वितरण किया गया है। विधायी शक्तियों को निम्न तीन भागों में बाँटा गया है:

(i) *संघ सूची:* राष्ट्रीय महत्त्व के 97 विषय हैं। महत्त्वपूर्ण विषय हैं–विदेशी मामले, प्रतिरक्षा, युद्ध और संधि, मुद्रा, रेलवे, बैंक, डाक, दूर-संचार आदि। इन विषयों पर कानून बनाने का अधिकार केवल और केवल संसद को ही है क्योंकि इन चीजों का संबंध देश के सभी प्रांतों से है।

(ii) *राज्य सूची:* मूलत: 66 विषय थे। कानून व्यवस्था, पुलिस, जेल, शिक्षा, स्वास्थ्य, न्याय व्यवस्था, चिकित्सा आदि राज्य सूची के विषय हैं। 42वें संविधान संशोधन के द्वारा 4 विषयों (शिक्षा, वन, वन्य जीवन का संरक्षण और वजन एवं मापन) को राज्य सूची से निकाल दिया गया है। पहले ही 7वें संविधान संशोधन के द्वारा "संपत्ति का अधिग्रहण" विषय राज्य सूची से निकाल दिया गया है। अत: राज्य सूची में अब मात्र 61 विषय बचे हुए हैं। इन विषयों पर राज्य के विधानमंडलों द्वारा ही कानून बनाया जा सकता है।

(iii) *समवर्ती सूची:* इस सूची में ऐसे विषय हैं, जिन पर राज्य और केंद्र दोनों ही कानून बना सकते हैं। मूलत: इस सूची में 47 विषय थे, पर 42वें संविधान संशोधन के द्वारा जिन 4 विषयों को राज्य सूची से निकाला गया, उसे इसी सूची में जोड़ा गया और आज समवर्ती सूची में 51 विषय हैं। जिन विषयों को इस सूची में जोड़ा गया, वे हैं: वन (जंगल), वन्य जीवन का संरक्षण और वजन व मापन तथा शिक्षा। अन्य महत्त्वपूर्ण विषय हैं–फौजदारी कानून, विवाह, तलाक, ट्रेड यूनियन, निवारक नजरबंदी आदि।

इन विषयों के अलावा जो भी विषय हैं, वह अवशिष्ट विषय हैं जिन पर केंद्र सरकार का अधिकार है।

यहाँ भारतीय संविधान कनाडा के संविधान की प्रतिछाया लगता है। ऐसा ही विषयों का बँटवारा कनाडा में भी है और अवशिष्ट विषय भी केंद्र के पाले में हैं। अमेरिकी संविधान में अवशिष्ट विषय राज्यों के पास हैं।

3. संविधान की सर्वोच्चता: संविधान सर्वोच्च है। परिसंघ का सृष्टिकर्त्ता ही संविधान है। केंद्रीय सरकार या राज्य सरकार यदि संविधान के बुनियादी ढ़ाँचे के विपरीत कोई कानून बनाए तो वह अवैध घोषित कर दिया जाएगा।

4. उच्चतम न्यायालय की विधिक सर्वोच्चता: संघात्मक शासन प्रणाली की सफलता के लिए उच्चतम न्यायालय की विधिक सर्वोच्चता आवश्यक है। उच्चतम न्यायालय को संविधान का संरक्षक माना जाता है। संविधान की व्याख्या करने का अंतिम अधिकार भी सर्वोच्च न्यायालय में ही निहित है। अत: केंद्र सरकार और राज्य सरकार के बीच कोई विवाद हो, या दो या दो से अधिक राज्यों के बीच आपसी विवाद हो तो सर्वोच्च न्यायालय ही फैसला करता है। सर्वोच्च न्यायालय का फैसला अंतिम और सर्वमान्य होता है।

5. जटिल संविधान संशोधन प्रक्रिया: यद्यपि ढ़ेर सारे विषय ऐसे हैं (केंद्र सूची के तहत दिए गए) जो संसद के द्वारा आसानी से संशोधित किए जा सकते हैं लेकिन जहाँ

संघात्मक महत्त्व के प्रश्न हैं, वहाँ संविधान संशोधन कठिन है क्योंकि ऐसे संशोधनों के लिए कम से कम आधे राज्यों के विधान मंडलों की अनुमति भी आवश्यक है।

उपर्युक्त तथ्यों का विश्लेषण स्वयं सिद्ध करता है कि संविधान में संघात्मक का मूल स्वरूप विद्यमान है। परंतु कुछ लक्षण ऐसे भी हैं जो न केवल अन्य संघीय संविधानों से (अमेरिका, ऑस्ट्रेलिया, स्विट्जरलैंड आदि) अलग हैं वरन् एकात्मक संविधान जैसा है। ऐसा इसलिए है क्योंकि भारत की सामाजिक, आर्थिक और राजनैतिक स्थिति इन राज्यों से भिन्न है। के. सी. व्हेयर का इस संबंध में कहना है कि 'भारत एक ऐसे संघीय राज्य की अपेक्षा जिसमें एकात्मक तत्त्व गौण हों, एक ऐसा एकात्मक राज्य है जिसमें संघीय तत्व गौण हैं।'[11]

भारतीय संघ के एकात्मक लक्षण

यहाँ अब ऐसे लक्षणों की विवेचना करें जो भारतीय संविधान को एकात्मक रूप प्रदान करता है:

1. केंद्र और राज्यों के विधायी संबंध: शक्ति का बँटवारा और उसे तीन सूचियों में अलग-अलग रखना जहाँ संघात्मक प्रवृत्ति का द्योतक है, विशेष परिस्थितियों में राज्य सूची के विषयों पर भी राज्य के लिए केंद्र कानून बना सकता है।

(i) यदि राज्यसभा 2/3 बहुमत से प्रस्ताव पास कर दे कि राज्यसूची के किसी विषय पर राष्ट्रीय हित में केंद्र द्वारा कानून बनाना अवाश्यक है।

(ii) यदि दो या दो से अधिक राज्य विधानमंडल प्रस्ताव पारित करें कि किसी राज्य सूची में वर्णित विषय पर केंद्र कानून बनाए। परंतु ऐसी स्थिति में वह कानून उन्हीं राज्यों में लागू होगा, जिन राज्यों के विधानमंडल ने ऐसा प्रस्ताव पारित किया है।

(iii) आपातकाल की घोषणा होने पर संसद किसी भी विषय पर कानून बना सकती है।

उपर्युक्त परिस्थितियों के विश्लेषण से इतना तो स्पष्ट ही है कि संसद मात्र अपनी पसंद के आधार पर राज्य-सूची के विषयों पर कानून नहीं बना सकती। एक खास परिस्थिति होनी चाहिए और संसद या यूँ कहें कि केंद्र के सामने राष्ट्रहित के लिए ऐसा करना जरूरी हो। आज जनता में जितनी राजनीतिक जागृति है और राष्ट्रीय राजनीतिक दलों की शक्ति में जिस तरह का ह्रास और क्षेत्रीय राजनीतिक दलों की शक्ति में जिस प्रकार इजाफा हुआ है, कोई भी केंद्रीय सरकार इन प्रावधानों का दुरुपयोग नहीं कर सकती है। और अगर इन परिस्थितियों के बाद भी केंद्र द्वारा राज्य सूची के विषयों पर कानून बनता है तो वह निश्चित ही राष्ट्रहित में है।

2. समवर्ती सूची के विषयों पर: समवर्ती सूची के विषयों पर राज्य सरकार एवं केंद्र सरकार कोई भी कानून बना सकती है। परंतु यदि किसी विषय पर राज्य और केंद्र के कानून में टकराव या विरोधाभास है तो केंद्र द्वारा बनाया गया कानून मान्य होगा। हाँ, यदि किसी राज्य ने ऐसा भी कानून बनाया हो जो केंद्रीय कानून से मेल नहीं खाता हो लेकिन उस राज्य ने उस कानून के लिए राष्ट्रपति की सहमति प्राप्त कर ली है, तो संबंधित

राज्य में वही कानून मान्य होगा। यहाँ यह भी उल्लेखनीय है कि जिन विषयों का किसी भी सूची में उल्लेख नहीं है (अवशिष्ट शक्तियाँ), वे शक्तियाँ केंद्र में निहित हैं और संसद को ही उस पर कानून बनाने का अधिकार है।

यहाँ एक बार फिर यदि कनाडा के साथ तुलना करें तो राज्य के कानूनों को लेकर कनाडा का संविधान भारत के संविधान से ज्यादा सख्त है और वहाँ एकात्मक व्यवस्था की ओर ज्यादा झुकाव दिखाई देता है। प्रावधान है कि केंद्रीय कार्यपालिका का कार्यकारी अध्यक्ष गवर्नर जनरल अपने मंत्रिमंडल की सलाह से प्रांतों के उन कानूनों के व्यवहार पर प्रतिबंध लगा सकता है जो एक साल से ज्यादा पुराना न हो।

3. नए राज्यों का गठन या उनकी सीमाओं, नामों में परिवर्तन: अनुच्छेद 4(2) के अनुसार संसद राज्यों का पुनर्गठन या उनकी सीमाओं में परिवर्तन या नामों में परिवर्तन साधारण बहुमत से कर सकती है। इसके लिए संबंधित राज्य से अनुमति अनिवार्य नहीं है। राष्ट्रपति के लिए यह आवश्यक है कि वे संबंधित राज्य के विधानमंडल के विचार ज्ञात कर लें। दो उदाहरण लें: बिहार के बंटवारे पर तत्कालीन मुख्यमंत्री लालू प्रसाद यादव ने कहा कि बिहार का बंटवारा और झारखंड का गठन उनके मृत शरीर पर होगा। पर बंटवारा अवश्यंभावी देखकर, उन्होंने रंग बदला, बिहार विधानमंडल ने बंटवारे पर अपनी सहमति भी दी, बिहार खंडित भी हुआ और झारखंड का निर्माण भी हुआ। यहाँ केंद्र सरकार की शक्ति दिखाई देती है।

दूसरी ओर, सितंबर 2007 में उत्तर प्रदेश की मुख्यमंत्री मायावती ने अपनी ओर से पहल करके कहा कि यदि केंद्र सरकार तैयार हो तो उत्तर प्रदेश विधानमंडल, बुंदेलखंड को राज्य बनाने और उत्तर प्रदेश के विभाजन से संबंधित प्रस्ताव पास करेगी। केंद्र ने कोई पहल नहीं की और यहाँ राज्य सरकार की शक्तिहीनता और बेबसी दिखाई देती है।

जहाँ तक नाम का संबंध है, उत्तराखंड इसका सबसे बढ़िया उदाहरण है। केंद्र में भाजपा की सरकार थी, उत्तर प्रदेश का विभाजन हुआ और उत्तरांचल का उदय हुआ। सरकार बदली और उत्तरांचल का नाम भी बदल गया। वही उत्तरांचल आज उत्तराखंड है।

4. राज्यों के प्रतिनिधित्व में असमानता: संघात्मक शासन प्रणाली होने के कारण संसद का एक सदन सभी राज्यों का प्रतिनिधित्व करता है। चौथी अनुसूची के अनुसार राज्यसभा में राज्यों के प्रतिनिधित्व में असमानता है। यहाँ भी प्रतिनिधित्व राज्य की जनसंख्या के आधार पर दिया गया है। इसीलिए अगर उत्तर प्रदेश के प्रतिनिधियों की संख्या राज्यसभा में 31 है तो दिल्ली की 4 और मेघालय तथा सिक्किम जैसे राज्यों का मात्र 1-1 प्रतिनिधि। इसके विपरीत अमेरिका के सीनेट में जो वहाँ राज्यों का प्रतिनिधित्व करता है, प्रत्येक छोटे-बड़े राज्यों को 2-2 प्रतिनिधि भेजने का अधिकार है। यहाँ यह ध्यान देने योग्य बात है कि अमेरिका के सीनेट में जहाँ एक भी सदस्य मनोनयन के द्वारा नहीं आता, राज्यसभा में 12 सदस्यों का मनोनयन भारतीय राष्ट्रपति के द्वारा होता है।

कनाडा के संविधान में इस बिंदु पर दृष्टि डालें तो नजारा एकदम भिन्न है। कनाडा के उच्च सदन को भी सीनेट ही कहते हैं और यह भी राज्यों का ही प्रतिनिधित्व करता है।

यहाँ सीनेट की अधिक से अधिक संख्या 118 हो सकती है। सीनेट के सभी सदस्य

मंत्रिमंडल की सलाह पर गवर्नर-जनरल द्वारा मनोनीत किए जाते हैं। स्वाभाविक है कि सत्तारूढ़ दल अपने समर्थकों का मनोनयन करता है। ऐसे में यह भी स्वाभाविक है कि बड़े-बड़े उद्योगपति, व्यापारी और धनाढ्य वर्ग के लोग जो पार्टी को प्रचुर मात्रा में धन देते हैं और समर्थन करते हैं, इस सदन के सदस्य बन जाते हैं। भारतीय परिप्रेक्ष्य में, डी. डी. बसु तो राज्यसभा को सही अर्थों में परिसंघ सदन मानते भी नहीं हैं क्योंकि इसमें राज्यों और संघ राज्य क्षेत्रों के 238 प्रतिनिधियों के अतिरिक्त 12 मनोनीत सदस्य होते हैं।[12] चेतकर झा भी इसे परिसंघ सदन नहीं मानते हैं। वे राज्यसभा को राज्यों को मजबूती प्रदान करने के बदले शक्तिहरण करने वाला सदन मानते हैं।

5. दोहरी नागरिकता का अभाव: शास्त्रीय संघवाद दोहरी नागरिकता की वकालत करता है। अर्थात् अपने देश की नागरिकता के साथ-साथ प्रत्येक व्यक्ति को उस राज्य की भी नागरिकता है, जहाँ वह पैदा हुआ है। अमेरिका में ऐसा ही है। अमेरिकी संघवाद के विपरीत भारतीय संविधान में दोहरी नागरिकता का प्रावधान नहीं है। अनुच्छेद 5 के अनुसार एक ही नागरिकता है प्रत्येक व्यक्ति की और वह है–भारत की नागरिकता। अलग-अलग राज्यों में रहने या जन्म लेने से अलग-अलग नागरिकता प्राप्त नहीं होती।

6. एकीकृत न्यायपालिका: अमेरिका में राज्य और संघ के बीच न्यायपालिका का विभाजन है। कनाडा में भी जहाँ फौजदारी अदालतों के न्यायाधीशों और मजिस्ट्रेटों की नियुक्ति केंद्र द्वारा की जाती है, वहीं दीवानी न्यायालय प्रांतों के क्षेत्राधिकार में हैं। किंतु भारत में एकल न्यायिक प्रणाली है। न्यायालयों के शीर्ष पर उच्चतम न्यायालय है। राज्यों और संघ के सभी मामलों में सर्वोच्च न्यायालय का फैसला अंतिम और सर्वमान्य है। वस्तुतः यह संविधान का व्याख्याता और संरक्षक दोनों है।

7. अखिल भारतीय सेवाओं पर केंद्र का नियंत्रण: अमेरिकी परिसंघ में केंद्र और राज्यों के अपने-अपने पदाधिकारी हैं और उनका अपना-अपना कब्जा है। भारत में चार सेवाओं को अखिल भारतीय सेवा घोषित किया गया है। ये हैं: भारतीय प्रशासनिक सेवा (IAS), भारतीय पुलिस सेवा (IPS), भारतीय विदेश सेवा (IFS) और भारतीय वन सेवा (Indian Forest Service).

इन सेवाओं के पदाधिकारियों का चयन केंद्र सरकार द्वारा किया जाता है और प्रशिक्षण भी केंद्र सरकार के द्वारा दिया जाता है, तथा प्रशिक्षण पूर्ण होने के बाद उन्हें अलग-अलग राज्यों के कैडर के रूप में पदस्थापित किया जाता है। सामान्यतया वे राज्य सरकारों की अनुशासनिक देख-रेख में रहते हैं। राज्य सरकार ऐसी अखिल भारतीय सेवाओं के प्रशासनिक अफसरों को या तो स्थानांतरित कर सकती है या निलंबित कर सकती है। चूँकि इन प्राधिकारियों की सेवा शर्तें केंद्र द्वारा संचालित होती हैं, इसलिए इनकी स्वामिभक्ति भी केंद्र के प्रति ही होती है।

8. राज्यपाल की भूमिका: राज्यपाल राज्य के संवैधानिक प्रमुख हैं और केंद्रीय सरकार की सिफारिश पर राष्ट्रपति द्वारा मनोनीत किए जाते हैं और राष्ट्रपति की कृपा तक अपने पद पर आसीन रहते हैं। क्या संविधान राज्यपाल की नियुक्ति कर राज्य में दो शक्ति केंद्र स्थापित करना चाहता है, एक मुख्यमंत्री और दूसरा राज्यपाल? कतई नहीं। तो फिर?

यह तो वस्तुतः इसलिए था कि अगर वही लोग जिनको जनता ने सत्ता का भार सौंपा था, अगर अपनी जिम्मेदारी को संवैधानिक दायरे में ठीक से निभा नहीं रहे तो राज्यपाल केंद्र के प्रतिनिधि के तौर पर उन विसंगतियों को दूर करने के प्रयास करें। खेद की बात है कि राज्यपाल केंद्र के एजेंट के रूप में काम करने लगा है।

राज्यपाल की स्पष्ट अनुशंसा पर कि राज्य की शासन व्यवस्था संविधान के मुताबिक नहीं है और शासन तंत्र विफल हो गया है, राष्ट्रपति शासन लागू किया जा सकता है (अनुच्छेद 356)। राज्यपाल कुछ विधेयकों को, जिसे राज्य विधानमंडल ने पास कर दिया है, राष्ट्रपति के पास स्वीकृति के लिए भेजता है। चाहे तो किसी विधेयक को राष्ट्रपति की स्वीकृति के लिए सुरक्षित रख सकता है। वित्त विधेयक को छोड़कर अन्य किसी भी विधेयक को राज्यपाल अपनी स्वीकृति कितने समय में दे, यह उसी के विवेक पर निर्भर है। जब तक राज्यपाल निष्पक्ष रूप से अपनी संवैधानिक जिम्मेदारियों का निर्वहन करता रहता है, समस्या नहीं आती। परंतु जब राजनीतिक कारणों से या केंद्र को खुश करने के लिए राज्यपाल काम करना शुरू करता है तो व्यावहारिक समस्याएं तो आती ही हैं, केंद्र और राज्य में तनाव की रेखा भी खिंच जाती है।

उपर्युक्त विवरण संघात्मक और एकात्मक लक्षणों के विश्लेषण का था। इन्हीं लक्षणों के आधार पर विभिन्न विद्वानों ने अलग-अलग राय जाहिर की है।

एपल्बी को भारत का संविधान अत्यंत परिसंघीय[13] दिखाई देता है तो जेनिंग्स की नजर में, 'संविधान परिसंघीय है जिसमें प्रबल केंद्रीकरण की प्रवृत्ति है।'[14] जी. आस्टिन इसे ''सहकारी परिसंघवाद''[15] (co-operative federalism) का नाम देते हैं। सहकारी परिसंघवाद की संकल्पना को आस्टिन ने इन शब्दों में स्पष्ट किया है, '...साधारण और प्रादेशिक सरकारों के बीच प्रशासनिक सहमति का व्यवहार, प्रादेशिक सरकारों का साधारण सरकार से प्राप्त होने वाली सहायता पर आनुषांगिक रूप से निर्भर रहना, और यह तथ्य कि साधारण सरकार सशर्त अनुदान के प्रयोग से उन विषयों में विकास की वृद्धि करती है जो संविधान द्वारा प्रदेशों को समानुविष्ट हैं।'[16]

भारत के संविधान के अधीन संघ द्वारा संगृहित करों के आबंटन या प्रत्यक्ष अनुदान या योजना निधि के अभिदाय के माध्यम से विद्यमान परिसंघीय सहकारिता प्रणाली परिसंघवाद की संकल्पना के विरुद्ध हो यह आवश्यक नहीं है। इसलिए ग्रेनविल आस्टिन भारतीय परिसंघवाद को ''सहकारी परिसंघवाद'' कहते हैं जिसमें प्रबल केंद्रीय सरकार है।

फिर भी हम कहना चाहेंगे कि इसका यह परिणाम आवश्यक नहीं है कि प्रांतीय सरकारें कमजोर होकर केंद्रीय राजनीति के प्रशासनिक अभिकरण मात्र ही बन जाएं।

इन टिप्पणियों के आलोक में यदि पिछले साठ सालों के वास्तविक कार्यकलापों की समीक्षा करें तो लगता है कि भूमंडलीकरण से पहले संघ की बढ़ती हुई शक्ति और राज्यों की उस पर बढ़ती हुई निर्भरता एवं योजना आयोग का बढ़ता हुआ क्षेत्र जहाँ संविधान की एकात्मक प्रवृत्तियों को मजबूत कर रहा था वहीं आज स्थिति एकदम अलग है।

आज बड़े-बड़े राष्ट्रीय औद्योगिक घराने एवं बहुराष्ट्रीय कंपनियां राज्यों के आगे थैला खोलकर अपने-अपने उद्योग स्थापित करने के लिए लालायित हैं। राष्ट्रीय राजनैतिक दलों

की शक्ति इतनी क्षीण हो गई है कि वह मनमानी करने की बात का सपना नहीं देख सकते, सोचना तो दूर रहा। क्षेत्रीय राजनैतिक दलों की संख्या और शक्ति में दिन दूनी रात चौगुनी वृद्धि हुई है जो एकात्मक शक्ति को कमजोर कर रही है और संघात्मक पहलुओं को मजबूती प्रदान कर रही है। न्यायिक पुनरावलोकन की शक्ति एवं न्यायिक सक्रियता ने भी संवैधानिक पदों पर आसीन लोगों की मनमानी पर नकेल लगाई है और सूचना के अधिकार ने प्रशासनिक सेवाओं के अफसरों में भी भय का संचार किया है। ऐसी परिस्थितियाँ संविधान को संतुलित करती हैं न कि मनमानी और शक्ति के दुरुपयोग को बढ़ावा देती हैं।

संवैधानिक विश्लेषण भारतीय संविधान को न तो शुद्ध रूप से संघात्मक करार दे सकता है और न ही एकात्मक। यह दोनों का ऐसा सम्मिश्रण है जो राष्ट्र के हितों को सर्वोच्च प्राथमिकता प्रदान करता है। भारत में परिस्थितियों ने अगड़ाई ली है और एक बार फिर से आवश्यकता है वर्तमान परिस्थितियों में इसके आलोचनात्मक विश्लेषण की। कहना गलत न होगा कि इस संविधान का स्वरूप संघात्मक, एकात्मक और सहकारी संघवाद का है परंतु इसका असली स्वरूप भारतीय है और इसीलिए आज तक जीवंत है। इस बीच कई राष्ट्रों के न जाने कितने संविधान आए और गए।

संसद में सीटों की स्थिति

	राज्यसभा	लोकसभा
I. राज्य		
1. आंध्र प्रदेश	18	42
2. अरुणाचल प्रदेश	01	02
3. असम	7	14
4. बिहार	16	40
5. छत्तीसगढ	5	11
6. गोवा	01	02
7. गुजरात	11	26
8. हरियाणा	05	10
9. हिमाचल प्रदेश	03	04
10. जम्मू एवं कश्मीर	04	06
11. झारखंड	06	14
12. कर्नाटक	12	28
13. केरल	09	20
14. मध्य प्रदेश	11	29
15. महाराष्ट्र	19	48
16. मणिपुर	01	02
17. मेघालय	01	02

18.	मिजोरम	01	01
19.	नागालैंड	01	01
20.	उड़ीसा	10	21
21.	पंजाब	07	13
22.	राजस्थान	10	25
23.	सिक्किम	01	01
24.	तमिलनाडु	18	39
25.	त्रिपुरा	01	02
26.	उत्तराखंड	03	05
27.	उत्तर प्रदेश	31	80
28.	पश्चिम बंगाल	16	42
II.	**केंद्र शासित प्रदेश**		
1.	अंदमान एवं निकोबार द्वीपसमूह	–	01
2.	चंडीगढ़	–	01
3.	दादरा एवं नागर हवेली	–	01
4.	दमन एवं दीव	–	01
5.	दिल्ली	03	07
6.	लक्षद्वीप	–	01
7.	पांडिचेरी	01	01
III.	**मनोनीत सदस्य**	12	02
	कुल	245	545

भारत में केंद्र व राज्यों के बीच संबंध

भारतीय संविधान के भाग ग्यारह में केंद्र-राज्य संबंधों का विस्तार और स्पष्टता से वर्णन किया गया है। किसी भी लोकतंत्र की सफलता के लिए संघ व राज्यों के बीच संबंधों में स्पष्टता, निष्पक्षता, वितरणता, सहयोग, समन्वय इत्यादि का होना बहुत आवश्यक है। इसलिए भारतीय संविधान में केंद्र व राज्यों के संबंधों को तीन भागों में बांटा गया है:

1. संघ व राज्यों के विधायी संबंध: भारतीय संविधान में संघ व राज्यों के बीच विधायी संबंधों का प्रावधान संविधान के भाग ग्यारह के अध्याय एक में अनुच्छेद 245 से 255 के अंतर्गत किया गया है। इनमें संघ व राज्यों के बीच शक्तियों का बंटवारा तीन सूचियों, संघ सूची, राज्य सूची तथा समवर्ती सूची के माध्यम से किया गया है। इन तीनों सूचियों में विषय निर्धारित किए गए हैं (जिनका पूर्व में विवरण किया जा चुका हैं।)। संसद को भारत के राज्यक्षेत्र के ऐसे भाग के लिए (जो किसी राज्य) के अंतर्गत नहीं है, किसी भी विषय के संबंध में विधि बनाने की शक्ति है, चाहे वह विषय राज्य सूची में प्रमाणित विषय ही क्यों न हो। (अनुच्छेद 246(घ)) जब तक संसद किसी विषय पर विधि-निर्माण नहीं करती तब तक राज्य उस विषय पर जैसा चाहे विधि निर्मित कर सकता है। किंतु जब संसद भी उस

विषय पर विधि निर्माण कर दे तो संसद निर्मित विधि राज्य द्वारा निर्मित विधि पर अधिभावी (prevail over) होगी। इस सामान्य नियम का एक अपवाद भी है। यदि संसद द्वारा एक विषय पर विधि-निर्माण करने के उपरांत कोई राज्य उसी विषय पर अधिक विस्तृत तथा उन्नत विधि निर्माण करना चाहता है तो राज्य से पारित होने के उपरांत वह विधि, राष्ट्रपति की सम्मति के लिए आरक्षित होकर, यदि राष्ट्रपति की सम्मति प्राप्त कर लेती है तो संसद द्वारा बनाई गई विधि से ऊपर होगी।[17]

राष्ट्रीय हित में संसद, राज्य सूची के विषय पर भी कानून बना सकती है। अगर राज्य सूची में किसी विषय पर संसद, राष्ट्रीय हित में कानून बनाना चाहती है तो राज्यसभा, उपस्थित और मत देने वाले सदस्यों में से कम से कम दो-तिहाई सदस्यों द्वारा समर्थित संकल्प द्वारा घोषित करती है कि राष्ट्रीय हित में यह आवश्यक है कि संसद, राज्य सूची में प्रमाणित विषय पर कानून बनाए जो भारत के संपूर्ण राज्यक्षेत्र या उसके किसी भाग के लिए मान्य होगा (अनुच्छेद 249(1))। संघ व संसद, आपातकाल के दौरान भी राज्य सूची के किसी भी विषय पर कानून बनाने की शक्ति अपने पास रखता है (अनुच्छेद 250)। इसके साथ ही संसद के पास किसी अन्य देश या देशों के साथ की गई किसी संधि, करार या अभिसमय अथवा किसी अंतर्राष्ट्रीय सम्मेलन, या अन्य निकाय में किए गए विनिश्चय के कार्यान्वयन के लिए भारत के संपूर्ण राज्य क्षेत्र या उसके किसी भाग के लिए कोई विधि बनाने की शक्ति है। (अनुच्छेद 253)

उपरोक्त संघ व राज्य के विधायी संबंधों का अध्ययन करने से पता चलता है कि शक्तियों का स्पष्ट विभाजन किया गया है। दोनों के क्षेत्राधिकार अलग-अलग हैं। लेकिन राज्य की तुलना में संघ को अधिक शक्तिशाली बनाया गया है। किंतु राज्य की शक्ति भी कम नहीं है। यह स्पष्ट करता है कि शक्ति के विभाजन के बावजूद भी भारत संघात्मक होते हुए भी एकात्मकता को दर्शाता है।

2. संघ व राज्यों के प्रशासनिक संबंधः भारतीय संविधान के भाग ग्यारह (11) के अध्याय-2 के अनुच्छेद 256 से 263 तक के अंतर्गत संघ व राज्यों के बीच प्रशासनिक संबंधों का प्रावधान किया गया है। इन प्रशासनिक संबंधों में प्रत्येक राज्य को अपनी कार्यपालिका शक्ति को इस प्रकार प्रयोग करना होगा जिससे संसद द्वारा पारित नियमों का परिपालन निश्चित रूप से हो। इसके लिए संघीय कार्यपालिका राज्यों की कार्यपालिका को उचित निर्देश दे सकती है (अनुच्छेद 256)। प्रशासनिक बाधाओं को दूर करने की दृष्टि से संविधान निर्माताओं ने ऐसे कानूनों का समावेश किया है, जिससे राज्यों पर समुचित नियंत्रण बनाया जा सके क्योंकि संघीय शासन की सफलता केंद्र और राज्यों के बीच सहयोग और समन्वय पर निर्भर करती है। लेकिन केंद्र सरकार की शक्ति रेलों की रक्षा, संचार साधनों के निर्माण को बनाए रखने के बारे में निर्देश देने तक भी की गई है जिनका राष्ट्रीय व सैनिक महत्त्व का होना उस निर्देश में घोषित किया गया है।[18] 1976 के 42वें संशोधन के द्वारा एक नया अनुच्छेद 257A को जोड़ा गया है जिसके अंतर्गत केंद्रीय सरकार को यह शक्ति प्रदान की गई है कि वह राज्य विशेष में कानून तथा व्यवस्था को बनाए रखने के लिए केंद्रीय सशस्त्र सेना या अन्य सशस्त्र सेना को वहां भेज सके। ऐसी

सशस्त्र सेना को नियंत्रण करने अथवा निर्देश देने का अधिकार केंद्रीय सरकार का होगा न कि राज्य सरकार का।[19]

संघ सरकार, राज्य सरकार को अपने कृत्य भी सौंप सकता है। यह कृत्य संघ दो प्रकार से सौंप सकता है: (1) राज्य सरकार की सलाह से, (2) संसद के माध्यम से। यह कृत्य अनुच्छेद 258 (1)'क' एवं 258 (2)। संविधान (सप्तम संशोधन) अधिनियम, 1956 की धारा 18 द्वारा एक नया अनुच्छेद 258'क' जोड़ा गया है जिसके अनुसार राज्य सरकारें भी अपने कृत्यों को संघ सरकार को सौंप सकती हैं।

भारत सरकार किसी ऐसे राज्यक्षेत्र की सरकार से, जो भारत के राज्यक्षेत्र का भाग नहीं है, करार करके ऐसे राज्यक्षेत्र की सरकार में निहित कार्यपालक, विधायी या न्यायिक कृत्यों का भार अपने ऊपर ले सकेगी, किंतु प्रत्येक ऐसी संधि विदेशी अधिकारिता के प्रयोग से संबंधित तत्समय प्रवृत्त किसी विधि के अधीन होगी और उससे शासित होगी (अनुच्छेद 260)। यह भारत के बाहर के राज्यक्षेत्रों के संबंध में संघ की अधिकारिता को बढ़ाता है।[20]

केंद्र और राज्यों के बीच ''अखिल भारतीय सेवाओं'' का भी संविधान में प्रावधान किया गया है अर्थात् केंद्र और राज्यों के बीच सम्मिलित सेवाओं (common services) का प्रावधान है। भारतीय प्रशासनिक सेवा, भारतीय पुलिस सेवा आदि जो भी अखिल भारतीय स्तर की हैं दोनों में समान रूप से कार्य करेंगी। इन सेवाओं का मुख्य उद्देश्य है अधिकतम अन्तर्राज्यीय सहयोग और समन्वय प्राप्त किया जा सके और केंद्रीय नीतियों को समुचित रूप से कार्यान्वित किया जाए।

संविधान के अनुच्छेद 262 के अंतर्गत अंतर्राज्यिक नदियों के जल तथा उनकी घाटियों के जल के संबंध में महत्त्वपूर्ण उपबंध हैं। किसी अंतर्राज्यिक नदी तथा नदी-घाटी के या जलाशयों के प्रयोग, वितरण, विवाद के न्याय निर्णयन के बारे में संसद विधि द्वारा व्यवस्था करेगी। संपूर्ण देश के प्रशासनिक यंत्र का चलन सरल बनाने के लिए, तथा संघ एवं राज्यों में मिल-जुलकर सफलता से कार्य करने के लिए संविधान द्वारा राष्ट्रपति को यह शक्ति प्रदान की गई है कि वह अनुच्छेद 263 के अंतर्गत अंतर्राज्यिक परिषद् की नियुक्ति करे। इस परिषद् के कृत्य होंगे–राज्यों के बीच जो विवाद उत्पन्न हो चुके हों उनकी जांच करने तथा उन पर मंत्रणा देने का, कुछ या सब राज्यों के संघ अथवा एक या अधिक राज्यों के पारस्परिक हित से संबद्ध विषयों के अनुसंधान और चर्चा करने का तथा ऐसी किसी विषय पर सिफारिश करने और विशेषतः उसके बारे में नीति और कार्यवाही के अधिक अच्छे समन्वय के लिए सिफारिश करने का। राष्ट्रपति ही इसके कर्त्तव्यों, प्रक्रिया तथा संगठन का निश्चय करता है।[21]

3. संघ व राज्यों के वित्तीय संबंध: भारतीय संविधान में संघ व राज्यों के बीच वित्तीय संबंधों का भाग-12 के प्रथम अध्याय के अनुच्छेद 264 से 291 के बीच वर्णन किया गया है। वित्तीय संबंधों में ''कर'' के विषय में कहा गया है कि कर विधि के प्राधिकार से ही लगाया या प्राप्त किया जा सकता है अन्यथा नहीं (अनुच्छेद 265)। भारत सरकार तथा राज्य सरकार द्वारा प्राप्त राजस्व, उधार से प्राप्त सभी धनराशियां क्रमशः ''भारत की संचित निधि'' व राज्य की संचित निधि में रखे जाएंगे। भारत की संचित निधि

या राज्य की संचित निधि में से कोई धनराशि विधि के अनुसार तथा इस संविधान में उपबंधित प्रयोजनों के लिए और रीति से ही विनियोजित की जाएगी, अन्यथा नहीं (अनुच्छेद 266)। संसद और राज्य विधानमंडलों को भारत या राज्य की आकस्मिकता निधि (contingency fund) स्थापित करने की शक्ति दी गई है तथा प्रत्येक वर्ष संघ ऐसे राज्यों को ''सहायता अनुदान'' देगा, जिनके बारे में संसद यह निर्धारित करे कि उन्हें सहायता की आवश्यकता है। राष्ट्रपति को अनुच्छेद 280 के अंतर्गत ''वित्त आयोग'' की स्थापना करने की शक्ति प्रदान की गई है जो संघ और राज्यों के बीच करों के शुद्ध आगमों के वितरण के बारे में राष्ट्रपति को सिफारिश करता है।[22]

संघ के राजस्व स्रोत: निगम कर, सीमा शुल्क, निर्यात शुल्क, तंबाकू शुल्क, विदेशी ऋण, लाटरियां, डाक व तार, टेलीफोन, रेलें, भारत का रिजर्व बैंक, समाचार-पत्रों व विज्ञापनों, समुद्र तथा वायु द्वारा ले जाने वाले माल तथा यात्रियों पर सीमांत कर, न्यायालय में लिए जाने वाले शुल्क को छोड़कर संघ सूची में प्रमाणित किन्ही विषयों पर शुल्क, इत्यादि।[23]

राज्यों के राजस्व स्रोत: प्रति व्यक्ति कर, भू-राजस्व, बिजली के उपभोग तथा विक्रय पर कर, भूमि और भवनों पर कर, न्यायालयों द्वारा लिए जाने वाले शुल्क को छोड़कर राज्य-सूची में सम्मिलित विषयों पर शुल्क, वाहनों पर कर, व्यवसायों, उपजीविकाओं, नौकरियों पर कर, चुंगी कर इत्यादि।

करों के संबंध में प्रावधान किया गया है कि संघ द्वारा लगाए गए कर किंतु राज्य द्वारा संग्रहीत तथा विनियोजित किए जाते हैं—ऐसे मुद्रांक शुल्क तथा औषधियों और प्रसाधन-वस्तुओं पर ऐसे उत्पादन शुल्क, जो संघ सूची में वर्णित हैं, संघ द्वारा आरोपित किए जाएंगे (अनुच्छेद 268)। संघ द्वारा लगाए गए व संगृहीत कर जिनका संघ तथा राज्यों के मध्य विभाजन किया जा सकता है (अनुच्छेद 270, 272)। इनमें कृषि आय से अन्य आय पर कर, तथा संघ सूची में वर्णित औषधियों तथा प्रसाधन-सामग्री पर उत्पादन शुल्क से अन्य संघ उत्पादन शुल्क। संघ द्वारा लगाए गए और संग्रहीत कर किंतु राज्यों को सौंपे जाने वाले कर हैं[24]—कृषि भूमि से अन्य संपत्ति के उत्तराधिकार विषयक शुल्क, रेल-भाड़ों व माल भाड़ों पर कर, शेयर बाजार तथा सट्टा बाजार के आदान-प्रदानों पर मुद्रांक-शुल्क से अन्य कर, समाचार पत्रों के क्रय-विक्रय तथा उनमें प्रकाशित विज्ञापनों पर कर, रेल, समुद्र या वायु द्वारा लाए गए माल व यात्रियों पर सीमा कर तथा समाचार-पत्रों के अंतर्राज्यिक व्यापार अथवा वाणिज्य में माल के क्रय-विक्रय पर कर शामिल हैं।

इन संबंधों का संपूर्णत: अध्ययन करने से यह स्पष्ट हो जाता है कि भारतीय संघवाद की सामान्य प्रकृति अर्थात् केंद्रीयता के अनुकूल ही इन उपबंधों की योजना हुई है। संघ सरकार राज्य-सरकारों की अपेक्षा वित्तीय क्षेत्र में अधिक स्थिर एवं शक्तिशाली है। देश के संयोजित विकास के लिए तथा राज्यों की संकीर्णता तथा प्रादेशिकता के भाव का विरोध करने के लिए इस प्रकार का प्रबंध करना परमावश्यक था। वर्तमान स्थिति में राज्यों के पास सीमित साधन हैं और अपनी अधिकांश विकास-योजनाओं के लिए उन्हें केंद्र की सहायता की आवश्यकता रहती है इसलिए उन्हें केंद्र का नेतृत्व स्वीकार करना पड़ता

है–कभी-कभी केंद्र के आदेशों के आगे झुकना भी पड़ता है। इसमें गुण भी हैं और दोष भी, किंतु भारत की अर्थव्यवस्था के विकास के वर्तमान स्तर पर यही एकमात्र रास्ता था।

केंद्र-राज्य संबंधों पर गठित आयोग/समिति[25]

1. सीतलवाड़ समिति (Setalvad Committee): प्रशासनिक सुधार आयोग (1966-69) ने केंद्र-राज्य संबंधों के अध्ययन एवं सुझाव देने के लिए एम.सी. सीतलवाड़ की अध्यक्षता में एक समिति 1966 में नियुक्त की। इसने संविधान में संशोधन किए बिना राज्यों को अधिक स्वायत्तता प्रदान करने की संस्तुति की।

2. राजमन्नार समिति (Rajamannar Committee): तमिलनाडु सरकार ने 22 सितंबर, 1969 को डॉ. पी.वी. राजमन्नार की अध्यक्षता में राज्यों को अधिक स्वायत्तता प्रदान करने के लिए सुझाव देने हेतु गठित की। इस समिति के अन्य सदस्य थे–डॉ. लक्ष्मण स्वामी मुद्लियार, पी.सी. चन्द्रा रेड्डी। इस समिति के प्रमुख सुझाव थे– (1) अवशिष्ट विषय या तो समाप्त कर देने चाहिए अथवा राज्यों को दिए जाने चाहिए; (2) एक अंतर्राज्यीय परिषद् का गठन किया जाना चाहिए; (3) अखिल भारतीय सेवाओं को समाप्त किया जाना चाहिए।

3. सरकारिया आयोग (Sarkaria Commission): रणजीत सिंह सरकारिया की अध्यक्षता में 24 मार्च, 1983 को केंद्र-राज्य संबंधों के अध्ययन के लिए नियुक्त किया गया तथा केंद्र-राज्य संबंधों पर सुझाव देते समय आयोग को सामाजिक व आर्थिक विकास, संविधान की संरचना और राष्ट्रीय एकता व अखंडता को ध्यान में रखने को कहा गया। आयोग ने 27 अक्तूबर, 1987 को 265 सिफारिशें पेश कीं, जिनमें से मुख्य इस प्रकार थीं–

1. केंद्र-राज्य संबंधों में विचार-विमर्श, सहयोग व भागीदारी को बढ़ावा देने के लिए सरकारिया आयोग ने संविधान के अनुच्छेद 263 के अंतर्गत एक स्थायी अंतर्राज्यीय परिषद् के गठन का सुझाव दिया। जो विभिन्न मुद्दों पर विचार-विमर्श करेगी। इसमें प्रधानमंत्री, कैबिनेट मंत्री व सभी राज्यों के मुख्यमंत्री होंगे।
2. निगम कर पर राज्यों के साथ बंटवारा किया जाए।
3. अखिल भारतीय सेवाओं को सशक्त बनाया जाए।
4. राज्यपाल को नियुक्त करने से पहले मुख्यमंत्री की सलाह ले, इत्यादि।

केंद्र-राज्य संबंधों में तनाव के मुख्य कारण[26]

1. राज्य इस बात पर क्षोभ प्रकट करते हैं कि भारतीय संविधान में शक्तियों का वितरण केंद्र के पक्ष में अधिक है, जिससे उनकी स्वायत्तता पर आंच आती है। सन् 1970 में तमिलनाडु सरकार द्वारा नियुक्त राजमन्नार समिति ने सिफारिश की कि संघ सूची और समवर्ती सूची में से कुछ शक्तियां निकालकर राज्य सूची में डाल देनी चाहिए तथा केंद्रीय राजस्व स्त्रोतों को घटाकर राज्यों को हस्तांतरित कर देना चाहिए।

2. राज्य मंत्रिमंडल प्रायः यह अनुभव करते रहे हैं कि उनकी विधायी प्रशासनिक शक्तियां इतनी सीमित हैं कि अपने निर्णयों के कार्यान्वयन में उन्हें केंद्र का मुंह ताकना पड़ता है।
3. राज्यपाल केंद्र द्वारा स्थापित ऐसे शक्तिशाली अभिकरण हैं जो राज्यों में केंद्र का वर्चस्व बनाए रखने में सहयोग देते हैं।
4. ऐसे भी आरोप लगाए जाते हैं कि केंद्र जिन राज्यों से अप्रसन्न होता है, उनके साथ राजस्व वितरण में पक्षपात करता है।
5. केंद्रीय सरकार की भी यह शिकायत रही है कि कुछ राज्य सरकारें संविधान प्रदत्त शक्तियों का प्रयोग इस प्रकार करती हैं कि केंद्रीय सरकार की सामाजिक न्याय और आर्थिक विकास की प्रगतिशील नीतियों के मार्ग में अड़चन पैदा होती है।
6. कुछ राज्यों का कहना है कि उनके आर्थिक विकास के लिए आवश्यक पूंजी जुटाने में केंद्र का समुचित सहयोग नहीं मिल रहा है।
7. केंद्र और राज्यों में इस बात पर भी कभी-कभी तनाव पैदा हो जाता है कि राज्यों द्वारा आर्थिक अनुदान या आर्थिक सहायता मांगने पर केंद्रीय सरकार एक ओर तो उदार रवैया नहीं अपनाती है और दूसरी ओर वह यह आरोप लगाती है कि राज्य सरकारें अपने स्वयं के राजस्व स्रोतों का समुचित दोहन नहीं करतीं।
8. अधिकतर राज्यों की शिकायत रहती है कि राज्य में राष्ट्रपति शासन लागू होने के पीछे दलीय भावना छुपी होती है जो पक्षपात करती है। उदाहरणतः अगर केंद्र में किसी अन्य दल की सरकार है और राज्य में किसी अन्य दल की तो ऐसी स्थिति में केंद्र पक्षपात वाला रवैया अपना कर उस राज्य में राष्ट्रपति शासन लगवाने का प्रयास करता है।

केंद्र-राज्य मतभेद को दूर करने संबंधी कुछ सुझाव[27]

विरोधी दलों, अनेक शिक्षा-शास्त्रियों, गैर-कांग्रेसी राज्य सरकारों द्वारा केंद्र-राज्य मतभेदों को दूर करने की दिशा में मुख्यतः निम्नलिखित सुझाव दिए जाते रहे हैं–

1. भारतीय संविधान स्वरूप में संघात्मक किंतु आत्मा से एकात्मक है। इसलिए, इसे आत्मा से भी संघात्मक बनाया जाना आवश्यक है। इसके लिए समवर्ती सूची के विषयों का पुनर्विभाजन इस प्रकार किया जाए कि शक्ति-विभाजन का संतुलन राज्यों के पक्ष में हो जाए।
2. राज्यों को उनकी आय में वृद्धि के लिए कुछ लचीले कर प्रदान किए जाएं।
3. राज्यों को विवेकानुसार अनुदान देने की केंद्र की शक्ति समाप्त की जाए।
4. वित्त आयोग को एक स्थायी निकाय बना दिया जाए।
5. योजना आयोग को स्वायत्त सांविधानिक स्तर प्रदान किया जाए।
6. अनुच्छेद 263 के अनुसार अंतर्राज्यीय परिषद् (Inter-state council) की स्थापना की जाए जो राष्ट्रपति को परामर्श दे।
7. राष्ट्रपति एवं राज्यपाल संबंधी सांविधानिक व्यवस्थाओं में संशोधन द्वारा उनकी

शक्तियों में इस प्रकार वृद्धि की जाए कि वे बिना किसी विवशता के स्वविवेक से काम कर सकें।

8. केंद्र राज्य सूची के विषयों में हस्तक्षेप न करे। राज्य सूची के विषयों के कार्यक्रम लागू करने, उन पर धन व्यय करने आदि का उत्तरदायित्व राज्य सरकारों पर रहे।
9. प्रशासन, वित्त और विधायी सभी क्षेत्रों में केंद्रीय नियंत्रण की व्यवस्थाएं कम की जाएं।
10. अखिल भारतीय सेवा के जो अधिकारी राज्य सेवा में रहें उन पर पूरा नियंत्रण राज्य सरकार का हो।
11. राष्ट्रपति को महत्त्वपूर्ण मामलों में परामर्श के लिए एक उच्च स्तरीय सांविधानिक सलाहकार समिति स्थापित की जाए, जो राज्यपाल, उच्चतम न्यायालय और उच्च न्यायालयों के न्यायाधीश, नियंत्रक एवं महालेखापाल, योजना आयोग के सदस्य आदि की नियुक्ति के बारे में, मंत्रिमंडल निर्माण के समय अनुपालनीय अभिसमयों के बारे में, व्यवस्थापिका को भंग करने और विधेयकों को राष्ट्रपति की स्वीकृति हेतु आरक्षित करने के संबंध में और इसी प्रकार के अन्य राष्ट्रीय महत्त्वपूर्ण विषयों पर सलाह दे।
12. प्रत्येक राज्य के लिए पृथक्-पृथक् सांविधानिक सलाहकार समिति का गठन हो।
13. संविधान के किसी अनुच्छेद में संशोधन के लिए राज्यों का बहुमत ज़रूरी किया जाना चाहिए।
14. राष्ट्रीय विकास परिषद् में राज्यों को उचित प्रतिनिधित्व दिया जाए।
15. राज्यसभा में सभी राज्यों को बराबर प्रतिनिधित्व दिया जाए केवल उन राज्यों को छोड़कर जिनकी आबादी 30 लाख से कम है।
16. राज्यसभा के चुनाव प्रत्यक्ष हों तथा संसद के दोनों सदनों को बराबर अधिकार हो।
17. समवर्ती विषयों पर केंद्र का अधिकार समाप्त किया जाना चाहिए।

संदर्भ

1. Rao, K. V., *Parliamentary Democracy of India: A Critical Commentary*, The World Press: Calcutta, 1965.
2. Wheare, K. V., *Federal Government*, Oxford University Press: London, 1971.
3. C.A.D. Vol II Page 43.
4. Mazomdar, Ajit, "The Indian federal state and its future" in V. A. Pai Panandiker and Ashish Nandy (Ed.), *Contemporary India*, Delhi: Tata McGraw Hill, 1999.
5. C.A.D, Vol I, Page 99.
6. C.A.D, Vol VIII, Page 927.
7. Livingstone, Federation and Constitutional Change, 1956, Page 6-7.
8. Basu, D. D., *Constitution of India*, Prentice Hall of India Pvt. Ltd.: Delhi, 1995.
9. Prof. Wagner, W. T., *Federal Status and their Judiciary*, Molton and Company, 1969, Page 25.
10. Kashyap, Subhash. C., *Building the Federal Union*, Hamdard University, Mimeo, 1997
11. Wheare, K. V., *Federal Government*, Oxford University Press: London, 1971, Page 27.
12. Basu, *Constitution of India*, Princeton Hall of India: Delhi, 1995.

13. Appleby, P., Public Adminstration in India ....
14. Jennings, Iver, *Some Characteristics of the Indian Constitution*, Page 1.
15. Austin, G., *The Indian Constitution*; Conerstone of a Nation, Oxford University Press: Delhi.
16. Ibid.
17. पायली, एम. वी., *भारतीय संविधान*, यूनाईटेड बुक हाऊस: दिल्ली, 1977, पृ. 261-62.
18. भारत का संविधान, 1 फरवरी, 1990 को यथाविद्यमान, भारत सरकार, 1990, पृ. 70.
19. पायली, एम. वी., *वही*, पृ. 267
20. भारत का संविधान, 1990, भारत सरकार, पृ. 71
21. पायली, एम. वी., *भारतीय संविधान*, यूनाईटेड बुक हाउस: दिल्ली, 1977, पृ. 269.
22. भारतीय संविधान, भारत सरकार, 1990, पृ. 75-76.
23. पायली, एम. वी., *भारतीय संविधान*, वही, पृ. 277-278.
24. पायली, *वही*, पृ. 278.
25. शर्मा, हरिशचंद्र, *भारत में राज्यों की राजनीति*, कॉलेज बुक डिपो: जयपुर, 1982, पृ. 131.
26. *वही.*
27. वही, पृ. 155.

7

भारतीय संघ में राज्य पुनर्गठन नीति

भारत स्वतंत्रता अधिनियम, 1947 के अनुसार भारत को एक स्वतंत्र राज्य घोषित किया गया, लेकिन इस शर्त के साथ कि वह शीघ्र ही अपने लिए एक व्यवस्थात्मक संविधान का निर्माण करेगा जिसके आधार पर वह अपनी स्वतंत्र प्रभुत्वसंपन्न व्यवस्था की नींव रखेगा। इसके साथ ही संवैधानिक प्रावधानों एवं व्यवस्था के आधार पर राजनीतिक, आर्थिक, सामाजिक संस्थाओं एवं मशीनरी की भी नींव रखेगा। चूंकि तत्कालीन भारत सांप्रदायिक, भाषायी, उत्तर-दक्षिण विवाद तथा देसी रियासतों के राजनीतिक एकीकरण एवं भारतीय राज्य के साथ विलयीकरण के प्रश्न पर बुरी तरह उलझा हुआ था और वैसे भी तत्कालीन भारत (पाकिस्तान को अलग राज्य बनाने के पश्चात्) एक विशाल क्षेत्रफल वाला भूखंड (राज्य) है जो भौगोलिक दृष्टिकोण से, दक्षिण एशिया में स्थित भारतीय उपमहाद्वीप के नाम से जाना जाता था।[1] इतना ही नहीं भारत के इस विशाल भू-क्षेत्र में जातीय असमानता, धार्मिक विविधता, भाषायी विभिन्नता और बहुसंस्कृतिवाद जैसे महत्त्वपूर्ण नीति-निर्धारक एवं प्रभावी तत्त्व भी उपस्थित थे, और जहां तक भारतीय भूखंड में प्राकृतिक-संसाधनों का प्रश्न था तो यहां लगभग सभी प्राकृतिक संसाधन प्रचुर मात्रा में उपलब्ध थे, लेकिन असमान स्तर पर।

अत: 9 दिसंबर 1946 को जिस संविधान सभा का गठन किया गया उसके सामने यह विकट समस्या थी कि आखिर एकात्मक अथवा संघात्मक व्यवस्था में से कौन-सी पद्धति भारत के लिए श्रेष्ठ रहेगी और किस प्रकार तत्कालीन भारत के आंतरिक राज्यों एवं देसी रियासतों का आपस में एकीकरण किया जाए। चूंकि ब्रिटिश उपनिवेशवादी सरकार का बहुत कुछ प्रभाव स्वतंत्रता पूर्व स्थापित हमारी संवैधानिक-राजनीतिक व्यवस्था एवं संस्थाओं में प्रभावी रूप से दिखने लगा था। जैसा कि हमें विदित है कि ब्रिटिश शासन व्यवस्था एकात्मक थी, क्योंकि ब्रिटेन भारतीय भूखंड की अपेक्षा छोटा राज्य था। शायद इसीलिए हमारे संविधान निर्माताओं ने अन्य संवैधानिक मॉडल्स की ओर देखना आवश्यक समझा।

संविधान सभा के सम्मुख देसी रियासतों के एकीकरण की समस्या

संविधान सभा के सम्मुख सबसे विकट समस्या 600 देसी रियासतों का शेष भारत के साथ विलयीकरण करने की थी। जब भारतीय स्वतंत्रता अधिनियम 1947 पारित किया गया तो

प्रदीप कुमार, दिल्ली विश्वविद्यालय

उस अधिनियम की धारा 7(1) ख में यह घोषित किया गया कि 'नियत दिन से,–हिज़ मैजेस्टी का देसी रियासतों पर अधिराजत्व व्यपगत (समाप्त) हो जाएगा और उसके साथ ही इस अधिनियम के पारित किए जाने की तारीख पर प्रवृत्त सभी संधियां और करार जो हिज़ मैजेस्टी और देसी रियासतों के शासकों के बीच किए गए थे। उस तारीख को विद्यमान हिज़ मैजेस्टी के देसी रियासतों के शासकों के प्रति सभी बाध्यताएं और उस तारीख को किसी देसी रियासत के संबंध में किसी संधि, अनुदान, रूढ़ि, सहन की गई या अन्यथा, किसी शक्तियां, अधिकार, प्राधिकार या अधिकारिता व्यपगत हो जाएंगे।'[2]

यह देखना महत्त्वपूर्ण था कि 600 देसी रियासतें किस प्रकार व्यवहार करेंगी? क्योंकि प्रस्तावित अधिनियम के पश्चात् वे पूर्ण स्वतंत्र थीं चाहे तो वह भारत डोमिनियन के साथ विलय करें या पाकिस्तान के साथ; लेकिन व्यावहारिक परिस्थितियां अलग थीं, क्योंकि इन देसी रियासतों में से ज्यादातर रियासतें (लगभग 562) छोटी, राजनीतिक-आर्थिक दृष्टि से शक्तिहीन तथा चारों ओर से भारत से घिरी हुई थीं जिससे संभवत: इन रियासतों का भारतीय डोमिनियन में विलय होना लाजमी था लेकिन किन शर्तों के साथ। भारतीय डोमिनियन में इनकी स्थिति क्या होगी। यह फैसला इन रियासतों और भारतीय डोमिनियन को 15 अगस्त 1947 तक करना था। इस सिलसिले में संविधान सभा की सहायता के लिए भारत की अंतरिम सरकार ने सरदार वल्लभ भाई पटेल की अध्यक्षता में एक ''समझौता समिति'' गठित की जिसकी पहली बैठक 8-9 फरवरी 1947 को की गई। अत: इस समिति ने सिलसिलेवार उन परेशानियों का अध्ययन करना आरंभ कर दिया और जून 1947 में ''राज्य मंत्रालय'' स्थापित किया गया जिसमें सरदार पटेल ने वी.पी. मेनन (समिति सचिव) के साथ काफी अहम् भूमिका निभाई।[3] इन देसी रियासतों के साथ संधि एवं विलय करने की सभी शक्ति सरदार पटेल को ही सौंप दी गई थीं। जैसा कि डी.डी. बसु कहते हैं कि, 'देसी रियासतों में लगभग 600 रियासतें थीं जो अधिकतर शासकों या स्वामियों के व्यक्तिगत शासन के अधीन थी। सभी देसी रियासतें एकसमान नहीं थीं। उनमें से कुछ रियासतें आनुवांशिक प्रमुखों के शासन के अधीन थीं जिनकी राजनीतिक प्रास्थिति मुसलमानों के आक्रमण के पहले से चली आई थी। कुछ दूसरी रियासतें (जिनकी संख्या लगभग 300 थी) शासकों द्वारा दी गई संपदा या जागीर के रूप में थी जो सेवा के लिए या अन्यथा पारितोषिक के रूप में विशेष व्यक्तियों या कुटुंबों को दी गई थी। ब्रिटिश भारत से ये रियासतें जिस एक बात में भिन्न थी, वह यह थी कि देसी रियासतों को ब्रिटिश सम्राट द्वारा अपने अधीन नहीं किया गया था, अत: ब्रिटिश भारत सम्राट के प्रत्यक्ष अधीन था। देसी रियासतें प्रमुखों और राजाओं के व्यक्तिगत शासन के अधीन चल रही थीं। सम्राट का इन पर ''आधिराजत्व'' था जिसे 1858 में ईस्ट इंडिया कंपनी से प्राधिकार लेने पर सम्राट ने भारत के समस्त राज्यक्षेत्र पर यह अधिराजत्व ग्रहण किया था।'[4]

अत: इन विकट परिस्थितियों के बावजूद सरदार पटेल ने जूनागढ़, हैदराबाद, कश्मीर, बहावलपुर और पश्चिमोत्तर (चित्राल, फूलरा, दीर, स्वात और अम्ब) सीमाप्रांत की रियासतों को छोड़कर सभी रियासतों से (जिनकी संख्या 552 थी) 15 अगस्त 1947 तक भारतीय

डोमिनियन में अपनी सूझ-बूझ से स्थायी समझौता करके विलय करवा लिया। यद्यपि हैदराबाद और कश्मीर जैसी बड़ी रियासतों ने आखिरी मौके तक भारत या पाकिस्तान के साथ विलय न करके भारतीय राजनीतिक-भूक्षेत्र की एकीकरण योजना में अड़ंगा लगाया। जूनागढ़ का नवाब अपनी रियासत के प्रति इतना उदासीन था कि वह समय रहते भारत व पाकिस्तान के साथ अपना भविष्य तय ही नहीं कर पाया। जब जूनागढ़ की स्थिति अराजक हो गई तो नवाब ने अपनी रुचि पाकिस्तान विलय में दिखाई, लेकिन जनता ने इसके विरुद्ध भारत में अपनी रुचि दिखाई। जूनागढ़ में स्थिति चरमरा गई तो वहां के नवाब को भाग कर पाकिस्तान जाना पड़ा। उसकी अनुपस्थिति में जूनागढ़ के दीवान (जो वहां का वास्तविक शासक था) ने भारत के साथ विलय का प्रस्ताव रख दिया। स्थिति को नियंत्रण में करने के लिए भारत ने सैनिक कार्रवाई और 1948 के आरंभ में एक जनमत संग्रह में भारी बहुमत से भारत में विलय का समर्थन कर दिया। 'ऐसी ही स्थिति हैदराबाद की थी। हैदराबाद रियासत चारों ओर भारत से घिरी हुई थी वहां हिंदू बहुसंख्या में थे जबकि शासक-निजाम मुसलमान था। निजाम चाहता था कि हैदराबाद एक स्वतंत्र राज्य बने, लेकिन इसी बीच हैदराबाद के कट्टरपंथी संगठन के नेता कासिम रिजवी के नेतृत्व में रज़ाकारों ने राज्य में आतंक फैला कानून व्यवस्था समाप्त कर दी थी। अत: सितंबर 1948 में गृह मंत्री सरदार पटेल के सीधे नियंत्रण में "ऑपरेशन पोलो" के नाम से सैनिक कार्यवाही की गई और आखिर में निजाम ने भारत में विलय की प्रार्थना की जिसे केंद्रीय सरकार ने स्वीकार कर लिया।'

रियासतों के विलय की तीसरी समस्या जम्मू-कश्मीर के साथ थी। जम्मू-कश्मीर के बारे में माउंटबेटन ने तो यह भी कहा कि यदि 14 अगस्त 1947 से पूर्व कश्मीर का विलय चाहे पाकिस्तान में ही हो जाता, तो भी भारत को कोई आपत्ति न होती। सरदार पटेल का भी ऐसा ही विचार था, परंतु हरि सिंह के निर्णय न लेने के कारण भारत और पाकिस्तान के बीच एक गंभीर अंतर्राष्ट्रीय विवाद का जन्म हुआ।

कश्मीर पर पाकिस्तान के समर्थन से कबायलियों के आक्रमण से कुछ ही समय पूर्व पाकिस्तान ने महाराजा से रियासत के, पाकिस्तान में विलय के लिए एक अंतिम प्रयास किया था। परंतु महाराजा ने जल्दबाजी में कोई निर्णय लेने से इनकार कर दिया। इसके तुरंत बाद 22 अक्टूबर 1947 को कश्मीर पर कई ओर से आक्रमण शुरू हुआ। पाकिस्तान के सीमांत प्रांत के ये कबायली अच्छी तरह प्रशिक्षित थे और पांच ही दिनों में आक्रमणकारी श्रीनगर से केवल पच्चीस मील दूर बारामूला तक पहुंच गए। आक्रमण शुरू होने के बाद ही घबराए हुए महाराजा हरि सिंह ने भारत में तुरंत विलय की प्रार्थना की। महाराजा ने विलय स्वीकार करते हुए केंद्र से तुरंत सेनाएं भेजने का निवेदन किया ताकि आक्रमण करने वालों से निबटा जा सके। हरि सिंह ने माना कि उनके सामने केवल दो विकल्प थे या तो आक्रमणकारियों को यह छूट दी जाए कि वे कश्मीर में लूटमार करें या फिर कश्मीर का भारत में विलय कर दिया जाए। महाराजा की प्रार्थना को भारत ने 27 अक्टूबर को स्वीकार करके आक्रमण का सामना करने के लिए सेना को हवाई मार्ग से कश्मीर भेज

दिया। राज्य के विलय की प्रार्थना स्वीकार करते हुए भारत ने यह कहा कि आक्रमणकारियों को खदेड़ देने के बाद विलय के प्रश्न पर राज्य की जनता की इच्छा पूछी जाएगी। अतः जम्मू-कश्मीर का भारत में विलय तो कर दिया गया लेकिन विशेष प्रावधानों के साथ।[5]

अतः इस प्रकार संविधान के सम्मुख इस समस्या का अगला चरण देसी रियासतों को समुचित आकार की प्रशासनिक एवं राजनीतिक व्यवस्था में एक इकाई का रूप देना और उन्हें संवैधानिक संरचना में यथोचित स्थान देना था। अतः इस उद्देश्य की पूर्ति के लिए एकीकरण की एक तीन चरण वाली प्रक्रिया अपनाई गई (इसे तत्कालीन गृह मंत्री सरदार वल्लभ भाई पटेल के नाम से ''पटेल स्कीम'' भी कहा जाता है–

1. 216 रियासतें उन प्रांतों में सम्मिलित कर दी गईं वे जिनके भौगोलिक रूप से निकट थीं। इसमें 1,08,789 वर्ग मील क्षेत्र और 19,158 मिलियन जनता शामिल की गई। इन विलीन रियासतों को संविधान की पहली अनुसूची के भाग (ख) के राज्यों के राज्य-क्षेत्र में सम्मिलित किया गया। विलय की यह प्रक्रिया उड़ीसा और छत्तीसगढ़ की रियासतों के तत्कालीन उड़ीसा प्रांत में 1 जनवरी, 1948 को विलय से प्रारंभ हुई और जनवरी, 1950 में पश्चिमी बंगाल राज्य में कूच बिहार के विलय से समाप्त हुई।
2. 61 रियासतों को केंद्र शासित प्रदेश में परिवर्तित किया गया जिसमें 63,704 वर्ग मील का क्षेत्र और 6,925 मिलियन जनता शामिल की गई और उन्हें संविधान की पहली अनुसूची के भाग (ग) में सम्मिलित किया गया। एकीकरण का यह तरीका उन मामलों में अपनाया गया जिनमें प्रशासनिक, सामरिक या अन्य विशेष कारणों से केंद्र का नियंत्रण आवश्यक समझा गया।
3. एकीकरण की तीसरी पद्धति थी देसी रियासतों के समूहों को नई जीवनक्षम इकाइयों में सम्मिलित करना। इसमें 275 रियासतों को, जो 2,15,450 वर्ग मील क्षेत्र और 34.7 मिलियन जनता से मिलकर बना था, शामिल किया गया। इन्हें राज्य संघ नाम दिया गया। इस प्रकार 15 जनवरी 1948 को बनाया गया पहला संघ सौराष्ट्र था जिसमें काठियावाड़ और कुछ अन्य रियासतें मिल गई थीं और अंतिम संघ था ट्रावनकोर-कोचीन जो 1 जुलाई 1949 को बना। 275 रियासतें इस प्रकार सम्मिलित करके 5 संघ बनाए गए–मध्य भारत; पटियाला और पूर्वी पंजाब संघ; राजस्थान सौराष्ट्र और ट्रावनकौर-कोचीन। इन्हें पहली अनुसूची के भाग (ख) के राज्यों में सम्मिलित किया गया। भाग (ख) में सम्मिलित अन्य तीन राज्य थे–हैदराबाद, जम्मू-कश्मीर और मैसूर। इस व्यवस्था में हैदराबाद और जम्मू-कश्मीर की स्थिति इन सबसे विशेष थी।[6] चूंकि इन दोनों ही रियासतों ने 15 अगस्त 1947 के पश्चात् भारतीय डोमिनियन के साथ विलय किया था, इसलिए यह निर्धारित किया गया कि जम्मू-कश्मीर का विलय वहां की जनता की पुष्टि से किया जाएगा जिसे नवंबर, 1958 में संविधान सभा द्वारा स्वीकार कर लिया गया।

संगठित राज्य-क्षेत्र के लिए शासन व्यवस्था की स्थापना

संविधान सभा के सदस्य के. एम. पाणिक्कर ने मई 1947 को जब संघीय संविधान के मसौदे पर विचार-विमर्श हो रहा था, संघीय संविधान समिति के समक्ष माना कि 'हमारे देश के लिए संघात्मक व्यवस्था ही सर्वोत्तम सिद्ध हो सकती है।'[7] लेकिन 6 जून 1947 को जब संघीय संविधान समिति की बैठक हुई तो उस समय तक अनिश्चितता का वातावरण बना रहा कि किस प्रकार की शासन व्यवस्था स्थापित की जाए। अतः 7 जून 1947 को संघीय एवं प्रांतीय संविधान समितियों का संयुक्त अधिवेशन बुलाया गया। उस समय जवाहर लाल नेहरू की अध्यक्षता में दोनों समितियों एवं संविधान सभा ने आपसी सहमति से यह सुनिश्चित किया कि भारतीय गणतंत्र के लिए संघात्मक शासन व्यवस्था स्थापित की जानी चाहिए अर्थात् केंद्रीय सरकार को प्रांतीय सरकारों की अपेक्षा ज्यादा शक्ति सौंपी जानी चाहिए अर्थात् केंद्रीय सरकार ज्यादा शक्तिशाली होनी चाहिए।[8] क्योंकि हमारे संविधान निर्माताओं ने यह समझ लिया था कि भारतीय भूखंड को बड़ी मुश्किलों से एकीकृत (संगठित) किया जा सका है और वैसे भी इतिहास साक्षी है कि विखंडित भारत बाह्य शक्तियों के सामने अपना राजनीतिक आधिपत्य खोता रहा है। इसलिए यह लाजमी हो गया कि बहु-जातीय, बहु-वंशीय, बहु-भाषीय एवं बहु-संस्कृति वाली विशाल जनसंख्या एवं भूक्षेत्र के लिए "संघात्मक व्यवस्था" ही उचित हो सकती है।[9]

यद्यपि संविधान निर्माता केंद्र और राज्यों के द्विशासन पद्धति पर राजी थे और उन्होंने इसके लिए "संघात्मक" शब्द संविधान में स्थापित करने का विचार भी बनाया। लेकिन इस पर आपसी सहमति नहीं बन सकी। चूंकि "संघात्मक" शब्द भारतीय संवैधानिक परिप्रेक्ष्य में कुछ अलग प्रकृति की तरह स्थापित किया जा रहा था जो न तो पूर्ण आदर्शात्मक परिसंघात्मक पद्धति से मेल खाता था और न ही एकात्मक पद्धति के साथ। जैसा कि डॉ. अंबेडकर ने संविधान सभा में स्पष्ट कहा कि भारतीय संविधान में यूनियन ऑफ स्टेट शब्द प्रयोग किया गया है, जबकि संघात्मक (फेडरेशन) शब्द हटा दिया गया है। यद्यपि भारत एक संघ राज्य है। इसीलिए संविधान निर्माता "फेडरेशन" बनाए रखना चाहते थे, लेकिन अक्सर संघात्मक व्यवस्था में संघ से जुड़े राज्य समझौते का परिणाम होते हैं, जबकि भारत में देसी रियासतों का विलय करते समय कोई (संघात्मक व्यवस्थात्मक) समझौता नहीं किया था। वस्तुतः उनका भारत में विलय किया गया था न कि समझौता। इसलिए प्रांतों को किसी भी प्रकार से भारत से अलग होने का अधिकार नहीं है।'[10] प्राफेसर महेंद्र प्रसाद सिंह के अनुसार, 'संघात्मक राज्यों और इसके अधीन राज्यों की सीमा के पुनर्गठन को मुख्यतः तुलनात्मक आधार पर तीन संघात्मक राज्यों को लेकर समझा जा सकता है। पहला, यदि संघ पूर्णतः स्वतंत्र राज्यों की आपसी सहमति द्वारा निर्मित हो तो परिणामस्वरूप-अपरिवर्तनशील (कभी न नाश होने वाला) राज्यों का अपरिवर्तनशील संघ मॉडल स्थापित होगा जैसे संयुक्त राज्य अमेरिका। दूसरा, यदि संघ की स्थापना औपनिवेशिक संसद द्वारा विभिन्न व अलग-अलग राज्यों की इच्छा के परिणामस्वरूप की गई हो। यद्यपि

इनमें कोई संबंध न भी फिर तो भी इस प्रकार का संघ बनाया जाता है तो राज्य पुनर्गठन की शक्ति संघात्मक सरकार को सौंपी जाती है जैसे–कनाडा। और तीसरा, ऐसा संघ जो मुख्यत: विभिन्न केंद्रीयकृत कालोनियों की सीमा में परिवर्तन करके बनाया जाए और "यूनियन संसद" केवल विचार–विमर्श के आधार पर सामान्य बहुमत (भारत के संविधान का अनुच्छेद 368) से ही नए राज्यों का गठन, सीमा–परिवर्तन, नाम परिवर्तन कर सकती हो वह भी प्रभावित राज्य या राज्यों की विधानपालिका की स्वीकृति अथवा बिना स्वीकृति के, तो ऐसा संघात्मक मॉडल–भारतीय संघ है।'[11]

राज्य गठन संबंधी संवैधानिक प्रावधान

अनुच्छेद 2 में उपबंध किया गया है कि संसद, विधि द्वारा, ऐसे निर्बंधनों और शर्तों पर जो वह ठीक समझे, भारत संघ में नए राज्यों का प्रवेश या उनकी स्थापना कर सकेगी।[12] अनुच्छेद 3 के अनुसार, 'संसद विधि द्वारा–(क) किसी राज्य में से उसका राज्य क्षेत्र अलग करके अथवा दो या अधिक राज्यों को या राज्यों के भागों को मिलाकर अथवा किसी राज्य क्षेत्र को किसी राज्य के भाग के साथ मिलाकर नए राज्य का निर्माण कर सकेगी। (ख) किसी राज्य का क्षेत्र बढ़ा सकेगी। (ग) किसी राज्य का क्षेत्र घटा सकेगी (घ) किसी राज्य की सीमाओं में परिवर्तन कर सकेगी। (ङ) राज्य के नाम में परिवर्तन कर सकेगी।'

परंतु इस प्रयोजन के लिए कोई विधेयक राष्ट्रपति की सिफारिश के बिना और जहां विधेयक में अंतर्विष्ट प्रस्थापना का प्रभाव राज्यों में से किसी के क्षेत्र, सीमाओं या नाम पर पड़ता है वहां जब तक उस राज्य के विधानमंडल द्वारा उस पर अपने विचार, ऐसी अवधि के भीतर जो निर्देश में विनिर्दिष्ट की जाए या ऐसी अतिरिक्त अवधि के भीतर जो राष्ट्रपति द्वारा अनुज्ञात की जाए, प्रकट किए जाने के लिए वह विधेयक राष्ट्रपति द्वारा उसे निर्देशित नहीं कर दिया गया है और उस प्रकार विनिर्दिष्ट या अनुज्ञात अवधि समाप्त नहीं हो गई है, संसद के किसी सदन में पुन:स्थापित नहीं किया जाएगा।[13]

अनुच्छेद 4 में इस मत को स्पष्ट कर दिया है कि अनुच्छेद 2 और 3 के अधीन नए राज्यों की स्थापना या उनके प्रवेश और विद्यमान राज्यों के नामों, क्षेत्रों और उनकी सीमाओं आदि में परिवर्तन के लिए बनाई गई विधियां अनुच्छेद 368 के अधीन संविधान में संशोधन नहीं मानी जाएंगी; अर्थात् इन्हें बिना किसी विशेष प्रक्रिया के तथा किसी भी अन्य साधारण विधान की तरह साधारण बहुमत द्वारा पारित किया जा सकता है।[14]

संविधान में ऐसे उपबंध करने के पीछे क्या कारण था इस पर डॉ. अंबेडकर कहते हैं, 'संविधान के अनुच्छेद 3(2 व 4 भी) के द्वारा संसद को नए राज्यों के गठन की शक्ति प्रदान की गई है। यह इसलिए किया गया है कि भाषायी आधार पर राज्यों के पुनर्गठन के लिए तत्काल जो भारी मांग की जा रही थी, उसके लिए समय नहीं था। लगातार की जा रही इस मांग के अनुसार प्रधानमंत्री पंडित जवाहर लाल नेहरू ने इस प्रश्न की जांच के लिए राज्य पुनर्गठन आयोग की नियुक्ति की।'[15]

भारत के मूल संविधान में निम्नलिखित राज्यों को मान्यता दी गई—

भाग 'क' के राज्य	भाग 'ख' के राज्य	भाग 'ग' के राज्य
1. आंध्र	1. हैदराबाद	1. अजमेर
2. असम	2. जम्मू व कश्मीर	2. भोपाल
3. बिहार	3. मध्य भारत	3. कुर्ग
4. मध्य प्रदेश	4. मैसूर	4. दिल्ली
5. बंबई	5. पटियाला	5. हिमाचल प्रदेश
6. मद्रास	6. राजस्थान	6. कच्छ
7. उड़ीसा	7. सौराष्ट्र	7. मणिपुर
8. पंजाब	8. त्रावणकोर-कोचीन	8. त्रिपुरा
9. उत्तर प्रदेश		9. विन्ध्य प्रदेश

स्रोत: बाबा साहेब डॉ. भीमराव अंबेडकर, संपूर्ण वाङ्मय, खंड I, पृष्ठ-173.

भाषायी आधार पर राज्य पुनर्गठन की नीति एवं राजनीति

ऐसा नहीं है कि भाषावार प्रांतों का विषय संविधान सभा के समक्ष या तत्कालीन परिवेश में यकायक उठ खड़ा हुआ था, बल्कि इसकी जड़ 20वीं शताब्दी के आरंभ में ही पड़नी शुरू हो गई थी। डॉ. बी.आर. अंबेडकर के अनुसार, 'अंग्रेजों ने भारत पर 150 वर्षों से अधिक शासन किया, पर उन्होंने यह कभी नहीं सोचा कि भाषायी आधार पर राज्य बनाए जाएं, जबकि उस समय भी यह समस्या थी। बहु-भाषी क्षेत्रों की सांस्कृतिक लालसा जानकर उस पर अमल करने की अपेक्षा उनकी रुचि केवल इस बात में थी कि प्रशासन स्थायी हो और पूरे देश में कानून और व्यवस्था बनी रहे। यह सही है कि उनके राज के अंतिम दिनों में उन्होंने यह महसूस किया कि उन्होंने जो प्रशासनिक व्यवस्था कायम की है, उसमें भाषाओं के लिहाज से भी कुछ न कुछ ताल-मेल होना आवश्यक है, कम से कम उन क्षेत्रों में तो यह किया ही जाना चाहिए जहां भाषाओं की भिन्नता होने से उनमें परस्पर कशमकश दिखाई पड़ती है। इसलिए शायद भारत छोड़कर जाने से पहले उन्होंने बंगाल, बिहार और उड़ीसा जैसे भाषा पर आधारित राज्य बना दिए। यदि वह और शासन करते तो और अन्य क्षेत्रों को भी तार्किक दृष्टि से भाषावार राज्यों के रूप में पुनर्गठित करते।'[16]

डॉ. अंबेडकर आगे कहते हैं कि 'अंग्रेजों ने भाषावार प्रांतों के निर्माण की बात सोची, इससे बहुत पहले ही गांधी जी के नेतृत्त्व में कांग्रेस ने 1920 में अपना जो संविधान बनाया, वह भाषावार प्रांतों पर ही आधारित था।'[17] और रजनी कोठारी कहते हैं कि 'कांग्रेस ने 1921 से ही अपनी प्रदेश कमेटियों को भाषावार क्षेत्रीयता के आधार पर चलाना शुरू कर दिया था, लेकिन विभाजन के कड़वे तजुर्बे और राष्ट्रीय एकता के मद्देनजर आजादी के बाद कांग्रेस के

नेता इस वायदे को स्थगित करने के मूड़ के आ गए।'[18] लेकिन इससे एक बात जरूर सामने उभर कर आई कि जिस भाषावार राज्य निर्माण की अनदेखी कांग्रेस कर रही थी और जो भाषावार राज्य निर्माण का विचार कांग्रेस ने उठाया था वह अब सर्वव्यापी हो गया था। अर्थात् आंध्र, तेलंगाना, बंबई, मैसूर आदि स्थानों पर यह आंदोलन का रूप लेता जा रहा था। इस मत की गंभीरता को परखते हुए संविधान सभा के सभापति डॉ. राजेंद्र प्रसाद ने उत्तर प्रदेश के वकील श्री धर की अध्यक्षता में भाषावार प्रांतों के गठन पर विचार-विमर्श करने के लिए धर आयोग स्थापित कर दिया। धर समिति ने 19 दिसंबर 1948 को अपनी रिपोर्ट प्रस्तुत की। समिति ने क्षेत्रीय भाषाओं के आधार पर प्रांतों के गठन के विचार को स्वीकृति प्रदान नहीं की। समिति ने प्रशासनिक सुविधा[19] के सिद्धांत को समर्थन दिया, विशेषतः मद्रास, बंबई, केंद्रीय प्रांत और बरार के संदर्भ में।[20] समिति ने माना कि क्षेत्रीय भाषायी आधार पर राज्यों का गठन राष्ट्रीय एकता को खतरे में डाल सकता है, फिर भी समिति ने कहा कि भाषा के आधार पर चाहे महाराष्ट्र को एक अलग राज्य का दर्जा दिया जाए किंतु बंबई को किसी भी हालत में महाराष्ट्र में सम्मिलित न किया जाए। कांग्रेस के जयपुर अधिवेशन में इस प्रतिवेदन पर विचार हुआ। इस पर जयपुर कांग्रेस के तीन सदस्यों की एक समिति बनाई, जिसमें प्रधानमंत्री पंडित जवाहर लाल नेहरू, वल्लभ भाई पटेल और डॉ. पट्टाभि सीतारमैया थे। इन्होंने रिपोर्ट में यह सुझाव रखा कि आंध्र प्रांत का अविलंब गठन किया जाए, किंतु मद्रास शहर तमिलों के पास ही रहे। ब्यौरेवार बातें तय करने के लिए एक अन्य समिति और बनाई गई। उसने भी कमोबेश सर्वसम्मति से रिपोर्ट दी। श्री प्रकाशम सहित आंध्र के अनेक सदस्यों ने इस रिपोर्ट का विरोध किया। वे लोग किसी भी हालत में मद्रास पर अपना दावा छोड़ने को तैयार नहीं थे। निर्णय न होने पाने की स्थिति में आंध्र प्रांत के लिए आंदोलन तेज़ होता गया और इसी दौरान आंध्र नेता श्री पोट्टी श्रीरामुलू ने आंध्र राज्य गठन न हो पाने के विरोध में आत्मदाह करके अपनी जान गँवा दी। इससे आंध्र राज्य की मांग में और तेज़ी आ गई।[21]

अतः तत्कालीन राजनीतिक परिदृश्य को समझते हुए सरकार ने आंध्र राज्य अधिनियम 1953 के द्वारा संविधान के प्रारंभ के समय विद्यमान मद्रास राज्य के 16 उत्तरी तेलुगू जिलों का क्षेत्र निकालकर 1 अक्टूबर 1953 को भाषायी आधार पर आंध्र राज्य गठित कर दिया। इसी दौरान अर्थात् 1950-56 के बीच अन्य राज्यों की सीमा में भी कुछ छोटे-मोटे परिवर्तन किए गए जैसे विलासपुर का लघु राज्य और हिमाचल का क्षेत्र मिलाकर 1 जुलाई 1954 को एक नया राज्य हिमाचल प्रदेश निर्मित किया गया और 1955 में पूर्व फ्रेंच भारतीय क्षेत्र चंद्रनगर को पश्चिम बंगाल के साथ मिला दिया गया।[22] यद्यपि ऐसा ही परिवर्तन असम (सीमा परिवर्तन) अधिनियम 1951 में किया गया। इसके द्वारा भारत के राज्य क्षेत्र से एक पट्टी भूटान को अध्यार्पित करके असम की सीमा में परिवर्तन किया गया था।[23]

राज्य पुनर्गठन आयोग एवं एक्ट 1956: यह कहना गलत न होगा कि स्वतंत्रता के पश्चात् से ही भाषायी आधार पर राज्य गठन की मांग दिन-प्रतिदिन बढ़ती जा रही थी। इस समस्या के समाधान के लिए तत्कालीन प्रधानमंत्री पंडित जवाहर लाल नेहरू ने 22 दिसंबर 1953 को तीन सदस्यीय राज्य पुनर्गठन आयोग नियुक्त किया। इसके अध्यक्ष न्यायाधीश

फज़ल अली और हृदयनाथ कुंजरू व सरदार के.एम. पाणिक्कर इसके सदस्य थे। इस आयोग को फज़ल अली आयोग के नाम से भी जाना जाता है। आयोग ने स्वतंत्र रूप से कार्य करते हुए सितंबर 1955 में अपना प्रतिवेदन(रिपोर्ट) प्रस्तुत किया।

राज्य पुनर्गठन आयोग ने नए राज्यों के गठन के लिए कुछ कारकों को स्थापित किया जैसे, (1)भारतीय राज्यों की एकता व अखंडता को सुनिश्चित करना; (2)भाषायी व सांस्कृतिक समरसता; (3)वित्तीय, आर्थिक और प्रशासनिक कारकों का ध्यान रखना; तथा (4)राष्ट्रीय योजना का सफल अनुपालन।[24] आयोग ने जिन दो महत्त्वपूर्ण सिद्धांतों का प्रतिपादन किया, वे थे–पहला, भाषा को पुनर्गठन का एक बृहत आधार माना जाए, दूसरा, अधिक राज्यों के लिए प्रशासनिक अनिच्छा। संभवतः इस संदर्भ में आयोग ने भारतीय संघ के लिए विशाल राज्यों का पक्ष लिया। भाषा के विषय पर अपनी पूर्व व्यवस्था के चलते राज्य पुनर्गठन आयोग ने अनेक महत्त्वपूर्ण सिद्धांतों जैसे राज्य का आकार प्रशासनिक सुविधा, आर्थिक उन्नति तथा सामाजिक समरसता आदि की अनदेखी कर दी।[25]

अतः 1 नवम्बर 1956 को राज्य पुनर्गठन अधिनियम 1957, लागू कर दिया गया। इस आधार पर धर आयोग एवं पूर्व व्यवस्था में स्थापित अ, ब, स, श्रेणी के राज्यों का विलय कर दिया गया और इसके स्थान पर निम्नलिखित राज्य एवं संघीय राज्य (क्षेत्रफल) घोषित किए गए–

प्रमुख राज्यः (i) आंध्र को नया नाम **आंध्र प्रदेश** दिया गया और इसके क्षेत्रफल में वृद्धि करते हुए, तेलंगाना क्षेत्र और हैदराबाद राज्य शामिल कर दिया गया। (ii) **असम;** (iii) **बिहार** (iv) **बंबई राज्यः** इसके राज्य क्षेत्रफल में भी वृद्धि कर दी गई। अब इसमें सौराष्ट्र और कच्छ, मध्य प्रदेश का मराठी भाषी नागपुर जिला, हैदराबाद का मराठवाड़ा क्षेत्र शामिल कर दिया, लेकिन बंबई का सुदुर दक्षिणी जिला मैसूर राज्य को हस्तांतरित कर दिया (1960 में बंबई राज्य गुजरात और महाराष्ट्र दो राज्यों में विभाजित हो गया)। (v) **जम्मू व कश्मीर**। (vi) **केरल**, यह मद्रास राज्य के मालाबार जिले के साथ ट्रावनकोर और कोचीन राज्य को विलय करके बनाया गया। (vii) **मध्य प्रदेश,** इसमें मध्य भारत, विंध्य प्रदेश और भोपाल का विलय कराया गया। मध्य भारत का मराठी भाषी नागपुर जिला बंबई राज्य को सौंप दिया गया। वैसे विंध्य प्रदेश राज्य पुनर्गठन आयोग ने अलग राज्य प्रस्तावित किया था। (viii) **मद्रास राज्य**, यह ऐसा राज्य था जिसकी तत्कालीन सीमाओं में कमी कर दी गई। इसका मालाबार जिला केरल राज्य को हस्तांतरित कर दिया। लेकिन 1969 में भाषायी संस्कृति के आधार पर मद्रास राज्य में भाषायी आंदोलन हुआ। इसलिए इसका नाम परिवर्तित करके तमिलनाडु कर दिया गया, क्योंकि मद्रास राज्य में तमिल भाषी लोग बहुसंख्यक थे और तमिल भाषा में नाडु का अर्थ जमीन–भूमि होता है अर्थात् तमिल भाषी लोगों की भूमि (राज्य)। अतः इस भाषायी राज्य व इसके अधीन रहने वाले नागरिकों ने अपनी भाषायी सांस्कृतिक अस्मिता गढ़ ली (है) जो इनकी एकता, अखंडता व क्षेत्रीयतावाद को बढ़ावा देने में टॉनिक का काम करती (है)। (ix) **मैसूर राज्य**, इसके साथ कुर्ग राज्य और बंबई राज्य का दक्षिणी कन्नड़ भाषी जिला तथा हैदराबाद राज्य का पश्चिमी भाग सम्मिलित कर दिया गया। यद्यपि राज्य पुनर्गठन आयोग ने हैदराबाद भी अलग राज्य के रूप

में प्रस्तावित किया था और मैसूर राज्य का नाम 1973 में कर्नाटक राज्य कर दिया गया। (x) **पंजाब**, इसमें पटियाला और पूर्वी पंजाब राज्य यूनियन (PEPSU) का विलय हो गया। (xi) राजपूताना का नया नाम **राजस्थान**। और इसमें अजमेर, मेवाड़ शामिल करके इसकी सीमा में वृद्धि कर दी गई। (xii) **उत्तर प्रदेश** (xiii) **पश्चिम बंगाल**

केंद्र प्रशासित राज्य एवं भूक्षेत्र: • अंडमान एवं निकोबार द्वीप • दिल्ली (1991) • उड़ीसा • हिमाचल प्रदेश • लक्षद्वीप • पांडिचेरी • त्रिपुरा • मणिपुर।[26]

डॉ. अंबेडकर के मत में आयोग ने जिन 16 प्रस्तावित राज्यों के गठन का सुझाव दिया था उनमें राज्य का आकार, जनसंख्या और क्षेत्रफल दोनों की दृष्टि से असमानता थी। इनमें आठ राज्य ऐसे थे जिनमें से प्रत्येक की जनसंख्या 1 और 2 करोड़ के बीच थी। चार राज्यों की जनसंख्या 2 से 4 करोड़ के बीच थी। एक राज्य की जनसंख्या 4 करोड़ से ऊपर थी और एक राज्य ऐसा था जिसकी जनसंख्या 6 करोड़ से ऊपर थी।[27] इस असमानता पर राज्य पुनर्गठन आयोग के सदस्य सरदार के.एम. पाणिक्कर ने अपनी असहमति कुछ इस प्रकार प्रकट की, 'मैं संघ के सफल संचालन के लिए यह आवश्यक समझता हूं कि इकाइयों में समुचित संतुलन बना रहे। यदि असमानता बहुत भारी हुई तो उससे न केवल संदेह और विद्वेष पैदा होगा, बल्कि उससे ऐसी शक्तियों को बल मिलेगा, जिनसे न केवल संघीय ढांचे को क्षति पहुंचेगी, वरन् देश की एकता भी खतरे में पड़ जाएगी। मूलत: अधिकांश संघीय संविधानों में, जहां इकाई (राज्य) की जनसंख्या और संसाधनों को लेकर व्यापक विभिन्नता मौजूद है, वहां इस विषय में सावधानी बरती गई है कि बड़े राज्यों के प्रभाव और प्राधिकार को सीमित रखा जाए। अत: यदि संयुक्त राज्य अमेरिका का ही उदाहरण लिया जाए तो हम देखते हैं कि वहां के राज्यों में जनसंख्या और संसाधनों की दृष्टि से भारी अंतर है। न्यूयार्क राज्य की जनसंख्या नवाड़ा की जनसंख्या से कई गुना अधिक है, लेकिन संविधान के अनुसार सीनेट में प्रत्येक राज्य को समान प्रतिनिधित्व दिया गया है।'[28]

यद्यपि भारतीय संघ में स्थापित संसद के दोनों सदनों (लोकसभा और राज्यसभा) में राज्यों का प्रतिनिधित्व समानता पर आधारित नहीं है। वस्तुत: दोनों सदनों में प्रतिनिधित्व का आधार जनसंख्या ही रखा गया है जिसका मतलब यह था कि राज्य पुनर्गठन आयोग को जनसंख्या का समान राज्य वितरण सिद्धांत प्रस्तावित करना चाहिए था। ऐसा न किए जाने की स्थिति में यह लाजमी था कि राज्यों में आपसी असामंजस्य और पृथकतावाद और क्षेत्रीयतावाद पैदा होता। जैसा कि डॉ. अंबेडकर ने भी माना कि 'आयोग ने संयुक्त प्रांत (उत्तर प्रदेश) और बिहार में यथापूर्व स्थिति बनाए रखकर और उनके साथ एक नया और बड़ा राजस्थान समेत मध्य प्रदेश बनाकर राज्यों के बीच केवल असमानता ही पैदा नहीं की है, बल्कि ऐसा करके उसने उत्तर (हिंदी भाषी राज्य) बनाम दक्षिण (बहुभाषी राज्य) की एक नई समस्या भी खडी कर दी है।'[29] क्योंकि किसी राज्य को केंद्र में इतनी प्रधानता देना खतरनाक है। श्री पाणिक्कर कहते हैं कि, 'इकाइयों की समानता के संघीय सिद्धांत की अस्वीकृति से उत्पन्न वर्तमान असंतुलन का यह परिणाम हुआ है कि उत्तर

प्रदेश के इतर सभी राज्यों में अविश्वास और विद्वेष की भावना उत्पन्न हो गई है। न केवल दक्षिणी राज्यों में, बल्कि पंजाब, बंगाल और अन्यत्र भी आयोग के समक्ष यह विचार किया गया कि शासन में वर्तमान गठन के फलस्वरूप अखिल भारतीय विषयों में उत्तर प्रदेश की प्रधानता हो गई है। इस भावना के मौजूद होने से शायद ही कोई इनकार कर सकेगा। कोई इस मत का भी खंडन नहीं कर सकता कि इस प्रकार की कोई भावना नहीं बनी और उनका कोई उपचार आज नहीं किया गया तो इससे हमारी एकता को खतरा पैदा हो जाएगा।'[30]

अत: इस प्रकार की समस्याओं से बचने के लिए डॉ. अंबेडकर ने कुछ महत्त्वपूर्ण सुझाव भी प्रस्तुत किए–जैसे भारत के चारों उत्तरी हिंदी भाषी राज्यों उत्तर प्रदेश, बिहार, मध्य प्रदेश और महाराष्ट्र को छोटे-छोटे, लेकिन प्रशासनिक एवं संसाधनों की दृष्टि से आत्मनिर्भर-राज्यों में गठित किया जाए। उत्तर प्रदेश को तीन भागों–पश्चिमी, केंद्रीय और पूर्वी उत्तर प्रदेश एवं जिनकी राजधानी क्रमश: मेरठ, कानपुर और इलाहाबाद हो–में विभाजित करके पृथक राज्य बनाए जाएं। बिहार को उत्तरी और दक्षिणी बिहार–राजधानी पटना और रांची हो–में विभाजित किया जाए। मध्य प्रदेश को भी उत्तरी और दक्षिणी मध्य प्रदेश में बांटा जाना चाहिए तथा महाराष्ट्र को बंबई शहर–राज्य, पश्चिमी, केंद्रीय और पूर्वी महाराष्ट्र में अवश्य विभाजित किया जाना चाहिए। क्योंकि प्रस्ताव के पीछे कुछ नियम हैं जो इस प्रकार हैं–

1. "प्रत्येक राज्य एकभाषी राज्य होना चाहिए, अर्थात् एक राज्य एक भाषा।"
2. मिश्रित राज्य अपनाने का विचार सर्वथा त्याग दिया जाना चाहिए।
3. एक राज्य, एक भाषा के सिद्धांत को एक भाषा, एक राज्य से गडमड नहीं करना चाहिए। एक भाषा, एक राज्य के सूत्र का अर्थ यह है कि सभी लोग जो एक भाषा बोलते हैं, एक ही शासन के अधीन रखे जाएं, चाहें क्षेत्रफल, जनसंख्या और उस भाषा के बोलने वालों की परिस्थितियों में कितनी ही भिन्नता क्यों न हो।
4. एक ही भाषा बोलने वाले लोगों को कितने राज्यों में बांटा जाए। यह इन बातों पर निर्भर होगा–(i) कारगर प्रशासन की अपेक्षाएं; (ii) विभिन्न क्षेत्रों की आवश्यकताएं; (iii) विभिन्न क्षेत्रों के लोगों की भावनाएं; और (iv) बहुमत तथा अल्पमत के लोगों का अनुपात।
5. ज्यों-ज्यों राज्यों का क्षेत्रफल (एवं जनसंख्या) बढ़ता है अल्पसंख्यकों का बहुसंख्यकों के साथ अनुपात घटता जाता है और अल्पसंख्यकों की स्थिति नाजुक हो जाती है और बहुसंख्यकों के लिए अल्पसंख्यकों पर अत्याचार करने के अवसर कई गुना बढ़ जाते हैं। इसलिए यह जरूरी है कि राज्यों का आकार छोटा होना चाहिए।
6. बहुसंख्यकों के अत्याचार रोकने के लिए अल्पसंख्यकों को संरक्षण दिया जाना चाहिए। ऐसा करने के लिए संविधान में संशोधन किया जाना चाहिए और बहु-सदस्य निर्वाचन क्षेत्र (दो या तीन) पर आधारित पद्धति के लिए, जिसमें संचित मतदान की व्यवस्था हो, प्रावधान किए जाने चाहिए।[32] अत: ऐतिहासिक, सांस्कृतिक, जलवायु, युद्ध के समय रणनीतिक सुरक्षा की दृष्टि से तथा प्रशासनिक सुविधा के लिए भारत के लिए दो राजधानियाँ दिल्ली और हैदराबाद बनानी चाहिए।[33]

लेकिन जैसा कि देखा गया है कि जब राज्य पुनर्गठन आयोग के आधार पर संविधान में सातवां संशोधन कर राज्य पुनर्गठन एक्ट 1956 बनाया गया तो उसमें डॉ. अंबेडकर के सुझावों का प्रभाव बिल्कुल नगण्य था।

भारतीय संघीय राज्य के लिए यह वह विडंबना ही रही कि 1956 में राज्य पुनर्गठन अधिनियम लागू होने के पश्चात् भी जातीय, भाषायी, क्षेत्रीयतावाद तथा पृथकतावाद जैसे तत्त्वों के आधार पर एक बार फिर राज्यों की सीमाओं में परिवर्तन और नए राज्यों के गठन का सिलसिला शुरू हो गया। यह मत बिल्कुल सही है कि एक भाषा–एक राज्य का सिद्धांत सभी गठित राज्यों को संतुष्ट नहीं कर सकता था। जैसे–असम में नागा आंदोलन–असम में नागा जाति ने भारतीय संघ से पृथक होने का आंदोलन किया। *फिजों* के नेतृत्व में *नागा राष्ट्रीय परिषद* का गठन किया गया जिसने अपने आंदोलन को प्रभावी एवं तीव्र करने के लिए गैर संवैधानिक उपकरणों का सहारा लिया। फिजों के पीछे नागा जाति का विश्वास इस कदर केंद्रीय राजनीति पर हावी हुआ कि 1960 में केंद्रीय सरकार को नागाओं से समझौता करना पड़ा जिसके परिणामस्वरूप 'नागालैंड राज्य अधिनियम 1962'' अस्तित्व में आया और 1 फरवरी 1962 नागालैंड राज्य की रचना हो गई जिसमें ''नागा पहाड़ी और त्यूएनसांग क्षेत्र'' का राज्य क्षेत्र शामिल किया गया। इतना ही नहीं, असम में जनजातीय आधार पर पृथक्करण एवं क्षेत्रीयतावाद की मांग इतनी बढ़ गई कि असम राज्य के मिजो पहाड़ी जिलों के नेता भी भारतीय संघ से पृथक होने की मांग करने लगे फिर वह भी ''स्वाधीन मिजो राज्य'' की मांग करने लगे। इस राजनीतिक लड़ाई के लिए ''मिजो राष्ट्रीय फ्रंट'' की स्थापना की गई। यद्यपि 1962 में यह फ्रंट गैर-संवैधानिकता के प्रश्न पर केंद्रीय सरकार द्वारा प्रतिबंधित कर दिया गया, लेकिन भूमिगत होकर यह अपना कार्य करता रहा। और फिर 1971 में मिजो नेता एवं फ्रंट, राज्य की मांग के प्रश्न पर जनमत संग्रह कराने पर अड़ा रहा। अत: केंद्रीय सरकार ने उत्तर-पूर्वी क्षेत्र (असम) में की जा रही मांग के समाधान के लिए सात राज्यों, जिन्हें उत्तर-पूर्व की सात बहनें भी कहा जाता है–अरुणाचल प्रदेश, असम, मणिपुर, मेघालय, मिजोरम, नागालैंड और त्रिपुरा का गठन किया।[34]

दरअसल भारत के यह उत्तर-पूर्वी राज्य मुख्यत: जनजातीय तथा स्थानीय जनजाति अस्मिता के प्रभाव का परिणाम थे। लेकिन प्रश्न यह उत्पन्न होता है कि क्या यह नवगठित राज्य स्वयं में स्थायी, आर्थिक दृष्टि से समृद्ध, प्राकृतिक संसाधनों से प्रचुर थे? क्या यह संघ के अन्य विशाल राज्य–उत्तर प्रदेश, मध्य प्रदेश तथा कर्नाटक से आपसी स्पर्धा एवं तालमेल बिठा सकते थे। कम-से-कम सामान्य विचार में तो बिल्कुल नहीं। चूंकि उपरोक्त तत्त्वों एवं कारकों से किसी भी तरह यह भारतीय संघ में गठित बड़े राज्यों से मुकाबला नहीं कर सकते, फिर भी इनका गठन कर दिया गया; और इसका प्रभाव था कि आंध्र प्रदेश में तेलगांना, महाराष्ट्र में विदर्भ, गुजरात में सौराष्ट्र, असम में बोडोलैंड, पश्चिम बंगाल में गोरखालैंड, उत्तर प्रदेश में पूर्वांचल, हरित प्रदेश, उत्तराखंड, बुंदेलखंड, बिहार में झारखंड और मध्य प्रदेश में छत्तीसगढ़ जैसे क्षेत्र भी अपने लिए अलग राज्य की मांग करने लगे। वस्तुत: इन उप-राज्यों (सब-स्टेट) की मांगों के समाधान के लिए झारखंड, दार्जिलिंग, बोडो, लद्दाख, पश्चिम बंगाल, असम और जम्मू-कश्मीर क्षेत्रीय विकास परिषद् का गठन किया गया।

भारतीय संघीय राजनीति की यह विशेषता रही है कि जहां एक ओर क्षेत्रीय विकास परिषद् क्षेत्रीयतावाद तथा पृथकतावाद की समस्या का हल खोज रही थी, वहीं दूसरी ओर छत्तीसगढ़, उत्तराखंड, और झारखंड राज्य की मांग तेज़ होती गई और इन्हें स्थानीय संगठनों–जैसे छत्तीसगढ़ राज्य निर्माण मंच, उत्तराखंड क्रांति दल और झारखंड मुक्ति मोर्चा ने लगातार केंद्रीय सरकार पर दबाव बनाकर इन राज्यों की मांग को बरकरार रखा। इन मांगों को राष्ट्रीय दलों ने भी स्थानीय मुद्दा जानकर अपनी स्वीकृति प्रदान की ताकि इनको अपने हितों के अनुरूप भुनाया जा सके। वस्तुतः 1 नवंबर 2000 को छत्तीसगढ़ राज्य मध्य प्रदेश में से बनाया गया। जिसका मूल आधार छत्तीसगढ़ की विशेष सामाजिक-सांस्कृतिक क्षेत्रीय अस्मिता माना गया। 9 नवंबर 2000 को उत्तरांचल (अब उत्तराखंड) राज्य उत्तर प्रदेश में से 16 जिलों को निकालकर बनाया गया और 15 नवंबर 2000 को झारखंड क्षेत्रीय विकास परिषद् का उल्लंघन करते हुए बिहार के दक्षिणी हिस्से को काटकर बनाया गया। झारखंड, छत्तीसगढ़ और उत्तरांचल के लिए आंदोलन कोई नया नहीं था। इतिहास टटोलने पर ज्ञात होता है कि इसके लिए कभी राज्य पुनर्गठन आयोग के सम्मुख भी इनके प्रतिनिधियों ने मांग की थी, लेकिन उस समय कांग्रेस सरकार ने इसमें कोई दिलचस्पी नहीं दिखाई।

प्रोफेसर एम. पी. सिंह की दृष्टि में तीनों (छत्तीसगढ़, उत्तरांचल और झारखंड) का निर्माण हिंदी भाषी राज्यों में व्याप्त जन आंदोलन के प्रतिक्रियास्वरूप किया गया। इन आंदोलनों के पीछे मुख्य कारण यह था कि इनके पैतृक राज्य मध्य प्रदेश, उत्तर प्रदेश और बिहार इन (क्रमशः छत्तीसगढ़, उत्तरांचल और झारखंड) के साथ सौतेला व्यवहार करते थे जिससे यह दिन-प्रतिदिन सामाजिक-आर्थिक समृद्धि में पिछड़ते रहे। इन राज्यों के नीति-निर्माता इन्हें ध्यान में रखकर कभी भी नीति नहीं बनाते थे वस्तुतः इनकी लगातार अनदेखी होती रही। इसके परिणामस्वरूप यह स्पष्टतया राज्य की श्रेणी में आ गए। वस्तुतः वर्तमान में यह गठित राज्य अपने पैतृक राज्यों की अपेक्षा प्राकृतिक संसाधनों में भी सक्षम हैं, लेकिन मानवीय विकास (सामाजिक-आर्थिक) में वह अभी भी पिछड़े हुए हैं। झारखंड और छत्तीसगढ़ क्रमशः बिहार और मध्य प्रदेश की अपेक्षा ज्यादा जनजातीय विविधता वाले राज्य बनकर उभरे हैं। यद्यपि इन राज्यों (मुख्यतः बिहार) से बहुसंख्यक जनजातियां अन्य राज्यों में कूच करती रहीं जिससे यह बहुसंख्यक जनजातियां अपने ही राज्यों में अल्पसंख्यक बन गईं। मगर दूसरी ओर अलग राज्यों की मांग में इन जनजातियों ने बढ़-चढ़कर सहयोग दिया है। यद्यपि सामान्यतया देखा जाए तो ज्ञात होता है, उत्तराखंड की मांग करने वाला उत्तराखंड क्रांति दल, झारखंड की मांग करने वाला झारखंड मुक्ति मोर्चा और छत्तीसगढ़ की मांग करने वाला पृथक छत्तीसगढ़ आंदोलन तत्काल राजनीतिक संदर्भ में इतने सशक्त नहीं थे। शायद इसीलिए कांग्रेस इनकी लगातार अनदेखी करती रही, लेकिन राष्ट्रीय लोकतांत्रिक गठबंधन (NDA) सरकार को इन राज्य के अस्तित्त्व में आने से राजनीतिक संभावना लगने लगी थी इसीलिए इन राज्यों का गठन कर दिया गया। एक नजर डालने पर यह ज्ञात होता है कि भारतीय संघात्मक राजनीति में उत्तर प्रदेश और उत्तर भारत के हिंदी भाषी राज्यों का राजनीतिक प्रभुत्व था। 1990 से इसमें राजनीतिक शक्तियों का एक नव संघात्मक संतुलन पैदा कर दिया जिसमें गैर हिंदी भाषी क्षेत्र रिमलैंड (किनारे वाले राज्य)

1971 के पश्चात् अ-परिसीमन विस्तार (नॉन-डीलिमिटेशन) शैक्षिक एवं आर्थिक विषम विकास में बड़ी राजनीतिक शक्ति (आनुषांगिक) बन कर उभरे। यद्यपि इससे उत्तर बनाम दक्षिण या हिंदी भाषी राज्य बनाम गैर-हिंदी भाषी राज्य के आपसी राजनीतिक द्वंद्व से विषमता भी बढ़ी, किंतु अच्छी बात यह रही कि आपसी राजनीतिक सामंजस्य एवं सौदेबाजी से तमाम विवादों का निपटारा होता चला गया। जैसा कि प्रोफेसर एम. पी. सिंह आगे कहते हैं, 'अब तक हमारी राजनीतिक संघीय व्यवस्था का अनुभव दर्शाता है कि हमारी राजनीतिक मशीनरी देश में व्याप्त अनेक राष्ट्रीय अल्पसंख्यकों के हितों, अधिकारों और उनकी अस्मिता की प्रतिरक्षा करने में बहुत सक्षम रही है (जैसे-जम्मू-कश्मीर में मुस्लिम, पंजाब में सिक्ख, नागालैंड में नागा जाति)। यद्यपि राष्ट्रीय बहुसंख्यक एवं बहुलवादी (जैसे-हिंदू और हिंदी भाषी लोग) या जाति। जनजाति समूह अल्पसंख्यक हिंसात्मक आक्रमणों एवं भेदभाव के शिकार रहे हैं। अक्सर हमारी राजनीतिक-प्रशासनिक मशीनरी इन गैर-संवैधानिक व्यवहारों से निपटने में असफल हो जाती है तो हमारी न्याय प्रणाली लगातार कानून का शासन और न्याय प्रदान करने की भरपूर कोशिश करती है। लेकिन यह एक विडंबना ही है कि हमारी न्यायप्रणाली की भी एक सीमा बांध दी गई है। खैर फिर भी हमारी संघीय व्यवस्था में लोगों का विश्वास आज भी पूरे जोश से भरा पड़ा है।'[35]

वर्तमान में राज्य पुनर्गठन की राजनीति

आज के बदलते परिप्रेक्ष्य में बढ़ती राज्य पुनर्गठन की मांग या बिना किसी तार्किक आधार पर राज्यों की मांग ने एक बार फिर संघीय व्यवस्था के सम्मुख एक नए प्रतिमान की समस्या खड़ी कर दी है, क्योंकि नए राज्यों की नित् मांगें समय-समय पर बढ़ती ही जा रही हैं। जहां आरंभ में राज्य पुनर्गठन की मांग का आधार भाषा रखा गया, वहीं कुछ समय पश्चात् इसके पीछे जनजातीयवाद, अलगाववाद तथा क्षेत्रीयतावाद देखा गया, लेकिन वर्तमान में अब तर्क दिया जाता है कि छोटे राज्य प्रशासन और विकास की दृष्टि से बेहतर साबित होते हैं। इसके पक्ष में उत्तर प्रदेश की मुख्यमंत्री मायावती ने अपना तर्क दिया। (15 जनवरी 2008 को मायावती ने अपने जन्म दिवस पर औपचारिक घोषणा की थी, वैसे इससे पहले 10 अक्टूबर 2007 को आयोजित रैली में उन्होंने ऐसा सुझाव रखा था)। उन्होंने कहा कि 'उत्तर प्रदेश को (पश्चिमी, पूर्वी और बुंदेलखंड) तीन खंडों में बांटकर नए राज्य बना दिए जाने चाहिए।'[36]

मगर अब इस पर भी दिन प्रतिदिन राजनीतिक मांग में वृद्धि होने लगी है। उत्तर प्रदेश में जहां पहले तीन भागों में बांटने की मांग थी, वहीं अब इसे मध्य प्रदेश के साथ मिलाकर चार राज्यों में विभाजित करने की मांग जोर पकड़ने लगी है। इसमें बुंदेलखंड जो क्षेत्रफल की दृष्टि से साठ हजार वर्ग किलोमीटर में फैला है, और यहां उत्तर प्रदेश और मध्य प्रदेश के 77 जिलों को मिलाकर अलग राज्य बनाने की मांग होने लगी है; दूसरा हरित प्रदेश-22 जिले और 50,000 वर्ग किलोमीटर क्षेत्रफल से अलग राज्य की मांग; तीसरा पूर्वांचल-27 जिले और 86,000 वर्ग किलोमीटर क्षेत्रफल और चौथा उत्तर प्रदेश-15 जिले और 70,928 वर्ग

किलोमीटर क्षेत्रफल से मिलाकर कुल चार राज्यों की मांग में बदल गया है। जहां तक बुंदेलखंड और हरित प्रदेश का अलग राज्य के रूप में प्रश्न है तो इस पर वर्तमान में सबसे ज्यादा राजनीति की जा रही है। बहुजन समाज पार्टी (बसपा), राष्ट्रीय लोकदल (रालोद), भारतीय जनता पार्टी (भाजपा) और कांग्रेस अलग-अलग तरह से छोटे-छोटे राज्यों की मांग को बढ़ावा दे रही हैं, वहीं समाजवादी पार्टी (सपा) इसके विरोध में है।[37]

यद्यपि बुंदेलखंड में अभिनेता व नायक राजा बुंदेला, जो बुंदेलखंड के राज-परिवार से भी संबंधित है, शांतिपूर्ण अभियान के जरिए इस मांग को और मजबूती से पेश कर रहे हैं। वस्तुतः बुंदेलखंड मुक्ति मोर्चा के अध्यक्ष का कहना है कि गरीबी, भुखमरी, पिछड़ापन और बुनियादी सुविधाओं के अभाव समेत सारी समस्या का समाधान अलग राज्य का गठन ही है, क्योंकि यहां की जनता विकास पैकेज की खोखली राजनीति से परेशान हो गई है। इसके विपरीत रालोद के अध्यक्ष अजीत सिंह द्वारा हरित प्रदेश के लिए उठाई गई मांग की वजह समृद्धि और सत्ता से प्रेरित है।[38]

इस कड़ी में सबसे रोचक तथ्य है कि आंध्र प्रदेश की 'तेलंगाना राष्ट्र समिति के अध्यक्ष कल्वकंवल चंद्रशेखर राव ने अपने पूर्ववर्ती नेता 1955 में पृथक आंध्र प्रदेश की मांग करने वाले श्री रामूलू की भांति तेलगांना राज्य की मांग को व्यावहारिक स्तर पर तीव्रता देने के लिए आमरण अनशन कर दिया जिसके दबाव में केंद्रीय सरकार के गृहमंत्री ने प्रधानमंत्री को आधी रात को ही कैबिनेट के अन्य वरिष्ठ सदस्यों के साथ बैठक के बाद तेलंगाना को पूर्ण अलग राज्य का दर्जा देने की घोषणा करनी पड़ी[39]। मगर कुछ ही दिनों में आंध्र प्रदेश में इसके पक्ष और विपक्ष में तीव्र आंदोलन हो गए जिससे केंद्रीय सरकार को अपने कदम आगे बढ़ा कर पीछे खींचने पड़े। दरअसल जिस तेलंगाना की मांग की जा रही है उसमें 10 जिले और 11,480 वर्ग किलोमीटर क्षेत्रफल है और संसाधन की दृष्टि से पिछले हिस्से में पाया जाने वाला कोयला, चूना और छिटपुट खनिज पदार्थ ही हैं और कृषि की दृष्टि से वर्षा पर निर्भर अर्द्धशुष्क सिंचाई क्षेत्र है। इस आधार में अगर कमजोर उत्पादकता को भी जोड़ दिया जाए तो पृथक राज्य के रूप में तेलंगाना विकास और उन्नति में खराब शुरुआत करने वाला राज्य ही होगा; और यदि इसका गठन हैदराबाद के बिना ही किया जाता है तो यह निश्चित ही अत्याधिक पिछड़े राज्यों में होगा, जबकि तेलंगाना राज्य निर्माण के पीछे केवल राजनीतिक अनदेखी और विकास की अपेक्षा ज्यादा है।

हाल ही में तेलंगाना जैसे राजनीतिक आंदोलन भारतीय संघीय व्यवस्था में कुल मिलाकर तेरह नए राज्यों के पुनर्गठन की मांग कर रहे हैं जैसे-आंध्र प्रदेश से तेलंगाना, महाराष्ट्र में विदर्भ, गुजरात से गोंडवाना, बिहार से मिथिलांचल और भोजपुर, उड़ीसा में महाकौशल, असम में बोडोलैंड, पश्चिम बंगाल से गोरखालैंड और कर्नाटक से कोडागू। इन आंदोलनों में विस्मय करने वाली बात यह है कि कोडागू जैसा छोटा-सा भूखंड जो 1400 वर्ग किलोमीटर और केवल एक जिले तक ही सीमित है वह भी अपने प्राकृतिक संसाधनों के दोहन से आहत होकर अलग राज्य की मांग कर रहा है, वहीं इसके अपवादस्वरूप गोंडवाना जैसा विशाल क्षेत्र जो 26 जिलों और 1.59 लाख वर्ग किलोमीटर तक फैला है और लगभग 50 जिलों में बोली जाने वाली बोली के अस्मिता के आधार पर एक विशाल राज्य की मांग कर रहा है। यह पूर्ण

तथा भोजपुर (जो उत्तर प्रदेश के 12, बिहार के 9, और मध्य प्रदेश के 2 जिलों, और 86,346 वर्ग किलोमीटर क्षेत्रफल से मिलकर प्रस्तावित है) और मिथिलांचल, (जिसमें बिहार के दस जिले, और 20,572 वर्ग किलोमीटर क्षेत्रफल शामिल है) जैसे जातीय अस्मिता की तलाश वाले राज्यों की होड़ को और मजबूती दे रहा है।[41]

निष्कर्ष

बुंदेलखंड, पूर्वी और पश्चिमी उत्तर प्रदेश के अतिरिक्त तेलंगाना, विदर्भ और बोडोलैंड राज्यों के रूप में मांग का एक मात्र कारण सामाजिक-आर्थिक पिछड़ापन एवं राजनीतिक अनदेखी है। इसके अतिरिक्त कोई दूसरा आधार इस मांग के लिए इतना प्रभावी नजर नहीं आता। यह बात अलग है कि आदर्शात्मक रूप से भाषायी, जातीय तथा प्रशासनिक सुविधा से संपन्न छोटे-छोटे राज्य अपने स्थानीय नागरिकों को सुविधा प्रदान कर सकते हैं, लेकिन इसके लिए अनेक समस्याएं हैं। जैसे क्या वर्तमान में सभी राज्यों का पुनर्गठन भाषायी एवं जातीय आधार पर संभव है? भारत में लगभग 1,618 भाषाएं एवं बोलियाँ हैं, लगभग 6,400 प्रभावी जातियां हैं जिसमें जनजातीय समूह अलग हैं तो फिर क्या हमें इन सभी के लिए अलग राज्य बनाने पर विचार करना चाहिए। वर्तमान में यह बात अटपटी-सी लगे लेकिन यह विडंबना है कि उत्तर-पूर्वी राज्यों से जातीय आधार पर राज्य गठन आरंभ हो चुका है जो संभव है भविष्य में अन्य सक्षम एवं प्रभावी जातियों के रूप में भी सामने आ जाए। जैसे मिजो जाति ने मिजोरम बनवाया, नागा जाति ने नागालैंड तो फिर क्या एक बार फिर राजपूताना, मराठा, तोमर आदि जातियां इतिहास की दुहाई देकर अपने लिए राज्य की मांग नहीं कर सकतीं। दूसरा, क्या भविष्य में भाषायी आधार पर राज्यों का गठन अपना विस्तांतरण नहीं करेगा? इस बात की क्या हमारे पास कोई गारंटी है? निश्चित ही इसका उत्तर नहीं है। पॉल ब्रॉस ने भारतीय राष्ट्रीय संरचना के लिए जो बहुराष्ट्रीय राज्य प्रतिमान प्रस्तुत किया है जिसका आधार यह है कि 'जब बहु-राष्ट्र एक राजनीतिक एवं क्षेत्रीय एकता में एकजुट होने के लिए किसी प्रकार की विचारधारा, बाहरी शक्ति के विरुद्ध एकजुट होकर संघर्ष करते हैं या किसी एक राजनीतिक संरचना के तहत सामान्यतया सहभागिता करते हैं, तो यह ''बहुराष्ट्रीय राज्य प्रतिमान'' प्रस्तुत करता है। यदि इसे टी. के. ऊमैन के शब्दों में कहा जाए तो वह इसे ''राष्ट्र राज्य'' की अपेक्षा ''राष्ट्रीय राज्य'' कहते हैं। जैसा कि वह कहते हैं, राष्ट्रीय राज्य अक्सर धार्मिक, भाषायी, जातीय समुदायों, जो प्राय: राष्ट्रीय या जातीय अल्पसंख्यक हो सकते हैं, से मिलकर बनता है। इन्हें सही मार्ग पर संचालित करने का कार्य संघात्मक व्यवस्था करती है। इसलिए संघात्मक सिद्धांत न केवल संविधानात्मक एवं संस्थात्मक संरचनाओं में विद्यमान रहता है, बल्कि यह स्वयं समाज में भी भरपूर पाया जाता है।'[42]

अत: जो मापदंड ''अनेकता में एकता'' हमारे संघ को लगातार जीवित रखती है, वहीं अब इसके विरुद्ध छद्म राजनीतिक लाभ के लिए प्रयोग की जाने लगी हैं। यह तथ्य

जांचने योग्य है कि मिजोरम, नागालैंड, मणिपुर, अरुणाचल, मेघालय और गोवा आदि छोटे राज्य की परिभाषा पूरी करते हैं। यह छोटे-छोटे राज्य आज इतने भी आत्मनिर्भर नहीं हैं कि वह बिना किसी केंद्रीय आर्थिक सहायता के सक्षमतापूर्ण व्यवहार कर सकें। इन्हें स्वयं के दैनिक कार्यों के लिए अक्सर केंद्रीय सहायता पर निर्भर रहना पड़ता है।

माना कि भारतीय संघ में राज्य के आकार-प्रकार में किसी भी प्रकार की समानता नहीं है फिर भी भारतीय संघात्मक व्यवस्था में इस अनोखी विशेषता के समाधान के लिए हमारे पास कोई निश्चित या गारंटी प्रतिमान भी तो उपलब्ध नहीं है। अक्सर कहा जाता है कि भारत में संयुक्त राज्य अमेरिका की भांति 51 राज्य पुनर्गठन कर देने चाहिए लेकिन इसमें भी एक पेच है। वह यह कि वहां के सभी राज्यों का भूक्षेत्र, संसाधन-आर्थिक मापदंड से कोई अन्य राज्य समान नहीं है, और ऐसा भारत में भी है बल्कि विश्व के हर संघीय राज्य के अंतर्गत आने वाले राज्य एकसमान नहीं है और ऐसा हो भी नहीं सकता फिर भी संयुक्त राज्य अमेरिका, कनाडा, आस्ट्रेलिया और दक्षिण अफ्रीका में राज्य पुनर्गठन कोई समस्या नहीं है, कारण, वहां राज्य पुनर्गठन का कोई संवैधानिक प्रावधान नहीं है, फिर भी वह सफल संघ हैं। यह तथ्य मानने योग्य है कि हमारी संविधान निर्मात्री सभा इस समस्या को हल करने में असक्षम थी और उन्होंने इसे भविष्य में सुलझाने के लिए संवैधानिक प्रावधान कर दिए। लेकिन संविधान सभा के परवर्ती राजनीतिज्ञों, विशेषकर क्षेत्रीय दलों ने, इस प्रावधान में भेद कर अपनी राजनीतिक रणनीति पूरी की है। और इससे एक तथ्य यह भी हमारे सामने आता है कि किसी भी नए राज्य के अस्तित्व में आने से उसके स्थानीय निवासियों एवं नागरिकों को कोई प्रत्यक्ष लाभ नहीं मिलता, फिर भी यदि संभव हो तो भविष्य में राज्य पुनर्गठन की समस्या को एक साथ मिलकर ही सुलझा लिया जाना चाहिए, और हमें छोटे-छोटे राज्यों के लिए दलीलें बंद कर देनी चाहिए। भूमंडलीकरण के युग में जहां सारा विश्व छोटा बनता जा रहा है वहां हम छोटे राज्यों की मांग करके उपहास के अतिरिक्त कुछ नहीं करते। यदि कोई क्षेत्र आर्थिक-सामाजिक दृष्टि से पिछड़ा है तो इसके लिए बिना किसी लाग-लपेट के केंद्र से भारी-भरकम आर्थिक पैकेज मांगना चाहिए। इसके अतिरिक्त संभव हो तो देश के सबसे पिछड़े क्षेत्रों को पंचवर्षीय योजना का अंग बनाकर हल खोजना चाहिए। और जहां हम छोटे-छोटे राज्यों को प्रशासनिक सुविधा से बनाना चाहते हैं तो हमें याद रखना होगा कि हमारी प्रशासनिक व्यवस्था कोई कम भारी-भरकम नहीं है और राज्य बन जाने से यह और भारी ही होगी, अर्थात् औपचारिकता, लालफीताशाही, पदसोपान आदि इसकी वजहें हो सकती है। इसलिए हमें प्रशासनिक पारदर्शिता, प्रतिबद्धता, सूचना का अधिकार और ई-शासन पर ज्यादा ध्यान केंद्रित करना चाहिए।

भविष्य में राज्य पुनर्गठन के लिए दो मापदंड जरूर अपनाने चाहिए। प्रथम-राज्यों का भूक्षेत्र, प्राकृतिक संसाधन और जातीय समूहों को निम्नतर और अधिकतर के स्तर पर विभाजित कर राज्य गठित करने चाहिए। दूसरा-सभी राज्यों को भारतीय संसद के ऊपरी एवं निचले सदन में लगभग समान प्रतिनिधित्व के करीब लाने की व्यवस्था करनी चाहिए।

संदर्भ

1. एटलस, "भारत भौगोलिक स्थिति", एस. के. संस:, दिल्ली, 2005, पृष्ठ 17.
2. बसु, डी.डी., *भारत का संविधान–एक परिचय*, वाधवा एंड कंपनी: नई दिल्ली, 2004, पृष्ठ–47.
3. शर्मा, सुमन, *स्टेट बाउंडरी चेंलिज इन इंडिया*, दीप एंड दीप प्रकाशन: नई दिल्ली, 1995, पृष्ठ–64.
4. बसु, डी.डी., *वही*, पृष्ठ–45.
5. अरोड़ा, लिपाक्षी, खन्ना, वी.एन., *भारत की विदेश नीति*, विकास पब्लिशिंग हाउस: दिल्ली, 1999, पृष्ठ 89–90.
6. शर्मा, सुमन, *वही*, पृष्ठ–67.
7. पाणिक्कर, के. एम., द *फाउंडेशन ऑफ न्यू इंडिया*, ज्योर्ज एलन अविन: लंदन 1963, पृष्ठ–154 साथ ही देखे, सुमन शर्मा *वही*, पृष्ठ–14.
8. प्रसाद, डॉ. राजेन्द्र, कागजात, फाइल नं. 4.P/47, मिनिट्स ऑफ द मिटिंग्स, 7 जून 1947, पृष्ठ–4.
9. बसु, डी.डी., *वही*, पृष्ठ–45.
10. संविधान सभा विमर्श, खंड सप्तम, 1948–49, नवंबर 1948–जनवरी 1949, पृष्ठ–43.
11. सिंह, महेंद्र प्रसाद, *ए बॉर्डरलेस इंटरनल फेडरल स्पेस: रिऑर्गेनाइजेशन ऑफ स्टेट्स इन इंडिया*, पृष्ठ 9–10.
12. कश्यप, सुभाष, *हमारा संविधान*, नेशनल बुक ट्रस्ट इंडिया: नई दिल्ली, 2003, पृष्ठ–64.
13. बसु, डी.डी., *वही*, पृष्ठ–70.
14. कश्यप, सुभाष, *वही*, पृष्ठ–64.
15. डॉ. अंबेडकर, बाबा साहेब, *संपूर्ण वाङ्मय* खंड–1, सूचना–प्रसारण मंत्रालय: नई दिल्ली, 1993, पृष्ठ–173.
16. *वही*, पृष्ठ–163.
17. *वही*.
18. कोठारी, रजनी, *भारत में राजनीति कल और आज* (अनु.–अभय कुमार दुबे), वाणी प्रकाशन: दिल्ली, 2005, पृष्ठ–132–33.
19. लिंगविस्टिक प्रॉविंस कमीशन रिपोर्ट, भारत सरकार का प्रकाशन, 194ए पैरा 131.
20. *वही*, पैरा 152.
21. डॉ. अंबेडकर, बाबा साहेब, संपूर्ण वाङ्मय खंड–1, पृष्ठ–164.
22. स्टेट रिऑर्गेनाइजेशन एक्ट, परिचय.
23. बसु, डी.डी., *वही*, पृष्ठ–71.
24. स्टेट रि–ऑगेनाइजेशन आयोग की रिपोर्ट, भारत सरकार, नई दिल्ली, 1955, पृ. 25.
25. कोठारी, रजनी, *शुड द स्टेट्स बी ट्रिम्ड: द स्टेट*, खंड IV, 11 नवंबर 1972, साथ ही देखे–हीरा सिंह बिष्ट, *भारत में क्षेत्रवाद: उत्तरांचल की राजनीति और विकास का अध्ययन*, (अप्रकाशित) पी.एच. डी. थीसिस, राजनीतिक विकास विभाग, दिल्ली विश्वविद्यालय, दिल्ली, पृष्ठ–9.
26. स्टेट रिऑर्गेनाइजेशन आयोग की रिपोर्ट, 1956, भारत सरकार रिपोर्ट।

27. डॉ. अंबेडकर, बाबा साहेब, संपूर्ण वाङ्मय खंड-1, पृष्ठ-174.
28. *वही*, पृष्ठ-180.
29. *वही*, पृष्ठ-181.
30. *वही*, पृष्ठ–182.
31. सिंह, एम.पी., का लेख–ए बॉर्डरलेस इंटरनल फेडरल स्पेस: रिऑर्गेनाइजेशन ऑफ स्टेट्स इन इंडिया, पृष्ठ–11-12.
32. डॉ. अंबेडकर, बाबा साहेब, संपूर्ण वाङ्मय खंड-1, पृष्ठ-199-200 एवं देखें एम.पी. सिंह का ऊपर लिखित शोध पत्र.
33. *वही*, पृष्ठ–206-208.
34. सिंह, एम. पी., का लेख–ए बॉर्डरलेस इंटरनल..., पृष्ठ, 14.
35. *वही*, पृष्ठ-16.
36. रंजन, सुधांशु, ''किसके लिए बने छोटे राज्य'', संपादकीय लेख, *नवभारत टाइम्स*, दिल्ली, 22 जनवरी 2008.
37. *इंडिया टुडे*, 30 जनवरी 2008, पृष्ठ 20-21.
38. *इंडिया टुडे*, 30 दिसंबर, 2009, पृष्ठ. 9.
39. *वही*, 6 दिसंबर 2009, पृष्ठ 25.
40. *वही*, 30 दिसंबर 2009, पृष्ठ 9.
41. *वही*, 30 दिसंबर 2009, पृष्ठ 8-9.
42. सिंह, एम.पी., ए बॉर्डरलेस इटरनल..., पृष्ठ 18-20.

8

भारतीय संसद

संसद का वर्तमान स्वरूप कई हजारों वर्षों के विकास का परिणाम रहा है। इस दृष्टि से ब्रिटिश संसद को "संसदों की जननी" की संज्ञा दी जाती है क्योंकि ब्रिटेन के एंग्लो सेक्सन कालीन "विद्वानों की सभा"–वाइटोनिजिमोट[1] में आधुनिक विधान मंडल (संसद) के बीज रूप विद्यमान थे। कालांतर में, यही संस्था ब्रिटेन की प्रतिनिधित्व-युक्त 'राष्ट्रीय मंडल' के रूप में विकसित हुई। ब्रिटिश संसद का इतिहास सामान्यतः विधानमंडल का इतिहास माना जाता है। भारत ने भी ब्रिटेन की इस संसदीय व्यवस्था को अपनाया है। भारतीय संविधान का स्वरूप गणतंत्रीय तथा ढांचा संघीय है और उसमें संसदीय प्रणाली के प्रमुख तत्त्व विद्यमान हैं। इसमें संघ के लिए एक संसद का प्रावधान है जिसमें राष्ट्रपति और दो सदन राज्यसभा (Council of States) और लोकसभा (House of the People) सम्मिलित हैं।

संसद का गठन

भारतीय संविधान के पांचवें भाग के दूसरे अध्याय में अनुच्छेद 79 के अंतर्गत "संसद" (Parliament) शीर्षक में संघीय व्यवस्थापिका की व्यवस्था की गई है। इसमें उच्च सदन राज्यसभा जो "राज्यों का प्रतिनिधित्व" करती है और निम्न सदन लोकसभा जो "जनता का प्रतिनिधित्व" करती है तथा साथ ही राष्ट्रपति को भी संसद का अभिन्न अंग माना है। इंग्लैंड में भी राजा सहित संसद है। यद्यपि राष्ट्रपति संसद के किसी सदन का सदस्य नहीं हो सकता, फिर भी वह उसका अभिन्न अंग है क्योंकि वही सत्र को आमंत्रित व स्थगित करता है, संसद में उद्घाटन भाषण देता है, वहाँ अपने संदेश भेजता है, तथा संसद में पारित विधेयकों पर हस्ताक्षर कर उन्हें वैधानिकता प्रदान करता है।

राष्ट्रपति का निर्वाचन प्रत्यक्ष रूप से ऐसे निर्वाचन मंडल द्वारा किया जाता है जिसमें संसद के दोनों सदनों के निर्वाचित सदस्य और राज्यों की विधानसभाओं के निर्वाचित सदस्य होते हैं। यद्यपि भारत का राष्ट्रपति संसद का अंग होता है तथापि वह दोनों में से किसी भी सदन में न तो बैठता है न ही उसकी चर्चाओं में भाग लेता है। संसद से संबंधित कुछ ऐसे संवैधानिक कृत्य हैं जिनका उसे निर्वहन करना होता है। राष्ट्रपति समय-समय पर संसद के दोनों सदनों को बैठक के लिए आमंत्रित करता है। वह संसद के दोनों सदनों

डॉ. युवराज कुमार, असिस्टेंट प्रोफेसर, सत्यवती कॉलेज, दिल्ली विश्वविद्यालय

का सत्रावसान कर सकता है और लोकसभा को भंग कर सकता है। दोनों सदनों द्वारा पास किया गया कोई विधेयक तभी कानून बन सकता है जब राष्ट्रपति उस पर अपनी अनुमति प्रदान कर दे। इतना ही नहीं, जब संसद के दोनों सदनों का अधिवेशन न चल रहा हो और राष्ट्रपति को विश्वास हो जाए कि ऐसी परिस्थितियाँ विद्यमान हैं जिनके कारण उसके लिए आवश्यक है कि वह तुरंत कार्यवाही करे तो वह अध्यादेश प्रख्यापित कर सकता है जिसकी शक्ति एवं प्रभाव वही होता है जो संसद द्वारा पास की गई विधि का होता है।

लोकसभा

संसद का दूसरा सदन, लोकसभा है। इसके सदस्यों को जनता द्वारा प्रत्यक्ष रीति से चुना जाता है। जो भारत का नागरिक हो, 18 वर्ष से अधिक आयु का हो, लोकसभा के लिए निर्वाचनों में मतदान करने का हकदार होगा, यदि कानून के अधीन अन्यथा अनर्ह न कर दिया जाए। संविधान में उपबंध है कि लोकसभा के 530 से अनधिक सदस्य राज्यों में प्रादेशिक निर्वाचन-क्षेत्रों से प्रत्यक्ष रीति से चुने जाएंगे और 20 से अनधिक सदस्य संघ राज्य क्षेत्रों का प्रतिनिधित्व करेंगे, जिनका निर्वाचन ऐसी रीति से होगा जिसे संसद विधि द्वारा उपबंधित करे। इसके अतिरिक्त, राष्ट्रपति, आंग्ल-भारतीय समुदाय का प्रतिनिधित्व करने के लिए दो से अनधिक सदस्य मनोनीत कर सकता है। इस प्रकार सदन की अधिकतम सदस्य संख्या 552 हो, ऐसी संविधान में परिकल्पना की गई है। निर्वाचित किए जाने वाले सदस्यों की कुल संख्या को राज्यों के बीच ऐसी रीति से विभाजित किया जाता है जिससे कि प्रत्येक राज्य के लिए आबंटित स्थानों की संख्या और राज्य की जनसंख्या के बीच यथासंभव ऐसा अनुपात रहे जो सब राज्यों के लिए समान हो। इस प्रयोजन के लिए जनसंख्या का आशय है वह जनसंख्या जो 1971 की जनगणना द्वारा सुनिश्चित की गई है। सन् 2000 तक लोकसभा में स्थानों की संख्या में कोई परिवर्तन नहीं होगा। [अनुच्छेद 81(3)] लोकसभा में अनुसूचित जातियों तथा अनुसूचित जनजातियों के लिए जनसंख्या-अनुपात के आधार पर स्थान आरक्षित हैं।[2]

लोकसभा के सदस्य के लिए यह आवश्यक है कि वह भारत का नागरिक हो, उसकी आयु 25 वर्ष से ऊपर हो, एवं वह संसद के कानून द्वारा सभी निर्धारित योग्यताओं को धारण करता हो। कोई व्यक्ति एक ही समय में संसद के दोनों सदनों का या संसद के किसी सदन और राज्य के विधानमंडल का सदस्य नहीं हो सकता। यह भी आवश्यक है कि वह भारत सरकार या किसी राज्य सरकार के अधीन कोई लाभ का पद धारण न किए हो, लेकिन मन्त्रिपद या संसद के कानून द्वारा निर्दिष्ट कोई अन्य पद इस वर्ग में नहीं आते। वह किसी सक्षम न्यायालय द्वारा पागल, विदेशी, दिवालिया या अनागरिक घोषित न किया गया हो। वह संसद के कानूनों द्वारा निर्धारित किन्हीं अन्य अयोग्यताओं को भी न रखता हो। यदि किसी संसद सदस्य की योग्यता के बारे में कोई शिकायत हो, तो राष्ट्रपति के पास भेजी जा सकती है जो निर्वाचन आयोग की रिपोर्ट लेकर उचित कार्यवाही करेगा।

यदि कोई सदस्य सदन के अध्यक्ष को उचित कारण बताए बिना लगातार 60 दिनों तक सदन से अनुपस्थित रहता है, तो उसे अयोग्य ठहराकर उसके स्थान को रिक्त घोषित

करने का प्रावधान है। अनुच्छेद 327 के अंतर्गत निर्वाचन नियंत्रित करने के लिए 1951 के जनप्रतिनिधित्व अधिनियम में अयोग्यताओं की कुछ शर्तों का उल्लेख किया गया है (यह राज्य विधानसभाओं के सदस्यों के लिए भी हैं) जो इस प्रकार हैं:[3]

(i) कोई सदस्य किसी न्यायालय या चुनाव अधिकरण द्वारा निर्वाचन अनियमितताओं या चुनाव में भ्रष्टाचार का दोषी सिद्ध न किया गया हो।

(ii) उसे किसी न्यायालय द्वारा दो वर्ष से अधिक की कैद की सजा न दी गई हो।

(iii) उसने कानूनी प्रक्रिया के अनुसार निर्धारित समय के भीतर अपना चुनाव खर्च का विवरण जमा न किया हो।

(iv) वह सरकारी सेवा से भ्रष्टाचार व अविश्वसनीयता के कारण पदमुक्त न किया गया हो।

(v) वह किसी ऐसे निगम का निदेशक या व्यवस्थापक अभिकर्त्ता न हो जिसमें सरकार की वित्तीय भागीदार हो या लाभ का पद न धारण किए हो।

(vi) वह किसी सरकारी ठेके, सरकारी कार्यों व सेवाओं के क्रियान्वयन में आर्थिक हित न रखता हो।

निर्वाचन के लिए नामांकनपत्र भरते समय उम्मीदवार में ऊपर लिखित अयोग्यताएं नहीं होनी चाहिए।

लोकसभा की शक्तियां एवं कार्य

भारतीय संसद के दोनों सदनों में लोकसभा लोकप्रिय सदन है क्योंकि इसके गठन का आधार जनसंख्या है और लोकसभा के सदस्यों को जनता के द्वारा प्रत्यक्ष निर्वाचन के आधार पर निर्वाचित किया जाता है। संसदीय व्यवस्था का यह निश्चित सिद्धांत है कि कानून निर्माण और प्रशासन पर नियंत्रण की अंतिम शक्ति लोकप्रिय सदन को ही प्राप्त होती है।

संविधान के अनुसार लोकसभा की बैठक वर्ष में कम से कम दो बार अवश्य होनी चाहिए और उन बैठकों के मध्य 6 महीने से अधिक का अंतराल नहीं होना चाहिए। इसकी गणपूर्ति या कोरम सदन की कुल संख्या का 1/10 भाग है। स्पीकर इसकी अध्यक्षता करता है व उसकी अनुपस्थिति में डिप्टी-स्पीकर कार्य करता है। 6 सदस्यों का एक पैनल भी बनाया जाता है जो सभापति व उपसभापति की अनुपस्थिति में सदन की कार्यवाही का संचालन करते हैं।

लोकसभा को भारतीय संविधान में विधायी शक्तियां (legislative power) प्राप्त हैं। जिसके अनुसार भारतीय संसद संघीय सूची, समवर्ती सूची, अवशेष विषयों और कुछ विशेष परिस्थितियों में राज्य सूची के विषयों पर कानूनों का निर्माण कर सकती है। वित्तीय शक्तियों (financial power) के संबंध में लोकसभा अत्यंत शक्तिशाली है। इस संबंध में राज्यसभा की शक्ति गौण रखी गई है। अनुच्छेद 109 के अनुसार वित्त विधेयक लोकसभा में ही प्रस्तावित किए जा सकते हैं राज्यसभा में नहीं। लोकसभा कार्यपालिका पर भी अंकुश लगाती है। केंद्रीय मंत्रिपरिषद (प्रधानमंत्री के नेतृत्व सहित) लोकसभा के प्रति

सामूहिक तौर से उत्तरदायी होती है। सरकार के खिलाफ अविश्वास प्रस्ताव पारित होने पर मंत्रिपरिषद को त्यागपत्र देना पड़ता है। यदि लोकसभा किसी सरकारी विधेयक या बजट को अस्वीकार कर देती है, या सरकारी नीतियों को अस्वीकृत करती है, या सरकार की नीतियों व कार्यक्रमों में सरकार की इच्छा के विपरीत संशोधन कर देती है, तो उसे सरकार के प्रति अविश्वास की अभिव्यक्ति माना जाएगा। सरकार पर अंकुश लगाने के लिए लोकसभा के सदस्यों को स्थगन प्रस्ताव, आधे घंटे की बहस की मांग, और मंत्रालयों से संबंधित प्रश्न व पूरक प्रश्न पूछने का अधिकार है। ये सभी व्यवस्थाएं विपक्षी दलों को सरकार की नीतियों व क्रियाकलापों की आलोचना करने का श्रेष्ठ अवसर प्रदान करती हैं।

लोकसभा अन्य विविध कार्य भी संपन्न करती है। यह राज्यसभा के साथ राष्ट्रपति के निर्वाचन व उसकी पदच्युति में समान अधिकार रखती है। लोकसभा अपने अध्यक्ष व उपाध्यक्ष का निर्वाचन करती है व उनके विरुद्ध अविश्वास प्रस्ताव पास कर सकती है। राज्यसभा के समान लोकसभा को सर्वोच्च न्यायालय व उच्च न्यायालयों के मुख्य न्यायाधीशों व अन्य न्यायाधीशों, भारत का नियंत्रक व महालेखापरीक्षक, मुख्य चुनाव आयुक्त आदि अधिकारियों की पदच्युति करने की शक्ति प्राप्त है।

इसके अतिरिक्त, राज्यसभा की भाँति, यह स्वायत्तशासी संस्थाओं जैसे संघ लोक सेवा आयोग, भारत का नियंत्रक व महालेखापरीक्षक, वित्त आयोग, भाषा आयोग, अल्पसंख्यक आयोग, अनुसूचित जाति व जनजाति आयोग आदि द्वारा प्रस्तुत प्रतिवेदनों पर विचार करती है।

लोकसभा अध्यक्ष तथा उपाध्यक्ष

संविधान के अनुच्छेद 93 के अनुसार लोकसभा स्वयं ही अपने सदस्यों में से एक अध्यक्ष और उपाध्यक्ष का निर्वाचन करेगी। अध्यक्ष तथा उपाध्यक्ष को उनके पद से हटाया भी जा सकता है। यदि लोकसभा के तत्कालीन सदस्यों के बहुमत से इस आशय का प्रस्ताव पास हो जाए, परंतु इस प्रकार के प्रस्ताव को पेश करने के लिए कम से कम 14 दिन की पूर्व सूचना दी गई हो। अध्यक्ष द्वारा पदत्याग, पदच्युति या अन्य किसी कारण से अध्यक्ष की अनुपस्थिति की स्थिति में उपाध्यक्ष लोकसभा की अध्यक्षता करता है। अध्यक्ष और उपाध्यक्ष की अनुपस्थिति में लोकसभा की अध्यक्षता बनाए गए पैनल वरिष्ठता के आधार पर करते हैं।

लोकसभा अध्यक्ष के अधिकार व शक्तियाँ[4]

व्यवस्था संबंधी शक्तियाँ: इसके अंतर्गत लोकसभा अध्यक्ष संसदीय कार्यवाही संचालित करने के लिए सदन में व्यवस्था व मर्यादा बनाए रखना, सदन की कार्यवाही के लिए समय का निर्धारण करना, संविधान व सदन की प्रक्रिया संबंधित नियमों की व्याख्या करना, विवादास्पद विषयों पर मतदान कराना व अपने निर्णय की घोषणा करना, बराबर मत पड़ने पर निर्णायक मत देना, प्रस्ताव, प्रतिवेदन व व्यवस्था के प्रश्नों को स्वीकार

करना, मंत्रिपद छोड़ने के बाद सदस्य को सदन के सम्मुख अपना वक्तव्य देने की अनुमति देना, सदस्यों की जानकारी के लिए विचाराधीन महत्त्वपूर्ण विषयों पर उद्बोधन देना, संवैधानिक मामलों पर अपनी सम्मति देना, गणपूर्ति के अभाव में सदन की बैठक स्थगित करना, किसी सदस्य को अपनी मातृभाषा में बोलने की अनुमति देना व उसके भाषण के हिंदी व अंग्रेजी अनुवाद की व्यवस्था करना तथा सदन के नेता की प्रार्थना पर सदन की गुप्त बैठक के आयोजन की स्वीकृति देता है।

निरीक्षण व भर्त्सना संबंधी शक्तियाँ: इसके अंतर्गत संसदीय समितियों की अध्यक्षता करना, संसदीय समितियों के अध्यक्षों को निर्देश देना, सार्वजनिक हित में सदन या समिति को आवश्यक जानकारी देने के लिए सरकार को आदेशित करना, सदन में असंसदीय व निरर्थक बातों को रोकना, अमर्यादित व उच्छृंखल संदर्भों को कार्यवाही में से निकालना, सदन में बोलने के लिए सदस्यों को स्वीकृति देना, किसी सदस्य को अराजक व्यवहार के कारण निष्कासित करना या उसे मार्शल द्वारा सदन से बाहर निकालना, गंभीर अव्यवस्था उत्पन्न होने पर सत्र को स्थगित कर देना, सदन की सीमा में किसी सदस्य की गिरफ्तारी या उसके विरुद्ध वैधानिक कार्यवाही करने की अनुमति देना, विशेषाधिकार प्रस्ताव स्वीकार करना व आरोपित अपराधी के विरुद्ध गिरफ्तारी के आदेश जारी करना तथा किसी व्यक्ति को सदन की अवमानना करने या उसके विशेषाधिकार के उल्लंघन करने पर सदन के निर्णय को लागू करना शामिल है।

प्रशासन संबंधी शक्तियाँ: इसमें संसद के सचिवालय पर नियंत्रण रखना, दर्शक दीर्घा व प्रेस दीर्घा का नियंत्रण करना, सदन के सदस्यों के लिए आवास व अन्य सुविधाओं की व्यवस्था का प्रावधान करना, सदन व उसकी समितियों की बैठकों की व्यवस्था करना, संसदीय कार्यवाही व आलेखों को सुरक्षित रखने की व्यवस्था करना, सदन के सदस्यों व कर्मचारियों के जीवन व सदन की संपत्ति की सुरक्षा की उपयुक्त व्यवस्था करना तथा सदन के सदस्य का त्यागपत्र स्वीकार करना या उसे इस आधार पर अस्वीकार करना कि ऐसा कार्य विवशता के कारण किया जाता है।

विविध शक्तियाँ: इसमें सदन द्वारा पारित विधेयक को प्रमाणित करना, कोई विधेयक धन विधेयक है या नहीं इसे निर्णित करना, संसद के संयुक्त अधिवेशन की अध्यक्षता करना, राष्ट्रपति व सदन के मध्य संपर्क सूत्र के रूप में कार्य करना, अंत: संसदीय संघ में भारतीय संसदीय दल के पदेन प्रधान के रूप में कार्य करना, पीठासीन अधिकारियों के सम्मेलन की अध्यक्षता करना, संसदीय शिष्टमंडल के लिए सदस्यों को मनोनीत करना, शोक संवेदना प्रकट करना, सदन के कार्यकाल की समाप्ति पर विदाई भाषण देना व महत्त्वपूर्ण राष्ट्रीय व अंतर्राष्ट्रीय घटनाओं पर टिप्पणी करना, सदन द्वारा पारित विधेयक की स्पष्ट त्रुटियों को ठीक करना तथा राजनीतिक दल-बदल के अपराध से ग्रस्त संसद-सदस्य या सदस्यों के मामले में अयोग्यता संबंधी निर्णय देना शामिल है।

इसके अतिरिक्त अध्यक्ष के पास कुछ विशेष विविध अधिकार भी हैं। वह राष्ट्रपति व सदन के मध्य संचार का एकमात्र माध्यम है। अध्यक्ष सदन में दिवंगत लोगों के प्रति अपनी संवेदना व्यक्त करता है व सदन के कार्यकाल समाप्त होने पर विदाई भाषण देता

है। वह समय-समय पर महत्त्वपूर्ण राष्ट्रीय व अंतर्राष्ट्रीय घटनाओं पर औपचारिक टिप्पणी भी करता है। वह सदन द्वारा पारित विधेयकों में स्पष्ट त्रुटियाँ ठीक कर सकता है या विधेयक के सदन द्वारा संशोधित भागों को ठीक कर सकता है। वह देश में पीठासीन अधिकारियों के सम्मेलन का पदेन अध्यक्ष होता है। वह देश में या विदेश जाने वाले संसदीय शिष्टमंडलों के सदस्यों को मनोनीत करता है।

राज्यसभा

राज्यसभा भारतीय संसद का द्वितीय या उच्च सदन है। जैसा कि इसके नाम से प्रतीत होता है, यह राज्यों जो भारत संघ की इकाइयाँ हैं, का प्रतिनिधित्व करती है। अमेरिका की सीनेट की तरह ही यह एक स्थायी सदन है। यह न तो कभी भंग होती है और न ही कभी इसकी नए सिरे से रचना होती है। संविधान के अनुच्छेद 80 के अनुसार इसके सदस्यों की अधिकतम संख्या 250 हो सकती है, जिनमें 238 निर्वाचित होते हैं और 12 राष्ट्रपति द्वारा मनोनीत किए जाते हैं। मनोनीत सदस्य ऐसे सदस्य होंगे जिन्हें साहित्य, विज्ञान, कला तथा समाज सेवा का विशेष या व्यावहारिक अनुभव प्राप्त हो। 238 निर्वाचित सदस्य राज्यों तथा केंद्र शासित क्षेत्रों के प्रतिनिधि होते हैं। राज्यसभा में राज्यों तथा संघ राज्य-क्षेत्रों की विधानसभाओं के लिए आबंटित स्थान को संविधान की चौथी अनुसूची में अंतर्विष्ट किया जाता है।

यह अप्रत्यक्ष रीति से लोगों का प्रतिनिधित्व करती है क्योंकि राज्यसभा के सदस्य राज्य विधानसभाओं के निर्वाचित सदस्यों द्वारा आनुपातिक पद्धति के अनुसार एकल संक्रमणीय मत द्वारा चुने जाते हैं। संघ के विभिन्न राज्यों को राज्यसभा में समान प्रतिनिधित्व नहीं दिया गया है। भारत में प्रत्येक राज्य के प्रतिनिधियों की संख्या ज्यादातर उसकी जनसंख्या पर निर्भर करती है। इस प्रकार, उत्तर प्रदेश के जबकि राज्यसभा में 34 सदस्य हैं, मणिपुर, मिजोरम, सिक्किम, त्रिपुरा आदि छोटे राज्यों का केवल एक-एक सदस्य है। अंडमान तथा निकोबार द्वीप समूह, चंडीगढ़, दादर तथा नागर हवेली, दमन तथा दीव और लक्षद्वीप जैसे कुछ संघ राज्य क्षेत्रों की जनसंख्या इतनी कम है कि राज्य में उनका प्रतिनिधित्व नहीं हो सकता।[5]

लोकसभा की निर्धारित कार्यविधि 5 वर्ष की है, वह राष्ट्रपति द्वारा समय से पूर्व भी भंग की जा सकती है, इसके विपरीत राज्यसभा एक स्थायी निकाय है और उसे भंग नहीं किया जा सकता। राज्यसभा के प्रत्येक सदस्य की कार्यावधि छः वर्षों की है, उसके सदस्यों में से यथासंभव एक-तिहाई सदस्य प्रत्येक द्वितीय वर्ष की समाप्ति पर निवृत्त हो जाते हैं। सदस्यों की पदावधि उस तिथि से आरंभ हो जाती है जब भारत सरकार द्वारा सदस्यों के नाम राजपत्र में अधिसूचित किए जाते हैं। उपराष्ट्रपति, जो संसद के दोनों सदनों द्वारा निर्वाचित किया जाता है, राज्यसभा का पदेन सभापति होता है, जबकि उपसभापति पद के लिए राज्यसभा के सदस्यों द्वारा अपने में से किसी सदस्य को निर्वाचित किया जाता है।

राज्यसभा की सदस्यता के लिए 30 वर्ष या इससे अधिक की आयु होना आवश्यक है, वह भारत का नागरिक हो और 1951 के जन प्रतिनिधित्व अधिनियम (Representation of the People Act, 1951) के अनुसार जम्मू-कश्मीर के अलावा, सभी राज्यों के लिए यह आवश्यक है कि राज्यसभा के चुनाव में वही व्यक्ति भाग ले सकता है जो वहाँ के संसदीय निर्वाचन क्षेत्र का निर्वाचक हो; परंतु उसने भारत सरकार या किसी राज्य के अधीन लाभ का पद ग्रहण न किया हो, और पागल, दिवालिया, विदेशी या गैर नागरिक न हो तथा संसद के किसी कानून द्वारा अयोग्य घोषित न किया गया हो।

राज्यसभा के कार्य एवं शक्तियाँ

राज्यसभा एवं लोकसभा की तुलना में राज्यसभा को कम शक्तियाँ एवं कार्य प्राप्त हैं। फिर भी उसकी महत्ता को कम नहीं आंका जा सकता है क्योंकि कोई भी गैर-धन विधेयक दोनों सदनों की स्वीकृति के बिना पारित नहीं किया जा सकता तथा दोनों सदनों में मतभेद की स्थिति में राष्ट्रपति को दोनों सदनों का संयुक्त अधिवेशन बुलाकर निपटाने का अधिकार है तथा राज्यसभा सरकार पर नियंत्रण रखने के लिए स्थगन प्रस्ताव, ध्यानाकर्षण प्रस्ताव व अन्य प्रस्ताव प्रस्तुत कर तथा आधे घंटे की बहस की मांग उठाकर सरकार पर अपना नियंत्रण रख सकती है। लेकिन मंत्रिमंडल को नष्ट नहीं कर सकती है। धन-विधेयक जोकि केवल लोकसभा में प्रस्तुत किया जा सकता है, परंतु राज्यसभा 14 दिनों के भीतर अनिवार्य रूप से पास करके लोकसभा को अपने सुझावों के साथ भेजती है तथा सुझाव लोकसभा की इच्छा पर निर्भर करता है कि वह इन्हें मानें या न मानें।

राज्यसभा को कुछ ऐसी शक्तियाँ प्राप्त हैं जो दिखाती हैं कि राज्यसभा लोकसभा के समान शक्तिशाली है। प्रथम, राज्यसभा को संवैधानिक संशोधनों के मामले में समान अधिकार प्राप्त हैं क्योंकि संविधान के अनुसार ऐसा विधेयक दोनों सदनों के विशेष बहुमत द्वारा पारित होना चाहिए। यह विधेयक संसद के किसी सदन में प्रस्तुत किया जा सकता है तथा संविधान में ऐसा कोई प्रावधान नहीं है जिससे दोनों सदनों के मध्य गतिरोध होने पर राष्ट्रपति संसद की संयुक्त बैठक बुलाए। द्वितीय, राज्यसभा को राष्ट्रपति के निर्वाचन व महाभियोग में लोकसभा के समान शक्तियाँ प्राप्त हैं। यह बात सर्वोच्च न्यायालय या उच्च न्यायालय के मुख्य न्यायाधीश व भारत के नियंत्रण व महालेखा परीक्षक जैसे उच्च पदाधिकारी को विशेष अभिलेख द्वारा हटाने के बारे में भी लागू होती है। तृतीय, राष्ट्रपति द्वारा लागू संकटकालीन घोषणा को दोनों सदनों द्वारा स्वीकृति मिलनी चाहिए। चतुर्थ, विभिन्न स्वायत्तशासी संस्थाओं (जैसे संघ लोक सेवा आयोग, भारत के नियंत्रक व महालेखा परीक्षक, अल्पसंख्यक आयोग, वित्त आयोग) आदि के प्रतिवेदन दोनों सदनों के सामने विचारार्थ रखे जाते हैं। पंचम, किसी विशेष सेवा को संघीय लोक सेवा आयोग के अधिकारक्षेत्र से अलग करने वाले प्रस्ताव पर राज्यसभा व लोकसभा दोनों की अनुमति होनी चाहिए। षष्टम, राष्ट्रपति द्वारा आपातकाल में मौलिक अधिकारों को स्थगित करने वाले तथा वित्तीय आपातकाल में वित्तीय औचित्य के सिद्धांतों के निर्धारण संबंधी आदेशों

की स्वीकृति के लिए संसद के दोनों सदनों का समर्थन जरूरी है। सप्तम, संकट के समय सैनिक कानून न्यायालयों की स्थापना के लिए राज्यसभा को लोकसभा के समान अधिकार प्राप्त है।[6]

अंत में, राज्यसभा की उन विशेष शक्तियों का वर्णन करना उपयोगी होगा जिनमें वह लोकसभा की भागीदारी नहीं है। प्रथम, अनुच्छेद 249 के अनुसार, राज्यसभा अपने दो-तिहाई बहुमत से एक प्रस्ताव पास करके राज्य सूची के किसी विषय को राष्ट्रीय महत्त्व के आधार पर समवर्ती सूची या संघ सूची में रख सकती है। ऐसा प्रस्ताव एक वर्ष तक लागू रह सकता है जिसे राज्यसभा बार-बार पास कर सकती है। प्रस्ताव पारित होने के बाद संसद सामान्यकाल में राज्य सूची के उस विषय पर कानून बना सकती है। द्वितीय, अनुच्छेद 312 के अनुसार, यदि राष्ट्रीय हित के लिए आवश्यक या उपयोगी हो, तो दो-तिहाई बहुमत से पास प्रस्ताव के द्वारा राज्यसभा एक या अधिक अखिल भारतीय सेवाओं का गठन कर सकती है। तृतीय, लोकसभा के भंग होने पर, राज्यसभा ही राष्ट्रपति के आपातकालीन अधिकारों के प्रयोग पर लोकतांत्रिक नियंत्रक लगा सकती है। अंतिम, राज्यसभा भारत के उपराष्ट्रपति के निष्कासन प्रस्ताव का प्रारंभ कर सकती है।

राज्यसभा के संगठन व कार्य प्रक्रिया की समीक्षा से यह स्पष्ट हो जाता है कि वह न तो इंग्लैंड के हाउस ऑफ लॉर्ड्स की भाँति केवल दिखावटी सदन है और न ही अमेरिका की सीनेट की भाँति शक्तिशाली उच्च सदन है। यह निचले सदन की मात्र धुंधली छाया भी नहीं है। पिछले कुछ वर्षों की महत्त्वपूर्ण घटनाओं से स्वयं स्पष्ट है कि अपने लिए एक आश्चर्यजनक भूमिका विकसित करने में यह विफल नहीं हुई है तथा बहस के एक शानदार एवं बुलंद मंच के रूप में अपने हाथ फैलाने की कोशिश कर रही है।[7]

संसद के दोनों सदनों के अध्ययन से यह स्पष्ट होता है कि लोकसभा, राज्यसभा से अधिक शक्तिशाली है। नि:संदेह राज्यसभा को संसद का उच्च व लोकसभा को निम्न सदन कहा जाता है, किन्तु एक को अधिक और दूसरे को कम करके आंका नहीं जाना चाहिए क्योंकि इससे ''प्रतिद्वंद्विता की कटु परंपरा'' को प्रोत्साहन मिलता है। दोनों के मध्य सहयोग और सामन्जस्य की परम्परा होनी चाहिए।

संसदीय समितियाँ

भारत में दो प्रकार की संसदीय समितियाँ हैं, स्थायी समितियाँ और तदर्थ समितियाँ। स्थायी समितियाँ प्रत्येक वर्ष या समय-समय पर, जैसी भी स्थिति हो, सदन द्वारा निर्वाचित की जाती हैं या अध्यक्ष/सभापति द्वारा मनोनीत की जाती हैं और जो स्थायी स्वरूप की होती हैं। तदर्थ समितियाँ वे समितियाँ हैं जो सदन द्वारा या अध्यक्ष/सभापति द्वारा किन्हीं विशिष्ट मामलों पर विचार करने और प्रतिवेदन प्रस्तुत करने के लिए गठित की जाती हैं और उन मामलों पर अपना कार्य पूरा करते ही समाप्त हो जाती हैं।

स्थायी संसदीय समितियाँ[8]

स्थायी संसदीय समितियों की सूची नीचे दी गई है–

समिति का नाम	*समिति में सदस्यों की संख्या*
वित्तीय समितियाँ:	
1. लोक-लेखा समिति	22*
2. प्राक्कलन समिति	30
3. सरकारी उपक्रमों संबंधी समिति	22*
अन्य संसदीय समितियाँ	
1. कार्य मंत्रणा समिति	15
2. गैर-सरकारी सदस्यों के विधेयकों तथा संकल्पों संबंधी समिति	15
3. याचिका समिति	15
4. विशेषाधिकार समिति	15
5. अधीनस्थ विधान संबंधी समिति	15
6. सरकारी आश्वासनों संबंधी समिति	15
7. सभा की बैठकों से सदस्यों की अनुपस्थिति संबंधी समिति	15
8. नियम समिति	15
9. सामान्य प्रयोजन समिति	संख्या निर्धारित नहीं है।
10. आवास समिति	12
11. ग्रन्थालय समिति	9+
12. संसद सदस्यों के वेतन तथा भत्ते संबंधी संयुक्त समिति	15**
13. लाभ के पदों संबंधी संयुक्त समिति	15**
14. अनुसूचति जातियों तथा अनुसूचित जनजातियों के कल्याण संबंधी समिति	30++
15. सभा पटल पर रखे गये पत्रों संबंधी समिति	15
16. महिलाओं को शक्तियाँ प्रदान करने संबंधी समिति	30++
17. विभागों से संबद्ध स्थायी समितियाँ	
(i) कृषि संबंधी समिति	45@
(ii) संचार संबंधी समिति	45@
(iii) रक्षा संबंधी समिति	45@
(iv) ऊर्जा संबंधी समिति	45@
(v) विदेशी मामलों संबंधी समिति	45@
(vi) वित्त संबंधी समिति	45@
(vii) खाद्य, नागरिक आपूर्ति तथा सार्वजनिक वितरण संबंधी समिति	45@
(viii) श्रम तथा कल्याण संबंधी समिति	45@
(ix) पेट्रोलियम तथा रसायन संबंधी समिति	45@

(x)	रेल संबंधी समिति	45@
(xi)	शहरी तथा ग्रामीण विकास संबंधी समिति	45@
(xii)	वाणिज्य संबंधी समिति	45@
(xiii)	गृह संबंधी समिति	45@
(xiv)	मानव संसाधन विकास संबंधी समिति	45@
(xv)	उद्योग संबंधी समिति	45@
(xvi)	विज्ञान तथा प्रौद्योगिकी पर्यावरण और वन संबंधी समिति	45@
(xvii)	परिवहन तथा पर्यटन संबंधी समिति	45@

* इसमें राज्यसभा के 7 सदस्य शामिल हैं।
** इसमें राज्यसभा के 5 सदस्य शामिल हैं।
\+ इसमें राज्यसभा के 3 सदस्य शामिल हैं।
++ इसमें राज्यसभा के 10 सदस्य शामिल हैं।
@ इसमें राज्यसभा के 15 सदस्य और लोकसभा के 30 सदस्य शामिल हैं।

ऊपर क्रम संख्या (1), (2) और (3) में जिन समितियों का उल्लेख किया गया है, वे वित्तीय समितियाँ हैं। स्थायी समितियों के कार्यों आदि का समिति-वार ब्यौरा इस प्रकार है:

1. लोक लेखा समिति: लोक लेखा समिति का गठन नियम 308 तथा 309 के उपबंधों के अधीन किया जाता है। इस समिति का काम भारत सरकार के व्यय के लिए सभा द्वारा अनुदत्त राशियों का विनियोग दिखाने वाले लेखाओं, भारत सरकार के वार्षिक वित्त लेखाओं तथा सभा के सामने रखे गए अन्य लेखाओं की, जो समिति ठीक समझे, उन सार्वजनिक उपक्रमों के लेखों को छोड़कर जो सार्वजनिक उपक्रम समिति को नियत किए जाते हैं, जाँच करना है। समिति संघ सरकार के विनियोग लेखाओं पर भारत के नियंत्रक तथा महालेखा परीक्षक के प्रतिवेदनों के अतिरिक्त सरकार के विभिन्न मंत्रालयों/विभागों द्वारा राजस्व प्राप्तियों, व्यय तथा स्वायत्त निकायों के लेखाओं के संबंध में नियंत्रक महालेखा परीक्षक के विभिन्न लेखा परीक्षा प्रतिवेदनों की जाँच करती है।

2. प्राक्कलन समिति: प्राक्कलन समिति का गठन नियम 310 के उपबंधों के अधीन प्राक्कलनों की जाँच हेतु किया जाता है। इसके कृत्य ये हैं– इस संबंध में प्रतिवेदन देना कि प्राक्कलनों से संबंधित नीति से संगत क्या मितव्ययिताएं हैं, संगठन में सुधार, कार्यकुशलता या प्रशासनिक सुधार किए जा सकते हैं; प्रशासन में कार्यकुशलता और मितव्ययिता लाने के लिए वैकल्पिक नीतियों का सुझाव देना; इसकी जाँच करना कि प्राक्कलनों में अंतर्निहित नीतियों की सीमा में रहते हुए धन को ठीक ढंग से लगाया गया है या नहीं; और प्राक्कलन किस रूप में संसद में प्रस्तुत किए जाएंगे, उसका सुझाव देना है।

3. सरकारी उपक्रमों संबंधी समिति: समिति का कार्य लोकसभा के प्रक्रिया तथा कार्य संचालन नियम की चतुर्थ अनुसूची में विनिर्दिष्ट सरकारी उपक्रमों के प्रतिवेदनों और लेखाओं तथा उनके बारे में नियंत्रक-महालेखा परीक्षक के प्रतिवेदनों, यदि कोई हों, तो उन पर विचार करना तथा यह देखना है कि क्या सरकारी उपक्रमों के मामलों का प्रबंध उनकी स्वायत्तता तथा कार्यकुशलता के प्रसंग में, सुदृढ़ व्यापारिक सिद्धांतों और विवेकपूर्ण वाणिज्यिक प्रक्रियाओं के अनुसार किया जा रहा है। इस समिति की स्थापना से पहले इन

सरकारी उपक्रमों के बारे में जो कार्य लोक लेखा समिति और प्राक्कलन समिति द्वारा किए जा रहे थे, वे भी इस समिति को सौंप दिए गए हैं। लेकिन समिति सरकारी उपक्रमों के व्यापारिक तथा वाणिज्यिक कृत्यों से भिन्न मुख्य सरकारी नीति के विषयों, दिन-प्रतिदिन के प्रशासन संबंधी विषयों और ऐसे विषयों जिन पर विचार करने के लिए किसी विशेष संविधि, जिसके अंतर्गत उपक्रम विशेष गठित किया गया है, कार्य व्यवस्था स्थापित है, विचार नहीं करती है।

संसदीय समितियों में अन्य संसदीय समितियों पर विस्तृत विचार न करके विभागों से संबंध स्थायी समितियों पर विचार किया जा रहा है।

विभागों से संबद्ध स्थायी समितियाँ :[9] विभागों से संबद्ध स्थायी समितियों (डी.आर. एस.सी) का गठन लोकसभा के प्रक्रिया और कार्यसंचालन नियमों के नियम 331 (ग) के अंतर्गत किया जाता है। इन समितियों के गठन के साथ ही अगस्त, 1989 में गठित तीन विषय समितियों का अस्तित्व समाप्त हो गया। 17 विभागीय स्थायी समितियों के क्षेत्राधिकार के अंतर्गत निम्न मंत्रालय/विभाग आते हैं–

भाग–1	
1. वाणिज्य संबंधी समिति	(i) वाणिज्य, (ii) वस्त्र
2. गृह कार्य संबंधी समिति	(i) गृह, (ii) विधि और न्याय, (iii) कार्मिक, लोक शिकायत एवं पेंशन
3. मानव संसाधन विकास संबंधी समिति	(i) मानव संसाधन विकास, (ii) स्वास्थ्य एवं परिवार कल्याण
4. उद्योग संबंधी समिति	(i) उद्योग, (ii) इस्पात, (iii) खान
5. विज्ञान और प्रौद्योगिकी, पयविरण और वन संबंधी समिति	(i) विज्ञान और प्रौद्योगिकी, (ii) इलैक्ट्रानिकी, (iii) अंतरिक्ष, (iv) महासागर विकास, (v) जैव प्रौद्योगिकी, (vi) पर्यावरण और (vii) वन
6. परिवहन और पर्यटन संबंधी समिति	(i) नागर विमानन, (ii) भूतल परिवहन, (iii) पर्यटन
भाग–2	
7. कृषि संबंधी समिति	(i) कृषि, (ii) जल संसाधन, (iii) खाद्य प्रसंस्करण
8. संचार संबंधी समिति	(i) सूचना एवं प्रसारण, (ii) संचार
9. रक्षा संबंधी समिति	(i) रक्षा
10. ऊर्जा संबंधी समिति	(i) कोयला, (ii) गैर-पारंपरिक ऊर्जा स्त्रोत, (iii) विद्युत, (iv) परमाणु ऊर्जा
11. विदेश मामलों संबंधी समिति	(i) विदेश
12. वित्त संबंधी समिति	(i) वित्त और कम्पनी कार्य, (ii) योजना, (iii) कार्यक्रम कार्यान्वयन

13. खाद्य, नागरिक पूर्ति और सार्वजनिक वितरण संबंधी समिति	(i) खाद्य, (ii) नागरिक पूर्ति, उपभोक्ता मामले एवं सार्वजनिक वितरण
14. श्रम और कल्याण संबंधी समिति	(i) श्रम, (ii) कल्याण
15. पेट्रोलियम एवं रसायन संबंधी समिति	(i) पेट्रोलियम एवं प्राकृतिक गैस, (ii) रसायन एवं पेट्रो रसायन, (iii) उर्वरक
16. रेल संबंधी समिति	(i) रेल
17. शहरी तथा ग्रामीण विकास संबंधी समिति	(i) शहरी कार्य और रोजगार, (ii) ग्रामीण क्षेत्र और रोजगार

उपर्युक्त भाग-1 और भाग-2 में विनिर्दिष्ट समितियाँ क्रमशः राज्यसभा के सभापति और लोकसभा के अध्यक्ष के निर्देशानुसार काम करती हैं। प्रत्येक समिति में 45 सदस्य होते हैं जिसमें से 30 सदस्य लोकसभा के जिनका नामांकन लोकसभा के अध्यक्ष द्वारा और 15 सदस्य राज्यसभा के होते हैं जिनका नामांकन राज्यसभा के सभापति द्वारा किया जाता है। प्रत्येक समिति में विभिन्न दलों और समूहों को स्थान जहाँ तक संभव हो सके, सदन में क्रमशः उनकी संख्या के अनुपात में दिया जाता है। इन समितियों में उपर्युक्त संख्या में स्थान निर्दलीय और असंबद्ध सदस्यों को भी दिए जाते हैं। भाग-1 में विनिर्दिष्ट प्रत्येक समिति के सभापति की नियुक्ति राज्यसभा के सभापति और भाग-2 विनिर्दिष्ट प्रत्येक समिति के सभापति की नियुक्ति लोकसभा के अध्यक्ष द्वारा समिति के सदस्यों में से की जाती है।

लेकिन किसी भी स्थायी समिति में मनोनीत किए जाने के लिए मंत्री पात्र नहीं हैं और अगर कोई सदस्य किसी भी समिति में नियुक्ति के पश्चात् मंत्री नियुक्त किया जाता है, तो वह मंत्री नियुक्ति किए जाने की तारीख से समिति का सदस्य नहीं रह जाता है। प्रत्येक स्थायी समिति के सदस्यों का कार्यकाल समिति के गठन की तिथि से एक वर्ष होता है। प्रत्येक स्थायी समिति के कार्य इस प्रकार हैं:

(i) संबंधित मंत्रालय/विभाग की अनुदान मांगों पर विचार करना और दोनों सदनों के लिए इस बारे में प्रतिवेदन तैयार करना। प्रतिवेदन में कटौती प्रस्ताव जैसा सुझाव नहीं होगा।

(ii) संबद्ध मंत्रालयों, विभागों से संबंधित उन विधेयकों पर विचार करना, जिन्हें समिति के समक्ष यथास्थिति राज्यसभा के सभापति अथवा लोकसभा के अध्यक्ष द्वारा भेजा जाता है और उन पर प्रतिवेदन तैयार करना।

(iii) मंत्रालयों/विभागों के वार्षिक प्रतिवेदनों पर विचार करना और उन पर रिपोर्ट तैयार करना।

(iv) सदनों में प्रस्तुत राष्ट्रीय मूल दीर्घकालिक नीति प्रलेखों पर विचार करना, अगर समिति को यथास्थिति, राज्यसभा के सभापति अथवा अध्यक्ष लोकसभा द्वारा भेजे जाते हैं और उन प्रतिवेदन तैयार करना।

स्थायी समितियाँ, संबंधी मंत्रालयों/विभागों के दैनिक प्रशासनिक मामलों पर विचार नहीं करती। स्थायी समितियाँ सामान्यतः ऐसे मामलों पर भी विचार नहीं करती जो अन्य संसदीय समितियों के विचारार्थ होते हैं।

2. तदर्थ समितियाँ– ऐसी समितियाँ मोटे तौर पर दो श्रेणियों में रखी जा सकती हैं:

(i) विधेयकों संबंधी प्रवर या संयुक्त समितियां जो विशिष्ट विधेयकों पर विचार करने और प्रतिवेदन देने के लिए नियुक्त की जाती हैं। ये समितियाँ अन्य तदर्थ समितियों से इस कारण भिन्न होती हैं कि इनका संबंध विधेयकों से होता है और इनके द्वारा जिस प्रक्रिया का पालन किया जाता है वह प्रक्रिया नियमों और अध्यक्ष/सभापति द्वारा दिए गए निर्देशों पर निर्धारित है।

(ii) वे समितियाँ जो किसी विशिष्ट मामले की जाँच करने और प्रतिवेदन देने के लिए दोनों सदनों द्वारा इस आशय को स्वीकृत करके या अध्यक्ष/सभापति द्वारा समय पर गठित की जाती हैं। उदाहरणार्थ, लोकसभा द्वारा प्रस्ताव स्वीकृत किए जाने पर एक सदस्य श्री एच. जी. मुद्‌गल के आचरण की जाँच करने के लिए 1951 में एक समिति गठित की गई थी। समय-समय पर नियुक्त रेलवे अभिसमय समिति, लाभ के पदों संबंधी संयुक्त समिति और किसी विशिष्ट प्रयोजन के लिए सदन द्वारा या अध्यक्ष द्वारा या सभापति द्वारा नियुक्त कोई अन्य समिति भी ऐसी समितियों के अन्य उदाहरण हैं।[10]

संसद के मुख्य विशेषाधिकार

संसद के सदनों तथा उनके सदस्यों और समितियों की शक्तियाँ, विशेषाधिकार और उन्मुक्तियाँ भारत के संविधान के अनुच्छेद 105 में दी गई हैं। इस अनुच्छेद में संसद में वाक् स्वातंत्र्य का विशेषाधिकार और सदस्यों को संसद या उसकी किसी समिति में 'उनके द्वारा कही गई बात या दिए गए किसी मत के संबंध में किसी न्यायालय की कार्यवाही' से उन्मुक्ति का उपबंध विशिष्ट रूप से किया गया है। इस अनुच्छेद में यह भी उपबंध किया गया है कि किसी व्यक्ति के विरुद्ध 'संसद के किसी सदन के प्राधिकार द्वारा या उसके अधीन किसी प्रतिवेदन, पत्र, मतों या कार्यवाहियों के प्रकाशन के संबंध में किसी न्यायालय द्वारा कोई कार्यवाही नहीं की जाएगी।' तथापि अन्य बातों में इस अनुच्छेद के मूल रूप से यथा अधिनियमित खंड (3) में उपबंध किया गया था कि 'संसद के प्रत्येक सदन की तथा प्रत्येक सदन के सदस्यों और समितियों की शक्तियां, विशेषाधिकार और उन्मुक्तियां ऐसी होंगी जैसी संसद, समय-समय पर, विधि द्वारा परिभाषित करे तथा जब तक इस प्रकार परिभाषित नहीं की जातीं तब तक वे ही होंगी जो इस संविधान के प्रारंभ अर्थात् 26 जनवरी, 1950 को इंग्लिस्तान की पार्लियामेंट के हाउस ऑफ कामंस तथा उनके सदस्यों और समितियों की है।'[11]

संसद, उनके सदस्यों तथा समितियों के कुछ विशेषाधिकारों को संविधान, कानूनों तथा सभा के प्रक्रिया नियमों में विनिर्दिष्ट किया गया है लेकिन बाकी विशेषाधिकार ब्रिटेन के हाउस ऑफ कामंस के पूर्वोदाहरणों पर और इस देश में विकसित परिपाटियों पर आधारित हैं।

संसद सदस्यों के विशेषाधिकार हैं:[12]

- संसद में वाक्-स्वातंत्र्य है [संविधान का अनुच्छेद 105(1)]

- संसद में या उसकी किसी समिति में किसी सदस्य द्वारा कही गई किसी बात या दिए गए किसी मत के संबंध में उसके विरुद्ध किसी न्यायालय में कार्यवाही किए जाने की उन्मुक्ति है। [संविधान का अनुच्छेद 105(2)]
- किसी व्यक्ति द्वारा संसद के किसी सदन के प्राधिकार द्वारा या उसके अधीन किसी रिपोर्ट, पत्र, मतों या कार्यवाहियों के प्रकाशन के संबंध में उसके विरुद्ध किसी न्यायालय में कार्यवाही किए जाने से उन्मुक्ति है। [संविधान का अनुच्छेद 105(2)]।
- संसद की कार्यवाहियों की जाँच करने के संबंध में न्यायालयों पर रोक है। (संविधान का अनुच्छेद 122);
- सदन के अधिवेशन के दौरान और उसके प्रारंभ होने से 40 दिन पूर्व और उसके समाप्त होने के बाद 40 दिन तक दीवानी मामलों में सदस्यों को गिरफ्तार नहीं किया जा सकता है। (सिविल प्रक्रिया संहिता की धारा 135 क);
- जूरी से सदस्यों के रूप में कार्य करने के दायित्व से सदस्यों को छूट है;
- किसी सदस्य की गिरफ्तारी, नजरबंदी, दोषसिद्धि, कारावास और रिहाई के बारे में तुरंत सूचना प्राप्त करने का सदन को अधिकार है। (लोकसभा के प्रक्रिया तथा कार्य संचालन नियम, छठा संस्करण, नियम 229 और 230);
- अध्यक्ष की अनुमति प्राप्त किए बिना सदन के परिसर में गिरफ्तारी और कानूनी आदेश की तामील पर रोक है। (लोकसभा के प्रक्रिया तथा कार्य संचालन नियम, छठा संस्करण, नियम 232 और 233);
- सदन की किसी गोपनीय बैठक की कार्यवाहियां या फैसले प्रकट करने पर रोक है। (लोकसभा के प्रक्रिया तथा कार्य संचालन नियम, छठा संस्करण, नियम 252);
- सदन के सदस्य या अधिकारी सदन की अनुमति के बिना सदन की कार्यवाहियों के संबंध में किसी न्यायालय में साक्ष्य नहीं देंगे या दस्तावेज पेश नहीं करेंगे (दूसरी लोकसभा की विशेषाधिकार समिति का प्रथम प्रतिवेदन जो लोकसभा द्वारा 13 सितंबर, 1957 को स्वीकृत किया गया);
- सदन के सदस्य या अधिकारी सदन की अनुमति के बिना दूसरे सदन के या उसकी किसी समिति के समक्ष या राज्य विधानमंडल के किसी सदन के या उसकी किसी समिति के समक्ष साक्षियों के रूप में उपस्थित नहीं होंगे और उन्हें संबंधित दोनों की सम्मति के बिना ऐसा करने पर मजबूर नहीं किया जा सकता (दूसरी लोकसभा की विशेषाधिकार समिति का छठा प्रतिवेदन जो लोकसभा द्वारा 17 सितंबर, 1958 को स्वीकृत किया गया);
- सभी संसदीय समितियों द्वारा जांच के प्रयोजन के लिए संगत व्यक्तियों को बुलाने, पत्रों एवं अभिलेखों को मांगने की शक्ति प्राप्त है। किसी संसदीय समिति द्वारा किसी साक्षी को बुलाया जा सकता है और उसे किसी समिति के प्रयोग के लिए अपेक्षित दस्तावेज पेश करने के लिए कहा जा सकता है (लोकसभा के प्रक्रिया तथा कार्य संचालन नियम, छठा संस्करण, नियम 269 और 270);

- किसी संसदीय समिति के समक्ष किसी साक्षी की जांच के समय समिति उसे शपथ दिला सकती है या प्रतिज्ञान करा सकती है (लोकसभा के प्रक्रिया तथा कार्य संचालन नियम, छठा संस्करण, नियम 272);
- किसी संसदीय समिति के समक्ष दिया गया साक्ष्य और उसका प्रतिवेदन तथा कार्यवाहियां किसी के द्वारा तब तक प्रकट या प्रकाशित नहीं की जा सकतीं जब तक कि उन्हें सभा-पटल पर नहीं रख दिया जाता (लोकसभा के प्रक्रिया तथा कार्य संचालन नियम, छठा संस्करण, नियम 275)।

उपरोक्त विशेषाधिकारों और उन्मुक्तियों के अतिरिक्त, प्रत्येक सदन को आनुषंगिक शक्तियां भी प्राप्त हैं जो उसके विशेषाधिकारों और उन्मुक्तियों के संरक्षण के लिए आवश्यक हैं। ये शक्तियाँ हैं[13]

- व्यक्तियों को, चाहे वे सदस्य हों या नहीं हों, विशेषाधिकार भंग करने के कारण या सदन की अवमानना के कारण सुपुर्दगी की शक्ति है;
- साक्षियों को उपस्थित होने के लिए बाध्य करने और पत्र एवं अभिलेख मंगाने की शक्ति है;
- अपनी प्रक्रिया और अपने कार्य के संचालन को स्वयं विनियमित करने की शक्ति है। (संविधान का अनुच्छेद 118);
- अपने वाद विवाद और कार्यवाही-वृत्तांत के प्रकाशन पर रोक लगाने की शक्ति है; (लोकसभा के प्रक्रिया तथा कार्य संचालन नियम, छठा संस्करण, नियम 249); और
- बाहर के व्यक्तियों की सदन में उपस्थिति पर रोक लगाने की शक्ति है; (लोकसभा के प्रक्रिया तथा कार्य संचालन नियम, छठा संस्करण, नियम 248)।

संसद ही अपने विशेषाधिकारों की निर्णायक है: इसके लिए कभी-कभी तथाकथित ''उच्चतम न्यायालय के निर्णय'' का उल्लेख किया जाता है जिसकी रिपोर्ट ए.आई.आर. 1965 उच्चतम न्यायालय 745 में प्रकाशित हुई थी। वास्तव में वह कोई निर्णय नहीं था बल्कि भारत के राष्ट्रपति द्वारा संविधान के अनुच्छेद 143 के अधीन 26 मार्च, 1964 को निर्दिष्ट किए गए विशेष मामले पर उच्चतम न्यायालय की राय थी। वह मामला विशेषाधिकार भंग करने और सदन की अवमानना करने के कारण उत्तर प्रदेश विधान सभा द्वारा श्री केशव सिंह को कारावास का दंड और उनको मुक्त किए जाने के लिए इलाहाबाद उच्च न्यायालय में दायर की गई उनकी रिट याचिका के बारे में था। जिसके कारण अनेक घटनाएं घटीं और राज्य विधानमंडलों और उनके सदस्यों एवं विशेषाधिकारों के संबंध में उच्च न्यायालय और उनके न्यायाधीशों की शक्तियों एवं अधिकार क्षेत्र संबंधी विधि के महत्त्वपूर्ण और जटिल प्रश्न उठ खड़े हुए थे।

भारत में न्यायालयों ने यह बात मानी है कि किसी विशेष मामले में विशेषाधिकार भंग हुआ है या नहीं हुआ है इस प्रश्न का फैसला करने का अधिकार केवल संसद या राज्य विधानमंडल के सदन को है। यह भी निर्णय दिया गया है कि अवमानना करने के कारण दंड देने की सदन की शक्ति वैसी ही है जैसे कि हाउस आफ कामंस की है और उस शक्ति के प्रयोग की छानबीन करने के लिए कोई न्यायालय अक्षम होगा।

विशेषाधिकारों को संहिताबद्ध करना: संविधान के अनुच्छेद 105(3) में निर्धारित है कि संविधान में उल्लिखित विशेषाधिकारों के अलावा, संसद विधि द्वारा अपने विशेषाधिकारों की, समय-समय पर, परिभाषा कर सकती है, परंतु इस उपबंध के अनुसरण में, प्रत्येक सदन की और उसके सदस्यों और समितियों की शक्तियों, विशेषाधिकारों और उन्मुक्तियों की परिभाषा करने के लिए संसद द्वारा अब तक कोई विधि नहीं बनाई गई है। वास्तव में, संसद का एक महत्त्वपूर्ण विशेषाधिकार यह है कि विशेषाधिकारों को संहिताबद्ध न किया जाए। वे वैसे ही अपरिभाषित रहने चाहिए जैसे कि आज हैं और जैसे कि वे सदा रहे हैं।

जहाँ तक इस संवैधानिक उपबंध का, अर्थात "जब तक संसद द्वारा, विधि द्वारा, परिभाषित न किए जाएं" और संसदीय विशेषाधिकारों की परिभाषा करने या उन्हें संहिताबद्ध करने के प्रश्न का संबंध है, इस बारे में मतभेद हैं।

भारतीय संसद में विधि-निर्माण

संसद का महत्त्वपूर्ण कार्य कानून बनाना है। इसके लिए सभी प्रस्ताव विधेयकों के रूप में संसद के सामने आने चाहिए। परंतु विधेयकों की विषय-वस्तु पर जाएं तो सुभाष कश्यप ने अपनी पुस्तक *हमारी संसद* में विधेयकों का वर्गीकरण इस प्रकार किया है–

(i) मूल विधेयक जिनमें नए प्रस्तावों, विचारों और नीतियों संबंधी उपबंध होते हैं;

(ii) संशोधन विधेयक जिनका उद्देश्य वर्तमान अधिनियमों में रूपभेद करना या संशोधन करना होता है;

(iii) समेकन विधेयक जिनका आशय किसी एक विषय पर वर्तमान विधियों को समेकित करना होता है;

(iv) ऐसे विधेयक जिनका उद्देश्य व्ययगत होने वाले अधिनियमों को जारी रखना होता है;

(v) ऐसे विधेयक जो राष्ट्रपति द्वारा जारी किए जाने वाले अध्यादेशों का स्थान लेते हैं; और

(vi) संविधान (संशोधन) विधेयक।

इसके अतिरिक्त, मोटे तौर पर, विधेयकों का वर्गीकरण इस प्रकार भी किया जा सकता है– (i) साधारण विधेयक; (ii) वित्तीय मामलों संबंधी उपबंधों पर आधारित धन विधेयक; और (iii) संविधान संशोधन विधेयक।

लेकिन विधेयकों को मुख्यत: दो प्रकार से देखा जाता है– सरकारी विधेयक और गैर-सरकारी विधेयक। सरकारी विधेयक भी दो प्रकार के होते हैं– धन विधेयक और साधारण विधेयक। इन सरकारी विधेयकों को संबंधित मंत्रियों द्वारा प्रस्तुत किया जाता है। इनमें धन तथा वित्तीय विधेयक के निर्माण की प्रक्रिया साधारण विधेयकों की प्रक्रिया से भिन्न होती है। दूसरी ओर गैर-सरकारी विधेयकों को किसी भी संसद-सदस्य द्वारा प्रस्तुत किया जाता है। प्रत्येक विधेयक साधारण विधेयक है या धन विधेयक इसका अंतिम निर्णय लोकसभा अध्यक्ष द्वारा किया जाता है। साधारणतया आय-व्यय से संबंधित सभी

विधेयक धन-विधेयक कहे जाते हैं। संविधान के अनुच्छेद 110 में धन-विधेयक की परिभाषा दी गई है।

प्रत्येक विधेयक को कानून बनाने से पूर्व प्रत्येक सदन में पांच स्थितियों से गुजरना पड़ता है और इसके तीन वाचन होते हैं। **प्रथम वाचन** में विधेयक को पेश करने के लिए सदन की अनुमति लेना आवश्यक होता है। अनुमति के पश्चात् विधेयक पेश करना एक औपचारिकता होती है और प्रथा के अनुसार इस अवस्था में विधेयक पर चर्चा नहीं की जाती है। एक दिन में कितने भी विधेयक पेश किए जा सकते हैं। जब विधेयक सदन में पेश हो जाता है तो उसे भारत के राजपत्र में प्रकाशित किया जाता है।[14] **द्वितीय वाचन** में विधेयक की विस्तृत एवं बारीकी से जाँच की जाती है। दूसरे या द्वितीय वाचन के दो चरण हैं। प्रथम चरण में समूचे विधेयक पर सामान्य चर्चा होती है। इस चरण में सदन चाहे तो विधेयक को सदन की प्रवर समिति या दोनों सदनों की संयुक्त समिति को निर्दिष्ट कर सकती है या चाहे तो सीधे इस पर विचार कर सकती है।[15] विधेयक पर उपरोक्त समितियों द्वारा गहराई से विचार करने के पश्चात् संशोधित प्रतिवेदन को छाप दिया जाता है। इसके बाद बिल या विधेयक का प्रस्तावक निम्न प्रस्ताव रख सकता है– (i) प्रवर समिति द्वारा रिपोर्ट किए हुए बिल पर विचार किया जाए, (ii) समिति के पास बिल पुनः भेजा जाए या (iii) बिल को जनमत के लिए पुनः प्रसारित किया जाए। यदि मंत्री या प्रस्तावक यह प्रस्ताव पेश करता है कि विधेयक पर, प्रतिवेदित रूप में, विचार किया जाए तो उस पर वाद-विवाद की अनुमति दी जाती है।

द्वितीय चरण में, प्रतिवेदन रूप में विधेयक पर विवाद करने का प्रस्ताव स्वीकृत हो जाने के पश्चात् विधेयक की प्रत्येक धारा पर बहुत सूक्ष्म रूप से सदन में विचार होता हैं। प्रत्येक खंड या धारा चर्चा के लिए अलग से सदन के समक्ष रखा जाता है और प्रत्येक धारा पर मतदान लिया जाता है। जो संशोधन स्वीकृत हो जाते हैं वे विधेयक का अंग बन जाते हैं।

तृतीय वाचन, विधेयक की एक सदन में अंतिम अवस्था होती है। इस अवस्था में शाब्दिक, औपचारिक और आनुषंगिक संशोधन ही पेश किए जा सकते हैं।[16] क्योंकि विधेयक के सामान्य सिद्धांतों पर सहमति हो चुकी होती है और उसकी विस्तारपूर्वक जाँच भी हो चुकी होती है। तत्पश्चात्, मंत्री यह प्रस्ताव कर सकता है कि विधेयक को पास किया जाए।[17]

उपरोक्त तीनों वाचनों की प्रक्रिया से गुजरने के पश्चात् विधेयक को दूसरे सदन अर्थात् राज्यसभा में भेजा जाता है तथा वहाँ पर भी इसी प्रकार की प्रक्रिया से विधेयक को गुजरना पड़ता है। अगर दूसरा सदन विधेयक पर अपनी सहमति नहीं देता या विधेयक को स्वीकृति नहीं मिल पाती है तो राष्ट्रपति दोनों सदनों का एक संयुक्त अधिवेशन बुलाता है तथा दोनों सदनों के बहुमत से विधेयक को पास करवाया जाता है। तत्पश्चात् विधेयक को राष्ट्रपति के पास भेजा जाता है। राष्ट्रपति की मोहर या हस्ताक्षर के पश्चात् बिल एक कानून का रूप ले लेता है।

संसदीय लोकतंत्र के समक्ष चुनौतियां

वर्तमान में हमारे संसदीय लोकतंत्र के समक्ष चुनौती है द्विसदनात्मक व्यवस्थापिका में उच्च सदन की स्थिति तुलनात्मक दृष्टि से काफी निम्न होना। इसका मुख्य आधार राज्यसभा की निर्वाचन प्रक्रिया मानी जा सकती है। जनसंख्यात्मक आधार को स्वीकृत करने के कारण कुछ राज्यों को अनौपचारिक रूप से अति विशिष्ट स्थिति प्राप्त हुई है और कुछ राज्य प्रत्येक आधार पर बहुत पिछड़ गए हैं, जिनका दोष उनकी कम जनसंख्या है।

लोकसभा के एकल सदस्यीय निर्वाचन क्षेत्र भी संसदीय व्यवस्था की चुनौती का एक प्रमुख कारण रहा है। 545 निर्वाचन क्षेत्रों से अधिकतम मत प्राप्त करने वाले प्रत्याशी को जनप्रतिनिधि स्वीकार करना कुछ अव्यावहारिक प्रतीत होता है क्योंकि पिछली लोकसभाओं का मतदान प्रतिशत और विजेता प्रत्याशी दोनों ही किसी सीमा तक निराशाजनक रहे हैं। इसके स्थान पर बहु सदस्यीय निर्वाचन क्षेत्रों की अवधारणा को अपनाते हुए न्यूनतम कोटा तय किया जाना चाहिए ताकि विजेता प्रत्याशी व्यावहारिक तौर पर जनप्रतिनिधित्व की आदर्श परिकल्पना को साकार प्रस्तुत कर सके।

संसदीय लोकतंत्र की असफलता में यदि हम कारक-कारण संबंध स्थापित करने का प्रयत्न करें तो एक कारक राजनीतिक दलों की विकराल गति से बढ़ती संख्या भी है। यह बढ़ती संख्या वर्तमान राजनीतिक अस्थिरता का एक प्रतिबिंब है। इस पर नियंत्रण करने के उद्देश्य से निर्वाचन आयोग राजनीतिक दलों की श्रेणी उनके प्राप्त मत प्रतिशत के आधार पर तय करे और यह प्रतिशत आनुपातिक आधार पर व्यावहारिक होना चाहिए।

आज जिस तरह से हमारे विधायी सदनों में अव्यवस्था एवं असंसदीय कृत्यों के नजारे आए दिन देखने व सुनने को मिलते हैं, उनसे न केवल विधायी सदनों की मर्यादा एवं शालीनता पर प्रश्नचिन्ह लग गया है, बल्कि इनसे आम जनता के मन में भी इन संस्थाओं के प्रति अरुचि बढ़ रही है एवं सम्मान की भावना दिन-प्रतिदिन कम होती जा रही है। विधायी सदनों की बैठकों के दौरान कई सदस्यों द्वारा एक साथ उठकर हंगामा करना, एक-दूसरे के भाषण के दौरान टोका-टाकी करना, पीठासीन अधिकारियों के आदेशों का उल्लंघन करना, उनकी अवमानना करना, उनके ऊपर अनर्गल आरोप लगाना, शोरगुल, नारेबाजी, कार्यवाही का बहिष्कार करने, राज्यपाल, राष्ट्रपति के अभिभाषण के दौरान व्यवधान पैदा करने, कुर्सी फेंकने, एक-दूसरे से हाथापाई करने जैसी असंसदीय एवं शर्मनाक घटनाएं, हमारे संसदीय परिपाटी के अंग के रूप में स्थापित होती जा रही हैं, जिन्होंने हमारे लोकतंत्र के लिए ही खतरा उत्पन्न कर दिया है। इसी दुर्व्यवहार पर 23 सितंबर, 1992 को नई दिल्ली में आयोजित पीठासीन अधिकारी सम्मेलन में सम्मिलित होते हुए तत्कालीन उपराष्ट्रपति श्री के. आर. नारायणन ने कहा था कि 'आसंदी द्वारा दी जाने वाली व्यवस्था प्रायः अनदेखी कर दी जाती है एवं कई बार तो उनकी शारीरिक सुरक्षा के लिए खतरा उत्पन्न हो जाता है।' इसी सम्मेलन में यह चिंता व्यक्त की गई थी कि यदि समय रहते हुए असंसदीय आचरण की इस प्रवृत्ति पर रोक नहीं लगाई गई, तो संसदीय व्यवस्था पर ही प्रश्नचिन्ह लग जाएगा।

अतः आवश्यकता है विधायी सदनों के सदस्यों (सांसदों एवं विधायकों) के लिए आचरण संहिता की। क्योंकि संसद में एवं राज्यों के विधानमंडलों में उनके कामकाज का (उनकी बैठकों) अधिकांश समय, शोर शराबा, हंगामा, नारेबाजी, आरोप-प्रत्यारोप, हाथापाई व अन्य संसदीय तथा अपशिष्ट कृत्यों में ही चला जाता है परिणामस्वरूप समयाभाव के कारण अधिकांश विधेयकों पर न तो गंभीर व सार्थक बहस हो पाती है न ही सामाजिक आवश्यकताओं के अनुरूप विधि-निर्माण हो पाता है। अतः इन संवैधानिक लोकतंत्रीय संस्थाओं को अर्थपूर्ण एवं इनकी मर्यादा को बनाए रखने के लिए यह आवश्यक है कि इन सदस्यों (विधायकों एवं सांसदों) को विधायी कार्य निजी व्यवहार के लिए एक सर्वसम्मत आदर्श आचरण संहिता हो।

संदर्भ

1. बिधौलिया, बैदेही, *भारतीय संसद*, नवराज प्रकाशनः दिल्ली, 2006, पृष्ठ 13.
2. कश्यप, सुभाष, *हमारी संसद*, नेशनल बुक ट्रस्ट ऑफ इंडियाः दिल्ली, 1991, पृष्ठ 19.
3. जौहरी, जे. सी., पुखार, आर. के., *भारतीय शासन एवं राजनीति*, विशाल पब्लिकेशंसः दिल्ली, 1988, पृष्ठ 589.
4. जौहरी, *वही*, पृष्ठ 598-600.
5. कश्यप, *वही*, पृष्ठ 18.
6. जौहरी, *वही*, पृष्ठ 583.
7. Jones, Morris, Parliament in India, pp. 257–258.
8. लोकसभा सदस्यों की निर्देशिका, लोकसभा सचिवालय, नई दिल्ली, 1998, पृष्ठ 127-134.
9. लोकसभा सदस्यों की निर्देशिका, लोकसभा सचिवालय, नई दिल्ली, 1998, पृ. 148-151.
10. कश्यप, सुभाष, *हमारी संसद*, नेशनल बुक ट्रस्ट ऑफ इंडियाः दिल्ली, 1991, पृष्ठ 140.
11. कौल, महेश्वर नाथ, शकधर, श्यामलाल, *संसदीय पद्धति और प्रक्रिया*, लोकसभा सचिवालय, 2002, पृष्ठ 211-223.
12. कश्यप, *वही*, पृष्ठ 181.
13. कश्यप, *वही*, पृष्ठ 183-183.
14. नियम 73 (लोकसभा प्रक्रिया तथा कार्य संचालन नियम)
15. नियम 74 (लोकसभा प्रक्रिया तथा कार्य संचालन नियम)
16. नियम 93(3)
17. नियम 93(1)

- *भारत का संविधान*, भारत सरकार, विधि और न्याय मंत्रालय विधायी विभाग, राजभाषा खंड, 1996
- *भारत 2009*, प्रकाशन विभाग, सूचना और प्रसारण मंत्रलय, भारत सरकार
- *भारतीय संसद*, नौवीं लोकसभा (1989-91) एक अध्ययन, नार्दर्न बुक सेंटरः नई दिल्ली, 1992

- कौल, महेश्वर नाथ शकधर श्याम लाल, अनुवादक धर्मपाल पांडेय, *संसदीय प्रणाली तथा व्यवहार*, मध्य प्रदेश हिन्दी ग्रंथ अकादमी: भोपाल, 1972
- कश्यप, सुभाष *हमारी संसद*, नेशनल बुक ट्रस्ट इंडिया: दिल्ली, 1991
- *लोकसभा की प्रक्रिया तथा कार्य-संचालन संबंधी नियमों के अधीन अध्यक्ष द्वारा दिए गए निर्देश*, चतुर्थ संस्करण, लोकसभा सचिवालय: नई दिल्ली, 1998
- *लोकसभा सदस्यों की निर्देशिका*, लोकसभा सचिवालय: नई दिल्ली, 1998
- गुप्ता, के.के., *संसदीय प्रक्रिया*, प्रिंटवैल, जयपुर, 1997
- कौल, महेश्वर नाथ, शकधर श्यामलाल, अनुवादक गुरदीप चंद मल्होत्रा, *संसदीय पद्धति और प्रक्रिया*, लोकसभा सचिवालय, मेट्रोपोलिटन: दिल्ली, 2002
- *लोकसभा की प्रक्रिया तथा कार्य-संचालन नियम*, लोकसभा सचिवालय: नई दिल्ली, 1998
- दत्त, गणेश, *संसदीय धारा*, प्रिन्टवैल, जयपुर, 1997
- श्रीवास्तव, ललितेश्वर प्रसाद, *संसद और संवाददाता*, विश्वविद्यालय प्रकाशन: वाराणसी, 2000
- वेददान, सुधीर, *भारतीय संविधान और राजनीति*, नेशनल पब्लिशिंग हाउस: दिल्ली, 2008
- जैन, पुखराज, *संसदीय व्यवस्था: पुनर्विचार की आवश्यकता*, साहित्य भवन पब्लिकेशंस: आगरा, 1996
- 'प्रखर', भालचंद्र गोस्वामी, *संसदीय प्रणाली के आयाम*, आर.बी.एस.ए. पब्लिशर्स: जयपुर, 2002
- मल्होत्रा, गुरदीप चंद (संपादक), *भारतीय संसद के पचास वर्ष*, लोकसभा सचिवालय: नई दिल्ली, 2002
- वैदेही, बिधौलिया, *भारतीय संसद*, नवराज प्रकाशन: दिल्ली, 2006
- नाहाणी, प्रकाश नारायण, *भारत का संविधान*, साहित्यगार: जयपुर, 2005
- राठौड़, मधु, *भारतीय राजनीतिक व्यवस्था*, अविष्कार पब्लिशर्स: जयपुर, 2002
- जोशी, आर. पी., आढ़ा, आर. एस., *भारतीय राजनीतिक व्यवस्था: पुनर्रचना के विविध आयाम*, रावत पब्लिकेशंस: जयपुर, 2002
- जौहरी, जे. सी. पुखार, आर. के., *भारतीय शासन और राजनीति*, विशाल पब्लिकेशंस: दिल्ली, 1988
- मिश्र, कृष्णकांत, *राजनीतिक सिद्धांत और शासन*, ग्रंथ शिल्पी: दिल्ली, 2001
- जैन, एस. एन. *भारतीय संविधान और राजनीति*
- पायली, एम. वी., *भारतीय संविधान: एक परिचय*
- सिंघवी, लक्ष्मीमल, *भारतीय राजनीति और राजनैतिक दल: समस्याएँ और संभावनाएँ*
- कश्यप, सुभाष, *संसदीय प्रक्रिया*
- सिंह, आर. एल., शर्मा, सी. पी., *भारतीय शासन व राजनीति*
- शुक्ला, विमला, *भारतीय संविधान में प्रधानमंत्री की भूमिका*
- गोस्वामी, भालचंद्र, *संसदीय लोकतंत्र और उसका विकल्प*
- आसोपा, देवनारायण, *पश्चिमी जर्मनी की राजनीति व प्रशासन*
- सिंघवी, लक्ष्मीमल, *संसदीय और अध्यक्षीय प्रणालियाँ: चुनौतियाँ और विकल्प*

9

भारत का राष्ट्रपति एवं संघीय कार्यपालिका

संविधान निर्माताओं ने भारत में ब्रिटिश व्यवस्था पर आधारित संसदीय प्रणाली को अपनाया कारण डॉ. अंबेडकर के अनुसार 'जहां अध्यक्षात्मक प्रणाली में दैनिक जिम्मेदारी नहीं होती केवल सामयिक जिम्मेदारी होती है वहां संसदीय सरकार में दैनिक और सामयिक दोनों जिम्मेदारी होती है।'[1] भारतीय संविधान में ब्रिटेन के नमूने पर उत्तरदायी मंत्रिमंडलीय शासन पद्धति को स्वीकार किया गया है। ब्रिटेन तथा भारत की संसदीय प्रणाली में कुछ भेद भी हैं जैसे ब्रिटेन के संवैधानिक अध्यक्ष का पद पैतृक होता है, जबकि भारत में राष्ट्रपति का चुनाव अप्रत्यक्ष रूप से किया जाता है। ब्रिटेन में शासन का अध्यक्ष राजा होता है और समस्त शासन उसी के नाम से चलता है। वाल्टर बेजहाट ने इंगलैंड की शासन व्यवस्था को राजा और प्रधानमंत्री में क्रमशः सम्मानित कार्यपालिका तथा सकुशल कार्यपालिका में विभाजित किया है। संसदीय व्यवस्था में दोहरी कार्यपालिका एक प्रमुख विशेषता मानी जाती है। भारतीय संविधान में केंद्र और राज्य दोनों में संसदीय सरकार की स्थापना की गई है।

भारत में केंद्रीय स्तर पर संघीय कार्यपालिका राष्ट्रपति, उपराष्ट्रपति, प्रधानमंत्री, मंत्रिपरिषद् तथा मंत्रिमंडल से मिलकर बनी होती है। संविधान के 74वें अनुच्छेद के अनुसार राष्ट्रपति को परामर्श देने के लिए एक मंत्रिपरिषद् होगी जो उसके कार्यों के संपादन में सहायता करेगी। इस परिषद् का नेतृत्व प्रधानमंत्री करेगा जोकि सामूहिक रूप से लोकसभा के प्रति उत्तरदायी होगा। संसदीय व्यवस्था के कारण वास्तविक कार्यपालिका शक्ति प्रधानमंत्री के नेतृत्व वाली मंत्रिपरिषद् में निहित होती है। राष्ट्रपति कार्यपालिका का मात्र संवैधानिक तथा औपचारिक अध्यक्ष होता है। यद्यपि राष्ट्र का समस्त प्रशासन कार्य राष्ट्रपति के नाम पर संचालित होता है। संविधान के अनुच्छेद 74 (1) के अनुसार प्रधानमंत्री की नियुक्ति राष्ट्रपति द्वारा होती है। प्रधानमंत्री शासन का प्रमुख प्रधान होता है। उसका महत्त्वपूर्ण उत्तरदायित्व नीति निर्धारण और क्रियान्वयन, प्रशासनिक दक्षता, जनता और सरकार के बीच प्रभावशाली संबंध तथा सरकार का संसद के साथ संपर्क बनाए रखना है। प्रधानमंत्री तथा अन्य मंत्रियों के सामूहिक संगठन को मंत्रिपरिषद् कहते हैं। मंत्रिपरिषद् में कैबिनेट मंत्री, राज्यमंत्री (स्वतंत्र प्रभार), राज्यमंत्री, उपमंत्री तथा संसदीय सचिव होते हैं। अनुच्छेद 74 (1) के अनुसार राष्ट्रपति को उसके कार्यों के संपादन में

डॉ. मधु दमानी (राठी), असिस्टेंट प्रोफेसर, देशबंधु कॉलेज(सांध्य), दिल्ली विश्वविद्यालय

सहयोग तथा परामर्श देने हेतु मंत्रिपरिषद् होती हैं।[1] मंत्रिपरिषद् के सभी मंत्रियों की नियुक्ति राष्ट्रपति द्वारा प्रधानमंत्री के परामर्श एवं सिफारिश के उपरांत होती है।[2]

किसी संगठन की क्षमता बढ़ाने में समितियां महत्त्वपूर्ण साधन सिद्ध होती हैं। ब्रिटेन की तरह भारत में भी मंत्रिमंडल समितियों ने अपनी महत्त्वपूर्ण भूमिका अदा की है, जैसे–मंत्रिमंडल के समक्ष प्रस्तुत किसी मामले पर गहन विचार-विमर्श एवं छानबीन, समय की बचत, राजनीतिज्ञों एवं नागरिक सेवकों के मध्य संपर्क, प्रधानमंत्री एवं मंत्रिपरिषद् पर सामूहिक नियंत्रण आदि मंत्रिमंडल समितियों के लाभ हैं।

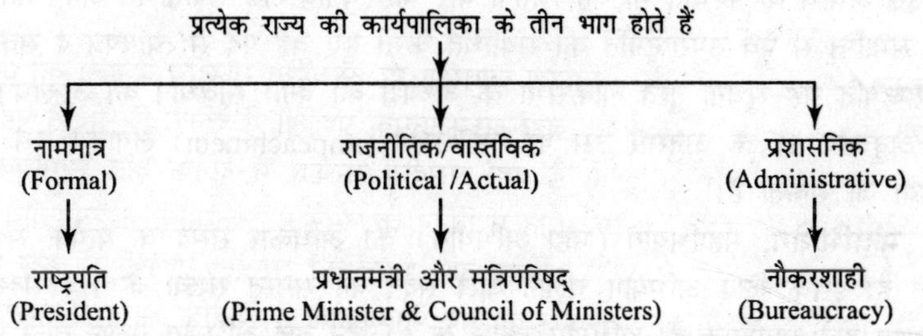

इस प्रकार भारत में मंत्रिमंडल शासन स्थापित किया गया है। इसकी कार्यपालिका में राष्ट्रपति, प्रधानमंत्री, मंत्रिपरिषद को सम्मिलित किया गया है जिसमें राष्ट्रपति राज्य का व प्रधानमंत्री शासन का प्रधान होता है और मंत्रिपरिषद दोनों के कार्यों के संपादन में सहायता प्रदान करती है।

राष्ट्रपति

राष्ट्रपति राज्य की एकता, गौरव एवं प्रतिष्ठा का प्रतीक है और शानशौकत व गौरव की दृष्टि से राष्ट्रपति भारत का प्रथम नागरिक है। राष्ट्रपति भारतीय गणराज्य का सर्वोच्च पद है। संविधान के प्रावधान के अनुसार राष्ट्रपति संघ का शासन चलाने वाला व्यक्ति है। संघ की कार्यपालिका शक्ति राष्ट्रपति में निहित है और वही इस शक्ति का स्रोत है। जिसमें राष्ट्राध्यक्ष इंग्लैंड के सम्राट की भांति कार्यपालिका का नाममात्र संवैधानिक प्रधान होता है और वास्तविक कार्यपालिका शक्तियां प्रधानमंत्री और उसके मंत्रिमंडल के हाथ में होती हैं। उनकी स्थिति वैधानिक अध्यक्ष की है, शासन में राष्ट्रपति का पद एक धुरी के समान है जो संकट के समय संवैधानिक यंत्र को संतुलित करता है। संवैधाानिक प्रधान होने के कारण हमने राष्ट्रपति को वास्तविक शक्तियां नहीं दी हैं, उनके पद को सत्ता और गरिमा से अभिभूत किया गया है।

संविधान की प्रस्तावना में "गणराज्य" (Republic) शब्द का प्रयोग इस अर्थ में किया गया है कि भारतीय संघ का प्रधान "राष्ट्रपति" है, न कि कोई राजा अथवा सम्राट। राष्ट्रपति एक निश्चित अवधि के लिए चुना जाता है। इस दृष्टि से हमारा संविधान इंग्लैंड की अपेक्षा अमेरिका से मिलता प्रतीत होता है। इंग्लैंड एक लोकतंत्रीय देश है, परंतु गणराज्य नहीं क्योंकि वहां आज भी सम्राट का पद कायम है।

राष्ट्रपति पद के लिए योग्यताएं: संविधान के अनुच्छेद 58 के अनुसार निम्नलिखित योग्यताएं रखने वाला व्यक्ति राष्ट्रपति पद के लिए योग्य माना जाता है: वह भारत का नागरिक हो, वह 35 वर्ष की आयु पूरी कर चुका हो, वह लोकसभा का सदस्य निर्वाचित होने की योग्यता रखता हो, वह सरकारी लाभ के पद पर न हो। यदि राष्ट्रपति पद का उम्मीदवार इनमें से किसी पद-राष्ट्रपति, उपराष्ट्रपति, राज्यपाल, केंद्रीय मंत्री अथवा राज्य मंत्री-इन पदों पर आसीन है तो इन पदों को सरकारी लाभ के पद नहीं माना जाएगा।

कार्यकाल: राष्ट्रपति पद ग्रहण करने की तिथि से 5 वर्ष तक अपने पद पर बना रहता है। इस अवधि के पश्चात भी वह जितनी बार चाहे चुनाव लड़ सकता है। अपने कार्यकाल की समाप्ति से पूर्व उपराष्ट्रपति को संबोधित करते हुए वह पद से त्यागपत्र दे सकता है। उपराष्ट्रपति यह सूचना तुरंत लोकसभा के अध्यक्ष को देगा। संविधान का उल्लघंन करने पर अनुच्छेद 61 के अनुसार उस पर महाभियोग (impeachment) लगाकर उसे पद से हटाया जा सकता है।[3]

महाभियोग: महाभियोग (महा अभियोग) का अधिकार संसद के प्रत्येक सदन को प्राप्त है। इसके लिए अभियोग चलाने वाले सदन की समस्त संख्या के 1/4 सदस्यों के हस्ताक्षर होने आवश्यक हैं। अभियोग चलाने के 14 दिन बाद अभियोग चलाने वाले सदन में उस पर विचार किया जाएगा और यदि अभियोग का प्रस्ताव सदन की कुल सदस्य संख्या के 2/3 सदस्यों द्वारा स्वीकृत हो जाए, तो उसके उपरांत प्रस्ताव द्वितीय सदन को भेज दिया जाता है। दूसरा सदन इन अभियोगों की या तो स्वयं जांच करेगा या इस कार्य के लिए एक विशेष समिति नियुक्त करेगा। राष्ट्रपति स्वयं उपस्थित होकर या अपने प्रतिनिधि द्वारा अपना पक्ष प्रस्तुत कर सकता है। यदि इस सदन में राष्ट्रपति के विरुद्ध लगाए गए आरोप सिद्ध हो जाएं और यह सदन भी अपने कुल सदस्यों के कम से कम दो-तिहाई बहुमत से महाभियोग के प्रस्ताव को स्वीकार कर लेता है तो प्रस्ताव स्वीकृत होने की तिथि से राष्ट्रपति पदच्युत समझा जाएगा।[4]

अमेरिका में भी राष्ट्रपति को महाभियोग द्वारा पदच्युत किए जाने का प्रावधान है। लेकिन भारत और अमेरिका में कुछ-कुछ भिन्नता है। भारत में राष्ट्रपति के विरुद्ध महाभियोग ''संविधान के अतिक्रमण'' के लिए लगाया जा सकता है जबकि अमेरिका में ''राजद्रोह'' घूस लेने और ''अन्य अपराध'' करने पर लगाया जा सकता है। अमेरिका में महाभियोग की कार्यवाही का प्रारंभ केवल निम्न सदन में ही संभव है जबकि भारत में संसद के किसी भी सदन में महाभियोग की कार्यवाही प्रारंभ हो सकती है।

कार्यवाहक राष्ट्रपति के कार्यों का निर्वहन

उपराष्ट्रपति, राष्ट्रपति का पद निम्नलिखित परिस्थितियों में ग्रहण कर सकता है–

(i) पांच वर्ष का कार्यकाल समाप्त होने पर; (ii) राष्ट्रपति की मृत्यु होने पर; (iii) महाभियोग द्वारा हटाए जाने पर; (iv) राष्ट्रपति द्वारा स्वयं पद त्यागने पर; (v) राष्ट्रपति के रूप में निर्वाचन को अवैध घोषित किए जाने पर।

उपराष्ट्रपति के द्वारा राष्ट्रपति पद के कार्यों के निर्वहन के समय यदि मृत्यु हो जाए या अन्य किसी कारण से उन्हें अपने पद से हटना पड़े तो सर्वोच्च न्यायालय के मुख्य न्यायाधीश राष्ट्रपति पद का कार्यभार संभालेंगे। राष्ट्रपति का पद रिक्त हो जाने पर जितना शीघ्र संभव हो और अधिक से अधिक 6 महीने के भीतर राष्ट्रपति का चुनाव हो जाना चाहिए। 3 मई 1969 को राष्ट्रपति डॉ. जाकिर हुसैन की मृत्यु के बाद उपराष्ट्रपति वी. वी. गिरि ने तथा 11 फरवरी 1977 को फखरुद्दीन अली अहमद की मृत्यु के बाद उपराष्ट्रपति बी. डी. जत्ती ने राष्ट्रपति का पद भार संभाला था। नया राष्ट्रपति पूरे पांच वर्षों तक अपने पद पर कार्यरत रहता है।

भारत के राष्ट्रपति

क्र. नाम	कार्यकाल
1. डॉ. राजेंद्र प्रसाद	26 जनवरी, 1950 से 13 मई, 1962
2. डॉ. सर्वपल्ली राधाकृष्णन	13 मई, 1962 से 13 मई, 1967
3. डॉ. जाकिर हुसैन	13 मई, 1967 से 3 मई, 1969
4. श्री वी. वी गिरि	3 मई, 1969 से 20 जुलाई, 1969 (कार्यवाहक)
5. न्यायमूर्ति एम. हिदायतुल्ला	20 जुलाई, 1969 से 24 अगस्त, 1969 (कार्यवाहक)
6. श्री वी. वी गिरि	24 अगस्त, 1969 से 24 अगस्त 1974
7. फखरुद्दीन अली अहमद	24 अगस्त, 1974 से 11 फरवरी 1977
8. श्री बी. डी. जत्ती	11 फरवरी, 1977 से 25 जुलाई, 1977 (कार्यवाहक)
9. श्री नीलम संजीव रेड्डी	25 जुलाई 1977 से 25 जुलाई, 1982
10. श्री ज्ञानी ज़ैल सिंह	25 जुलाई, 1982 से 25 जुलाई, 1987
11. श्री आर. वेंकटरमण	25 जुलाई, 1987 से 25 जुलाई, 1992
12. डॉ. शंकरदयाल शर्मा	25 जुलाई, 1992 से 25 जुलाई, 1997
13. डॉ. के. आर. नारायणन	25 जुलाई, 1997 से 25 जुलाई, 2002
14. डॉ. ए. पी. जे. अब्दुल कलाम	25 जुलाई, 2002 से 25 जुलाई, 2007
15. श्री प्रतिभा पाटिल	25 जुलाई, 2007 से अब तक

Courtesy: External link the President of India (Official site)

वेतन, भत्ते तथा उन्मुक्तियां

राष्ट्रपति को संविधान निर्माण के समय 10 हजार रुपये मासिक मिलता था। 1998 से 50 हजार रुपये मासिक किया गया और 11 सितंबर 2008 को 1.5 लाख रुपये मासिक निर्धारित किया गया।[5] राष्ट्रपति को वे सभी भत्ते व विशेषाधिकार प्राप्त हैं जो समय-समय पर संसद निर्धारित करती है। कार्यकाल के दौरान राष्ट्रपति के वेतन व भत्ते कम नहीं किए जा सकते। राष्ट्रपति बिना किराया दिए सरकारी भव्य निवासस्थान का उपयोग करता है।

अवकाश ग्रहण कर लेने के पश्चात्, पूर्व राष्ट्रपति को 25 हजार रुपये मासिक पेंशन दी जाती है। पूर्व राष्ट्रपति को पेंशन राशि के अलावा सरकारी खर्चे पर भ्रमण एवं ऑफिस

चलाने के लिए सचिवालय जैसी सुविधाएं भी दी जाती हैं। देश के किसी भी न्यायालय में राष्ट्रपति पर मुकदमा नहीं चलाया जा सकेगा। अपने पद के कर्तव्यों एवं शक्तियों का प्रयोग करते हुए उसके संबंध में उस पर कोई मुकदमा नहीं चलाया जा सकता। उसके विरुद्ध कोई भी कार्यवाही दो माह का नोटिस देकर ही की जा सकती है।

राष्ट्रपति के निर्वाचन की पद्धति

भारत के राष्ट्रपति का निर्वाचन अप्रत्यक्ष रूप से आनुपातिक प्रतिनिधित्व प्रणाली की 'एकल संक्रमणीय मत पद्धति' द्वारा गुप्त मतदान द्वारा होता है। राष्ट्रपति का चुनाव सीधे जनता नहीं करती, अपितु एक निर्वाचक मंडल द्वारा संपादित होता है, इस निर्वाचक मंडल में अनुच्छेद 54 के अनुसार संसद के दोनों सदनों के निर्वाचित सदस्य तथा राज्यों के विधानसभाओं के निर्वाचित सदस्य सम्मिलित होते हैं, इसमें मनोनीत सदस्य तथा राज्यों की विधान परिषद् और केंद्रशासित प्रदेशों की विधानसभाएं सम्मिलित नहीं होती हैं। राज्यविधान सभा के प्रत्येक सदस्य के मत के मूल्य को निर्धारित करने के लिए निम्न सूत्र (फार्मूला) काम में अपनाया जाता है।[6]

1. किसी राज्य की विधान सभा के प्रत्येक सदस्य के उतने मत होंगे जितने कि 1000 के गुणित इस भागफल में हों जो राज्य की जनसंख्या के उस सभा के निर्वाचित सदस्यों की संपूर्ण संख्या से भाग देने से आए। जैसे–

$$\frac{\text{राज्य की कुल जनसंख्या}}{\text{राज्य-विधानसभा के निर्वाचित सदस्यों की कुल संख्या}} \times 1000$$

$$= \text{उस राज्य के प्रत्येक निर्वाचक के मतों की संख्या}$$

एक हजार के उक्त गुणितों को गिनने के बाद यदि शेष 500 से कम न हो, तो प्रत्येक सदस्य के मतों की संख्या में एक और जोड़ दिया जाएगा।

इस सूत्र के द्वारा विधानसभा सदस्यों के मतों की गिनती करने की बजाय मतों को तोलने की कोशिश की गई है। अर्थात् अधिक आबादी वाले राज्य के प्रत्येक सदस्य को अधिक मत मिलेंगे और कम जनसंख्या वाले राज्य के सदस्य को कम मत मिलेंगे क्योंकि बड़े राज्य का प्रत्येक सदस्य छोटे राज्य की अपेक्षा अधिक लोगों का प्रतिनिधित्व करता है।

2. इस प्रकार जब समस्त राज्यों के मतों की संख्या प्राप्त हो जाए, तो उन सबके योग को संसद के दोनों सदनों के निर्वाचित सदस्यों की कुल संख्या से भाग देने पर जो संख्या प्राप्त होगी वह संसद के प्रत्येक सदस्य की मत-संख्या होगी। अपूर्ण संख्या, जो आधे से अधिक है, एक मानी जाएगी और उससे कम छोड़ दी जाएगी। जैसे–

$$\frac{\text{समस्त राज्यों की विधानसभाओं के कुल सदस्यों के प्राप्त मतों की संख्याओं का योग}}{\text{संसद के दोनों सदनों के निर्वाचित सदस्यों की कुल संख्या}}$$

$$= \text{संसद के प्रत्येक सदन के प्रत्येक निर्वाचित सदस्य के मतों की संख्या}$$

मतों की गणना के संबंध में उपर्युक्त सूत्र और प्रक्रिया को इस उद्देश्य से अपनाया गया है कि लोकसभा तथा राज्यसभा के प्रत्येक सदस्य के राष्ट्रपति के चुनाव में मत का मूल्य निकालने के लिए दोनों सदनों के निर्वाचित सदस्यों की कुल संख्या में विधानसभाओं के समस्त वोटों को बांट दिया जाता है।

मतदान प्रक्रिया एवं गणना: चुनाव मत-पत्र पर एक ओर उम्मीदवारों के नाम तथा उसके राजनीतिक दलों के चुनाव चिह्न (यदि हैं तो) अंकित होते हैं, मतदाता को अपनी प्राथमिकताएं उन नामों के आगे 1, 2, 3, 4 अंकित करनी होती हैं।

मतगणना के प्रथम चक्र में उम्मीदवारों को मिली केवल पहली प्राथमिकता को ही गिना जाता है। यदि इस प्रथम चक्र में ही किसी उम्मीदवार को निर्धारित कोटा से अधिक मत मिल जाते हैं तो उसे विजयी घोषित कर दिया जाता है, यदि प्रथम चक्र में किसी भी उम्मीदवार को निर्धारित कोटा प्राप्त नहीं होता तो मतगणना का दूसरा चक्र चलाया जाता है, जिसमें उम्मीदवारों को मिली द्वितीय प्राथमिकता को गिना जाता है। ऐसे अवसर पर यदि किसी उम्मीदवार को मिले मत बहुत कम होते हैं और यह लगता है कि यदि उसके विजयी होने के अवसर नगण्य हैं तो उसके मतों को अन्य उम्मीदवारों के लिए संक्रमण अर्थात् हस्तांतरित कर दिया जाता है। यदि इस चरण में कोई उम्मीदवार निर्धारित कोटा पूरा कर लेता है तो उसे विजयी घोषित कर दिया जाता है। यह मतगणना तथा हस्तांतरण का दौर उस समय तक चलता रहता है। जब तक कि कोई उम्मीदवार विजयी घोषित होने के लिए निर्धारित मत प्राप्त करता है; अंत में यदि दो ही प्रत्याशी शेष रह जाते हैं तो बहुमत के आधार पर प्रत्याशी को निर्वाचित घोषित कर दिया जाता है। उस समय ''कोटा'' का प्रश्न समाप्त हो जाता है, क्योंकि सभी मतदाता सभी प्रत्याशियों के क्रम को मतपत्र पर अंकित नहीं करते और कुछ केवल प्रथम वरीयता ही अंकित करते हैं, अत: यदि उस समय भी ''कोटा'' का प्रश्न उपस्थित हो तो संभव है कि किसी को भी निर्धारित 'कोटा' की पूर्ति करना संभव न हो।[7]

राष्ट्रपति के अभी तक के निर्वाचनों में केवल एक बार ही दूसरी प्राथमिकताओं को गिनने की आवश्यकता पड़ी है। पांचवें निर्वाचन में किसी भी उम्मीदवार को प्रथम चक्र मतगणना में निर्धारित कोटा प्राप्त नहीं हुआ, अत: उम्मीदवारों को मिली द्वितीय प्राथमिकताओं की गणना की गई तथा उसमें श्री वी. वी. गिरि विजयी घोषित किए गए।

राष्ट्रपति का निर्वाचन चुनाव आयोग द्वारा संपन्न किया जाता है तथा इससे संबंधित सभी विवाद केवल सर्वोच्च न्यायालय के अधीन हैं। सर्वप्रथम 1967 में डॉ. जाकिर हुसैन के चुनाव को सर्वोच्च न्यायालय में बाबूराव पटेल तथा अन्य 12 जनसंघ के सांसदों ने तथा एक और पिटीशन, स्वतंत्र उम्मीदवार बम्बुरकरर ने चुनाव प्रचार में अनुचित तरीके अपनाने तथा अन्य उम्मीदवारों के नामांकन निरस्त करने के आधार पर, दायर कर चुनौती दी थी। सर्वोच्च न्यायालय ने दोनों पिटीशनों को रद्द कर दिया। श्री वी. वी. गिरि के चुनाव को भी सादिक अली ने सर्वोच्च न्यायालय में चुनौती दी थी, जिसे सर्वोच्च न्यायालय ने स्वीकार नहीं किया।

राष्ट्रपति का चुनाव तथा राजनीति: राष्ट्रपति पद के लिए उम्मीदवार होना व्यक्तिगत कार्य हो सकता है। लेकिन चुनाव जीतना व्यक्तिगत न होकर राजनीतिक है। विभिन्न राजनीतिक दल अपने उम्मीदवार खड़े कर सकते हैं तथा कभी-कभी कई

राजनीतिक दल संयुक्त रूप से अपना उम्मीदवार खड़ा करते हैं। राष्ट्रपति का चुनाव वही व्यक्ति जीतता है जिसके राजनीतिक दल के संसद में तथा राज्यों की विधानसभाओं में अधिक सदस्य होते हैं। लोकसभा में किसका बहुमत है तथा कौन व्यक्ति प्रधानमंत्री है इसका भी प्रभाव चुनाव परिणाम पर पड़ता है।[8]

अप्रत्यक्ष निर्वाचन के पक्ष में तर्क:

1. समय, धन और श्रम की बचत: भारत एक बहुत बड़ा प्रायद्वीप है जहां करोड़ों वयस्क मतदाता निवास करते हैं। ऐसे में जनता द्वारा प्रत्यक्ष रूप से राष्ट्रपति का निर्वाचन करना कष्टदायक होगा और प्रत्येक पांच वर्ष बाद प्रत्यक्ष चुनाव करवाने पर बहुत व्यापक पैमाने पर निर्वाचन तैयारी की आवश्यकता पड़ती। लेकिन राष्ट्रपति को जब केवल औपचारिक प्रधानमात्र ही बनाना है तो इतना समय, धन और श्रम क्यों व्यर्थ किया जाए। *के. संस्थानम्* के अनुसार 'राष्ट्रपति को औपचारिक प्रधान बनाना है तो फिर उसको प्रत्यक्ष रीति से निर्वाचित करना व्यर्थ का परिश्रम होगा।'[9]

2. राष्ट्रपति का मंत्रिमंडल और संसद से टकराव टालना: संविधान द्वारा संसदीय शासन प्रणाली की व्यवस्था की गई है, जिसमें वास्तविक शक्ति मंत्रिमंडल और विधानमंडल में निवास करती है, जिन्हें सर्वसाधारण द्वारा प्रत्यक्ष रूप से निर्वाचित किया जाता है। ऐसी व्यवस्था में राष्ट्रपति को भी प्रत्यक्ष विधि से चुनना असंगत होता। राष्ट्रपति यह कहकर मंत्रिमंडल और संसद का विरोध कर सकता है कि उसे भी शासन सत्ता सीधे सर्वसाधारण द्वारा प्राप्त हुई है और वह शक्ति का दूसरा केंद्र बन जाएगा।

3. एक तटस्थ व्यक्ति का चयन: यदि राष्ट्रपति का चुनाव प्रत्यक्ष विधि से होता तो उससे दलीय प्रतिद्वंद्विता बढ़ जाती है। उस स्थिति में राष्ट्रपति किसी एक दल का प्रतीक बन जाता या कई दलों के संगठन का एक हिमायती होता। ऐसे में राष्ट्रपति समस्त देश के प्रतीक के रूप में मध्यस्थ और तटस्थ रह कर कार्य नहीं कर पाता। लोकप्रिय राष्ट्रपति का सत्तारूढ़ दल से विरोध होने पर वह स्थिति का अनुचित लाभ उठाकर राष्ट्र का नायक बनने का प्रयत्न भी कर सकता है। सरकार के लिए सिर दर्द हो सकता है और उसके तटस्थ रहने की संभावना नगण्य होगी।

राष्ट्रपति की शक्तियां एवं कार्य

विधिशास्त्रियों के अनुसार भारतीय राष्ट्रपति सर्वशक्तिमान है जबकि राजनीतिशास्त्रियों का यह तर्क है कि केवल वह संवैधानिक औपचारिक अध्यक्ष है जोकि शक्ति का नहीं बल्कि प्रभाव का प्रयोग करता है। भारत के राष्ट्रपति को संविधान के प्रावधानों के अनुसार दो प्रकार की शक्तियां प्राप्त है:

1. साधारण परिस्थितियों में प्रयुक्त शांतिकालीन शक्तियां

1. कार्यपालिका शक्तियाँ

अनुच्छेद (53) के अनुसार संघ की कार्यपालिका शक्ति राष्ट्रपति में निहित है। भारत

सरकार के कार्यपालिका संबंधी कार्य राष्ट्रपति के नाम से संपादित किए जाएंगे (अनुच्छेद 77)। प्रधानमंत्री जोकि मंत्रिमंडल का अध्यक्ष है, राष्ट्रपति को कार्यपालिका शक्तियों के उपयोग में लाने के लिए सलाह देगा (अनुच्छेद 74)। प्रधानमंत्री का यह कर्त्तव्य है कि वह राष्ट्रपति को मंत्रिमंडल के संघ प्रशासन एवं व्यवस्थापन संबंधी प्रस्ताव की सूचना दे (अनुच्छेद 78)।

इस प्रकार भारत का राष्ट्रपति संघीय कार्यपालिका का प्रमुख है। संविधान के द्वारा संपूर्ण कार्यपालिका शक्तियां उसे सौंपी गई हैं। इन समस्त विषयों पर संसद को कानून बनाने का अधिकार है, उनसे संबंधित कार्यपालिका के अधिकार राष्ट्रपति में निहित हैं।[10]

राष्ट्रपति की शक्तियां एवं कार्य

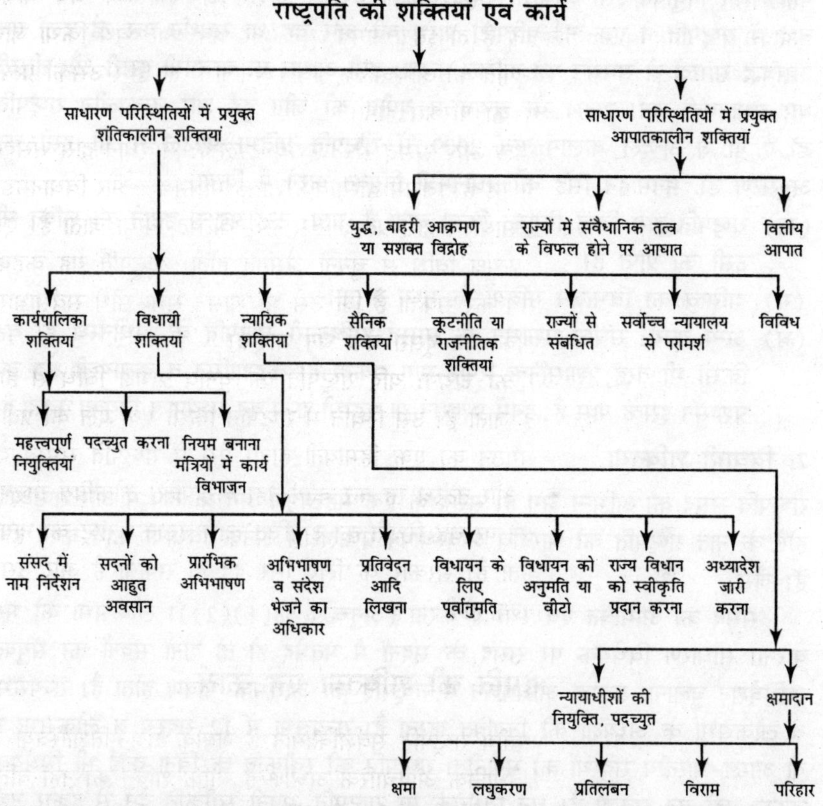

Courtesy: External link the President of India (Official site)

(क) राष्ट्रपति द्वारा महत्त्वपूर्ण पदों पर नियुक्तियां: प्रधानमंत्री; प्रधानमंत्री की सलाह पर अन्य मंत्रियों की; संघ के महान्यायवादी; नियंत्रक एवं महालेखा परीक्षक; सर्वोच्च व उच्च न्यायालय के न्यायाधीशों की; संघीय लोक सेवा आयोग के अध्यक्ष व अंतर्राज्यीय लोक सेवा आयोग के अध्यक्ष सदस्यों की; राज्य के राज्यपाल की; वित्त आयोग; जलविवाद अन्वेषण आयोग; मुख्य निर्वाचन आयुक्त व निर्वाचन आयोग के अन्य सदस्यों की; एस.टी.

व एस.सी. के लिए विशेषाधिकारी की; अनुसूचित क्षेत्रों के प्रशासन व आयोग की; ओ.बी.सी. के आयोग की; राजभाषा आयोग; भाषायी आयोग; और अल्पसंख्यक आयोग की नियुक्ति करता है।

स्वविवेक की शक्ति: यदि लोकसभा में किसी दल का स्पष्ट बहुमत है तो राष्ट्रपति द्वारा प्रधानमंत्री की नियुक्ति में विशेष भूमिका नहीं रह जाती है। ऐसी स्थिति में बहुमत दल के नेता को राष्ट्रपति द्वारा प्रधानमंत्री पद के लिए आमंत्रित किया जाता है। किसी भी दल का स्पष्ट बहुमत न होने पर राष्ट्रपति स्वविवेक से काम लेता है, अपने स्वविवेक से प्रधानमंत्री की नियुक्ति करता है। श्री अटल बिहारी वाजपेयी की प्रधानमंत्री के पद पर पहली बार नियुक्ति इसी आधार पर हुई, यद्यपि सरकार केवल 13 दिनों तक चल सकी। बाद में राष्ट्रपति ने एक नई परिपाटी प्रारंभ की और वह था समर्थन कर रहे दलों एवं असंबद्ध सांसदों से समर्थन पत्र हासिल करना। इसी आधार पर वाजपेयी दूसरी और तीसरी बार प्रधानमंत्री बने। 2004 के चुनाव में यूपीए की जीत हुई और तत्कालीन राष्ट्रपति डॉ. ए. पी. जे. अब्दुल कलाम एवं 2009 में राष्ट्रपति प्रतिभा पाटिल ने भी इसी का अनुसरण डॉ. मनमोहन सिंह को प्रधानमंत्री नियुक्त करने में किया।

(ख) राष्ट्रपति द्वारा जिन्हें नियुक्त किया जाता है, प्राय: उन्हें पद से हटाने की शक्ति भी उसी को प्राप्त है।

(ग) दायित्व का विभाजन मंत्रियों के मध्य करना।

(घ) अन्य कार्य: संघीय प्रशासन के समस्त अधिकारी राष्ट्रपति के अधीनस्थ हैं। वह किसी भी तरह प्रशासनिक रिपोर्ट मांग सकता है। केंद्रशासित व कबायली क्षेत्र का प्रशासन इसके पास है, इनमें प्रशासन या पड़ोसी राज्य का राज्यपाल नियुक्त करता है।

2. विधायी शक्तियां

राष्ट्रपति संसद का अभिन्न अंग है। संसद के एक महत्त्वपूर्ण अंग के रूप में और राष्ट्राध्यक्ष होने के नाते राष्ट्रपति को भारतीय व्यवस्थापन प्रणाली में अनेक विधायी कार्य करने होते हैं। जैसे–

संसद को आमंत्रित एवं स्थगित करना (अनुच्छेद 58(1)(2))। लोकसभा को भंग करना। साधारण विधेयक पर ससंद के सदनों में मतभेद हो तो दोनों सदनों का संयुक्त अधिवेशन बुलाना। प्रत्येक अधिवेशन में राष्ट्रपति का आरंभिक भाषण होता है। राज्यसभा व लोकसभा के अध्यक्षों की नियुक्ति करता है। राज्यसभा में 12 सदस्य व लोकसभा में दो आंग्ल-भारतीय सदस्यों को मनोनीत। राष्ट्रपति की स्वीकृति के बिना कोई भी विधेयक कानून नहीं बन सकता है। धन विधेयक पर राष्ट्रपति अपनी स्वीकृति देने से इंकार नहीं कर सकता। किंतु साधारण विधेयकों को पुनर्विचार हेतु संसद में लौटा सकता है। यदि संसद बहुमत से दोबारा पास कर दे तो राष्ट्रपति को स्वीकृति देनी ही पड़ती है।

जेबी वीटो: संविधान द्वारा राष्ट्रपति को किसी विधेयक को अनुमति देने या इनकार करने या उसे वापस लौटाने के संबंध में कोई समय सीमा निर्धारित नहीं है। यह कहता है कि यदि राष्ट्रपति विधेयक को लौटाना चाहता है तो वह विधेयक को उसे प्रस्तुत किए जाने के बाद यथाशीघ्र लौटा देगा (अनुच्छेद 111)।

समय सीमा के अभाव में भारत का राष्ट्रपति जेबी वीटो (पॉकेट वीटो) का इस्तेमाल कर सकता है। उसके लिए उसे केवल यही करना होगा कि वह विधेयक को मेज पर पड़े रहने दे। उदाहरण के लिए, 1986 में संसद ने ''भारतीय डाकघर (संशोधन) विधेयक'' पारित किया था। इसके कुछ प्रावधान प्रेस स्वतंत्रता के विरुद्ध होने के कारण कटु आलोचना हुई थी। राष्ट्रपति ज्ञानी जैल सिंह ने इसे न तो अनुमति दी और न ही अनुमति देने से इनकार ही किया। अभी तक वह विधेयक राष्ट्रपति की जेब में ही है।

अध्यादेश जारी करना: यह व्यवस्थापन के क्षेत्र में एक अत्यंत ही व्यापक शक्ति है जो कि 1935 के अधिनियम की देन है, ऐसी स्वच्छंद सत्ता संसार में किसी भी राष्ट्राध्यक्ष को प्राप्त नहीं है। अमेरिका की कार्यपालिका में शक्ति पृथक्करण होने के कारण इसका प्रश्न नहीं उठता है।

अध्यादेश को न्यायालय में चुनौती नहीं दी जा सकती है। अनुच्छेद 123 के अनुसार 'जब संसद का अधिवेशन न हो रहा है, राष्ट्रपति अध्यादेश जारी कर सकता है। यह संसद के कानून के समान ही प्रभावशाली होगा। परंतु ये अध्यादेश संसद का अगला अधिवेशन आरंभ होने के 6 सप्ताह पश्चात् समाप्त समझा जाएगा। यदि संसद चाहे तो इस अवधि से पूर्व भी इसको समाप्त कर सकती है।' ए. बी. लाल के अनुसार 'किसी भी देश में जहां लिखित संविधान तथा संसदीय शासन है राज्याध्यक्ष को इतनी अधिक विस्तृत विधायी शक्ति प्राप्त नहीं हैं।'[11]

3. वित्तीय शक्तियां

प्रत्येक वित्त-वर्ष के शुरू होने से पहले संसद के पटल पर वार्षिक वित्तीय विवरण तथा पूरक बजट पेश किया जाना राष्ट्रपति के अधिकार की बात है अर्थात् राष्ट्रपति के नाम से ही प्रतिवर्ष बजट वित्त मंत्री द्वारा संसद में पेश किया जाता है। कोई भी धन विधेयक राष्ट्रपति की अनुमति के बिना लोकसभा में प्रस्तुत नहीं किया जा सकता। राष्ट्रपति प्रतिवर्ष लेखा परीक्षक की रिपोर्ट प्रस्तुत करता है। राष्ट्रपति समय-समय पर वित्तीय आयोग की नियुक्ति करता है जो संघ या राज्यों के बीच करों के संबंध में उसे परामर्श देता है और वित्त आयोग की सिफारिशें वह संसद के समक्ष रखवाता है। भारत की आकस्मिक निधि पर उसका पूर्ण नियंत्रण होता है। वह संसद की स्वीकृति के बिना इसमें से अचानक पड़ने वाले खर्चों के लिए धन सरकार को दे सकता है। वह संसद से पूरक, अतिरिक्त व अपवादभूत अनुदानों की मांग कर सकता है। राष्ट्रपति कुछ राज्यों को केंद्रीय अनुदान दिलाने के लिए आज्ञा जारी कर सकता है। करों से होने वाली आय के वितरण का निर्धारण करता है।

4. न्यायिक शक्तियां

संविधान के अनुच्छेद 124 तथा 217 के अंतर्गत सर्वोच्च न्यायालय और उच्च न्यायालयों के मुख्य न्यायाधीशों और अन्य न्यायाधीशों की नियुक्ति और पदच्युति राष्ट्रपति द्वारा की जाती है। इनकी नियुक्ति के संबंध में *नियमों का निर्धारण* भी राष्ट्रपति द्वारा किया जाता है। अनुच्छेद 72 के अनुसार राष्ट्रपति को *क्षमादान* का अधिकार दिया गया है। वे दंड को (i) पूर्ण रूप से क्षमा कर सकते हैं, (ii) स्थगित कर सकते हैं अथवा (iii) दंड में परिवर्तन कर सकते

हैं। इस अधिकार का प्रयोग केवल तीन प्रकार के दंडों में कर सकते हैं–पहला यदि दंड किसी सैनिक न्यायालय ने दिया हो, दूसरा, यदि दंड केंद्रीय कार्यपालिका के क्षेत्राधिकार के मामलों के अंतर्गत आता हो और तीसरा, यदि अपराधी को मृत्युदंड दिया गया हो।

व्यवहार में राष्ट्रपति इन अधिकारों का प्रयोग मंत्रिमंडल के परामर्श से ही करेगा। एम. वी. पायली के अनुसार 'दंड प्राप्त व्यक्तियों को क्षमादान करना राष्ट्रपति की न्यायिक शक्ति नहीं है। यह कार्यपालिका का विशेष अधिकार है। इसलिए इसे कार्यपालिका शक्ति ही मानना चाहिए।'[12] अनुच्छेद 143 के अनुसार सार्वजनिक महत्त्व के किसी भी प्रश्न पर राष्ट्रपति सर्वोच्च न्यायालय से परामर्श ले सकते हैं।

5. सैनिक शक्तियां

तीनों सेनाओं की सर्वोच्च कमान राष्ट्रपति में निहित है परंतु वे इस शक्ति का प्रयोग विधि के अनुसार ही कर सकेंगे। इस अधिकार के अंतर्गत–युद्ध और शांति की घोषणा करने का अधिकार, रक्षा बलों को अभिनियोजित करने का अधिकार शामिल है।

लेकिन निम्नलिखित अधिकारों को संसद द्वारा विधि बनाकर विनियमित या नियंत्रित किया जा सकता है जैसे–भर्ती, प्रशिक्षण तथा अनुरक्षण को राष्ट्रपति बिना संसद की मंजूरी के नहीं कर सकता।

6. कूटनीति या राजनीतिक शक्तियां

राष्ट्रपति विदेशों में देश का प्रतिनिधित्व करते हैं। वे राजदूतों, राजनयिक प्रतिनिधियों तथा वाणिज्य दूतों की नियुक्ति करते हैं। विदेशी राजदूत और अन्य प्रतिनिधियां का स्वागत करते हैं। विदेशों से संधियों और अंतर्राष्ट्रीय समझौते आदि राष्ट्रपति के नाम से किए जाते हैं। व्यवहार में ये तभी लागू होते हैं जब इन पर संसद की स्वीकृति मिल जाती है।

7. राज्यों के संबंध में शक्तियां

डॉ. महादेव प्रसाद शर्मा के अनुसार, 'राज्य के विशेष प्रकार के विधेयकों की अनुमति देने की राष्ट्रपति की शक्ति वास्तविक तथा अबाध है।' राष्ट्रपति राज्य के राज्यपाल व न्यायाधीशों की नियुक्ति करता है। राज्यों को अधिनियम बनाने के लिए स्वीकृति आवश्यक है, जैसे–राज्य द्वारा संपत्ति प्राप्त करने हेतु अधिनियम, किसी राज्य के अंदर या दूसरे राज्यों के साथ व्यापार, आदि पर प्रतिबंध लगाने वाले विधेयकों को राज्य की विधानसभा में प्रस्तुति से पूर्व राष्ट्रपति की स्वीकृति आवश्यक है।

इस प्रकार भारत के राष्ट्रपति को शांतिकाल में विस्तृत शक्तियां प्राप्त हैं। शांतिकाल में यह अपेक्षा की गई है कि वह संवैधानिक अध्यक्ष के रूप में ही कार्य करेगा क्योंकि हमारे देश में संसदात्मक प्रणाली अपनाई गई है। वस्तुतः उसकी समस्त शक्तियों का प्रयोग प्रधानमंत्री के नेतृत्व में मंत्रिमंडल करेगा, जो संसद के प्रति उत्तरदायी होगा।

आपातकालीन शक्तियां

संविधान के भाग 18 (अनुच्छेद 352 से 360 तक) में आपातकाल की स्थिति उत्पन्न होने पर राष्ट्रपति को संकटकाल से निपटने के लिए विस्तृत अधिकार प्रदान किए गए हैं।

भारतीय संविधान के निर्माण के समय आपातकालीन व्यवस्था की जितनी आलोचना हुई उतनी अन्य किसी व्यवस्था की नहीं हुई थी।[13] एच. वी. कामथ ने यहां तक कहा था कि 'संसार के और किसी लोकतंत्रीय देश में इस तरह की व्यवस्था देखने को नहीं मिलती है'। राष्ट्रपति को राष्ट्रीय आपात की स्थिति से निपटने हेतु आपातकालीन शक्तियां प्रदान की गई हैं। जैसे–

1. युद्ध बाह्य आक्रमण या सशस्त्र विद्रोह से उत्पन्न आपातकाल

अनुच्छेद 352 के अनुसार, यदि राष्ट्रपति को यह विश्वास हो जाए कि युद्ध-बाह्य आक्रमण या आंतरिक अशांति के कारण भारत या उसके किसी भाग की शांति या व्यवस्था नष्ट होने का भय है या वास्तविक रूप से इस प्रकार की परिस्थितियां उत्पन्न होने पर राष्ट्रपति राष्ट्रीय आपात की घोषणा कर सकता है।

अब तक 1962, 1965, 1971, 1975 में राष्ट्रीय आपातकाल लागू हुआ है। 1979 में 44वें संविधान संशोधन द्वारा निम्न व्यवस्थाएं की गईं, जिससे शासक वर्ग के द्वारा इन संकटकालीन शक्तियों का दुरुपयोग न किया जा सके।

44वां संविधान संशोधन के अनुसार

- ''आंतरिक अशांति'' की जगह ''सशस्त्र विद्रोह'' शब्दावली का प्रयोग
- केंद्रीय मंत्रिमंडल के लिखित परामर्श के उपरांत आपातकाल की घोषणा
- घोषणा किए जाने के एक माह के अंतर्गत संसद के विशेष बहुमत द्वारा अनुमोदन
  विशेष बहुमत–संसद के दोनों सदनों के कुल बहुमत एवं उपस्थित और मतदान में भाग लेने वाले सदस्यों के दो-तिहाई बहुमत से इसकी स्वीकृति आवश्यक होगी और लागू रखने के लिए प्रति 6 माह बाद संसद की स्वीकृति आवश्यक होगी।
- सामान्य या साधारण बहुमत द्वारा आपातकाल की घोषणा समाप्त की जा सकती है।
- 42वें संविधान संशोधन की व्यवस्था है कि संकट की घोषणा पूरे देश के लिए या देश के किसी एक या कुछ भागों के लिए की जा सकती है। यह व्यवस्था वर्तमान में भी बनी हुई है।
- अनुच्छेद 19 द्वारा प्रदत नागरिकों की 6 स्वतंत्रताएं स्थगित की जा सकती हैं। 44वें संशोधन द्वारा ही सात स्वतंत्रताओं में से छठी स्वतंत्रता संपत्ति के अधिकार को समाप्त कर दिया गया है।
- 44वें संशोधन द्वारा–आपातकाल में भी जीवन और शारीरिक स्वाधीनता के अधिकार को समाप्त या सीमित नहीं किया जा सकेगा।

आपातकालीन घोषणा को न्याययोग्य (justiciable) बना दिया गया है अर्थात् आपातकालीन घोषणा को संबंधित न्यायालय में चुनौती दी जा सकती है।

राष्ट्रपति और प्रधानमंत्री की स्थिति

42वें संविधान संशोधन के और 44वें संविधान संशोधन के पश्चात् अनुच्छेद 74(1)

42वें संविधान संशोधन के पूर्व अनुच्छेद 74(1)	42वें संविधान संशोधन के पश्चात् अनुच्छेद 74(1)	44वें संविधान संशोधन के पश्चात् अनुच्छेद 74(1)

राष्ट्रपति को अपने कार्यों का संपादन करने में सहायता और मंत्रणा देने के लिए मंत्रिपरिषद् होगी जिसका प्रधान प्रधानमंत्री होगा।	राष्ट्रपति को सहायता और परामर्श देने के लिए एक मंत्रिपरिषद् होगी जिसका प्रधान, प्रधानमंत्री होगा और राष्ट्रपति अपने कृत्यों का प्रयोग करने में ऐसी सलाह के अनुसार कार्य करेगा।	'राष्ट्रपति को सहायता और परामर्श देने के लिए एक मंत्रिपरिषद् होगी जिसका प्रधान, प्रधानमंत्री होगा और राष्ट्रपति अपने कृत्यों का प्रयोग करने में ऐसी सलाह के अनुसार कार्य करेगा।' 'परंतु राष्ट्रपति मंत्रिपरिषद् से ऐसी सलाह पर साधारणतया या अन्यथा पुनर्विचार करने की अपेक्षा कर सकेगा और राष्ट्रपति ऐसे पुनर्विचार के पश्चात् दी गई सलाह के अनुसार कार्य करेगा।'

Source: India Constitution 42nd and 44th Constitutional Amendement

2. राज्यों में संवैधानिक तंत्र के विफल होने पर–अनुच्छेद 356

अगर राष्ट्रपति को राज्यपाल की रिपोर्ट या किसी अन्य प्रकार से यह संतुष्टि हो जाए कि ऐसी परिस्थितियां उत्पन्न हो गई हैं, जिससे किसी राज्य का शासन संविधान के उपबंधों के अनुसार नहीं चलाया जा सकता, तो वह राज्य में संकटकाल की घोषणा कर सकता है। 44वें संशोधन के अनुसार किसी राज्य में राष्ट्रपति शासन 6 माह तक रहता है। परंतु इससे अधिक समय तक संसद की स्वीकृति, निर्वाचन आयोग के परामर्श तथा अन्य कारणों से आपातकाल की अवधि बढ़ाई जा सकती है। राष्ट्रपति शासन में राज्य का शासन राष्ट्रपति या उसके द्वारा नियुक्त अधिकारी द्वारा चलाया जाता है। राज्य विधानमंडल की शक्तियां राष्ट्रपति द्वारा संसद या किसी अन्य उपयुक्त अधिकारी को हस्तांतरित की जा सकती है उच्च न्यायालय को छोड़कर अन्य समस्त शक्तियां राष्ट्रपति अपने हाथ में ले सकता है। लोकसभा में राष्ट्रपति राज्य की संचित निधि से धन स्वीकृत कर सकता है।

3. वित्तीय संकट–अनुच्छेद 360

यदि राष्ट्रपति को यह विश्वास एवं संतुष्टि हो जाए कि भारत या उसके किसी भाग में आर्थिक साख को खतरा है, तो वह वित्तीय संकट की घोषणा कर सकता है।

वित्तीय संकट के प्रभाव–

1. संघ तथा राज्य के किसी वर्ग के अधिकारियों के वेतन में कमी
2. राज्य के समस्त वित्त-विधेयक राष्ट्रपति की स्वीकृति के लिए पेश किए जाने के निर्देश दिए जा सकते हैं।
3. संघीय कार्यपालिका राज्य कार्यपालिका को शासन संबंधी आदेश दे सकती है।

4. राष्ट्रपति द्वारा केंद्र तथा राज्यों के मध्य धन संबंधी बंटवारे के प्रावधानों में संशोधन किया जा सकता है। अभी तक देश में वित्तीय संकट की घोषणा नहीं हुई है।

राष्ट्रपति की आपातकालीन शक्तियों की आलोचना

भारतीय संविधान के आपातकालीन उपबंध संविधान निर्माण के समय और उसके बाद कटु आलोचना के विषय रहे हैं। राष्ट्रपति के संकटकालीन अधिकारों की अनेक विद्वानों ने कटु आलोचना की है। संविधान में इनके पारित होते समय श्री कामथ ने कहा था, 'यह शोक और लज्जा का दिन है, भगवान ही भारतीय जनता की सहायता करें।' यह भी कहा गया था कि संविधान के संकटकालीन प्रावधान राष्ट्रपति के हाथों में भरी हुई पिस्तौल के समान हैं और उनसे मौलिक अधिकारों का हनन बड़ी सुगमता से किया जा सकता है।

राज्य में आपातकाल या राष्ट्रपति शासन की घोषणा: कुछ तथ्य

1. सर्वप्रथम पंजाब राज्य में 20 जून, 1951 को घोषित की गई, जो 17 अप्रैल, 1952 तक प्रवर्तन में रही।
2. राज्य में राष्ट्रपति शासन की सबसे लंबी अवधि पंजाब में रही। इस प्रदेश में 11 मई, 1987 को राष्ट्रपति शासन लागू किया गया जो 25 फरवरी, 1992 तक प्रवर्तन में रहा।
3. निम्नलिखित प्रधानमंत्रियों के कार्यकाल में घोषित राष्ट्रपति शासन का विवरण निम्नलिखित प्रकार है–

नेहरू काल में	7 बार
शास्त्री काल में	2 बार
इंदिरा गांधी के प्रथम काल में	33 बार
मोरारजी के काल में	16 बार
चरण सिंह के काल में	5 बार
इंदिरा गांधी के दूसरे काल में	17 बार
राजीव गांधी के काल में	5 बार
विश्नाथ प्रताप सिंह के काल में	4 बार
चन्द्रशेखर के काल में	5 बार
पी. वी. नरसिंह राव के काल में	8 बार
कुल	101 बार

4. राज्यों में राष्ट्रपति शासन लागू किया गया–आंध्र प्रदेश में 2 बार; असम में 4 बार, बिहार में 6 बार; गुजरात में 4 बार; हरियाणा में 3 बार; हिमाचल प्रदेश में 2 बार; जम्मू-कश्मीर में 2 बार; कर्नाटक में 4 बार; केरल में 9 बार; मध्य प्रदेश में 3 बार; महाराष्ट्र में 1 बार; मणिपुर में 7 बार; मिजोरम में 1 बार;

पंजाब (पटियाला और पूर्वी पंजाब राज्य संघ (पेप्सू) को शामिल करके) में 9 बार; राजस्थान में 4 बार; सिक्किम में 2 बार; तमिलनाडु में 4 बार; त्रिपुरा में 2 बार; गोआ में 3 बार; मेघालय में 1 बार; मिजोरम में 2 बार; पांडिचेरी में 6 बार।

5. सबसे अधिक बार राष्ट्रपति शासन केरल में (9 बार) लागू किया गया।
6. सबसे कम बार राष्ट्रपति शासन महाराष्ट्र, मिजोरम, अरुणाचल प्रदेश तथा मेघालय में (1 बार) लागू किया गया।
7. राष्ट्रपति शासन की सबसे कम अवधि कर्नाटक में केवल 7 दिन रही। इस राज्य में 10 अक्टूबर, 1990 को राष्ट्रपति शासन लागू किया गया। जो 17 अक्टूबर, 1990 को समाप्त हो गया।
8. बिहार में भी राष्ट्रपति शासन 12 फरवरी, 1999 से 9 मार्च, 1999 तक रहा।

Source: External link the President of India (Official site)

प्रथम, राष्ट्रपति न तो जनता का प्रत्यक्ष प्रतिनिधि है और न संसद के प्रति उत्तरदायी है, इतनी अधिक शक्तियां प्रदान करना बुद्धिमानी नहीं है।

दूसरे, इस बात का भय है कि राष्ट्रपति, हिटलर की भांति जिसने वहां के संविधान की धारा 48 का लाभ उठाते हुए तानाशाही स्थापित की थी, भारत में भी वह तानाशाह बनने में सफल हो सकता है।[14]

तीसरे, श्री शिब्बनलाल सक्सेना का कहना है कि 'राष्ट्रपति को स्वतंत्रता के अधिकार को स्थगित करने की शक्ति देना भारतीय संविधान पर कलंक है।' कनाडा तथा आस्ट्रेलिया के संविधान में इस प्रकार की कोई व्यवस्था नहीं है।

चौथे, राष्ट्रपति द्वारा जारी की गई संकटकालीन घोषणा पर दो मास तक कोई प्रतिबंध नहीं है। यह शक्तियां व्यक्तिगत स्वतंत्रता का हनन करती हैं। मौलिक अधिकारों को सरलतापूर्वक तो स्थगित किया ही जा सकता है परंतु साथ ही राष्ट्रपति संवैधानिक उपचारों के अधिकार को भी स्थगित कर सकता है। इस प्रकार न्यायालय को भी यह अधिकार नहीं रह जाता कि वह विचार करे कि ये परिस्थितियां क्या वास्तव में इस प्रकार की हैं कि मौलिक अधिकारों को स्थगित कर दिया जाए? संविधान सभा के अनेक सदस्यों ने इन शक्तियों को प्रजातंत्रात्मक शासन के लिए घातक बताया क्योंकि इन शक्तियों के द्वारा मौलिक अधिकारों का कोई महत्त्व नहीं रह जाता।

इन संकटकालीन शक्तियों की आलोचना करते हुए श्री कामथ ने संविधान सभा में कहा था कि–'इस अध्याय के द्वारा हम एक निरंकुश तथा पुलिस राज्य की स्थापना कर रहे हैं। यह राज्य उन सिद्धांतों एवं आदर्शों के विपरीत होगा, जिन्हें पिछली शताब्दियों में हम लोगों ने मान्यता प्रदान की है। यह एक ऐसा राज्य होगा जिसमें करोड़ों निर्दोष स्त्री व पुरुषों के अधिकार हर समय खतरे में होंगे।'

पाचवें, राष्ट्रपति को एकमात्र संकटकालीन स्थिति का निर्णय करने का अधिकार देना अप्रजातांत्रिक है। वह इसका दुरुपयोग कर सकता है। अनुच्छेद 356 जिसके अंतर्गत राष्ट्रपति

शासन राज्य में लागू करने का प्रावधान है, इसका प्रयोग बहुत अधिक (100 से भी ज्यादा) किया गया है। एस. आर. माहेश्वरी के शब्दों में यह अनुच्छेद (356) देश की राजनीतिक और प्रशासनिक प्रक्रिया का अंतरंग भाग, संभवतया इसका मानस बन गया है।[15]

छठे, संकटकाल की घोषणा द्वारा संघात्मक संगठन में राज्यों की सरकारों को भंग कर देना उचित नहीं है क्योंकि इन अधिकारों से संकटकाल में राज्यों की वित्तीय स्वायत्तता समाप्त हो जाएगी। इस संबंध में श्री हृदयनाथ कुंजरू के अनुसार 'राज्यों की वित्तीय स्वायत्तता को वित्तीय आपात उपबंधों से बड़ा धक्का पहुंचेगा।'

इन सबके अतिरिक्त राष्ट्रपति की संकटकालीन शक्तियों या संविधान के आपातकालीन प्रावधानों के संबंध में ये आलोचना की जाती है कि व्यवहार में आपातकालीन प्रावधानों का प्रयोग संविधान निर्माताओं की आशाओं के अनुकूल नहीं रहा है और भारत विश्व का सबसे बड़ा लोकतांत्रिक देश हैं जिसमें, नागरिक अधिकारों एवं स्वतंत्रताओं को प्रतिबंधित करने की व्यापक शक्तियां संविधान द्वारा राष्ट्रपति को प्रदान की गई है, ऐसी आपातकालीन शक्तियां विश्व के बड़े देशों में भी नहीं है।

आपातकालीन शक्तियों का औचित्य

उपरोक्त आलोचनाएं अतिशयोक्तिपूर्ण हैं, क्योंकि आलोचकों ने भारतीय संघ व्यवस्था के व्यावहारिक पहलू को नजरअंदाज कर दिया है। इन शक्तियों का मूल्यांकन करते समय हमें निम्नलिखित बातों को ध्यान में रखना चाहिए–

– संकटकाल में राष्ट्र की एकता, अखंडता एवं सुरक्षा को बनाए रखने के लिए केंद्र के पास उपर्युक्त शक्तियों का होना आवश्यक है।
– राष्ट्रपति तानाशाह अधिनायक नहीं बन सकता, क्योंकि 44वें संशोधन के अनुसार राष्ट्रपति तब तक आपात स्थिति की घोषणा नहीं कर सकता जब तक कि इसके संबंध में मंत्रिमंडल की ओर से लिखित निवेदन उसे न मिल जाए।
– आंतरिक संकट, आर्थिक एवं वित्तीय संकट एवं बाह्य चुनौतियों का सामना करने के लिए ये शक्तियां आवश्यक हैं।
– अनुच्छेद 356 के बाद राज्य में स्थायी सरकार का निर्माण संभव हो पाता है।
– व्यक्ति की स्वतंत्रता और राज्य की सुरक्षा में समन्वय आवश्यक था।

अनुच्छेद 356 के दुरुपयोग को रोकने हेतु सरकारिया आयोग द्वारा दिए गए सुझाव निम्नलिखित हैं–

1. अनुच्छेद 356 का बहुत कम अवसरों पर तथा अत्यावश्यक मामलों में अंतिम उपाय के रूप में प्रयोग उस समय किया जाना चाहिए जब कोई दूसरा विकल्प उपलब्ध नहीं हो।
2. राज्यपाल का प्रतिवेदन वास्तविक तथ्यों सहित संसद के दोनों सदनों में रखा जाना चाहिए।[16]

इसके अलावा राष्ट्रपति के आपातकालीन अधिकारों पर रोक लगाने के लिए सशक्त विरोधी दल, जागरूक प्रेस, जनमत आदि भी महत्त्वपूर्ण भूमिका निभा सकते हैं।

भारत का उपराष्ट्रपति

संविधान के अनुसार (अनुच्छेद 63) में उपराष्ट्रपति पद की व्यवस्था की गई है जो आवश्यकता पड़ने पर अंतरिम काल के लिए राष्ट्रपति का कार्यभार संभाल सकता है। हमारे देश में जो राजनीतिक व्यवस्था है उसमें उपराष्ट्रपति का पद एक अनोखी व्यवस्था के रूप में स्थापित है, क्योंकि अन्य संसदीय पद्धति वाले देशों में उपराष्ट्रपति जैसा कोई पद नहीं है यहां तक कि भारतीय संघ के राज्यों में भी ''उपराज्यपाल'' का पद नहीं है। हमारे यहां उपराष्ट्रपति के पद को अमेरिका के संविधान से ग्रहण किया गया है, जबकि हमारी शासन व्यवस्था अमेरिका की शासन व्यवस्था से एकदम भिन्न है।[17]

उपराष्ट्रपति बनने के लिए आवश्यक वही अर्हताएं निर्धारित की गई हैं, जो कि राष्ट्रपति के लिए हैं, उपराष्ट्रपति का चुनाव भी अप्रत्यक्ष, आनुपातिक प्रतिनिधित्व पद्धति के अनुसार एकल संक्रमण मत द्वारा होता है।

राष्ट्रपति बनने के लिए किसी व्यक्ति को लोकसभा का सदस्य बनने के लिए निर्धारित अर्हताएं प्राप्त करनी चाहिए। लेकिन उपराष्ट्रपति बनने के लिए राज्यसभा के सदस्य के रूप में निर्वाचित होने के लिए योग्यताएं पूरी करनी चाहिए। ज्ञातव्य है कि राष्ट्रपति तथा उपराष्ट्रपति बनने के लिए व्यक्ति की न्यूनतम आयु 35 वर्ष होनी चाहिए। उपराष्ट्रपति का निर्वाचन लोकसभा व राज्यसभा के सदस्य करते हैं। इसमें राज्यों की विधान सभा के सदस्य निर्वाचन में भाग नहीं लेते।

उपराष्ट्रपति की शक्तियां एवं कार्य

उपराष्ट्रपति की शक्तियां इस प्रकार हैं–

1. राज्यसभा का सभापतिः उपराष्ट्रपति राज्यसभा का सदस्य नहीं होता है किंतु उसका पदेन सभापति (ex-officio chiarman) होता है। पदेन सदस्य होने के कारण उसे सदन में मतदान का अधिकार प्राप्त नहीं है परंतु यदि किसी विषय पर पक्ष व विपक्ष में बराबर मत हो तो उपराष्ट्रपति निर्णायक मत देने का अधिकार रखता है। वह यह निर्णय करता है कि कौन से प्रश्न सदन से पूछने योग्य हैं और कौन से नहीं। वह सदन के सदस्यों के विशेषाधिकार की भी रक्षा करता है। अनुच्छेद 97 के अंतर्गत उपराष्ट्रपति को वेतन भी राज्यसभा के सभापति के रूप में मिलता है न कि उपराष्ट्रपति के रूप में।

2. सामाजिक समारोह का प्रतिनिधित्वः अनेक सामाजिक समारोह पर उपराष्ट्रपति राष्ट्र का प्रतिनिधित्व करता है। वह समय-समय पर होने वाले शैक्षणिक और सामाजिक उत्सवों में उपस्थित होकर देश की शोभा को बढ़ाता है।

3. राष्ट्रपति की अनुपस्थिति में: उपराष्ट्रपति निम्नलिखित चार अवस्थाओं में राष्ट्रपति का पद ग्रहण कर सकता है। (i) राष्ट्रपति की मृत्यु हो जाने पर अनुच्छेद 65(1); (ii) राष्ट्रपति के इस्तीफा देने पर; (iii) महाभियोग या अन्य किसी प्रकार से राष्ट्रपति के हटाए जाने पर; (iv) अन्य किसी कारण से उत्पन्न असमर्थता की स्थिति में जैसे रोग या अनुपस्थिति।

जब उपराष्ट्रपति राष्ट्रपति के रूप में कार्य करेगा तो उसे वे समस्त शक्तियां और सुविधाएं प्राप्त होंगी जो राष्ट्रपति को प्राप्त हैं लेकिन इस समय उपराष्ट्रपति राज्यसभा के सभापति के रूप में कार्य नहीं करेगा और न ही वेतन प्राप्त करेगा। इस स्थिति में उपराष्ट्रपति के कार्य राज्यसभा के उपसभापति द्वारा संपन्न किए जाएंगे।

उपराष्ट्रपति केवल राष्ट्रपति के चुनाव होने तक ही राष्ट्रपति पद का कार्यभार संभालता है। नए राष्ट्रपति का चुनाव 6 माह के अंदर हो जाना चाहिए।

प्रधानमंत्री

ब्रिटिश मॉडल पर भारत में संसदीय व्यवस्था को अपनाया गया है। प्रधानमंत्री तथा मंत्रिपरिषद् को वास्तविक कार्यपालिका कहा जाता है। प्रधानमंत्री को अपनी मंत्रिपरिषद् के चयन का अधिकार प्रदान किया गया है। प्रधानमंत्री तथा मंत्रिपरिषद् संसद के प्रति उत्तरदायी होते हैं। उपर्युक्त व्यवस्था में मंत्रिपरिषद् महत्त्वपूर्ण है, लेकिन उनमें भी महत्त्वपूर्ण है प्रधानमंत्री। लॉर्ड मार्ले ने प्रधानमंत्री को ''समान व्यक्तियों में प्रथम'' कहा है। लास्की ने *पार्लियामेंटरी गवर्नमेंट इन इंग्लैंड* में लिखा है कि 'मंत्रिपरिषद् के निर्माण का वह केंद्र बिंदु है और उसके जीवन का भी केंद्र बिंदु है और मृत्यु का भी वही केंद्र बिंदु है'। आर.एच.एस. क्रामसैन के अनुसार 'द्वितीय महायुद्ध के पश्चात् के वर्षों में मंत्रिमंडलीय शासन प्रणाली प्रधानमंत्रीय शासन प्रणाली में परिवर्तित हो गई है।'

भारत के प्रधानमंत्री के ऊपर उपर्युक्त सभी बातें लागू होती हैं क्योंकि हमारी व्यवस्था भी ब्रिटिश व्यवस्था जैसी ही है। *डॉ. अंबेडकर के अनुसार* 'यदि हमारे संविधान में किसी शासन अधिकारी की तुलना अमेरिका के अध्यक्ष से की जा सकती है तो वह प्रधानमंत्री है न कि राष्ट्रपति' और 'वास्तव में प्रधानमंत्री संपूर्ण तंत्र की धुरी है', 'प्रधानमंत्री राज्य रूपी जहाज का चालक है' और 'समकक्षों में प्रथम है।' भारत में संसदात्मक शासन पद्धति है, जोकि इग्लैंड से ली गई है। संसदीय लोकतांत्रिक देशों में दो प्रकार की कार्यपालिका पाई जाती है। संवैधानिक कार्यपालिका और वास्तविक कार्यपालिका।

भारत में राज्याध्यक्ष प्रतिष्ठित व सम्मानित व्यक्ति है जबकि शासनाध्यक्ष कुशल व वास्तविक अध्यक्ष है। संसदात्मक लोकतंत्र में वस्तुत: प्रधानमंत्री की स्थिति सर्वोच्च अधिकारी की होती है। मार्ले के अनुसार–'प्रधानमंत्री कैबिनेट की मेहराब की आधारशिला है।' प्रधानमंत्री राष्ट्र का लोकप्रिय नेता है। वह मंत्रिपरिषद् रूपी नाव का चालक होता है, भारत के प्रधानमंत्री के संबंध में उक्त कथन सत्य है। संविधान के अनुच्छेद 74 के अनुसार–'एक मंत्रिपरिषद् होगी जिसका अध्यक्ष प्रधानमंत्री होगा, वह मंत्रिपरिषद् राष्ट्रपति को उसके कार्यों में सहायता तथा परामर्श देगी।'

भारत के प्रधानमंत्री के विषय में कहा जाता है कि 'संघ की कार्यपालिका की स्वामिनी सरकार है, और सरकार का अध्यक्ष प्रधानमंत्री है' निस्संदेह प्रधानमंत्री देश का एक बड़ा प्रभावशाली पदाधिकारी है और सरकार तथा संसद में उसे एक विशेष स्थान प्राप्त है। प्रधानमंत्री की असाधारण शक्तियों को दृष्टि में रखते हुए प्रोफेसर के. टी. शाह ने संविधान सभा में कहा है कि 'प्रधानमंत्री की शक्तियों को देखकर मुझे ऐसा भय होता है कि यदि वह चाहे तो किसी भी समय देश का अधिनायक बन सकता है।'

इस प्रकार संसदीय शासन प्रणाली होने के कारण राष्ट्रपति को "स्वर्णिम शून्य" अथवा "रबर की मोहर" कहा जाता है अर्थात् उसका वही महत्त्व है जो शरीर में आभूषणों का होता हैं। संविधान द्वारा समस्त कार्यपालिका शक्तियां राष्ट्रपति को राज्याध्यक्ष होने के कारण सौंपी गई हैं, परंतु वास्तविक कार्यपालिका या "शासनाध्यक्ष रूपी प्रधानमंत्री ही इनका प्रयोग करता है।"

प्रधानमंत्री की नियुक्ति: प्रधानमंत्री की नियुक्ति के संबंध में भारतीय संविधान सर्वथा मौन है कि राष्ट्रपति को प्रधानमंत्री की नियुक्ति किस प्रकार करनी चाहिए। इस संबंध में प्रचलित रीति यह है कि आम चुनाव के बाद राष्ट्रपति लोकसभा के बहुमत प्राप्त दल के नेता को निमंत्रण देता है और उसे अपना प्रधानमंत्री नियुक्त करता है। वह अन्य किसी व्यक्ति को प्रधानमंत्री नहीं बना सकता।[18]

यदि लोकसभा में किसी दल का स्पष्ट बहुमत नहीं है तो राष्ट्रपति अपने विवेक से प्रधानमंत्री को नियुक्त कर सकता है अर्थात् त्रिशंकु संसद (Hung Parliament 1989, 1991, 1996, 1998) बनती है, तो राष्ट्रपति अपने स्वविवेक का इस्तेमाल करके ऐसे व्यक्ति को प्रधानमंत्री नियुक्त करेगा जोकि लोकसभा में बहुमत का विश्वास प्राप्त करने की क्षमता रखता हो। विशेष परिस्थितियों में राष्ट्रपति स्वविवेक का प्रयोग करके उचित प्रधानमंत्री चुन सकता है जैसे–

(i) यदि लोकसभा में किसी दल का स्पष्ट बहुमत हो।

(ii) यदि बहुमत दल का कोई "सर्वमान्य नेता" न हो या नेता के "पद के कई दावेदार" हो तथा

(iii) राष्ट्रीय संकट के दौरान लोकसभा को भंग करके कुछ समय के लिए कार्यवाहक सरकार को नेता मनोनीत कर सकता है।

प्रधानमंत्री की स्थिति का पता बहुत कुछ उसके चुने जाने के तरीके से लगाया जा सकता है जैसे–

1. यदि प्रधानमंत्री का चयन उसके स्वयं के व्यक्तित्व तथा दल में उसकी सुदृढ़ स्वतंत्र स्थिति के कारण हुआ है तो प्रधानमंत्री की स्थिति निश्चय ही मजबूत होती है।
2. यदि प्रधानमंत्री के चयन में दलीय नेताओं, मुख्यमंत्रियों आदि का हाथ है तो निश्चय ही प्रधानमंत्री की स्थिति काफी कमजोर होती है।[19]

प्रधानमंत्री के दायित्व (अनुच्छेद 78)

1. संघ कार्यों के प्रशासन संबंधी मंत्रिपरिषद् के समस्त विनिश्चयों तथा विधि निर्माण संबंधी समस्त सूचना प्रधानमंत्री राष्ट्रपति को देगा।
2. संघ कार्यों के प्रशासन संबंधी तथा विधि संबंधी मंत्रिपरिषद् की समस्त जानकारी अगर राष्ट्रपति मंगाए, तो प्रधानमंत्री उसको देगा।
3. किसी विषय को जिस पर किसी मंत्री ने निश्चय ले लिया किंतु मंत्रिपरिषद् ने विचार न किया हो, राष्ट्रपति के चाहने पर परिषद् के सम्मुख विचार के लिए रखेगा।

प्रधानमंत्री के कार्य और शक्तियां

प्रधानमंत्री व मंत्रिपरिषद् से संबंधित कार्य और शक्तियां निम्न प्रकार से हैं–

1. मंत्रिमंडल का निर्माता, संचालनकर्ता व संहारकर्ता: यद्यपि भारतीय संविधान के अनुच्छेद 75 (1) के अनुसार मंत्रियों की नियुक्ति का अधिकार राष्ट्रपति को है, ये नियुक्तियां प्रधानमंत्री की सलाह से ही राष्ट्रपति करता है परंतु मंत्रिमंडल के निर्माण में राष्ट्रपति केवल औपचारिक कर्त्ता है क्योंकि मंत्रियों का चयन प्रधानमंत्री ही करता है, राष्ट्रपति प्रधानमंत्री से यह नहीं कह सकता है कि अमुक व्यक्ति को मंत्रिपरिषद् में नहीं लिया जाएगा। यद्यपि प्रधानमंत्री स्वेच्छा से राष्ट्रपति की राय को स्वीकार कर सकता है।

कोई मंत्री उस समय तक ही अपने पद पर रह सकता है जब तक कि उसे प्रधानमंत्री का विश्वास प्राप्त है। वह किसी भी मंत्री को त्यागपत्र देने के लिए विवश कर सकता है। यदि कोई मंत्री उसके आदेश का पालन करने से इंकार कर दे तो प्रधानमंत्री राष्ट्रपति से अनुरोध कर संबंधित मंत्री को बर्खास्त करवा सकता है। किसी भी परिस्थिति में यदि प्रधानमंत्री इस्तीफा देता है तो संपूर्ण मंत्रिमंडल स्वतः भंग माना जाता है।

प्रधानमंत्री अपने साथी मंत्रियों में विभागों का बंटवारा भी करता है। पहले वही मंत्रिमंडल की सदस्य संख्या निश्चित करता था परंतु अब यह संख्या निर्धारित कर दी गई है। संसद की संख्या का 15 प्रतिशत सदस्य मंत्रिपरिषद् के सदस्य हो सकते हैं परंतु वह मंत्रिमंडल की बैठकों की अध्यक्षता करता है और बैठकों में विचार किए जाने वाले विषयों के कार्यक्रम तैयार करता है। यद्यपि निर्णय बहुमत से लिए जाते हैं परंतु यहां उसकी स्थिति प्रभावपूर्ण व निर्णायक होती है।

संक्षेप में, प्रधानमंत्री मंत्रिमंडल का निर्माता, संचालनकर्ता व संहारकर्त्ता है। उसके जीवित रहने से मंत्रिमंडल जीवित रहता है और उसकी मृत्यु होने से अर्थात् पद त्याग देने से मंत्रिमंडल की भी मृत्यु हो जाती है। 'प्रधानमंत्री एक सूर्य के समान है जिसके चारों ओर नक्षत्र घूमते हैं'।

सैद्धांतिक रूप में तो प्रधानमंत्री को मंत्रिमंडल के निर्माण में पूर्ण स्वतंत्रता है लेकिन व्यावहारिक रूप में ऐसा नहीं है क्योंकि उसे अपने साथियों को चुनते समय देखना होता है कि उसके मंत्रिमंडल में देश के 'महत्त्वपूर्ण भागों तथा अल्पसंख्यकों के प्रतिनिधि भी हो।' उसे अपने दल के अनुभवी तथा योग्य प्रशासकों को भी मंत्रिमंडल में स्थान देना होता है। ऐसा भी होता है कि प्रधानमंत्री किसी नेता को व्यक्तिगत स्तर पर पसंद नहीं करता हो, मंत्रिपरिषद् में उसे शामिल नहीं करना चाहता हो, फिर भी उसे शामिल करना पड़ता है क्योंकि वह पार्टी का अतिशक्तिशाली नेता होता है और उसको नकारने से सरकार की स्थिरता हमेशा खतरे में होती है। यह जगजाहिर है कि इंदिराजी और मोरारजी देसाई के बीच काफी मतभेद थे, फिर भी इंदिराजी ने बाध्य होकर ही मोरारजी देसाई को अपनी सरकार में लिया था।

2. नीतियों का निर्माता: प्रधानमंत्री शासन का वास्तविक प्रधान होता है अतः वह सभी नीतियों का निर्माता होता है। गृह, राष्ट्र और विदेश नीति के निर्माण में प्रभावशाली भूमिका होती है। प्रधानमंत्री द्वारा दिया गया वक्तव्य नीतिगत वक्तव्य होता है।

3. प्रधानमंत्री सरकार की कार्यकुशलता के लिए उत्तरदायी है: प्रधानमंत्री यह देखता है कि उसकी सरकार की देश में साख बनी रहे। इस हेतु वह मंत्रिमंडल में आवश्यक परिवर्तन भी कर सकता है। यदि वह ऐसा अनुभव करे कि कोई उसका साथी मंत्री सरकार की कार्यकुशलता या प्रतिष्ठा के लिए हानिकारक है तो वह उसे पद से हटा सकता है।

4. मंत्रिपरिषद् का अध्यक्ष: वह मंत्रिपरिषद् का अध्यक्ष सर्वसम्मति या बहुमत से चुना जाता है। वही मंत्रिपरिषद् की बैठकों की तिथि निश्चित करता है। उसमें पेश किए जाने वाले मसौदे तैयार करता है। बैठकों की अध्यक्षता करता है। सभी मंत्रिगण अपने विभागों की कार्य कुशलता के लिए व्यक्तिगत रूप में प्रधानमंत्री के प्रति उत्तरदायी होते है। वह उन्हें शासन कार्य में परामर्श, प्रोत्साहन व चेतावनी देता है। दो मंत्रियों या विभागों में मतभेद होने पर अपना निर्णय उन पर लागू करता है, समन्वयकर्ता की भूमिका निभाता है।

5. लोकसभा के नेता के रूप में: प्रधानमंत्री लोकसभा में बहुमत दल का नेता होता है। लोकसभा के नेता के रूप में उसके तीन प्रमुख कार्य होते हैं:

(i) वह स्पीकर से संपर्क बनाए रखता है। वह लोकसभा के अधिवेशन बुलाने, संपन्न करने, की अवधि प्रस्तावित करता है।

(ii) प्रधानमंत्री सरकार के मुख्य प्रवक्ता के रूप में कार्य करता है। वह सदन में सरकार की नीति को स्पष्ट करता है और मंत्रियों के प्रश्नों का उत्तर भी देता है।

(iii) प्रधानमंत्री विरोधी दल से संपर्क बनाए रखता है। राष्ट्रीय एकता, अखंडता तथा सार्वजनिक महत्त्व के अन्य विषयों पर वह विरोधी दल का समर्थन प्राप्त करने का प्रयास करता है और सदन में इनके हितों की रक्षा का प्रयास करता है। संक्षेप में लोकसभा के नेता के रूप में सदन की समस्त कार्यवाही पर नियंत्रण रखता है, सरकारी नीतियों का स्पष्टीकरण करता है तथा विपक्ष से संपर्क बनाए रखता है।

6. मंत्रिपरिषद् और राष्ट्रपति के मध्य कड़ी: संविधान द्वारा ही प्रधानमंत्री को मंत्रिपरिषद् और राष्ट्रपति के मध्य एक महत्त्वपूर्ण कड़ी की भूमिका सौंपी गई है। अनुच्छेद 78 के अनुसार मंत्रिमंडल के निर्णयों से प्रधानमंत्री राष्ट्रपति को अवगत कराता है। राष्ट्रपति द्वारा चाही गई प्रशासन से संबंधित जानकारी प्रदान करता है। किसी एक मंत्री द्वारा लिए गए निर्णय को राष्ट्रपति प्रधानमंत्री के माध्यम से संपूर्ण मंत्रिपरिषद् के सामने प्रस्तुत करवाता है।

7. प्रधानमंत्री और राज्य प्रशासन: अमेरिका के राष्ट्रपति की तुलना में राज्य प्रशासन के संदर्भ में भारतीय प्रधानमंत्री की स्थिति मजबूत है। यह प्रत्यक्ष व अप्रत्यक्ष रूप से राज्य प्रशासन में समुचित दखल करता है जैसे–राज्यों में राज्यपाल की नियुक्ति में अपनी राय देता है। केंद्रीय सरकार द्वारा राज्य प्रशासन को दिशा निर्देश देने का अधिकार उसे प्राप्त है। राज्यों की वित्तीय स्थिति कमजोर होने की दशा में वह केंद्र पर निर्भर रहते हैं।

इस प्रकार विभिन्न प्रकार के अनुदान और वित्तीय सहायता द्वारा राज्य प्रशासन को प्रभावित करता है। अनुच्छेद 356 के तहत राज्य में राष्ट्रपति शासन की घोषणा के पश्चात् वास्तविक रूप से प्रधानमंत्री के हाथ में संपूर्ण राज्य का प्रशासन आ जाता है।

8. प्रधानमंत्री और आर्थिक नियोजन: देश के चहुंमुखी विकास हेतु नेहरू के काल से ही आर्थिक नियोजन अपनाया गया है। भारत में आर्थिक नियोजन हेतु राष्ट्रीय विकास परिषद् का गठन किया गया है, इसका अध्यक्ष प्रधानमंत्री ही होता है और राज्यों को प्रदान की जाने वाली आर्थिक सहायता प्रधानमंत्री के निर्देशन में ही तय होती है।

9. आम चुनाव व प्रधानमंत्री: आम चुनाव में प्रधानमंत्री के व्यक्तित्व और कार्यशैली का प्रभाव शुरू से ही देखने को मिलता है और मतदाता भी संभावित प्रधानमंत्री को मद्देनजर रखते हुए ही किसी दल को समर्थन प्रदान करते है। जैसे–जवाहर लाल नेहरू, इंदिरा गांधी, राजीव गांधी, नरसिम्हा राव, अटल बिहारी वाजपेयी इन सबकी आम चुनावों में निर्णायक भूमिका देखने को मिली है। अतः उसके नाम से ही वोट मांगे जाते हैं।

10. अंतर्राष्ट्रीय क्षेत्र में देश का प्रतिनिधित्व: विदेशों में प्रधानमंत्री के व्यक्तव्य को देश की नीति समझा जाता है, वह समय-समय पर देश के हितों हेतु विदेशों की यात्रा करता है और भारत सरकार के दृष्टिकोण को दूसरे देशों के सामने प्रस्तुत करता है। अंतर्राष्ट्रीय सम्मेलन में समय-समय पर भारत के प्रतिनिधि के रूप में भाग लेता है।

11. प्रधानमंत्री एवं गठबंधन सरकार: वास्तविक रूप में मिली-जुली सरकार का दौर 1977 से माना जाना चाहिए। आपातकाल के बाद भारतीय जनसंघ, कांग्रेस (संगठन), लोकदल, स्वतंत्र पार्टी और सत्तारूढ़ कांग्रेस से टूटकर निकले जगजीवन राम की कांग्रेस फॉर डेमोक्रेसी ने मिलकर चुनाव लड़ा–जनता पार्टी के नाम से। उत्तर भारत में अपार सफलता के बल पर इस पार्टी को लोकसभा में बहुमत हासिल हो गया। मोरारजी देसाई के नेतृत्व में सरकार बनी। सरकार पहले बनी और पार्टी का विधिवत गठन बाद में हुआ, जिसके अध्यक्ष चंद्रशेखर बने। सभी पार्टियों का आपस में विलय भी हुआ लेकिन भारतीय जनसंघ के नेताओं ने राष्ट्रीय स्वयं सेवक संघ से अपना पुराना नाता या अपनी सदस्यता का त्याग नहीं किया और जनता पार्टी से भारतीय जनसंघ अलग हो गया और अटल बिहारी वाजपेयी की अध्यक्षता में भारतीय जनता पार्टी का गठन किया और सरकार गिर गई।

पूर्व भारतीय लोकदल के नेता चौधरी चरण सिंह कांग्रेस के समर्थन से प्रधानमंत्री बने परंतु उन्हें एक दिन भी लोकसभा में प्रधानमंत्री के पद पर बैठने का मौका नहीं मिला। कांग्रेस ने समर्थन वापस ले लिया और 1979 में फिर से लोकसभा का चुनाव हुआ और इंदिरा गांधी के नेतृत्त्व में कांग्रेस (आई.) को प्रचंड बहुमत मिला।

1989 तक कांग्रेस की सरकार रही लेकिन 1989 के चुनाव में कांग्रेस हार गई। यद्यपि वह सबसे बड़ी पार्टी के रूप में लोकसभा में उभरी लेकिन उसने सरकार बनाने से मना कर दिया। उस समय से केंद्र में राजनैतिक अस्थिरता का दौर आरंभ हो गया। भारतीय जनता पार्टी और वामपंथी दलों ने राष्ट्रीय मोर्चा के नेता विश्वनाथ प्रताप सिंह को सरकार बनाने में मदद की और विश्वनाथ प्रताप सिंह प्रधानमंत्री बने। इस बीच भारतीय जनता पार्टी के नेता लाल कृष्ण आडवाणी ने अयोध्या में बाबरी मस्जिद-राम मंदिर के मुद्दे को लेकर रथयात्रा कर रहे थे। समाज में शांति भंग होने की आशंका थी लेकिन केंद्र सरकार उनके खिलाफ कारवाई करने की हिम्मत नहीं जुटा पा रही थी। सरकार उनकी पार्टी के समर्थन पर टिकी थी। बिहार से जब आडवाणी गुजर रहे थे तो मुख्यमंत्री लालू यादव ने उन्हें

गिरफ्तार कर लिया और भाजपा ने समर्थन वापस लेकर विश्वनाथ प्रताप सिंह की सरकार को गिरा दिया। गठबंधन सरकार में प्रधानमंत्री कितना कमजोर हो सकता है, विकास के कार्यों को भूल, सरकार बचाने के चक्कर में कितना असहाय और अपंग हो सकता है, इसका मूर्त्त उदाहरण वी. पी. सिंह की सरकार थी।

1991 में फिर लोकसभा का चुनाव हुआ। पी. वी. नरसिम्हा राव की कांग्रेस नीत अल्पमत की सरकार बनी। भारत के इतिहास में ऐसा पहली बार हुआ कि सरकार बचाने के लिए सांसदों को घूस देने के आरोप में स्वयं प्रधानमंत्री को न्यायालय के कटघरे में खड़ा होना पड़ा। खैर, वह पांच सालों तक अपनी सरकार चला ले गए।

1996 में फिर लोकसभा के चुनाव में किसी भी दल को स्पष्ट बहुमत प्राप्त नहीं हुआ। भाजपा नेता अटल बिहारी वाजपेयी प्रधानमंत्री बनाए गए। यह सरकार 13 दिन चली। इसके बाद खींचतान की राजनीति, राजनीतिक मूल्यों के अवमूल्यन का नजारा देखने को मिला और कांग्रेस के बाहरी समर्थन से पहले देवगौड़ा और फिर आई. के. गुजराल प्रधानमंत्री बने। 1998 में फिर मध्यावधि चुनाव। खैर, 1998 से 2004 तक अटल बिहारी वाजपेयी प्रधानमंत्री बने रहे लेकिन कभी समता, कभी ममता और कभी जयललिता ने नाकों चने चबवा दिए। 22 मई 2004 से अब तक मनमोहन सिंह प्रधानमंत्री हैं। फिर गठबंधन की सरकार है। मनमोहन सिंह की पहली पाली में अमेरिका के साथ आणविक समझौता (nuclear deal) के मुद्दे पर बाहरी समर्थन दे रही वामपंथी पार्टियों ने ऐसी परिस्थिति पैदा कर दी कि लगा कि अंतर्राष्ट्रीय स्तर पर भारतीय सरकार और अंतर्राष्ट्रीय प्लेटफार्म पर प्रधानमंत्री की विश्वसनीयता ही समाप्त हो जाएगी। किसी तरह सरकार तो बची लेकिन भारतीय इतिहास में पहली बार संसद की मर्यादा की धज्जी उड़ा दी गई। भाजपा नेताओं ने आडवाणी के नेतृत्त्व में करोड़ों रुपयों के नोटों के बंडल सदन के पटल पर यह कहते हुए लहराए कि भाजपा सांसदों को विश्वास मत के समय सदन से अनुपस्थित रहने के लिए घूस दी गई थी। पूरी दुनिया ने इस वाकये का सीधा प्रसारण देखा।

कुल मिलाकर गठबंधन सरकार में प्रधानमंत्री अत्यधिक कमजोर दिखाई पड़ता है। सामूहिक उत्तरदायित्व का अभाव, सहयोगी दलों के शीर्ष नेतृत्व का दबाव, क्षेत्रीय दलों की संकीर्ण राजनैतिक सोच एवं स्वार्थ, मीडिया की तीक्ष्ण नजर और प्रधानमंत्री का तुलनात्मक कमजोर व्यक्तित्व (वाजपेयी प्रधानमंत्री रहते गोधरा दंगों के बाद नरेंद्र मोदी को मुख्यमंत्री पद से नहीं हटा सके और मनमोहन सिंह चाहकर भी सोनिया गांधी की इच्छाओं का अनादर नहीं कर पाएंगे) आदि कारकों ने मिलकर गठबंधन सरकार एवं गठबंधन सरकार ने प्रधानमंत्री को कमजोर किया है।[20]

प्रधानमंत्री व राष्ट्रपति में संबंध

संविधान की दृष्टि से राष्ट्रपति राज्य का प्रमुख है परंतु वास्तविक कार्यपालिका मंत्रिपरिषद् है और राष्ट्रपति को समय-समय पर सहायता देने के लिए जो मंत्रिपरिषद् है उसका अध्यक्ष प्रधानमंत्री है। राष्ट्रपति और प्रधानमंत्री के संबंधों की चर्चा इस प्रकार की जा सकती है:

1. राष्ट्रपति प्रधानमंत्री की नियुक्ति करता है और उसकी सलाह से अन्य मंत्रियों की नियुक्ति करता है। राष्ट्रपति लोकसभा में बहुमत दल के नेता को मंत्रिपरिषद् बनाने के लिए निमंत्रण देता है। पर वास्तव में जिस व्यक्ति को लोकसभा का विश्वास व समर्थन प्राप्त है उसे प्रधानमंत्री बनाने के अलावा राष्ट्रपति के पास और कोई चारा भी नहीं है। लोकसभा में दलीय स्थिति स्पष्ट न होने पर ही राष्ट्रपति स्वविवेक से कार्य कर सकता है। एस. सहाय के अनुसार राष्ट्रपति एक क्षण के लिए भी बिना प्रधानमंत्री के कार्य नहीं कर सकता। राष्ट्रपति व प्रधानमंत्री के संबंधों में अनेक बातों का प्रभाव परिलक्षित होता है जैसे प्रधानमंत्री का व्यक्तित्व व राष्ट्रपति के निर्वाचन में प्रधानमांत्री की भूमिका आदि। 1975 में तत्कालीन राष्ट्रपति आपातकाल के निर्णय को मंत्रिपरिषद् के विचारार्थ भेज देते तो शायद देश को आपातकाल का भयानक आघात न सहन करना पड़ता क्योंकि आपातकाल का निर्णय मंत्रिमंडल का निर्णय नहीं था। इस प्रकार प्रधानमंत्री के अप्रजातांत्रिक निर्णय को स्वीकार न करके राष्ट्रपति देश की महान सेवा कर सकते हैं। मोरारजी देसाई के त्यागपत्र के बाद चरणसिंह को प्रधानमंत्री पद पर नियुक्त किया गया था। एम. वी. पायली के मतानुसार चरण सिंह जैसे व्यक्ति को, जो कुछ घंटों पहले देसाई मंत्रिमंडल में उपप्रधानमंत्री थे, प्रधानमंत्री पद प्रदान करना राष्ट्रपति की भूल थी। दूसरी ओर, कई ऐसे विद्वान हैं जो यह मानते हैं कि चरण सिंह को मौका देकर राष्ट्रपति ने राजनीतिक सूझबूझ का परिचय दिया। चरण सिंह के इस्तीफे के बाद बाबू जगजीवन राम सरकार बनाना चाहते थे, पर चौधरी चरण सिंह की सलाह पर राष्ट्रपति ने लोकसभा भंग कर दी। राष्ट्रपति के उस फैसले की तीखी आलोचना हुई थी। आलोचकों ने यह कहा कि चरण सिंह सरकार एक कार्यवाहक सरकार थी और इसलिए राष्ट्रपति उसकी सलाह मानने के लिए कतई बाध्य नहीं थे। वास्तव में, संविधान में कार्यवाहक सरकार के संबंध में कोई प्रावधान नहीं है। अच्छा यही है कि कार्यवाहक सरकार स्वयं अपने ऊपर कुछ अंकुश लगाए और ऐसे निर्णय न ले जिससे गंभीर विवाद पैदा हो। जहां तक त्रिशंकु संसद का प्रश्न है, राष्ट्रपति को चाहिए कि उस नेता को सरकार बनाने का आमंत्रण दें जो उनकी राय में ''सर्वाधिक विश्वसनीय बहुमत'' जुटा सके। बहरहाल, कुछ विशेष परिस्थितियों में प्रधानमंत्री का चयन राष्ट्रपति के विवेक पर निर्भर करता है।

2. प्रधानमंत्री को बर्खास्त करने के संबंध में भी राष्ट्रपति की शक्तियां बहुत सीमित हैं। यदि राष्ट्रपति ऐसे किसी प्रधानमंत्री को बर्खास्त कर दें जिसे लोकसभा का समर्थन प्राप्त है तो उनके लिए अन्य किसी व्यक्ति को प्रधानमंत्री बनाना असंभव होगा। यहां यह उल्लेखनीय है कि संविधान के अनुसार प्रधानमंत्री और केंद्रीय मंत्रिमंडल का होना अपरिहार्य है।

3. राष्ट्रपति क्या सदैव प्रधानमंत्री की ही सलाह से कार्य करता है? इसमें कोई संदेह नहीं है कि भारत के सभी राष्ट्रपति संवैधानिक अध्यक्ष के रूप में ही कार्य करते आए लेकिन डॉ. बी. एम. शर्मा, डी. एन. बैनर्जी, एलेन ग्लेडहिल, पातंजलि शास्त्री और दुर्गादास बसु के द्वारा यह विचार व्यक्त किया गया है कि राष्ट्रपति सभी कार्यों के संबंध में मंत्रिपरिषद् के परामर्श को स्वीकार करने के लिए बाध्य नहीं है। डॉ. राजेंद्र प्रसाद ने 28

नवंबर 1960 को इंडियन लॉ इन्स्टीट्यूट में भाषण देते हुए कहा था कि 'संविधान में ऐसी कोई सुनिश्चित व्यवस्था नहीं है जिसके अनुसार राष्ट्रपति अपनी मंत्रिपरिषद् के परामर्श अनुसार कार्य करने के लिए बाध्य हो। डॉ. आइवर जेनिंग्स का विचार है कि भारतीय राष्ट्रपति विदेशी राजशाही (ब्रिटेन) में अपनाए गए संवैधानिक व्यवहार को स्वीकार करने के लिए बाध्य नहीं है।'

42वें संविधान संशोधन के पश्चात् राष्ट्रपति संवैधानिक दृष्टि से मंत्रिपरिषद् के निर्णयों के अनुसार व्यवहार करने को बाध्य हो गया है। परंतु 44वें संविधान संशोधन के बाद राष्ट्रपति अपने कृत्यों का प्रयोग करने में ऐसी सलाह के अनुसार कार्य करेगा। परंतु राष्ट्रपति मंत्रिपरिषद् से ऐसी सलाह पर साधारणतया या अन्यथा पुनर्विचार करने की अपेक्षा कर सकेगा और राष्ट्रपति ऐसे पुनर्विचार के पश्चात् दी गई सलाह के अनुसार ही कार्य करेगा। प्रायः राष्ट्रपति को मात्र *रबर स्टैम्प* व *सुनहरे पिंजरे में कैद* माना जाता है जबकि यह समझना भूल होगी, क्योंकि अक्टूबर 1997 में राष्ट्रपति ने उत्तर प्रदेश में राष्ट्रपति शासन लगाने की सिफारिश को पुनर्विचार के लिए वापस भेजकर साहस का कार्य किया था।

4. प्रधानमंत्री का यह अधिकार है कि वह राष्ट्रपति को सभी महत्त्वपूर्ण नियुक्तियों के संबंध में परामर्श दे। राज्यपाल, अटार्नी जनरल, महालेखा परीक्षक, विभिन्न आयोगों के सदस्यों तथा उच्चतम व उच्च न्यायालयों के न्यायाधीशों की नियुक्ति राष्ट्रपति प्रधानमंत्री की सलाह से ही करेंगे।

5. सत्तारूढ़ दल या मोर्चे का नेता होने के कारण प्रधानमंत्री राष्ट्रपति के चुनाव में निर्णायक भूमिका अदा करता है। प्रथम राष्ट्रपति डॉ. राजेंद्र प्रसाद की बात छोड़िए, चूंकि उनका व्यक्तित्त्व बहुत महान् था और कांग्रेस में उनकी जड़ें काफी गहरी थीं। उनके बाद जो भी राष्ट्रपति आए उनके चयन में प्रधानमंत्री ने एक निर्णायक भूमिका अदा की। 1969 में श्री वी. वी. गिरि व 1974 में श्री फखरुद्दीन अली अहमद की विजय बहुत अंशों तक "प्रधानमंत्री की विजय" थी। 1982 में विपक्षी दल आम सहमति से राष्ट्रपति का चुनाव चाहते थे, पर प्रधानमंत्री ने विपक्ष के इस आग्रह को ठुकरा दिया।

संक्षेप में, पिछले करीब साठ वर्षों का इतिहास इस बात का साक्षी है कि राष्ट्रपति और प्रधानमंत्री के बीच खुलेआम टकराहट की नौबत कभी नहीं आई। श्री वेंकटरामन के अनुसार 'राष्ट्रपति की भूमिका आपात रोशनी की है जो बिजली की पावर चले जाने पर अपने आप जल जाती है।' गठबंधन राजनीति के दौर में राष्ट्रपति का काम बहुत मुश्किल होता जा रहा है। पर साधारण परिस्थितियों में राष्ट्रपति प्रधानमंत्री की सलाह से ही कार्य करेगा। राष्ट्रीय आपातकाल में प्रधानमंत्री की शक्तियों में वृद्धि हो जाती है। अनुच्छेद 352 से 360 तक में जो राष्ट्रपति को आपातकालीन शक्तियां प्राप्त हैं, उनका वास्तविक प्रयोग प्रधानमंत्री ही करता है। उदाहरण के तौर पर, 1962 में चीनी आक्रमण के समय पंडित नेहरू की भूमिका, 1965 में पाकिस्तानी आक्रमण के समय लाल बहादुर शास्त्री की भूमिका, 1971 में पाकिस्तानी आक्रमण के समय श्रीमती इंदिरा गांधी की भूमिका। यों तो प्रावधानों और उदाहरणों की ढेर सारी चर्चाएं की जा सकती हैं, परंतु पिछले अनुभवों से निष्कर्ष निकाला जा सकता है कि दोनों के संबंध अपनी-अपनी मजबूतियों और राजनैतिक वजन पर निर्भर करते हैं।

प्रथम राष्ट्रपति डॉ. राजेंद्र प्रसाद राष्ट्रपति की शक्तियों पर विवादित व्याख्यान देकर भी प्रधानमंत्री नेहरू की इच्छाओं के विपरीत दूसरी बार भी राष्ट्रपति बने। इसके विपरीत नीलाम संजीवा रेड्डी कांग्रेस के उम्मीदवार होकर भी इंदिराजी की नाराजगी के कारण चुनाव हार गए। उस समय मोरारजी देसाई इनके सबसे बड़े समर्थक थे।

समय बदला। मोरारजी देसाई प्रधानमंत्री बने। गुमनामी से निकालकर रेड्डी को राष्ट्रपति बनाया। मोरारजी की सरकार गई। वे कार्यवाहक प्रधानमंत्री थे और रेडियो से राष्ट्र को संबोधित करना चाहते थे। राष्ट्रपति रेड्डी ने उन्हें इसकी इजाजत नहीं दी। यहाँ राष्ट्रपति प्रधानमंत्री पर भारी पड़ रहे थे। जबकि यह विश्वविदित है कि राष्ट्रपति ज्ञानी जैल सिंह इंदिराजी के हर आदेश का मान रखते थे। वे अपने प्रधानमंत्री इंदिराजी का सम्मान करते थे।

मंत्रिपरिषद्

भारत में संसदीय व्यवस्था को अपनाया गया है जिसमें राष्ट्रपति नाममात्र का या औपचारिक कार्यपालिका है तथा प्रधानमंत्री तथा उसकी मंत्रिपरिषद् वास्तविक कार्यपालिका है। मंत्रिपरिषद् पद्धति को उत्तरदायी सरकार भी कहते हैं। भारतीय संविधान में *मंत्रिमंडल* शब्द का प्रयोग न करके *मंत्रिपरिषद्* शब्द का प्रयोग किया गया है। संविधान के अनुसार राष्ट्रपति को सलाह देने के लिए एक मंत्रिपरिषद् होगी। औपचारिक रूप से समस्त कार्यकारी शक्ति राष्ट्रपति में निहित होने के बावजूद वास्तविक रूप से शासन की समस्त शक्तियों का प्रयोग मंत्रिपरिषद् द्वारा होता है। दोहरी कार्यपालिका, राजनीतिक एकता, प्रधानमंत्री का नेतृत्त्व, सामूहिक उत्तदायित्व, गोपनीयता, एक सबके लिए एवं सब एक के लिए मंत्रिपरिषद् शासन व्यवस्था की प्रमुख विशेषताएं हैं। मंत्रिपरिषद् में तीन प्रकार के मंत्री होते हैं।

1. **मंत्रिमंडलीय स्तर के मंत्री:** यह अपने-अपने विभाग के प्रमुख होते हैं प्रधानमंत्री भी इनमें से एक होता है। मंत्रिमंडल की बैठकों की अध्यक्षता प्रधानमंत्री करता है तथा यह वास्तविक नीति निर्धारक संस्था है।
2. **राज्य मंत्री:** यह मंत्रिमंडलीय स्तर के नीचे स्तर का मंत्री होता है। इसे स्वतंत्र विभाग भी दिया जा सकता है। यह मंत्रिमंडल की बैठकों में तभी उपस्थित होते हैं जब उन्हें आमंत्रित किया जाता है।
3. **उपमंत्री:** यह तीसरे स्तर के मंत्री होते हैं। यह विभागों में प्रशासनिक कार्यों का भार उठाए रहते हैं। यह मंत्रिमंडल की बैठकों में भाग नहीं लेते। मंत्रिमंडलीय विचार-विमर्श में उनकी कोई भागीदारी नहीं होती।

मंत्रियों के भत्ते आदि संसदीय अधिनियमों के तहत् देय होते हैं।

मंत्रियों की नियुक्ति

1. प्रधानमंत्री पद पर राष्ट्रपति उस व्यक्ति को नियुक्त करता है जिसे लोकसभा के बहुमत का विश्वास मत प्राप्त होता है अथवा लोकसभा में निर्वाचित बहुमत दल का नेता होता है।

2. अन्य मंत्रियों की नियुक्ति राष्ट्रपति प्रधानमंत्री की सलाह से करता है।
3. प्रधानमंत्री ही मंत्रियों के विभागों का वितरण करता है।
4. मंत्री किसी भी सदन राज्यसभा अथवा लोकसभा के सदस्यों में से चुना जा सकता है।
5. किसी ऐसे व्यक्ति को भी मंत्री या प्रधानमंत्री नियुक्त किया जा सकता है जो किसी भी सदन का सदस्य नहीं है। लेकिन यह तभी मंत्री बना रह सकता है, जबकि वह छह माह के भीतर किसी भी सदन लोकसभा या राज्यसभा का निर्वाचन द्वारा या मनोनयन द्वारा सदस्य नहीं बन जाता।
   उच्चतम न्यायालय द्वारा अगस्त 2001 में तेज प्रकाश सिंह के मामले में दिए गए एक निर्णय में स्पष्ट किया है कि इस प्रकार बनाए गए मंत्री को छह माह तक किसी सदन का सदस्य बनने में असमर्थ रहने पर पुनः छह माह के लिए मंत्री नहीं बनाया जा सकता।
6. मंत्री दोनों सदनों लोकसभा तथा राज्यसभा में बोल सकता है तथा कार्यवाही में भी भाग ले सकता है, लेकिन वह उस सदन में मतदान में नहीं होता है। अर्थात् वह केवल उसी सदन में मत दे सकता है जिसका वह सदस्य है।[21]

मंत्रियों का उत्तरदायित्व

मंत्रिपरिषद् लोकसभा के प्रति सामूहिक रूप से उत्तरदायी होती है। इसका अर्थ यह है कि सभी मंत्री एक साथ केवल लोकसभा के प्रति उत्तरदायी हैं राज्यसभा के प्रति नहीं। उत्तरदायित्व का तात्पर्य यह है कि यदि लोकसभा में किसी भी एक मंत्री के प्रति अविश्वास प्रस्ताव पारित होता है अथवा प्रधानमंत्री के प्रति अविश्वास पारित होता है तो पूरी मंत्रिपरिषद् को त्यागपत्र देना पड़ता है।

सरकार के विरुद्ध अविश्वास प्रस्ताव

प्रधानमंत्री अथवा मंत्रिपरिषद् या केवल एक मंत्री के विरुद्ध उन्हें पद से हटाने के लिए लोकसभा में अविश्वास प्रस्ताव पारित किया जा सकता है।

अविश्वास प्रस्ताव प्रायः विरोधी दल के संसद सदस्यों द्वारा लाया जाता है। इस प्रस्ताव को स्पीकर को दिया जाता है। यदि यह प्रस्ताव कम-से-कम 50 सदस्यों द्वारा समर्थित है, तो सदन में चर्चा एवं मतदान के लिए स्वीकार कर लिया जाता है। इस प्रस्ताव पर आगामी दस दिनों में चर्चा हो जाती है तथा नियत तिथि पर मतदान कराया जाता है। यदि प्रस्ताव पारित हो जाता है तो सरकार को त्यागपत्र देना पड़ता है।

विश्वास मत

1. सरकार द्वारा स्वयं लोकसभा में अपना बहुमत सिद्ध करने के लिए विश्वास मत प्रस्ताव प्रस्तुत किया जाता है। इसका विकास परंपरागत रूप से हुआ है। भारत में सर्वप्रथम चौधरी चरणसिंह से (1979) विश्वास मत प्राप्त करने के लिए कहा गया था, लेकिन उन्होंने त्यागपत्र दे दिया था। उसके बाद 1989 से प्रायः सभी प्रधानमंत्री विश्वास मत प्राप्त करते रहे हैं। यह भी हो सकता है कि प्रधानमंत्री एवं मंत्रिमंडल राष्ट्रपति को लोकसभा को विघटित करने की सलाह दें।

2. मंत्री राष्ट्रपति के प्रसाद-पर्यंत पद धारण करते हैं अर्थात् प्रत्येक मंत्री का राष्ट्र के प्रति व्यक्तिगत उत्तरदायित्व भी होता है। इसका तात्पर्य यह है कि लोकसभा में मंत्री को विश्वास प्राप्त होते हुए भी उसे राष्ट्रपति प्रधानमंत्री की सलाह पर पद से हटा सकता है अथवा पद त्याग करने को कह सकता है। यह अधिकार वास्तव में प्रधानमंत्री को ही प्राप्त होता है, किसे-किसे मंत्री रखे या किसे मंत्री पद से मुक्त करे। राष्ट्रपति मात्र सांविधानिक औपचारिकता पूरी करता है।
3. प्रधानमंत्री के त्यागपत्र देने पर या उसकी मृत्यु हो जाने पर संपूर्ण मंत्रिपरिषद् को त्यागपत्र देना होता है या वह स्वतः ही निष्प्रभावी हो जाती है।
4. कोई भी मंत्री अपने विभाग से संबंधित मामलों के महत्त्वपूर्ण पत्रादि एवं सूचनाएं प्रधानमंत्री के माध्यम से राष्ट्रपति तक पहुंचा सकता है।
5. प्रधानमंत्री का यह कर्तव्य है कि वह संघ के कार्यकलाप संबंधी मंत्रिपरिषद् के सभी निश्चयों को राष्ट्रपति को सूचित करें।
6. राष्ट्रपति द्वारा प्रशासन एवं विधान संबंधी सूचनाएं मांगे जाने पर प्रधानमंत्री को सूचनाएं देनी पड़ती हैं।
7. राष्ट्रपति द्वारा किसी विषय पर जिस पर किसी मंत्री ने विनिश्चय कर दिया है। लेकिन मंत्रिपरिषद् ने विचार नहीं किया है, प्रधानमंत्री से मंत्रिपरिषद् के विचारार्थ रखने के लिए कहने पर यह विचारार्थ रखा जाता है।

संक्षेप में, संविधान के अंतर्गत मंत्रिपरिषद् की सहायता या परामर्श से राष्ट्रपति अपने कार्यों को संपन्न करेगा। वास्तव में मंत्रिपरिषद् ही राष्ट्रपति के नाम से सारा काम करती हैं क्योंकि, *'वे ही राज्य के जहाज को चलाने वाले यंत्र हैं, उसका रास्ता निर्धारित करते हैं और उसकी रफ्तार निश्चित करते हैं।'*[22]

संदर्भ

1. संविधान-निर्मात्री सभा वाद-विवाद, खंड 7, पृ. 249.
2. बसु, डी.डी., *भारत का संविधान-एक परिचय*, पृ. 186.
3. कपूर, रामजवाया, बनाम पंजाब राज्य (1956) 2 एस.सी.आर. पृ. 225.
4. बसु, डी.डी., *वही* पृ. 184
5. External link the President of India (Official site)
6. भारतीय संविधान, अनुच्छेद 54.
7. भारतीय संविधान, अनुच्छेद 55.
8. कोठारी, रजनी, *भारत में राजनीति*, पृ. 141.
9. Santhanam, J., The constitution of India. p. 48.
10. चौधरी, वाल्मिकी, "संविधान में राष्ट्रपति की भूमिका", *नेशनल हेराल्ड*: नई दिल्ली, 1969, पृ. 263.
11. Lal, A. B., (Editor), *The Indian Parliament*, p. 223.
12. Pylee, M. V., *India's Constitution* 1975, p. 154.
13. Pylee, M. V., Constitutional Government in India 1968, p. 636
14. Pylee, M. V., 1968, p.
15. Prof. Maheshvari, S. R., *President Rules in India*, Preface.

16. केंद्र राज्य संबंध आयोग रिपोर्ट, भाग 1 (1988), पृ. 166.
17. फड़िया, बाबूलाल, *उपराष्ट्रपति का पद और स्थिति, लोकतंत्र, समीक्षा*, जुलाई-सितंबर 1971, पृ. 75, 225.
18. Austin, Granville, *Indian Constitution: Cornerstone of Nation*, Oxford University Press: Delhi, 1996.
19. Johari, J. C., *Indian Government and Politics*, p. 267.
20. Shahabuddin, Syed, "Some Sutras of a Coalition Dharma", South Asia Politics: New Delhi, July, 2004, p. 12.
21. पायली, एम. वी., *भारत का संविधान*, 1975, पृ. 170.
22. Sharma, S. R., *Parliamentary Government in India*, p. 50

10

भारतीय न्यायपालिका: न्यायिक समीक्षा तथा न्यायिक सक्रियता

आज प्रजातांत्रिक शासन प्रणाली ने सार्वभौमिक रूप ले लिया है। सभी देश प्रजातंत्र को उचित मानते हैं, प्रजातांत्रिक शासन को अंगीकृत करते हैं, और इस रूप में वे संसार में विख्यात होना चाहते हैं। प्रजातंत्र की तरफ यह रुझान उस राजनैतिक आंदोलन से प्रेरित है जो राज्य की शक्ति को सीमित और नियंत्रित करने के लिए कटिबद्ध है। इस आंदोलन की परिणति प्रजातांत्रिक शासन में हुई जो शासन को नागरिकों द्वारा गठित करता है, उनके प्रति उत्तरदायी होता है, उनकी इच्छा–अनिच्छा का सम्मान करता है तथा उन्हें शासन की नीति और कार्यक्रम में सम्मिलित करने के लिए तत्पर रहता है।

अगर प्रजातांत्रिक पद्धति शासन की निरंकुशता की प्रवृत्ति को सीमित व नियंत्रित करने में सक्षम है, तो अन्य साधनों में से एक, शक्ति के पृथक्करण का सिद्धांत, इस उद्देश्य में सहायक है। शक्ति के पृथक्करण के सिद्धांत का अभिप्राय राजकीय शक्ति को किसी एक व्यक्ति, वर्ग अथवा संस्था में केंद्रित होने से बचाना है। वैसे तो मोंटेस्क्यू और अन्य राजनैतिक विचारकों ने इस सिद्धांत की चर्चा की है, परंतु इस सिद्धांत को संस्थागत रूप देने का श्रेय संयुक्त राष्ट्र अमेरिका को है जिसके संविधान में इसकी स्पष्ट झलक मिलती है। इस संबंध में जेम्स मैडिसन का कथन बहुत ही महत्त्वपूर्ण है।[1] उनके अनुसार प्रजातंत्र में सबसे बड़ा खतरा स्थायी बहुमत से पैदा होता है। अगर किसी हित का, किसी वर्ग का, या किसी समुदाय का शासन में बहुमत स्थायी हो जाए, तो वह वर्ग अपनी इच्छा को अन्य वर्गों पर थोप सकता है, अपनी शक्ति बढ़ा कर निरंकुश बन सकता है। यह किसी भी प्रजातांत्रिक शासन प्रणाली में असहनीय है, अमान्य है। इस समस्या का निदान मैडिसन के अनुसार जनसाधारण द्वारा संभव नहीं है। इसका निदान संस्थाओं के गठन में तथा उन संस्थाओं की शक्तियों के पृथक्करण में है।

प्रजातांत्रिक शासन में नागरिकों द्वारा चुने हुए प्रतिनिधियों की एक महत्त्वपूर्ण भूमिका होती है। उनके द्वारा गठित व्यवस्थापिका शासन की नीति निर्धारित करती है, कार्यक्रमों का ख़ाका तैयार करती है और विभिन्न उद्देश्यों की पूर्ति के लिए कानून बनाती है। व्यवस्थापिका जनसाधारण की इच्छा का प्रतिनिधित्व करती है, उनकी जरूरतों की पूर्ति के

डॉ. मनीषा रॉय, असिस्टेंट प्रोफेसर, श्री गुरु नानक देव खालसा कॉलेज, दिल्ली विश्वविद्यालय

लिए योजनाएं बनाती है और फिर कार्यपालिका उसके द्वारा निर्धारित नीतियों, कार्यक्रमों को क्रियात्मक रूप देती है। इस प्रकार नीति-निर्धारण और नीतियों का क्रियान्वयन-दो मुख्य अधिकार क्षेत्र अलग हो गए। व्यवस्थापिका तथा कार्यपालिका दोनों ही लिखित अथवा अलिखित संविधान के अनुसार काम करते हैं। फिर भी यह संभावना तो बनी ही रहती है कि इनमें से कोई या दोनों ही अपनी शक्ति को बढ़ाने में संलग्न हो जाएं और संविधान के प्रावधानों को तोड़-मरोड़ कर अपना हित साधन करने लगें।

इस समस्या को टालने के लिए ही संविधान एक तीसरी संस्था का प्रावधान करता है-यह संस्था है, न्यायपालिका। भारतीय न्याय-व्यवस्था के शिखर पर सर्वोच्च न्यायालय है जिसका अधिकार क्षेत्र बहुत ही व्यापक है। संविधान एवं लोकतंत्र की रक्षा का दायित्व सर्वोच्च न्यायालय पर ही है। आम आदमी के संवैधानिक अधिकारों की रक्षा की जिम्मेदारी भी उसी पर है। यह संविधान का व्याख्याकार एवं संरक्षक भी है। भारतीय संविधान की आधिकारिक व्याख्या सर्वोच्च न्यायालय द्वारा की जाती है। पायली के अनुसार, 'सर्वोच्च न्यायालय संघीय शासन-प्रणाली का अनिवार्य अंग है, साथ ही यह संघ तथा राज्यों के बीच उत्पन्न होने वाले विवादों का निर्णय करने वाला अंतिम अधिकरण है।' सर्वोच्च न्यायालय निष्पक्षता से सरकार के कार्यों की संविधान के अनुसार व्याख्या करके सरकार के विभिन्न अंगों में संतुलन स्थापित करता है। संविधान के अनुच्छेद 32 के अंतर्गत यह संविधान द्वारा प्रदत्त मौलिक अधिकारों का अभिरक्षक है। संघ एवं राज्य सरकारों द्वारा इन अधिकारों का अतिक्रमण रोकना तथा अतिक्रमण होने पर नागरिकों को न्याय दिलाना इस न्यायालय का कर्त्तव्य है। इसके साथ-साथ सार्वजनिक महत्त्व के जिन कानूनों तथा तथ्यों पर राष्ट्रपति सर्वोच्च न्यायालय का परामर्श जानना चाहें, उन विषयों पर यह राष्ट्रपति को अपनी राय देता है। अतः सर्वोच्च न्यायालय न केवल लोकतंत्र का रक्षक है अपितु संवैधानिक और साधारण कानूनों की प्रगतिवादी व्याख्या करके सामाजिक और आर्थिक बदलाव का अग्रदूत भी है।

न्यायपालिका का यह दायित्व है कि वह यह निश्चित करे कि व्यवस्थापिका द्वारा बनाए गए कानून संविधान का अनुसरण करते हैं या नहीं, उसकी नीतियां वैसी तो नहीं जिनसे संविधान का अतिक्रमण होता है। उसकी यह भूमिका प्रजातंत्र को सुदृढ़ रखने के लिए अहम है। बीते छः दशकों में न्यायपालिका ने भारतीय लोकतंत्र पर अमिट छाप छोड़ी है। आम आदमी की आवाज़ को स्वर दिया है। उसकी आकांक्षाओं को पूरा करने का माध्यम बनी है, तथा उसे गरिमापूर्वक जीवन जीने का परिवेश निर्मित किया है। इस प्रकार न्यायपालिका ने प्रजातंत्र को सबल एवं सुरक्षित रखने में बहुत महत्त्वपूर्ण योगदान दिया है।

ऐतिहासिक पृष्ठभूमि

पिछले 60 वर्षों में न्यायिक समीक्षा भारतीय न्यायपालिका के क्रियाकलापों का एक महत्त्वपूर्ण अंग बन गई है। इसके फलस्वरूप भारतीय शासन प्रणाली में न्यायपालिका का स्थान अत्यंत ही प्रमुख हो गया है। इसका महत्त्व न्यायिक कार्यशीलता के कारण और भी

बढ़ गया है। इस संदर्भ में यह विचारणीय हो जाता है कि भारतीय न्यायिक शाखा के मूल में ऐसा कौन-सा सिद्धांत या परिप्रेक्ष्य अवस्थित है जिसके कारण न्यायपालिका की भूमिका भारतीय शासन व्यवस्था के लिए अहम् हो गई है। कहने की जरूरत ही नहीं है कि भारतीय न्यायपालिका की उपयुक्त भूमिका और न्यायिक शाखा के विकास की पूर्ण जानकारी तब तक नहीं हो सकती जब तक हम ब्रिटिश शासन में न्यायपालिका के स्वरूप, अधिकार आदि पर दृष्टिपात न करें।

इसमें कोई संदेह नहीं कि ब्रिटिश शासन ने भारतीय न्यायप्रणाली में आमूल परिवर्तन ला दिया। इस परिवर्तन का मुख्य उद्देश्य सामाजिक जीवन के सभी क्षेत्रों; आपराधिक और दीवानी में सार्वदेशिक विधि-व्यवस्था को संस्थापित करना था और इसी अर्थ में कानून के समक्ष समानता के सिद्धांत को अंगीकृत किया गया। इसके फलस्वरूप भारत के सभी नागरिकों के लिए कानून समान रूप से लागू किए जाने की अपेक्षा थी। इस सिद्धांत को संवैधानिक रूप देने के पश्चात् भी समाज की विषमताओं के कारण युगों से चली आ रही सामाजिक, सांस्कृतिक और धार्मिक प्रथाओं के कारण कानून के समक्ष समानता के सिद्धांत का पूर्ण रूप से अनुपालन संभव नहीं हो सका है। राज्यों के निर्देशक सिद्धांत के अनुच्छेद 44 के संविधान में सम्मिलित किए जाने के पश्चात् भी यह लक्ष्य प्राप्त नहीं किया जा सका है। यह सच है कि स्वतंत्रता के पश्चात् यद्यपि भारतीय सरकार इस दिशा में कार्यरत है लेकिन अभी तक वांछित लक्ष्य प्राप्त नहीं किया जा सका है। ब्रिटिश शासनकाल में न्याय-निर्णय का उत्तरदायित्त्व मुख्यतः जज-मजिस्ट्रेट वहन किया करते थे। इनके निर्णयों के विरुद्ध अपील की सुनवाई न्यायिक समिति और इंग्लैंड की प्रिवी काउंसिल की न्यायिक समिति किया करती थी। इस पद्धति की विशेषता यह थी कि न्यायपालिका और कार्यकारिणी समिति के प्रकार्य मिले-जुले थे। बाद में इन दोनों के प्रकार्यों को अलग किया गया और गवर्नमेंट ऑफ इंडिया एक्ट 1935 के अंतर्गत भारत में सर्वोच्च न्यायालय की स्थापना की गई। लेकिन यह प्रिवी काउंसिल की न्याय समिति के अधीनस्थ था। परंतु स्वतंत्रता प्राप्ति के बाद सर्वोच्च न्यायालय एक स्वायत्त संस्था के रूप में प्रकट हुआ। भारतीय संविधान ने पूरी तरह संगठित न्यायालयों की भी व्यवस्था की। इसके द्वारा न्यायपालिका को संसदीय व्यवस्था का दृढ़ आधार बनाना था। इसके द्वारा गवर्नमेंट ऑफ इंडिया एक्ट 1935 के द्वारा जो संभ्रान्ति की स्थिति बनाई गई थी उसे समाप्त करना था। इस एक्ट के अंतर्गत भारत में न तो पूरी तरह से संसदीय प्रणाली ही कार्यरत हो सकी और न ही संघीय व्यवस्था ही कायम की जा सकी।

सर्वोच्च न्यायालय का संगठन

मूल रूप से सर्वोच्च न्यायालय के लिए मुख्य न्यायाधीश तथा 7 न्यायाधीशों की व्यवस्था की गई थी और संविधान के द्वारा सर्वोच्च न्यायालय के न्यायाधीशों की संख्या, सर्वोच्च न्यायालय का क्षेत्राधिकार, न्यायाधीशों का वेतन तथा सेवा शर्तें निश्चित करने का अधिकार संसद को दिया गया है। संसद द्वारा समय-समय पर कानून में संशोधन कर सर्वोच्च

न्यायालय के न्यायाधीशों की संख्या में वृद्धि की गई है। 1985 में विधि द्वारा निर्धारित किया गया कि सर्वोच्च न्यायालय में एक मुख्य न्यायाधीश और 25 अन्य न्यायाधीश होंगे। 2008 में विधि द्वारा यह निर्धारित किया गया कि सर्वोच्च न्यायालय में मुख्य न्यायाधीश सहित कुल 31 न्यायाधीश होंगे।

न्यायपालिका की संरचना

न्यायपालिका की संरचना की तीन विशेष कड़ियां हैं: केंद्र में सर्वोच्च न्यायालय, राज्यों में उच्च न्यायालय और जिला तथा उप-जिला स्तर पर जिला या सत्र न्यायालय।

न्यायपालिका की स्वतंत्रता: न्यायपालिका की स्वतंत्रता लोकतांत्रिक राजनीतिक व्यवस्था का आधार स्तंभ है। इसमें तीन शर्तें निहित हैं–(1)न्यायपालिका को सरकार के अन्य विभागों के हस्तक्षेप से उन्मुक्त होना चाहिए। (2)न्यायपालिका के निर्णय कार्यपालिका एवं व्यवस्थापिका के हस्तक्षेप से मुक्त होने चाहिए। (3)न्यायाधीशों को भय तथा पक्षपात के बिना न्याय करने की स्वतंत्रता होनी चाहिए। भारतीय संविधान द्वारा न्यायपालिका को स्वतंत्र रखने का पूरा प्रयास किया गया है। इसके लिए संविधान में निम्नलिखित व्यवस्थाएं हैं:

(i) न्यायाधीशों की नियुक्ति संविधान के द्वारा: सर्वोच्च तथा उच्च न्यायालयों के न्यायाधीशों की नियुक्ति राष्ट्रपति के द्वारा होती है जो मुख्य न्यायाधीश तथा अन्य न्यायाधीशों से परामर्श के बाद नियुक्ति करते हैं।

(ii) लंबी कार्यावधि तथा कार्यविधि की सुरक्षा: सर्वोच्च न्यायालय के न्यायाधीश 65 वर्ष की आयु तक अपने पद पर कार्यरत रहते हैं। उन्हें साधारणतया पदच्युत नहीं किया जा सकता है। राष्ट्रपति किसी न्यायाधीश को केवल कदाचार अथवा अक्षमता के आधार पर हटा सकते हैं, लेकिन ऐसा तभी संभव हो सकता है जब इस हेतु संसद के प्रत्येक सदन की समस्त संख्या के बहुमत द्वारा तथा उपस्थित और मतदान करने वाले सदस्यों में से कम-से-कम दो-तिहाई बहुमत के द्वारा समर्थित प्रस्ताव उसके समक्ष रखा जाए। इस प्रक्रिया का व्यवहार में आना अति कठिन होता है।

(iii) कार्यप्रणाली के नियमन हेतु नियम बनाने की शक्ति: सर्वोच्च न्यायालय को अपनी कार्यप्रणाली के नियमन हेतु नियम बनाने का अधिकार है, लेकिन नियम संसद द्वारा निर्मित विधि के अंतर्गत होने चाहिए तथा इन पर राष्ट्रपति का अनुमोदन आवश्यक होता है।

(iv) कर्मचारी वर्ग पर नियंत्रण: सर्वोच्च न्यायालय को अपने कर्मचारी वर्ग पर पूरा नियंत्रण प्राप्त है। न्यायालय के सभी अधिकारियों तथा कर्मचारियों की नियुक्ति मुख्य न्यायाधीश एवं अन्य न्यायाधीशों द्वारा की जाती है। सेवा शर्तें भी न्यायालय स्वयं ही निर्धारित करता है।

(v) उन्मुक्तियां (immunities): सर्वोच्च न्यायालय के निर्णय तथा कार्य आलोचना से परे हैं। संसद भी न्यायाधीशों के किन्हीं ऐसे कार्यों पर, जो कर्त्तव्य पालन हेतु किए गए हैं, विचार-विमर्श नहीं कर सकती।

(vi) अवकाश प्राप्ति पर वकालत करने पर प्रतिबंध: संविधान एक अवकाश प्राप्त न्यायाधीश को भारतीय क्षेत्र में किसी न्यायालय या अधिकारी के समक्ष वकालत करने से मना करता है, परंतु संविधान विशेष प्रकार के कार्य के संपादन के लिए उनकी नियुक्ति की अनुमति देता है। उदाहरण–विशेष जांच-पड़ताल और अन्वेषण करना।

संविधान के प्रावधानों से स्पष्ट है कि न्यायपालिका को स्वतंत्र एवं निष्पक्ष बनाने की चेष्टा की गई है, पर व्यवहार में ऐसा लगता है कि इन प्रावधानों में कई कमियां हैं तथा सत्ताधारी दल के नेताओं ने संविधानिक उपबंधों के साथ खिलवाड़ किया है और "प्रतिबद्ध न्यायपालिका" की ओर बढ़ने की चेष्टा की है।

सर्वोच्च न्यायालय में नियुक्तियों पर विवाद

जहां तक न्यायाधीशों की नियुक्ति का प्रश्न है, सर्वोच्च न्यायालय और उच्च न्यायालय के लिए न्यायाधीशों की नियुक्ति राष्ट्रपति द्वारा होती है। राज्यों में हर एक स्तर पर राज्यपाल न्यायाधीशों की नियुक्ति करते हैं। इन सभी नियुक्तियों के लिए उपयुक्त कार्यपालिका की सहमति आवश्यक है। संविधान में यह भी प्रावधान है कि नियुक्तियों में मुख्य न्यायाधीश के साथ परामर्श करना आवश्यक है। (अनुच्छेद 124, खंड 1)

सर्वोच्च न्यायालय में नियुक्तियों को लेकर इधर विवाद खड़ा हो गया है। न्यायमूर्ति पी. दिनकरन प्रकरण ने न्यायाधीशों की नियुक्ति की प्रक्रिया पर फिर एक बार सवालिया निशान लगा दिया है। एक ऐसे जज जिस पर भ्रष्टाचार के गंभीर आरोप लगे हों। उसके नाम की सिफारिश सर्वोच्य न्यायालय में न्यायाधीश के पद पर नियुक्ति के लिए कैसे की जा सकती है? यद्यपि भ्रष्टाचार के आरोपों के सामने आने पर जजों की नियुक्ति की सूची से उनका नाम हटा लिया गया तथा एक समिति को उनके खिलाफ लगाए आरोपों की जांच का आदेश भी दे दिया गया परंतु इस पूरे प्रकरण ने सर्वोच्य न्यायालय की छवि को ठेस पहुंचाई है।

सर्वोच्च न्यायालय में नियुक्तियों पर विवाद नया नहीं है। एस. पी. गुप्ता बनाम भारत सरकार[2] और भारत सरकार बनाम सांफल चंद सेठ (1977)[3] के मामलों में सर्वोच्च न्यायालय ने यह निर्णय दिया कि "परामर्श" का अर्थ "सहमति" नहीं होता, यद्यपि नियुक्तियों के औचित्य के संबंध में विचार-विमर्श आवश्यक है। जब राष्ट्रपति ने 1999 में सर्वोच्च न्यायालय के परामर्श की उपेक्षा की तो सर्वोच्च न्यायालय ने अपने दृष्टिकोण को दोहराते हुए यह कहा, परामर्श लेने के मानदंड और परामर्श की शर्तें भारत सरकार की कार्यपालिका के लिए बाध्यकारी नहीं हैं। बाद में सुप्रीम कोर्ट एडवोकेट्स ऑन रिकॉर्ड्स बनाम भारत सरकार[4] के मामले में सर्वोच्च न्यायालय ने अपनी राय बदल दी। इसके फलस्वरूप न्यायाधीश मंडल का परामर्श जो मंत्रिमंडल द्वारा राष्ट्रपति को प्रेषित किया जाता है, अब बाध्यकारी हो गया है।

इस दृष्टि से सर्वोच्च न्यायालय के लिए न्यायाधीशों की नियुक्ति के संबंध में सर्वोच्च न्यायालय एक तरह से आत्मनिर्धारित (self-appointing) संस्था बन गया है। इससे कार्यपालिका को चिंता तो हुई है, परंतु इस चिंता का समाधान फिलहाल मुश्किल लगता

है।[5] इसका मुख्य कारण यह है कि नेशनल कमीशन फॉर रिव्यू ऑफ दी वर्किंग ऑफ कांस्टीट्यूशन के सदस्यों में न्यायाधीशों को बहुमत प्राप्त है।[6]

न्यायाधीशों की नियुक्ति की प्रक्रिया से यह स्पष्ट हो जाता है कि अपेक्षा यह है कि न्यायाधीशों की नियुक्तियों में कहीं पक्षपात, पूर्वग्रह (bias, prejudice), राजनैतिक हस्तक्षेप, आदि का व्यवहार न हो, और कुशल, ईमानदार न्यायाधीशों की नियुक्ति हो सके। परंतु इतनी सतर्कता बरतने पर भी राजनैतिक हस्तक्षेप को टाला नहीं जा सका है। भूतपूर्व प्रधानमंत्री इंदिरा गांधी के शासन काल में तो ''प्रतिबद्ध न्यायपालिका'' पर काफी जोर दिया गया था। 1977 में सरकार ने सर्वोच्च न्यायालय के वरिष्ठतम न्यायाधीश एच. आर. खन्ना की अनदेखी कर कनिष्ठ न्यायाधीश एम.एच. बेग को भारत का मुख्य न्यायाधीश बना दिया गया था। न्यायमूर्ति खन्ना ने उसी दिन पद से इस्तीफा दे दिया। सरकार जब भी ऐसे आर्थिक, सामाजिक या राजनैतिक कार्यक्रमों को क्रियान्वित करना चाहती है जो उसकी नज़र में सामाजिक कल्याण के लिए प्रभावी सिद्ध होंगे तब उसे यह डर सताता है कि कहीं न्यायपालिका उन कदमों को अवैध न घोषित कर दे। इसीलिए सरकार ऐसे न्यायाधीशों की नियुक्ति करना चाहती है जो सरकार के पक्ष में निर्णय दें। प्रधानमंत्री इंदिरा गांधी का शासनकाल ऐसा ही था। इस संदर्भ में इंदिरा गांधी सरकार के एक मंत्री श्री कुमारमंगलम का संसद में यह वक्तव्य महत्त्वपूर्ण है: 'मुख्य न्यायाधीश की नियुक्ति वरिष्ठता के आधार पर नहीं की जानी चाहिए; न्यायाधीश का दृष्टिकोण उनका सामाजिक दर्शन, जनमत पहचानने की उनकी शक्ति और संसद की सर्वोच्चता की मान्यता सर्वोच्च न्यायाधीश के पद पर नियुक्ति के प्रमुख आधार होने चाहिए।' उन्होंने यह भी स्पष्ट किया कि, यह आज की (अर्थात् तत्कालीन) सरकार के विवेक पर निर्भर है कि वह अपनी दृष्टि से उपयुक्त व्यक्ति को नियुक्त करे।[6] सर्वोच्च न्यायालय में चार न्यायाधीशों की नियुक्ति से संबद्ध फाइल पर राष्ट्रपति के. आर. नारायणन ने यह टिप्पणी दी थी कि ऐसी नियुक्तियों में अनुसूचित जाति, जनजातियों के लिए भी आरक्षण होना चाहिए। 1993 में सुप्रीम कोर्ट के फैसले ने नियुक्ति प्रक्रिया में सरकार का दखल समाप्त किया। जजों की नियुक्ति न्यायपालिका ने अपने हाथ में ले ली। 1998 में सर्वोच्च न्यायालय ने अपने 1993 के फैसले को सही ठहराया तथा नियुक्ति की कोलीजियम व्यवस्था लागू हुई।

न्यायपालिका का अधिकार क्षेत्र

सर्वोच्च न्यायालय का क्षेत्राधिकार काफी व्यापक है। न्यायपालिका का अधिकार क्षेत्र संविधान के अनुच्छेदों 113(A), 132, 133, 134, 134(A) और 144 द्वारा परिभाषित होता है। इन अनुच्छेदों के द्वारा संविधान में सर्वोच्च न्यायालय और उच्च न्यायालयों को मौलिक अपील सुनने और परामर्श देने का अधिकार दिया है। अनुच्छेद 144 के अनुसार यह प्रावधान है कि भारतवर्ष के सभी दीवानी (civil) और न्यायिक अधिकारी 'सर्वोच्च न्यायालय के कार्य में उसकी सहायता करेंगे' इस संदर्भ में ''दीवानी'' शब्द में सभी व्यवस्थापिका तथा कार्यपालिका के अधिकारियों की ओर संकेत होता है। चूंकि सैन्यबल और पुलिसबल दोनों ही असैनिक अधिकारियों के नियंत्रण अनुशासन में काम करते हैं इसलिए उनका भी यह उत्तरदायित्व बन जाता है कि वे भी सर्वोच्च न्यायालय की सहायता करें।

1. प्रारंभिक क्षेत्राधिकारः सर्वोच्च न्यायालय के प्रारंभिक क्षेत्राधिकारों में एक ओर केंद्र और राज्य तथा दूसरी ओर विभिन्न राज्यों के बीच अधिकार विभाजन को लेकर विवाद हैं जिसमें निर्णय देने का अधिकार भी सम्मिलित है। अनुच्छेद 131 में इस अधिकार का प्रावधान है। इस अधिकार के अंतर्गत निम्नलिखित विवाद सम्मिलित हैं:

(i) भारत सरकार तथा एक या एक से अधिक राज्यों के बीच विवाद;

(ii) भारत सरकार, राज्य का कई राज्यों एवं एक या अनेक राज्यों के बीच विवाद; तथा

(iii) दो या दो से अधिक राज्यों के बीच विवाद जिसका संबंध ऐसे प्रश्न से हो जो किसी वैध अधिकार से अस्तित्व या उसके विस्तार के कारण उठ सकता है।

अगर किसी नागरिक के मौलिक अधिकार का हनन हो रहा हो, तो इस स्थिति में सर्वोच्च न्यायालय के समक्ष मामला प्रस्तुत किया जा सकता है। जहां तक भारत सरकार और राज्यों के बीच विवाद का प्रश्न है, सर्वोच्च न्यायालय स्वयं ऐसे मामलों को उठा सकता है (अनुच्छेद 131)। टी.एन. कावेरी बनाम भारत सरकार के मामले में सर्वोच्च न्यायालय द्वारा दिए गए निर्णय के अनुसार अंतर्राष्ट्रीय जल विवाद भी उसके अधिकार क्षेत्र में आ गया है।[7]

2. अपीलीय क्षेत्राधिकारः जहां तक अपील की सुनवाई का प्रश्न है, सर्वोच्च न्यायालय दीवानी, अपराधिक और अन्य मामलों में उच्च न्यायालय के निर्णयों के विरुद्ध अपील सुन सकता है। इसके लिए यह आवश्यक है कि उच्च न्यायालेय यह प्रमाणित करे कि इस निर्णय के फलस्वरूप संविधान के संबंध के कुछ महत्त्वपूर्ण प्रश्न उठ खड़े हुए हैं (अनुच्छेद 134)। कुछ अन्य मामलों में सर्वोच्च न्यायालय स्वयं अपील करने की अनुमति दे सकता है, परंतु ऐसे मामले वे हों जो किसी न्यायालय अथवा न्यायाधिकरण (tribunal) के द्वारा दिए गए निर्णय से उठ खड़े हुए हैं। संसद स्वयं भी केंद्र सरकार व राज्य सरकार के बीच अधिकार विभाजन की विभिन्न सूचियों के प्रति सर्वोच्च न्यायालय के अधिकार क्षेत्र का विस्तार कर सकती है (अनुच्छेद 136 खंड (i)), परंतु इसके लिए सरकार और राज्यों की सहमति आवश्यक है।

3. परामर्शीय क्षेत्राधिकारः सर्वोच्च न्यायालय को परामर्श देने का अधिकार है जिसके अंतर्गत राष्ट्रपति सर्वोच्च न्यायालय से परामर्श ले सकते हैं। कार्यपालिका का यह मानना है कि यदि किसी विशेष प्रश्न पर सर्वोच्च न्यायालय का परामर्श आवश्यक है तो राष्ट्रपति सर्वोच्च न्यायालय से परामर्श लेने पर बाध्य हैं (अनुच्छेद 143)। न्यायपालिका को यह अधिकार प्राप्त है कि अस्पष्टता और विवाद की स्थिति में पूर्व संचित निर्णयों में प्रतिबिंबित कानून की व्याख्या करें। इस अधिकार के द्वारा सर्वोच्च न्यायालय यह निश्चित कर सकता है कि किसी कानून के निर्माण में व्यवस्थापिका का अभिप्राय क्या है। अभिप्राय का स्पष्टीकरण और कानून का औचित्य ठहराने का अधिकार, यह दोनों, स्पष्ट है कि न्यायिक समीक्षा का मार्ग प्रशस्त करते हैं।

न्यायिक समीक्षा के कारण व्यवस्थापिका तथा न्यायपालिका के बीच पारस्परिक संबंध कैसा हो, यह प्रश्न उठ खड़ा होता है। संविधान सभा में इस पर काफी वाद-विवाद हुआ था। कुछ सदस्यों का यह आग्रह था कि इंग्लैंड की तरह भारत में भी संशोधन की प्रक्रिया लचीली हो। इस प्रक्रिया के अनुसार व्यवस्थापिका के द्वारा पारित कानूनों के संबंध

में न तो राजा/रानी और न ही न्यायालय कोई निर्णय दे सकते हैं, न्यायालय सिर्फ कार्यपालिका के आदेशों की वैधता की एक खास हद तक समीक्षा कर सकता है। इस दृष्टि से इंग्लैंड में व्यवस्थापिका का स्थान सर्वोच्च है। परंतु यह प्रक्रिया सभी को पसंद नहीं आई। जवाहर लाल नेहरू ने यह प्रस्ताव रखा कि–संशोधन की प्रणाली संश्लिष्ट (complex जटिल) हो; संविधान के कुछ अनुच्छेदों का बहुमत से संशोधन किया जाए, कुछ दो-तिहाई बहुमत से और कुछ अन्य (यथा, संघीय (federal) मामलों से संबद्ध प्रश्न) मामलों में एक अतिरिक्त शर्त आवश्यक है, यह शर्त है पचास प्रतिशत राज्य इसके लिए सहमत हों। अंत में डॉ. अंबेडकर के वक्तव्य के बाद प्रारूप समिति (Drafting Committee) द्वारा दिया गया यह प्रस्ताव जिसमें संशोधन की संश्लिष्ट प्रक्रिया का प्रस्ताव रखा गया था; स्वीकृत हुआ।[8] उस समय किसी को यह मालूम नहीं था कि भारत की न्यायपालिका विश्व में एक शक्तिमान संस्था सिद्ध होगी। यह इस बात से प्रमाणित होता है कि जहां अन्य संघीय शासनों में न्यायालय व्यवस्थापिका द्वारा पारित कानूनों और कार्यपालिका के आदेशों की समीक्षा करने का अधिकारी है, वहां भारत का सर्वोच्च न्यायालय संविधान में किए गए संशोधनों की भी समीक्षा कर सकता है।[9] 1951 में अपने भूमि सुधार के कानूनों को नेहरू सरकार ने संविधान के पहले संशोधन के द्वारा नवीं अनुसूची में 31B अनुच्छेद के माध्यम से रखा। यह इसलिए किया गया क्योंकि सरकार की मंशा इन कानूनों को न्यायिक जांच से बचाने की थी। पिछले 56 सालों में 284 कानूनों को न्यायिक समीक्षा से बचाने के लिए नवीं अनुसूची में डाला गया है। विभिन्न सरकारों द्वारा नवीं अनुसूची के दुरुपयोग पर रोक लगाने के लिए 2007 में सर्वोच्च न्यायालय ने फैसला सुनाया कि उच्च न्यायालय नवीं अनुसूची में रखे हुए अधिनियमों की भी समीक्षा कर सकता है, यदि वे संविधान के बुनियादी ढांचे का उल्लंघन करते हों।

यह तो स्पष्ट है कि भारतीय शासन के प्रारंभिक दिनों में भी विधिवेत्ताओं ने सर्वोच्च न्यायालय के न्यायिक समीक्षा के अधिकार को स्वीकारा था। संविधान के तीन पहलुओं से न्यायिक समीक्षा की पुष्टि होती है: (i) संविधान का वह अध्याय जिसमें व्यवस्थापिका या कार्यपालिका के आदेशों के विरुद्ध नागरिकों को अपने हितरक्षण के लिए मिले हुए अधिकार हैं; (ii) संविधान की सप्तम अधिसूची जिसमें संघशासन और राज्यों के बीच अधिकार विभाजन की अधिसूचियां जिनमें कर लगाने तथा कानून बनाने का अधिकार सम्मिलित है; और (iii) वह घोषणा जिसमें यह प्रावधान किया गया है कि 1950 के पूर्व पारित कानून उसके बाद के पारित कानूनों से जिस हद तक मेल नहीं खाते उस हद तक वे (अर्थात् 1950 से पूर्व पारित कानून) अमान्य हैं।

जब तक संपत्ति का अधिकार मौलिक अधिकारों की सूची से निकालकर अनुच्छेद 300(A) में एक साधारण कानूनी अधिकार के रूप में स्थानांतरित नहीं किया गया था, तब तक संपत्ति के अधिकार को लेकर न्यायपालिका और व्यवस्थापिका में मुठभेड़ होती रही। यह इसलिए हुआ क्योंकि सरकार जनकल्याण के नाम पर संपत्ति के स्वामित्त्व के संबंध में ''प्रगतिशील'' कानून बनाने की चेष्टा करती रही, और सर्वोच्च न्यायालय ने इस चेष्टा में मौलिक अधिकार का अतिक्रमण होता पाया। अतः नागरिकों के मौलिक अधिकारों का

अभिरक्षक होने के कारण वह संपत्तिहरण के कानूनों को अवैध घोषित करता रहा। अनुच्छेद 32(1) सर्वोच्च न्यायालय को विशेष रूप से उत्तरदायी ठहराता है। वह 'मौलिक अधिकारों को लागू करने के लिए समुचित कार्यवाही करे।' इसी अनुच्छेद के अनुसार सर्वोच्च न्यायालय संपत्ति-संबंधी कानूनों को अवैध करार करता रहा। चूंकि सरकार का यह दावा था कि यह भूमि सुधार के क्षेत्र में गतिशील कदम उठा रही है, वह इन कानूनों में न्यायालय के हस्तक्षेप को सहन नहीं कर सकती थी। उधर सर्वोच्च न्यायालय इन कानूनों को इसलिए असंवैधानिक घोषित करता रहा, क्योंकि उसकी दृष्टि में ये संपत्ति के अधिकार पर अविचारपूर्ण आक्रमण थे। यह इसलिए क्योंकि निजी संपत्ति के अधिग्रहण के बदले अपर्याप्त मुआवजा (compensation) दिया जा रहा था और व्यवसाय चुनने एवं समानता के अधिकारों का हनन हो रहा था। इसके विपरीत सरकार मौलिक अधिकारों की तुलना में इन प्रगतिशील कानूनों को प्राथमिकता प्रदान कर रही थी। इसलिए न्यायपालिका तथा कार्यपालिका के बीच मुठभेड़ अपरिहार्य थी।

4. मौलिक अधिकारों का अभिरक्षकः मौलिक अधिकारों का अभिरक्षक होने के नाते सर्वोच्च न्यायालय बंदी प्रत्यक्षीकरण, परमादेश, प्रतिषेध, अधिकार पृच्छा और उत्प्रेषण लेख जारी कर सकता है। किसी व्यक्ति के अधिकारों का हनन होने पर वह सर्वोच्च न्यायालय की शरण ले सकता है। (अनुच्छेद 32)। संविधान के अनुच्छेद 21 के तहत जीने और स्वतंत्रता के अधिकारों के अतिक्रमण का संबंध मूलतः निरोधक नज़रबंदी से है। सार्वजनिक व्यवस्था की सुरक्षा के लिए निरोधक नज़रबंदी कानून में हाल ही में आतंकवादी गतिविधियों के संदर्भ में मेनटेनेंस ऑफ इंटरनल सिक्यूरिटी एक्ट (MISA), टेरेरिस्ट (terrorist) एंड डिसरप्टिव एक्ट (TADA) और प्रिवेंशन ऑफ टेररिज्म एक्ट (POTA) कानून जोड़ दिए गए हैं।

संविधान का अनुच्छेद 21 हर व्यक्ति को जीने और स्वतंत्रता का अधिकार देता है। संविधान सभा ने संयुक्त राष्ट्र अमेरिका के प्रचलित "विधि की समुचित प्रक्रिया" (due process of law) के द्वारा अधिकार हनन की अनुमति है। परंतु भारतीय संविधान सभा ने इसे स्वीकार नहीं किया और यह आशा की कि 'कानून के द्वारा स्थापित समुचित प्रक्रिया को स्वीकार करने के फलस्वरूप व्यवस्थापिका द्वारा स्वीकृत किसी कानून के संबंध में न्यायालय की कल्पना की उड़ान को सीमाबद्ध किया जा सकेगा।'[10]

5. अभिलेख न्यायालयः अनुच्छेद 129 सर्वोच्च न्यायालय को अभिलेख न्यायालय का स्थान प्रदान करता है। इसके 2 आशय हैं: (i) इस न्यायालय के अभिलेख हर जगह साक्षी के रूप में माने जाते हैं, उनकी प्रमाणिकता पर संदेह नहीं किया जा सकता; (ii) इस न्यायालय के द्वारा न्यायालय अवमान के लिए दंड दिया जा सकता है।

न्यायिक समीक्षाः परिभाषा और पृष्ठभूमि

न्यायिक समीक्षा का इतिहास प्रायः 200 वर्ष पुराना है। इस सिद्धांत का उद्भव संयुक्त राज्य अमेरिका की शासन-प्रणाली में देखा जा सकता है। 1803 में अमेरिकी सर्वोच्च न्यायालय

के न्यायाधीश ने मार्बरी बनाम मैडीसन के मामले में न्यायिक समीक्षा का उल्लेख करते हुए इसकी व्याख्या इस प्रकार की थी: 'न्यायिक समीक्षा न्यायालयों द्वारा अपने समक्ष पेश विधायी कानूनों तथा कार्यपालिका व प्रशासनिक कार्यों की वह समीक्षा है जिसके द्वारा वह निर्णय करता है कि क्या उसने लिखित संविधान द्वारा अनुमोदित प्रावधान के विरुद्ध या उससे हटकर अथवा अपनी संविधान प्रदत्त शक्ति या अधिकार से बढ़कर कुछ किया है या नहीं?' इस दृष्टि से न्यायिक समीक्षा से अभिप्राय है–न्यायालय, कार्यपालिका और व्यवस्थापिका के कार्यों की वैधता का परीक्षण करे; अर्थात् व्यवस्थापिका द्वारा पारित कानूनों एवं नीतियों की संवैधानिकता की जांच करे तथा ऐसे कानूनों एवं नीतियों को असंवैधानिक घोषित करे जो संविधान के किसी अनुच्छेद का अतिक्रमण करती है।

इस संबंध में कॉरविन की न्यायिक समीक्षा की परिभाषा सटीक लगाती है 'न्यायिक समीक्षा का अर्थ न्यायालयों की उस शक्ति या अधिकार से है, जो उन्हें अपने न्यायक्षेत्र के अंतर्गत लागू होने वाले व्यवस्थापिका के कानूनों की वैधानिकता का निर्णय देने के संबंध में प्राप्त है, जिन्हें वे अवैध और व्यर्थ समझें।'[11] इस व्यवहार में बरती जा रही समीक्षा की शक्ति जो न्यायालय को प्राप्त है, से यह भ्रांति हो सकती है कि सभी देशों के संविधानों में न्यायिक समीक्षा का प्रावधान होता है परंतु ऐसा नहीं है। उदाहरण के तौर पर, भारतीय संविधान में न्यायिक समीक्षा के सिद्धांत का संविधान के किसी भी अनुच्छेद में उल्लेख नहीं मिलता। अधिकांश देशों की शासन व्यवस्था में सर्वोच्च न्यायालय को समीक्षा की शक्ति संविधान द्वारा प्रदत्त नहीं है। न्यायालयों ने इसे अनौपचारिक रूप से ही हस्तगत किया है। इससे यह संकेतित होता है कि यह शक्ति प्रच्छन्न है, जो न्यायिक विवेचन की प्रक्रिया में प्रत्यक्ष होती है।

साधारणतया न्यायिक समीक्षा के क्रियाशील होने के लिए तीन आवश्यक और अपरिहार्य शर्तें हैं: (i) लिखित तथा सुनिश्चित संविधान; (ii) केंद्र तथा राज्य सरकारों के बीच अधिकार क्षेत्र का विभाजन; एवं (iii) संविधान में मौलिक अधिकारों का प्रावधान। भारतीय शासन विधान इन सभी शर्तों को पूरा करता है। अत: स्पष्ट और सुनिश्चित संवैधानिक प्रावधान के अभाव में भी न्यायिक समीक्षा का प्रचलन हुआ। सर्वोच्च न्यायालय ने इस सिद्धांत का कई निर्णयों में प्रयोग किया और व्यवस्थापिक तथा कार्यपालिका के उन कार्यों तथा विधियों को असंवैधानिक घोषित किया जिन्हें न्यायपालिका ने संविधान के प्रावधानों के विरुद्ध पाया।

न्यायिक समीक्षा के सिद्धांत की पुष्टि कई प्रकार से होती है। उदाहरण के तौर पर, सर्वप्रथम संविधान के 13वें अनुच्छेद को लिया जा सकता है। इस अनुच्छेद में यह प्रावधान है कि यदि किसी कानून द्वारा राज्य के हाथों नागरिकों के मौलिक अधिकारों का हनन होता हो, तो वह कानून अवैध घोषित किया जा सकता है। कोई भी नागरिक, जिसका मौलिक अधिकार अतिक्रमित हो रहा हो, सर्वोच्च न्यायालय के समक्ष अपनी शिकायत पेश कर सकता है। ऐसा होने पर सर्वोच्च न्यायालय का यह उत्तरदायित्व हो जाता है कि वह उस कानून की समीक्षा करे जिसके द्वारा अधिकारों का अतिक्रमण हो रहा हो। द्वितीय, संघ और राज्यों के बीच विधायी अधिकारों की सीमा को लेकर विवाद छिड़ने पर सर्वोच्च न्यायालय

न्यायिक समीक्षा के लिए अनुच्छेद 246 के अंतर्गत अधिकृत है। संविधान के अनुच्छेद 254 में यह प्रावधान है कि समवर्ती सूची के किसी भी विषय पर यदि किसी राज्य विधान सभा के द्वारा पारित कानून का संघ संसद द्वारा निर्मित किसी कानून से संघर्ष हो, तो राज्य का कानून अवैध होगा। तीसरे, यदि संसद द्वारा कोई संवैधानिक संशोधन विधान की प्रक्रिया का अनुसरण नहीं करता हो, तो न्यायालय उसे अवैध घोषित कर सकता है (अनुच्छेद 368) और अंत में, अगर संविधान की व्याख्या को लेकर कोई मतभेद हो तो इस संबंध में सर्वोच्च न्यायालय का निर्णय मान्य होगा। (अनुच्छेद 32)

न्यायिक समीक्षा के विकास के विभिन्न चरण

सर्वोच्च न्यायालय द्वारा न्यायिक समीक्षा के निर्णयों का एक बहुत बड़ा संग्रह तैयार हो चुका है। इस पर दृष्टिपात करने से यह स्पष्ट हो जाता है कि न्यायिक समीक्षा के विकास का मार्ग सुगम नहीं था। कई बार संसद की सर्वाभौमिकता तथा न्यायपालिका की सर्वोच्चता पर संघर्ष पैदा हुआ। जब-जब सामाजिक सुधार के लिए कानून बनाने में न्यायपालिका ने संसद का मार्ग अवरुद्ध किया, तब-तब संसद ने आक्रामक रुख अपनाया है। नेहरू के कार्यकाल में यह मुकाबला उतना अधिक नहीं था परंतु इंदिरा गांधी के कार्यकाल में यह काफी तीखा हो गया। 1994 में एस. आर. बोम्मई मामले में सर्वोच्च न्यायालय ने न्यायिक समीक्षा की सीमा और भी बढ़ा दी। अनुच्छेद 35(1) के अंतर्गत राज्यों में राष्ट्रपति शासन को भी आंशिक पुनरीक्षण के दायरे में ला दिया है। 2006 में सर्वोच्च न्यायालय ने यह निर्णय दिया कि राष्ट्रपति का अपराधियों को क्षमा प्रदान करने या उनकी सजा को कम करने का अधिकार न्यायिक समीक्षा के अंतर्गत आता है, यदि किसी विशेष कारणवश (extraneous condition) इस अधिकार का प्रयोग किया गया हो। आज न्यायिक समीक्षा ने शक्तिशाली रूप अख्तियार कर लिया है। गंभीर न्यायशास्त्रीय तर्कों-वितर्कों के माध्यम से संवैधानिक विधियों का यह संग्रह 1960 के उपरांत करीब 4 दशकों में तैयार हुआ है।

न्यायिक समीक्षा की वर्तमान स्थिति यह इंगित करती है कि "विधि की समुचित प्रक्रिया" के स्थान पर "विधि द्वारा स्थापित प्रक्रिया" का अनुसरण करते हुए न्यायपालिका आज इस मुकाम पर पहुंची है। अमेरिकी संविधान में "कानून की उचित प्रक्रिया" (due process of law) शब्दावली को अपनाया गया है। संविधान में की गई इस व्यवस्था के आधार पर अमेरिकी सर्वोच्च न्यायालय किसी भी कानून की वैधानिकता की जांच दो बातों के आधार पर कर सकता है-(i) संघ या राज्य, दोनों में से जिसके भी विधानमंडल ने उस कानून को बनाया है, उसके द्वारा इसका निर्माण उसकी कानून निर्माण की क्षमता के अंतर्गत था भी या नहीं। (ii) वह "कानून की उचित प्रक्रिया" की शर्तों को पूरा करता है अथवा नहीं। इस प्रकार यदि विधानमंडल द्वारा बनाया गया कोई कानून पूर्णतया उसकी शक्तियों के अंतर्गत हो, तो भी यदि वह कानून की उचित प्रक्रिया के अर्थात् प्राकृतिक न्याय के कुछ सर्वमान्य सिद्धांतों के विरुद्ध हो, तो उसे सर्वोच्च न्यायालय असंवैधानिक

घोषित कर सकता है, लेकिन भारतीय संविधान में 'विधि द्वारा स्थापित प्रक्रिया (procedure established by law) की जापानी शब्दावली को अपनाया है। इसका अर्थ यह है कि भारत का सर्वोच्च न्यायालय संघ या राज्य द्वारा निर्मित किसी कानून को असंवैधानिक तभी घोषित कर सकता है जबकि संबंधित विधानमंडल ने इस कानून का निर्माण करने में अपनी कानून निर्माण की क्षमता का उल्लंघन किया हो। महत्त्वपूर्ण बात यह है कि भारत का सर्वोच्च न्यायालय यह निश्चित करने में कि अमुक कानून संवैधानिक है या नहीं प्राकृतिक न्याय के सिद्धांतों को या उचित-अनुचित की अपनी धारणाओं को लागू नहीं कर सकता। यदि संघ राज्य के विधानमंडल द्वारा बनाया कोई कानून ऐसा है, जिसका निर्माण करने में वह सक्षम है, तो उसकी संवैधानिकता को चुनौती देना भारत के सर्वोच्च न्यायालय के अधिकार क्षेत्र के बाहर है। इस संदर्भ में एलेक्जैन्ड्रोविच का कथन महत्त्वपूर्ण है 'भारतीय सर्वोच्च न्यायालय की कल्पना एक अतिरिक्त विधान निर्माता के रूप में नहीं की गई है, अपितु एक ऐसे निकाय के रूप में की गई है जिसका उत्तरदायित्व अभिव्यक्त कानून को लागू करना है।'[12] इसी संदर्भ में दुर्गादास बसु की उक्ति भी ध्यातव्य है–न्यायिक समीक्षा के स्थान पर हमारे संविधान में संवैधानिक सीमाओं के अंतर्गत विधायी सर्वोच्चता को स्वीकार किया गया है। यद्यपि सर्वोच्च न्यायालय ऐसे नियम (कानून) को खारिज कर देगा, जो संवैधानिक सीमाओं के प्रतिकूल है, लेकिन इसके द्वारा प्राकृतिक न्याय की धारणा या संविधान के आदर्शों के आधार पर व्यवस्थापिका द्वारा पारित अधिनियमों को रद्द या संशोधित नहीं किया जा सकता। भारत में न्यायपालिका की स्थिति इंग्लैंड और अमेरिका के बीच में है।[13]

भारत में न्यायिक समीक्षा के विकास की दिशा को, एम. पी. सिंह और रेखा सक्सेना के अनुसार चार प्रमुख कालों में विभाजित किया जा सकता है।[14] ये निम्नलिखित हैं:

(i) 1950–1966: प्रथम और द्वितीय प्रधानमंत्री, क्रमशः जवाहरलाल नेहरू तथा लाल बहादुर शास्त्री का शासन काल;

(ii) 1967–1972: कांग्रेस के निर्वाचनों में घटते प्रभाव का तथा इंदिरा गांधी के शासन का प्रारंभिक काल;

(iii) 1973–1979: इंदिरा गांधी के राजनैतिक प्रभुत्व में बढ़ोत्तरी और राजनैतिक उथल-पुथल का काल; और

(iv) 1980–अब तक: संयमित इंदिरा गांधी के शासन में पुनरागमन और बाद में राजीव गांधी के शासन का काल। 1984 में राजीव गांधी की हत्या तथा 1989 के बाद भारतीय राजनीति में कांग्रेस के प्रभुत्व में गिरावट का दौर

इन सभी चरणों में दो विशेषताएं हैं। प्रथम, न्यायिक समीक्षा में संविधान के मूल स्वरूप में अभिकल्पना का समावेश; और दूसरा, इस विषय पर विभिन्न न्यायाधीशों की अलग-अलग परिभाषा जिसका जिक्र हम आगे करेंगे। इसके अतिरिक्त इन चार चरणों में न्यायाधीशों ने संशोधन के अधिकार के संबंध में अलग-अलग निर्णय दिए।

I. न्यायिक समीक्षा के विकास का पहला चरण (1950-66): इस चरण में व्यवस्थापिका और न्यायपालिका का पारस्परिक संबंध सौहार्द्रपूर्ण रहा। ऐसा नहीं था कि दोनों के बीच मतांतर के अवसर नहीं आए, जो मतभेद हुए उनका समझौते के द्वारा निबटारा हो गया। इस चरण के दो मशहूर मामलों–शंकरी प्रसाद बनाम भारत (1951)[15] और सज्जन सिंह बनाम राजस्थान राज्य (1965)[16]–में सर्वोच्च न्यायालय ने महत्त्वपूर्ण निर्णय दिए। पहले मामले के निर्णय द्वारा संविधान के प्रथम संशोधन (1951) को वैध ठहराया गया। इस संशोधन के द्वारा संविधान में नौवीं अधिसूची सम्मिलित की गई जिसमें वर्णित विषयों पर सर्वोच्च न्यायालय को समीक्षा करने से वर्जित किया गया। इसकी आवश्यकता इसलिए हुई कि भूमि सुधार के कानूनों को अवैध करने से सर्वोच्च न्यायालय को रोका जा सके। इस मामले के निर्णय के द्वारा संसद के संशोधन के अधिकार, खासकर मौलिक अधिकारों से संबद्ध अधिकार को स्वीकारा गया। इससे पूर्व सर्वोच्च न्यायालय ने भूमि सुधार के सभी कानूनों को इस आधार पर अवैध घोषित किया था कि वे संपत्ति के अधिकार तथा व्यवसाय अपनाने की स्वतंत्रता का अतिक्रमण करते थे। इसके बाद के वर्षों में कई संशोधन पारित हुए जिनमें चतुर्थ और सप्तम संशोधन का संबंध मौलिक अधिकारों से है। सप्तम संशोधन (1964) के द्वारा नौवी अधिसूची में कई नए कानून जोड़े गए। सज्जन सिंह बनाम राजस्थान राज्य के मामले (1965) के द्वारा इनकी वैधता को चुनौती दी गई। इस मामले में पांच न्यायाधीशों की खंडपीठ में से तीन, जिनमें मुख्य न्यायाधीश गजेन्द्र गड़कर भी शामिल थे, शंकरी प्रसाद के मामले में दिए गए निर्णय के साथ अपनी सहमति दिखाई और संसद के संशोधन के अधिकार को वैध माना, परंतु दो न्यायाधीशों ने इस संबंध में असहमति व्यक्त करते हुए कुछ शंकाएं उठाईं। उनकी आशंका थी कि सरकार मौलिक अधिकारों के मामले में किसी सीमा का आदर नहीं करेगी।

II. न्यायिक समीक्षा के विकास का द्वितीय चरण (1967-72): इस चरण का प्रारंभ गोलकनाथ बनाम पंजाब राज्य (1967) के मामले[17] से हुआ। पंजाब सिक्यूरिटी ऑफ लैंड टेन्योर एक्ट (1953) को नवीं अधिसूची में सम्मिलित करने के कारण यह मामला सर्वोच्च न्यायालय के सामने लाया गया; यह तर्क दिया गया कि नवीं अधिसूची में इस कानून को शामिल करना असंवैधानिक है क्योंकि चतुर्थ और सप्तम संशोधन, जिनके द्वारा कानून नवीं अधिसूची में सम्मिलित किए जाते हैं, मौलिक अधिकारों विशेषकर संपत्ति के अधिकार, का अतिक्रमण करते हैं। गोलकनाथ मामले में और दो मामले मिला दिए गए थे; उनका भी तर्क यह था, मैसूर लैंड रिफॉर्म एक्ट, 1962 को नवीं अधिसूची में शामिल करना गैर-कानूनी है। इन सभी मामलों में 11 न्यायाधीशों की खंडपीठ में से 6 न्यायाधीशों ने बहुमत से सर्वोच्च न्यायालय का पहला निर्णय निरस्त (reject) कर दिया और यह निर्णय दिया कि संवैधानिक व्यवस्था में मौलिक अधिकारों को एक प्रकार से शाश्वत (permanent) माना गया है। इसलिए संसद का संशोधन का अधिकार संविधान के तृतीय खंड में वर्णित मौलिक अधिकारों को प्रभावित नहीं करता है। सर्वोच्च न्यायालय ने यह निर्णय भी दिया कि अनुच्छेद 368 के अनुसार संसद को संशोधन करने का अधिकार प्राप्त नहीं है; यह तो मात्र संशोधन की प्रक्रिया की रूपरेखा प्रस्तुत करता है। संशोधन का

प्रावधान तो अनुच्छेद 245, 246 और 248, जो केंद्र और राज्य के बीच विधान-निर्माण के अतिरिक्त नवीं अधिसूची में सम्मिलित संघीय सूची में 97वीं प्रविष्टि से संबद्ध है। यह भी निर्णय दिया गया कि अनुच्छेद 13(2) के अंतर्गत संशोधन की प्रक्रिया कानून मात्र है और इस तरह के कानून से जिस हद तक मौलिक अधिकारों का अतिक्रमण होता है, उस हद तक वे कानून न्यायिक समीक्षा के अंतर्गत आते हैं।

इस प्रकार गोलकनाथ के मामले में इस ऐतिहासिक निर्णय से न्यायपालिका ने संसद के संविधान संशोधन के अधिकार पर सवालिया निशान लगा दिया तथा न्यायपालिका ने अपने समीक्षा के अधिकार को संपुष्ट कर दिया।

III. न्यायिक समीक्षा के विकास का तृतीय चरण (1973-79): केशवानन्द भारती बनाम केरल राज्य (1973)[18] के मामले से तृतीय चरण की शुरुआत हुई। केरल लैंड रिफार्म एक्ट 1963 (1969 और 1971 में संशोधित) को इस मामले में चुनौती दी गई। जब मामला विचाराधीन ही था तब इस कानून को नवीं अधिसूची में सम्मिलित कर लिया गया। 13 न्यायाधीशों की खंडपीठ ने एकमत होकर यह निर्णय दिया कि संसद को संविधान के तृतीय खंड समेत समस्त संविधान को संशोधित करने का अधिकार है। परंतु न्यायाधीशों ने यह राय दी कि संशोधन का अधिकार उस हद तक सीमित है जिसको पार करने पर 'संविधान का मूल स्वरूप विकृत होता हो।' यह "मूलभूत स्वरूप" संशोधन के दायरे से बाहर है। न्यायालय ने संविधान संशोधन के अधिकार पर एकमात्र प्रतिबंध लगाया कि इसके माध्यम से संविधान के मूल ढांचे को क्षति नहीं पहुंचनी चाहिए।

इस निर्णय के फलस्वरूप गोलकनाथ मामले में दिया गया निर्णय निरस्त हो गया; संविधान के 24वें संशोधन को वैधता मिली, इसी के साथ संशोधन के अनुच्छेद 2(a) और 2(b) को भी वैध माना गया; और 25वें संशोधन के पहले भाग, अनुच्छेद 3 को वैध माना गया। परंतु दूसरा भाग अवैध माना गया। दूसरे भाग का संबंध सरकार द्वारा राज्यों के निर्देशात्मक सिद्धांतों के क्रियान्वयन से था। इसमें यह प्रावधान था कि कोई भी व्यक्ति राज्य के निदेशक सिद्धांतों के संबंध में बनाए गए कानून को इस आधार पर चुनौती नहीं दे सकता कि इस कानून का क्रियान्वयन नहीं हो रहा है।

दिलचस्प बात यह है कि सर्वोच्च न्यायालय ने संविधान के मूल स्वरूप के सिद्धांत को घोषित तो किया, परंतु भिन्न-भिन्न न्यायाधीशों ने इसकी अलग-अलग व्याख्या दी। किसी ने यह कहा कि इसका अर्थ संविधान सर्वोपरि है, तो किसी ने गणतंत्रीय प्रजातांत्रिक शासन व्यवस्था को, तो किसी ने धर्मनिरपेक्षता और किसी ने शक्तियों की पृथकता और अधिकारों के विभाजन को सर्वोपरि माना। इसके साथ ही भारत की सार्वभौमिकता और देश की एकता को भी मूल आधार का अंग बनाया गया। संविधान के मूल आधार के बारे में अभी तक कोई एकमत स्थापित नहीं हो सका है। जहां तक संपत्ति के अधिकार का प्रश्न है, और जिस प्रश्न को लेकर संसद और न्यायपालिका में काफी विवाद उठ खड़ा हुआ था, जनता पार्टी की सरकार ने 1978 में 44वें संशोधन के द्वारा उसे मौलिक अधिकारों की सूची से निकालकर साधारण कानून की कोटि में रख दिया। फिर भी वह

विधायी सुरक्षा अर्थात् बिना कानूनी अख्तियार के कोई भी अपनी संपत्ति से वंचित नहीं किया जा सकता, अभी भी बरकरार है।

IV. न्यायिक समीक्षा के विकास का चतुर्थ चरण (1980 से अब तक): चतुर्थ चरण के प्रारंभ में मिनर्वा मिल्स लिमिटेड बनाम भारत सरकार (1981) का मुद्दा उठा। उस मिल के राष्ट्रीयकरण के कारण यह मामला सर्वोच्च न्यायालय के सामने आया। यद्यपि इस मुकदमे का सरोकार संपत्ति के अधिकार से था, तथापि नानी पालकीवाला ने इस प्रश्न को संसद के संशोधन के अधिकार से जोड़ दिया। इस मामले में जो खंडपीठ गठित हुई उसमें मुख्य न्यायाधीश चन्द्रचूड़ ने संविधान के 42वें संशोधन कानून (1976) के चौथे और 95वें अनुच्छेद को संसद के संशोधन के अधिकार क्षेत्र से बाहर करार दिया। पहला, क्योंकि यह किसी चुनौती का अधिकार इसलिए नहीं देता कि इसके द्वारा राज्य के निदेशक सिद्धांतों का परिपालन होता है। न्यायालय ने यह भी माना कि इससे समानता (अनुच्छेद 14) और व्यवसाय चुनने के अधिकार (अनुच्छेद 19) का अतिक्रमण होता है। दूसरा, 42वें संशोधन के 95वें अनुच्छेद को इसलिए अवैध माना गया क्योंकि इसके द्वारा संसद के संशोधन के अधिकार को इतना विस्तृत बना दिया गया कि इससे संविधान के मूल स्वरूप के विकृत होने का खतरा पैदा हो गया क्योंकि इसे न्यायिक समीक्षा से बाहर रखा गया।

1980 और 1990 के दशकों में न्यायपालिका के निर्णयों के ऐसे कई उदाहरण मिलते हैं जो यह संकेत करते हैं कि किस तरह बहुत सारे संवैधानिक मूल्यों की अवमानना होने की संभावना बढ़ गई है। राजनैतिक प्रतिद्वंद्विता और उद्योगपतियों तथा राज्य द्वारा अनाधिकार हस्तक्षेप से यह खतरा पैदा हुआ है।[19] फिर भी यह तो निश्चित है कि संविधान के मूल स्वरूप का सिद्धांत अब सुनिश्चित हो गया है। केशवानंद से प्रारंभ होकर सांभर मूर्त्ति तक न्यायिक समीक्षा संविधान के मूल स्वरूप का एक महत्त्वपूर्ण अंग बन गया।

न्यायिक सक्रियता

आपातकाल के बाद के वर्षों में एक नई न्यायिक परंपरा की शुरुआत हुई जिसे न्यायिक सक्रियता (Judical Activism) के नाम से जाना जाता है। पिछले कुछ दशकों में न्यायिक सक्रियता पर काफी वाद-विवाद देखने में आया है। अगर न्यायपालिका की सक्रियता की आलोचना हुई तो बहुत से विचारशील समीक्षकों ने इसकी तारीफ़ भी की है। कुछ आलोचकों को यह चिंता है कि न्यायिक सक्रियता के कारण कहीं शासन की विभिन्न शाखाओं में बहुत कठिनाई से स्थापित शक्ति-संतुलन न बिगड़ जाए। इस श्रेणी में हम उनको शामिल कर सकते हैं जो शासकीय पदों पर आसीन होने पर भी शासन के काम में ढीलापन दिखलाते हैं अथवा शासन की प्रतिबद्धताओं को गंभीरता से नहीं लेते। इसके फलस्वरूप सामाजिक न्याय की संवैधानिक प्रतिबद्धता को व्यवहारिक रूप नहीं दिया जा सका है, जबकि इस क्षेत्र में सरकार ने पिछले 6 दशकों में बहुत काम किया है तथा काफ़ी धनराशि भी खर्च की गई है।

इस अर्थ में अभी भी अधिकांश भारतीय नागरिकों को न्याय नहीं मिल पाया है। इसी संदर्भ में न्यायिक समीक्षा की साम्प्रतिक (contemporary) सार्थकता सिद्ध होती है। पिछले

दशकों में सर्वोच्च न्यायालय ने अनुभव किया कि अगर व्यवस्थापिका और कार्यपालिका सामाजिक न्याय का वादा पूरा करने में असमर्थ हैं या अनिच्छुक हैं, तो न्याय का संरक्षक होने के नाते, सर्वोच्च न्यायालय का यह कर्त्तव्य बनता है कि वह इन दोनों को उनके उत्तरदायित्व का वहन करने के लिए उत्प्रेरित करे। समय की इसी मांग को पहचान कर, तथा भारतीय नागरिकों की अस्तित्वात्मक (existential) स्थिति को समझ कर न्यायपालिका ने अपनी भूमिका को एक नया आयाम दिया है। उसने यह स्वीकारा है कि न्याय का स्वरूप मात्र कानून बनाने से नहीं बनता और निखरता है और न ही मौलिक अधिकारों का प्रावधान करने से न्याय की रक्षा होती है। इस संदर्भ में जेम्स मैडिसन का यह कथन कि अधिकार तो भोजपत्र की दीवार की तरह होते हैं; एक धक्का मारने से वे टूट-फूट जाते हैं; काफी सटीक है।

इस अर्थ में न्याय के संचालन और उसके संरक्षण के लिए सामाजिक-आर्थिक कारकों की बहुत बड़ी भूमिका है। सर्वोच्च न्यायालय ने यह अनुभव किया कि न्याय व्यवस्था को आम जनता की जीवन दशा को सुधारने तथा उसे मूलभूत अधिकार दिलाने के लिए शासन में सक्रिय भागीदारी की आवश्यकता है।[20] इस सक्रिय दृष्टिकोण को अपनाने के कारण भारतीय न्याय व्यवस्था का स्वरूप बदलता जा रहा है; वह निषेधात्मक के स्थान पर रचनात्मक बन गई है। इस रचनात्मक पक्ष की जोरदार अभिव्यक्ति उसकी इस समझ से उद्‌भूत हुई है कि कानून की भूमिका मात्र अतीत से जुड़ी हुई रूढ़िवादी न्याय व्यवस्था नहीं है और न ही निहित स्वार्थों की रक्षा करना इसका कर्त्तव्य है। उसे तो गरीबों तथा असहायों को न्याय व्यवस्था में सम्मानजनक नागरिक बनने में सहायता देनी चाहिए। अत: आम, असहाय नागरिकों की गरिमा के संरक्षण के लिए सर्वोच्च न्यायालय ने सक्रिय भूमिका अपनाई है। इस संदर्भ में राजीव धवन की यह उक्ति बहुत ही सही है कि भारतीय शासन की प्रक्रिया, जो पहले बहुत हद तक कार्यपालिका द्वारा परिचालित थी, अब न्यायपालिका द्वारा अभिप्रेरित हो रही है।[21] उपेंद्र बख्शी का मानना है कि न्यायिक सक्रियता का महत्त्व तब और भी बढ़ जाता है तब वैश्वीकरण की प्रक्रिया से प्रभावित होकर उच्च तथा मध्य वर्ग के लोग सामाजिक बहिष्करण की नीति बेहिचक अपनाते हैं जिसका शिकार गरीब तथा असहाय व्यक्ति होते हैं। उनके अनुसार जिस देश में राजनीति निर्दय अमानवीयता को प्रोत्साहन देती हो, जहां संविधान को बिना सोचे-समझे संशोधित किया जाता हो, जहां मानव अधिकार और न्याय मात्र शब्दाडंबर (rhetoric) बन कर रह गए हों, और इसके द्वारा वैश्विक (global) निगम (corporate) पूंजीवाद का हित संपादन होता हो तो यह उचित ही है कि न्यायिक सक्रियता के माध्यम से संरचनात्मक समायोजन हो।[22]

इसमें संदेह नहीं कि सर्वोच्च न्यायालय के न्यायाधीशों की मानसिकता, उनके विचार और उनकी सामाजिक चेतना ने न्यायिक सक्रियता को प्रोत्साहन दिया है और न्यायिक सक्रियता को न्याय व्यवस्था का एक आवश्यक अंग बना दिया। सर्वोच्च न्यायालय के कुछ प्रगतिशील न्यायाधीश यथा वी. आर. कृष्ण अय्यर, पी.एन. भगवती और अन्य ने सर्वोच्च न्यायालय की कार्यविधि को बदल दिया। परंतु उपेंद्र बख्शी की यह मान्यता है कि देश में इधर बहुत सारे लोग ऐसे उभर कर आए जिन्होंने मानव अधिकार, सामाजिक विषमता, बंधुआ मज़दूर, गरीबी की समस्या, महिलाओं के सशक्तीकरण आदि समस्याओं को ऊपर

उठाया और न्यायाधीशों को मजबूर कर दिया कि वे इन समस्याओं के निदान के लिए कारगर कदम उठाएं।[23]

आपातकाल के बाद के वर्षों में न्यायिक सक्रियता की शुरूआत हुई। इसके माध्यम से कई क्षेत्रों में न्यायिक पहल की गई जिससे आम जनता को बहुप्रतीक्षित न्याय मिला। पर्यावरण संरक्षण के क्षेत्र में पिछले 25 वर्षों में हुए सुधारों का श्रेय न्यायपालिका को जाता है। इसके अलावा महिलाओं के सम्मान की रक्षा, उनके साथ गरिमापूर्ण व्यवहार, बंधुआ मजदूरों की मुक्ति और बाल मज़दूरों के शिक्षण तथा उनकी दशा सुधारने जैसे अनगिनत क्षेत्रों में सुप्रीम कोर्ट ने महत्त्वपूर्ण फैसले दिए हैं। इतना ही नहीं ऐसे कई मामले भी आए जिनमें अदालती निर्णयों का दबाव इस सीमा तक पड़ा कि संसद को कानून बनाना पड़ा। शिक्षा को मूल अधिकार का दर्जा दिया जाना, जनप्रतिनिधित्व अधिनियम में संशोधन करके प्रत्याशियों के बारे में जानकारी दिए जाने को अनिवार्य बनाना तथा सूचना अधिकार कानून के निर्माण में सार्थक पहल न्यायपालिका की ओर से ही हुई।

न्यायिक सक्रियता अब एक महत्त्वपूर्ण तथ्य बन गई है। परंतु अभी भी इसकी संकल्पना कुछ स्पष्ट नहीं हो पाई है। पत्रकारों के द्वारा इस संकल्पना का प्रयोग तो अवश्य किया जाता है, परंतु इसकी कोई निश्चित परिभाषा नहीं बन पाई है। ऐसे समीक्षक, जिन्होंने इस संकल्पना को एक विशिष्ट रूप प्रदान किया है, न्यायिक सक्रियता का व्यवहार दो अर्थों में करते हैं। प्रथम, उनकी दृष्टि में सर्वोच्च न्यायालय न्यायिक समीक्षा के पक्ष में अपनी महत्ता को बरकरार रखने के लिए और भी मुखर होकर सक्रियता का दामन पकड़ता है। नेहरू के शासनकाल में न्यायपालिका को समीक्षा का अधिकार प्राप्त नहीं था, यह अधिकार तो उसने काफी संघर्ष के बाद प्राप्त किया है। इसलिए न्यायपालिका की कड़ी आलोचना भी होती रही है। इसी कारणवश उसे अपनी महत्ता का पुरजोर इज़हार करना पड़ा है।

द्वितीय, न्यायिक सक्रियता को उन मामलों से जोड़ा जाता है जो सार्वजनिक हित संरक्षण से संबंधित मामलों के अंतर्गत आते हों। ऐसे मामलों में गरीब तथा पिछड़े वर्ग, पटरी पर रहने वाले लोग, निर्माण कार्य करने वाले मज़दूर आदि से संबंधित मामले उठाए गए। इन मामलों के द्वारा सर्वोच्च न्यायालय की शक्ति में काफी वृद्धि हुई है। इन सभी जनहित संरक्षण के मामलों के मूल में जो भाव काम कर रहा है, उसका संबंध न्याय व्यवस्था की पारंपरिक प्रक्रिया से है। साधारणतया, किसी भी मुकद्दमे में एक वादी होता है और एक प्रतिवादी होता है। ऐसे मामलों में दो व्यक्ति भाग लेते हैं और इन मामलों के माध्यम से निजी विवादों के समाधान की आशा होती है। परंतु, कुछ ऐसी भी समस्याएं होती हैं जो सार्वजनिक होती हैं, जिनमें कोई व्यक्ति खास रुचि नहीं रखता। परंतु इन सार्वजनिक समस्याओं को सुलझाने के बाद ही जनहित का संरक्षण संभव हो पाता है। इसी अर्थ में सर्वोच्च न्यायालय ने न्याय व्यवस्था में एक नया मोड़ ला दिया है।

न्यायिक सक्रियता की कुछ महत्त्वपूर्ण विशेषताएं हैं।

प्रथम, इसके द्वारा जनहितकारी समस्याओं से संबद्ध विवादों को मान्यता मिली है। कोई भी व्यक्ति किसी ऐसे समूह या वर्ग की ओर से मुकद्दमा लड़ सकता है जिसके संवैधानिक अधिकारों का अतिक्रमण हुआ हो। सर्वोच्च न्यायालय ने यह स्पष्ट कर दिया है कि गरीब, अपंग, असहाय, सामाजिक तथा आर्थिक रूप से कमजोर एवं शोषित वर्ग की ओर से कोई

भी व्यक्ति न्यायालय के सामने मामला लाकर न्याय की आशा कर सकता है। इसकी शुरुआत 1980 में भागलपुर (बिहार) की जेल में विचाराधीन बंदियों के मामले से हुई।

द्वितीय, न्यायिक प्रक्रिया के अंतर्गत संविधान के अनुच्छेद 21 की नई व्याख्या की गई। इस अनुच्छेद के अनुसार किसी व्यक्ति को उसके जीवन और उसकी स्वतंत्रता से समुचित कानूनी प्रक्रिया के बिना, वंचित नहीं किया जा सकता। इस अनुच्छेद के तहत यह माना जाता रहा है कि कार्यपालिका या सरकार व्यक्ति को उसके जीवन और स्वतंत्रता से वंचित कर सकती है। परंतु मेनका गांधी बनाम भारतीय संघ (1978) के मामले में सर्वोच्च न्यायालय ने यह निर्णय दिया कि किसी भी व्यक्ति को उसके जीवन और स्वतंत्रता से वंचित करने की प्रक्रिया को विवेक-सम्मत, उत्तम तथा न्यायपूर्ण होना चाहिए। इस प्रकार न्यायपालिका ने सरकार के मनमानेपन पर अंकुश लगा दिया।

जन-हित संरक्षण संबंधी कुछ महत्त्वपूर्ण मामले

1. हुस्सैन आरा खातून बनाम बिहार सरकार मामला (1980): यह न्यायिक सक्रियता के सबसे पहले मामलों में से एक था। इस मामले ने बिहार के जेलों में विचाराधीन कैदियों की दयनीय दशा को उजागर किया। एक अखबार में छपी खबर के आधार पर एक वकील ने अनुच्छेद 32 के अंतर्गत जनहित याचिका द्वारा इस ओर ध्यान आकर्षित किया। न्यायालय ने बिहार सरकार से उन कैदियों की सूची मांगी जिनके मामले 18 महीनों से अधिक समय से विचाराधीन थे। तब बिहार सरकार ने हलफनामा दिया तो पता चला कि बिहार की जेलों में हज़ारों कैदी वर्षों से बंद पड़े हैं। यह याचिका कैदियों की ओर से नहीं थी फिर भी सर्वोच्च न्यायालय ने इस याचिका के माध्यम से हजारों कैदियों को मुक्त करवाया। न्यायालय ने स्वीकारा कि ऐसे मामलों की जल्द सुनवाई का अधिकार जीवन तथा स्वतंत्रता के अधिकार का अभिन्न और अनिवार्य हिस्सा है।
2. एक अन्य मामले में पत्रकार सुश्री शीला वरसे (1983) ने मुंबई पुलिस की जेलों में बंद महिला कैदियों की दुर्दशा का मामला उठाया। उन्होंने न्यायालय को बताया कि महिला कैदी हिरासत में हिंसा का शिकार थीं। न्यायालय ने सक्रियता का परिचय देते हुए इस मामले का संज्ञान लिया तथा यह पता लगाने का आदेश दिया कि क्या महिला कैदी जेल में यातना और दुर्व्यवहार का शिकार थीं? न्यायालय ने यह भी निर्देश जारी किया कि महिला कैदियों की सुरक्षा का ध्यान रखते हुए उन्हें अलग लॉक-अप में रखा जाए तथा उनकी रखवाली की जिम्मेदारी महिला कांस्टेबलों पर हो तथा उनसे पूछताछ भी केवल महिला पुलिस अधिकारियों द्वारा ही की जाए।
3. मुंबई के पटरीवासियों का मामला (1979) भी न्यायालय के सक्रिय होने को दिखलाता है। मुख्य न्यायाधीश के सामने एक पत्रकार ओल्गा तेलिस ने मुंबई के पटरीवासियों की समस्याओं का मामला उठाया। न्यायालय ने अंतरिम आदेश जारी कर पटरीवासियों की सुरक्षा का इंतज़ाम किया।

4. सुनील बत्रा बनाम दिल्ली प्रशासन (1978): जनहित याचिकाओं ने एक नया आयाम तब लिया जब यह मामला सामने आया। इसे न्यायपालिका के 'पत्रकाव्यगत क्षेत्राधिकार' के नाम से जाना जाता है। इसकी शुरुआत एक कैदी द्वारा आजीवन कारावास की सज़ा भुगत रहे दूसरे कैदी के साथ जेल वार्डन द्वारा अमानवीय तथा क्रूर व्यवहार की सूचना पत्र द्वारा न्यायालय को भेजी गई। न्यायालय ने इस पत्र को बंदी प्रत्यक्षीकरण रिट मानकर जेल अधिकारियों के विरुद्ध निर्देश जारी किया कि उक्त कैदी के साथ अमानवीय व्यवहार रोका जाए तथा जिसने यह अपराध किया उसे दंड दिया जाए। इस रिट का उपयोग केवल अवैध कारावास से विमुक्ति के लिए ही नहीं वरन् जेल में कैदियों के साथ सभी प्रकार के अमानवीय व्यवहारों के विरुद्ध संरक्षण प्रदान करने के लिए किया जा सकता है।
5. एशियाड श्रमिक केस (1982) एशियन गेम्स के सिलसिले में जो निर्माण कार्य चल रहा था उसमें हज़ारों मज़दूर काम कर रहे थे। इन्हें निर्धारित संवैधानिक न्यूनतम वेतन से कम मजदूरी दी जा रही थी। इसके अलावा जिन लोगों से काम करवाया जा रहा था उनमें बाल मज़दूर भी थे। पीपुल्स यूनियन फॉर डेमोक्रेटिक राइट्स नामक संस्था ने इस मामले में सरकारी एजेंसियों के खिलाफ याचिका दायर की। अदालत ने इसे गंभीर अपराध माना और फैसला सुनाया कि यह संवैधानिक गारंटी का उल्लंघन है। न्यायालय ने बाल श्रम को गैर कानूनी ठहराया तथा गैर न्यूनतम मज़दूरी को बेगार माना।
6. बंधुआ मुक्ति मोर्चा बनाम भारतीय संघ (1984): इस मामले में एक संस्था ने पत्र द्वारा सर्वोच्च न्यायालय को सूचित किया कि फ़रीदकोट जिले की पत्थर की खानों में काफी संख्या में श्रमिक अमानवीय दशा में मज़दूरी कर रहे हैं तथा उनमें से ज्यादातर बंधुआ मज़दूर थे। न्यायालय ने इस पत्र को रिट मानकर एक आयोग नियुक्त किया जिसने न्यायालय को रिपोर्ट दी कि संस्था का आरोप सत्य है। न्यायमूर्ति श्री भगवती ने यह अभिनिर्धारित किया कि जनहित के ऐसे मामले का सरकार को स्वागत करना चाहिए और समुचित कदम उठाकर बंधुआ मज़दूरों की स्थिति को सुधारना चाहिए।
7. परमानंद कटारा बनाम भारतीय संघ (1989) मामले में एक वकील ने उच्च न्यायालय का ध्यान सड़क और अन्य दुर्घटनाओं में घायल व्यक्तियों को पेश आ रही कठिनाइयों की तरफ खींचा। याचिकाकर्ता ने यह बतलाया कि गंभीर रूप से घायल होने पर भी दुर्घटना के शिकार लोगों को तत्काल इलाज नहीं मिल पाता है। ऐसा इसलिए होता है क्योंकि ऐसे डॉक्टरी एवं कानूनी मामलों में प्रक्रियागत औपचारिकताओं की कमी होने के कारण सभी अस्पताल तथा डॉक्टर घायलों का उपचार करने से इंकार कर देते हैं। इस मामले में सुप्रीम कोर्ट ने चिकित्सा प्रतिष्ठानों को निर्देश दिया कि वे घायलों को बिना कागज़ी कार्यवाही के ही तत्काल चिकित्सा सहायता प्रदान करें।
8. औद्योगिक प्रदूषण और जनहित याचिकाएं: औद्योगिक प्रदूषण को कम करने के लिए सर्वोच्च न्यायालय ने इस दशक में जनहित याचिकाओं के माध्यम से कई

ऐतिहासिक फैसले दिए हैं। देश में प्रदूषण फैलाने वाली औद्योगिक इकाइयों पर 1995 में न्यायालय का चाबुक पड़ा। 1995-96 में सर्वोच्च न्यायालय के फैसले के बाद या तो उन्हें बंद कर दिया गया या फिर कड़ी चेतावनी के साथ उन्हें प्रदूषण नियंत्रित करने का आदेश दिया गया।

1995 में प्रसिद्ध वकील एम. सी. मेहता की अपील पर न्यायालय ने अपने आदेश में कहा कि जूता और ढलाई उद्योग से आगरा का पर्यावरण दूषित हो रहा है। इसे सुधारने के लिए इन उद्योगों को स्थानांतरित किया गया। ताजमहल के आसपास आयरन फाउंड्रियों और ईंट के भट्टों के कारण इस ऐतिहासिक इमारत को खतरा बढ़ गया, इसलिए 1995 में 508 उद्योगों को प्रदूषण घटाने या फैक्टरी बंद करने का आदेश दिया गया।

पर्यावरण संरक्षण के क्षेत्र में न्यायालय ने कई कारगर कदम उठाए हैं। एक प्रमुख निर्णय उस याचिका की सुनवाई में लिया गया जिसमें दिल्ली में वाहनों से होने वाले व्यापक वायु प्रदूषण के सवाल को उठाया था। न्यायालय ने उत्सर्जन के स्तर में हुई खतरनाक वृद्धि, जो कि वाणिज्यिक वाहनों द्वारा डीजल के उपयोग के कारण हुई, को ध्यान में रखते हुए इस मामले में निर्णायक हस्तक्षेप किया। न्यायालय ने आदेश दिया कि सरकारी बसें, डीज़ल की बजाय सी.एन.जी. (जो कि पर्यावरण के अनुकूल है) का प्रयोग करें। बाद में ऑटोरिक्शाओं को भी सी.एन.जी. पर ही चलाने का फैसला लिया गया। न्यायिक सक्रियता के कारण ही दिल्ली के प्रदूषणकारी उद्योगों को दिल्ली से बाहर जाना पड़ा।

9. लैंगिक न्याय के क्षेत्र में एक महत्त्वपूर्ण कदम विशाखा बनाम राजस्थान राज्य सरकार मामले के निर्णय द्वारा उठाया गया। इस ऐतिहासिक फैसले में सुप्रीम कोर्ट ने दिशा निर्देश दिए कि कार्यस्थल पर यौन उत्पीड़न को रोकने के लिए उपयुक्त निवारण तंत्र स्थापित किया जाए और इस मुद्दे पर एक व्यापक कानून बनाने का निर्देश भी दिया गया।

1996-2000 की कालावधि न्यायपालिका की सक्रियता की दृष्टि से अभूतपूर्व कही जा सकती है। जनता के बढ़ते दबाव के कारण न्यायालयों ने भ्रष्टाचार के कई मामलों में सक्रियता का परिचय दिया जिनमें हवाला कांड, लक्खूभाई पाठक, सेंट किट्स आदि मामले प्रमुख हैं।

सर्वोच्च न्यायालय ने हाल ही केंद्र सरकार को नोटिस जारी कर उससे ऑस्ट्रेलिया में नस्ली (racial) हमलों का सामना कर रहे भारतीय छात्रों की सुरक्षा के लिए उठाए गए कदमों की जानकारी मांगी। एक अन्य मामले में न्यायालय ने उत्तर प्रदेश सरकार को नोटिस भेजकर उससे मुख्यमंत्री मायावती की प्रतिमाओं के प्रसार के बारे में पूछताछ की है। इन प्रतिमाओं पर उत्तर प्रदेश सरकार ने करोड़ों रुपये खर्च किए हैं। न्यायालय इस फिज़ूलखर्च का विवरण चाहता है। फरवरी 2010 में राष्ट्रपति प्रतिभा पाटिल के पति देवीसिंह शेखावत एक भूमि विवाद में फंस गए। उन पर एक किसान की 2.25 एकड़ जमीन हड़पने का आरोप लगा। किसान की शिकायत पर आंध्र प्रदेश की एक जिला अदालत ने आदेश दिया

कि भूमि को वापस उस किसान को लौटाया जाए। इन सभी मामलों में न्यायिक हस्तक्षेप की जनता द्वारा सराहना हुई है।

निष्कर्ष

इस अध्याय में की गई चर्चा से यह स्पष्ट हो जाता है कि भारत की न्यायपालिका विगत 6 दशकों में एक लंबा सफर तय करने के बाद एक ऐतिहासिक मुकाम पर पहुंच चुकी है। सर्वोच्च न्यायालय ने भारतीय शासन प्रणाली में अपना सुनिश्चित और सुदृढ़ स्थान बना लिया है।

न्यायपालिका के अधिकारों–संविधान-प्रदत्त और स्वोपार्जित–में अब कोई कमी होने की संभावना नहीं है। सर्वोच्च न्यायालय ने न्यायिक प्रक्रिया को एक नया मोड, एक नई दिशा दी है। सर्वोच्च न्यायालय ने ''संविधान के मूलस्वरूप'' की अवधारणा की बात की और व्यवस्थापिका तथा कार्यपालिका की स्वेच्छाचारिता की प्रवृत्ति पर अंकुश लगा दिया। यह सत्य है कि 'संविधान के मूलस्वरूप' की अवधारणा की कोई एक निश्चित परिभाषा नहीं बन सकी है; परंतु इसने एक मापदंड प्रस्तुत कर दिया है जिसके द्वारा कानूनों की, संशोधनों की समुचित समीक्षा हो सकती है। सर्वोच्च न्यायालय ने अपने समीक्षा के अधिकार को ठोस आधार दिया है। न्यायिक सक्रियता के फलस्वरूप न्याय व्यवस्था की संरचना में बड़ा परिवर्तन हुआ है। इस परिवर्तन के कारण न्यायव्यवस्था समय की मांग के अनुसार स्वयं को ढालने में सफल हुई है। आज न्यायिक व्यवस्था जनहित संरक्षण पर आधारित हो गई है। अब कोई भी सरकार के सताए जाने पर न्यायालय की शरण लेकर इंसाफ पा सकता है। इस तरह सर्वोच्च न्यायालय ने साधारण आदमी की प्रतिष्ठा तथा गरिमा के संरक्षण को प्रश्रय दिया है।

न्यायपालिका की गौरवगाथा के बीच यह भी सत्य है कि कुछ न्यायाधीशों में भी मानवीय दुर्गण हो सकते हैं, वे मोहग्रस्त हो सकते हैं। कर्नाटक उच्च न्यायालय के मुख्य न्यायाधीश दिनकरन पर पद के दुरुपयोग के गंभीर आरोप हैं। उन्हें हटाने के लिए महाभियोग की प्रक्रिया शुरू की जा चुकी है। आश्चर्य तो यह है कि इन सभी तथ्यों के बावजूद सुप्रीम कोर्ट के कॉलेजियम ने उन्हें सुप्रीम कोर्ट का न्यायाधीश बनाए जाने के लिए चयनित कर लिया था। इसके अलावा कोलकाता उच्च न्यायालय के न्यायाधीश सौमित्र सेन पर महाभियोग की कार्यवाही लंबित है। फिर भी वह उच्च न्यायालय के न्यायाधीश के रूप में सभी सुविधाओं का लाभ उठा रहे हैं। उच्च न्यायालय में भ्रष्टाचार के कुछ मामलों पर अपनी प्रतिक्रिया देते हुए भारत के पूर्व मुख्य न्यायाधीश के.जी. बालाकृष्णन ने कहा कि भारत जितनी बड़ी न्यायपालिका में ऐसे मामले इक्का-दुक्का ही हैं, और कुल मिलाकर न्यायपालिका का प्रदर्शन शानदार माना जा सकता है। लेकिन आम आदमी की नज़र में न्यायपालिका छवि सरकार तथा प्रशासन से ऊपर है, उसकी साख़ गिराने के लिए कुछ एक मामले ही काफी होंगे। बाइबल (Bible) की एक उक्ति की मदद लेते हुए हम कह सकते हैं कि न्यायपालिका हमारे लोकतंत्र का नमक है, और अगर नमक का स्वाद बिगड़ जाए

तो पूरा लोकतंत्र बेस्वाद हो जाएगा। ऐसा न हो इसलिए न्यायिक दायरों से उठ रहे विरोधी स्वरों के बावजूद उच्च न्यायपालिका को विधिक रूप से पारदर्शी और जवाबदेह बनना जरूरी है। न्यायपालिका इस दिशा में अग्रसर है। 2010 में दिल्ली उच्च न्यायालय के सभी 42 न्यायाधीशों ने अपनी संपत्ति का ब्यौरा अदालत की वेबसाइट (website) पर डाल दिया। इस तरह दिल्ली उच्च न्यायालय, केरल उच्च न्यायालय तथा मद्रास उच्च न्यायालय के जजों के बाद संपत्ति के मामले में पूर्ण पारदर्शिता अपनाने वाला देश का तीसरा उच्च न्यायालय हो गया है। सुप्रीम कोर्ट के न्यायाधीशों की ओर से यह कदम दिसंबर 2009 में ही उठाया जा चुका है।

कुछ अन्य घटनाएं भी घटी हैं, जिनसे न्यायपालिका की छवि लोगों को अचानक अपारदर्शी दिखने लगी है। आमजन को यह बहुत आश्चर्यजनक लगता है कि न्यायपालिका स्वयं को सूचना के अधिकार के दायरे से अलग क्यों रखना चाहती है? यदि प्रधानमंत्री का कार्यालय आर. टी. आई. के तहत जवाबदेह है तो भारत के मुख्य न्यायाधीश का कार्यालय क्यों नहीं? जब सरकार पारदर्शी होने का दावा करती है तो फिर मुख्य न्यायाधीश खुलेपन से संकोच क्यों कर रहे हैं?

इसके अलावा, मार्च 2010 में प्रधानमंत्री मनमोहन सिंह ने न्यायालयों में लंबित मुकदमों की भारी संख्या की ओर ध्यान आकर्षित किया है। कानून, न्याय तथा आम आदमी पर हुए राष्ट्रीय सम्मेलन में अपने अभिभाषण में उन्होंने कहा कि देश की अदालतों में लंबित 3 करोड़ से भी अधिक मामले हमारे प्रजातंत्र को शक्तिहीन कर रहे हैं। प्रधानमंत्री ने कहा कि न्याय के बिना लोकतंत्र अर्थहीन है।[24] इस गंभीर समस्या के समाधान के लिए यू. पी.ए सरकार ने ग्राम न्यायालय एक्ट पारित किया है। इस एक्ट के द्वारा पांच हजार न्यायालय पंचायत स्तर पर स्थापित किए जाएंगे। इसके अलावा 71 अतिरिक्त सी.बी.आई. अदालतों की स्थापना भी की जाएगी। इस कानून के द्वारा लंबित मामलों का शीघ्र निपटान संभव हो सकेगा। प्रधानमंत्री ने राज्य सरकारों को शीघ्र अतिशीघ्र लागू करने के लिए कहा है।

एक अन्य समस्या पर गौर करना आवश्यक है। जब से नव उदारवादी आर्थिक सुधार तथा वैश्वीकरण का प्रारंभ 1990 में हुआ, तब से न्यायिक व्यवहार में प्रत्यक्ष परिवर्तन देखने को मिला है। यद्यपि सार्वजनिक हित के मामले जारी हैं, परंतु न्यायपालिका के हाल के कुछ निर्णयों से स्पष्ट लगता है कि न्यायालय व्यापारिक उदारवाद (business liberalism) के पक्ष में है। उदाहरण के तौर पर, बालको (Balco) कर्मचारी यूनियन बनाम यूनियन ऑफ इंडिया (2000) के मामले में सर्वोच्च न्यायालय ने भारत सरकार की विनिवेश की नीति को सही ठहराया तथा विनिवेश के विरोध में कर्मचारियों के विरोध की याचिका को खारिज़ कर दिया।

कुछ अन्य मामलों, जैसे नर्मदा बचाओ आंदोलन बनाम यूनियन ऑफ इंडिया (2000), एन.डी. जायाल बनाम यूनियन ऑफ इंडिया (2003) इत्यादि में भी न्यायालय ने उन चुनौतियों को खारिज किया है जिनका उद्देश्य आर्थिक सुधार की गति को धीमा करना था, चाहे उससे कानून का हनन हो या फिर भ्रष्टाचार को बढ़ावा क्यों न मिलता हो। प्रसिद्ध वकील प्रशांत भूषण का मानना है कि ऐसा लगता है कि सर्वोच्च न्यायालय ने अनुच्छेद 21 की अपनी ही

व्याख्या को कमजोर कर दिया है और कई बार गरीब और कमजोर वर्ग के लोगों के हितों की रक्षा को उतना महत्त्व नहीं दिया है जितना उसे देना चाहिए।

यह तो स्पष्ट है कि शासन की सभी समस्याओं के निवारण में न्यायपालिका रामबाण का काम नहीं कर सकती है। न्यायपालिका की शक्ति उसकी कानून के शासन के प्रति प्रतिबद्धता है। न्यायपालिका अकेले ही संतुलित संवैधानिक शासन के अभाव में संवैधानिकता संरक्षित नहीं रख सकती। संतुलित संवैधानिक शासन के लिए आवश्यक है कि शासन की प्रत्येक शाखा संविधान के दायरे में रहकर अपने कर्त्तव्य और जिम्मेदारियों का निर्वहन करे। इसी आधार पर सुशासन की व्यवस्था हो सकती है। इस संदर्भ में, हाल ही में ऐसा देखने में आया है कि विधानसभाएं तथा संसद अपनी कार्यवाही पर विशेष ध्यान दे रहे हैं तथा अपने अधिकारों का दृढ़ता से प्रयोग कर रहे हैं। सितंबर 2005 में 11 सांसद कैमरे पर नकद-प्रश्न घोटाले में घूस लेते हुए पकड़े गए। इन सांसदों को संसद से निष्कासित कर दिया गया। कुछ सांसदों ने न्यायालय की शरण ली। इस पर सुप्रीम कोर्ट ने स्पीकर को सम्मन जारी कर दिया लेकिन लोकसभा अध्यक्ष श्री सोमनाथ चटर्जी ने निष्कासन को विशुद्ध विधायी कार्यवाही करार देते हुए अदालत के सम्मन का जवाब देने से इंकार कर दिया। देर से ही सही परंतु विधायिका अपने खोए हुए अधिकारों को वापस ले रही है। यह एक अच्छा संकेत है।

अंततः अपनी गरिमा को बचाने की पहल न्यायपालिका को स्वयं ही करनी होगी। उसे अपनी कमियों के आकलन की संस्कृति विकसित करनी होगी। अपने को मानवेत्तर मानकर कानून से परे रखने के मोह से उबरना होगा। चयन प्रक्रिया और सत्यनिष्ठा से जुड़े हुए मामलों को पारदर्शी बनाना होगा। समालोचना को प्रोत्साहित करने की संस्कृति विकसित करनी होगी तथा आत्म-परिष्करण का परिवेश तैयार करना होगा।

इस संदर्भ में दिल्ली उच्च न्यायालय के अवकाश प्राप्त मुख्य न्यायाधीश जस्टिस ए. पी. शाह की राय में न्यायपालिका के सुधार के मार्ग में सबसे बड़ी समस्या पारदर्शिता का अभाव है तथा सर्वोच्च न्यायालय में न्यायाधीशों की नियुक्तियों के लिए कोई स्पष्ट मापदंड नहीं बनाए गए हैं। यदि किसी न्यायाधीश की नियुक्ति नहीं की जाती तो उन्हें इसका कारण भी नहीं बताया जाता है। उनके अनुसार सर्वोच्च न्यायालय में नियुक्ति की कॉलेजियम व्यवस्था में कई दोष हैं जिन्हें दूर करने के लिए पारदर्शिता आवश्यक है। उनके शब्दों में, 'मैं यह नहीं कहता कि नियुक्तियों के लिए सार्वजनिक सुनवाई हो, परंतु उम्मीदवारों को यह तो जानना चाहिए कि उन्हें सर्वोच्च न्यायालय में क्यों नहीं नियुक्त किया गया।'[25]

आशा है न्यायपालिका शीघ्र ही इस आंतरिक अंतर्विरोध की दुविधा से निकलने की दिशा में कारगर कदम उठाएगी और भारतीय लोकतंत्र को और भी सशक्त बनाएगी।

संदर्भ

1. फेडरलिस्ट पेपर्स (न्यूयार्क: दी मॉडर्न लाइब्रेरी, 1956), संख्या 10
2. एस. पी. गुप्ता बनाम भारत सरकार, ऑल इंडिया रिपोर्टर (ए.आई.आर.), सुप्रीम कोर्ट, सेक्शन (ए.स.सी) 1982.

3. भारत सरकार बनाम सांफल चन्द सेठ, ए.आई.आर, एस.सी. 1977.
4. सुप्रीम कोर्ट एडवोकेट्स ऑन रिकॉर्ड्स बनाम भारत सरकार, 1993.
5. नेशनल कमीशन फॉर रिव्यू ऑफ दी वर्किंग ऑफ दी कॉंस्टिट्यूशन, रिपोर्ट ऑफ दी एन.सी.आर.ब्लयू.सी. युनिवर्सल लॉ पब्लिशिंग कं., दिल्ली, 2000 पारा 7.3.7.
6. जैन, पुखराज, एवं फाड़िया, बी. एल., *भारतीय शासन एवं राजनीति*, साहित्य भवन पब्लिकेशंस: आगरा, 2010, पृ. 296.
7. टी. एन. कावेरी बनाम भारत सरकार, 1999, सुप्रीम कोर्ट जजमैंट्स, 2-547.
8. कॉन्स्ट्यूयेंट एसेंबली डिबेट्स (C.A.D.) बुक नं. 4 लोकसभा सेक्रेटैरिएट, नई दिल्ली, 1999, तृतीय पुनर्मुद्रण, पृ. 1644-167.
9. बख्शी, उपेन्द्र, *करेज क्राफ्ट एंड कन्टेन्शन: दी इंडियन सुप्रीम कोर्ट इन दी एटीज*, एन. एम. त्रिपाठी, प्रा. लि. बम्बई: 1985, अध्याय 3.
10. ऑस्टिन, ग्रैनविल, *दी इंडियन कंस्टिट्यूशन: कार्नरस्टोन ऑफ ए नेशन*, ऑक्सफोर्ड युनिवर्सिटी प्रेस, दिल्ली: 1966 पृ. 101-113.
11. कॉरविन, ई. एस., *एस्से ऑन जुडिसियल रिव्यू'*, इनसायक्लोपीडिया ऑफ सोशल साइंस, खंड VII, पृ. 457
12. जैन, पुखराज, एवं फाड़िया, बी. एल., उपरोक्त में उद्धृत, पृ. 305.
13. बसु, दुर्गादास, *कमेंट्री ऑन इंडियन कॉंस्टिट्यूशन*, पृ. 404-405.
14. सिंह, एम. पी., तथा सक्सेना, रेखा, *इंडियन पॉलिटिक्स: कंटेम्पोररी इश्यूस एंड कंसर्स*, प्रेन्टिस हॉल ऑफ इंडिया प्रा. लि.: नई दिल्ली, 2008) पृ. 127.
15. शंकरी प्रसाद बनाम भारत सरकार (1951).
16. सज्जन सिंह बनाम राजस्थान राज्य, ए.आई.आर., एस.सी. 1967.
17. गोलकनाथ बनाम पंजाब राज्य, ए. आई.आर., एस.सी. 1967.
18. केशवानंद भारती बनाम केरल राज्य, ए.आई.आर., एस.सी., 1973.
19. द्रष्टव्य बी. एन. शुक्ल, *कंस्टिट्यूशन ऑफ इंडिया*, महेन्द्रपाल सिंह द्वारा संशोधित, 10वां संस्करण, ईस्टर्न बुक कम्पनी, लखनऊ: 2001.
20. तुलनीय 'सर्वोच्च न्यायालय ने पिछले दो वर्षों से सक्रिय भूमिका अपनाई है, इसका कारण देश में असाधारण सामाजिक-आर्थिक स्थिति का बोलबाला है।' न्यायाधीश पी. एन. भगवती
21. भवन, राजीव, '*गवर्नेस बाई जुडिसियरी: इन्टु दी नेक्स्ट मिलेनियम*, बी. डी. दुआ, एम. पी. सिंह और रेखा सक्सेना संपादित *इंडियन जुडिसियरी एंड पोलिटिक्स: दी चैजिंग लैंडस्केप*, मनोहर पब्लिकेशंस: नई दिल्ली, 2000.
22. बख्शी, उपेंद्र, ''दी अवतार्स ऑफ इंडियन जुडिशियल ऐक्टीविज्म: एक्सप्लोरेशंस इन ज्योगैफिक्स ऑफ (इन) जस्टिस'', एस. के. वर्मा और कुसुम (संपादक) *फिफ्टी ईयर्स ऑफ सुप्रीम कोर्ट ऑफ इंडिया: ईट्स ग्रैस्प एंड रीच*, इंडियन लॉ इन्स्टिट्यूट ऑफ लॉ, ऑक्सफोर्ड युनिवर्सिटी प्रेस,: नई दिल्ली 2000, पृ. 172-76.
23. उपरोक्त, पृ. 173-76.
24. *हिंदुस्तान टाइम्स*, 28 मार्च 2010.
25. *दी टाइम्स ऑफ इंडिया*, 13 फरवरी 2010.

11

राज्य सरकारें और उनकी कार्यप्रणाली

भारतीय संविधान ने भारत में संघात्मक शासन व्यवस्था को स्थापित किया है। भारतीय संविधान द्वारा अपनाई गई संघात्मक व्यवस्था के अंतर्गत राजनीति के तीन स्तर हैं–राष्ट्रीय राजनीति, राज्य राजनीति और स्थानीय राजनीति। इसमें राष्ट्रीय राजनीति आधुनिकतावादी तत्त्वों का प्रतिनिधित्व करती है और स्थानीय राजनीति परंपरावादी तत्त्वों का, लेकिन राज्य राजनीति में आधुनिकतावादी और परंपरागत दोनों ही प्रकार के तत्त्व देखे जा सकते हैं। वस्तुतः यह इन दोनों का समन्वय है। भारतीय संघ के अंतर्गत 28 राज्य और 6 केंद्र शासित प्रदेश तथा एक राष्ट्रीय राजधानी दिल्ली है। संयुक्त राज्य अमेरिका से भिन्न जहां केंद्रीय और राज्य संविधान तथा नागरिकता का स्वरूप दोहरा है वहीं भारतीय गणतंत्र में इकहरा संविधान और इकहरी नागरिकता का प्रावधान है। केवल जम्मू कश्मीर ही ऐसा राज्य है जिसका अपना अलग संविधान है।[1] स्वतंत्रता प्राप्ति के पश्चात् सामाजिक विज्ञान अनुसंधान द्वारा केवल संघीय और राष्ट्रीय राजनीति पर ही विचार किया जाता था। राज्यों की राजनीति के व्यवहारगत पहलुओं का अध्ययन संघीय राजनीति के अध्ययन की तुलना में देरी से आरंभ हुआ।[2]

भारतीय संविधान में भारत को "राज्यों का संघ" कहा गया है।[3] संविधान के द्वारा राज्यों में भी लोकप्रिय संसदीय व्यवस्था की गई है और इस संसदात्मक व्यवस्था में राज्यपाल राज्य की कार्यपालिका का वैधानिक प्रधान होता है जबकि मंत्रिपरिषद् राज्य की कार्यपालिका सत्ता की वास्तविक प्रधान होती है। संसदीय शासन व्यवस्था में कार्यपालिका का अध्यक्ष वास्तविक शक्तियों का उपयोग नहीं करता, वास्तविक अधिकार मंत्रिपरिषद् के हाथों में होते हैं। राज्यपाल अपनी शक्तियों का उपयोग मुख्यमंत्री तथा मंत्रिपरिषद् की सलाह से करता है। परंतु संविधान राज्यपाल को कुछ विवेकाधिकार भी प्रदान करता है। इन अधिकारों का उपयोग करते समय वह राष्ट्रपति के प्रति उत्तरदायी होता है। भारतीय संविधान के अनुसार राज्यपाल की नियुक्ति राष्ट्रपति के माध्यम से होती है। यह नियुक्ति प्रधानमंत्री द्वारा प्रभावित हो सकती है।[4] राज्यपाल के पद को दो संदर्भों में देखा जा सकता है, एक तो राज्य सरकार के संवैधानिक अध्यक्ष के रूप में और दूसरा केंद्र और सरकारों के बीच में कड़ी के रूप में। एक तरफ वह केंद्र के प्रभावशाली यंत्र के रूप में कार्य करता है दूसरी तरफ वह नई दिल्ली में बैठे सच्चे मास्टर्स (संघीय स्तर की कार्यपालिका)

स्मिता यादव, असिस्टेंट प्रोफेसर, दौलत राम कॉलेज, दिल्ली विश्वविद्यालय

की इच्छा के अनुसार राज्य की समस्याओं को निपटाता है। इसलिए कहा जाता है कि राज्यपाल राज्य का वैधानिक प्रधान कम और संघ का एजेंट अधिक दिखाई देता है।[5]

नेहरू युग में राज्यपाल का पद ''गाड़ी के पांचवें पहिए'' के समान बनकर रह गया था। चौथे आम चुनाव के बाद यह मत जोर पकड़ने लगा कि 'पांचवां पहिया होने की बजाय राज्यपाल का प्रतिष्ठित पद परमश्रेष्ठ सामाजिक संस्था और एक वैधानिक आवश्यकता है।' डॉ. इकबाल नारायण के शब्दों में, 'संवैधानिक क्षमता के न्यायिक दृष्टिकोण से ही राज्यपाल की भूमिका पर विचार करना पर्याप्त नहीं है। आवश्यक यह है कि राजनीतिक व्यवस्था की प्रामाणिकता पर पड़े उनके व्यवहार एवं कार्यों के व्यापक प्रभावों के मूल्यांकन किए जाएं।'[6]

राज्यपाल

अनुच्छेद 154(1) के अनुसार राज्य की कार्यपालिका शक्ति राज्यपाल में निहित होगी और वह इसका प्रयोग संविधान के अनुसार स्वयं या अपने अधीनस्थ अधिकारियों के द्वारा करेगा। अनुच्छेद 155 के अनुसार राज्यपाल की नियुक्ति राष्ट्रपति करता है।[7] भारत में संघात्मक शासन है किंतु देश की एकता को बनाए रखने के लिए केंद्र का राज्यों पर नियंत्रण होना आवश्यक समझा गया, इसलिए राष्ट्रपति द्वारा राज्यपाल की नियुक्ति होती है। अनुच्छेद 156 के अंतर्गत राष्ट्रपति के प्रसादकाल तक राज्यपाल अपने पद पर बना रह सकता है। राज्यपाल की नियुक्ति पांच वर्ष तक के लिए होती है। इससे पूर्व भी वह राष्ट्रपति को त्यागपत्र दे सकता है और राष्ट्रपति भी उसकी अवधि बढ़ा सकता है। अवधि समाप्त होने के पश्चात् नए राज्यपाल की नियुक्ति तक वह पद पर बने रहता है।

संविधान निर्माताओं ने भारत के विभाजन और देश की सामाजिक व आर्थिक समस्याओं को देखते हुए सोचा कि केंद्रीय सरकार को शक्तिशाली बनाने पर ही देश की स्वतंत्रता व अखंडता की रक्षा हो सकती है और गंभीर राजनीतिक अस्थिरता व सांप्रदायिक तनाव को रोका जा सकता है। संविधान निर्माता चाहते थे राज्यपाल कुछ परिस्थितियों में राज्य में संघीय शासन के प्रतिनिधि के रूप में कार्य करें। अतः राज्यपाल के संबंध में संघीय शासन द्वारा मनोनयन की पद्धति को अपनाया गया। एक निर्वाचित प्रधान की अपेक्षा मनोनीत राज्यपाल एक स्वतंत्र और निष्पक्ष मध्यस्थ की निर्णायक भूमिका अच्छे रूप में निभा सकता है। इस प्रकार राज्यपाल की नियुक्ति के संबंध में कनाडा के संविधान का अनुकरण किया गया है। जहां राज्यपाल की नियुक्ति गवर्नर जनरल द्वारा होती है। अल्लादि कृष्णास्वामी अय्यर ने इस प्रसंग में संविधान सभा में कहा था कि 'समरूपता की प्राप्ति के लिए, अच्छे कार्य संचालन के लिए, राज्यपाल तथा मंत्रिपरिषद् के संबंधों को दृढ़ एवं उपयोगी बनाने के लिए यही अच्छा है कि हम कनाडा के संविधान के अनुरूप ही व्यवस्था करें।'[8]

राज्यपाल की नियुक्ति के संबंध में राजमन्नार समिति के विचार: तमिलनाडु सरकार द्वारा नियुक्त राजमन्नार समिति ने राज्यपाल की नियुक्ति के संबंध में दो सुझाव

दिए। पहला, राज्यपाल की नियुक्ति को अंतिम रूप देने के पूर्व केंद्रीय सरकार को संबंधित राज्य के मुख्यमंत्री से परामर्श करने की परंपरा को जारी रखा जाना चाहिए। इससे राज्यपाल न केवल केंद्रीय सरकार का मनोनीत व्यक्ति वरन् संबद्ध राज्य का भी मान्य व्यक्ति होगा। दूसरा, समिति का सुझाव था कि संविधान में ऐसी व्यवस्था की जाए कि राष्ट्रपति राज्यपालों की नियुक्ति प्रख्यात न्यायशास्त्रियों, वकीलों और प्रशासकों की समिति के परामर्श पर करें।[9]

राज्यपाल की नियुक्ति के संबंध में स्थापित दो परंपराएं: (i) एक राज्य में किसी अन्य राज्य के निवासी को ही राज्यपाल नियुक्त किया जाता है, उस राज्य के निवासी को नहीं। इस व्यवस्था से राज्यपाल संकीर्ण, प्रांतीयतावाद के दृष्टिकोण से ऊपर उठकर सोच सकता है। (ii) केंद्रीय सरकार द्वारा राज्यपाल के रूप में ऐसे व्यक्ति को नियुक्त किया जाता है जो कि संबंधित राज्य के मंत्रिमंडल को मान्य हो। किंतु जिन राज्यों में विरोधी दलों की सरकारों का गठन हो जाता है। वहां के लिए केंद्र सरकार राज्यों को बिना विश्वास में लिए ऐसे व्यक्तियों को राज्यपाल नियुक्त करती रही है जिन्हें केंद्र सरकार राज्यों में अपने हितों की पूर्ति के लिए इस्तेमाल कर सके।

राज्यपाल की नियुक्ति के संबंध में सरकारिया आयोग के सुझाव: राज्यपाल के रूप में चुने जाने वाले व्यक्ति को निम्नलिखित मानदंडों पर खरा उतरना चाहिए:

(i) कुछ विशिष्ट योग्यता रखता हो।

(ii) वह राज्य से बाहर का व्यक्ति हो।

(iii) नियुक्ति से पूर्व यह देख लेना आवश्यक है कि राज्यपाल नियुक्त किया जाने वाला व्यक्ति राज्य की स्थानीय राजनीति के साथ अधिक आत्मीयता से जुड़ा न हो।

(iv) ऐसे व्यक्ति को राज्यपाल नहीं नियुक्त करना चाहिए जो सामान्यत: दलगत राजनीति में सक्रिय रूप से जुड़ा रहा हो।

(v) राज्यपाल के रूप में किसी व्यक्ति के चयन करने के लिए राज्य के मुख्यमंत्री से प्रभावी सलाह-मशविरा सुनिश्चित करने की प्रक्रिया अनुच्छेद 153 में समुचित संशोधन करके संविधान में ही निर्धारित की जानी चाहिए।[10]

(vi) केंद्र में सत्तारूढ़ दल के किसी राजनीतिज्ञ को ऐसे किसी राज्य में राज्यपाल नियुक्त नहीं करना चाहिए जिसमें दूसरे दल का शासन हो अथवा अन्य कुछ दलों के गठबंधन का शासन हो।

कई राज्यों में लोक सेवा के वरिष्ठ अधिकारियों को भी राज्यपाल पद पर मनोनीत किया गया है। समस्या प्रधान राज्यों में सामान्यत: नौकरशाही की पृष्ठभूमि वाले राज्यपालों की प्रशंसनीय भूमिका रही है।

राज्यपाल पद हेतु योग्यताएं: किसी व्यक्ति को राज्यपाल नियुक्त करते समय अनुच्छेद 157 व 158 के अंतर्गत निम्नलिखित योग्यताओं व शर्तों की पूर्ति करना आवश्यक है–

(i) वह भारत का नागरिक हो।

(ii) आयु के 35 वर्ष पूरे कर लिए हों।

(iii) भारतीय संघ, किसी राज्य या संघ क्षेत्र के सरकार के अधीन आर्थिक लाभ का पद न रखता हो।

(iv) राज्यपाल संसद अथवा किसी राज्य के विधानमंडल के किसी सदन का सदस्य नहीं हो सकता। यदि कोई ऐसा व्यक्ति जो संसद अथवा राज्य के विधानमंडल का सदस्य हो तो उसके राज्यपाल नियुक्त हो जाने पर यह समझा जाएगा कि जिस दिन से उसने राज्यपाल का पद ग्रहण किया, उस दिन से संसद अथवा राज्य के विधानमंडल से उसका पद रिक्त हो गया है।

(v) राज्यपाल को निःशुल्क निवास स्थान मिलेगा और उसे वे सब वेतन, भत्ते, उपलब्धियां या विशेषाधिकार प्राप्त होंगे जिन्हें संसद विधि द्वारा निर्धारित करे। उसके वेतन एवं भत्तों में उसके कार्यकाल में कोई अलाभकारी परिवर्तन न होगा। उसके वेतन तथा भत्ते भारत की संचित विधि पर भारित होने के कारण मत निरपेक्ष हैं।

संविधान के अनुसार एक ही व्यक्ति को दो या दो से अधिक राज्यों का राज्यपाल भी नियुक्त किया जा सकता है। अपना पद ग्रहण करने से पूर्व राज्यपाल को उस राज्य के समक्ष शपथ लेनी होती है और न्यायालय के मुख्य न्यायाधीशों के समक्ष शपथ लेनी होती है।[11]

राज्यपाल की शक्तियां एवं कार्य

डी.डी. बसु के शब्दों में राज्यपाल की शक्तियां राष्ट्रपति के समान हैं। सिर्फ कूटनीतिक, सैनिक तथा संकटकालीन अधिकारों को छोड़कर संविधान के अनुसार राज्यपाल अपने कार्यों का संपादन विधानसभा के प्रति उत्तरदायी मंत्रिपरिषद् की सहायता से करेगा।[12] किंतु राज्यपाल को भारतीय संविधान स्वविवेक की शक्तियां भी प्रदान करता है। राज्यपाल की शक्तियों का अध्ययन निम्न रूपों में किया जा सकता है–

संवैधानिक अध्यक्ष के रूप में राज्यपाल की भूमिका

संविधान ने राज्यपाल को व्यापक शक्तियां प्रदान की हैं जिनका उपयोग राज्यपाल मंत्रिपरिषद् के सहयोग से करता है।

1. कार्यकारी अथवा प्रशासनिक शक्तियां: राज्य सरकार की समस्त कार्यपालिका शक्तियां (executive powers) राज्यपाल में निहित होती हैं जिन्हें वह स्वयं या अधीनस्थ पदाधिकारियों द्वारा संपादित करता है। राज्य की कार्यपालिका शक्ति का विस्तार उन सभी विषयों तक है जो राज्यसूची के अंतर्गत आते हैं। कार्यपालिका का सभी काम राज्यपाल के नाम से किया जाता है। राज्यपाल मंत्रिपरिषद् की नियुक्ति करता है एवं महाअधिवक्ता और लोकसेवा आयोग के अध्यक्ष और सदस्य नियुक्त करता है। राज्यपाल मुख्यमंत्री की नियुक्ति करता है और मुख्यमंत्री की सलाह पर अन्य मंत्रियों की नियुक्ति करता है। यदि राज्यपाल की यह राय है कि आंग्ल-भारतीय (anglo-Indian) समुदाय का प्रतिनिधित्व

विधानसभा में होना चाहिए तो वह उस समुदाय के एक व्यक्ति का नाम निर्दिष्ट कर सकता है।

राज्यपाल को राज्य की विधानपरिषद् के 1/12 सदस्य नाम निर्दिष्ट करने की शक्ति है। जो व्यक्ति नाम निर्दिष्ट या मनोनीत किए जाते हैं उन्हें साहित्य, विज्ञान और कला के क्षेत्र में विशेष ज्ञान और अनुभव होना चाहिए।

राज्यपाल संवैधानिक अध्यक्ष है। वह मंत्रिपरिषद् की सलाह और सहायता से ही अपनी शक्तियों का प्रयोग करता है। राज्यपाल कोई कार्य अपने विवेकानुसार तभी करता है जब संविधान में ऐसी अपेक्षा हो।

राज्यपाल राज्य सरकार के कार्य के संबंध में नियमों का निर्माण करता है। मंत्रियों के बीच कार्यों का वितरण करता है। उसे मुख्यमंत्री से किसी भी प्रकार की सूचना मांगने का अधिकार है।

राज्य के मुख्यमंत्री का कर्तव्य है कि वह राज्यपाल को मंत्रिमंडल के सभी निर्णयों से अवगत कराए।

2. विधायी शक्तियां: राज्यपाल राज्य की व्यवस्थापिका का अभिन्न अंग होता है। यह अनुच्छेद 168 में विदित है।[13] वह व्यवस्थापिका के अधिवेशन बुलाता है और स्थगित करता है तथा विधानमंडल के निम्न सदन विधानसभा को भंग कर सकता है। राज्यपाल को यह अधिकार है कि वह विधानमंडल में अभिभाषण दे और उसे संदेश भेजे।

कभी-कभी राज्यपाल राष्ट्रपति को अनुमति के लिए विधेयक आरक्षित करता है। जब कोई विधेयक पास हो जाता है तो वह राज्यपाल की मंजूरी के लिए उसके पास भेज दिया जाता है। वह उस विधेयक को स्वीकार कर सकता है, उस पर अपनी स्वीकृति देने से मना कर सकता है या उसे राष्ट्रपति के पास भेज सकता है। यदि वह विधेयक धन विधेयक न हो तो वह उसे विधानमंडल को पुनर्विचार के लिए लौटा सकता है। अगर विधानमंडल पुनः उसे पारित कर देता है तो राज्यपाल को उस पर अपनी स्वीकृति देनी पड़ती है।

3. वित्तीय शक्तियां: राज्यपाल को कुछ वित्तीय शक्तियां भी प्राप्त हैं। राज्य विधानसभा में राज्यपाल की पूर्व स्वीकृति के बिना कोई भी वित्त विधेयक प्रस्तुत नहीं किया जा सकता। वह व्यवस्थापिका के समक्ष प्रति वर्ष बजट प्रस्तुत करता है तथा उसकी सिफारिश के बिना कोई भी अनुदान की मांग नहीं की जा सकती। राज्य की संचित निधि राज्यपाल के ही अधिकार में रहती है तथा विधानमंडल से स्वीकृति की अपेक्षा में वह इस निधि से किसी प्रकार के व्यय की अनुमति दे सकता है। राज्य की आकस्मिक निधि पर राज्यपाल का ही नियंत्रण रहता है यदि संकट के समय राज्यपाल इसमें से आवश्यकतानुसार व्यय कर लेता है तथा उसके पश्चात् राज्य विधानमंडल से उस व्यय की स्वीकृति ले लेता है।[14]

4. न्यायिक शक्तियां: संविधान के अनुच्छेद 161 के अनुसार जिन विषयों पर राज्य की कार्यपालिका शक्ति का विस्तार होता है उन विषयों संबंधी किसी विधि के विरुद्ध अपराध करने वाले व्यक्तियों के दंड को राज्यपाल कम कर सकता है, स्थगित कर सकता

है और क्षमा भी कर सकता है। जिला न्यायाधीशों की नियुक्ति और पदोन्नति राज्यपाल ही कर सकता है।

राज्यपाल को संविधान के माध्यम से कुछ ऐसी शक्तियां भी प्रदान की गई हैं जिनका उपयोग वह अपने विवेक से करेगा। दूसरे शब्दों में कुछ ऐसे कार्य हैं जिनके संबंध में राज्यपाल मंत्रिमंडल की सलाह मानने को बाध्य नहीं है। राज्यपाल यदि देखता है कि राज्य का प्रशासन संविधान के अनुसार चलना संभव नहीं है तो वह राष्ट्रपति को राज्य में संवैधानिक तंत्र की विफलता के संबंध में सूचना देता है और उसके प्रतिवेदन पर राज्य में राष्ट्रपति शासन लागू होता है। राज्यपाल अपने प्रतिवेदन द्वारा राष्ट्रपति शासन लागू या आरोपित करने का आधार बनाता है।[15]

इसके अतिरिक्त संविधान द्वारा किन्हीं राज्यों के राज्यपालों को (नागालैंड, सिक्किम, अरुणाचल प्रदेश, असम, मिजोरम, मेघालय और त्रिपुरा) विशेष कार्यों के संबंध में स्वविवेकी शक्तियां भी प्रदान की गई हैं। असम व नागालैंड के राज्यपाल जनजातीय कबीलों के प्रशासन तथा नागा विद्रोहियों के दमन के लिए अपने विवेक से काम ले सकते हैं। इन कार्यों को करते समय वे राष्ट्रपति के एजेंट के रूप में कार्य करते हैं। 36वें संविधान संशोधन द्वारा सिक्किम के राज्यपाल को कुछ विशेष शक्तियां प्रदत्त की गईं। इसके अनुसार सिक्किम के विभिन्न वर्गों के बीच सामाजिक तथा आर्थिक विकास का समान रूप से उचित प्रबंध करने तथा शांति स्थापना के लिए राज्यपाल की विशेष जिम्मेदारी है। 55वें संविधान संशोधन द्वारा अरुणाचल प्रदेश के राज्यपाल को राज्य में कानून व्यवस्था बनाए रखने के लिए विशेष अधिकार दिए गए। इसके अतिरिक्त विविध शक्तियों के अंतर्गत राज्यपाल राज्य लोक सेवा आयोग का वार्षिक प्रतिवेदन और राज्य की आय-व्यय के संबंध में महालेखा परीक्षक का प्रतिवेदन प्राप्त करता है और उन्हें विधानमंडल के समक्ष रखता है।

राज्यपाल संवैधानिक अध्यक्ष से अधिक

वास्तव में राज्यपाल एक संवैधानिक प्रधान है। संविधान सभा के वाद-विवादों के अध्ययन से यह स्पष्ट हो जाता है कि संविधान निर्माताओं की धारणा के अनुसार सामान्य परिस्थितियों में राज्यपाल एक संवैधानिक अध्यक्ष के रूप में कार्य करेगा लेकिन विशेष परिस्थितियों में उसकी भूमिका अधिक महत्त्वपूर्ण हो जाती है। राज्य शासन में उसका स्थान सम्मानित तथा प्रतिष्ठित होता है। यदि राज्यपाल प्रभावशाली व्यक्तित्व तथा कार्यशील व्यक्ति हो तो वह विरोधी पक्ष तथा मंत्रिमंडल के बीच मतभेदों को दूर कर सकता है। डॉ. अंबेडकर ने राज्यपाल के पद का महत्त्व स्पष्ट करते हुए लिखा है कि जबकि राज्यपाल को कोई शक्ति प्राप्त न होगी, उसका यह कर्त्तव्य होगा कि वह महत्त्वपूर्ण मामलों के संदर्भ में मंत्रिमंडल को उचित सलाह दे। ऐसा कार्य राज्यपाल किसी दल के प्रतिनिधि के रूप में नहीं वरन् संपूर्ण जनता के प्रतिनिधि के रूप में करेगा; जिससे कि राज्य में निष्पक्ष, और कुशल प्रशासन की स्थापना हो। एम. वी. पायली के अनुसार 'राज्यपाल मंत्रिमंडल का सूझ-बूझ वाला परामर्शदाता है जो राज्य की अशांत राजनीति में शांति का वातावरण पैदा कर सकता है।'[16]

जब राज्यों में विरोधी दलों की सरकारें स्थापित होती हैं तो राज्यपाल को केंद्रीय सरकार के प्रतिनिधि के रूप में कार्य करने का अवसर मिलता है। चतुर्थ आम चुनाव के बाद आधे से ज्यादा राज्यों में मिली-जुली सरकारें स्थापित हुईं। 1967 से लेकर 1972 के बीच विभिन्न राज्यों में 24 बार सरकारों का पतन हुआ और 15 बार राज्यों में राष्ट्रपति शासन लागू किया गया। इन परिस्थितियों में यह स्वाभाविक था कि राज्यपाल अपने स्वविवेक से काम लें और यह विवाद का विषय बना। इस प्रकार के विवाद मुख्यतया राज्यपाल द्वारा मुख्यमंत्री की नियुक्ति, पदच्युति और विधानसभा को भंग करने, आदि प्रश्नों को लेकर उत्पन्न हुए।

1. मुख्यमंत्री की नियुक्तिः राज्यपाल का सर्वप्रथम कार्य राज्य के मुख्यमंत्री की नियुक्ति करना है। चुनाव के बाद अगर किसी दल को बहुमत प्राप्त हो जाता है तो राज्यपाल उस दल के प्रमुख को सरकार बनाने का निमंत्रण देता है और राज्यपाल अपना संवैधानिक उत्तरदायित्व निभाता है। ऐसे में राज्यपाल की विवेकाधिकार शक्तियों का प्रयोग नहीं होता है। यदि चुनाव के बाद विधानसभा में किसी राजनीतिक दल को बहुमत प्राप्त नहीं होता तो राज्यपाल अपने विवेक का उपयोग करके बहुमत वाले राजनीतिक दल को अथवा राजनैतिक दलों के गठबंधन को मुख्यमंत्री पद के लिए आमंत्रित करता है। ऐसी स्थिति में स्वयं राज्यपाल के द्वारा ही निर्णय किया जाएगा कि किस व्यक्ति के नेतृत्व में स्थायी सरकार का गठन हो सकता है। यदि विधानसभा में किसी दल या मोर्चे को स्पष्ट बहुमत प्राप्त न हो तो राज्यपाल अपने विवेकाधिकार का प्रयोग कर सकता है। कई बार राज्यपालों ने जिस ढंग से अपने विवेकाधिकार का प्रयोग किया उसमें पक्षपात व अविवेक की गंध आती है। इसके लिए उन्होंने संविधान के अनुच्छेद 356 का दुरुपयोग किया है। इसके बहुत से उदाहरण भारतीय राजनीति में मिलते हैं। यह सिलसिला 1952 से शुरू हो चुका था। 1952 में श्री राजगोपालाचारी मद्रास राज्यविधान मंडल के सदस्य भी नहीं थे और न ही कांग्रेस दल को विधानसभा में बहुमत प्राप्त था लेकिन फिर भी राज्यपाल श्री प्रकाश ने ही प्रकाशन के बहुमत प्राप्त के होने के दावे की अवहेलना करते हुए सी. राजगोपालाचारी को मुख्यमंत्री पद के लिए आमंत्रित किया। 1969 में उत्तर प्रदेश में सत्ताधारी कांग्रेस द्वारा समर्थित भारतीय क्रांति दल के नेता चरण सिंह और विरोधी दलों के नेता गिरधारी लाल ने मुख्यमंत्री पद के लिए दावा प्रस्तुत किया लेकिन राज्यपाल ने गिरधारी लाल के दावे को अस्वीकार कर चरण सिंह को मुख्यमंत्री बनाया।[17] मार्च 2000 में बिहार के राज्यपाल विनोद चंद्र पांडे ने त्रिशंकु विधानसभा में सबसे बड़े दल एवं गठबंधन के नेता को सरकार बनाने का निमंत्रण नहीं दिया और राष्ट्रीय जनतांत्रिक गठबंधन के नेता को सबसे पहले आमंत्रित किया जबकि उन्हें बहुमत प्राप्त नहीं था।

2. मंत्रिमंडल को भंग करनाः राज्यपाल को यह भी स्वविवेक शक्ति प्राप्त है कि वह मंत्रिपरिषद् को अपदस्थ कर या विधानसभा को भंग कर राष्ट्रपति से सिफारिश करे कि संबंधित राज्य में राष्ट्रपति शासन लागू कर दिया जाए। राज्यपाल द्वारा निम्न परिस्थितियों में मंत्रिमंडल को भंग किया जा सकता है–

(i) यदि राज्यपाल को विश्वास हो जाए कि मुख्यमंत्री तथा मंत्रिमंडल का विधानसभा में बहुमत समाप्त हो गया है, तो राज्यपाल मुख्यमंत्री को त्यागपत्र देने या विधानसभा

का अधिवेशन बुलाकर अपना बहुमत प्रमाणित करने के लिए कह सकता है। ऐसी परिस्थिति में यदि मुख्यमंत्री अधिवेशन बुलाने के लिए तैयार न हो तो राज्यपाल मंत्रिमंडल को पदच्युत कर सकता है। पश्चिम बंगाल के राज्यपाल धर्मवीर द्वारा 1968 में अजय मुखर्जी के मंत्रिमंडल को इसी आधार पर पदच्युत किया गया था।

(ii) मंत्रिमंडल संविधान के अनुसार कार्य न कर रहा हो या उसकी नीतियों से राज्य या देश को खतरा हो या उसके द्वारा राज्य और केंद्र में संघर्ष की स्थिति को जन्म दिया जा रहा हो तब भी राज्यपाल मंत्रिमंडल को इसी आधार पर पदच्युत कर सकता है। जनवरी 1976 में तमिलनाडु मंत्रिमंडल को इसी आधार पर पदच्युत किया गया था।

(iii) यदि किसी मंत्रिमंडल के प्रति विधानसभा में अविश्वास का प्रस्ताव पारित हो जाने पर मंत्रिमंडल त्यागपत्र न दे तो राज्यपाल उसे पदच्युत कर सकता है।

(iv) यदि स्वतंत्र ट्रिब्यूनल द्वारा मुख्यमंत्री को भ्रष्टाचार के आरोप में दोषी घोषित किया गया हो तो राज्यपाल उसे पद से हटा सकता है। इन सबके अलावा उत्तर प्रदेश चरण सिंह मंत्रिमंडल को 1970 में इस आधार पर पदच्युत कर दिया गया कि शासन में भागीदार सबसे बड़े दल सत्ता कांग्रेस ने उसे समर्थन देना बंद कर दिया।

3. विधानसभा का अधिवेशन बुलानाः सामान्य रूप से राज्यपाल, मुख्यमंत्री के परामर्श पर ही विधानसभा का अधिवेशन बुलाता है। किंतु असाधारण परिस्थितियों में राज्यपाल स्वविवेक से अधिवेशन बुला सकता है। यदि राज्यपाल के विचारानुसार कुछ ऐसे महत्त्वपूर्ण मामले हैं जिन पर तुरंत विचार किया जाना चाहिए तो अनुच्छेद 174 के अंतर्गत वह विधानमंडल के अधिवेशन के लिए कोई भी तिथि निश्चित कर सकता है। इस संबंध में वह मुख्यमंत्री के परामर्श को मानने को बाध्य नहीं है। इसके अलावा यदि राज्यपाल को मुख्यमंत्री के विधानमंडल में बहुमत के संबंध में संदेह हो जाए तो वह मुख्यमंत्री से शीघ्र अधिवेशन बुलाने के लिए कह सकता है और मुख्यमंत्री द्वारा उसके परामर्श को अस्वीकार किए जाने पर राज्यपाल स्वयं अधिवेशन बुला सकता है।

4. विधानसभा को भंग करनाः जब बहुमत दल का नेता विधानसभा को भंग करने का परामर्श राज्यपाल को देता है तब राज्यपाल को वह परामर्श मानना पड़ता है, परंतु इस संबंध में राज्यपाल को स्वविवेक प्रयोग करने का अवसर प्राप्त होता है यदि दल-बदल के कारण या किसी अन्य कारण से सरकार अल्पमत में रह गई हो। फरवरी 1974 में गुजरात के मुख्यमंत्री ने राज्यपाल को विधानसभा को भंग की सिफारिश की थी परंतु राज्यपाल ने विधानसभा को भंग नहीं किया था। मार्च 1991 में हरियाणा के मुख्यमंत्री ओमप्रकाश चौटाला ने विधानसभा भंग करने और चुनाव कराने की सिफारिश की जिसे राज्यपाल ने अस्वीकार कर दिया क्योंकि चौटाला सरकार अल्पमत में थी। अक्टूबर 1995 में उत्तर प्रदेश में किसी भी दल का बहुमत न होने के कारण राज्यपाल ने विधानसभा को भंग कर दिया। इसके अलावा भी राज्यपाल के द्वारा स्वविवेक से कुछ कार्य किए जा सकते हैं। वह मुख्यमंत्री से किसी विषय में सूचना मांग सकता है। विधानमंडल द्वारा पारित विधेयक को पुनर्विचार के लिए वापस भेज सकता है। 1957 में केरल के राज्यपाल द्वारा केरल शिक्षण विधेयक राष्ट्रपति की स्वीकृति के लिए भेजा गया था।

राज्य में केंद्र के एजेंट के रूप में राज्यपाल

भारतीय संविधान के अंतर्गत राज्यपाल की दोहरी भूमिका है–प्रथमतः वह राज्य का प्रधान है। द्वितीय–वह राज्य में संघीय सरकार का अभिकर्ता या प्रतिनिधि है। राज्यपाल की नियुक्ति के लिए जिस पद्धति को अपनाया गया है। वह भी इस बात को स्पष्ट करती है कि राज्यपाल की राज्य के केंद्रीय शासन के प्रतिनिधि के रूप में महत्त्वपूर्ण भूमिका है।

केंद्रीय सरकार के प्रतिनिधि रूप में राज्यपाल निम्न कार्य करता है–

1. भारतीय संविधान के अंतर्गत केंद्रीय सरकार और राज्य सरकार के बीच सद्भावनापूर्ण संबंध स्थापित करने की आवश्यकता पर बल दिया गया और अनुच्छेद 256 तथा 257 में कहा गया है कि इस दृष्टि से केंद्रीय सरकार राज्यों की कार्यपालिकाओं को आवश्यक निर्देश दे सकती है। केंद्रीय सरकार द्वारा राज्य सरकारों को राष्ट्रीय महत्त्व की सड़कों तथा संचार साधनों की रक्षा का भार सौंपा जा सकता है। और अनुच्छेद 258 के अंतर्गत केंद्र सरकार अपने कुछ प्रशासनिक कार्य भी राज्य सरकार को हस्तांतरित कर सकती है। केंद्रीय सरकार द्वारा राज्य सरकारों को इस प्रकार निर्देश/ आदेश राज्यपाल के माध्यम से ही दिए जाते हैं और राज्यपाल का यह कर्तव्य है कि वह देखे कि राज्य सरकार इन निर्देशों का पालन करती है कि नहीं। वह राज्य सरकारों को राष्ट्रपति के निर्देश मानने के लिए बाध्य कर सकता है। यदि राज्यमंत्रिमंडल केंद्रीय सरकार के निर्देश के अनुसार कार्य नहीं करता है तो राज्यपाल मंत्रिमंडल को चेतावनी दे सकता है तथा इसे संविधान के विरुद्ध मानकर अनुच्छेद 356 के अंतर्गत राष्ट्रपति को संवैधानिक संकट की रिपोर्ट दे सकता है।[18]
2. केंद्रीय सरकार के प्रतिनिधि के रूप में राज्यपाल का एक महत्त्वपूर्ण कार्य राज्य प्रशासन के संबंध में समय-समय पर राष्ट्रपति को रिपोर्ट भेजना है। जिसमें उसके द्वारा अपनी ओर से सुझाव भी दिए जाते हैं। यदि राज्य में संविधान के अनुसार कार्य नहीं हो रहा है तो राज्यपाल इस संबंध में राष्ट्रपति को रिपोर्ट देता है और इस प्रकार की रिपोर्ट के आधार पर राज्य में राष्ट्रपति शासन लागू किया जा सकता है।
3. अनुच्छेद 200 के अनुसार राज्य विधानमंडल द्वारा पास किए गए किसी विधेयक को राज्यपाल राष्ट्रपति की स्वीकृति के लिए सुरक्षित रख सकता है। उदाहरण के लिए संपत्ति के अनिवार्य अधिग्रहण का उच्च न्यायालय की शक्तियों को कम करने से संबंधित विधेयक राज्यपाल द्वारा राष्ट्रपति की स्वीकृति के लिए सुरक्षित रखे जाएंगे। राज्यपाल इस संबंध में स्वविवेक से ही कार्य करता है।
4. अनुच्छेद 213 के अनुसार राज्यपाल को अध्यादेश जारी करने का अधिकार दिया गया है किंतु ऐसे कुछ विषयों के संबंध में अध्यादेश जारी करने से पूर्व राष्ट्रपति से स्वीकृति लेनी पड़ती है। जैसे कि व्यापार तथा वाणिज्य की स्वतंत्रता पर प्रतिबंध लगाना, राज्यों के व्यापारिक संबंधों को सीमित करना, राज्य द्वारा परमावश्यक वस्तुओं पर बिक्री कर अथवा खरीद कर लगाना।

5. राष्ट्रपति शासन के दौरान राष्ट्रपति की शक्तियां राज्यपाल इस्तेमाल करता है। राज्यपाल राज्य के शासन तंत्र की विफलता के बारे में राष्ट्रपति को सूचना भेज सकता है। फलस्वरूप उस राज्य में राष्ट्रपति शासन लागू हो जाता है। ऐसी स्थिति में अपने कार्यकारी अधिकार राज्यपाल को सौंप देते हैं। ऐसे समय पर राज्य के लिए कानून तो संसद बनाती है परंतु प्रशासन के सारे अधिकार राष्ट्रपति के आदेशानुसार राज्यपाल द्वारा प्रयोग किए जाते हैं।

के.वी. राव राज्यपाल की भूमिका के संबंध में लिखते हैं 'आज जैसी उसकी स्थिति है उसे केंद्र द्वारा नियुक्त किया व हटाया जाता है। राज्यपाल वही है जो केंद्र उसे बनाना चाहता है, वास्तव में ऐसा कुछ नहीं है जो राज्यपाल अपने आप कर सके उसकी भूमिका उस पर निर्भर है जो पीछे बैठा व्यक्ति अपनी डोरियों से कर रहा है।'[19] इकबाल नारायण के अनुसार 'राज्यपाल को राज्यों में विरोधी सरकारों को गिराने के लिए केंद्र के कथित षड्यंत्र के तंत्र के रूप में देखा गया है।'[20] 1984, 1988, 1989, 1993, 1997, 1998, 1999, 2004 के घटनाक्रम इसके उदाहरण हैं।

राज्यपाल के आचरण में समानता लाने के लिए यह सुझाव दिया गया कि राज्यपालों के मार्गदर्शन के लिए कुछ सिद्धांत निश्चित किए जाने चाहिए। प्रशासनिक सुधार आयोग (Administrative Reforms Commission) 1969 का मत था, राज्यपालों द्वारा स्वविवेकाधिकारों को किस रूप में इस्तेमाल किया जाए, इसके संबंध में मार्गनिर्देशन अंतर्राज्यीय परिषद् द्वारा तैयार किए जाने चाहिए तथा केंद्र द्वारा अनुमोदित किए जाने के बाद राष्ट्रपति के नाम से जारी किए जाएं। जम्मू कश्मीर के राज्यपाल श्री भगवान सहाय की अध्यक्षता में 5 सदस्यों की एक अन्य समिति नियुक्त की।[21] 1971 की इस समिति की रिपोर्ट के अनुसार राज्यपाल राष्ट्रपति का एजेंट नहीं है? इसके अनुसार इस संबंध में निश्चित निर्देश नहीं दिए जा सकते कि विभिन्न परिस्थितियों में राज्यपाल अपनी भूमिका किस प्रकार निभाएंगे। हाल ही में राज्यपाल की नियुक्ति और कार्यप्रणाली के संदर्भ में 2002 में (NCRWC) [The National Commission to Review to Working of the Constitution] विचार विमर्श किया गया।[22]

निष्कर्ष रूप में यह कहा जा सकता है कि राज्यपाल के कार्य एक साथ विविध एवं महत्त्वपूर्ण हैं। राज्यपाल संविधान द्वारा परिकल्पित व्यवस्था का प्रमुख अधिकारी है। कोई भी दूसरा संवैधानिक अधिकारी अपने कर्त्तव्यों के अतिरिक्त इन उत्तरदायित्वों को पूरा नहीं कर सकता। यह एक ऐसा पद है जिसके बिना राज्य शासन नहीं चलाया जा सकता।

राज्य मंत्रिपरिषद्

राज्यपाल कार्यपालिका का शीर्षस्थ अंग है। अनुच्छेद 163 में कहा गया है कि राज्यपाल को उसकी शक्तियों के प्रयोग में सहायता देने के लिए एक मंत्रिपरिषद् होगी। राज्यपाल से यह आशा की जाती है कि वह मंत्रिपरिषद् की सलाह से कार्य करेगा। राज्यपाल मुख्यमंत्री की नियुक्ति करता है और अन्य मंत्रियों की नियुक्ति मुख्यमंत्री की सलाह पर की जाती है। अनुच्छेद 164(4) ऐसे व्यक्ति जो विधायक नहीं हैं, मुख्यमंत्री या मंत्री पद

पर नियुक्ति करने की अनुमति देता है किंतु विधानानुसार मंत्रियों को छः मास के भीतर विधानमंडल के किसी सदन का सदस्य बन जाना आवश्यक है, अन्यथा उन्हें अपना पद छोड़ना पड़ेगा।

अंतर्राज्य संबंधों पर सरकारिया आयोग ने अपने प्रतिवेदन में मुख्यमंत्री को चुनने में राज्यपाल की भूमिका पर चर्चा करते हुए निम्न सिद्धांतों से मार्गदर्शन प्राप्त करने को कहा–

(i) जिस दल को या दलों के गठबंधन को विधानसभा में सर्वाधिक समर्थन प्राप्त हो उसे सरकार बनाने के लिए निमंत्रण दिया जाना चाहिए।

(ii) यदि एक ही दल को स्पष्ट बहुमत है तो उस दल के नेता को मुख्यमंत्री बनने के लिए आमंत्रित किया जाना चाहिए।

अगर ऐसा कोई दल नहीं है तो राज्यपाल आमंत्रित करेगा:

(क) दलों के ऐसे गठबंधन को जो निर्वाचन के पहले बना है।

(ख) सबसे बड़े एक दल को जो अन्य सदस्यों का समर्थन लेकर बहुमत पाने में समर्थ हो।

(ग) किसी निर्वाचन के बाद बने किसी गठबंधन को जिसके साथ अपेक्षित संख्या में सदस्य हैं।

(घ) निर्वाचन के बाद बने गठबंधन को जिसमें कुछ भागीदार सरकार में भाग नहीं लेंगे किंतु सरकार के बाहर रहकर समर्थन देने के लिए तैयार हैं।[23]

संगठन: राज्य मंत्रिपरिषद् का अध्यक्ष मुख्यमंत्री होता है। मुख्यमंत्री की नियुक्ति राज्यपाल करता है। संवैधानिक शब्दों में मुख्यमंत्री और मंत्रिपरिषद् के सदस्य राज्यपाल के प्रसादपर्यंत ही अपने पद पर आसीन रहते हैं। यथार्थ में मंत्रिपरिषद् उस समय तक पदारूढ़ रहती है जब तक कि राज्य विधानसभा का उसमें विश्वास हो। राज्य मंत्रिपरिषद् में मंत्रियों की कई श्रेणियां होती है जैसे कैबिनेट मंत्री, राज्यमंत्री, उपमंत्री और संसदीय सचिव।[24] राज्यों में जनजातियों व अनुसूचित जातियों के लिए अलग से मंत्री की नियुक्ति होती है। मंत्रिपरिषद् की अवधि पांच वर्ष होती है। व्यवहार में इसकी अवधि विधानसभा में उसके दलीय बहुमत पर निर्भर करती है। मंत्रिपरिषद् सामूहिक रूप से राज्य विधानसभा के प्रति उत्तरदायी होती है।

मंत्रिपरिषद् के कार्य: मंत्रिपरिषद् के मुख्य कार्यों में प्रशासनिक, विधायी तथा वित्तीय कार्य सम्मिलित हैं। मंत्रिपरिषद् ही राज्य में वास्तविक कार्यपालिका है। यह एक विचारशील और नीति निर्माता निकाय है। मंत्रिमंडल ही वह कड़ी है जो शासन के कार्यपालिका अंग को व्यवस्थापिक से जोड़ती है। मंत्रिमंडल के सदस्य अपने-अपने विभागों का प्रबंध करते हैं और अपने कार्यों के लिए सामूहिक रूप से विधानसभा के प्रति उत्तरदायी रहते हैं। मंत्रिमंडल ही राज्य के महत्त्वपूर्ण अधिकारियों की नियुक्ति करता है। राज्यशासन के विभिन्न विभागों में तालमेल बिठाना भी मंत्रिमंडल का कार्य है। विधानसभा के प्रत्येक अधिवेशन के प्रारंभ में मंत्रिमंडल ही व्यवस्थापन संबंधी कार्यक्रम तैयार करता है। विधानमंडल के सदस्य होने के कारण मंत्री विधानमंडल की बैठकों में भाग लेते हैं, पूछे गए प्रश्नों का उत्तर देते हैं और विधि निर्माण प्रक्रिया में मुख्य योगदान देते हैं। विधानसभा में प्रस्तुत किए जाने से पूर्व मंत्रिपरिषद् द्वारा बजट को स्वीकृत किया जाता है।

मुख्यमंत्री

राज्य में मुख्यमंत्री सरकार का वास्तविक प्रधान है। संविधान के अनुसार भारत में राज्य के शासन के लिए संसदीय ढांचे की व्यवस्था की गई है। यह ढांचा केंद्रीय सरकार के अनुरूप ही है। जिस भांति केंद्र में राष्ट्रपति को संवैधानिक अध्यक्ष बनाया गया है और प्रधानमंत्री को वास्तविक प्रधान; उसी भांति राज्य में राज्यपाल को संवैधानिक अध्यक्ष बनाया गया है मुख्यमंत्री को वास्तविक प्रधान। राज्य में राज्यपाल उत्तरदायी मंत्रिपरिषद् की सहायता से शासन चलाता है जिसका अध्यक्ष मुख्यमंत्री होता है।

मुख्यमंत्री के कार्य एवं शक्तियां

मुख्यमंत्री ही मंत्रिपरिषद् का मुखिया होता है। सभी नीतियां तथा कानून उसकी ही सहमति से विधानमंडल द्वारा पास किए जाते हैं क्योंकि विधानसभा में उसके दल का ही बहुमत होता है। मुख्यमंत्री के कार्य निम्नलिखित हैं:

(i) मुख्यमंत्री का सर्वप्रथम कार्य मंत्रिपरिषद का निर्माण करना है। मुख्यमंत्री नियुक्ति के पश्चात् उन व्यक्तियों की सूची तैयार करता है जिन्हें वह मंत्रिपरिषद् में लेना चाहता है। राज्यपाल सूची में दिए गए व्यक्ति को मंत्री नियुक्त करने से इनकार नहीं कर सकता।

(ii) मुख्यमंत्री ही सभी मंत्रियों के विभागों का वितरण करता है तथा उन्हें एक विभाग से अन्य विभाग में स्थानांनतरित भी कर सकता है।

(iii) यदि मुख्यमंत्री किसी मंत्री को पसंद न करे तो वह उस मंत्री से त्यागपत्र मांग सकता है अथवा उसे अपदस्थ कर देने का परामर्श राज्यपाल को दे सकता है।

(iv) मुख्यमंत्री मंत्रिपरिषद् की बैठकों की अध्यक्षता करता है। वह शासन के विभिन्न विभागों के बीच तालमेल तथा सामंजस्य बैठाता है।

(v) शासन से संबंधित नीति निर्धारित करते समय मंत्रिगण मुख्यमंत्री की सहमति अवश्य लेते हैं।

(vi) राज्य में उच्च अधिकारियों की नियुक्ति मुख्यमंत्री के परामर्श के अनुसार राज्यपाल द्वारा की जाती है।

(vii) मुख्यमंत्री राज्यपाल और मंत्रिपरिषद् के बीच कड़ी का कार्य करता है। वह मंत्रिपरिषद् के निर्णयों की सूचना राज्यपाल को देता है।

(viii) मुख्यमंत्री विधानसभा के बहुमत दल का नेता होने के कारण संपूर्ण गतिविधियों के लिए विधानसभा के प्रति उत्तरदायी होता है। वह राज्यपाल को परामर्श देकर विधानसभा का विघटन करा सकता है।

अत: मुख्यमंत्री वास्तव में राज्य की जनता का नेता होता है। मुख्यमंत्री ही वह व्यक्ति होता है जिस पर राज्य शासन का उत्तरदायित्व होता है। भारतीय संविधान ने मुख्यमंत्री को राज्य-राजनीति का सर्वेसर्वा बनाया है।

मुख्यमंत्री की स्थिति

मुख्यमंत्री की स्थिति तीन बातों पर निर्भर करती है। प्रथम, उसे किस सीमा तक केंद्रीय नेताओं का संरक्षण एवं सहयोग प्राप्त है? दूसरे, राज्य की गुटीय राजनीति में उसका गुट कितना सशक्त है? तीसरे, राज्यविधानसभा में उसकी क्या स्थिति है और राज्य के विकासात्मक कार्यों को क्रियान्वित करने में उसकी कितनी अभिरुचि है? मुख्यमंत्री का पद बहुत कुछ उसके व्यक्तित्व पर निर्भर करता है।

फरवरी 2010 में कांग्रेस ने एक अनोखी व्यवस्था की कि मेघालय की गठबंधन सरकार में चार-चार मुख्यमंत्री कार्य करेंगे। प्रदेश कांग्रेस अध्यक्ष लिंगदोह का दर्जा उपमुख्यमंत्री से बढ़ाकर मुख्यमंत्री का कर दिया गया है। वह मुख्यमंत्री के राजनीतिक सलाहकार के रूप में कार्य करेंगे। माना जा रहा है कि राज्य कांग्रेस में अपने अंतर्विरोध को शांत करने के लिए यह कदम उठाया गया। लिंगदोह का दर्जा बढ़ा दिए जाने के बाद राज्य में सत्तारूढ़ गठबंधन में लापांग के अलावा दो नेता राज्य योजना बोर्ड के चेयरमैन दोंकुपर राय और मेघालय आर्थिक विकास परिषद् के प्रमुख जे.डी. रिम्बई शामिल हैं।[25]

1991 के बाद नई आर्थिक उदारीकरण नीति (New Liberal Economic Policy) के बाद राज्यों की स्वायत्तता में विस्तार हुआ है और राज्यों ने प्राइवेट सेक्टर में अपनी स्वायत्तता को विस्तृत किया है।[26] राज्य सरकारों के केंद्र पर वित्तीय निर्भरता को छोड़ते हुए अपने वित्तीय स्त्रोतों को संभावित रूप से विकसित किया है। यह सब मुख्यमंत्रियों की प्रभावशाली भूमिका और उनकी विकासवादी सोच के कारण संभव हुआ है।

12 फरवरी 2007 में *इंडिया टुडे* के अंतर्गत भारतीय संघात्मक व्यवस्था में मुख्यमंत्रियों की स्थिति का लोकमत के आधार पर सर्वे दर्शाया गया है।[27]

तालिका 1.1 रैंकिंग ऑफ सीएम बाई पब्लिक इन 2006

राज्य	मुख्यमंत्री	रैंकिंग
1. गुजरात	नरेंद्र मोदी (भाजपा)	1
2. बिहार	नीतिश कुमार (जदयू एनडीए)	2
3. कर्नाटक	एच.डी. कुमारास्वामी (जेडीएस भाजपा)	3
4. असम	तरुण गागोई (कांग्रेस)	3
5. महाराष्ट्र	वी. देशमुख (कांग्रेस)	5
6. उड़ीसा	नवीन पटनायक (भाजपा-एनडीए)	6
7. तमिलनाडु	एम. करुणानिधि (डीएमके-यूपीए)	7
8. पश्चिमी बंगाल	बी. भट्टाचार्य (सीपीएम-लेफ्ट फ्रांट)	8
9. केरल	वी.एस अच्युथानंदन (सीपीएम-एलडीएफ)	9
10. राजस्थान	वसुंधरा राजे (भाजपा)	10
11. हरियाणा	भूपेंद्र सिंह हुड्डा (कांग्रेस)	10
12. पंजाब	अमरिन्दर सिंह (कांग्रेस)	12

13. छत्तीसगढ़	रमन सिंह (भाजपा)	13
14. मध्य प्रदेश	शिवराज चौहान (भाजपा)	14
15. उत्तरांचल	एन. डी. तिवारी (कांग्रेस)	15
16. उत्तर प्रदेश	मुलायम सिंह यादव (सपा)	16
17. आंध्र प्रदेश	वाई.एस.आर. रेड्डी (कांग्रेस)	17
18. झारखंड	मधु कोड़ा (भाजपा)	18

स्रोत: *इंडिया टुडे*, फरवरी 12, 2007, p. 22.

इस प्रकार स्पष्ट है कि मुख्यमंत्री ने भारतीय राज्यों के विकास की प्रवृत्ति के साथ जनता के मत को सशक्त बनाने में प्रभावशाली भूमिका निभाई है। आज मुख्यमंत्री न केवल नई दिल्ली स्थित विशाल स्वायत्तता से मुक्त होकर कार्य कर रहे हैं बल्कि एक ऐसे आर्थिक वातावरण का निर्माण भी कर रहे हैं जिससे न केवल राष्ट्रीय बल्कि वैश्विक (वैश्वी) बाजार (global market) को भी प्रभावित किया जा सके।

राज्य विधानमंडल

भारतीय संघ के अंतर्गत जो राज्य हैं उनके व्यवस्थापन विभाग के संबंध में अनुच्छेद 168 में कहा गया है कि प्रत्येक राज्य का अलग विधानमंडल होगा जिसमें कुछ राज्यों में राज्यपाल व विधानसभा के अतिरिक्त विधानपरिषद् भी होगी। चार राज्यों, कर्नाटक, उत्तर प्रदेश, बिहार एवं महाराष्ट्र में विधानमंडल दो सदनीय है। जम्मू-कश्मीर के संविधान के अनुसार जम्मू-कश्मीर राज्य में भी द्विसदनीय विधानमंडल की व्यवस्था की गई है। बाकी राज्यों में विधानमंडल एक सदनीय है। विधानसभा राज्य के विधानमंडल का निचला अर्थात् लोकप्रिय और विधानपरिषद ऊपर वाला स्थायी सदन होगा। संविधान के अनुच्छेद 169 में जो व्यवस्था की गई है उसके अनुसार राज्य की विधानसभा को अधिकार दिया गया कि यदि वह अपने सदस्य संख्या के बहुमत और उपस्थित सदस्यों के दो-तिहाई बहुमत से अपने राज्य से विधान परिषद्‌निर्माण करने या समाप्त करने का प्रस्ताव पारित कर दे तो संसद को यह अधिकार है कि वह इस संबंध में कानून को पारित कर सके।

संविधान में मूलत: यह उपबंध था कि अधिक जनसंख्या वाले राज्यों में विधानमंडल द्विसदनीय होगा। जिन पांच राज्यों में द्विसदनीय विधानमंडल था वहां कुछ राज्यों ने यह अनुभव किया कि विधानपरिषद् अनावश्यक सदन है। ऐसे राज्यों के अनुरोध पर संसद ने विधि बनाकर विधानपरिषद् को समाप्त कर दिया। सन् 2005 में दो सदन वाले राज्य केवल छह हैं: बिहार, उत्तर प्रदेश, महाराष्ट्र, कर्नाटक और आंध्र प्रदेश व जम्मू-कश्मीर। अनुच्छेद 211 के अंतर्गत उच्चतम न्यायालय या किसी उच्च न्यायालय के किसी न्यायाधीश के, अपने कर्त्तव्यों के निर्वहन में किए गए आचरण के विषय में राज्य के विधानमंडल में कोई चर्चा नहीं होगी। अनुच्छेद 212 के अनुसार न्यायालयों द्वारा विधानमंडल की कार्यवाहियों की जांच नहीं की जाएगी।[28] राज्य के विधानमंडल की किसी कार्यवाही की विधिमान्यता को प्रक्रिया की किसी अभिकथित अनियमितता के आधार पर प्रश्नगत नहीं किया जाएगा।

राज्य विधानमंडल का निम्न सदन विधानसभा विधानपरिषद् से अधिक शक्तिशाली दिखाई देता है। पायली के अनुसार, 'विधानसभा की रचना लोकसभा के ढांचे पर है और विधानपरिषद् की राज्यसभा से समानता है। विधानसभा में स्थानों को सुरक्षित रखे जाने की व्यवस्था स्थायी नहीं है।

विधानपरिषद् की रचना

यह राज्य विधानमंडल का ऊपरी सदन है तथा इसके सदस्य अप्रत्यक्ष मतदान द्वारा चुने जाते हैं। संविधान के अनुच्छेद 171 में विधानपरिषद् की संरचना का उल्लेख है। इसके अनुसार विधानपरिषद् की सदस्य संख्या कम-से-कम 40 और अधिक-से-अधिक संबंधित विधानसभाओं की सदस्य संख्या की एक-तिहाई होगी। इसकी तुलना केंद्र में राज्यसभा से की जा सकती है। इसके सदस्यों का निर्वाचन निम्न प्रकार से रखा गया है :

- कुल सदस्य संख्या का 1/3 भाग राज्य की नगरपालिकाओं, जिला बोर्डों तथा अन्य स्थानीय संस्थाओं पर आधारित निर्वाचक मंडल द्वारा निर्वाचित।
- 1/3 सदस्य राज्य विधानसभा के सदस्यों पर आधारित निर्वाचक मंडल द्वारा निर्वाचित।
- 1/12 सदस्य विश्वविद्यालयों के स्नातकों द्वारा निर्वाचित।
- 1/12 सदस्य माध्यमिक शिक्षा संस्थाओं द्वारा निर्वाचित।
- 1/6 सदस्य राज्यपाल द्वारा मनोनीत किए जाते हैं।[29]

विधानपरिषद् का सदस्य होने के लिए वह कम-से-कम 30 वर्ष की आयु पूरी कर चुका हो, सरकार से आर्थिक लाभ प्राप्त न करता हो, उस राज्य के विधानसभा के किसी निर्वाचन क्षेत्र का मतदाता हो। कोई ऐसा व्यक्ति सदस्य नहीं बन सकेगा जिसे संसद के कानून द्वारा अयोग्य घोषित किया गया हो। कोई भी व्यक्ति विधानमंडल के दोनों सदनों का एक साथ सदस्य नहीं हो सकता।

विधानपरिषद् का कार्य संचालन करने के लिए एक सभापति और एक उपसभापति परिषद् के सदस्यों द्वारा निर्वाचित किए जाते हैं, जिसे चेयरमैन तथा डेप्यूटी चेयरमैन कहते हैं। सदन में अनुशासन तथा व्यवस्था बनाए रखना इनका कार्य है। विधानपरिषद् की गणपूर्ति के लिए 1/10 सदस्यों का उपस्थित होना अनिवार्य है। विधानपरिषद् के सदस्य 6 वर्ष के लिए चुने जाते हैं तथा प्रति 2 वर्ष के बाद एक-तिहाई सदस्य सेवानिवृत्त हो जाते हैं एवं नए सदस्य चुन लिए जाते हैं। अतः यह एक स्थायी सदन है जो कभी भी भंग नहीं होता है।

राज्य विधानसभा

प्रत्येक राज्य में विधानसभा का होना अनिवार्य है। यह सदन जनता का प्रतिनिधित्व करता है और इसके सभी सदस्य जनता द्वारा प्रत्यक्ष रूप से चुने जाते हैं। संविधान के अनुसार, अनुच्छेद 170 में कहा गया है कि विधानसभा के सदस्यों की अधिकतम संख्या 500 तथा न्यूनतम संख्या 60 होगी। सदस्य संख्या निश्चित करते समय यह ध्यान में रखा गया कि

राज्य का प्रत्येक निर्वाचित प्रतिनिधि लगभग समान जनसंख्या का प्रतिनिधित्व करे। सिक्किम, अरुणाचल प्रदेश और गोवा के लिए न्यूनतम संख्या 30 है (अनुच्छेद 371 (च), (ज), (झ) मिजोरम के लिए यह संख्या 40 है। [अनुच्छेद 371(छ)]

संविधान के अनुच्छेद 173, 190 तथा 191 के आधार पर विधानसभा के सदस्यों की योग्यताएं निर्धारित की गई हैं। वह भारत का नागरिक हो तथा 25 वर्ष की आयु पूरी कर चुका हो। वह शासकीय सेवा में न हो, अर्थात् किसी लाभ के पद पर कार्यरत न हो तथा अन्य शर्तें जो संसद द्वारा बनाई गई हो। वह पागल या दिवालिया न हो।

राज्य विधानसभा की अवधि संविधान के अनुच्छेद 172 के द्वारा 5 वर्ष निर्धारित है तथा इस अवधि को असामान्य परिस्थितियों में बढ़ाया भी जा सकता है। विधानसभा का 5 वर्ष की अवधि के पूर्व भी विघटन किया जा सकता है। ऐसा केवल मुख्यमंत्री के परामर्श पर राज्यपाल द्वारा उस समय किया जाता है जब विधानसभा में कोई दल सरकार बनाने की स्थिति में नहीं होता। ऐसे में विधानसभा को भंग करके नए चुनाव कराए जाते हैं।

संविधान के अनुसार, विधानसभा के कार्य संचालन के लिए गणपूर्ति संख्या कुल सदस्यों का 1/10 भाग है। परंतु यह संख्या 10 से कम नहीं होनी चाहिए। एक वर्ष में विधानसभा के कम से कम 2 सत्र होने चाहिए तथा दोनों सत्रों के बीच 6 मास से अधिक का अंतर नहीं होना चाहिए। विशेष परिस्थितियों में विधानसभा का विशेष सत्र भी बुलाया जा सकता है।

विधानसभा अध्यक्षः विधानसभा के अध्यक्ष का पद अत्यंत महत्त्वपूर्ण एवं प्रतिष्ठायुक्त पद है। अध्यक्ष पद मर्यादा एवं सदस्यों के विशेषाधिकारों का संरक्षक होता है। वह सदन की कार्यवाही के दौरान सामंजस्य एवं सौहार्द स्थापित करता है एवं संसदीय परंपराओं की रक्षा करता है। विधानसभा के अध्यक्ष का निर्वाचन उसी सदन द्वारा होता है। अध्यक्ष को मुख्यतः उसकी निष्पक्षता के लिए जाना जाता है। उसके कार्य लोकसभा के अध्यक्ष से मिलते हैं। सदन में शांति एवं व्यवस्था बनाए रखना, सदन के नियमों की व्याख्या, सदन में प्रश्न पूछने एवं प्रस्ताव रखने की अनुमति आदि उसके कार्यों में शामिल हैं। इसके अलावा धन विधेयक के संबंध में अध्यक्ष का निर्णय ही अंतिम माना जाता है एवं विधानसभा द्वारा पारित विधेयक का प्रमाणीकरण करता है। कोई विधानसभा सदस्य अध्यक्ष को संबोधित करते हुए अपना त्यागपत्र दे सकता है। अध्यक्ष प्रायः अपने मत का प्रयोग नहीं करता परंतु मत बराबर होने की स्थिति में वह अपना निर्णायक मत दे सकता है।

राज्य विधानसभा की शक्तियां एवं कार्य

1. विधायी शक्तियां: विधानसभा को भारतीय संविधान द्वारा प्रदत्त राज्य सूची एवं समवर्ती सूची के विषयों पर कानून बनाने का अधिकार है। राज्य विधानमंडल को समवर्ती सूची के विषयों पर कानून बनाने का अधिकार इस शर्त पर प्राप्त है कि वह संसदीय विधि के प्रतिकूल न हो। राज्य सूची के सभी विषयों पर राज्य विधानमंडल कानून बना सकता है परंतु इस क्षेत्र में उसकी कानून निर्माण शक्ति पर कतिपय प्रतिबंध हैं—(i) संकट काल

की घोषणा के समय संसद राज्य सूची के सभी विषयों पर कानून बना सकती है। (ii) यदि राज्यसभा 2/3 बहुमत से राज्य सूची के किसी विषय पर राष्ट्रीय हित में ससंद को कानून बनाने का सुझाव प्रस्ताव पारित कर दे तो राज्य सूची के विषयों पर कानून बनाने का अधिकार संसद को है। (iii) कुछ विषय ऐसे हैं जिन पर विधि निर्माण करने से पूर्व राज्यपाल की स्वीकृति आवश्यक है। (iv) कुछ विधेयक राज्य विधानमंडल में प्रस्तावित किए जाने से पूर्व उन पर राष्ट्रपति की स्वीकृति आवश्यक है।[30]

साधारण विधेयक विधानमंडल के किसी भी सदन में प्रस्तुत किए जा सकते हैं किंतु धन विधेयक केवल निम्न सदन में ही रखे जा सकते हैं। दोनों सदनों में पारित होने के बाद विधेयक राज्यपाल की स्वीकृति हेतु भेजा जाता है। राज्यपाल के हस्ताक्षर होने के बाद विधेयक कानून बनता है।

2. वित्तीय शक्तियां: राज्य के वित्त पर विधानसभा का ही नियंत्रण रहता है। धन विधेयक केवल विधानसभा में ही पेश किए जा सकते हैं। बजट भी विधानसभा में ही पेश किया जाता है। विधानसभा से पास होने के बाद धन विधेयक विधानपरिषद् के पास भेजा जाता है (यदि विधानमंडल द्विसदनीय है तो) जो उसे 14 दिन तक रोक सकती है अथवा स्वीकृति दे सकती है। इसके बाद धन विधेयक राज्यपाल के पास हस्ताक्षर के लिए भेजा जाता है और राज्यपाल को अपनी अनुमति देनी होती है।

3. कार्यकारी शक्तियां: राज्य का मंत्रिमंडल विधानसभा के प्रति उत्तरदायी है। विधानसभा अविश्वास प्रस्ताव पास करके मंत्रिमंडल को अपदस्थ कर सकती है। विधानसभा–काम रोको प्रस्ताव, निंदा प्रस्ताव, अविश्वास प्रस्ताव और प्रश्न पूछ कर मंत्रिपरिषद् पर नियंत्रण रखती है।

इसके अलावा भारतीय संविधान में संशोधन के लिए कुछ ऐसे उपबंध हैं जिनमें विधानसभा की स्वीकृति आवश्यक होती है। संविधान संशोधन प्रक्रिया अनुच्छेद 368 में दी गई है। विधानसभा के निर्वाचित सदस्यों को राष्ट्रपति के निर्वाचन में भाग लेने का अधिकार है। यह अधिकार विधानपरिषद् को प्राप्त नहीं है। विधानसभा के सदस्य ही राज्यसभा के सदस्यों को चुनकर भेजते हैं।

विधानसभा और विधानपरिषद् की शक्तियों की तुलना

विधानसभा को विधानपरिषद् की तुलना में अधिक शक्तिशाली बनाया गया है। दोनों सदनों के आपसी संबंध और तुलनात्मक अध्ययन निम्नलिखित हैं:

1. साधारण विधेयक के संबंध में: विधानसभा द्वारा कोई विधेयक पारित होने के बाद यदि विधानपरिषद् अस्वीकृत कर दे या परिषद् के समक्ष विधेयक रखे जाने की तिथि से 3 माह तक विधेयक पारित नहीं किया जाता या विधानपरिषद् ऐसे संशोधन पेश करे जिन्हें विधानसभा स्वीकार न करे तो विधानसभा उस विधेयक को पुनः पारित करके परिषद् को भेजती है। यदि परिषद् पुनः उसको अस्वीकार करे, ऐसे संशोधन प्रस्तुत करे जो विधानसभा को स्वीकृत न हों, इस बीच एक माह का समय व्यतीत हो जाए तो

विधेयक दोनों सदनों द्वारा पारित माना जाएगा। विधानपरिषद् चार माह की देरी कर सकती है पर विधेयक को रोक नहीं सकती।

2. कार्यपालिका पर नियंत्रण के संबंध में: विधानसभा ही कार्यपालिका को अपदस्थ कर सकती है। राज्य के मंत्रिगण विधानपरिषद् के प्रति उत्तरदायी नहीं हैं। विधान परिषद् केवल प्रश्न पूछ सकती है और मंत्रिपरिषद् की आलोचना कर सकती है।

3. वित्तीय संबंध में: वित्त विधेयक केवल विधानसभा में ही रखे जा सकते हैं। विधानसभा से पारित होने के पश्चात् वित्त विधेयक विधानपरिषद् को भेजा जाता है। विधानपरिषद् 14 दिन के भीतर विधेयक वापिस करती है। परिषद् द्वारा सुझाए गए संशोधनों को स्वीकार या अस्वीकार करना विधानसभा की इच्छा पर निर्भर करता है। यदि 14 दिन के भीतर परिषद् वित्त विधेयक को नहीं लौटाती है तब भी वह दोनों सदनों द्वारा पारित माना जाएगा।

इस प्रकार विधानपरिषद् को केवल "निलंबन का निषेधाधिकार" ही प्राप्त है। लेकिन इन सब कमियों के बावजूद विधानपरिषद् का अपना महत्त्व है। यह विधानसभा को स्वेच्छाचारी होने से रोकता है। इसमें साहित्य, कला, विज्ञान के लोगों को प्रतिनिधित्व दिया जाता है जो राज्य की नीति निर्माण में लाभकारी होते हैं। यह सरकारी विधेयकों की कमी को प्रकाश में लाता है। भारतीय संविधान के अनुच्छेद 169 के अनुसार, संसद विधि द्वारा किसी राज्य में विधानपरिषद् का सृजन अथवा उत्सादन कर सकती है।

कानून निर्माण की प्रक्रिया

राज्य विधानमंडल को भी कानून निर्माण के लिए वैसी ही प्रक्रिया अपनानी होती है जैसी प्रक्रिया संसद द्वारा अपनाई जाती है। विधेयकों की प्रस्तुति को प्रथम वाचन कहा जाता है। यदि सदन में उपस्थित और मतदान में भाग लेने वाले सदस्य बहुमत से विधेयक का समर्थन करते हैं तो विधेयक को सरकारी गजट में छाप दिया जाता है। द्वितीय वाचन में विधेयक के सामान्य सिद्धांतों पर वाद विवाद होता है। विवाद के बाद पारित होने पर उसे प्रवर समिति में भेज दिया जाता है। प्रवर समिति द्वारा प्रस्तुत प्रतिवेदन पर सदन के द्वारा विचार किया जाता है। समिति द्वारा रखे प्रत्येक सुझाव पर सदन में मतदान होता है। प्रतिवेदन अवस्था की समाप्ति के बाद तृतीय वाचन में विधेयक के साधारण सिद्धांतों पर फिर से बहस की जाती है और विधेयक में केवल भाषा संबंधी सुधार किए जाते हैं। एक सदन द्वारा विधेयक पारित होने पर, जिन राज्यों में विधानमंडल का एक सदन है, वहां विधेयक राज्यपाल को भेज दिया जाता है। जिन राज्यों में विधानमंडल दो सदनीय है वहां विधेयक दूसरे सदन को भेजा जाता है। दूसरे सदन में भी विधेयक को उन्हीं अवस्थाओं से गुजरना पड़ता है जिन अवस्थाओं से प्रथम सदन से गुजरा था। यदि विधेयक विधानसभा द्वारा पारित होने के पश्चात् विधानपरिषद् द्वारा अस्वीकृत कर दिया जाता है या परिषद् 3 महीने तक विधेयक पर विचार नहीं कर पाती या विधेयक में ऐसे संशोधन करती है जो विधानसभा को स्वीकार नहीं होते तो विधानसभा उस विधेयक को पुनः स्वीकृत करके

परिषद् के पास भेजती है। तब यदि परिषद् पुनः विधेयक को अस्वीकृत कर देती है या पुनः संशोधन करती है जो विधानसभा को स्वीकार्य नहीं होते तो विधेयक विधानपरिषद् द्वारा पारित किए बिना ही दोनों सदनों द्वारा पारित हुआ समझ लिया जाता है।

विधेयक दोनों सदनों द्वारा स्वीकृत होने पर राज्यपाल की स्वीकृति के लिए भेजा जाता है। राज्यपाल या तो उस पर अपनी स्वीकृति दे देता है अथवा कुछ सुझावों सहित विधानमंडल के पास पुनः भेज सकता है। यदि राज्य विधानमंडल उस विधेयक को राज्यपाल द्वारा सुझाए गए संशोधनों सहित या रहित रूप से दोबारा पास कर देता है तो राज्यपाल को विधेयक पर अपनी स्वीकृति देनी ही पड़ती है। राज्यपाल की स्वीकृति के बाद विधेयक कानून बन जाएगा। राज्यपाल कुछ विशेष विधेयकों को राष्ट्रपति की स्वीकृति के लिए भेज देता है। ऐसे विधेयक राष्ट्रपति की स्वीकृति के बाद ही कानून बन पाते हैं।

संविधान के अंतर्गत वित्त विधेयक वे होते हैं जिनका संबंध निम्न बातों से हो।

1. किसी कर को लागू करने, परिवर्तन करने या व्यवस्थित करने से संबंधित विधेयक।
2. ऋण लेने, राज्य द्वारा अनुग्रह प्रदान करने अथवा राज्य के किसी आर्थिक कर्त्तव्य से संबंधित विधेयक।
3. राज्य की संचित निधि और आकस्मिक निधि पर किसी भी रूप में प्रभाव डालने से संबंधित विधेयक।

इनके अतिरिक्त उन्हें भी वित्त विधेयक समझा जाएगा जिसे विधानसभा अध्यक्ष वित्त विधेयक घोषित कर दे। वित्त विधेयक केवल विधानसभा में ही प्रस्तुत किए जा सकते हैं। विधानसभा द्वारा पारित विधेयक विधानपरिषद् के पास विचारार्थ भेज दिया जाता है। यदि परिषद् उस विधेयक को 14 दिनों के भीतर न लौटाए तो वह दोनों सदनों द्वारा पारित समझा जाएगा। यदि परिषद् 14 दिन के भीतर विधेयक संशोधन सहित लौटा दे तो भी इन संशोधनों को स्वीकार करना विधानसभा पर निर्भर करता है। विधानसभा इन संशोधनों के बिना या संशोधनों के साथ, जिस रूप में भी राज्यपाल को भेज सकती है और राज्यपाल की स्वीकृति से यह विधेयक कानून का रूप ग्रहण कर लेता है।

निष्कर्ष तौर पर कहा जा सकता है कि राज्य विधानसभाओं की शक्ति व स्थिति का दिन प्रतिदिन ह्रास होता जा रहा है। आए दिन विधानसभाओं को भंग करने की विघटन की राजनीति को विकसित किया जा रहा है। 1977 में विधानसभा भंग करने और नए चुनाव कराने के पीछे यह तर्क दिया गया कि राज्य के मतदाताओं ने लोकसभा चुनाव में कांग्रेस को पूरी तरह अस्वीकार कर दिया है। 1980 में लोकसभा चुनाव में विजय प्राप्त करने के बाद गैर-कांग्रेसी सरकारों वाले राज्यों की विधानसभाओं को भंग करने का निर्णय केंद्र की कांग्रेस-ई सरकार ने लिया। दिसंबर 1992 में तीन भाजपा शासित राज्यों मध्य प्रदेश, हिमाचल प्रदेश और राजस्थान में विधानसभा भंग कर राष्ट्रपति शासन केवल इस आशंका के आधार पर लगाया कि बाबरी मस्जिद विवाद के बाद राष्ट्रीय स्वयं सेवक संघ, विश्व हिंदू परिषद् और बजरंग दल आदि सांप्रदायिक संगठनों पर केंद्र द्वारा लगाए गए प्रतिबंधों को समुचित रूप से लागू नहीं किया जा रहा था।

विधानसभा में आज वाद विवाद का स्तर गिरता जा रहा है। विधायकों के अपराध में लिप्त होने के सभी आंकड़े मौजूद हैं। 2002 में गठित उत्तर प्रदेश की विधानसभा में राज्य के कुल 403 विधायकों में से 207 के खिलाफ आपराधिक मुकद्दमे दर्ज हैं। विधायक सदन के बाहर राजनीति करते रहते हैं। हाल ही में आंध्र प्रदेश के 129 विधायकों ने तेलंगाना मुद्दे पर अपने इस्तीफे दिए। राजनीतिक अस्थिरता की वजह से फिर विधानसभा चुनाव कराने पड़ सकते थे जिससे राजकोष पर 100 करोड़ रुपये का व्यय भार पड़ता, अत: आंध्र प्रदेश के विधानसभा अध्यक्ष रेड्डी ने इस्तीफे नामंजूर कर दिए।[31]

राज्य-राजनीति का महत्त्व एवं प्रकृति

मायरन वीनर के अनुसार, प्रत्येक राज्य एक बड़ी व्यवस्था (भारत) का भाग है। परंतु फिर भी हर एक का अपना निश्चित अस्तित्व है, इसलिए प्रत्येक राज्य में राजनीतिक प्रक्रिया का विश्लेषण किया जा सकता है जिसका संबंध सामाजिक और आर्थिक परिस्थितियों तथा सरकार की कार्यक्षमता के साथ जोड़ा जा सकता है। यह विधि प्रमुख रूप से ''व्यवस्था विधि'' पर आधारित है और यह राज्यों के तुलनात्मक अध्ययन को महत्त्व देती है।[32] भारतीय संघ के राजनीतिक और आर्थिक ढांचे में सक्रिय रहने के कारण विभिन्न प्रदेशों की राजनीति में काफी समानताएं मौजूद रही हैं परंतु उनकी संरचना और उपलब्धियों में विभिन्नताएं भी हैं। प्रत्येक राज्य में वर्ग, जाति, सामाजिक और आर्थिक शक्तियों का विभिन्न समायोजन तथा सामाजिक व आर्थिक विकास के अलग-अलग स्तर मौजूद हैं जो उसकी राजनीति को प्रभावित करते हैं।

भारत की संघात्मक व्यवस्था में राज्य राजनीति का विशेष महत्त्व है। भारतीय लोकतंत्र की सफलता इस बात पर निर्भर करती है कि हम अपने विकास कार्यक्रमों को किस गति से क्रियान्वित कर पाते हैं। भूमि सुधार कानून हो या शिक्षा में परिवर्तन लाने का कोई कार्यक्रम, परिवार नियोजन हो या मद्य निषेध, कुटीर उद्योगों को बढ़ावा देना हो या व्यापक सिंचाई सुविधाओं की व्यवस्था करनी हो, व्यवहार में इन सभी कार्यों को राज्य सरकार द्वारा ही किया जाता है। जन साधारण की दिन-प्रतिदिन की समस्याओं का समाधान राज्य सरकारों द्वारा ही किया जाता है। वस्तुत: राज्य राष्ट्रीय राजनीति की आधारशिलाएं हैं। यद्यपि सभी राज्य एक ही संविधान द्वारा शासित हैं फिर भी उनकी राजनीति परस्पर संबद्ध तथा उसके सामाजिक मूल्यों में भिन्नता है।

राज्य-राजनीति के निर्धारक तत्त्व: डॉ. इकबाल नारायण ने अपनी कृति *स्टेट पॉलिटिक्स इन इंडिया* में भारतीय राजनीति के निम्न निर्धारकों का उल्लेख किया है– (i) संस्थानात्मक (ii) राजनीति के संरचनात्मक स्तर (iii) सामाजिक आर्थिक, और राजनीतिक तत्त्व (iv) आभिजात्य वर्ग की संरचना।

राज्य राजनीति के निर्धारक तत्त्व निम्नलिखित हैं–

1. संवैधानिक तत्त्व: संवैधानिक ढांचा राज्य राजनीति का संस्थानात्मक निर्धारक तत्त्व है। संविधान में ''राज्यों का संघ'' शब्द का प्रयोग किया गया है। राज्य राजनीति का

केंद्रीय शासन और राजनीति से प्रभावित होना नितांत स्वाभाविक है। यह प्रभाव इन तथ्यों में देखा जा सकता है जैसे राज्यपाल का पद, राज्य में राष्ट्रपति शासन लागू करना, राज्य को वित्तीय सहायता इत्यादि।

2. राजनीतिक तत्त्वः राजनीतिक तत्त्व के अंतर्गत केंद्रीय नेतृत्व और प्रधानमंत्री का व्यक्तित्व राज्य राजनीति को प्रभावित करता है। इसके अतिरिक्त एक ही समय में विभिन्न राज्यों की राजनीतिक स्थिति में अंतर देखा जा सकता है। इसका कारण है मुख्यमंत्री का व्यक्तित्व जो राज्यों की राजनीति में प्रमुख भूमिका निभाते हैं। केंद्र और राज्यों की दलीय स्थिति भी राज्य राजनीति को प्रभावित करती है। कई बार केंद्रीय सरकार के राज्य सरकार से संबंध दलीय संरचना पर कम और प्रधानमंत्री और मुख्यमंत्री के समीकरण पर अधिक निर्भर करते हैं। केंद्र के लिए मिली-जुली सरकार वाले राज्य की राजनीतिक स्थिति को प्रभावित करना सरल होता है।

3. सांस्कृतिक व सामाजिक तत्त्वः भारतीय संघ के कुछ राज्य विकसित और कुछ बहुत पिछड़े हुए हैं। राज्य विशेष में जातियों, उपजातियों की संख्यात्मक स्थिति कैसी है? अनुसूचित जातियों व जनजातियों, अल्पसंख्यकों और प्रबल जातियों की स्थिति एवं संख्या बल राज्य विशेष की राजनीति, दल व्यवस्था और निर्णय प्रक्रिया को प्रभावित करती है। उत्तर प्रदेश में मुलायम सिंह और मायावती का सत्तासीन होना उसके जातीय आधार को संगठित करने के प्रयासों में निहित है। 2003 के राजस्थान विधानसभा चुनावों में भाजपा को अभूतपूर्व सफलता मिलने का कारण जाट मतदाताओं को अपनी ओर आकर्षित करना था।

4. आर्थिक तत्त्वः यदि एक राज्य में पर्याप्त वित्तीय साधन हैं तो उस राज्य की राजनीति के स्वतंत्र और स्वस्थ रूप से विकसित होने की आशा की जा सकती है। पिछले एक दशक से आर्थिक विकास का पहलू राज्य राजनीति में महत्त्वपूर्ण कारक बनता जा रहा है। राज्य विशेष में संपन्न होने वाले चुनावों में मतदाता सरकारों को इस कसौटी पर मापने लगा है कि वह राज्य के विकास और शासन की गुणवत्ता की दृष्टि से कितना काम कर पाई। 2003 के विधानसभा चुनावों में दो बड़े राज्यों में लोगों ने सरकार के बेहतर काम को आधार बनाकर मत दिए।

5. भौगोलिक तत्त्वः भौगोलिक स्थिति राज्य के आर्थिक विकास को और परोक्ष रूप से राज्य राजनीति को प्रभावित करती है। सीमांत पर स्थित राज्यों में यदि कभी पृथकतावादी प्रवृत्तियों का उदय होता है तो इसका प्रमुख कारण उसकी भौगोलिक स्थिति हो सकती है। इसका उदाहरण नागालैंड और मिजोरम हैं। इसके अतिरिक्त कुछ राज्य जनसंख्या व क्षेत्र की दृष्टि से विशाल और विविधताओं से परिपूर्ण हैं। ऐसे राज्यों की राजनीति में एक-दूसरे से भेद होना स्वाभाविक है।

राज्यों की राजनीति में उभरती प्रवृत्तियां

भारतीय संघ के सभी राज्यों के निर्माण, गठन और उद्भव का इतिहास भिन्न-भिन्न है। सभी राज्यों की राजनीति में धर्म, जाति जैसे परंपरागत तत्त्वों तथा वर्ग चेतना व आर्थिक

हितों के दबाव आदि आधुनिक तत्त्वों का समन्वय देखा जा सकता है। आर्थिक विकास का स्तर, नौकरशाही का राजनीतिकरण, क्षेत्रीयतावाद, भाषावाद, राज्य का आकार, लोगों की प्रकृति, स्वभाव एवं राजनीति के प्रति रुझान जैसे तत्त्वों में विभिन्नता होने के कारण भारतीय राज्यों की राजनीति की प्रकृति में भिन्नता परिलक्षित होती है।[33] धर्म, जाति, भाषा और क्षेत्रीयता राष्ट्रीय राजनीति की अपेक्षा राज्य राजनीति में अधिक प्रभावशाली है। केरल की राजनीति में धर्म के तत्त्व की बहुत अधिक प्रधानता है; बिहार, हरियाणा आदि राज्यों की राजनीति में जाति अधिक प्रभावशाली है तो तमिलनाडु की राजनीति में क्षेत्रीयता और भाषा के तत्त्वों की प्रबलता है। स्वतंत्रता प्राप्ति के बाद प्रारंभिक दशकों में राज्यों का नेतृत्व ब्राह्मण, क्षत्रिय, वैश्य, कायस्थ जैसी उच्च जातियों के हाथों में था किंतु पिछले एक दशक में अनेक राज्यों में दलित व पिछड़े वर्ग के नेताओं के हाथों में बागडोर आई है। उत्तर प्रदेश में मायावती एवं मुलायम सिंह यादव, बिहार में लालू एवं राबड़ी, मध्य प्रदेश में उमा भारती, झारखंड में बाबूलाल मरांडी, छत्तीसगढ़ में अजीत जोगी इत्यादि मुख्यमंत्री पद तक पहुंचे हैं। इस कारण दलित लोगों में अपने विकास के प्रति जागरूकता का आभास होने लगा। 1990 में लालू प्रसाद यादव के बिहार में मुख्यमंत्री बनने से यह व्यवहार में सिद्ध हो गया। कमजोर वर्गों विशेषकर दलितों के लिए नए कल्याणकारी कार्यक्रमों को क्रियान्वित किया गया। बिहार में 80% जनसंख्या अपने जीवन निर्वाह के लिए कृषि पर निर्भर है। जहां पर उच्च जाति जैसे राजपूत, भूमिहार और ब्राह्मण का ही वर्चस्व था। बिहार में पिछड़े वर्ग में यादव, कुर्मी और कोरीस आते हैं। अन्य पिछड़ी जातियां भूमिहीन थीं। पिछड़े वर्गों ने अपने आर्थिक विकास के स्तर को बढ़ाने के लिए एक नए अमीर ग्रामीण कृषि वर्ग जिसे कुलाक्स (kulaks) के नाम से जाना जाता है, का निर्माण किया। इस नव-धनाढ्य ग्रामीण कृषक वर्ग ने सामाजिक व आर्थिक क्षेत्र में बहुत महत्त्वपूर्ण योगदान दिया।[34] इस संघर्ष ने सभी लोगों में विकास की भावना को जागरूक कर दिया।

1995 के विधानसभा चुनावों में पिछड़े वर्ग का योगदान बिहार में दिखाई दिया। पिछड़े वर्ग में यहां विभाजन की स्थिति उत्पन्न हो गई। पिछड़ी जातियां दो ब्लॉक में बंट गईं। एक तरफ यादवों का वर्ग जिसे जनता दल (Janta Dal) प्रतिनिधित्व दे रही थी और दूसरी तरफ कुर्मी और कोरीस (kurmis and koeris) जिनका प्रतिनिधित्व समता पार्टी (Samata Party) कर रही थी। पहली बार बिहार में उच्च जातियां राज्य राजनीति से पूरी तरह अलग थलग (marginalised) रहीं।

इसी के साथ आरक्षण की राजनीति उदित हुई। पिछड़ी जातियों के सरकारी नौकरी में आरक्षण की व्यवस्था ने धर्म और जाति व्यवस्था के समक्ष चुनौती पेश की। मंडल कमीशन के सुझावों ने जाति विचारधारा (caste ideology) के स्वरूप को प्रभावित किया है। इसने न केवल सामाजिक एवं आर्थिक स्तर पर समानता स्थापित की है बल्कि ''आत्म पहचान'' (self identity) को भी विकसित किया है।[35]

राजनीतिक वैज्ञानिक राजेंद्र वोरा और मानववादी एन्ने फैल्डोस ने भारत में क्षेत्रीयता का तीन चरणों में विश्लेषण किया: (i) 1947 से लेकर 1970 तक; (ii) 1970 से लेकर 1990 तक; (iii) 1990 से वर्तमान।[36] प्रथम चरण में राष्ट्रीय विशिष्ट वर्ग विभाजन की

प्रक्रिया से काफी असंतुष्ट थे। इसलिए वे किसी भी उठने वाली नई क्षेत्र की मांग को समाप्त करने पर जोर देते थे। द्वितीय चरण में इंदिरा गांधी व राजीव गांधी के कांग्रेसी शासन का बोलबाला था। 1980 के समय असम व पंजाब में अलगाववादी आंदोलन, राजनीतिक अस्थिरता और राष्ट्रपति शासन लगाए जाने की घटनाएं हुईं। कई वर्षों तक आंदोलन के नेताओं और केंद्र सरकार के बीच समझौता वार्त्ताओं का दौर चला। इंदिरा गांधी ने अलगाववादी आंदोलनों के विरुद्ध पुलिस व मिलिट्री फोर्स का प्रयोग उन्हें दबाने के लिए किया। राजव्यापी हिंसा हुई जिसमें करीब 3000 लोग मारे गए। राज्य विधानसभा चुनावों का बहिष्कार हुआ।[37] इस सभी क्रियाओं ने सामान्य जीवन को ठप कर दिया। तृतीय चरण में 1990 के बाद भारतीय राष्ट्रीय राजनीति में मिली-जुली सरकारों का उदय हुआ जिसमें क्षेत्रीय दलों के प्रतिनिधित्व की छवि परिलक्षित होने लगी। गठबंधन सरकारें वैचारिक साम्यता पर आधारित होने की बजाय बेमेल अवसरवादी गठबंधन थीं। गठबंधन के घटक-दलों के आपसी मतभेद और विवाद राजनीतिक अस्थिरता को जन्म देते हैं। फैल्डोस के अनुसार, 'भाषा, धर्म और अन्य जातीय कारकों के साथ-साथ शहरी पहचान और स्वार्थगत भारतीय राजनीति क्षेत्रीयतावाद के प्रमुख कारक माने जाते हैं। इसलिए भारतीय राजनीति को क्षेत्रीय राजनीति के पर्यायवाची के रूप में देखा जाता है।'

क्षेत्रीय आंदोलनों ने राज्यों की पृथकतावादी मांगों को बढ़ावा दिया। हाल ही में तीन नए राज्यों का निर्माण हुआ। 2000 में उत्तर प्रदेश, बिहार और मध्य प्रदेश से अलग होकर तीन नए राज्यों (उत्तराखंड, झारखंड और छत्तीसगढ़) का निर्माण किया गया। ये तीनों राज्य भाषा से अधिक क्षेत्रीय और आर्थिक पिछड़ेपन की समस्याओं से ग्रसित थे। ये तीनों राज्य खनिज और जंगलात जैसे स्त्रोतों से भरपूर थे लेकिन फिर भी ये सामाजिक और शैक्षिक रूप से पिछड़े हुए थे और इन्हें अपने विकास के लिए किसी प्रकार का राजस्व प्राप्त नहीं हो रहा था। हालांकि राज्य स्तर पर आरटीडीसी (Regional Tribal Development Council) की स्थापना की गई पर यह भी झारखंड के लोगों की आवश्यकताओं को संतुष्ट नहीं कर पाई।[38]

वर्तमान में 1990 के बाद से भारतीय राजनीति से संबंधित लेखों में क्षेत्रीयता का मुद्दा ज्यादा मुखरित हो रहा है। सुहास पालशिकार ने क्षेत्रीयतावाद के संदर्भ में पांच तत्त्वों का उल्लेख किया है–

(i) क्षेत्रीय आधार पर राजनीतिक मुद्दे;
(ii) क्षेत्रीय संरचना के आधार पर नेतागिरी;
(iii) राष्ट्रीय व क्षेत्रीय दलों द्वारा क्षेत्रीय मुद्दों पर राजनीतिक समर्थन का उभार;
(iv) मतदाताओं की राजनीतिक चयन प्रक्रिया का क्षेत्रीय या राज्य के राजनीतिक मुद्दों तक सीमित होना।[39]

मायरन वीनर ने क्षेत्रीय आंदोलनों को जातीय और देशीय आंदोलन में विभाजित किया। नीचे दी गई तालिका में क्षेत्रीय आंदोलनों के कारक, स्वरूप और उद्देश्यों का विवरण दिया गया है, जिनके आधार पर नवीन राज्यों की मांग की जाती है।

तालिका 1.2 क्षेत्रीय आंदोलन के प्रकार

कारक	आंदोलन	उद्देश्य/रूप
1. पूर्व ब्रिटिश पृष्ठभूमि	द्रेविस्थान	जातीय/पृथकतावादी
(pro-British background)	आजाद पंजाब	सांप्रदायिक/पृथकतावादी
	खासी ज्यांतिया संघ	सांप्रदायिक/देशीय
2. कमजोर राष्ट्रवादी संबंध	द्रेविदालैंड	जातीय/पृथकतावादी
(weak nationalist link)	आजाद पंजाब	नृजातीय
	पंजाबी सूबा	नृजातीय/सांप्रदायिक
	झारखंड	धार्मिक/देशीय
	बंगाल खेड़ा	सांप्रदायिक/देशीय
	मुक्त नागालैंड	जनजातीय/पृथकतावादी
	मिजो संघ	नृजातीय/ जनजातीय स्वायत्तता
3. आर्थिक मुद्दे	झारखंड	प्रांतीय/नृजातीय
(economic issues)	तेलगांना मुल्की	विकासात्मक
	उत्तराखंड	सांप्रदायिक/देशीय
		धार्मिक/नृजातीय
	शिवसेना	नृजातीय/देशीय
4. पहचान (identity)	पंजाब सुबा	नृजातीय/ सांप्रदायिक प्रभुत्व
	खालिस्तान	देशीय/नृजातीय प्रभुत्व
	बंगाल खेड़ा	नृजातीय/ सांस्कृतिक उत्थान
	विदेशियों के खिलाफ	देशीय/नृजातीय उत्थान
	झारखंड	नृजातीय/सांस्कृतिक
	गोरखालैंड	नृजातीय/सांस्कृतिक
	बोडोलैंड	नृजातीय/सांस्कृतिक
5. बाहरी तत्त्वों के विरुद्ध	तेलगांना मुल्की	आर्थिक/देशीय
(anti outsider	झारखंड	आर्थिक/नृजातीय विकास
sentiments)	गोरखालैंड	नृजातीय/देशीय
	मिजोरम	देशीय/आर्थिक
	शिव सेना	आर्थिक/नृजातीय प्रभुत्व
	आसाम आंदोलन	आर्थिक/नृजातीय प्रभुत्व
	उड़ीसा उपद्रव	नृजातीय/सांप्रदायिक
	उत्तराखंड	आर्थिक/देशीय

6. क्षेत्रीय-सीमा विवाद (area boundary dispute)	भाषायी राज्य मांगें बॉर्डर का पुनर्सविधान	सांस्कृतिक/नृजातीय अखंडता आर्थिक/नृजातीय, भाषायी जातीय-भाषीय/सांप्रदायिक
7. राजनीति और सांस्कृतिक कमजोर मजदूर संघ आंदोलन, प्रदर्शन में कमी, सुधारों का अभाव (politics and culture, viz weak trade union movement, weak exposer, lack of reforms)	सभी क्षेत्रीय और उपक्षेत्रीय आंदोलन	नृजातीय-भाषायी/सांप्रदायिक

* Sajal Basu, *Regional Movements: Politics of Language, Ethnicity, Identity*, मनोहर, नई दिल्ली, 1992, p. 21.

हाल ही में तेलंगाना की समस्या तीव्र होती जा रही है। केंद्र सरकार ने अलग तेलंगाना राज्य की मांग पर विचार करने के लिए गठित ''श्रीकृष्ण समिति'' से रिपोर्ट सौंपने के लिए कहा है। यह समिति राज्य के विभिन्न क्षेत्रों में विकास, महिलाओं, बच्चों, पिछड़े वर्गों और जनजातियों की समीक्षा करेगी। पूर्व गृह सचिव वी.के. दुग्गल को इस समिति का सचिव बनाया गया है। इसी मुद्दे पर गठित समिति में राष्ट्रीय विधि विवि के कुलपति रणवीर सिंह, अंतर्राष्ट्रीय खाद्य नीति शोध संस्थानों के शोधार्थी डॉ. अबुसलेह शरीफ और भारतीय प्रौद्योगिक संस्थान से प्रोफेसर डॉ. रवींद्र कौर शामिल हैं।[40]

भाषा के आधार पर भी क्षेत्रीय मुद्दे को उभारा जा रहा है। प्रो. मोरिस जोंस लिखते हैं, क्षेत्रवाद और भाषा के सवाल भारतीय राजनीति के ज्वलंत प्रश्न हैं। भारत में हिंदी के विरोध की राजनीति ने जोर पकड़ रखा है। इस कारण दक्षिणी और उत्तरी भारत में विभाजन-सा प्रतीत होने लगा है। भाषायी आधारों पर कई राज्यों का पुनर्गठन किया गया है। भाषागत राजनीति के परिणामस्वरूप स्थानीयता की संकीर्ण भावना का उदय हुआ है। उदाहरण के लिए, मुंबई में मराठी को लेकर राजनीति थम नहीं रही है। मनसे अध्यक्ष राज ठाकरे ने मुंबई में आए हुए यू.पी. और बिहार के लोगों को धमकी दी है कि मराठी सीखो वरना यूपी, बिहार लौट जाओ।[41] राजनीतिक दलों ने भाषायी समस्या से राजनीतिक लाभ उठाने के प्रयत्न किए हैं। आज आवश्यकता इस बात की है कि भारत की अखंडता और शिक्षा व्यवस्था के हित में भाषा के प्रश्न को दलीय राजनीति से दूर रखा जाए।

राजनीतिक दल-बदल भी राज्य स्तर की राजनीति की प्रमुख विशेषता है। 1999 में गोवा में दल-बदल की घटनाएं इतने दिलचस्प तरीके से हुईं जिनके परिणामस्वरूप राज्य सरकार अल्पमत में आ गईं और कतिपय राज्यपालों ने राष्ट्रपति शासन की सिफारिश कर दी। राज्य स्तर के शासक दल में तीव्र गुटबंदी ने भी राजनीतिक अस्थिरता के वातावरण को जन्म दिया है।

राजनीतिक अस्थिरता का एक अन्य कारण है कि केंद्र द्वारा राज्य राजनीति को प्रभावित करने के उचित-अनुचित सभी प्रकार से प्रयत्न किए गए। इसके अतिरिक्त राज्यों को केंद्र पर वित्तीय स्त्रोतों के लिए भी निर्भर रहना पड़ता है। हाल ही में बिहार के मुख्यमंत्री नीतीश कुमार ने नक्सलवाद से निपटने के लिए केंद्र से मदद बढ़ाने का अनुरोध किया है। इसमें अर्धसैनिक बलों की 70 कंपनियां देने, राज्य की नेपाल सीमा पर खुफिया निगरानी बढ़ाए जाने और नक्सल प्रभावित इलाकों में विकास कार्यक्रमों के लिए सौ फीसदी आर्थिक मदद की मांग की है। उत्तर प्रदेश की मुख्यमंत्री मायावती ने केंद्र सरकार को आड़े हाथों लिया कि सुरक्षा की चुनौतियों से निपटने के लिए राज्यों की मांगों पर ध्यान नहीं दिया जा रहा, न ही उनसे संबंधित योजनाओं को मंजूरी दी जा रही है। इसी तरह उत्तराखंड के मुख्यमंत्री डॉ. रमेश पोखरियाल निशंक ने उत्तराखंड में आंतरिक सुरक्षा की मजबूती के लिए केंद्र से 1000 करोड़ रुपये का पैकेज मांगा है। केंद्र से अधिकतम वित्तीय स्त्रोत प्राप्त करने के लिए राज्यों ने कड़ा रुख अपनाया है। कई बार अंतर्राज्यीय विवादों के समाधानों में राज्यों ने केंद्र के निर्णयों को मानने से इंकार कर दिया है। इसके अतिरिक्त राज्यों के बीच सीमा विवाद एवं नदी पानी विवादों को लेकर भी मतभेद उभरे हैं।

1989 और 1990 में भारतीय राजनीति के संदर्भ में फ्रैंकाइन आर. फ्रैंकल और एम. एस.ए. राव ने कहा कि समकालीन भारत में सामाजिक शोषण और राज्य शक्ति के बीच बढ़ते प्रभाव ने व्यवस्थित सिद्धांत के बनने में योगदान दिया है।[42] अब ब्राह्मण प्रभुत्व फीका पड़ गया है। समाज में संघर्ष की स्थिति को परिस्थितियों के संदर्भ में और सामाजिक संगठनों के क्षेत्रीय आधार पर सुलझाया जा सकता है।

एक अन्य आयाम में बुर्जुआ राजनीतिकरण पर विचार किया गया है। इसमें चार राज्यों–बिहार और उड़ीसा पर संजय कुमार ने और उत्तर प्रदेश व मध्य प्रदेश पर क्रिस्टोफर जैफरलट और जैस्मीन जेरीनीनी ब्रॉटल ने अपने विचार दिए हैं। बिहार में अन्य पिछड़ा वर्ग के राजनीतिक प्रभुत्व का उदय हुआ है। संजय कुमार ने बिहार के राजद और उड़ीसा के बीजद दलों के सामाजिक आधारों पर विचार किया है। सर्वे डाटा ने यह सिद्ध किया कि राजद मुख्य रूप से अन्य पिछड़ा वर्ग जैसे यादवों पर आधारित है और बीजद में मुख्य रूप से करना और ब्राह्मण पर आधारित है।[43] उत्तर प्रदेश में मुलायम सिंह यादव और मायावती के संदर्भ में समाजवादी पार्टी (एसपी) और बहुजन समाज पार्टी (बीएसपी) का मुख्य नाम आता है। मध्य प्रदेश में भाजपा और कांग्रेस दोनों के मिले-जुले स्वरूप को देखा जाता है जिसका अर्थ उच्च एवं पिछड़ी जातियों के गठबंधन से लगाया जाता है।

निष्कर्ष

आज राज्य की राजनीति में आर्थिक विकास और सुशासन प्रमुख मुद्दे बन गए हैं। राज्य राजनीति की उभरती हुई प्रवृत्तियां हैं–आर्थिक उदारीकरण एवं निजीकरण पर बल, अपने-अपने राज्य में निवेश को आकर्षित करना, राज्य की अर्थव्यवस्था को प्रतिस्पर्धी एवं बहुआयामी बनाना, स्वच्छ एवं कुशल प्रशासन देना, सुशासन की स्थापना, विकेंद्रीकरण व

पंचायती राज संस्थाओं को सुदृढ़ करना आदि। स्थानीय स्वायत्तता जैसे मुद्दे का समाधान लोगों की भावनाओं व भारत के संघीय संवैधानिक ढांचे को ध्यान में रखते हुए करना होगा। विधि के शासन एवं सामाजिक आर्थिक न्याय के माध्यम से समाज में एक न्यायोचित संतुलन स्थापित करना होगा।

संदर्भ

1. Singh, M. P., and Saxena, Rekha, *Indian Politics: Contemporary Issues and Concerns*, Prentice Hall of India: New Delhi, 2008, p. 163.
2. *Ibid*, p. 163
3. Jain and Fadia, *Indian Government and Politics*, Sahitya Publication: Agra, 2005, p. 159.
4. Austine, Granville, *The Indian Constitution: Cornerstone of a Nation*, Clarendon Press: Oxford, 1977. p. 117.
5. Dash, S. C., "The Role of State Governor in India", in the *Indian Political Science Review*, Delhi, Vol. II, No. 3-4, April-Sep. 1968, p. 187.
6. Sharma, B. K., *Constitution of India: An Introduction*, Printice Hall of India Pvt. Ltd.: New Delhi, p. 195.
7. Brass, Paul, *The Politics of India Since Independence*, Cambridge University Press, 1990, p. 116.
8. CAD, Vol. VII, p. 432 as cited by B. L. Fadia in *Indian Government and Politics*, p. 545.
9. Rajmannar, P.V., Tamilnadu, the Centre-state Relations Inquiry Committee 1971, p. 120 as cited by B. L. Fadia in *Indian Government and Politics*, p. 545.
10. Centre-State Relation Committee Report, Sarkaria Commission Part I, 1988, p. 113.
11. *Hindustan*, 13 Feb 2010, p. 13.
12. Basu, D. D., *Commentry on the Constitution of India*, Vo. II as cited by B. L. Fadia, p.548 Vishal publication, Vol. II, 2001, p. 416.
13. Tyagi, Ruchi, "Government in States" in *Indian Government and Politics*, Mayur paper backs: Delhi, 2005, p. 381.
14. Johri, J. C., "Centre's representative", in *Indian Government and Politics: Basic framework, State structure and political dynamics*.
15. Sharma, B. K., *op cit*, p. 199
16. Pylee, M. V., *Constitutional Government in India*, Asia publishing House: New York, 1965
17. Mishra, B. B., *Government and Bureaucracy in India*, 1947-1976, Oxford University Press, 1986, p. 49.
18. Sharma, B. K., *op cit*, p. 188
19. Rao's, K. V., "The Role of State Government in India" in *Indian Political Science Review*, Delhi, No. 3 and 4, 1968, p. 175.
20. Narayan, Iqbal, *Twilight or Dawn: Political Change in India*, 1967-71, p. 94.
21. Puri, S., *Indian Political System*, New Acedemic publishing house: Jalendhar, 2000, p. 238.
22. Tyagi, Ruchi, *op cit*, p. 394.

23. Sharma, B. K., *op. cit*, p. 200.
24. Johri, J. C., *op cit*, p. 418.
25. *Hindustan*, New Delhi, 1 Feb 2010, p. 1.
26. Singh M. P., and Saxena, Rekha, *op cit*, p. 168.
27. *India Today*, Februray 12, 2007, p. 22.
28. Sharma, M. S. M., V. Srikrishna Sinha, AIR, 1960 Supreme Court, 1186 and State in Kerala V. Sudarsan AIR, 1984, Kerala High Court, 1, as cited by M. P. Singh, p. 170.
29. Fadia, B. L., *op cit*, p. 578.
30. J. C. Johri, *op cit*, p. 418.
31. *Hindustan*, New Delhi, 31 Jan 2010, p. 3.
32. Weiner, Myron, (ed), *State Politics in India*, Princeton pub. 1986, pp. 6–9.
33. Chandra, Bipan, (ed), *Ajadi ke baad ka Bharat* 1947–2000, Hindi Madhyam Karyanvgan Nideshalya, D.U., 2002, p. 396.
34. Shah, Ghanshyam, "New phase in Backword Castepolitics in Bihar 1990-2000. in *Caste and Democratic Politics in India*, Permanent Black, 2008, p. 348.
35. Shah, Ghanshyam, *op cit*, p. 398
36. Vora, Rajendra, and Feldhaus, Anne, *Region, Culture and Politics in India*, Manohar Publication, New Delhi, 2006, pp. 10-11
37. Chandra, Bipan, *op cit*, p. 410.
38. Singh, M. P., and Saxena, Rekha, *op cit*, p. 174.
39. Suhas Palshikar, "Caste politics through the Prism of Region" in Rajendra Vora and Anne Feldhaus (eds). *Region, Culture and Politics in India, Manohar*, New Delhi, 2006, p. 272.
40. *Hindustan*, New Delhi, 13 Feb. 2010, p. 13.
41. *Hindustan*, New Delhi, Feb. 2010, p. 6.
42. Frankel, Francine, and M. S. A. Rao (eds), *Dominance and State Power in Modern India: Decline of a Social Order*, Vol. II, Oxford University Press, New Delhi, 1989–90
43. Kumar, Sanjay, "Janata Regionalised Contrasting bases of Electoral support in Bihar and Orissa", Jenkins (ed), *Regional Reflections: Comparing Politics Across India's States*, Oxford University Press: New Delhi, 2004, p. 67.

12

स्थानीय स्वशासन

भारत में स्थानीय स्वशासन, एक ऐसी व्यवस्था है, जिसके अंतर्गत ग्रामीण क्षेत्रों में जनता द्वारा अपने सामाजिक, आर्थिक तथा सांस्कृतिक विकास के दायित्व का निर्वहन किया जाता है। वस्तुतः स्थानीय सरकार का शाब्दिक अर्थ स्थानीय क्षेत्रों के शासन-प्रशासन के संचालन से है, जो स्थानीय नागरिकों की भागीदारी एवं सक्रिय योगदान के माध्यम से किया जाता है।

इस व्यवस्था के अंतर्गत यह मान्यता है कि समाज के सभी वर्ग के लोग शासन में सक्रिय रूप से अपनी भागीदारी दर्ज करें और निर्णय-निर्माण प्रक्रिया के अभिन्न अंग के रूप में कार्य करते हुए लोकतंत्र की इस आधारभूत इकाई को संबल प्रदान करें, जिससे समाज का सर्वांगीण विकास हो सके।

स्थानीय सरकार का गठन प्रजातांत्रिक विकेंद्रीकरण की मौलिक विशेषता का एक परिणाम है। नार्मन डी पामर के अनुसार 'किसी भी विकासशील देश में प्रजातांत्रिक विकेंद्रीकरण एक रोमांचकारी प्रयोग है।' आजादी के बाद भारत में प्रजातांत्रिक परिवेश में विकेंद्रीकरण की प्रक्रिया को मूल मंत्र के रूप में पदास्थापित किया गया है। विकेंद्रीकरण जितना अधिक होगा, लोगों की सत्ता में भागीदारी भी उसी के अनुरूप होगी। यही कारण है कि पंचायती राज प्रणाली को स्थानीय स्वशासन की संज्ञा दी जाती है।

वैसे भी भारत को गांवों का देश माना जाता है। 'जिस देश में 75% जनसंख्या गांवों में रहती हो, वहां पंचायती राज के नाम से प्रसिद्ध ग्रामीण स्थानीय शासन का महत्त्व स्वतः सिद्ध और सर्वथा असंदिग्ध है।'[1] स्थानीय स्वशासन के संबंध में अपना मत व्यक्त करते हुए महात्मा गांधी ने कहा था कि स्वतंत्रता की शुरुआत नीचे से होनी चाहिए। इस प्रकार सभी गांव गणतंत्र होंगे और सभी गांवों के पास शक्तियां होंगी। सभी गांव आत्मनिर्भर होंगे और अपने मामलों को सुलझाने में सक्षम होंगे। यहां तक कि पूरे विश्व से अपनी रक्षा कर पाएंगे।' इसी संदर्भ में जवाहरलाल नेहरू की उक्ति काफी सटीक जान पड़ती है कि 'भारत गरीब है क्योंकि भारत के गांव गरीब हैं। अगर गांव अमीर होंगे तो भारत अमीर हो जाएगा। अगर हम ग्रामवासियों को उनके अपने ही गांवों में ही सही अर्थ में स्वराज देना चाहते हैं तो पंचायती राज को ज्यादा अधिकार दिए जाने चाहिए।'[2]

पंचायती राज की घोषणा स्वतंत्र भारत में सर्वाधिक महत्त्वपूर्ण राजनीतिक परिवर्तन और क्रांतिकारी उपलब्धियों में से एक है। पंचायती राज में जिला, खंड और ग्राम स्तरों पर

डॉ. आशुतोष कुमार, एसोसिएट प्रोफेसर, सत्यवती कॉलेज (सांध्य), दिल्ली विश्वविद्यालय

लोकतांत्रिक संस्थाओं की त्रिस्तरीय संरचना शामिल की गई है। इन संस्थाओं को लोकतंत्र का प्रशिक्षण क्षेत्र और राजनीतिक शिक्षा की संस्था माना गया है। यह स्थानीय स्वशासन की इकाई तथा ग्राम स्तर पर लोकतंत्र के विस्तार का मूर्तिमान रूप है। संसद से ग्राम सभा तक सत्ता का विकेंद्रीकरण हो रहा है, जिससे कि भारत विश्व का सबसे बड़ा भागीदारीपूर्ण प्रजातंत्र बन सके।

स्थानीय सरकार के दो मौलिक प्रारूप हैं–ग्रामीण एवं शहरी। इन दोनों प्रारूपों को स्थानीय निकायों के रूप में क्रमशः पंचायत एवं नगरपालिका की संज्ञा दी गई है।

ग्राम स्वशासन अथवा पंचायती राज

ऐतिहासिक विकास

प्राचीन युगः भारत में स्थानीय शासन का इतिहास अत्यधिक प्राचीन है और संभवतः यही कारण है कि भारत को न सिर्फ ग्राम पंचायतों के देश के रूप में जाना जाता है बल्कि पंचायतें भारत की प्राचीनतम राजनीतिक संस्थाओं में गिनी जाती हैं। पंचायती राज के उद्भव के संदर्भ में जानकारी सहज ही सुलभ नहीं है। प्राचीन शिलालेखों एवं साहित्यों के सघन अध्ययनोपरांत इस संबंध में इतिहासकारों को सफलता मिली है। भारत की स्थानीय स्वशासन सरकारों के संदर्भ में एक उल्लेखनीय तथ्य यह कि 'प्राचीनकाल में यहां स्थानीय सरकारों के स्वतंत्र अस्तित्व का उदय और विकास, विद्यमान सामाजिक परिस्थितियों के फलस्वरूप हुआ है जबकि आधुनिक काल में स्थानीय शासन स्वयं राज्यों के सचेतन प्रयास का प्रतिफल है।'[3]

यह एक प्रामाणिक सत्य है कि भारत में स्थानीय स्वायत्तता की जड़ें अत्यंत गहरी रही हैं। भारतीय इतिहास का प्राचीनतम युग सिंधु घाटी सभ्यता का था। एक मान्यता के अनुसार सिंधु घाटी सभ्यता के दौरान भी ग्रामीण और शहरी स्थानीय स्वायत्तता विद्यमान थी जिसके प्रमाण पुरातात्विक खुदाइयों में दृष्टिगोचर होते हैं। मोहनजोदड़ो और हड़प्पा की खुदाई इस बात की साक्षी है कि प्राचीनकाल में संगठित शहरी जीवन विद्यमान था यानि नगरीय सभ्यता थी।[4] यह गौरव सिंधु घाटी सभ्यता के लोगों को जाता है कि उन्होंने संसार को प्राचीनतम नगर दिए, प्रथम नगरीय सभ्यता दी, पहला नियोजित नगर दिया और नगर के स्थानीय प्रशासन का प्राचीनतम उदाहरण पेश किया।

यहां यह उल्लेखनीय है कि सभी प्राचीन सभ्यताओं की तरह भारतीय सभ्यता भी कृषि आधारित थी। यही कारण है कि भारत में प्राचीनकाल से ''ग्राम'' ही आर्थिक एवं राजनीतिक गतिविधियों का केंद्र रहा है। प्राचीन भारत में नगर की भूमिका अपेक्षाकृत कम होती थी। वेदमंत्रों में ग्रामों की खुशहाली के लिए बार-बार प्रार्थना की गई है। प्रायः ग्राम का शासन ग्राम के मुखिया की देखरेख और निर्देशन में चलाया जाता था। वैदिक साहित्य में उसे ''ग्रामिनी'' कहा जाता था, परंतु देश के अन्य भाग में उसे कई नामों से संबोधित किया जाता था। वैदिक युग में शासक जन इकाइयों, समिति और सभा की सहायता से कार्य करते थे।

प्राचीन भारत में राज्य के संचालन के लिए राजतंत्र के साथ-साथ प्रजातंत्र के भी प्रमाण देखने को मिलते हैं। शुरुआती राजनीतिक संस्थाओं में जनपद के स्तर पर राजनैतिक शक्ति का संचालन दिखता है। ये प्रजातंत्र में प्रत्यक्ष भागीदारी के आधार पर राज्य संचालन में दक्ष नजर आते हैं। समाज की आर्थिक और राजनीतिक गतिविधियों के संचालन में जनमानस की भागीदारी के ये महत्त्वपूर्ण उदाहरण 16 महाजनपदों, जिनमें काशी, वैशाली आदि प्रमुख हैं, के रूप में नजर आते हैं। ईसा पूर्व चौथी और तीसरी शताब्दियों में पाटलिपुत्र नगर में एक सुसंगठित तथा कुशल नगर प्रशासन था। इसमें 30 सदस्यों वाली एक सभा थी जिसकी पांच उपसमितियां थीं। जो पांच भिन्न विषयों का प्रबंध करती थी।[5]

600 ई. पूर्व. से 600 ई. तक का काल जैन धर्म, बौद्ध धर्म, मौर्य साम्राज्य और गुप्त साम्राज्य आदि के उत्थान और पतन का साक्षी रहा है। जैन तथा बौद्ध साहित्य में ग्राम्य जीवन के विविध आयामों पर प्रकाश डाला गया है। ग्रामीण अपनी सार्वजनिक आवश्यकताओं के लिए श्रमदान करते थे। जातक कथाओं में कई ग्रामों द्वारा एकजुट होकर सार्वजनिक उद्यमों, सड़कों आदि का निर्माण करने के उदाहरण विद्यमान हैं।[6] बुद्ध तथा महावीर द्वारा स्थापित धर्म संघों के अंतर्गत महत्त्वपूर्ण निर्णय अत्यंत प्रजातांत्रिक पद्धति पर आधारित थे। कौटिल्य के *अर्थशास्त्र* में ''आदर्श ग्राम'' की सुस्पष्ट झलक दिखाई पड़ती है। ग्राम में कई अधिकारी होते थे, जिनमें प्रमुख थे गोप, अध्यक्ष (मुखिया) और लेखाकार।

मौर्यकाल में ग्राम सार्वजनिक उपयोगिता तथा मनोरंजन के कार्य भी संयोजित करते थे। ग्राम के आपसी झगड़ों को सुलझाते थे और अवयस्कों की संपत्ति की न्यासधारी के रूप में अपनी भूमिका का निर्वहन करते थे। परंतु वे औपचारिक परिषद् में विकसित नहीं हुए थे। वास्तव में परिषदों के रूप में इनका विकास गुप्तकाल में दिखाई पड़ता है। जब इन परिषदों को केंद्रीय भारत में पंचमंडली और बिहार में ग्राम-जनपद कहा जाता था।

इसी क्रम में तमिल देश में चोल काल का विशद वर्णन रोमिला थापर[7] की पुस्तक *भारत का इतिहास* में देखने को मिलता है। इसके अंतर्गत उन्होंने वर्णन किया है कि चोल अधिकारी गांवों में परामर्शदाताओं और प्रेक्षकों के रूप में भाग लेते थे। इससे ऊपरी स्तर पर होने वाले राजनीतिक परिवर्तनों के बहुत अधिक हस्तक्षेप के बिना स्थानीय उन्नति और विकास निरंतर होते रहे। इस काल में विकसित होने वाली ग्राम स्वायत्तत्ता के पीछे आधारभूत मान्यता यह थी कि प्रत्येक गांव का शासन स्वयं ग्रामीणों द्वारा ही होना चाहिए। इस उद्देश्य के लिए एक ग्राम सभा का संगठन होता था और इसी सभा में सत्ता निहित होती थी। गांव हलकों में बांटा जा सकता था और प्रत्येक हलका अपने सदस्यों की एक सभा बुला सकता था। इन विविध समूहों के परस्पर संबंध गांव के सामाजिक जीवन का आधार होते थे।

इस महासभा में अधिकांश स्थानीय निवासी होते थे और इसकी तीन श्रेणियां होती थीं: ''उर'' में एक साधारण ग्रम के करदाता सदस्य रहते थे। ''सभा'' में केवल ग्राम के ब्राह्मण निवासी होते थे तथा अंत में ''नगरम'' सामान्यत: व्यापारिक होते थे जो व्यापारिक हितों की रक्षा के लिए होते थे। कुछ गांवों में ''उर'' और 'सभा' साथ-साथ होती थी।[8] उत्तरमरूर (ब्राह्मणों का एक ग्राम) के मंदिर की दीवार पर खुदा लेख विस्तारपूर्वक बताता

है कि स्थानीय "सभा" किस प्रकार कार्य करती थी।[9] यह लेख दसवीं शताब्दी का है। जबकि दूसरे शिलालेख में यह वर्णन है कि इन ग्राम सभाओं में परस्पर सहकार सहयोग एक आम बात थी। सरकार के लिए कर निर्धारण करने का दायित्व ग्राम सभा का था। कभी-कभी पूरे गांव से संयुक्त कर भी वसूला जाता था। सभा के कार्यों में विशेषतया दान तथा करों से संबंधित हिसाब आदि रखना और कृषि संबंधी झगड़ों जैसे पट्टे एवं सिंचाई के अधिकारों पर होने वाले संघर्षों को सुलझाना था।

इन ग्राम परिषदों और सभाओं की शक्तियों का वर्णन डॉ. ए.एस. अल्तेकर के वर्णन में सुस्पष्ट तरीके से दृष्टिगोचर होता है। 'वे समुदाय की रक्षा का प्रभावी प्रबंध करती थी। केंद्रीय सरकार के करों को वसूल करती थी। अपने कर लगाती थी.'[10] ग्राम में झगड़ों का निपटारा करती थी। मनोरंजन तथा लोकउपयोगिता के कार्यों का प्रबंध करती थी, न्यासधारी तथा बैंक का कार्य भी करती थी। अकाल के प्रकोप को कम करने के लिए सार्वजनिक कर्ज उठाती थी, स्कूलों, महाविद्यालयों तथा निर्धन निवासों का प्रबंध करती थी और उनके लिए धन जुटाती थी। मंदिरों की विभिन्न प्रकार की धार्मिक और सांस्कृतिक गतिविधियों का निरीक्षण भी करती थी। इसमें कोई संदेह नहीं कि जिन शक्तियों का प्रयोग ये करती थी वे शक्तियां आज कई देशों के स्थानीय प्रशासन को प्राप्त नहीं हैं: 'वे ग्रामीणों के हितों की रक्षा करने और उनके मौलिक, नैतिक तथा बौद्धिक विकास के लिए महत्त्वपूर्ण तथा सराहनीय कार्य करती थी।'

इस प्रकार उपरोक्त विवेचन से स्पष्ट होता है कि आधुनिक काल के ग्राम स्वशासन के बजाय प्राचीन काल में ग्राम स्वशासन अत्यधिक वास्तविक और व्यावहारिक था। इसका कारण यह है कि आधुनिक युग में पंचायती राज अपने अस्तित्व के लिए राज्य सरकार द्वारा निर्मित्त कानून पर निर्भर करता है। इसे कानून द्वारा स्थापित किया जाता है और कानून द्वारा ही समाप्त किया जा सकता है। ऐसी स्थिति प्राचीनकाल की ग्राम स्वशासन की व्यवस्था के साथ नहीं थी। उस समय इसका अस्तित्व परंपराओं और प्रथाओं पर निर्भर था।

मध्यकालीन युग: बारहवीं शताब्दी तथा उसके पश्चात् ग्राम प्रशासन, उसकी कार्यप्रणाली, उसकी स्वायत्तता आदि पतन के युग में प्रविष्ट कर गई थी। दूसरे शब्दों में अगर यह कहें तो कोई अतिशयोक्ति नहीं होगी कि यह व्यवस्था अधिकतर ग्रामों में तो लुप्तप्राय सी हो गई थी। समस्त मध्य काल—मुगलों से पूर्व तथा मुगलों के काल दोनों में लोकतांत्रिक तथा स्वशासित स्थानीय प्रशासन के संस्थानों का ह्रास हुआ। भारत में मध्यकालीन प्रशासन सामंती तथा केंद्रीकृत सैन्य व्यवस्था था। दिल्ली की सल्तनत तानाशाह थी और नौकरशाही का अत्यधिक केंद्रीकरण था।

अबुल फजल अपनी पुस्तक *आइने अकबरी* में कोतवाल के कार्यों का उल्लेख करते हैं। नगर प्रशासन का राज्यपाल (governor) था जिसके हाथ में नगर पुलिस के अध्यक्ष की शक्तियों और कर्त्तव्यों के साथ-साथ नगरीय प्रशासन के मजिस्ट्रेट और प्रीफेक्ट (prefect) के अधिकार भी थे।[11] मुगल प्रशासन का ढांचा इस प्रकार का था कि वहां स्थानीय प्रशासन के क्षेत्र में किसी लोकतांत्रिक प्रशासन की संभावना नहीं थी। अत: संक्षेप में कहा जा सकता है कि प्राचीन भारत के नगरीय प्रशासन में स्वशासन की

परंपरा दिल्ली सल्तनत तथा मुगल साम्राज्य की सैनिक तानाशाही के अधीन पूर्णतया लुप्त हो गई थी।

ब्रिटिश युगः भारत में ब्रिटिश शासन के मुख्यतः दो आधारभूत उद्देश्य थे। पहला "भूमि राजस्व" की अत्यधिक वसूली करना तथा दूसरा भारत में अपने प्रशासनिक व्यवस्था के माध्यम से अधिकाधिक समय तक ब्रिटिश हुकूमत को कायम रखना। अपने पहले उद्देश्य को पूरा करने के लिए उन्होंने एक तरफ भूमि सुधार–जमींदारी व्यवस्था, रैयतवाड़ी व्यवस्था तथा महलवाड़ी व्यवस्था को लागू किया, वहीं दूसरी ओर अपने दूसरे उद्देश्य की प्राप्ति हेतु प्रशासन की इकाइयों के रूप में प्रांत, जिले, उप जिले व तहसील स्थापित किए। इस नई राजव्यवस्था ने अपनी क्रूर कुशलता द्वारा ग्रामों में भारतीय स्वशासन के संस्थानों का स्थान ले लिया। अंग्रेजों ने भारत में विदेशी होने के कारण कतिपय ऐसी प्रशासनिक नीतियां अपनाईं, जिनसे ग्रामीण समुदायों का विघटन करने वाली शक्तियों को बल मिला। न्यायिक व्यवस्था, शिक्षा पद्धति और अन्य ऐसी तमाम कोशिशों ने सामुदायिक वृत्ति में दरारों को उभारने का काम किया।

ईस्ट इंडिया कंपनी के लोकसेवक सर चार्ल्स मेटकाफ ने 1830 में उन समुदायों के संबंध में कहा था, 'इन छोटे गणतंत्रों में सभी इच्छित आवश्यकताएं उपलब्ध थीं। विदेशी संबंधों में ये लगभग स्वतंत्र थे। ये ग्राम समुदाय अपने आप में स्वतंत्र छोटे राज्य थे, जिन्होंने भारत के लोगों को होने वाली क्रांतियों और परिवर्तनों में सुरक्षित रखने में महत्त्वपूर्ण भूमिका निभाई।' प्राचीन काल में आपसी झगड़ों के फैसले पंचायतों द्वारा होते थे जबकि ब्रिटिश राज में पंचायतें धीरे-धीरे शक्तिहीन एवं महत्त्वहीन होती गईं। किंतु यहां यह उल्लेखनीय है कि स्थानीय प्रशासन को ब्रिटिश सरकार ने अपने तरीके से क्रियान्वित करने की कोशिश की। इसका प्रारंभ शुरू में नगरों में और तत्पश्चात् ग्रामों में किया गया।

नगरीय संस्थाओं की स्थापना सर्वप्रथम ईस्ट इंडिया कंपनी द्वारा की गई थी। ब्रिटिश सरकार ने पहली बार 1687 ई. में (जिसे ब्रिटिश सम्राट जेम्स-II ने एक राजपत्र द्वारा जारी किया गया था) मद्रास के लिए नगर निगम नामक स्थानीय संस्था की स्थापना की। कलकत्ता और बंबई ने क्रमशः 1772 और 1793 में स्वयं के नगर निगम स्थापित किए। ऐसी अन्य स्थानीय नगर संस्थाएं 1842 के बाद स्थापित हुईं, 1864 में लार्ड लारेंस ने इस सत्य को स्वीकार किया कि 'भारत के लोगों में अपने स्थानीय मामलों को चलाने की क्षमता है।'[12] वैसे भारत में 1860 के दशक में विकेंद्रीकरण की नीति की शुरुआत की गई। लार्ड मेयो द्वारा 1870 में प्रस्तावित प्रस्ताव में इस बात पर बल दिया गया था कि 'प्रशासन में भारतीयों को अधिकाधिक भाग दिया जाए, जिसकी पूर्ति नगरों में स्वशासन स्थापित करके की जा सकती है।'[13]

स्थानीय स्वशासन की नीति पर 1881 में पुनर्विचार किया गया। 10 मई 1882 को लार्ड रिपन जिसे भारत में "स्थानीय स्वशासन का जनक" कहा जाता है, ने एक महत्त्वपूर्ण प्रस्ताव जारी किया जिसे स्थानीय सरकार के इतिहास में अभूतपूर्व घटना कहा जा सकता है। इस प्रस्ताव का उद्देश्य स्थानीय कार्यों के प्रबंध में जनता को अधिक वास्तविक व अर्थपूर्ण भागीदारी देने की बात की गई थी। यद्यपि रिपन के सुधार को प्रशासकीय दक्षता

के प्रति कटिबद्ध पुरातनवादी प्रशासन से धक्का लगा तथापि इस सच्चाई से इंकार नहीं किया जा सकता कि लार्ड रिपन ने स्थानीय एवं नगरीय प्रशासन की आधारशिला रखी। जिसने भारत में शीघ्र बल ही पकड़ा और कालांतर में इसकी अभिव्यक्ति प्रजातंत्र की एक मजबूत इकाई के रूप में उभर कर सामने आई। लार्ड रिपन के पश्चात् स्थानीय सरकार के इतिहास में दूसरा महत्त्वपूर्ण कदम 1909 में "रॉयल आयोग" की रिपोर्ट के विकेंद्रीकरण पर उठाया गया। इसने स्वायत्त प्रशासन के विकास की सिफारिश प्रशासनिक हस्तांतरण के साधन के रूप में की।

1909 के मार्ले मिंटो सुधार अधिनियम ने स्थानीय प्रशासन की प्रगति में अवरोधक का कार्य किया, जिसमें सांप्रदायिक मतदान प्रणाली की वकालत की गई थी जिसे बाद में मोंटेग्यू चैम्सफोर्ड रिपोर्ट में तथा साइमन आयोग ने भी स्वीकार किया। 1918 के मोंटेग्यू चैम्सफोर्ड रिपोर्ट में सिफारिश की गई कि 'जहां तक संभव हो सके स्थानीय सरकारों पर जनता का संपूर्ण नियंत्रण होना चाहिए और बाहरी नियंत्रण से उन्हें जितना अधिक संभव हो सके स्वतंत्रता होनी चाहिए।' 1919 के भारत सरकार अधिनियम में एक भाग स्थानीय स्वायत्त सरकार के प्रसार से संबंधित था। द्वैध शासन के तहत प्रांतीय सरकारों ने स्थानीय स्वशासन के विकास की दिशा में काफी रुचि दिखाई।

1935 के भारत सरकार अधिनियम में प्रांतों में द्वैध शासन का स्थान स्वायत शासन ने ले लिया। इसके तहत प्रांतीय स्वायत्तता के काल में स्थानीय संस्थाओं को लोकतांत्रिक और शक्तिशाली बनाने की दिशा में प्रयास किए गए।

इसी क्रम में ग्रामीण संस्थाओं की स्वायत्तता और शक्ति के विकेंद्रीकरण के विचार को राष्ट्रीय परिदृश्य पर महात्मा गांधी के आगमन से वैचारिक बल प्राप्त हुआ। उन्होंने स्वायत्त ग्रामीण संगठनों द्वारा राष्ट्रीय विकास के सिद्धांत का आरंभ किया। इसमें ग्राम की पूर्ण आत्मनिर्भरता पर जोर दिया गया। उनकी मान्यता थी कि गांवों को आर्थिक, राजनीतिक तथा प्रशासनिक मामलों में आत्मनिर्भर होना चाहिए। आज यदि प्रजातंत्रात्मक विकेंद्रीकरण सरकार का सिद्धांत वाक्य बना है तो निःसंदेह इसका श्रेय गांधी जी के सिद्धांतों के प्रभाव को दिया जाना चाहिए। उन्होंने कहा कि 'लोकतंत्र की कामयाबी के लिए प्रत्येक पुरुष या महिला द्वारा अपनी जिम्मेदारी समझना अत्यंत आवश्यक है और यही पंचायती राज की अवधारणा है।'[14]

स्वतंत्रता के पश्चात्

1947 में जब देश आजाद हुआ, उसके पश्चात भारत में पंचायती राज के विकास ने निर्णायक मोड़ लिया। यह विस्तृत आंदोलन का अंग था जिसने पूरे राष्ट्र को प्रभावित किया। इस काल में स्थानीय स्वशासन की दिशा में अनेक महत्त्वपूर्ण परिवर्तन किए गए। सरकार ने 1948 में जनपद ढांचे की शुरुआत की। 26 जनवरी 1950 को लोकतांत्रिक संविधान को लागू करना, समस्त भारतीयों के लिए महत्त्वपूर्ण राजनीतिक उपलब्धि थी। भारतीय संविधान निर्माताओं ने निर्देश दिया कि ग्राम पंचायतों के निर्माण के लिए राज्य कदम उठाएगा और उसे इतनी शक्ति और अधिकार प्रदान करेगा कि वे (ग्राम पंचायतें)

स्वशासन की इकाई के रूप में कार्य कर सकें। इस प्रकार आज स्थानीय स्वशासन को संविधान के अनुच्छेद 243 के अनुसार संवैधानिक दर्जा मिल चुका है। संविधान में जिन दो स्थानों पर स्थानीय स्वशासन का उल्लेख है, वे हैं राज्य के नीति निदेशक सिद्धांत। जिसका वर्णन संविधान के भाग IV के अनुच्छेद 40 में दृष्टिगोचर होता है। अनुच्छेद 40 में वर्णित है कि 'राज्य ग्राम-पंचायतों को गठित करने के लिए कार्यवाही करेगा और उनको इतनी शक्तियां तथा सत्ता प्रदान की जाएगी जिनसे वे स्वशासन की इकाइयों के तौर पर कार्य कर सकें।'[15] दूसरा है संविधान के सातवें अनुच्छेद का पांचवां लेख, जो ग्राम प्रशासन से संबंधित है। इसमें वर्णित है "स्थानीय सरकार अर्थात् नगर निगमों की संरचना और शक्तियां, विकास न्यास जिला बोर्ड, खदान आवास प्राधिकरण, स्थानीय स्वशासन के लिए अन्य स्थानीय प्राधिकरण या ग्राम प्रशासन। इसके अंतर्गत स्थानीय सरकार का विषय वह ग्राम हो या चाहे नगर का राज्यों को दिया गया है, वही उस पर कानून बना सकता है।"

भारतीय संविधान के लक्ष्यों की बुनियाद स्वाधीनता, समानता, भ्रातृत्व और सामाजिक आर्थिक एवं राजनैतिक न्याय पर आधारित थी। संविधान ने भारत में कल्याणकारी राज्य की नींव रखी। सरकार ने अनुभव किया कि देशवासियों में श्रेष्ठतर जीवन स्तर प्रदान करने हेतु आर्थिक एवं सामाजिक नियोजन की आवश्यकता है। परिवर्तन की कोई भी योजना तब तक सफलीभूत नहीं हो सकती जब तक कि नए परिवर्तनों की आवश्यकताओं के प्रति जनता जागरूक एवं सक्रिय न हो।

सामुदायिक विकास कार्यक्रम

पंचायती राज के मार्ग में निर्णायक भूमिका निभाने वाले कारकों में से एक है–सामुदायिक विकास आंदोलन। आर्थिक नियोजन के लिए उत्तरदायित्वों एवं नई चुनौतियों के संबंध में जनता को जागरूक बनाने के लिए 2 अक्टूबर 1952 में केंद्र सरकार द्वारा प्रायोजित सामुदायिक विकास कार्यक्रम आरंभ किया गया। परिणामतः सामुदायिक विकास खंडों का निर्माण किया गया। इस खंड का अध्यक्ष एक प्रशासक को बनाया गया जिसे खंड विकास अधिकारी (Block Development Officer) की संज्ञा दी गई। उसे यह कार्य सौंपा गया कि वह कृषि, पशुपालन, जनस्वास्थ्य व शिक्षा जैसे ग्रामीण विकास के विभिन्न क्षेत्रों में फैले विस्तार अधिकारियों की सेवाओं में समन्वय स्थापित करे। इस कार्यक्रम की शुरुआत इसलिए की गई जिससे कि आर्थिक नियोजन एवं सामाजिक पुनरुद्धार की राष्ट्रीय योजनाओं के प्रति देश की ग्रामीण जनता में सक्रिय रुचि पैदा की जा सके। किंतु दुर्भाग्यवश ग्रामीण स्तर पर योजना के कार्यान्वयन में ग्रामीण जनता को इच्छुक पक्ष न बनाया जा सका।

बलवंत राय मेहता समिति

सामुदायिक विकास कार्यक्रम की प्रगति और समीक्षा करने के लिए जनवरी 1957 में सामुदायिक विकास और राष्ट्रीय विस्तार सेवा पर एक अध्ययन दल की नियुक्ति की गई

जिसके अध्यक्ष थे, श्री बलवंतराय मेहता। इस दल ने 24 नवंबर 1957 को अपनी रिपोर्ट प्रस्तुत की और भारत में पंचायती राज के नाम से ग्रामीण स्थानीय प्रशासन की त्रिस्तरीय पद्धति की सिफारिश की थी। इस प्रतिवेदन में इस बात पर बल दिया गया था कि लोकतंत्रीय संस्था का विकेंद्रीकरण किया जाए, जिससे निर्णय लेने के केंद्र जनता के अधिक निकट हों और जनता इन निर्णयों में भाग ले सके। यानि पंचायती राज संस्थानों को वास्तविक शक्ति और उत्तरदायित्व हस्तांतरित किया जाना चाहिए और ग्राम विकास का पूरा कार्य उन्हीं के द्वारा कराया जाना चाहिए।

पंचायती राज के पीछे सन्निहित विचारधारा है–गांवों के लोग अपने शासन का उत्तरदायित्व स्वयं संभालें और शासन में भागीदारी करें। यह आवश्यक है कि गांवों में रहने वाले लोग कृषि, सार्वजनिक स्वास्थ्य, शिक्षा, सिंचाई, पशुपालन इत्यादि से संबंधित विकास क्रियाओं में सक्रिय भाग लें तथा उन्हें यह अधिकार भी होना चाहिए कि वे अपनी आवश्यकताओं और अनिवार्यताओं के विषय में स्वयं ही निर्णय ले सकें। इस प्रकार देश की जड़ों तक लोकतंत्र को प्रवेश कराया गया है। बलवंत राय मेहता दल का मानना था कि, 'सामुदायिक विकास तथा राष्ट्रीय विकास सेवा के कार्य का सबसे कम सफल पहलू निश्चय ही लोक प्रेरणा उत्पन्न करने का प्रयत्न था।'

इन उद्देश्यों की प्राप्ति के लिए यह भी सिफारिश की गई कि गांव, खंड और जिला स्तरों पर परस्पर संबंधित एवं निर्वाचित लोकतंत्रीय संस्थाओं की स्थापना की जाए। दल ने एक ऐसी तीन स्तरीय योजना का सुझाव दिया, जिसमें निचले स्तर पर ग्राम पंचायत, मध्य स्तर पर पंचायत समितियां और सर्वोच्च स्तर पर जिला परिषद हो। ये सभी आंगिक तौर पर एक-दूसरे से जुड़े हों।

दल द्वारा पंचायती राज के संबंध में सुझाव दिए गए त्रिस्तरीय प्रावधानों के अंतर्गत पंचायत समिति का उल्लेख किया गया। इसका गठन ग्राम पंचायतों में से अप्रत्यक्ष चुनाव द्वारा किया जाना चाहिए। पंचायत समिति के कार्यों में सभी पहलुओं से कृषि का विकास, पशु सुधार, स्थानीय उद्योगों की उन्नति, सार्वजनिक स्वास्थ्य, कल्याण कार्य और स्कूलों का प्रशासन इत्यादि शामिल होने चाहिए। यदि राज्य सरकार समिति को विकास की कोई विशेष योजनाएं सौंप दे तो इनके क्रियान्वयन करने में इसे राज्य सरकार के एजेंट के रूप में कार्य करना चाहिए। प्रतिवेदन में समिति को आय के स्रोतों का भी सुझाव दिया गया। साथ ही सिफारिश की गई कि केंद्र एवं राज्य सरकारों की धनराशियां, किसी ब्लॉक क्षेत्र में खर्च की जाए तथा वे सबकी सब खर्च के लिए बिल्कुल पंचायत समिति को सौंप दी जानी चाहिए। समिति का वार्षिक बजट जिला परिषद् द्वारा अनुमोदित होना चाहिए।

पंचायत का गठन विशुद्ध तरीके से चुनाव के आधार पर किया जाना चाहिए। इसमें ऐसे प्रावधान हों कि दो महिला सदस्यों का तथा अनुसूचित जातियों एवं अनुसूचित जन जातियों में से एक-एक सदस्यों को समाविष्ट किया जा सके। ग्राम पंचायतों के बजट की छानबीन तथा स्वीकृति पंचायत समिति द्वारा किए जाने की भी व्यवस्था होनी चाहिए। ग्राम पंचायत के अनिवार्य कर्त्तव्यों में जलापूर्ति की व्यवस्था, सफाई, रोशनी, सड़कों का अनुरक्षण, भूमि प्रबंध, आंकड़ों एवं अभिलेखों का संरक्षण तथा पिछड़े वर्ग का कल्याण सम्मिलित की जानी चाहिए।

पंचायत समिति के बीच उचित समन्वय बनाए रखने के लिए एक जिला परिषद् का गठन किया जाना चाहिए जिनमें इन समितियों के अध्यक्ष, क्षेत्र के विधायक, सांसद तथा जिला स्तर के अधिकारी होने चाहिए। जिलाधिकारी इसका अध्यक्ष होगा।

यह बलवंत राय मेहता रिपोर्ट की सिफारिशों का सारांश है कि स्थानीय शासन की इस त्रिस्तरीय योजना में पंचायत समिति सर्वाधिक महत्त्वपूर्ण संस्था है। मुख्य विकास पंचायत समिति को ही सौंपे गए हैं और जिला परिषद् का कार्य ही पंचायत समितियों के कार्य संचालन की देखभाल एवं उनमें तादात्म्य स्थापित करना है।

राष्ट्रीय विकास परिषद् ने 1958 में इस सिफारिश को स्वीकार कर लिया। इसी आधार पर स्वतंत्रता प्राप्ति के पश्चात् राजस्थान पहला राज्य बना, जिसमें त्रिस्तरीय पंचायती राज का शुभारंभ 2 अक्टूबर 1959 में नागौर जिला में किया गया। इसी क्रम में 11 अक्टूबर 1959 में ही आंध्र प्रदेश में पंचायती राज व्यवस्था की शुरुआत की गई। तत्पश्चात् 1960 के दशक के मध्य तक देश के सभी राज्यों में पंचायती राज व्यवस्था फैल गई। किंतु उल्लेखनीय है कि कुछ राज्यों ने अपनी आवश्यकता के अनुरूप इसमें परिवर्तन किया। उदाहरणत: एक ओर जहां महाराष्ट्र ने जिला परिषद् को सर्वाधिक महत्त्वपूर्ण बनाया, वहीं दूसरी ओर असम तथा हरियाणा ने द्विस्तरीय व्यवस्था स्थापित की।

किंतु दुर्भाग्यवश भारत के ग्रामीण क्षेत्रों के लोकतांत्रिकरण तथा विकास के लिए पंचायती राज्य के इस महत्त्वपूर्ण प्रयोग को व्यवहारिकता का रूप नहीं दिया जा सका। शीघ्र ही पंचायती राज की संस्थाएं राजनीतिक सत्ता संघर्ष में फंस गईं। यह ग्रामीण क्षेत्रों में पहले से ही स्थापित विशिष्ट और उच्च वर्गों के हितों की रक्षा का साधन बनने लगी। अपने धन, जातीय संबंधों तथा सामाजिक शक्ति के आधार पर इन लोगों ने प्रत्यक्ष और अप्रत्यक्ष रूपेण पंचायतों पर अपना आधिपत्य स्थापित करना आरंभ कर दिया। 1970 के दशक के आरंभ से भारत में व्यक्तिवादी तथा शक्तियों के केंद्रीकरण की राजनीति का विकास होने लगा और 1980 के दशक तक आते-आते पंचायती राज संस्थाओं की विफलता स्पष्ट रूपेण दृष्टिगोचर होने लगी।

अशोक मेहता समिति

वर्ष 1977 में आपातकाल के पश्चात् जनता पार्टी की सरकार बनी। इस वर्ष जनता पार्टी की सरकार, जिसका ध्येय गांधीवादी व्यवस्था और विकेंद्रीकरण पर आधारित था, ने अशोक मेहता की अध्यक्षता में 13 सदस्यों की एक समिति गठित की। इस समिति का कार्य भारत के राज्यों में मौजूदा पंचायती राज की कार्यप्रणाली का सर्वेक्षण करके अपना सुझाव देना था। वैसे एक नजर में ऐसा प्रतीत होता है कि भारत में पंचायती राज के तीन दौर रहे–प्रथम आरोहण (1959-64); द्वितीय प्रगतिहीन (1965-69); तृतीय अवनति (1969-77)। इस समिति की मान्यता थी कि राजनीतिज्ञ और नौकरशाही ने विभिन्न कारणों से पंचायती राज संस्थाओं को दुर्बल बना दिया और अपने स्वार्थों की पूर्ति की। पंचायतों को कार्य करने के उचित अवसर नहीं दिए गए। अवस्थी एवं महेश्वरी के अनुसार, 'पंचायती राज संस्थाओं की संरचना और कार्यों का निर्धारण तथा वित्तीय

प्रशासकीय और मानवीय साधनों का उपयोग हमारी सम्मति में ग्रामीण विकास के प्रबंध की भविष्य में उत्पन्न होने वाली कार्यमूलक आवश्यकता के आधार पर निश्चित किया जाना चाहिए। इस प्रकार का दर्शन पंचायती राज को बड़ी संकीर्ण दृष्टि से देखता है।' समिति ने ग्रामीण स्थानीय शासन की बड़ी संकीर्ण व्याख्या की है। उसे उदार और अधिक विशद बनाए जाने की आवश्यकता है। समिति का यह मानना था कि जहां करोड़ों व्यक्तियों का संबंध है और जहां निर्धन लोगों की स्थिति सुधारने के लिए बहुत बड़ी संख्या में परियोजनाएं बनाई जा रही है, वहां प्रशासन का विकेंद्रीकरण एक अनिवार्य आवश्यकता हो जाती है। सारांशत: मेहता समिति ने पंचायतीराज के संबंध में दो श्रेणियां रखने की सिफारिश की और यह इच्छा व्यक्त की कि जिला स्तर पर जिला परिषद तथा मंडल पंचायत नाम की दो श्रेणियों का गठन किया जाए। मेहता समिति द्वारा बताया गया दो श्रेणियों वाला पंचायती राज प्रणाली का ढांचा, बलवंत राय मेहता समिति के तीन स्तरीय ढांचे से अलग था। 1978 में मेहता समिति ने जिन कठिनाइयों का पर्यवेक्षण और महत्त्वपूर्ण अनुशंसाएं की हैं, उनका विवेचन निम्नलिखित है :

ये तीन कठिनाइयां हैं–

(i) पंचायती राज संस्थाओं के नियमित निर्वाचन का न होना।

(ii) पंचायती राज संस्थाओं के पास पर्याप्त वित्तीय साधन का अभाव।

(iii) पंचायती राज संस्थाओं के निर्वाचित प्रतिनिधियों के पास वास्तविक शक्ति का न होना और नौकरशाही का उन पर हावी होना।

समिति की कुछ महत्त्वपूर्ण सिफारिशें इस प्रकार थी–

(i) द्विस्तरीय पद्धति का निर्माण जिला परिषद् और मंडल पंचायत के रूप में किया जाए।

(ii) जिले को विकेंद्रीकरण की धुरी माना जाए तथा जिला परिषद् को समस्त विकास कार्यों का केंद्र बिंदु बनाया जाए। मंडल पंचायत का गठन कई गांवों से मिलकर होगा।

(iii) पंचायती राज संस्थाएं समिति प्रणाली के आधार पर अपने कार्यों को संपन्न करेंगी।

(iv) जिलाधीश जिला सहित जिला स्तर के सभी अधिकारी अंतत: जिला परिषद् के अधीन रखे जाएंगे।

(v) राजनीतिक दलों को इनके चुनावों में भाग लेने का अधिकार होना चाहिए।

(vi) न्याय पंचायतों को विकास पंचायतों के साथ नहीं मिलाना चाहिए।

(vii) पंचायती राज संस्थाओं को कर लगाने के अधिकार की सिफारिश की गई थी। उदाहरणत: व्यवसाय कर, मनोरंजन कर, भवन कर तथा भूमि कर इत्यादि।

(viii) दलगत कारणों से इन संस्थाओं को भंग या स्थगित नहीं किया जाना चाहिए। भंग होने की अवस्था में 6 महीने के भीतर चुनाव कराने की बाध्यता का प्रावधान होना चाहिए।

(ix) इस समिति ने गांवों के सामाजिक और आर्थिक दृष्टि से पिछड़े वर्गों के हितों की रक्षा के लिए कुछ विशिष्ट मंचों के गठन की भी सिफारिश की।

(x) पंचायती राज संस्थानों को चाहिए कि 'आकर्षण तत्त्व' के कारण गांवों के लोग नगरों में न जाएं। अत: इन संस्थानों को चाहिए कि वे नगरों जैसी सुविधाएं ग्रामों में उपलब्ध कराने की कोशिश करें।

यहां यह उल्लेखनीय है कि यद्यपि पंचायती राज की वर्तमान पद्धति को जन्म देने का श्रेय बलवंतराय मेहता समिति को है। अशोक मेहता समिति को यह कार्य सौंपा गया था कि वह पंचायती राज संस्थाओं को पुनर्जीवित करने की दृष्टि से इनका सूक्ष्म निरीक्षण करे। इन दो मेहता समितियों के मध्य स्थानीय स्वशासन द्वारा कार्य करने की दशाब्दियों का इतिहास है। भारत में स्थानीय स्वशासन के इतिहास में दो बड़े सीमाचिह्न की तरह हैं। यद्यपि इनमें से प्रत्येक का अपना विशिष्ट विचारात्मक ढांचा है, जिसने इसके विभिन्न तत्त्वों का निर्माण किया है।

इन समितियों की सिफारिशों का परिणाम यह हुआ कि प्रजातांत्रिकरण की प्रक्रिया के अंतर्गत विकेंद्रीकरण के विचार को एक नया संबल मिला और स्थानीय संस्थाओं के पक्ष में स्वच्छ वातावरण तैयार हो गया। परिणामत: समस्त राजनीतिक दलों ने अब यह मान लिया कि पंचायती राज संस्थाओं को सांविधानिक मान्यता प्रदान करना आवश्यक है। तथापि अशोक मेहता समिति ने कुछ नवीन रुचिकर तथा अच्छे सामयिक सुझाव दिए थे। किंतु इससे पूर्व कि इस रिपोर्ट पर कोई कार्यवाही की जा सकती केंद्रीय सत्ता की बागडोर जनता पार्टी के हाथ से निकल गई और केंद्र में जनता पार्टी की सरकार सत्ताच्युत हो गई। 1980 में कांग्रेस पार्टी ने इंदिरा गांधी के नेतृत्त्व में पुन: कमान संभाल ली। यही कारण है कि समिति के सुझाव चर्चा के विषय बन कर रह गए और इस समिति की सिफारिशें राज्यों के मुख्यमंत्रियों के सम्मेलन में स्वीकृत नहीं हुईं। 1984 मे केन्द्र में राजीव गांधी की सरकार बनी। 1985 से पंचायतों को विकास कार्यों में भागीदारी देने की प्रक्रिया ने पुन: जोर पकड़ा क्योंकि यह प्रश्न सदैव कायम रहा कि लोगों की सहभागिता के अभाव में स्थानीय स्तर पर विकास और सामाजिक न्याय की योजनाएं पूर्णतया सफल नहीं होंगी।[16] ''31 मार्च 1985 में योजना आयोग ने तत्कालीन ग्रामीण विकास व गरीबी निवारण से संबंधित प्रशासनिक ढांचे की समीक्षा हेतु प्रोफेसर जी. के राव की अध्यक्षता में एक समिति[17] गठित की। इस समिति ने पंचायतों को पुनर्जीवित करने, योजना का कार्य पंचायतों को सौंपने, जिला बजट की विचारधारा को लागू करने तथा जिला विकास आयुक्त जैसे' प्रावधानों को ग्रामीण विकास के कार्यक्रमों को समन्वित करने का कार्य सौंपने आदि की सिफारिश की।

1986 में एल. एम. सिंघवी समिति, 1988 में सरकारिया आयोग तथा 1988 में ही थुंगन समिति ने समय-समय पर इन संस्थाओं को सशक्त बनाने के लिए उपयोगी सुझाव दिए। श्री पी.के. थुंगन की अध्यक्षता वाली समिति ने पंचायतों को संवैधानिक दर्जा देने की सिफारिश की।

इस पृष्ठभूमि के अंतर्गत 15 मई 1989 को राजीव गांधी सरकार ने संसद में 64वां संविधान संशोधन विधेयक जो पंचायती राज संस्थाओं के संबंध में था, पेश किया। किंतु यह बिल लोकसभा द्वारा पारित तो कर दिया गया किंतु राज्यसभा में कांग्रेस के बहुमत के अभाव में पारित न हो सका।

73वां संविधान संशोधन अधिनियम 1992

केंद्र की वी.पी. सिंह के नेतृत्व वाली संयुक्त मोर्चा की सरकार ने 1990 में संसद में एक अन्य विधेयक पेश किया, जो संविधान का 73वां संशोधन विधेयक कहलाया। परंतु इसी दौरान वी.पी. सिंह की सरकार गिर गई और लोकसभा को भंग कर दिए जाने के कारण, वह विधेयक भी असफल हो गया। 1991 में पुनः पी.वी. नरसिंहा राव के नेतृत्व में कांग्रेस पार्टी की सरकार बनी। राव सरकार ने 1989 के पुराने विधेयक में कुछ परिवर्तन किए और इसे संसद में 73वां संशोधन विधेयक के नाम से 1991 में पेश किया, जिसे 22 दिसंबर 1992 को संसद ने पारित कर दिया। साथ ही 24 अप्रैल 1993 को राष्ट्रपति का हस्ताक्षर होने के बाद, अधिसूचना जारी होने पर देश में नई पंचायतीराज व्यवस्था लागू हो गई। इस अधिनियम का संविधान के भाग IX में अनुच्छेद (ए-ओ) के अंतर्गत पंचायतों से संबंधित प्रावधानों का उल्लेख किया गया है तथा 11वीं अनुसूची में 29 मदें शामिल हैं, जिसका संबंध पंचायत की शक्तियां, प्राधिकार एवं उत्तरदायित्व से है।

संविधान के 73वें संशोधन से स्थापित पंचायती राजव्यवस्था के मूल तत्त्व निम्नलिखित हैं।

भारत का संविधान ग्राम, मध्यवर्ती और जिला स्तरों पर तीन स्तरीय पंचायत की एक समान प्रणाली प्रदान करता है। परंतु मध्यवर्ती स्तर पर पंचायतें उन राज्यों में गठित नहीं की जा सकतीं जिनकी आबादी 20 लाख से अधिक नहीं है।

सभी राज्यों में पंचायती राज का स्वरूप एकसमान होगा जो त्रिस्तरीय व्यवस्था पर आधारित होगी।

ग्राम सभा को संवैधानिक मान्यता दी गई। है। पंचायतों के तीनों स्तरों पर सदस्यों का निर्वाचन वयस्क मताधिकार द्वारा किया जाना है। जिला तथा ब्लॉक स्तर पर अध्यक्ष का चुनाव अप्रत्यक्षण होगा। चुनाव निश्चित तथा पांच वर्ष के कार्यकाल के लिए होंगे। किसी भी कारणवश किसी पंचायत के भंग होने की स्थिति में 6 महीने के भीतर चुनाव सुनिश्चित होना चाहिए।

अनुच्छेद 243 के प्रावधान के अंतर्गत पंचायतों के लिए राज्य निर्वाचन आयोग के गठन का उपबंध है। इन संस्थाओं के चुनाव राज्य निर्वाचन आयोग द्वारा करवाए जाएंगे। निर्वाचक नामावली तैयार करने का और पंचायतों के निर्वाचनों के संचालन का अधीक्षण, निर्देशन और नियंत्रण उस राज्य से संबंधित आयोग में निहित है।

पंचायती राज संस्थाओं के हिसाब-किताब की जांच राज्य लेखा परीक्षक के द्वारा की जाएगी। पंचायती राज संस्थाओं को वितीय अधिकार दिए जाने की बात की गई। इसके लिए जरूरी था कि राज्य के स्तर पर पंचायती राज संस्थाओं के लिए जरूरी वित्तीय प्रबंध किए

जाएं। इसके मद्देनजर राज्य वित्त आयोग की स्थापना को अनिवार्य बनाने का प्रावधान है।

आयोग स्वतंत्र बने रहे यह सुनिश्चित करने के लिए यह प्रावधान है कि आयुक्त को उन्हीं आधारों पर और उसी प्रक्रिया से हटाया जा सकता है जिस प्रकार उच्च न्यायालय के न्यायाधीश को हटाया जा सकता है।

प्रत्येक स्तर पर अनुसूचित जाति और जनजाति के लिए उनकी जनसंख्या के अनुरूप पदों के संरक्षण की व्यवस्था की गई है। महिलाओं के लिए 1/3 सीटों के आरक्षण का प्रावधान है। ग्राम सभा को किसी गांव पंचायत या पंचायतों के समूह के सभी पंजीकृत मतदाताओं की सभा, के रूप में संवैधानिक दर्जा प्रदान करना। इससे समुदाय की भागीदारी से सीधे लोकतंत्र का उदय होगा।[18]

अनुच्छेद 243 (एल) के अनुसार पंचायतों के विषय में प्रावधान केंद्रशासित क्षेत्रों पर भी लागू होते हैं। उनके संदर्भ में राज्यपाल के कार्य केंद्रीय प्रशासक द्वारा किए जाएंगे। आदिवासी बहुल क्षेत्रों में 243 के प्रावधानों को लागू नहीं किया जाएगा। नागालैंड, मेघालय और मिजोरम अब केंद्रशासित क्षेत्र नहीं है, उन्हें राज्य का दर्जा मिल गया है। परंतु वहां पंचायतों की स्थापना नहीं की जा सकती। मणिपुर के पहाड़ी इलाकों में पंचायतों की स्थापना वर्जित है। दार्जिलिंग के गोरखा क्षेत्र में भी पंचायतों का गठन नहीं हो सकता परंतु संसद भविष्य में कानून बनाकर इन क्षेत्रों में पंचायतों की स्थापना की अनुमति दे सकती है। इन परिवर्तनों को अनुच्छेद 368 के अंतर्गत सांविधानिक संशोधन नहीं माना जाएगा बल्कि साधारण अधिनियम माना जाएगा। अनुच्छेद 243 (एन) के द्वारा प्रावधान किया गया है कि 73वें संशोधन के पूर्व राज्यों में जो पंचायतें निर्वाचित हुई थीं और अब भी कार्यरत हैं वे अपना कार्यकाल पूरा करेंगे। उनके संबंध में जब तक विधानसभा नए नियम नहीं बनाती तब तक वे पूर्ववर्ती नियमों के अनुसार अपने कार्य करती रहेंगी।

केंद्रीय प्रदेशों में पंचायतों के कार्यों के बारे में कानून संसद के द्वारा बनाए जाएंगे।

निर्वाचन के मामले में न्यायालयों के हस्तक्षेप का अधिकार नहीं है। अनुच्छेद (के) के अनुसार चुनाव क्षेत्रों की सीमाओं के निर्धारण की वैधता पर न्यायालय फैसला नहीं कर सकते। पंचायत के चुनाव के बारे में शिकायत केवल विधानसभा द्वारा निर्धारित प्रक्रिया के अनुसार की जा सकती है।

पंचायतों की शक्तियां, कार्य और उत्तरदायित्व: अनुच्छेद 243 (जी) में पंचायतों के कार्यों और शक्तियों का वर्णन किया गया है। संविधान के प्रावधान के अनुसार राज्य विधानमंडल को यह अधिकार प्राप्त है कि वे पंचायतों को ऐसी शक्तियां और प्राधिकार प्रदान करें, जिससे वे स्वशासी संस्थाओं के रूप में कार्य करने में समर्थ हो सकें। उन्हें जो उत्तरदायित्व सौंपे जा सकते हैं, उनमें प्रमुख हैं।

(i) पंचायत आर्थिक विकास और सामाजिक न्याय के लिए परियोजनाओं को तैयार करे।

(ii) उन्हें आर्थिक विकास और सामाजिक न्याय के लिए जिन परियोजनाओं को सौंपा जाए, उन्हें वे क्रियान्वित करे।

संविधान के 73वें संशोधन के द्वारा संविधान में ग्यारहवीं अनुसूची को जोड़ा गया। 11वीं अनुसूची में 29 विषय सूचीबद्ध हैं–1. कृषि (कृषि विस्तार); 2. भूमि उन्नति, भूमि सुधारों को लागू करना, भूमि चकबंदी तथा भूमि संरक्षण; 3. लघु सिंचाई, जल प्रबंधन और जल विभाजक क्षेत्र का विकास; 4. पशुपालन, डेरी उद्योग तथा मुर्गी पालन; 5. मछली पालन; 6. सामाजिक वनप्रांत तथा फार्म वानिकी; 7. लघुवन उत्पादन; 8. खाद्य प्रोसेसिंग उद्योगों सहित लघु उद्योग; 9. खादी, ग्राम तथा कुटीर उद्योग; 10. ग्रामीण आवास; 11. पेय जल; 12. ईंधन तथा पशु भोजन; 13. सड़कें, पुलिया, पुल, नौका, जल तथा यातायात के अन्य साधन; 14. ग्रामीण विद्युतीकरण; 15. ऊर्जा के गैर परंपरागत संसाधन; 16. निर्धनता उन्मूलन कार्यक्रम; 17. प्राथमिक तथा माध्यमिक स्कूलों सहित शिक्षा; 18. तकनीकी प्रशिक्षण तथा व्यवसायिक शिक्षा; 19. वयस्क तथा अनौपचारिक शिक्षा; 20. पुस्तकालय; 21. सांस्कृतिक गतिविधियां; 22. व्यापार केंद्र तथा मेले; 23. अस्पतालों, प्राथमिक स्वास्थ्य केंद्रों, दवाखानों सहित स्वास्थ्य और सफाई; 24. परिवार कल्याण; 25. स्त्री तथा शिशु विकास; 26. समाज कल्याण, जिसके अंतर्गत विकलांगों और मानसिक रूपेण मंद व्यक्तियों का कल्याण भी है; 27. कमजोर वर्गों विशेषकर अनुसूचित और अनुसूचित जनजातियों का कल्याण; 28. सार्वजनिक वितरण व्यवस्था; 29. सामुदायिक संपत्ति संरक्षण।

उपरोक्त वर्णित बातें जिनका संबंध पंचायतों की शक्तियों, कार्यों और उत्तरदायित्व से हैं, अक्षरशः इस बात का स्पष्ट प्रमाण है कि इससे एक आदर्शवादी व्यवस्था की बुनियाद रखी जा सकती है। साथ ही यह बात भी उभरकर सामने आती है कि शायद ही मानवीय पहलू से अछूता कोई ऐसा विषय होगा, जो इसके अंतर्गत न आता हो। स्थानीय स्तर से जुड़े समस्त पहलुओं को स्पर्श करने की भरपूर कोशिश इस स्थानीय स्वशासी संस्था द्वारा की गई है। किंतु उल्लेखनीय है, ये सभी प्रावधान बनकर सिर्फ कागजी पन्नों तक सिमट कर रह जाएंगे जब तक इसके क्रियान्वयन के लिए उपयुक्त वित्तीय संसाधन मुहैय्या न किए जाएं, क्योंकि वित्त के अभाव में इन्हें सफलता का जामा नहीं पहनाया जा सकता। साथ ही ऐसी व्यवस्था का निर्धारण हो जिसमें पंचायत को अपने विकास के वित्तीय मामले में राज्य व केंद्र की कृपा पर आश्रित न रहना पड़े यानि वित्तीय निर्भरता न होकर वित्तीय स्वावलंबन की स्थिति हो तभी सही मायने में निचले स्तर पर लोकतंत्र का उद्भव हो पाएगा।

पंचायतों के वित्तीय संसाधन

अनुच्छेद 243(एच) के अनुसार पंचायतों को कर लगाने का अधिकार दिया गया है। राज्य की विधानसभा कानून बनाकर पंचायतों को अधिकार देती है कि वे कौन से कर, शुल्क व चुंगी को लगाकर, किस तरीके से वसूल कर सकती है। राज्य सरकार द्वारा संग्रहीत कर शुल्क आदि भी पंचायतों को दिए जा सकते हैं। राज्य की संचित निधि में से पंचायतों को सहायता अनुदान भी दिया जा सकता है।

संविधान के अनुसार पंचायतों की वित्तीय स्थिति की जांच पड़ताल के लिए 73वें संशोधन के पारित होने के एक वर्ष के भीतर एक वित्तीय आयोग के गठन का प्रावधान किया गया। राज्यपाल इस वित्तीय आयोग का निर्माण प्रत्येक पांच वर्ष की अवधि के बाद लगातार करता रहेगा।

संक्षेप में, वित्तीय आयोग के कार्य के लिए निम्नलिखित सिद्धांतों को निर्धारित किया गया है।

(i) राज्य और पंचायतों के बीच में करों और शुल्कों से होने वाली आय का वितरण तथा पंचायतों के विभिन्न स्तरों में उसका आबंटन।
(ii) उन करों का निर्धारण, जिन्हें पंचायतों को प्रदान किया जा सकता है।
(iii) राज्य की संचित निधि से पंचायतों को क्या और कितनी सहायता-धनराशि दी जा सकती है।
(iv) पंचायतों की वित्तीय स्थिति को सुधारने के लिए क्या कदम उठाए जाएं?
(v) राज्यपाल पंचायतों के सही वित्तीय प्रबंधन और आय के स्रोतों में उन्नति के लिए किसी भी मुद्दे को आयोग के विचार के लिए रखा जा सकता है।

राज्यपाल आयोग की सिफारिशों को विधानसभा में पेश कराएगा। विधानसभा उन पर विचार करने के पश्चात् स्वीकृत सिफारिशों को क्रियान्वित करेगी।

अधिनियम का क्रियान्वयन

उपरोक्त वर्णित सभी सांविधानिक उपबंधों द्वारा भारत में पंचायती राज संस्थाओं को संवैधानिक मान्यता प्रदान की गई, जिससे कि भारत के लोगों में अधिकतम लोकतंत्र और सत्ता का अधिकतम हस्तांतरण सुनिश्चित हो सके। निचले स्तर पर लोगों की भागीदारी संभव हो सके जिससे कि लोकतंत्र की जड़ मजबूत हो और उसका स्वाभाविक विकास हो सके।

लार्ड रिपन के स्थानीय स्वशासन के विचार से लेकर 73वें सांविधानिक संशोधन के अंतर्निहित 'स्वशासन की संस्थाओं' की स्थापना तक की यात्रा में लगभग एक शताब्दी से अधिक का समय लग गया। यह विकास हमारी संघीय व्यवस्था के लिए उल्लेखनीय है। यद्यपि इसमें कोई संदेह नहीं है, इस संविधान संशोधन अधिनियम ने पंचायती जीवन को एक नया आयाम दिया है। हालांकि अधिनियम में पंचायतों के कार्य के लिए 29 विषयों की सूची दी गई है, लेकिन विभिन्न पंचायत स्तरों के साथ क्या-क्या कार्य होंगे-यह सूचीबद्ध नहीं किया गया है। एक तरफ जहां अधिनियम ने पंचायतों को शक्ति और दायित्व देने का अधिकार राज्य विधानमंडल को दिया है, वहीं दूसरी ओर राज्य सरकारों ने पंचायतों को अधिकार तथा शक्तियां देने के नाम पर वह दरियादिली नहीं दिखाई है, जो इससे अपेक्षित थी।

73वें संविधान संशोधन को संसद में प्रस्तुत करते हुए तत्कालीन ग्रामीण विकास मंत्री जी. वेंकटस्वामी ने कहा था कि पंचायतों को स्वायत्त शासन की संस्थाएं बनाने की

जिम्मेवारी केंद्र तथा राज्य दोनों की है। यह अधिनियम गांव में पंचायत को स्वायत्त शासन की संस्थाएं बनाते हुए महात्मा गांधी के "ग्राम स्वराज" के सपने को साकार करने का प्रयास है। विभिन्न प्रावधानों के अंतर्गत सुनिश्चित किया गया कि सभी समुदाय और वर्गों को लोकतंत्र में हिस्सेदारी का मौका मिले किंतु राजनीतिक इच्छा के अभाव तथा सरकार के आधे-अधूरे प्रयास के कारण इसका उचित क्रियान्वयन नहीं हो पाया।

अनुच्छेद 243(जी) के अनुसार पंचायतों को स्वायत्त शासन की संस्था बनना था लेकिन इस धारा को पूर्णतः नजरअंदाज किया गया है। अधिनियमों को इस तरह जल्दबाजी में पारित करना, इस बात का संकेत है कि राज्यों ने पंचायतों को गंभीरता से नहीं लिया। इस तरह 73वां संविधान संशोधन आलोचकों की आलोचना की विषय वस्तु भी रही है।

राज्यों ने पंचायत संस्थाओं के साथ मनमाना रवैया अपनाकर उन्हें दीर्घकालीन निर्जीविता की स्थिति में बनाए रखा। इस अधिनियम के कई दोषों में एक है पंचायती राज के प्रति एक अंतर्विरोधी और असंबद्ध दृष्टिकोण।

आलोचकों ने महिलाओं के 1/3 सीटों के आरक्षण के संबंध में भी आशंकाएं प्रकट की हैं। उनके मतानुसार यद्यपि यह एक क्रांतिकारी परिवर्तन की ओर उठाया गया कदम है, परंतु यह अत्यंत कठिन है क्योंकि महिलाओं की इन सीटों का प्रयोग पुरुषों के हितों के संवर्द्धन के लिए होगा। महिलाएं उनके हाथ की कठपुतली मात्र ही रहेंगी। नई व्यवस्था के अनुसार सभी राज्यों में एक ही प्रकार की व्यवस्था की स्थापना की गई है जबकि कई राज्यों में यह ऐतिहासिक पृष्ठभूमि, परंपरा और वहां के सांस्कृतिक मूल्यों के प्रतिकूल हो सकती है।

विभिन्न स्तरों पर सांसदों एवं विधायकों को संस्थाओं का पदेन सदस्य बनाया गया है, जो तनाव या मतभेद का कारण बन सकती हैं।

राज्य सरकारें पंचायती राज संस्थाओं को भंग या निलंबित करने के अधिकार का प्रयोग राजनीतिक हितों की पूर्ति के लिए कर सकती हैं।

इस नई व्यवस्था में भी पंचायती राज संस्थाएं अंततः राज्य सरकारों तथा प्रशासनिक अधिकारियों के अधीन ही हैं।

73वें संविधान संशोधन के अनुसार राज्य पंचायत अधिनियम पारित होने के 6 महीने के भीतर चुनाव कराने थे। यहां उन राज्यों को छूट थी जहां 73वां संशोधन लागू होने से ठीक पहले पंचायतों के चुनाव हुए थे। लेकिन 6 माह तो दूर एक वर्ष के दौरान भी चुनाव नहीं कराए गए। कुछ राज्यों ने केंद्र की इस धमकी से कि अगर चुनाव नहीं कराए गए तो केंद्रीय सहायता बंद कर दी जाएगी, चुनाव कराए। सभी राज्यों में राज्य वित्त आयोग की स्थापना तो हो गई है लेकिन उसकी रिपोर्ट अभी तक नहीं आई है। इस प्रकार यह जनमानस में प्रचार किया गया कि पंचायतीराज ही सब कुछ है, किंतु वास्तव में ऐसा संभव नहीं हो सका है।

केंद्र की भूमिकाः 73वें संविधान संशोधन अधिनियम पारित होने के पश्चात् केंद्र ने पंचायतों को सुदृढ़ बनाने के लिए निर्णायक भूमिका का निर्वाह किया है। इस दिशा में केंद्र सरकार ने सुझावात्मक मॉडल तैयार किया। दसवें वित्त आयोग ने 1996-97 से

1997-2000 तक 380.00 करोड़ रुपये पंचायतों को देने की सिफारिश की थी जिसे केंद्र सरकार ने स्वीकार भी कर लिया। ग्यारहवें वित्त आयोग के अनुसार प्रति वर्ष 1600 करोड़ रुपये की धनराशि पंचायतों को दी जानी है। डी.आर.डी.ए. जिला ग्रामीण विकास अभिकरण को जिला परिषद के नियंत्रण में रखने के आदेश दिए गए। 1996 में पंचायत उपबंध (अनुसूचित क्षेत्रों तक विस्तार) अधिनियम को पारित किया गया। इसके अंतर्गत पंचायतों से संबंधित संविधान के भाग-IX का विस्तार कुछ अपवादों और संशोधनों के साथ आंध्र प्रदेश, बिहार, गुजरात, महाराष्ट्र, मध्य प्रदेश, उड़ीसा तथा राजस्थान के अनुसूचित क्षेत्रों तक कर दिया गया है, जो निश्चित ही एक स्वागत योग्य कदम है। इससे अनुसूचित जातियां जल-जंगल और जमीन की हकदार होंगी। लेकिन कई मामलों में केंद्र का रवैया पंचायतों के प्रति सकारात्मक नहीं भी रहा है। 73वें एवं 74वें संविधान संशोधन के ठीक एक वर्ष पश्चात् केंद्र ने "एम.पी. लोकल एरिया डेवलपमेंट स्कीम" लागू की। जिसके अंतर्गत प्रत्येक सांसद को एक वर्ष में दो करोड़ रुपये तक के विकास कार्य अपने चुनाव क्षेत्र में सुझाने का प्रावधान है।

इस योजना के अंतर्गत जो कार्य है, वे 73वें संविधान संशोधन की XIवीं अनुसूची में 29 विषयों में से संबंधित है। यहां उल्लेखनीय प्रश्न यह है कि जब वही कार्य पंचायतें कर रही हैं तो अलग योजना की क्या जरूरत थी। तत्पश्चात् 15 अगस्त 1995 को केंद्र द्वारा तीन कार्यक्रम प्रायोजित किए गए। राष्ट्रीय सामाजिक सहायता कार्यक्रम, प्राथमिक स्कूलों में बच्चों के लिए दोपहर के भोजन की योजना तथा ग्रामीण समूह बीमा योजना। यहां यह बात दीगर है कि जब संविधान ने आर्थिक विकास और सामाजिक न्याय के लिए योजना बनाने की जिम्मेवारी पंचायतों को दे रखी है तो इसका क्या औचित्य है? इस तरह की कोशिशों से अंतर्विरोधी प्रयास की झलक और पंचायती संस्था को सशक्त करने में अरुचि की प्रवृत्ति दृष्टिगोचर होती है।

पंचायती राज की समस्या और संभावनाएं

ह्यू ग्रे का मानना है कि "पंचायती राज हो या न हो प्रश्न यह नहीं है बल्कि यह लोकतंत्र हो या न हो, यह प्रश्न है।" यदि हम लोकतंत्र के सिद्धांतों के लिए समर्पित हैं तो स्थानीय स्तर पर स्वशासी संस्थाएं आवश्यक हैं। भारत में पंचायती राज संस्थाएं लोकतंत्र की बुनियाद हैं। इसकी सफलता ही लोकतंत्र को मजबूती प्रदान करेगी। इसके अंतर्गत अधिकाधिक लोग सत्ता में भागीदारी कर सकेंगे, जिससे समाज का सर्वांगीण विकास होने के साथ-साथ लोकतांत्रिक ताने-बाने को भी नया आयाम दिया जा सकेगा।

यहां यह बात उल्लेखनीय है कि आजादी के वर्तमान परिवेश में इस स्वशासी संस्था को ढेर सारी समस्याओं से जूझना पड़ रहा है जिनका उल्लेख इस प्रकार है:

(i) पंचायती राज की अवधारणा काफी संकीर्ण है।
(ii) शासक वर्ग में पारदर्शिता और इच्छा शक्ति का अभाव है।
(iii) तीसरी बड़ी समस्या है, भारत के ग्रामों का सामाजिक वातावरण। ग्रामीण समाज न केवल अशिक्षित व रूढ़िवादी है बल्कि जाति प्रथा में जकड़ा हुआ है। परिणामत:

लोगों में अवसरों तथा अपने अधिकारों के प्रति जागरूकता का अभाव देखने को मिलता है।

(iv) पंचायतों पर धनी और शक्तिशाली, प्रभावशाली लोगों का वर्चस्व भी एक गंभीर समस्या रही है। परिणामतः प्रतिनिधि संस्थाओं का उद्देश्य समाज का सर्वांगीण विकास की अवधारणा मूलतः नष्ट हो जाती है।

(v) भ्रष्टाचार, हिंसा तथा पंचायती चुनाव में 'रूडल्फ एवं रूडल्फ' के शब्दों में धन एवं शक्ति के वर्चस्व ने लोकतंत्र की इस बुनियादी इकाई को बेमानी बना दिया है। इससे लोगों की जनसहभागिता जो स्वशासी संस्था का केंद्र बिंदु है, गंभीर तरीके से प्रभावित होती है।

(vi) हालांकि 73वें संविधान संशोधन के अंतर्गत यह प्रावधान किया गया है कि यदि किसी स्तर पर पंचायत को भंग किया जाता है तो अगली पंचायत 6 महीने के भीतर चुनाव कराकर उसे स्थापित करना अनिवार्य है। परंतु व्यवहारतः कोई न कोई कारण बताकर चुनाव टाल दिए जाते हैं। उदाहरणतः बिहार और जम्मू कश्मीर में ही 23 वर्षों के उपरांत 2001 में चुनाव करवाए गए।

(vii) इसी क्रम में पंचायतों के प्रति नौकरशाही का नकारात्मक रवैया एक अवरोधक का काम करता है।

(viii) वित्तीय संसाधनों की कमी पंचायती संस्थाओं की बहुत बड़ी कमजोरी है। राज्य वित्तीय आयोग होने के बावजूद पंचायती संस्थान धन के अभाव से ग्रसित रहते हैं।

(ix) किसी संस्था की सफलता या असफलता प्रायः उसके पद प्रतिष्ठा पर निर्भर करती है, जिसके आधार पर उस संस्था की स्थापना की जाती है। संविधान के भाग IV के अनुच्छेद 40 के अनुसार राज्य, ग्राम पंचायत को संगठित करने की कार्यवाही करेगा, जबकि यह राज्य के नीति निदेशक सिद्धांत में सम्मिलित है। यह न तो अनिवार्य है और न ही आदेशात्मक नीति। इसका तात्पर्य यह हुआ कि राज्य पंचायती राज संस्थाओं की स्थापना कर भी सकता है या नहीं भी। ऐसा करने के लिए, कानूनी रूप से उसे बाध्य नहीं किया जा सकता। इस प्रकार कई प्रतिबंध विशेषकर संवैधानिक प्रतिबंध ने भी पंचायती राज संस्थाओं को दुर्बल बनाया है। आजादी के बाद से लेकर वर्तमान समय तक देश की राजनीतिक व्यवस्था में कई महत्त्वपूर्ण परिवर्तन हुए हैं। आजादी के बाद पंचायती राज को अनुच्छेद 40 के अंतर्गत सम्मिलित किया गया था, जिसका कोई कानूनी आधार नहीं था। किंतु अब 73वें संविधान संशोधन के पश्चात इसकी प्रकृति पहले जैसी नहीं है। अब यह बाध्यकारी हो गई है और इसे कानूनी जामा संवैधानिक पृष्ठभूमि के के तहत पहना दिया गया है।

यहां उल्लेखनीय है कि 73वें संविधान संशोधन के बाद ऐसी आशा की गई थी कि पंचायतें स्वायत शासन के रूप में उभर कर सामने आएंगी, लेकिन ऐसा नहीं हुआ। राज्यों ने 73वें संविधान संशोधन में जो अनिवार्य प्रावधान किए थे, उनको शामिल करके, शेष पुराने अधिनियम के प्रावधानों की नकल कर दी। यही कारण है कि आज आजादी के 60

से अधिक वर्षों के पश्चात् भी पंचायती राजव्यवस्था समय की कसौटी पर पूर्णतः न तो खरी उतरी और न ही लोगों की आकांक्षाओं को पूरा कर पाई। आज जरूरत है ऐसी कोशिश की जिसमें एक ऐसा वातावरण तैयार हो जिससे कि पंचायती राज व्यवस्था को मूर्त्त रूप दिया जा सके।

पंचायती राज को मात्र स्थानीय शासन तथा नागरिक सुविधा मुहैय्या करने वाली संस्था के रूप में नहीं देखा जाना चाहिए। इसे आर्थिक विकास व सामाजिक परिवर्तन के लिए नियोजन कार्यवाही तथा वातावरण बनाने के उचित साधन के रूप में माना जाना चाहिए।

इन संस्थाओं में समाज के विभिन्न वर्गों की भागीदारी व सहयोग सुनिश्चित बनाना आवश्यक है। आरक्षण सिर्फ छल या दिखावा न बनने पाए। साथ ही यह भी सुनिश्चित हो सके कि ग्रामीण क्षेत्रों में शिक्षा का समुचित विस्तार हो, जिससे कि लोगों में विद्यमान अनभिज्ञता दूर हो और वे सत्ता में अपनी भागीदारी दर्ज कर सकें।

73वें संविधान संशोधन की XIवीं अनुसूची में 29 विषय हैं। किंतु पंचायतों के तीनों स्तरों पर क्या-क्या कार्य करने हैं? यह सूची में स्पष्ट नहीं है। इसलिए पंचायतों के तीनों स्तरों के कार्यों की सूची बनाना आवश्यक है। केंद्र प्रायोजित योजनाएं, राजव्यवस्था के स्वास्थ्य के लिए हानिकारक हैं क्योंकि वे पंचायतों को केंद्र पर आश्रित तो बनाती ही हैं साथ ही स्थानीय उत्साह को भी खत्म कर देती है।

इन सबके अलावा जमीनी स्तर पर पंचायती राज के प्रतिनिधियों को विकेंद्रीकृत शासन योजना तथा विकास की मूलभूत बातों का प्रशिक्षण देना भी कम महत्त्वपूर्ण नहीं है क्योंकि वर्तमान समय में कुछ अपवादों को छोड़कर महिला प्रतिनिधि के स्थान पर उसके पति और कमजोर वर्ग के प्रतिनिधि के स्थान पर उस गांव के जमींदार एवं प्रभावशाली व्यक्ति, वास्तव में पंचायती राज की जगह अपना आधिपत्य चला रहे हैं। इसे रोकने के लिए आवश्यक है उन्हें उनके अधिकारों तथा शक्तियों का प्रशिक्षण दिया जाए। साथ ही उन्हें यह बताना भी आवश्यक है उन्हें आरक्षण क्यों दिया गया है? जिससे कि वे अपने अधिकारों का समुचित प्रयोग सत्ता की भागीदारी के रूप में करें तभी स्वशासी संस्था के अंतर्गत समाज का सर्वांगीण विकास संभव हो सकेगा।

निष्कर्ष

उपरोक्त आलोचना का अभिप्राय यह नहीं कि भारत में पंचायती राज व्यवस्था निष्प्रभावी, अर्थहीन तथा इसका भविष्य अंधकारमय हो गया है। यद्यपि इस अंतर्निहित सच्चाई से भी मुंह नहीं मोड़ा जा सकता कि आज भी इन स्वशासी संस्थाओं में कई खामियां हैं, जिसे दूर करना समय की मांग है। संभवतः तभी लोगों की यह संस्था लोगों की आकांक्षाओं की कसौटी पर खरा उतर कर उसे एक नूतन आयाम दे पाएगी। साथ ही हमें अपने आशावादी दृष्टिकोण एवं सकारात्मक नजरिया भी संजो कर रखना होगा क्योंकि पंचायती राज संस्थाओं का आने वाला समय उज्ज्वल दिखाई पड़ता है। "दुनिया का विशालतम लोकतंत्र होने की वजह से हमारे देश में इस व्यवस्था को लागू करने में जमीनी दिक्कतें आ रही

हैं लेकिन इसके बावजूद पंचायती राज व्यवस्था आज ग्रामीण विकास की धुरी बन चुकी है।"[19] वर्तमान समय में "26 लाख से अधिक व्यक्ति त्रिस्तरीय पंचायतों के माध्यमों से प्रत्यक्ष रूप से चुने जाते हैं। प्रधानमंत्री मनमोहन सिंह ने अपना पदभार ग्रहण करने के एक महीने के भीतर मुख्यमंत्रियों के समक्ष भाषण देते हुए कहा था कि पंचायती राज ग्रामीण भारत को 70 करोड़ अवसरों में बदलने का माध्यम है"[20] आज आवश्यकता है कि हम पंचायती राज प्रणाली को ग्रामीण स्तर पर सत्ता संघर्ष का अखाड़ा और विशिष्ट वर्ग के हाथ का खिलौना न बनने दें। देश में यथोचित लोकतांत्रिक वातावरण के विकास के लिए इसका संभावित उपयोग करें। इस दिशा में एक और सराहनीय कदम उठाते हुए अब केंद्र सरकार में अलग से पंचायती राज मंत्रालय की स्थापना भी हो चुकी है।

साथ ही ऐसे प्रावधान किए गए हैं जिसमें योजना आयोग ग्यारहवीं पंचवर्षीय योजना में प्रत्येक राज्य की वार्षिक योजना, जिला विकास योजनाओं और जिला विकास समितियों के माध्यम से समेकित रूप प्रदान करेगा।

राष्ट्रीय महिला आयोग के सहयोग से 11 राज्यों और संघ शासित प्रदेशों में पंचायत महिला शक्ति अभियान प्रारंभ किया जा रहा है।

नेहरू युवा केंद्र संगठन के सहयोग से पांच राज्यों/संघ शासित प्रदेशों में पंचायत युवा शक्ति अभियान चलाया जा रहा है।

पंचायती राज मंत्रालय ने ग्रामीण भारत में पंचायतों की स्थिति के बारे में प्रथम स्थिति रिपोर्ट प्रकाशित की है। देश भर में 10 लाख महिलाएं पंचायतों में प्रतिनिधि चुनी जा चुकी हैं, जो सभी चुने हुए प्रतिनिधियों का 38% है। बिहार और मध्य प्रदेश की सरकारों ने पंचायतों में महिलाओं के लिए 50% सीटें आरक्षित की हैं, जो महिलाओं के लिए केंद्र द्वारा निर्धारित 33% आरक्षण से काफी ज्यादा है। इस प्रकार कमजोर वर्ग के लोगों के अधिकारों की सुनिश्चितता, महिलाओं की भागीदारी, निरंतर चुनाव और वित्तीय साधनों का हस्तांतरण आदि के प्रावधान ने निश्चित ही पंचायतीराज व्यवस्था को एक नया जीवन दिया है।

तथापि आजादी के 61 वर्ष के पश्चात्, इन उपलब्धियों के बावजूद भी पंचायती राज प्रणाली अपने समस्त प्रावधान को व्यवहारिकता के धरातल पर नहीं उतार पाई है। अपने उद्देश्य सत्ता में सभी वर्गों की भागीदारी और समाज के सर्वांगीण विकास की कल्पना अभी भी पूरी नहीं हो पाई है। इसका मुख्य कारण राजनीतिक इच्छा का अभाव तथा नौकरशाही का उदासीन रवैया भी रहा है।

यह बात निश्चित ही प्रमाणिक है कि ग्रामीण जनता अशिक्षित और अनभिज्ञ जरूर है, किंतु अत्यधिक उत्सुक है, जो समुदाय के बहुसंख्यक हित में उपयुक्त निर्णय लेने में भी सक्षम है। यही कारण है कि वह अपने इन अधिकारों का प्रयोग कर उसे ही स्थानीय स्तर पर अपना प्रतिनिधि चुनती है, जो उसके प्रति समर्पित और वचनबद्ध हो।

इस प्रकार उम्मीद की जाती है कि आने वाले समय में अगर ईमानदारी के साथ निस्वार्थ रूपेण राजनीतिक दल, राजनीतिक इच्छा का निर्वहन करें, भयमुक्त होकर कमजोर वर्ग के लोग अपने अधिकारों का प्रयोग करें, महिलाओं के अधिकारों को कठपुतली की तरह इस्तेमाल न किया जाए, विशिष्ट वर्ग के लोग अपनी अभिजात्यवादी प्रवृत्ति का

परित्याग कर दें तथा सभी वर्ग के लोग इस स्वशासी संस्था में अपने अधिकारों की भागीदारी निश्चित तौर पर करें तभी यह संस्था स्थानीय स्तर पर लोगों के विश्वास का प्रतीक बन पाएगी तथा इसे समाज में विकास और परिवर्तन के पहिये के रूप में पदस्थापित किया जा सकेगा। अंततः तभी समाज का सर्वांगीण विकास हो पाएगा।

यद्यपि 73वें संविधान संशोधन अधिनियम में अंतर्निहित प्रावधान में राज्यों को यह अधिकार दिया गया है कि वह पंचायती राज अधिनियम में कोई उपयुक्त संशोधन कर सकती है, जो दुरुपयोग होने की स्थिति में इसकी सफलता पर प्रश्नचिह्न लगा देगा। तथापि हमें आशा करनी चाहिए कि आने वाले दिनों में यह संस्था लोगों की आकांक्षाओं और विश्वास को पूरा कर पाएगी, जिससे सही मायने में लोकतंत्र का वृक्ष मजबूत होगा, क्योंकि यही स्वशासी संस्था लोकतंत्र की आधारभूत इकाई है।

संदर्भ

1. कौर, इंद्रजीत, *लोक प्रशासन*, साहित्य भवनः आगरा, 2000, पृ. 810.
2. *नवभारत टाइम्स*, नई दिल्लीः 22 दिसंबर, 2007, पृ. 16.
3. कौर, इंद्रजीत, *वही*, पृ. 808.
4. मलप्ल्याल, के. के. और शुक्ल, एस.पी., *सिंधु सभ्यता*, उ.प्र. हिन्दी संस्थानः लखनऊ, 2003, पृ. 171.
5. गोयल, श्रीराम, *चन्द्रगुप्त मौर्य*, कुमांजलि प्रकाशन्ः मेरठ, 1987, पृ. 160.
6. जैन, एस. सी., *कम्युनिटी डेवलपमेंट एंड पंचायती राज इन इंडिया*।
7. थापर, रोमिला, *भारत का इतिहास*, राजकमल प्रकाशनः नई दिल्ली, 1975, पृ. 186-187.
8. सिंह, उपिन्दर, *ए हिस्ट्री ऑफ एंशिएंट एंड अर्ली मेडिएवल इंडिया*, पियर्सन लांग्मैनः दिल्ली, 2009, पृ. 593-94.
9. बाशम, ए. एल., *अद्भुत भारत*, शिवलाल अग्रवाल एंड कंपनी, आगराः 1993, पृ. 86.
10. अल्तेकर, ए. एस., *प्राचीन भारतीय शासन-पद्धति*, विश्वविद्यालय प्रकाशनः वाराणसी, 2005, पृ. 173-174.
11. Sachdeva, Pradeep, *Urban Local Government and Administration in India*, Kitab Mahal: Allahabad, 2000, p. 61.
12. Grover, B. L., and Grover, S., *Modern Indian History*, S. Chand: Delhi, 2010, pp. 205-06.
13. डॉ. शर्मा, एम. पी., डॉ. सडाना, बी. एल., *लोक प्रशासन सिद्धांत एवं व्यवहार*, किताब महलः इलाहाबाद, 1992, पृ. 721.
14. *नवभारत टाइम्स*, नई दिल्लीः 22 दिसम्बर, 2007, पृ. 16.
15. जोंस, डब्लू. एच. मारिस, *दि गवर्नमेंट एंड पॉलिटिक्स ऑफ इंडिया*, पृ. 23.
16. Singh, M. P., Himanshu Roy, *Indian Political System*, Mayank: Delhi, 2005, p. 298.
17. CAARD Report, (Committee on Administrative Arrangement for Rural Development.)
18. *नवभारत टाइम्स*, नई दिल्ली, 22 दिसंबर, 2007, पृ. 16.
19. इग्नू (IGNOU) BPAE-102, भारतीय प्रशासन, भाग 4, पृ. 84.
20. संपादकीय, *कुरुक्षेत्र*, अंक 10, पृ. 2, नई दिल्ली।

13

प्रशासन की प्रकृति तथा राजनैतिक एवं विकास प्रक्रिया में इसकी भूमिका

लोक प्रशासन मानवीय सभ्यता के विकास की प्रक्रिया में किसी-न-किसी रूप में विद्यमान है। लोक प्रशासन को मानवीय क्रियाकलापों का संपूर्ण संरक्षक, विनाशक एवं पोषक भी कहा जाए तो अतिशयोक्ति नहीं होगी। सभ्य सरकार और सभ्यता का भविष्य ही इस योग्यता पर निर्भर करता है कि प्रशासन का दर्शन एवं व्यवहार कितना विकसित है, वह समाज के लोक कार्यों के संपादन में कितना समर्थ है। लोक प्रशासन मानव जीवन की विविध एवं बहुल आवश्यकताओं जैसे शिक्षा, स्वास्थ्य, सामाजिक सुरक्षा आदि को पूरा करने में सहायक है। इसकी विषय वस्तु सकारात्मक एवं सृजनात्मक है। इसका उद्देश्य जनकल्याण है। इसकी प्रकृति, विषय वस्तु तथा क्षेत्र सभी इसे मिलकर आधुनिक शासन व्यवस्था का केंद्रबिंदु बना देते हैं।[1]

लोक प्रशासन प्रत्येक समाज की एक आधारभूत आवश्यकता है, यह एक ऐसा यंत्र है जिसके माध्यम से सरकारी योजनाएं निर्मित एवं कार्यान्वित होती हैं। राज्य की नीतियों की सफलता एवं विफलता, राष्ट्रीय एकरूपता प्रशासन की क्षमता पर ही आधारित है। लोक प्रशासन वस्तुतः विशेष उद्देश्यों की पूर्ति के लिए संबद्ध मानवीय प्रयत्नों का दिशा निर्देशन, पथ-प्रदर्शन तथा समाकलन के साथ-साथ ज्ञान का एक भाग है। लोक प्रशासन एक साधन है जिसके द्वारा समाज में परिवर्तन लाए जाते हैं, इसीलिए इसे सामाजिक परिवर्तन का मंत्र माना जाता है। लोक प्रशासन एक शैक्षणिक अध्ययन के विषय के रूप में सरकारी तंत्र एवं प्रक्रियाओं का अनिवार्य रूप से अध्ययन करता है। इसका प्रयोग सरकारी गतिविधियों के प्रभावशाली संपादन में किया जाता है। लोक प्रशासन वस्तुतः आज निर्णयकर्त्ता भावी कार्यों का योजनाकार, उद्देश्य व लक्ष्य निर्धारक, सरकारी कार्यक्रमों के लिए सार्वजनिक समर्थन और धनराशि प्राप्त करने के लिए सरकारी तंत्रों तथा नागरिक संगठनों के बीच सहयोग व समन्वयकर्त्ता है। लोक प्रशासन कर्मचारियों को निर्देश देने, निरीक्षण देने, नेतृत्त्व प्रदान करने, कार्य निष्पादन के आकलन आदि जैसी गतिविधियों से संबंधित है। लोक प्रशासन सरकार का क्रियात्मक भाग है।

लोक प्रशासन ''लोक'' एवं ''प्रशासन'' दो शब्दों का सम्मिलित योग है। ''लोक'' शब्द का अर्थ है सार्वजनिक एवं जनता, जिसका प्रयोग सरकार के क्रियाकलापों से

डॉ अर्चना सौशिल्य, एसोशिएट प्रोफेसर, अदिति महाविद्यालय, दिल्ली विश्वविद्यालय

संबंधित है। प्रशासन यानि ''एडमिनिस्ट्रेशन'' का अर्थ है ''प्रबंध'' जो लैटिन शब्द ''एडमिनिस्टर'' से उत्पन्न हुआ है एवं एड+मिनिस्ट्रेट शब्दों से मिलकर बना है। इसका शाब्दिक अर्थ है सेवा करना या व्यवस्था करना, या व्यक्तियों की देखभाल करना अथवा कार्यों की व्यवस्था करना। इस अर्थ में लोक प्रशासन एक प्रक्रिया है जो सभी नियोजित मानवीय क्रियाओं के संदर्भ में लागू होती है।

लोक प्रशासन राजनीति एवं कानून से जुड़ा अत्यंत पुराना शास्त्र है। रामायण महाभारत में भी प्रशासनिक चिंतन के रूप में इसका प्रवेश दिखाई पड़ता है। 300 ई.पू. के पूर्व, कौटिल्य द्वारा लिखित *अर्थशास्त्र* संपूर्ण प्रशासनिक व्यवस्था का एक पूर्ण ग्रंथ है। अरस्तू की *पॉलिटिक्स* एवं मैकियावेली की *दि प्रिंस* राजनीतिक एवं प्रशासनिक विषय वस्तुओं पर एक महत्त्वपूर्ण योगदान है। सन् 1500 से 1700 के बीच केमरलिस्ट–जर्मन और आस्ट्रियन विद्वानों एवं लोक प्रशासकों के समूह ने प्रशासनिक रूपरेखा, कार्यकलाप और संभावित स्वरूप का विश्लेषण किया। संभवतः यह पहला समूह था जिसने व्यवस्थित रूप से प्रशासन में रुचि प्रदर्शित की थी। परंतु 18वीं शताब्दी तक लोक प्रशासन शब्द का प्रयोग कहीं भी नहीं हुआ था। वस्तुतः लोक प्रशासन के विकास की शुरूआत सन् 1887 में वुडरो विल्सन के राजनीति प्रशासन द्विभाजन से होती है। विल्सन पहले विचारक थे जिन्होंने प्रशासन को राजनीति से बिल्कुल अलग कर दिया। उन्हें ही लोक प्रशासन का जनक माना जाता है। प्रशासन शब्द का प्रयोग 1912 में चार्ल्स जीन बोनिन ने किया परंतु उसके बाद भी किसी प्रकार की रचना लोक प्रशासन में नहीं आई। औद्योगिक क्रांति के पश्चात् तकनीकी विषयों की भरमार होने से जब प्रशासनिक प्रक्रियाएं जटिल होने लगीं, मानव–जीवन प्रत्यक्ष एवं अप्रत्यक्ष ढंग से प्रशासकीय कार्यों से प्रभावित होने लगा तब उन्हें समझने व सुलझाने के लिए लोक सेवाओं की स्थापना की गई तथा लोक सेवकों की प्रशासकीय क्षमता को प्रशासकीय नियमावली तथा संहिता के लिए प्रयोग किया जाने लगा। कालक्रम में लोक प्रशासन राजनीति में चर्चा का मुद्दा बना जिससे सर्वप्रथम संयुक्त राज्य अमेरिका ने शासन एवं प्रशासन की प्रक्रियाओं को सरल बना कर जनता द्वारा आत्मसात् कराने का प्रयास किया।

अर्थ एवं प्रकृति

लोक प्रशासन मानव सभ्यता के प्रबंधन एवं विकास के लिए सार्वभौमिक कला है। देश की समस्याओं का समाधान तथा योजनाबद्ध रूप से कार्य को करने के लिए यह अनिवार्य है।

जे.एम. पिफनर के अनुसार 'प्रशासन वांछित उद्देश्यों की प्राप्ति हेतु मानवीय एवं भौतिक साधनों का संगठन एवं निर्देशन स्रोत है।'

वुडरो विल्सन ने कहा है, 'लोक प्रशासन कानून को विस्तृत एवं क्रमबद्ध रूप में कार्यान्वित करने का नाम है अर्थात् कानून को कार्यान्वित करने की प्रत्येक क्रिया एक प्रशासकीय क्रिया है।'

एल. डी. ह्वाइट के अनुसार 'प्रशासन किसी विशेष उद्देश्य अथवा लक्ष्य प्राप्ति हेतु बहुत लोगों के निर्देश, सामंजन एवं नियंत्रण की कला है।' लोक प्रशासन उन सभी कार्यों से संबंध है–जिसका उद्देश्य लोक शांति को पूरा करना तथा क्रियान्वित करना होता है।

हार्वेवोल्कर के मतानुसार 'कानून के कार्यान्वयन हेतु सरकार द्वारा जो कार्य किया जाए, वह लोक प्रशासन है।'

ई.एन. ग्लैडैन ने कहा कि 'जनता की देखभाल के लिए प्रशासक नौकर के रूप में है, न कि मालिक के रूप में।'

बुक एडम्स के शब्दों के प्रशासन विविध सामाजिक शक्तियों को एक सूत्र में समन्वित कर एक इकाई के रूप में एकजुटता स्थापित करने की क्रिया है।

मार्शल ई डिमॉक ने कहा है–प्रशासन का संबंध सरकार की स्थिति (what) एवं पद्धतियों (how) के साथ होता है। स्थिति विषय वस्तु है तथा किसी निश्चित क्षेत्र का वह प्राविधिक ज्ञान है–जो प्रशासन को कर्त्तव्य पालन की क्षमता प्रदान करता है। पद्धतियां प्रबंध की प्रविधि अथवा तकनीक हैं, ये वे सिद्धांत हैं जिनके द्वारा सहकारी कार्यक्रम सफलतापूर्वक पूरे किए जाते हैं। ये दोनों ही अपरिहार्य हैं, दोनों के मिलने से जिस संश्लेषण का निर्माण होता है, उसे ही प्रशासन कहा जाता है।

हर्बर्ट साइमन ने लोक प्रशासन का अर्थ उन सभी क्रियाओं से जोड़ा है जो केंद्र-राज्य तथा स्थानीय सरकारों द्वारा संपन्न की जाती हैं। अंततः एफ एम. मार्क्स के शब्दों में, 'प्रशासन लोक कार्यों की क्रमबद्ध व्यवस्था एवं साधनों का उचित प्रयोग है जो हमारे अवांछित अभिप्रायों को रोक सके और वांछित कार्यों को संपन्न करा सके।'

इस प्रकार यह अहसास होता है कि सभी विद्वानों ने अपने-अपने दृष्टिकोण से लोक प्रशासन को परिभाषित कर इस तथ्य को प्रतिपादित किया है कि शासन की समस्त क्रियाएं जनहित के लिए होती हैं जिन्हें किसी अभिकरण द्वारा किया जाता है अर्थात् जनहित के लिए सरकार जो भी कार्य करती है वह किसी-न-किसी रूप में लोक प्रशासन का अभिन्न अंग है। आज के लोकतांत्रिक युग में लोक शब्द "शासन" का पर्याय बन चुका है। इनमें सर्वव्यापकता एवं निरंतरता है तथा यह मानवीय एवं सामाजिक मूल्यों एवं उनके अनुरूप व्यवहार से संबंधित है।

परंतु इन चिंतकों व विचारकों द्वारा परिभाषित दृष्टिकोण के परिप्रेक्ष्य में यदि व्यावहारिक कार्यप्रणाली को देखा जाए तो वस्तु स्थिति भिन्न प्रतीत होती है, मुख्यतया आज के परिवर्तित भारतीय परिवेश एवं राजनीतिक अस्थिरता के काल में। तथापि इस तथ्य को नकारा नहीं जा सकता कि आज भी लोक प्रशासन हमारी सारी गतिविधियों पर अपना प्रभुत्व स्थापित कर चुका है जिसने संघ के नए स्वरूप को जन्म दिया है–प्रशासकीय राज्य (administrative state)। इसी संदर्भ में जवाहर लाल नेहरू का कथन उचित लगता है, 'लोक प्रशासन बहुत-सी अन्य वस्तुओं के समान अंतिम विश्लेषण में मानवीय संस्था है, जिसका संबंध सांख्यिकी आंकड़ों से नहीं अपितु मानव से संबंधित है।' इस प्रकार यह प्रतीत होता है कि प्रशासन के मूलभूत तत्त्वों को सामूहिक एवं सहयोगात्मक प्रयास, सामान्य उद्देश्यों की पूर्ति, सर्वव्यापकता, मानवीय एवं भौतिक संसाधनों का संगठन, कार्य

करने एवं कार्य करवाने से तथा मनुष्यों के निर्देशन, समन्वय एवं नियंत्रण से आंका जा सकता है।

इसी संदर्भ में लोक प्रशासन की "प्रकृति" का विश्लेषण भी सामान्यतः दो दृष्टिकोणों के अंतर्गत किया जाता है–एकीकृत एवं प्रबंधकीय। प्रथम वर्ग की मान्यता है कि किसी उद्देश्य पूर्ति हेतु जो कार्य प्रक्रियाएं एवं नीतियां अपनाई जाएं उनमें सभी लोग (ऊपर से नीचे) सम्मिलित हों, सभी कार्यों का योग हो। इस एकीकृत दृष्टिकोण के अनुसार लोक प्रशासन का संबंध उन सभी गतिविधियों और क्रियाओं से है, जैसे, शारीरिक, तकनीकी, प्रबंधकीय और लिपिकीय का समूह जो अपने समक्ष उद्देश्य की प्राप्ति के लिए की जाती हैं। इसके अंतर्गत संगठन के विभिन्न स्तरों पर कार्य करने वाले प्रत्येक व्यक्ति को शामिल किया जाता है जो प्रत्यक्ष या परोक्ष रूप से अपना योगदान उद्देश्य प्राप्ति में देते हैं। इस दृष्टिकोण के प्रतिपादक प्रोफेसर एल. डी. ह्वाइट, और मार्शल ई. डिमॉक हैं। एल. डी. ह्वाइट के अनुसार, 'किसी भी कार्य में लगे हुए छोटे से छोटे या बड़े से बड़े व्यक्ति के कार्यों को प्रशासन कहा जाता है, जिसका उद्देश्य सार्वजनिक नीतियों को पूरा करना होता है। इस प्रकार एकीकृत दृष्टिकोण में बहुत सारी गतिविधियां शामिल हो जाती हैं–यथा क्षतिपूर्ति देना, बीमार व्यक्तियों को अन्य व्यक्तियों से अलग रखना, सार्वजनिक भूमि का वितरण आदि...आदि।'

दूसरा दृष्टिकोण प्रबंधकीय है जिसके अनुसार सिर्फ प्रबंधकीय कार्य अर्थात् सभी क्रियाओं का एकीकरण, नियोजन, आदेश व नियंत्रण तथा समन्वय संबंधी कार्यों को ही प्रशासन में रखा गया है। प्रबंध का कार्य संगठन करना तथा उद्देश्य की पूर्ति हेतु व्यक्तियों एवं सामग्रियों का उचित प्रयोग करना है और इसे ही प्रशासन कहते हैं। इस दृष्टिकोण ने लोक प्रशासन को मौलिक रूप से संगठन के उच्चतर स्तर से संबंधित किया है। इस दृष्टिकोण के समर्थक साइमन स्मिथ बर्ग, थामसन तथा लूथर गुलिक हैं। गुलिक ने प्रशासन को प्रबंध की तकनीक माना है, 'जिसका उद्देश्य कार्य पूरा किए जाने और निर्धारित उद्देश्यों की परिपूर्ति से है।'[2] गुलिक ने इन तकनीकों का सारांश एक शब्द पोस्डकार्ब (POSDCORB) में दिया है जिसका प्रत्येक अक्षर एक तत्त्व का प्रतीक है और इस प्रकार गुलिक ने प्रशासनिक कार्यकलापों को सात तत्त्वों में सम्मिलित किया है:

पी (P–Planning) योजना बनाना

ओ (O–Organisation) संगठन बनाना

एस (S–Staffing) कर्मचारी चयन, उनको नियुक्ति, प्रशिक्षण

डी (D–Directing) नीति-निर्धारण द्वारा कार्यान्वयन हेतु निर्देश

को (Co–Co-ordinating) समन्वय अर्थात् सुचारू रूप से कार्य संचालन हेतु दूसरे विभागों से तालमेल

आर (R–Reporting) प्रतिवेदनादि कार्यकलाप, प्रगति आदि से अवगत कराना।

बी (B–Budgeting) बजट अर्थात् आय व्यय का लेखा एवं आय स्रोत सृजन आदि।

हेनरी फेयोल ने 'पीओ ट्रिपल सी (PO CCC) की चर्चा कर लोक प्रशासन को पांच विषयों तक संबंधित रखा है–योजना (Planning), संगठन (Organisation), 3–C (Command Coordination and Control) थ्री सी-आदेश समन्वय एवं नियंत्रण। इन

तत्त्वों की अनुपस्थिति में प्रशासन अव्यवस्थित हो जाता है। पी. मैक क्वीन ने प्रशासनिक व्यवस्था के लिए तीन तत्त्वों को आवश्यक माना (3M—man, materials, methods) मानव, साधन, प्रक्रिया। डब्ल्यू.एफ. विलोबी ने इनसे अलग अन्य तत्त्वों को महत्ता दी, जैसे, कार्य विभाजन, संगठन, पदाधिकारी चयन, भौतिक साधनों की आपूर्ति एवं वित्त। इन सभी विद्वानों द्वारा प्रतिपादित तत्त्व 1940 तक पूर्णरूपेण लाभप्रद प्रमाणित हुए परंतु धीरे-धीरे जब लोक प्रशासन ने अपने व्यापकत्व को प्राप्त किया तब शांति व्यवस्था, शिक्षा, सार्वजनिक स्वास्थ्य व न्याय के लिए भी इसे अपनाया जाने लगा। एफ.एम निग्रो ने इसमें सरकार की तीनों शाखाओं कार्यकारी, विधायी एवं न्यायिक और उनके अंत:संबंधों को भी सम्मिलित किया है।

कला एवं विज्ञान

अन्य सामाजिक विज्ञानों की तरह लोक प्रशासन विज्ञान है या कला या दोनों यह विषय विवादास्पद रहा है। लोक प्रशासन के व्यावहारिक पक्ष का संबंध कला से है क्योंकि इसमें रचनात्मक निर्णय, नेतृत्व एवं उनके अमूर्त गुणों का योगदान है परंतु लोक प्रशासन की कला को विकसित करने हेतु एक विज्ञान का होना भी उतना ही अनिवार्य है। अत: लोक प्रशासन एक कार्य के रूप में ''कला'' एवं ''विज्ञान'' दोनों है।

लोक प्रशासन को विज्ञान का दर्जा देने के दावे काफी पहले से किए गए हैं, वुडरो विल्सन, जिन्हें लोक प्रशासन का जनक माना जाता है, ने 1887 में ही इसे ''प्रशासन विज्ञान'' कहा और ''सिद्धांत पर आधारित प्रशासन के तरीके'' निर्धारित किए। 1926 में डब्लू.एफ. विलोबी ने कहा–प्रशासन में कुछ ऐसे मूलभूत सिद्धांत होते हैं जो सामान्य व्यवहार में किसी वैज्ञानिक सिद्धांत के समान होते हैं जिन्हें सिद्ध किया जा सकता है बशर्ते प्रशासन का अंतिम लक्ष्य प्रभावकारी व्यवहार प्राप्त कर लिया जाए। इन सिद्धांतों का निर्धारण किया जा सकता है और उसका महत्त्व दर्शाया जा सकता है बशर्ते उनकी खोज में वैज्ञानिक तरीकों को कड़ाई से लागू किया जाए। 1937 में लूथर, गुलिक एवं एल. उर्विक ने लोक प्रशासन के विज्ञान होने का दावा पेश किया एवं एडमिनिस्ट्रेशन से जुड़े शब्द ''पब्लिक'' पर एतराज किया और कहा कि 'विज्ञान, विज्ञान है अत: पब्लिक या प्राइवेट, किस्में नहीं होतीं विज्ञान में।' इस प्रश्न पर चार्ल्स ए. बीयर्ड ने 1937 में विज्ञान की परिभाषा देते हुए, 'उसे अनुभव और परीक्षण से हासिल तथ्यपरक ज्ञान' की संज्ञा दी एवं पब्लिक एडमिनिस्ट्रेशन को ''साइंस ऑफ एडमिनिस्ट्रेशन'' कहा। जहां लोक प्रशासन उसी प्रकार का सामान्य विज्ञान है जैसा कि अर्थशास्त्र या मनोविज्ञान या जीव विज्ञान। इतिहास और राजनीति शास्त्र के मुकाबले यह अधिक विज्ञान है। आदर्श, नैतिक मूल्यों की अनुपस्थिति व्यवहार की निश्चितता और क्रियान्वयन में सार्वभौमिकता विज्ञान की अनिवार्य विशेषताएं हैं और ये गुण लोक प्रशासन पर लागू तो होते हैं लेकिन पूरी तरह नहीं। अन्य सामाजिक विज्ञानों की तरह लोक प्रशासन में भी मानवीय व्यवहार का अध्ययन किया जाता है। मनुष्य विविधतापूर्ण संरचना है। मानवीय व्यवहार के प्रमुख अवयव वैविध्यपूर्ण

हैं और उनमें एकरूपता तथा सुनिश्चितता नहीं होती। अतः लोक प्रशासन एक कला है और अतिरिक्त रूप में एक विज्ञान भी है।

लोक प्रशासन एवं निजी प्रशासन

यहां एक अन्य प्रसंग लोक प्रशासन व निजी प्रशासन में समानता व असमानता की चर्चा छात्रों के लिए उपयोगी साबित होगी। कुछ विद्वानों ने इन्हें एक समान माना है, जबकि कुछ ने विभिन्न मुद्दों पर इन्हें अलग माना है। साइमन ने विभिन्नताओं की चर्चा तीन आधारों पर की है–(i) लोक प्रशासन अधिकारी तंत्री होता है और निजी प्रशासन व्यावसायिक; (ii) लोक प्रशासन राजनीतिक है जबकि दूसरा गैर राजनीतिक; (iii) लोक प्रशासन लालफीताशाही से पीड़ित होता है पर निजी प्रशासन इससे सदा मुक्त रहता है। परंतु इस भेद को मूलभूत नहीं माना जाए क्योंकि भेद ''मात्रा'' का हो सकता है। पाल एच.ए. पलबी के अनुसार (i) लोक प्रशासन का क्षेत्र, प्रभाव एवं विचार लोक प्रशासन से व्यापक होता है; (ii) यह जनता के प्रति उत्तरदायी होता है।[3] वस्तुतः लोक प्रशासन का उद्देश्य मुनाफा कमाना नहीं अपितु लोकहित में नीतियां निर्धारण करना होता है परंतु निजी प्रशासन लाभ की ही दृष्टि से प्रेरित होता है जिसमें अधिक से अधिक आर्थिक लाभ हो। लोक प्रशासन विधि व नियम से कार्य करता है परंतु निजी प्रशासन लाभ की दृष्टि से नियमों में लचीलापन ला देता है।

परंतु इनके विपरीत, हेनरी फेयोल, मेरी पी फालेट तथा उर्विक मानते हैं कि सभी प्रशासन एक जैसे होते हैं और सबकी आधारभूत विशेषताएं भी एकसमान होती हैं। लोक प्रशासन एवं निजी प्रशासन में समानता का आधार दोनों क्षेत्रों में ''प्रशासन'' शब्द का विद्यमान होना है। दोनों क्षेत्रों में कार्य करने वाले अधिकारियों का मूल दायित्व एक समान है, यानि सामूहिक प्रयास के द्वारा पूर्व निर्धारित उद्देश्य प्राप्ति को सुनिश्चित करना। लोक प्रशासन व निजी प्रशासन के बीच अधिकारियों का परस्पर आदान-प्रदान दोनों के बीच समानता की व्यावहारिकता को दर्शाता है। निजीकरण की प्रक्रिया में यह विशेषता और भी अधिक महत्त्वपूर्ण होती जा रही है। कार्यालय एवं प्रबंधन की तकनीक एवं कार्य पद्धतियों में भी लोक प्रशासन एवं निजी प्रशासन के बीच की समानता अभिव्यक्त होती है। लोक निगम एक ऐसा सरकारी संगठन है जो लोक प्रशासन एवं निजी प्रशासन की सम्मिलित विशेषताओं का एक परिणाम है। भारत में प्रशासनिक स्टाफ कॉलेज, हैदराबाद द्वारा लोक प्रशासकों एवं निजी प्रशासकों के लिए समान प्रशिक्षण कार्यक्रम का आयोजन किया जाना भी इन दोनों के बीच समानता का परिचायक है।

लोक प्रशासन के अध्ययन का विकास

सन् 1887 में प्रिंसटन यूनिवर्सिटी में राजनीतिशास्त्र के प्राध्यापक वुडरो विल्सन ने अपने एक लेख ''प्रशासन का अध्ययन'' के द्वारा इस बात की चर्चा की कि राजनीति और प्रशासन अलग-अलग हैं और कहा–एक संविधान की रचना सरल है, परंतु इसे चलाना बहुत कठिन है और उन्होंने इसे ''चलाने'' के क्षेत्र के अध्ययन पर बल दिया। इस प्रकार

विल्सन ने एक विधा, के रूप में लोक प्रशासन को जन्म दिया। इसी कारण विल्सन को लोक प्रशासन का जनक माना जाता है। लोक प्रशासन के अर्थ, स्वरूप और क्षेत्र आदि के संदर्भ में लियोनार्ड ह्वाइट की पुस्तक *लोक प्रशासन की प्रवेशिका* (1926), विलोबी का *लोक प्रशासन का सिद्धांत* (1927), लूथर गुलिक व एल उर्विक की *प्रशासन विज्ञान पर निबंध,* चार्ल्स ऑस्टिन बीयर्ड की *लोक प्रशासन का दर्शन, विज्ञान एवं कला* आदि पुस्तकों ने इसके पूरे स्वरूप को एक विधा के रूप में स्थापित करने में महत्त्वपूर्ण योगदान दिया।

एक अध्ययन के विषय के रूप में संयुक्त राज्य अमेरिका में लोक प्रशासन के उदय व विकास में अनेक कारकों ने सम्मिलित प्रभाव डाला। आधुनिक विज्ञान और प्रौद्योगिकी विकास ने वृहत् संगठनों को जन्म दिया जो समन्वय एवं सहयोग की जटिल समस्याओं से ग्रसित थे। तीव्र प्रौद्योगिक विकास ने बड़े पैमाने पर सामाजिक विस्थापन पैदा किए जिसने सरकारी हस्तक्षेप को अनिवार्य एवं वांछनीय बना दिया। अत: विचारकों ने संगठन और प्रबंधन की समस्याओं पर समय और ध्यान दिया। लोक कल्याणकारी राज्य की अवधारणा ने सरकार की अहस्तक्षेप नीति की पारंपरिक धारणा को हटाकर सामाजिक कल्याण की ओर प्रेरित किया। अत: सरकारी कार्यों एवं प्रशासन के क्षेत्र को काफी बढ़ावा मिला। संयुक्त राज्य अमेरिका में सरकारी सुधार आंदोलन में 20वीं सदी के प्रारंभिक वर्षों में गति आई। लोक प्रशासन की संरचना और कार्य पर आधारित स्वायत्त और विशिष्ट अध्ययन क्षेत्र के नियमित विकास और वृद्धि के लिए सुनियोजित बौद्धिक प्रयास किए गए।

लोक प्रशासन में विकास की समीक्षा निम्नांकित चरणों में की जा सकती है:–

1. 1887-1926 लोक प्रशासन: विल्सन का दृष्टिकोण (राजनीति प्रशासन का द्विभाजन: लोक प्रशासन के जनक वुडरो विल्सन ने सन् 1887 में "दी स्टडी ऑफ एडमिनिस्ट्रेशन" नामक लेख *पोलिटिकल साइंस क्वाटरली* में प्रकाशित कर राजनीति तथा प्रशासन के बीच के परस्पर संबंध का परीक्षण किया कि 'प्रशासन को लोक कानून की अन्य शाखाओं से तब तक अलग नहीं किया जा सकता है जब तक कि इसके वास्तविक महत्त्व को तोड़-मोड़ कर व्यक्त नहीं किया जाए। इसका आधार राजनीति का गहन और स्थायी सिद्धांत है।' विल्सन राजनीति और प्रशासन की परस्पर निर्भरता के साथ-साथ लोक प्रशासन के विशिष्ट क्षेत्र के निर्धारण का प्रयास करते हैं। विल्सन राजनीति और प्रशासन को एक-दूसरे से पृथक मानते हैं, 'प्रशासन राजनीति के वास्तविक क्षेत्र से बाहर है यद्यपि राजनीति प्रशासन के कार्यों को निर्धारित करती है किंतु प्रशासन के कार्यों में हस्तक्षेप करने का अधिकार उसे नहीं होना चाहिए।'

फ्रैंक गुडनाऊ ने भी इसी द्विभाजन की विचारधारा का समर्थन किया और 1900 में अपनी पुस्तक *पालिटिक्स एंड एडमिनिस्ट्रेशन* में तर्क दिया कि राजनीति राज्य-इच्छा (statewill) को प्रतिपादित करती है जबकि प्रशासन इस इच्छा व नीतियों को कार्यान्वित करता है। राजनीति का संबंध विधायिका और शासन के उच्च अंगों से है। इसके विपरीत प्रशासन का शासन के कार्यकारी अंग अर्थात् नौकरशाही से। 1926 में एल. डी. ह्वाइट ने *इंट्रोडक्शन टु द स्टडी ऑफ पब्लिक एडमिनिस्ट्रेशन* नामक पहली पाठ्य पुस्तक की रचना कर राजनीति-प्रशासन अलगाव में आस्था प्रकट की एवं लोक प्रशासन का मुख्य लक्ष्य दक्षता

तथा मितव्ययता बतलाया। विल्सन ने संगठित करने के लिए योग्यता पर आधारित लोक सेवा को आवश्यक बताया। उन्होंने प्रशासन को एक विज्ञान माना और माना कि लोक प्रशासन लोक कानून का विस्तृत एवं व्यवस्थित क्रियान्वयन है।

2. द्वितीय चरण (1927-1937): नियमों की सर्वव्यापकता: इस चरण में भी राजनीति-प्रशासन द्विभाजन का समर्थन किया गया, लेकिन साथ-साथ एक मूल्य विहीन प्रबंध के विज्ञान पर बल दिया गया। लोक प्रशासन का मुख्य उद्देश्य ''कार्य कुशलता'' हो गया और ''लोक'' शब्द को हटा ही दिया गया। लोक प्रशासन अब ''विज्ञान'' बन गया और प्रशासन के प्रबंध के कुशल संचालन के लिए ''वैज्ञानिक प्रबंध'' एकमात्र नारा बन गया। प्रशासन का रूप यांत्रिक बन गया जो कठोर नियमों पर आधारित माना गया।

इस चरण में प्रशासन के कुछ ''नियम'' को माना गया। लोक प्रशासन के विद्यार्थियों का काम था इन ''नियमों'' और इनके क्रियान्वयन का पता लगाना। अनेक विचारकों द्वारा लिखित पुस्तकें एवं रचनाओं ने, यथा विलोबी की *प्रिंसिपल ऑफ पब्लिक एडमिनिस्ट्रेशन*, (1927), मैरी पार्कर फालेट *क्रियेटिव एक्सपीरियंस*, हेनरी फेयोल की *इंडस्ट्रीयल एंड जनरल मैनेजमेंट*, लूथर गुलिक तथा लिंडल उर्विक की *पेपर्स ऑन द साइंस ऑफ एडमिनिस्ट्रेशन* के अनुसार नियमों के सर्वव्यापी होने के कारण यह एक विज्ञान है–अत: इसके आगे ''लोक'' शब्द का प्रयोग व्यर्थ है–अत: सारे प्रशासन एक हैं एवं लोक प्रशासन और निजी प्रशासन के बीच कोई अंतर नहीं है।

3. तृतीय चरण (1938-47): प्रशासन के नियमों को चुनौती: इस चरण में प्रशासन के नियमों की सर्वव्यापकता को चुनौती दी गई। चेस्टर बर्नार्ड ने अपनी पुस्तक *फंक्शनस ऑफ एक्जीक्यूटिव* (1938), में तथाकथित प्रशासनिक नियमों की अवहेलना की और अनौपचारिक तत्त्वों को उजागर किया। इस दिशा में हर्बर्ट ए. साइमन ने एक लेख (1946) प्रकाशित कर इन नियमों को ''मुहावरों'' या ''कहावत'' की संज्ञा दी क्योंकि ये नियम युग्म (pairs) में आते हैं। साइमन ने पुन: अपनी पुस्तक *एडमिनिस्ट्रेटिव बिहेविअर* (1947) में यह सिद्ध किया कि प्रशासन में सिद्धांत नाम की कोई चीज नहीं है, ना ही राजनीति एवं प्रशासन को अलग-अलग किया जा सकता है। उन्होंने प्रशासन के क्षेत्र को विस्तृत करते हुए मनोविज्ञान, समाजशास्त्र, अर्थशास्त्र और राजनीतिशास्त्र के साथ उसका घनिष्ठ संबंध जोड़ा। उन्होंने ''प्रशासन के विशुद्ध विज्ञान'' एवं ''मूल्यरत प्रशासन'' के बीच समन्वय करने के पक्ष में तर्क दिया।

1947 में ही राबर्ट डाल ने भी एक लेख के द्वारा लोक प्रशासन को विज्ञान नहीं माना एवं लोक प्रशासन के विज्ञान के विकास में तीन समस्याओं का जिक्र किया–

(i) विज्ञान मूल्य शून्य होता है जबकि प्रशासन में मूल्य अनिवार्य रूप से देखने को मिलते हैं।

(ii) मनुष्यों के व्यक्तित्व अलग-अलग होते हैं अत: मानवीय व्यवहार का पूर्वानुमान किया जाना कठिन है एवं जिससे प्रशासन के कार्यों में विभिन्नता आ जाती है।

(iii) लोक प्रशासन सामाजिक ढांचे के अंतर्गत कार्यरत है एवं सामाजिक और सांस्कृतिक परिवेश में अंतर होने के कारण इसके नियमों को सर्वव्यापी आधार पर लागू करना कठिन है।

लोक प्रशासन का क्षेत्र व्यापक है, अतः इसे संकीर्ण तकनीकों और प्रक्रियाओं पर आधारित न रहकर विविध, ऐतिहासिक, समाजशास्त्रीय, आर्थिक और अन्य कारकों के आधार पर राष्ट्रीय और अंतर्राष्ट्रीय पैमाने पर मानवीय व्यवहार का अध्ययन करना चाहिए।

4. चौथा चरण (1948–1970): अस्तित्व का संकटः इस चरण में विद्वानों ने माना कि प्रारंभ में लोक प्रशासन की उत्पत्ति राजनीतिशास्त्र से हुई थी। अतः यह उसी का अंग था और विद्वानों ने राजनीति शास्त्र की शरण लेकर इस के नए अध्यायों के अंतर्गत लोक प्रशासन को भी विकसित करने की कोशिश की, अतः लोक प्रशासन की स्वतंत्र अस्तित्व पर प्रश्न चिह्न लगने लगा। पुनः लोक प्रशासन की परपंरागत विचारधारा में संशोधन करते हुए इसके अनेक नवीन स्वरूपों का विकास हुआ जैसे–व्यवहारवादी दृष्टिकोण, तुलनात्मक लोक प्रशासन एवं विकास प्रशासन, नवीन लोक प्रशासन, लोक चयन स्कूल एवं आलोचनात्मक सिद्धांत। आलोचनात्मक सिद्धांत के प्रवर्तक जर्गेन हैबरमस ने लोक अधिकारी तंत्र के कार्यान्वयन के माध्यम से आधुनिक राज्य में तकनीकी कुशलता की प्रबलता का उल्लेख किया है।

नवीन लोक प्रशासनः जान सी. हनी ने 1967 में हनी प्रतिवेदन देकर लोक प्रशासन की वास्तविक स्थिति को उजागर करते हुए इसके क्षेत्र को विस्तृत व व्यापक बनाने पर बल दिया। दिसंबर 1967 में आयोजित फिलाडेल्फिया सम्मेलन की अध्यक्षता जेम्स सी. चार्ल्सवर्थ ने की। उस सम्मेलन में भी विचारणीय विषय था लोक प्रशासन का सिद्धांत और व्यवहार, उसका क्षेत्र, उद्देश्य व अध्ययन पद्धति। मिन्नोब्रुक प्रथम सम्मेलन, (सितंबर 1968) में नवीन लोक प्रशासन के कुछ तत्त्वों पर बल दिया गया था–सामाजिक समता, सामाजिक परिवर्तन, प्रासंगिकता, मूल्य, नैतिकता एवं सदाचार, नवीनता या मौलिकता, नवीन लोक प्रशासक के समर्थक लोक प्रशासन को सामाजिक समस्याओं के प्रति संवेदनशील एवं जागरूक बनाना चाहते थे एवं मूल्य निरपेक्ष शोध प्रयासों के परित्याग पर जोर देते हैं। इन विचारकों में वाल्डो फ्रैंक मैटिनी, जान सी. हनी, चार्ल्सवर्थ प्रमुख हैं जो लोक प्रशासन में लोकचिंता, आदर्शों, संदर्भ, सामाजिक समानता एवं मूल्यों को महत्त्व देते हैं। नवीन लोक प्रशासन की निम्नलिखित विशेषताएं हैं:

(i) निषेधात्मक प्रवृत्तियां अर्थात् यह मूल्यविहीन धारणा को अस्वीकार करता है, अस्तित्व के स्थिर रूप (static image of being) को नहीं मानता बल्कि उसके गतिशील एवं 'संभवन' (becoming) रूप को स्वीकृति देता है।

(ii) मशीन विरोधी धारणा का विरोध करता है।

(iii) विकासशील एवं गतिशील प्रशासन को अपनाता है क्योंकि मनुष्य में पूर्णता प्राप्त करने की अंत:शक्ति विद्यमान है।

(iv) नवीन लोक प्रशासन, स्थायित्व नहीं अपितु परिवर्तन का साधन है।

(v) सेवाओं की स्वायत्ता नवीन लोक प्रशासन के अंतर्गत है।

(vi) नवीन लोक प्रशासन के कार्यों में औद्योगीकरण, शहरीकरण के कारण अनेक कार्यों में वृद्धि हुई है। स्वचालन, कंप्यूटर और यंत्रीकरण ने प्रशासन को काफी सटीक बना दिया है।

5. पांचवां चरण (1971-1990): अंतर्विषयी एवं नीति विज्ञान दृष्टिकोण: इस चरण में लोक प्रशासन अंतर्विषयी बन गया। सभी विषयों-अर्थशास्त्र, मनोविज्ञान, समाजशास्त्र, मानव विज्ञान के विचारक इस विषय में रुचि लेने लगे। इसके अतिरिक्त लोक प्रशासन का भी झुकाव लोकनीति विश्लेषण की ओर हो गया है। साइमन ने प्रशासन और राजनीति के भेद को समाप्त कर नीतियों के निर्माण और विश्लेषण के लिए नए विषय के उदय पर बल दिया तो लासवेल ने इसे नीति विज्ञान की संज्ञा दी।

4 सितंबर 1988 को द्वितीय मिन्नोब्रुक सम्मेलन का आयोजन किया गया जिसमें लोक प्रशासन के विषय वस्तु के परीक्षण आगामी समय में लोक प्रशासन के भविष्य का परीक्षण, एवं मिनोब्रुक सम्मेलन के प्रथम व द्वितीय के अंतरकाल में उत्पन्न हुए लोक प्रशासन के विचारकों के परस्पर दृष्टिकोणों के ज्ञान को प्राप्त करना, मौलिक उद्देश्य थे। प्रथम मिन्नोब्रुक सम्मेलन में लोक प्रशासन के सही कार्य पर बल दिया गया जबकि द्वितीय सम्मेलन के अंतर्गत सही कार्य को सही तरीके से किया जाना भी लोक प्रशासन के लिए एक चिंता का विषय बन गया। द्वितीय सम्मेलन में यह निष्कर्ष निकाला गया कि सरकार के नियंत्रण को कम किया जाए, अपव्यय व भ्रष्टाचार को कम किया जाए, नौकरशाही पर प्रभावी नियंत्रण को कायम किया जाए तथा सरकार की प्रत्यक्ष गतिशीलता को कम करते हुए अधिक स्वैच्छिक एवं तीसरे पक्ष की सरकार की भूमिका को प्रोत्साहित किया जाए।

भारतीय संदर्भ

भारत में प्रशासनिक अध्ययन की शुरूआत औपचारिक निर्देशों से हुई। अंग्रेज लेखकों ने भारत में ब्रिटिश प्रशासन, ईस्ट इंडिया कंपनी और भारतीय सिविल सेवा जैसे विषयों पर बहुत से शोध प्रबंध प्रस्तुत किए। 1921 तक भारतीयों की पहुंच स्थानीय स्वशासन तक ही सीमित थी परंतु 1919 में भारतीय सरकार अधिनियम लागू कर द्विशासन प्रणाली के अंतर्गत स्थानीय स्वशासन एक स्थानांतरित विषय बन गया जो निर्वाचित लोकप्रिय मंत्रियों के अधीन आया। इसे देखते हुए राजनीति विज्ञान के अंतर्गत स्थानीय स्वशासन के बारे में प्रश्नपत्र शुरू करने के औपचारिक निर्देश जारी किए गए। वी. के.एन. मेनन ने 1924 में लखनऊ विश्वविद्यालय में राजनीति विज्ञान के एक पर्चे के रूप में लोक प्रशासन को शामिल किया, तत्पश्चात् मद्रास विश्वविद्यालय एवं इलाहाबाद विश्वविद्यालय ने लोक प्रशासन में डिप्लोमा प्रारंभ किया। 1949 में पहली बार लोक प्रशासन को शैक्षिक वैधता नागपुर विश्वविद्यालय में मिली एवं स्व. महादेव प्रसाद शर्मा को लोक प्रशासन का पहला प्रोफेसर होने का गौरव मिला। 1987 में लोक प्रशासन को संघ लोक सेवा आयोग द्वारा सिविल सेवा प्रतियोगी परीक्षा के वैकल्पिक विषयों की सूची में शामिल किए जाने से इसका महत्त्व काफी बढ़ गया।

विकास एवं लोक प्रशासन

विकासशील देशों को आजादी के पश्चात् अत्यंत गंभीर समस्याओं का सामना करना पड़ा जिनमें आर्थिक, राजनीतिक एवं सामाजिक प्रमुख रहे हैं। आर्थिक विकास की गति धीमी तथा उपयोग की मात्रा कम होती है, घरेलू बाजार का क्षेत्र छोटा होना, उपयोगी वस्तुओं का कम निर्माण होना, आर्थिक विषमताएं एवं रोजगार के अभाव में, बेरोजगारों की संख्या में वृद्धि विकासशील देशों की प्रमुख समस्याएं हैं। इन देशों की राजनीतिक समस्याएं भी बहुत जटिल हैं—राजनीतिक अस्थिरता, जनता का शासक के प्रति अविश्वास, विकास व प्रगति में बाधक है। शोषण व बंधन आज भी विद्यमान है जिससे यदाकदा आपसी संघर्ष होते रहते हैं। राजनीतिक उथलपुथल की संभावना हमेशा बनी रहती है।[4] इन देशों को स्थिरता देने के लिए कुशल प्रशासन की आज आवश्यकता है जहां उसे मात्र निषेधात्मक नहीं अपितु सकारात्मक कार्य भी करने हैं। अंततः लोक प्रशासन का एक प्रमुख आयाम विकास प्रशासन बन गया जिसकी उत्पत्ति द्वितीय विश्वयुद्ध के बाद हुई। आर्थिक मंदी, मार्शल योजना, शीतयुद्ध एवं उपनिवेशवाद के दुष्परिणाम ने विकास प्रशासन को उत्पन्न किया एवं समयानुसार नई गतिशीलता दी। एडवर्ड वाइडनर द्वारा प्रतिपादित इस अवधारणा को भारतीय विद्वान गोस्वामी ने पहली बार 1955 में प्रयोग किया।

विकास एक बहुआयामी अवधारणा है। अर्थशास्त्री इसे उत्पादकता के रूप में परिभाषित करते हैं, समाजशास्त्री सामाजिक परिवर्तन के अर्थ में तो राजनीतिक विचारक जनतंत्रकरण, राजनीतिक क्षमता एवं विकासशील सरकार के रूप में एवं प्रशासक अधिकारीतंत्र, प्रशासनिक कुशलता एवं क्षमता के रूप में।[5] वाइडनर का मानना है विकास गतिशील है जो सदैव चलता रहता है। विकास मन की स्थिति, प्रकृति एवं दशा है जो एक निश्चित लक्ष्य की बजाय एक विशिष्ट दिशा में परिवर्तन की गति है।[6] जान मांटगोमरी ने भी विकास को अभीष्ट एवं परिवर्तनशील माना है।[7] वस्तुतः विकास सामाजिक गतिविधियों से प्रभावित होता है जो सदैव राष्ट्रीय विकास एवं सामाजिक आर्थिक प्रगति की ओर निर्देशित होता है। विकास प्रशासन की कुछ मौलिक विशेषताएं हैं यथा इसका केंद्रीय संबंध सामाजिक आर्थिक परिवर्तन से है, यह परिणाम अनुकूलित होता है, क्योंकि निश्चित समय में और द्रुतगति से परिवर्तन लाने होते हैं। परिवर्तन हेतु प्रतिबंध और यथा समय विभिन्न कार्यक्रमों को पूरा करना इसका ध्येय बन जाता है। विकास प्रशासन प्रत्यक्ष रूप से ग्राहक अनुकूलित है। विकास प्रशासन समय को विशेष महत्त्व प्रदान करता है। समाज में सामाजिक-आर्थिक परिवर्तन जल्दी से जल्दी लाने होते हैं—अतः सभी गतिविधियों में समय के महत्त्व को ध्यान में रखते हुए कार्य करना होता है। विकास प्रशासन की प्रकृति सहभागिता पर आधारित होती है। सरकार द्वारा शिक्षा के प्रचार हेतु प्रौढ़ शिक्षा कार्यक्रम चलाए जा रहे हैं। अगर जनता इनमें भागीदारी नहीं दिखाए तो विकास प्रशासन का लक्ष्य अपूर्ण रह जाता है। अब तक व्यक्ति को मात्र विकास की विषय वस्तु के रूप में देखा गया था पर प्रशासन ने उसे अब विकास प्रक्रिया में सक्रिय भागीदार मानना प्रारंभ कर दिया है। यह सहभागी उपागम, लाभार्थी आवश्यकताओं, कार्यक्रम उत्पादन और सहकारी संस्था

की कार्यकुशलता में संतुलन स्थापित करता है। प्रशासनिक प्रक्रिया में जनता तीन प्रकार से अपनी सहभागिता सुनिश्चित करती है–निर्णय लेने में, क्रियान्वयन में तथा परियोजना के मूल्यांकन में।[8]

आधुनिक समाज में प्रशासन तथा विकास गतिविधियों में संलग्न नौकरशाही राष्ट्रनिर्माण में निर्णायक भूमिका निभाती है। उनकी निष्पादक क्षमता पर सामाजिक आर्थिक विकास की सफलता व असफलता निर्भर करती है। छात्रों को यहां समझाना आवश्यक हो जाता है कि जब हम प्रशासन की चर्चा करते हैं तो उसमें स्वत: लोक सेवा तथा नौकरशाही आ जाते हैं। लोक सेवा का अर्थ राज्य की प्रशासकीय सेवा की असैनिक शाखा से है जिसमें शासकीय सेवा में कार्यरत (केंद्र/राज्य) स्थानीय सेवी वर्ग होते हैं। लोक सेवा शासकीय अधिकारियों का एक पेशेवर निकाय है जो स्थायी, वेतनभोगी, कार्यकुशल तथा दक्ष होता है। नौकरशाही फ्रांसीसी भाषा के *ब्यूरो* शब्द से बना है जिसका अर्थ है *मेज* या *डेस्क*, अर्थात् ब्यूरोक्रेसी का सीधा अर्थ हुआ डेस्क सरकार, ब्यूरो की सरकार। नौकरशाही का सुव्यवस्थित अध्ययन करने वाले प्रथम जर्मन समाजशास्त्री मैक्स वेबर ने नौकरशाही को, प्रशासन को सही, स्वस्थ व कुशल बनाने वाला प्रशासनिक संगठन कहा है। यह नौकरशाही एक संगठन है–जिसमें पद व अधिकारी का पृथक्करण होता है, चयन योग्यता पर आधारित होता है–पदों का सोपान तथा अधिकारियों का अनुशासन व नियम के अधीन होना एवं कठोरता से पालन करना आदि इसकी विशेषता हैं।

विकासीय तथा राजनैतिक प्रक्रिया में प्रशासन की भूमिका की चर्चा करते हुए यहां साथ-ही-साथ प्रशासन के बदलते स्वरूप की भी चर्चा की गई है क्योंकि 1950 से लेकर आज तक के बदलते पर्यावरण में, समयानुसार सामाजिक-आर्थिक उद्देश्यों की पूर्ति करते हुए, स्वयं लोक प्रशासन के स्वरूप तथा आयामों में भी विविधता आई है जिसे छात्र आगे चलकर विशिष्ट अध्ययन के अंतर्गत पाएंगे, परंतु इस ज्ञान के बिना बदलते हुए परिवेश में बदलते हुए कार्यों की समीक्षा भी अधूरी रह जाती है। इस 'क्यों' और 'कैसे' प्रश्नों का उत्तर हमारे परिवर्तनशील समाज में, लोक प्रशासन द्वारा संपादित हुआ कार्य है जिसकी चर्चा आगे अनेक शीर्षकों में की जा रही है।

आर्थिक क्षेत्र

विकास, आर्थिक चिंतन की मूल भावना है। अर्थव्यवस्था को किस सांचे में ढाला जाए जिससे आर्थिक समाज के प्रत्येक सदस्य को उत्पादक श्रम करने का अवसर प्राप्त हो और न्यूनतम मजदूरी प्राप्त हो। यह उद्देश्य प्रशासन के सामने एक ज्वलंत प्रश्न बन कर हमेशा रहा है। इसी प्रकार के उद्देश्यों को पूरा करने के लिए राष्ट्रीय विकास परिषद् ने रोजगार लक्ष्यों की नीतियां निर्धारित की हैं जिसको क्रियान्वित करना प्रशासन का हमेशा से महत्त्वपूर्ण कार्य रहा है और नौकरशाही विकास और जनकल्याण का एक तर्कसंगत और तटस्थ माध्यम। एल. डी. ह्वाइट ने लोक प्रशासन को 'आधुनिक सरकार की समस्याओं का हृदय' कहा है।[9] इनमें कोई दो मत नहीं कि लोक प्रशासन को सरकार की चौथी शाखा नहीं कहा जाए। यद्यपि आधुनिक राज्य के कार्यों में बढ़ती हुई विविधता, संख्या और कार्यों

की जटिलता के कारण प्रशासकीय विलंब का जन्म हुआ है। फलतः सरकार के उद्देश्यों एवं निष्पादन के बीच व वांछित उद्देश्यों एवं उन्हें प्राप्त करने के लिए आवश्यक प्रशासकीय यंत्रों के बीच एक गंभीर असंतुलन विद्यमान है। तथापि लोक प्रशासन ही वह यंत्र है जिसके माध्यम से लोक कल्याणकारी राज्य अपनी योजनाओं व कार्यक्रमों को वांछित उद्देश्यों की पूर्ति में निर्देशित करता है।

सरकार के उद्देश्यों को प्राप्त करने हेतु लोक प्रशासन एक महत्त्वपूर्ण साधन है। "अहस्तक्षेपवादी राज्य" में प्रशासनिक संगठन तथा कार्यप्रणाली भी बहुत सरल थी क्योंकि पुलिस राज्य का उद्देश्य मौलिक रूप से कानून व व्यवस्था से संबंधित था, फलतः लोक प्रशासन सीमित स्तर पर जनता की सेवा करता था। परंतु वर्तमान समय के विशाल लोक कल्याणकारी राज्य के उदय ने परंपरागत नियामकीय कार्यों जैसे कानून व व्यवस्था के साथ-साथ राज्य पर सामाजिक सेवाओं और समाज के बहुआयामी नियोजित विकास का दायित्व सौंप दिया है। लोक प्रशासन सामाजिक एवं आर्थिक परिवर्तन व विकास को प्राप्त करने की दिशा में महत्त्वपूर्ण साधन है। लोक प्रशासन की भूमिका विकसित समाज में अधिक गुणात्मक है जबकि विकासशील समाज में अधिक मात्रात्मक। औद्योगिक क्रांति और तकनीकी विकास के कारण जो आर्थिक तथा सामाजिक शक्तियां उदित हुई हैं उसके सामने व्यक्ति असहाय बन गया है, पर उसके जीवन को सुखी बनाने व न्याय प्रदान करने का कार्य केवल प्रशासन द्वारा ही किया जा सकता है। समाजवादी समाज की स्थापना के उद्देश्य से तथा नियोजित आर्थिक व्यवस्था के कारण मुख्य एवं भारी उद्योग धंधों का राष्ट्रीयकरण किया गया, सरकारी स्वामित्व में बड़े-बड़े कारखाने, निगमों तथा व्यावसायिक संगठनों की स्थापना की गई। इन संगठनों एवं उद्योगों के संचालन हेतु लोक प्रशासन का अंतिम रूप से उत्तरदायी होना स्वाभाविक हो गया।

नौकरशाही संचार के माध्यम, सूचनाओं के संग्रह, विशेषज्ञों के समूह और एक निष्पक्ष सलाहकार के रूप में कार्य करते हुए नीति निर्माण के कार्य में सहयेाग करती है। यह किसी नीति की परियोजनाओं और कार्यक्रमों को विभाजित करके उसका कार्यान्वयन करती है। इस कार्य को वह प्रत्येक कार्यक्रम की योजना बनाकर पंचवर्षीय योजना और बजट तैयार करके तथा कार्यक्रमों को निष्पादित करके पूरा करती है। प्रत्येक मंत्रालय तथा शीर्षस्थ एजेंसियों जैसे वित्त मंत्रालय और योजना आयोग में नौकरशाही सर्वाधिक रूप में प्रत्येक कार्यक्रम के कार्यान्वयन की समीक्षा करती है।

आज सरकार से यह अपेक्षा की जाती है कि वे अर्थव्यवस्था को विनियमित करें जिससे कि उत्पादन में वृद्धि हो सके। अर्थव्यवस्था को इस प्रकार विनियमित करने की आवश्यकता भारत जैसे विकासशील देश में और अधिक है। यहां एक ओर व्यापक गरीबी और बेरोजगारी है तो दूसरी ओर एकाधिकारवादियों की प्रबल शक्ति है। सरकार राजकोषीय नीतियों (कर लागू करके) और मौद्रिक नीतियों (मुद्रा की पूर्ति की व्यवस्था करके) के माध्यम से अर्थव्यवस्था का विनियमन करती है। नियोजन जिसका अर्थ है-किसी केंद्रीकृत प्रशासनिक प्रक्रिया के माध्यम से संसाधनों का उपयोग करके आर्थिक प्रगति का लक्ष्य प्राप्त करना। सरकार परिवहन तथा संचार के साधनों का विकास करती है, यह

उद्योगपतियों और किसानों को ऋण तथा कच्चा माल उपलब्ध कराती है। ये समस्त सरकारी गतिविधियां, सरकारी विभागों, राष्ट्रीयकृत बैंकों और अन्य सार्वजनिक उपक्रमों द्वारा अपने कर्मचारियों के माध्यम से की जाती हैं। इस प्रकार नौकरशाही की एक बहुत महत्त्वपूर्ण नई भूमिका है आर्थिक विकास के अभिकरण के रूप में कार्य करने की भूमिका। नौकरशाही ऐसी परिस्थितियों की स्थापना करने में सहायता प्रदान करती है जिसमें आर्थिक विकास हो सके। ऐसी परिस्थितियों का संबंध कानून और संवैधानिक प्रतिमानों, आर्थिक जटिलता और कानून व्यवस्था से है। नौकरशाही चूंकि नीति निर्माण में निर्णायक भूमिका निभाती है अत: वह आर्थिक नीति को ऐसी दशा प्रदान कर सकती है जिससे आर्थिक विकास हो। नौकरशाही आर्थिक कार्यक्रमों को लागू करने के लिए गतिशील एवं बदलने योग्य व्यूह रचना अपना सकती है। कार्यक्रमों का सफल क्रियान्वयन नौकरशाही पर निर्भर करता है अंतत: लोक सेवा अपने कार्यों के परिणामों की समीक्षा कर सकती है। वस्तुत: आर्थिक विकास और प्रशासनिक प्रणाली एक दूसरे से घनिष्ठ संबंध रखते हैं और दोनों ही आधुनिक प्रक्रिया के लिए आवश्यक हैं।

वाइडनर की मान्यता है कि आर्थिक विकास एवं प्रशासनिक प्रणालियों के बीच का संबंध जटिल है—विशेषकर लंबे समय में आर्थिक विकास स्वत: प्रशासनिक परिवर्तन का एक महत्त्वपूर्ण कारक होता है। एक उचित प्रशासनिक परिवर्तन आर्थिक विकास को प्रोत्साहित करता है परंतु अनुचित तरीके से निर्धारित प्रशासनिक परिवर्तन इसमें विलंब या इसे धीमा करता है।[10]

लोक प्रशासन अनेक प्रकार से देश के आर्थिक जीवन को नियंत्रित करता है। एक बाजार तभी सुचारू रूप से कार्य कर सकता है जब उसके ऊपर विभिन्न प्रकार के नियंत्रण लगाए जाएं तथा प्रशासन द्वारा अनेक सुविधाएं उपलब्ध कराई जाएं। प्रशासनिक नियमों द्वारा ऐसी व्यवस्था की जाती है जिससे व्यवस्था बनी रहे। प्रशासन नापतौल की भी व्यवस्था करता है। वित्तीय प्रशासन, प्रत्येक योजना के लिए धन एकत्रित करता है तथा उसे शासन की कार्यवाहियों के लिए प्रस्तुत करता है। धन का सदुपयोग कैसे हो, कानून के अनुकूल मार्गों से उसका व्यय कैसे हो, विधानसभा कर लगा कर कहीं जनता पर अनुचित कर भार तो नहीं डाल रही इन सबका ध्यान वित्तीय प्रशासन को रखना पड़ता है। इतना ही नहीं वित्त से संबंधित प्रशासन यह भी देखता है कि व्यय के लिए जो राशि स्वीकृत हुई है वह उचित रूप से खर्च भी हो रही है या नहीं, वस्तुत: दक्षता व मितव्यतिता दोनों को साथ मिलाना पड़ता है।

विकास हेतु प्रशासन ने कुछ उपागम स्थापित किए जिसके द्वारा विशिष्ट उद्देश्यों की पूर्ति हो सके। ''वृद्धि केंद्रित उपाय'' के अंतर्गत यह चिंतन है कि विकास प्रक्रिया को प्रोत्साहन तभी मिलेगा जब प्राकृतिक संसाधनों को विकसित किया जाए; आधारभूत संरचनात्मक सुविधाएं और सामाजिक सुविधाएं उपलब्ध कराई जाएं। क्षेत्र विकास उपागम ने इष्टतम स्तर तक आधारभूत संरचनात्मक सुविधाओं के विकास तथा किसी क्षेत्र के लिए स्थानिक और कार्यात्मक समन्वय पर जोर देते हुए गरीबी उन्मूलन तथा बंजर विकास कार्यक्रम को विशिष्ट लक्ष्य माना है। लक्ष्यकेंद्रित समूह उपागम ने सामाजिक न्याय के साथ

आर्थिक वृद्धि को लक्ष्य मानते हुए ग्रामीण रोजगार योजना, काम के बदले अनाज योजना, राष्ट्रीय ग्रामीण रोजगार गारंटी योजना (2006) आदि शुरू किए। ग्रामीण अर्थव्यवस्था और सामाजिक आधारिक संरचना को मजबूत बनाने तथा महिलाओं, अनुसूचित जातियों, जनजातियों से संबंधित कार्यक्रमों के निष्पादन में जिला ग्रामीण प्रशासनिक विकास संस्थाओं ने काफी योग दिया है। "लोक केंद्रित उपागम" द्वारा प्रशासन में जनता की सहभागिता सरकारी व प्रशासनिक कार्यक्रमों में सुनिश्चित कर लोकतंत्र को ज्यादा प्रतिनिधिक व जिम्मेदार बनाया है।

हेनवी ली के अनुसार विकासशील समाज में नौकरशाही परिवर्तनशील स्थितियों में अपने लक्ष्य निर्धारित कर नए-नए कार्यों का अनुमान लगाकर समाज की परिवर्तनशील स्थिति के अनुरूप शासकीय संरचना को ढालती है। नौकरशाही प्राचीन व वर्तमान की नीतियों को पुन: निर्धारित करते हुए नई नीतियों व योजनाओं का सूत्रपात कर नई-नई कार्य योजनाओं और नीतियों को लागू करके संगठन में आवश्यक परिवर्तन करते हुए विश्लेषणात्मक रूप से विचार करती है। वर्तमान संगठनात्मक संरचना का बारीकी से अध्ययन कर उसकी कमजोर कड़ियों को सुदृढ़ बनाना, सरकारी नीतियों एवं कार्यक्रमों को लागू करने के लिए प्रशासन के निम्न स्तरों को प्रोत्साहित करता है। राजनीतिक वातावरण को देखते हुए राजनीतिक स्वामी को पर्याप्त महत्त्व एवं स्थिति प्रदान करता है। वस्तुत: विकासशील प्रशासन के संदर्भ में राजनीतिक समायोजनीयता एवं प्रशासकीय नेतृत्व की व्यवहार्यता सफलता के लिए अपरिहार्य है।[11]

सामाजिक विकास

सामाजिक परिवर्तन में लोक प्रशासन निर्णायक भूमिका निभाता है। प्रथम, सरकार को सामाजिक विकास के एक नवीन सामाजिक वातावरण निर्माण की आवश्यकता है ऐसे में प्रशासन तथा नौकरशाही, सरकार को सामाजिक विकास की योजनाओं और कार्यक्रमों को बनाने में सहायता प्रदान करती है। द्वितीय लोक सेवक सरकार द्वारा सौंपे गए सामाजिक कार्यक्रमों को सफलतापूर्वक लागू करते हैं। तृतीय, सरकार द्वारा सामाजिक कार्यक्रमों और नीतियों के संबंध में जनता को जानकारी प्रदान करना लोक सेवा का कर्त्तव्य है। वस्तुत: प्रशासन के अंतर्गत राजनीतिक, सामाजिक और आर्थिक विकास एक-दूसरे से जुड़े हुए हैं। अत: विकास के लिए इन तीनों में संतुलन बनाए रखने की आवश्यकता है जिससे विकास संभव हो सके।

प्रारंभ के उपागमों में विकास के सामाजिक पहलू को नजरअंदाज किया गया था और विशिष्ट क्षेत्रों तथा लक्ष्य केंद्रित समूहों के लिए आर्थिक विकास या आय और साधनों के सृजन पर बल दिया गया था। परंतु धीरे-धीरे सामाजिक विकास की आवश्यकताओं को देखते हुए आयोजकों (planners) ने नए उपागम की चर्चा की जो मानव जाति में निवेश किए जाने पर बल देता है। प्रशासन के सामने सभी क्षेत्रों में एक निर्दिष्ट समय के अंदर राष्ट्रीय तौर पर स्वीकृत मानदंडों के अनुरूप सामाजिक उपभोग की बुनियादी सेवाओं और

सुविधाओं को प्राप्त करना, रहन-सहन के स्तर को ऊपर उठाना तथा विकास की क्षेत्रीय विसंगतियों को कम करना उद्देश्य बन गया। प्रशासन ने न्यूनतम आवश्यकता पूर्ति हेतु भोजन, आवास, स्वच्छता, स्वास्थ्य, शिक्षा, सड़क आदि बुनियादी जरूरतों को जनता तक पहुंचाने में अपनी जिम्मेदारी बखूबी निभाई है। निष्पक्षता-सुलभता और सामाजिक न्याय पर आधारित 'प्राथमिक स्वास्थ्य रक्षा' सामाजिक विकास का महत्त्वपूर्ण सिद्धांत बन गया जिसके अंतर्गत प्रशासन ने

- रचनात्मक निवारक और उन्नत सेवाओं की व्यवस्था की;
- संक्रामक रोगों पर नियंत्रण एवं उन्मूलन हेतु कार्य किए;
- चिकित्सीय एवं अर्ध चिकित्सीय कार्मिकों का प्रशिक्षण तथा स्वास्थ्य सेवाओं के नेटवर्कों की स्थापना की।

पोषण कार्यक्रम तथा त्वरित ग्रामीण जल आपूर्ति कार्यक्रमों को लागू करने में प्रशासन ने बहुत हद तक सफलता हासिल की है। विकास के युग में नौकरशाही को अपनी परंपरागत सोच और कार्यप्रणाली को छोड़कर नवीन भूमिका निभाने की आवश्यकता है अब उन्हें देश के विकास में विकास प्रतिनिधि के रूप में कार्य करने की जरूरत है। प्रशासन को जनता के कल्याण के लिए बनाए कार्यक्रमों को संपादित करना है-- प्रशासन अब जनता को उत्साहित करने, कार्यक्रमों की जानकारी देने, उनका सहयोग प्राप्त करने तथा सेवक के रूप में कार्य करता है। लोक कल्याणकारी संघ में आर्थिक विकास और सामाजिक विकास की अनेक नई योजनाएं संचालित की जाती हैं जिन्हें लागू करना लोक प्रशासन का दायित्व बन जाता है। आधुनिक लोक कल्याणकारी राज्य अपने बढ़ते हुए उत्तरदायित्वों को पूरा करने तथा आर्थिक व सामाजिक विकास कार्यक्रमों को क्रियान्वित करने हेतु प्रशासकीय सामर्थ्य विकसित करता है। लोक प्रशासन ही वह यंत्र है जिसके माध्यम से लोक कल्याणकारी राज्य अपनी योजनाओं व कार्यक्रमों को वांछित उद्देश्यों की पूर्ति में निर्देशित कर सकता है। रिग्स इस निष्कर्ष पर आते हैं "समाज या सामाजिक प्रणाली में विकास के स्तर का निर्णय करने का एक तरीका यह है कि समाज किस मात्रा में संतुलित राजनीति, संगठनात्मक परिपक्वता एवं नौकरशाही में विद्यमान वेतन प्रणाली की विशेषता को प्रदर्शित करता है।"[12]

ग्रामीण विकास के संदर्भ में प्रशासनिक तंत्र की भूमिका भारत में महत्त्वपूर्ण है। जनता में जागरूकता, अज्ञानता जन सहभागिता की कमी, समुदायों के दबाव और राजनीतिक दलों में प्रतिभा के कारण सारा दारोमदार नौकरशाही (प्रशासन) पर आ जाता है। ग्रामीण विकास योजनाओं को लागू करने में प्रशासन अहम् भूमिका निभाता है; कृषि, पशुपालन, सहकारिता, पंचायत, सामाजिक शिक्षा, अभियांत्रिकी, महिला, बालक, शिक्षा (प्रौढ़ भी) आदि महत्त्वपूर्ण क्षेत्र हैं जिसमें ग्रामीण विकास मंत्रालय तथा इसकी विविध इकाइयां अनेक विकास कार्यक्रमों (आई.आर.डी.पी., एन.आर.ई.पी., आर.एल.ई.जी.पी., डी.पी.ई.पी.) द्वारा अपने लक्ष्यों को प्राप्त करती है। प्रांतीय समन्वय समिति (राज्य स्तर पर) योजनाओं के कार्यक्रमों के निर्धारण व प्रबंधन के लिए डिस्ट्रिक्ट रूरल डिवेलपमेंट एजेंसी (डी.आर.डी.ए.) को नेतृत्व प्रदान करती है। कार्यक्रमों के विकास व प्रबंधन को देखती है, क्रियान्वयन

प्रक्रिया को गति प्रदान करने हेतु प्रशासनिक व्यवस्था में परिवर्तन लाती है। जिला स्तर पर, ग्रामीण विकास इकाई डी.आर.डी.ए., कृषि-पशुपालन सहकारिता प्रबंधन तथा महिलाओं से संबंधित मुद्दों पर मूल राशि तथा कार्यक्रमों की मांग, ब्लॉक के कार्य, योजनाओं के वार्षिक सर्वेक्षणों का समन्वय करना तथा जिला योजनाओं को अंतिम रूप देता है। कार्यक्रमों की उपलब्धियों का प्रचार कर कार्यक्रमों के विषय में ज्ञान व जागरूकता बढ़ाता है।

राजनीतिक विकास

प्रशासनिक क्रियाकलाप, राजनीतिक दर्शन एवं विचारधारा से प्रभावित है एवं प्रशासन राजनीतिक आधुनिकीकरण को प्राप्त करने का एक माध्यम है। अतः राजनीतिक विकास के लक्ष्यों को प्राप्त करने की दिशा में प्रशासन की सक्रिय भूमि को देखा जा सकता है विशेषकर भारत जैसे विकासशील देशों के संदर्भ में जहां असंतुलित राजनीति विद्यमान है। रिग्स के अनुसार राजनीतिक विकास-राजनीतिक प्रक्रिया, राज्य की गतिविधियों, शक्ति निर्धारण एवं प्रभावों में नागरिकों की बढ़ती भागीदारी से है।[13] प्रशासन का प्रमुख कार्य सरकार के दैनिक कार्यों को संपन्न करना तथा कानूनों को लागू करना है। विधायिका के परिसीमन के संदर्भ में लोक सेवा की निर्णायक भूमिका समझी जाती है जो प्रतिनिधि चुनकर विधायिका में आते हैं उनके पास सामाजिक और आर्थिक जीवन के समस्त पहलुओं की ना तो जानकारी होती है ना ही समझने का समय, ना ही क्रियान्वयन करने के तरीकों की जानकारी, ऐसी स्थिति में प्रशासन उत्तरदायित्व ग्रहण करता है। प्रशासन अराजकीय निकाय है जो निरंतर कार्यरत रहता है। संवैधानिक मान्यता प्राप्त लोक सेवा, लोक सेवा नीतियों, निर्णयों और कार्यक्रमों को बनाने में सहायता प्रदान करती है। नीति को व्यावहारिक रूप देती है और जनता की बढ़ती मांगों को संभालती है, वह विधि निर्माण की पहल नहीं करती परंतु कानून को बनाने में विशेषज्ञ सलाह और आंकड़े उपलब्ध कराती है जिसके बिना कानून बनाना संभव नहीं। एपल्बी के अनुसार नीति निर्माण ही लोक प्रशासन का सार है, नीतियां संगठन के उद्देश्यों को निश्चित अर्थ प्रदान करती हैं।[14] नौकरशाही ही लोकतंत्र में प्रशासनिक निरंतरता को बनाए रखती है जहां राजनीतिक कार्यपालिका मतदाताओं की इच्छानुसार बदलती रहती है उच्च लोक सेवा आनुक्रमिक मंत्रियों के बीच कड़ी होती है।[15] लोकसेवा जनता को साफ व कुशल प्रशासन उपलब्ध कराती है।[16] शासन की तीन शाखाओं विधायिका, कार्यपालिका एवं न्यायपालिका के बाद लोकसेवा को चतुर्थ शाखा माना गया है, परंतु आज जब नौकरशाही विकास कार्यों के प्रति आशानुरूप प्रतिबद्ध नहीं रही, तो जरूरत आ पड़ी है कि विकासशील नौकरशाह विचारक के समान विश्लेषक, लक्ष्य निर्धारक, सर्जनात्मक, गतिशील एवं नियोजनकर्ता के समान अर्थ क्रियात्मक और कार्यक्रम के समान नवप्रर्वतक बनें।[17]

नौकरशाही लोकतंत्र को स्थिरता प्रदान करने में महत्त्वपूर्ण भूमिका निभाती है, विकासशील देश सामाजिक आर्थिक विकास के जो लक्ष्य निर्धारित करते हैं विधायिका जो कानून बनाती है-उन्हें लोक सेवा ही कार्यपालिका के निर्देशन में लागू करती है। शिक्षा, कृषि, यातायात, सूचना और संचार, रक्षा और राष्ट्रीय महत्त्व के अन्य विषयों का

आधुनिकीकरण नौकरशाही के राजनीतिक विकास में संबद्ध हुए बिना संभव नहीं है। अतः नौकरशाही को लक्ष्यों को तय करने, लागू करने और महत्त्वपूर्ण नीति निर्देशन देने में अपनी भूमिका निभानी होगी। लोकतांत्रिक सरकार के राजनीतिक विकास के लिए आवश्यक तत्त्व हैं—कुशलता, निष्पक्षता एवं प्रभावशीलता और इसके लिए नौकरशाही एवं राजनीतिज्ञों में पवित्र घनिष्ठ संबंध की आवश्यकता है। दोनों में संतुलन बनाए रखने के लिए "सशक्त संवैधानिक प्रणाली" की आवश्यकता है जो नौकरशाही पर प्रभावी नियंत्रण रखने में सक्षम हो।

लूथर गुलिक तथा एपल्बी ने प्रारंभ से माना है प्रशासन को नीति (राजनीति) से पूर्णतः अलग नहीं किया जा सकता न ही नीति प्रशासन को त्याग सकती है। वस्तुतः राजनीति व प्रशासन अलग नहीं किए जा सकने वाले युगल (twins) हैं। एपल्बी के अनुसार प्रशासन राजनीति है क्योंकि लोक हित के प्रति उत्तदायी होना इसके लिए आवश्यक होता है। प्रशासक निरंतर भविष्य के लिए नियम निर्धारित करते रहते हैं और प्रशासक ही यह निश्चित करते हैं कि कानून क्या है, कार्रवाई के अर्थ में इसका तात्पर्य क्या है तथा प्रचलित और भावी आदान-प्रदान के सिलसिले में दोनों पक्षों अर्थात् प्रशासन और नीति के अपने अलग-अलग अधिकार क्या होंगे? इस प्रकार सार्वजनिक अधिकारी नीति निर्धारण तथा नीति निष्पादन दोनों ही कार्यों में संलग्न हैं और सरकार ऊपर से नीचे तक प्रशासन और राजनीति का सम्मिश्रण बन गई है। आज के जटिल औद्योगिक समाजों में नीति संबंधी बहुत से मामलों में प्राविधिकता एवं लगातार नियंत्रण की आवश्यकता है और विधायकों के पास समय तथा सूचना की कमी के कारण, प्रशासनिक इकाइयों को, जिन्हें औपचारिक रूप से नियम निर्माण करने वाला समझा जाता था, अब पर्याप्त विवेकाधिकार प्राप्त हो गए हैं। प्रथम नीति निर्माण में नौकरशाही, नीति निर्माता को अस्पष्टता से बचाने में सहायता देती है, लागू करने वाली नीति की जानकारी देती है। द्वितीय, सामान्य नीति एवं उद्देश्यों को व्यावहारिक रूप प्रदान करने में मदद करती हैं—क्योंकि लोक सेवक ही निरंतर जनता के संपर्क में रहते हैं अतः नीति के कार्यान्वयन के मार्ग में आने वाली कठिनाइयों को समझते हैं तथा उन्हें दूर करने एवं वर्तमान नियम में संशोधन करने के सुझाव व प्रस्ताव प्रस्तुत करते हैं। तृतीय, अच्छी नीति निर्माण में तर्कसंगत दृष्टिकोण और आधुनिक प्रबंध तकनीक का प्रयोग कर सकते हैं तथा नीति निर्माण की विभिन्न इकाइयों में समन्वय स्थापित करके उसकी सफलता सुनिश्चित करते हैं। लोक सेवकों का विशाल अनुभव तथा ज्ञान नीति प्रस्तावों की वित्तीय एवं प्रशासनिक कठिनाइयां, प्रभावित गुटों की संभावित प्रतिक्रियाओं तथा नीतिगत समस्याओं से निपटने की नवीन विधियों के बारे में अधिक प्रभावी स्थितियों से तर्क प्रस्तुत करने में उन्हें समर्थ बनाते हैं। यह तथ्य कि वे नीति निर्णयों के लिए आंकड़े एकत्र करते हैं, संबंध समस्या का विश्लेषण करते हैं एवं नीतिगत विकल्पों का चयन करते हैं, विकास नीति पर प्रभाव डालता है।

लोकतंत्र की सफलता नागरिक सहभागिता पर निर्भर करती है और प्रशासन इसे तीन रूपों में जनता से प्राप्त करता है—निर्णय लेने में, क्रियान्वयन में एवं मूल्यांकन में। प्रशासन,

परियोजना बनाते समय जिला स्तर पर स्थानीय लोगों की जरूरतों को सम्मिलित कर जनता की सहभागिता प्रशासन में सुनिश्चित करता है। विकास कार्यों की सफलता हेतु, क्रियान्वयन स्तर पर, प्रशासन जनता की सहभागिता अनेक रूपों में बनाता है। यथा संसाधन में योगदान द्वारा प्रशासन और समन्वय प्रयासों में सहयोग लेकर और कार्यक्रम गतिविधियों में सहयोग लेकर प्रशासन परियोजना के मूल्यांकन में भी नागरिकों का सहयोग प्राप्त कर उनमें उत्तरदायित्व की भावना विकसित करता है और प्रशासन को जन नेतृत्व प्रदान कर जनता में लोकतंत्र के प्रति आस्था व वैधता उत्पन्न करता है।

निष्कर्ष

विकास प्रशासन के द्वारा परिवर्तनशील सामाजिक, आर्थिक एवं राजनैतिक चुनौतियों का सामना करने की दिशा में इसकी रूपरेखा एवं दृष्टिकोण में परिवर्तन का होना स्वाभाविक है। 1950 और 1960 के दशक में यांत्रिक सिद्धांत ने विकास प्रशासन के प्रतिमान में प्रमुख स्थान ग्रहण किया। इस अवधि में कार्यकुशलता, मितव्ययिता एवं विवेकशीलता को प्रशासनिक मान्यताओं का आधार माना गया। अर्थशास्त्रियों का दृष्टिकोण विकास की अवधारणा पर प्रभावी माना गया जिसमें सकल राष्ट्रीय उत्पाद एवं प्रतिव्यक्ति आय की वृद्धि पर बल दिया गया। इस कार्यकाल को तकनीकी सहायता का काल भी माना गया।

1970 के दशक में सामाजिक विकास के महत्त्व पर विशेष बल दिया गया। विकास प्रशासन का आर्थिक एवं सामाजिक आयाम भी राष्ट्र निर्माण तथा सामाजिक आर्थिक विकास का एक अंग माना गया। जीवन स्तर में परिवर्तन लाने के लिए एवं मानव प्रतिष्ठा को निश्चित करने के लिए मानवाधिकारों की घोषणा जैसी नई नीतियों एवं कार्यक्रमों के निर्माण पर बल दिया गया। 1980 के दशक में विकास प्रशासन के दृष्टिकोण में परिवर्तन अरविंद सिंघल द्वारा इस आधार पर व्यक्त किया गया है कि प्रशिक्षण प्रक्रिया उपागम एवं लोककेंद्रित उपागम ने ब्लूप्रिंट उपागम और उत्पादन केंद्रित उपागम का स्थान ले लिया है।

1990 के दशक में वर्तमान समय में विकास की अवधारणा जनसशक्तिकरण, संपोषित विकास एवं अच्छे शासन की ओर अग्रसर है।

संदर्भ

1. White, L. D., *Introduction to the Study of Public Administration*, 4th edition, p. xvi.
2. Gullick, Luther, and L., Urwick, (eds) *Papers on the Science of Public Administration*, New *IIPA* 1937, p. 191.
3. Appleby, Pall H., *Big Democracy*, 1945, p. 7.
4. Ira Sharkansky, *Public Administration–Policy Making in Government Agencies*, Rand McVally College, Publishing Co: Chicago, 1978, pp. 29–30.
5. Caiden, J. E., *The Dynamics of Public Administration, Guidelines to Current Transformation in Theory and Practice*, Rhine, and Hadt and Winston: New York, 1971, p. 267.
6. Weidner, E., *Development Administration, A new force.*

7. Montgomery, J. D., *Development Politics, Administration.*
8. Dubhai, P. R., *Administrator and the Citizen: Some General Reflection and their relevance to the field of co-operation*, IJPA, Vol XXI, No.3, July 1995, p. 329.
9. White, L. D., *Introduction to the Study of Public Administration*, IV edition, p. 16.
10. Weidner, Edward, "*Technical Assistance in Public Administration Overseas: The Case for Development Administration,* Public Administration Service, Chichago, 1964, p. 177.
11. Seth, J. L. and Sreeram K, 'Urban Development and Municipal Bureaucracy, Quoted Hahn Bee Lee in Bureaucracy and Development, p. 126.
12. Riggs, Fred W., "The Context of Development Administration" in Riggs (ed), *Frontiers of Development Administration*, M.C. Duke University Press, Dusham, 1971, p. 80.
13. Riggs, Fred W., *Bureaucrats and Political Development. A paradoxical view*, in La Polambara (ed) Princeton University Press, 1963.
14. Appleby, P. H., *Policy and Administration*, 1949, p. 7.
15. *Ibid.*
16. Vir, Dharam, *Civil Services, Living upto Contemporary Reality*, Man and Development: Chandigarh, Vol. I, No. 4, Dec. 1979, p. 65.
17. Rey, B. K., *Bureaucracy and Development: Some Reflections, Development Administration*, IJPA: New Delhi, 1984, pp. 75–96.

- Gabriel, Almond, A and James S. Coleman (eds), *The Politics of Developing Areas,* Princeton University: Princeton, 1960.
- Braibanti, Ralph (ed) *Political and Administrative Development*, Duke Univestiy Press: Dusham, 1969.
- Chaturvedi, T. N., *Politics, Bureaucracy and Development*, Uppal: New Delhi, 1988.
- Grant, G. F., *Development Administration, Concepts, Goals, Methods*, University of Winconsin Press: Madiston, 1979.
- Kriesberg, M. (ed) *Public Administration in Developing Countries* the Brookings Institution: Washington, 1965.
- LaPalombara Joseph (ed) *Bureaucracy and Political Dvevlopment,* Princeton University Press: Princeton, 1963.
- Mathur, *Kuldeep, Bureaucratic Response to Development*, National: Delhi, 1973.
- Riggs, Fred W, (eds) *Frontiers of Development Administration*, Duke University Press: Dusham, 1970: Administration in Developing Countries: The Theory of Prismatic Society Howghton: Boston, 1964.
- Sharma, S. L. (ed) *Development: Sociocultural Dimensions*, Rawat: Jaipur, 1986.
- Swerdlow, Irving, *Development Administration Concepts and Problems* Syracuse University: Syracuse, 1963.
- Weidner, Edward W (ed), *Development Administration in Asia* , Duke University Press: Dusham, 1970.

14

संवैधानिक संशोधनः सामाजिक-राजनीतिक परिवर्तन

संविधान प्रत्येक राष्ट्र का मूल कानून होने के साथ-साथ जनता की परंपराओं, आशाओं एवं आवश्यकताओं का प्रतिबिंब भी होता है। वह समाज की वर्तमान समस्याओं का उपचार सुझाता है और भविष्य में उत्पन्न होने वाली कठिनाइयों से बचने का रास्ता बताता है। समाज की नई आवश्यकताओं के प्रतिक्रियास्वरूप संविधान की मौजूदा व्यवस्थाओं में परिवर्तन की जरूरत होती है, जिससे नई आवश्यकताओं के अनुसार तालमेल बैठ सके। वस्तुतः संविधानों का प्रारूप इस आशय से तैयार किया जाता है कि वह बना रहे और वह समाज भी बना रहे जिसके लिए उनका निर्माण होता है। लॉर्ड मैकाले की यह टिप्पणी कि 'क्रांति का मुख्य कारण यह है कि राष्ट्र तो आगे बढ़ता रहता है, संविधान अपने ही स्थान पर यथावत् बना रहता है'[1] संविधान संशोधन की आवश्यकता को बल देती है।

भारतीय संविधान के निर्माता भी देश के संविधान में संशोधन की आवश्यकता से अवगत थे और इस बात से भी परिचित थे कि संविधान में संशोधन की पद्धति बहुत कठिन नहीं होनी चाहिए। इसी दृष्टिकोण को अपनाते हुए पंडित जवाहरलाल नेहरू ने संविधान सभा में कहा था कि 'यद्यपि जहां तक संभव है, हम इस संविधान को एक ठोस और स्थायी संविधान का रूप देना चाहते हैं, संविधान में कोई स्थायित्व नहीं होता इसमें कुछ लचीलापन होना ही चाहिए। यदि आप इसे कठोर एवं स्थायी बनाते हैं तो आप एक राष्ट्र की प्रगति पर जीवित, प्राणवत एवं शरीरधारी व्यक्तियों की प्रगति पर रोक लगा देते हैं'।[2]

संविधान संशोधन की प्रक्रिया

भारत में संघीय शासन-व्यवस्था को अपनाया गया है। अतः अमेरिका, ऑस्ट्रेलिया और स्विट्जरलैंड के संविधानों की तरह भारत के संविधान का कठोर होना आवश्यक था लेकिन संविधान निर्माता अमेरिका जैसे अत्यधिक कठोर संविधान को अपनाने से उत्पन्न होने वाली कठिनाइयों से परिचित थे। अतः उनके द्वारा संविधान संशोधन के लिए संविधान में मध्यम मार्ग को अपनाया गया। संविधान निर्माता एक ऐसे संविधान का निर्माण करना चाहते थे जो राष्ट्रीय जीवन के विकास के साथ विकसित हो सके लेकिन साथ ही वे

डॉ. बलवान गौतम, एसोशिएट प्रोफेसर, देशबंधु कॉलेज, दिल्ली विश्वविद्यालय

संविधान को इतना अधिक लचीला भी नहीं बनाना चाहते थे कि संविधान सत्ताधारी दल के हाथों में कठपुतली बन जाए। भारतीय संविधान में संशोधन की एक ऐसी प्रक्रिया को अपनाया है, जो न तो इंग्लैंड के संविधान की भांति लचीली है और न ही अमेरिका के संविधान की भांति कठोर है।

संविधान-संशोधन की प्रक्रिया का वर्णन अनुच्छेद 368 में किया गया है। इस अनुच्छेद के अंतर्गत भारतीय संविधान में संशोधन के लिए तीन प्रणालियों को अपनाया गया है–

1. साधारण विधि द्वारा संशोधन प्रक्रियाः संविधान के कई अनुच्छेदों में साधारण विधि-निर्माण की प्रक्रिया द्वारा संशोधन की व्यवस्था की गई है। संसद के साधारण बहुमत द्वारा पारित होने तथा राष्ट्रपति की स्वीकृति मिल जाने पर किसी विधेयक द्वारा संविधान के अनुच्छेदों में परिवर्तन लाया जा सकता है। इस श्रेणी में मुख्य रूप से संविधान में राज्यों की सीमाओं, उनके क्षेत्रफल एवं नामों से जुड़े हुए अनुच्छेद शामिल हैं। अनुच्छेद 3 का संबंध राज्यों की सीमाओं, उनके क्षेत्रफल व नामों से है। यह अनुच्छेद नए राज्यों के निर्माण की चर्चा करता है। अनुच्छेद 4 यह घोषणा करता है कि राज्यों के नामों, सीमाओं या क्षेत्रफल में परिवर्तन के लिए संविधान की पहली व चौथी अनुसूची में भी परिवर्तन जरूरी होंगे। अनुच्छेद 169 में कहा गया है कि संसद कानून बनाकर किसी राज्य में, जहां द्वितीय सदन है, उसका अंत कर सकती है या जिस राज्य में द्वितीय सदन नहीं है, उसके निर्माण के लिए कानून बना सकती है। अनुच्छेद 239-A के अनुसार संघ शासित क्षेत्रों के लिए विधानमंडल और मंत्रिमंडल की स्थापना की जा सकती है।

2. संसद के विशिष्ट बहुमत द्वारा संशोधन की प्रक्रियाः इस वर्ग में संविधान की वे व्यवस्थाएं आती हैं जिनमें संशोधन के लिए दोनों सदनों के कुल सदस्यों का बहुमत तथा उपस्थित और मतदान में भाग लेने वाले सदस्यों के दो-तिहाई मतों से पारित होना चाहिए। उदाहरण के लिए संविधान के भाग तीन में दिए गए मौलिक अधिकार एवं भाग चार में दिए गए राज्य के नीति निदेशक सिद्धांत शामिल हैं। वस्तुतः इस वर्ग में आने वाले अनुच्छेदों की सूची काफी लंबी है। वास्तव में उपरोक्त पहले वर्ग (1) तथा तीसरे वर्ग (3) में दिए गए अनुच्छेदों को छोड़कर और सभी अनुच्छेद ऐसे हैं जिन्हें संसद दो-तिहाई बहुमत द्वारा बदल सकती है।

3. संसद के विशिष्ट बहुमत तथा राज्य विधानमंडलों के अनुमोदन से संशोधन की प्रक्रियाः अंतिम और तीसरे वर्ग में संविधान की वे व्यवस्थाएं आती हैं जिनमें संशोधन के लिए संसद के विशिष्ट बहुमत अर्थात् संसद के दोनों सदनों द्वारा अपने कुल बहुमत तथा उपस्थित एवं मतदान में भाग लेने वाले सदस्यों के दो-तिहाई बहुमत से विधेयक पारित होना चाहिए तथा इस विधेयक का राज्यों के कुल विधानमंडलों में से कम-से-कम आधे विधानमंडलों द्वारा स्वीकृत होना आवश्यक है। यह प्रक्रिया निम्नलिखित संशोधनों के लिए आवश्यक है–राष्ट्रपति के चुनाव की विधि, राष्ट्रपति का निर्वाचन, संघ की कार्यपालिका शक्ति का विस्तार, राज्यों की कार्यपालिका शक्ति का विस्तार, केंद्र शासित क्षेत्रों के लिए उच्च न्यायालय, संघीय न्यायपालिका, राज्यों के उच्च न्यायालय, संघ और राज्यों के विधायी संबंध, संसद में राज्यों का प्रतिनिधित्व और अनुच्छेद 368 का

संशोधन–इस अनुच्छेद में संशोधन की प्रक्रिया का विवरण दिया गया है। इस श्रेणी में आने वाले अनुच्छेदों के संशोधन की प्रक्रिया निश्चय ही बड़ी कठोर है। परंतु यह व्यवस्था इसलिए की गई चूंकि उपरोक्त अनुच्छेदों का संबंध अकेले केंद्र से न होकर राज्यों से भी है। जिन विषयों का संबंध केंद्र और राज्यों दोनों ही के अधिकारों से हो, उसमें संशोधन का अधिकार न तो अकेले केंद्र को दिया जा सकता है और न केवल राज्यों को।

संविधान संशोधन-विधेयक पर राष्ट्रपति की अनुमतिः अन्य सभी विधेयकों की ही भांति संविधान संशोधन विधेयक भी तभी पारित समझे जाते हैं, जब राष्ट्रपति उन पर अपनी अनुमति प्रदान कर दें। 42वें संविधान संशोधन-कानून (1976) द्वारा स्पष्ट रूप से व्यवस्था कर दी गई कि राष्ट्रपति मंत्रिपरिषद् की मंत्रणा अथवा सलाह के अनुसार कार्य करेगा। इस संशोधन की कुछ विद्वानों और राजनेताओं द्वारा इस आधार पर आलोचना की गई कि राष्ट्रपति पद की गरिमा घट गई है और वह ''रबर की मोहर मात्र'' बनकर रह गया है। इसलिए 1977 में केंद्र में जब जनता पार्टी की सरकार बनी तो 44वें संशोधन अधिनियम द्वारा यह व्यवस्था की गई कि राष्ट्रपति ''मंत्रिपरिषद्'' से यह कह सकता है कि वह अपने निर्णय पर पुनर्विचार करे। पुनर्विचार के बाद मंत्रिमंडल जो मंत्रणा या सलाह देगा, राष्ट्रपति उसी के अनुसार कार्य करेगा।

संविधान संशोधनः संसद एवं न्यायपालिका में सर्वोच्चता का संघर्ष एवं संविधान के मौलिक ढांचे के सिद्धांत का प्रतिपादन

भारतीय संसद की संविधान संशोधन की शक्ति को संविधान लागू होने के बाद से ही चुनौती मिलनी प्रारंभ हो गई थी। शंकरी प्रसाद बनाम भारत सरकार (1951) तथा सज्जन सिंह बनाम राजस्थान सरकार (1965) के मुकदमों में संसद की संविधान संशोधन की शक्ति को सर्वोच्च न्यायालय में चुनौती दी गई। सर्वोच्च न्यायालय ने निर्णय दिया कि संविधान के अनुच्छेद 13(2) के अंतर्गत ''कानून'' का तात्पर्य साधारण कानूनों से है, जो संसद द्वारा विधायी संस्था होने के नाते बनाए गए हैं। इन्हें संविधान संशोधन की श्रेणी में नहीं रखा जाएगा। अतः संसद संवैधानिक संशोधन की प्रक्रिया के आधार पर मौलिक अधिकारों में परिवर्तन कर सकती है। इस प्रकार गोलकनाथ मामले (1967) से पूर्व सर्वोच्च न्यायालय का निर्णय था कि संविधान का कोई भी भाग असंशोधित नहीं है और अनुच्छेद 368 के तहत संसद संविधान के किसी भी भाग में संशोधन कर सकती है, जिसमें मौलिक अधिकार एवं स्वयं अनुच्छेद 368 शामिल है। किंतु गोलकनाथ बनाम पंजाब राज्य[3] (1967) के मुकदमे में सर्वोच्च न्यायालय ने ऐतिहासिक निर्णय देकर संसद के सामने एक चुनौती खड़ी कर दी। सर्वोच्च न्यायालय ने ''कानून'' शब्द के अंतर्गत संवैधानिक संशोधन को भी सम्मिलित करते हुए यह निर्णय दिया कि संसद मौलिक अधिकारों को सीमित नहीं कर सकती। इसी फैसले के आधार पर सर्वोच्च न्यायालय ने 10 फरवरी, 1970 को बैंक राष्ट्रीयकरण अधिनियम को अवैध घोषित कर दिया।

15 दिसंबर, 1970 को सर्वोच्च न्यायालय ने राष्ट्रपति द्वारा नरेशों के प्रिवीपर्स व विशेषाधिकार समाप्त करने संबंधी अध्यादेश को गैर-कानूनी बताया। इससे सर्वोच्च

न्यायालय बनाम संसद के बीच संघर्ष की स्थिति पैदा हो गई। देश में एक राजनीतिक विवाद खड़ा हो गया कि संसद सर्वोच्च है या सर्वोच्च न्यायालय? 24 दिसंबर, 1970 को तत्कालीन प्रधानमंत्री इंदिरा गांधी ने मध्यावधि चुनाव की घोषणा कर दी। आम चुनाव में कांग्रेस पार्टी को दो-तिहाई बहुमत मिल गया। 1971 में जन आकांक्षाओं को ध्यान में रखकर संसद ने 24वां एवं 25वां संवैधानिक संशोधन किया। 24वें संशोधन द्वारा अनुच्छेद 13 में एक उपधारा जोड़ दी गई, जिसमें यह कहा गया कि अनुच्छेद 13 में जिस "कानून" का जिक्र किया गया है, वह संवैधानिक कानून नहीं है। इसका तात्पर्य यह है कि मौलिक अधिकारों में संविधान संशोधन द्वारा कमी की जा सकती है, साधारण कानूनों के माध्यम से नहीं। इसी प्रकार 25वें संविधान संशोधन द्वारा संविधान में एक नया अनुच्छेद (31)(C) जोड़ा गया, जिसमें कहा गया है कि "अनुच्छेद 39(b)" व "39(c)" के अंतर्गत दिए गए नीति निदेशक सिद्धांतों को अमल में लाने के लिए जो कानून बनाए जाएंगे उन्हें इस आधार पर अवैध घोषित नहीं किया जाएगा कि वे मौलिक अधिकारों के विरुद्ध हैं। इस संशोधन के बाद भी सर्वोच्च न्यायालय के समक्ष विवाद खत्म नहीं हुआ। 1973 में केशवानंद भारती बनाम केरल राज्य[4] के मुकदमे में संविधान के 24वें संशोधन को चुनौती दी गई। यहां सर्वोच्च न्यायालय ने बहुमत से गोलकनाथ मामले के फैसले को बदलकर संसद की संविधान संशोधन की शक्ति को बहाल कर दिया, जिसमें मौलिक अधिकार भी शामिल हैं, किंतु साथ ही संसद की संविधान संशोधन की शक्ति में यह राइडर लगा दिया कि इस संविधान संशोधन से संविधान के मूल ढांचे (basic structure of the Constitution) को बदला नहीं जा सकता। यद्यपि सर्वोच्च न्यायालय एकमत से अभी तक परिभाषित नहीं कर पाया है कि संविधान का मौलिक ढांचा क्या है, फिर भी केशवानंद भारती मामले में सर्वोच्च न्यायालय के फैसले से मूल ढांचा सिद्धांत (basic structure doctrine) भारतीय संवैधानिक विधि शास्त्र (constitutional jurisprudence) का मुख्य घटक बन गया है। पालकीवाला[5] के अनुसार संविधान के मूल ढांचे में निम्नलिखित नौ तत्त्व हैं–संविधान की सर्वोच्चता, भारत की प्रभुसत्ता, देश की अखंडता, गणतंत्रीय शासन विधान, लोकतंत्रात्मक जीवन पद्धति, पंथ निरपेक्षता, स्वतंत्र और निष्पक्ष न्यायपालिका, संघ व्यवस्था एवं कार्यपालिका, व्यवस्थापिका और न्यायपालिका के मध्य स्थापित समीकरण। पालकीवाला आगे लिखते हैं कि 'केशवानंद मामले में सर्वोच्च न्यायालय के निर्णय का प्रभाव दूरगामी होगा। न्यांयालय ने स्वीकार कर लिया है कि संपत्ति का अधिकार संविधान के बुनियादी ढांचे का अंग नहीं है और इस अधिकार को बदला जा सकता है। अत: आर्थिक न्याय की स्थापना हेतु संसद विधियों का निर्माण कर सकती है और संविधान में जैसा चाहे वैसा संशोधन भी कर सकती है। संसद की संशोधन शक्ति पर केवल एक ही सीमा है, जिसके अनुसार संसद संविधान के मूलभूत ढांचे को नहीं बदल सकती।' अत: आज पालकीवाला की बात सत्य सिद्ध हो गई है।

सरकार को सर्वोच्च न्यायालय के इस निर्णय से कोई विशेष संतोष नहीं हुआ। अत: 1975 में जब तत्कालीन प्रधानमंत्री इंदिरा गांधी द्वारा आपातकाल लागू किया गया तो सर्वोच्च न्यायालय द्वारा भी संसद की सर्वोच्चता को रोकने का जो प्रयास किया गया था,

उससे सरकार ने 42वें संविधान संशोधन द्वारा संसद की सर्वोच्चता पुनः स्थापित करके न्यायपालिका के पर कतरने का प्रयास किया। दूसरे शब्दों में, 42वें संविधान संशोधन द्वारा यह व्यवस्था की गई कि संसद की संविधान संशोधन की शक्ति की कोई सीमा नहीं होगी और संविधान में किए गए संशोधन को किसी भी आधार पर किसी भी न्यायालय में चुनौती नहीं दी जा सकती। इसी दौरान 1975 में 39वें संविधान संशोधन[6] द्वारा अनुच्छेद 329(a) जोड़ा गया, जिससे इंदिरा गांधी बनाम राजनारायण के मुकदमे में प्रधानमंत्री इंदिरा गांधी सत्ता में बनी रह सकीं। जब इंदिरा नेहरू गांधी बनाम राजनारायण का मामला नए संविधान संशोधन (39वां संशोधन) के साथ सर्वोच्च न्यायालय पहुंचा तो न्यायमूर्ति बेग ने व्यंग्यात्मक ढंग से कहा कि यदि ऐसी बात है तो फिर संविधान की आवश्यकता ही क्या है, किंतु बाद में राजस्थान राज्य बनाम भारतीय संघ[7] के मुकदमे में उन्होंने टिप्पणी करते हुए कहा कि सर्वोच्च न्यायालय ने संविधान की सत्ता के अंतर्गत सभी कार्यों की संवैधानिकता के अंतिम न्यायाधीश की भूमिका का भी परित्याग नहीं किया है। 1980 में मिनर्वा मिल्स लि. बनाम भारत सरकार[8] के मुकदमे में सर्वोच्च न्यायालय ने केशवानंद भारती मामले में प्रतिपादित मूलभूत ढांचे के सिद्धांत की पुनः पुष्टि की। मुख्य न्यायाधीश न्यायमूर्ति चंद्रचूड़ ने कहा कि संसद को दी गई असीमित शक्तियां और संविधान संशोधन को न्यायिक पुनरावलोकन से बाहर करना संविधान के मूल ढांचे को नष्ट करने के तुल्य है। कोर्ट ने यह भी कहा कि संविधान के एक भाग को जब दूसरे भाग के ऊपर प्राथमिकता दी जाएगी तो मौलिक अधिकार एवं राज्य के नीति निर्देशक सिद्धांतों के बीच संतुलन एवं सद्भावना में बाधा पड़ेगी और राज्य के नीति निर्देशक सिद्धांतों में जो उद्देश्य रखे गए हैं, उन्हें संविधान के भाग 3 में दी गई मौलिक स्वतंत्रताओं को निरस्त किए बिना प्राप्त करना चाहिए।

1990 के दशक से एक बार फिर विधायिका एवं न्यायपालिका की सर्वोच्चता का विवाद सुर्खियों में रहा। आरक्षण की सीमा और क्रीमी लेयर एक बार फिर विचार मंथन के केन्द्र में है। अनुसूचित जाति और अनुसूचित जनजातियों की तरह अन्य पिछड़े वर्गों (OBCs) को भी मंडल आयोग की सिफारिशों के अनुरूप सामाजिक और शैक्षणिक रूप से पिछड़े वर्गों को सरकारी नौकरियों में आरक्षण का लाभ देने वाला एक आदेश अगस्त, 1990 में तत्कालीन प्रधानमंत्री वी. पी. सिंह के नेतृत्व वाली संयुक्त मोर्चा गठबंधन सरकार ने लागू किया था। अंत में मंडल आयोग की सिफारिशों के आलोक में सामाजिक तथा शैक्षणिक दृष्टि से पिछड़े वर्गों को सरकारी नौकरियों में आरक्षण का लाभ देने का मामला सुप्रीम कोर्ट पहुंचा। संविधान के अनुच्छेद 16 के तहत सरकारी नौकरियों में आरक्षण के मामले में विचार करने के लिए पहली बार नौ सदस्यीय संविधान पीठ[9] गठित की गई। प्रधान न्यायाधीश न्यायमूर्ति एम. एच. कानिया की अध्यक्षता वाली इस संविधान पीठ ने बहुमत के फैसले से 16 नवंबर, 1992 को सरकारी नौकरियों में आरक्षण की सीमा 50 प्रतिशत निर्धारित करते हुए अन्य पिछड़े वर्गों में से संपन्न तबके (creamy layer) को आरक्षण के लाभ से अलग रखने की व्यवस्था दी। संविधान पीठ के इस निर्णय से पिछड़े वर्गों में संपन्न तबके की पहचान कर उन्हें आरक्षण के दायरे से अलग करने की व्यवस्था का प्रादुर्भाव हुआ।

इसी प्रकार संसद में सवाल पूछने की एवज में घूस लेने वाले बर्खास्त सांसदों ने जब अपने बचाव के लिए सर्वोच्च न्यायालय का दरवाजा खटखटाया और लोकसभा अध्यक्ष सोमनाथ चटर्जी ने न्यायपालिका के प्रति सम्मान प्रकट करते हुए भी इसे संसद के अधिकार क्षेत्र में हस्तक्षेप का मुद्दा मान लिया तो लगा कि विधायिका और न्यायपालिका टकराव के मार्ग पर खड़ी हैं। अब अदालत ने बहुमत से दागी सांसदों को बर्खास्तगी को उचित ठहरा दिया है तो टकराव टल गया है। किंतु सर्वोच्च न्यायालय ने ससंद की कार्यवाही की समीक्षा का अधिकार अपने पास रखकर देश की बड़ी पंचायत पर अंकुश भी लगा दिया है।[10]

इसी दिशा में आगे बढ़ते हुए संसद द्वारा 1995 से 2001 के बीच किए गए चार महत्त्वपूर्ण संविधान संशोधनों[11] (77, 81, 82, 85) की वैधता पर पांच सदस्यीय पीठ के फैसले से न्यायपालिका एवं विधायिका के बीच टकराव के स्पष्ट संकेत दिखाई पड़ते हैं। सर्वोच्च न्यायालय ने यद्यपि उपरोक्त चारों संविधान संशोधनों को जायज माना है किंतु उन्हें लागू करते समय कुछ शर्तें लगाकर एक लक्ष्मण रेखा खींच ही दी है।[12] इससे भी आगे बढ़ते हुए 11 जनवरी, 2007 को संविधान की नौंवी अनुसूची पर फैसला सुनाते हुए सर्वोच्च न्यायालय ने फैसला दिया कि यदि संसद किसी कानून को नौंवी अनुसूची के हवाले करती है तो भी अदालत को उस कानून की संवैधानिकता की समीक्षा का अधिकार होगा, भले ही संसद ऐसा न चाहती हो। जाने-माने विधि विशेषज्ञ राजीव धवन के अनुसार संसद नौंवी अनुसूची को जारी रखना चाहती है, ताकि वह आरक्षण के कानून को बचा सके। एक तरह से नौंवी अनुसूची वोट हासिल करने का हथियार बन गई है। ताजा फैसले के बाद आरक्षण के मामलों पर जजों की पकड़ मजबूत होगी।[13]

इसी बीच तीन महत्त्वपूर्ण घटनाओं के चलते एक बार फिर कार्यपालिका एवं न्यायपालिका आमने-सामने खड़े दिखाई दिए। पहले घटनाक्रम में 29 मार्च, 2007 को सर्वोच्च न्यायालय ने उच्च शिक्षण संस्थानों में अन्य पिछड़ा वर्ग को 27 प्रतिशत आरक्षण दिए जाने संबंधी अधिसूचना के क्रियान्वयन पर रोक लगा दी। केंद्र सरकार ने केंद्रीय शैक्षणिक संस्थान (दाखिला में आरक्षण) अधिनियम 2006 के तहत जनवरी, 2007 में अधिसूचना जारी की थी, जिसके अंतर्गत केंद्र द्वारा संचालित उच्चतर शैक्षणिक संस्थानों में सत्र 2007-08 से ओ.बी.सी. के छात्रों को दाखिले में 27 प्रतिशत आरक्षण देने का प्रावधान किया गया था। दूसरे महत्त्वपूर्ण घटनाक्रम में 8 अप्रैल, 2007 को नई दिल्ली में राज्यों के मुख्यमंत्रियों एवं मुख्य न्यायाधीशों के राष्ट्रीय सम्मेलन को संबोधित करते हुए प्रधानमंत्री डॉ. मनमोहन सिंह ने न्यायपालिका को लोकतंत्र के अन्य अंगों के कार्य-क्षेत्र में अतिक्रमण न करने की सलाह दी।[14] प्रधानमंत्री ने न्यायिक सक्रियता और अधिकार क्षेत्र से बाहर निकल कर आदेश देने की कार्यवाही के बीच भेद करते हुए कहा कि यह बेहद संवेदनशील विषय है और न्यायपालिका सहित सभी अंगों को सुनिश्चित करना होगा कि अधिकार क्षेत्रों को विभाजित करने वाली सीमा रेखा न लांघी जाए। वहीं तत्कालीन मुख्य न्यायाधीश न्यायमूर्ति बालाकृष्णन ने अधिकार क्षेत्र अतिक्रमण की आशंकाओं को निराधार बताते हुए कहा कि 'यह देश कानून के शासन से शासित होता है और उसका प्रत्येक

फैसला उसके अनुरूप ही होना चाहिए। कानूनों की संवैधानिक व्याख्या एक सामान्य कानूनी प्रक्रिया है और कई बार कार्यपालिका के कार्यों की समीक्षा से सामने आए नतीजों को लेकर विधायिका और न्यायपालिका के बीच तनाव उत्पन्न हो जाता है। इस प्रकार का तनाव स्वाभाविक है और कुछ हद तक वांछनीय भी।'

तीसरे महत्त्वपूर्ण घटनाक्रम में सरकार क्रीमी लेयर सहित सभी अन्य पिछड़े वर्गों को दाखिले में आरक्षण का लाभ दिलाना चाहती है, जबकि न्यायपालिका अन्य पिछड़े वर्गों से क्रीमी लेयर वर्ग को बाहर करके गरीब अन्य पिछड़े तबके को आरक्षण देने के पक्ष में नजर आती है। इसी बीच तत्कालीन लोकसभा अध्यक्ष सोमनाथ चटर्जी ने न्यायपालिका को अपनी सीमाएं न लांघने की सलाह दी तो दूसरी ओर जाने माने संविधान विशेषज्ञ एवं विधिवेता फली एस. नरीमन ने कहा कि यद्यपि न्यायपालिका को अपना घर व्यवस्थित करना चाहिए, इसी प्रकार संसद को भी। दूसरा, उनका कहना है कि नागरिक स्वतंत्रता केवल न्यायपालिका के भरोसे सुरक्षित है, न कि संसद और कार्यपालिका द्वारा। प्रधानमंत्री की सीमा लांघने की टिप्पणी का जिक्र करते हुए नरीमन ने का कहना है कि न्यायिक सीमा लांघना विधायिका एवं कार्यपालिका के अपने उत्तरदायित्वों की अवहेलना का सीधा परिणाम है। दूसरे शब्दों में, कानून बनाने एवं उन्हें लागू करने में ढील अथवा कठोरता से लागू न करने की इच्छा शक्ति के कारण न्यायिक सक्रियता का विकास हुआ है। यदि न्यायाधीशों को देखना चाहिए, तो राजनीतिज्ञों को भी यह देखना चाहिए कि जिस जनता ने उन्हें शासन करने का अधिकार दिया है, उसकी अपेक्षाओं पर वे कहां तक खरे उतरे हैं। उनका निहितार्थ यह है कि न्यायिक शक्ति का कार्यपालिका अथवा संसद द्वारा अतिक्रमण नहीं किया जाना चाहिए।[15] वोट बैंक की राजनीति के लिए केंद्र सरकारों ने अलग-अलग समय पर सामाजिक एवं आर्थिक रूप से प्रभावशाली जातियों को ओ.बी.सी. में शामिल करने की जो मुहिम शुरू की है, उससे बुद्धिजीवी वर्ग दुखी है। कार्यपालिका द्वारा वोट बैंक बढ़ाने के लिए आरक्षण की समय-सीमा स्पष्ट न करने से, केंद्र सरकार (चाहे किसी भी पार्टी की हो) की विवेकशीलता से निर्णय लेने व लागू करने की क्षमता पर अविश्वसनीयता बढ़ी है। अतः ऐसे समय में जब कार्यपालिका न्यायपालिका को उसके अधिकार क्षेत्र में अतिक्रमण का आरोप लगाकर हतोत्साहित करने को प्रयासरत है, देश का बुद्धिजीवी वर्ग ठगा महसूस करता है और भारतीय न्यायपालिका में ही उसे एक आशा की किरण दिखाई देती है, जो कार्यपालिका के दमनकारी कानूनों को रोकने की क्षमता रखती है।

इससे प्रदर्शित होता है कि भारतीय सर्वोच्च न्यायालय ने कानून और संविधान के व्याख्याता का मूल कार्य प्रभावशाली ढंग से निभाया है। जब भी इसके समक्ष सरकार द्वारा लिए गए निर्णयों की पुनः समीक्षा के लिए याचिकाएं आई हैं, सर्वोच्च न्यायालय ने अपनी भूमिका का परिचय दिया है। डॉ. सुन्दर रामन के अनुसार विधायिका और न्यायपालिका का यह परस्पर दावा कि संविधान के हर हिस्से का, संशोधन किया जा सकता है और न्यायिक पुनरावलोकन संविधान संशोधन को रद्द भी कर सकता है, कुछ भी नहीं बल्कि सरकार के दो अंगों के बीच एक तरह की सर्वोच्चता का संघर्ष है। फिर भी तथ्य यह है कि हमारे संविधान निर्माताओं ने सरकार के प्रत्येक अंग को अपने क्षेत्र में स्वायत्त बनाया है। संविधान

में शक्ति-संरचना की छोटी-छोटी व्याख्याएं भी हैं और एक-दूसरे के क्षेत्र में हस्तक्षेप की बहुत कम संभावनाएं हैं।[16]

संविधान संशोधन एवं सामाजिक-राजनीतिक परिवर्तन

साधारण अर्थों में सामाजिक-परिवर्तन का तात्पर्य यह है कि समाज की नई आवश्यकताओं की प्रतिक्रिया स्वरूप संविधान की मौजूदा व्यवस्थाओं में परिवर्तन की जरूरत है, जिससे उसका आने वाली नई सामाजिक, आर्थिक एवं राजनीतिक जरूरतों के साथ तालमेल स्थापित हो सके। दूसरे शब्दों में, सामाजिक परिवर्तन का अर्थ नई सामाजिक व्यवस्था की स्थापना के उद्देश्य से सामाजिक-आर्थिक संस्थाओं का पुनर्गठन, पुन:स्थापना एवं पुन:निर्माण से है, ताकि लोगों की न्यूनतम आवश्यकताओं की पूर्ति के साथ-साथ लोग सुखी जीवन भी व्यतीत कर सकें। अत: स्वतंत्रता प्राप्ति के समय की सामाजिक-आर्थिक परिस्थितियों के परिवेश में संविधान निर्माताओं ने संविधान के उद्देश्यों को संविधान की प्रस्तावना में प्रत्यक्ष रूप से संजोया। संविधान की प्रस्तावना में प्रदत्त उद्देश्यों से भारतीय राज्य का मुख्य ध्येय सामाजिक-आर्थिक एवं राजनीतिक न्याय की प्राप्ति स्पष्ट होता है। ऑस्टिन के अनुसार इस उद्देश्य की प्राप्ति के लिए संविधान द्वारा प्रशासनिक एवं राजनीतिक एकता के लिए प्रयत्न करना था और लोकतांत्रिक संविधान के दायरे में ही आर्थिक एवं सामाजिक क्रांति लानी थी।[17]

भारतीय संविधान निर्माताओं की मूल समस्या यह थी कि संविधान संशोधन की एक ऐसी प्रक्रिया अपनाई जाए जो नई परिस्थितियों के पैदा होने के साथ-साथ संविधान सुधार एवं विकास की नई जरूरतों का कामयाब साधन बन सके।[18] भारतीय संविधान में संशोधनों की गति एकसमान नहीं रही। 1950 के दशक में मात्र नौ संविधान संशोधन किए गए जबकि अगले दशक में पंद्रह संशोधन किए गए। परंतु 1970 के दशक में संविधान संशोधनों की बाढ़-सी आ गई। इस दशक में इक्कीस संविधान संशोधन किए गए और 59 धाराओं वाला 42 वां संशोधन किया गया। 1980 के दशक में सत्रह संशोधन और 1990 के दशक में अठारह संशोधन किए गए। इसी प्रकार 21वीं सदी के पहले दशक में मार्च, 2007 तक चौदह संशोधन हो चुके थे और कई महत्त्वपूर्ण संविधान संशोधन राष्ट्रीय दलों के बीच सहमति के अभाव में संसद के गलियारे के भीतर और बाहर गूंज रहे हैं।

वस्तुत: किसी भी संविधान का निर्माण करते समय भविष्य में उत्पन्न होने वाली सभी परिस्थितियों की ठीक से कल्पना नहीं की जा सकती और बदलती हुई परिस्थितियों के अनुरूप संविधान में परिवर्तन करना आवश्यक भी होता है।

सामाजिक-राजनीतिक बदलाव की दृष्टि से संविधान संशोधनों को कई श्रेणियों में बांटा जा सकता है—संपत्ति के अधिकार एवं भूमि सुधार को लागू करने के लिए किए गए संवैधानिक संशोधन, दलित एवं अन्य पिछड़ी जातियों एवं अन्य पहलुओं से संबंधित संवैधानिक संशोधन तथा लोकतंत्र के विस्तार एवं सुदृढ़ीकरण के लिए किए गए संविधान संशोधन प्रमुख हैं। इसके अतिरिक्त राज्यों के पुनर्गठन एवं राज्यों की सीमाओं के फेरबदल को लेकर संविधान में सत्रह बार एवं राजनीतिक कार्यसाध्यता को ध्यान में रखकर लगभग नौ बार संविधान संशोधन हुए हैं।

इस प्रकार जहां संविधान संशोधनों का स्पष्ट वर्गीकरण अत्यंत कठिन कार्य हो जाता है, वहां प्रत्येक संविधान संशोधन का विस्तृत उल्लेख यहां पर करना अत्यंत कठिन है। अत: मोटे तौर पर सामाजिक राजनीतिक बदलाव को ध्यान में रखकर संविधान संशोधनों का वर्गीकरण इस प्रकार है:

I. संपत्ति का अधिकार एवं भूमि सुधार से जुड़े संविधान संशोधन

भारतीय नागरिकों को प्राप्त संपत्ति का मौलिक अधिकार संविधान का एक ऐसा अधिकार था जिस पर संविधान सभा में काफी वाद-विवाद हुआ था। मूल संविधान में संपत्ति के अधिकार का वर्णन संविधान के भाग–तीन में दो स्थानों पर किया गया था। पहले, अनुच्छेद 19 में संपत्ति को स्वतंत्रता के अधिकार के रूप में तथा दूसरे, अनुच्छेद 31 में इस अधिकार की विस्तृत चर्चा की गई है। अत: मूल संविधान में संपत्ति के अधिकार का जो उल्लेख किया गया है, उसमें एक ओर तो संपत्ति को अर्जित करने, रखने तथा बेचने की सुविधा थी तो दूसरी ओर राज्य को भी वह शक्ति प्राप्त थी कि वह सार्वजनिक हित में संपत्ति के प्रयोग को नियंत्रित कर सकता था। इसने राज्य को अधिकार तो दिया कि निजी संपत्ति का अधिग्रहण कर सकता है, पर क्षतिपूर्ति देकर। अत: स्वतंत्रता प्राप्ति के बाद उत्तर प्रदेश, बिहार, महाराष्ट्र आदि प्रांतों में भूमि सुधार कानून बने, जिनके द्वारा जमींदारी प्रथा समाप्त कर दी गई और किसानों को उनकी जमीन का स्वामी मान लिया गया। अत: 1950 में कामेश्वर सिंह बनाम बिहार राज्य के मुकदमे में पटना उच्च न्यायालय ने बिहार भूमि सुधार अधिनियम 1950 को इस आधार पर अवैध घोषित कर दिया कि यह अनुच्छेद 14 द्वारा प्रदत्त कानून के समक्ष समानता के अधिकार का अतिक्रमण करता है।

पहला संविधान संशोधन: पटना उच्च न्यायालय के इस निर्णय के प्रभाव को निरस्त करने के लिए 1951 में पहला संशोधन हुआ जिसके द्वारा अनुच्छेद 31 (क) और 31 (ख) तथा नौंवी अनुसूची को संविधान में जोड़ा गया और यह व्यवस्था की गई कि जिन कानूनों को इस अनुसूची में डाल दिया जाएगा उनकी संवैधानिकता को किसी भी न्यायालय में चुनौती नहीं दी जा सकेगी। इस संशोधन ने भूमि सुधार कानूनों को लागू करना आसान बना दिया। इसके बाद पश्चिम बंगाल, राजस्थान, तमिलनाडु व केरल की सरकारों ने भी भूमि सुधार कानून बनाए।

चौथा संविधान संशोधन: संपत्ति के अधिकार को 1955 में संविधान के चतुर्थ संशोधन अधिनियम 1955 के द्वारा पुन: संशोधित किया गया, क्योंकि "बेला बैनर्जी बनाम पश्चिमी बंगाल राज्य" के मुकदमे में सर्वोच्च न्यायालय ने यह निर्णय दिया था कि अधिगृहीत संपत्ति के बदले दिया गया मुआवजा तभी न्यायोचित होगा जब वह बाजार मूल्य के बराबर हो तथा व्यवस्थापिका को इसी आधार पर कानून का निर्माण करना चाहिए। संविधान के चतुर्थ संशोधन के द्वारा (i) एक नए अनुच्छेद 31(2) में परिवर्तन करके मुआवजे की राशि की पर्याप्तता एवं अपर्याप्तता के प्रश्न को न्यायालयों के क्षेत्र से बाहर रख दिया गया। (ii) एक नया अनुच्छेद 31(2) भी जोड़ा गया, जिसके द्वारा संपत्ति के अनिवार्य अर्जन अथवा अधिग्रहण की निश्चित व्याख्या की गई। (iii) अनुच्छेद 31 (क)

में परिवर्तन करके 31 (क)(1) के अनुसार यह भी स्पष्ट किया गया कि कुछ विशेष प्रकार के कानूनों को अनुच्छेद 14 (समानता का अधिकार), 19 (स्वतंत्रता का अधिकार) तथा 31 (संपत्ति का अधिकार) का उल्लंघन करने वाला नहीं माना जाएगा।

सत्रहवां संविधान संशोधनः 1964 में 'कुन्हीकुणम बनाम केरल राज्य' के मुकदमे में सर्वोच्च न्यायालय ने केरल कृषि भू-संबंधी अधिनियम, 1961 को इस आधार पर असंवैधानिक घोषित कर दिया कि रैयतवाड़ी भूमि अनुच्छेद 31 (क) (2) के अंतर्गत विवेचित संपदा या जागीर (estate) शब्द की परिभाषा नहीं आती है। इस संशोधन के द्वारा (i) सम्पदा अथवा जागीर की विवेचना का विस्तार करके रैयतवाड़ी प्रथा के अधीन जमीन भी इसी शब्द के अंतर्गत आ गई। (ii) नौंवी अनुसूची में कुछ भूमि सुधार संबंधी अधिनियमों को और सम्मिलित किया गया है।

पच्चीसवां संविधान संशोधनः 'गोलकनाथ बनाम पंजाब राज्य' (1967) के मुकदमे के फैसले की पृष्ठभूमि में पच्चीसवां संविधान संशोधन (1971) किया गया। इस संशोधन के द्वारा (i) अनुच्छेद 31(2) में से मुआवजा (compensation) शब्द को हटाकर उसके स्थान पर राशि (amount) शब्द का प्रयोग किया गया। (ii) संपत्ति के अर्जन अथवा अधिग्रहण संबंधी किसी कानून को इस आधार पर असंवैधानिक घोषित नहीं किया जा सकेगा कि वह धारा 19(1)(च) में दिए गए संपत्ति के अर्जन, अधिग्रहण और व्ययन की स्वतंत्रता पर अंकुश लगाता है। (iii) इस संशोधन द्वारा एक उपधारा 31(ग) जोड़ी गई, जिसके द्वारा यदि कोई कानून अनुच्छेद 39(ख) और (ग) में निहित राज्य के नीति-निदेशक सिद्धांतों को लागू करने के लिए बनाया जाएगा तो उसे न्यायालय असंवैधानिक घोषित नहीं कर सकता।

बयालीसवां संविधान संशोधनः 42वें संविधान संशोधन (1976) द्वारा संपत्ति के अधिकार में कुछ महत्त्वपूर्ण परिवर्तन किए गए यथा (i) राज्य सार्वजनिक हित के लिए संपत्ति अधिग्रहण कर सकता है और अधिगृहीत संपत्ति के बदले निश्चित राशि दी जाएगी। यहां महत्त्वपूर्ण बात यह जोड़ी गई कि अधिगृहीत संपत्ति के बदले में दी गई रकम के संबंध में व्यक्ति न्यायालय से कोई सुरक्षा प्राप्त नहीं कर सकता। (ii) यदि संपत्ति का अधिग्रहण राज्य के कानून द्वारा किया जाता है तो उस पर राष्ट्रपति की स्वीकृति आवश्यक है। (iii) न्यायालय को इस बात का परीक्षण करने का अधिकार है कि राज्य के नीति-निदेशक सिद्धांतों को लागू करने के लिए संपत्ति का अधिग्रहण किया है या नहीं? (iv) संविधान की नौंवी अनुसूची में डाला गया संपत्ति संबंधी कानून न्यायिक समीक्षा के अधिकार से बाहर होगा; और अंत में (v) यदि संपत्ति के अधिग्रहण से संबंधित कानून का संबंध अल्पसंख्यक वर्ग से है तो राज्य इस बात की व्यवस्था करेगा कि उन वर्गों का संपत्ति का अधिकार सीमित अथवा समाप्त नहीं होगा।

चवालीसवां संविधान संशोधनः 44वें संविधान संशोधन अधिनियम (1978) के द्वारा एक नया अनुच्छेद 300 (क) जोड़ा गया। अनुच्छेद 31 की उपधारा (1) को भाग तीन से निकालकर अनुच्छेद 300 (क) में डाल दिया गया है। उपधारा (2), जिसका संबंध संपत्ति के अनिवार्य अधिग्रहण से था, निरस्त कर दिया गया। इस संशोधन के द्वारा

अनुच्छेद 19 के खंड (1) के उपखंड (च) को जिसका संबंध संपत्ति के अर्जन तथा गारंटी से था, समाप्त कर दिया गया है। भारतीय संविधान के इस संशोधन के बाद संपत्ति धारण का अधिकार अब मौलिक अधिकार नहीं है। लेकिन कानूनी अधिकार है। अब यह व्यवस्थापिका पर निर्भर है कि वह किसी व्यक्ति को कानून के अधिकार के द्वारा संपत्ति से वंचित कर सकती है।[19] डी.डी. बसु का विचार है कि 44वें संशोधन अधिनियम का उद्देश्य क्षतिपूर्ति के मौलिक अधिकार को समाप्त करना था, जिसके उल्लंघन के आधार पर न्यायालय संपत्ति के अधिग्रहण को अवैध घोषित कर देते थे।[20]

चूंकि भूमि सुधार से जुड़ी हुई समस्याएं संपत्ति के अधिकार से प्रत्यक्ष अथवा अप्रत्यक्ष रूप से जुड़ी हुई हैं। अतः संविधान में 29वां (1972), 34वां (1974), 39वां (1975), 40वां (1976) और 47वां (1984) संशोधन किए गए, जिनके द्वारा अनेक राज्यों द्वारा पारित भूमि सुधार कानूनों को संविधान की नौंवी अनुसूची में जोड़ दिया गया, ताकि न्यायालय उन्हें असंवैधानिक घोषित न करे।

चौंतीसवां संशोधन अधिनियमः 34वां संविधान संशोधन, 1974 इस दृष्टि से महत्त्वपूर्ण था कि इस संशोधन द्वारा संविधान की नौंवी अनुसूची में डाले जाने वाले कानूनों में पहले की तुलना में अनेक महत्त्वपूर्ण परिवर्तन किए गए थे। उदाहरण के लिए भूमि सीमा का स्तर कम किया गया था, सीमा लागू करने की इकाई व्यक्ति के बदले परिवार बनाई गई, छूट (exemptions) का दायरा बहुत कम कर दिया था।

अठहत्तरहवां संविधान संशोधनः 78वें संविधान संशोधन 1995 द्वारा विभिन्न राज्यों द्वारा पारित भूमि सुधार अधिनियमों को संविधान की नौंवी अनुसूची में डाल दिया गया, जिससे नौंवी सूची में डाले गए अधिनियमों की संख्या बढ़कर 284 हो गई है।

II. दलित, अन्य पिछड़ी जातियों तथा सामाजिक पहलुओं से संबंधित संवैधानिक संशोधन

संविधान निर्माताओं ने अनुसूचित जातियों, अनुसूचित जनजातियों तथा अन्य कमजोर वर्गों की स्थिति को सुधारने के लिए संविधान के अनुच्छेद 15, 15(4), 16(4), 17 के तहत कई सांविधानिक सुरक्षाओं की व्यवस्था की गई है। राज्य सरकार की संस्तुति पर संविधान के अनुच्छेद 341 के तहत भारत के राष्ट्रपति को यह शक्ति है कि वह किसी भी जाति को अनुसूचित जातियों की सूची से निकाल अथवा शामिल कर सकता है। इसी प्रकार संविधान के अनुच्छेद 330, 332 एवं 334 में अनुसूचित जातियों एवं जनजातियों के लिए लोक-सभा एवं राज्य विधानमंडलों में स्थान सुरक्षित करने की व्यवस्था की गई है। अनुच्छेद 335 में इस बात की व्यवस्था है कि राज्य सरकारी नौकरियों में अनुसूचित जातियों एवं जनजातियों के लिए स्थानों में आरक्षण के दावे को सदैव ध्यान में रखे। इसी प्रकार संविधान के अनुच्छेद 338 में यह व्यवस्था है कि अनुसूचित जातियों एवं अनुसूचित जनजातियों के हितों की रक्षा के लिए राष्ट्रपति एक आयुक्त की नियुक्ति कर सकते हैं। संविधान में आठवां, तेईसवां, पैंतालीसवां, 62वां एवं 69वां संशोधन अधिनियमों के द्वारा

संसद एवं राज्य विधानसभाओं में अनुसूचित जातियों एवं अनुसूचित जनजातियों एवं आंग्ल-भारतीयों के आरक्षण को हर बार दस वर्ष के लिए बढ़ाकर 2010 तक निश्चित कर दिया है।

अनुसूचित जातियों एवं अनुसूचित जनजातियों के आरक्षण से जुड़े अन्य मुद्दों के संबंध में 77वें संविधान संशोधन (1995) द्वारा सरकारी नौकरियों में पदोन्नति में भी आरक्षण की व्यवस्था करना, 81वें संशोधन अधिनियम (2000) द्वारा सरकारी नौकरियों में खाली पड़े स्थानों का आरक्षण (reservation of unfilled vacancies), 82वें संविधान संशोधन द्वारा सरकारी नौकरियों में योग्यता के अंकों में ढील दिया जाना (relaxation in qualifying marks), 85वें संविधान संशोधन (2001) द्वारा आरक्षण नियमों के तहत पदोन्नति के मामले में आनुवांशिक वरीयता प्रदान करना एवं 65वें संविधान संशोधन (1990) द्वारा अनुसूचित जातियों एवं अनुसूचित जनजातियों के लिए एक राष्ट्रीय आयोग का गठन किया गया, किंतु 2003 में 89वें संविधान संशोधन द्वारा अनुसूचित जनजातियों के लिए अलग से अनुसूचित जनजाति आयोग के गठन का प्रावधान किया गया।

इसी दिशा में अनुसूचित जातियों एवं अनुसूचित जनजातियों की तरह अन्य पिछड़े वर्गों को भी मंडल आयोग की सिफारिशों के अनुरूप सामाजिक और शैक्षणिक रूप से पिछड़े वर्गों को सरकारी नौकरियों में 27 प्रतिशत आरक्षण का आदेश अगस्त, 1990 में वी.पी. सिंह (राष्ट्रीय मोर्चा, गठबंधन) सरकार द्वारा लागू किया गया। इसी दिशा में एक कदम आगे बढ़ाते हुए 93वें संविधान संशोधन द्वारा इन्हीं सामाजिक एवं शैक्षणिक रूप से पिछड़े वर्गों को शिक्षा संस्थाओं से पढ़ाई के लिए 27 प्रतिशत स्थान आरक्षित करने की व्यवस्था की है।

इसी प्रकार 86वें संवैधानिक संशोधन (2002) द्वारा महत्त्वपूर्ण सामाजिक पहलू को आगे बढ़ाया। इसमें 6 वर्ष से 14 वर्ष की आयु के बच्चों के लिए मुफ्त एवं अनिवार्य शिक्षा का प्रावधान किया गया है।

III. राजनीतिक दृष्टि से महत्त्वपूर्ण संवैधानिक संशोधन

विधायिकाओं, कार्यपालिका, न्यायपालिका एवं प्रशासन आदि विषयों पर संविधान में 23 बार संशोधन किए गए। इस श्रेणी में दो महत्त्वपूर्ण संविधान संशोधनों को रखा है, जिनके द्वारा भारतीय लोकतंत्र का दायरा बढ़ा है एवं राजनीतिक शक्ति के विकेंद्रीकरण को सहायता मिली है। पहला, 61वें संविधान संशोधन द्वारा विधायिकाओं में वोट डालने की आयु 21 वर्ष से घटाकर 18 वर्ष कर दी गई। दूसरा, 1992 के 73वें व 74वें संविधान संशोधनों द्वारा स्थानीय स्वशासन संस्थाओं को सशक्त बनाने की कोशिश की गई। 73वें संविधान संशोधन अधिनियम में पंचायती राज के लिए त्रिस्तरीय ढांचा सुझाया गया। इसके अतिरिक्त हर स्तर की पंचायत में 33 प्रतिशत सीटें महिलाओं के लिए आरक्षित कर दी गई हैं। पंचायतों को दिया गया अनुदान राज्य वित्त आयोग की सिफारिशों के अनुसार मिलेगा। 74वें संशोधन अधिनियम द्वारा नगरीय संस्थाओं (नगर निगम, नगरपालिका आदि)

को अब संवैधानिक दर्जा मिल गया है। नगर निगम एवं नगरपालिकाओं में एक-तिहाई सीटें महिलाओं के लिए आरक्षित की गई हैं।

राजनीतिक दृष्टिकोण से 61वां, 73वां, एवं 74वां संविधान संशोधन भारतीय लोकतंत्र के मील का पत्थर साबित होंगे। भारतीय लोकतंत्र का आधार बढ़ा है और इनसे लोकतंत्र की जड़ें और अधिक मजबूत होंगी।

संविधान संशोधन का सामाजिक-राजनीतिक व्यवस्था पर प्रभाव

आधुनिक लोकतांत्रिक संविधानों की संरचना इस प्रकार की जाती है कि वे आधुनिक समाजों की उभरती आवश्यकताओं को सफलतापूर्वक पूरा कर सकें। परंतु संविधान अचल अथवा स्थिर नहीं होते, जरूरतों एवं जन अपेक्षाओं में बदलाव के साथ-साथ संविधानों में भी संशोधन किए जाते हैं, ताकि वे समाज की नई आवश्यकताओं को पूरा कर सकें। वस्तुतः संविधान की सफलता केवल पवित्र विचारों पर निर्भर नहीं करती बल्कि उन उद्देश्यों को व्यवहार में सफलतापूर्वक प्राप्त करने में होती है। कोई भी सामाजिक-राजनीतिक व्यवस्था अमूर्त गुणों के बल पर जीवित न रहकर जनता की जायज मांगों को पूरा करने की समर्थता पर जीवित रहती है। भारत जैसे विशाल देश को पुरानी एवं नई समस्याओं से जूझते हुए आर्थिक-सामाजिक एवं राजनीतिक क्षेत्र में नए अवसर एवं नई ऊर्जा के लिए नए रास्ते खोजने थे। निःसंदेह मात्र 57 वर्ष के अल्पकाल में 94 संविधान संशोधन संख्या की दृष्टि से अधिक लगते हैं किंतु भारत जैसे विशाल देश की सांस्कृतिक, भौगोलिक एवं सामाजिक विविधताओं एवं सामाजिक-आर्थिक जटिलताओं के समक्ष संविधान संशोधनों की संख्या महत्त्वपूर्ण नहीं है। महत्त्वपूर्ण यह है कि ये सभी संशोधन भारतीय समाज को किस दिशा में ले जा रहे हैं। 1947 के आजाद भारत में आर्थिक, सामाजिक क्षेत्र में जमींदारी प्रथा, छुआछूत की जहरीली सामाजिक बुराई, मात्र 16% लोगों का शिक्षित होना, गरीब-अमीर के बीच चौड़ी खाई आदि समस्याएं व्याप्त थीं। आजादी के बाद संविधान संशोधनों के माध्यम से संपत्ति के अधिकार की समाप्ति, भूमि सुधार कानूनों को लागू करने में आई बाधाओं को दूर करने के लिए नौंवी अनुसूची का सृजन, बैकों का राष्ट्रीयकरण, प्रिवीपर्सों की समाप्ति, सरकारी नौकरियों एवं शिक्षा संस्थाओं के दाखिले में अनुसूचित जातियों, जनजातियों एवं ओ.बी.सी. के लिए आरक्षण का प्रावधान, 86वें संविधान संशोधन द्वारा 6 से 14 वर्ष की आयु के बच्चों के लिए मुफ्त एवं अनिवार्य शिक्षा का प्रावधान, पंचायत एवं स्थानीय स्वशासन संस्थाओं (73वें व 74वें संविधान संशोधन द्वारा) का सुदृढ़ीकरण आदि संविधान संशोधन एक व्यापक सामाजिक-आर्थिक एवं राजनीतिक परिवर्तन की ओर संकेत कर रहे हैं।

यद्यपि राजनीतिक संस्थाओं का निरन्तर ह्रास, जन-जागृति का अभाव, व्यापक अशिक्षा, ग्रामीण क्षेत्रों में मैला ढोने, छुआछूत की प्रथा की उपस्थिति, गरीब-अमीर के बीच बढ़ती खाई, आज आजादी के इतने सालों के बावजूद कायम है। इस तथ्य से भी इंकार नहीं किया जा सकता कि भारत जैसे विशालकाय एवं विविधता से पूर्ण देश में सामाजिक-राजनीतिक परिवर्तन का रथ मात्र संविधान संशोधन के भरोसे व्यावहारिक

धरातल पर खरा नहीं उतर सकता, उसके लिए सामाजिक स्तर पर भी प्रयास किए जाने की जरूरत है। उसके लिए सरकार की इच्छा शक्ति एवं जन-जागृति मिलकर भारत को सामाजिक-आर्थिक एवं राजनीतिक समस्याओं से छुटकारा दिला सकती है।

निष्कर्ष

संविधान निर्माताओं ने संविधान संशोधन के संबंध में मध्यम मार्ग को अपनाया है। इस मध्यम मार्ग को अपनाते समय संविधान निर्माताओं का विशेष ध्यान नवनिर्मित संघीय ढांचे की ओर था। देश की सांस्कृतिक बहुलता में अनेकता में एकता बनाए रखने के लिए संसद साधारण विधि से संविधान के अनुच्छेद 3, 4, 169 एवं 239A में संशोधन कर सकती है। उपरोक्त सभी अनुच्छेद राज्यों की सीमाओं, नामों व क्षेत्रफल से जुड़े हैं। अत: भारतीय संविधान की संशोधन प्रक्रिया संघात्मक ढांचे के अनुकूल है। डॉ. अम्बेडकर[21] के अनुसार अनुच्छेद 3 के अंतर्गत संविधान में संसद को नए राज्य बनाने की शक्ति इसलिए दी गई है क्योंकि संविधान सभा के पास भाषायी आधार पर राज्यों के पुनर्गठन के लिए समय का अभाव था, जिसके लिए उस समय सरकार पर बहुत दबाव था। वस्तुत: 1947 के दौरान की परिस्थितियां, जिसमें भारत का विभाजन, सांप्रदायिक दंगे, खाद्य संकट, तेलंगाना में साम्यवादियों का विद्रोह, कश्मीर पर पाकिस्तान का आक्रमण प्रमुख है, इन्हीं से प्रभावित होकर संसद ने साधारण बहुमत से संविधान के अनुच्छेद 3 में संशोधन करने का अधिकार दिया है, जिससे आने वाले समय में भारतीय संसद राज्यों के संबंध में किसी भी विकट संकट से जूझ सके।

इस लेख का दूसरा महत्त्वपूर्ण निष्कर्ष यह है कि पिछले 60 वर्षों का राजनीतिक इतिहास यह दर्शाता है कि व्यवस्थापिका एवं न्यायपालिका के संबंध सहज नहीं रहे हैं। 1951 से 1973 के बीच संसद एवं न्यायपालिका के बीच संपत्ति के अधिकार को लेकर बार-बार संघर्ष की स्थिति बनी रही। संपत्ति के अधिकार पर सर्वोच्च न्यायालय ने तीन मुद्दों को लेकर बार-बार हस्तक्षेप किया। क्या भूमि सार्वजनिक उद्देश्य के लिए अधिगृहीत की गई है? क्या अधिग्रहण के लिए कानून की सत्ता का पालन किया गया है? क्या भूमि के मालिक को पर्याप्त मुआवजा दिया गया है? बदलते हुए सामाजिक, आर्थिक एवं राजनीतिक पर्यावरण में सर्वोच्च न्यायालय ने 1970 के दशक में केशवानंद भारती मामले में संसद की संविधान संशोधन की शक्ति को बहाल कर दिया, जिसमें मौलिक अधिकार भी शामिल है।

यद्यपि संपत्ति के अधिकार को लेकर सर्वोच्च न्यायालय का दृष्टिकोण बदलता गया और इस मुद्दे पर संसद के साथ अभी तक संघर्ष की स्थिति पुन: पैदा नहीं हुई, किंतु सर्वोच्च न्यायालय ने संसद की संविधान संशोधन की शक्ति में एक बड़ी सीमा लगा दी कि इस संविधान संशोधन में संविधान के मौलिक ढांचे को नहीं बदला जा सकता है, जिससे मूल ढांचा सिद्धांत भारतीय संवैधानिक विधि शास्त्र का मुख्य घटक बन गया है। अपनी इसी संवैधानिक उपलब्धि की सर्वोच्च न्यायालय ने बार-बार पुष्टि की है। इतना ही नहीं, सर्वोच्च न्यायालय ने अपनी इसी शक्ति के चलते जहां एक ओर सरकार की वोट बैंक की राजनीति पर अंकुश लगाने में काफी हद तक सफलता प्राप्त की, वहीं दूसरी तरफ अन्य पिछड़े वर्गों को आरक्षण एवं उच्च शिक्षा संस्थानों में प्रवेश के मुद्दे पर

संवेदनशील दृष्टिकोण अपनाया है। अत: संपन्न तबका या मलाईदार वर्ग (creamy layers class) को अन्य पिछड़ी जातियों के नौकरियों में आरक्षण से बाहर करना निश्चित रूप से वोट बैंक राजनीति को कड़ा सबक है। सर्वोच्च न्यायालय आने वाले दिनों में उच्च शिक्षा संस्थाओं में प्रवेश के मुद्दे पर मलाईदार वर्ग को कहां तक आरक्षण के दायरे से अलग कर पाएगा, यह आने वाले समय में सर्वोच्च न्यायालय की परीक्षा की घड़ी होगी। अत: निष्कर्ष के रूप में अभी तक भारतीय सर्वोच्च न्यायालय ने कानून एवं संविधान की व्याख्या का मूल कार्य प्रभावशाली ढंग से निभाया है।

संदर्भ

1. जैन, पुखराज, *भारत का राष्ट्रीय आंदोलन* तथा *भारतीय संविधान* में उद्धृत, साहित्य भवन, आगरा, 1990, पृ. 244.
2. C. A. Debate., Vol. VII, 8 November 1948, pp. 322–23.
3. In the Golak Nath case, the Petitioners had challenged the constitutionality of the 17th amendment to the constitution in 1966 which had added the Mysore Land Reforms Act, 1960 (entry no. 51) and the Punjab security and tenures Act, 1953 (entry No. 54) to the Ninth schedule of the constitution under which they had been deprived of their lands declared surplus by the State of Mysore and Punjab.
4. Keshvanand Bharti V. State of Kerala AIR 1973, Supreme Court 1461. (N. A. Palkhivala argued for 33 days for the petitioners; HM Seervai, the Counsel for the State of Kerala, for 22 days; and the Attorney General Niren De for 10 days).
5. N. A. Palkhivala, "Should we Alter our Constitution" *Illustrated weekly of India*, January 1976, pp. 8–9.
6. 39वां संविधान संशोधन राष्ट्रपति, उपराष्ट्रपति, प्रधानमंत्री तथा संघीय अध्यक्षों के निर्वाचन संबंधी विवादों (disputes) से था। इस संशोधन द्वारा विवाद (disputes) को सर्वोच्च न्यायालय एवं उच्च न्यायालयों के कार्यक्षेत्र से बाहर कर दिया गया था।
7. State of Rajasthan V. Union of India, AIR, 1977, SC 1361.
8. Minerva Mills Ltd. V. Union of India, AIR 1980, SC 1789.
9. भटनागर, अनूप, ''क्रीमीलेयर... फिर उठा बवंडर'', *हिन्दुस्तान*, नई दिल्ली, रविवार, 5 नवंबर, 2006, पृ. 11, सर्वोच्च न्यायालय का यह निर्णय इंदिरा साहनी बनाम भारत सरकार के मुकदमे में सुनाया था।
10. ''संवैधानिक लक्ष्मण रेखा'', *हिन्दुस्तान*, नई दिल्ली, शुक्रवार, 12 जनवरी, 2007, पृ. 8.
11. चारों महत्त्वपूर्ण संविधान संशोधन अनुसूचित जातियों एवं अनुसूचित जनजातियों के आरक्षण एवं पदोन्नति से जुड़े मुद्दों से संबंधित हैं। 77वें संविधान संशोधन (1995) के द्वारा सरकारी नौकरियों में पदोन्नति में भी आरक्षण की व्यवस्था करना। 81वें संविधान संशोधन (2000) के द्वारा सरकारी नौकरियों में खाली पड़े स्थानों का आरक्षण (reservation of unfilled vacancies), 82वें संशोधन (2000) द्वारा सरकारी नौकरियों में योग्यता के अंकों में ढील देना (relaxation of qualifying marks) तथा 85वें संविधान संशोधन (2001) द्वारा आरक्षण नियमों के तहत पदोन्नति के मामले में आनुषांगिक वरीयता प्रदान करने का प्रावधान है।

12. भटनागर, अनूप, ''सुप्रीम कोर्ट ने खींची आरक्षण की सीमा'', *हिन्दुस्तान*, 20 अक्टूबर, 2006, पृ. 1.
13. धवन, राजीव, ''नौंवी अनुसूची को अलविदा कहने का समय आ गया'', *हिन्दुस्तान*, संपादकीय, 27 जनवरी, 2007.
14. "P. M. Focus on Courts Role", *Hindustan Times,* April 9, 2007, p- 1.
15. Nariman, Fali S., ''Judicial Overreach? Over ruled'', *Hindustan Times,* Guest Column.
16. Dr. Raman, Sunder, Constitutional Amendments in India (1950-1989) (New Delhi, Eastern Law House, 1989) pp. 34–35.
17. Austin, Granville, *The Indian Constitution: Corner Stone of a Nation*, p. 308.
18. Basu, D. D., *Commentary on the Constitution of India*, Vol. I, Fifth ed, p. 18.
19. Basu, D. D., *Shorter Constitution of India*, 1981.
20. *Ibid*, p. 679.
21. Ambedkar, B. R., *Thoughts on Linguistic States*, Aligarh, Anand Sahitya Sadan, p. 9.

खंड-III

15. भारतीय दलीय व्यवस्था: राष्ट्रीय एवं क्षेत्रीय दल
16. भारत में दबाव समूह
17. भारत में निर्वाचन: राजनीति और मतदान व्यवहार
18. भारत में किसान मजदूर एवं जनजातीय आंदोलन
19. भारत में महिला आंदोलन
20. दलित आंदोलन

15

भारतीय दलीय व्यवस्थाः राष्ट्रीय एवं क्षेत्रीय दल

लोकतंत्र में राजनीतिक दल राजनैतिक व्यवस्था के महत्त्वपूर्ण अंग बन चुके हैं। दलीय व्यवस्था के अभाव में लोकतंत्रीय शासन व्यवस्था का क्रियान्वयन असंभव प्रतीत होता है। राजनीतिक दल राजनीतिक प्रक्रिया को जोड़ने, सरल और सुगम बनाने का एक माध्यम हैं। भारतीय दलीय व्यवस्था को बहुदलीय व्यवस्था का नाम देना अतिशयोक्ति नहीं होगी। स्वतंत्रता प्राप्ति से लेकर जनता सरकार के गठन तक देश एक दल की प्रधानता वाली बहुदलीय व्यवस्था के स्वरूप को दर्शाता हुआ प्रतीत होता है। भारतीय राजनीति के समीक्षकों द्वारा चौथे एवं पांचवें दशकों में यह विचार व्यक्त किया गया कि अब भारतीय राजनीति में एक दल की प्रधानता का युग समाप्त हो चुका है।

भारतीय दलीय व्यवस्था सदैव धर्म, जाति, संस्कृति, भाषा और व्यक्तित्व से प्रभावित रही है। लगभग हर दल किसी न किसी व्यक्ति विशेष से प्रभावित रहा है। पिछले कुछ वर्षों में धर्म, हिंसा और अपराध का योगदान देखने को मिला है। इसके परिणामस्वरूप राजनीति प्रणाली का सांप्रदायीकरण हो रहा है। आंतरिक गुटबाजी ने दलीय प्रणाली के अनुशासन पर प्रश्नचिह्न लगाया है जो इसके स्वरूप में बदलाव ला रहा है।

भारत में उदित एवं निरंतर बदलती दलीय व्यवस्था अपने आप में निराली है। भारत में सामाजिक, आर्थिक बदलाव में विभिन्न प्रकार की दलीय व्यवस्था का सूत्रपात किया है। भारत की विशाल जनसंख्या, भू-भाग, संस्कृति, अनेकता और संघीय स्वरूप निरंतर बदलाव की संभावना जुटाता रहा है। विभिन्न विद्वानों द्वारा राजनीतिक दलों को अलग-अलग तरीके से परिभाषित किया गया है।

लार्ड ब्राइस के अनुसार जनमानस विभिन्न विचारधाराओं का योग है जिसमें विचारों का परस्पर विरोध एवं प्रतिपादन होता है। सामान्यतः समाज के महत्त्वपूर्ण प्रश्नों पर यदि पूर्णतः नहीं तो कम से कम कुछ लोग सामान्य दृष्टिकोण रखते हैं तथा कुछ उनके विरोधी होते हैं। इन्हीं समूहों तथा संगठित लोगों से राजनीतिक दल का निर्माण होता है।[1]

एडमंड बर्क ने राजनीतिक दल को परिभाषित करते हुए कहा है 'राजनीतिक दल कुछ लोगों का समूह है जो कुछ सिद्धांतों पर सहमत होकर अपने संयुक्त प्रयासों द्वारा जनहित को आगे बढ़ाने के लिए संगठित रहता है।'

डॉ. रणजीत कुमार, असिस्टेंट प्रोफेसर, शहीद भगत सिंह कॉलेज (सांध्य), दिल्ली विश्वविद्यालय

गिल क्राइस्ट के अनुसार, राजनीतिक दल नागरिकों के उस संगठित समुदाय को कहते हैं जिसके सदस्य समान राजनीतिक विचार रखते हैं और एक राजनीतिक इकाई के रूप में काम करते हुए शासन को अपने हाथ में रखने की कोशिश करते हैं।

मैकाइवर के अनुसार, 'राजनीतिक दल वह समुदाय है जो किसी विशेष सिद्धांत या नीति के समर्थन के लिए संगठित किया गया हो और जो संवैधानिक उपायों से उस सिद्धांत अथवा नीति को शासन का आधार बनाने की कोशिश करता हो।

राजनीतिक दलों का वर्गीकरणः एलेन बॉल[2] ने संरचनात्मक एवं संख्यात्मक आधारों पर दलों का वर्गीकरण निम्नलिखित वर्गों में किया है:

(i) अस्पष्ट द्विदलीय पद्धति
(ii) सुस्पष्ट द्विदलीय पद्धति
(iii) कार्यवाह बहुदलीय पद्धति
(iv) अस्थिर बहुदलीय पद्धति
(v) प्रभावी दल पद्धति
(vi) एकदलीय पद्धति
(vii) सर्वाधिकारी दलीय पद्धति

राजनीतिक दलों के कार्य

लोकतंत्रीय शासन के लिए राजनीतिक दलों का अस्तित्व अनिवार्य है। राजनीतिक दलों द्वारा अनेक महत्त्वपूर्ण कार्य संपन्न किए जाते हैं। राजनीतिक दलों द्वारा किए जाने वाले मुख्य कार्य निम्नलिखित हैं:

1. **सार्वजनिक नीतियों का निर्धारणः** राजनीतिक दल जनता का समर्थन पाने के लिए अपनी नीतियों और योजनाओं का प्रचार करते हैं। वे जनता को राजनीतिक, आर्थिक एवं सामाजिक समस्याओं के विभिन्न पहलुओं से परिचित कराते हैं। प्रोफेसर लॉस्की के शब्दों में, 'आधुनिक राज्यों के भ्रांतिपूर्ण वातावरण में समस्याओं का चयन करके यह आवश्यक है कि वरीयता के आधार पर कुछ को अत्यंत शीघ्र निपटाने के लिए छांटना चाहिए और उनके निदान जनता की स्वीकृति के लिए प्रस्तुत करने चाहिए। चयन का यह कार्य दलों के द्वारा ही किया जाता है।'
2. **शासन की आलोचनाः** निर्वाचन में जिस दल को बहुमत प्राप्त न हो तो वह विपक्ष के रूप में महत्त्वपूर्ण भूमिका का निर्वाह करता है। विपक्ष के रूप में उसका यह कर्त्तव्य है कि वह शासन को सचेत रखे। सरकार की रचनात्मक आलोचना करके वैकल्पिक नीतियां प्रस्तुत करे। विपक्षी दल शासन की कमजोरियों को जनता के सामने रखकर उसके विरुद्ध जनमत तैयार करते हैं।
3. **शासन संचालनः** राजनीतिक दल चुनावों में विजय प्राप्त करके सरकार का निर्माण करते हैं। अपने दल में से ही मंत्री नियुक्त करते हैं तथा अलग-अलग

तरीकों से अपने घोषणा-पत्र के वायदों को पूरा करने का प्रयास करते हैं।

4. **जनमत निर्माण:** शासित व्यक्तियों की सहमति से सत्ता का प्राधिकार अर्जित करना है शासन की नीतियों पर जनमत प्राप्त करना है राजनीतिक दल के लिए अपरिहार्य है। इनकी अनुपस्थिति में जनसमुदाय एक दिशाहीन भीड़ के अतिरिक्त और कुछ न होगा। लार्ड ब्राइस के शब्दों में, 'लोकमत को प्रशिक्षित करके, उसके निर्माण और अभिव्यक्ति में राजनीतिक दलों के द्वारा अत्यधिक महत्त्वपूर्ण कार्य किया जाता है।'
5. **चुनावों का संचालन:** राजनीतिक दलों से ही चुनावों की सार्थकता प्रकट होती है। वे चुनाव के समय अपने चुनाव घोषणा-पत्र तैयार करते हैं, उनका प्रचार करते हैं, प्रत्याशियों को खड़ा करने तथा हर तरीके से चुनाव जीतने का प्रयत्न करते हैं।
6. **शासन तथा जनता के बीच मध्यस्थ के रूप में:** राजनीतिक दल जनता और सरकार के बीच मध्यस्थता की भूमिका निभाते हैं। वे जनता की समस्याओं और आकांक्षाओं को सरकार के सामने रखते हैं और सरकार की स्थिति से जनता को अवगत करते हैं।
7. **राजनीतिक प्रशिक्षण:** राजनीतिक दलों के प्रचार से नागरिकों को राजनीतिक शिक्षा मिलती है। उन्हें समस्याओं के विभिन्न पहलुओं का पता लगता है। इस प्रकार से नागरिकों में राजनीतिक चेतना जाग्रत होती है।
8. **सामाजिक और सांस्कृतिक कार्य:** राजनीतिक दल जनता के सामाजिक और सांस्कृतिक जीवन को बेहतर बनाने का भी काम करते हैं। स्वतंत्रता आंदोलन के युग में कांग्रेस ने हरिजन कल्याण तथा स्त्री-उद्धार संबंधी बहुत से कार्य किए थे।
9. **दलीय कार्य:** प्रत्येक राजनीतिक दल कतिपय दल संबंधी कार्य भी करता है—मतदाताओं को दल का सदस्य बनाता है, सार्वजनिक सभाओं का आयोजन करता है, दल के लिए चंदा इकट्ठा करता है, आदि।

भारतीय दलों का स्वरूप

सरकार के गठन के साथ-साथ जनता में राजनीतिक जागरूकता लाने में राजनीतिक दलों की भूमिका प्रासंगिक है। साथ ही यह नागरिक समाज एवं राज्य के बीच सेतु के रूप में विद्यमान है।[3] भारत में दलीय व्यवस्था का उदय लोकतांत्रिक व्यवस्था का केवल परिणाम नहीं है वरन् उपनिवेशकाल के राष्ट्रीय आंदोलन की उपज है। भारतीय राष्ट्रीय कांग्रेस शुरुआती दौर में ब्रिटिश साम्राज्य के एक दबाव समूह के रूप में भारतीयों के लिए ब्रिटिश प्रशासन में भागीदारी की मांग करती रही जिसने आगे चलकर जनआंदोलन का रूप ले लिया था।

लोकतंत्र किसी भी स्वरूप में राजनीतिक दल के बिना अकल्पनीय है। प्रोफेसर मुनरो के अनुसार लोकतंत्रीय शासन दलीय शासन का दूसरा नाम है। दल प्रणाली के अभाव में इसका क्रियान्वयन असंभव है। ये असंख्य अकांक्षाओं का एक मूर्त रूप होता है। रजनी कोठारी दलीय प्रणाली को राष्ट्रीय आंदोलन में विशेष राजनीतिक केंद्र की उपज मानते हैं।

ये राजनीतिक केंद्र[4] थे–सामाजिक, आर्थिक रूप से संपन्न राजनीतिक अभिजात्य वर्ग, शहरी शिक्षित तथा मध्यम एवं उच्च वर्गों के उच्च जाति के लोग। भारतीय राष्ट्रीय कांग्रेस उस राजनीतिक केंद्र का संस्थागत प्रकटीकरण था जो कालांतर में राजनीतिक व्यवस्था का आधार बना। समाज के बदलते स्वरूप के साथ राजनीतिक दलों की प्रकृति में भी बदलाव आता चला गया। रजनी कोठारी के अनुसार दल प्रणाली की प्रकृति में बदलाव राज्य की परिवर्तित सामाजिक, आर्थिक एवं जनसांख्यिकीय रूपरेखा का परिणाम है।[5]

भारतीय दलीय व्यवस्था के आधार एवं उसके आवश्यक लक्षणों को इंगित करें तो पाते हैं कि किसी भी दलीय व्यवस्था के लिए मनोवैज्ञानिक, धार्मिक, आर्थिक विचारधाराएं तथा उसके आसपास के वातावरण का महत्त्वपूर्ण योगदान है।

भारत में दलीय व्यवस्था के विकास को प्रभावित करने वाले तत्त्वों में जहां एक ओर राष्ट्रवादी आंदोलन की पृष्ठभूमि और संसदीय लोकतंत्र की मांग थी वहीं दूसरी ओर विशाल सांस्कृतिक-धार्मिक अनेकता तथा सामाजिक आर्थिक पिछड़ेपन और उसमें परिवर्तन की मांग थी। भारत में दलीय व्यवस्था का स्वरूप समय के साथ बदलता रहा है। भारत का सामाजिक, आर्थिक ढांचा, सांस्कृतिक एवं धार्मिक परिवेश, भौगोलिक स्थिति, विकास दर तथा सबसे महत्त्वपूर्ण इसकी सामाजिक चेतना ने दलीय व्यवस्था के स्वरूप को प्रभावित किया है। स्वतंत्रता प्राप्ति के प्रथम दो दशकों के दौरान दलीय प्रणाली का एक प्रभुत्वसंपन्न दल प्रणाली के रूप में उल्लेख किया जाता है, जहां कांग्रेस केंद्रीय संस्थान के रूप में विद्यमान है। मोरिस जोंस के अनुसार भारतीय राजनीतिक प्रणाली एक दल प्रभुत्व व्यवस्था दर्शाती है जहां कांग्रेस की वर्चस्वता कायम है।[6] भारतीय संसदीय लोकतंत्र ने जहां बहुदलीय व्यवस्था को अपनाया वहां एक दलीय व्यवस्था का वर्चस्व कायम था। कांग्रेस के प्राप्त मतों का अन्य किसी भी दल के प्राप्त मतों से अंतर बहुत अधिक था। इस अंतर के कई कारणों में प्रमुख थे उसकी असीम संगठन शक्ति, राष्ट्रीय आंदोलन की विरासत, सम्मानित नेता, स्पष्ट राजनीतिक मुद्दे, साथ ही साथ संसद तथा राज्य विधानसभा दोनों में भारी संख्या में सीट जीतने की उसकी क्षमता। स्वतंत्रता प्राप्ति से लेकर 1992 तक के राजनीतिक विकास में एक या दो बार ऐसा महसूस हुआ कि शायद भारतीय राजनीति किसी नवीन दिशा की ओर मुड़ने की चेष्टा कर रही है परंतु इसने स्वप्न जैसा प्रतीत हो क्षणिक परिवर्तन के बाद पुनः अपने स्वरूप को प्राप्त कर लिया। स्वतंत्रता के बाद सर्वप्रथम 1967 के आम चुनाव में कांग्रेस को कई राज्यों में स्पष्ट बहुमत प्राप्त नहीं हुआ जिसके फलस्वरूप उसने विरोधी दल के साथ मिलकर सरकारों का गठन किया। साठ के बाद वाले दशक में दल प्रणाली की प्रकृति में बदलाव रजनी कोठारी के अनुसार समय की मांग थी जिसमें भारतीय राजनीति ने एक दल की प्रधानता वाली स्थिति से निकलकर उस स्थिति में प्रवेश किया, जिसमें विभिन्न दलों में प्रधानता प्राप्त करने की प्रतियोगिता प्रारंभ हो गई।[7] 1977 का आम चुनाव इंदिरा गांधी बनाम अन्य था जिसमें कांग्रेस की हार हुई और मोरारजी देसाई के नेतृत्व में जनता पार्टी का शासन स्थापित हुआ। इस गठबंधन में कांग्रेस (ओ), जनसंघ, भारतीय लोकदल, समाजवादी दल तथा कांग्रेस से बागी अन्य घटक दलों के साथ-साथ जगजीवन राम का (कांग्रेस फॉर डेमोक्रेसी) भी

शामिल हुए। राज्य की रूपरेखा में ऐसा परिवर्तन आम जनता की राजनीतिक चेतना के साथ-साथ राजनीतिक वर्गों के उदय का परिणाम था। इसके साथ ही कांग्रेस की अलोकतांत्रिक प्रक्रिया तथा इंदिरा गांधी के निरंकुश नेतृत्व से जन असंतोष बढ़ा था। इसके अतिरिक्त नए ग्रामीण परिवेश, पिछड़ी जातियों, अल्पसंख्यकों की अपनी समस्या, युवा वर्ग की नई चेतना आदि तत्त्व भी महत्त्वपूर्ण थे। उनकी न सिर्फ राजनीतिक व्यवस्था से अलग मांगें और आकांक्षाएं थीं बल्कि वे अपनी राजनीतिक परिभाषाओं का भी प्रयोग करना चाहते थे। जनता पार्टी की सरकार उन आकांक्षाओं को पूरा नहीं कर पाई तथा विविध सामाजिक समूहों को एकीकृत करने में सक्षम नहीं हो सकी। परिणामस्वरूप वह राजनीतिक अस्थिरता एवं दिशाहीन शासन के रूप में सामने आई।

1980 के मध्यावधि चुनावों में पुनः कांग्रेस सत्ता में आई। हालांकि कांग्रेस पहले की तरह एक प्रभुत्वसंपन्न दल के रूप में उभरकर सामने नहीं आई। भारतीय दलीय व्यवस्था में अब क्षेत्रीय दलों की भूमिका भी स्पष्ट दिखने लगी थी। निम्न जातियों एवं दलितों की भूमिका अधिक उजागर होने लगी थी जिसके परिणामस्वरूप जनता दल, बहुजन समाजवादी पार्टी और समाजवादी पार्टी का उदय हुआ। अब भारतीय राजनीति का नया दौर शुरू हुआ था जहां जाति पर आधारित दलों का वर्चस्व बढ़ना शुरू हो गया था। 1984 में इंदिरा गांधी की हत्या के बाद राजीव गांधी का कांग्रेस नेतृत्व एवं 1989 के आम चुनाव के साथ ही पुनः गैर कांग्रेसी गठबंधन की सरकार का निर्माण हुआ जो सत्ता को दो वर्षों तक भी नहीं खींच पाया। 1991 के बाद के आम चुनावों में किसी भी दल को स्पष्ट बहुमत नहीं मिला और भारतीय दलीय व्यवस्था में गठबंधन की राजनीति का नया स्वरूप सामने आया। अब कोई भी दल अपने बलबूते सरकार बनाने में सक्षम नहीं रहा। भारतीय दलीय व्यवस्था बहुदलीय व्यवस्था के साथ-साथ ''गठबंधन'' व्यवस्था के रूप में अपनी भूमिका निभा रहा है जहां राष्ट्रीय दलों के साथ-साथ क्षेत्रीय दलों की भी अपनी भूमिका है।

भारत के विशाल सामाजिक, आर्थिक, धार्मिक परिवेश ने बहुत अधिक दलों को जन्म दिया जो सामान्यतः वैचारिक एवं संगठनात्मक दृष्टिकोण से अलग हैं। कार्यशैली तथा चुनाव आयोग द्वारा दी गई मान्यताओं के आधार पर दलों को दो भागों में बांटा जा सकता है:

1. राष्ट्रीय दल (National Party)
2. क्षेत्रीय दल (Regional Party)

राष्ट्रीय दल

आजकल की दलीय प्रणाली राजनीतिक दलों के बाहुल्य पर आधारित है। राष्ट्रीय अथवा अखिल भारतीय दल वह हैं जिनका कार्यक्रम राष्ट्रीय स्तर के विषयों और मुद्दों पर आधारित है जिनको संसद एवं राज्य विधानमंडलों में पर्याप्त मत प्राप्त हुए हैं। 2 दिसंबर 2000 को भारत के चुनाव आयोग (Election commission) द्वारा दलों को राष्ट्रीय और क्षेत्रीय दलों में मान्यता देने का नया प्रावधान लाया गया। चुनाव आयोग के अनुसार अगर कोई दल—

(i) कम से कम चार राज्यों या उससे अधिक राज्यों में लोकसभा के चुनाव या विधानसभा के चुनावों में पड़े वैध मतों का 6 प्रतिशत प्राप्त करता है;

(ii) लोकसभा में 4 स्थान प्राप्त किए हों अथवा लोकसभा के चुनाव में किसी भी तीन राज्यों में लोकसभा के कुल स्थानों का 2 प्रतिशत स्थान प्राप्त किया हो तो उस दल को राष्ट्रीय दल की मान्यता दी जाती है।

किसी भी दल को राष्ट्रीय दल केवल उसके समर्थन के आधार पर ही माना जाता है। प्रत्येक चुनाव में इस आधार पर मिले मतों के अनुसार अगले चुनाव के लिए दलों को राष्ट्रीय दल घोषित किया जाता है। राष्ट्रीय दलों को अखिल भारतीय दल भी कहा जा सकता है। उनके कार्यक्रमों, नीतियों, विचारधाराओं और रणनीतियों में राष्ट्रीय मुद्दों पर जोर होता है। चुनाव आयोग द्वारा घोषित राष्ट्रीय दल को कानूनी रूप से उसका चुनाव चिह्न पूरे देश के लिए एक होता है। हाल के चुनावों के परिणामस्वरूप चुनाव आयोग ने विभिन्न दलों को राष्ट्रीय दल का दर्जा दिया है: उनमें प्रमुख हैं कांग्रेस, भारतीय जनता पार्टी, बहुजन समाज पार्टी, भारतीय कम्युनिस्ट पार्टी, भारतीय कम्युनिस्ट पार्टी (मार्क्सवादी) और जनता दल (यू))।

सांस्कृतिक विशिष्टता, तथा क्षेत्रीय विकासात्मक आवश्यकताओं की उपेक्षा न हो इसलिए क्षेत्रीय दलों का जन्म हुआ। चूंकि भारत एक बहुभाषी, बहुधार्मिक और बहु-जातीय देश है। सांस्कृतिक अल्पसंख्यकों के मन में बहुसंख्यक संस्कृति में रच-बस जाने तथा अपनी संस्कृति के खोने का डर लगा रहता है। भारत का चुनाव आयोग इन क्षेत्रों के सीमित भूमिका वाले दलों को मान्यता इस आधार पर प्रदान करता है कि क्षेत्रीय दल वह है जिनका कार्यक्रम किसी क्षेत्र विशेष तक सीमित होता है तथा (i) जिसने लोकसभा या उस राज्य के विधानसभा में पड़े वैध मतों का 6 प्रतिशत मत प्राप्त किया हो (ii) राज्य विधानसभा में 2 सीट प्राप्त की हो अथवा दल ने विधानसभा के कुल सीटों की तीन प्रतिशत सीट या तीन सीट, इनमें से जो भी ज्यादा हो, पर जीत हासिल की हो तो उसे चुनाव आयोग द्वारा क्षेत्रीय दल की मान्यता प्रदान की जाती है और उस राज्य के लिए उसका चुनाव चिह्न प्रदान करता है।

कांग्रेस

कांग्रेस पार्टी उस भारतीय राष्ट्रीय कांग्रेस का अंग है जो राष्ट्र के गौरव का प्रतीक है। भारतीय राष्ट्रीय कांग्रेस की स्थापना 1885 में बंबई में हुई थी। यह भारतवर्ष का ही नहीं समस्त विकासशील देशों में सबसे पुराना राजनीतिक दल है। यह राष्ट्रीय आंदोलन में भारतीय समाज के विभिन्न वर्गों को एक साथ लाने में सफल रहा था। शुरुआती दौर में भारतीय राष्ट्रीय कांग्रेस एक संभ्रांत वर्ग संगठन था। फिर गांधीजी के नेतृत्व में यह जनआंदोलन का पर्याय बन गया। राष्ट्रीय आंदोलन में इसकी भूमिका मील का पत्थर सिद्ध हुई। देश के आंदोलन में भागीदारी एवं सफल नेतृत्व के कारण अंतरिम सरकार का गठन कांग्रेस के द्वारा ही किया गया। स्वतंत्रता प्राप्ति के बाद भी जनआकांक्षा एवं लोगों के

विश्वास ने देश की बागडोर कांग्रेस के ही हाथों में दी। ये देश की राजनीति में अग्रणी भूमिका निभाने में सफल रहा। इस प्रकार भारतीय राष्ट्रीय कांग्रेस ने एक संभ्रांत वर्ग, अभिजात्य वर्ग, शिक्षित मध्यम वर्ग के मंच से सर्ववर्गीय राजनीतिक दल का रूप ले लिया।

स्वतंत्रता के बाद भारतीय राष्ट्रीय कांग्रेस समाजवाद, धर्म निरपेक्ष और लोकतंत्र के प्रति वचनबद्ध होकर राष्ट्र निर्माण में जुट गई। हालांकि स्वतंत्रता के बाद महात्मा गांधी भारतीय राष्ट्रीय कांग्रेस के राजनीतिक व्यवस्था से दूर रहने के पक्ष में थे परंतु अन्य राष्ट्रवादी नेताओं के दबाव में वे कांग्रेस की राजनीतिक पारी के लिए राजी हो गए ताकि ये भारत के सामाजिक-आर्थिक विकास का जरिया बने। 1952 से 1967 के आम चुनावों में कांग्रेस ने भारत के राजनीतिक मंच पर अपने वर्चस्व को कायम रखा। अधिकांश राज्यों में कांग्रेस का ही शासन था परंतु 1967 के आम चुनावों के बाद स्थिति बदल गई। गैर-कांग्रेसी दलों ने करीब नौ राज्यों पर अपना कब्जा कर लिया। कांग्रेस की असफलता का कारण आंतरिक मतभेद एवं विरोधी दल के समझौते थे। विरोधी दलों के नेताओं को आभास था कि जनता में पहले की अपेक्षा अधिक असंतोष एवं निराशा है, जिसका फायदा उठाया जा सकता है।[8] कांग्रेस का संगठनात्मक स्वरूप अब कमजोर दिखने लगा था। रजनी कोठारी ने इसे प्रमुख दल प्रणाली के पतन की शुरुआत कहा है।[9] हालांकि कांग्रेस के वैचारिक एवं व्यक्तिगत मतभेद स्वतंत्रता पूर्व ही दिखने लगे थे परंतु महात्मा गांधी, जवाहरलाल नेहरू, पटेल जैसे नेता गुटबाजी को रोके रखने में सफल रहे थे। नेहरू के निधन के बाद ये सत्ता संघर्ष के रूप में सामने आया जिसने अंततः 12 नवंबर 1969 में कांग्रेस को विभाजन की ओर उन्मुख किया। कांग्रेस का विभाजन दो घटकों में हो गया। एक घटक आगे चलकर कांग्रेस (इंदिरा) बना तथा दूसरा घटक कांग्रेस (पुराना) के नाम से जाना जाने लगा। इस नई व्यवस्था से कांग्रेस की पुरानी संगठनात्मक संरचना जो लोकतंत्रीय मूल्यों पर आधारित थी, का ह्रास हुआ और एक अधिक केंद्रीकृत संगठनात्मक समूह का विकास हुआ। 1970 के दशक में कांग्रेस एक राजनीतिक पिरामिड के रूप में तब्दील हो गई।[10] नई कांग्रेस पर इंदिरा गांधी ने अपना पूर्ण नियंत्रण प्राप्त कर लिया। अब कांग्रेस के किसी भी फैसले में इंदिरा गांधी की वर्चस्वता कायम थी। इसी समय भारतीय राजनीति भी नई करवट ले रही थी। नए उभरते वर्ग विशेषकर राजनीतिक सत्ता में हिस्से की मांग करते हुए अधिक सक्रिय होने शुरू हो गए थे। पुरानी कांग्रेस जो भारतीय राजनीति के पटल पर बदलाव चाहती थी लेकिन अपने बलबूते पर उसके लिए यह यह संभव नहीं था, अंततः उसका विलय जनता पार्टी में हो गया। इंदिरा गांधी के नेतृत्व वाली कांग्रेस (ई) ने 1971 के संसदीय चुनाव में और 1972 के विधानसभा चुनावों में अच्छा प्रदर्शन किया। लोकसभा की 518 सीटों में से 351 सीटों पर अपनी जीत कायम की। इंदिरा गांधी की जीत के साथ-साथ देश में महंगाई तथा असंतुष्टता एवं विरोध में भी बढ़ोत्तरी हुई। 1974 में जयप्रकाश नारायण ने इंदिरा गांधी के भ्रष्टाचार एवं महंगाई के खिलाफ जनआंदोलन छेड़ दिया। देश के हर कोने से कहीं धीमी और कहीं तेज आवाज के साथ सभी वर्गों के लोग जन आंदोलन का हिस्सा बने। इंदिरा गांधी ने आंतरिक आपातकाल की घोषणा कर दी। इंदिरा गांधी की ये भूल 1977 के आम चुनाव में कांग्रेस की करारी हार के साथ

सामने आई। केंद्र में पहली बार गैर-कांग्रेसी सरकार का गठन हुआ। जनता पार्टी ने सत्ता पर कब्जा किया। इस हार को कांग्रेस बर्दाश्त नहीं कर पाई और टूटकर बिखर गई। इंदिरा गांधी के साथ वाली कांग्रेस (ई) एवं स्वर्ण सिंह के नेतृत्व में कांग्रेस (स) का गठन हुआ। 1980 के आम चुनाव में कांग्रेस (ई) पुनः दो-तिहाई बहुमत के साथ सत्ता में लौट आई और उसने लोकसभा के साथ विधानसभा के चुनावों में 9 में से 8 राज्यों पर कब्जा कर लिया।

सन् 1984 में इंदिरा गांधी की हत्या कर दी गई और राजीव गांधी देश के प्रधानमंत्री बने। 1985 के आम चुनावों में कांग्रेस ने अभूतपूर्व सफलता पाई। कांग्रेस ने अपने सहयोगी दलों के साथ मिलकर 415 सीटों पर कब्जा किया। इंदिरा गांधी की हत्या ने पूरे देश में कांग्रेस के लिए भावनात्मक पैदा कर दी। परंतु अगले चुनाव में कांग्रेस की पराजय हुई। हालांकि कांग्रेस सबसे बड़े दल के रूप में उभर कर आई परंतु स्पष्ट बहुमत प्राप्त नहीं कर सकी। 1991 के चुनाव प्रचार के दौरान राजीव गांधी की हत्या कर दी गई। पूरे देश में शोक की लहर दौड़ गई मगर चुनाव परिणाम स्पष्ट नहीं था। लोगों को लगा था शायद कांग्रेस पूर्ण बहुमत से आएगी परंतु कांग्रेस को केवल 232 सीटों पर ही संतोष करना पड़ा। हालांकि कांग्रेस की ही सरकार बनी और नरसिंहा राव इसके प्रधानमंत्री बने, परंतु कांग्रेस ने आने वाले चुनावों में अपना प्रदर्शन अच्छा नहीं किया। 1996 एवं 1998 के चुनावों में कांग्रेस की सीटों की संख्या क्रमशः 140 एवं 141 रह गई थी। 1999 में, लोकसभा में कांग्रेस (ई) द्वारा जीती गई सीटों की संख्या घटकर 114 ही रह गई थी। राज्य विधानसभाओं में इसकी स्थिति अच्छी नहीं रही। हालांकि कांग्रेस राजनीतिक दल के रूप में धर्म निरपेक्ष, समाजवाद एवं लोकतंत्र के प्रति अपनी वचनबद्धता को दोहराती रही है परंतु सशक्त नेतृत्व की कमी ने कांग्रेस के संगठनात्मक वर्चस्व को कमजोर किया। जवाहरलाल नेहरू से लेकर सोनिया-मनमोहन तक के सफर में कांग्रेस ने काफी उतार-चढ़ावों का सामना किया। 2004 एवं 2009 के लोकसभा के चुनाव में कांग्रेस की स्थिति अच्छी हुई है और कांग्रेस (आई) लगातार दो बार केंद्र में सत्ता में आने में सफल रही।

भारत की मिश्रित अर्थव्यवस्था उसकी समाजवादी एवं उदारवादी लोकतांत्रिक विचारधारा की द्योतक है। इस अर्थव्यवस्था के अंतर्गत समाजवादी एवं पूंजीवादी दोनों घटकों को समान भागीदारी का मौका मिला जो आगे चलकर भारत को जन कल्याणकारी राज्य की स्थापना में मददगार साबित हुआ। कांग्रेस ने अपनी समाजवादी नीति के तहत भारतीय बैंकों एवं बीमा सेवाओं में राजकीय नियंत्रण की पहल कर एक कीर्तिमान स्थापित किया। स्वतंत्रता के तुरंत बाद नेहरू के नेतृत्व में कांग्रेस ने नियोजन की प्रक्रिया के अंतर्गत पंचवर्षीय योजना को लागू किया। साथ ही साथ कृषि, ग्रामीण योजना, शिक्षा एवं बाल कल्याण जैसे अनेक क्षेत्रों को राष्ट्रीय महत्त्व का बताकर समुचित कार्यक्रम की रूपरेखा तैयार करवाई जिसमें भूमि सुधार, शैक्षणिक सुविधाएं, रोजगार के अवसरों का सृजन, एवं जमींदारी व्यवस्था की समाप्ति और भूमिहीन किसानों को ऋण पर बल दिया। कांग्रेस अपनी धर्म निरपेक्ष नीति के साथ ही अल्पसंख्यकों के अधिकारों तथा हितों की सुरक्षा के प्रति कटिबद्ध है। 1971 के चुनाव घोषणा पत्र में कांग्रेस ने "गरीबी हटाओ" का नारा

दिया जिसके कारण कांग्रेस को लोकसभा में दो-तिहाई बहुमत प्राप्त हुआ। जहां तक गरीबी के मुद्दे की बात है यह हर राजनीतिक दल का चुनावी मुद्दा रहा है परंतु किसी भी दल ने इसे गंभीरता से नहीं लिया है। 1977 और उसके बाद के चुनावों में कांग्रेस अपने सामाजिक आधार वाले मतदाताओं विशेषत: ब्राह्मण, मुसलमान, अनुसूचित जातियों के लिए चुनावी घोषणाओं में गरीबी, कृषि सुधार, औद्योगिक विकास, सर्वधर्म समभाव, स्वास्थ्य, शिक्षा, मूल्यवृद्धि जैसे मुद्दों को प्राथमिकता देती रही है।

भारतीय जनता पार्टी

भारतीय जनता पार्टी 1980 में अस्तित्व में आई जब जनता पार्टी का विघटन दोहरी सदस्यता के मुद्दे पर हो गया। जनता पार्टी में शामिल अन्य घटकों के सदस्य ये चाहते थे कि भारतीय जनसंघ के सदस्य राष्ट्रीय स्वयं सेवक संघ की सदस्यता को छोड़ दें क्योंकि वे अब जनता पार्टी के सदस्य हैं। जनता पार्टी की केंद्रीय कार्यकारिणी द्वारा दोहरी सदस्यता को अस्वीकार कर दिए जाने पर अटल बिहारी वाजपेयी के नेतृत्व तथा लाल कृष्ण आडवाणी तथा मुरली मनोहर जोशी जैसे शीर्ष नेताओं के साथ भारतीय जनता पार्टी की स्थापना हुई। ये सभी भारतीय जनसंघ के सदस्य थे जिसकी स्थापना डॉ. श्यामा प्रसाद मुखर्जी के नेतृत्व में 1951 में हुई थी। भारतीय जनसंघ के अलावा दूसरे घटक के भी नेता भारतीय जनता पार्टी में शामिल हुए। सामान्यत: भारतीय जनता पार्टी (भाजपा) भारतीय जनसंघ का नया संशोधित रूप था। नवगठित भारतीय जनता पार्टी (BJP) ने जय प्रकाश नारायण के गौरवमय भारत के स्वप्न को साकार करने के लक्ष्य के साथ संपूर्ण क्रांति तथा गांधीवादी आर्थिक नीति को अपना लक्ष्य बनाया। वैचारिक रूप से यह राजनीतिक दल के रूप में राष्ट्रवाद तथा राष्ट्रीय अखंडता, लोकतंत्र, सकारात्मक धर्म निरपेक्षता, गांधीवादी समाजवाद और मूल्य आधारित राजनीति को अपनी आधारभूत नीति मानता है। भाजपा (BJP) ने इन नीतियों को देश के आर्थिक-सामाजिक विकास की रणनीति के साथ जोड़ा। प्रारंभ में भाजपा ने स्वयं राष्ट्रीय स्वयं सेवक संघ (RSS) से भिन्न अपनी नीति दर्शाने का प्रयास किया परंतु उसकी वैचारिक सीमाओं ने उसे पूर्ववर्ती विरासत के साथ अंतत: जोड़े रखा। भाजपा ने अपने अस्तित्व के साथ ही महात्मा गांधी की हत्या से जुड़े मामलों से अपने को दूर रखने की कोशिश की है। भाजपा अपनी नीतियों को सांप्रदायिक तथा समाज विरोधी नहीं होने के हमेशा दावे पेश करती रही है तथा अपनी परिभाषाओं से इन बातों की पुष्टि करती रही है। 1985 में विभिन्न मंचों से राष्ट्रीय एकता एवं अखंडता पर बल दिया और विशेषत: कांग्रेस की अल्पसंख्यकों के प्रति नीति की आलोचना की और इसे अपना राजनीतिक मुद्दा बनाया। कांग्रेस की धर्मनिरपेक्षता की नीति को छद्म धर्म-निरपेक्षता की नीति बताकर अपनी धर्म निरपेक्षता को सकारात्मक धर्म निरपेक्षता का नाम दिया। प्रारंभ से ही हिंदुवादी तथा ''हिंदुत्व'' की एक परिभाषा के साथ अपनी धर्मनिरपेक्षता के मूल्यों को राजनीति में सक्रिय किया। अगर भाजपा के गठन से अब तक देखा जाए तो हम पाते हैं कि ये किसी निश्चित विचारधारा के साथ निरंतर नहीं चल पाई है। ऐसा लगता है कि यह उदारवाद एवं आक्रमणकारी नीति के बीच घूमती रही है।[11] सैद्धांतिक रूप से यह पूंजीवाद

एवं समाजवाद की विरोधी है क्योंकि जहां पूंजीवाद निरंकुश प्रशासनिक व्यवस्था एवं आर्थिक व्यवस्था को बढ़ावा देता है वहीं समाजवाद आर्थिक केंद्रीयकरण की ओर ले जाता है। व्यावहारिक रूप में भाजपा अपने शासन काल में व्यापारी वर्गों को बढ़ावा देती रही है।[12] इसकी अस्पष्ट नीति के कारण प्रारंभिक दिनों में इसे सफलता नहीं मिली। मई 1980 के विधानसभा चुनावों में इसे अपेक्षित सफलता नहीं मिली। 1984 के आम चुनाव में इसे मात्र 2 सीटें प्राप्त हुईं।[13] भाजपा की यह सोच थी कि शायद ''हिंदू'' वोट से अच्छी सफलता मिलेगी परंतु कांग्रेस और खासकर इंदिरा गांधी के हिंदू वोट बैंक को ये तोड़ नहीं पाई। इन चुनाव परिणामों ने भाजपा की हिंदुवादी नीति को झकझोर दिया था। हालांकि 1984 के संसदीय चुनाव में कृषि एवं उद्योगों के विकास पर जोर दिया। उसके घोषणा पत्र में नागरिकों के रोजगार के अधिकार को मौलिक अधिकार के रूप में मान्यता दिए जाने, करों में कमी, वृद्धा पेंशन एवं लोगों के जीवन स्तर में सुधार पर बल दिया। 1989 के चुनावों में उसने देश की सुरक्षा के लिए आधुनिक हथियार, पिछड़ी जातियों के लिए नौकरी में आरक्षण, मूल्य वृद्धि पर रोक जैसे वादों के साथ चुनाव में भाजपा को 88 सीटों पर विजय मिली। भाजपा के समर्थन से राष्ट्रीय मोर्चे की सरकार बनी जिसमें विश्वनाथ प्रताप सिंह प्रधानमंत्री बने। इस चुनाव परिणाम से ऐसा प्रतीत हुआ कि भाजपा ने पुनः अपने हिंदुत्व के एजेंडा में जीत हासिल की है। राम-जन्मभूमि-बाबरी मस्जिद विवाद जैसे भावनात्मक मुद्दे को भूना तथा साथ ही कांग्रेस की कमियों ने उसकी जीत में मदद की। विश्व हिंदू परिषद् (VHP) के अध्यक्ष के अनुसार, 'हमने हिंदू लहर बनाई और भाजपा ने हिंदू कार्ड के जरिये जीत हासिल की।'[14] 1991 के चुनाव में भाजपा ने 22.9 मत प्रतिशत के साथ 119 सीटों पर विजय हासिल की। 1996 के चुनाव में भाजपा को सर्वाधिक लाभ हुआ और 161 सीटों के साथ लोकसभा में सबसे बड़े दल के रूप में उभरी। राज्य विधानसभाओं में भी उसका मत प्रतिशत और सीटों में बढ़ोत्तरी हुई। 1996 में भाजपा ने कांग्रेस की उदारीकरण व स्वदेशी के मापदंडों को अपनाने का वादा किया तो मतदाताओं ने अपने विश्वास की मुहर लगाई। भाजपा का वोट बैंक उत्तर से दक्षिण की ओर बढ़ रहा था। अब भाजपा की राष्ट्रीय धुन केवल हिंदी में सीमित नहीं रही अब ये कन्नड़, तमिल, बांग्ला में गाई जाने लगी। इसके साथ-साथ इसके पारंपरिक समर्थन के आधार अन्य जातियां, छोटे एवं मंझोले व्यापारी से विस्तृत होकर दूसरे सामाजिक समूह जैसे अनुसूचित जनजातियों तथा किसानों एवं श्रमिकों के बीच फैलाव हुआ। ओलीवर हीथ के अनुसार भाजपा ने अपने परंपरावादी मतों को बचाए रखने के साथ-साथ इसके जनाधार में निरंतर वृद्धि हुई जिसमें मुख्यतः अनुसूचित जनजातियों की भागीदारी बढ़ी है।[15] भाजपा निरंतर अपने बढ़ते जनाधार में यह दर्शाना चाहती थी कि वह कांग्रेस का विकल्प बनने में पूर्णतः समर्थ है तथा राष्ट्रीय स्वयं सेवक एवं विश्व हिंदू परिषद् के संबंधों के साथ भी राजनीतिक केंद्र बिंदु बनने की स्थिति में है। लोकसभा चुनावों में स्थिति मजबूत होने से राष्ट्रीय राजनीति में इसकी स्थिति सम्मानजनक हो गई। हालांकि चुनावों में अच्छे परिणाम के बावजूद समर्थन नहीं मिलने के कारण अटल बिहारी वाजपेयी की सरकार

मात्र 13 दिन में ही गिर गई। 1998 के मध्यावधि चुनाव में उसकी स्थिति मजबूत हुई और उसने अपने सहयोगी दलों के साथ सरकार का नेतृत्व किया। इस चुनाव में भाजपा ने राम की माला से हिंदुत्व को आकर्षित करने की कोशिश की। शीर्ष नेतृत्व की साफ छवि ने उसे जीत दिलाने में मदद की। साथ ही साथ कांग्रेस की घटती लोकप्रियता भी परिलक्षित हुई। इनमें जिसने सबसे ज्यादा लाभ दिया वह था राष्ट्रीय मोर्चा एवं कांग्रेस की नाकामी।[16] भाजपा इस तथ्य से पूरी तरह जागरूक थी तथा कांग्रेस की गिरती हुई छवि से लाभ उठाना चाहती थी। गठबंधन की राजनीति ने भाजपा के आक्रामक हिंदुवादी और स्वदेशी की कार्य सूची को पीछे रखने का संकेत किया। भाजपा नई आर्थिक व्यवस्था से देश के विकास तथा अल्पसंख्यकों के सुरक्षा के प्रति भी सजग है। 'भाजपा की बागडोर लालकृष्ण आडवाणी की जगह अटल बिहारी वाजपेयी के हाथों में है तथा गठबंधन की राजनीति में वे अन्य दलों के साथ धर्मनिरपेक्षीय मुद्दों को एक साथ करने की कोशिश कर रहे हैं। वाजपेयी अपनी छवि के द्वारा दलित, जनजातियों तथा अल्पसंख्यकों को लुभाने की कोशिश करते हैं तथा उन्होंने विश्व हिंदू परिषद्, राष्ट्रीय स्वयं सेवक संघ, शिव सेना जैसे संगठनों से दूरी बनाए रखने की कोशिश की है।'[17] 2004 के आम चुनाव में भारतीय जनता पार्टी की हार हुई। इस चुनाव में किसी भी दल या गठबंधन को बहुमत नहीं मिला था लेकिन ये राष्ट्रीय लोकतांत्रिक गठबंधन (एन.डी.ए.) के पक्ष में वोट नहीं था। हालांकि भाजपा ने धर्म निरपेक्षता, अर्थव्यवस्था का स्वदेशी रूप तथा संसद में महिलाओं को 33 प्रतिशत आरक्षण पर अपनी सहमति व्यक्त की थी। 2008 के आम चुनावों में भाजपा की करारी हार हुई। कांग्रेस एक अच्छी स्थिति में पुनः सत्ता में लौट आई। भाजपा की हार के पीछे उसकी अस्पष्ट नीतियां हैं जिसमें कभी वह खुद को आर.एस.एस. का अंग मानता है और कभी उससे अलग अपनी पहचान बनाने की कोशिश करती है। ये स्पष्ट है कि अगर भाजपा स्वायत राजनीतिक दल के रूप में काम नहीं करती और उसकी बागडोर आर.एस.एस. के हाथों में होगी तो भाजपा का समर्थन आधार पुनः कांग्रेस के हाथों में जाने की संभावना है।[18] सन् 2004 के बाद भाजपा की कुछ नीतियां एवं कार्य प्रक्रिया पर कहीं न कहीं आर.एस.एस. एवं विश्व हिंदू परिषद् की वर्चस्वता नजर आती है। भाजपा अगर कांग्रेस तथा अन्य दल की धर्म निरपेक्षता नीति को छद्म धर्म निरपेक्षता बतलाती है तो इसे अपने सकारात्मक धर्म निरपेक्षता से जनता को अवगत कराना होगा और स्वतंत्र राजनीतिक पहचान बनानी होगी।

राष्ट्रीय स्तर पर भाजपा में एक पार्टी अध्यक्ष और राष्ट्रीय परिषद् होती है। दल का प्रत्येक वर्ष एक अधिवेशन होता है तथा विशेष सत्र होते हैं। राज्य के लिए अलग परिषद् तथा कार्यकारिणी होती है जिसका गठन राष्ट्रीय कार्यकारिणी द्वारा होता है। इसके अलावा क्षेत्रीय समितियां, जिला समितियां, और ब्लॉक समितियां होती हैं। संगठनात्मक रूप से भारतीय जनता पार्टी नीचे से ऊपर लोकतंत्रीय ढांचों पर विश्वास करती है। इसके युवा मोर्चा और महिला मोर्चा, अल्पसंख्यक मोर्चा जैसे संगठन हैं जो राष्ट्रीय कार्यकारिणी के दिशा निर्देशों पर काम करते हैं।

जनता दल एवं घटक दल

जनता पार्टी का विघटन, विभिन्न घटकों द्वारा भाजपा का गठन एवं संसदीय चुनावों में निराशाजनक परिणामों ने अंततः जनता पार्टी का विलय दूसरे विभिन्न दलों के साथ होना निश्चित कर दिया। 11 अक्टूबर 1988 को वी.पी. सिंह के नेतृत्व में जनमोर्चा, लोकदल (A), जनता पार्टी का विलय जनता दल के गठन के रूप में हुआ। जनता दल तथा राष्ट्रीय मोर्चा के गठन ने विपक्षी एकता के लिए मंच प्रदान किया तथा विभिन्न सामाजिक ताकतों को एक दल में शामिल होने का मौका मिला। कांग्रेस के आंतरिक बिखराव एवं राजीव गांधी की विश्वसनीयता पर प्रश्न चिह्न ने कांग्रेस की लोकप्रियता को कम किया जिसका फायदा इन नवगठित जनता दल को मिला। कांग्रेस के विकल्प के रूप में मतदाताओं ने राष्ट्रीय मोर्चा की सरकार को हरी झंडी दिखाई। संसदीय चुनाव के साथ राज्य विधानसभाओं–बिहार, उत्तर प्रदेश, गुजरात तथा उड़ीसा में इसकी सरकारें बनीं। जल्दबाजी में तथा सकारात्मक लक्ष्यविहीन ये दल सत्ता के खिंचाव और दबाव को सह नहीं पाया और एक वर्ष के अंदर ही बिखर गया। हालांकि जनता दल ने गठन के साथ सामाजिक-आर्थिक समानता पर आधारित समाज की स्थापना को लक्ष्य बनाया जिसमें मंडल आयोग की सिफारिशों को लागू करना मुख्य लक्ष्य था। इसके साथ दल ने सत्ता का विकेंद्रीकरण, समान शिक्षा का अधिकार, महंगाई एवं बेरोजगारी की समाप्ति, ग्रामीण विकास, जैसे मुद्दे के साथ चुनावों में भाग लिया। जनता दल को जहां अल्पसंख्यकों का समर्थन प्राप्त था वहीं पिछड़े वर्गों एवं अति पिछड़े वर्गों का समर्थन भी प्राप्त था। इसे पिछड़ी जातियों का भी दल कहा जाता है।

जनता दल का उद्भव तथा गठन किसी सकारात्मक एवं सार्थक सोच के साथ नहीं हुआ था। इसका लक्ष्य केवल कांग्रेस को सत्ता से हटाना एवं स्वयं सत्ता हासिल करना था। जनता पार्टी में गुटबंदी एवं व्यक्तिवादी महत्त्वाकांक्षा ने इस दल को बार-बार बिखराव के कगार पर खड़ा किया। जनता दल के शुरुआती दौर में ऐसा लगा कि शायद वी.पी. सिंह अपने नेतृत्व से सभी सामाजिक घटकों एवं नेताओं को एक मंच पर रख सकेंगे परंतु नेतृत्व ही डगमगाने लगा जिसके फलस्वरूप दूसरे शीर्ष नेता अपने सामाजिक आधार के बलबूते पर इधर-उधर बिखर गए। सभी शीर्ष नेताओं की अपनी-अपनी महत्त्वाकांक्षाएं थीं जिससे संयुक्त संगठन नहीं बन पाया। चूंकि दल राष्ट्रीय स्तर पर अपना आधार नहीं बना पाया जिससे ये कुछ क्षेत्रों में सिमट कर रह गया। पिछड़ी जाति का दल होने के बावजूद पिछड़ी जाति के मतों को राष्ट्रीय स्तर पर संगठित नहीं कर पाया। 1998 तक आते-आते जनता दल का विभाजन विभिन्न क्षेत्रीय घटकों में हो गया। इन घटकों में प्रमुख हैं–समाजवादी पार्टी, समता पार्टी, जनता दल (स), बीजू जनता दल, राष्ट्रीय जनता दल इत्यादि। ऐसा लगता है कि जनता दल का निर्माण विभिन्न पार्टियों के वैचारिक मतभेदों के साथ हुआ था जिसके परिणामस्वरूप उन मतभेदों ने इसे अलग कर दिया। जनता दल तथा उसके दूसरे घटक कुछ सामान्य मुद्दों पर एक समान थे जिनमें प्रमुख मुद्दे हैं–पिछड़ी जातियों को आरक्षण, धर्म निरपेक्षता, अल्पसंख्यकों की सुरक्षा एवं तुष्टीकरण, कृषि एवं ग्रामीण विकास

इत्यादि। साथ ही कुछ ऐसे मुद्दे जिन पर उन घटकों का आपसी मतभेद बरकरार रहा और विभाजन का कारण बना।

साम्यवादी दल

भारत में साम्यवादी आंदोलन मार्क्सवाद के मूल सिद्धांतों पर आधारित है तथा राजनीतिक दल के रूप में भारतीय कम्युनिस्ट पार्टी (CPI) और भारतीय कम्युनिस्ट पार्टी (मार्क्सवादी) (CPIM) के रूप में विद्यमान है। भारतीय कम्युनिस्ट पार्टी की स्थापना 1925 में कानपुर में हुई थी। प्रारंभिक दो दशकों तक साम्यवादी दल श्रमिकों एवं किसानों की आवाज बनकर भारतीय राजनीति में छाया रहा। राजनीतिक बदलाव के साथ साम्यवादी दल के स्वरूप में भी बदलाव आया। इस दल का झुकाव अब मध्यमार्गी स्थिति से संवैधानिक साम्यवाद[19] की ओर है जो रुझान सोवियत संघ का भारत के प्रति देखा जा सकता था तथा साम्यवादी दल का झुकाव कांग्रेस की ओर देखा गया है। भारत में साम्यवादी व्यवस्था का लोकतांत्रिक रूप देखा जा सकता है।[20] 1962 के चीनी आक्रमण ने साम्यवादी दल के आंतरिक झगड़ों तथा गुटबंदी को दबा दिया और 1964 में साम्यवादी दल दो भागों में विभक्त हो गया। एक घटक भारतीय कम्युनिस्ट पार्टी के रूप में है जो सोवियत रूस साम्यवादी विचारधारा के करीब है तथा दूसरा घटक भारतीय कम्युनिस्ट पार्टी (मार्क्सवादी) चीनी साम्यवादी व्यवस्था का पक्षधर है।[21] मार्क्सवादी कम्युनिस्ट पार्टी अपने गठन के कुछ ही दिनों बाद दो दलों में विभक्त हो गई। नया घटक सशस्त्र क्रांति के मार्ग को स्वीकार कर भारत के विभिन्न क्षेत्रों में क्रांति के माध्यम से सत्ता प्राप्त करने की कोशिश कर रहा है।

भारतीय कम्युनिस्ट पार्टी ने प्रथम एवं द्वितीय आम चुनावों में क्रमश: 27 तथा 29 सीटों पर विजय प्राप्त की थी। 1957 में इस दल ने कीर्तिमान स्थापित करते हुए केरल में अपनी सरकार बनाई थी जिसे केंद्रीय सरकार ने 1959 में आंतरिक सुरक्षा के कारण भंग कर दिया था। भारतीय कम्युनिस्ट पार्टी का उद्देश्य है पुरानी सामाजिक-आर्थिक व्यवस्था को खत्म कर नई सामाजिक-आर्थिक व्यवस्था की रचना करना तथा श्रमिक एवं किसानों को सुरक्षा एवं संरक्षण देना। इनका सामाजिक आधार अधिकांश कामगार वर्ग, मध्यम वर्ग, कृषक श्रमिक, शहरी श्रमिक तथा छोटे किसान हैं। भारतीय कम्युनिस्ट पार्टी यह मानती है कि देश के पिछड़ेपन, असमानता, गरीबी, भुखमरी की समस्याओं से निपटने के लिए साम्राज्यवाद विरोधी एवं सामंत विरोधी लोकतांत्रिक क्रांति की आवश्यकता है। यह सर्वहारा वर्ग की तानाशाही तथा क्रांति की अनिवार्यता को नहीं दोहराता है। इस विचार के आलोक में मा.क.पा. एक राष्ट्रीय लोकतांत्रिक सरकार के कार्यक्रम के प्रति निष्ठावान है और कांग्रेस और नेहरू की प्रगतिशील विचारधारा का समर्थन करता रहा है।[22] यहां तक कि इसने आपातकाल के दौरान भी इंदिरा गांधी की सरकार को समर्थन दिया। 1977 के चुनावों में कांग्रेस के साथ-साथ मा.क.पा. को भी हार का सामना करना पड़ा और उसे केवल 4 सीटों से संतोष करना पड़ा। 1980 के संसदीय चुनावों में उसने कुल मिलाकर

11 स्थानों पर विजय प्राप्त की। 1991 एवं 1996 के चुनावों में भारतीय कम्युनिस्ट पार्टी ने कांग्रेस के केंद्रीयता, भ्रष्टाचार, संप्रदायवाद की खूब आलोचना की। इस चुनाव में इसे 13 सीटें मिलीं और वह राष्ट्रीय लोकतंत्र के अपने लक्ष्य की दिशा में 1996 के केंद्र के गठबंधन की सरकार में शामिल हुआ। राज्य विधानसभाओं में केरल, पश्चिम बंगाल तथा त्रिपुरा, में इनका प्रदर्शन सराहनीय रहा। इसके अतिरिक्त उसने बिहार, उत्तर प्रदेश, आंध्र प्रदेश, तमिलनाडु, पंजाब, महाराष्ट्र एवं मध्य प्रदेश में अपनी स्थिति को मजबूत किया है। 2004 के संसदीय चुनाव में इसके 10 सदस्यों ने जीत दर्ज की।

भारतीय कम्युनिस्ट पार्टी मार्क्सवादी लेनिनवादी विचारधाराओं का परित्याग किए बिना भारत में शांतिपूर्ण तरीकों से सामाजिक-आर्थिक बदलाव चाहती है। वह सशस्त्र क्रांति को अपरिहार्य नहीं मानती है परंतु आवश्यकता पड़ने पर हर प्रकार की स्थिति का सामना करने को तैयार है। उसका मानना है कि लोकतंत्रीय नीति अधिक न्यायसंगत है। भारतीय कम्युनिस्ट पार्टी हमेशा सांप्रदायिक सद्भाव, धर्मनिरपेक्षता, उद्योगों का राष्ट्रीयकरण, श्रमिकों के हितों का संरक्षण, सार्वजनिक प्रतिष्ठानों में श्रमिकों की भागीदारी सुनिश्चित करने के लिए प्रतिबद्ध है। विदेश नीति में साम्राज्यवाद विरोधी है तथा गुट निरपेक्षता की वकालत करता है। भारतीय कम्युनिस्ट पार्टी राष्ट्रीय परिषद् द्वारा संयोजित की जाती है। अखिल भारतीय कांग्रेस एक राष्ट्रीय परिषद् का निर्माण करती है जो केंद्रीय कार्यकारिणी समिति का निर्वाचन करती है। केंद्रीय समिति में मुख्य सचिव तथा दल के प्रमुख नेता होते हैं। यह संगठन लोकतांत्रिक केंद्रीकरण के सिद्धांत पर आधारित है।

भारतीय कम्युनिस्ट पार्टी (मार्क्सवादी)

भारतीय कम्युनिस्ट पार्टी (मार्क्सवादी) भी संगठनात्मक रूप से करीब-करीब भारतीय कम्युनिस्ट पार्टी जैसी है। अखिल भारतीय कांग्रेस उसका सर्वोच्च अव्यव दल है। यह केंद्रीय समिति द्वारा संचालित की जाती है। केंद्रीय समिति के दो सत्रों के बीच कार्य निष्पादन के लिए प्रमुख नेताओं में से पोलित ब्यूरो के सदस्यों का चुनाव होता है। केंद्रीय समिति के सचिव का भी चुनाव होता है जो दल का प्रमुख व्यक्ति होता है। भारतीय कम्युनिस्ट पार्टी (मार्क्सवादी) भारतीय राज्य के विध्वंस एवं जन लोकतंत्र की स्थापना में विश्वास रखती है। ये दल श्रमिक वर्ग की तानाशाही कायम करना चाहते हैं। इनका विश्वास है कि देश की गरीबी, पिछड़ेपन, असमानता जैसी समस्याओं का समाधान लेनिनवादी और मार्क्सवादी क्रांतिकारी सिद्धांतों से ही संभव है। ये लोकतांत्रिक मूल्यों तथा संसदीय प्रणाली में विश्वास करता है तथा चीन के इस विचार से सहमत नहीं है कि संसदीय प्रणाली से कुछ भी सुधार संभव नहीं है। मा.क.पा. शुरूआती दौर से अपनाए गए कार्यक्रमों में भारतीय संसदीय व्यवस्था को नहीं नकारता है तथा इसके स्वरूप को लोगों का हितकर मानता है। उनके अनुसार ये लोगों को अवसर प्रदान करता है जिससे वे अपने हितों की रक्षा कर सकते हैं तथा राज्य के कार्यों में भी हस्तक्षेप कर सकते हैं।

मा.क.पा. ने 1967 के संसदीय चुनाव के 19 सीटों पर जीत हासिल की जबकि 1971 के चुनाव में उसकी सीटों में बढ़ोतरी होकर 25 हो गई। उसने 1989 तथा 1991

के चुनावों में क्रमश: 33 तथा 35 सीटों पर विजय प्राप्त की। 1996 तथा 1999 के चुनावों में उसने क्रमश: 33 और 32 सीटों पर जीत हासिल की। राज्य विधानसभा में भी मा.क. पा. का प्रदर्शन संतोषजनक रहा है। विशेष रूप से पश्चिम बंगाल में यह 30 वर्षों से अधिक समय से सत्ता में है। चुनावी घोषणा में इस दल ने हमेशा आर्थिक-सामाजिक समानता पर जोर दिया है। भारत को आर्थिक-दृष्टि से आत्मनिर्भर बनाने, विश्व बैंक एवं अंतर्राष्ट्रीय मुद्रा कोष के चंगुल से मुक्त करने का आश्वासन मतदाताओं को देता है। ये अर्थव्यवस्था को स्वावलंबी बनाने पर जोर देता है। हालांकि पश्चिम बंगाल में इसकी आर्थिक नीति कुछ बनावटी-सी लगती है। यह एक ओर अर्थव्यवस्था के उदारीकरण की आलोचना करता है वहीं यह यहां आर्थिक उदारवाद नीति का पालन करता है[23], जो इस दल के सिद्धांत एवं व्यवहार के विपरीत औचित्य को दर्शाता है। सामान्यत: ये आर्थिक, सामाजिक, राजनीतिक क्षेत्रों में समानता पर आधारित शासन व्यवस्था की मांग करते हैं। ये श्रमिक वर्ग, मध्यम वर्ग, एवं कृषकों के समर्थन पर निर्भर है। हिंदी भाषी क्षेत्रों में इसकी स्थिति उतनी अच्छी नहीं है क्योंकि इनकी चुनावी रणनीति स्पष्ट नहीं है। साथ ही मा.क. पा अपनी विचारधारा को स्पष्ट नहीं कर पाता है जिसके फलस्वरूप मतदाताओं को आकर्षित नहीं कर पाता है। आर्थिक उदारीकरण एवं सोवियत संघ के विघटन से उत्पन्न स्थिति में वैचारिक मतभेदों ने इस दल के समक्ष एक गंभीर स्थिति उत्पन्न की है। यह अपनी भूमिका को नहीं पहचान पा रहा है।[24] यह अपनी उलझनों में ही फंसा है कि उपलब्ध राजनीतिक व्यवस्था में कार्य करे अथवा नई राजनीतिक, आर्थिक व्यवस्था की प्रतिस्थापना क्रांति द्वारा करें। निश्चित रूप से यह काफी उलझ्ानपूर्ण, अनिश्चितता तथा अव्यावहारिकता का परिचायक है। हालांकि राज्य की आर्थिक नीति से देश के श्रमिक एवं छोटे किसान प्रताड़ित हो रहे हैं जिसे ये दल संगठित एवं जाग्रत कर सकता है। परंतु आज के समाज में क्रांति लाना एक दूसरी बात है।[25] विश्व में नए परिवर्तन के दौर में साम्यवादी दल को अपनी कार्यपद्धति में स्पष्टता के साथ-साथ भूमिका को ज्यादा सजग बनाना होगा।

बहुजन समाजवादी पार्टी

राजनीतिक दल का रूप लेने से पहले बहुजन समाजवादी पार्टी (बसपा, BSP) अखिल भारतीय पिछड़े एवं अल्पसंख्यक कर्मचारी संघ एंव दलित शोषित समाज संघर्ष समिति जैसे सामाजिक-सांस्कृतिक संगठन के रूप में विद्यमान थी। बसपा की स्थापना कांशीराम द्वारा 14 अप्रैल 1984 को हुई थी। कांशीराम ने अपनी निकटतम सहयोगी मायावती के साथ मिलकर भारत के दलित वर्गों के उत्थान के लिए बहुजन समाजवादी पार्टी की नींव डाली। वे दलितों एवं पिछड़े वर्गों के उत्थान के लिए काम करना चाहते थे। ये दल अपने नाम के अनुसार बहुसंख्यक वर्ग का दल होने का दावा करता है। इस दावे के पीछे उसकी यह धारणा है कि भारत की सामाजिक संरचना में अनुसूचित जाति, अनुसूचित जनजाति, अल्पसंख्यक समुदाय तथा पिछड़े वर्ग मिलकर बहुसंख्यक समाज का प्रतिनिधित्व करते हैं। जहां इनकी जनसंख्या 80 प्रतिशत से भी अधिक है। अत: यह दल बहुजन का दल है तथा इसके उत्थान के लिए बना है। बसपा का यह तर्क कि भारत में लोकतंत्र का मखौल

उड़ाया जा रहा है जहां अल्पसंख्यक उच्च जाति बहुसंख्यक निम्न एवं पिछड़ी जाति के लोगों के मत का उपयोग कर शासन करती है। चूंकि लोकतंत्र का अर्थ है बहुमत का शासन अतः बहुजन समाजवादी पार्टी बहुजन समाज के शासन स्थापना के लिए प्रतिबद्ध है। वह समाज में फैली असमानताओं को दूर करने के लिए भी प्रतिबद्ध है। स्थापना के शुरुआती दौर में दल के नेताओं ने समाज के उच्च वर्ग/जाति के लोगों से अपने को दूर रखने की कोशिश की परंतु कुछ ही दिनों में अपनी रणनीति बदल डाली। हालांकि मायावती कुछ अंतरालों में उच्च जाति के लोगों को अपने से दूर रखने का दिखावा करती रही है। दल को संगठनात्मक रूप से मजबूत करने की कोशिश कर रही हैं।

बहुजन समाजवादी पार्टी की मायावती की ताजपोशी ने उत्तर प्रदेश के साथ-साथ दूसरे हिंदी प्रदेशों में भी बहुजन समाजवादी पार्टी के हौसले बुलंद किए हैं। 2004 के संसदीय आम चुनाव में इसने 16 सीटों पर अपना कब्जा जमाया है। दिन-प्रतिदिन दल का जनाधार बढ़ता जा रहा है। खासकर उत्तर प्रदेश में कोई मजबूत दल जो सभी वर्गों और खासकर दलित एवं पिछड़ों का नेतृत्व नहीं कर पा रहा है जिसका फायदा बसपा को मिलता आ रहा था।

क्षेत्रीय दल

द्रविड़ मुनेत्र कड़गम (DMK) एवं ऑल इंडिया अन्ना द्रविड़ मुनेत्र कड़गम (AIDMK)

द्रविड मुनेत्र कड़गम (द्रमुक) दक्षिण में ब्राह्मण विरोधी आंदोलन का परिणाम है। इसकी जड़ें ई.बी. रामास्वामी नाइकर द्वारा स्थापित जस्टिस पार्टी में मिलती हैं। मद्रास (चेन्नई) में कांग्रेस ब्राह्मण तथा हिंदू उच्च जाति का प्रतिनिधित्व करती थी। ब्राह्मणों का कांग्रेस पर वर्चस्व स्थापित हो चुका था। गैर-ब्राह्मणों को यह एहसास हो गया कि खुद के हितों की रक्षा के लिए ब्राह्मणवादी प्रभुत्व को रोकना होगा। 1916 का गैर-ब्राह्मण घोषणा-पत्र तथा 1925 में नाइकर द्वारा चलाए गए सेल्फ रेस्पेक्ट मूवमेंट की स्थापना की जिसने जनसाधारण को अधिक प्रभावित किया। आत्म सम्मान आंदोलन का मुख्य उद्देश्य सामाजिक स्तर पर ब्राह्मणों के नियंत्रण से हटाना था। परिणामस्वरूप नाइकर के नेतृत्व में द्रविड़ कड़गम दल की स्थापना हुई। परंतु नाइकर के कुछ मुद्दों से असंतुष्ट युवाओं ने 1949 में सी.एन. अन्नादुरई के नेतृत्व में द्रविड़ मुनेत्र कड़गम का गठन किया। अपने शुरुआती दिनों से ही द्रमुक का ध्यान निम्नतर जातियों, वर्गों के हितों के लिए कटिबद्ध रहा है। द्रविड़ मुनेत्र कड़गम को जल्दी ही तमिल राजनीति में विशिष्ट स्थान प्राप्त हो गया। तीव्र गति से बढ़ते संगठन से द्रमुक ने 1967 में मद्रास विधानसभा में बहुमत लेकर सरकार बनाई तथा संसदीय चुनाव में भी अच्छा प्रदर्शन किया। सत्ता में आते ही इसने कुछ लोकप्रिय कार्यक्रमों का क्रियान्वयन कर अपनी स्थिति को बहुत मजबूत किया। 1969 में अन्नादुरई की मृत्यु के बाद करुणानिधि ने द्रमुक का नेतृत्व करना शुरू किया। 1971 के चुनावों में इसने अपनी स्थिति को और मजबूत किया। द्रमुक ने मूलतः समाज के पिछड़े वर्गों को समान अवसर, तमिल भाषा का प्रचार तथा हिंदी को जबरन लादे जाने का विरोध, राज्य को

स्वायत्तता, जैसे मुद्दों के साथ साथ मुस्लिम लीग, वामपंथी तथा प्रजा समाजवादी दलों के साथ तालमेल से स्वयं को बहुत सुदृढ़ किया। 1972 में एम.जी. रामचंद्रन के निष्कासन के मामले में आंतरिक मतभेद इतना बढ़ गया कि दल का विभाजन हो गया। इसने कुछ असंतुष्टों के साथ नई पार्टी अन्ना द्रमुक का गठन किया। दल में विभाजन के बावजूद, 1980 के संसदीय चुनाव में 16 सीटों पर विजय प्राप्त की। जहां अन्ना द्रमुक को केवल 2 सीटें प्राप्त हुईं। लेकिन 1984 के चुनाव में अन्ना द्रमुक को सफलता मिली। अन्ना द्रमुक को 12 सीटों पर, और द्रमुक को केवल 2 सीटों पर विजय मिली। जबकि विधानसभा में द्रमुक की जीत हुई। तमिलनाडु की सत्ता इन दो दलों के बीच ही आती जाती रहती है। एम. जी. रामचंद्रन की मृत्यु के बाद जयललिता अन्नाद्रमुक की प्रमुख बनीं और 1991 में सत्ता में आईं। 1996 के चुनाव में भ्रष्टाचार के अनेक मामलों ने उनसे सत्ता छीन ली और करुणानिधि पुन: सत्ता पर काबिज हुए। 2001 के चुनाव में अन्ना द्रमुक पुन: सत्ता में लौट आई। 2006 के विधानसभा चुनावों में द्रमुक फिर सत्ता में आई और करुणानिधि पांचवीं बार राज्य के मुख्यमंत्री बने। दोनों ही दल विचारधारा एवं कार्यक्रम के आधार पर समानता रखते हैं। दल में विघटन के कारण ये घटक अलग-अलग दल के रूप हैं अन्यथा क्षेत्रीय असमानता, सांस्कृतिक तथा भाषाई मुद्दे में एक ही हैं।

शिरोमणि अकाली दल

शिरोमणि अकाली दल का उदय सिखों के हितों की रक्षा के लिए 1920 में पंजाब में हुआ। इसे शिरोमणि गुरुद्वारा प्रबंधक कमेटी (SGPC) के तहत गुरुद्वारों में महंतों के भ्रष्ट आचरण के खिलाफ सिखों के एक आंदोलन के रूप में देखा जा सकता है। ब्रिटिश सरकार ने 1925 में गुरुद्वारा अधिनियम पारित कर गुरुद्वारा प्रबंधन का अधिकार शिरोमणि गुरुद्वारा प्रबंधक समिति को दे दिया। शिरोमणि अकाली दल ने धार्मिक विकृति, किसानों की दुर्दशा तथा सिखों पर हो रहे अन्याय के विरुद्ध ब्रिटिश साम्राज्य एवं निरंकुश राष्ट्रीय सरकार से लोहा लिया। 1946 में सिखों ने स्वतंत्र एवं संप्रभु "पंजाब" राज्य की मांग कर डाली जिसके फलस्वरूप स्वतंत्रता के बाद पंजाब को हरियाणा एवं हिमाचल प्रदेश से अलग स्वतंत्र राज्य के रूप में मान्यता दी जो सिख बहुल राज्य था। शिरोमणि अकाली दल ने पंजाब की स्वायत्तता, किसानों और विशेषत: बड़े किसानों का संरक्षण, जल-बंटवारा जैसे मुद्दों पर जोर दिया। इसके साथ-साथ सिख समुदायों के हित के लिए विधायी संस्थाओं में आरक्षण जैसी मांगें भी की हैं। उसने भारत पाकिस्तान बंटवारे का कड़ा विरोध किया। बंटवारे से उत्पन्न दंगों ने लोगों की धार्मिक भावना को भड़काया जिससे अकाली दल को लाभ मिला। ग्रामीण सिख, जाटों ने अकाली दल को एक अच्छे धार्मिक-राजनीतिक मंच के रूप में पाया जिससे अकाली दल को एक ठोस आधार प्राप्त हुआ। इंदिरा गांधी के आपातकाल का कड़ा विरोध कर अपनी राष्ट्रीय स्तर पर उपस्थिति दर्ज करवाई। 1967 के चुनाव तथा उसके पश्चात् अकाली दल कभी कांग्रेस, कभी जनसंघ तथा भारतीय जनता पार्टी के साथ गठबंधन की सरकार में शामिल रहा है। लेकिन गठबंधनों ने कहीं न कहीं

अकाली दल को तोड़ने में मदद पहुंचाई। 1980 में शिरोमणि अकाली दल दो गुटों में विभक्त हो गया। विभिन्न दलों एवं गुटों की अवसरवादिता ने ऑपरेशन ब्लू स्टार, इंदिरा गांधी हत्याकांड, सिख दंगों, आतंकवाद को जन्म दिया जिसमें धर्मनिरपेक्षता के मापदंडों का आकलन अकाली दल नहीं कर पाया। 1989 के चुनाव में अकाली दल (मान) जो सबसे ज्यादा आक्रामक नीति का समर्थन करता था 10 संसदीय सीटों पर विजयी रहा। 1992 में गहरे मतभेद के कारण अकाली दल का कोई भी गुट चुनाव में शामिल नहीं हुआ। 1997 में भाजपा गठबंधन में इसने सरकार बनाई। 2002 के विधानसभा में कांग्रेस की सरकार बनी जो अगले विधानसभा में बहुमत नहीं ला पाई और 2008 में अकाली दल फिर से सरकार में शामिल हुआ। इन चुनावों से ये लगता है कि अकाली दल अब अपने जनाधार विस्तार में लगा है। यह सिख मुद्दों के अलावा पंजाब के दूसरे मुद्दों को भी शामिल कर रहा है। परंतु अभी भी दलित वर्ग अकाली दल को समर्थन नहीं देता है। पंजाबी दलित एवं सिख जो शहर में रहते हैं। वे अकाली दल का समर्थन नहीं करते हैं। इसी संकीर्णता के कारण अकाली दल स्वयं बहुमत प्राप्त नहीं कर सकता है।[26]

नेशनल कांफ्रेस (NC)

नेशनल कांफ्रेस जम्मू कश्मीर में सशक्त क्षेत्रीय दल के रूप में उभरकर आया है। इसकी शुरुआती जड़ें अंजुमन-ए-इस्लामिया तथा अखिल जम्मू एवं कश्मीर मुस्लिम कांग्रेस जिसके नेता शेख अब्दुल्ला थे, में मिलती हैं। 1931 में इसने नेशनल कांफ्रेस को जन्म दिया। शेख अब्दुल्ला इसके संस्थापक थे। प्रारंभ में ये केवल मुस्लिम समुदाय को प्रोत्साहन देता था। 1939 के बाद इसने गैर-इस्लामिक लोगों का भी स्वागत किया। स्वतंत्रता प्राप्ति के बाद जम्मू-कश्मीर के भारत में विलय के बाद शेख अब्दुल्ला प्रधानमंत्री बने। कश्मीर के विलय के मुद्दे पर विरोधी रुख के कारण शेख अब्दुल्ला को नजरबंद कर दिया गया। इंदिरा गांधी एवं शेख अब्दुल्ला के बीच इस समझौता ने शेख अब्दुल्ला की रिहाई एवं नेशनल कांफ्रेस की पुनर्स्थापना का मार्ग प्रशस्त किया। अब नेशनल कांफ्रेंस ने कुछ मुद्दों पर अपनी नीति स्पष्ट की जिनमें प्रमुख थी–द्वि-राष्ट्र सिद्धांत। उसने धर्म निरपेक्षता, समाजवाद एवं लोकतंत्र में अपनी आस्था जताई। 1981 में शेख अब्दुल्ला की जगह फारुक अब्दुल्ला नेशनल कांफ्रेस के अध्यक्ष बनाए गए। दल में चल रही गुटबंदी के बावजूद 1984 के संसदीय चुनाव एवं 1987 के विधानसभा चुनाव में अपनी अच्छी स्थिति दर्ज करवाई। नेशनल कांफ्रेस ने कश्मीर की स्वायत्तता की मांग के साथ 1996 के लोकसभा चुनाव का बहिष्कार किया लेकिन विधानसभा में भारी बहुमत से सरकार बनाई। यह 1999 में वाजपेयी सरकार में भी शामिल हुआ। 2004 के संसदीय चुनाव में नेशनल कांफ्रेस को केवल 2 सीटें प्राप्त हुईं। 2008 के विधानसभा चुनावों में नेशनल कांफ्रेंस ने कांग्रेस से गठबंधन कर राज्य में सरकार बनाई और उमर अब्दुल्ला राज्य के मुख्यमंत्री बने।

नेशनल कांफ्रेस अपने क्षेत्रीय अस्तित्व को बनाए रखने के लिए स्थानीय मुद्दों को उठाती रही है लेकिन लाखों हिंदू शरणार्थी के मुद्दे पर मौन है।

असम गण परिषद्

असम गण परिषद् अखिल असम छात्र संघ और उसके राजनीतिक घटक असम गण संग्राम परिषद् के आंदोलन का परिणाम है। यह आंदोलन बांग्लादेश, नेपाल तथा बिहार प्रदेश से वृहद स्तर पर असम में लोगों के प्रवसन के मुद्दे पर था। असम सीमा पर लाखों लोग बसते जा रहे थे। 1979 में विशाल जन आंदोलन की शुरुआत हुई जिसमें खासकर विद्यार्थियों ने भाग लिया। 1985 में सरकार के साथ समझौते में असम के सांस्कृतिक, सामाजिक तथा भाषायी विरासत की रक्षा के वायदे किए जिससे व्यवस्थित आम चुनाव पर सहमति हुई और असम गण परिषद् की स्थापना तथा प्रफुल्ल कुमार मोहंती के नेतृत्व में सरकार का गठन हुआ। पुन: 1996 में भाजपा के साथ गठबंधन में सरकार का गठन किया। 1998 एवं 1999 के संसदीय चुनाव में इसे एक भी सीट हासिल नहीं हुई। 2001 के विधानसभा में उसकी हार हुई और कांग्रेस सत्ता में लौटी। 2004 के संसदीय चुनाव में उसे मात्र 2 सीटें प्राप्त हुईं।

असम गण परिषद जिस उद्देश्य के साथ गठित हुआ था वह उस उद्देश्य को पूरा करने में असफल रहा। इसने लोगों का विश्वास खो दिया। इसी बीच उल्फा द्वारा प्रायोजित अलगाववादी आंदोलन से निपटने में सक्षम नहीं रहा। बांग्लादेशी शरणार्थियों के मामले में भी उसकी स्थिति स्पष्ट नहीं हुई। अत: असम गण परिषद् का करिश्मा असम में क्षीण होता जा रहा है।

इन क्षेत्रीय दलों के अलावा बहुत से क्षेत्रीय दलों का विभिन्न क्षेत्रों में उद्‌भव और विकास हो रहा है। प्रमुख क्षेत्रीय दलों में शिवसेना, झारखंड मुक्ति मोर्चा, तेलुगुदेशम पार्टी, तृणमूल कांग्रेस इत्यादि हैं। इनके उदय के कारणों में गहराई से अध्ययन की आवश्यकता है। सामान्यत: किसी क्षेत्र की विकासात्मक आवश्यकताएं काफी लंबे समय से उपेक्षित हों तो क्षेत्रवाद एवं क्षेत्रीय दलों को जन्म दे सकती हैं। इसके साथ अपनी सांस्कृतिक विशिष्टता को बचाए रखने के लिए भी क्षेत्रीय दलों का उद्‌भव हुआ है। भारत की राजनीतिक व्यवस्था में इन तथ्यों के अलावा केंद्रीय नेतृत्व में कमी भी एक कारण हो सकता है। इसी संदर्भ में ही पामर ने लिखा है यदि भारत में प्रजातांत्रिक दिशा में बढ़ना है एवं एक राज्य के रूप में जीवित रहना है तो उसे स्वस्थ व्यवस्था या कोई वैकल्पिक प्रभावशाली व्यवस्था विकसित करनी होगी।[27]

संदर्भ

1. Jones, Morris, *Indian Government and Politics*, Hutchinson University Libarary, London, 1971: Chennai, p. 148.
2. बॉल, एलेन, *आधुनिक राजनीति और शासन*, मैकमिलन, 1971, pp. 85-86.
3. Singh, M. P., and Saxena, Rekha, *Indian Politics, Contemporary Issues and Concerns*, Prentice-Hall of India Pvt. Ltd.: New Delhi 2008.
4. कोठारी, रजनी, *पोलीटिक्स इन इंडिया*, ओरियंट लांग्मैन: नई दिल्ली, 2005.
5. *Ibid.*

6. वही
7. कोठारी, रजनी, *Politics in India*, Orient Longman: New Delhi p. 2005.
8. Jones, W. H. Moris, *Indian Government and Politics*, Hutchinson University Libarary, London.
9. Kothari, Rajni, *Politics of India*, Orient Longman: Delhi, 2005.
10. Singh, M. P., *Split in a Predominant Party: The Indian National Congress in 1969*, Abhinav: New Delhi, 1981.
11. Jaffrelot, Christopher, *The Hindu Nationalist Movement in India*, Penguin India: New Delhi, 1996.
12. Singh, M. P., and Saxena, Rekha, *Indian Politics, Contemporary Issues and Concern*. Prentice-Hall of India Pvt. Ltd: Delhi 2008.
13. *राजस्थान पत्रिका*, 4 जनवरी, 1985.
14. *India Today*, February 28, 1990, p. 50
15. Heath, Oliver, *Anatomy of BJP's Rise to Power: Social , Regional and Political expression in 1990's*, Economic and Political weekly, Vol. XXIV No. 34, August. 21–27, 1999.
16. बक्शी, उपेन्द्र, *High Discourse Vs People's Truth*, Seminar No. 385, September, 1991, p. 30
17. Kothari, Rajni, *Rethinking Democracy*, Orient Blackswan: New Delhi, 2005, p.3.
18. Seth, D. L., *Crisis of Representation*, Seminar, No. 385 September, 1991, p. 19.
19. L. Hardgrave, Robert, *India: Government and Politics in a Developing Nation,* Harcourt Brace and world New York, 1970, p. 161-62.
20. Nonister, T. J., *Marxist State Government in India: Politics, Economics and Society*, Pinter Publishers: London, 1988.
21. Ram, Mohan, "The Compromise game", Seminar, No. 362.
22. Kothari, Rajni, "The Call of the Eighties", Seminar No. 25, January 1980.
23. E. P. W., March 4, 1995, p. 409.
24. Sardesai, S. G., Our Rip Van Wrinkles: CPI and CPI (M), *Mainstream*, February 15, 1992, pp., 12–13.
25. *Hindustan Times*, April 9, 2005
26. Brass, Paul, R., *Religion, Language and Politics in North India*, Vikas Publishing House: New Delhi, 1974, pp.: 374–375.
27. नामन डी., पामर, *Indian Political Systems*, Mufline Company: Boston 1961, p. 214

16

भारत में दबाव समूह

वर्तमान समय में दबाव समूह (Pressure group) को सामान्य रूप से राजनीतिक प्रक्रिया का एक बहुत महत्त्वपूर्ण भाग माना जाता है। दूसरे शब्दों में दबाव समूह या हित समूह कोई नया विचार नहीं है। सर्वप्रथम 1908 में आर्थर बेंटले ने अपनी पुस्तक *सरकार की प्रक्रिया* (*The Process of Government*) में दबाव समूह के महत्त्व को स्वीकार करते हुए राजनीतिक व्यवस्था की अनौपचारिक प्रक्रिया जैसे निर्वाचन, मतदान आचरण, दबाव समूह व श्रमिक आंदोलन पर अधिक बल दिया और राजनीतिक व्यवस्था की, वहीं दूसरी ओर औपचारिक संस्थाओं जैसे विधानमंडल, कार्यपालिका व न्यायपालिका पर कम ध्यान दिया। दबाव समूह आधुनिक लोकतंत्र के अभिन्न अंग बन गए हैं तथा सभी विकसित अथवा अविकसित लोकतंत्रों में दबाव समूह उस देश विशेष की राजनीति में महत्त्वपूर्ण भूमिका निभाते हैं।

दबाव समूह का महत्त्व आज इतना बढ़ गया है कि तुलनात्मक राजनीति में भी इसका अध्ययन किया जा रहा है। आमंड, वी. ओ. के., फाइनर, माइरन वीनर, एच. जीगलर, राबर्ट सी. बोन, आडिगार्ड इत्यादि विचारकों ने दबाव समूह के संबंध में विस्तृत या रोचक अध्ययन प्रस्तुत किया है। यद्यपि अधिकांश विचारक इस बात को स्वीकार करते हैं कि आज दबाव समूह राजनीतिक प्रक्रिया के महत्त्वपूर्ण पहलू हो गए हैं, और साथ ही एक ऐसी प्रक्रिया के रूप में स्थापित हुए हैं जिससे राजनीति के माध्यम से सामाजिक मूल्यों का अधिकारिक आबंटन (authoritative allocation of social values) किया जाता है। आज राजनीति को केवल राज्य और शासन का ही विज्ञान नहीं माना जाता, बल्कि इसमें निर्णय लेने की प्रक्रिया को भी शामिल किया जाता है चूंकि राजनीतिक व्यवहार की गत्यात्मक शक्ति का ज्ञान दबाव समूह के संदर्भ में प्राप्त किया जा सकता है जिसके फलस्वरूप राजनीति के क्षेत्र में दबाव समूह या हित समूह अथवा अन्य समूहों के अध्ययन का महत्त्व हाल ही में काफी बढ़ गया है।

दबाव समूह के महत्त्व का विवेचन करते हुए जे. सी. जौहरी ने अपनी पुस्तक *तुलनात्मक राजनीति* में लिखा है कि 'आधुनिक राजनीतिक प्रक्रिया में दबाव एवं हित समूहों तथा इनकी तकनीक के अध्ययन का विशिष्ट महत्त्व है। इसके अध्ययन से उन मौजूद शक्तियों व प्रक्रियाओं पर, जिनके माध्यम से संगठित समाजों में विशेषकर

रीतेश भारद्वाज, असिस्टेंट प्रोफेसर, श्याम लाल कॉलेज (सांध्य), दिल्ली विश्वविद्यालय

लोकतांत्रिक समाजों में राजनीतिक शक्ति का संचालन और प्रयोग होता है, पर प्रकाश पड़ता है।[1] कार्ल जे. फ्रेडरिक ने दबाव समूहों को ''दल के पीछे के सक्रियजन'' कहा है।[2] काफी समय पहले इन दबाव समूहों को घृणा की नजर से देखा जाता था जो लोकतंत्र की जड़ों पर प्रहार करते हुए नकारात्मक साधनों का प्रयोग करते हैं, किंतु आधुनिक समय में इनकी स्थिति बदल गई है और इन्हें आवश्यक बुराई के रूप में राजनीतिक क्रियाशीलता हेतु आवश्यक समझा जाने लगा है। इजराइल, फ्रांस, इंग्लैंड, अमेरिका तथा भारत इत्यादि देशों में दबाव समूहों का राजनीतिक जीवन में विशेष प्रभाव है।

भारत में जो दबाव समूह पाए जाते हैं वे उतने सुसंगठित व प्रभावशाली नहीं रहे हैं जितना कि इंग्लैंड व अमेरिका में देखा जाता है। प्रोफेसर ई. एस. फाइनर का कहना है कि 'सभी उदारवादी लोकतंत्रों में लोकप्रिय प्रतिनिधित्व के, एक नहीं, दो लोकप्रिय मार्ग हैं जिसमें पहला मार्ग राजनीतिक दल व निर्वाचन प्रक्रिया है व दूसरा मार्ग दबाव समूह है।'[3]

दबाव समूह

किसी भी राज्य में विभिन्न समूहों या समुदायों के अपने-अपने हित होते हैं जैसे शिक्षकों, विद्यार्थियों, मजदूरों, महिला संगठनों और उद्योगपतियों इत्यादि। जब कोई छोटा या बड़ा हित संगठित रूप धारण कर लेता है तब उसे हित समूह कहा जाता है और जब कोई हित समूह इस योग्य हो जाता है तो अपनी संगठित शक्ति के बल पर अपने सदस्यों के हितों के लिए कानून निर्माण को प्रभावित कर सकता है तो उसे दबाव समूह कहते हैं।

पीटर आडिगार्ड के शब्दों में 'एक दबाव समूह ऐसे लोगों का औपचारिक संगठन है जिसके एक अथवा अनेक सामान्य उद्देश्य और स्वार्थ हैं और जो घटनाओं के क्रम में विशेष रूप से सार्वजनिक नीति के निर्माण और शासन को इसलिए प्रभावित करने का प्रयास करते हैं ताकि उनके हितों की रक्षा और वृद्धि हो सके।'[4] माइरन वीनर का मानना है कि वह समूह जो प्रशासकीय ढांचे के बाहर हो और जो सरकारी कर्मचारियों के नामांकन या नियुक्ति, सार्वजनिक नीतियों को अपनाए जाने, उनके प्रशासन और निर्वाचन को प्रभावित करने का प्रयास करते हों।[5] एच. जीगलर ने अपनी पुस्तक *अमेरिकी समाज में दबाव समूह* में इसको परिभाषित करते हुए कहा कि, 'दबाव समूह जो अपने सदस्यों को औपचारिक रूप से सरकारी पदों पर नियुक्त करने की कोशिश किए बिना सरकारी निर्णयों को प्रभावित करने का प्रयास करते हैं, लेकिन इनका संबंध विशेष मामलों के नियमन से होता है। ये राजनीतिक संगठन नहीं होते और न ही चुनावों में अपने प्रत्याशी खड़े करते हैं।'[6]

उपरोक्त परिभाषाओं के संदर्भ में उल्लेखनीय है कि ऑर्थर बेंटले एक ऐसे विचारक हैं जिनका मानना है कि हित समूह को संगठन के आधार पर परिभाषित न करके क्रिया को आधार मानकर करना चाहिए। दबाव समूह अपने हितों की पूर्ति के लिए राजनीति को अप्रत्यक्ष रूप से प्रभावित करते हैं अर्थात् ये राजनीतिक आधार पर संगठित नहीं होते और न ही चुनाव के लिए अपने प्रत्यक्ष रूप से उम्मीदवार खड़े करते हैं। ये राजनीतिक दल न होते हुए भी दलों के समान ही संगठित होते हैं और अपने उद्देश्यों की पूर्ति हेतु जनता

की सहानुभूति अपने पक्ष में करने की कोशिश करते हैं। यह सरकार पर अपना दबाव बनाए रखने के लिए परिस्थिति अनुसार संवैधानिक व गैर-संवैधानिक साधनों का प्रयोग करते हैं और जब भी आवश्यकता हो तो आरंभ में ये अपनी मांगों को संवैधानिक तरीकों से पूरा करवाने का प्रयत्न करते हैं। समूह के सदस्य, विधायकों और राजनीतिक पदधारकों से संपर्क और स्मरण पत्र देकर अपनी मांगों से अवगत करवाते हैं, इसके अतिरिक्त संचार साधनों के माध्यम से भी दबाव समूह मांगों को सरकार तक पहुंचाने का प्रयास करते हैं। लेकिन जब ये व्यक्तिगत संपर्क, वार्तालाप और शांतिपूर्ण ढंग से सरकार पर दबाव डालने में असफल हो जाते हैं तो ये प्रदर्शन, हड़ताल जैसे साधनों को अपनाकर अपनी मांगों को पूरा करवाने के लिए सरकार पर दबाव डालते हैं। बड़े दबाव समूह, विशेष तौर पर व्यापारिक समूह राजनीतिक दलों को आर्थिक सहायता प्रदान करते हैं तथा ऐसे राजनीतिक प्रत्याशियों का समर्थन करते हैं जो उनके हितों का विशेष ध्यान रखते हैं। अमेरिका के साथ ही कई यूरोपियों देशों में दबाव समूहों द्वारा सरकार को प्रभावित करने के लिए एक तरीका अपनाया जाता है जिसे 'लॉबिंग' (lobbying) कहा जाता है। इस युक्ति में दबाव समूह कुछ ऐसे कर्मचारियों की नियुक्ति करते हैं जिनका कार्य विधान मंडल में जाकर विधायकों से उस समय संबंध स्थापित करना होता है जब उस समूह विशेष के हितों से संबंधित कोई विधेयक विधान मंडल में जाता है और उन्हें इस बात के लिए तैयार करते हैं कि वे विचाराधीन विषय पर दबाव समूह के दृष्टिकोण का समर्थन करें।

रॉबर्ट. सी. बॉन ने लॉबिंग को परिभाषित करते हुए कहा कि 'व्यक्तियों का ऐसा समूह जो व्यवस्थापिकाओं के सदस्यों को अपने समूह के विशेष हितों के अनुरूप मत देने के लिए प्रभावित करने का अभियान चलाता है।'[7] इस प्रकार कहा जा सकता है कि लॉबिंग एक प्रकार का दबाव समूह ही है परंतु इसका कार्यक्षेत्र बहुत सीमित होता है। दबाव समूह और लॉबिंग में केवल क्रियात्मक अर्थात् क्षेत्र और लक्ष्य के आधार पर ही अंतर होता है जहां लॉबिंग का कार्य केवल विधायकों को प्रभावित करने तक सीमित होता है, तो वहीं दबाव समूह संपूर्ण राजनीतिक व्यवस्था को प्रभावित करने का प्रयास करते हैं।

दबाव समूह की कार्य प्रणाली

दबाव समूह अपने उद्देश्यों की पूर्ति हेतु सरकार पर दबाव डालने और उसके कार्य को प्रभावित करने के लिए बहुत से साधन अपनाते हैं। एक ही दबाव समूह अलग-अलग परिस्थितियों में अलग-अलग तरीकों का उपयोग कर सकता है और जिस विधि द्वारा उसे अपने लक्ष्यों की प्राप्ति में अधिक सहायता मिले उसी तकनीक को अपनाता है। इसके द्वारा प्रयुक्त मुख्य साधन निम्नलिखित हैं–

1. चुनावों में अप्रत्यक्ष भागीदारी: आज दबाव समूह चुनाव में अप्रत्यक्ष रूप से भाग लेकर चुनाव परिणामों को प्रभावित करने का प्रयास करते हैं। ये वैचारिक समानता वाले उम्मीदवार को खड़ा करवाने, उन्हें किसी भी दल का टिकट दिलवाने का प्रयास करते हैं। ये जिस उम्मीदवार का समर्थन करते हैं, उसे विजयी बनाने में उसकी आर्थिक सहायता भी करते हैं व अनेक समाचार पत्रों के माध्यम से उनका प्रचार भी करते हैं।

2. प्रचार (propaganda): सरकार और जनता को प्रभावित करने के लिए दबाव समूह प्रचार माध्यम जैसे विभिन्न साधनों को भी काम में लाते हैं। बड़े-बड़े दबाव समूह के अपने-अपने समाचार पत्र व पत्रिकाएं होती हैं, (उदाहरण के रूप में *India Finance, Tata Quarterly by Eastern Economics, Commerce and Capital*) जो इनके पक्षों का ठोस प्रचार करती हैं। इसके अलावा सभाओं व सम्मेलनों का आयोजन करके भी सरकार पर दबाव डालते हैं।

3. लॉबिंग (lobbying): सरकार को प्रभावित करने के लिए दबाव समूह कुछ ऐसे कर्मचारियों की नियुक्ति करते हैं जिनका कार्य विधानमंडल में जाकर विधायकों से संपर्क स्थापित करना होता है ताकि विधायकों को किसी प्रस्ताव के पक्ष व विपक्ष में वोट डालने के लिए प्रेरित किया जा सके। अमेरिका में इस साधन का प्रयोग बहुतायत होता है। दबाव समूह विधानमंडल के अधिवेशन काल में ही सक्रिय नहीं होते बल्कि अधिवेशन की समाप्ति के बाद भी विधायकों और प्रशासनिक अधिकारियों को प्रभावित करने का प्रयास करते हैं।

4. हड़ताल, प्रदर्शन और बंद: दबाव समूह अपने उद्देश्य की प्राप्ति हेतु हड़ताल, बंद, प्रदर्शन तथा घेराव का भी सहारा लेते हैं जहां हड़ताल का प्रयोग राष्ट्रीय आंदोलन के दौरान किया गया, वहीं घेराव और बंद का प्रयोग स्वतंत्रता के पश्चात् किया गया। इन साधनों द्वारा दबाव समूह एक तो असंतोष उत्पन्न करता है साथ ही जनमत को भी अपने पक्ष में करने की पूरी कोशिश करता है।

5. आवश्यक जानकारी देना: दबाव समूह नीति निर्माण के क्षेत्र में अपने व्यवसाय से संबंधित आवश्यक जानकारी सरकार को देते रहते हैं ताकि अपने हितों की रक्षा हेतु नीति निर्माण में आवश्यक संशोधन करवाया जा सके। प्रत्येक दबाव समूह अपने व्यापार और व्यवसाय के संबंध में विभिन्न प्रकार की जानकारी व आंकड़े इत्यादि एकत्र करते रहते हैं। कई देशों में तो सरकार स्वयं दबाव समूहों से जानकारी मांगती है।

6. विचार-विमर्शों और गोष्ठियों का प्रबंध करना: दबाव समूह विचार-विमर्श तथा गोष्ठियों की व्यवस्था भी करते हैं जिससे वे अपने व्यवसाय से संबंधित ज्वलंत समस्याओं पर विचार-विमर्श कर सकें। उदाहरण के तौर पर व्यापारिक समूह द्वारा निजी क्षेत्र में आरक्षण के प्रश्न पर विचार गोष्ठी करके इसका पूर्णतः प्रतिकार करने का प्रयास किया जा रहा है। इसके अतिरिक्त संबंधित मंत्रियों, अधिकारियों तथा क्षेत्र विशेषज्ञों को बुलाया जाता है और विचार-विमर्श के उपरांत रिपोर्ट तैयार करके संबंधित अधिकारियों एवं मंत्रालयों आदि को भेजकर नीति-निर्माण में इसका प्रयोग करवाया जाता है।

दबाव समूहों के प्रकार

भारत में कई प्रकार के दबाव समूह कार्यरत हैं। ये सभी दबाव समूह देश की सामाजिक संरचना का प्रतिनिधित्व करते हैं। मोरिस जोंस के अनुसार, 'यदि भारतीय शासन व्यवस्था को पूर्णतया समझना है तो गैर सरकारी एवं अज्ञात संगठनों की गतिविधियों का अध्ययन करना उपयोगी एवं आवश्यक है।[8] भारत में क्रियाशील दबाव समूहों के संदर्भ में आमंड ने इनको चार समूहों में विभाजित किया है।'[9]

(i) संस्थागत दबाव समूह (institutional pressure group)

(ii) सामुदायिक दबाव समूह (associational pressure group)

(iii) गैर सामुदायिक दबाव समूह (non-associational pressure group)

(iv) चमत्कारिक या प्रदर्शनात्मक दबाव समूह (anomic pressure group)

वहीं दूसरे विचारक रॉबर्ट. सी. बॉन ने दबाव समूह का वर्गीकरण दो आधारों पर किया है, पहला दबाव समूह की प्रकृति व स्वरूप के आधार पर तथा दूसरा उद्देश्य के आधार पर।[10] इस प्रकार बॉन ने दबाव समूह के दो प्रकार बताए हैं–

1. परिस्थितिजन्य समूह (situational groups)
2. अभिवृत्ति जन्य समूह (attitudinal group)।

जहां तक भारत में दबाव समूहों की भूमिका का प्रश्न है, तो भारत में दबाव गुटों का निर्माण स्वतंत्रता प्राप्ति से बहुत पहले ही शुरू हो चुका था। सर्वप्रथम 1885 में कांग्रेस दल की स्थापना एक ऐसी संस्था के रूप में हुई थी जिसका उद्देश्य राजनीतिक क्षेत्र में ब्रिटिश सरकार से अधिक से अधिक सुविधाएं प्राप्त करना था। इस प्रकार कांग्रेस का प्रारंभ एक दबाव गुट के रूप में हुआ था, लेकिन 1947 के बाद इसे एक राजनीतिक दल के रूप में स्थापित किया गया। कलकत्ता में इंडियन लीग नामक संस्था स्थापित की गई, जिसका उद्देश्य ब्रिटिश सरकार से यह मांग करना था कि भारतीय लोक सेवाओं में भारतीयों के लिए स्थानों की संख्या बढ़ाई जाए तथा निर्धारित आयु सीमा को बढ़ाया जाए। सन् 1917 में भारतीय राजनीति में एक महत्त्वपूर्ण घटना हुई, वह यह कि गांधी जी ने राष्ट्रीय आंदोलन को एक नई दिशा प्रदान करने के लिए राजनीति में प्रवेश किया, जिसके फलस्वरूप गांधीजी ने कृषक तथा शिक्षक वर्ग को स्वाधीनता आंदोलन हेतु संगठित किया।

प्रथम विश्वयुद्ध से पहले भारत में कुछ शीर्ष संगठनों का निर्माण हो चुका था, उदाहरण के लिए 1890 में बंबई में एक व्यापारिक संगठन द बॉम्बे मिल्स हैंड एसोसिएशन के बाद भारत में श्रमिक आंदोलन का विकास तेजी से हुआ और केवल एक वर्ष में सात व्यापारिक संगठन स्थापित किए गए, जिनमें गांधीजी ने विशेष रुचि ली। 1920 में राष्ट्रीय स्तर पर एक और व्यापारिक संगठन अखिल भारतीय ट्रेड यूनियन कांग्रेस (All India Trade Union Congress) नाम से संगठित हुआ जिसका अध्यक्ष लाला लाजपत राय को बनाया गया। 1936 में किसानों का एक और संगठन राष्ट्रीय स्तर पर स्थापित हुआ, जिसे कांग्रेस का निर्देशन व समर्थन प्राप्त था। इस संस्था द्वारा जमींदारी उन्मूलन व भूमि के पुनः वितरण की मांग की गई थी।

स्वतंत्रता प्राप्ति के पश्चात् भारत में दबाव समूह की संख्या में प्रभावशाली रूप से विकास हुआ, जिसका कारण सरकार के कार्यक्षेत्रों में विस्तार, राजनीतिक समानता, वयस्क मताधिकार तथा सामाजिक व आर्थिक अधिकार को दिया जाना था। भारतीय संविधान में राजनीतिक सत्ता का अंतिम स्रोत जनता को माना गया है और सरकार के निर्माण में महत्त्वपूर्ण भूमिका जनता को दी गई। लोकतंत्रात्मक शासन प्रणाली की स्थापना के फलस्वरूप व्यावहारिक राजनीति में जनसाधारण के सक्रिय रूप से भाग लिए जाने के कारण राजनीतिक दलों ने अपने को विभिन्न वर्गों के हितों के आधार पर स्वयं को संगठित

करना आरंभ किया, जिसके उपरांत भारत में व्यावसायिक, आर्थिक, व्यापारिक, जातीय तथा सांप्रदायिक हितों का प्रतिनिधित्व करने वाले संगठनों का निर्माण हुआ।

वर्तमान समय में भारत में अनेक प्रकार के दबाव समूह पाए जाते हैं, जिनका विस्तारपूर्वक वर्णन यहाँ दिया जा रहा है–

1. विशेष दबाव समूह

इस समूह से आने वाले सभी दबाव समूह राजनीतिक दलों से संबंधित भी हो सकते हैं और स्वतंत्र भी। इन दबाव समूह के संगठनों का आधार विशेष समूह के हितों की देख-रेख करना व इन्हें पोषित करना होता है। इसके अंतर्गत मजदूर संगठन, किसान संगठन, शिक्षकों व विद्यार्थियों के संगठन तथा महिला संगठनों को भी शामिल किया जाता है। यहां यह उल्लेखनीय है कि वर्तमान समय में इनकी संख्या में पर्याप्त विकास हो रहा है।

(i) मजदूर संगठनः भारत में मजदूर संगठनों का निर्माण राजनीतिक दलों द्वारा किया गया है, यही कारण है कि इनका देश के प्रमुख राजनीतिक दलों से गहरा संबंध देखा जाता है। सर्वप्रथम 31 अगस्त 1920 में भारत में अखिल भारतीय व्यापार कांग्रेस का जन्म हुआ जिसमें कांग्रेस पार्टी ने अपना महत्त्वपूर्ण योगदान दिया। 1947 में कांग्रेस द्वारा एक अन्य मजदूर संगठन अंतर्राष्ट्रीय व्यापार संगठन कांग्रेस (International Trade Union Congress) की स्थापना की गई। 1948 में समाजवादी दलों ने एक नए मजदूर संगठन हिंदू मजदूर सभा की स्थापना की और 1950 में 'संयुक्त व्यापार कांग्रेस' (United Trade Congress) का निर्माण भी साम्यवादी वामपंथी दल द्वारा किया गया। इस समय अखिल भारतीय व्यापार कांग्रेस और अंतर्राष्ट्रीय व्यापार संगठन कांग्रेस साम्यवादी दलों के नियंत्रण में थे। वर्तमान समय में भारतीय राष्ट्रीय व्यापार संगठन पर कांग्रेस दल का नियंत्रण है। हिंदू मजदूर सभा पर समाजवादी दलों का नियंत्रण है और यह संगठन इन सभी संघों में सबसे बड़ा संगठन (सदस्यता के आधार पर) है।

(ii) विद्यार्थी संगठनः भारत में विद्यार्थी संगठन, किसान तथा मजदूर संगठनों की अपेक्षा बहुत अधिक सुदृढ़ है। साम्यवादी दल के प्रभाव में अखिल भारतीय विद्यार्थी संगठन (All India Students Union) की स्थापना हुई। कुछ समय पश्चात् कांग्रेस द्वारा अखिल भारतीय विद्यार्थी संगठन (All Indian Federation of Students) की भी स्थापना की गई। युवा कांग्रेस की स्थापना भी कांग्रेस द्वारा की गई। अखिल भारतीय विद्यार्थी परिषद् (ABVP) की स्थापना जनसभा द्वारा की गई। मार्क्सवादी साम्यवादियों ने प्रगतिशील विद्यार्थी संगठन को स्थापित किया, तो वहीं पंजाब के अकाली दल ने अखिल भारतीय सिक्ख विद्यार्थी संघ की स्थापना की।

(iii) किसान संगठनः एक कृषि प्रधान देश होने के बावजूद भारत में कृषक संगठनों का जन्म मजदूर संगठनों के जन्म के काफी बाद हुआ। किसान संगठन वर्तमान समय में इतने ज्यादा शक्तिशाली नहीं हैं कि सार्वजनिक नीति निर्माण को प्रभावित कर सकें। इनका संगठन कमजोर व शिथिल है जिसके कारण कृषि का व्यावसायीकरण व्यापक तौर पर नहीं हो पाया। सर्वप्रथम अखिल भारतीय किसान सभा की स्थापना 1936 में लखनऊ में की गई। इस संस्था

पर साम्यवादियों का नियंत्रण रहा और कुछ समय पश्चात् समाजवादियों ने "हिंद किसान पंचायत" की स्थापना की, तो वहीं मार्क्सवादियों ने "समूह किसान सभा" को स्थापित किया। 1968 में साम्यवादियों द्वारा "अखिल भारतीय कृषि मजदूर संगठन" (All India Agriculture Labour Union) को स्थापित किया गया। भारतीय राजनीति में किसानों के दबाव समूहों का कोई विशेष प्रभाव नहीं देखा जा रहा है, जिसका कारण किसानों में व्याप्त उनके अलग-अलग स्तर हैं। कुछ किसान बड़े हैं, कुछ मध्यम श्रेणी के और अधिकांश निम्न श्रेणी के हैं। इन सभी स्तरों के किसानों के हित आपस में मेल नहीं खाते हैं तो वहीं वे किसान संगठन जिनका संबंध किसी न किसी राजनीतिक दल से है, वे इनके हितों पर ध्यान देने की बजाय अपनी ही राजनीति में उलझे रहते हैं। दूसरी ओर निरक्षरता व जागरूकता के अभाव के चलते भी इनका सीमित विकास हुआ।

(iv) महिला संगठन: अन्य विशेष दबाव समूह की भांति महिला संगठनों की स्थापना अपने आप में एक विशेष स्थान रखती है। महिला संगठनों में सबसे अधिक महत्त्वपूर्ण 'अखिल भारतीय महिला सम्मेलन' (All India Women Conference) है। यह संगठन आरंभ में साम्यवादियों के अधीन था परंतु बाद में कांग्रेस से संबंधित हो गया है। एक विशेष दबाव समूह के रूप में यह संगठन स्त्रियों की सामाजिक स्थिति, स्त्री समाज के कल्याण, स्त्रियों की दशा सुधारने तथा उन्हें सम्मानित स्थान दिलाने के लिए प्रयत्नशील रहता है। यह संगठन महिला अधिकारों की मांग एक विशेष संदर्भ में करते हुए राजनीति में इनकी भागीदारी की बढोतरी की मांग करता है जिसके चलते इस संगठन ने 1996 के चुनावों के दौरान महिलाओं के लिए लोकसभा व राज्य विधानसभाओं की सीटों में 33 प्रतिशत आरक्षण की मांग रखी। मार्च 2006 में महिलाओं के लिए लोकसभा व राज्य विधानसभाओं में सीटों को बढ़ाए जाने पर भी विचार किया जा रहा है जिसके चलते संविधान में संशोधन किए जाने की भी उम्मीद है क्योंकि 91वें संविधान संशोधन अधिनियम के तहत 2026 तक लोकसभा व राज्यसभा की सीटों में कोई वृद्धि नहीं की जा सकती।

(v) सांस्कृतिक हित समूह: स्वतंत्रता प्राप्ति के बाद भारत में अनेक सांस्कृतिक हित समूहों तथा संगठनों का विकास हुआ, जैसे–भारतीय सांस्कृतिक समूहों का अन्य देशों में जाना व दूसरे देशों के सांस्कृतिक समूहों का भारत में आना–इनका उद्देश्य दो देशों के मध्य मैत्रीपूर्ण संबंध स्थापित करना होता है, जैसे भारत-चीन मैत्री समाज, भारत-रूस सांस्कृतिक संघ, इत्यादि अनेक सांस्कृतिक संगठन विशेष रूप से सक्रिय रहते हैं।

2. व्यावसायिक व व्यापारिक हित समूह

भारत में विभिन्न क्षेत्रों से संबंधित व्यावसायिक हित समूहों ने अपने-अपने हितों की रक्षा हेतु पृथक-पृथक संगठन स्थापित किए हैं जैसे–

(i) All India Bar Association
(ii) All India Medical Council
(iii) All India Railway Men's Association
(iv) All India Postal and Telegraph Worker's Union

(v) All India Federation of University and College Teachers
(vi) All India Bank Employees Association

भारत में व्यापारिक व औद्योगिक समूहों के निर्माण का सिलसिला उन्नीसवीं शताब्दी के आरंभ में ही शुरू हो गया था। 1833 के चार्टर एक्ट के तहत भारत में ब्रिटिश ईस्ट इंडिया कंपनी के व्यापारिक एकाधिकार का अंत किया गया और भारत में व्यापार करने का अवसर सभी अंग्रेजों के लिए खोल दिया गया, जिससे भारत में ब्रिटिश व्यापारिक समूह बड़े पैमानों पर व्यापार करने लग गए, जिससे भारत में व्यापारिक हितों की सुरक्षा का संकट उत्पन्न हुआ, जिसके परिणामस्वरूप देश के मुख्य व्यापारिक केंद्रों जैसे–मद्रास, बंबई, कलकत्ता आदि क्षेत्रों में यूरोपियन चैंबर्स स्थापित किए गए। उन्नीसवीं शताब्दी के अंतिम चरण में उद्योगों तथा व्यापारिक हितों का प्रतिनिधित्व करने वाले समुदायों का निर्माण क्षेत्रीय स्तर पर होना प्रारंभ हुआ। जैसे–1907 में 'भारतीय व्यापार मंडल', इंडियन चैंबर ऑफ बंबई और 1909 में 'दक्षिण भारतीय चैम्बर ऑफ कॉमर्स', मद्रास (Southern Indian Chamber of Commerce of Madras) की स्थापना की गई। 1926 में एक महत्त्वपूर्ण व्यापारिक संगठन 'भारतीय वाणिज्य-औद्योगिक व्यापार संघ' (Federation of Indian Chamber of Commerce and Industries) फिक्की की स्थापना की गई। जिसका मुख्यालय नई दिल्ली में स्थापित है। इसके अलावा दो अन्य संगठन भी हैं–अखिल भारतीय निर्माता संगठन और एशोसियेटिड चैम्बर ऑफ कॉमर्स ऑफ इंडिया (Associated Chamber of Commerce of India)। इनमें जहां अखिल भारतीय निर्माता संगठन देश के छोटे उद्योगपतियों का संगठन है तो वहीं दूसरे का संबंध विदेशी पूंजीपतियों से है, जो भारत में अपनी पूंजी का निवेश करती है।

3. भाषा, धर्म व जाति पर आधारित समूह

जैसाकि हम जानते हैं, भारतवर्ष सांस्कृतिक विभिन्नता वाला देश है जिसमें विभिन्न धर्म, भाषा, संस्कृति व जाति पर आधारित दबाव समूह की संख्या बहुत ज्यादा है और इनका उद्देश्य अपनी एक अलग पहचान को बरकरार रखते हुए अपने अधिकारों की सुरक्षा करना होता है। इन समूहों में मारवाड़ी संगठन, वैश्य महासभा, जाट सभा, गूर्जर सभा, हरिजन सेवक संघ उल्लेखनीय हैं। तमिलनाडु की नाडार जाति सभा भी जाति पर आधारित महत्त्वपूर्ण संगठन है। भाषा पर आधारित हिंदी रक्षा समिति तो वहीं धर्म पर आधारित सनातन धर्म सभा, गुरुद्वारा प्रबंधक कमेटी, भारतीय ईसाई सम्मेलन, आंग्ल-भारतीय समुदाय, आर्य समाज इत्यादि हैं। आज कुछ सांप्रदायिक दबाव समूहों ने दलों का रूप भी ले लिया है, जैसे–मुस्लिम मजलिस, रिपब्लिक दल, हिंदू महासभा, अकाली दल। यहां यह उल्लेखनीय है कि माइरन वीनर ने डी.एम.के. व अकाली दल तक को दबाव समूह की संज्ञा दे डाली है।

4. गांधीवादी विचारधारा पर आधारित समूह

गांधीवादी विचारधारा पर आधारित समूह, गांधीजी के आदर्शों और सिद्धांतों पर आधारित हैं। यह समूह किसी वर्ग विशेष के हितों से संबंधित न होकर, संपूर्ण समाज के कल्याण

और समृद्धि के लिए कार्य करता है। इन समूह का मुख्य प्रयास जनता में नैतिक व मनोविज्ञान विकास करते हुए समाज में आवश्यक परिवर्तन लाना है और जनता इसकी सकारात्मक भूमिका की वजह से इनका सम्मान करती है। इन में सर्वोदय समाज, गांधीयन क्लब, गांधीयन डिबेटिंग सोसायटी, नशाबंदी परिषद्, ग्रामीण उद्योग संघ, सर्वसेवा संघ, हिंदुस्तानी प्रचार सभा व विश्नोई समाज (पर्यावरण रक्षा से संबंधित) मुख्य दबाव समूह हैं।

5. कबायली दबाव समूह

भारत के कुछ खास पिछड़े क्षेत्रों में रहने वाले कबायली लोगों ने भी अपने दबाव समूह स्थापित किए हैं, जैसे–संयुक्त संघात्मक संगठन, नागा राष्ट्रीय परिषद्, असम का कबायली संघ इत्यादि इसके उदाहरण हैं। इन कबायली दबाव समूहों के आंदोलनों के चलते 1971 में असम, नागालैंड, त्रिपुरा, मणिपुर, मेघालय, मिजोरम व अरुणाचल प्रदेशों को पुनर्गठित किया गया।

उपरोक्त विवरण से यह स्पष्ट है कि दबाव समूह सरकार के निर्णय निर्माण को प्रभावित करने का भरसक प्रयास करते हैं और इन सभी दबाव समूहों में विशेष रूप से व्यापारिक संगठनों का व्यापक प्रभाव देखने को मिलता है।

दबाव समूह और राजनीतिक दल

दबाव समूहों का राजनीतिक दलों के साथ परस्पर संबंध तो होता ही है लेकिन ये दोनों एक जैसे नहीं होते, इसलिए दबाव समूह की प्रकृति व स्वरूप को समझने के लिए इसके और राजनीतिक दलों के मध्य अंतर को ध्यान में रखना जरूरी है। कभी-कभी दबाव समूह व राजनीतिक दल दोनों कुछ विशेष परिस्थितियों में एक-दूसरे से परस्पर स्वतंत्र होकर तथा कभी-कभी पारस्परिक विरोध में भी कार्य करते हैं। कई बार तो एक ही दबाव समूह दो या दो से अधिक राजनीतिक दलों से भी अपना संपर्क बनाए रखते हैं ताकि अपने उद्देश्य की प्राप्ति की जा सके। इस प्रकार इन दोनों के मध्य कुछ अंतर इस प्रकार हैं–

दबाव समूह और राजनीतिक दलों के मध्य पहला मुख्य अंतर इनकी क्रियाशीलता के आधार पर किया जा सकता है। राजनीतिक दल सदैव क्रियाशील रहते हैं और सरकार द्वारा प्रत्येक स्तर पर बनाई जाने वाली सभी नीतियों और किए जाने वाले कार्यों से संबंधित रहते हैं; जबकि दबाव गुट एक समय विशेष पर ही सक्रिय दिखाई देते हैं। जब सरकार से इन्हें विशेष सुविधाएं चाहिए होती हैं या सरकार द्वारा बनाई कोई नीति या कानून इन्हें अपने हितों के विरुद्ध दिखाई देता है और वे उसे परिवर्तित करवाना चाहते हैं।

दबाव समूह राजनीतिक दलों के मध्य दूसरा मुख्य अंतर 'सदस्यता' के आधार पर किया जा सकता है। चूंकि दबाव समूहों के सदस्य एक ही समय में एक से अधिक दबाव समूहों के सदस्य हो सकते हैं। परंतु राजनीतिक दल का सदस्य एक से अधिक राजनीतिक दलों का सदस्य नहीं हो सकता। अर्थात् दबाव समूहों की सदस्यता असीमित व अनन्य है वहीं राजनीतिक दलों की सदस्यता सीमित (केवल एक दल) है।

'उद्देश्य' के आधार पर भी इन दोनों के मध्य अंतर किया जा सकता है। दबाव समूह कुछ खास हितों की पूर्ति का उद्देश्य रखते हैं जबकि राजनीतिक दलों का उद्देश्य सामान्यतः संपूर्ण समाज के हितों की साधना से संबंधित होता है। व्यावहारिक तल पर राजनीतिक दलों का उद्देश्य कुछ भी हो, लेकिन बाह्य रूप से उनका व्यवहार संपूर्ण समाज के उत्थान के लिए सक्रिय बने रहने का होता है।

इनके मध्य अन्य मुख्य अंतर "निर्णय प्रक्रिया" के आधार पर किया जा सकता है, चूंकि राजनीतिक दल राष्ट्रव्यापी नीतियों व निर्णयों के निर्माण में प्रत्यक्ष भूमिका निभाते हैं तो वहीं दबाव समूह अप्रत्यक्ष रूप से अर्थात् चुनावों में भाग न लेते हुए या फिर अपने प्रत्याशियों को खड़ा नहीं करते, बल्कि अपने प्रतिनिधियों व एजेंटों के माध्यम से इन निर्णय निर्माताओं (राजनीतिक दलों के सदस्यों) को प्रभावित करने का पूरा प्रयास करते हैं वहीं इनका कोई चुनाव क्षेत्र नहीं होता।

इन दोनों के मध्य "संगठन संबंधी" अंतर भी देखा जाता है। राजनीतिक दल अपना राष्ट्रव्यापी संगठन रखते हैं तो वहीं दबाव समूहों के ऐसे संगठन बहुत कम होते हैं। समकालीन समय में अनेक आर्थिक दबाव समूह व श्रमिक दबाव समूह राजनीतिक दलों से भी व्यापक संगठन रखते हैं। ठीक इसी तरह आजकल राजनीतिक दल भी स्थानीय स्तर पर या प्रादेशिक स्तर पर बनने लगे हैं। इस प्रकार इन दोनों के मध्य संगठन संबंधी अंतर केवल गुणात्मक ही रह जाता है।

दबाव समूह व राजनीतिक दलों के बीच अंतर का अर्थ यह नहीं है कि दोनों के मध्य कुछ भी समानता नहीं है। प्रायः यह कहा जाता है जब दबाव समूह सुसंगठित रूप से समाज में शक्तिशाली भूमिका निभाते हैं तो राजनीतिक दल उनके प्रभाव और संगठन की तुलना में कमजोर होते हैं और जहां राजनीतिक दल विशेष रूप से सुस्पष्ट, सुसंगठित व शक्तिशाली होते हुए प्रभावशाली भूमिका निभाते हैं, वहां दबाव समूह कमजोर होते हैं। हरमन फाइनर ने इस बारे में लिखा है कि 'जहां सिद्धांत और संगठन में राजनीतिक दल कमजोर होंगे वहां दबाव समूह पनपेंगे, जहां राजनीतिक दल शक्तिशाली होंगे वहां दबाव समूह दबा दिए जाएंगे।"[11] फाइनर का ऐसा मानना पश्चिमी लोकतंत्रों के साथ भारतीय परिस्थितियों में भी खरा उतरता है।

निष्कर्ष

उपरोक्त विवरण से यह स्पष्ट है कि दबाव समूह सरकारी नीतियों को प्रभावित करने का भरसक प्रयास करते हैं विशेषकर आर्थिक संगठनों का सरकार पर विशेष दबाव देखा जाता है, क्योंकि व्यापारिक संगठन उन नीतियों को अपने पक्ष में करवाने का पूरा प्रयास करते हैं जो उनके हितों को प्रभावित करती हैं जैसे हाल ही में सरकार द्वारा निजी क्षेत्र में दिए जाने वाले आरक्षण के खिलाफ अनेक व्यापारिक संगठनों द्वारा विरोध किया गया तो वहीं दूसरी ओर सत्तारूढ़ दल को चुनाव में धन की आवश्यकता होती है जो मुख्य तौर पर बड़े-बड़े व्यापारिक समूहों द्वारा दिया जाता है। इस प्रकार इन दोनों के मध्य पारस्परिक

निर्भरता भी देखी जाती है। 1972 में देश के पूंजीपतियों ने (जिसमें टाटा ग्रुप प्रमुख था) सरकार को एक स्मृति पत्र दिया जिसमें सरकार को सुझाव दिया गया था कि सरकार और निजी क्षेत्र को मिलकर संयुक्त क्षेत्र में औद्योगिक धंधे स्थापित करने चाहिए। परंतु वहीं दूसरी ओर कुछ ऐसे संगठन भी देखने को मिलते हैं जिनका सरकार की नीतियों पर व्यापक प्रभाव नहीं होता और न ही सरकार इनको ज्यादा प्रमुखता देती है जैसे किसान संगठन, विद्यार्थी संगठन, प्राध्यापक संगठन, महिला संगठन आदि।

आज आवश्यकता इस बात की है कि ये संगठन और संगठित होकर अपने महत्त्व को समझते हुए सरकार को समाजवाद लाने के लिए मजबूर करें। भारतीय राजनीति में कुछ परंपरावादी राजनीतिक समूह जैसे जाति, समुदाय, धर्म कुछ निर्णायक भूमिका निभा रहे हैं तो वहीं अधिकांश राजनीतिक दल भी जाति व समुदाय के आधार पर सुसंगठित करते हैं जातीय समुदाय को तो बेताज के सरताज की उपाधि तक दे दी गई है। अतः दबाव समूह व हित समूह से यह साधारणतया यह अपेक्षा की जाती है कि वे सामान्य हित (संपूर्ण जनता का हित) की अवधारणा को क्रियान्वित करते हुए सामान्य हित की अभिवृद्धि और विकास हेतु प्रयास करेंगे।

संदर्भ

1. Johri, J. C., *Comparative Politics,* Sterling: New Delhi, 1972, p. 50.
2. Friedrick, Carl J., *Constitutional Government and Democracy*, Oxford Textual, 1968, p. 462.
3. Finer, Herman, *The Theory and Practice of Modern Government*, 4th (Ed.) , Methuen: London 961, p. 225.
4. Odigerd, Peter, *Pressure Politics: The story of anti-saloon league*, Columbia Press, 1928, p. 149.
5. Weiner, Miron, *Politics of Scarcity: Public Pressure and Political Response in India,* University of Chicago Press: Chicago 1962, p. 57.
6. Zeigler, Herman, *Interest group in American Society*, Belmont, California: Wadsworth, 1964, p. 30.
7. Bone, Robert. C., *Action and Organisation: An Introduction to Contem-porary Political Science*, Marper and Row: New York, 1972, p. 55.
8. Jonnes, Moris, *The Government and Politics of India*, Hutchinson University Libarary, London, 1967, p. 52.
9. Almond, Gabriel, A., "Introduction: A Functional Approach in Comparative Politics" In Gabriel A. Almond and James S. Colman (Eds.), *The Politics of the Developing Areas*, Princeton University Press, Princeton, New Jersey, 1970, pp. 33–38.
10. Noted No. 7, p. 62.
11. Noted No. 3, p. 326.

17

भारत में निर्वाचनः राजनीति और मतदान व्यवहार

भारत में निर्वाचन 'सर्वाधिक महत्त्वपूर्ण एकल क्षेत्र का निर्माण करता है जिसके अंतर्गत राजनीतिक समूहों के मध्य अर्थपूर्ण प्रतिस्पर्धा संभव हो पाती है...यह मुख्य माध्यम है जिसके द्वारा राजनीतिक बुद्धिजीवियों के एक बड़े हिस्से का चयन होता है...भारत में निर्वाचन को सिर्फ उपयोगी सूचक के रूप में नहीं वरन् ऐसी घटना के रूप में देखना चाहिए जिसके द्वारा दलीय व्यवस्था तथा इसलिए कुछ हद तक राजनीतिक व्यवस्था विकास को प्राप्त करती है।

–डब्ल्यू. एच. मोरिस. जोंस एवं बी. दास ***एशियन सर्वे****, जून 1969, पृ. 399*

निर्वाचन की प्रक्रिया ऐतिहासिक रूप से लोकतांत्रिक शासन व्यवस्था का सर्वाधिक सरल एवं महत्त्वपूर्ण सूचक है। निर्वाचन वह माध्यम है जिसके द्वारा सामाजिक एवं राजनीतिक व्यवस्था, आम जनता एवं बुद्धिजीवी वर्ग तथा व्यक्ति एवं सरकार के मध्य संपर्क का मार्ग प्रशस्त होता है। यह राजनीतिक समाजीकरण एवं राजनीतिक सहभागिता को सुनिश्चित करने वाला जटिल घटनाक्रम है जो न सिर्फ सामाजिक एवं राजनीतिक व्यवस्थाओं को प्रभावित करता है वरन् उनके द्वारा स्वयं भी प्रभावित होता है। अर्थात् 'प्रत्येक निर्वाचन सामाजिक परिवर्तन की वृहत् प्रक्रिया का एक स्थिर चित्र होता है।'[1] समकालीन राजनीतिक व्यवस्थाओं की प्रकृति, संचालन एवं विस्थापन को समझने हेतु निर्वाचनों का व्यवस्थित अध्ययन एक उपयोगी उपागम सिद्ध हो सकता है।

भारत संसदीय एवं संघीय व्यवस्था पर आधारित एक संवैधानिक लोकतंत्र है जिसके हृदय में नियमित, स्वतंत्र एवं न्यायसंगत निर्वाचन के प्रति गहरी निष्ठा है।[2] भारतीय संदर्भ में निर्वाचन का व्यवस्थित अध्ययन कुछ जटिल प्रश्नों से संबद्ध है–भारतीय राजनीति में निर्वाचन का व्यापक अर्थ क्या है? निरंतर परिवर्तित हो रहा भारत का सामाजिक एवं राजनीतिक परिवेश किस प्रकार निर्वाचन की प्रक्रिया को प्रभावित करता है? क्या भारत में निर्वाचन पूर्णतः मुक्त एवं न्यायसंगत विधि द्वारा संपन्न हो पाता है? निर्वाचनों के सफल संपादन में बाधक तत्त्व क्या हैं तथा इन बाधक तत्त्वों द्वारा उत्पन्न चुनौतियों पर विजय प्राप्त करने हेतु क्या सुझाव या प्रस्ताव उपलब्ध हैं?

दीपशिखा, अस्सिटेंट प्रोफेसर, जानकी देवी महाविद्यालय, दिल्ली विश्वविद्यालय

भारत में निर्वाचन

निर्वाचन का अर्थ दो स्तरों पर समझा जा सकता है: पहला प्रक्रियात्मक (procedural) तथा दूसरा वास्तविक (substantive)। प्रक्रियात्मक स्तर पर निर्वाचन का अर्थ संकीर्ण है। यहां निर्वाचन का तात्पर्य उस विधि से है जो जनता द्वारा शासकों के चयन हेतु अपनाई जाती है। निर्वाचन का वास्तविक अर्थ अधिक व्यापक है। यहां निर्वाचन का अध्ययन लोकतंत्र के मानदंड के रूप में किया जाता है।

डी. एल. सेठ के मतानुसार भारतीय राजनीतिक व्यवस्था के विषय में कोई भी विचारधारा विकसित करने के क्रम में लोकतांत्रिक निर्वाचनों के विस्तृत अनुभव को नजरअंदाज नहीं किया जा सकता है। राष्ट्रीय स्तर पर पंद्रह एवं राज्य स्तर पर दो सौ पचास से भी अधिक निर्वाचनों के सफल संपादन के द्वारा भारतीय जनता ने लोकतंत्र में अपने दृढ़ विश्वास का प्रमाण प्रस्तुत किया है।[3] भारतीय संविधान के भाग XV में उल्लेखित अनुच्छेद 324–329 निर्वाचन की प्रक्रिया से संबंधित कानूनी रूपरेखा को प्रस्तुत करती हैं। निर्वाचन की प्रक्रिया को व्यावहारिक रूप देने वाले घटकों में निर्वाचन आयोग (Election Commission), राजनीतिक दलों (political parties) एवं मतदाताओं (electrorate) की अहम् भूमिका है। निर्वाचन की प्रक्रिया निर्वाचन आयोग के निरीक्षण में संपन्न होती है जिसमें राजनीतिक दलों के प्रत्याशी परस्पर प्रतिस्पर्धा करते हैं।[4] संसदीय लोकतंत्र का आधार गांवों से लेकर देश व प्रदेशों की राजधानियों तक फैले राजनीतिक दलों के संगठन के ढांचे होते हैं। जन–जागरण एवं जनमत निर्माण का कार्य राजनीतिक दलों द्वारा संपन्न किया जाता है। राजनीतिक दलों की विचारधारा, सिद्धांत, लक्ष्य और कार्यक्रमों के आधार पर जनता उनकी विशिष्ट पहचान विकसित करती है। अप्रत्यक्ष लोकतंत्र में विकल्प रहित होने के कारण मतदाता शासकों के चयन हेतु उन्हीं प्रत्याशियों पर निर्भर करते हैं जिन्हें राजनीतिक दल सामने लाते हैं। भारत में निर्वाचन की प्रक्रिया आनुपातिक प्रतिनिधित्व (proportional representation) पर आधारित नहीं है। यह एकल सदस्यी निर्वाचन क्षेत्रों में बहुल निर्वाचकीय व्यवस्था (First-past-the-post system) पर आधारित है जिसमें एक निर्वाचन क्षेत्र (constituency) से वही प्रत्याशी विजयी होता है जो निर्वाचन क्षेत्र के अन्य प्रत्याशियों से अधिक मत प्राप्त करता है।[5] निर्वाचन के परिणाम के आधार पर बहुमत प्राप्त प्रत्याशियों का चयन शासकों के रूप में किया जाता है।

निर्वाचन भारतीय राजनीति का अभिन्न अंग बन चुका है तथा वर्तमान भारत में निर्वाचन का अर्थ ''राष्ट्र के शासकों के चयन हेतु किए गए मतदान'' से कहीं अधिक व्यापक है।[6] निर्वाचन के वास्तविक अर्थ पर प्रकाश डालते हुए सुब्रत के. मित्रा एवं वी. बी. सिंह ने कहा है कि निर्वाचन का अध्ययन उन प्रश्नों को समाहित करता है जो हार–जीत के मुद्दे से परे हैं। यह कुछ गहरे मुद्दों को उठाता है जैसे–राजनीतिक प्रक्रिया की वैधता, राजनीतिक प्रक्रिया की निर्वाचक गणों की अपेक्षाओं एवं आशाओं को पूरा करने की दक्षता तथा सामाजिक दरारों (social cleavages) के पार लोकतंत्र की अवधारणा की गहराई और विस्तार। समय के साथ भारतीय राजनीतिक व्यवस्था खासकर दलीय व्यवस्था में वृहत् परिवर्तन आया है जिसका प्रत्यक्ष प्रभाव निर्वाचन के व्यापक अर्थ पर पड़ा है।

निर्वाचन एवं दलीय राजनीति

स्वतंत्रता प्राप्ति के पश्चात् भारतीय दलीय व्यवस्था की आरंभिक अवस्था को डब्ल्यू. एच. मोरिस जोंस एवं रजनी कोठारी जैसे विद्वानों ने "एक दल प्रधान बहुदलीय प्रणाली" के रूप में रेखांकित किया। इस अवस्था में जनसंघ एवं भारतीय कम्युनिस्ट पार्टी जैसे राजनीतिक दलों की उपस्थिति के बावजूद भारतीय राष्ट्रीय कांग्रेस सर्वाधिक शक्तिशाली राजनीतिक दल के रूप में उभरी थी। किंतु विगत कुछ दशकों से भारतीय दलीय व्यवस्था के बदलते स्वरूप ने मोरिस जोंस एवं कोठारी के रेखांकन को चुनौती दी है। इस संदर्भ में एम. पी. सिंह एवं रेखा सक्सेना का कथन है कि 'स्वतंत्रता के काल से आरंभ करते हुए देखा जाए तो भारतीय राजनीति में निरंतरता से कहीं अधिक गमन के लक्षण परिलक्षित होते हैं।'[7] इनके अनुसार भारतीय राष्ट्रीय कांग्रेस के प्रारंभिक वर्चस्व का "क्रमिक क्षरण" कई विधियों द्वारा कई दिशाओं में हुआ। इस क्रमिक क्षरण या गिरावट की चर्चा तीन स्तर पर की जा सकती है–

प्रथम गिरावट आंतरिक थी। यह कांग्रेस के नेताओं के परस्पर मतभेदों के कारण उत्पन्न हुई। 1967-69 तक कांग्रेस में विविध सामाजिक एवं राजनीतिक बलों का बहुलवादी एवं संघीय जोड़ सफलतापूर्वक किया जाता रहा। किंतु नेहरू के पश्चात् इंदिरा गांधी के नेतृत्व में कांग्रेस के तुलनात्मक रूप से अधिक वैयक्तिक एवं केंद्रीकृत तथा गैर-संस्थानात्मक एवं असहनशील स्वरूप ग्रहण करने से दक्षिणपंथी क्षेत्रीय नेतागण (right-wing regional bosses or syndicates) असंतुष्ट हो गए तथा 1969 में एक पृथक दल–कांग्रेस (ओ)–का गठन किया।[8] इस घटना को एम. पी. सिंह, 'महान कांग्रेस विभाजन' (great congress split) की संज्ञा देते हैं।

द्वितीय गिरावट समाज के जातिगत, धार्मिक एवं जनजातीय पदसोपानों को नीचे की ओर से चलायमान करने के फलस्वरूप उत्पन्न हुई। गैर-कांग्रेस राजनीतिक दलों ने जातिगत, धार्मिक एवं जनजातीय पहचानों का राजनीतिक लामबंदीकरण (political mobilisation) किया जिससे कांग्रेस को समर्थन देने वाले वृहत सामाजिक आधार (social base) में कटौती हुई। इससे भारतीय राजनीति में बुद्धिजीवियों के मध्य प्रतिस्पर्धा तनावग्रस्त हो गई तथा कांग्रेस के साथ बुद्धिजीवियों के संयोजन की प्रक्रिया अधिक कठिन हो गई।

इस संदर्भ में योगेंद्र यादव के विचार उल्लेखनीय हैं। "यूनाइटेड कलर्स ऑफ कांग्रेस" शीर्षक लेख में उन्होंने तर्क दिया कि पारंपरिक रूप से भारतीय राष्ट्रीय कांग्रेस इंद्रधनुषी मेल का प्रतीक था।[9] अर्थात् कांग्रेस विभिन्न सामाजिक ओहदों के मतदाताओं का प्रतिनिधि थी। किंतु जातीय उत्तेजना में अभिवृद्धि तथा पिछड़ी हुई जातियों के कांग्रेस के प्रति विश्वास में ह्रास के फलस्वरूप जाति पर आधारित दल कांग्रेस के इंद्रधनुष के विभिन्न रंगों के टुकड़ों पर कब्जा करने लगे हैं। इसका परिणाम यह है कि कांग्रेस "कैच ऑल" से "कैच नन" दल में परिणत हो गई है। अर्थात् कांग्रेस सिर्फ उन बचे-खुचे मतदाताओं का समर्थन प्राप्त कर पाई है जिन्हें अन्य विरोधी दल सामाजिक दरारों को सक्रिय करने के बावजूद अपने पक्ष में चलायमान नहीं कर पाए हैं। योगेंद्र यादव के

अनुसार इसका प्रमुख कारण यह है कि कांग्रेस के पास किसी समूह-विशेष को रिझाने के लिए उपयुक्त विचारधारा का अभाव है। हालांकि 2004 से निर्वाचनों में कांग्रेस के लगातार बेहतर प्रदर्शन को देखते हुए सुब्रत के. मित्रा उसे पुनः "कैच ऑल" दल का दर्जा देते हैं।

तृतीय गिरावट "क्षेत्रीयता" या "प्रादेशिकता" की बढ़ती भूमिका के कारण आई। प्रादेशिक पहचानों, असमताओं एवं विविधताओं की अभिव्यक्ति के कारण कांग्रेस के मेल-मिलाप की क्षमता पर प्रतिकूल प्रभाव पड़ा तथा कांग्रेस का अखिल भारतीय चरित्र कमजोर हो गया। हालांकि कांग्रेस के वर्चस्व को क्षेत्रीय चुनौती हमेशा से मिलती रही है, किंतु 1980 के पश्चात् क्षेत्रीय दलों की संख्या में अभूतपूर्व वृद्धि देखने को मिलती है। जिस प्रकार कांग्रेस में क्रमिक गिरावट आती गई तथा उससे उत्पन्न रिक्त स्थान को अन्य अखिल भारतीय दल प्रभावशाली तरीके से भरने में असफल होते गए, राज्यों में क्षेत्रीय दलों का उत्थान होता गया।

कांग्रेस के मतों की प्रतिशतता में गिरावट के साथ-साथ अन्य राष्ट्रीय दलों की स्थिति सुदृढ़ हुई है तथा कई क्षेत्रीय दलों का भी विकास हुआ है। क्रिस्टोफे जैफरलो ने यह प्रदर्शित किया कि उत्तर भारतीय क्षेत्र तक सीमित तथा ऊंची जातियों का समर्थन प्राप्त करने वाली भारतीय जनता पार्टी (भाजपा) सक्रिय कार्यकर्ताओं के नेटवर्क एवं सांप्रदायिक उत्तेजना की नीति अपनाकर कांग्रेस के समक्ष मुख्य राजनीतिक बल के रूप में उभर कर सामने आई है।[10] जोया हसन ने यह व्याख्या दी है कि उत्तर प्रदेश में बहुजन समाज पार्टी (BSP) ने शक्ति की संरचना में परिवर्तन लाने हेतु जातिगत पहचान की अवधारणा का प्रयोग किया तथा क्षेत्रीय दल से राष्ट्रीय दल में परिणत होने में सफलता प्राप्त की।[11] इस प्रकार तमिलनाडु में द्रविड़ मुनेत्र कड़गम (DMK) तथा अखिल भारतीय अन्नाद्रविड़ मुनेत्र कड़गम (AIADMK), पंजाब में अकाली दल, जम्मू कश्मीर में नेशनल कांफ्रेंस तथा उत्तर-पूर्वी राज्यों में अन्य क्षेत्रीय दलों की सक्रियता बढ़ी।

जातीय, धार्मिक एवं क्षेत्रीय आधार पर मतों के विभाजन के फलस्वरूप किसी एक राजनीतिक दल को बहुमत न मिल पाने से राष्ट्रीय एवं क्षेत्रीय दलों के मध्य जोड़-तोड़ की गति तीव्र हो गई है।[12] राष्ट्रीय दल अपने मतों की प्रतिशतता में वृद्धि के लिए राज्य स्तरीय दल एवं पंजीकृत दलों (registered parties) पर आश्रित हैं। अर्थात् केंद्र सरकार के निर्माण में क्षेत्रीय दलों की भूमिका महत्त्वपूर्ण हो गई है। कुल मिलाकर भारतीय राजनीति में बहुदलीय राजनीति के ध्रुव निर्माण की प्रक्रिया चल रही है।

ध्रुवीकृत बहुलवाद पर आधारित बहुदलीय व्यवस्था के दौर को योगेंद्र यादव "तृतीय निर्वाचकीय संरचना" (third electoral configuration) का नाम देते हैं, जो 1952-67 के प्रथम दौर एवं 1971-1989 के द्वितीय दौर से भिन्न है। प्रारंभिक दौरों में मतदाता के समक्ष सिर्फ कांग्रेस के पक्ष व विपक्ष में मतदान करने का विकल्प था, किंतु उत्तर 1989 के तृतीय निर्वाचकीय संरचना की मुख्य विशेषता यह है कि इसके अंतर्गत मतदाताओं के समक्ष कई विकल्प उपलब्ध हैं।[13]

राष्ट्रीय स्तर पर भारतीय राजनीति के उत्तर-1989 काल को एम. पी. सिंह ने दो चरणों में विभक्त किया है: (i) नेशनल फ्रंट/यूनाइटेड फ्रंट सरकार (1989-1998);

(ii) नेशनल डेमोक्रेटिक एलायंस सरकार (1998 के पश्चात्)। प्रथम चरण में जनता दल के नेतृत्व में गठित केंद्र-के-बाएं (left of centre) प्रकृति का गठजोड़ था जबकि दूसरे चरण में भाजपा के नेतृत्व में गठित केंद्र-के-दाएं (right of centre) प्रकृति का गठजोड़ था। दूसरे चरण की समाप्ति 2004 में हो गई। 2004 एवं 2009 के क्रमशः चौदहवें एवं पंद्रहवें निर्वाचन के अनुभव से उत्तर-1989 काल में एक तृतीय चरण के उद्‌भव का आभास होता है, (iii) यूनाइटेड प्रोग्रेसिव एलायंस सरकार (2004 से 2009 तक तथा 2009 से पुनः निर्वाचित)। इस तृतीय चरण में कांग्रेस के नेतृत्व में एक ऐसे गठजोड़ की स्थापना की गई है जो वामपंथी एवं दक्षिणपंथी बलों के मध्य संतुलन स्थापित करने की दिशा में प्रयासरत है। 2009 के लोकसभा निर्वाचन में कांग्रेस द्वारा 200 से भी अधिक सीटों पर विजयी होने तथा बड़े क्षेत्रीय नेताओं जैसे लालू प्रसाद यादव एवं मायावती के पराजित होने से ऐसा प्रतीत होता है कि भारतीय निर्वाचकीय इतिहास में एक नए दौर की शुरुआत हो गई है। इस नए दौर में क्षेत्रीय दलों एवं जाति पर आधारित राजनीति की प्रासंगिकता को चुनौती मिली है।

हालांकि 1989 से शुरू होने वाली बहुदलीय राजनीति के ध्रुवीकरण की प्रक्रिया वर्तमान में भी जारी है तथा इसका प्रभाव निर्वाचन की प्रक्रिया पर भी पड़ रहा है। निर्वाचन के परिणाम इस प्रकार आ रहे हैं कि गठबंधन की सरकार का निर्माण हो रहा है। इस संदर्भ में अटल बिहारी वाजपेयी ने लिखा है कि "कुछ वर्षों से हमने गठबंधन की राजनीति की अनिवार्यता में रहना सीख लिया है।[14] इन परिवर्तनों के कारण निर्वाचनों ने एक संस्थानात्मक कार्यशाला का रूप ग्रहण कर लिया है जिसके माध्यम से संप्रेषण, प्रभाव और नियंत्रण की क्रिया नीचे से ऊपर की ओर चल रही है। सामयिक निर्वाचनों द्वारा सैद्धांतिक सार्वभौमिक वयस्क मताधिकार के व्यावहारिक विस्तार एवं जातीय, धार्मिक एवं क्षेत्रीय उत्तेजना में वृद्धि के कारण उपेक्षित एवं पिछड़े समूहों की सहभागिता में वृद्धि हुई है।[15] सी एस डी एस (Centre for the Study of Developing Societies) द्वारा संपन्न विगत कुछ राष्ट्रीय निर्वाचनों के अध्ययन से यह ज्ञात होता है कि उपेक्षित वर्गों ने वर्चस्व प्राप्त वर्गों के संसाधन पर नियंत्रण को चुनौती देकर शक्ति के केंद्र को परिवर्तित कर दिया है। सुब्रत के. मित्रा ने यह चेतावनी दी है कि निचली सामाजिक व्यवस्थाओं की निलंबित मांगों तथा उनके अचानक सशक्तीकरण के हिंसात्मक परिणाम हो सकते हैं। विगत कुछ निर्वाचनों में हिंसा की बढ़ती हुई घटनाओं ने उस उक्ति का समर्थन किया है।

निर्वाचन एवं हिंसा तथा राजनीति का अपराधीकरण

जहां सुब्रत के. मित्रा निर्वाचन के दौरान असंतुष्ट मतदाताओं के आक्रोश को तात्कालिक मानते हैं वहीं स्टीवेन आई. विल्किंसन निर्वाचन के दौरान भड़कने वाले दंगों को राजनीतिज्ञों द्वारा सुनियोजित बताते हैं।[16] चाहे मतदाता जिम्मेदार हों या राजनीतिज्ञ, बढ़ते हुए राजनीतिक अतिवाद एवं राजनीतिक स्वार्थ के कारण हिंसा पर आधारित राजनीति के कुप्रभाव हमें निर्वाचन के दौरान देखने को मिल जाते हैं। भारत में हिंसा पर आधारित

राजनीति के दो रूप हैं–*पहला*, अपनी मांगों के लिए दबाव या प्रत्यक्ष कार्यवाही अर्थात् आतंकवाद या हिंसक रैलियां, धरने, घेराव, तोड़-फोड़ आदि; *दूसरा*, सत्ता की दौड़ में हिंसा अर्थात् निर्वाचन के समय डराना-धमकाना, मतपेटी लूटना, प्रत्याशी की हत्या, बूथ पर कब्जा करना।[17]

एस. के. मेंदीरत्ता के अनुसार भारतीय निर्वाचकीय व्यवस्था 3 एम–Money Power (मुद्रा बल), Muscle Power (बाहुबल) तथा Ministerial Power (मंत्रालय-बल अर्थात् मंत्रालयों की शक्ति के दुरुपयोग) की समस्या से ग्रस्त है।[18] प्रत्याशियों द्वारा काले धन का इस्तेमाल मतों की खरीद के लिए किया जाता है। निर्वाचन में "मुद्रा-बल" के बढ़ते प्रभाव के प्रतिक्रियास्वरूप चुनावों में सफलता हेतु अपराधियों से सहयोग लेना प्रारंभ हुआ था। किंतु आज स्थिति इतनी बदतर हो गई है कि अपराधी स्वयं चुनावों के दौरान प्रत्याशी की भूमिका निभा रहे हैं।[19] उत्तर प्रदेश विधानसभा निर्वाचन 1991 में 100, 1993 में 121 तथा 1996 से 150 आपराधिक पृष्ठभूमि वाले प्रत्याशी विधायक निर्वाचित हुए थे।[20] 2004 के लोकसभा में आपराधिक मुकदमों में आरोपित 124 सांसद थे तथा 2009 के लोकसभा में ऐसे सांसदों की संख्या बढ़कर 162 हो गई है। निर्वाचनों में "मुद्रा बल" एवं "बाहुबल" के अधिकाधिक प्रयोग से निर्वाचन का स्तर गिर रहा है। जाली मतदान कराना, मतदान करने से रोकना, मतदाता सूचियों से नामों का हटाना या फर्जी मतदाता बनवाना इत्यादि अनैतिक और अवैध गतिविधियों से वास्तविक प्रतिनिधित्व प्रतिकूल रूप से प्रभावित हो रहा है।

विधि आयोग (Law Commission) द्वारा 1999 में प्रस्तुत 170वीं रिपोर्ट तथा निर्वाचन आयोग द्वारा 1998 तथा 2004 में प्रस्तुत निर्वाचकीय सुधार प्रस्तावों (electroal reform proposals) द्वारा ऐसे व्यक्तियों को चुनाव लड़ने से रोकने की मांग की गई है जिन पर आपराधिक मुकदमे चल रहे हैं। किंतु संसद की स्थायी समिति (standing committee) द्वारा 2007 में प्रस्तुत रिपोर्ट द्वारा इस मांग को इस तर्क के आधार पर अस्वीकार कर दिया गया है कि अंततः दोषी करार दिए जाने के पूर्व भारतीय न्यायिक व्यवस्था आरोपियों को अपराधी नहीं बल्कि निर्दोष मानती है। परिणामस्वरूप अपराधियों द्वारा निर्वाचन के दौरान मुद्रा-बल एवं बाहुबल के प्रयोग का मामला विवादास्पद बना हुआ है। पूर्व मुख्य चुनाव आयुक्त टी. एस. कृष्णमूर्ति ने 'लेसंस ऑफ द 2009 इलेक्शन' विषय पर आयोजित सेमिनार में भाषण देते हुए 2009 के चुनाव की तुलना आईपीएल क्रिकेट से की क्योंकि दोनों ही घटनाओं में भारी खर्च किया गया था तथा आक्रामक प्रतिस्पर्धा देखने को मिली थी।[21] हालांकि निर्वाचनों के न्यायसंगत न होने का मुख्य कारण राजनीतिक दलों का गैर-अनुशासित एवं भ्रष्ट आचरण भी है।

निर्वाचन एवं दलीय भ्रष्टाचार तथा वोट की राजनीति

निर्वाचन संबंधित अनेक समस्याएं राजनीतिक दलों के अनुचित व्यवहार एवं भारतीय दलीय व्यवस्था की कमजोरी का परिणाम हैं। राजनीतिक दल राजनैतिक सिद्धांतों, विचारधाराओं एवं मुद्दों से हटकर जातीयता, सांप्रदायिकता एवं प्रादेशिकता पर आधारित "वोट की

राजनीति" करते हैं जिससे भारतीय समाज में विघटन, विभाजन एवं अलगाववाद की प्रवृत्ति पनप रही है। राजनेता सत्ता की ललक में दल-बदल की नीति अपना रहे हैं। निर्वाचन की घोषणा के साथ ही आस्था-परिवर्तन की घटना तीव्र हो जाती है। विधायकों द्वारा अपने स्थानीय समर्थकों के साथ किसी अन्य दल के साथ मिल जाना तथा जोड़-तोड़ करना सामान्य बात हो गई है। राजनीतिक दलों का आंतरिक संगठन एवं प्रबंधन भी त्रुटिपूर्ण है। कांग्रेस एवं भारतीय जनता पार्टी जैसे राष्ट्रीय राजनीतिक दलों में भी न तो हर स्तर पर सदस्यता पंजीकृत है और न ही उनके आय के स्रोत का ब्यौरा उपलब्ध है। व्यक्ति निष्ठा और बिखराव का अवगुण राष्ट्रीय और क्षेत्रीय दलों में समान रूप से विद्यमान है। गुटबाजी के कारण शीर्ष नेतृत्व एवं कार्यकर्ताओं के मध्य दूरी है। कार्यकर्ताओं पर शीर्ष नेतृत्व का विचार मढ़ दिया जाता है जिससे उनमें स्वतंत्र चिंतन का अभाव देखने को मिलता है। निर्वाचन के दौरान प्रचार अभियान की शैली जिस मानसिकता को प्रोत्साहन दे रही है उससे दलों का महत्त्व कम एवं शीर्ष नेताओं का महत्त्व अधिक हो रहा है।[22] कई बार प्रचार अभियान में राजनीतिक दल फिल्मी जगत के अभिनेता एवं अभिनेत्री तथा खेल जगत के सितारों का प्रयोग लोकप्रियता के लिए करते हैं। राजनीतिक दलों द्वारा स्वलाभ हेतु मीडिया का अनुचित प्रयोग एवं निर्वाचन आयोग की स्वतंत्र कार्यप्रणाली में हस्तक्षेप करने की चेष्टा आपत्तिजनक है।

निर्वाचनों में संवैधानिक मर्यादाओं की विविध प्रकार से अवहेलना किए जाने के फलस्वरूप जनता के एक बड़े हिस्से में उदासीनता फैल रही है। जहां उपेक्षित एवं पिछड़े समूहों की सहभागिता बढ़ी है, वहीं अन्य समूह मतदान से बचना चाहते हैं अथवा अनिच्छा से मतदान करते हैं। इस संदर्भ में सुब्रत के. मित्रा एवं वी. बी. सिंह की यह मान्यता है कि भारत में बहुसंख्यक मतदाता यह सोचते हैं कि उनका मत प्रभावशाली है, किंतु समाज के निम्नतर व्यवस्थाओं में मतों के प्रति निष्ठा में कमी झलकती है।[23] CSDS द्वारा संपादित NES 2009 से यह ज्ञात हुआ है कि 2009 लोकसभा निर्वाचन में औसत रूप से 58.4 प्रतिशत मतदान हुआ। आधी से अधिक जनसंख्या द्वारा मतदान की घटना भारतीय निर्वाचकीय व्यवस्था के सकारात्मक चित्र को प्रस्तुत करती है। निर्वाचन में महिला मतदाताओं की प्रतिशतता में भी क्रमिक अभिवृद्धि दृष्टिगोचर है। किंतु निर्वाचन में महिलाओं की बढ़ती सहभागिता को उनके राजनीतिक सशक्तीकरण का सूचक नहीं माना जा सकता।

महिलाओं की चुनावी सहभागिता एवं राजनीतिक सशक्तीकरण

चुनावी राजनीति की एक गंभीर समस्या महिलाओं की सहभागिता से संबंधित है। पिछले कुछ निर्वाचनों के अध्ययन से इस तथ्य की पुष्टि होती है कि महिलाएं पहले की तुलना में राजनीति के प्रति अधिक आकर्षित हुई हैं।[24] किंतु विडंबना यह है कि राजनीतिक दलों के संगठन में महिला इकाइयां प्रतीक मात्र हैं। महिला विधायी और संसदीय प्रतिनिधित्व बढ़ाने हेतु महिलाओं के आरक्षण की मांग की जाती है तथा बार-बार विधेयक पेश किए

जाते हैं किंतु इसके लिए सहज मार्ग के स्थान पर लोकप्रिय राजनीति के तरीकों को अपनाया जा रहा है।

कुछ नारीवादी चिंतक महिलाओं के राजनीतिक सशक्तीकरण (political empowerment) हेतु राजनीतिक संस्थाओं (राजनीतिक दलों, संसद इत्यादि) एवं राजनीतिक प्रक्रियाओं (निर्वाचन इत्यादि) में महिलाओं की सहभागिता पर बल देते हैं, किंतु कुछ नारीवादी चिंतक संस्थागत एवं प्रक्रियात्मक प्रयासों को अपर्याप्त मानते हैं। उषा ठक्कर के अनुसार राजनीतिक प्रक्रियाओं में महिलाओं की सहभागिता का विश्लेषण राजनीति की संकीर्ण परिभाषा को चुनौती देता है। राजनीतिक दलों की सदस्यता अथवा मतदान से संबंधित आंकड़ों के सांख्यिकीय अध्ययन से महिलाओं की राजनीतिक सहभागिता को नहीं मापा जा सकता क्योंकि राजनीति का एक बड़ा हिस्सा राजनीतिक संस्थाओं एवं प्रक्रियाओं के दायरे से बाहर संपन्न होता है। अत: राजनीतिक सहभागिता एवं राजनीतिक सशक्तीकरण की अवधारणाओं एवं सूचकों को पुन: परिभाषित करने की आवश्यकता है।[25]

निर्वाचन से जुड़ी सभी समस्याएं निर्वाचन आयोग के लिए चिंता का विषय हैं एवं इन समस्याओं के समाधान की खोज करने का कार्य निर्वाचन आयोग के समक्ष प्रबल चुनौती के समान है। मुक्त एवं न्यायसंगत निर्वाचन के मार्ग में उपस्थित बाधक तत्त्वों को हटाने के लिए समय-समय पर संसदीय समितियों (1990 में दिनेश गोस्वामी तथा 1998 में इंद्रजीत गुप्ता द्वारा निर्देशित समिति), विधि आयोग (1999) तथा निर्वाचन आयोग (1998, 2004) द्वारा सुधार के प्रस्ताव प्रस्तुत किए गए हैं।

निर्वाचन आयोग एवं निर्वाचकीय सुधार प्रस्ताव

भारतीय संदर्भ में निर्वाचन आयोग का अध्ययन विशेष महत्त्व रखता है क्योंकि यहां निर्चाचन आयोग का गठन संसदीय अधिनियमों के तहत नहीं वरन् संवैधानिक प्रावधानों के अनुरूप किया गया है। जहां भारतीय राज्य की अन्य प्रशासनिक संरचनाओं जैसे पुलिस, नौकरशाही, सेना एवं न्यायालयों पर उपनिवेशी प्रशासन के दमनकारी तथा अव्यक्तिगत चरित्र का प्रभाव था, वहीं निर्वाचन आयोग उस मूलभूत अलगाव का परिचायक था जो उपनिवेशी शासन से स्वतंत्रता प्राप्ति के कारण संभव हो पाया था।[26] निर्वाचकीय परिणामों की अनिश्चितता के लोकतांत्रिक सिद्धांत को कायम रखने में निर्वाचन आयोग ने महत्त्वपूर्ण सफलता हासिल की है। 1993 से निर्वाचन आयोग को बहुसदस्यीय आयोग का रूप दिया गया है जिसमें एक मुख्य चुनाव आयुक्त के साथ समन्वय करने वाले दो अन्य चुनाव आयुक्तों का प्रावधान किया गया है। निर्वाचन आयोग के नेतृत्व में निर्वाचन प्रणाली को लोकतांत्रिक बनाने हेतु की गई पहल वर्तमान में भी जारी है। 2004 में निर्वाचन आयोग ने निर्वाचकीय सुधार-प्रस्ताव पर रिपोर्ट को प्रस्तुत किया। मुख्य चुनाव आयुक्त टी. एस. कृष्णामूर्ति के नेतृत्व में निर्मित यह रिपोर्ट दो भागों में विभक्त है:

भाग (1) में वे प्रस्ताव हैं जिन्हें अतीत में निर्वाचन आयोग द्वारा नहीं उठाया गया तथा जिन्हें कुछ कानूनों के लागू होने अथवा उच्चतम न्यायालय या उच्च न्यायालयों द्वारा दिए गए निर्देशों के कारण आवश्यक माना गया है। इसमें कुल 15 प्रस्तावों का समावेश किया

गया है। भाग (2) में वे प्रस्ताव हैं जो निर्वाचन आयोग द्वारा पहले सुझाए गए थे किंतु अनसुलझे एवं निलंबित रहे गए थे। इसमें कुल 7 प्रस्तावों को शामिल किया गया है।[27]

भाग (1) में उल्लिखित प्रस्ताव निम्नलिखित हैं:

(i) प्रत्याशियों के आपराधिक रिकॉर्ड, संपत्ति एवं शैक्षिक योग्यता आदि की सूचना प्राप्त करने हेतु उनके द्वारा हलफनामा दायर करना।

(ii) गैर-गंभीर प्रत्याशियों की संख्या में कमी लाने हेतु सुरक्षा राशि (security deposit) में वृद्धि करना।

(iii) राजनीति को अपराधीकरण से मुक्त करने हेतु न्यायालयों द्वारा आपराधिक मामलों में दोषी करार दिए गए व्यक्तियों को ही नहीं वरन् वैसे व्यक्तियों को भी अयोग्य घोषित करना जिन पर हत्या, बलात्कार, डकैती आदि आपराधिक मामलों में मुकदमे चल रहे हों।

(iv) प्रत्याशियों को कई सीटों पर एक साथ चुनाव लड़ने की अनुमति नहीं देना। अर्थात् प्रत्याशियों की सीटों की संख्या सीमित कर देना ताकि एक ही प्रत्याशी के दो सीटों पर विजयी होने तथा बाद में एक सीट को खाली कर देने पर, खाली सीट के लिए पुनः उपचुनाव पर होने वाले खर्च एवं श्रम से बचा जा सके।

(v) विभिन्न तारीखों पर अनेक चरणों में संपन्न होने वाले निर्वाचनों के संदर्भ में, मीडिया द्वारा प्रदर्शित विभिन्न एजेंसियों के चुनाव सर्वेक्षण के परिणाम का जनमत पर होने वाले पूर्व प्रभाव को रोकने हेतु "एक्जिट पोल" (मतदान के तुरंत बाद मतदाताओं से बातचीत पर आधारित चुनाव परिणाम) के प्रदर्शन की अनुमति निर्वाचन के आखिरी चरण की समाप्ति के पश्चात् देना।

(vi) प्रिंट मीडिया में प्रतिनियुक्त विज्ञापनों (surrogate advertisement) पर प्रतिबंध लगाना।

(vii) नकारात्मक तथा तटस्थ मतदान (negative or neutral voting) का प्रावधान करना ताकि मतदाता सभी प्रत्याशियों को अनुपयुक्त समझने पर उन सबको अस्वीकार कर सकें। मुख्य चुनाव आयुक्त नवीन चावला के अनुसार राष्ट्रीय स्तर पर अनिवार्य मतदान (compulsory voting) करवाना असंभव एवं गैर-लोकतांत्रिक है।[28]

(viii) निर्वाचन पंजीकरण अफसरों के दफ्तर के राज्य के मुख्यालय में स्थित होने के कारण "अपील" करने में होने वाली असुविधा को दूर करने हेतु जिला के अंतर्गत जिला निर्वाचन अफसरों की नियुक्ति करना।

(ix) राजनीतिक दलों द्वारा अनिवार्य रूप से खाते का प्रबंधन एवं चुनाव आयोग द्वारा उन खातों का नियमित लेखापरीक्षण करना।

(x) विज्ञापनों का सरकार द्वारा प्रायोजन करना एवं सरकार की उपलब्धियों की जानकारी देने वाले बैनरों के सार्वजनिक स्थल पर प्रदर्शन पर प्रतिबंध लगाना।

(xi) टेलीविजन एवं केबल नेटवर्क पर राजनीतिक विज्ञापनों के प्रदर्शन पर निरीक्षण हेतु उपयुक्त कानूनी रूपरेखा तैयार करना।[29]

(xii) निर्वाचन आयोग की स्वतंत्रता काम रखने हेतु आयोग के सभी सदस्यों को संवैधानिक सुरक्षा प्रदान करना तथा आयोग के लिए स्वतंत्र सचिवालय का प्रावधान करना।

(xiii) निर्वाचन आयोग के खर्च की वसूली भारत की संचित राशि (consolidated fund) से करना।

(xiv) निर्वाचन की पूर्व संध्या पर निर्वाचन अफसरों के स्थानांतरण पर प्रतिबंध लगाना।

(xv) निर्वाचनों के लिए राज्य द्वारा राशि उपलब्ध कराना जिसमें केंद्र एवं राज्य सरकार के समान योगदान का प्रावधान हो।

भाग (2) में उल्लिखित निलंबित सुधार प्रस्तावों में दल-बदल विरोधी कानून को सफलतापूर्वक लागू करना, राज्य एवं केंद्र सरकार द्वारा समान मतदाता सूची का प्रयोग करना, भ्रष्ट व्यवहार के दोषी प्रत्याशियों के अयोग्य करार देने की प्रक्रिया का सरलीकरण करना, प्रत्येक प्रत्याशी के लिए प्रस्तावकर्ताओं की संख्या को समान करना, निर्वाचन से संबंधित झूठी उद्घोषणा को दंडणीय घोषित करना, निर्वाचन संबंधी नियम निर्माण की सत्ता केंद्र में नहीं वरन् निर्वाचन आयोग में निहित करना तथा दलों के पंजीकरण के साथ-साथ अपंजीकरण का प्रावधान करना शामिल हैं।

निर्वाचकीय शासन (electroal governance) को सुदृढ़ करने के लिए एक महत्त्वपूर्ण प्रयास 2000 में किया गया। इस प्रयास के तहत भारत में संवैधानिक क्रियान्वयन के विगत 50 वर्षों के अनुभव की समीक्षा हेतु 11 सदस्यीय राष्ट्रीय आयोग (national commission to review the working of the Constitution) का गठन किया गया। इस आयोग द्वारा 31 मार्च 2002 को प्रस्तुत रिपोर्ट के चौथे अध्याय में कुछ निर्वाचकीय सुधार प्रस्ताव प्रस्तुत किए गए जिनमें इलेक्ट्रॉनिक मतदान मशीनों (EVMs) के प्रयोग, बूथ पर कब्जे को रोकने हेतु संवेदनशील निर्वाचन क्षेत्रों में नज़र रखने के लिए इलेक्ट्रोनिक कैमरों के प्रयोग, बूथ पर कब्जे की स्थिति में निर्वाचन आयोग द्वारा पुन: निर्वाचन की घोषणा का अधिकार, जाति एवं धर्म पर आधारित चुनाव अभियानों को दंडित करने की व्यवस्था, अपराधी मुकदमों में आरोपित प्रत्याशियों के चुनाव लड़ने पर रोक तथा ऐसे मुकदमों का तीव्र निपटारा, निर्वाचन संबंधी शिकायतों की सुनवाई हेतु उच्च न्यायालयों में विशेष निर्वाचन बैंचों का निर्माण, राजनीतिक दलों एवं व्यक्तिगत प्रत्याशियों द्वारा किए गए निर्वाचकीय खर्चों का लेखा परीक्षण, प्रत्याशियों द्वारा सभी सरकारी बिलों का भुगतान एवं स्वयं अपने तथा निकट संबंधियों की संपत्ति की सार्वजनिक उद्घोषणा, अभियान अवधि में कटौती, प्रत्याशी द्वारा एक ही पद के लिए एक से अधिक निर्वाचन क्षेत्रों से एक साथ चुनाव लड़ने पर रोक, निर्वाचन आयोग द्वारा समाज की बहुलवादी संरचना को परिलक्षित करने वाले निर्वाचन क्षेत्रों के सीमा-निर्धारण[30], दल-बदल करने वाले राजनेताओं का अनिवार्य पदत्याग, स्वतंत्र प्रत्याशियों की बढ़ती हुई संख्या तथा मंत्रियों की परिषद् के बढ़ते हुए आकार पर नियंत्रण, निर्वाचन आयुक्त के निष्पक्ष चुनाव तथा राजनीतिक दलों एवं उनके गठजोड़ों के पंजीकरण एवं नियंत्रण से संबंधित प्रस्ताव शामिल हैं।

त्रिलोचन शास्त्री ने निर्वाचकीय सुधार हेतु चार अभिकर्ताओं–राजनीतिक दलों, निर्वाचन आयोग, न्यायालयों एवं मीडिया–की भूमिका पर बल दिया है। किंतु वे इन अभिकर्ताओं के राज्य की मशीनरी से जुड़े होने से उत्पन्न होने वाली सीमाओं को देखते हुए नागरिक समाज (civil society) को वांछित परिवर्तन का अग्रदूत मानते हैं।[31] लगभग 1200 गैर-सरकारी संगठनों (NGOs) से युक्त राष्ट्रव्यापी अभियान NEW (National Election Watch) के सदस्य त्रिलोचन शास्त्री तथा आर. एच. तिलहानी के विचार रजनी कोठारी से मेल खाते हैं जिन्होंने गैर-दलीय राजनीतिक प्रक्रिया एवं नागरिक समाज में सृजनकारी बलों का अवलोकन किया था।[32]

निष्कर्ष

भारत में निर्वाचन अनेक दृष्टिकोणों से महत्त्वपूर्ण रहा है। राजनीतिक दृष्टिकोण से निर्वाचन जनता को निर्णय-निर्माण का अवसर प्रदान कर लोकतांत्रिक मानसिकता को प्रोत्साहित करने का कारक रहा है। सामाजिक दृष्टिकोण से निर्वाचन समस्त निर्वाचक गण–धनी एवं निर्धन, शहरी एवं ग्रामीण, शिक्षित एवं अशिक्षित तथा पुरुष एवं महिला–को मतदान का समान अवसर प्रदान कर समतामूलक विचारधारा का प्रसारक रहा है। प्रशासनिक दृष्टिकोण से निर्वाचन विश्व के सबसे बड़े लोकतंत्र में निर्वाचन से संबंधित चुनौतियों को प्रस्तुत कर निर्वाचन की सफल विधि की खोज पर शोध कार्यों को आमंत्रित करता है। निर्वाचन द्वारा प्रदत्त भरोसेमंद आंकड़े मतदाता के व्यवहार को प्रभावित करने वाले कारकों के व्यवस्थित अध्ययन में सहायक हैं एवं विषय के रूप में सेफॉलजी शास्त्र के विकास का स्रोत हैं।

स्वतंत्रता प्राप्ति से आरंभ करते हुए देखा जाए तो भारत में निर्वाचन कई दौरों से गुजर चुका है। भारतीय राजनीतिक व्यवस्था में व्यापक परिवर्तन परिलक्षित हो रहे हैं। दलीय व्यवस्था एक दल प्रधान बहुदलीय प्रणाली से ध्रुवीकृत बहुदलीय प्रणाली में परिणत हो गई है। राजनीतिक दल मतों को अपने पक्ष में चलायमान करने हेतु सिद्धांतों एवं विचारधाराओं के स्थान पर संकीर्ण जातीय, धार्मिक एवं क्षेत्रीय उत्तेजना का प्रयोग कर रहे हैं। 1952 के प्रथम निर्वाचन की तुलना में 2009 के पंद्रहवें निर्वाचन का मतदाता अधिक परिपक्व एवं अपने मत के मूल्य एवं शक्ति के विषय में अधिक जागरूक है। पिछड़ी जातियां एवं महिलाएं अधिक संख्या में सहभागिता दर्शाकर निर्वाचन के प्रति बढ़ते हुए आकर्षण को प्रदर्शित कर रही हैं। भारतीय निर्वाचकीय राजनीति बदलते हुए परिवेश के अनुरूप स्वयं को ढ़ालने का प्रयास कर रही है तथा अनुकूलन के इस प्रयास के फलस्वरूप निर्वाचन की प्रक्रिया में कई गुणों एवं दुर्गुणों का मिश्रित समावेश हो रहा है। निर्वाचन आयोग निर्वाचन की प्रणाली में गुणों की वृद्धि एवं दुर्गुणों से मुक्ति की दिशा में प्रयासरत है। निःसंदेह, भारत में निर्वाचन आधुनिकीकरण का सशक्त माध्यम है। वर्तमान भारत में निर्वाचन समसामयिक अंतर्राष्ट्रीय व्यवस्था के अंतर्गत कार्यरत "वैश्विक" (global) एवं "स्थानीय" (local) बलों के परस्पर द्वन्द्व से प्रभावित है। रोसेनो के अनुसार दोनों ही बल राष्ट्र-राज्य की सत्ता को चुनौती दे रहे हैं।[33] भारतीय मतदाता एक ओर वैश्विक बलों से

प्रभावित है तो दूसरी ओर स्थानीय बलों से। ऐसी परिस्थिति में निर्वाचन की प्रक्रिया दुविधाग्रस्त भारतीय मतदाता को स्थानीय, क्षेत्रीय एवं वैश्विक मुद्दों पर प्रतिक्रिया व्यक्त करने तथा इन मुद्दों पर अपनी स्थिति को स्पष्ट करने का माध्यम प्रदान करती है।

संदर्भ

1. मित्रा, सुब्रत के., एवं सिंह, वी. बी., *डेमोक्रेसी एंड सोशल चेंज इन इंडिया*, सेज पब्लिकेशनः दिल्ली, 1999
2. अशरफ, तारीक, *इलेक्शन 2004*, बुकवेल, 2004, पृ. 1.
3. भारत में प्रथम निर्वाचन 1952 में संपन्न हुआ जिसमें कुल खर्च 45 करोड़ आया। 2004 में आयोजित चौदहवें लोकसभा निर्वाचन में कुल खर्च बढ़कर 110 करोड़ हो गया। 2009 के पंद्रहवें लोकसभा निर्वाचन हेतु संसद ने 1120 करोड़ के बजट को पारित किया।
4. डॉ. अंबेडकर ने कहा कि भारतीय संविधान की धारा 324 द्वारा निर्वाचन के केंद्रीकरण हेतु उसकी जिम्मेदारी एकल आयोग को सौंपी गई है। देखें कांस्टीट्यूशनल एसेम्बली डिबेट्स, वॉल्यूम VII, जून 15, 1949, पृ. 905.
5. मॉरिस डुवरजर के अनुसार आनुपातिक प्रतिनिधित्व पर आधारित निर्वाचन प्रणाली बहुदलीय व्यवस्था (multi party system) को जन्म देती है जबकि एकल सदस्यीय निर्वाचन क्षेत्रों में बहुल निर्वाचकीय व्यवस्था पर आधारित निर्वाचन प्रणाली द्विदलीय व्यवस्था (two party system) को उत्पन्न करती है। भारतीय निर्वाचकीय अनुभव डुवरजर के सिद्धांत का खंडन करता है। देखें सिंह, एम. पी. एवं सक्सेना, रेखा, *इंडिया एट द पोल्सः पार्लियामेंट्री इलेक्शन इन द फेडरल फेज़,* ओरियंट लांगमैन अब ओरियंट ब्लैकस्वॉनः दिल्ली, 2003, पृ. 250–254.
6. कृष्ण, गोपाल, ''वन पार्टी डॉमीनेंस'', *इंडियन जर्नल ऑफ पब्लिक एडमिनिस्ट्रेशन*, जनवरी-मार्च, 1966.
7. सिंह, एम. पी., वही, पृ. 1.
8. कोचानेक, स्टैनली ए., ''मिसेज़ गांधीज़ पिरामिडः द न्यू कांग्रेस'', जोया हसन (संपा.) 2002, *पार्टीज एंड पार्टी पॉलिटिक्स* इन *इंडिया*, ऑक्सफोर्ड, पृ. 76-106.
9. यादव, योगेंद्र, ''यूनाइटेड कलर्स ऑफ कांग्रेस'' 1998-1999, इ.*पी.*डब्ल्यू., वॉल्यूम XXXXIV, XXXV, नं. 34 एवं 35, पृ. 21-27.
10. जैफरलो, क्रिस्टोफे, *ए स्पेसिफिक पार्टी बिल्डिंग स्ट्रेटजी*, जोया हसन, पूर्वोद्धृत, पृ. 190-231.
11. हसन, जोया, ''रिप्रेज़ेन्टेशन एंड रिडिस्ट्रीब्यूशन'', फ्रैंसाइन फ्रेंकल (संपा.) 2000, *ट्रांसफॉरमिंग इंडिया,* ऑक्सफोर्ड।
12. राष्ट्रीय एवं क्षेत्रीय दलों के बीच होने वाले लेन-देन, मोल-भाव या जोड़-तोड़ की प्रक्रिया को डब्ल्यू. एच. मॉरिस जोंस ने ''तोलमोल का संघवाद'' (Bargaining Federalism) का नाम दिया है।
13. यादव, योगेंद्र, 1999, इ.*पी.*डब्ल्यू. वॉल्यूम, 2395.
14. अटल बिहारी वाजपेयी, 2002 ''संसदीय लोकतंत्र को अपना वायदा पूरा करने के लिए सक्षम बनाना'', *भारतीय संसद के 50 वर्ष*, लोकसभाः नई दिल्ली, पृ. 20.
15. यादव, योगेंद्र, ''अंडरस्टैंडिंग सेकैंड डेमोक्रेटिक अपसर्ज'', फ्रेंसाइन फ्रैंकल, पूर्वोद्धृत।
16. स्टीवेन आई., *वोट्स एण्ड वॉयलेंसः इलेक्टोरल कंपीटीशन एंड कम्युनल राइट्स इन इंडिया*, कैम्ब्रिज, विल्किंसन 2005.

17. मोदी, एम. पी., ''ससंदीय निर्वाचन और राजनीति'' *ए जर्नल ऑफ एशिया फॉर डेमोक्रेसी एंड डिवेलपमेंट*, वॉल्यूम VII, नं. 1, जनवरी-मार्च 2007, पृ. 68-82.
18. मेंदीरत्ता, एस. के., ''क्रीमिनलाइज़ेशन ऑफ पॉलिटिक्स'', *योजना*, जनवरी 2009, पृ. 32-35.
19. *वही*
20. *इंडिया टुडे*, ''उत्तर प्रदेश में अपराधियों का राजनीतिकरण', 20 फरवरी, 2002, पृ. 28-29.
21. द *हिन्दू*, मई 28, 2009.
22. CSDS द्वारा संपादित NES 2009 (National Election Survey) से यह ज्ञात होता है कि 2009 के निर्वाचन में मतदाता दलीय नेतृत्व से बहुत कम प्रभावित हुए। विस्तृत रिपोर्ट के लिए देखें, द *हिन्दू*, मई 28, 2009.
23. मित्रा, सुब्रत के., सिंह, वी. बी., *वेन रेबेल्स बीकम्स स्टेकहोल्डर्स: डेमोक्रेसी, एजेंसी एंड सोशल चेंज इन इंडिया*, सेज पब्लिकेशन: दिल्ली, 2009.
24. 1980 लोकसभा निर्वाचन में 141 महिला प्रत्याशियों ने भाग लिया जिनमें 28 विजयी घोषित हुईं, जबकि 1999 में 284 महिला प्रत्याशियों में से 49 ने जीत हासिल की। 2004 में 45 महिलाएं लोकसभा की सदस्य निर्वाचित हुईं तथा 2009 में यह संख्या बढ़कर 59 हो गई है।
25. ठक्कर, उषा, ''द विमेन्स वोट'', जेम्स चिरियानकान्देत एवं सुब्रत के. मित्रा (संपा.) 1992, *इलेक्टोरल पॉलिटिक्स इन इंडिया*, सिंगमेमंट बुक्स, पृ. 199-211.
26. सिंह, उज्ज्वल कुमार, *इन्स्ट्टीयूशन्स एंड डेमोक्रेटिक गवरनेंस*, नेहरू मेमोरियल म्यूजियम एंड लाइब्रेरी (NMML) मोनोग्राफ 9, 2004-9, पृ. 3.
27. http://eci/gov.in/PROPOSED-Electoral-Reforms.pdf
28. द *हिन्दू*, जनवरी 28, 2010.
29. आंध्र प्रदेश उच्च न्यायालय ने राजनीतिक विज्ञापनों पर प्रतिबंध लगाने वाले केबल टेलीविजन नेटवर्क अधिनियम (1994) को रद्द कर दिया था किंतु उच्चतम न्यायालय ने 13 अप्रैल 2004 के निर्णय द्वारा निर्वाचन आयोग को इन विज्ञापनों के निरीक्षण का आदेश दिया।
30. पिछली बार निर्वाचन-क्षेत्रों के सीमा-निर्धारण (delimitation of constituencies) का कार्य 1971 की जनगणना के पश्चात् किया गया था। 2003 तक निलंबित करने के उपरांत सीमा निर्धारण की प्रक्रिया को 2025 तक अवरुद्ध कर दिया गया है। एम. पी. सिंह एवं रेखा सक्सेना के अनुसार 2025 तक विभिन्न राज्यों में जनसंख्या के असमान दर से परिवर्तित होने के फलस्वरूप दक्षिणी राज्यों द्वारा लोकसभा के एक दर्जन से भी अधिक सीटों को गंवाने की आशंका है। इस बढ़ते हुए प्रतिनिधि असंतुलन के कारण विध्वंसक संघीय विवाद छिड़ सकते हैं। देखें एम. पी. सिंह एवं रेखा सक्सेना 2008, *इंडियन पॉलिटिक्स: कंटेम्प्ररी इश्यूज एंड कंसर्न्स*, प्रेन्टिस हॉल, पृ. 205.
31. शास्त्री, त्रिलोचन, ''इलेक्टोरल डेमोक्रेटिक एंड गवर्नेंस रिफॉमर्स'', *योजना*, जनवरी, 2009, पृ. 37-39.
32. कोठारी, रजनी, 1989, *स्टेट अगेंस्ट डेमोक्रेसी: इन सर्च ऑफ ह्यूमेन गवर्नेंस*, अजंता प्रकाशन, 1988, पृ. iii-iv.
33. डब्ल्यू., रॉबर्ट कॉक्स, (संपा.) 1997, द *न्यू रियलिज्म*, सेंट मार्टिन्स प्रेस, पृ. 63.

18

भारत में किसान, मजदूर एवं जनजातीय आंदोलन

औपनिवेशिक नीतियों के कारण भारतीय किसानों की स्थिति दयनीय थी। शोषणकारी आर्थिक और भू-राजस्व प्रणालियां और उपनिवेशवादी प्रशासनिक एवं न्यायिक व्यवस्था के कारण किसानों की कमर टूट चुकी थी। अपनी इस दयनीय दशा में सुधार के लिए किसानों ने तत्कालीन भारतीय शासन के विरुद्ध कई विद्रोह किए। पिछले 200 वर्षों में असंख्य आंदोलन हुए हैं। किसान आंदोलनों में आमतौर पर उन्हीं आंदोलनों को शामिल किया जाता है जो महत्त्वपूर्ण रहे हैं। कैथेलीन गफ ने ब्रिटिश शासन काल के 77 बड़े किसान विद्रोहों को गिनाया है। माना जाता है कि पहले जितने किसान आंदोलन हुए वे न तो राजनीतिक दलों द्वारा संचालित थे और न ही किसी शास्त्रीय सिद्धांत द्वारा शुरू किए गए थे। किसानों ने जितने भी विद्रोह किए हैं उनका लक्ष्य खेतों का मालिकाना हक हासिल करना, आर्थिक शोषण से मुक्ति और जीवन-शैली की बाधाओं को दूर करना रहा है। भारत में किसान आंदोलन का उदय और विकास राष्ट्रीय स्वतंत्रता आंदोलन के साथ अभिन्न रूप से जुड़ा रहा है। स्वतंत्रता संग्राम के नेता मानते थे कि भारतीय राष्ट्रवाद के विकास में तब तक मजबूती नहीं आ सकती है जब तक कि किसानों का भी समर्थन प्राप्त नहीं कर लिया जाए। प्रमुख नेताओं ने किसान समस्याओं के प्रति सहानुभूति का भाव दिखाया, और उन्हें एक संगठित आंदोलन के प्रति प्रेरित किया।

किसान विद्रोह ब्रिटिश शासन की देन है। ईस्ट इंडिया कंपनी ने बंगाल की दीवानी (1765) पाने के बाद भारतीय कृषि व्यवस्था में लगातार बदलाव किए जिससे किसानों की स्थिति मुगल शासन काल से भी शोचनीय हो गई। जी. टी. रेंच के अनुसार ब्रिटिश शासन ने भारतीय कृषि को तीन स्तरों पर-कृषि, भूमि पर बड़े इस्टेट (जमींदार) का निर्माण करना, ऋण व्यवस्था को वैधानिक बनाना और लाभ आधारित व्यक्तिवादी दर्शन का बीजारोपण करना-ब्रिटिश कृषि व्यवस्था की तर्ज पर ढाला जिसके कारण यहां की खेती चौपट हो गई और साथ में किसान भी।[1]

स्थायी बंदोबस्त (permanent settlement) 1793 व्यवस्था से खेत जोतने वाले किसान जमींदारों के रैयत हो गए। रैयतवारी व्यवस्था में भी असली खेत जोतने वालों का अधिकार जमीन पर नहीं रहा और वे पट्टेदार हो गए। लगान लगातार बढ़ते गए और इंग्लैंड में उत्पादित वस्तुओं के विक्रय हेतु भारतीय कुटीर उद्योग नष्ट कर दिए गए। किसानों की

डॉ. युवराज कुमार, असिस्टेंट प्रोफेसर, सत्यवती कॉलेज, दिल्ली विश्वविद्यालय।

आर्थिक स्थिति बिगड़ती गई। इसकी झलक देश में पड़ने वाले अकालों में मिलती है। एक अनुमान के अनुसार 11वीं और 17वीं शताब्दी के बीच में 17 बड़े अकाल पड़े थे, लेकिन ईस्ट इंडिया कंपनी के शासन के दौरान 1770-1857 के बीच 21 भारी अकाल पड़े। अकालों की संख्या समय के साथ बढ़ती गई और इसी के साथ इनकी विभीषिका भी। 1800-1850 के बीच करीब 14 लाख लोग अकाल का ग्रास बने। मृतकों की संख्या 1850-1875 के बीच 50 लाख हो गई और 1875-1900 के बीच 150 लाख। 1866-1943 के बीच करीब 2 करोड़ से अधिक तक पहुंच गई। अकाल की वजह से ब्रिटिश शासन के शोषण के कारण किसानों के पास न तो पर्याप्त मात्रा में खाद्य सामग्री थी और न ही खेती में निवेश करने के लिए पर्याप्त पूंजी। ऐसे माहौल में किसानों के पास बगावत के सिवाय कोई रास्ता नहीं था।[2]

अंग्रेजों द्वारा समय-समय पर अपनाई गई कृषि व्यवस्था ने तीन नई परिस्थितियां पैदा कीं–जमींदार लगातार मालगुजारी बढ़ाते रहे, साहूकारों का ऋण जाल बढ़ता रहा और सरकार जमींदारों एवं साहूकारों की तरफदारी करती रही। किसानों की बिगड़ती आर्थिक स्थिति के कारण खेतों की बेदखली का सिलसिला बढ़ता चला गया। इसके परिणामस्वरूप जमींदारों और साहूकारों के खिलाफ किसान विद्रोह हुए।

किसान आंदोलन को जन्म देने वाला प्रमुख कारण कंपनी द्वारा किसानों पर ऊंची दर पर लगान लगाकर उसे कठोरतापूर्वक वसूल करना रहा। इससे एक ओर तो किसान आर्थिक दृष्टि से गरीब एवं बर्बाद हुए और दूसरी ओर उन्हें लगान वसूल करने वालों के उत्पीड़न का शिकार होना पड़ा। दूसरे इंग्लैंड के औद्योगिक हितों तथा कंपनी के मुनाफे के लालच ने भारत के हस्त उद्योग को नष्ट कर दिया। इससे कृषि पर जनसंख्या का भार बढ़ाकर तथा रोजगार एवं आय के पूरक साधन नष्ट करके किसान की बर्बादी का मार्ग प्रशस्त किया। तीसरे, ब्रिटिश शासन की आर्थिक नीति ने जमींदार, व्यापारी-साहूकार तथा ब्रिटिश बागान मालिकों के रूप में शोषकों एवं उत्पीड़कों के उन समूहों को स्थापित किया।

प्रमुख किसान आंदोलन

किसान आंदोलन को दो चरणों में विभाजित किया जा सकता है। प्रथम चरण है–1858 से 1914 तक और दूसरा चरण है–तीसरे से पांचवें दशक के मध्य।

प्रमुख किसान आंदोलन	
1859-62	बंगाल के नील उत्पादकों का संघर्ष
1896	मालबार के किसान संघर्ष
1873-76	बंगाल में पबना जिले के किसानों का संघर्ष
1875	महाराष्ट्र के पुणे एवं अहमदनगर जिलों में मारवाड़ी एवं गुजराती किसानों का संघर्ष
1913-41	राजस्थान के मेवाड़ क्षेत्र में स्थित बिजौलिया किसानों का संघर्ष

1917-18	चंपारण सत्याग्रह (बिहार)
1918	खेड़ा किसान आंदोलन (गुजरात)
1919-20	दरभंगा किसान आंदोलन
1920-21	मोपला किसान आंदोलन
1921-22	एका आंदोलन (हरदोई, बहराइच, बाराबंकी, सुल्तानपुर)
1922-24	गोदावरी क्षेत्र का रम्पा आंदोलन
1928	बारदोली किसान संघर्ष
1946-47	तेभागा आंदोलन (बंगाल)
1946	पुनप्रा-वायलार संघर्ष (त्रावणकोर, केरल)
1945-51	तेलंगाना आंदोलन (हैदराबाद)

इन किसान आंदोलनों से जुड़े प्रमुख नेता रहे–वासुदेव फड़के(1879 का आंदोलन); लाला लाजपत राय, अजीत सिंह (1907, पंजाब); महात्मा गांधी, जे.बी. कृपलानी, डॉ. राजेंद्र प्रसाद, ब्रजकिशोर प्रसाद, राजकुमार शुक्ला–चंपारण आंदोलन (1917-18); गांधी, मोहनलाल पांड्या–खेड़ा आंदोलन (1918); विजय सिंह पथिक, माणिकलाल वर्मा, रामनारायण, बाबा सीताराम दास, हरिभाऊ उपाध्याय (मेवाड़) मोतीलाल तेजावत (भील) जयनारायण (मारवाड़े), स्वामी विट्ठानन्द–दरभंगा (बिहार, 1919-20); जवाहर लाल नेहरू, बाबा रामचंद्र दास, इंद्र नारायण द्विवेदी–अवध (1921-23); मदासी पासी–एका आंदोलन (1922); अल्लूरी सीताराम राजू-रम्पा (1922-24); आंध्र एन. जी. रंगा, पी. सुन्दरैय्या–आंध्र, वल्लभ भाई पटेल, कुंवरजी मेहता, कल्याण जी मेहता–बारदोली (1927-28); सोहन सिंह भाकना–पंजाब (1937-39); सहजानन्द सरस्वती, राहुल सांस्कृत्यायन, कृपानन्द शर्मा–बिहार (1937-39); रविनारायण रेड्डी–तेलंगाना (1946-51) तथा भवानी सेन, सुनील सेन, मोनी सिंह-तेभागा (1946) इत्यादि।

नील की खेती करने वालों का विद्रोह[3]

1859 में बंगाल में नील की खेती करने वालों ने अंग्रेज मालिकों की नीतियों के कारण विद्रोह कर दिया। ब्रिटेन में आधुनिक कपड़ा उद्योग के विकास से भारत में ईस्ट इंडिया कंपनी के लिए नील की कृषि सबसे लाभदायक थी। बंगाल में यूरोपियन पूंजीपति नील की खेती स्वयं नहीं करते थे अपितु किसान को लगान व अन्य खर्च पूरा करने के लिए अग्रिम धनराशि देकर उसे बाध्य करते थे कि वह अपनी जमीन के निश्चित भाग पर खेती करके उत्पाद अंग्रेजों को दे। अग्रिम राशि पर किसान को इतनी ऊंची दर पर ब्याज देना पड़ता था कि वह कभी ऋणमुक्त नहीं हो पाता था। फैक्टरी मालिकों ने किसानों को नियंत्रित रखने तथा नील की खेती के लिए बाध्य करने हेतु अपनी निजी सेनाएं रख छोड़ी थीं, जो हर प्रकार का अत्याचार किसानों पर करती थीं। 1859-62 का संघर्ष इस शोषण व उत्पीड़न के विरोध में था तथा बंगाल के नदिया जिले से आरंभ होकर 1860 तक बंगाल के पूरे डेल्टा क्षेत्र में फैल गया। बंगाल के ले. गवर्नर जॉन ग्रांट को नील किसानों के साथ सहानुभूति थी। इस आंदोलन में किसानों ने बल प्रयोग किया तथा जमींदारों को लगान देना

बंद कर दिया। अंतत: किसानों को सफलता मिली तथा नील उत्पादन कराने वाले बागान मालिकों को नील की उपज का सही मूल्य देने के लिए तैयार होना पड़ा। डेविड हार्डीमेन के अनुसार 1859-62 के विद्रोह ने बंगाल में नील उत्पादन पद्धति के लिए मृत्यु की घंटी बजा दी। आंकड़ों के मुताबिक 1764 और 1793 के बीच अंग्रेजी राज में भूमि का लगान 8 लाख रुपये से बढ़कर 28 लाख रुपये हो गया। 1923-24 में ब्रिटिश भारत में किसानों से 33.45 करोड़ रुपए लगान वसूला गया था। जमींदारों ने इससे भी बढ़कर मालगुजारी किसानों से वसूल की।

पबना और बोगरा में किसान आंदोलन[4]

जमींदारों द्वारा करों की दर में वृद्धि से पबना और बोगरा में 1872-73 में किसानों में अशांति फैल गई। पबना, बोगरा तथा उसके आसपास के जिलों में जमींदारों ने न केवल करों में वृद्धि की, बल्कि पुराने करों के भुगतान के लिए नामांकन की व्यवस्था की, ताकि किसानों को धोखे में रखकर पुराना कर भी वसूल किया जा सके। जमींदारों के अत्याचारों के कारण किसानों ने जमींदारी उन्मूलन का नारा लगाया जो शीघ्र पूरे बंगाल में फैल गया। 1885 में बंगाल में एक नया काश्तकारी कानून पास किया गया जिसने किसान वर्ग को वंशानुगत अधिकार प्रदान किया और इस कानून ने यह व्यवस्था की कि जमींदार तभी करों में वृद्धि करते थे जबकि फसल अच्छी हो और इसके लिए अदालत से आज्ञा लेनी पड़ती थी। बंगाल के बुर्जुआ वर्ग के कुछ लोग इन किसान आंदोलनों को समर्थन दे रहे थे। स्वामी विवेकानंद की भी किसानों के साथ गहरी सहानुभूति थी। उन्होंने कहा था, 'खेतों को जोतकर एक नए भारत का निर्माण करो'।

कलकत्ता के मध्यम वर्ग ने पबना किसान आंदोलन की आलोचना की। ह्यूम ने जब भी किसान प्रश्न को कांग्रेस के एजेंडे पर लाना चाहा, भारतीय नेताओं ने उनका विरोध किया। पंजाब के कांग्रेसी नेता उस सरकारी कानून (1900) के आलोचक थे, जो साहूकारों के विरुद्ध किसानों के संरक्षण हेतु बनाया गया। इस दौर में फड़के ने ही खुलकर 1879 के किसान संघर्ष को नेतृत्व प्रदान किया। पूना सार्वजनिक सभा, महादेव गोविंद रानाडे तथा आगे चलकर तिलक ने भी अपने को किसान आंदोलनों से जोड़ा। पंजाब में लाला लाजपत राय तथा अजीत सिंह 1907 के किसान आंदोलन से जुड़े तथा दंडित हुए।

1914 के बाद किसान आंदोलन के द्वितीय चरण का शुभारंभ दक्षिण अफ्रीका से भारत आए महात्मा गांधी के इस आंदोलन के साथ सक्रिय रूप से जुड़ने के साथ हुआ।

चंपारण आंदोलन

चंपारण के किसानों का आंदोलन 1917-18 में अंग्रेजों के विरुद्ध किसान चेतना का सूचक था। चंपारण के किसान दीर्घकाल से तिनकथिया (भूमि के एक भाग पर अनिवार्य रूप से नील का उत्पादन करना) व्यवस्था का तथा सामंती करों से वृद्धि का विरोध करते आ रहे थे। विरोध की इस प्रक्रिया के साथ कांग्रेस के स्थानीय व प्रांतीय नेतृत्त्व ने भी अपने को जोड़ लिया था तथा 1916 के कांग्रेस के लखनऊ अधिवेशन में एक किसान-साहूकार राजकुमार शुक्ला ने गांधी से संपर्क कर उन्हें आंदोलन का नेतृत्व करने हेतु आमंत्रित किया। चंपारण

किसान आंदोलन में नेतृत्व की दो धाराएं एक साथ सक्रिय थीं। एक ओर जे.बी. कृपलानी, राजेंद्र प्रसाद, ब्रज किशोर प्रसाद जैसे स्थानीय बुद्धिजीवी थे तथा दूसरी ओर किसान जनता से ही निकले हरवंश सहाय, राजकुमार शुक्ला, पीर मुहम्मद जैसे लोग थे। गांधी की भूमिका दो कार्यों तक सीमित थी—पहली किसान शिकायतों की जुलाई 1917 में खुली जांच करवाना। दूसरे समस्याओं एवं संघर्षों को अखिल भारतीय स्तर का प्रचार देना। चंपारण आंदोलन ने तीनकथियों को समाप्त कराने में तथा शरवेशी (किराया या लगान वृद्धि) में कमी कराने में सफलता पाई। आंदोलन की इससे भी अधिक महत्त्वपूर्ण उपलब्धि थी कि इसने किसान जनता में नई चेतना और साहस को जन्म दिया।

खेड़ा आंदोलन

खेड़ा आंदोलन अनाज, तंबाकू व कपास पैदा करने वाले खाते-पीते किसानों का आंदोलन था। गरीब उत्पीड़ित रैय्यत का आंदोलन नहीं। 1899 से अकाल व महामारी के एक के बाद दूसरे प्रकोप के कारण किसानों के लिए यह कठिन हो गया था कि वह लगान का भुगतान कर सकें, किंतु सरकार द्वारा लगान व उसकी वसूली में मूल्य वृद्धि तथा कृषि उत्पादन में कमी की दोहरी मार का शिकार होना पड़ा। ऐसी स्थिति में मोहनलाल पांडया जैसे किसानों ने नवंबर, 1917 में लगान का भुगतान रोकने का फैसला लिया। 22 मार्च, 1918 से गांधी इस आंदोलन से जुड़ गए। खेड़ा आंदोलन मार्च से जून 1918 तक चला। सुमित सरकार के अनुसार 'खेड़ा सत्याग्रह, जो भारत में पहला वास्तविक गांधीवादी किसान सत्याग्रह था, एक छिटपुट आंदोलन बन कर रह गया। 559 में से केवल 70 गांवों पर ही इसका प्रभाव पड़ा और जून में मामूली-सी रियायत लेकर ही आंदोलन को स्थापित कर देना पड़ा।'

मोपला किसान संघर्ष

इस काल के किसान संघर्षों में मोपला किसान संघर्ष का अपना विशिष्ट स्थान है। इस संघर्ष का वास्तविक चरित्र सामंतवाद और साम्राज्यवाद विरोधी था। यह तो महज संयोग था कि किसान मुसलमान और सामंत हिंदू थे। आंदोलन 1916 से विकसित हो रहा था। अप्रैल 1920 के मंजेरी सम्मेलन के बाद इसका नेतृत्व खिलाफत आंदोलन के नेताओं के हाथ में चला गया। 20 अगस्त, 1921 से एक खुला विप्लव आरंभ हुआ। इरनाड तथा बल्लुबड़ा तालुकों (द. मालाबार) में किसानों ने 'खिलाफत गणराज्य' स्थापित किए। सुमित सरकार के शब्दों में यह साम्राज्यवाद के खिलाफ एक सशस्त्र और विशाल विद्रोह था जिसके खूनी दमन के फलस्वरूप 2,337 विद्रोही मारे गए। 1,652 घायल हुए तथा 45,404 बंदी बनाए गए।'

बारदोली किसान आंदोलन

1927-28 का बारदोली किसान आंदोलन गांधीवादी तरीकों को अपनाकर सफलता प्राप्त करने वाला पहला किसान आंदोलन था। यह बारदोली में लगान में की गई 22 प्रतिशत वृद्धि के खिलाफ 1927 में आरंभ हुआ। स्थानीय स्तर पर इसके नेता कुंवरजी तथा

कल्याणजी मेहता थे। उन्हीं के प्रयासों व अनुरोध से वल्लभभाई पटेल ने संघर्ष का नेतृत्व अपने हाथ में लिया। सरकारी दमन के बावजूद लगानबंदी दृढ़ता के साथ जारी रही। अंत में सरकार द्वारा यह मान लेने पर कि वह जब्त की गई जमीन को लौटा देगी तथा न्यायिक जांच कराएगी, 1928 में आंदोलन वापस हो गया।

तीसरे दशक के किसान आंदोलन की एक प्रमुख विशेषता यह है कि किसान चेतना व जुझारूपन ने अपने को संगठित करने का प्रयास किया। इंद्रनारायण द्विवेदी की संयुक्त प्रांत किसान सभा (1918), जवाहर लाल, बाबा रामचंद्र की अवध किसान सभा (1920), एन.जी. रंगा की रैयत एसोसियन, गुंटूर (1923), संयुक्त प्रांत किसान संघ (1924), स्वामी सहजानंद की बिहार प्रादेशिक किसान सभा (नव. 1929) इसी प्रयास के द्योतक थे। बंगाल में फजलुलहक की प्रजा पार्टी (जुलाई 1929) तथा पंजाब में फज्ले हुसैन की युनियनिस्ट पार्टी किसान हितों को लेकर स्थापित किए गए राजनीतिक संगठन थे।

किसान आंदोलनों की सामान्य मांगें रही हैं–जमींदार प्रथा का अंत, बेगार प्रथा का अंत, सामंती वसूली पर रोक, लगान की दरों में कमी, गैर-कानूनी ढंग से छीनी गई जमीन की वापसी, काश्तकारों के अधिकारों की सुरक्षा, जमींदारी उत्पीड़न पर रोक, तथा खेतिहरों को उचित मजदूरी दिलवाना इत्यादि।

इन आंदोलनों की कुछ विशेषताएं भी रही थीं–

(i) किसान आंदोलन की सामंतवाद विरोधी धारा जीवित रही।

(ii) आंदोलन का साम्राज्यवाद विरोधी स्वर मुखर हुआ तथा गांधी के नेतृत्व में कांग्रेस ने किसानों को राष्ट्रीय आंदोलन की मुख्यधारा से जोड़ने का प्रयास किया।

(iii) इस प्रयास को करते समय जमींदार-किसान के अंतर्विरोध में कांग्रेस तथा गांधी का दृष्टिकोण समन्वयकारी रहा। उन्होंने किसानों को संयमित करने का काम किया तथा उनके 'किसान संघ की नीति यह रही कि जमींदारों के विरुद्ध एक भी शब्द कह कर उन्हें नाराज न किया जाए।'

(iv) किसानों ने अपने को वर्गीय संगठनों तथा राजनीतिक दलों के रूप में संगठित करना आरंभ कर दिया।

तेभागा आंदोलन

द्वितीय विश्वयुद्ध के बाद के किसान आंदोलनों में तेभागा आंदोलन सबसे व्यापक था। यह बंगाल के 19 जिलों में फैला और लगभग 60 लाख किसानों ने इसमें हिस्सा लिया। तेभागा का अर्थ है एक-तिहाई। 1946 के उत्तरार्ध में बंगाल के बटाईदारों ने घोषणा की कि वे जोतदारों यानि भू-स्वामियों को उपज का आधा हिस्सा नहीं, बल्कि एक-तिहाई हिस्सा देंगे और हिस्सा बंटने तक उपज उनके अपने खामारो (घर से लगे खलियानों) में रहेगी, जोतदारों के खलिहानों में नहीं। बंगाल प्रांतीय किसान सभा सितंबर, 1946 में तेभागा आंदोलन का नेतृत्व कर रही थी। उसने किसानों के लिए तीन-चौथाई हिस्से की मांग की एवं उपज वे अपने खामारों में ही रखेंगे तो हजारों किसान इस आंदोलन में शामिल हुए। तेभागा आंदोलन के मुख्य केंद्र–दिनाजपुर, रंगपुर, जलपाईगुड़ी, मैमनसिंह, और मिदनापुर

तथा कुछ हद तक 24 परगना और खुलाना रहे। शुरू में आंदोलन का आधार राजवंशी क्षत्रिय किसान थे, लेकिन जल्द ही मुसलमान, हजोंग, संथाल और उरांव भी इसके दायरे में आ गए। आंदोलन के मुख्य नेता, कृष्णविनोद राय, अवनी लाहिरी, सुनील सेन, भवानी सेन, मोनी सिंह, अनंत सिंह, विभूति गुहा, अजित राय, सुशील सेन, समर गांगुली और गुरुदास तालुकदार थे। यह आंदोलन स्वतंत्रता प्राप्ति के काफी समय बाद तक चलता रहा और अंत में पुलिस कार्यवाही की वजह से धीरे-धीरे समाप्त हो गया। परंतु 1950 में कांग्रेस सरकार ने जो 'बर्गादार अधिनियम' पारित किया, उसमें तेभागा आंदोलन की अधिकांश मांगें समाहित कर ली गईं।[5]

ट्रावनकोर का संघर्ष[6]

ट्रावनकोर का संघर्ष सभी किसान आंदोलनों से इस रूप में भिन्न था कि इस क्षेत्र में खेतिहर मजदूर, किसान, ग्रामीण दस्तकार काफी जागरूक थे, किंतु विद्रोह इनकी समस्याओं से हटकर अलग मामले को लेकर शुरू हुआ। यद्यपि खेतिहर मामलों अर्थात् जमींदारों की शोषण नीति की इस घटना में काफी महत्त्वपूर्ण भूमिका रही। यह घटना ट्रावनकोर के शेरतलाई अलेपी क्षेत्र से संबद्ध थी, जहां कम्युनिस्टों के नेतृत्व में मजबूत ट्रेड यूनियन के रूप में खेतिहर आंदोलन चल रहा था। विद्रोह उस समय फूट पड़ा जब बाजार में अन्न के भाव काफी ऊंचे थे और इन्हीं दिनों (जनवरी, 1946) रियासत के दीवान सी.सी. रामास्वामी अय्यर ने अमेरिकी पद्धति के संविधान को रियासत के लोगों पर थोपना चाहा। स्पष्टत: महत्त्वाकांक्षी दीवान अंग्रेजों के चले जाने के बाद स्वयं अपने नियंत्रण में एक स्वतंत्र ट्रावनकोर की योजना बना रहा था। कम्युनिस्टों ने इस योजना का विरोध किया था। इसकी प्रतिक्रिया में रियासती अधिकारियों ने विद्रोह का पूरी शक्ति से दमन करना शुरू किया। रियासत के दमन के विरुद्ध मजदूरों ने 22 अक्टूबर, 1946 को अलेप्पी शेरतलाई क्षेत्र में आम हड़ताल का आह्वान किया और अलेपी के निकट पुन्नप्रा पुलिस चौकी पर आक्रमण करके संघर्ष की शुरुआत की। रियासत में 25 अक्टूबर, 1946 को मार्शल लॉ लागू कर दिया और 27 अक्टूबर को सेना को शेरतलाई के निकट वायलार में मजदूरों के ठिकानों पर आक्रमण करने का आदेश दिया। इसीलिए इस संघर्ष को पुन्नप्रा वायलर संघर्ष भी कहा जाता है।

वर्ली संघर्ष[7]

बंबई क्षेत्र के थाना जिले के दनानू, पालधार एवं उम्बेर गांव और जवाहर ताल्लुकों के बहुसंख्यक आदिवासी वर्ली किसानों की भूमि जमींदारों एवं महाजनों के अधिकार में चले जाने से वर्ली संघर्ष हुआ; क्योंकि उनके द्वारा अनाज के रूप में लिए गए ऋण का भुगतान वे नहीं कर सके थे। महाजन सामान्यत: पचास से दो सौ प्रतिशत का ब्याज लगाते थे। अधिकांश किसान कच्चे काश्तकार की श्रेणी में पहुंच गए और भूमि की आधी उपज की जमींदारों एवं महाजनों को अदायगी व्यवस्था के आधार पर उन जमीनों पर उत्पादन करने को बाध्य हो गए थे, जो पूर्व में उनके अधिकार में थी। वर्ली आदिवासी अकाल एवं अपनी

कठिनाई के दिनों में महाजनों एवं जमींदारों से अनाज ऋण-(खावती) लेते रहे थे और भुगतान न कर पाने की स्थिति में बिना किसी वेतन अथवा भुगतान के महाजनों या जमींदारों के यहां मजदूरी करते थे। इस प्रक्रिया में भूमिहीन मजदूर जीवन भर के लिए बंधुआ बन गए। महाराष्ट्र किसान सभा पुरुलेकर जैसे बाहरी नेताओं ने 1945 में वर्लियों द्वारा की जा रही बेगार का विरोध किया। जमींदारों ने पुलिस व गुंडों की मदद से उन्हें आतंकित किया। 10 अक्टूबर, 1945 को लालवाड़ा में हड़तालियों की सभा पर पुलिस ने गोली चला दी, जिसमें पांच लोग मारे गए एवं कई घायल हुए। इसी तरह की घटना 7 जनवरी, 1943 को घटित हुई, जबकि पालधार ताल्लुक में पुलिस द्वारा गोलाबारी किए जाने से पांच किसानों की मृत्यु हो गई।

तेलंगाना आंदोलन[8]

हैदराबाद रियासत में राजस्व वसूली का कार्य देशमुख (ठेकेदार) ऑर पटेल (कर संग्राहक) करते थे, जिनकी सेवाएं 1860 के दशक में समाप्त कर दी गईं, क्योंकि निजाम सरकार ने काश्तकारों से सीधे कर वसूल करना शुरू कर दिया था। 1940 के बाद देशमुखों को जमीनें हथियाने का एक और अवसर मिला जब निर्धनता से ग्रस्त किसानों ने अपनी कठिनाइयों से निपटने के लिए इनसे ऋण लिया और ऋण का भुगतान न कर पाने के कारण उन्हें अपनी जमीनें देशमुखों को सौंपने पड़ी। 1940 के दशक में देशमुख और पटवारियों के पास इतनी जमीनें थीं कि कुछ जिलों में 60 से 70 प्रतिशत जमीन पर इनका कब्जा था। क्रिस्टियन सिग्रिस्ट ने अपनी पुस्तक *भारत में किसान संघर्ष* में तेलंगाना में तीन प्रकार की शोषक व्यवस्थाएं बताई हैं–60 प्रतिशत किसान सामान्य भूमि शुल्क (दीवानी) के अंतर्गत आते थे, 30 प्रतिशत जागीरदारी के अंतर्गत, 10 प्रतिशत निज़ाम की जमीन पर काम करने वाले किसान (सर्फ खास) थे। शोषण-व्यवस्था का उल्लेख करते हुए आगे लिखा है, वेट्टी (बेगार) एवं वेतीचाकरी (मुफ्त सेवाएं) के रूप में शोषण का एक विशेष रूप से पिछड़ा और पतित रूप सामने आता था जिसके जरिए ठेठ एशियाई मालगुजारी व्यवस्था के साथ बंधुआ मजदूरी का सामंती प्रतीक जुड़ा हुआ था।

इस प्रकार तेलंगाना किसानों का विद्रोह देशमुखों पटेल-पटवारियों द्वारा जमीनों की लूट, गैर-कानूनी लेवी, वेट्टी (बेगार) एवं वेटीचाकरी (मुफ्त सेवाएं) और निचली जातियों की नौकरानियों के साथ दुर्व्यवहार आदि कारणों से हुआ, जिसने अधिकांश जनता को समान रूप से प्रभावित किया। आंध्र महासभा के नेतृत्व में 1940 में किसानों के शोषण के विरुद्ध कम्युनिस्ट कार्यकर्ताओं ने आवाज उठाई। पर असली संघर्ष 4 जुलाई, 1946 को आंध्र महासभा के कार्यकर्त्ता डोड्डी कुमारैया की हत्या के साथ शुरू हुआ जो एक गरीब धोबन की थोड़ी-सी जमीन को बचाने का प्रयास कर रहा था। 2000 लोगों के जुलूस ने जमींदारों के घर के सामने प्रदर्शन किया। कुमारैया की शहादत ने व्यापक संघर्ष का सूत्रपात कर दिया जिस पर नियंत्रण करना पुलिस के लिए संभव न हुआ। धीरे-धीरे स्थानीय मझौले किसान संगठन एवं स्थानीय कम्युनिस्ट इस अभियान में शामिल हो गए। इसी समय पृथक् तेलुगूभाषी राज्य के लिए संघर्ष छिड़ा हुआ था। साम्यवादियों ने इस

आंदोलन का समर्थन किया ताकि उस क्षेत्र में निजाम के प्रभाव को कम किया जा सके। इस घटना की सूचना पाकर हैदराबाद में भी किसानों ने लाल झंडे के साथ समर्थन किया। इस प्रकार वारंगल, खम्मान एवं नीलगांडो के कुछ हिस्सों में किसानों ने ऋण राहत, भूमि के पुनर्वितरण आदि की मांग की। इस आंदोलन ने काफी सफलता प्राप्त की।

किसान संघर्षों एवं आंदोलनों को किसी एक प्रदेश या क्षेत्र की जनता के उत्पीड़न का परिणाम नहीं कहा जा सकता, बल्कि संपूर्ण भारत में लगभग एक जैसी स्थिति थी जिसके कारण उत्तर में सिक्ख विद्रोह से लेकर सुदूर दक्षिण में मोपला आंदोलन तथा पूर्व में असम के असंतोष से गुजरात के बारदोली-सत्याग्रह इस तथ्य के प्रमाण हैं। तेभागा, तेलंगाना विद्रोह अधिक व्यापक एवं प्रभावी थे, जबकि कुछ आंदोलनों का प्रभाव स्थानीय ही रहा। परंतु इन आंदोलनों ने परंपरागत जमींदारी व्यवस्था एवं साम्राज्यवादी शासन की जड़ें खोद दीं। वस्तुतः इन आंदोलनों ने ऐसा माहौल तैयार किया जिसके कारण स्वातंत्र्योत्तर भारत में कृषि सुधार आवश्यक हो गया। किसान सभा ने जमींदारी उन्मूलन की मांग को लोकप्रिय बनाया। इन आंदोलनों का उद्देश्य तत्कालीन व्यवस्था के कष्टदायक पहलुओं का अंत करना भी था। किसानों की मांगें ही संपूर्ण भारत में एक जैसी नहीं थीं। अपितु संघर्ष का स्वरूप भी कमोबेश एक जैसा ही था। किसानों ने लोगों में जागृति लाने का काम मुख्यतः सभाओं, सम्मेलनों, रैलियों, प्रदर्शनों एवं किसान सभाओं के गठन द्वारा किया।

किसान आंदोलन की विचारधारा राष्ट्रीयता पर आधारित थी। इसके नेता एवं कार्यकर्ताओं ने किसानों के संगठन का ही कार्य नहीं किया, बल्कि राष्ट्रीय स्वतंत्रता के लिए संघर्ष करने पर भी बल दिया। 1942 तक किसान आंदोलन और राष्ट्रीय आंदोलन साथ-साथ चलते रहे और 1942 के बाद किसान राष्ट्रीय आंदोलन के रास्ते से काफी दूर चला गया तब उसका न केवल जनाधार कमजोर हुआ, बल्कि उसके नेतृत्व में भी फूट पड़ने लगी। निष्कर्षतः कहा जा सकता है कि लम्बे समय तक किसान आंदोलन एवं राष्ट्रीय स्वतंत्रता संघर्ष से अविच्छिन्न रूप से जुड़े रहे।

किसान संगठनों की भूमिका

किसान आंदोलनों के संचालन में किसान संगठनों का महत्त्वपूर्ण योगदान रहा। बिहार किसान सभा 1927 में गठित हुई और इसके बाद एक क्रम चल पड़ा है। स्वामी सहजानंद सरस्वती को विशेष रूप से इसका श्रेय जाता है। संयुक्त प्रांत में 1935 में किसान संघ की स्थापना की गई। प्रोफेसर एन.जी.रंगा एवं अन्य किसान नेताओं ने भारतीय किसान संगठन बनाने के बारे में सोचा, परिणामतः मद्रास में सम्मेलन (1936) आयोजित किया जिसमें अखिल भारतीय किसान सभा नामक किसान संगठन का आविर्भाव हुआ। 1936 में लखनऊ में अखिल भारतीय किसान संगठन की सभा आयोजित हुई जब जवाहरलाल नेहरू की अध्यक्षता में कांग्रेस का अधिवेशन चल रहा था। 1 सितंबर, 1936 को किसान दिवस के रूप में मनाए जाने का निर्णय इसी अधिवेशन में हुआ था। सम्मेलन में जो प्रस्ताव पारित हुए उनमें जमींदारी प्रथा की समाप्ति, इलाकों में मालगुजारी प्रथा लागू करना, महाजनी

ऋण को रद्द करना, सरकारी भूमि का भूमिहीन किसानों में आबंटन तथा किसान और मजदूर विरोधी कानूनों को निरस्त करना शामिल थे। मजदूर एवं किसानों की समस्याओं की समानता के कारण पूरे देश के किसानों ने 1936 में मई दिवस में भाग लिया, दूसरी ओर मजदूरों ने 1 सितंबर को किसान दिवस के रूप में मनाया। दिसंबर, 1936 फैजपुर में संगठन की बैठक हुई। इस समय भारतीय राष्ट्रीय कांग्रेस का अधिवेशन भी चल रहा था। सम्मेलन में 20 हजार किसानों ने भाग लिया, जिसमें कृषि संबंधी प्रस्ताव पारित हुआ और किसान तथा किसान संगठन की एकता की घोषणा हुई। कांग्रेस ने किसान संगठन से अपना झंडा अपनाए जाने का अनुरोध किया था। लेकिन संगठन ने लाल झंडा स्वीकार करते हुए मजदूरों के साथ रहना श्रेयस्कर समझा।[9]

मई, 1938 में कोमिल्ला में किसान सभा के तीसरे अधिवेशन में अपने साढ़े पांच लाख सदस्यों के बीच से किसान संगठन ने जमींदारी प्रथा और साम्राज्यवाद के विरुद्ध संघर्ष का आह्वान किया। अप्रैल, 1939 में अखिल भारतीय किसान सभा का चौथा अधिवेशन गया में आयोजित हुआ। इस अधिवेशन के बाद विश्व युद्ध छिड़ गया और भारतीय रक्षा अधिनियम के अंतर्गत अनेक मजदूर एवं किसान नेता गिरफ्तार कर लिए गए। लेकिन किसानों का संघर्ष समाप्त नहीं हुआ और बिहार, बंगाल, आंध्र, संयुक्त प्रांत, मध्य प्रांत, सिंध आदि में लगान वसूली व जबरन बेदखली के विरुद्ध आंदोलन बरकरार रहे।[10] अखिल भारतीय किसान सभा के अतिरिक्त स्थानीय स्तर पर भी संगठन बने और 1926–27 में बंगाल, बिहार, पंजाब, उत्तर प्रदेश में स्थानीय किसान सभाओं की स्थापना हुई। इसी तरह 1935 में मद्रास प्रेसीडेंसी रेयन्स एसोसिएशन तथा 1937 में मद्रास प्रेसीडेंसी एग्रीकल्चरिस्ट एसोसिएशन का जिक्र भी किया जा सकता है।[11] किसान संगठनों ने न केवल किसानों की समस्याओं से सरकार को अवगत करवाया अपितु स्वाधीनता आंदोलन को आम लोगों का आंदोलन बनाने में सकारात्मक सहयोग भी किया। विद्वानों की भी धारणा है कि किसानों के असंतोष को आंदोलन की शक्ल देने में राष्ट्रवादियों की महत्त्वपूर्ण भूमिका रही और किसान आंदोलन ने भी स्वाधीनता आंदोलन में अपनी सहयोगी भूमिका का निर्वहन किया। उल्लेखनीय है कि गोपालकृष्ण गोखले जैसे राष्ट्रवादियों ने सर्वप्रथम अकाल, प्रकोप एवं ऋण से आकंठ डूबे किसानों की ओर ध्यान आकृष्ट किया था।

मजदूर आंदोलन

अंग्रेजों के शासन काल में भारत में अनेक मिलों, फैक्ट्रियों तथा बागानों की स्थापना हुई, जिससे एक नए वर्ग मजदूर-वर्ग का उद्भव हुआ। गरीब किसानों तथा हस्त-शिल्पकारों के मजदूरी करने से मजदूर वर्ग का उदय हुआ था। इन्हें बहुत परिश्रम करना पड़ता था, जबकि मजदूरी बहुत कम थी। ये शोषण के शिकार तथा ऋण ग्रस्त थे। आरंभ में मजदूर संगठनविहीन थे। बंबई की कपड़ा मिलों में मजदूरों को बहुत कम मजदूरी दी जाती थी। बंबई के समाज सेवी सोराबजी शापुरजी ने मजदूरों की दशा में सुधार करने हेतु बंबई

सरकार से मजदूरों के काम के घंटे निर्धारित करने की मांग की। सरकार ने इस ओर ध्यान नहीं दिया तो उन्होंने मैनचेस्टर के जॉन क्राफ्ट को पत्र लिखकर इस कार्य में सहयोग मांगा। जॉन क्राफ्ट ने यह पत्र 13 नवंबर, 1878 ई. को लंदन टाइम्स में छपवा दिया, जिससे बंबई सरकार ने इस ओर ध्यान दिया।

भारतीय मिल मालिक श्रमिकों को कम मजदूरी देकर सस्ता कपड़ा तैयार करते थे तथा उनकी प्रतियोगिता में लंकाशायर का बना कपड़ा नहीं टिक पाता था। अत: लंकाशायर के मिल मालिकों ने भारतीय कपड़े को महंगा करने के उद्देश्य से ब्रिटिश सरकार पर दबाव डालकर भारतीय फैक्ट्रियों के संबंध में कानून बनाने की मांग की। अत: 1881 ई. में पहला "फैक्टरी एक्ट" पारित किया गया, जिसके अनुसार 7 वर्ष से कम उम्र के बच्चों के फैक्टरी में काम करने पर प्रतिबंध लगा दिया गया तथा 7 वर्ष से 12 वर्ष के बच्चों के काम के 9 घंटे निर्धारित किए गए।

बंबई के अन्य समाजसेवी नारायण मेघजी लोखंडे ने मिल मजदूरों को संगठित कर सरकार के काम के घंटे कम करने, मजदूरी निश्चित समय पर देने, कारखाना दुर्घटना में हर्जाना देने एवं साप्ताहिक छुट्टी देने की मांग की। सरकार द्वारा नियुक्त "फैक्टरी लेबर कमीशन" की सिफारिशों के आधार पर 1891 का "फैक्टरी अधिनियम" पारित किया गया। इसके अनुसार 9 वर्ष से 14 वर्ष के बच्चों के काम के घंटे 9 से 7 तथा महिलाओं के लिए 11 घंटे कर दिए गए। इसमें साप्ताहिक छुट्टी की भी व्यवस्था की गई। मिल मालिकों ने 1891 के फैक्टरी एक्ट का खुला उल्लंघन किया। सरकार ने 1908 में "फैक्टरी ऑवर्स कमीशन" की नियुक्ति की। इस कमीशन ने पाया कि मजदूरों से 17-18 घंटे तथा 14 वर्ष से कम उम्र के बालकों से 10 से 14 घंटे काम लिया जाता है। इस रिपोर्ट के आधार पर 1911 में फैक्टरी एक्ट पारित हुआ, जिससे मजदूरों के काम की अधिकतम अवधि 12 घंटे निर्धारित कर दी गई, परंतु शोषण जारी रहा।

श्रमिकों की स्थिति बड़ी ही शोचनीय थी। कार्य की दशाएं खराब थीं, श्रमिकों को उनके श्रम के अनुपात में मजदूरी नहीं दी जाती थी। "हायर एंड फायर" का सिद्धांत लागू था। नियोजक मनमाने ढंग से अपनी शर्तों को मनवाकर श्रमिकों की नियुक्ति अपने उद्देश्य की पूर्ति के लिए तो करता था लेकिन जब चाहता था, उन्हें हटा देता था। सेवा शर्तें कठोर थीं। कार्य के घंटे अधिक थे, विश्राम की अवधि कम। त्योहारों के अवसरों पर भी काम से श्रमिकों को छुटकारा नहीं मिलता था। छोटी-छोटी गलती के लिए उन्हें प्रताड़ित, अपमानित किया जाता तथा शारीरिक यातना और दंड दिया जाता था। उनके साथ पशुवत् व्यवहार किया जाता था। लेकिन समय बीतने के साथ श्रमिकों की दयनीय दशा में सुधार लाने की दिशा में कदम उठाए गए और इसके लिए कुछ कानून बनाए गए। फैक्ट्री एक्ट 1881 एवं 1891 के अतिरिक्त, फैक्ट्री एक्ट 1911, 1934 के द्वारा कुछ सुधार किए गए। दुर्घटनाओं के कारण होने वाली मृत्यु तथा अनर्हता के लिए कर्मकार को या उसके परिवार को प्रतिकार देने की कोई व्यवस्था नहीं थी। लेकिन कर्मकार प्रतिकार अधिनियम, 1923 पारित करके प्रतिकार दिए जाने का प्रावधान किया गया। इनके अतिरिक्त ट्रेड डिस्प्यूट एक्ट, 1925; ट्रेड यूनियन एक्ट, 1926; मजदूरी भुगतान अधिनियम, 1936; औद्योगिक

नियोजन स्थायी आदेश (Standard Order) अधिनियम, 1946 बनाए गए। इन अधिनियमों के द्वारा श्रमिकों के श्रम को महत्त्व देने तथा उनके बदले में उनके कुछ अधिकारों तथा सेवा शर्तों में सुधार करने तथा उनके लिए नियमावली बनाने, अपने हितों की रक्षा के लिए संघ बनाने, विहित समय पर मजदूरी का भुगतान, विलम्ब और मजदूरी में से अवैध कटौतियों को दंडनीय बनाने आदि के संबंध में उचित प्रावधान किए गए। निःसंदेह इससे श्रमिकों को बड़ी राहत मिली।[12]

प्रथम विश्व युद्ध के बाद आई औद्योगिक क्रांति के एक नए श्रम-दर्शन के जन्म ने मालिकों और सरकार ने मजदूरों के श्रम के महत्त्व को समझा और उत्पादन में उनकी क्षमता के मूल्य को पहचाना। औद्योगीकरण के युग में गांवों से काम की खोज में मजदूरों का नगरों की ओर पलायन होने के परिणामस्वरूप श्रम की कीमत कम होती गई। इसका लाभ नियोजकों, उद्योगपतियों को मिलने लगा। सामूहिक नहीं बल्कि, व्यक्तिगत स्तर पर मजदूरी तय कर ली जाती थी। इसीलिए मजदूरी की दरों में बड़ी विषमता थी। अपनी खराब आर्थिक स्थिति के चलते मजदूर कुछ भी मजदूरी लेने के लिए तैयार हो जाता था। लेकिन समय ने करवट ली और श्रमिक वर्ग में जागरूकता आई तथा उन्होंने अपने श्रम और समय की कीमत पहचानी।

1919 से 1922 के बीच मजदूर आंदोलन सबलता से खड़ा हुआ। अपने अधिकारों की रक्षा के लिए मजदूरों ने अखिल भारतीय स्तर का निजी संगठन खड़ा किया। इसी दौर में मजदूर वर्ग राष्ट्रीय आंदोलन की मुख्यधारा में शामिल हुआ। भारतीय राष्ट्रीय कांग्रेस के दूसरे अधिवेशन (1886) में दादा भाई नौरोजी ने स्पष्ट किया कि कांग्रेस को उन सवालों तक ही सीमित रखना चाहिए, जिनमें पूरे राष्ट्र की भागीदारी हो तथा सामाजिक सुधारों और विभिन्न वर्गों के पारस्परिक समायोजन का कार्य कांग्रेस की उपसमितियों के हवाले कर देना चाहिए। इसके अतिरिक्त कांग्रेस का एक हिस्सा तो मजदूर संघ के पुराने लोगों का था, जो राजनीति में माडरेट था और इस बात को संदेह की दृष्टि से देखता था कि उद्योग-धंधों के मजदूरों को अपनी शिकायतें दूर कराने के लिए आगे नहीं जाना चाहिए। इन लोगों का उद्देश्य यह था कि धीरे-धीरे मजदूरों की हालत को सुधारा जाए। राष्ट्रवादी नेताओं की धारणा थी कि साम्राज्यवाद विरोधी आंदोलन में किसी तरह की फूट पैदा न हो एवं राष्ट्रवादी नेता यह भी मानते थे कि ब्रिटिश उत्पादकों के हितों की रक्षा को ध्यान में रखकर सरकार ने श्रम कानून बनाने की पहल की थी।

20वीं सदी की शुरुआत में मजदूर संगठन के विकास के साथ राष्ट्रवादी बुद्धिजीवियों में एक नई प्रवृत्ति का अविर्भाव हुआ। जी. सुब्राह्मण्य अय्यर ने 1903 में इस बात पर जोर दिया कि 'मजदूरां का आपस में संगठित होना अपने हितों की रक्षा के लिए आवश्यक हो गया है तथा मजदूरों को अपने अधिकारों के लिए संगठित होकर संघर्ष करना चाहिए।' तत्पश्चात् मजदूरों से संबंधित कानूनों का सिलसिला प्रारंभ हो गया जिनमें:

Indian Labour Laws:

— The Workmen's Compensation Act, 1923 (कर्मकार प्रतिकार अधिनियम, 1923)

— The Trade Unions Act, 1926 (व्यवसाय संघ अधिनियम, 1926)
— The Employer's Liability Act, 1938
— Industrial Employment (Standing Order) Act, 1946 (औद्योगिक नियोजन (स्थायी आदेश) अधिनियम, 1946)
— The Industrial Disputes Act, 1947 (औद्योगिक विवाद अधिनियम, 1947)
— The Employee's State Insurance Act, 1948 (कर्मचारी राज्य बीमा अधिनियम, 1948)
— The Factories Act, 1948 (कारखाना अधिनियम, 1948)
— The Minimum Wages Act, 1948 (न्यूनतम मजदूरी अधिनियम, 1948)
— The Employee's Provident Funds and Miscellaneous Provisions Act, 1952
— The Mines Act, 1952 (खनन अधिनियम, 1952)
— The Employment Exchanges (Compulsory Notification of Vacancies) Act, 1959
— The Apprentices Act, 1961
— The Maternity Benefit Act, 1961 (प्रसूति प्रसुविधा अधिनियम, 1961)
— The Motor Transport Workers Act, 1961
— The Payment of Bonus Act, 1965
— The Contract Labour (Regulation and Abolition) Act, 1970
— The Bonded Labour System (Abolition) Act, 1976 (बंधुआ मजदूर प्रथा (निवारण) अधिनियम, 1976)
— The Equal Remuneration Act, 1976
— The Sales Promotion Employees (Conditions of Service) Act, 1976
— The Child Labour (Prohibition and Regulation) Act, 1986 (बाल-श्रम (निषेध और विनियमन) अधिनियम, 1986)

स्वदेशी आंदोलन (1903 से 1908) श्रमिक आंदोलनों के इतिहास में एक मील का पत्थर साबित हुआ। इन दिनों हड़तालों की संख्या बहुत तेजी से बढ़ी। कपड़ा मिलों (बंबई क्षेत्र), रेलवे एवं कलकत्ता की गवर्नमेंट प्रेस में हड़तालें हुई। 1908 में बाल गंगाधर तिलक की गिरफ्तारी के विरोध में बंबई के सूती कपड़ा मिलों के मजदूरों ने हड़ताल की जो लगभग 6 दिन चली। मजदूरों की इस हड़ताल के समर्थन में आयोजित जनसभाओं को चितरंजनदास, लियाकत हुसैन एवं बिपिनचंद्र पाल जैसे राष्ट्रवादी नेताओं ने संबोधित किया।

भारत में राजनीति एवं आर्थिक दृष्टि से प्रथम विश्व युद्ध के पश्चात् महत्त्वपूर्ण परिवर्तन आए, जिनसे ट्रेड यूनियनों का प्रभावित होना स्वाभाविक था। अप्रैल 1918 में ऐनी बेसेंट के निकट सहयोगी बी. पी. वाडिया ने ''मद्रास लेबर यूनियन'' की स्थापना की। यह भारत में ट्रेड यूनियन स्थापना का पहला व्यवस्थित प्रयास था। 1918 में ही गांधी जी ने सूती कपड़ा उद्योग में श्रमिकों की हड़ताल का नेतृत्व किया। गांधीजी के अनुसार, 'उनकी मजदूरी कम थी और इसमें वृद्धि के लिए श्रमिक बहुत समय से संघर्ष कर रहे थे।' उन्होंने यूनियन भी

बनाई जो ''टेक्सटाइल लेबर एसोसिएशन'' के रूप में विकसित हुई। इस एसोसिएशन ने 1947 में भारतीय राष्ट्रीय ट्रेड यूनियन कांग्रेस (INTUC या इन्टक) की सदस्यता ही ग्रहण नहीं की अपितु यह उसका मूल आधार भी साबित हुई।[13]

1920 के बाद राष्ट्रीय आंदोलन का जनाधार व्यापक हो गया जब वामपंथी शक्तियों ने श्रमिकों के साथ कार्य करना प्रारंभ किया तथा स्वाधीनता संग्राम को देश के श्रम संघों के आंदोलन से जोड़ दिया। उस समय के प्रमुख मजदूर नेताओं (जैसे लाला लाजपत राय, बी.पी. वाडिया, दीवान चमन लाल, एम.एन. जोशी, आर.आर. बरवाले, वी.वी. गिरि, जॉसेफ बेपटिस्टा) के फलस्वरूप 107 ट्रेड यूनियनों से मिलकर 1920 में अखिल भारतीय ट्रेड यूनियन कांग्रेस (एटक) की स्थापना की गई।[14] इसका उद्देश्य था देश के सारे प्रांतों में मजदूरों के सारे संगठनों के कार्यों को समन्वित करना और आर्थिक, सामाजिक एवं राजनीतिक मामलों पर भारतीय मजदूर के हितों को प्रश्रय देना। बंबई में इसका प्रथम अधिवेशन लाला लाजपतराय की अध्यक्षता में हुआ और दीवान चमन लाल इसके महामंत्री बने। एटक द्वारा जारी घोषणा में मजदूरों को राष्ट्रीय राजनीति में हस्तक्षेप करने के लिए कहा गया। यद्यपि एटक की स्थापना का तात्कालिक कारण अंतर्राष्ट्रीय श्रमिक संघ (International Labour Organization) की भारत द्वारा सहायता ग्रहण करना था।[15]

एटक के पहले अधिवेशन में अपने अध्यक्षीय भाषण में लाला लाजपतराय ने इस बात पर जोर दिया कि 'भारतीय श्रमिकों को राष्ट्रीय स्तर पर संगठित होने में एक भी क्षण का समय नहीं खोना चाहिए। देश में संगठित होने, आंदोलन करने और शिक्षित करने की सबसे अधिक जरूरत है। हमें हर हालत में अपने मजदूरों को संगठित करना चाहिए, उन्हें वर्ग चेतन बनाना चाहिए।' जबकि उन्हें पता था कि आगे आने वाले थोड़े समय के लिए मजदूरों को बुद्धिजीवियों से मदद, सहयोग और दिशा-निर्देश की आवश्यकता होगी, ऐसे बुद्धिजीवियों को उनके हित में अपना हित जोड़कर देखते हैं। लेकिन लाला लाजपत राय का मानना था कि अंतत: श्रमिकों को अपने बीच से अपना नेता पाना होगा।[16]

लाला लाजपतराय पहले व्यक्ति थे जिन्होंने पूंजीवाद को साम्राज्यवाद से जोड़कर देखा। 7 नवंबर, 1920 को उन्होंने कहा था–'संगठित पूंजी ने भारत का रक्त चूस लिया है। आज यह संगठित पूंजी के पैरों के नीचे बेहाल पड़ा है। सैन्यवाद और साम्राज्यवाद जुड़वा बच्चे हैं। वे तीनों एक में ही हैं, एक ही के ये तीन रूप हैं। इनकी छाया, इनका फल और इनके तने, जहरीले हैं। हाल में इनके जहरीले प्रभाव के लिए प्रतिविष ढूंढा गया है और वह प्रतिविष है, संगठित मजदूर।'[17]

1920 के अंत तक यूनियनों की संख्या 125 थी जिनमें 2,50,000 सदस्य थे। इनमें से अधिकांश यूनियनों की रचना 1919-20 के दौरान हुई थी। देश की प्रमुख राजनीतिक घटनाओं में मजदूरों की भागीदारी काफी उल्लेखनीय थी। पंजाब में दमन और गांधी जी की गिरफ्तारी के बाद 1919 में अहमदाबाद और गुजरात के अन्य भागों में मजदूर वर्ग ने हड़तालें, आंदोलन और प्रदर्शन किया। अहमदाबाद में सरकारी भवनों में आग लगा दी गई, रेलों को पटरी से उतारा गया तथा टेलीग्राम के तार काट दिए गए। दमन चक्र चला जिसमें 28 लोग

मारे गए और 123 घायल हुए। मजदूरों के आंदोलन के कारण कलकत्ता और बंबई भी हिल गए।[18]

एटक की स्थापना के बाद अखिल भारतीय मजदूर संघ कांग्रेस वैचारिक मतभेदों में उलझ गई। नरमपंथी तत्त्व अंग्रेज श्रमिक आंदोलन के प्रशंसक थे, उग्रवादी तत्त्व अंतर्राष्ट्रीय साम्यवाद की दिशा में चलना चाहते थे। अतः मजदूर कांग्रेस के माध्यम से भव्य सपना देखने वाले जिन्होंने अपना दिल व दिमाग रूसी क्रांति के आदेशों में गिरवी रख दिए थे, निराश हुए। इसके संस्थापक नेता का ध्येय श्रमिकों व पूंजीपतियों के मध्य वर्ग-संघर्ष को तीव्र करना नहीं वरन् उनके बीच समन्वय व सहयोग स्थापित करना था। इसी कारण उन्होंने कामगारों के ऐसे वर्ग को स्वाधीनता संग्राम से पृथक रखने की चेष्टा की जो अपने विचारों और कर्मों के प्रति बोल्शेविक विचारों से प्रेरणा पाते थे।

लेकिन साम्यवादियों ने इस संगठन को अपनी इच्छित दिशा में ले जाने का प्रयास किया। दिसंबर, 1928 में झरिया में होने वाला अखिल भारतीय मजदूर संघ कांग्रेस का 9वां अधिवेशन इस दिशा में एक महत्त्वपूर्ण कदम सिद्ध हुआ। इसमें अमेरिकन लीग के जानस्टोन, ऑस्ट्रेलिया के रेयन तथा भारत के जवाहर लाल नेहरू, फिलिप स्प्रैट, ब्रैडले आदि ने भाग लिया। श्रम संघीय विवाद अधिनियम की निंदा कर उसके विरुद्ध आम हड़ताल का निर्णय किया गया। इस अधिवेशन में श्रम व भारतीय संविधान के संबंध में निम्न मुद्दे स्वीकार किए गए[19]–

(i) श्रमिक वर्गों की समाजवादी गणतंत्रीय शासन व्यवस्था
(ii) देशी रियासतों का उन्मूलन व समाजवादी गणतंत्रीय व्यवस्था का प्रारंभ
(iii) भूमि व उद्योगों का राष्ट्रीयकरण
(iv) सार्वभौमिक वयस्क मताधिकार
(v) निःशुल्क व अनिवार्य शिक्षा
(vi) भाषण व संगठन की स्वतंत्रता
(vii) कार्य करने व पोषण का अधिकार
(viii) मातृत्व सुविधा सहित सामाजिक व बेरोजगारी भत्ते का उपबंध
(ix) दमनपूर्ण व प्रतिक्रियावादी श्रम कानूनों का न बनाना

यह अधिवेशन वास्तव में, मजदूर संघों के क्षेत्र में साम्यवाद का उत्कर्ष था। दक्षिणपंथी नेतृत्व धीरे-धीरे अपना आधार खो रहा था। झरिया सम्मेलन में अगले वर्ष होने वाले नागपुर अधिवेशन के लिए नेहरू को अध्यक्ष, भूपेंद्रनाथ दत्त और गुसफ्फर अहमद को उपाध्यक्ष तथा डांगे को सचिव चुना गया। यह विचित्र चयन था क्योंकि मजदूर संघ कांग्रेस के राजनीतिक मंच पर नेहरू का अभ्युदय साम्यवादियों की विजय का नहीं, वरन् उनके पतन का प्रतीक था। यद्यपि साम्यवादियों ने अधिवेशन में अपनी पसंद के कुछ प्रस्ताव पारित करा लिए, पर यह अधिक दिन तक नहीं चल सका। 1929 में आल इंडिया ट्रेड यूनियन कांग्रेस जिसके अध्यक्ष उस समय जवाहर लाल नेहरू थे, पहला विभाजन हुआ। विवाद का प्रमुख कारण था कि आल इंडिया ट्रेड यूनियन कांग्रेस औपनिवेशिक सरकार द्वारा नियुक्त "रायल कमीशन ऑन लेबर" का बहिष्कार करना चाहते थे। अंत में

एम.एन. जोशी, वी.वी. गिरि एवं मृणाल क्रांति बोस जैसे उदारवादियों ने आल इंडिया ट्रेड यूनियन कांग्रेस छोड़ दी और वी.वी. गिरि की अध्यक्षता में इंडियन ट्रेड यूनियन फेडरेशन (ITUF) की स्थापना की। ऑल इंडिया ट्रेड यूनियन कांग्रेस का दूसरा विभाजन 1931 में सुभाष बोस की अध्यक्षता वाले अधिवेशन के प्रति असंतोष प्रकट करते हुए रण दिवे व देश पांडे के नेतृत्व में रेड ट्रेड यूनियन कांग्रेस की अलग स्थापना कर ली।[20]

'रेड ट्रेड यूनियन कांग्रेस' ने 1932-34 के दौरान कुछ महत्त्वपूर्ण हड़तालों का नेतृत्व किया। जिनमें प्रमुख हैं कपड़ा मिल मजदूरों की हड़ताल जो अप्रैल से जून तक चली तथा शोलापुर के वस्त्र मजदूरों की हड़ताल फरवरी से मई तक चली। कांग्रेस ने जनता के प्रति उदासीनता की भावना से छुटकारा पा लिया था और अब यह किसानों एवं मजदूरों की भाषा में बोल रही थी। 1931 में कराची प्रस्तावों में भारतीय समाज के पिछड़े वर्गों की मांगों को शामिल कर लिया गया था।[21]

1930 और 1936 के बीच मजदूर आंदोलन अवसान पर था। साम्यवादियों ने अपनी अलग-थलग रहने की नीति एवं वाम सांप्रदायिकता के खोखलेपन को महसूस किया तथा थोड़े ही समय में अपनी आत्मघाती संकीर्ण नीतियों को छोड़कर 1934 तक राष्ट्रवादी राजनीति की मुख्यधारा में फिर से प्रवेश पा लिया। 1935 में वे फिर से एटक में सम्मिलित हो गए। विपिन चंद्र के अनुसार राष्ट्रवादी राजनीति और ट्रेड यूनियन आंदोलन में वामपंथी प्रभाव एक बार फिर तेजी से बढ़ना शुरू हो गया। साम्यवादियों, कांग्रेसी समाजवादियों और वामपंथी राष्ट्रवादियों ने कांग्रेस के भीतर से तथा दूसरे जनसंगठनों ने मिलकर एक शक्तिशाली एवं सुदृढ़ वामपंथी गुट बनाया।

1937 के चुनावों के लिए जब अभियान शुरू हुआ तो कुछ केंद्रों को छोड़कर एटक ने कांग्रेस के प्रत्याशियों का समर्थन किया। कांग्रेस की प्रांतीय सरकारों के कार्यकाल के दौरान ट्रेड यूनियन आंदोलन का अभूतपूर्व उत्थान हुआ क्योंकि 1938 में राष्ट्रीय यूनियन संघ ने जिसका आई.टी.यू.एफ., ऑल इंडिया रेलवे मैंस फेडरेशन तथा कुछ अन्य असंबद्ध यूनियनों ने 1931 में गठन किया था, ने अपने आपको अखिल भारतीय ट्रेड यूनियन कांग्रेस के साथ संबद्ध कर लिया। ट्रेड यूनियन कांग्रेस एक बार फिर पूरे भारतीय ट्रेड यूनियनवाद को समन्वित करने वाली शक्ति के रूप में उभर कर आई। 1937 और 1939 के मध्य ट्रेड यूनियनों की संख्या 271 से 562 हो गई तथा इन यूनियनों की कुल सदस्यता 2,61,047 से बढ़कर, 3,99,159 हो गई। इस बीच हड़तालों की संख्या भी बढ़ी।[22]

इस दौरान ट्रेड यूनियन आंदोलन को प्रोत्साहन मिला। कांग्रेस सरकारों के अंतर्गत मिली नागरिक स्वतंत्रता तथा कांग्रेस के कई मंत्रियों का दृष्टिकोण मजदूर समर्थक होना, इसके प्रमुख कारणों में से एक था। यह महत्त्वपूर्ण है कि इस काल में हुई हड़तालों में से अधिकांश सफलतापूर्वक समाप्त हुईं।

द्वितीय विश्वयुद्ध 3 सितंबर, 1939 को आरंभ हुआ और 2 अक्टूबर, 1939 को बंबई के 90,000 मजदूरों ने युद्ध के विरोध में एक दिन की राजनीतिक हड़ताल द्वारा अपनी भावना व्यक्त की।[23] इसके बाद कलकत्ता, कानपुर, डिगबोई, झरिया, जमशेदपुर एवं धनबाद के श्रमिकों ने युद्ध कें विरोध में हड़ताल की; किंतु 1942 में रूस के मित्र राष्ट्रों

की ओर से युद्ध में सम्मिलित होने पर भारतीय नेताओं ने साम्राज्यवादी शक्ति, इंग्लैंड का विरोध करना छोड़ दिया। कहा गया कि ब्रिटिश सरकार अब साम्राज्यवाद की प्रतिनिधि नहीं रही वरन् जनसाधारण की मित्र हो गई। इस नीतिगत परिवर्तन से साम्यवादी, राष्ट्रीय आंदोलन के अंतिम चरण में जो कि ''भारत छोड़ो आंदोलन'' के नाम से विख्यात है, एकदम अलग-थलग पड़ गए। इससे आम जनता में उनकी विश्वसनीयता को भारी धक्का लगा। इस अवधि में साम्यवादियों ने किसी हड़ताल का नेतृत्व नहीं किया। भारत छोड़ो आंदोलन के दौरान कांग्रेस कार्यसमिति के सदस्यों को गिरफ्तार किए जाने के बाद साम्यवादियों ने अखिल भारतीय ट्रेड यनियन कांग्रेस पर अपनी पकड़ मजबूत करने का प्रयास किया; किंतु उसकी नींव सशक्त नहीं हो पाई और राष्ट्रीय नेताओं के जेल से छूटने के बाद उसकी ताकत और भी कमजोर पड़ गई। उसके बाद तो सारे देश में पुनः कांग्रेस समर्थक यूनियनों का दबदबा कायम हो गया।

द्वितीय विश्वयुद्ध के बाद आवश्यक वस्तुओं की कीमतों में तेजी से वृद्धि हुई। इस संकट को बढ़ाने में मुनाफाखोरी का बहुत बड़ा हाथ था। महंगाई एवं बेरोजगारी में वृद्धि के विरुद्ध अनेक स्थानों पर ट्रेड यूनियनों ने 1946-47 में अनेक हड़तालों का संचालन किया। 1947 के प्रारंभ में कांग्रेस इस नतीजे पर पहुंची कि उसे कुछ समय बाद विभाजित भारत का प्रशासन संचालित करना है, फलतः कांग्रेस के वरिष्ठ नेताओं ने हड़तालों को नियंत्रित करने हेतु ''हिंदुस्तान मजदूर सेवक संघ'' जिनकी स्थापना 1937 में की गई थी, पुनर्जीवित किया। कांग्रेसी राष्ट्रवादियों की धारणा थी कि श्रमिकों को गांधीवादी सिद्धांतों के अनुसार शिक्षित करके हड़ताली एवं लड़ाकू प्रवृत्ति से अलग रखा जाए। अतः सरदार पटेल व गुलजारी लाल नंदा के प्रयासों से 1947 में कांग्रेस ने अपने अलग एवं एक नवीन संगठन भारतीय राष्ट्रीय कांग्रेस (Indian National Trade Union Congress) की स्थापना की, जिसमें केवल कांग्रेसी विचारधारा में विश्वास रखने वाले श्रमिक संगठन सम्मिलित हो सकते थे। एन.एम. जोशी को यह स्वीकार न था, अतः उन्होंने अपने पद से इस्तीफा दे दिया और दिसंबर, 1948 में ''हिंदू मजदूर सभा'' नाम से अपनी स्वतंत्र यूनियन का निर्माण किया।

इस प्रकार यह कहा जा सकता है कि कांग्रेसी, साम्यवादी एवं स्वतंत्र मजदूर संगठनों द्वारा अपनी मांगों को लेकर निरंतर संगठित संघों के माध्यम से प्रयत्नरत रहे। सफलताओं तथा असफलताओं के साथ अपने आप को निरंतर बनाए रखा जिससे भारतीय स्वतंत्रता संग्राम के राष्ट्रीय आंदोलन को एक जन आंदोलन का रूप मिलने में अत्यंत महत्त्वपूर्ण सहयोग भी प्राप्त हुआ।

जनजातीय आंदोलन

आदिवासियों का समूचा जीवन उनकी संस्कृति, समाज विशिष्ट क्रियाविधियों की वजह से निरंतर दिलचस्पी और अध्ययन का विषय बना हुआ है। वे सभ्य दुनिया की चकाचौंध से दूर अब भी पहाड़ों और जंगलों को अपना निवास बनाए हुए हैं। प्रकृति से यह रिश्ता उनकी

समूची दिनचर्या और तमाम रस्मों रीति-रिवाजों में प्रखरता से व्यक्त होता है। आदिवासियों का रहन-सहन, नृत्य-संगीत, सामाजिक व्यवस्था, अर्थ-तंत्र, उनकी संस्कृति सब विलक्षण और आकर्षित करने वाला है। धरती, पेड़, पर्वत, नदी, झरने और पशु-पक्षियों से जीवन का संबंध स्थापित कर अपना सुखी जीवन व्यतीत करते हैं। उनकी दुनिया प्राय: विखंडित दुनिया नहीं है, और यदि वह है भी तो आज की शहरी मानसिकता से एकदम अलग है।

अंग्रेजों ने इन्हें 'ट्राईबल' (tribal) शब्द से पुकारा। इन्हें आदिवासी, 'आदिम समाज', और अनादिवासी भी कहते हैं। अंग्रेजों ने सर्वप्रथम 1931 की जनगणना में इन्हें 'आदिवासी' (जनजाति) नाम दिया, जिसे भारत सरकार ने भी बाद में अपना लिया। यद्यपि महात्मा गांधी ने जनजातियों को हिंदुओं से अलग दिखाने की बात गलत बतलाई। समय-समय पर इनके बारे में अनेक भ्रामक धारणाएं भी फैलाई गईं। इन्हें जंगली, असभ्य, गंवार, अज्ञानी, वृक्षों, पत्थरों तथा सर्पों की पूजा करने वाला आदि शब्दों से संबोधित किया गया है।[24]

भारत में आदिवासियों या जनजातियों की संख्या इंग्लैंड की जनसंख्या के लगभग बराबर ही है। (*Manpower Profile, India*, 1998:34)। जनजातीय जनसंख्या देश की कुल आबादी की 8.08 प्रतिशत है। जनजातीय जनसंख्या अफ्रीका के बाद भारत में द्वितीय स्थान पर हैं। भारत में जनजातियां पूरे देश में फैली हुई हैं। सबसे अधिक आदिवासी जनसंख्या मध्य प्रदेश में और उसके बाद महाराष्ट्र, उड़ीसा, बिहार और गुजरात में है। देश की कुल जनसंख्या के तीन से पांचवें भाग से कुछ अधिक (62.75%) आदिवासी पांच राज्यों में पाए जाते हैं। मिजोरम में राज्य की कुल जनसंख्या के 95 प्रतिशत जनजाति के लोग हैं, नागालैंड में 89 प्रतिशत, मेघालय और अरुणाचल प्रदेश में प्रत्येक में 80 प्रतिशत, त्रिपुरा में 70 प्रतिशत, मध्य प्रदेश और उड़ीसा में प्रत्येक में 23 प्रतिशत, राजस्थान में 12 प्रतिशत और असम और बिहार में 10 प्रतिशत। इस प्रकार 4 राज्यों में जनजातीय जनसंख्या राज्यों की कुल जनसंख्या का 80 प्रतिशत है।

संख्या में सर्वाधिक गोंड (मध्य प्रदेश, महाराष्ट्र और आंध्र प्रदेश) और भील (राजस्थान, गुजरात, महाराष्ट्र, मध्यप्रदेश) हैं। सबसे कम संख्या वाली जनजाति अंडमानी केवल 19 हैं। जनजातियों का अधिकतर हिस्सा स्वयं को हिंदू मानता है। धर्म से 89 प्रतिशत हिंदू, 5.5 प्रतिशत ईसाई, 0.3 प्रतिशत बौद्ध, 0.2 प्रतिशत मुसलमान और 5 प्रतिशत अन्य हैं।

भौगोलिक वितरण की दृष्टि से एल.पी. विद्यार्थी (L.P. Vidyarthi, *ICSSR Survey of Research in Sociology and Anthropology,* Vol. III, 1972:32) ने जनजातीय लोगों को चार क्षेत्रों में बांटा है:

(i) हिमालयी क्षेत्र–जिसमें जम्मू-कश्मीर, हिमाचल प्रदेश (भोंट, गुजर, गादी), उत्तर प्रदेश का तराई क्षेत्र (थारू), असम (मिजो, गारो, खासी), मेघालय, नागालैंड (नागा), मणिपुर (माओ) और त्रिपुरा (त्रिपुरी) शामिल हैं और देश की कुल जनजाति की संख्या का 11 प्रतिशत है।

(ii) मध्य भारत क्षेत्र–जिसमें पश्चिम बंगाल, बिहार (संथाल; मुंडा, ओरांव और हो), उड़ीसा (खोंड, गोंड) शामिल हैं और देश की कुल जनजातीय संख्या का 57 प्रतिशत हैं।

(iii) पश्चिम भारत क्षेत्र—जिसमें राजस्थान (भील, मीणा, गरासिया), गुजरात (भील, दुबला, घोदिया) और महाराष्ट्र (भील, कोली, महादेव, कोकना) शामिल हैं, और भारत की कुल जनजातीय संख्या का 25 प्रतिशत हैं, और

(iv) दक्षिण भारत क्षेत्र, जिसमें आंध्र प्रदेश (गोंड, कोया, कोंडा, दोवा), कर्नाटक (मैकदा, मराती), तमिलनाडु (इरुला, टोडा), केरल (पुलयन, पनलयन) और अंडमान और निकोबार द्वीप समूह (अंडमानी निकोबारी) शामिल हैं और देश की जनजातीय जनसंख्या का लगभग 7 प्रतिशत हैं।

विभिन्न राज्यों में रहने वाले जनजातीय लोग विभिन्न प्रजातीय (Racial) समूहों से संबद्ध हैं, जैसे प्रोटोआस्ट्रोलाइड (Protoaustroloid) जिसमें संथाल, मुंडा ओरांव और भूमिज शामिल हैं। मंगोलियन (Mangoloid) जिसमें गोरा, नीग्रिटो आदि शामिल हैं। भाषाई आधार पर इन्हें तीन समूहों में विभाजित किया जा सकता है; ये हैं: आस्ट्रिक (Austric) जिसमें संथाल, मुंडा, भूमिज शामिल हैं; द्रविड़ जिसमें ओरांव, टोडा, चैंचू शामिल हैं; और तिब्बती-चीनी जिसमें गोरा, भूटिया आदि शामिल हैं। इसके अलावा इन्हें आर्थिक (भोजन एकत्र करने, शिकार करने वाले, हलवाले, कृषि करने वाले, पशु-पालक, श्रमिक), सामाजिक और धार्मिक श्रेणियों में भी विभाजित किया जाता है। उनके विकास के स्तर और सामाजिक-सांस्कृतिक एकता में यद्यपि बड़ी विविधताएं मौजूद हैं लेकिन कुछ समानताएं भी हैं। जनजाति के लोग समग्र रूप से प्राविधिक (technologically) व शैक्षिक रूप से पिछड़े हुए हैं। यद्यपि अधिकतर जनजातियां सामाजिक संगठन की पितृवंशीय व्यवस्था का अनुसरण करती हैं, फिर भी कुछ ऐसी भी हैं जिनमें मातृवंशीय व्यवस्था चलती है (जैसे गारो आदि)। नागाओं, मिजों, संथालों, मुंडा, ओरांओं के अच्छे अनुपात ने ईसाई धर्म अपना लिया है। कुछ लोगों को बौद्ध पश्चिम से भी चिह्नित किया गया है, जैसे भोटिया, लप्चा आदि।[25]

स्वतंत्रता के पश्चात् इन जनजातियों को सूचीबद्ध किया गया तब 1950 में इनके समूहों की संख्या 212 थी तथा आज इनके समूहों की संख्या बढ़कर 461 हो गई है। हमारे देश में आदिवासी या जनजाति पद की कोई पृथक् अवधारणा विकसित नहीं हुई और इसी कारण संविधान के अनुच्छेद 342 में जनजातियों को परिभाषित किया है। अनुच्छेद 342 के अंतर्गत लिखा है कि 'राष्ट्रपति सार्वजनिक अधिघोषणा द्वारा जनजातियों या जनजातीय समुदायों या उनके अंगों व समूहों को अनुसूचित जनजातियां घोषित कर सकता है।' अब प्रश्न उठता है: संविधान ने जनजातियों को परिभाषित करने के लिए कौन-सी कसौटियों या आधारों को अपनाया है? इसके लिए 1952 में प्रकाशित अनुसूचित जाति एवं जनजाति आयोग ने कुछ कसौटियों को प्रस्तुत किया है। इन कसौटियों में सम्मिलित किए गए हैं–(i) पृथक्करण (isolation), (ii) प्रजातीय लक्षण (racial characteristics), (iii) भाषा और बोली (language and dialect), (iv) खाने की आदत: मांसाहारी भोजन (non-vegetarianism), (v) पोशाक: नग्न एवं अर्द्धनग्न (naked and semi naked), (vi) घुमक्कड़ (nomadism) एवं (vii) मद्यपान तथा नृत्य (drink and dance)।[26]

जनजाति आयोग ने जिन कसौटियों को रखा है, वे आज वास्तविक धरातल पर सही नहीं उतरतीं। ए. आर. देसाई (1961) का कहना है कि यदि इन कसौटियों को लागू किया जाए तो इनके अंतर्गत केवल 20 प्रतिशत आदिवासी जनसंख्या को ही सम्मिलित किया जा

सकता है। जनजातियों की परिभाषा की बहस बहुत लंबी चौड़ी है। विकास और प्रशासन की दृष्टि से संविधान द्वारा प्रदत्त परिभाषा ही आज व्यावहारिक समझी जाती है। कम-से-कम परिभाषा में कहीं कोई अराजकता तो नहीं है।

ये जनजातियां भारत के दूसरे समाजों की अपेक्षा आर्थिक रूप से बहुत कम विकसित हैं। इसका कारण उनके आदिवासी होने के साथ-साथ उनका अत्यधिक शोषण भी है जिससे वे स्वतंत्रता से पहले एवं स्वतंत्रता प्राप्ति के बाद भी पीड़ित रहे। वास्तव में आदिम समाज का इतिहास शोषण का इतिहास रहा है। ब्रिटिश शासन काल में आदिम लोगों का एवं इनके क्षेत्रों का लगभग पूर्ण रूप से ध्यान नहीं रखा गया जिसके कारण जनजाति समाज एवं अन्य लोगों में सामाजिक, आर्थिक तथा सांस्कृतिक स्थिति में एक बड़ी खाई उत्पन्न हो गई।

प्रशासन के परोक्ष एवं अपरोक्ष रूप से सहयोग के द्वारा महाजन, जमींदार एवं व्यापारी वर्ग ने इनके क्षेत्रों में अत्यधिक शोषण किया और इनकी सामाजिक एवं आर्थिक स्थिति को बिगाड़ दिया। ऐसी स्थिति ने तनाव एवं झगड़े उत्पन्न किए। इसी के परिणामस्वरूप आदिम लोगों ने इसके विरुद्ध आंदोलन की शुरुआत की। आदिम क्षेत्रों में समय-समय पर अमानवीय व्यवहार के खिलाफ कड़ा विरोध किया गया और इनके (आदिम लोगों के) द्वारा यह भी प्रयास किया गया कि अपने मूल अधिकारों एवं अपनी संपत्तियों को पुन: प्राप्त करें।

वास्तव में जनजाति समाज के संघर्ष के पीछे प्रमुख कारक रहे–जनजातीय शिकायतों से निपटने में नौकरशाहों और प्रशासकों की सहानुभूति में कमी, वन कानूनों व नियमों की जटिलता, गैर-जनजातीय लोगों के हाथों में जनजातीय लोगों की भूमि जाने से रोकने के कानूनों की कमी, जनजातीय लोगों के पुनर्वास के प्रभावहीन सरकारी प्रयास, जनजातीय समस्याओं को सुलझाने में राजनैतिक अभिजात वर्ग में रुचि व गति की कमी, उच्चस्तरीय समितियों की सिफारिशें लागू करने में विलंब, सुधारात्मक उपायों को लागू करने में भेदभाव।

जनजातीय आंदोलनों के प्रकारों को कैमेरान ने चार समूहों में बांटा है:

(i) प्रतिक्रियावादी (Reactionary), जो अतीत के अच्छे दिनों की वापसी चाहते हैं। लिंटन इन्हें पुन्नरुत्थानी (Revialistic) आंदोलन कहता है।

(ii) रूढ़िवादी (Conservative), जो समकालीन परिवर्तनों में बाधा डालने और यथास्थिति बनाए रखने के लिए आयोजित किए जाते हैं। लिंटन इन्हें स्थिरतावादी (Prepetuative) आंदोलन मानता है।

(iii) संशोधनकारी (Revisionary), जो विद्यमान रिवाजों में विशेष परिवर्तन एवं संस्कृति या सामाजिक व्यवस्था में सुधार या शुद्धीकरण चाहते हैं। ये कुछ संस्थाओं को कम करना भी चाहते हैं, यद्यपि यह आंदोलन मौजूदा समूची संरचना को बदलना चाहते हैं। ये आंदोलन "सामाजिक गतिशीलता" आंदोलन भी कहे जाते हैं। ये आंदोलन अधिकतर निम्न जातियों में होते हैं, लेकिन जनजातियों में नहीं।

(iv) क्रांतिकारी (Revolutionary), जो मौजूदा सामाजिक व्यवस्था या संस्कृति को किसी प्रगतिवादी व्यवस्था से समूल प्रतिस्थापित करना चाहते हैं। इस आंदोलन को पुनरुद्धार आंदोलन का नाम भी दिया गया है।[27]

जनजातीय आंदोलनों को चार प्रकार के अन्य आधारों पर भी बांटा जा सकता है: राजनैतिक स्वायत्तता तथा राज्यों का निर्माण चाहने वाले आंदोलन (नागा, मिजो, झारखंड), कृषि आंदोलन, वन आधारित आंदोलन और सामाजिक-धार्मिक या सामाजिक-सांस्कृतिक आंदोलन (भगत आंदोलन, राजस्थान व मध्य प्रदेश में भीलों का, दक्षिण गुजरात में जनजातियों में या संथालों में रघुनाथ मुरमू का आंदोलन।[28]

सुरजीत सिन्हा ने जनजातीय संघर्ष या आंदोलनों को पांच भागों में विभाजित किया है[29]–

(i) 18वीं तथा 19वीं शताब्दी के दौरान ब्रिटिश शासन काल में नृजातीय (Ethnic) विद्रोही आंदोलन, जैसे मुंडा लोगों का बिरसा आंदोलन, 1832 में कोल विद्रोह, 1857-58 में संथाल विद्रोह और 1880 के दशक में नागा विद्रोह।

(ii) उच्च हिंदू जातियों से प्रतिस्पर्धा करते हुए सुधारात्मक आंदोलन, ओरांवों में भगत आंदोलन, भूमिजों का वैष्णव आंदोलन, संथालों में खेरवार आंदोलन।

(iii) स्वातंत्रयोत्तर काल में भारतीय संघ के भीतर ही जनजातीय राज्यों के लिए राजनैतिक आंदोलन जैसे छोटा नागपुर तथा उड़ीसा में झारखंड आंदोलन तथा असम व मध्य प्रदेश में पहाड़ी राज्य आंदोलन आदि।

(iv) पृथक्कतावादी आंदोलन, जैसे नागा व मिजो आंदोलन।

(v) कृषि अशांति से संबंधित आंदोलन, जैसे नक्सलवादी आंदोलन (1967) और बिरसादल आंदोलन (1968-69)।

यदि हम भारतीय स्वतंत्रता के पश्चात् उन सभी आंदोलनों पर विचार करें जिनमें नागा आंदोलन (जो 1946 में शुरू होकर 1972 तक चला जब नई सरकार सत्ता में आई और नागा विद्रोह पर नियंत्रण प्राप्त कर लिया गया), मिजो आंदोलन (गुरिल्ला युद्ध जो अप्रैल 1970 में मेघालय राज्य के गठन के बाद समाप्त हुआ और 1972 में असम और मिजोरम से उत्पन्न हुआ था), गोंड राज्य आंदोलन (जो 1941 में अलग राज्य के लिए मध्य प्रदेश और महाराष्ट्र के गोल्ड लोगों द्वारा चलाया गया और जो 1962-63 में अपनी चरम सीमा पर पहुंचा), नक्सलवादी आंदोलन (जो बिहार, पश्चिमी बंगाल, आंध्र प्रदेश और असम में चला), कृषि आंदोलन (मध्य प्रदेश में गोंड और भीलों द्वारा चलाया गया) और वनों पर आधारित (परंपरागत वन अधिकारों के लिए गोंड लोगों द्वारा चलाया आंदोलन) आदि सम्मिलित हैं, तो यह कहा जा सकता है कि जनजातीय अशांति के फलस्वरूप आंदोलन ऐसे आंदोलन थे जो अत्याचारों और भेदभाव, उपेक्षा व पिछड़ेपन और ऐसी सरकार के विरुद्ध थे जो जनजातीय गरीबी, भूख, बेरोजगारी और शोषण के प्रति उदासीन थी और जो सरकार से मुक्ति के लिए छेड़े गए थे।

भारतीय स्वतंत्रता से पूर्व हुए जनजातीय आंदोलनों में अंग्रेजों द्वारा किए गए अतिक्रमण का कड़ा विरोध किया गया और कई बार इसके कारण हिंसात्मक कार्यवाहियां भी की गईं। इन आंदोलनों का जन्म आदिवासियों को नियंत्रण करने की दोहरी चाल के

कारण हुआ। अंग्रेजों ने साहूकारों, ठेकेदारों, जमींदारों और आबकारी, राजस्व, वन तथा पुलिस विभाग के अधिकारियों को इन्हें शोषित करने के लिए प्रोत्साहित किया तथा इस तरह आदिवासियों को शोषण द्वारा न केवल कमजोर बनाया बल्कि आदिवासियों का आक्रोश उनके अपने ही देशवासियों पर उतरवाने के लिए दोहरी नीति अपनाई। इस शोषण का परिणाम इन्हें ऋणग्रस्तता तथा अपनी उपजाऊ भूमि को गैर-आदिवासियों को हस्तांतरण करने के रूप में भुगतना पड़ा। वनों पर जनजातियों का अधिकार काफी हद तक कम हो गया था तथा सरकारी अधिकारीगणों ने इनके अधिकारों की रक्षा करने के बजाय इनकी दुर्दशा का लाभ उठाया। अंततोगत्वा इस नीति ने जनजातीय लोगों के आर्थिक आधार को तहस-नहस कर दिया और उन्हें कमजोर बना दिया। इससे न केवल उनके मन में अपने ही देशवासियों के प्रति कड़वाहट भर गई बल्कि समाज की मुख्यधारा से भी उन्हें अलग कर दिया गया। अंततः इसके परिणामस्वरूप आंदोलन और सशस्त्र विद्रोह हुए। कुछ जनजातीय आंदोलन निम्न हैं:

कोल विद्रोह, 1831[30]

अंग्रेजों को छोटा नागपुर के सिंहभूम क्षेत्र में प्रवेश करने के प्रयास में ''हो'' लोगों के कड़े प्रतिरोध का सामना करना पड़ा। सिंहभूम के गवर्नर जनरल के एजेंट टी. विल्किंसन की सूचना के अनुसार, 'सिंहभूम न तो कभी भारत में मुस्लिम शासकों के अधीन रहा और न ही मराठाओं ने यहां से 'चौथ' वसूल करने के उद्देश्य से इस पर कब्जा किया।' सन् 1821 में कर्नल रिचर्डस के नेतृत्व में ब्रिटिश सेना ने सिंहभूम में प्रवेश किया।

इनमें 'हो' जनजाति के लोग दूर-दूर तक बसे हुए थे, जिन्हें लरका कोल भी कहा जाता था। इसलिए, स्थानीय लोगों ने इस क्षेत्र का नाम कोल्हान दिया। अंग्रेजों ने ''हो'' लोगों के साथ विशेष शर्तों के अधीन संधि करनी चाही जिसके अनुसार वे सीधे ब्रिटिश नियम के तहत् आएंगे परंतु दुर्भाग्यवश उन्हें धोखा दिया गया। उन्हें जमींदारों को कर अदा करने के लिए बाध्य किया गया, तथा इन जमींदारों ने इनके साथ दुर्व्यवहार किया। जमींदारों के अत्याचार तथा साहूकारों के शोषण के विरुद्ध ब्रिटिश सरकार इन्हें सुरक्षा प्रदान नहीं कर सकी।

जमींदारों, साहूकारों और ब्रिटिश अधिकारियों द्वारा किए गए शोषण के प्रति छोटा नागपुर के मुंडा लोग पहले ही काफी उत्तेजित थे। 1831 में बेदखल हो जनजातीय और मुंडा लोगों ने इसके विरुद्ध खुले रूप से विद्रोह कर दिया। इस विद्रोह के भड़कने का मूल कारण आदिवासी लोगों की जमीनों का बाहरी व्यक्तियों को हस्तांतरण और जमींदारों, महाजनों व अन्य लोगों के द्वारा उनका शोषण था। यह विद्रोह शीघ्र ही रांची और हजारीबाग, पलामू जिले के दस परगना और मानभूम और निकटवर्ती क्षेत्रों में फैल गया। हालांकि, अंततः विद्रोहियों को सशस्त्र सेना की सहायता से कुचल दिया गया। यह विद्रोह ''कोल विद्रोह'' के नाम से जाना जाता है।

संथाल विद्रोह, 1855[31]

पूर्वी भारत में संथालों का विद्रोह भी बहुत महत्त्वपूर्ण था। संथाल, बंगाल की सीमा के निकट बिहार में निवास करते थे। यह एक आदिवासी जाति थी, राजमहल और मयूरभंज

में ये बहुलता से रहते थे। संथालों के क्षेत्र में भारत के विभिन्न भागों से आकर जमींदारों और साहूकारों ने रहना शुरू कर दिया था। संथालों पर पुलिस, जमींदारों, कर अधिकारियों और साहूकारों ने जुल्म ढाने शुरू कर दिए थे। संथालों की स्त्रियों के साथ दुर्व्यवहार किया जाता था। संथालों का विश्वास था कि सरकार हमारी रक्षा करेगी, परंतु सरकार ने ऐसा कुछ नहीं किया। तब संथालों ने स्वयं को अंग्रेजी प्रभुत्व से स्वतंत्र कराने की घोषणा की। संथालों ने यह विद्रोह 1855-56 सिंधु और कान्हू नामक दो वीर भाइयों के नेतृत्व में किया। यह आंदोलन प्रारंभ में सफल हुआ। इनके क्षेत्र से अंग्रेज और बाहरी व्यक्ति निकाल दिए गए। परंतु बाद में ब्रिटिश प्रभुत्व 1856 के अंत के समय में इनका विद्रोह समाप्त करने में सफल हुआ। अंग्रेज विद्रोह के दमन के बाद भी संथालों पर अत्याचार करते रहे थे। कुछ वर्षों बाद वातावरण सामान्य होता चला गया था। 1917 में संथालों में पुनः रोष बढ़ा। 1917 में ही मयूरमंज में संथालों को जबर्दस्ती मजदूरों का कार्य करने के लिए विवश किया गया था, तब पुनः इन्होंने एक प्रबल विद्रोह खड़ा कर दिया था। यह विद्रोह भी ब्रिटिश प्रभुत्व के खिलाफ किया गया था।

बिरसा आंदोलन, 1895[32]

इस आंदोलन का नाम इनके प्रणेता आदिवासी मुखिया बिरसा मुंडा पर पड़ा है। बिरसा आंदोलन हिंदू जमींदारों व साहूकारों द्वारा आदिवासियों का शोषण और मिशनरियों द्वारा आदिवासियों को ईसाई धर्म में परिवर्तन के विरुद्ध निर्देशित था। आदिवासियों ने ईसाई धर्म में परिवर्तन इस विश्वास पर किया गया कि ईसाई बन जाने पर मिशनरियों द्वारा जमींदारों और साहूकारों से उनकी रक्षा की जाएगी। आदिवासियों को ईसाईयत के प्रलोभन से मुक्त कराने के लिए बिरसा मुंडा ने एक नए धर्म का शुभारंभ किया जो कि हिंदुवाद और ईसाई धर्म का सम्मिश्रण था। इस धर्म का कोई निश्चित नाम नहीं था। यह बिरसा के विचारों पर आधारित एक जन आंदोलन था जो बाद में बिरसा आंदोलन के नाम से प्रचलित हुआ। अपने इस नए धर्म के जरिए उन्होंने मुंडा और उरांव जनजातियों पर असाधारण प्रभाव छोड़ा। 1895 में मुंडाओं ने उनके नेतृत्व में विद्रोह किया था। अन्य जनजातियों ने भी उनका साथ दिया तथा एकजुट होकर शोषण व अत्याचारों का विरोध किया। ब्रिटिश सरकार को इस विद्रोह को दबाने के लिए सैन्य बल प्रयोग करना पड़ा था। बिरसा को धोखे से पकड़कर जेल में डाल दिया गया। जेल में बिरसा मुंडा की संदेहास्पद मृत्यु के पश्चात् यह आंदोलन कुछ शांत हो गया।

बिहार के छोटा नागपुर क्षेत्र में बिरसा विद्रोह एवं ऐसे अन्य आंदोलनों के पश्चात् आदिवासियों के भूमि संबंधी रिकॉर्ड को पूरा करने तथा उनके भूमि अधिकारों की सुरक्षा करने के कदम उठाए गए। आदिवासी भू-स्वामियों को सुरक्षा प्रदान करने के लिए ''छोटा नागपुर काश्तकारी अधिनियम, 1908'' बनाया गया। इसके द्वारा आदिवासी भूमि का गैर-आदिवासियों को हस्तांतरण निषेध कर दिया गया।

मिजो विद्रोह, 1890[33]

मिजोरम के निवासी मिजो आदिवासी कहलाते हैं। इनका एक सुसंगठित समाज एवं

संस्कृति है। मिजो ब्रिटिशकालीन भारतीय भू-भाग पर हमला बोल देते थे। इन आक्रमणों से मुक्ति पाने हेतु ब्रिटिश सरकार ने सैनिक कार्यवाही द्वारा 1890 में लुशाई क्षेत्र पर ब्रिटिश शासन स्थापित किया। ईसाई मिशनरियों ने मिजो लोगों को ईसाई धर्म अपनाने पर अनेक प्रलोभन दिए। इससे प्रभावित होकर जापानियों द्वारा असम पर आक्रमण के समय मिजो लोगों ने ब्रिटिश सरकार का सहयोग किया। इनके स्वतंत्र जीवन में राजनीतिक हस्तक्षेप के व्यवधान से मिजो आंदोलन हुआ। चीन तथा तत्कालीन पूर्वी पाकिस्तान के सहयोग से इस आंदोलन को और अधिक बल मिला। इस सहयोग की आड़ में आतंकवादी सरलता से शरण ले लेते थे। भारत सरकार के सराहनीय प्रयासों से देशभक्त मिजो इनके चंगुल से मुक्त हुए। उन्हें घने वनों से हटाकर सड़कों के किनारे नियोजित ढंग से बसाया गया। वर्तमान में मिजोरम मिजो की इच्छाओं के अनुकूल स्वतंत्र प्रांत है।

नागा विद्रोह[34]

नागा, नागालैंड के निवासी हैं। ये गरीब हैं तथा पर्वतीय प्रदेश में रह रहे हैं। यहां झूम कृषि जीवनयापन का एकमात्र साधन है। नागालैंड के विद्रोही नागाओं के छोटे से वर्ग का व्यवहार विद्रोह का कारण है। सदियों से असुरक्षा, अशांति के वातावरण में रहने के कारण इनका जीवन के प्रति दृष्टिकोण कुछ विचित्र सा हो गया है। अंग्रेजों के संरक्षण में ईसाई मिशनरियों ने शिक्षा एवं सुविधाओं का प्रसार किया तथा धर्म परिवर्तन का कार्य किया। स्वाभिमान, आजादी तथा स्वच्छंदता नागाओं की प्रमुख विशेषताएं रहीं। ये किसी की गुलामी में अपमान का अनुभव करते हैं। युद्ध किए बिना हार मान लेना इनके स्वभाव के विरुद्ध है। अपनी स्वतंत्रता की रक्षा हेतु नागाओं ने मुगलों, आहोम तथा ब्रिटिश शासकों से संघर्ष किया। स्वतंत्रता के पश्चात् भी नागालैंड में अशांति है। कुछ विद्रोही नागा राष्ट्र विरोधी गतिविधियों में संलग्न हैं।

झारखंड आंदोलन, 1920

झारखंड आंदोलन आदिवासियों द्वारा चलाया गया दीर्घकालिक अहिंसात्मक आंदोलन था और इस क्षेत्र के गैर-आदिवासी निवासियों का भी समर्थन प्राप्त है। इसकी मुख्य मांग बिहार, उड़ीसा, पश्चिमी बंगाल और मध्य प्रदेश नामक चार राज्यों के 16 जिलों को मिलाकर एक पृथक झारखंड राज्य बनाना था। झारखंड राज्य बनाने का उद्देश्य ऐसे उन सभी क्षेत्रों को एकीकृत करना है, जो कभी मिलकर छोटा नागपुर प्रशासित डिवीजन के तहत आने वाले बंगाल, उड़ीसा, बिहार व मध्य प्रदेश राज्यों के आदिवासी क्षेत्र थे। पृथक झारखंड राज्य की मांग के मुख्य कारणों में बढ़ता हुआ क्षेत्रीय राजनैतिक असंतुलन, आदिवासियों का शोषण तथा उनका वचन के बोध हैं। इसकी शुरुआत वर्तमान शताब्दी के आरंभ में शिक्षित युवा आदिवासी, सामाजिक कार्यकर्त्ताओं और विद्यार्थियों के एक समूह द्वारा की गई थी और 1920 के दशक में इसने एक संगठित आदिवासी आंदोलन के रूप में गति पकड़ ली।[35]

आंदोलन की ऐतिहासिक पृष्ठभूमि पर नजर डालें तो पता चलता है कि इस आंदोलन का जन्म 1920 के दशक में ''छोटा नागपुर उन्नत समाज'' के गठन के साथ हुआ। इस

संगठन का उद्देश्य आदिवासियों की समस्याओं की तरफ सरकार का ध्यान आकृष्ट करना था। 1937 में प्रथम चुनाव के बाद आदिवासी महासभा के गठन के साथ इसका राजनैतिक आधार विस्तृत हुआ। 1938-1947 के बीच कई हिंसात्मक घटनाएं हुई। बाद में महासभा का अंत हो गया। 1949 में एक नई क्षेत्रीय झारखंड पार्टी का जन्म हुआ। इसकी सदस्यता छोटा नागपुर के सभी रहवासियों के लिए खुली थी। इस प्रकार पार्टी की विचारधारा में जातिवाद से क्षेत्रवाद की ओर आमूल परिवर्तन हुआ, जो कि इन दिनों में प्रचलित वृहत राजनैतिक एवं धर्मनिरपेक्षता की विचारधारा के अनुकूल था। पार्टी द्वारा अपने उद्देश्य प्राप्ति का माध्यम संवैधानिक था। अंततः 1998 के अंत में तथा 1999 के प्रारंभ में पृथक झारखंड राज्य बनाने का प्रस्ताव रखा। (जिसका नाम वनांचल दिया गया जिसमें 6 जिले तथा दो संभाग, बिहार के छोटा नागपुर और संथाल शामिल थे। अगस्त 2000 में सदन में बिल पास कर नवंबर, 2000 में बिहार के 55 जिलों में से 18 जिलों का झारखंड राज्य बनाया गया जोकि इस आंदोलन की विजय थी।[36]

उपरोक्त आदिवासी आंदोलन के अतिरिक्त और भी विद्रोह हुए जो इस प्रकार हैं–1778 का छोटा नागपुर के पहाड़िया सरदार का ब्रिटिश सरकार के विरुद्ध विद्रोह, 1809-28 एवं 1846 का गुजरात में भील विद्रोह, 1829 का असम के खासियों का विद्रोह, 1832-33 का बिहार के भागीरथ के नेतृत्व में खेडवार विद्रोह, 1835 का नेफा (असम) में डफलाओं द्वारा ब्रिटिश क्षेत्र की जनता पर हमला और ब्रिटिश द्वारा बदले की कार्यवाही, 1911 में बस्तर आदिवासियों द्वारा बगावत, 1920-22 का अंग्रेजों के विरुद्ध कोयाओं का रम्पा विद्रोह, 1932 का नगागैर-ईसाई विद्रोह (असम), 1942 का उड़ीसा में कोरापट विद्रोह, 1942-45 का अंडमान द्वीप समूह की जनजातियों के द्वारा जापानियों के कब्जे वाले क्षेत्र में सेना के विरुद्ध विद्रोह, 1956-58 वर्ली विद्रोह (महाराष्ट्र) इत्यादि।

जनजातीय लोगों की प्रमुख समस्याएं रहीं; गरीबी, ऋणग्रस्तता, अशिक्षा, बंधुता, शोषण, बीमारी, बेरोजगारी इत्यादि। ऐसे में कानून आदिवासियों की सहायता न करे, सरकार कठोर हो जाए और पुलिस उन्हें बचाने में असमर्थ हो और परेशान करे, तो वे शोषकों के विरुद्ध हथियार या संघर्ष का रास्ता तो अपनाएंगे ही और यही इन जनजातियों ने किया भी। इन संघर्षों के माध्यम से जनजातियां अपनी बहुत-सी महत्त्वपूर्ण मांगों को मनवाने में सफल भी रही हैं।

संदर्भ

1. प्रसाद. ईश्वरी (संपा.), *भारत का किसान आंदोलन, ग्रामीण साहित्य माला:* दिल्ली-1993, पृ. 17.
2. प्रसाद, ईश्वरी (संपा.), वही, पृ. 18.
3. सिंह, सत्यकेतु नारायण, *किसान आंदोलन*, किताब महलः इलाहाबाद, 1989, पृ. 27-28.
4. सिंह, सत्यकेतु नारायण, वही, पृ. 28-29.
5. धवन, एम. एल., *भारत का राष्ट्रीय आंदोलन एवं स्वतंत्रता संघर्ष (1915-1947) भाग-2*, अर्जुन पब्लिशिंग हाउसः दिल्ली, 2003, पृ. 70-71.

6. गौतम, पी. एल., *आधुनिक भारत का इतिहास*, मलिक एंड कंपनी: जयपुर, 2004, पृ. 459-460.
7. गौतम, पी. एल., *वही*, पृ. 460.
8. गौतम, पी. एल., *वही*, पृ. 461.
9. गौतम, पी. एल., *आधुनिक भारत का इतिहास*, मलिक एंड कंपनी: जयपुर, 2004, पृ. 448.
10. गौतम, पी. एल., *वही*, पृ. 449.
11. गौतम, पी. एल., *वही*, पृ. 449.
12. सिंह, इंद्रजीत, *श्रमिक विधियां*, सेन्ट्रल लॉ पब्लिकेशन्सः इलाहाबाद, 2005, पृ. 2.
13. गौतम, पी. एल., *आधुनिक भारत का इतिहास*, मलिक एंड कंपनी: जयपुर, 2004, पृ. 440.
14. जौहरी, जे. सी., पुखार आर. के., *भारतीय शासन एवं राजनीति*, विशाल पब्लिकेशंस: दिल्ली, 1988, पृ. 269-270.
15. गौतम, पी. एल. *वही*, पृ. 441.
16. धवन, एम. एल., *भारत का राष्ट्रीय आंदोलन एवं स्वतंत्रता संघर्ष (1915-1947) भाग-2*, अर्जुन पब्लिशिंग हाउस: दिल्ली, 2003, पृ. 79-80.
17. धवन, एम. एल., *वही*, पृ. 79-80.
18. धवन, एम. एल., *वही*, पृ. 81.
19. जौहरी, जे. सी., *वही*, पृ. 270-272.
20. गौतम, पी. एल., *वही*, पृ. 442.
21. गौतम, पी. एल., *वही*, पृ. 445.
22. धवन, एम. एल., *वही*, पृ. 86.
23. धवन, एम. एल., *वही*, पृ. 86-87.
24. मित्तल, सतीश चंद्र, *भारत का सामाजिक-आर्थिक इतिहास (1758-1947)*, हरियाणा साहित्य अकादमी: पंचकूला, 2005, पृ. 33.
25. आहुजा, राम, *भारतीय समाज*, रावत पब्लिकेशंस: जयपुर, 200, पृ. 31-32.
26. दोषी, शम्भूलाल, जैन, प्रकाश चन्द्र, *भारतीय समाज संरचना और परिवर्तन*, नेशनल पब्लिशिंग हाउस: जयपुर, 2002, पृ. 151-152.
27. आहुजा, राम, *वही*, पृ. 272.
28. आहुजा, राम, *वही*, पृ. 273.
29. आहुजा, राम, *वही*, पृ. 273.
30. वर्मा, रूपचंद्र, *भारतीय जनजातियां अतीत के झरोखे से*, प्रकाशन विभाग, सूचना और प्रसारण मंत्रालय, भारत सरकार, 1997, पृ. 31-32.
31. जैन, के. सी., *आधुनिक भारत का इतिहास*, यूनिवर्सिटी पब्लिकेशंस: दिल्ली, 2008, पृ. 2-3.
32. वर्मा, रूपचंद्र, *वही*, पृ. 40-41.
33. तिवारी, विजय कुमार, *भारत की जनजातियां*, हिमालय पब्लिशिंग हाऊस: मुंबई, 1998, पृ. 258.
34. तिवारी, विजय कुमार, *वही*, पृ. 258.
35. वर्मा, रूपचन्द्र, *वही*, पृ. 51-52.
36. आहुजा, राम, *वही*, पृ. 273-274.

19

भारत में महिला आंदोलन

भारत में औपनिवेशिक काल से ही लिंग एक महत्त्वपूर्ण मुद्दा रहा है। स्त्रियों को लेकर 19वीं शताब्दी से प्रश्न खड़े हुए और भारतीय सामाजिक, सांस्कृतिक और राजनीतिक क्षेत्र में विवाद का विषय बने रहे। 18वीं शताब्दी के उत्तरार्द्ध व 19वीं के पूर्वार्द्ध में भारतीय महिला आंदोलन उभर कर आया। स्त्रियों के मुद्दे की मान्यता ही भारतीय महिला आंदोलन का आधार बनी। इस आंदोलन ने देश के विभिन्न भागों में भिन्न रूप लिया। महिलाओं की स्थिति उस समय के समाज की प्रगतिशील और प्रतिक्रियात्मक प्रवृत्तियों से प्रभावित रही हैं जब महिलाओं की स्थिति अच्छी थी, उनका प्रभुत्व था, उनका दर्जा ऊंचा था, अधीनता कम थी और अधिकार ज्यादा थे। प्राक् ब्रिटिश काल में भारतीय स्त्रियों की स्थिति में काफी गिरावट आई। इस दौरान स्त्रियों को कभी देवी तो कभी दासी माना गया पर कभी भी अपना व्यक्तित्व लिए इंसान नहीं माना गया, जबकि वैदिक काल में पितृ सत्तात्मक समाज के अंतर्गत भारतीय महिलाओं की स्थिति काफी अच्छी थी। धीरे-धीरे स्त्रियों का दर्जा गिरता गया।[1] एक ओर कौटिल्य ने विवाह की उम्र 12 वर्ष रखी तो दूसरी ओर उसने उदार दृष्टिकोण अपनाते हुए संतानहीन विधवा को विवाह की अनुमति दी। हालांकि वैदिक काल से चली आ रही नियोग की परंपरा को मनु ने स्वीकृति नहीं दी। *मनुसंहिता* और *अर्थशास्त्र* दोनों में सती प्रथा का उल्लेख नहीं है, रामायण में तीन और महाभारत में एक जगह इसका उल्लेख है। मनु ने जहां तलाक का समर्थन नहीं किया वहीं कौटिल्य ने तलाक की शर्तें रखीं। मनु के अनुसार पत्नी का केवल स्त्रीधन पर अधिकार है। मनु ने जहां केवल स्त्री के लिए घरेलू कार्य बताए हैं वहीं कौटिल्य ने स्त्री को अकेले विचरण की स्वीकृति नहीं दी थी। वैदिक काल में मिली स्त्रियों की स्वतंत्रता को बाद में दबा दिया गया। इस तरह मनु ने स्त्री का दर्जा नीचे करने में अपने को मानसिक रूप से तैयार कर लिया था। विवाह की उम्र घटाना, पुनर्विवाह न कराना, स्वतंत्रता पर पाबंदी, यह सब इसी ओर इशारा करते हैं कि उत्तर वैदिक समाज में रस्म-रिवाज बढ़ गए और फिर ब्राह्मणवाद मजबूत हुआ। परंतु जब मनु की निषेधाज्ञा ने पुत्रियों के उपनयन संस्कार पर रोक लगा दी तो स्त्रियों का दर्जा शूद्रों के बराबर हो गया। मनु के सिद्धांत के अनुसार स्त्री को हमेशा पुरुष के संरक्षण में रहना चाहिए।[2]

बौद्धधर्म के भारत में फलन-फूलने के साथ ही स्त्रियों को भी सामाजिक जीवन में सम्मानीय दर्जा मिला। हालांकि, बौद्ध धर्म में स्त्री को पुरुष भिक्षु से नीचे का दर्जा दिया

अंजू अग्रवाल, एसोशिएट प्रोफेसर, महाराजा अग्रसेन कॉलेज, दिल्ली विश्वविद्यालय

गया। किंतु धार्मिक क्षेत्र में उसे अधिक स्वतंत्रता मिली। जब भारत में बौद्ध धर्म का दबदबा था तब स्त्रियों की दशा अच्छी थी। कन्या का जन्म अपशकुन नहीं माना जाता था और उनकी शिक्षा की तरफ भी ध्यान दिया गया। विवाह की उम्र 16-20 वर्ष रखी गई तथा विधवा का दिखना भी अपशकुन नहीं समझा गया। बौद्ध और जैन धर्मों का बढ़ता प्रभाव ब्राह्मणों के लिए खतरा बना और उनकी स्थिति कमजोर पड़ी। फलस्वरूप उन्होंने वेदों को अस्वीकार किया और वर्णाश्रम धर्म के कानून तोड़े। इसका नतीजा निकला कि हिंदू समाज कठोर हो गया तथा स्त्रियों की स्थिति दयनीय हो गई। पौराणिक हिन्दू समाज में फिर स्त्रियों की स्थिति दिन-प्रतिदिन गिरती गई। विधवा विवाह पर प्रतिबंध लगा, पति परमेश्वर का रूप माना जाने लगा। मुस्लिम आगमन से पहले इस तरह स्त्रियों की दशा बद्तर हो गई। बाल विवाह, स्त्री शिक्षा नकारना, उसके अधिकारों तथा स्वतंत्रता पर प्रतिबंध, सती प्रथा, पर्दा प्रथा, बहु विवाह आदि प्रचलित हुए। मुगलकाल में स्त्रियों की दशा और भी खराब हुई। अधिकारों और स्वतंत्रताओं पर फिर मार पड़ी। हालांकि चांद बीबी, रजिया बेगम, रानी झांसी, मीरा बाई आदि महिलाओं ने भारतीय इतिहास में अपनी जगह बनाई, परंतु ये सब समाज के विशिष्ट वर्ग से आई थीं और इसी कारण उस सामाजिक अधीनता से, जिससे आम महिला समाज जूझ रहा था, ये मुक्त थीं।[3]

पंद्रहवीं शताब्दी और उसके बाद विधवा का सती न होना बेइज्जती समझा जाने लगा। भारतीय समाज पितृ-सत्तात्मक रहा। समय के साथ-साथ स्त्रियों की दशा खराब होती गई। वैदिक समय में जो अधिकार मिले थे वे सब छिनते गए। जाति प्रथा, नियोग, श्राद्ध के लिए पुत्र का महत्त्व, नैतिकता के दोहरे मापदंड, विधवा के बाल मुंडवाना आदि ये प्रथाएं समय के साथ बढ़ती गईं। उसकी स्थिति दासी की सी हो गई। बौद्ध धर्म में कुछ कोशिशें की गईं, पर वे भी अल्पकालीन रहीं। सर्वप्रथम भक्ति काल में नारी की असमानता और उसके प्रति हो रहे अन्याय की आवाज बुलंद हुई थी।[4] भक्ति आंदोलन ने विशेषतः समाज की निम्न जाति और महिलाओं की स्थिति को कुछ समय के लिए सुधारा। लेकिन यह ज्यादा देर तक प्रभावी नहीं रह पाया। इनमें से बहुतों ने स्त्रियों को मोक्ष प्राप्ति में बाधा बतलाया। उदाहरण के तौर पर कबीर, एकनाथ आदि।[5] मुगल काल में अनेक सामाजिक प्रतिबंधों के बावजूद महिलाएं खुश और संतुष्ट थीं। अकबर की राय में ''महिला प्यार और दोस्ती की जलती हुई मशालें हैं।''[6]

महिला आंदोलन का विकास

18वीं शताब्दी के उत्तरार्द्ध में अंग्रेजी शासन आया तो उस समय महिलाओं का समाज में अधीनस्थ और निम्न स्थान था तथा वैधानिक स्थिति भी संतोषजनक नहीं थी।[7] उन्हें परजीवी समझा जाता था। उस काल में महिलाओं के सामाजिक और धार्मिक जीवन को अंधविश्वास, कर्मकांड और परंपरावाद ने जकड़ रखा था। जहां एक ओर धार्मिक रीतियों में कई देवियों को पूजा जाता था वहीं दूसरी ओर व्यावहारिक जीवन में स्त्रियों को दासी की तरह प्रताड़ित किया जाता था। महिलाओं की स्थिति निम्नतर स्तर तक गिर चुकी थी। वैचारिक रूप से वह एक पूर्णतः निम्न स्तर की मानव जाति, पुरुषों से हीन, महत्त्वहीन, व्यक्तिहीन समझी जाने लगी, जिसके कोई अधिकार नहीं थे और जो दबाई और सताई हुई

थी। अक्सर उसे अस्तित्वहीन एक दासी समझा जाता था। इस तरह अंग्रेजी शासन के आरंभ से पूर्व साक्षरता, स्वास्थ्य, सामाजिक स्तर, आर्थिक स्वतंत्रता, विचरण की स्वतंत्रता तथा व्यक्तित्व की दृष्टि से नारी की स्थिति अपने निम्नतर स्तर पर पहुंच गई। प्राक् ब्रिटिश शासन में भारतीय नारी का विषय उस समय के समाज के सामाजिक-आर्थिक ढांचे में जड़ा हुआ था।[8] अंग्रेजों ने "कानून के समक्ष की समानता" की शुरुआत की। शिक्षा का प्रसार हुआ। नई आर्थिक व्यवस्था तथा सीमित शिक्षा ने नई सामाजिक व्यवस्था को जन्म दिया। भारतीयों में समानता, विकास, स्वतंत्रता और राष्ट्रीयता जैसे विचार पनपे। अंग्रेजों ने आधुनिक पूंजीवादी आर्थिक व्यवस्था पर आधारित आधुनिक राज्य की स्थापना की। इस तरह सामाजिक रिश्तों की शुरूआत हुई।

19वीं शताब्दी के समाज सुधार आंदोलनों ने महिलाओं को एक व्यक्तित्व के रूप में पहचान दी। 1820-1880 के बीच राजा राममोहन राय, दयानंद सरस्वती, ईश्वर चंद्र विद्यासागर जैसे समाज सुधारकों ने सती प्रथा, विधवा विवाह, बाल विवाह, महिला शिक्षा जैसे विषयों को उठाने में निर्णायक भूमिका अदा की। राजा राममोहन राय ने 1818 में सती प्रथा के खिलाफ संघर्ष किया। उनके प्रयासों से 1829 में सती प्रथा के खिलाफ कानून पारित हुआ। ईश्वरचंद्र विद्यासागर ने विधवा पुनर्विवाह को लेकर आंदोलन किए।[9] इनके अपने बेटे ने विधवा विवाह किया। 1860 में विवाह की उम्र बढ़वाने में उनका हाथ रहा। अन्य बहुत से कानून भी पारित हुए किंतु वे सब कागजों में ही रह गए।[10] इन समाज सुधारकों ने महिलाओं की आर्थिक, सामाजिक, राजनीतिक और अन्य असमर्थताओं का अंत करने के लिए संघर्ष किया। उन्होंने महिलाओं का दमन करने वाली सामाजिक कुरीतियों के खिलाफ जबर्दस्त प्रचार किया।[11] उन्होंने औपनिवेशिक शासन द्वारा वैधानिक हस्तक्षेप व नारी उत्थान के लिए विस्तृत कार्यक्रम अपनाने की नीति का समर्थन किया। कई संगठनों की स्थापना भी की जैसे–ब्रह्म समाज, प्रार्थना समाज, आर्य समाज, थियोसोफिकल सोसाइटी आदि। महिलाओं को शिक्षा के जन सामान्य क्षेत्र में लाया गया और अंततः रोजगार, राजनीतिक भागीदारी और सर्वप्रथम नेतृत्व में शामिल किया गया। यद्यपि महिला मुद्दा उठाने की पहल करने वाले स्त्री नहीं अपितु पुरुष थे, परंतु कालांतर में स्त्रियों ने स्वयं ये मोर्चा संभाला। इसी दौरान पंडिता रमाबाई ने भी हिंदू पितृसत्ता और जातिवाद के विरुद्ध आवाज उठाई। इस तरह 80 के दशक में स्त्रियां आधिपत्य के खिलाफ आवाज उठाने लगी थीं तथा ब्राह्मण पितृसत्ता के विरुद्ध आलोचनाएं भी होने लगी थीं।

19वीं शताब्दी के अंत तक महिलाएं संगठित होनी शुरू हुईं और उन्होंने समाज में यथोचित स्थान की मांग की। धीरे-धीरे उन्होंने शिक्षा और समाज में महिला की स्थिति जैसे मुद्दों को उठाया। स्त्रियों को शिक्षा देने और उनके लिए अलग से विद्यालय खोलने का विचार सर्वप्रथम 1819 में मिशनरियों को आया था और उन्होंने इस दिशा की ओर कदम उठाए तथा कन्या विद्यालय खोले। कुछ रूढ़िवादियों के विरोध के बावजूद स्त्री शिक्षा ने देश में जोर पकड़ा। ईश्वर चंद्र विद्यागसार जैसे महान समाज सुधारकों ने स्त्री शिक्षा के महत्त्व पर जोर डाला। परंपरागत विचारों में परिवर्तन आने लगा, स्त्रियां आधुनिकीकरण की ओर अग्रसर हुई। कई संस्थान व संगठन भी स्थापित किए जैसे–पूना सेवा सदन, सर्वेंटस् ऑफ इंडिया सोसाइटी, होम रूल लीग आदि। इनमें कार्यरत कई

महिलाएं आगे चलकर स्वतंत्रता संग्राम में शामिल हो गईं। एनी बेसेंट, शारदा बेन मेहता, सरोजनी नायडू, कमला देवी चट्टोपाध्याय, अबू बेकम आदि महिलाएं, महिला उद्धारक के रूप में उभरीं और इस तरह इन्होंने ही महिला आंदोलन की नींव रखी।

20वीं शताब्दी के आगमन के साथ महिला आंदोलन का कार्यक्षेत्र तेजी से फैलने लगा। शुरुआत में महिलाओं ने राजनीति में सक्रिय भूमिका निभाने पर जोर दिया और वे संगठित होना शुरू हो गईं। सरला देवी चौहान जैसी महिलाओं ने राजनीतिक आंदोलनों और समाज सुधार दोनों में बढ़-चढ़कर भाग लिया। 1910 में, सरला देवी ने "भारत स्त्री महामंडल" की स्थापना इलाहाबाद में की। इसके बाद "आर्य महिला समाज" पंडिता रमाबाई ने बनवाया और 1880 में न्यायाधीश रानाडे ने "भारत महिला परिषद्" बनाया। पंजाब में अमीर-उन-निसां ने "अंजुमन-ए-ख्वातीन-ए-इस्लाम" बनाया। इन सब संगठनों ने महिलाओं को प्रशिक्षित करने का कार्य किया।

1920 और 1930 के दशक तथाकथित प्रथम नारीवादी आंदोलन के सर्वोच्च स्तर तक पहुंचने के गवाह हैं। अनेक महिला संगठन स्थापित हुए। इनमें अधिकांश महिला संगठन स्वयं महिलाओं द्वारा ही संचालित किए गए। जैसे 1882 में शारदा सदन (पंडिता रमाबाई द्वारा), 1909 में सेवा सदन, आर. रानाडे द्वारा 1917 में भारतीय महिला संस्था और 1920 में महिला सभा स्थापित की गई। महिलाएं सामाजिक सुधार और नागरिक तथा सामाजिक अधिकारों के प्रति लामबंद हो गईं। इन संगठनों के जरिए समान दर्जा व राजनीतिक अधिकारों की मांग जोर पकड़ने लगी। अधिकांश संगठन कांग्रेस पार्टी द्वारा समर्थित थे। अब महिलाओं की स्थिति "परजीवी" से सामाजिक और आर्थिक महत्त्व की हो गई। 1917 में भारतीय महिला संगठन, 1920 में महिला सभा और 1925 में भारतीय महिला राष्ट्रीय संगठन (National Council of Indian Women) की स्थापना हुई। 1927 में मारग्रेट कजन्स द्वारा अखिल भारतीय महिला संघ (All India Women's Conference) की स्थापना हुई।[12] ये इनमें से सबसे अधिक उत्कृष्ट थीं। भारतीय महिला राष्ट्रीय संगठन (National Council of Indian Women), लेडी टाटा आदि विशिष्ट महिलाओं से प्रभावित थी। हालांकि दोनों ही अखिल भारतीय महिला संघ (Indian Women Association) और भारतीय महिला राष्ट्रीय संगठन (National Council of Indian Women), अखिल भारतीय महिलाओं का प्रतिनिधित्व करते थे, पर ये आम महिला वर्ग से कोसों दूर थे। अखिल भारतीय महिला संघ, महिलाओं को राष्ट्रीय प्रतिनिधित्व दिलाने में अधिक सफल रहा। इसी के प्रयत्नों द्वारा हिंदू बाल विवाह अधिनियम (1927) अस्तित्व में आया। ये सभी संगठन महिलाओं के प्रति सामाजिक असमानता से लड़े। अखिल भारतीय महिला सभा ने बाल विवाह, बहु पत्नी प्रथा, पर्दा प्रथा, दहेज इत्यादि के खिलाफ अभियान छेड़ा और इस तरह सामाजिक विधान निर्माण के लिए पृष्ठभूमि बनाई। इसमें महिलाओं के लिए संपूर्ण आर्थिक समानता और मताधिकार की मांग की। सरोजनी नायडू के नेतृत्व में कई संभ्रांत महिलाओं ने, महिलाओं की समानता के लिए लड़ाई लड़ने के साथ-साथ, राष्ट्रीय आंदोलन में भी अपना योगदान दिया।

समाज के सभी क्षेत्रों संभ्रांत, शहरी और जन समूहों से महिलाओं ने स्वतंत्रता संघर्ष में भाग लिया। इससे इनके सांसारिक दृष्टिकोण में परिवर्तन आया। इनका आत्मविश्वास

और आत्मनिर्भरता बढ़ी। राष्ट्रवादी आंदोलन ने नारीवादी आंदोलन को और अधिक गतिशील बनाया। कई महिलाएं अन्य राजनीतिक गतिविधियों में भी सक्रिय हुईं चाहे वह नाममात्र को ही थीं। महिलाओं ने भारतीय राष्ट्रीय कांग्रेस की सभाओं में भी भाग लिया। बंग-भंग अथवा स्वदेशी आंदोलन में भी ग्रामीण महिलाओं समेत असंख्य महिलाओं ने बढ़-चढ़कर हिस्सा लिया। गांधी जी महिला आंदोलन को आगे ले गए। उन्होंने महिलाओं के लिए विशिष्ट स्थान रखा। गांधी जी वस्तुतः प्रथम प्रचारक थे जिन्होंने एक संगठित आंदोलन के लिए महिला शक्ति को पहचाना। बीना मजूमदार के अनुसार भारतीय नारीत्व की अप्रयुक्त शक्ति को जगाना गांधी जी का अनोखा योगदान था।[13] ये गांधी के प्रयासों का फल था कि भारतीय राष्ट्रीय आंदोलन में स्त्रियों ने बढ़-चढ़कर हिस्सा लिया। बसंती देवी, सुनीति देवी ने 1921 के आंदोलनों में भाग लिया। इन्होंने गिरफ्तारियां भी दीं खासतौर से सिक्ख महिलाओं ने। 1930 के सविनय अवज्ञा आंदोलन में महिलाएं घरों से निकली। महिलाओं की भागीदारी ने भारतीय राष्ट्रीय कांग्रेस व गांधी की राजनीति को वैधता दी तथा भारतीय एकता पर छाप लगाई। उनके प्रयासों से ग्रामीण और शहरी दोनों क्षेत्रों की महिलाएं अग्रिम पंक्ति में आ गईं। बीना मजूमदार के अनुसार गांधीजी ने महिलाओं की स्थिति सुधारने के लिए क्रांतिकारी तरीका अपनाया।[14] इन्होंने महिलाओं से जन आंदोलनों जैसे स्वदेशी, असहयोग सत्याग्रह, नागरिक अवज्ञा आदि में सहभागिता का आह्वान किया। इससे महिलाओं की रुचि और बढ़ी, नए परिदृश्य सामने आए। सुभाष चंद्र बोस ने भी महिलाओं के स्वतंत्रता संग्राम में भाग लेने के लिए महिला राष्ट्रीय संघ की स्थापना की। गोविंद केलकर के अनुसार महिलाएं स्वतंत्रता संग्राम में इसलिए शामिल की गईं, क्योंकि वे अहिंसात्मक आंदोलन के अनुरूप थीं।[15] इन सब राजनीतिक गतिविधियों ने महिला आंदोलन को प्रेरणात्मक प्रोत्साहन दिया। ऐसी स्थिति उत्पन्न की जिससे अनेक सामाजिक प्रतिबंध ढह गए। इनमें उषा मेहता, अरुणा आसफ अली, बीना दास आदि जैसी कुछ मुख्य क्रांतिकारी महिलाएं भी थीं। उन्होंने नागरिक अधिकारों के लिए संघर्ष को नहीं त्यागा। 1940 के दशक में महिलाएं हर बड़े आंदोलन जैसे–भारत छोड़ो व अन्य सामाजिक आर्थिक न्याय के लिए उग्रवादी आंदोलनों का हिस्सा बनीं।

वामपंथियों के नेतृत्व में, चालीस के ही दशक में, बंगाल के तेभागा व तेलंगाना आंदोलनों में किसान और श्रमिक वर्ग की महिलाओं ने बढ़-चढ़कर हिस्सा लिया। वामपंथियों के नेतृत्व में ही आत्मरक्षा समिति बनी। एक तरफ 1940 में उग्रवादी महिलाओं का जोर रहा, दूसरी ओर इसी दशक में महिला आंदोलनों में आपसी विरोध भी दिखाई दिया। 1942 में राष्ट्रीय आंदोलन में सुचेता कृपलानी जैसी सक्रिय महिलाएं इतना रम गईं कि उन्होंने महिला मुद्दे को दरकिनार किया और पिछड़ी तथा ग्रामीण महिलाओं की सहभागिता के लिए कोई कार्यक्रम तैयार नहीं किया। जहां बाल विवाह अधिनियम ने महिला आंदोलन को संगठित किया वहीं एक समान कानून संहिता (Uniform Civil Code) प्रस्ताव ने आंदोलन में दरार पैदा कर दी। समाज में महिलाओं की भूमिका को लेकर वैचारिक मतभेद कायम हुए। किंतु फिर भी महिलाओं की गतिविधियों का कार्यक्षेत्र विस्तृत होता गया। अनेक महिला संगठन स्थापित हुए। राष्ट्रवादी आंदोलन से निकटता से जुड़े रहने के कारण स्वतंत्रता के बाद महिला आंदोलन गतिहीन हो गया। पर फिर भी इन महिला संगठनों में, राजनीतिक दलों से निकटता

से जुड़े होने के कारण, विशेषत: कांग्रेस से, जो कि स्वतंत्रता के बाद सत्ता में आई थी, एक प्रकार की आत्म संतुष्टि की भावना आ गई। स्वतंत्रता से पहले महिला आंदोलन का नेतृत्व समाज सुधार आंदोलन से जुड़े पुरुषों ने किया था। किंतु अब नेतृत्व स्वयं महिलाओं के हाथ में था।

स्वतंत्रता प्राप्ति के पश्चात् महिला आंदोलन

1950 और 1960 के दशक में महिला आंदोलन में कोई नई गति नहीं देखी गई। यह केवल 1970 का दशक ही था जिसमें हमें इन आंदोलन का विकास दिखाई देता है। स्वतंत्रता के बाद, वाद-विवाद एक प्रकार से "अधिकारों की चर्चा" थी जो कि मुख्यत: संविधान में केंद्रित थी। संविधान ने ये अधिकार इन्हें मौलिक अधिकारों व नीति निदेशक तत्त्वों के रूप में दिए। महिलाओं को कानून के समक्ष समानता और कानून का संरक्षण प्रदान किया गया। जहां एक ओर संविधान में न्याय, समानता व बंधुता की बात की तो दूसरी ओर अनुच्छेद 14, 15(1), 15(3), 16, 17, 21(a), 23 में भी महिलाओं को विभिन्न रूपों में संरक्षण प्रदान किया। भारतीय संविधान के अनुच्छेद-14 के अनुसार राज्य भारत के राज्य क्षेत्र में किसी व्यक्ति को विधि के समक्ष समता से या विधियों के समान संरक्षण से वंचित नहीं करेगा। अनुच्छेद-15 के अनुसार राज्य किसी नागरिक के विरुद्ध मूलवंश, धर्म, जाति, जन्म स्थान या लिंग या इनमें से किसी के आधार पर भेदभाव नहीं करेगा। अनुच्छेद 15(3) के अंतर्गत कोई भी राज्य को स्त्रियों और बालकों के संबंध में विशेष उपबंध करने से नहीं रोक सकता। अनुच्छेद-16 के अनुसार राज्य के अधीन किसी पद पर सभी नागरिकों को रोजगार और नियुक्ति में समान अवसर प्राप्त होंगे। संविधान के नीति निदेशक तत्त्वों में कुछ निर्देश महिलाओं से खास तौर से संबंधित हैं। अनुच्छेद 38(2) के अनुसार राज्य असमानताओं को कम करने का प्रयास करेगा और 39(a) के अनुसार राज्य ऐसी व्यवस्था करेगा जिससे प्रत्येक स्त्री व पुरुष को समान रूप से आजीविका कमाने के पर्याप्त अवसर प्राप्त हो। 39(d) समान कार्य के लिए समान पारिश्रमिक की व्यवस्था की बात करता है। साथ ही राज्य इस ओर भी ध्यान देगा कि स्त्री पुरुषों के स्वास्थ्य व किशोरों की सुकुमार अवस्था का दुरुपयोग न हो ओर अपनी आर्थिक आवश्यकताओं से विवश होकर शरीर व आयु के प्रतिकूल कार्य न करने पड़ें। अनुच्छेद-42 में कहा गया है कि राज्य यह भी देखेगा कि व्यक्ति केवल न्यायसंगत व मानवोचित दशाओं में ही कार्य करें तथा राज्य प्रसूति सहायता के लिए भी प्रबंध करेगा। अनुच्छेद-44 पूरे भारत में समान नागरिक संहिता की बात करता है। अनुच्छेद 51 में आत्म सम्मान की रक्षा की बात की गई। 73वें व 74वें संवैधानिक संशोधन अधिनियमों के द्वारा महिलाओं के लिए पंचायतों में एक तिहाई सीटें भी आरक्षित की गई हैं।

बीना मजूमदार के अनुसार संविधान में लैंगिक समानता को अपना लेने से महिलाओं की अपनी स्वतंत्र पहचान के अधिकार का सपना पूरा हुआ।[16] यह महिला सशक्तीकरण की ओर एक कदम था जिसने महिलाओं की भागीदारी को बढ़ाया और इससे महिलाओं से जुड़े हुए मुद्दों पर नई रुचि पैदा हुई। परंतु क्या केवल इन संवैधानिक प्रावधानों से लैंगिक

समानता आ पाएगी? महिलाओं की स्थिति को लेकर अपनी समिति ने 1974 में एक प्रलेख (towards equality) तैयार किया।[17] इस प्रलेख ने यह उजागर किया कि आशा के विपरीत महिलाओं की स्थिति में कोई विशेष परिवर्तन नहीं हुआ है, अपितु इस प्रलेख के अनुसार 1911 के पश्चात् से विभिन्न प्रकार के परंपरागत मापदंडों पर महिलाओं की स्थिति बदतर हो गई है तथा रोजगार, स्वास्थ्य, शिक्षा और राजनीतिक भागीदारी में लैंगिक असमानताएं और अधिक गहरी हुई हैं। समकालीन महिला आंदोलन ने बलात्कार, यौन दुराग्रह, घरेलू हिंसा, स्वास्थ्य नीति का प्रभाव, हानिकारक गर्भनिरोधक तकनीक, संरचनात्मक संतुलनकारी नीति का उत्कर्ष जैसे विभिन्न मुद्दों को उठाया है। किंतु स्वतंत्रता के पश्चात् महिला आंदोलन में पैदा हुई राजनीतिक फूट ने आंदोलन को पहले से भी अधिक खंडित कर दिया।

1970 और 80 दशक में नारी आंदोलन का रूप कुछ बदला। भारत के विभिन्न क्षेत्रों में विभिन्न मुद्दों को प्राथमिकता दी गई। स्त्री पर हिंसा के विरुद्ध सब तरफ से आवाजें उठने लगीं, अब महिलाएं पुरुषों की बजाय स्वयं मुद्दे को उठा रही थीं। जहां मुंबई में हिंसा को अधिक महत्त्व दिया गया, वहीं कोलकाता में गरीबी, शिक्षा, बेरोजगारी को वरीयता दी गई। इला भट्ट के नेतृत्व में 1972 में व्यापार यूनियन के असंगठित क्षेत्र में महिला स्वरोजगार संस्था (SEWA) का निर्माण हुआ। यह सेवा संस्था महिलाओं की सामाजिक सुरक्षा, बाल सुरक्षा, स्वास्थ्य सुरक्षा और बीमा इत्यादि में मदद करती है और महिलाओं को उनके अधिकारों के प्रति सचेत करती हैं।[18] इस तरह इसमें गांधी जी के आदर्शों की झलक मिलती है।[19] 1973 में मृणाल गोरे के नेतृत्व में कीमत वृद्धि के विरुद्ध महिला मोर्चा (anti price rise front) की स्थापना हुई जिसने ग्राहकों की सुरक्षा के लिए एक जन आंदोलन का रूप ले लिया। गुजरात के नव निर्माण (1974) और बिहार के जे.पी. आंदोलन मध्यवर्गीय महिलाओं द्वारा ही संचालित किए गए। प्रारंभ में ये आंदोलन कीमतों की वृद्धि और राजनीतिक अव्यवस्था के खिलाफ छात्रों का एक विरोध थे। लेकिन बाद में ये भी जन आंदोलन में परिवर्तित हो गए। इन सबसे बढ़कर था महाराष्ट्र के धुलिया जिले का शाहदा आंदोलन जो कि भूमिहीन भील जनजाति श्रमिकों द्वारा शुरू किया गया था। इसमें महिलाओं ने जनता को उद्वेलित करने में सक्रिय भूमिका निभाई। जन चेतना इनका मुख्य मार्गदर्शक सिद्धांत था।[20] 1973-74 में माओवादी महिलाओं द्वारा प्रोग्रेसिव महिला संगठन (Progressive Women's Organization) की स्थापना हुई। ये सभी संगठन स्थानीय रूप से एक-दूसरे से जुड़े हुए थे और इनका कार्यक्रम भी केंद्रीकृत था।

8 मार्च 1975 को अंतर्राष्ट्रीय महिला दिवस मनाया गया और इस दशक (1975-85) ने महिलाओं से संबंधित मुद्दों के प्रति लोगों को और अधिक जाग्रत किया। देशभर के महिला संगठन, महिला उत्पीड़न से लड़ने के लिए एक साथ इकट्ठे हुए। 1975 में ही श्रीमती इंदिरा गांधी द्वारा आपातकाल की घोषणा से महिला आंदोलन में फिर बिखराव आ गया। कई आंदोलनकारी महिलाएं भूमिगत हो गईं। 1977 में जब आपातकालीन स्थिति को हटा लिया गया तो लैंगिक मुद्दों पर केंद्रित कुछ पूर्व आंदोलन पुनर्जीवित हो गए और कई नए सामने आए। पर इसके अलावा कई अन्य स्थानीय आंदोलन जैसे चिपको आंदोलन[21], महिलाओं के भूमि अधिकार को उठाना, महाराष्ट्र में मूल्य वृद्धि के खिलाफ प्रचार,

बोधगया आंदोलन, जिसमें महिलाओं ने भूमि अधिकारों से संबंधित उग्र मांग रखी, आदि भी खड़े हुए। (जे.पी. द्वारा प्रभावित छात्र युवा संघर्ष वाहिनी ने बिहार के बोधगया जिले में नारीवादी मुद्दों को उठाया, उन्होंने मांग रखी कि जमीन उनके नाम से पंजीकृत की जाए।)[22] 1977 में समाजवादी महिलाओं द्वारा "महिला दक्षता समिति" की स्थापना की गई जिसका मुख्य कार्य नवविवाहित युवतियों की असामयिक मृत्यु की जांच-पड़ताल करना था। 1979 में 'स्त्री संघर्ष' की स्थापना की गई जिसने तविन्द्र कौर की उसके ससुराल वालों द्वारा हत्या के विरुद्ध प्रचार किया। 1978 में पुलिस द्वारा रमीज बी के बलात्कार के प्रकरण में हजारों महिलाओं ने पुलिस थाने के बाहर प्रदर्शन किया। समता मंच, स्त्री शक्ति संगठन, स्त्री मुक्ति संगठन आदि संगठनों ने भी सामाजिक अन्याय के विरुद्ध संघर्ष पर जोर दिया। इस काल में आंदोलन की उदारवादी विचारधारा ने सुधारों की मांग पर ध्यान केंद्रित किया। वामपंथियों ने समाज के क्रांतिकारी रूप को बदलने के लिए सामाजिक परिवर्तन की मांग की। जबकि रूढ़िवादी, नारीवादी महिला शक्ति के परंपरागत स्रोत के प्रयोग और नारीवाद को परिभाषित करने पर बराबर जोर देते रहे। इस प्रकार 1970 के दशक में वैचारिक समरसता का अभाव रहा।

1980 के दशक की शुरुआत से ही आंदोलन ने ऐसे तरीकों को अपनाया जो कि समग्र थे। जिन्होंने केवल सामाजिक न्याय से ध्यान हटाकर अन्य नारीवादी मुद्दे जैसे स्वास्थ्य, रक्षा, परिवार नियोजन, बाल विकास आदि को भी खुलकर उठाया। अस्सी के दशक के उत्तरार्द्ध में सरकार ने महिलाओं को विकास में भागीदारी देने की नीति बनाई। महिलाओं के मार्गदर्शन के लिए और उन्हें मदद देने के लिए महिला केंद्र खोले गए। महिलाओं की शिक्षा पर भी ध्यान दिया गया परंतु केवल नाममात्र महिलाएं ही इनका लाभ उठा सकीं क्योंकि नौकरशाही में भ्रष्टाचार के चलते अनुदान की राशि इन महिलाओं तक नहीं पहुंच सकी। अस्सी का दशक नारीवादी नीतियों के प्रति स्वचेतन प्रतिबद्धता का काल था। 1980 के बाद से भारतीय महिला आंदोलन को हिंसा के विरुद्ध सुरक्षा कवच के रूप में देखा जाने लगा। इसके प्रत्युत्तर में राज्य ने कई कानून बनाए। महिला अधिकारों के प्रति चेतना बढ़ी। महिला समूहों के संघर्ष के परिणामस्वरूप एक कानूनी प्रावधान बनाया गया जिसमें महिलाओं के विरुद्ध हिंसा को एक अपराध माना गया और इस अपराध के लिए पुलिस को धारा 498ए, भारतीय दंड प्रक्रिया (आईपीसी) के तहत केस (प्रकरण) दर्ज करना बाध्यकारी किया गया। इस धारा के तहत महिला के पति व ससुराल पक्ष द्वारा महिला पर अत्याचार करना एक गैर जमानती अपराध माना गया। "दहेज विरोधी मंच" ने दहेज का विरोध किया। महिला आंदोलन की मांग के चलते 1984-86 में दहेज निवारक कानून में कुछ परिवर्तन किए गए। इन्होंने मांग की कि महिलाओं की दहेज के कारण हुई मौत को "हत्या न कि आत्महत्या" की श्रेणी में रखा जाए।

1985 में निजी कानून (personal law) की शुरुआत शाहबानो केस से हुई। इस कानून ने तलाक और मुस्लिम स्त्री के भरण-पोषण जैसे मुद्दों को उठाया। नारी समानता जैसे मुद्दे भी सांप्रदायिक नीतियों का शिकार हुए और लगभग सारा भारत इन मुद्दों पर विभाजित हो गया। मुस्लिम स्त्रियों के अधिकारों की सुरक्षा के तहत तलाक अधिनियम लागू किया जिसके अंतर्गत मुस्लिम पतियों को तलाक के तीन महीने में भरण-पोषण की

जिम्मेदारी निभानी होगी। 1980 का आदिवासी महिला, मथुरा बलात्कार केस, निजी कानून संशोधित अधिनियम 1983, का आधार बना। इसी प्रकार रूप कंवर सती केस ने सरकार को सती निरोधक कानून 1987, को पारित करने को बाध्य किया। 1987 में महिलाओं के साथ अभद्र व्यवहार रोकने के लिए (Indecent Representation of Women (Prohibition) Act) कानून पारित किया। 1990 के दशक में लड़कियों के यौन उत्पीड़न के कई मामले सामने आए। 1997 में विशाखा के विवाद में सर्वोच्च न्यायालय ने ऐतिहासिक निर्णय देकर नौकरी की जगह पर यौन उत्पीड़न (sexual harassment) पर रोक लगाने की कोशिश की और दिशा-निर्देश तैयार किए। 1990 के अंतिम वर्षों में महिला आंदोलन पर कब्जा करने वाला जो महत्त्वपूर्ण मुद्दा बना वह था स्थानीय या ग्रामीण स्तर के चुनावों में महिलाओं को 33 प्रतिशत आरक्षण देने का। इसके बाद 81वां संवैधानिक संशोधन 1999 में प्रस्तावित किया गया जो कि महिलाओं को लोकसभा और विधानसभाओं में एक-तिहाई आरक्षण देने से संबंधित था। पैतृक संपत्ति के बराबर के अधिकार मिलने के बाद हिंदू महिलाओं को हिंदू अविभाजित परिवार (Hindu Undivided Family (HUF)) में महिलाओं का हिस्सा मिला है। घरेलू हिंसा के विरुद्ध भी सरकार ने घरेलू हिंसा संबंधी कानून (Protection of Women Against Domestic Violence Act 2005) में पारित किया। जो 26 अक्टूबर 2006 में लागू हुआ। लिव इन रिलेशनशिप (Live in relationship) को मान्यता मिली तथा (Hindu Succession Act (Amendment)) भी 2005 में पारित हुआ। अन्य कई कानून समय-समय पर भारतीय संसद ने पारित किए।[23]

चाहे हम संख्या की दृष्टि से देखें या फिर महिला हित की दृष्टि से कुल मिलाकर महिलाओं का बराबर का लोकतांत्रिक प्रतिनिधित्व नहीं रहा है। 1920 के बाद से बहुत कम महिलाएं राजनीति से बाहर महिला राजनीति की हिस्सेदार बनी हैं। 1940 के दशक में भले ही महिलाओं ने विभिन्न सामाजिक राजनीतिक आंदोलनों में भाग लिया पर किसी ने भी "भारतीय महिला" के मंच से ही नहीं संबोधित किया। "समानता" का प्रश्न कहीं पीछे छूट गया स्वतंत्रता के बाद आंदोलन हाशिये पर आ गया क्योंकि अब वह सामने खुलकर राजनीतिक मंच से नहीं बोलना चाह रही थी। 70-80 के दशकों में नारी आंदोलन का रूप कुछ बदला है। हिंसा के विरुद्ध सब तरफ से आवाजें उठने लगीं अब यह केवल विशिष्ट वर्गीय महिला की बपौती नहीं रह गया था। हालांकि यह मुद्दा कोई नया नहीं था किंतु अब इसको पुरुषों की अपेक्षा महिलाओं ने खुद उठाया था।

इस तरह समकालीन भारतीय आंदोलन एक समृद्ध और जीवंत आंदोलन है। महिला आंदोलन अपने अंदर उन सभी आंदोलनों को समाहित करता है जो महिलाओं की स्थिति सुधारने के लिए पहले से चले आ रहे हैं। नए आंदोलनों जैसे क्षेत्रीय आंदोलन, पोषणकारी विकास और पर्यावरण आंदोलनों जैसे मेधा पाटकर का नर्मदा बचाओ आंदोलन, चिपको आंदोलन आदि के चलते महिला आंदोलन और शक्तिशाली हुआ है। यद्यपि नारी आंदोलन संपूर्ण भारत में फैला फिर भी यह शक्तिशाली, मजबूत व बहुलवादी ताकत रहा। समकालीन महिला आंदोलन ने सामाजिक बदलाव लाने के लिए प्रतिक्रिया की जगह वैधानिक रास्ता चुना। जहां कुछ महिला आंदोलनकारियों ने वैधानिक स्थिति को सुधारने पर अपना ध्यान केंद्रित किया है वहीं दूसरों ने निचली इकाइयों पर नारी सशक्तीकरण की

बात कही है। पर दोनों में कोई विवाद नहीं है। भारतीय महिला आंदोलन बदलाव के दौर से गुजर रहा है। भारतीय महिलाओं की समाज की पैतृक ताकतों के विरुद्ध प्रतिक्रिया बड़ी अजीबोगरीब है। जहां कुछ संगठन राज्य को क्रियाशील बनाने में जुड़े हैं वहीं दूसरे संगठन आंदोलन के भीतर ही अपनी स्थिति बेहतर बनाने के लिए आर्थिक सहयोग व विकास, परिवार में अधिक स्वायत्तता और निर्णय लेने में सहभागिता के लिए संघर्षरत हैं। यद्यपि 80 के दशक में हुए कानूनी परिवर्तन एक ओर सफलता के द्योतक हैं, तो दूसरी ओर कुछ प्रवृत्तियों ने असफलता की ओर भी इशारा किया है। 80 के दशक के बाद कई कानून जल्दबाजी में बनाए गए। कई मामलों में ये कानून महिलाओं को ही दंडित करते हैं। उदाहरण के लिए लिंग जांच टेस्ट, वेश्यावृत्ति, सती आदि। कइयों का कार्यान्विन भी ठीक से नहीं हो पाया। सामाजिक आर्थिक न्याय तथा महिलाओं को समान दर्जा दिलाने में महिला आंदोलन को कट्टरपंथियों तथा सांप्रदायिक ताकतों से चुनौती का सामना करना पड़ा है। यद्यपि सामाजिक शिक्षा के कारण सामाजिक कानूनों का निर्माण तो हुआ किंतु सामाजिक कुरीतियां काफी अर्से से विद्यमान हैं। आंदोलन के नेताओं ने अपनी गतिविधियां सरकार पर दबाव डालने तक ही सीमित रखी हैं जिनका व्यावहारिक प्रभाव नहीं पड़ पाया। हालांकि दहेज विरोधी कानून पारित करवाने में वे सफल रहे किंतु दहेज प्रथा आज भी विद्यमान है। आंदोलन का प्रभाव मध्यवर्गीय व उच्चवर्गीय महिलाओं तक ही सीमित रहा। आम महिलाएं इससे अछूती ही रहीं। शहरी महिला वर्ग ग्रामीण महिलाओं की समस्याएं नहीं समझ पाया और विशिष्ट वर्ग तक ही सीमित रहा। हालांकि स्त्री शिक्षा पर अधिक जोर दिया गया पर अन्य समस्याओं को पूर्णतः उपेक्षित किया गया। शिक्षा में भी ग्रामीण महिलाओं की उपेक्षा हुई जिससे पाश्चात्य शिक्षित महिलाओं और अशिक्षित अनभिज्ञ महिलाओं में गहरी खाई बनी रही। इस तरह यह जन आंदोलन नहीं बन पाया। साथ ही स्वतंत्रता संग्राम से जुड़ पाने से इनका ध्यान उस तरफ अधिक और अपने उद्देश्यों पर कम रहा और स्वतंत्रता के बाद ये एक मृतप्राय आंदोलन बनकर रह गया। ऊंचे पद पा जाने के कारण महिला नेताओं ने अपने उद्देश्यों की कोई परवाह नहीं की। जहां एक ओर पश्चिम की नारियों को अपने आंदोलन के लिए कई कठिनाइयों का सामना करना पड़ा था, क्योंकि वहां के पुरुष उन्हें समान दर्जा देने को तैयार नहीं थे, वहीं दूसरी ओर महिलाओं से जुड़े मुद्दे, भारत में, पुरुषों ने ही उठाए। इस तरह महिलाओं को उनके अधिकार कोई विशेष संघर्ष से नहीं अपितु उपहार में मिले। महिला संगठन केवल कागजी संस्था बनकर रह गए जिनका काम प्रस्ताव पारित करना भर रह गया। वे सामाजिक और वैधानिक तौर पर महिलाओं की स्थिति सुधारने के लिए लड़ने वाली संस्था नहीं रह गए थे। ये संगठन एक सामाजिक क्लब की भांति बन गए जहां उच्चवर्गीय महिलाओं का मनोरंजन होता है। इस तरह इनका विषय क्षेत्र अत्यंत संकीर्ण हो गया।

निष्कर्ष

कुछ विद्वानों के अनुसार महिला आंदोलन दिशाहीन हो गया है। यह एक आंदोलन कम, विचार अधिक रह गया है।[24] 80 के दशक में कुछ विचारधाराएं गतिरोधक के रूप में भी उभर कर आई हैं। सामाजिक-आर्थिक स्तर पर सफलता, हमेशा मूलभूत सिद्धांतों और

सांप्रदायिक ताकतों से नकारात्मक रूप से प्रभावित रही। भारत में महिला आंदोलन को, सफल होने के लिए कुछ विशेष मुद्दों जैसे सांप्रदायिकता, वितरणकारी न्याय आदि के विरुद्ध लड़ना होगा और निर्णय लेने के अधिकार में अहम् भूमिका निभानी होगी फिर चाहे घरेलू स्तर हो या सरकारी। आज महिलाओं की संख्या घट रही है, 2001 की गणना के अनुसार 1000 पुरुषों पर 927 महिलाएं हैं। महिला साक्षरता 54.2 प्रतिशत थी, पुरुषों की 75.9 प्रतिशत के मुकाबले। प्रति वर्ष लगभग 12 करोड़ जन्मी कन्याओं में से लगभग 1.5 करोड़ साल भर से अधिक जीवित नहीं रह पाती हैं। लगभग 9 करोड़ कन्याएं ही 15 वर्ष से ऊपर की आयु तक जाती हैं। बेरोजगारी भी महिलाओं में अधिक है। वैश्वीकरण ने जहां एक ओर शहरी महिलाओं के लिए रोजगार के नए आयाम खोले हैं, वहीं दूसरी ओर आम महिला के नौकरी के अवसर कम किए हैं। ग्रामीण महिलाएं अभी भी खेती में ही जुटी हैं। जनसंख्या का आधा हिस्सा होने के बावजूद वे काम दो-तिहाई करती हैं पर गिना एक तिहाई ही जाता है। महिलाओं पर किया जाने वाला खर्च प्रथम योजना में 24.1 प्रतिशत से घटकर पांचवीं में 11.17 प्रतिशत रह गया। हालांकि विभिन्न पंचवर्षीय योजनाओं में सरकार ने महिलाओं का दर्जा ऊंचा करने की कोशिशें की हैं। जैसे आठवीं योजना, उनके अशिक्षित, आर्थिक निर्भरता और शोषण से संबंधित थीं, नवीं, दसवीं से महिला सशक्तीकरण की बात की गई है। फिर भी पंचवर्षीय योजनाओं में स्त्रियों के लिए प्रस्तावित शिक्षा और रोजगार कार्यक्रम महिलाओं को केवल उनकी पारिवारिक भूमिकाओं में सीमित करते हैं। इस दृष्टिकोण से स्त्रियां आर्थिक रूप से पुरुषों पर निर्भर हैं। असंगठित क्षेत्र में काम करने से उनके संगठित होकर लड़ने की संभावना कम होती जा रही है।[25] महिला विकास व अधिकारों की बात करना तब तक व्यर्थ होगा जब तक उन्हें मूलभूत अधिकार प्राप्त नहीं होंगे। पुरुषों के साथ-साथ महिलाओं को स्वयं अपना दृष्टिकोण भी बदलना होगा। अर्थपूर्ण होने के लिए महिला आंदोलन को भारत में चल रहे अन्य सामाजिक और राजनीति आंदोलनों के साथ जुड़कर एक विशेष एवं महत्त्वपूर्ण भूमिका निभानी होगी।

संदर्भ

1. देसाई, ए. आर., *सोशल बैकग्राउंड ऑफ इंडियाज नेशनलिज्म*, बंबई प्रकाशन, 1976, पृ. 274.
2. बालये पितृ निष्ठर्त् पणिग्राहस्यं यौवनः। पुत्राणां भर्त्तरि प्रेते न भजेत स्त्री स्वतन्त्रताम्!! *मनुस्मृति* V 148.
3. जैसा कि पंडिता रमाबाई ने लिखा है, She is forbidden to read the sacred scriptures… Giving her ornaments…giving her food…are the highest honours to which a Hindu Women is entitled Pandita Ramabai—*The high caste Hindu Women*, pp. 81–82.
4. Eknath said, "An aspirant must therefore keep himself aloof from the influence of women". Belvalkar, S. K; Ranade, R. D., "History of Indian philosophy: The Creative Period," vol. II, 1974, pp. 242.
5. भक्ति आंदोलन केवल धार्मिक आंदोलन था मानव के प्रति प्रेम भावना जगाने के अलावा इसका समाज को सामाजिक और आर्थिक तौर पर पुनः संगठित करने का कोई कार्यक्रम

नहीं था। हालांकि ये अखिल भारतीय आंदोलन था पर यह भिन्न संप्रदायों (sects) में विभक्त था।

6. फज़ल, अबुल, *अकबर नामा* III translated by Henry Beveridge 1904 p. 372
7. हालांकि स्त्री धन का सिद्धांत वैधानिक रूप से था, किंतु स्त्रियों को प्राय: संपत्ति से अलग ही रखा गया। J. D., Mayne, *Hindu Law Usage*, London, 1892, pp. 601–05.
8. देसाई ए. आर., op.cit. p. 274
9. ये ईश्वरचंद्र विद्यासागर के प्रयासों का ही फल था कि 1860 में विधवा विवाह कानून पारित हुआ।
10. उदाहरण के तौर पर
    1. Cast Disabilities Removal Act 1850
    2. The Hindu Widow Remarriage Act 1856
    3. The Special Marriage Act III of 1872
    4. The Christian Marriage Act 1872
    5. The Married Women's Property Act, 1874
    6. The Child Marriage Act, 1929
    7. The Hindu Women's Right to Property Act, 1937
11. हेमसेथ, सी. एच., *Indian Nationalism and Hindu Social Reform*, Princeton University Press: Princton, NJ, 1964.
12. एवेरेट, लाना मेटसन, *Women and Social change in India*, Heritage: Delhi, 1979.
13. मजूमदार, बीना "The Social Reform Movement in India, from Ranade to Nehru". In B. R. Nanda (ed.) *Indian Movement from Purdah to Modernity*, Delhi: Vikas Publishing House, 1976.
14. ibid
15. केलकर, गोविंद, *Womens, Movement Studies: A Critique of the Historiography*, 1984.
16. मजूमदार, बीना, op.cit. Also see Beena Aggarwal *A field of once own gender and land rights in South Asia*, Cambridge University Press: Cambridge 1994.
17. Towards Equality: Report of the Committee on the Status of Women in India: New Delhi. 1974.
18. रे. राका *Field of Protest: Women's Movement in India*, New Delhi: Kali for Women, Delhi. 1979.
19. जैन, देविका, The SEWA, Ahmedabad in HOW, Vol. 3 No. 2, Feb. 1989, p. 14.
20. देसाई, नीरा और पटेल, विभूति, *Indian Women: Change and Challenge*, Popular Prakashan: Bombay, 1985.
21. बहुगुणा, सुन्दर लाल, "Women Non: violent Power in the Chipko Movement". *In Search of Answer*, Edited by Madhu Kishwar and Vanita, Zed Books: London, 1984.
22. माइस, मारिया, "The Shahda Movement...A Peasant Movement in Maharashtra" *Journal of Peasant Studies* Vol. 3 no. 4 July 1976, p. 480. मनिमाला Zameen Kankar? Jat Onkar" in search for answers p. 150.
23. उदाहरण के तौर पर
    (a) Factories Act (1948)

(b) Mines Act 1952
(c) Hindu Marriage Act 1955, 1960
(d) Divorce Act 1955
(e) Hindu Adoption & Maintenance Act 1956
(f) Suppression of Immoral Traffic in Women and Girls Act 1956
(g) Hindu Succession Act 1956
(h) Dowry Prohibition Act 1961
(i) Maternity Benefit Act 1961
(j) Medical Termination of Pregnancy Act 1971
(k) Hindu Widow Remarraige Act 1983
(l) Family Court Act 1984
(m) Hindu Succession Act (Amendment) 2005

24. रे. राका, op.cit.
25. आर्य साधना, मेनन निवेदिता, लोकनीता जिनी, *नारीवादी राजनीति संघर्ष एवं मुद्दे*, दिल्ली विश्वविद्यालय पब्लिकेशन: दिल्ली, 2001, पृ. 207-219.

20

दलित आंदोलन

आधुनिक युग में दलित वर्ग युगव्यापी निद्रा से जगकर एक नवीन चेतना की ओर अग्रसर हो रहा है जिसका श्रेय उन सभी समाज-सुधारकों, चिंतकों, ऋषियों, संतों तथा राजनेताओं को जाता है। जिन्होंने समय-समय पर अस्पृश्यता, जाति-भेदभाव, ऊंच-नीच तथा सामाजिक कुरीतियों के विरुद्ध आंदोलनों का शंखनाद किया और समाज में प्रत्येक व्यक्ति को समान हक दिलवाने का प्रयास किया। यदि दलित आंदोलन की बात की जाए तो बहुत कम दलित आंदोलन इस देश में हुए हैं। स्थिति यह है कि महाराष्ट्र के महार आंदोलन को ही अखिल भारतीय दलित आंदोलन कहा जाता है और अंबेडकर को दलितों के अखिल भारतीय नेता। परंतु सच्चाई यह है कि दलित आंदोलन पर आज कोई पुख्ता जानकारी हमारे पास नहीं है। जबकि अन्य गैर-दलितों (समाज सुधारकों) द्वारा सामाजिक कुरीतियों के विरुद्ध आंदोलनों, संस्थाओं इत्यादि से संबंधित सामग्री प्रचुर मात्रा में उपलब्ध है। ऐसी स्थिति में यदि हमें दलित आंदोलन से संबंधित कोई तथ्यपूर्ण सामग्री मिलती है तो वह फुटकर निबंधों में ही मिलती है।

दलित आंदोलन का विकास

घनश्याम शाह[1] का कहना है कि अनुसूचित जातियों (दलितों) के आंदोलन का कोई वर्गीकरण हमारे पास नहीं है। मोटे तौर से कहा जा सकता है कि देश में अनुसूचित जातियों ने जो भी आंदोलन किए, वे दो तरह के हैं—सुधारवादी आंदोलन (reformative movements) और वैकल्पिक आंदोलन (alternative movements)। सुधारवादी आंदोलन वास्तव में संस्कृतिकरण के आंदोलन हैं। इन आंदोलनों द्वारा यह प्रयास किया जाता है कि अनुसूचित जाति के सदस्य धर्म विधि को अपनाएं, शाकाहारी भोजन करें, धार्मिक उत्सव मनाएं, व्रत पाठ करें और मद्यमान निषेध को अपनी जीवन-पद्धति का आधार बनाएं। इस तरह के सुधारवादी आंदोलन अनुसूचित जातियों को जाति-सोपान व्यवस्था में ऊंचे उठने का अवसर देंगे। वैकल्पिक आंदोलन का आग्रह दूसरा है। इसके अनुसार अनुसूचित जातियों को हिंदू धर्म ही छोड़ देना चाहिए। इसके द्वारा ही वे अस्पृश्यता से छुटकारा पा सकेंगे। एक दूसरा विकल्प भी है, वह है आर्थिक। इसके अनुसार यदि अनुसूचित जातियां अपनी आर्थिक स्थिति में सुधार कर लें तो उनकी प्रतिष्ठा और परिस्थिति दोनों बदल जाएंगी। श्रीनिवास

डॉ. युवराज कुमार, असिस्टेंट प्रोफेसर, सत्यवती कॉलेज, दिल्ली विश्वविद्यालय

ने जो संस्कृतिकरण की अवधारणा प्रस्तुत की है वह भी अनुसूचित जातियों को जाति व्यवस्था के अंतर्गत ही सुधार का अवसर देती है। यह प्रक्रिया वस्तुतः समाज-सुधार की प्रक्रिया है। इसका उपागम अहिंसात्मक है और यह अनुसूचित जातियों में जाति व्यवस्था के अंतर्गत परिवर्तन लाना चाहता है। विकल्पात्मक आंदोलनों में जहां धर्म-परिवर्तन प्रमुख था ऐसा ही दलित पेंथर आंदोलन है जो सातवें दशक में महाराष्ट्र में हुआ। अब यह कहा जा सकता है कि दलित आंदोलनों की दिशा निश्चित न होने के कारण यह संपूर्ण आंदोलन कई भागों में बिखरा हुआ है।

सर्वप्रथम अनुसूचित जाति पद का प्रयोग साइमन कमीशन द्वारा 1935 में किया गया था जो कि अस्पृश्य लोगों के लिए प्रयोग में लाया गया। अंबेडकर के अनुसार आदिकालीन भारत में इन्हें ''भग्न पुरुष'' (broken men) या ''बाह्य जाति'' (outcastes) माना जाता था। अंग्रेज उन्हें ''दलित वर्ग'' (depressed class) कहते थे। गांधी जी ने इन जातियों को ''हरिजन'' (ईश्वर की संतान) के नाम से पुकारा। कहीं-कहीं इन जातियों के लिए ''अस्पृश्य'' जातियों का भी प्रयोग किया गया। 1931 की जनगणना में इन्हें ''बाहरी जाति'' (exterior caste) के रूप में वर्गीकृत किया गया।

वर्तमान दलित आंदोलन या दलित इतिहास का वास्तविक स्वरूप भारत की प्राचीन वर्ण-व्यवस्था में खोजा जा सकता है। इस वर्ण-व्यवस्था का उद्देश्य था व्यक्ति अपनी शक्तियों का उपयोग सामाजिक हित में सामाजिक कल्याण के लिए वर्ण-धर्म के अनुसार स्वधर्म का पालन करते हुए जीवन व्यतीत करते हुए करें। वैदिक काल में वेदों की रचना के आधार पर समग्र व्यवस्थित समाज की नींव स्थापित थी। *मनुस्मृति* में ब्राह्मण को मुख, क्षत्रिय को बाहु, वैश्य को उरु और शूद्र को पादस्थानीय अवयवों से व्यक्त[2] किया गया। वस्तुतः यह वैदिक काल की अद्भुत सामाजिक संरचना थी, जिसमें परस्पर प्रगाढ़-प्रेम, स्नेह, सहानुभूति, महत्त्व, सौहार्द, सभी का संरक्षण, छुआछूत, ऊंच-नीच, भेदभाव का सर्वथा लोप और किंचनमात्र भी टकराव, द्वेष, कलह, झगड़े आदि नहीं थे तथा सभी चारों वर्ण जन्मगत न होकर गुण व कर्मगत थे।[3] परंतु वैदिक काल के पश्चात् उत्तर वैदिक काल में चारों वर्णों के गुण, कर्म के स्थान पर जात्यार्थक हो जाते हैं।[4] अर्थात् जाति के आधार पर एक-दूसरे को श्रेष्ठ मान लिया गया; जिससे वर्ण का वरण भाव समाप्त होकर जात्यार्थक हो जाता है। वर्ण-व्यवस्था की इस जटिलता से वर्ण-विभाजन संस्थागत रूप धारण करके, वर्णों के बीच ऊंच-नीच का भेदभाव प्रारंभ होता है। इससे एक संस्था के रूप में हिंदुओं में ''अस्पृश्यता'' का प्रादुर्भाव हुआ।

उत्तर वैदिककाल में सर्वप्रथम वर्ण-व्यवस्था के चतुर्थ वर्ण शूद्रों का सामाजिक वर्ग के रूप में सुनिश्चित अस्तित्व दिखाई दिया, जिन्हें सामाजिक दृष्टि से उपनयन, वेदाध्ययन, यज्ञ करने, सवर्ण बस्तियों में रहने, सार्वजनिक तालाब, कुओं से पानी लेने, सवर्णों को स्पर्श करने, पूजा पाठ करने, मंदिरों में प्रवेश करने तथा समान नागरिक अधिकारों से वंचित रखा गया। जिससे यह वर्ण सामाजिक, आर्थिक तथा शैक्षिक दृष्टि से पिछड़ गए। उत्तर वैदिक-काल की दो विशेषताएं थीं-ब्राह्मणों का संगठन और शूद्रों का अधःपतन। सर्वप्रथम इसी काल में ''जाति'' शब्द का प्रयोग हुआ, जो वर्णों और उनके अंतर्गत बनने वाले समूहों

के लिए किया गया। यद्यपि जाति की उत्पत्ति का औपचारिक उल्लेख सर्वप्रथम *मनुस्मृति* से माना जाता है। मनु का मानना है कि जातियों की उत्पत्ति वर्णों में प्रतिलोम विवाह एवं वर्णसंकरता के आधार पर हुई है।[5]

कालांतर में इन्हीं वर्णों के कारण भारतीय समाज हजारों जातियों और उप-जातियों में बंट गया। जाति की कठोरता और जटिलता में भी उत्तरोत्तर वृद्धि हुई जिसके कारण यह सामाजिक भेदभाव और आर्थिक विषमता का आधार बन गई। निम्न जातियों को अछूत जातियों की संज्ञा दे दी गई और अनेक व्यवसायों में उनका प्रवेश असंभव हो गया। इन्हें अपनी आजीविका के लिए दूसरों पर निर्भर रहना पड़ा। परिणामस्वरूप इनकी स्थिति अत्यंत शोचनीय और दयनीय बन गई। जाति प्रथा का कुप्रभाव सर्वाधिक शूद्र वर्ग पर पड़ा। जाति प्रथा ने भारतीय समाज को प्रगति से विमुख कर दिया और यह सामाजिक विषमता, सामाजिक ह्रास, विघटन और विनाश का कारण बन गई। इस व्यवस्था ने भारतीय समाज को निम्न और उच्च, साधन संपन्न और साधन विहीन के वर्गों में विभाजित कर दिया। यह निम्न व साधन-विहीन वर्ग वह था जो सामाजिक धरातल पर शोषित थे, आर्थिक धरातल पर गरीबी और ऋणग्रस्तता का जीवन जीने के लिए विवश थे और शैक्षिक धरातल पर ज्ञान से वंचित तथा समाज द्वारा प्रत्येक वर्ग हेतु निर्धारित शिक्षा प्राप्त करने और अपने पारिवारिक व्यवसाय को अपनाने को बाध्य थे। किसी एक स्थान पर केंद्रित न होकर ये वर्ग अनेक जातियों व उप-जातियों के समूह में विभाजित थे, जिसके भिन्न नाम थे, भिन्न परंपराएं थीं, भिन्न नियम थे और भिन्न-भिन्न स्थानीय नेतृत्व थे। वर्ण व्यवस्था से उपजी जाति प्रथा के दुष्परिणाम इतने दूरगामी प्रतीत हुए कि देश के संत, ऋषियों, एवं समाज सुधारकों ने भारतवासियों का ध्यान सामाजिक कुरीतियों की ओर आकर्षित करने का प्रयास किया और अनेक ऐसे उपाय प्रस्तुत किए जिससे सामाजिक एकता और भ्रातृत्व पुन: स्थापित किया जा सके।

स्वतंत्रता पूर्व दलित आंदोलन

महात्मा बुद्ध पहले महान् सामाजिक क्रांतिकारी थे जिन्होंने छुआछूत और ऊंच-नीच के विरुद्ध जेहाद छेड़ा तथा ब्राह्मणों के वर्चस्व को कुछ समय तक चुनौती देने में सफलता प्राप्त की। उनके धर्म में वेश्या आम्रपाली, दस्यु अंगुलिमाल इत्यादि किसी भी दीन-दलित के लिए स्थान था अर्थात् वे मानव-मात्र में कोई भेद नहीं मानते थे। कबीर, नानक, नामदेव, रैदास आदि संतों ने जाति प्रथा का विरोध किया और कहा भगवान की भक्ति करना तो प्रत्येक व्यक्ति का अधिकार है, इसमें ऊंची और नीची जातियां बाधक नहीं हो सकतीं। 15वीं शताब्दी में स्वामी रामानंद और उनके प्रमुख शिष्य रामानुज के उपदेशों के परिणामस्वरूप कई साधुसंत और धर्म-प्रचारकों ने ब्राह्मणवाद द्वारा फैलाए गए छुआछूत के उन्मूलन का प्रयास किया।

अस्पृश्यता व अन्य सामाजिक बुराइयों के विरुद्ध व्यापक जागृति 19वीं सदी के उत्तरार्द्ध में पाश्चात्य शिक्षा व संस्कृति के प्रभावस्वरूप संभव हुई, क्योंकि भारत का पश्चिम से संपर्क बढ़ने से उद्योग, संचार, यातायात, परिवहन इत्यादि में तेजी से प्रगति हुई।

विज्ञान व टेक्नोलॉजी का प्रसार हुआ। उदारवादी लौकिक शिक्षा, अंग्रेजों के साथ लंबे व सतत् संपर्क के कारण पाश्चात्य संस्कृति, सोच, जीवनशैली व मूल्यों का भारतीय जनजीवन पर व्यापक प्रभाव पड़ा। पाश्चात्य सामाजिक मूल्य, जन्मजात, ऊंच-नीच के सामाजिक भेद के स्थान पर स्वतंत्रता व समानता पर आधारित प्रजातांत्रिक संस्थाओं के पक्ष पोषक थे।

परिवर्तित सामाजिक, आर्थिक व राजनैतिक परिवेश के अनुरूप भारतीय समाज को बदलने की चुनौती को सर्वप्रथम बंगाल के राजाराम मोहन राय (1772-1833) ने स्वीकार किया। जिन्हें आधुनिक भारत में समाज सुधार और नवजागरण का प्रणेता कहा गया। उन्होंने "ब्रह्मसमाज" (1828) की स्थापना की और उसके माध्यम से धार्मिक व सामाजिक सुधार कार्यक्रमों को आगे बढ़ाया तथा सामाजिक कुरीतियों का खुलकर विरोध किया। स्वामी दयानंद सरस्वती ने अपने धार्मिक व सामाजिक उद्देश्यों को मूर्तरूप देने के लिए "आर्य समाज" (1875) की स्थापना की। आर्य समाज ने शुद्धि के माध्यम से अस्पृश्यों को वर्ण व्यवस्था में सम्मिलित कर स्पृश्य बनाया। इसने शूद्रों एवं दलितों को वेदों का अध्ययन करने, जनेऊ पहनने, मंत्रोच्चारण करने की स्वतंत्रता प्रदान की। स्वामी विवेकानंद जिन्हें आधुनिक राष्ट्रीय आंदोलन का आध्यात्मिक जनक कहा जाता है उन्होंने अस्पृश्यता को सामाजिक अभिशाप निरूपित किया और कहा कि अस्पृश्यता का कोई सामाजिक, नैतिक व धार्मिक औचित्य नहीं है। स्वामी विवेकानंद ने "रामाकृष्ण मिशन" (1857) की स्थापना के माध्यम से देश में सामाजिक व धार्मिक सुधार के लिए कार्य किए।

ज्योतिबा फूले महाराष्ट्र के धार्मिक व सामाजिक सुधार के प्रणेता थे। उन्होंने सर्वप्रथम महाराष्ट्र में पिछड़ों व दलितों के उत्थान के लिए महत्त्वपूर्ण कदम उठाए। उन्होंने 1873 में "सत्यशोधक समाज" की स्थापना की। सत्यशोधक समाज के माध्यम से उन्होंने अपने धार्मिक, सामाजिक, आर्थिक व शैक्षिक सुधारों को आगे बढ़ाया तथा जातीय भेदभाव एवं ब्राह्मण प्रभुता को खुली चुनौती दी। अनेक विरोधों के बावजूद उन्होंने पुणे में अछूतों के लिए सर्वप्रथम विद्यालय (1843) की स्थापना की तथा क्रांतिकारी पुस्तक गुलामगीरी (1873) में प्रकाशित की।

20वीं सदी के आरंभ में श्री नारायण गुरु स्वामी (1854) ने केरल में दलितों की मुक्ति के लिए "एक जाति, एक धर्म, एक ईश्वर" के नाम से एक नए धर्म की स्थापना की। केरल की एक अछूत जाति "इझावा" में इनके द्वारा चलाया गया यह आंदोलन बहुत लोकप्रिय हुआ। तमिलनाडु में पेरियार रामा स्वामी नायकर (1879-1973) ने "सेल्फ रेस्पेक्ट" आंदोलन चलाया और अपने अनुयायियों से ब्राह्मण पुरोहित के स्थान पर अपने में से ही किसी को पुरोहित नियुक्त करने की सलाह दी। "द्रविड़ कड़गम", "द्रविड मुनेत्र कड़गम" और "अन्ना द्रविड़ मुनेत्र कड़गम" आंदोलन इसी से विकसित हुए। इन आंदोलनों ने न केवल ब्राह्मण पुरोहित और ब्राह्मण समाज अपितु संपूर्ण आर्य संस्कृति और व्यवस्था का विरोध किया। ये आंदोलन द्रविड़ भाषा, द्रविड़ संस्कृति एवं द्रविड़ समाज की पुनर्स्थापना की बात करते हैं तथा द्रविड़ राष्ट्र की स्थापना पर बल देते हैं।[6]

सामाजिक असमानता और जाति-भेद के विरुद्ध देश के विभिन्न भागों में "आदि आंदोलनों" का सूत्रपात हुआ। इन आंदोलनों में "आदि धर्म आंदोलन" (पंजाब) (1926) "आदि हिंदू आंदोलन (उत्तर प्रदेश)", "आदि आंध्र आंदोलन" (आंध्र प्रदेश), "आदि कर्नाटक आंदोलन" (कर्नाटक), "आदि द्रविड़ आंदोलन" (तमिलनाडु) तथा "नाम शूद्र आंदोलन" (बंगाल) में मुख्य हैं। ये आंदोलन देश की नीची जातियों में अधिक लोकप्रिय रहे।[7]

वास्तव में हिंदू आंदोलन तो ब्राह्मणों तथा उच्च वर्गों का ही जागरण था, जबकि महाराष्ट्र में फूले, केरल में नारायण गुरु, उत्तर भारत में स्वामी अछूतानन्द (1879-1933), बंगाल में चांद गुरु (1850-1930) और मध्य प्रदेश क्षेत्र में गुरु घासीदास (1756) ने जातीय भेदभाव के खिलाफ तथा समतायुक्त व शोषणमुक्त समाज की स्थापना के लिए जन-जागरण किए। स्वामी अछूतानन्द उत्तर भारत में "आदि हिंदू आंदोलन" के प्रवर्तक थे। वे दलित जातियों को आदि निवासी मानकर उन्हें आदि हिंदू कहते थे। इसी धारणा से जुड़ा आदि धर्म आंदोलन पंजाब में चल रहा था, जिसका मकसद दलित जातियों को उनके इतिहास से जोड़ना और उन्हें यह बताना था कि ब्राह्मणों ने किस तरह उन्हें इतिहासहीन बनाकर अपना गुलाम बनाया है। स्वामी जी ने अपने आंदोलन के लिए आदि हिंदू प्रैस स्थापित की और *आदि हिंदू* तथा *अछूत* नामक अखबारों का प्रकाशन किया। वे हिंदी क्षेत्र में पहले दलित लेखक, पत्रकार और संपादक रहे।[8] चांद गुरु ने बंगाल में दलित जाति को "चंडाल" कहने के विरुद्ध 1891 में सफल आंदोलन चलाया। परिणामस्वरूप ब्रिटिश सरकार के आदेशानुसार चंडाल बोलना दंडनीय अपराध घोषित किया गया। यह एक बहुत बड़ी क्रांति थी जो सफल हुई थी। मध्य प्रदेश के छत्तीसगढ़ में जागरण की ज्योति गुरु घासीदास ने जलाई। उन्होंने "सतनामी संप्रदाय" स्थापित किया और उसके माध्यम से दलित जातियों को संप्रदाय में शामिल कर सतनामी बनाया। उनके आंदोलन के तीन सूत्र थे—सतनामी बनो, संगठन बनाओ और संघर्ष करो।[9]

इन आंदोलनों ने जो सामाजिक परिवर्तन का वातावरण बनाया उसे दलितों ने तो पसंद किया, परंतु ब्राह्मण या गैर-दलित व्यवस्था पर उसका कोई प्रभाव नहीं पड़ा था। डॉ. अंबेडकर ने लिखा है कि इन आंदोलनों ने अपीलों और प्रतिरोधों पर जोर दिया, दलित आंदोलनों का प्रथम चरण था, जिसने दूसरे चरण के आंदोलन के लिए मार्ग प्रशस्त किया। राष्ट्रपिता महात्मा गांधी ने भी दलितों के उत्थान के लिए भरसक प्रयास किया और अस्पृश्यता उन्मूलन और हरिजन उत्थान को राष्ट्रीय आंदोलन का अभिन्न अंग बनाने की कोशिश की। गांधी ने अस्पृश्यता को हिंदू धर्म पर एक काला धब्बा (कलंक) माना। उनका कहना था कि यदि अस्पृश्यता रहती है तो हिंदू धर्म मिट जाएगा। हिंदू धर्म को यदि जीवित रखना है तो अस्पृश्यता को मिटाना होगा, अस्पृश्यता रहे इससे अच्छा है कि हिंदू धर्म मिट जाए।[10]

गांधी हरिजन समस्या को हिंदू समाज की समस्या मानते थे और उसका निवारण हिंदू समाज के दायरे में करना चाहते थे। वे इस बात के पक्षधर थे कि समस्या का हल हरिजन और गैर-हरिजन के बीच आपसी समझबूझ विकसित करके, न कि उनके बीच लड़ाई, झगड़े या विवाद पैदा करके ढूंढ़ा जाना चाहिए। उनका विश्वास था कि पीड़कों के हृदय

परिवर्तन और पीड़ितों को राहत पहुंचाने और उनमें आत्म विश्वास जाग्रत करने से ऐसा संभव हो सकता हैं। उनका मानना था कि समाज में बुराइयां लोगों में अशिक्षा, अज्ञानता, परंपरावादिता तथा शास्त्रों की सही समझ न होने के कारण पैदा हुई हैं। स्वार्थी तत्त्वों द्वारा शास्त्रों में जो असत्य और अवांछित बातें ठूंस दी गई हैं उन्हें सामान्य व्यक्ति नहीं समझ पाता। हमें शास्त्रों से अवांछित अंशों को निकाल कर उनके सार को ग्रहण करना चाहिए। शिक्षा और सद्ज्ञान के विकास से लोगों के आचार-विचार में परिवर्तन संभव है। जब लोग अच्छे होंगे तो समाज अच्छा होगा ही। गांधी की स्पष्ट व निश्चित मान्यता थी कि अछूत हिंदू समाज के अभिन्न अंग हैं। इसीलिए 20 सितंबर, 1932 को अस्पृश्यों के पृथक निर्वाचन संबंधी ब्रिटिश शासन के निर्णय के विरुद्ध उन्होंने आमरण-अनशन आरंभ किया। 24 सितंबर, 1932 को अंबेडकर व अन्य असंतुष्ट दलित नेताओं, जो कि इसके दूसरे पक्ष के समर्थक थे, के साथ सौहार्दपूर्ण समझौते के फलस्वरूप उन्होंने अपना अनशन भंग किया। यह समझौता ''पूना पैक्ट'' के नाम से प्रसिद्ध हुआ।[11] इसी समय गांधी जी ने प्रसिद्ध साप्ताहिक पत्र *हरिजन* का प्रकाशन भी प्रारंभ किया जिसके माध्यम से उन्होंने अस्पृश्यता व हरिजनों के प्रति भेदभावपूर्ण व्यवहार के विरुद्ध जनमत जागृत करने का प्रयास किया। 30 सितंबर, 1932 को ''हरिजन सेवक संघ'' की स्थापना की।[12] संघ का लक्ष्य सत्य व अहिंसा पर आधारित क्रांति के माध्यम से हरिजनों को शेष हिंदुओं के साथ पूर्ण समानता प्रदान करना था। गांधी के प्रयत्नों का तत्कालीन समाज पर गहरा प्रभाव पड़ा। मंदिर-प्रवेश की सुविधा ने रूढ़िवादिता पर जहां प्रहार किए वहां अस्पृश्यों (हरिजनों) को समाज के निकट पहुंचने का अवसर भी प्रदान किया। परंतु पूर्णतः हरिजन समस्या का निवारण करने में गांधी जी को आशातीत सफलता नहीं मिली। जिसका कारण था–गांधीजी ने अस्पृश्यता व हरिजन समस्या को हिंदू समाज का मात्र एक ऐसा विकार माना जिसे शांतिपूर्ण सुधारात्मक उपायों से हल किया जा सकता है। वास्तव में हरिजन समस्या धार्मिक नहीं, सामाजिक है जिसका स्थायी समाधान सामाजिक-आर्थिक ढांचे में मौलिक परिवर्तन किए बिना संभव नहीं है।

डॉ. भीमराव अंबेडकर दलित समाज के पहले व्यक्ति थे जिन्होंने हिंदू व्यवस्था के विरुद्ध सीधी कार्यवाही के रूप में खुला विद्रोह किया और इस आंदोलन को दलितों का आंदोलन बनाया तथा ''दलितों के मसीहा'' के रूप में ख्याति प्राप्त की। उन्होंने नारा दिया कि ''दलितो शिक्षित बनो, एकत्रित रहो व संघर्ष करो।'' दलितों की मुक्ति उनके जीवन का लक्ष्य था। उनकी मान्यता थी कि जितनी जरूरत देश को आजादी की है उससे कहीं अधिक जरूरत दलितों को सामाजिक मुक्ति की हैं।[13] इसलिए वह कहते थे कि राष्ट्र की आजादी के लिए संघर्ष करने के बजाय दलितों की मुक्ति के लिए लड़ना मैं ज्यादा पसंद करूंगा।[14] डॉ. अंबेडकर ने अपना संघर्ष तीन दशकों से भी ज्यादा समय तक चलाया। मोटे तौर पर हम तीन दशकों के इस काल को चार चरणों में विभाजित कर सकते हैं। पहले, 1917 से 1930 तक के काल में डॉ. अंबेडकर ने जनजागरण की ज्योति जलाई और दलितों के सामाजिक, धार्मिक अधिकारों के लिए लंबा संघर्ष छेड़ा। दूसरा, 1930 से 1940 तक दलित मुक्ति आंदोलन को सुसंगठित बनाया। तीसरे चरण में उन्होंने दलितों को

नागरिक अधिकार प्रदान किए जाने के लिए संघर्ष किया तथा संविधान सभा में रहकर भारतीय संविधान की रचना में मुख्य शिल्पी की भूमिका अदा की। संविधान सभा में रहते हुए उन्होंने कमजोर वर्गों के हितों की रक्षा के लिए संविधान में विभिन्न खंडों और उपखंडों का समावेश करवाया तथा चौथा और अंतिम चरण बौद्ध धर्म के प्रवर्तन का चरण था जिसमें डॉ. अंबेडकर ने अपने जीवन के अंतिम वर्ष समर्पित किए और भारत की महान बौद्ध परंपरा को पुनर्जीवित किया।

डॉ. भीमराव अंबेडकर का मानना था कि स्वतंत्रता और समानता के खोए हुए अधिकार याचना से नहीं कठिन संघर्ष से प्राप्त होते हैं। दूसरों का मोहताज बनने की जगह अपने हक के लिए लड़ना अंबेडकर ने अधिक उपयुक्त समझा। 20 मार्च, 1927 को चवदार तालाब में पानी लेने के लिए अंबेडकर ने "महाड़ सत्याग्रह" का नेतृत्व किया।[15] 24 सितंबर, 1927 को ब्राह्मण विशेषाधिकार व जांत-पांत के विरोधस्वरूप *मनुस्मृति* जलाई। सार्वजनिक मंदिरों में अस्पृश्यों को समान अधिकार प्रदान किए जाने के उद्देश्य से अंबेडकर ने अमरावती में अम्बा देवी मंदिर प्रवेश (1927), ठाकुर द्वार मंदिर प्रवेश (1927), बंबई में गणपति प्रांगण प्रवेश (1929) तथा नासिक में कालाराम मंदिर प्रवेश (मार्च 2 से अप्रैल 9, 1930) हेतु दलितों को संगठित किया। दलितों के हितों को उजागर करने के उद्देश्य से अंबेडकर ने *मूक नायक* (1920) तथा *बहिष्कृत भारत* (1927) पत्रिका के प्रकाशन में सक्रिय योगदान किया।

दलितों व पिछड़े वर्ग के लोगों के सामाजिक व शैक्षिक विकास संबंधी कार्यों को आगे बढ़ाने के उद्देश्य से 20 जुलाई, 1924 को "बहिष्कृत हितकारिणी सभा" की स्थापना की गई। आगे चलकर अंबेडकर ने इसे भंग कर दिया और उसके स्थान पर "डिप्रेस्ड क्लास एजुकेशन सोसाएटी" (1928) की स्थापना की। दलितों के हितों व सम्मान की रक्षा की दृष्टि से अंबेडकर ने दलित युवकों का एक ऐच्छिक संगठन समता सैनिक दल (1927) का गठन किया, जिसका उद्देश्य सामाजिक असमानता जनित सभी सामाजिक कुरीतियों के विरुद्ध संघर्ष करना था। अंबेडकर को दलित आंदोलन के राजनीतिक विकास में सफलता सर्वप्रथम तब मिली जब 1930 के गोलमेज सम्मेलन में दलित वर्गों के लिए पृथक् निर्वाचन क्षेत्र की मांग के प्रतिफल में, 16 अगस्त, 1932 को ब्रिटिश शासकों ने सांप्रदायिक समस्या का हल *सांप्रदायिक पंचाट* (कम्युनल अवार्ड) को प्रकाशित किया। सांप्रदायिक पंचाट में दलितों को अल्पसंख्यक माना गया, पृथक निर्वाचन का अधिकार दिया गया, विशेष (आरक्षित) व सामान्य निर्वाचन क्षेत्रों से चुनाव लड़ने की छूट दी गई, दोहरे मतदान का अधिकार दिया गया तथा विधानसभा में 71 स्थान आरक्षित किए गए, परंतु गांधीजी द्वारा 20 सितंबर, 1932 को सांप्रदायिक पंचाट के विरुद्ध आमरण अनशन पर बैठना व दलितों को हिंदुओं से पृथक अल्पसंख्यक न मानने पर 24 सितंबर, 1932 में गांधी व अंबेडकर के बीच पूना में ऐतिहासिक समझौते पर हस्ताक्षर हुए। जिसे "पूना पैक्ट" के नाम से भी जाना जाता है।[16] इसमें दलितों की पृथक निर्वाचन व्यवस्था को समाप्त कर विधायिका में सीट सुरक्षित की गई। प्रांतीय काउंसिल (विधानसभा) में 71 से 148 स्थान सुरक्षित किए गए तथा केंद्रीय विधानसभा में 18 प्रतिशत स्थान सुरक्षित किए गए। इस समझौते के अंतर्गत दलितों को पहली बार राजनैतिक आरक्षण प्रदान किया गया।

दलितों की जनतंत्रीय आकांक्षाओं को साकार करते हुए डॉ. अंबेडकर ने सभी दलितों को एक मंच पर एकत्रित करने और उन्हें राष्ट्रीय जीवन में समाज के एक पृथक तत्त्व के रूप में सामाजिक, आर्थिक व राजनैतिक अधिकार दिलाने के लिए संघर्ष करने हेतु 1942 में ऑल इंडिया शेडयूल्ड कास्ट फेडरेशन की स्थापना की।[17] सामाजिक और आर्थिक अधिकार अंबेडकर की दृष्टि में तब तक प्रभावकारी नहीं हो सकते जब तक कि दलितों को शासन में भागीदारी प्राप्त नहीं होती। इसलिए दलितों और श्रमिकों को राजनैतिक शक्ति के रूप में संगठित करने के उद्देश्य से अंबेडकर ने इंडिपेंडेंट लेबर पार्टी (1936) का गठन किया। आगे चलकर अंबेडकर के निर्देशों पर दलितों विशेष रूप से अंबेडकरवादियों ने भारतीय रिपब्लिकन पार्टी के झंडे तले अपना राजनैतिक मोर्चा संभाला, जो अंबेडकर की मृत्यु के पश्चात फूट और नेतृत्व की लड़ाई के कारण कुछ वर्षों में बिखर गया।

स्वतंत्र भारत के मंत्रिमंडल में कानून मंत्री की हैसियत से शामिल किए हिंदू अछूत मंत्री डॉ. अंबेडकर थे। उन्होंने भारत के संविधान-निर्माण में दबे-कुचले दलित लोगों को प्रत्येक क्षेत्र की मुख्यधारा में मिलाने तथा इनके विरुद्ध होने वाले अत्याचार, अन्याय, शोषण, छुआछूत अर्थात् सामाजिक कुरीतियों को जड़ से मिटाने के कड़े नियम बनाए और इनके लिए ''आरक्षण की नीति'' का विशेष प्रावधान करके ''उचित न्याय'' व ''उचित प्रतिनिधित्व'' सुनिश्चित कर संविधान में लक्षित ''सामाजिक न्याय'' को प्राप्त करने का प्रयास किया।

दलित मुक्ति संबंधी लक्ष्य की प्राप्ति में अंबेडकर के सम्मुख कई दुविधाएं थीं। पहले इन लक्ष्यों की प्राप्ति अंबेडकर हिंदू समाज में रहकर करना चाहते थे, जिसके लिए एक तरफ तो उन्होंने दलितों को मंदिर प्रवेश व अन्य नागरिक अधिकार दिए जाने के लिए संघर्ष (1920-30) किया। दूसरी तरफ वे इस बात पर बल देते थे कि या तो हिंदू शास्त्रों से उन अंशों को हटा दिया जाए जो सामाजिक बुराइयों को श्रेय देते हैं या एक सर्वथा 'नवीन हिंदू ग्रंथ' का निर्माण किया जाए जो हिंदू संस्कृति की मौलिक (वैदिक एवं उपनिषदीय) मान्यताओं पर आधारित हो, किंतु उसका सामाजिक दर्शन स्वतंत्रता, समानता एवं भ्रातृत्वपरक सर्वथा नया हो।[18] वास्तव में अंबेडकर अच्छी तरह जानते थे कि उल्लेखनीय संख्या में होने के बावजूद भी दलितों की शक्ति कमजोर है। एक तो वे बिखरे हुए हैं, दूसरे अशिक्षित, अंधविश्वासी और गरीब हैं। किंतु सही रणनीति अपनाकर दलित लोकतांत्रिक प्रणाली के अंतर्गत अपनी संख्यात्मक शक्ति के सहारे अपने अधिकारों की प्राप्ति के लिए अधिक नहीं तो कम से कम दबाव समूह के रूप में प्रभावकारी संघर्ष कर सकते हैं। इसलिए दलित लक्ष्यों की पूर्ति अंबेडकर ने लोकतांत्रिक प्रणाली और वैधानिक मार्ग के अनुसरण का चुनाव किया एवं संघर्ष व समझौते की रणनीति अपनाई।

स्वतंत्रता के पश्चात् दलित आंदोलन व पिछड़ा वर्ग

स्वतंत्रता प्राप्ति के पश्चात् संविधान में कमजोर वर्गों अर्थात् दलितों को लाभ देना आवश्यक था। इसके लिए संविधान में क्षतिपूर्ति के लिए संवैधानिक सुविधाएं और सुरक्षाएं दी गईं। संविधान में अनेक ऐसे प्रावधान किए गए जिससे समाज में जन्म व जाति के

आधार पर किसी भी प्रकार का विभेद न हो सके। सभी को अपने व्यक्तित्व का विकास करने के लिए समान अवसर और साधन प्रदान किए गए। भारत में राजनीतिक मुक्ति के साथ-साथ सामाजिक व आर्थिक शोषण से मुक्ति का ध्येय भी संविधान में उल्लिखित किया गया। उसके लिए आवश्यक था कि पिछड़े एवं दबे-कुचले दुर्बल लोगों के उत्थान के लिए अनेक अन्य व्यक्तियों से अधिक संरक्षण व सुविधाएं दी जाएं ताकि, वे सदियों के पिछड़ेपन से उभर सकें। इसके लिए उन्हें भारतीय संविधान में आरक्षण की सुविधा प्रदान की गई जो संविधान के अनुच्छेद 341 और 342 में अनुसूचित हैं। जिन्हें स्वतंत्र भारत में "संविधान (अनुसूचित जाति) आदेश, 1950" और "संविधान (अनुसूचित जनजाति) आदेश, 1950" में राज्यवार परिचिह्नित किया गया। आरक्षण का आधार आर्थिक नहीं था बल्कि, सामाजिक व शैक्षिक पिछड़ापन रखा गया। मूलतः आरक्षण का आधार "पिछड़ापन" था और आरक्षण का प्रयोग पिछड़ेपन की समाप्ति तक किया जाना था। अतः भारतीय संविधान-निर्माताओं ने संविधान[19] के अनुच्छेद 14, 15, 15(4), 16, 16(4), 17, 19, 21ए, 23, 29, 45, 46, 243, 330, 332, 335, 338, 340, 341, 342 और 366 के आधार पर भारतीय समाज को संरक्षणात्मक विभेदीकरण (protective discrimination) का ढांचा प्रदान किया। इसके अंतर्गत राज्य एक समतावादी समाज की स्थापना के लिए पिछड़े वर्गों को विशेष संरक्षण प्रदान कर सकता है। इस संरक्षण का उद्देश्य सामाजिक और आर्थिक समानता की दिशा में पिछड़े वर्गों को आगे बढ़ाने के साथ ही उन्हें राज्य की निर्णयन प्रक्रियाओं में सहभागी बनाना था।

भारतीय संविधान में अनुसूचित जातियों और अनुसूचित जनजातियों के अनुपात में क्रमशः 15 प्रतिशत और 7.5 प्रतिशत यानी कुल 22.5 प्रतिशत आरक्षण का प्रावधान किया गया।[20] यह प्रतिशत सभी प्रकार के आरक्षणों–राजनीति अर्थात् राज्य विधानसभाओं और लोकसभा में आरक्षित स्थान, शैक्षिक अर्थात् उच्च शिक्षा केंद्रों और संस्थाओं में आरक्षित स्थान और रोजगार संबंधी आरक्षण अर्थात् सरकारी नौकरियों में आरक्षित पदों के लिए किया गया। जब भी आरक्षण निर्धारित संख्या से अधिक हो जाता है तो किसी भी नागरिक को न्यायालय जाने का अधिकार होगा और न्यायालय यह निर्णय ले सकता है कि राज्य अथवा केंद्र सरकार ने आरक्षण पर जो निर्णय लिया है वह तर्कयुक्त व बुद्धिसंगत है या नहीं।

सामाजिक न्याय को भारतीय संविधान की आत्मा के रूप में देखा गया। संविधान की प्रस्तावना में सामाजिक न्याय को मूल उद्देश्य के रूप में प्रस्तुत किया गया। इस प्रकार, भारत में कमजोर वर्गों को सामाजिक न्याय सुलभ कराने के उद्देश्य से व्यापक उपाय किए गए हैं। वे सभी उपाय संवैधानिक दायरे के अंतर्गत उद्धारपूर्ण हैं। संविधान में एक तो इन वर्गों की जो भी परंपरागत निर्योग्यताएं थीं, उन्हें दूर किया गया और इन्हें आरक्षण व संरक्षण प्रदान करने के लिए विशेष उपबंध भी किए गए। दूसरे, इन्हें शोषण व उत्पीड़न से बचाने के लिए आवश्यक रक्षापायों की व्यवस्था के अतिरिक्त उपयोगी विधानों के निर्माण का प्रावधान किया गया तथा तीसरे, उनके शैक्षिक व आर्थिक विकास के लिए विविध योजनाओं व कार्यक्रमों को लागू करने के लिए राज्य को स्पष्ट रूप से निर्देशित किया गया। इससे स्पष्ट है कि वर्षों से चला आ रहा दलित आंदोलन गांधी, अंबेडकर व दलित समाज

सुधारकों को सफलता भारतीय संविधान में आरक्षण व संरक्षण के प्रावधान के रूप में मिली। इससे दलित वर्ग जिसे अनुसूचित जाति, जनजाति, हरिजन (गांधीजी द्वारा कहा गया) कहा जाता है, को एक ऐसे समाज में जीने का अवसर मिला जो उसके सामाजिक, आर्थिक, शैक्षिक, राजनैतिक, सांस्कृतिक तथा व्यक्तित्व विकास के हितों का पोषक है तथा स्वतंत्रता व समानता का समर्थक है।

परंतु दलित मुक्ति आंदोलन को भारतीय स्वतंत्रता के बाद एक बड़ा झटका 6 दिसंबर 1956 को लगा जब दलित आंदोलन के महानायक डॉ. भीमराव अंबेडकर का स्वर्गवास हो गया। उनकी मृत्यु के बाद दो दशक तक दलित क्रांति और दलित आंदोलन की दिशा में कई मोड़ आए। जिन महत्त्वपूर्ण घटनाओं का दलित इतिहास में मुख्य स्थान दिया गया उनमें है–बौद्ध धर्मांतर आंदोलन, भारतीय रिपब्लिकन पार्टी की स्थापना, दलित पैंथर विचारधारा और मराठी दलित साहित्य का सृजन। कांशीराम के बामसेफ, डी.एस. फोर तथा अंततः बसपा (बहुजन समाज पार्टी) की स्थापना अंबेडकर के पुनरोत्थान के रूप में हुई।

20वीं शताब्दी के इतिहास की सबसे बड़ी उपलब्धि डॉ. अंबेडकर के क्रांतिकारी सामाजिक दर्शन और धर्मांतरण को दलितों में नई क्रांति को माना गया 14 अक्टूबर, 1956 की तारीख दलित इतिहास में एक महत्त्वपूर्ण ऐतिहासिक दिन माना गया। इसी दिन अंबेडकर ने बौद्ध धर्म की दीक्षा ली तथा उनके लाखों अनुयायियों ने नागपुर दीक्षा भूमि में बौद्ध धर्म स्वीकार किया। निःसंदेह धर्मांतरण दलित मुक्ति की दिशा में एक अत्यंत साहसिक कदम माना गया। डॉ. अंबेडकर ने स्पष्ट रूप से कहा, 'यह मेरा दुर्भाग्य है कि मैं हिंदू अछूत के रूप में जन्मा हूं जो कि मेरे बस में नहीं था। किंतु मैं आपसे यह वायदा करता हूं कि मैं हिंदू के रूप में नहीं मरूंगा'।[21] डॉ. अंबेडकर के पश्चात् धर्मांतरण की गति तेज़ हो गई। यद्यपि महाराष्ट्र में महार जाति में धर्मांतरण द्वारा बौद्ध (नव बौद्ध) बनने की प्रक्रिया खूब जोर-शोर से फैली। उत्तर भारत में डॉ. अंबेडकर के अनुयायी तथा शिक्षित वर्ग ने भी बौद्ध धर्म के महत्त्व को स्वीकार किया और धीरे-धीरे बौद्ध धर्म अपनाना शुरू कर दिया। वर्तमान भारत में धर्मांतरण एक समस्या के रूप में उभर रहा है। पर बिना किसी बड़े प्रलोभन के धर्म परिवर्तन का आधुनिक समाज में कोई अर्थ नहीं रह गया। इसीलिए धर्मांतरण आंदोलन वर्तमान सदी में कमजोर पड़ने लगा। इस समय समान नागरिक अधिकार आंदोलन दलित मुक्ति का प्रभावकारी माध्यम बन गया है।

डॉ. अंबेडकर के विचार में राजनीतिक सत्ता के बिना दलितों का विकास संभव नहीं था। इसीलिए वे दलित आंदोलन के विभिन्न मोड़ों एवं पड़ावों पर अंबेडकर सामाजिक-राजनीति मंच बनाते रहे। परंतु उन्होंने महसूस किया कि पुराने तरीके और दृष्टिकोण आम-जनता में बढ़ती प्रजातांत्रिक चेतना के कारण अपर्याप्त हैं। इसीलिए उन्होंने सोचा कि नए सिद्धांतों के निर्माण में सबका सहयोग लेना जरूरी है लेकिन जैसा कि उनकी सोच थी, वे अपनी असामयिक मृत्यु के कारण "भारतीय रिपब्लिकन पार्टी" (आर.पी.आई.) की स्थापना का स्वप्न पूरा होते नहीं देख सके।[22] परंतु डॉ. अंबेडकर के अनुयायियों द्वारा भारतीय रिपब्लिकन पार्टी की विधिवत स्थापना 1957 में की गई। इसका गठन अखिल भारतीय शेड्यूल्ड कास्ट्स फेडरेशन (एस.सी.एफ.) में से किया गया जो भारत के दलित और

पिछड़े वर्गों का नेतृत्व करता था। यद्यपि यह अनुसूचित जातियों का दल था, लेकिन आर.पी.आई. ने भूमिहीन श्रमिकों की समस्याओं पर अधिक ध्यान दिया। इसका प्रमुख कारण स्वर्गीय गायकवाड़ का नेतृत्व है जिन्होंने आर.पी.आई. के अन्य नेताओं के मुकाबले मजदूरों के संघर्ष घूलिया, जलगांव, नासिक जिलों और नागपुर क्षेत्र के कुछ हिस्सों में आयोजित किए। 1959 में इन संघर्षों की वजह से लगभग 50,000 कार्यकर्त्ता जेल गए। जब कांग्रेस नेतृत्व ने देखा कि आर.पी.आई एक शक्तिशाली संगठन के रूप में उभर रही है तो 1967 के चुनावों में कांग्रेस–आर.पी.आई. के चुनावी गठबंधन का निर्णय किया गया।[23] यहीं से आर.पी.आई. का पतन आरंभ हो गया। पार्टी राजनीति में इस प्रकार उलझ गई कि एक के बाद एक दल विभाजन हुए। इस प्रकार डॉ. अंबेडकर की मृत्यु के उपरांत शोषित–दलित क्रांति का जो आह्वान था वह टूटता–बिखरता गया। डॉ. अंबेडकर के बाद का दलित नेतृत्व आपस में गुत्थम–गुत्था होता रहा, उसने डॉ. अंबेडकर का नाम तो बहुत लिया, परंतु सत्ता, सम्मान और संपत्ति के छोटे से हिस्सों के लिए वह सत्ता–प्रतिष्ठा से चिपकने में ही जुटा रहा।[24] आर.पी.आई. का वर्षों यही हाल रहा। यही नहीं वह एक जाति विशेष और क्षेत्रीय पार्टी बनकर रह गई।

दलित पैंथरः अमेरिका में बसे नीग्रो युवकों ने ब्लैक पैंथर नाम से गोरों की नस्ल और रंगभेद नीति के खिलाफ क्रांतिकारी संगठन बनाया था। उसी तर्ज पर महाराष्ट्र के शिक्षित युवा एक वर्ग ने 1973 (औपचारिक स्थापना) में अपने को "दलित पैंथर" के रूप में संगठित किया। दलित पैंथर आंदोलन एक क्रांतिकारी आंदोलन था। जिस तरह पश्चिमी बंगाल, आंध्र प्रदेश और बिहार में नक्सलवादी आंदोलन चला वैसे ही अनुसूचित जातियों का यह आंदोलन महाराष्ट्र में चला। इस संगठन ने "दलित" शब्द की व्यापक व्याख्या की जिसमें धर्म और जाति को गौण मानते हुए तमाम शोषित और संत्रस्त लोगों को दलित माना गया। दलित पैंथर आंदोलन मराठी में साहित्यिक पत्रिकाओं के माध्यम से प्रारंभ हुआ जिसने वर्तमान व्यवस्था का विरोध किया और मराठी साहित्य में प्रगतिशील वामपंथी विचारधारा का प्रतिपादन किया। दलित पैंथर संगठन समाज में जाति व्यवस्था, पूंजीवाद, सामंतवाद तथा सूदखोरी के विरुद्ध संपूर्ण क्रांति पर आधारित संघर्ष का आह्वान करता है। दलित पैंथरों ने कहा कि वे धार्मिक कट्टरता से लड़ेंगे और शोषित सर्वहारा लोगों के अधिकारों के लिए संघर्ष करेंगे। वास्तव में दलित पैंथर ने अपने आपको बहुत कुछ साम्यवादी आदर्शों पर संगठित किया। ये राजनीतिक दृष्टि से जागरूक, वैचारिक दृष्टि से सामर्थ्यवान, जुझारू और हर प्रकार के शोषण के विरुद्ध वैचारिक क्रांति का वातावरण बनाने के लिए कृतसंकल्प रचनाधर्मी थे।[25] आर.पी.आई. ने कभी भी दलित पैंथरों को प्रमुखता नहीं दी। उनकी सर्वथा उपेक्षा की जबकि इसमें बुद्धिजीवी प्रगतिशील विचारधारा के युवक थे।

नव अंबेडकरवादियों से टूटकर अलग हुआ दलित पैंथर समूह अपने को जनवादी और क्रांतिकारी होने का दम तो भरता है किंतु जहां तक जातीय पहचान के वर्गीय पहचान में रूपांतरण का सवाल है इसे वह हल नहीं कर सका। प्रारंभ में तो इस आंदोलन ने अनुसूचित जातियों के युवाओं को झकझोर दिया। परंतु आगे चलकर इस आंदोलन में बिखराव आ गया। पैंथर्स का एक भाग जो अपने आपको प्रगतिशील मानता था, वैचारिक

दृष्टि से वामपंथी राजनीतिक दलों के साथ जोड़ता है। पैंथर्स का दूसरा भाग उदार है जो संवैधानिक सुविधाओं के अनुसार अनुसूचित जातियों में सुधार लाना चाहता है। अंततः दलित पैंथर्स और अनुसूचित जातियों का संपूर्ण आंदोलन कई भागों में बंटा हुआ है।

बामसेफः दलित राजनीति को अपना स्वतंत्र अस्तित्व बनाने का एक अवसर अस्सी के दशक में मिला। दलित राजनीति के लिए यह दशक अत्यंत महत्त्वपूर्ण है। वास्तव में समकालीन दलित विमर्श का उदय उसी काल में हुआ। 1980 में कांशीराम बामसेफ (बैकवर्ड एवं मायनारिटीज शेड्यूल्ड कास्ट इम्पलाई फेडरेशन) के माध्यम से भारतीय समाज में एक नया दलित विमर्श लेकर अवतरित हुए। रिपब्लिकन पार्टी के पतन के बाद कांशीराम ने जो स्वयं भी उसी पार्टी में काम करते थे, नए सिरे से दलित वर्गों को लामबंद करना शुरू किया। इसके तहत सबसे पहले दलित, पिछड़े और अल्पसंख्यक समुदाय के कर्मचारियों का फेडरेशन (बामसेफ) कायम किया, जिसकी स्थापना जो यद्यपि उन्होंने 6 दिसंबर 1978 में ही कर ली थी, पर उसका व्यापक असर 1980 में देश में दिखाई दिया। नई दिल्ली, चंडीगढ़ और नागपुर में उसके विशाल अधिवेशन हुए। उन्होंने बामसेफ के तहत ही हिंदी में *बहुजन संगठन* (साप्ताहिक) तथा अंग्रेजी में ऑप्रेस्ड इंडिया (मासिक) पत्रों का प्रकाशन किया।[26] यह एक क्रांतिकारी कदम था, जिसने बहुत बड़े पैमाने पर देश-भर के दो लाख कर्मचारियों को बामसेफ का नियमित सदस्य बनाया। जिसमें डॉक्टर, इंजीनियर, स्नातक, स्नातकोत्तर और रिसर्च स्कॉलर थे। बामसेफ को ब्रेन बैंक, टैलेंट बैंक और आर्थिक बैंक माना जाता है। परंतु अब यह भी विभिन्न भागों में बंटा हुआ है।

डी.एस.फोर (दलित शोषण समाज संघर्ष समिति): 6 दिसंबर, 1981 में कांशीराम ने डी.एस.फोर की स्थापना की। यह आंदोलन का वह प्लेटफार्म था, जिसने आगे चलकर राजनैतिक संघर्ष का रूप धारण किया। समता और सम्मान के नारे के साथ डी.एस.फोर ने कन्याकुमारी से कारगिल और कोहिमा से पोरबंदर तक अखिल भारतीय साइकिल मार्च शुरू किया, जो सौ दिन के बाद दिल्ली में समाप्त हुआ और जिसमें तीन लाख लोगों ने भाग लिया। 1982 में डी.एस.फोर को हरियाणा चुनावों में सफलता मिली।[27]

बसपा (बहुजन समाज पार्टी): 14 अप्रैल, 1984 में कांशीराम ने डी.एस.फोर की राजनैतिक कार्यवाही से उत्साहित होकर "बहुजन समाज पार्टी" की स्थापना की। कांशीराम ने 1988 तक अस्पृश्यता, अन्याय, असुरक्षा और असमानता के विरुद्ध एक सघन सामाजिक कार्यक्रम चलाया। 1990 तक उन्होंने पूरे देश में सामाजिक परिवर्तन और आर्थिक मुक्ति कार्यक्रम चलाया। सामाजिक परिवर्तन के अंतर्गत उनके पांच कार्यक्रम थे–1. आत्मसम्मान, 2. स्वतंत्रता, 3. समता, 4. जाति का विनाश और 5. अस्पृश्यता, अन्याय, अत्याचार तथा आतंक का उन्मूलन। आर्थिक मुक्ति के अंतर्गत भी उन्होंने पांच आंदोलन चलाए–1. किसान-मजदूर आंदोलन, 2. सफाई मजदूर आंदोलन, 3. कंवल भारती, दस्तकार आंदोलन, 4. शरणार्थी आंदोलन और 5. भागीदारी आंदोलन। सामाजिक परिवर्तन और आर्थिक मुक्ति के ये दोनों कार्यक्रम भारतीय राजनीति में एक नए युग का सूत्रपात थे। ये कार्यक्रम क्रांतिकारी थे, क्योंकि इन्होंने दलित विमर्श को ही नहीं, दलित राजनीति को भी नया आयाम दिया।[28]

कांशीराम और उनकी बहुजन पार्टी की दृढ़ मान्यता है कि भारतीय समाज की यह अन्यायपूर्ण सोपानवादी व्यवस्था छिटपुट सरकारी सुविधाओं, सामाजिक सुधारों या आरक्षण जैसे प्रावधानों से नहीं बदल सकती। कांशीराम का एक ही नारा है कि बहुजन समाज को राजसत्ता पर नियंत्रण चाहिए। डॉ. अंबेडकर भी राजनीतिक सत्ता को सभी प्रकार से सामाजिक परिवर्तन, आर्थिक सुधार और प्रगति की कुंजी मानते थे। जहां तक दलित राजनीति के उभार का प्रश्न है, निश्चित रूप से कांशीराम ने महात्मा फूले और अंबेडकर के चिंतन और कार्यक्रम को आगे बढ़ाया है।

वर्तमान बहुजन समाज पार्टी की कर्णधार मायावती 1977 से 1984 तक अध्यापन के साथ-साथ कांशीराम द्वारा संस्थापित बामसेफ एवं डी.एस. फोर के कार्यक्रमों में ही हिस्सा लेती रही। लेकिन जब 14 अप्रैल, 1984 में बहुजन समाज पार्टी (बसपा) का गठन हुआ वह इस दल की महासचिव नियुक्त की गईं। बसपा ने राजनीति में प्रयोग के दौर पर मायावती को चुनाव में उतारा, तो दलित आंदोलन और बहुजन क्रांति की सूत्रधार बनी मायावती ने बसपा को आसमान पर पहुंचा दिया। अब यह दलित आंदोलन के साथ-साथ स्वतंत्र राजनीतिक आंदोलन बनता जा रहा है। 3 जून, 1995 से 17 अक्टूबर, 1995 तक देश के सबसे बड़े प्रदेश की मुख्यमंत्री बनी। दूसरी बार 1996 में तथा तीसरी बार 2002 में मुख्यमंत्री पद को सुशोभित किया।[29] 13 मई, 2007 को मायावती चौथी बार उत्तर प्रदेश, की मुख्यमंत्री बनीं। उन्होंने राज्य में बहुमत प्राप्त किया। कांशीराम व मायावती ने गरीब दबे-पिसे, दलितों व बहुजन समाज के अधिकारों के साथ कोई समझौता नहीं किया तथा बहुजन समाज के स्वाभिमान, आत्मसम्मान, जीवन के हर क्षेत्र में तरक्की, राजनीतिक अधिकारों, सामाजिक न्याय और व्यवस्था परिवर्तन की लड़ाई लड़ी है। समन्वय से सत्ता दलित-शोषित समाज के व्यापक हित में स्वीकारी है। आज बसपा दलितों की अस्मिता का प्रतीक बन गई है तथा इसका जनाधार धीरे-धीरे बढ़ रहा है।

दलित आंदोलन के समक्ष समस्याएं

दलित आंदोलन के दलितों द्वारा इंडिपेंडेंट लेबर पार्टी, शेड्यूल्ड कास्ट्स फेडरेशन और धर्म परिवर्तन के प्रयोग किए जा चुके हैं। रिपब्लिकन पार्टी, दलित पैंथर, बहुजन समाज पार्टी और अब दलित मानवाधिकारों से संबंधित राष्ट्रीय मुहिम के प्रयोग अभी जारी हैं। परंतु फिर भी दलित आंदोलनों को पूर्णतः सफलता नहीं मिल पाई है, क्योंकि एक आंदोलन की सफलता मुख्य रूप से चार बातों पर निर्भर करती है[30] सर्वप्रथम आंदोलन के लक्ष्य स्पष्ट, प्रासंगिक होने चाहिए। दूसरे, आंदोलन के पीछे एक सशक्त विचारधारा होनी चाहिए जो संबद्ध अर्थात् आंदोलनकारी लोगों को एकजुट होने के लिए बौद्धिक व नैतिक आधार प्रदान कर सके। तीसरे, इन उद्देश्यों की प्राप्ति के लिए जनसंख्या का एक उल्लेखनीय भाग सामाजिक रूप से सक्रिय (सोशियली मोबिलाइज्ड) हो। उसकी अपनी एक निजी पहचान हो, जिसके आधार पर लोगों को संगठित होने में आसानी हो। इसके अतिरिक्त लोगों में लक्ष्य की प्राप्ति के लिए संघर्ष करने की शक्ति और बलिदान की भावना हो। लोगों का एकजुट होना काफी सीमा तक आंदोलन के नेतृत्व की क्षमता व कुशलता पर निर्भर करता है। चौथा तत्त्व है आंदोलन में

अपनाई जाने वाली रणनीति। यह या तो निर्णायक संघर्ष की हो सकती है या संघर्ष व समझौते की अथवा संविदात्मक सौदेबाजी या शांतिपूर्ण समझौते की। लेकिन दलित आंदोलनों की प्रकृति एवं स्वरूप में भले भिन्नता हो किंतु उनके लक्ष्य सुनिश्चित व स्पष्ट हैं–सामाजिक दासता, शोषण, उत्पीड़न एवं प्रवचन से मुक्ति। संक्षेप में छुआछूत और जात-पांत का अंत। किंतु उनके पीछे एक सुनिश्चित आदर्श और एक सर्वमान्य पहचान का अभी अभाव है जिसकी वजह से यह आंदोलन अनेक खेमों में बिखरा हुआ है। दलितों की वास्तविक विमुक्ति तब तक संभव नहीं है जब तक कि एक नवीन सामाजिक वैचारिकी का विकास नहीं हो जाता जिसमें दलित, पिछड़े और प्रबुद्ध लोगों की निष्ठा उत्पन्न की जा सके। यह वैचारिकी न तो परंपरागत भारतीय सामाजिक वैचारिकी (जाति एवं वर्ग) पर आधारित हो जिसने अतीत में सामाजिक भेदभाव व अस्पृश्यता को जन्म दिया और न ही पूर्णतः उधार ली गई हो जिसे भारतीय स्वरूप न दिया जा सके।

वर्तमान दलित आंदोलन की सफलता में बहुत से ऐसे तत्त्व हैं जिससे दलित आंदोलन पूरी तरह सफल नहीं हो सका। सर्वप्रथम दलित आंदोलन को यह स्पष्ट करना होगा कि आंदोलन समाज से उपजे अस्मिता, समता, सम्मान, छुआछूत, पदसोपान, व भेदभाव के प्रति है या सरकार से शिक्षा, अवसर, सहभागिता, विकास, बराबरी तथा सकारात्मक पक्षपात (आरक्षण नीति) को प्रभावी कराने या प्राप्त करने के लिए है। आंदोलन में सभी दलित, बुद्धिजीवी, दलित राजनेता, दलित उद्योगपति, दलित अभिजन, दलित मध्यम वर्ग तथा दलित मजदूरों को शामिल होना चाहिए जबकि दलित आंदोलन में इसका अभाव देखा गया। इसके अतिरिक्त अन्य कारण निम्नलिखित हैं जो दलित आंदोलन की बाधाएं या कमियां हैं।

– संपूर्ण भारत में दलितों की जनसंख्या आंदोलन के लिए अपर्याप्त हैं।
– विभिन्न राजनीतिक दलों के दलित-प्रतिनिधि अपनी दलीय विचारधारा तक सीमित रहते हैं।
– दलितों में जातीय पदसोपान पद्धति।
– दलित आंदोलन जातीय अस्मिता की राजनीति का शिकार है।
– दलितों के बीच समन्वय, सहयोग व विश्वास का अभाव है।
– दलितों का शांतिप्रिय स्वभाव व अंधविश्वासी होना।
– दलित नेतृत्व तथा राष्ट्रीय मंच का अभाव है।
– दलितों में राजनैतिक चेतना का अभाव है।
– दलितों में शिक्षा का अभाव है।
– आर्थिक स्थिति का कमजोर होना अर्थात् निर्धनता।
– दलित अभिजन द्वारा असहयोग।
– दलितों में एकता का अभाव।
– दलित राजनेताओं का स्वार्थता से लिप्त होना तथा इच्छा शक्ति का अभाव।

दलित आंदोलन की उपरोक्त कमियों को तभी दूर किया जा सकता है जब शिक्षा अनिवार्य हो, अधिकारों का प्रचार-प्रसार हो, एकता हो, दलित अभिजनों का सहयोग मिले, आर्थिक स्थिति मजबूत हो, राष्ट्रीय दलित राजनीतिक दल हो, शक्तिशाली नेतृत्व हो,

जनसंचार, प्रैस इत्यादि से सहायता हो, विभिन्न राजनैतिक दलों के दलित प्रतिनिधियों में एकरूपता हो, बुद्धिजीवियों द्वारा जागरूकता अभियान चलाया जाए, दलित नवयुवकों की टीम तैयार हों, प्रत्येक दलित का आत्मसम्मान, आत्मविश्वास व आत्मबल बढ़ाया जाए तथा विद्यालयों, महाविद्यालयों व विश्वविद्यालयों में दलित समस्या से संबंधित विषयों पर संगोष्ठियां व सेमिनार किए जाएं। सरकार व समाज अर्थात गैर-दलित समाज को भी दलित मुक्ति में सहयोग कर, दलित आंदोलन को सफल करना होगा क्योंकि इस सत्य को नकारा नहीं जा सकता कि सवर्ण व अवर्ण एक-दूसरे के पूरक हैं।

अंत में यही कहा जा सकता है कि चाहे कितने भी संगठन, दल, समितियां या कानून बनाए जाएं, यह तब तक सफल नहीं हो सकते जब तक, ऊंच-नीच, दलित, गैर-दलित, सामान्य-पिछड़ा, आरक्षित-अनारक्षित के आपसी भेदभाव को मन से न निकाला जाए तथा समरसता, सम्मान बंधुत्व तथा भ्रातृत्व की भावना का विकास न किया जाए। इसके लिए मानसिकता को विशुद्ध बनाना पड़ेगा तथा सभी की भागीदारी को स्वीकार करके तथा सम्मान देकर देश की एकता के सूत्र में बांधते हुए व्यक्ति को देश के विकास में अपने आपको संलग्न करना पड़ेगा। तभी शोषण मुक्त, समतायुक्त तथा मित्र समाज की स्थापना हो पाएगी और अभावपूर्ण बेसहाराओं, उपाश्रितों व वंचितों को न्याय मिल पाएगा।

अन्य पिछड़ा वर्ग

''पिछड़ा वर्ग'' शब्द समाज के कमजोर वर्गों विशेषकर ''अन्य पिछड़े वर्गों'' (OBCs) के संदर्भ में प्रयोग में लाया जाता है। स्वतंत्रता के पश्चात् शुरू में ''पिछड़ा वर्ग'' शब्द अनिश्चित था अर्थात् एक सुनिश्चित संदर्भ में प्रयोग नहीं होता था। आज इसके विभिन्न तरह के संदर्भ हैं। यह निश्चित है कि ''पिछड़े वर्ग'' पूर्व-अछूत समूहों से उच्च और द्विज जातियों से निम्न हैं और इसलिए उन्हें आर्थिक और सामाजिक उत्थान के लिए विशेष सुरक्षा और सहायता की आवश्यकता है। संवैधानिक परिभाषा के अभाव में अन्य पिछड़े वर्गों की पहचान का सवाल विवादास्पद बना, परंतु संविधान के अनुच्छेद 340 में प्रावधान किया गया कि राष्ट्रपति अपने आदेश के द्वारा, भारतीय क्षेत्र के अंतर्गत सामाजिक व शैक्षिक दृष्टि से पिछड़े वर्गों की स्थिति की जांच के लिए एक आयोग की नियुक्ति कर सकता है। आयोग का कार्य पिछड़े वर्गों की पहचान करने तथा उनके सामाजिक व शैक्षिक विकास को मापने का पैमाना ज्ञात करना होगा। यद्यपि अन्य पिछड़े वर्गों का मामला संविधान में स्पष्टतः नहीं सुलझाया गया। परिणामतः राज्य और केंद्र सरकारों ने अनेक आयोग इस प्रश्न के समाधान हेतु नियुक्त किए। केंद्र सरकार ने दो आयोग-कालेलकर आयोग (1953) और मंडल आयोग (1979) नियुक्त किए। जबकि राज्य सरकारों द्वारा लगभग 17 आयोगों अथवा समितियों को आकार और आरक्षण के आधार को निर्धारित करने के लिए नियुक्त किया गया। दोनों केंद्रीय आयोगों ने जाति को आरक्षण का आधार माना, जबकि राज्य स्तर पर 17 आयोगों में से चार (कर्नाटक, जम्मू-कश्मीर, पश्चिमी बंगाल और गुजरात) ने आर्थिक स्थिति को आरक्षण का आधार माना।[31]

केंद्रीय आयोगों में से प्रथम काका साहब कालेलकर आयोग की नियुक्ति राष्ट्रपति द्वारा जनवरी 1953 में पिछड़ेपन के आधार और अन्य पिछड़े वर्गों की पहचान के लिए की गई। आयोग ने अपनी रिपोर्ट मार्च 1955 में प्रस्तुत की। उन्होंने विभिन्न जातियों/समुदायों को अन्य पिछड़े वर्गों के रूप में चिह्नित किया और ऐसी 2399 जातियों/समुदायों का उल्लेख किया जिनमें से 837 को सर्वाधिक पिछड़े वर्गों के अंतर्गत रखा गया। उनके उत्थान के लिए आयोग ने प्रथम श्रेणी की नौकरियों में 25 प्रतिशत, द्वितीय श्रेणी की नौकरियों में 33.3 प्रतिशत और तृतीय श्रेणी और चतुर्थ श्रेणी की नौकरियों में 40 प्रतिशत पद आरक्षित करने की तथा सभी तकनीकी और व्यावसायिक शिक्षण संस्थाओं में 70 प्रतिशत स्थान आरक्षित करने की सिफारिश की।[32] परंतु इन सिफारिशों के लिए आयोग के सदस्य एकमत नहीं थे। मतैक्य के अभाव व कार्यप्रणाली की त्रुटियों के आधार पर उसे अस्वीकार कर दिया गया।

दूसरे केंद्रीय आयोग की नियुक्ति जनवरी 1979 में जनता सरकार के शासन के दौरान विंदेश्वरी प्रसाद मंडल की अध्यक्षता में की गई। आयोग ने अपनी रिपोर्ट दिसंबर, 1980 में प्रस्तुत की। आयोग की रिपोर्ट ने यह स्वीकार किया कि गणना के लिए 1931 और 1971 के जनगणना के आंकड़े ही प्रयुक्त किए गए। मूलतः जाति को पहचान का आधार मानते हुए मंडल आयोग ने सामाजिक और शैक्षिक पिछड़ेपन की पहचान के लिए ग्यारह मापदंड प्रस्तुत किए जिन्हें तीन मुख्य-मुख्य शीर्षकों के अंतर्गत वर्गीकृत किया गया–सामाजिक, शैक्षिक और आर्थिक।[33]

चार सामाजिक सूचक: (1) जातियां/वर्ग जिन्हें दूसरे व्यक्ति सामाजिक रूप से पिछड़ा मानते हैं; (2) जातियां/वर्ग जो अपने जीवनयापन के लिए शारीरिक श्रम करते हैं; (3) जातियां/वर्ग जिनमें राज्य के औसत से अधिक कम से कम 25.0 प्रतिशत स्त्रियां और 10 प्रतिशत पुरुष 17 वर्ष की आयु के पहले ग्रामीण क्षेत्रों में विवाह कर लेते है और कम से कम 10 प्रतिशत स्त्रियां और 5 प्रतिशत पुरुष इस (17 वर्ष) आयु से पहले शहरी क्षेत्रों में विवाह करते हैं और (4) जातियां/वर्ग जिनमें स्त्रियों की श्रम में भागीदारी राज्य के औसत से कम से कम 25 प्रतिशत अधिक है।

तीन शैक्षिक सूचक: (1) जातियां/वर्ग जिनमें 5-15 वर्ष के आयु-समूह के बच्चे जो कभी स्कूल नहीं गए, राज्य के औसत से कम से कम 25 प्रतिशत अधिक है; (2) जातियां/वर्ग जिनमें 5-15 वर्ष के आयु समूह के विद्यार्थियों के स्कूल छोड़ने की दर राज्य के औसत से कम से कम 25 प्रतिशत अधिक है; और (3) जातियां/वर्ग जिनमें मैट्रिक/हायर सैकेंड्री फेल लोगों का अनुपात राज्य के औसत से कम से कम 25 प्रतिशत अधिक है।

चार आर्थिक सूचक: (1) जातियां/वर्ग जहां परिवार की संपत्ति का औसत मूल्य राज्य के औसत से कम-से-कम 25 प्रतिशत नीचे है; (2) जातियां/वर्ग जिनमें कच्चे मकानों में रह रहे परिवारों की संख्या राज्य के औसत से कम-से-कम 25 प्रतिशत अधिक है; (3) जातियां/वर्ग जिनमें 50 प्रतिशत परिवारों के पीने के पानी का स्रोत आधे

किलोमीटर से अधिक है; और (4) जातियां और वर्ग जिनके परिवारों से ऋण लेने की संख्या राज्य के औसत से 25 प्रतिशत अधिक है।

प्रत्येक सूचक को जो लाभ (weightage) दिया गया था वह मनमाना एवं असंगत था। सामाजिक सूचकों को तीन अंश (points) का, शैक्षिक सूचकों को दो अंश का, और आर्थिक सूचकों को एक अंश का लाभ दिया गया। कुल मूल्य 22 अंश का था। जिन जातियों ने 50 प्रतिशत अंश (यानी 11 अंश) या उससे अधिक अंश प्राप्त किए उन्हें पिछड़ा बतलाया गया।

मंडल आयोग ने अन्य पिछड़ी जातियों को जो कि कुल 3743 हैं और गैर-हिंदू जातियों सहित अनुसूचित जातियों और अनुसूचित जनजातियों को छोड़कर भारत की कुल जनसंख्या का 52 प्रतिशत है, को 27 प्रतिशत आरक्षण देने का सुझाव दिया। इसके साथ निम्नलिखित अन्य संस्तुतियों को भी प्रस्तावित किया।

- जो लोग योग्यता के आधार पर नौकरी नहीं ले पाते हैं, उनके लिए 26 प्रतिशत नौकरियों का आरक्षण किया जाए।
- 27 प्रतिशत का सिद्धांत सभी स्तरों पर पदोन्नति के लिए लागू किया जाए।
- आरक्षित कोटा यदि नहीं भरा जाता है, तो तीन वर्ष की अवधि के लिए इसे आगे बढ़ा देना चाहिए और इसके पश्चात् ही आरक्षण से हटाना चाहिए।
- अनुसूचित जातियों और जनजातियों की ही तरह पिछड़े वर्गों की भी एक सूची तैयार की जानी चाहिए।
- आरक्षण का सिद्धांत सार्वजनिक क्षेत्र के प्रतिष्ठानों बैंकों, केंद्रीय और राज्य सरकारों से सहायता प्राप्त करने वाले निजी प्रतिष्ठानों, विश्वविद्यालयों और महाविद्यालयों में लागू किया जाना चाहिए।
- इन सिफारिशों के कार्यान्वयन के लिए सरकार को आवश्यक कानूनी प्रावधान करने चाहिए।

मंडल आयोग की उपरोक्त सिफारिशों को अप्रैल 1982 में संसद के समक्ष रखा गया। कांग्रेस सरकार ने इस प्रतिवेदन को न अस्वीकृत किया और न ही स्पष्ट रूप से स्वीकार किया। वास्तव में इसे चुपचाप अलमारी में रखा गया। जनवरी 1990 में सत्ता में आई राष्ट्रीय मोर्चा सरकार के प्रधानमंत्री वी.पी. सिंह ने मंडल आयोग की सिफारिशों को लागू करने के आदेश जारी किए जो देश भर में अनेक हिंसक घटनाओं, प्रदर्शनों और आंदोलनों का कारण बन गया। अंतत: आरक्षण का मामला सर्वोच्च न्यायालय में पहुंच गया। इसी बीच सरकार में परिवर्तन हुआ और पी.वी. नरसिंह राव सरकार ने 25 सितंबर 1991 को ऊंची जातियों के आर्थिक दृष्टि से कमजोर तबकों के लिए 10 प्रतिशत अतिरिक्त आरक्षण लागू करने का निर्णय किया जोकि एक राजनैतिक निर्णय था। परंतु 16 नवंबर, 1992 को इन्द्रा साहनी बनाम भारत संघ मामले में उच्चतम न्यायालय ने आरक्षण के संबंध में अपना ऐतिहासिक निर्णय दिया।[34] निर्णय में 27 प्रतिशत आरक्षण को यथावत रखा; लेकिन नरसिंह राव सरकार के 10 प्रतिशत अतिरिक्त आरक्षण को रद्द कर दिया गया तथा आरक्षण की सीमा 50 प्रतिशत तक निर्धारित की गई, पहचान के लिए जाति के आधार को स्वीकारा गया, क्रीमी लेयर

(creamy-layer) को निकाला गया, तकनीकी संस्थाओं में आरक्षण उचित नहीं माना गया, प्रोन्नति (promotion) में आरक्षण नहीं रखा गया तथा न्यायालय ने सभी धार्मिक अल्पसंख्यकों को पिछड़ा वर्ग न मानते हुए केवल पिछड़े पेशों को ही पिछड़े वर्ग में रखा है। अंततः अन्य पिछड़े वर्गों की सूची तैयार करने और पिछड़ों में से विकसित वर्गों को आरक्षण से बाहर करने हेतु उचित मानदंड बनाने के लिए केंद्र और राज्य सरकारों को अपने-अपने स्तर पर स्थायी आयोग के गठन की सिफारिश की है, जो अन्य पिछड़े वर्गों की सूचियों में नाम जोड़े जाने या हटाने की मांग पर विचार करेंगे।

8 सितंबर, 1993 को केंद्र सरकार की एक अधिसूचना के माध्यम से केंद्र सरकार की नौकरियों में अन्य पिछड़े वर्गों (OBCs) के लिए 27 प्रतिशत आरक्षण लागू कर दिया गया।[35] संपन्न वर्ग या क्रीमीलेयर की पहचान के लिए फरवरी, 1993 में गठित न्यायमूर्ति आर.एन. प्रसाद की अध्यक्षता वाली विशेषज्ञ समिति (प्रसाद समिति) की सिफारिशों को पूर्णतः मान लिया गया। जिसके अनुसार क्रीमीलेयर में पिछड़े वर्ग के वे लोग शामिल हैं जो राष्ट्रपति, उपराष्ट्रपति, सर्वोच्च तथा उच्च न्यायालयों के न्यायाधीश, संघ लोक सेवा आयोग एवं राज्य लोक सेवा आयोग के अध्यक्ष या सदस्य, मुख्य चुनाव आयुक्त, लेखा नियंत्रक या महालेखा परीक्षक, सरकार के प्रथम श्रेणी के पदाधिकारी, लोक उपक्रमों एवं बैंकों के प्रथम श्रेणी व इसके समकक्ष पदधारक, केंद्र सरकार के द्वितीय श्रेणी के अधिकारी और राज्य सरकार के वैसे द्वितीय श्रेणी के अधिकारी जो भविष्य में प्रथम श्रेणी के अधिकारी हो सकते हैं, सैनिक सेवा व अर्द्ध सैनिक बल में कर्नल व समकक्ष पद धारणकर्ता, एक लाख या अधिक वार्षिक आय वाले व्यापारी, 85 प्रतिशत (मूल में 65 प्रतिशत था) संचित भूमि वाले भूधारी या किसान तथा संपदा शुल्क देने वाले परिवारों के सदस्य हैं।[36] ये आरक्षण के पात्र नहीं होंगे। मंडल आयोग की सूची में सम्मिलित 3743 जातियों में केवल 1237 जातियों को ही लाभ मिलेंगे। 27 प्रतिशत आरक्षण की कोई समय-सीमा निश्चित नहीं की गई। जिसकी पृष्ठभूमि में सरकार का यह विश्वास है कि एक दिन स्वतः सामाजिक व शैक्षिक पिछड़ापन समाप्त हो जाएगा और आरक्षण की आवश्यकता नहीं रहेगी।[37] यहां उल्लेखनीय है कि आरक्षण संबंधी अधिसूचना को केवल केंद्र सरकार की नौकरियों तक सीमित रखा गया।

पिछड़ी जातियों के लिए 27 प्रतिशत आरक्षण की घोषणा के बाद भारत में आरक्षण विरोधी आंदोलन शुरू हुआ। आरक्षण के विरोध में दो वर्ग थे। एक जो जाति आधारित आरक्षण का विरोध कर रहे थे। दूसरा वर्ग मुख्यतः मंडल आयोग द्वारा अन्य पिछड़े वर्गों को आरक्षण दिए जाने के विरोध में हैं, अनुसूचित जातियों तथा जनजातियों के विरोध में नहीं। आंद्रे बैते[38] का तर्क है कि ये (हरिजन और आदिवासी) कई प्रकार के मनोवैज्ञानिक तथा नैतिक घावों से पीड़ित हैं। उन्हें विशेष क्षतिपूर्ति से ही भरा जा सकता है। अन्य जातियों और समुदाय जैसे कि अन्य पिछड़ी जातियां न तो वर्तमान में और न दूरवर्ती भूतकाल में इस प्रकार के दुःखों से सामूहिक रूप से पीड़ित थीं। एम.एन. श्रीनिवास ने तर्क दिया कि अनुसूचित जातियां और जनजातियां दूसरों से दलित व शोषित रही हैं तथा उन्होंने शर्मनाक विभेद का सामना किया है। अन्य पिछड़ी जातियों के आरक्षण का विरोध दो

आधारों पर किया जाता है। पहला अन्य पिछड़ा वर्ग, दलित या शोषित नहीं हैं और न ही कभी रहा है। दूसरा यह कि अन्य पिछड़ी जातियां स्वयं भी कुछ आधिपत्यवादी हैं और वह निम्न धार्मिक स्तर के परिणामों से पीड़ित भी नहीं रही हैं।

वास्तव में जो आरक्षण वंचितों, अनुसूचितों के उत्थान का स्थायी उपकरण था वहीं अब सत्ता प्राप्ति का परमाणु बम्ब है जबकि सामाजिक न्याय बनाम योग्यता की यह बहस शुद्ध राजनीतिक है जिसका वास्तविक परिस्थितियों से अधिक लेना-देना नहीं है क्योंकि आरक्षण सामाजिक न्याय का नहीं, बल्कि राजनीतिक लाभ-हानि का औजार बनता जा रहा है। 30 जनवरी, 2004 को सरकार द्वारा गठित "राष्ट्रीय पिछड़ा वर्ग" के अध्यक्ष न्यायमूर्ति रामसूरत सिंह की अध्यक्षता वाली समिति ने अन्य पिछड़े वर्ग क्रीमीलेयर की सीमा को लगभग ढाई गुना बढ़ाने की सिफारिश की।[39] 1993 में सर्वोच्च न्यायालय के निर्देश के बाद केंद्र सरकार ने क्रीमीलेयर की सीमा एक लाख रुपये सलाना निर्धारित की थी। पिछड़ों का हमदर्द होना गलत नहीं है, बल्कि सामाजिक समरसता की बड़ी जरूरत है। 6 अप्रैल, 2006 को मानव संसाधन विकास मंत्री अर्जुन सिंह ने आई.आई.टी. और आई.आई.एम. जैसी शैक्षिक संस्थाओं और केंद्रीय विश्वविद्यालयों में पिछड़े वर्गों के लिए 27 प्रतिशत आरक्षण की कथित घोषणा की है।[40] अब सामाजिक, शैक्षिक रूप से पिछड़ों को उच्च शैक्षणिक संस्थाओं में आरक्षण दिया जाए या नहीं यह बहस का एक व्यापक मुद्दा बन गया है। इसके पक्ष-विपक्ष में तर्कों के साथ जोर आजमाइश का अंतहीन सिलसिला एक बार फिर चल पड़ा है। जहां आरक्षण के विरोधियों का तर्क है कि इससे शिक्षा संस्थाओं की गुणवत्ता प्रभावित होगी, प्रतिभाओं का हनन होगा तथा देश से प्रतिभा का पलायन होगा। वहीं आरक्षण समर्थकों का तर्क है कि क्या सरकारी नौकरियों में अभी तक सरकारी कामकाज की गुणवत्ता पर असर पड़ा है। केपिटेशन फीस वाले शिक्षा संस्थाओं के संदर्भ में प्रतिभाओं के हनन का सवाल क्यों नहीं उठाया जाता। एक तरफ मेरिट के नाम पर आरक्षण को प्रगति विरोधी विचार के रूप में पेश किया जा रहा है, वहीं दूसरी ओर यह एक राजनीतिक दांव है जो समान अवसरों और समान नागरिकता की संभावनाएं साकार करने के बजाय ज्यादा-से-ज्यादा राजनीतिक फायदे हड़पने के चक्कर में है। अगर सरकार आरक्षण देने पर आमादा ही है तो उसे कम से कम इसके पक्ष में ऐसा अभियान तो छेड़ना ही चाहिए जिसमें तथ्यों आंकड़ों के साथ फैसले को तार्किक ठहराया जाए। परंतु हमारे राजनेताओं ने योग्यता बढ़ाने पर कम और आरक्षण को बढ़ाने पर ज्यादा जोर दिया है जबकि आरक्षण नीति का क्रियान्वयन इस प्रकार किया जाना चाहिए कि यदि योग्यता और दक्षता के मानदंडों से कोई समझौता किए बगैर लोगों को आरक्षण प्रदान किया जाए, किसी को कोई आपत्ति न रहे और आगे चलकर इस नीति की जरूरत ही नहीं रहे।

अंततः आरक्षण की वर्तमान नीति से यह आशंका की जा रही है कि यह समाज को संयोजित करने की अपेक्षा और अधिक विभाजित कर रही है। इस आशंका को निराधार भी नहीं कहा जा सकता क्योंकि प्रत्येक जाति व उपजाति अपना एक नेता चाहती है जो उसके जातिगत हितों को संरक्षित, संवर्धित व समायोजित कर सके। यह स्थिति सामाजिक समता व राष्ट्रीय एकीकरण को प्रोत्साहित करने में सहायक नहीं कही जा सकती। इसके

विपरीत जातीय चेतना मजबूत हो रही है और प्रत्येक वर्ग में भी यह भावना जगाई जा रही है, जिसमें अभी तक यह सुप्त थी अथवा तीव्र नहीं थी। संरक्षण के नाम पर वर्ग-संघर्ष एक गंभीर विषय का रूप लिए हुए हैं।

एक लोकतांत्रिक समाजवादी राज्य में पिछड़ों का उत्थान करना, राज्य तथा उसके प्रबुद्ध नागरिकों का कर्त्तव्य है। राष्ट्र में किसी भी वर्ग में यदि कोई निर्धन और पिछड़ा हुआ है, भले ही वह किसी भी जाति का क्यों न हो, वह विशेष सुविधाओं को प्राप्त करने का अधिकारी होगा। परंतु, यह दु:ख की बात है कि आरक्षण का उद्‌भव और विकास जिन आधारभूत सिद्धांतों को लेकर सामाजिक न्याय की स्थापना और मानव अधिकारों के पोषण के लिए हुआ, वह समय के साथ-साथ राजनीतिज्ञ के हाथ की कठपुतली, वोट-बैंक और स्वार्थ सिद्धि का साधन बन गया। इसका राजनीतिकरण, न्याय के स्थान पर तनाव पैदा कर रहा है। इसलिए आवश्यकता है कि आरक्षण की नीति को संतुलित रूप दिया जाए, इसे निश्चित बनाया जाए कि इसका लाभ उन्हें ही प्राप्त हो जिन्हें इसकी आवश्यकता है।

निष्कर्ष के रूप में, यही कहना होगा कि 21वीं सदी में जहां विश्व में तेजी से घटनाएं घट रही हैं और परिवर्तन हो रहे हैं, वहां भारत को भी विकास के पथ पर आगे बढ़ना होगा। उदारीकरण, भूमंडलीकरण, निजीकरण, वैज्ञानिक एवं तकनीकी उन्नति तथा यातायात एवं संचार के विकास ने देश को गंभीर रूप से प्रभावित किया है जिससे मानव संसाधनों में परिवर्तन आवश्यक हो गया है। अब सभी को मिलकर एकजुट होकर अपनी योग्यता और क्षमता के विकास के मार्ग को प्रशस्त कर, कदम से कदम मिलाकर चलना होगा और यह विश्व के अन्य राष्ट्रों को प्रदर्शित करना होगा कि भारत किसी भी रूप से एक पिछड़ा देश नहीं है। इसके लिए मानसिक क्रांति की आवश्यकता है जो शिक्षा के द्वारा चेतना व विकास के मार्ग में बाधक जातिवाद, संप्रदायवाद, भाषावाद, धर्मांतरण इत्यादि समस्याओं को समाप्त कर संभव हो सकती है। जब तक देश के नवयुवकों में राष्ट्रीय चरित्र का सही निर्माण नहीं होगा वे अपनी सभ्यता और संस्कृति की सुरक्षा नहीं कर सकते। अत: आवश्यकता इस बात की है सभी के लिए शिक्षा का अधिकाधिक विस्तार और रोजगार के अधिकाधिक अवसर उपलब्ध कराए जाएं ताकि नई मानसिकता का विकास हो।

संदर्भ

1. दोषी, एस. एल., जैन, पी. सी., *भारतीय समाज, संरचना और परिवर्तन*, नेशनल पब्लिशिंग हाउस: जयपुर 2002. पृ. 138.
2. आर्य, लाला ज्ञानचन्द, *वर्ण-व्यवस्था का वैदिक रूप*, विजय गुजराल फाउंडेशन: दिल्ली, 1994, पृ. 31-32.
3. गुप्त, शिव कुमार (संपा.), *प्राचीन भारत का इतिहास,* (प्रारंभ से 78 ई. तक), पंचशील प्रकाशन: जयपुर, 1999, पृ. 54-55.
4. गुप्त, शिव कुमार (संपा.), *वही*, पृ. 59.
5. *मनुस्मृति*, 10/5.

6. सिंह, रामगोपाल, *भारतीय दलितों की समस्याएं एवं उनका समाधान*, मध्य प्रदेश हिंदी ग्रंथ अकादमी: भोपाल, 1986.
7. सिंह, रामगोपाल, *सामाजिक न्याय एवं दलित संघर्ष*, राजस्थान हिन्दी ग्रंथ अकादमी: जयपुर, 1994, पृ. 61.
8. कंवल, भारती, *दलित विमर्श की भूमिका,* इतिहासबोध प्रकाशन: इलाहाबाद, 2004, पृ. 56.
9. कंवल, भारती, वही, पृ. 57.
10. गांधी, एम. के., संद, दररमुण्ड, 1979: 263-64.
11. विवेक, रामलाल, *महात्मा गांधी जीबन और दर्शन*, पंचशील प्रकाशन: जयपुर, 1996, पृ. 94-96.
12. विवेक, रामलाल, *वही*।
13. संद. कीर. 1981, पृ. 41-42.
14. संद. कीर, 1981, पृ. 329.
15. पूरणमल, *दलित संघर्ष और सामाजिक न्याय,* आविष्कार पब्लिशर्सः जयपुर, 2002, पृ. 158-159.
16. गुप्ता, द्वारका प्रसाद, *महात्मा गांधी और अस्पृश्यता समस्या और विकल्प,* ज्ञान भारतीः दिल्ली, 1998 पृ. 118-119.
17. सिंह, रामगोपाल (संपा.), *डॉ. अंबेडकर का सामाजिक चिंतन*, जैन ब्रदर्स: जोधपुर, 1994, पृ. 76.
18. लाम्बा, एस. सी., *मानवाधिकार और पिछड़ा वर्ग,* आविष्कार पब्लिशर्स: जयपुर, 2005, पृ. 126.
19. भारत का संविधान, 1996, विधि और न्याय मंत्रालय, विधायी विभाग, भारत सरकार, राजभाषा खंड।
20. National Commission for SC and ST, Reports, 1965–1998.
21. कीर, धनंजय, डॉ. अंबेडकरः लाइफ एंड मिशन, 1971 पृ. 252-253.
22. गणेश, मंत्री, *गांधी और अंबेडकर'*, पृ. 235.
23. Kuber,''B. R. Ambedkar: Builder of Modern India'', Ministy of Information and Broadcasting, Delhi, 1987, pp. 148-149 (परिशिष्ट-3).
24. गणेश, मंत्री, *गांधी और अंबेडकर,* पृ. 32.
25. आर. चंद्रा, कन्हैयालाल चंचरीक, *आधुनिक भारत का दलित आंदोलन,* यूनिवर्सिटी पब्लिकेशन: नई दिल्ली, 2003, पृ. 330.
26. कंवल, भारती, *दलित विमर्श की भूमिका*, इतिहासबोध प्रकाशन: इलाहाबाद, 2004, पृ. 88.
27. कंवल, भारती, *वही*, पृ. 89.
28. कंवल, भारती, *वही*, पृ. 90.
29. चंचरीक, कन्हैयालाल एवं चन्द्रा, नरेन्द्र, *मायावती संघर्ष और सत्ता का सफर* पृ. 16, 17, 29.
30. लाम्बा, एस. सी., *मानवाधिकार और पिछड़ा वर्ग*, आविष्कार पब्लिशर्स: जयपुर, 2005, पृ. 134-135.
31. प्रसाद, अनिरुद्ध, *आरक्षण सामाजिक-न्याय एवं राजनैतिक संतुलन*, रावत पब्लिकेशंसः जयपुर, 1991, पृ. 108.
32. Radhakrishnan, 'OBCs and Central Commission', Seminar, 375, Nov. 1990. p. 23.

33. Rupa, *Reservation Policy—Mandal Commission and After*, Sterling: New Delhi, 1992, pp. 61–63.
34. सिंह, विनोद प्रसाद (संपा.) '*आरक्षण* (उच्च्तम न्यायालय के फैसले की रोशनी में)', समता पुस्तक केन्द: दिल्ली, 1992, पृ. 9-22.
35. *नवभारत टाइम्स* (दैनिक समाचार पत्र), 9 सितंबर, 1993.
36. *राष्ट्रीय सहारा* (दैनिक समाचार पत्र), 9 सितंबर, 1993.
37. *हिन्दुस्तान* (दैनिक समाचार पत्र), 9 सितंबर, 1993.
38. नारंग, ए. एस., *भारतीय शासन एवं राजनीति*, गीतांजली पब्लिशिंग हाउस: दिल्ली, 2000, पृ. 391.
39. *दैनिक जागरण* (दैनिक समाचार पत्र), 30 जनवरी, 2004.
40. *हिंदुस्तान* (दैनिक समाचारपत्र), 6 अप्रैल, 2006.

खंड–IV

21. अल्पविकास की समस्याएं: गरीबी, अशिक्षा, क्षेत्रीय असंतुलन तथा पर्यावरण अवनति
22. भारत की पर्यावरण नीतियां
23. विकास की रणनीति
24. राष्ट्रीय एकीकरण
25. विकास प्रक्रिया एवं विदेश नीति
26. भारत और मानव अधिकार

21

अल्पविकास की समस्याएंः गरीबी, अशिक्षा, क्षेत्रीय असंतुलन तथा पर्यावरण अवनति

भारत को विकासशील देशों की श्रेणी में आने से पूर्व सोने की चिड़िया कहा जाता था। आजादी से पहले औद्योगिक कमीशन ने अपनी रिपोर्ट में यहां तक कहा था कि यह शहर उतना ही बड़ा, आबादी से भरा-पूरा और धनी है जितना कि लंदन। फर्क इतना ही है कि यहां के लोगों के पास लंदन के मुकाबले कहीं ज्यादा धन संपत्ति है।[1] एशिया, अफ्रीका व लैटिन अमेरिका में अल्पविकास का कारण वे औपनिवेशिक शक्तियां रहीं जिन्होंने यहां के प्राकृतिक संसाधन व मानवीय श्रम का लंबे समय तक शोषण किया। विश्व की करीब 84 प्रतिशत आबादी अल्पविकसित देशों में रहती है जबकि 16 प्रतिशत लोग विकसित देशों में[2]। सदियों की गुलामी से ये देश आर्थिक दृष्टि से पिछड़ गए व राष्ट्रीय आय में कमी के कारण इन देशों का जीवन स्तर काफी निम्न हो गया था।

जहां विकास एक बहुपक्षीय प्रक्रिया है जिसमें ढांचों, दृष्टिकोणों और संस्थाओं में परिवर्तन, आर्थिक संपदा में बढ़ोतरी, असमानताओं की कमी और निर्धनता का उन्मूलन, परंपरागत समाज से आधुनिक विकसित समाज में परिवर्तन आदि शामिल हैं, वहीं अल्पविकास विकास के अभाव व गतिहीनता से दर्शाया जा सकता है। गुनार मृडल के अनुसार "अल्पविकास एक प्रक्रिया है। यह कई तत्त्वों जैसे रहन-सहन की दशा, आय और उत्पादकता का निम्न स्तर और निम्न आय के कारण ही पनपता है। अल्पविकास स्थिर नहीं होता बल्कि यह राजनीतिक, आर्थिक और पर्यावरणीय वातावरण से संबंधित होता है।[3] संयुक्त राष्ट्र की परिभाषा के अनुसार अल्पविकास उसे कहते हैं जिस देश की वास्तविक प्रतिव्यक्ति आय, अमेरिका, कनाडा, ऑस्ट्रेलिया तथा पश्चिम यूरोप की असली प्रतिव्यक्ति आय से कम हो।[4] भारतीय अर्थव्यवस्था निश्चित तौर पर अल्पविकसित दायरे में आती है हालांकि आज़ादी के बाद से ही आर्थिक और सामाजिक विकास की दिशा में आगे बढ़ने के लिए राष्ट्रीय सरकार अनेक उपाय अपना रही है। अतीत की तुलना में अर्थव्यवस्था इस दौरान विकास की दिशा में निःसंदेह आगे बढ़ी है लेकिन इस विकास के बावजूद जनसाधारण को अशिक्षा, बेरोजगारी व गरीबी का सामना करना पड़ रहा है। राष्ट्रीय आय अभी कम है तथा जनता के रहन-सहन का जीवनस्तर अन्य देशों की तुलना में काफी

डॉ. गीता सहारे, असिस्टेंट प्रोफेसर, लक्ष्मी बाई कॉलेज, दिल्ली विश्वविद्यालय

निम्न व असंतोषजनक है। साथ ही भारत की आबादी का एक बड़ा हिस्सा निरक्षरता तथा अंधविश्वास से ग्रस्त है।[5]

इस तरह साधारणत: अल्पविकसित देश का आशय आर्थिक दृष्टि से पिछड़े अथवा गरीब देश से है। ये वे देश हैं जहां लंबी अवधि के दौरान स्थायी तौर पर प्रति व्यक्ति आय में वृद्धि होती नज़र नहीं आती। तृतीय विश्व में यह प्रवृत्ति स्पष्ट दिखाई देती है अत: इनकी गिनती अल्पविकसित देशों में की जाती है। 1850 से 1950 की लंबी अवधि में इन अल्पविकसित देशों की राष्ट्रीय-आय में हुई वृद्धि की वार्षिक दर कुल 0.1 प्रतिशत थी, जो शून्य या नहीं के बराबर ठहरती है। इसे संवृद्धि का अभाव ठहराना अधिक उपयुक्त होगा। इसके विपरीत विकसित देशों में इस दौरान वार्षिक चक्रवृद्धि दर से राष्ट्रीय आय में 1.8 प्रतिशत के हिसाब से वृद्धि हुई अर्थात् 18 गुना अधिक। वृद्धि-दर में इस भारी अंतर के कारण अल्पविकसित और विकसित देशों के बीच प्रति व्यक्ति आय में अंतराल बहुत बढ़ गया। इस अवधि के अंत में अल्पविकसित देशों में औसत प्रति व्यक्ति आय 184 डॉलर के लगभग थी, जो कि विकसित देशों की उस समय की औसत आय (2280 डॉलर) के बारहवें भाग से भी कम थी।[6]

अल्पविकसित देशों की व्याख्या करते समय यह कहना संभव है कि अल्पविकसित देश गरीब तो अवश्य होते हैं लेकिन इनमें विकास करने की क्षमता हमेशा रहती है। इस क्षमता के न होने पर किसी देश को अल्पविकसित ठहराना भी न्यायसंगत नहीं होगा क्योंकि इस क्षमता का बोध अप्रयुक्त संसाधनों की मौजूदगी से होता है अत: गरीबी अथवा आय वृद्धि के अभाव की बात को उपलब्ध अप्रयुक्त संसाधनों से जोड़ना जरूरी है। यह दृष्टिकोण अपनाकर वाइनर जैसे अर्थशास्त्री अल्पविकसित देश के बारे में बताते हैं—अल्पविकसित देश वे हैं जिनमें प्राकृतिक, मानवीय तथा पूंजीगत संसाधनों को प्रयोग में लाकर जनसंख्या के लिए उच्च जीवन-स्तर की व्यवस्था करने की संभावित क्षमता मौजूद होती है। इस दृष्टि से अल्पविकसित देश वह देश होता है जहां विगत वर्षों में उपलब्ध संसाधन विकसित नहीं किए गए जिसका स्पष्ट संकेत प्रति व्यक्ति आय में वृद्धि के अभाव में मिलता है। संसाधनों के उपयोग न होने का मूल कारण अनुकूल आर्थिक सामाजिक संरचना का अभाव है जिसमें पूंजीनिर्माण और तकनीकी जानकारी की कमी विशेष रूप से उल्लेखनीय है। इसके कारण विकास की गति जोर नहीं पकड़ सकी, फलस्वरूप प्रतिव्यक्ति आय में दीर्घकालीन वृद्धि संभव नहीं हो पाई। विकसित देशों के साथ यह बात लागू नहीं होती क्योंकि वहां का आर्थिक व सामाजिक ढांचा संसाधनों के इस्तेमाल और विकास की दृष्टि से अनुकूल है इसलिए प्रतिव्यक्ति आय स्थायी तौर से बढ़ती रही।

अल्पविकास की सामान्य विशेषताएं

उपर्युक्त कथन के आधार पर हम अल्पविकास की निम्न विशेषताओं का आकलन कर सकते हैं।

निम्न प्रतिव्यक्ति आय: अल्पविकसित देशों की मुख्य विशेषता यह है कि ये देश आर्थिक दृष्टि से पिछड़े व गरीब होते हैं। यहां के लोगों की औसत आय अमेरिका, इंग्लैंड

व जापान जैसे विकसित देशों की प्रति व्यक्ति आय अथवा सारे विश्व की औसत आय की तुलना में बहुत कम होती है। जहां ज्यादा गरीबी है वहां यह एक-चौथाई से भी कम।

निम्न जीवन स्तर: कम आय के फलस्वरूप यहां के लोगों का औसत जीवन स्तर, सापेक्ष और निरपेक्ष, दोनों दृष्टियों से बहुत नीचा होता है। विकसित देशों की तुलना में यहां के लोगों को औसतन एक-तिहाई भोजन और एक-चौथाई वस्त्र प्राप्त होता है। पांच में से मुश्किल से एक व्यक्ति साक्षर होता है, स्वास्थ्य सेवाओं की कमी पाई जाती है जिससे मृत्यु-दर विकसित देशों से दो या तीन गुना अधिक होती है तथा प्रत्याशित आयु अपेक्षाकृत आधी होती है। भारत में 46 प्रतिशत बच्चे कुपोषण के शिकार होते हैं।

अल्प-प्रयुक्त प्राकृतिक संसाधन: देश में गरीबी के कारण संसाधन अल्प-प्रयुक्त दशा में मिलते हैं जैसे भूमि आदि। वैज्ञानिक तकनीक के अभाव में भूमि की उत्पादकता निम्न स्तर पर रह जाती है या फिर प्राकृतिक संसाधनों के संभावित उपयोगों व लाभों की समुचित जानकारी की भी यहां बड़ी कमी पाई जाती है।

कृषि प्रधानता: अल्पविकसित देशों में 65-80 प्रतिशत जनसंख्या खेती पर निर्भर करती है जबकि अमेरिका में 4 प्रतिशत, प. जर्मनी में 6 प्रतिशत, फ्रांस में 9 प्रतिशत, जापान में 11 प्रतिशत के लगभग है जिसके कारण विभिन्न तकनीकी, संस्थागत कमियां, पिछड़ी दशा, अनिश्चित कृषि उत्पादन व प्राकृतिक प्रभाव आदि की वजह से राष्ट्रीय आय में भी समय-समय पर घट-बढ़ पाई जाती है। यहां 70-90 प्रतिशत जनसंख्या गांव में रहती है जबकि ऑस्ट्रेलिया में 86 प्रतिशत, जापान में 77 प्रतिशत, अमेरिका में 75 प्रतिशत लोग शहरों में रहते हैं।[7]

कमजोर औद्योगिक ढांचा: कम उद्योग व कमजोर औद्योगिक ढांचा भी अल्पविकसित देशों में पाया जाता है। भारी उद्योग जैसे इस्पात व आधुनिक मशीनों की कमी, घरेलू उद्योगों में पुरानी उत्पादन तकनीक, औद्योगिक ढांचे के बुनियादी तत्त्वों की कमी के कारण केवल परंपरागत व उपभोग की वस्तुओं के उत्पादन पर ही जोर दिया जाता है। इन देशों में राष्ट्रीय आय में उद्योग का भाग 15 से 20 प्रतिशत जबकि विकसित देशों में दोगुने से भी अधिक होता है।

सेवा क्षेत्र का पिछड़ापन: आधुनिक उद्योगों के पिछड़ेपन के कारण यहां सेवा क्षेत्रों जैसे-व्यापार, परिवहन, बैंकिंग, बीमा आदि में भी पिछड़ापन पाया जाता है। यहां श्रम-विभाजन व विशेषीकरण का प्राय: कम सहारा लिया जाता है जिससे विनिमय व उससे संबंधित कार्यों का क्षेत्र सीमित रहता है। इस कारण यहां महत्त्वपूर्ण सेवाएं पिछड़ी रहती हैं तथा राष्ट्रीय आय में सेवा-क्षेत्रों का योगदान कम होता है। हालांकि बाजार यहां मौजूद होते हैं तथा मुद्रा का भी प्रयोग होता है लेकिन यहां विनिमय का स्थान और कार्य अपेक्षाकृत सीमित होता है। इस तरह विकसित देशों में लगभग 45 प्रतिशत जनसंख्या सेवा में होती है वहीं अल्पविकसित देशों में यह अनुपात 25 प्रतिशत के आसपास है।

प्राथमिक वस्तुओं का निर्यात व विनिर्मित वस्तुओं का आयात: अल्पविकसित देश प्राय: प्राथमिक वस्तुओं जैसे कृषि उत्पादन, खनिज पदार्थ का निर्यात करते हैं और विनिर्मित वस्तुओं विशेष रूप से उपभोग-वस्तुओं का आयात करते हैं। यहां निर्यात-व्यापार

में विविधता देखने को नहीं मिलती जैसे अफ्रीका के कई देश दो-चार वस्तुओं का ही निर्यात करते हैं जबकि तेल पैदा करने वाले देश केवल तेल का ही निर्यात करते हैं। इनका व्यापार भी (आयात व निर्यात) कम देशों के साथ ही होता है जो अधिकतर विकसित देश ही होते हैं इससे इन्हें नुकसान होता है क्योंकि विनिर्मित वस्तुओं की तुलना में कृषि-पदार्थों का मूल्य कम होता है जिससे व्यापार शर्तें प्रायः अल्पविकसित देशों के प्रतिकूल होती हैं।

पूंजी की कमी और तकनीक का निम्न स्तर: यहां पूंजी का स्टॉक कम होता है तथा उत्पादन-तकनीक निम्न स्तर की होती है। कम उत्पादन व निम्न उत्पादकता का यह प्रधान कारण है। जहां भारत, पाकिस्तान में पूंजीनिर्माण की दर 18-20 प्रतिशत है जबकि जापान में 30 प्रतिशत के ऊपर है। 2005 में भारत में ऊर्जा की प्रतिव्यक्ति खपत 380 किलोवाट; चीन में 987 किलोवाट जबकि कनाडा में 9,390 किलोवाट व अमेरिका में 12,183 किलोवाट थी। साथ ही विश्व के वैज्ञानिक अनुसंधान कार्य का लगभग 95 प्रतिशत भाग 30 विकसित देशों में केंद्रित है। पूंजी व तकनीकी जानकारी की कमी के कारण यहां प्राकृतिक संसाधन अप्रयुक्त व अल्प-उपयोग की दशा में पाए जाते हैं।[8]

अल्प रोजगार: इन देशों में जहां जनसंख्या अधिक है वहां बेरोजगारी की समस्या मुख्यतः मौजूद रहती है जो श्रम-अतिरेक (surplus labour) की स्थिति को दर्शाती है। विकसित देशों में बेरोजगारी अल्पकालिक होती है, जो मंदी के कारण आती है जबकि अल्पविकसित देशों में यह पूंजी के अभाव व गैर-कृषि धंधों की कमी के कारण होती है। इसका हल पूंजी व निवेश की मात्रा में वृद्धि लाकर ही संभव हो सकता है। ताकि उद्योग धंधों के बढ़ाने से इसकी पूर्ति की जा सके। भारत के गांव में अल्प बेरोजगारी व बेरोजगारी ज्यादा पाई जाती है।[9]

कार्यशील जनसंख्या की कमी: अल्पविकसित देशों में विकसित देशों की तुलना में कार्यशील जनसंख्या का अनुपात कम है। जनसंख्या वृद्धि, मृत्यु दर में कमी, साक्षरता का निचला स्तर, जनसंख्या का पिछड़ापन आर्थिक विकास में रुकावट डालते हैं। तकनीकी कुशल उद्यमियों का अभाव पाया जाता है, साथ ही घूसखोरी, भ्रष्टाचार आदि बुराइयां बड़े पैमाने पर होती हैं जो उपयुक्त शिक्षा और प्रशिक्षण की सुविधाओं एवं अनुकूल परिस्थितियों के अभाव का परिणाम हो सकता है। कृषि क्षेत्रों में प्रच्छन्न बेरोजगारी (छिपी बेरोजगारी) इसी का परिणाम है जहां एक ही जगह काफी लोग कार्य करते दिखाई देते हैं जबकि वास्तव में उत्पादन में योगदान केवल दो-चार लोगों का ही होता है।

आर्थिक व सामाजिक ढांचे का पिछड़ापन: इन देशों में मानवीय एवं प्राकृतिक संसाधनों के प्रयोग के लिए आर्थिक प्रबंध संबंधी संस्थाओं की कमी पाई जाती है, गुणात्मक दृष्टि से इनका स्तर काफी नीचा है। यहां बचत या निवेश का उपयोग कुशल ढंग से नहीं किया जाता साथ ही सामाजिक व्यवस्थाएं विकास में अड़चनें पैदा करती हैं। भू-स्वामित्व का ढांचा, धार्मिक विकास व सामाजिक परंपराएं लोगों पर इस तरह हावी हैं कि आर्थिक कामकाज के लिए लोगों का दृष्टिकोण वैज्ञानिक नहीं हो पाता जो विकास के प्रतिकूल होता है। यहां की श्रमशक्ति में स्वास्थ्य, शिक्षा, कार्य-कुशलता, अनुशासन व

सचेतता की कमी भी अल्पविकास का सूचक है, जबकि जापान के श्रमिकों में अनुशासन, विश्वसनीयता, समयबद्धता, कुशलता बहुत ज्यादा पाई जाती है।

दोषपूर्ण व विखंडित बाजार व्यवस्था: इन देशों में बाजार व्यवस्था छोटे-छोटे टुकड़ों में बंटी होती है तथा बाजार-बाजार में आपस में संबंध नहीं होता। एक ही वस्तु-उत्पादन के कई बाजार होते हैं परिणामस्वरूप विभिन्न वस्तुओं और साधनों की कीमतें उनके लिए मांग और उनकी आपूर्ति का सही-सही चित्रण नहीं करतीं। इससे उनकी कीमतें भी विकृत होती हैं जिसके कारण संसाधनों के प्रयोग के सिलसिले में भारी विकृतियां देखने को मिलती हैं।

द्वैद्यात्मक स्वरूप (dualistic character): इन देशों में आर्थिक क्रियाओं का संचालन दो अलग-अलग स्तरों अथवा क्षेत्रों के अंतर्गत होता है–एक तो परंपरागत और दूसरे आधुनिक। ये दोनों क्षेत्र एक-दूसरे से लगभग कटे होते हैं तथा दोनों के बीच थोड़ा ही अंतर्संबंध होता है। परंपरागत क्षेत्र विस्तृत होता है तथा यहां श्रम-विभाजन व विशिष्टीकरण कम पाया जाता है। यहां उत्पादन कार्य अलग-अलग व उत्पादन का बड़ा भाग निजी उपभोग के लिए किया जाता है न कि बाजार में क्रय-विक्रय के लिए। उत्पादन के तरीके पुराने रहने से लंबी अवधि तक उत्पादन मात्रा का स्तर स्थिर रहता है जो पिछड़ेपन का संकेत है। दूसरी तरफ आधुनिक क्षेत्र में अर्थव्यवस्था का बहुत बड़ा भाग होता है जहां पूंजी का उपयोग अधिक विशिष्टीकरण के आधार पर व आधुनिक तकनीक से होता है जिसमें उत्पादन क्रय-विक्रय के लिए होता है। दोनों में तालमेल ना होने से टकराव व सामाजिक तनाव व खिंचाव को बढ़ावा देता है।

अल्प विकास की मुख्य समस्याएं

अल्पविकसित देशों की मूल समस्या तेजी से आर्थिक विकास करने की हैं जिससे यहां के लोगों के जीवन स्तर को ऊंचा उठाया जा सके। भारत जैसे देश की आबादी का आज भी एक बड़ा हिस्सा बेरोजगारी, गरीबी, निरक्षरता से ग्रस्त है साथ ही क्षेत्रीय विषमताएं बड़े पैमाने पर मौजूद हैं। बढ़ती जनसंख्या व पर्यावरण असंतुलन एक चुनौती बनकर सामने खड़ा है जिस पर अधिक से अधिक ध्यान देने की जरूरत है क्योंकि विश्वशांति, सुव्यवस्था तथा आर्थिक प्रगति बड़ी सीमा तक इन्हीं समस्याओं के सफलतापूर्ण समाधान पर निर्भर है। यही कारण है कि इन देशों के विकास में अड़चनें आती है। ये कुछ समस्याएं पुरानी व कई नई हैं। कुछ का संबंध आंतरिक तथा कुछ का बाहरी तत्त्वों से जुड़ा है। सभी देशों में ये कारण कम या अधिक हैं। भारत के विषय में सक्रिय रूप से मुख्य कारण गरीबी व बेरोजगारी, अशिक्षा, क्षेत्रीय विषमताएं व पर्यावरण असंतुलन है।

गरीबी व बेरोज़गारी

मानव समुदाय का बड़ा हिस्सा गरीबी व बेरोजगारी से ग्रस्त है। भारत जैसे देश में 40 प्रतिशत व्यक्ति गरीबी रेखा से नीचे रह रहे हैं हालांकि गरीबी का मापदंड देश व काल

के अनुसार बदलता रहता है। 2004 के एक अनुमान के अनुसार अल्पविकसित देशों में प्रति व्यक्ति आय का वार्षिक औसत कुल 510 डॉलर थी जबकि विकसित देशों में 32,040 डॉलर थी। कुछ देशों में तो प्रति व्यक्ति आय इस निम्न औसत से भी कम है जैसे 200 डॉलर या इससे भी कम। भारत में गरीबी का सर्वाधिक विस्तार बिहार, उत्तर प्रदेश, उड़ीसा, पश्चिम बंगाल व मध्य प्रदेश में देखने को मिलता है।[10]

प्रतिव्यक्ति सकल राष्ट्रीय आय (यू.एस. डॉलर) (2004 और 2009)[11]

विकसित देश	2004 और 2009		अविकसित देश	2004 और 2009	
अमेरिका	41,400	47,3240	इथोपिया	110	300
ब्रिटेन	33,940	41,520	नेपाल	260	440
कनाडा	28,390	42,170	बांग्लादेश	440	590
ऑस्ट्रेलिया	26,900	43,770	भारत	620	10,170
फ्रांस	30,090	43,990	पाकिस्तान	600	10,20
जर्मनी	30,120	42,560	चीन	1,290	3,620
जापान	37,180	37,870	श्रीलंका	1,010	1,990

भारत में दसवीं पंचवर्षीय योजना में गरीबी की स्थिति का अनुमान निम्न रखा गया है:

	ग्रामीण	शहरी[12]
कुल गरीब (मिलियन)	171	49
गरीब प्रतिशत में	21.1	15.1

महंगाई व मुद्रास्फीति के कारण समाज का निम्न व मध्यम वर्ग बहुत कष्टमय जीवन जी रहा है। महंगाई का लक्ष्य 5 से 5.5 प्रतिशत का रखा गया था परंतु जनवरी 2007 में यह दर 6.12 से बढ़कर 6.73 की ऊंचाई तक पहुंच चुकी है तथा तीन महीनों में रिजर्व बैंक ने चार बार अपनी ब्याज दरें बढ़ाई हैं।[13] हालांकि भारत में योजनाबद्ध विकास का प्रावधान है परंतु आज भी भारत में श्रमिकों का जीवन-स्तर अच्छा नहीं है। फैक्ट्री अधिनियम, न्यूनतम मजदूरी अधिनियम, कर्मचारी राज्य बीमा योजना होने पर भी श्रमिक इसका समुचित लाभ नहीं उठा पाते तथा भौतिक संसाधनों की भरमार होने के बावजूद इनका पूर्ण इस्तेमाल नहीं होने से बेरोजगारी दिन-पर-दिन बढ़ती जा रही है जिससे प्रतिव्यक्ति आय में कमी आ रही है। आर्थिक सर्वे 2006-07 के अनुसार रोजगार वृद्धि में गिरावट का रुख अब वृद्धि की ओर बढ़ चला है। 1993-94 में रोजगार वृद्धि की दर 2.1 प्रतिशत थी और 2004-05 में समाप्त पांच वर्षों में 2.5 पर पहुंच गई। रोजगार में पहले की तुलना में तेज वृद्धि हुई है लेकिन बेरोजगारी की दर 2.5 प्रतिशत (2000) से बढ़कर 3.1 प्रतिशत (2005) हो गई है। कृषि क्षेत्र में वृद्धि की दर में गिरावट से ऐसा हुआ है।[14] भारत की स्थिति प्रति व्यक्ति आय में शोचनीय है।

2004 में ग्रॉस नेशनल इन्कम[15]	(यू.एस. डॉलर में)	2009
इथोपिया	110	280
बांग्लादेश	440	520
भारत	620	1,040
अमेरिका	41,400	47,930
ब्रिटेन	33,940	46,040
स्विट्ज़रलैंड	48,230	56,370

भारत में गरीबी व निर्धनता के लिए बड़ी संख्या की कम बचत, कमजोर श्रमशक्ति, देश के लिए पूंजी की कमी जिम्मेदार है। यही पूंजी की कम उत्पादकता को जन्म देती है और फिर गरीबी का चक्र बना रहता है। इसका कारण आर्थिक पिछड़ापन रहा क्योंकि अंग्रेजों ने यहां के परंपरागत उद्योगों को एक-एक करके नष्ट कर दिया था। आजादी के बाद भी आंतरिक व बाहरी झगड़ों ने आर्थिक नुकसान पहुंचाया साथ ही प्रतिरक्षा पर ज्यादा धन लगाया गया जिससे समुचित स्वस्थ आर्थिक कार्यक्रम अपना पाना असंभव हो गया। ढीला व अकुशल प्रशासनिक ढांचा, अकुशल श्रम, दूषित राजनीतिक व्यवस्था, भ्रष्टाचार तथा प्राकृतिक आपदाओं ने भी यहां के आर्थिक विकास की गति को धीमा कर दिया।

यह सही है कि आज भारत सबसे तेजी से विकसित होती अर्थव्यवस्था की श्रेणी में आ रहा है लेकिन गरीबी व भुखमरी मिटाने जैसी बातों के लिए उसे एक लंबा समय लग सकता है। आज भी भारत में पर्याप्त भोजन न होने से 24 फीसदी पुरुष व 66 फीसदी महिलाएं एनीमिया के शिकार हैं।[16] भारत में कुपोषण की समस्या बरकरार है। 2006 में 21 लाख शिशुओं ने दम तोड़ा, दुनिया में पांच साल से कम उम्र के 37 फीसदी शिशुओं की होने वाली मौत में आधे भारत से होते हैं। अभी देश में कुपोषित शिशुओं की संख्या 83 लाख है जिनमें सर्वाधिक संख्या मध्य प्रदेश, बिहार, झारखंड, गुजरात, उड़ीसा, छत्तीसगढ़, उत्तर प्रदेश और मेघालय में है।[17] इसके अलावा विभिन्न राज्यों में कुपोषण की दर इस प्रकार है:

राज्यों में कुपोषण दर (% में)	विभिन्न देशों में कुपोषण की दर[18]
मध्य प्रदेश–55.1	भारत–47
बिहार–54.4	चीन–08
उड़ीसा–54.4	थाइलैंड–18
उत्तर प्रदेश–51.7	अफगानिस्तान–39
राजस्थान–50.6	इथियोपिया–47
गोवा–28.6	बांग्लादेश–48
मणिपुर–27.5	नेपाल–48

विश्व भुखमरी सूचकांक 2007 के मुताबिक 118 देशों की सूची में भारत 94वें स्थान पर है। वहीं चीन 47वें व पाकिस्तान 88वें स्थान पर हैं यह सूचकांक मुख्य तौर पर आबादी

में कुपोषित लोगों के अनुपात, पांच साल के कम उम्र के बच्चों के कम वजन और इसी आयु वर्ग में मृत्यु दर के अनुपात पर आधारित होता है। हालांकि भारत में 1990 से भुखमरी के अनुपात में 8.7 फीसदी की कमी की है तथा उसका लक्ष्य 2015 तक इसमें 17.6 फीसदी की कमी लाना है।[19] भारत की दसवीं पंचवर्षीय योजना में यह स्वीकार किया गया है कि 26 प्रतिशत यानी 260 मिलियन लोग गरीबी रेखा से नीचे हैं–75 प्रतिशत गांव में तथा 25 प्रतिशत शहरों में तथा विश्व गरीबी में अकेले भारत का 22 प्रतिशत अंश है।[20] गरीबी के कई कारण विद्यमान हैं।

(1) आर्थिक विकास का निम्न स्तर, जिसके कई कारण हैं: उपर्युक्त आधारभूत संरचना का अभाव, पूंजी की कमी, पूंजी निर्माण की नीची दर, सीमित व अपूर्ण बाजार, न्यूनतम उत्पादन, न्यूनतम क्रयशक्ति एवं बचत क्षमता, नीची वास्तविक आय आदि।

(2) आय व वितरण में असमानता–भारत में ऊपर के 20 प्रतिशत लोगों को आय का 46 प्रतिशत हिस्सा मिलता है जबकि नीचे के 20 प्रतिशत लोगों को 8 प्रतिशत हिस्सा मिल पाता है तथा आय का बड़ा हिस्सा कुछ हाथों में सिमट कर रह जाता है, विकास कार्यों का बड़ा हिस्सा गरीबों तक नहीं पहुंच पाता[21]

(3) बढ़ती जनसंख्या: जनसंख्या की बढ़ोत्तरी संसाधनों में कमी का प्रतीक रहा है। 1951 में जहां जनसंख्या 36 करोड़ थी वहीं 2001 में 102 करोड़ तक पहुंच गई है जिसके कारण बड़ा हिस्सा मूल आवश्यकताओं से वंचित रहा है।

गरीबी उन्मूलन के ठोस उपाय अपनाकर ही इससे निजात पाई जा सकती है जैसे लघु व ग्रामीण उद्योगों का विकास किया जाए, निवेश दर में बढ़ोत्तरी, कृषि विकास को प्राथमिकता, गरीबी उन्मूलन कार्यक्रम, आय व वितरण की असमानता में कमी, थोक उत्पादन में बढ़ोतरी, मूल्यों में स्थिरता, परिवार नियोजन व शिक्षा द्वारा जनसंख्या पर अंकुश, श्रमिकों के कल्याण संबंधी ठोस योजनाएं व कानून, तथा रोजगार के ज्यादा से ज्यादा अवसर व योजनाएं बनाकर ही गरीबी को कुछ हद तक कम किया जा सकता है। अन्यथा भारत जैसे सफल लोकतंत्र को विभिन्न खतरों का सामना करना पड़ सकता है। जिसमें प्रमुख हैं–भ्रष्टाचार, संघर्ष व तनाव, प्रशासनिक व शासकीय विफलता, अशांति व अराजकता, सामाजिक अपराधों में बढ़ोत्तरी आदि।[22]

गरीबी मिटाने के लिए अच्छी व स्वस्थ रोजगार नीति बनाते समय तीन बातों को ध्यान में रखा जाए। पहला, यह बेरोजगारी व गरीबी दूर करने वाली हो। दूसरा, स्थायी परिसंपत्तियों का निर्माण करके यह विकास में सहायक हो। तीसरे, यह रोजगार-सृजन और जनसंख्या वृद्धि में तालमेल रखने के साथ-साथ प्रति व्यक्ति आय में वृद्धि द्वारा जनसंख्या नीति के लिए परिपूरक सिद्ध हो।[23] रोजगार नीति के अलावा बेरोजगारी को हटाने के लिए निम्न उपाय अपनाए जाएं जैसे–रोजगार सृजन में ऐसी कुशल तकनीक का सहारा लिया जाए जो प्राय: पूंजी प्रधान हो। पूंजी-निर्माण में बचत व निवेश को बढ़ाने का प्रयत्न किया जाए। निवेशकों को छूट देकर आकर्षित किया जाए। छोटे उद्योगों का निर्माण जिनमें कम पूंजी की जरूरत पड़े। कृषि संबंधित संसाधनों का भरपूर प्रयोग कर छोटे उद्योगों को बढ़ावा

दिया जाए। विकेंद्रित उद्योग यानि गांव व आसपास के छोटे शहरों में उद्योगों की स्थापना की जाए ताकि बड़े शहरों से बेरोजगारों को रोका जाए। ग्राम निर्माण कार्यक्रम अपनाए जाएं जैसे सिंचाई परियोजना, बांध निर्माण, पेयजल निर्माण आदि। विशेष रोजगार कार्यक्रम चलाकर जैसे–ग्रामीण स्वयंरोजगार योजना, जवाहर ग्रामीण समृद्धि योजना, संपूर्ण ग्रामीण रोजगार योजना व ग्रामीण रोजगार योजना आदि।

शिक्षा के साथ-साथ विशेष व्यावसायिक शिक्षा पर भी बल दिया जाए ताकि शिक्षा के बाद तकनीकी कार्य से गुजारा संभव हो सके। ग्रामीण व शहरी रोजगार योजनाओं के बावजूद योजनाएं उतनी सफल नहीं रही हैं क्योंकि इसमें कई खामियां जैसे गलत लाभान्वितों का चुनाव, अपर्याप्त योजना राशि, संसाधनों की निम्न किस्म, अव्यावहारिक कार्यक्रम, घरेलू व स्थानीय मानवीय शक्ति का अभाव व भ्रष्टाचार व जवाबदेही की कमी।

इस तरह राष्ट्रीय ग्रामीण रोजगार गारंटी योजना (NREGA) (2006)[24] जैसी अन्य कल्याण योजनाएं भी सफल नहीं हो सकीं जैसे छत्तीसगढ़ के कंकेर जिले में योजना के 40 फीसदी धन को गैर कानूनी रूप से भू-सुधार पर खर्च कर दिया गया तथा उड़ीसा में योजना का 75 फीसदी अन्य खर्चों में उड़ा दिया गया तथा केवल 6 फीसदी लोगों को 100 दिन का रोजगार अथवा समय से वेतन मिलता है।[25] इन सभी के लिए जिम्मेदार सैद्धांतिक और कार्यान्वयन दोनों दृष्टियों से सरकारी उपायों व कार्यक्रमों में अनेक कमियां मौजूद रहीं।

अशिक्षा

अल्पविकास की एक अन्य महत्त्वपूर्ण समस्या अशिक्षा भी है क्योंकि अज्ञानता विकास में हमेशा अवरोधक बनी है। रेमंट के अनुसार 'शिक्षा के विकास को वह प्रक्रिया कहकर परिभाषित किया जा सकता है, जिसमें मनुष्य बचपन से प्रौढ़ावस्था तक अनेक तरीकों से अपने भौतिक, सामाजिक और आध्यात्मिक पर्यावरण से अनुकूलन करना सीखता है'[26] कांट के अनुसार, 'शिक्षा व्यक्ति की उस पूर्णत: का विकास है जिसकी उसमें क्षमता है'[27] शिक्षा जहां किसी भी देश के विकास का एक महत्त्वपूर्ण अंग माना जाता रहा है वहीं भारत में शिक्षा पर बहुत ही कम खर्च किया जाता रहा है। हालांकि 11वीं पंचवर्षीय योजना में साक्षरता का लक्ष्य 85 फीसदी माना गया है परंतु यूनेस्को (UNESCO) ने इसे अवास्तविक बताया है क्योंकि पहले भी यूनेस्को काफी बार इन वादों को झुठला चुकी है। नेशनल सैम्पल सर्वे (NSS) के आंकड़ों के अनुसार देश में पुरुषों की 75 फीसदी साक्षरता के मुकाबले महिलाओं की साक्षरता दर महज 53 फीसदी है। बिहार, झारखंड और राजस्थान सहित दस से ज्यादा राज्य ऐसे हैं जहां साक्षरता दर राष्ट्रीय औसत से भी कम है।[28] भारत में केवल 52 प्रतिशत आबादी साक्षर है जो एशिया में निम्नतर दरों में शुमार है जिनमें महिलाएं और भी पिछड़ी हैं। बालिका शिक्षा ने अपेक्षित परिणाम प्राप्त नहीं किए हैं।[29] यद्यपि समग्र साक्षरता दर में वृद्धि हुई है परंतु पिछले दशकों में निरक्षर महिलाओं की दर में वृद्धि हुई है, जिसका मुख्य कारण जनसंख्या में वृद्धि, विद्यालय नामांकन ना कराना तथा औपचारिक शिक्षा प्रणाली से अलग होना है।

निरक्षर महिलाओं की संख्या 2003 तक 15.31 करोड़ से बढ़कर 24.17 करोड़ तक पहुंच चुकी थी।[30] स्कूली शिक्षा में हालांकि हाल के वर्षों में वृद्धि देखने को मिली है परंतु विभिन्न सामाजिक व आर्थिक कारणों के कारण स्कूल छोड़ने के मामलों में भी चिंताजनक रूप से वृद्धि हुई है। शिक्षा मंत्रालय की रिपोर्ट के अनुसार 6-14 वर्ष की 74 प्रतिशत बालिकाएं पढ़ाई पूरी होने से पहले ही स्कूल छोड़ देती हैं। भारत सरकार ने 1988 में राष्ट्रीय साक्षरता मिशन व सर्वशिक्षा अभियान द्वारा 35 वर्ष तक के लोगों को साक्षर बनाने की योजना शुरू की थी। इसके परिणाम कई जगह अच्छे भी निकले, जैसे 1991 में जहां साक्षरता दर 52 प्रतिशत थी वहीं 1997 में यह 62 प्रतिशत हो गई। शिक्षा के क्षेत्र में नेशनल बुक ट्रस्ट व एन.सी.ई.आर.टी. का योगदान भी सराहनीय रहा जिन्होंने प्रौढ़ शिक्षा व शिक्षा योजनाओं के लिए उचित पाठ्य सामग्री प्रदान की परंतु फिर भी भारत का स्थान निरक्षर देशों की सूची में मौजूद है। अन्य देश चीन, बांग्लादेश, इंडोनेशिया, मैक्सिको, ब्राजील, मिस्त्र व नाइजीरिया हैं। हाल ही में राष्ट्रीय शिक्षा योजना व प्रशासन संस्थान (NIEPA) नीपा ने देश के 29 राज्यों व केंद्र शासित प्रदेशों के 581 जिलों के 69,33,000 प्राथमिक स्कूलों, 71,000 उच्च प्राथमिक स्कूलों तथा 57,000 प्राथमिक और उच्चतर माध्यमिक स्कूलों में शुरुआती शिक्षा की मौजूदा स्थिति का सर्वेक्षण किया है। इस सर्वेक्षण के नतीजे निम्न थे:

(i) देश में लगभग 42 हजार सरकारी स्कूल बिना इमारत के चल रहे हैं।

(ii) ऐसे अधिकतम स्कूल देश के ग्रामीण क्षेत्रों में हैं इनकी संख्या मध्य प्रदेश में अधिक है।

(iii) देश भर में दस लाख स्कूलों में लगभग 10 प्रतिशत अर्थात् 107842 स्कूलों में केवल एक कक्ष है।

(iv) 21 प्रतिशत स्कूलों में ही पीने के लिए नल का पानी उपलब्ध है।

(v) 6 प्रतिशत स्कूल ऐसे हैं जहां छात्र स्वयं कुएं से पानी निकालते हैं।

(vi) 8 प्रतिशत स्कूलों में ब्लैक बोर्ड जैसी सुविधाएं भी उपलब्ध नहीं हैं।

(vii) प्रारंभिक शिक्षा देने वाले 35.37 प्रतिशत स्कूलों में महिला शिक्षक नहीं हैं।

(viii) बिहार में लगभग 55 प्रतिशत प्राथमिक स्कूलों में महिला शिक्षकों की नियुक्ति ही नहीं की गई है।

(ix) सबसे अच्छी स्थिति केरल की है जहां 73.88 प्रतिशत स्कूलों में महिला शिक्षक है, उसके बाद तमिलनाडु का प्रतिशत 72.59 है।

(x) शहरों में शिक्षा में रोजगार में महिलाओं की स्थिति 64.25 प्रतिशत व गांवों में 33.12 प्रतिशत है।

(xi) देश के 81 हजार 617 स्कूलों में बेसिक सुविधाओं का अभाव है और एक लाख 44 हजार प्राथमिक स्कूलों में केवल एक ही अध्यापक है।

(xii) 50 प्रतिशत ग्रामीण स्कूलों में खेल मैदान नहीं हैं।

(xiii) अधिकांश शिक्षकों के पास संबंधित डिग्रियां नहीं है।[31]

उपर्युक्त अध्ययन के आधार पर जहां गरीबी, बेरोजगारी, असमानता व अज्ञानता अशिक्षा के लिए जिम्मेदार है वहीं सरकारी नीतियां व सुविधाएं भी अपर्याप्त हैं। अशिक्षा के कारण देश के विकास को पीछे रहना पड़ता है क्योंकि संयुक्त राष्ट्र के सर्वेक्षण के अनुसार महिलाओं के साथ भेदभाव और असमानता का व्यवहार उनके लिए रोजगार और शिक्षा के साधन सीमित कर देता है जिसकी वजह से एशिया-प्रशांत के देशों को हर वर्ष 80 अरब डॉलर की कीमत चुकानी पड़ रही है।[32] ग्रामीण भारत में प्राइमरी क्षेत्रों में भी असमानता देखने को मिलती है। 84 फीसदी स्कूल जाने वाले लड़कों में लड़कियों की संख्या 79 फीसदी है। इस प्रकार 16 फीसदी लड़कों को प्राथमिक शिक्षा भी नहीं मिलती जबकि लड़कियों की संख्या 21 फीसदी है।[33] भारत ने विगत वर्षों में शिक्षा के क्षेत्र में वृद्धि अवश्य की है परंतु वह अभी आवश्यकता से कम है।

साक्षरता दर–1951-2001

वर्ष	व्यक्ति प्रतिशत	पुरुष प्रतिशत	महिला प्रतिशत[34]
1951	18.33	27.16	8.86
1961	28.31	40.40	15.35
1971	34.45	45.96	21.97
1981	43.57	56.38	29.76
1991	52.21	64.13	39.29
2001	64.84	75.26	53.67

शिक्षा पर व्यय का अनुपात भारत में अन्य देशों की तुलना में कम है। साक्षरता की कमी लोकतांत्रिक व्यवस्था के लिए नुकसानदेह हो सकती है क्योंकि अशिक्षा अज्ञानता को जन्म देती है तथा राजनीतिक शिक्षा व परिपक्वता के अभाव में लोग अपने मत का सही प्रयोग नहीं कर पाते जिससे शासन की कार्यनीति, चुनावनीति व सहभागिता को नुकसान पहुंच सकता है। समझ व योग्यता के लिए शिक्षा जरूरी मद बन जाता है। हालांकि विश्व स्तर पर अशिक्षा को मिटाने का प्रयास जारी है जैसे डेनमार्क की राजधानी कोपनहेगन में गरीबी, बेरोजगारी व अशिक्षा के लिए एक प्रस्ताव पारित किया जिसमें कहा गया कि शिक्षा और साक्षरता विकास की अनिवार्य शर्तें हैं इन्हें पूरा किए बिना समग्र विकास का सपना पूरा नहीं हो सकता। इस प्रस्ताव में कहा गया–14 वर्ष तक के बच्चों के लिए निःशुल्क और अनिवार्य शिक्षा तथा अनौपचारिक शिक्षा कार्यक्रम को लागू किया जाए ताकि जो बच्चे स्कूल नहीं जा पाते या जिनके इलाकों में विद्यालय नहीं हैं उन्हें औपचारिक शिक्षा के समतुल्य शिक्षा उपलब्ध कराई जाए। इस योजना को भारत के विभिन्न राज्यों जो शैक्षिक रूप से पिछड़े हैं जैसे बिहार, मध्य प्रदेश, पश्चिमी बंगाल, साथ ही रेगिस्तानी व आदिवासी इलाकों में भी चलाया जाए। प्रौढ़ शिक्षा पर बल या स्लम व महिलाओं की शिक्षा पर अधिक बल दिया जाए। सरकार ने इसके लिए उचित कदम उठाए हैं।

(i) 14 वर्ष से कम बच्चों को मुफ्त शिक्षा।

(ii) अनुसूचित जाति व जनजाति के लोगों को छात्रवृत्तियों व निःशुल्क शिक्षा का प्रावधान।

(iii) छात्राओं के लिए छात्रावास की सुविधा।

(iv) प्रौढ़ शिक्षा व अनौपचारिक शिक्षा पर बल।

(v) अधिक स्कूलों व विश्वविद्यालयों का गठन।

(vi) दूर-शिक्षा संस्थानों की बढ़ोतरी आदि।

गरीबी, अज्ञानता व अशिक्षा के दुष्चक्र को तोड़ने पर बल दिया जाता रहा है परंतु योजनाओं के ठीक से लागू न होने, सामाजिक पिछड़ेपन, गरीबी, अधिक जनसंख्या व भ्रष्टाचार के कारण विकास के प्रयास नाकाफी रहे, आज भी 85.2 प्रतिशत भारतीय गांवों में सेकेंडरी स्कूलों की व्यवस्था नहीं है।[35] लास्की के अनुसार वास्तविक शक्ति उन्हें प्राप्त होती है जो विचारशील हैं और दूसरों के विचारों को समझने की शक्ति रखते हैं, निरक्षरता जहां व्यक्ति के विकास को रोकती है वहीं वह राजनीतिक व सामाजिक ज्ञान से भी उनको वंचित रखती। इस प्रकार अशिक्षा, अज्ञान व अल्पविकास का मुख्य कारण बनती है।

क्षेत्रीय असंतुलन

क्षेत्रीय असंतुलन सभी क्षेत्रों में संतुलित विकास का अभाव कहा जा सकता है। क्षेत्रीय असंतुलन का इतिहास स्वतंत्रता से पूर्व से ही माना जाता है जब ब्रिटिश शासकों ने कुछ क्षेत्रों का विकास किया और अन्य क्षेत्रों की पूरी तरह उपेक्षा की। इस तरह के अनेक प्रमाण मिलते हैं कि औपनिवेशिक शासकों ने भारत के संतुलित विकास की ओर कोई ध्यान नहीं दिया। वास्तव में विकास के शोषणकारी स्वरूप से ही क्षेत्रीय असमानताएं पैदा हुई।[36] परिणामतः आजादी के समय प्रति व्यक्ति आय, साक्षरता दर, तकनीकी, औद्योगीकरण, संचार साधन और कृषि विकास आदि के क्षेत्र में एक राज्य के दूसरे राज्य से तथा एक ही राज्य में एक क्षेत्र से दूसरे क्षेत्र में काफी असमानता थी। स्वतंत्रता प्राप्ति के बाद सरकार न केवल व्यक्तिगत एवं क्षेत्रीय असमानताओं को समाप्त करने के प्रति वचनबद्ध थी, बल्कि विकास समाज के सभी वर्गों की राष्ट्रीय स्थायित्व के लिए निष्ठा प्राप्त करने के लिए भी जरूरी था। जीवन स्तर में असंतुलन से अनेक गंभीर परिणाम हो सकते थे, खासकर इस तथ्य को ध्यान में रखते हुए कि एक क्षेत्र की भाषा, संस्कृति, जाति यहां तक कि राजनीतिक संस्कृति और परंपराएं भी भिन्न हैं, एक सतुंलित नीति जरूरी थी। इस तरह राष्ट्रीय नेताओं ने क्षेत्रीय असमानताओं को समाप्त करने की आवश्यकता को ठीक पहचाना ताकि ये असमानताएं भारत की एकता के लिए खतरा न बन जाए क्योंकि उस समय कई प्रकार के खतरे थे जिससे राज्यों में क्षेत्रीयतावाद उत्पन्न होने की आशंका थी। उनमें प्रमुख हैं–

1. देश के सामने एक खतरा राज्यों के संघ से अलग हो जाने का था।
2. कुछ लोगों ने आशंका प्रकट की थी कि प्रांतीयता की भावना या प्रदेश के लिए अधिक अधिकार या स्वायत्तता की मांग बढ़ती गई तो इससे या तो देश अनेक छोटे-छोटे स्वतंत्र राज्यों में बंट जाएगा या यहां तानाशाही कायम हो जाएगी।

3. पृथकता की भावना उनमें ज्यादा बलवान और खतरनाक है, जहां ऐसी आर्येतर जातियां हैं, जो भारतीय संस्कृति की धारा में पूरी तरह नहीं मिल पाई हैं, जैसे उत्तर-पूर्व की आदिम जातियों का इलाका।
4. कुछ क्षेत्रों में असंतोष भी है, जैसे–उत्तर-पूर्व में मिजो जाति, बिहार व झारखंड तथा मध्य प्रदेश में आदिवासी इलाके और गुजरात व उड़ीसा में आदिवासियों का स्वायत्तता आंदोलन।
5. राज्यों के भीतर विशिष्ट क्षेत्रों के अलगाव के आंदोलन उठ रहे हैं। दबे हुए वर्गों और समूहों के राजनीतिक क्षेत्र में आने से अधिकार के लिए उनकी आकांक्षा से नई समस्याएं खड़ी हो रही हैं।[37]

सरकार ने विकास की सभी असमानताओं को दूर करने के लिए अनुच्छेद 280 के द्वारा वित्त आयोग की स्थापना की ताकि पांच वर्ष में एक बार भारत के भिन्न-भिन्न क्षेत्रों के व्यय तथा आय में अंतरों से उत्पन्न समस्याओं एवं अन्य संबंधित मुद्दों पर विचार करने के लिए विभिन्न योजनाएं बनाए। सरकार ने विभिन्न पंचवर्षीय योजनाओं के तहत इस असंतुलन को मिटाने की कोशिश की है परंतु बढ़ती हुई जनसंख्या, बेरोजगारी, अशिक्षा, कृषि की तकनीकी कमी के कारण वे इतनी कारगर सिद्ध नहीं हो पा रही हैं। पूरे विश्व में भारत का जनसंख्या की दृष्टि से दूसरा स्थान है तथा क्षेत्रफल की दृष्टि से सातवां। इतनी घनी आबादी वाले देश में हालांकि एक जैसा विकास संभव नहीं है क्योंकि जहां इसकी आबादी 100 करोड़ का आंकड़ा पार कर चुकी है वहीं खाद्यान्न, जल, ऊर्जा की पूर्ति भी एक बड़ी समस्या है, परंतु इसके बावजूद यह जरूरी है कि हर क्षेत्र के साधनों का ज्यादा से ज्यादा विकास किया जाए ताकि वहां के लोगों का जीवन-स्तर ऊंचा उठाया जा सके। क्षेत्रीय असमानताओं को दूर करने के लिए योजना से एक महत्त्वपूर्ण भूमिका की आशा थी परंतु उसका उतना लाभ नहीं हुआ जितना होना चाहिए था। इस तरह संतुलित विकास का अभाव हर तरफ देखने को मिला जिसके कई कारण रहे, जैसे–

1. अंग्रेजों ने उन क्षेत्रों के विकास पर ज्यादा जोर दिया जिनकी उन्हें आवश्यकता थी हालांकि उन्होंने बड़े-बड़े औद्योगिक नगरों में अति आधुनिक विकास की योजनाएं तैयार कीं परंतु यह बदलाव सिर्फ बंबई, कलकत्ता व मद्रास तक ही सीमित रहा तथा शिक्षा व रोजगार की यहां ज्यादा सुविधाएं मिलीं।[38]
2. नियोजक प्रारंभ से ही उत्पादन बढ़ाने की आवश्यकताओं में उलझे रहे जो राष्ट्रीय स्तर तक ही सीमित रहा। ज्यादातर कदम प्राकृतिक प्रकोप से उत्पन्न समस्याओं से निपटने तक सीमित थे। जिसका परिणाम यह हुआ कि विकास कार्यक्रमों के विकृत तथा एकतरफा परिणाम निकले, पिछड़े क्षेत्रों की कीमत पर पहले से ही विकसित क्षेत्रों का विकास होता रहा और पिछड़े क्षेत्र ज्यों के त्यों बने रहे।
3. पहली की चार योजनाओं में क्षेत्र-आधारित ऐसी संतुलित योजनाएं नहीं बनाई गईं जिनका उद्देश्य निश्चित समय में लोगों के जीवन स्तर को निश्चित स्तर तक लाने के लिए निश्चित प्रयास किया जाना हो।[39] भारत जैसे विकासशील देश में जिसके सीमित आर्थिक साधन थे वहां अल्पकाल में क्षेत्रीय असमानताओं को कम करने के प्रभावशाली कदम नहीं उठाए जा सके।

4. भारतीय योजना आयोग ने औद्योगिक दृष्टि से पिछड़े क्षेत्रों की तो पहचान कर ली पर उन क्षेत्रों की पहचान नहीं की गई जो संपूर्ण आर्थिक विकास के दृष्टिकोण से पिछड़े थे।
5. क्षेत्रीय असमानताओं को खत्म करने या बनाए रखने में वित्त आयोग या योजना आयोग की बजाय राजनीतिक प्रक्रिया की भूमिका ज्यादा है। चुनावों में वोट व सत्ता को प्राप्त और बनाए रखने के लिए शासकों ने उन वर्गों को प्रसन्न किया जो उनके वोट बैंक हैं। इसके परिणामस्वरूप साधनों तथा उत्पादों का बंटवारा या मांगों की पूर्ति का फैसला समग्र सामाजिक आवश्यकताओं, वर्ग या क्षेत्रीय असमानता अथवा समानता और न्याय के उद्देश्यों से नहीं, बल्कि समाज के उन प्रभावशाली और शक्तिशाली समूहों के प्रभाव में किया गया जो अपनी सामाजिक और आर्थिक स्थिति के आधार पर राजनीति को प्रभावित कर सकते थे।
6. उन राज्यों में जहां हरित क्रांति भूमिपतियों के लिए अत्यंत लाभकारी सिद्ध हुई है, आज भी आर्थिक-इमदाद, रियायतें, सहायता तथा समर्थन देश की अन्न की समस्या को सुलझाने के आधार पर प्राप्त किए जाते हैं।
7. ज्यादातर 1991 के बाद राज्य स्तर पर नई विनिमय राशि का खर्च लगभग 60 प्रतिशत केवल चार राज्यों में महाराष्ट्र, गुजरात, तमिलनाडु व उत्तर प्रदेश में ही किया गया जबकि बाकी राज्यों में उतना नहीं[40] जिसके कारण ये राज्य निवेश युक्त विकास कर आगे बढ़े।
8. क्षेत्रीय असंतुलन के लिए राजनीतिक व प्रशासनिक परिस्थितियां भी उत्तरदायी हैं, दल-बदल व सरकारों के उथल-पुथल के कारण विकास-कार्यों में अवरुद्धता पैदा हुई क्योंकि अधिकांश राज्यों में आपसी राजनीतिक प्रतिद्वंद्वता की वजह से प्रशासन कुशलतापूर्वक कार्य नहीं कर पाता।
9. तकनीकी ज्ञान व संसाधन के साथ-साथ मानवीय पूंजी की महत्ता भी समृद्धि का महत्त्वपूर्ण तत्त्व होता है। पंजाब के आर्थिक विकास का कारण वहां का परिश्रमी व साहसी मानवीय श्रम था जिन्होंने नए तकनीकी ज्ञान का उपयोग कर सकारात्मक विकास किया वहां बिहार, मध्य प्रदेश व राजस्थान के विभिन्न क्षेत्रों ने अज्ञान व आलस्य के कारण नए विकास को प्राथमिकता नहीं दी।
10. क्षेत्रीय असंतुलन वाले प्रदेशों में बड़े-बड़े उद्योगपति व निवेशक निवेश करने से कतराते हैं। बिजली, सड़क निर्माण, यातायात, बाजार व्यवस्था व वित्तीय संस्थाओं के अभाव में ये क्षेत्र औद्योगिक इकाइयों से वंचित रह जाते हैं जिसके कारण विकसित क्षेत्र और विकसित हो जाते हैं तथा पिछड़े क्षेत्र और पिछड़ जाते हैं।[41]
11. ज्यादातर योजनाएं व नीतियां बीच के साहूकारों, महाजनों और ठेकेदारों के हाथों में संचालित कर दी जाती हैं। वे आम जनजीवन तक अशिक्षा, अज्ञानता व भ्रष्टाचार के कारण धराशायी हो जाती हैं और इस प्रकार निरंतर शोषण का क्रम चलता रहता है।

12. योजना नीति जनसंख्या में निरंतर बदलाव व बढ़ोत्तरी के कारण उतनी कारगर सिद्ध नहीं हो पातीं तथा समय से पहले ही सारी योजनाएं बढ़ती जनसंख्या के कारण धराशायी हो जाती हैं तथा उनके अनुमान गलत साबित होते हैं।

क्षेत्रीय असंतुलन के परिणाम

1. क्षेत्रीय असंतुलन का सबसे पहला प्रभाव यह है कि उससे आर्थिक असमानता का जन्म व विकास हुआ है। राष्ट्रीय अर्थव्यवस्था की अनुपस्थिति में छोटे पूंजीपति जिनकी गतिविधियां छोटे क्षेत्रों तक सीमित हैं ये व्यापारी, श्रम तथा बाजार के लिए स्थानीय जनसंख्या पर निर्भर करते हैं। उनके हितों का बड़े पूंजीपतियों से टकराव होता है जो राष्ट्रीय बाजार पर निर्भर करते हैं जबकि छोटे उद्योगपति राज्य सरकारों से बड़े उद्योगपतियों के हितों पर रोक लगाने का दबाव डालते हैं तथा कभी-कभी यह दबाव राष्ट्रीय स्तर पर वर्ग-चेतना के बनने में रुकावट डालता है।
2. कुछ राज्यों या राज्यों के कुछ भागों के विकास प्रयत्नों ने ग्रामीण क्षेत्रों में निहित स्वार्थों को जन्म दिया है। उदाहरण के लिए, हरित क्रांति क्षेत्रों में नए अमीर किसान वर्ग राज्य स्तर पर राजनीतिक प्रक्रिया का इस इच्छा से समर्थन करते हैं कि उन्हें वे सभी सुविधाएं मिलती रहें जो पहले भी मिलती रही हैं जो राष्ट्रीय राजनीति में वर्ग स्तर को प्रभावित कर सके। जैसे पंजाब में अकाली दल, हरियाणा व उत्तर प्रदेश के पश्चिमी भागों में लोकदल, आंध्र प्रदेश में तेलुगुदेशम व महाराष्ट्र में शेतकारी आंदोलन की विजय इसी का परिणाम थे। ये सभी राष्ट्रीय आर्थिक शक्ति, प्रशासनिक तंत्र, सामाजिक स्तर से अच्छे संबंध बनाकर उनका प्रयोग अपने हितपूर्ति के लिए ज्यादा करते हैं जनमानस के लिए कम।
3. इस असंतुलन का एक पहलू यह भी है कि बड़े-बड़े किसान व दल कृषि आय पर कर नहीं लगने देते, उर्वरक, दवाओं के दाम कम रखवाते हैं तथा अन्न के बदले अच्छी कीमत पाते हैं। परिणामस्वरूप कर का अधिकतर बोझ तथा कीमतों की वृद्धि का प्रभाव शहरी लोगों और कृषि दृष्टि से पिछड़े क्षेत्रों पर पड़ता है। इससे एक ओर क्षेत्रवाद और क्षेत्रीय दल बढ़ रहे हैं वहीं दूसरी ओर ग्रामीण व शहरी संघर्ष भी उत्पन्न हुआ है।
4. ग्रामीण व छोटे कस्बों में रोजगार कम होने से अधिकतर शिक्षित, अर्धकुशल, कुशल व अशिक्षित बेरोजगार शहरों में आते रहते हैं। इससे शहरों में अनियोजित विकास होता है व नागरिक सुविधाओं में कमी आती है जो सामाजिक तनाव, विरोध आंदोलनों, अपराध घटनाओं को जन्म देते हैं। ये उच्च शिक्षा विस्तार व बेरोजगारी के कारण सामाजिक आंदोलनों का हिस्सा बन जाते हैं। सांप्रदायिक दंगों में बढ़ोतरी इसी का परिणाम है।
5. क्षेत्रीय असंतुलन राष्ट्रीय तनाव को जन्म देता है। उत्तर-पूर्वी क्षेत्र असम, त्रिपुरा, मणिपुर, नागालैंड और मिजोरम काफी लंबे समय तक हिंसक घटनाओं से ग्रस्त होकर अलग राज्य की मांग करने लगे थे।

6. राष्ट्रीय एकीकरण को इस क्षेत्रीय असंतुलन से हमेशा ही खतरा बना रहता है। भारतीय संघ से अलग होने की धमकी निश्चय ही राष्ट्रीय विरोधी कार्य है। नेहरू के अनुसार, 'भारत एक होना चाहिए', इस आशय के प्रस्तावों के केवल पास कर देने से तो भारत एक हो नहीं सकता। केवल प्रस्तावों के पास कर देने से लोगों के हृदय में परिवर्तन नहीं हो सकता। इसके लिए प्रत्येक छोटे से छोटा गांव भी स्वतंत्रता की खुशी से वंचित न हो।[42]
7. क्षेत्रीय असंतुलन से राज्य सरकार व केंद्रीय सरकार के बीच संबंधों में कटुता पैदा हुई। कभी-कभी भाषा व जाति जैसे प्रश्न केंद्रीय सत्ता को ललकारने लगते हैं राज्य-राज्य के बीच भी झगड़े उत्पन्न करते हैं जैसे उत्तर व दक्षिण में भाषा के नाम पर हिंसात्मक आंदोलन हुए व हरियाणा व महाराष्ट्र में जाति के नाम पर, उत्तर प्रदेश में ब्राह्मणवाद व दलित वर्ग के आधार पर, अलगाव राष्ट्रीय गठबंधन को नुकसान पहुंचाता है।
8. आर्थिक विकास की असमान नीतियों के कारण भी आर्थिक असंतुलन बढ़ा है जिसने असमान विकास को जन्म दिया व राज्यों में आपसी आर्थिक विषमता व द्वंद्व को बढ़ावा मिला है। उड़ीसा के मुख्यमंत्री ने सरकारी आंकड़ों का हवाला देते हुए कहा है कि आर्थिक विकास में पूर्वी राज्यों की उपेक्षा के परिणामस्वरूप आपसी द्वेष बढ़ा है। असम, उड़ीसा, बिहार व पश्चिम बंगाल में सरकारी सहायता हरियाणा, कर्नाटक, तमिलनाडु व पंजाब से कहीं ज्यादा कम है।
9. इस असंतुलन के कारण क्षेत्रीय दलों में निरंतर बढ़ोतरी हो रही है। वे सोचते हैं कि पृथक दल बन जाने से उनकी राजनीतिक महत्त्वाकाक्षाएं जल्द पूरी हो सकती हैं जो प्रादेशिकता की अग्नि को ज्यादा हवा देकर राष्ट्रीय भावना को नुकसान पहुंचा सकती है।

कुल मिलाकर प्रारंभ से ही क्षेत्रीय असमानताओं के अस्तित्व और विकास ने राष्ट्रीय राजनीति का विकास नहीं होने दिया जिसने अंतर्राज्यीय, अंतर्क्षेत्रीय तथा केंद्र राज्यों में तनाव व द्वंद्व को बढ़ावा दिया। असंतुलन के कारण पृथकतावादी, सांप्रदायिक और क्षेत्रीय संगठनों और आंदोलनों को गति मिली जिससे सामाजिक तनाव व द्वंद्व उत्पन्न होते रहे हैं। परिणामस्वरूप परंपरावादी शासक वर्गों का राजनीतिक सत्ता पर नियंत्रण बना रहता है और विकास प्रक्रिया की स्थिति यथावत् बनी रही है। अतः आर्थिक शक्ति का केंद्रीकरण होता है। विशाल जनसमूह का राजनीतिक प्रक्रिया से अलगाव अंततः राष्ट्रीय एकता को खतरा पहुंचा सकता है। अगर इस भयावह स्थिति से निपटना है तो क्षेत्रीय, विभागीय स्तर पर एक नई तथा उपयोगी व संतुलित विकास नीति का निर्माण आवश्यक है तथा उपयोगी व कठोर कदम भी इसके मार्ग को आसान बना सकते हैं, जैसे-(1) अल्पविकसित क्षेत्रों के विकास को प्राथमिकता, (2) जनसंख्या व बेरोजगारी पर नियंत्रण, (3) लघु व मध्यम उद्योगों पर जोर और साथ ही देशी व विदेशी पूंजी निवेश पर जोर, (4) पर्वतीय व पिछड़े ग्रामीण क्षेत्रों का संतुलित विकास, (5) मानवीय सहयोग पर बल, स्वस्थ राजनीतिक इच्छाशक्ति का निर्माण, (6) शिक्षा व तकनीकी ज्ञान पर जोर ताकि नई तकनीकी नीतियों

को अपनाया जा सके[43] क्योंकि देश में विकास के लिए जो रणनीति अपनाई गई उनमें अंतर्द्वंद्व है, तथा साथ ही सच्चाई यह भी है पिछड़े क्षेत्रों को आबंटित राशि का राजनीतिक भ्रष्टाचार के कारण उन पर पूर्णत: खर्च नहीं हो पाता तथा योजनाएं कुछ ही लोगों के हाथों में सिमट कर रह जाती हैं। 2007-08 में 250 पिछड़े क्षेत्रों की विकास राशि का सिर्फ 4,670 करोड़ में से 700 करोड़ रुपये खर्च किए गए, 250 जिले में 147 जिलों तक ही योजनाएं पहुंची।[44]

पर्यावरण अधोगति एवं विनाश

प्रकृति जो जीवन प्रदान करती है तथा प्राकृतिक संसाधन जिन्होंने मानवीय विकास व मानवीय जीवन को शक्ति प्रदान की, जिन्होंने हर तरह से पृथ्वी पर निवास करने वाले हर प्राणी की आवश्यकता की पूर्ति की पर हमने अपनी इस प्राकृतिक विरासत को खत्म होने के कगार पर खड़ा कर दिया है। एक ही समय में भिन्न-भिन्न स्थानों पर मनुष्य और पर्यावरण के संबंध बदलते रहे हैं। मानवीय क्रियाकलापों से पर्यावरण पहले से ही बिगड़ता रहा है। वनों के विनाश से ही इराक में मैसोपोटामिया, पीरू की इंका सभ्यता तथा सिंधु घाटी की प्राचीन सभ्यताओं का पतन हुआ। इस तरह हम प्रकृति से पृथक अस्तित्व की कल्पना भी नहीं कर सकते। आज की आधुनिक जीवन शैली ने संपूर्ण विश्व को पर्यावरण विनाश के खतरे के प्रति चिंतित कर दिया है। प्राकृतिक संसाधन खत्म होने के कगार पर हैं, ऊर्जा, जल, जीव, प्रजातियां, खनिज पदार्थ लुप्त होने के कगार पर हैं, पर्यावरण में होने वाले भयानक परिवर्तन संतुलित जीवन के लिए नुकसानदेह हैं। 2 फरवरी 2007 को दुनिया के शीर्ष पर्यावरण वैज्ञानिकों के एक पैनल ने अपनी रिपोर्ट में कहा कि ग्लोबल वार्मिंग की सच्चाई पर अब कोई संदेह नहीं रहा है और इसके लिए आदमी खुद जिम्मेदार है। रिपोर्ट में कहा गया है कि पूरी दुनिया में सागर का तापमान और हवा में बदलाव हुआ, पहाड़ों पर बर्फ पिघल रही है और समुद्री जल स्तर में वृद्धि हुई है उससे पूरा वातावरण बदल रहा है। पिछड़े देशों को इसका खामियाजा सबसे ज्यादा भुगतना पड़ेगा।[45]

जनसंख्या वृद्धि तथा अंधाधुंध वनों की कटाई, वन्य-पशुओं का शिकार व औद्योगीकरण के दबावों की वजह से हम तेजी से पर्यावरण अधोगति की तरफ बढ़ते जा रहे हैं। प्रदूषण, उद्योगों व वाहनों की बढ़ती संख्या, वायु प्रदूषण व ध्वनि प्रदूषण, रासायनिक वर्षा, दूषित पानी ने मनुष्य को अनेक रोगों से ग्रस्त कर दिया है, निश्चय ही यह चिंता का विषय है। अगर यह सब ऐसे ही चलता रहा, तो वह दिन दूर नहीं जब "ग्रीन हाउस प्रभाव" के कारण बढ़ती हुई गर्मी ध्रुवों की बर्फ को पिघलाकर प्रलय मचा देगी। परिणामस्वरूप पृथ्वी का मौसम बदलेगा। जहां ठंड पड़ती थी, वहां गर्मी बढ़ेगी और जहां गर्मी पड़ती थी, वहां और ज्यादा गर्मी।[46] इस प्रकार इंसान का जीना मुश्किल हो जाएगा। वैज्ञानिकों ने इस बढ़ती गर्मी के कारण होने वाली तबाही को "ग्लोबल वार्मिंग" का नाम दिया है।

पर्यावरण हमारे जीवन का एक महत्त्वपूर्ण अंग है और सब सामाजिक, जैविक और भौतिक या रासायनिक तत्त्वों, जो कि मनुष्य के वातावरण को बनाता है, का योग ही पर्यावरण है। कोई भी प्राणी चाहे सरल हो या जटिल जिंदा नहीं रह सकता अगर उसे इस वातावरण

से हटा दिया जाए।[47] संयुक्त राष्ट्र संघ ने सभी देशों को पर्यावरण प्रदूषण रोकने के उपायों को अपनाने की कठोर चेतावनी दी है। हालांकि भारत में इस अधोगति को रोकने के प्रयास आजादी से पहले भी किए गए थे। 1865 व 1878 के वन कानूनों के द्वारा वनों की सुरक्षा के प्रयास किए गए बाद में राष्ट्रीय वन नीति (नेशनल फॉरेस्ट पॉलिसी) 1952 के तहत वनों को राज्य सुरक्षा के अंतर्गत रखा गया। संयुक्त राष्ट्र महासभा ने 1972 में पर्यावरण पर कांफ्रेंस बुलाई जिसमें सभी देशों को पर्यावरण पर अपनी रिपोर्ट देने का प्रावधान रखा। इसी क्रम में फरवरी 1972 में नेशनल कमेटी ऑन एन्वायरमेंटल प्लेनिंग एंड कोरडीनेशन बनाई गई (NCEPC) जो कि विज्ञान एवं प्रौद्योगिकी विभाग के अंतर्गत आती थी जिसका काम समय-समय पर पर्यावरण संबंधी सुझाव व सिफारिशें पेश करना था। इसके सदस्य पर्यावरण विशेषज्ञ होते थे। सभी पंचवर्षीय योजनाओं में NCEPC के सुझावों के अनुसार योजनाएं बनाई गईं, 1988 में नेशनल फोरेस्ट पॉलिसी बनाई गई जिसने पर्यावरण संतुलन पर काम किया। उसके बाद 7 फरवरी 2003 को पर्यावरण व वन मंत्रालय बनाया गया जिसका कार्य वन व वनीय क्षेत्र की कार्यशैली को मूल्यांकित करना था। इसका कार्यकाल 2 वर्ष था, बाद में नेशनल फोरेस्ट्री एक्शन प्रोग्राम (NFAP) 20 वर्ष के लिए बनाया गया जिसका कार्य देश के 1/3 भाग को ट्री-फॉरेस्ट बनाना था। 1990 में गांवों के लिए ज्वाइंट फॉरेस्ट मैनेजमेंट प्रोग्राम के द्वारा वनीय सुरक्षा पर ध्यान दिया गया जिसमें 85.3 लाख परिवार सम्मलित हैं। दसवीं पंचवर्षीय योजना (2002-07) में भारत सरकार ने फॉरेस्ट प्रोटेक्शन स्कीम के तहत उत्तर-पूर्व राज्यों व सिक्किम के अलावा सभी राज्यों व केंद्र शासित प्रदेशों में भी इस प्रोग्राम के शत प्रतिशत लागू करने का प्रावधान रखा।[48]

2004 में सरकार ने नेशनल एन्वायरमेंट पॉलिसी का निर्माण किया जिसे संविधान के अनुच्छेद 48A के तहत लाया गया जिसमें कहा गया था कि पर्यावरण को स्वच्छ रखने के उपाय अपनाए जाएं।[49] सरकार द्वारा उठाए गए सभी कदमों व उपायों के बावजूद पर्यावरण दिन पर दिन दूषित होता जा रहा है जिसके लिए कई कारक जिम्मेदार हैं, जैसे–

1. जनसंख्या वृद्धि जो 100 मिलियन का आंकड़ा पार कर गई है।[50] देश में प्रति मिनट 50 बच्चे पैदा होते हैं। पूरे विश्व का 16 प्रतिशत भाग भारत में रहता है। मृत्यु दर में निरंतर कमी के कारण भोजन, ईंधन, जल, संसाधनों की कमी पैदा हो रही है। धरती बांझ होती जा रही है। ऊपर से धार्मिक व मजहबी रीति-रिवाज तथा आधुनिक जीवनशैली जनसंख्या नियंत्रण में बाधा बन रहे हैं। प्राकृतिक संसाधन खत्म होने से आने वाली पीढ़ियों के लिए अभाव की स्थिति पैदा हो सकती है।[51]
2. वनों की अंधाधुंध कटाई भी इसका कारण है क्योंकि वनों की क्षतिपूर्ति असंभव है जो आर्थिक विकास में सहायक व प्राकृतिक विपदाओं से मानवीय रक्षा करते हैं। किसी भी राष्ट्र की प्रगति के लिए जरूरी है कि उसकी एक-तिहाई भूमि वनीय हो, देश में कुल वनीय क्षेत्र उन्नीस प्रतिशत है। हिमालय के पहाड़ी क्षेत्रों में वनों के काटने से ऊपरी उपजाऊ हरित सतह लुप्त हो रही है जिससे जंगली जीव-जंतु लुप्त हो रहे है। जहां प्रचुर मात्रा में औषधीय पौधे व जड़ी-बूटियां पाई जाती थीं आज वो बंजर नजर आते हैं जिससे पर्वतीय क्षेत्रों में जीवन की संभावना दुर्लभ हो रही है क्योंकि वन उपज वहां के लोगों की आजीविका थी।

3. भूक्षरण की समस्या का प्रमुख कारण पेड़ों व वनों की कटाई है। पौधे की कटाई से भूमि का आवरण हट जाता है जिससे मृदा की परत पर वर्षा का सीधा प्रहार होता है तथा मृदा कण कटकर तेजी से नीचे बहने लगते हैं जिससे बाढ़ की स्थिति पैदा हो जाती है तथा मृदा के कण बह जाने से इसका उपजाऊपन घटने लगता है। पर्वतीय क्षेत्रों में किए जा रहे खनन कार्यों से भी भूमि का कटाव व धूल-कणों से वातावरण दूषित हो रहा है। इस खनन से हिमाचल, सोलन व पर्वतीय क्षेत्र (उत्तर-पूर्व) के राज्य भी प्रभावित हुए हैं।[52]
4. जल प्रदूषण भी इसका मुख्य कारण है क्योंकि सिंचाई के लिए जल की आवश्यकता पड़ती है। कारखानों का कूड़ा-कचरा, विषैले रसायनों, पेट्रोलियम उत्पादों, डी.डी.टी का पाउडर, कीटनाशक, घासफूस सभी को नदी या नालों में फेंक दिया जाता है। भूमि पर भी यह कचरा छोड़ देने से धीरे-धीरे वह भूमिगत जल में मिलकर पानी को दूषित कर देता है। तमिलनाडु के उत्तरी अर्काट जिले में चमड़े के अनेक कारखानों के कचरे से गांव के कुओं का पानी प्रदूषित हो रहा है। यही हाल दिल्ली की यमुना नदी का है। प्रदूषित जल नदियों में रहने वाले जीवों को भी प्रभावित करता है साथ ही मनुष्यों में पीलिया, पेचिश और टायफाइड जैसी बीमारियां फैलाता है। खेतों से बहकर कीटनाशक जल नदियों में मिलकर उसे प्रदूषित करता है जिससे झीलों में शैवाल उग जाते हैं तथा पानी में ऑक्सीजन की मात्रा कम हो जाती है जिससे जलीय जीव व मछलियों की मौत हो जाती है। महासागर भी तटीय शहरों के लोगों द्वारा फेंके गए कूड़े से प्रदूषित हो रहे हैं। तेलवाहक जहाजों से तेल रिसने से भी प्रदूषण फैलता है। कारखानों से उत्पन्न सल्फर डाइऑक्साइड तथा नाइट्रोजन ऑक्साइड वायुमंडल में मिलकर सलफ्यूरिक व नाइट्रिक अम्ल का निर्माण करती है जिससे विषैली रासायनिक वर्षा होती है जो कृषि, भूमि की उर्वरकता व उपजाऊपन को नष्ट कर देती है। साथ ही त्वचा व सांस की बीमारियां बढ़ती हैं हालांकि सरकार ने वाटर प्रिवेंशन एंड कंट्रोल ऑफ प्रिवेंशन एक्ट 1974, द एंवायरनमेंट प्रोटेक्शन एक्ट 1986, नेशनल वाटर पोल्यूशन एक्ट 1987, नेशनल रिवर कंजरवेशन प्लान (NRCP) 1995, नेशनल लेक कंजरवेशन प्लान 1997 द्वारा जल प्रदूषण रोकने के प्रयास किए गए हैं परंतु सफलता कम ही मिली है।
5. वायु प्रदूषण से भी पर्यावरण दूषित हुआ हालांकि सरकार द्वारा द सेंट्रल पोल्युशन कंट्रोल बोर्ड (CPCB) बनाया गया था परंतु कल-कारखाने, खनन परियोजनाएं, ताप व बिजली परियोजनाएं, परमाणु परियोजनाएं, परिवहन के साधन वायु में जहरीली गैस छोड़ रहे हैं। दिल्ली, कोलकाता, मुंबई, कानपुर शहर वायु प्रदूषण के शिकार हैं जहां के अनेक निवासी श्वास संबंधी बीमारियों से ग्रस्त रहते हैं। आबादी बढ़ने के साथ इन सुविधाओं के प्रयोग के कारण प्रदूषित वायु की भी मात्रा में बढ़ोत्तरी हो रही है।

6. ठोस कूड़े करकट द्वारा भी प्रदूषण बढ़ रहा है। ठोस कचरा जहां भारत के गांव व शहरों में 1947 में 6 मिलियन टन था वहीं यह 1997 में 48 मिलियन टन हो गया।[53] सरकार ने इसे रोकने के लिए द म्यूनिसिपल सोलिड वेस्ट मैनेजमेंट एंड हैंडलिंग रूल्स (2000) बनाया ताकि इसकी रिपोर्ट वह सरकार को सौंपे व इस पर अंकुश लगाया जा सके।
7. औद्योगिक कूड़ा निष्कासन भी प्रदूषण का कारण है। ज्यादा औद्योगिकीकरण के कारण ज्यादा ऊर्जा की खपत, ज्यादा पेट्रोल, कोयले व तेल की खपत, इनके जलने से कार्बन मोनोक्साइड की पैदाइश ऑक्सीजन की मात्रा को कम कर देती है। बिजली व विभिन्न परमाणु योजनाएं हमारे जीवन को खतरे में डाल सकती हैं। अभी 7.2 मिलियन टन कूड़ा हमारे देश में हर साल बनता है हालांकि आठवीं, नवीं व दसवीं पंचवर्षीय योजना में इस कूड़े को रोकने के उचित कदम उठाए जा रहे हैं।
8. परिवहन परियोजनाएं व वाहन भी प्रदूषण के लिए उत्तरदायी हैं रेलवे लाइन, बांध परियोजनाएं, सड़कों व पुलों का निर्माण, हवाई मार्गों व हवाई अड्डों का निर्माण, बंदरगाहों की स्थापना, जहाजरानी विस्तार, मोटर गाड़ियों व वाहनों से निकलने वाली जहरीले गैसें मानवीय जीवन को कम कर रहे हैं।[54] सरकार प्रदूषण निरोधक उपकरण व सी.एन.जी. द्वारा इसे कम करने का प्रयास कर रही है परंतु सभी नाकाफी सिद्ध हो रहे हैं।

इस तरह यदि पर्यावरण प्रदूषण को समय रहते न रोका गया तो पर्यावरण का संतुलन गड़बड़ा जाएगा। ग्लोबल वार्मिंग व प्रदूषण पर ठोस कदम न उठाए गए तो (1) चावल का उत्पादन 15 से 42 प्रतिशत और गेहूं का 3 से 4 प्रतिशत तक गिरेगा; (2) बारिश 7 प्रतिशत तथा तापमान 2 डिग्री सेल्सियस, पहुंचने पर कृषि के कुल राजस्व में 12.3 प्रतिशत की गिरावट आएगी; (3) बारिश से होने वाले अनाज उत्पादन पर 12.5 करोड़ टन की हानि उठानी पड़ेगी; (4) उत्पादन में गिरावट से सकल घरेलू उत्पाद यानि जी डी पी प्रतिशत गिरेगा; (5) समुद्र का स्तर 1 मीटर ऊंचा उठने से 576,400 हेक्टेयर भूमि जलमग्न हो जाएगी।[55]

पर्यावरण संरक्षण के संतुलित तरीके ही इस भयावह स्थिति से उभार सकते हैं, जिनमें मुख्य तरीके हैं जनसंख्या पर नियंत्रण रखा जाए। शिक्षा, जागरूकता अभियान व परिवार नियोजन द्वारा इस पर रोक लगाई जाए। वनों की उचित सुरक्षा व विकास के लिए ठोस कानून बनाए जाएं तथा ईंधन के विकल्प के तरीके खोजे जाएं। वनीय जीवों के अवैध व्यापार पर रोक लगाई जाए क्योंकि जीव-जंतु पशु-पक्षी प्रकृति संतुलन के मुख्य कारक होते हैं।

- आवश्यक वस्तुओं के निर्माण के लिए साफ-सुथरी तकनीक का इस्तेमाल कर जलीय पदार्थों के विकल्प खोज कर अणुशक्ति जैसी तकनीक लाई जाए। पेट्रोल की जगह सी.एन.जी. विकल्प हो सकते हैं।

- पर्यावरण शिक्षा पर जोर दिया जाए ताकि समाज के प्रत्येक व्यक्ति को इसके परिणाम की भयावह स्थिति का अंदाजा हो। पर्यावरण दिवस का प्रचार कर पर्यावरण संरक्षण के तरीकों को प्रसारित कर आम जनता को पर्यावरण संरक्षण का महत्त्व बतलाया जा सके। सूचना तकनीकों द्वारा महत्त्वपूर्ण जानकारी प्रदान की जाए।
- प्रदूषण क्योंकि अंतर्राष्ट्रीय समस्या है इसलिए भारत सरकार के विभिन्न अंतर्राष्ट्रीय संगठनों की प्रमुख एजेंसियों की सहायता से अपने देश में प्रदूषण को रोकने की विभिन्न विधियों को अपनाया जाए। 1992 में रियो-द-जनेरो (ब्राजील) में संपन्न विश्व सम्मेलन के माध्यम से पर्यावरण और विकास से संबंधित उपयुक्त जानकारी का आदान-प्रदान किया गया जिससे पर्यावरण के संरक्षण में विश्व की सच्ची भागीदारी का मार्ग प्रशस्त हुआ।
- मनुष्यों में यह जागरूकता फैलाना कि उनकी जीवन शैली व आर्थिक गतिविधियां पृथ्वी पर उसके अस्तित्व के लिए आशंका पैदा कर रही हैं ताकि वह अपनी आवश्यकताओं पर अंकुश रख सके क्योंकि पर्यावरण की समस्याओं को जानकर ही उसके समाधान के लिए मनुष्य उपयुक्त उपाय अपनाए।
- सरकार इससे निजात के तरीके खोज निकाले व उपयुक्त कानून द्वारा प्रदूषण पर रोक लगाने का प्रयास करे।

पर्यावरणविद-प्रोफेसर रामनाथन के अनुसार 1970 से 2000 के बीच हिमालय के बर्फीले इलाके तेजी से घटे हैं, इसी रफ्तार से पर्यावरण बिगड़ता रहा तो अगले 20-25 वर्षों में भारत में भीषण अकाल की स्थिति पैदा हो सकती है।[56] समय से पहले इस पर नियंत्रण जरूरी है। पूर्व अमेरिकी उपराष्ट्रपति अल गोर ने डॉक्यूमेंटरी-"एन इनकन्विनिएंट ट्रूथ" बनाई इसमें उन्होंने रेखांकित किया कि जलवायु परिवर्तन मानव निर्मित समस्या है इसलिए दुनिया भर में सामूहिक प्रयासों द्वारा ही इसे रोका जा सकता है। उन्होंने ग्रीन हाउस गैसों में कटौती व स्वच्छ ऊर्जा के विकल्पों की खोज पर बल दिया।[57]

इस तरह किसी भी देश की अर्थव्यवस्था के विकास के लिए जरूरी है कि वहां की जनता को अच्छा जीवन स्तर प्रदान करने के लिए अल्पविकास के लिए जिम्मेदार समस्याओं का निदान जल्द से जल्द खोजा जाए। वित्तमंत्री पी. चिदंबरम के अनुसार देश की अर्थव्यवस्था अभी भी अपनी वास्तविक क्षमता से कम विकास कर रही है। इस कमी का कारण शिक्षा, कुशलता, रोजगार, पूंजी व अवसर का अभाव है। इस कारण देश की आधी आबादी विकास प्रक्रिया में पूरी क्षमता से हिस्सा नहीं ले पाती जबकि दूसरी एशियाई अर्थव्यवस्थाएं गरीबी हटाने, आय बढ़ाने, साक्षरता की दर बढ़ाने और जीवन अपेक्षा अधिक करने में अधिक कामयाब रही हैं।[58] इसके साथ ही देश में विभिन्न कारणों द्वारा निर्णय प्रक्रिया में भी देरी होती है। इससे परियोजनाओं की लागत और समय अनावश्यक रूप से बढ़ जाता है। जरूरत है विकास कार्यक्रमों को और अधिक व्यवस्थित ढंग से लागू करने की क्योंकि प्रतिस्पर्धा के दौर में लघु व मंझली औद्योगिक इकाइयां नहीं चाहतीं कि इन क्षेत्रों में विदेशी भागीदारी बढ़े पर उन्हें उम्मीद है कि सरकार उनके लिए श्रम-कानूनों को लचीला बनाकर उन्हें प्रतिस्पर्धा का सामना करने में सहायक बनाएगी।

बहरहाल सभी समस्याओं के बावजूद पिछले दो दशकों में न केवल आर्थिक दृष्टिकोण से बल्कि भारत के हितों के बारे में सोच में भी बदलाव आया है। और आने वाले सालों में इस बदलाव की गति और तेज होगी। दुनिया में आज भारत की जो स्थिति है वह आने वाले समय में उदार आर्थिक नीतियों के कारण निश्चित रूप से अलग होगी।[59] भारत अब अमेरिका, चीन व जापान के बाद चौथी आर्थिक शक्ति बनकर आगे बढ़ रहा है निश्चित ही वह इन समस्याओं पर जल्द काबू पा लेगा।[60]

संदर्भ

1. दत्त, रजनी पाम, *आज का भारत*, 2000 पृ. 34.
2. भार्गव, बी. के., '*इकोनोमिक डेवलपमेंट एंड डेवलपमेंट पॉलिसी*' SCS, दिल्ली, 2007, p. 4.
3. अरोड़ा एव अवस्थी, *राजनीतिक सिद्धांत*, दिल्ली 2004, p. 353.
4. संयुक्त राष्ट्र एक्स्पर्ट टीम, *मेजर्स फोर द इकोनोमिक डेवलपमेंट ऑफ अंडरडेवलप्ड कंट्रीज*, 1951, p. 3.
5. अग्रवाल, ए. एन., *भारतीय अर्थव्यवस्था, विकास एवं आयोजन की समस्याएं*, वाइली ईस्टर्न: नई दिल्ली, 1986, p. 3.
6. Ibid, p. 4.
7. वर्ल्ड बैंक, वर्ल्ड डेवलपमेंट इंडिकेटर, 2004-05.
8. ह्यूमन डेवलपमेंट इंडिकेटर (2005) इंडिया।
9. योजना आयोग, तीसरी पंचवर्षीय योजना, भारत सरकार, p. 154.
10. वर्ल्ड डेवलपमेंट रिपोर्ट, 2005-06, 2009-10.
11. *Ibid.*
12. योजना आयोग की रिपोर्ट, दसवीं पंचवर्षीय योजना (2002-07).
13. *हिंदुस्तान* स्टेटमेंट बाए वित्तमंत्री पी. चिदंबरम 'वार्षिक बजट 07' 2 अप्रैल 2007, p. 11.
14. आर्थिक सर्वेक्षण 2006-07 *कॉनिकल* अप्रैल 2007, p. 79.
15. वर्ल्ड डेवलपमेंट रिपोर्ट 2005-06 और 2009-10.
16. नेशनल हेल्थ सर्वे, भारत सरकार, 2007.
17. यूनिसेफ 'प्रोग्रेस फॉर चिल्ड्रन', एक रिपोर्ट, 2007.
18. *क्रॉनिकल*, 'वित्त मंत्रालय की रिपोर्ट व सर्वे' 2006, अप्रैल 2007, p. 102.
19. हिंदुस्तान, इंटरनेशनल फूड पॉलिसी रिसर्च इंस्टीट्यूट, 'विश्व भुखमरी सूचकांक', 2007, 15 अक्तूबर 2007, p. 16.
20. योजना आयोग, 10वीं पंचवर्षीय योजना (2002-07) Vol. I, p. 7.
21. वर्ल्ड डेवलपमेंट रिपोर्ट 2001-2002.
22. आई. सी., धींगरा एवं गर्ग, वी. के. *इकोनोमिक डेवलपमेंट एंड प्लानिंग इन इंडिया*, नई दिल्ली 2007, पृ. 81-82.
23. अग्रवाल, ए. एन., *op cit*, p. 140.
24. Note : इसे योजना की आबंटित राशि में बिहार में 403 करोड़ में से केवल 51 करोड़

खर्च किए जबकि छत्तीसगढ़ में 173 करोड़ में से केवल 98 करोड़ खर्च किए।

25. "कल्याण योजनाओं का कल्याण", *हिंदुस्तान*, 18 अक्टूबर 2007.
26. कुमार, योगेश, *पर्यावरण, मानव संसाधन और विकास*, राजस्थान, 2004, p. 95.
27. *Ibid.*
28. *हिंदुस्तान*, एक रिपोर्ट बाई शेल्डन शीफर–डारेक्टर, दक्षिण एशियाई देश (एजुकेशन विंग) 2007, 29 नवंबर 2007, p.18.
29. सरला गोपालन, "टुवर्डस इक्वालिटी, स्टेटस ऑफ वुमेन इन इंडिया", 2001', राष्ट्रीय महिला आयोग रिपोर्ट, भारत सरकार 2001.
30. नारंग, ए. एस., *भारतीय शासन एवं राजनीति*, गीतांजली पब्लिकेशन्स: दिल्ली, 1992 p. 408–9.
31. 'प्रारंभिक शिक्षा' सर्वेक्षण, राष्ट्रीय शिक्षा योजना व प्रशासन संस्थान (NIEEPA), भारत सरकार, 2007.
32. संयुक्त राष्ट्र आर्थिक और सामाजिक आयोग, वार्षिक आर्थिक सर्वेक्षण 2007.
33. नेशनल हैल्थ सर्वे-3, भारत सरकार, 2007, p. 38.
34. "टुवर्डस इक्वालिटी-द अनफिनिश्ड एजेंडा-स्टेटस ऑफ वुमेन इन इंडिया-2001," (भारत सरकार) और सूचना एवं प्रसारण मंत्रालय, भारत सरकार, 2000, p. 97. *India 2008*, Publication Division Ministry of Information and Broadcasting, Government of India, p. 11.
35. गृहस्वामी, मोहन, (Ed.), *रिडिफाइनिंग पोवर्टी: ए न्यू पोवर्टी लाइन फॉर न्यू इंडिया*, सेंटर फॉर पॉलिसी अल्टरनेटिव: दिल्ली, फरवरी 2006.
36. गाडगिल, डी. आर., *द इंडस्ट्रियल रेवल्यूशन ऑफ इंडिया इन रिसेंट टाइम*, ऑक्सफोर्ड यूनिवर्सिटी प्रेस: दिल्ली, 1972, p. 34.
37. कोठारी, रजनी, *पोलिटिक्स इन इंडिया*, ओरियंट लांग्मैन: नई दिल्ली, 1970 pp. 330–332.
38. चंद्रा, विपिन, *कलोनियलिज्म एंड मॉडरनीज़्म*, ओरियंट लांग्मैन, 1970, p. 3.
39. दत्त, रमेश चंद्र, *इकोनोमिक हिस्ट्री ऑफ इंडिया*, Vol. I, 1960, pp. 180–81.
40. Memon, VKM, *India since Independence from the Preamble to the Present*, S. Chand: Delhi, 1970, pp. 40–41.
41. गुप्ता, आर. एल., *अल्प विकास की समस्याएं*, 1998, p. 607.
42. नेहरू, जवाहरलाल, *डिस्कवरी ऑफ इंडिया*, ऑक्सफोर्ड यूनिवर्सिटी प्रेस: दिल्ली, 1982, पृ. 302.
43. दिवाकर, एस. मंशाराम और बंसल, आर. पी., *पर्वतीय विकास योजना*, 1995, पृ. 32.
44. महापात्रा, सत्यन, *हिंदुस्तान*, अक्टूबर 15, 2007.
45. इंटरगवर्नमेंटल पैनल ऑन क्लाइमेट चेंज (IPCC) 'Report on Environment' फरवरी 2007.
46. शर्मा, योगेश कुमार, *पर्यावरण, मानव संसाधन और विकास* 2004, pp. 24–25.
47. अरोड़ा, एन. डी., एंड अवस्थी, एस. एस., *राजनीतिक सिद्धांत*, हर-आनंद पब्लिकेशन: दिल्ली, 2004, p. 374.
48. मोतीलाल, शशि, एंड नंदा, विजयलक्ष्मी, *ह्यूमन राइट जेंडर एंड इन्वायरमेंट*, 2006,

pp. 296–297.

49. ''नेशनल एंवायरमेंट पोलिसी'', वनीय व पर्यावरण मंत्रालय, भारत सरकार, 2004.
50. सेंसस ऑफ इंडिया, भारत सरकार, पेपर I, 2001.
51. *योजना*, एस. प्रसाद 'धरती', सितंबर, 1996, पृ. 29.
52. सेंटर फॉर साइंस एंड एनवायरनमेंट ''द स्टेट ऑफ इंडियाज एनवायरनमेंट: ए सिटीजन रिपोर्ट'', 1982, p. 4.
53. दत्त, रुद्र, एवं सुंदरम, के. पी. एम., *इण्डियन इकोनोमी*, दिल्ली, 2001, p. 113.
54. पारिख, कीर्ति एस., व राधाकृष्ण (ed.), *इंडिया डेवलपमेंट रिपोर्ट*, 2002, Ch. 10 और 14.
55. *क्रानिकल*, अप्रैल 2007, p. 48.
56. प्रोफेसर रामनाथन हिंदुस्तान टाइम्स लीडरशिप समिट, *हिंदुस्तान*, 15 Oct. 2007.
57. सैमुअल जॉनसन, ''दुनिया की खातिर'', *हिंदुस्तान*, 15 Oct. 07.
58. *हिंदुस्तान*, ''राष्ट्रीय बजट परिचर्चा वित्तमंत्री पी. चिदंबरम्'' अप्रैल 2, 2007, पृ. 11.
59. सुब्रह्मणयम, अरविंद, ''बदलता भारत'', *हिंदुस्तान*, 3 Sep. 2007.
60. बिरला, के. के., ''भारतीय अर्थव्यवस्था'', कलकत्ता, *हिंदुस्तान टाइम्स*, April 17, 2007.

22

भारत की पर्यावरण नीति

मानव जीवन का पृथ्वी तथा उसके पर्यावरण से गहरा संबंध है। अनाज पैदा करने से लेकर जंगल से वनस्पति व खनिज का उपयोग करने, आवास बनाने तथा तमाम कार्यकलापों में वह और प्रकृति साथ-साथ चलते हैं। पृथ्वी तथा वायुमंडल से मिलकर बना वातावरण पर्यावरण कहलाता है। पर्यावरण पृथ्वी के भौतिक वातावरण व उसके घटकों से मिलकर बनता है। ये सभी घटक एक निश्चित समन्वय में अपने कार्य करके प्रकृति को स्वच्छ रखते हैं। प्रकृति में वातावरण को स्वच्छ रखने की स्वाभाविक प्रवृत्ति होती है। शुद्ध पर्यावरण मानव-जीवन के लिए अति आवश्यक है। इसमें किंचित मात्र भी संदेह नहीं है कि मानव का विकास ही नहीं, वरन् उसका पूरा अस्तित्व पर्यावरण पर निर्भर करता है। पर्यावरण में प्राकृतिक या मानवीय वजह से अगर कोई परिवर्तन आता है तो उसके घातक प्रभाव मानव के साथ-साथ पेड़-पौधों, पशु-पक्षियों पर भी पड़ते हैं। सभ्यता के विकास में मानव की पर्यावरणीय संसाधनों पर निर्भरता सर्वविदित है। इन संसाधनों का नियमित उपयोग विकास के मार्ग को प्रशस्त करता है। लेकिन उनका अनियंत्रित शोषण मानव तथा पर्यावरण दोनों के लिए घातक सिद्ध होता है।

पर्यावरण के शोषण और संरक्षण को लेकर छिड़ी समकालीन बहस में अक्सर यह कहा जाता है कि पर्यावरण की बात कहना विकास को अवरुद्ध करना है। सच्चाई यह है कि पर्यावरण संरक्षण और विकास दोनों ही मानव जीवन के लिए परम आवश्यक हैं। अगर सही तकनीक का प्रयोग किया जाए तो विकास के साथ संरक्षण भी संभव है। इस विषय पर डेनियल बोटाकिन का विचार है कि "आज हमारी समस्या रूढ़िवादी विचारों तथा तकनीकी विकास से संभव समाधानों के मध्य द्वंद्व है। हमारी रूढ़िवादी विचार-शैली तकनीक द्वारा विकसित नई संभावनाओं को स्वीकार नहीं कर पा रही है। यह बात इसलिए भी गौरतलब है कि जहां एक ओर प्राकृतिक संसाधनों का बेहतर तकनीक द्वारा समुचित उपयोग ही एक राष्ट्र को विकसित बनाता है, वहीं दूसरी ओर पिछड़ी तकनीक का प्रयोग देश को गरीब बनाने के साथ पर्यावरण को भी ज्यादा हानि पहुंचाता है।

दुनिया में पर्यावरण के प्रति जागरूकता तथा विकास की संभावनाओं को लेकर एक विरोधाभास नजर आता है। जहां एक ओर तकनीकी विकास के माध्यम से विकसित देशों में

नागेन्द्र शर्मा, एसोशिएट प्रोफेसर, पी.जी.डी.ए.वी. कॉलेज (सांध्य), दिल्ली विश्वविद्यालय
डॉ. मयंक कुमार, एसोशिएट प्रोफेसर, सत्यवती कॉलेज, दिल्ली विश्वविद्यालय

भौतिक सुख-सुविधाओं का भंडार विकसित हो रहा है, वहीं दूसरी ओर अविकसित तथा विकासशील देशों में सीमाहीन गरीबी और अभाव बढ़ रहे हैं। यद्यपि विकसित देशों द्वारा पर्यावरण के साधनों का दोहन भी कहीं ज्यादा किया जा रहा है तथापि इन देशों में पर्यावरण संरक्षण के क्षेत्र में भी काफी प्रगति हुई है। उन तकनीकों का विकास किया गया है जो पर्यावरण का संरक्षण तथा मानवीय जरूरतों को एक साथ पूरा करें। बेहतर तकनीक के अभाव में अविकसित तथा विकासशील देश संसाधनों के दोहन के साथ-साथ पर्यावरण क्षति को भी बढ़ावा दे रहे हैं। पिछली सदी के आठवें दशक में पर्यावरण के बारे में लोगों की दिलचस्पी बढ़ी। यह भी स्वीकारा गया कि पर्यावरण से जुड़े मुद्दों के लिए विश्व-स्तर पर नई कारगर कोशिशों की जरूरत है। इस संदर्भ में यह कह देना उचित होगा कि इस अध्याय का हिस्सा विश्व स्तर पर पर्यावरण संबंधी नीतियों के विकास पर केंद्रित है तथा दूसरा भाग भारत में पर्यावरण संबंधी नीतियों को उल्लिखित करता है।

पर्यावरणः अंतर्राष्ट्रीय परिदृश्य

अंतर्राष्ट्रीय स्तर पर सबसे पहले संयुक्त राष्ट्र संघ के तत्वाधान में एक महत्त्वपूर्ण पहल 1972 में स्टाकहोम में "मानव पर्यावरण सम्मेलन" (Conference on the Human Environment) के आयोजन से हुई। इसके तुरंत बाद संयुक्त राष्ट्र ने पर्यावरण कार्यक्रम की घोषणा की। पर्यावरण और विकास के संबंधों पर निरंतर विश्वस्तरीय सम्मेलनों के माध्यम से पर्यावरण संरक्षण तथा प्रदूषण पर जागरूकता विकसित करने का प्रयास शुरू किया गया। इन सम्मेलनों के माध्यम से विकसित देशों से यह अपील की गई कि वह न केवल अपने यहां प्रदूषण को नियंत्रित करें बल्कि अविकसित तथा विकासशील देशों को पर्यावरण के अनुकूल तकनीकों की बेहतर जानकारी दें।

स्टॉकहोम सम्मेलनः स्टॉकहोम सम्मेलन ने यह स्पष्ट किया कि पर्यावरणीय समस्याएं, (विशेषकर विकासशील देशों में) पिछड़ेपन के कारण उत्पन्न होती हैं। खाद्यान्न, आवास, वस्त्र तथा शिक्षा की अपर्याप्तता के कारण समस्याएं अत्यधिक विकराल हो जाती हैं, जिसके परिणामस्वरूप जनसंख्या का एक बड़ा भाग निम्नतम स्तर पर जीवन यापन करने को विवश हो जाता है। पर्यावरण संरक्षण को प्रभावी बनाने के उद्देश्य से सम्मेलन में निम्नलिखित तथ्यों पर बल दिया गयाः

1. वर्तमान तथा भावी पीढ़ी के लाभ हेतु प्राकृतिक संसाधनों का संरक्षण।
2. जाति, लिंग, धर्म आदि से संबंधित अत्याचारों तथा भेदभावपूर्ण नीतियों का उन्मूलन।
3. पृथ्वी की पुनरोत्पादन क्षमता के संरक्षण से नवीकरणीय संसाधनों के उत्पादन का सुनिश्चितीकरण।
4. प्रकृति का संरक्षण तथा वन्य जीवन की सुरक्षा।
5. मानव स्वास्थ्य को प्रभावित करने वाले हानिकारक पदार्थों से होने वाले सागर के प्रदूषण को कम करने का प्रयास।
6. सुदृढ़ आर्थिक तथा सामाजिक विकास सुनिश्चित करके जीवन के स्तर में सुधार लाने का प्रयास।

7. विषैले पदार्थों एवं अत्यधिक ऊष्मा के निस्तारण को कम कर पर्यावरण तंत्र का संरक्षण।
8. व्यक्ति विकास तथा प्राकृतिक आपदाओं से उत्पन्न होने वाली पर्यावरणीय समस्याओं के निराकरण हेतु तकनीक हस्तांतरण की प्रक्रिया को त्वरित गति।
9. विकास संबंधी आवश्यकताओं तथा पर्यावरण संरक्षण के प्रयासों के मध्य विवादों को समाप्त करने का प्रयास।
10. पर्यावरण संबंधी खतरों को पहचानने, उनसे बचने तथा उन पर नियंत्रण रखने के लिए वैज्ञानिक तथा तकनीकी विधियों का अनुप्रयोग।
11. पर्यावरण से संबंधित अंतर्राष्ट्रीय विषयों पर वैश्विक सहयोग का सुनिश्चितीकरण।
12. परमाणु अस्त्रों तथा व्यापक विनाशकारी शस्त्रों से मानव तथा उसके पर्यावरण की सुरक्षा।

विएना सम्मेलन: संयुक्त-राष्ट्र द्वारा 1985 में विएना सम्मेलन का आयोजन किया गया था। इसका प्रमुख उद्देश्य मनुष्य की गतिविधियों से उत्सर्जित होने वाले हानिकारक पदार्थों से ओज़ोन की सुरक्षा करना था। सम्मेलन में यह भी तय किया गया कि वर्तमान में ओज़ोन परत के संरक्षण हेतु किए जा रहे वैज्ञानिक एवं तकनीकी प्रयासों को आगामी वर्षों में भी सुनिश्चित किया जाएगा। उपरोक्त तथ्यों के अतिरिक्त सम्मेलन में निम्नलिखित आयामों पर भी विशेष बल दिया गया:

1. मानव स्वास्थ्य तथा पर्यावरण की पराबैंगनी विकिरणों की अधिक मात्रा से रक्षा।
2. सहयोगपूर्ण अनुसंधान को प्रोत्साहन।
3. विकासशील देशों में तकनीक हस्तांतरण पर बल।

मांट्रियल सम्मेलन: 1987 में ओज़ोन क्षरण करने वाले पदार्थों पर नियंत्रण रखने के उद्देश्य से मांट्रियल में एक सम्मेलन आयोजित किया गया था। प्रोटोकॉल के माध्यम से ओज़ोन क्षरण के लिए उत्तरदायी पदार्थों की मात्रा कम तथा अंततः समाप्त करने के लिए समय सीमा निर्धारित की गई। प्रोटोकॉल की सदस्यता ग्रहण नहीं करने वाले देशों से ओज़ोन क्षरण करने वाले पदार्थों के आयात को प्रतिबंधित किया गया। विकसित देशों द्वारा 1 जनवरी, 1994 से हैलोन तथा 1 जनवरी, 1996 से क्लोरोफ्लोरो कार्बन के उपयोग को बंद कर दिया गया है। प्रोटोकॉल में विकासशील देशों को इस कार्य हेतु 1 जनवरी, 2010 तक की छूट दी गई है। मिथाइल ब्रोमाइड के उत्पादन तथा उपयोग को विकसित देशों ने 1995 से प्रतिबंधित कर दिया है और 2010 तक इसके सभी प्रकार के प्रयोगों को समाप्त कर दिया जाएगा। विकासशील देशों ने मिथाइल ब्रोमाइड के 1995-98 के स्तर के आधार पर 2002 तक इसके उपयोग को समाप्त करने का निर्णय लिया। प्रोटोकॉल के सदस्य देशों द्वारा एक बहुपक्षीय कोष स्थापित किया गया, ताकि विकासशील देश नियंत्रण संबंधी प्रयासों को सफल बना सकें। इस कोष के प्रबंधन का कार्य विकसित देशों द्वारा किया जाता है। इस कोष के प्रबंधन हेतु मांट्रियल स्थित सचिवालय की सहायता से 14 सदस्यीय कार्यकारिणी समिति बनाई गई। इस कोष से संबंधित गतिविधियां संयुक्त राष्ट्र विकास कार्यक्रम (UNDP), संयुक्त राष्ट्र पर्यावरण कार्यक्रम (UNEP) तथा विश्व बैंक

(The World Bank) द्वारा क्रियान्वित की जाती है। जिन विकासशील देशों को प्रोटोकॉल की सदस्यता प्राप्त है तथा ओज़ोन क्षरण करने वाले पदार्थों की प्रति व्यक्ति खपत 0.3 किलोग्राम से कम है, उनको ही इस कोष से वित्तीय सहायता उपलब्ध कराई जाती है ताकि वे ऐसे पदार्थों के उन्मूलन से संबंधित कार्यक्रमों का समुचित क्रियान्वयन कर सकें। कोष की सहायता के अंतर्गत तकनीकी सहायता, नई तकनीकों से संबंधित सूचना, प्रशिक्षण एवं प्रदर्शन को भी सम्मिलित किया गया है।

संयुक्त राष्ट्र पर्यावरण एवं विकास सम्मेलन (United Nations Conference on Environment and Development, UNCED): इस सम्मेलन का आयोजन 1992 में रियो डी जेनेरियो में किया गया था। यह सम्मेलन रियो घोषणा पत्र के रूप में लोकप्रिय है। इसे "पृथ्वी सम्मेलन" भी कहा जाता है। इस घोषणापत्र में वर्णित तथ्यों में निम्नलिखित प्रमुख हैं–

1. पर्यावरण तथा विकास के क्षेत्र में विश्वव्यापी सहयोग का सुनिश्चितीकरण।
2. पृथ्वी के पर्यावरण के समन्वय तथा स्वास्थ्य, संरक्षण, सुरक्षा एवं पुनर्स्थापना को सुनिश्चित करने की व्यवस्था।
3. निर्धनता उन्मूलन तथा सतत विकास हेतु प्रभावी प्रयास।
4. पर्यावरण की रक्षा के प्रयासों को त्वरित गति प्रदान करने के उद्देश्य से जन भागीदारी में वृद्धि।
5. पर्यावरण संबंधी वैधानिक प्रावधानों का क्रियान्वयन।
6. विभिन्न गतिविधियों हेतु एक राष्ट्रीय यंत्र के रूप में पर्यावरणीय प्रभावों का मूल्यांकन।
7. पर्यावरणीय प्रबंधन तथा विकास में महिलाओं की पूर्ण भागीदारी सुनिश्चित करने पर विशेष बल।

संयुक्त राष्ट्र पर्यावरण कार्यक्रम: 1997 के नैरोबी घोषणा पत्र द्वारा "संयुक्त राष्ट्र पर्यावरण कार्यक्रम" के पर्यावरण के क्षेत्र में संयुक्त राष्ट्र के सदस्य देशों द्वारा सर्वाधिक महत्त्वपूर्ण संस्था के रूप में मान्यता प्रदान की गई है। घोषणा पत्र में निम्नांकित पहलुओं पर विशेष बल दिया गया है–

1. पर्यावरण संबंधी नियमों तथा अंतर्राष्ट्रीय समझौतों के निष्पादन की प्रक्रिया का सुदृढ़ीकरण तथा सहयोगपूर्ण कार्यवाही को प्रोत्साहन।
2. पर्यावरण की वर्तमान स्थिति का विश्लेषण तथा वैश्विक एवं क्षेत्रीय प्रवृत्ति का मूल्यांकन।
3. अंतर्राष्ट्रीय पर्यावरण के अधिनियमों की प्रगति को बढ़ाना।
4. पर्यावरणीय जागरूकता को प्रोत्साहन तथा समाज के सभी क्षेत्रों के मध्य प्रभावशाली सहयोग को सुगम बनाने हेतु प्रयास।
5. अंतर्राष्ट्रीय स्तर पर पर्यावरण संबंधी गतिविधियों का समन्वय।

क्योटो सम्मेलन: संयुक्त राष्ट्र द्वारा ग्रीन हाउस गैसों के प्रभाव पर बल देते हुए दिसंबर, 1997 में "क्योटो सम्मेलन" का आयोजन किया गया था। इसमें निम्नलिखित छह गैसों को ग्रीन हाउस प्रभाव उत्पन्न करने वाली गैसों के रूप में मान्यता प्रदान की गई:

1. कार्बन डाइआक्साइड (Carbondioxide, CO_2)
2. मिथेन (Methane, CH_4)
3. नाइट्रस आक्साइड (Nitrous Oxide, N_2O)
4. हाइड्रोफ्लोरोकार्बन (Hydrofluorocarbon, HFC)
5. परफ्लोरोकार्बन (Perflurocarbon, PFC)
6. सल्फर हेक्साफ्लोराइडज(SF_6)

औद्योगिक देशों में ग्रीन हाउस गैसों के उत्सर्जन की मात्रा को नियंत्रित करने के लिए लक्ष्य निर्धारित करने का "कार्य संयुक्त राष्ट्र जलवायवीय परिवर्तन सम्मेलन" प्रारूप (United Nations Framework Convention on Climatic Change) द्वारा क्योटो प्रोटोकॉल की सहायता से किया जाता है। क्योटो प्रोटोकॉल वैश्विक स्तर पर सतत विकास को प्रोत्साहित करने के लिए तकनीकी हस्तांतरण एवं आर्थिक सहयोग के माध्यम से उत्सर्जन में कमी लाने का उपयुक्त अवसर प्रदान करता है। इस रणनीति के तहत निम्नांकित तथ्यों पर विशेष बल दिया गया है:

1. विकासशील देश किसी कटौती के लिए प्रतिबद्धता को मानने के लिए बाध्य नहीं हैं।
2. उत्सर्जन घटाने के नियम की अवहेलना की स्थिति में जुर्माने का निर्धारण किया जाना बाकी है।
3. कम से कम 55 देशों द्वारा हस्ताक्षर किए जाने के उपरांत ही प्रोटोकॉल को प्रभावी बनाया जा सकता है।

हाल ही में अमेरिका ने प्रोटोकॉल के प्रावधानों को नहीं मानने का निर्णय लिया है। अमेरिका के इस निर्णय के कारण अंतर्राष्ट्रीय स्तर पर विवाद उत्पन्न हो गए हैं। विशेष रूप से विकासशील देशों ने इस संबंध में गंभीर चिंता व्यक्त की है। वस्तुत: ग्रीनहाउस गैसों के कुल उत्सर्जन का 25 प्रतिशत अमेरिका द्वारा किया जाता है। अमेरिकी अधिकारियों के अनुसार सर्वाधिक जनसंख्या वाले देश भारत तथा चीन प्रोटोकॉल के प्रावधानों का अनुपालन करने के लिए बाध्य नहीं है। इसके फलस्वरूप अमेरिकी अर्थव्यवस्था पर व्यापक कुप्रभाव पड़ने की आशंका है। इस कारण अमेरिका ने प्रोटोकॉल को पक्षपातपूर्ण तथा वैश्विक पर्यावरण परिवर्तनों के संदर्भ में अप्रभावी कहा है। वायु की गुणवत्ता बनाए रखने के लिए अमेरिका द्वारा एक व्यापक ऊर्जा नीति का क्रियान्वयन किया गया है। इसके अतिरिक्त सल्फर डाइक्साइड, नाइट्रोजन आक्साइड तथा पारे के उत्सर्जन को कम करने के लिए ऊर्जा संयंत्रों द्वारा एक बहुप्रदूषण नियंत्रण रणनीति का अनुपालन किया जाता है। इस आधार पर अमेरिका ने कार्बनडाइक्साइड के उत्सर्जन को कम करने की अनिवार्यता की नीति का पालन नहीं करने का निर्णय किया है। लेकिन अमेरिका वैश्विक स्तर पर होने वाले जलवायवीय परिवर्तनों, विज्ञान एवं प्रौद्योगिकी, बाजार–व्यवस्था आदि से संबंधित विषयों का अवलोकन कर गैसों के प्रभावों के अध्ययन के लिए तत्पर है।

5 जून 2002 को बुश प्रशासन द्वारा मानवीय गतिविधियों से ग्रीन हाउस प्रभाव के उत्पन्न होने के संबंध में स्वीकारोक्ति की गई। प्रशासन ने अमेरिका के पर्यावरण पर पड़ने वाले ऐसे प्रभावों के संबंध में भी विचार स्पष्ट किए हैं। पर्यावरण सुरक्षा द्वारा जारी

अमेरिका जलवायु कार्य रिपोर्ट 2002 में कहा गया है कि हरितगृह प्रभाव के लिए मानवीय गतिविधियां मुख्य रूप से उत्तरदायी हैं। इस स्थिति में कई पारिस्थितिकी तंत्रों के लुप्त हो जाने की आशंका है।

इस बीच जापान ने 4 जून, 2002 को क्योटो प्रोटोकॉल को अनुमोदित किया है। उसने कार्बन डाइआक्साइड के उत्सर्जन को 6 प्रतिशत कम करने का भी निर्णय लिया है। इसी प्रकार रूस ने भी वर्ष 2004 में प्रोटोकॉल का अनुमोदन कर दिया है।

विश्व सतत विकास सम्मेलन: जोहांसबर्ग, दक्षिण अफ्रीका में 26 अगस्त से 4 सितंबर, 2002 तक आयोजित सतत विकास (Sustainable Development) ने विकासशील देशों को भूमंडलीकरण के कुप्रभावों पर चर्चा के साथ-साथ पारिस्थितिकी, पर्यावरण तथा सामाजिक, आर्थिक एवं सांस्कृतिक आयामों के अंतर्संबंधों की व्याख्या का अवसर भी प्रदान किया। सतत् विकास की अवधारणा में ऐसे सभी आयामों के अंतर्निहित होने के कारण सभी राष्ट्रों को एकजुट होकर सतत विकास के लक्ष्यों की प्राप्ति के लिए प्रयास करने की आवश्यकता पर जोर दिया गया।

संयुक्त राष्ट्र पर्यावरण कार्यक्रम (United Nations Environment Programme (UNEP)) ने वर्ष 2000 की वैश्विक आर्थिक रिपोर्ट (Global Economic Outlook (GEO)) में स्पष्ट उल्लेख किया है कि गरीबी विश्व की समस्याओं में सर्वोपरि है। इस कार्य के लिए विश्व स्तर पर बड़ी संख्या में विधान बनाए गए हैं, फिर भी अपेक्षाकृत प्रगति नहीं हुई। इसके परिणामस्वरूप पर्यावरण संरक्षण के अधिकांश कार्यक्रमों का सफल क्रियान्वयन नहीं हो सका। वर्तमान में विकासशील देशों द्वारा उठाया जाने वाला सर्वाधिक महत्त्वपूर्ण कदम सतत विकास के विभिन्न कार्यक्रमों में निवेश करना है। इस प्रकार का निवेश वस्तुत: निदानात्मक सिद्ध हो रहा है:

1. 1990-2015 के बीच गरीबी के स्तर में 50 प्रतिशत की कमी।
2. प्राथमिक और माध्यमिक विद्यालयों में नामांकन में लैंगिक विभेद की समाप्ति कर वर्ष 2005 तक लैंगिक समानता लाने का प्रयास।
3. 1990-2015 के बीच मातृ मृत्यु दर में तीन-चौथाई कमी का लक्ष्य।
4. 1990-2015 के बीच शिशु मृत्यु दर और मातृ मृत्यु दर में दो-तिहाई कमी का लक्ष्य।
5. वर्ष 2015 तक प्रत्येक स्तर पर स्वास्थ्य सेवाओं की उपलब्धता।

उपरोक्त लक्ष्यों के विभिन्न पक्षों पर जोहांसबर्ग सम्मेलन में गहन चर्चा की गई थी। लेकिन पूर्व की भांति इस सम्मेलन में भी विकसित और विकासशील देशों के बीच विवाद उत्पन्न हो गए। अंतत: सतत विकास के लक्ष्यों की प्राप्ति के लिए कई प्रमुख सिद्धांतों पर लगभग 200 देशों ने सहमति व्यक्त की। इस समझौते के तहत निम्नांकित तथ्यों को प्राथमिकता दी गई है:

1. वर्ष 2015 तक प्रतिदिन 1 डालर से कम आय वाली जनसंख्या के संबंध में विशिष्ट अध्ययन।
2. सतत विकास के लिए बेहतर प्रशासन की संकल्पना को मान्यता।

3. वर्ष 2005 तक आगामी पीढ़ी के लिए विशिष्ट रणनीतियों के माध्यम से संसाधनों का संरक्षण।
4. गरीबी उपशमन के उद्देश्य से एक एकता कोष की स्थापना।
5. जंतुओं तथा पौधों की प्रजातियों के विलुप्त होने की दर में 2010 तक कमी।
6. मानवाधिकारों तथा धार्मिक और सांस्कृतिक मूल्यों की रक्षा के साथ-साथ स्वास्थ्य संबंधी सेवाओं की उपलब्धता।
7. हानिकारक अपशिष्टों के बेहतर प्रबंधन पर बल।
8. वर्ष 2005 तक मत्स्य संसाधनों के संरक्षण का प्रयास।
9. पर्यावरण की रक्षा के लिए महासागरों तथा समुद्रों के महत्त्व की पहचान।
10. व्यापार और पर्यावरण संबंधी विषयों का प्रभावकारी प्रबंधन।

उल्लेखनीय है कि पर्यावरणीय चेतना की बात उन औद्योगिक देशों ने उठाई है, जिन्होंने दीर्घावधि तक प्रकृति का शोषण कर विलासपूर्ण जीवन-स्तर प्राप्त कर लिया है। अब अपनी पर्यावरणीय सुरक्षा के लिए वे विकासशील देशों की प्रगति के प्रयासों में बाधा डाले हुए हैं, पर्यावरण-संरक्षण पर बल दे रहे हैं।

पर्यावरणः भारतीय परिदृश्य

प्रदूषण से निपटने योग्य कानूनों का अभाव तथा बढ़ते औद्योगीकरण के फलस्वरूप उत्पन्न नई परिस्थितियों और चुनौतियों के लिए बृहत् दिशा-निर्देश, कानूनी प्रावधानों तथा संवैधानिक सुधारों की जरूरत महसूस की जाने लगी थी। इस दिशा में पहली कोशिश 1972 में इंदिरा गांधी द्वारा पर्यावरण संरक्षण के विभिन्न पहलुओं पर विचार करने के लिए कमेटी गठित करने के रूप में नजर आती है। जनमानस में पर्यावरण के प्रति चेतना बढ़ाने के उद्देश्य से संविधान के 42 वें संशोधन में प्रावधान किया गया है। इसके तहत अनुच्छेद 48(A) में सरकार को पर्यावरण तथा वन्य जीवों की रक्षा करने के निर्देश दिए गए हैं। नागरिकों के मौलिक कर्तव्यों (अनुच्छेद 51 (क)) में प्राकृतिक पर्यावरण के विभिन्न घटकों जिनमें, वन, झील, नदियां तथा वन्य जीवन शामिल हैं, की रक्षा तथा सुंधार के स्पष्ट निर्देश दिए गए।

इसके साथ-साथ भारतीय दंड संहिता के अंतर्गत भी पर्यावरण से संबंधित प्रावधान किए गए हैं। संहिता की धारा 277 के तहत किसी सार्वजनिक जलसंग्राहक या चश्मे को प्रदूषित करने के लिए दंड का प्रावधान किया गया है। संहिता की धारा 278 में वायुमंडल को स्वास्थ्य के लिए हानिकारक बनाने के कार्य के लिए भी दंड का प्रावधान है। इसी प्रकार गलियों तथा सड़कों में ध्वनि विस्तारकों पर अंकुश रखने के लिए भारतीय पुलिस कानून, 1961 की धारा 30 के अंतर्गत दंड का प्रावधान है।

पर्यावरण-संरक्षण के लिए विधायिकी उपबंधों को जांचने, कार्यपालिका-संबंधी गतिविधियों का मूल्यांकन करने और तुरंत अपेक्षित की संस्तुति करने आदि के उद्देश्य से 1980 में एक अन्य पर्यावरणीय समिति का गठन किया गया। इसी समिति की सिफारिशों के आधार पर नवंबर, 1980 में देश में पर्यावरण संरक्षण एवं उसकी समृद्धि के लिए ''पर्यावरण विभाग''

स्थापित किया गया। पर्यावरण विभाग को महत्त्व प्रदान करते हुए वर्ष 1985 में केंद्र सरकार ने एक अलग मंत्रालय "पर्यावरण एवं वन मंत्रालय" की स्थापना की।

पर्यावरण संरक्षण अधिनियम 1986: इस अधिनियम द्वारा सरकार को पर्यावरण की सुरक्षा हेतु उचित एवं अनिवार्य कदम उठाने के लिए शक्ति प्रदान की गई। पर्यावरण संरक्षण अधिनियम के अनुसार पर्यावरण में भूमि, वायु, जल के अलावा भूमि जल, मानव व अन्य जीवों, पौधे, सूक्ष्म जीवों व संपदाओं के बीच मौजूद अंतर्संबंध भी शामिल हैं। वहीं प्रदूषण पर्यावरण में मौजूद किसी ठोस, तरल या गैसीय तत्त्व के पर्यावरण को हानि पहुंचाने योग्य संकेंद्रियता से उत्पन्न स्थिति है। केंद्र सरकार को अधिनियम के प्रावधान एवं उनसे प्राप्त शक्तियों को कार्यान्वित करने का अधिकार प्राप्त है। केंद्र सरकार द्वारा ही अधिकारियों की नियुक्ति की जाती है। राज्य स्तर पर इसके लिए कोई पृथक निकाय नहीं है। अधिकारियों के कार्य इस प्रकार हैं:

1. राष्ट्रव्यापी कार्यक्रमों की रूपरेखा निर्माण एवं क्रियान्वयन, जांच व शोध करना या कराना, सूचनाओं का संग्रह एवं वितरण तथा पर्यावरणीय प्रदूषण के नियंत्रण, निरोध एवं शमन हेतु नियमावलियों, संहिताओं व दिशानिर्देशों का निर्माण।
2. पर्यावरण की गुणवत्ता हेतु मानदंड तय करना।
3. पर्यावरणीय प्रदूषकों के उत्सर्जन एवं विमुक्ति हेतु मापदंड स्थापित करना।
4. ऐसी दुर्घटनाओं की रोकथाम के लिए प्रक्रियाएं व सुरक्षा के उपाय तय करना, जो पर्यावरणीय प्रदूषण का कारण बन सकती हैं तथा ऐसी दुर्घटनाओं के निदान के तरीके ढूंढना।
5. हानिकारक तत्त्वों के रख-रखाव हेतु सुरक्षा उपाय व नीतियां निश्चित करना।
6. औद्योगिक इकाइयों की स्थापना वाले संभावित क्षेत्रों को चिन्हित करना।
7. पर्यावरण प्रदूषण का कारण सिद्ध होने वाली निर्माण प्रक्रियाओं, पदार्थों तथा तत्त्वों का परीक्षण करना। प्राधिकारियों को निर्देश देने की शक्ति भी प्राप्त है, जिसके अंतर्गत वे किसी भी उद्योग को निर्देशित, निषेधित या विनियमित कर सकते हैं तथा विद्युत, जल या अन्य सुविधाओं की आपूर्ति विनियमित या रोक सकते हैं। अधिनियम के अंतर्गत सौंपे गए उत्तरदायित्वों को निभाने के लिए अधिकारी किसी भी स्थान में प्रवेश करके उसका निरीक्षण कर सकते हैं।

किसी दुर्घटना या अप्रत्याशित घटनाक्रम की परिस्थिति अर्थात् आपातकाल में आयोग को उपयुक्त निदान कार्यवाही करने का अधिकार प्राप्त है।

अधिनियम के अंतर्गत निम्नलिखित दंडात्मक कार्यवाही की जा सकती है:

1. पांच महीने तक का कारावास या 1 लाख रुपये तक का जुर्माना या दोनों।
2. अपराध दोहराने की स्थिति में 5000 रुपये प्रतिदिन के हिसाब से जुर्माना।

वन्य जीवन संरक्षण अधिनियम, 1972 द्वारा तार्किक एवं आधुनिक वन्य जीव प्रबंधन की व्यवस्था की गई है जबकि **वन संरक्षण अधिनियम (1980)** का उद्देश्य भेदभावपूर्ण ढंग से वनों की कटाई एवं गैर-वनीय उद्देश्यों के लिए वनभूमि के प्रयोग का निरीक्षण सुनिश्चित करना है।

जन उत्तरदायित्व बीमा अधिनियम, 1991 द्वारा किसी खतरनाक तत्त्व के रखरखाव के दौरान घटित किसी दुर्घटना से प्रभावित लोगों को त्वरित राहत पहुंचाने के उद्देश्य से आदेशात्मक बीमा उपलब्ध कराया जाता है।

राष्ट्रीय पर्यावरण न्यायाधीश अधिनियम, 1995 के अंतर्गत खंड पीठों सहित एक न्यायाधिकरण गठित किए जाने का प्रावधान है। यह खतरनाक तत्त्वों की किसी भी गतिविधि से पैदा मानवीय, आर्थिक एवं पर्यावरणीय क्षति के लिए क्षतिपूर्ति की व्यवस्था करता है। यह विश्व में अपने प्रकार का सबसे पहला विधायन है, जो पर्यावरणीय नुकसानों तथा खतरनाक तत्त्वों के रखरखाव के दौरान हुई दुर्घटना के पीड़ितों के लिए राहत, क्षतिपूर्ति एवं पुनर्स्थापन सुनिश्चित करता है।

न्यायाधिकरण की खंडपीठ सभी राज्यों में या किन्हीं राज्य समूहों तथा संघशासित राज्यों या उनके समूहों आदि में स्थापित की जा सकेंगी। पहले चरण में दिल्ली की मुख्य खंडपीठ के अलावा मुंबई, कोलकाता एवं चेन्नई में खंडपीठ स्थापित करने का प्रस्ताव है।

न्यायाधिकरण में एक अध्यक्ष, एक उपाध्यक्ष, वैधानिक एवं तकनीकी सदस्य शामिल होंगे। अध्यक्ष पद हेतु सर्वोच्च या उच्च न्यायालय के कार्यरत या भूतपूर्व न्यायाधीश का ही चयन किया जा सकता है। कम से कम दो वर्ष तक उपाध्यक्ष का पद संभाल चुके व्यक्ति को ही अध्यक्ष पद पर नियुक्त किया जा सकता है। किसी व्यक्ति की उपाध्यक्ष पद पर नियुक्ति के लिए आवश्यक है कि वह उच्च न्यायालय का न्यायाधीश रहा हो या 2 वर्ष तक भारत सरकार का सचिव रहा हो या 5 वर्ष तक अतिरिक्त सचिव रहा हो। न्यायाधिकरण के अध्यक्ष या उपाध्यक्ष की नियुक्ति सर्वोच्च न्यायालय के मुख्य न्यायाधीश से परामर्श करने के बाद ही तय की जाएगी। अध्यक्ष एवं उपाध्यक्ष का कार्यकाल 5 वर्ष का होगा। वे दूसरे कार्यकाल के लिए भी नियुक्त किए जा सकते हैं। अध्यक्ष या उपाध्यक्ष अपने पदभारों से मुक्त होने के पश्चात भारत सरकार या राज्य सरकार के अधीन किसी प्रकार का रोजगार प्राप्त नहीं कर सकेंगे। अपवादस्वरूप उपाध्यक्ष को अध्यक्ष पद पर नियुक्त किया जा सकता है।

न्यायाधिकरण का क्षेत्र नागरिक प्रक्रिया संहिता द्वारा निर्धारित क्रियाविधियों से सीमित नहीं होगा बल्कि यह प्राकृतिक न्याय के सिद्धांत द्वारा दिशा-निर्देशित होगा। इसे अपनी क्रियाविधि स्वयं विनियमित करने की शक्ति प्राप्त होगी तथा किसी वाद की सुनवाई करते समय सिविल न्यायालय की शक्तियां प्राप्त होंगी। पीड़ित व्यक्तियों, सरकारों तथा पर्यावरण के क्षेत्र में कार्यरत प्रतिनिधि संस्थाओं द्वारा न्यायाधिकरण के समक्ष मामले की सुनवाई हेतु याचिका प्रस्तुत की जा सकेगी। न्यायाधिकरण क्षतिपूर्ति के ऐसे दावों को ही स्वीकार करेगा जो नुकसान होने के पांच वर्ष की अवधि के अंदर प्रस्तुत किए गए हैं। न्यायाधिकरण के निर्णय के बाद सर्वोच्च न्यायालय में अपील की जा सकेगी। न्यायाधिकरण के निर्देशों या आदेशों का उल्लंघन दंडनीय होगा। इसके तहत 3 वर्ष की कैद अथवा 10 लाख रुपये तक का जुर्माना या दोनों साथ-साथ हो सकते हैं। अभियुक्त को अपना पक्ष रखने का अवसर देने के उपरांत ही निर्णय किया जाएगा।

राष्ट्रीय पर्यावरण नीतिः 1986 में घोषित पर्यावरण संरक्षण अधिनियम तथा 1995 में स्थापित राष्ट्रीय पर्यावरण न्यायाधीश अधिनियम के क्रियान्वयन से प्राप्त अनुभव के आधार पर तथा अंतर्राष्ट्रीय स्तर पर पर्यावरण के प्रति बढ़ती जागरूकता और देशों के मध्य बढ़ते आपसी सहयोग से भारत में भी पर्यावरण संरक्षण और विकास नीति के निर्धारण की आवश्यकता को महसूस किया गया। एक ऐसी नीति जिसमें न केवल पर्यावरण के संरक्षण और विकास के तकनीकी आयामों का उल्लेख हो, बल्कि ऐसे सभी कार्यों के लिए वित्तीय प्रबंधन के संबंध में भी चर्चा की आवश्यकता महसूस की गई।

राष्ट्रीय पर्यावरण नीति भारत के संविधान के पर्यावरणीय दर्शन के अनुरूप है। इस दर्शन की व्याख्या अनुच्छेद 48-A-I तथा A-51(f)(g) में की गई है। उल्लेखनीय है कि इन प्रावधानों को अनुच्छेद 21 के प्रावधानों से समर्थन भी दिया गया है। इसमें उल्लिखित जीवन के अधिकार में स्वच्छ पर्यावरण को शामिल कर दिया गया है।

नीति में पर्यावरण की संकल्पना के तहत उन सभी इकाइयों को रखा गया है जो मानव प्रजाति को समर्थन देती हैं तथा उसे मूल्य आधारित बनाती हैं। दूसरी ओर, पर्यावरणीय समस्या का तात्पर्य मानव की गतिविधियों से पर्यावरण को होने वाली सभी प्रकार की हानियों से है। वर्तमान में पर्यावरणीय विषयों को तीन श्रेणियों में वर्गीकृत किया गया है। पहला, आज के मानव के लिए उच्च गुणवत्ता वाली जीवन शैली के लिए पर्यावरण की रक्षा; दूसरा, मानवतावादी प्रवृत्तियों के साथ जैवमंडल की सुरक्षा और तीसरा, जैव भौतिक सीमाओं का निर्धारण। इन नीतिगत पहलुओं को दसवीं पंचवर्षीय योजना का भी अंग बनाया गया है। इसके लिए राज्य और नागरिकों को एक-दूसरे का सहयोग करना होगा। वस्तुतः नई पर्यावरण नीति में पर्यावरण की रक्षा के लिए अंतर्राष्ट्रीय सहयोग की भी अपेक्षा की गई है।

नीति में वर्तमान में पर्यावरण के समक्ष विद्यमान चुनौतियों का भी उल्लेख किया गया है। साथ ही, इन चुनौतियों का सामना करने वाले प्रयासों के लिए मार्गदर्शन की कोशिश की गई है। इन मार्गदर्शनों में नए संस्थागत ढांचे का निर्माण तथा नई विधियों के निर्धारण का सुझाव भी शामिल है।

केंद्र, राज्य तथा स्थानीय स्तरों पर विभिन्न विधानों के पुनर्निरीक्षण तथा इस दिशा में कार्य करने के लिए पर्याप्त धनराशि जुटाने के उद्देश्य से सार्वजनिक, निजी और स्थानीय संस्थाओं की साझेदारी का भी प्रावधान है। इस साझेदारी में अंतर्राष्ट्रीय संस्थाओं को भी शामिल किया जा सकता है। इस दृष्टिकोण से नीति में ऐसी व्यवस्था की गई है जिससे सरकार के वित्तीय कार्यक्रमों के बाहर जाकर भी इसके क्रियान्वयन में किसी प्रकार की समस्या न हो।

नीति में पर्यावरण क्षरण पर अंकुश लगाने वाले कार्यों पर भी बल दिया गया है। इसके तहत उन कारकों की भी पहचान की गई है जिनसे पर्यावरण का ह्रास होता है। इन कारकों में सघन कृषि, प्रदूषण फैलाने वाले उद्योग तथा अनियोजित नगरीकरण को सम्मिलित किया गया है। नीति में इस बात का भी उल्लेख किया गया है कि पर्यावरण ह्रास से निर्धनता का विस्तार होता है। साथ ही जनजातीय समुदायों के विकास क्षेत्र पर भी कुप्रभाव पड़ते हैं। ऐसी स्थिति में इन समुदायों द्वारा जैव विविधता से प्रचुर क्षेत्रों, विशेषकर वन संसाधनों का दोहन किया जाता है जो अंततः पर्यावरण तंत्र के विनाश का कारण बनता है।

नई नीति में ऐसे कृत्यों पर अंकुश लगाने के लिए विशेष प्रयास करने को प्राथमिकता दी गई है। जहां तक पर्यावरण और अर्थव्यवस्था के आपसी संबंध है, इस नीति में यह कहा गया है कि आर्थिक विकास के कार्यक्रमों के क्रियान्वयन के दौरान पर्यावरण ह्रास की आशंका होती है क्योंकि संस्थागत ढांचों के अपर्याप्त होने के फलस्वरूप अर्थव्यवस्था और पर्यावरण के आपसी संबंधों की सीमा तय नहीं हो पाती। इस आलोक में, नई नीति में, इस दिशा में, नए सुदृढ़ ढांचों के निर्माण को प्राथमिकता दी गई है।

भारत में वन नीति

पर्यावरण संबंधी समग्र नीति निर्धारण के काफी पहले से ही पर्यावरण के अलग-अलग घटकों के लिए नीतियां बनाई जा रही थीं। भारत में अंग्रेजों द्वारा वन नीति की शुरूआत 1865 के वन अधिनियम से देखने को मिलती है। औपनिवेशिक काल में विकसित वन नीति का मुख्य उद्देश्य औपनिवेशिक हितों की रक्षा मात्र था। वन संरक्षण का उद्देश्य आर्थिक हितों की रक्षा था, न कि पर्यावरण संरक्षण की चेष्टा।

1865 में लागू वन अधिनियम में कृषि को वन पर प्राथमिकता दी गई थी। इसके बाद वर्ष 1879 में दूसरे वन अधिनियम के अंतर्गत वनों के तीन वर्ग निर्धारित किए गए।

1. आरक्षित वन–ये वन पूर्णतया सरकार के अधीन थे;
2. संरक्षित वन–इसमें स्थानीय निवासियों के अधिकार को महत्त्व प्रदान किया गया;
3. ग्राम्य वन–इसमें सबको वनोत्पाद के उपयोग की पूर्ण स्वतंत्रता दी गई।

इस नीति ने वनों के वाणिज्यीकरण पर जोर दिया और वनों की मनमाने ढंग से कटाई की जानी लगी। वर्ष 1927 में पूर्व के कानून में चार संशोधन कर नया "भारतीय वन अधिनियम" लागू किया गया। इसके अंतर्गत सरकार को आरक्षित एवं अन्य वनों से लकड़ी एवं वन-उत्पाद लेने पर शुल्क वसूलने की व्यवस्था थी।

स्वतंत्रता प्राप्ति के बाद वर्ष 1952 में पहली बार "राष्ट्रीय वन नीति" की घोषणा की गई। इस नीति के अनुसार, वनों से अधिकतम आय प्राप्त करना सरकार का मुख्य लक्ष्य हो गया। सरकार की वन नीति के कारण ही वर्ष 1952 से वर्ष 1981 के बीच कृषि फसलों के अंतर्गत क्षेत्र 1187.5 लाख हेक्टेयर से बढ़कर 1429.4 लाख हेक्टेयर हो गया तथा मात्र 350 लाख हेक्टेयर क्षेत्र अर्थात् कुल राष्ट्रीय क्षेत्रफल का लगभग 11 प्रतिशत ही वनाच्छादित बचा था।

वनों के बढ़ते कटाव तथा ओज़ोन परत संरक्षण में हरियाली के महत्त्व को ध्यान में रखते हुए जैव विविधता के संरक्षण हेतु वर्ष 1988 में संशोधित वन नीति प्रस्तुत की गई। संशोधित वन नीति, 1988 का मुख्य आधार वनों की सुरक्षा, संरक्षण और विकास है। इस नीति के मुख्य लक्ष्य हैं:

1. पारिस्थितिकीय संतुलन के संरक्षण और पुनर्स्थापन द्वारा पर्यावरण स्थायित्व को कायम रखना।
2. प्राकृतिक संपदा का संरक्षण।
3. नदियों, झीलों और अन्य जलधाराओं के मार्ग के क्षेत्र में भूमि कटाव और मृदा अपरदन पर नियंत्रण।

4. व्यापक वृक्षारोपण और सामाजिक वानिकी कार्यक्रमों के माध्यम से वन और वृक्षों के आच्छादन में वृद्धि।
5. ग्रामीण और आदिवासी जनसंख्या के लिए ईंधन की लकड़ी, चारा तथा अन्य छोटी-मोटी वन्य उपज आवश्यकताओं की पूर्ति हेतु कदम उठाना।
6. राष्ट्रीय आवश्यकताओं की पूर्ति के लिए वनोत्पादों में वृद्धि।
7. वनोत्पादों के उचित उपयोग को प्रोत्साहन देना और लकड़ी का अनुकूल विकल्प ढूंढ़ना।
8. विशेष रूप से ऊपर वर्णित उद्‌देश्यों की प्राप्ति और वर्तमान में वनों पर पड़ रहे दबावों को न्यूनतम स्तर तक लाने हेतु जनसाधारण का अधिकतम सहयोग करने के लिए उचित कदम उठाना।

वन संरक्षण अधिनियम, 1980: स्वतंत्रता के उपरांत देश में हुई जनसंख्या वृद्धि के परिणामस्वरूप कृषि क्षेत्र के विस्तार तथा शहरीकरण की बढ़ती मांग ने वनों पर प्रतिकूल प्रभाव डाला। इससे उत्पन्न परिस्थिति के लिए 1980 में वन संरक्षण अधिनियम बना, जिसे 1988 में संशोधित किया गया। वन संरक्षण अधिनियम के अंतर्गत वन-भूमि को गैर-वन भूमि में बदले जाने से पूर्व केंद्र सरकार की अनुमति की आवश्यकता होती है। इस अधिनियम को लागू किए जाने के बाद से वन-भूमि के अपवर्त्तन की दर घटकर वर्ष 1980 के पूर्व के 1.43 हेक्टेयर प्रतिवर्ष के मुकाबले लगभग 25,000 हेक्टेयर प्रतिवर्ष हो गई है। वनों के संरक्षण के लिए "राष्ट्रीय वन कोष" की भी स्थापना की गई। वन-विभाग ने वनों के संरक्षण के लिए अनेक कदम उठाए हैं, जिनमें प्रमुख हैं—वनीकरण, बंजर भूमि विकास, विद्यमान वन क्षेत्रों में पुनर्वनीकरण एवं वृक्षारोपण, वन-प्रबंधन, चराई पर प्रतिबंध लकड़ियों के वैकल्पिक स्रोतों को प्रोत्साहन, वैकल्पिक ईंधन को प्रोत्साहन, झूम खेती पर प्रतिबंध, विस्तृत सामाजिक वानिकी कार्यक्रम आदि।

वन संरक्षक नियमन, 2003: मंत्रालय ने वन संरक्षक नियमन 2003 को अधिसूचित करके 1981 में पारित वन अधिनियम को संशोधित कर दिया। नए नियमन के प्रमुख अवयवों ने वनीकरण के आवेदन के लिए सरलीकृत प्रावधान, राज्य सरकार के लिए 90 दिन तथा केंद्र सरकार के लिए निर्णय हेतु 60 दिन की समय सीमा का निर्धारण तथा क्षेत्रीय अधिकारियों को 20 हेक्टेयर वन भूमि की तुलना में 40 हेक्टेयर वन भूमि के मामलों पर विचार करने का अधिकार देना आदि शामिल है। वनों को नष्ट होने से बचाने के लिए और उनके विकास के लिए ग्रामीण समुदायों की सहायता लेने के वास्ते मंत्रालय ने 1990 में दिशा-निर्देश जारी किए थे। तत्पश्चात् संयुक्त वन प्रबंधन की अवधारणा आरंभ की गई। दिसंबर 2002 तक देश में 64,000 संयुक्त वन प्रबंधन एक करोड़ 42 लाख 50 हजार हेक्टेयर वन भूमि का प्रबंधन कर रहे थे।

वनों के विनाश का सीधा असर उसमें वास कर रहे जीव-जंतुओं पर भी पड़ा। उनका क्रियाक्षेत्र सीमित होने लगा जिसके फलस्वरूप जैव-विविधता का ह्रास होने लगा। शुरूआत में वन्य जीव संरक्षण को ध्यान में रखते हुए, परंतु बाद में जैव-विविधता के महत्त्व को पहचानते हुए समय-समय पर सरकार वन्य-जीवन को सुरक्षा प्रदान करने की

दिशा में ठोस कदम उठाती रही है। वन्य जीवन के संरक्षण के लिए 1952 में "केन्द्रीय सलाहकार समिति" बनाई गई थी। इसे "इंडियन बोर्ड ऑफ वाइल्ड लाइफ" के नाम से जाना जाता है। इस आयोग के अध्यक्ष प्रधानमंत्री होते हैं और इसके सदस्य प्रकृति विशेषज्ञ और पर्यावरणविद् होते हैं। इसके अतिरिक्त देश में अन्य अनेक ऐसी संस्थाएं भी हैं जो वन्यजीव संरक्षण तथा प्रबंधन में उल्लेखनीय भूमिका निभा रही हैं।

इसके तहत 1972 में "वन्य प्राणी संरक्षण अधिनियम" बनाया गया था। कुछ व्यक्तियों ने भी व्यक्तिगत तौर पर स्वेच्छा से इस कार्य को आगे बढ़ाने में सहायता की है। किंतु, जिस स्तर तक वन्य-जीवन की सुरक्षा के लिए सामाजिक जागरूकता वांछनीय थी, वह नहीं आ पाई। पर्यावरण तथा वन्य-जीवन की रक्षा के लिए जन-सामान्य में नैतिक दायित्व आज भी नहीं है। वन्य जंतुओं के संरक्षण-संवर्द्धन की दिशा में सरकार के प्रयासमात्र ही काफी नहीं हैं, इसके लिए जन-साधारण का सक्रिय सहयोग नितांत आवश्यक है।

वन्य जीव सुरक्षा कानून: वन्य जीवन की सुरक्षा हेतु भारत में कई वैधानिक प्रावधान किए गए हैं, जिनमें सर्वाधिक महत्त्वपूर्ण 1972 में पारित वन्य जीव सुरक्षा कानून है। 7 अध्यायों तथा 5 सूची वाले इस कानून का क्रियान्वयन जम्मू-कश्मीर को छोड़कर पूरे देश में किया जाता है।

कानून की धारा-2 (i) में जंतु शब्द को परिभाषित किया गया है जिसके अनुसार, जंतुओं की श्रेणी में उभयचरों, पक्षियों, स्तनधारियों तथा सरीसृपों, उनकी संतति तथा पक्षियों एवं सरीसृपों के संदर्भ में उनके अंडों को भी सम्मिलित किया गया है। कानून की धारा-2(3) के अंतर्गत वन्य जीवन के प्राकृतिक निवास (भूमि, जल या वनस्पति) को निवास्य क्षेत्र की संज्ञा दी गई है। धारा-2(7) के अंतर्गत वन्य जीवन का तात्पर्य किसी जंतु या जलीय और धरातलीय वनस्पति से है। वन्य प्राणियों के शिकार को कानून की धारा-9 के तहत प्रतिबंधित किया गया है लेकिन किसी योग्य अधिकारी या स्वरक्षा हेतु शिकार की अनुमति प्रदान की गई है। इसी प्रकार, विशिष्ट पौधों की कृषि तथा उन्हें नष्ट करने के कार्यों को इस कानून द्वारा प्रतिबंधित किया गया है।

वन्य जीवन सुरक्षा अधिनियम, 1972 में वन्य जीवन संरक्षण और विलुप्त होती जा रही प्रजातियों के संरक्षण के लिए दिशा-निर्देश दिए गए हैं। दुर्लभ और विलुप्त होती जा रही प्रजातियों के व्यापार पर इस अधिनियम ने रोक लगा दी है।

राष्ट्रीय वन्य जीवन कार्ययोजना, 2002 वन्य जीवन संरक्षण के लिए कार्य-नीति और कार्यक्रम की रुपरेखा प्रस्तुत करती है। पहली वन्य जीवन कार्ययोजना, 1983 को संशोधित करके अब नई वन्य जीवन कार्ययोजना (2002-2016) स्वीकृत की गई है। भारतीय वन्य जीवन बोर्ड वन्य जीवन संरक्षण की अनेक योजनाओं के क्रियान्वयन की निगरानी और निर्देशन करने वाला शीर्ष सलाहकार निकाय है। इस समय संरक्षित क्षेत्र के अंतर्गत 89 राष्ट्रीय उद्यान और 490 अभयारण्य आते हैं, जो देश के सकल भौगोलिक क्षेत्र के एक लाख 56 हजार वर्ग किमी. पर फैले हैं।

भारत में वन्य जीवन की सुरक्षा के लिए दो प्रकार के निवास-स्थानों का निर्माण किया गया है। 1. पशु विहार और 2. राष्ट्रीय उद्यान। पशु विहारों में पक्षियों और पशुओं की सुरक्षा की व्यवस्था की गई है, जबकि राष्ट्रीय उद्यानों में संपूर्ण पारिस्थितिकी।

वन्य प्राणियों की सुरक्षा के लिए एक सेन्ट्रल जू अथॉरिटी का भी गठन किया गया है। इसका उद्‌देश्य देश के वन्य-प्राणी उद्यानों के प्रबंधन की देखरेख करना है। देहरादून में एक वन्य प्राणी संस्थान की भी स्थापना की गई है।

सभी राष्ट्रीय उद्यानों के विकास और उन्नत प्रबंध, वन्य जीवों का संरक्षण, गैर-कानूनी तरीके से जीवों के शिकार और वन्य जीवन के अवैध व्यापार पर प्रतिबंध, राष्ट्रीय उद्यानों और अभयारण्यों के आसपास के क्षेत्रों में पारिस्थितिकी विकास, हाथी व उसके पर्यावास का संरक्षण और असम में गैंडों के संरक्षण के लिए केंद्र द्वारा राज्यों को वित्तीय मदद दी जाती है।

भारत में जल नीति

मानव जीवन में जल की प्राथमिकता तथा उसमें फैलते प्रदूषण के मद्‌देनजर 1987 में राष्ट्रीय जल नीति की घोषणा की गई थी। 2002 में इसकी समीक्षा करके नई जल नीति का क्रियान्वयन किया गया है। इस नीति में जल की उपलब्धता, उसके इस्तेमाल की प्राथमिकताओं तथा प्रदूषण निवारण को समग्र रूप से देखने की चेष्टा की गई है। जल को राष्ट्र निधि के तौर पर राज्यों के आपसी मतभेद से ऊपर उठकर संरक्षित करने का प्रस्ताव दिया गया है। नदी जल के बंटवारे को लेकर राज्यों के मध्य चल रहे विवादों को राष्ट्रहित में सुलझाने का सुझाव भी दिया गया है। जल को जरूरतों के हिसाब से निम्नलिखित प्राथमिकता में बांधा गया है:

1. पेयजल, 2. सिंचाई, 3. जल-बिजली, 4. पारिस्थितिकी, 5. कृषि आधारित उद्योग तथा गैर कृषि उद्योग, 6. नौवहन तथा अन्य इस्तेमाल।

इन प्राथमिकताओं को जरूरत के अनुसार परिवर्तित भी किया जा सकता है। जल नीति 2002 ने जल की गुणवत्ता, उसके संरक्षण, बाढ़, नियंत्रण और नदी तथा समुद्र के द्वारा भू-कटाव, सूखा प्रभावित क्षेत्रों का विकास, राज्यों के मध्य पानी का बंटवारा, जल संसाधनों से जुड़ी व्यवस्था का आधुनिकीकरण तथा यंत्रीकरण आदि के समन्वय में पानी के विभिन्न स्रोतों, उसके प्रवाह के माध्यम और इस्तेमाल को राष्ट्रीय हित की दृष्टि से देखने की जरूरत पर जोर दिया है।

भारतीय संविधान के अनुसार जल "राज्य कार्य सूची" में आता है। अतः जल से संबंधित नियमन में केंद्र सरकार को राज्य सरकारों की सहमति लेनी पड़ती है। बढ़ते औद्योगीकरण तथा हरित क्रांति के दुष्प्रभावों की वजह से जल के स्रोतों के बढ़ते प्रदूषण को नियंत्रित रखने तथा जल को पेय योग्य रखने के उद्‌देश्य से केंद्र सरकार ने 1974 में **जल निवारण** और **प्रदूषण नियंत्रण अधिनियम** पारित किया। इसके तहत केंद्रीय प्रदूषण नियंत्रण बोर्ड का गठन सितंबर 1974 में किया गया। इस बोर्ड के कार्य क्षेत्र को सन् 1981 में पारित

वायु अधिनियम के द्वारा काफी व्यापक बना दिया गया। इसके मुख्य उद्देश्य इस प्रकार से उल्लिखित हैं:

1. जलप्रदूषण के निवारण, नियंत्रण और रोकथाम के माध्यम से राज्यों के विभिन्न क्षेत्रों में नदियों, कुओं की स्वच्छता को बढ़ावा देना।
2. देश में वायु की गुणवत्ता में सुधार और वायु-प्रदूषण का निवारण, नियंत्रण एवं रोकथाम करना।

केंद्रीय बोर्ड के कार्य

1. जल और वायु प्रदूषण नियंत्रण से संबंधित और वायु की गुणवत्ता सुधार के संबंध में केंद्र सरकार को सलाह देना।
2. जल एवं वायु प्रदूषण के निवारण या रोकथाम के लिए राष्ट्रव्यापी कार्यक्रम तैयार करना और उन्हें कार्यान्वित करना।
3. राज्य बोर्डों की गतिविधियों का समन्वयन करना और पारस्परिक विवादों को निपटाना।
4. राज्य बोर्डों को तकनीकी सलाह देना व मार्गदर्शन करना, जल और वायु प्रदूषण निवारण, नियंत्रण या रोकथाम की समस्याओं के समाधान के लिए अन्वेषण तथा अनुसंधान करना तथा इस कार्य को प्रायोजित करना।
5. जल और वायु प्रदूषण के निवारण, नियंत्रण या रोकथाम कार्यक्रमों में कार्यरत व्यक्तियों के लिए प्रशिक्षण योजना तैयार करना और प्रशिक्षण की व्यवस्था करना।
6. जनसंचार माध्यम से जल और वायु प्रदूषण के निवारण, नियंत्रण और उपशमन के प्रति जन चेतना के लिए विस्तृत कार्यक्रमों का आयोजन करना।
7. जल तथा वायु प्रदूषण के प्रभावी निवारण, नियंत्रण या उपशमन के लिए सुझाए गए उपायों से संबंधित तकनीकी एवं सांख्यिकीय आकंड़ों को एकत्र, संकलित तथा प्रकाशित करना।
8. मल-जल और औद्योगिक बहिस्राव के शोधन एवं विसर्जन, चिमनियों और डक्ट्स के शोधन यंत्रों के संबंध में पुस्तिकाओं, संहिताओं और दिशानिर्देश तैयार करना।
9. वायु और जल प्रदूषण, उनके निवारण एवं नियंत्रण से संबंधित सूचनाओं का प्रसार करना।
10. संबंधित राज्य सरकारों के परामर्श से नदी या भू-जल के लिए तथा वायु गुणवत्ता के लिए मानकों का निर्धारण करना, उनमें संशोधन करना या उन्हें रद्द करना।
11. अन्य वे कार्य जो भारत सरकार द्वारा विहित किए जाएं।

केंद्र शासित प्रदेशों के राज्य बोर्ड के तौर पर केंद्रीय बोर्ड के कार्य

1. केंद्र शासित प्रदेश की सरकार को ऐसे उद्योगों की अवस्थिति या उसके परिसर तथा स्थान की उपयुक्तता के बारे में सलाह देना जिससे नदी या कुंओं में अथवा वायु के प्रदूषण की संभावना हो।

2. मल-जल तथा औद्योगिक बहिस्राव के शोधन एवं औद्योगिक संयंत्रों, वाहनों के उत्सर्जन तथा अन्य प्रदूषण स्रोतों के लिए मानक निर्धारित करना।
3. भूमि पर मल-जल के निपटान तथा औद्योगिक बहिस्राव के विसर्जन के लिए प्रभावी पद्धतियों का विकास करना।
4. मल-जल, व्यावसायिक बहिस्राव के उपचार और वायु प्रदूषण नियंत्रण उपकरणों के लिए विश्वसनीय व किफायती विधियां विकसित करना।
5. वायु (प्रदूषण निवारण एवं नियंत्रण) अधिनियम, 1981 के अंतर्गत अधिसूचित करने के प्रयोजन से संघ राज्य क्षेत्रों के अंदर वायु प्रदूषण नियंत्रण क्षेत्रों का पता लगाना।
6. परिवेशी जल और वायु की गुणवत्ता का मूल्यांकन करना तथा अपशिष्ट जल शोधन संयंत्रों, वायु प्रदूषण नियंत्रण, औद्योगिक संयंत्रों या उत्पादन प्रक्रियाओं और उनकी कार्यक्षमता के मूल्यांकन के लिए निरीक्षण करना और जल एवं वायु प्रदूषण के निवारण, नियंत्रण या उपशमन के लिए कदम उठाना।

जलसंरक्षण की दिशा में 1995 में सरकार ने राष्ट्रीय नदी संरक्षण योजना का क्रियान्वयन भी प्रारंभ किया। इसके तहत राष्ट्रीय नदी संरक्षण प्राधिकरण की स्थापना की गई। राष्ट्रीय नदी संरक्षण निदेशालय द्वारा नदी संरक्षण से संबंधित विभिन्न कार्यक्रमों का समुचित क्रियान्वयन एक समन्वय तथा निगरानी समिति की सहायता से किया जाता है। इस दिशा में किए गए प्रयासों में एक महत्त्वपूर्ण प्रयास नदियों में अपशिष्टों के प्रवाह के मार्ग का विस्थापन तथा अपशिष्टों के पुनर्चक्रण द्वारा उन्हें ऊर्जा उत्पादन के एक स्रोत में विकसित करने का कार्य है। भारत में 813 लाख लीटर पानी प्रतिदिन घरेलू अपशिष्टों के पुनर्चक्रण का लक्ष्य निर्धारित किया है। वर्तमान में भारत में 540 लाख लीटर नगरीय अपशिष्टों का पुनर्चक्रण प्रतिदिन किया जाता है। अब तक कुल 261 परियोजनाओं को स्वीकृति प्रदान की गई है, जिसमें 248 परियोजनाओं के क्रियान्वयन का कार्य पूरा किया गया है। भारतीय नदियों में प्रदूषकों की अत्यधिक मात्रा की उपलब्धता के संदर्भ में भारत सरकार द्वारा कम लागत वाली स्वच्छता सुविधाओं तथा विद्युत शवदाह गृहों के निर्माण को प्राथमिकता प्रदान की गई है। पूर्णतः ज्वलित तथा अर्द्धज्वलित शवों के नदियों में प्रवाह के फलस्वरूप जल प्रदूषण के स्तर में अप्रत्याशित वृद्धि पाई गई है।

हरित क्रांति के दौरान नलकूपों की शुरूआत ने तथा औद्योगिक प्रदूषण ने भू-जल की उपलब्धता तथा प्रदूषण को काफी बढ़ावा दिया। इसी दौरान जनसंख्या की वृद्धि ने शहरीकरण को भी तीव्र कर दिया था और नलकूपों के माध्यम से भू-जल के बढ़ते दोहन और जल संग्रह के माध्यमों के विनाश ने परिस्थिति को चिंताजनक बना दिया। इसी संदर्भ में भू-जल के उपयोग को नियमित तथा संचालित करने के लिए 2005 में आदर्श बिल भी भारत सरकार ने प्रस्तावित किया है। इसके प्रावधानों में सबसे अहम है भू-जल आयोग की स्थापना। इस आयोग के माध्यम से भू-जल के इस्तेमाल को सीमित करने का प्रयास किया जाना है। इस आयोग को यह अधिकार प्रदान किया गया है कि वह किसी भी

मकान, दुकान अथवा उद्योग में जल के इस्तेमाल की जांच कर सकता है। इसके साथ-साथ इस आयोग को जल संरक्षण के लिए जल संवर्द्धन (water harvesting) को बढ़ावा देने का दायित्व दिया गया है।

भारत की पर्यावरण नीतियों के संदर्भ में यह बात आसानी से स्वीकारी जा सकती है कि यहां पर विकास के नाम पर पर्यावरण की अनदेखी नहीं की जाती है। विकास की संभावनाओं को पर्यावरण की वृहत पृष्ठभूमि में समाहित करके देखा गया है। नीति निर्देशों में एक तरफ पर्यावरण की एक व्यापक समझ नजर आती है तो दूसरी ओर उसके सूक्ष्मतम रूप को संरक्षित करने की चेष्टा। पर्यावरण संबंधी कानूनों में नीति निर्देश के साथ-साथ दंड का प्रावधान भी किया गया है। इसके लिए स्थापित प्राधिकरण को न्यायालय का स्तर देकर इस दिशा में सरकार ने अपनी प्रतिबद्धता को दोहराया भी है। पर्यावरण के विभिन्न अंगों-वायुमंडल, जल, पृथ्वी, वनस्पति, जीव-जंतु के साथ-साथ मनुष्य के विकास का ध्यान नीति निर्धारक तत्त्वों में रखा गया है अर्थात् पर्यावरण को एकांगी रूप से नहीं देखा गया बल्कि मनुष्य तथा पर्यावरण के संबंधों को अन्योन्याश्रित करके सर्वांगीण विकास के रूप में प्रस्तुत किया गया है। भारतीय पर्यावरण नीतियों में मनुष्य को पर्यावरण के एक तत्त्व के रूप में देखा गया है। तथा साथ ही साथ यह स्वीकारा भी गया कि देश तथा नागरिकों का विकास पर्यावरण संरक्षण से ही संभव है।

संदर्भ

1. डेनियल बोटकिन, *डिसकॉर्ड्न्ट हॉरमोनीज़;* दिल्ली, 1992.
2. चटर्जी, पार्थ, (संपा.), *स्टेट एंड पॉलिटिक्स इन इंडिया*, दिल्ली, 1997.
3. ''आवर कॉमन फ्यूचर'', रिपोर्ट ऑफ द वर्ल्ड कमीशन ऑन इनवारनमेंट एंड डेवलपमेंट: न्यूयार्क, 1987.
4. नायर, दीपक, ''इकोनॉमिक डेवेलपमेंट एंड पॉलिटिकल डेमोक्रेसी: इंटरएक्शन ऑफ इकोनॉमिक्स एंड पॉलिटिक्स इन इंडिपेंडेंट इंडिया'', *इकोनॉमिक एंड पालिटिकल वीकली*, दिसंबर 5, 1998.
5. कोठारी, ए., *कंजर्विंग लाइफ: इंप्लीकेशन्स ऑफ द बायोडइवर्सिटी कंवेंशन फॉर इंडिया*, कल्पवृक्ष (द्वितीय संस्करण): नई दिल्ली, 1995.
6. शिवा, वंदना, (संपा.), *बायोडाइवर्सिटी: सोशल एंड इकोलॉजिकल पर्सपेक्टिव्स*, नटराज पब्लिशर्स: देहरादून, वर्ल्ड रेनफॉरेस्ट मूवमेंट, पेनांग के सहयोग से प्रकाशित।
7. चोकर, किरण बी., (संपा.) *बायोडाइवर्सिटी*, सेंटर ऑफ इनवायरनमेंटल एजुकेशन एंड वर्ल्ड रिसोर्सेज इंस्टीट्यूट, ओ.यू.पी., अमेरिका: दिल्ली, 1997.
8. गुहा, रामचंद्र, *इनवायरनमेंटलिज्म: ए ग्लोबेल हिस्ट्री*, नई दिल्ली, 2000.
9. भारत सरकार की राजकीय वेबसाइट nic.in पर उपलब्ध पर्यावरण संबंधी विभिन्न नीतियों का विवरण।

23

विकास की रणनीति

एक स्वतंत्र राष्ट्र के रूप में अगस्त 1947 में भारत का अभ्युदय हुआ। इसका वर्णन इसकी ''नियति से मुलाकात'' (tryst with destiny) के रूप में किया गया है। उस समय सरकार के समक्ष दो महत्त्वपूर्ण जिम्मेदारियां थीं: 1. राष्ट्र का निर्माण 2. सामाजिक-आर्थिक प्रगति।

एस्मैन (Esman) ने राष्ट्र-निर्माण का वर्णन 'एक सुनिश्चित भौगोलिक सीमा के अंदर, जिसमें प्रमुख राजनीतिक संगठन राज्य होता है, किसी समेकित, राजनीतिक समुदाय के सुविचारित रूप-निर्धारण'[1] के रूप में किया है। एस्मैन ने सामाजिक-आर्थिक प्रगति के सापेक्ष उद्देश्य की परिभाषा 'भौतिक एवं सामाजिक कल्याण की दिशा में चिरस्थायी एवं विस्तृत रूप से परिव्याप्त सुधार' के रूप में दी है।[2]

विकास की समस्याओं की विशालता और उनके समाधन की अत्यावश्यकता ने वस्तुत: राज्य के ऊपर विकास-लक्ष्यों को पूरा करने का प्रमुख दायित्व डाल दिया है। राष्ट्रीयतावाद की आरंभिक सुखानुभूति में लोग सरकार से चमत्कारों की आशा करते हैं। यथासंभव कम से कम समय में राज्य से यह उम्मीद की जाती है कि वह सभी सेक्टरों में तेजी से सामाजिक-आर्थिक विकास प्रस्तुत करेगा। एक ऐसी उपलब्धि जिसे पश्चिम के विकसित देशों में कई पीढ़ियों के निजी एवं स्थानीय प्रयासों से क्रमिक रूप से हासिल किया गया है। सरकार ने सुनियोजित विकास प्रणाली के माध्यम से विकास हासिल करने की चेष्टा की।

ऐतिहासिक परिप्रेक्ष्य: मिश्रित अर्थव्यवस्था का एक अनूठा नमूना

1951 में जब स्वतंत्र भारत की आर्थिक योजना की प्रक्रिया आरंभ की गई थी, उस समय विकास की कार्यनीतियों के वैकल्पिक उपायों पर रोचक बहसें की गई थीं। इन योजनाओं में शामिल थी सुप्रसिद्ध बंबई योजना जिसे विख्यात उद्योगपतियों द्वारा तैयार किया गया था। इनमें सबसे अधिक महत्त्वपूर्ण थी स्वतंत्रता आंदोलन को आप्लावित करने वाली तीन विचारधाराएं। उनमें से एक धारा यह थी कि सभी आर्थिक मामलों में राज्य का मत ही सबसे निर्णायक और शायद सबसे अंतिम होगा, ठीक उसी तरह जैसे 20 और 30 के दशकों में तत्कालीन सोवियत संघ में था। दूसरी विचारधारा थी आदर्श गांधीवादी प्रस्तावना के आधार पर, ग्राम *स्वराज* प्राप्त करने के लिए संस्थागत संरचनाओं को बाधित किए बिना लघु एवं ग्रामीण

प्रवीण कुमार झा, अस्सिटेंट प्रोफेसर, शहीद भगत सिंह कॉलेज, दिल्ली विश्वविद्यालय

उद्योगों को सहायता प्रदान करना। चूंकि ब्रिटिश राज के दौरान विशिष्ट विचारदर्शन और राष्ट्रवादी विचारधाराओं वाले भारतीय उद्योगपतियों द्वारा कुछ आधुनिक उद्योग स्थापित किए जा चुके थे, अतः अंततोगत्वा ऐसे भी कई लोग थे जो इस विचारधारा के पक्षधर थे कि निजी उद्योगों को अवश्य ही फलना-फूलना चाहिए। यदि इन तरीकों का मिला-जुला रूप प्रस्तुत किया जा सकता तो स्वतंत्र भारत के सामने स्पष्टतः तीन से भी अधिक विकल्प होते।[3] तथापि, योजना की अंतिम संरचना महालनोबिस द्वारा तैयार किए गए प्रसिद्ध प्रारूप पर आधारित थी। एक ऐसा प्रारूप जिसने अगले चार दशकों तक भारत के विकास के मार्ग को प्रभावित किया। इसमें प्रथम वरीयता के रूप में पूंजीगत माल के उत्पादन में आत्म-निर्भरता प्राप्त करने की आवश्यकता पर ध्यान केंद्रित किया गया ताकि बाद के चरण में उपभोक्ता वस्तुओं का उत्पादन बढ़ाया जा सके। मूल दस्तावेज़ में, महालनोबिस ने तकनीकी सहकारी कारणों (technical coefficients) और एक प्रगति-पथ के साथ दो और चार सेक्टर वाला मॉडल (प्रादर्श) प्रस्तुत किया। संसाधनों की उपलब्धता, मुद्रास्फीति और रोजगार संबंधी प्रश्नों की उपेक्षा कर दी गई।[4]

निजी एवं सार्वजनिक क्षेत्रों के सह-अस्तित्व पर आधारित मिश्रित अर्थव्यवस्था की अवधारणात्मक संरचना के एक ही साथ कई तत्त्व हैं:

1. कृषि को निजी सेक्टर में छोड़ दिया गया, लेकिन प्रमुख क्षेत्रों–जैसे सिंचाई, शोध एवं विस्तार–में सार्वजनिक निवेश की सहायता से इसे मजबूत बनाया जाएगा।
2. अर्थव्यवस्था के तथाकथित प्रमुख क्षेत्रों में व्यापक पैमाने पर निवेशों के समन्वय के उद्देश्य से निवेश योजनाएं अंगीकृत की गईं।
3. आरंभिक रूप से विदेशी विनिमय के संरक्षण के उद्देश्य से निवेश के उपकरणों को मुख्य भूमिका सौंपी गई। कालांतर में, तथाकथित एकाधिकार प्राप्त घरानों के विकास को रोकने के इरादे से उनका विस्तार किया गया।
4. लघु एवं मध्यम दर्ज़े के उद्योगों को प्रोत्साहित करने से संबंधित सजग नीति का समावेश किया गया।
5. विदेशी विनिमय एवं, आंशिक रूप से, बजट-घाटे की खाई को पाटने के लिए आधिकारिक विकास सहायता पर निर्भर रहने के साथ ही राज्य की प्रभुसत्ता का उपयोग निजी वैदेशिक पूंजी को नियमित करने–लेकिन ज्यादातर हतोत्साहित करने–के लिए किया गया।
6. बाजार-प्रणाली की अस्थिरताओं तथा अनुमानित असमानताओं दोनों को ही नियमित करने के इरादे से केंद्रीय सेक्टरों में प्रशासित मूल्यों का राज अपनाया गया। नीति-संरचना का उद्देश्य था अर्थतंत्र की ऊंचाइयों को राज्य के अधिकार-क्षेत्र में स्थानांतरित करना और साथ ही साथ विशेष किंतु सीमित दायरों में निजी औद्योगिक सेक्टर के प्रयासों को अनुमति प्रदान करना। इसके अंतर्गत बड़े व्यवसायों को विकसित होने का मौका दिया गया बशर्ते वे तकनीकी क्षमता हासिल करने में मदद दे सकें।[5]

भारत ने अपनी यह विशिष्ट मिश्रित अर्थव्यवस्था क्यों अपनाई इसे समझना आवश्यक प्रतीत होता है:

1. औपनिवेशिक साम्राज्य के कटु अनुभव जिनके कारण आर्थिक सुगठन और अभ्युदय सर्वोच्च प्राथमिकता के रूप में उभरे।
2. गरीबी, बेरोजगारी, जनसंख्या, निरक्षरता, क्षेत्रीय असमानता एवं ऐसी ही अन्य समस्याओं से जूझने के लिए राज्य के सामाजिक दायित्वों की प्रबलता।
3. आधुनिक अर्थतंत्र के निर्माण हेतु, तत्कालीन भौतिक संरचनाओं (बिजली, सड़क, रेलवे, बंदरगाह, दूरसंचार, इत्यादि) की अपर्याप्तता।
4. वस्तुओं की डिलिवरी में मुक्त उपक्रम प्रणाली (free enterprise system) की प्रभाविता के बारे में अनिश्चितता की भावना।
5. अंतर्राष्ट्रीय आर्थिक एवं राजनीतिक हालात जिसके कारण किसी भी अग्रणी एवं विचारोन्मुखी प्रणाली–चाहे वह पूंजीवादी प्रणाली हो या साम्यवादी–के साथ जुड़ने में क्रूर दुविधाओं को जन्म दिया।

भारत में योजना-प्रक्रिया

भारत में, योजना-निर्माण और योजना की निगरानी संबंधी केंद्रीय भूमिका का निर्वाह योजना आयोग द्वारा किया जाता है। आयोग को इस काम में केंद्रीय एवं राज्य स्तरों पर नीति-निर्माण, कार्यान्वयन एवं मूल्यांकन कार्यों से जुड़े अन्य कई संगठनों से भी सहयोग और मार्गदर्शन प्राप्त होता है। बुनियादी तौर पर, भारतीय योजनाओं का दृष्टिकोण परिप्रेक्ष्यात्मक (perspective outlook) होता है। पहली बार में योजना आयोग 20 वर्षों की अवधि के लिए आधारभूत लक्ष्य तय करता है। आयोग द्वारा इन लक्ष्यों का निर्धारण सामाजिक, आर्थिक एवं तकनीकी दशाओं तथा भविष्य की संभावनाओं का अध्ययन करने के बाद किया जाता है। सरकार से स्वीकृति मिल जाने के बाद, योजना के प्रथम चरण के रूप में व्यापक रूप से पंचवर्षीय लक्ष्यों का निर्धारण किया जाता है। फिर इन पांच-वर्षीय लक्ष्यों को अर्थशास्त्रियों, प्रशासकों एवं तकनीकी विशेषज्ञों के विभिन्न कार्यदलों के सम्मुख पेश किया जाता है। ये कार्यदल अपने-अपने दायरे में इन प्रस्तावित लक्ष्यों के अभिप्रायों की जांच करते हैं। जरूरी होने पर वे दीर्घकालिक एवं अल्पकालिक लक्ष्यों के पुनरावलोकन के लिए अनुशंसाएं करते हैं। साथ ही वे इन लक्ष्यों को साकार करने की दिशा में कार्यक्रमों एवं नीतियों का भी विशेष उल्लेख करते हैं। इन अनुशंसाओं के आधार पर, योजना आयोग पंचवर्षीय योजना पर एक *स्मरण पत्र* (Memorandum) तैयार करता है जिसे स्वीकृति के लिए केंद्रीय मंत्रिपरिषद एवं राष्ट्रीय विकास परिषद (National Development Council) के समक्ष प्रस्तुत किया जाता है। स्वीकृति के बाद, आयोग एक प्रारूप-योजना (Draft Plan) तैयार करता है जिसमें योजना के उद्देश्यों का विवरण दिया जाता है, संसाधनों का अनुमान लगाया जाता है और प्राप्त किए जाने वाले लक्ष्यों का खाका तय किया जाता है।

प्रारूप-योजना पर संसद के दोनों सदनों में बहस होती है। तत्पश्चात, इन कच्चे लक्ष्यों को योजना आयोग द्वारा केंद्रीय मंत्रालयों और राज्यों के पास भेजा जाता है। जब केंद्रीय मंत्रालयों के साथ परामर्श का कार्य पूरा हो जाता है तो उसके बाद योजना आयोग के साथ विचार-विमर्श के लिए राज्य सरकारों को आमंत्रित किया जाता है। अंतिम योजना केंद्रीय एवं राज्य सरकारों के प्रस्तावों के आधार पर बनाई जाती है। आयोग तकनीकी एवं आर्थिक समरूपता के दृष्टिकोण से कार्यक्रमों की जांच करता है तथा आवश्यक संशोधनों के बाद योजना को अंतिम रूप देकर केंद्रीय मंत्रिपरिषद, राष्ट्रीय विकास परिषद एवं संसद के पास आखिरी मंजूरी के लिए भेज देता है। संसद द्वारा अनुमोदित योजना को लागू करने के लिए विभिन्न विभागों के पास भेज दिया जाता है।

भारत में योजना: स्वतंत्रता-प्राप्ति के तुरंत बाद भारत ने "सामाजिक न्याय सहित विकास" के अपने नारे के साथ विकास के प्रयासों का सूत्रपात किया। अपनी प्रथम पंचवर्षीय योजना के आरंभ के साथ ही भारत ने 1951 में आर्थिक योजना के युग में अपने कदम रखे और तब से इसने आर्थिक नियोजन के लगभग छह दशक पूरे कर लिए हैं। 1966 में तीसरी योजना के समापन के बाद, भारत को कई विरोधी रुखों का सामना करना पड़ा और चौथी योजना निलंबित कर दी गई। 1966 से 1969 के बीच तीन वार्षिक योजनाएं बनाई गईं। छठी योजना के दो संस्करण सामने आए, अर्थात तत्कालीन जनता पार्टी सरकार द्वारा प्रस्तुत 1978-83 की ड्राफ्ट योजना और उसके बाद आने वाली कांग्रेसी सरकार द्वारा प्रस्तुत 1980-85 वाली योजना। साथ ही, सातवीं और आठवीं योजनाओं के बीच दो साल का अंतराल (1990-1992) भी सामने आया। लेकिन तेजी से बदलती राजनीतिक स्थिति ने इस अवधि के लिए दो वार्षिक योजनाओं के लिए बाध्य कर दिया। भारतीय योजनाओं की समय-सारिणी तालिका 1 में दर्शाई गई है।

प्रथम पंचवर्षीय योजना (1951-56)

1951 में प्रथम पंचवर्षीय योजना के आरंभ के समय, भारत 1947 के देश-विभाजन के फलस्वरूप शरणार्थियों के भारी प्रवाह, खाद्य संकट तथा बढ़ती मुद्रास्फीति की समस्याओं से घिरा हुआ था। योजना में कृषि एवं सामुदायिक विकास को सर्वोच्च प्राथमिकता दी गई। यह 2069 करोड़ रु. के व्यय के साथ आरंभ किया गया एक औसत प्रयास था। कुल मिलाकर योजना के परिणाम उत्साहवर्द्धक थे। योजना-अवधि में राष्ट्रीय आय में 18 प्रतिशत की वृद्धि हुई। खाद्यान्नों के उत्पादन में 20 प्रतिशत की बढ़ोत्तरी हुई और 16 मिलियन एकड़ से भी अधिक भूमि को सिंचाई के दायरे में लाया गया। औद्योगिक उत्पादन सूचकांक (Industrial Production Index) भी 22 प्रतिशत तक की छलांग लगा गया और बिजली उत्पादन में अच्छा-खासा सुधार हुआ। हालांकि योजना में कृषि, सिंचाई, विद्युत और परिवहन पर जोर दिया गया, इसमें आने वाले वर्षों में और अधिक तेजी से आर्थिक एवं औद्योगिक विस्तार के लक्ष्य भी तय किए गए। साथ ही योजना ने विकास-प्रक्रिया की गति तेज करने के लिए सामाजिक एवं संस्थात्मक सुधारों की भी आधारशिला रखी।

तालिका 1

योजना	योजना-अवधि
पहली योजना	1 अप्रैल 1951 से 31 मार्च 1956
दूसरी योजना	1 अप्रैल 1956 से 31 मार्च 1961
तीसरी योजना	1 अप्रैल 1961 से 31 मार्च 1966
वार्षिक योजना	1 अप्रैल 1966 से 31 मार्च 1967
वार्षिक योजना	1 अप्रैल 1967 से 31 मार्च 1968
वार्षिक योजना	1 अप्रैल 1968 से 31 मार्च 1969
चौथी योजना	1 अप्रैल 1969 से 31 मार्च 1974
पांचवीं योजना	1 अप्रैल 1974 से 31 मार्च 1978
वार्षिक योजना	1 अप्रैल 1978 से 31 मार्च 1979
वार्षिक योजना	1 अप्रैल 1979 से 31 मार्च 1980
छठी योजना	1 अप्रैल 1980 से 31 मार्च 1985
सातवीं योजना	1 अप्रैल 1985 से 31 मार्च 1990
वार्षिक योजना	1 अप्रैल 1990 से 31 मार्च 1991
वार्षिक योजना	1 अप्रैल 1991 से 31 मार्च 1992
आठवीं योजना	1 अप्रैल 1992 से 31 मार्च 1997
नवीं योजना	1 अप्रैल 1997 से 31 मार्च 2002
दसवीं योजना	1 अप्रैल 2002 से 31 मार्च 2007
ग्यारहवीं योजना	1 अप्रैल 2007 से 31 मार्च 2012

स्रोत: 1. भारत सरकार का योजना आयोग, विभिन्न पंचवर्षीय योजनाएं
2. भारत सरकार आर्थिक सर्वेक्षण (2006-07)

दूसरी पंचवर्षीय योजना (1956-61)

दूसरी योजना को बनाने और उसे कार्यान्वित करने का काम प्रथम योजना से उत्पन्न आर्थिक स्थिरता और आत्मविश्वास के माहौल में किया गया। इस योजना का लक्ष्य था अर्थव्यवस्था को प्रबल प्रोत्साहन देना। दूसरी योजना के वास्तविक शिल्पी, प्रोफेसर पी.सी. महालनोबिस, ने विकास की एक स्पष्ट कार्यनीति तैयार की। इस कार्यनीति में, तेजी से आर्थिक विकास की एक बुनियादी शर्त के रूप में औद्योगीकरण हासिल करने के लिए भारी उद्योगों में निवेश पर जोर दिया गया। भारत के प्रधानमंत्री, पंडित जवाहर लाल नेहरू, के लिए भारी उद्योग-धंधों का विकास औद्योगीकरण का पर्याय था। इस रणनीति को आगे बढ़ाने के लिए योजना के केंद्र में रोजगार के बड़े अवसरों का सृजन, मजबूत पूंजी-आधार का निर्माण तथा उत्पादक एवं तकनीकी क्षमता का विकास का कार्य रखा गया।

महालनोबिस की रणनीति में भारी उद्योग पर बहुत जोर दिया गया जबकि उपभोक्ता उद्योगों की उपेक्षा कर दी गई। साथ ही कृषि में श्रम-गहन निवेशों के बदले पूंजी-गहन निवेशों को प्राथमिकता दी गई। योजना में विकास प्रक्रिया में सार्वजनिक सेक्टर की प्रमुख भूमिका तथा समाजवादी ढांचे के समाज की रचना को भी रेखांकित किया गया। योजना की कुल लागत 4800 करोड़ रु. थी। कुल मिलाकर, दूसरी योजना के परिणाम भी संतोषजनक थे। योजना का उद्देश्य था राष्ट्रीय आय में 4.5 प्रतिशत की वृद्धि करना और यह 4.1 प्रतिशत तक वृद्धि करने में सफल रहा।

तीसरी पंचवर्षीय योजना (1961-66)

तीसरी योजना का उद्देश्य था स्व-निर्भर एवं स्व-जनित अर्थव्यवस्था की ओर ले जाने वाला गहन विकास प्राप्त करना। प्रथम एवं दूसरी योजनाओं के दौरान प्राप्त प्रगतियों के परिणामस्वरूप, भारतीय अर्थतंत्र का आकार अब विशाल हो चुका था और इसके कार्य-संचालन का दायरा ज्यादा जटिल एवं गतिमान हो चला था। योजना का लक्ष्य राष्ट्रीय आय में 5.6 प्रतिशत से अधिक की वार्षिक वृद्धि प्राप्त करना तथा इसी विकास दर को भविष्य में भी कायम रखना था। खाद्यान्न के मामले में आत्मनिर्भरता प्राप्त करने तथा औद्योगिक एवं निर्यात संबंधी जरूरतों को पूरा करने के लिए इसमें कृषि विकास के कार्यक्रमों पर जोर दिया गया। भविष्य के औद्योगिक प्रयासों में भारत को आत्मनिर्भर बनाने के लिए योजना में बुनियादी उद्योग-धंधों के विस्तार का उद्देश्य रखा गया। तीसरी योजना के दौरान विकास नियोजन के अंतर्गत कृषि को अनिवार्यतः पहली प्राथमिकता दी गई। योजना की कुल लागत थी 4600 करोड़ रु.। इसमें से 20 प्रतिशत कृषि और सिंचाई के लिए था और 24 प्रतिशत उद्योग-धंधों और खनन कार्यों के लिए। सामाजिक सेवाओं को 18 प्रतिशत हिस्सा दिया गया। योजना में 5.6 प्रतिशत की विकास दर का लक्ष्य रखा गया था लेकिन इसने आधे से भी कम, केवल 2.5 प्रतिशत, विकास दर प्राप्त की।

तीन वार्षिक-योजनाएं (1966-69)

1960 के दशक के उत्तरार्द्ध में भारत को कई आघात झेलने पड़े, जैसे पाकिस्तान से वैमनस्य (1965), लगातार दो वर्षों तक सूखा (1965 से 1967), रुपये का अवमूल्यन (1966) एवं मुद्रास्फीति के तेज दबाव। इन कारणों से, 1966 में तैयार चौथी योजना का प्रारूप रद्द कर दिया गया। इसके बदले तीन वार्षिक योजनाएं (1966-67, 1967-68, 1968-69) तैयार की गई तथा चौथी योजना के प्रारूप के तौर पर कार्यान्वित की गई। 1969 में जब चौथी पंचवर्षीय योजना (1969-74) संचालित हुई तो योजना-प्रक्रिया फिर से बहाल हुई। लगातार दो वर्षों (1965-66 एवं 1966-67) में कृषि की अधिकता तथा औद्योगिक उत्पादन की वृद्धि दर में कमी ने वार्षिक योजनाओं के लिए उपलब्ध संसाधनों का क्षय कर दिया। गैर-योजना मद उच्च हो गई और ठीक उसी समय सरकार पर्याप्त राजस्व संसाधनों को गतिशील करने की स्थिति में नहीं थी। इन परिस्थितियों से बाध्य

होकर सरकार ने वित्तीय सहायता में कमी लाने का निश्चय किया जो वार्षिक योजनाओं की अवधि में 676 करोड़ रु. के स्तर तक जा पहुंची।

वार्षिक योजनाओं में कृषि उत्पादन एवं उत्पादकता, खास तौर पर तेजी से परिणाम सामने लाने वाली तथा न्यूनतम संभावित समय में उत्पादन बढ़ा सकने वाली योजनाओं, को सर्वोच्च वरीयता दी गई। इन्हीं वार्षिक योजनाओं के दौरान भारत "हरित क्रांति" (Green Revolution) के दौर से गुजरा जिसने फार्म सेक्टर में सचमुच क्रांति उपस्थित कर दी और उसे आगे के विकास की दिशा में अग्रसर किया। योजना में परिवार नियोजन कार्यक्रमों को भी प्राथमिकता दी गई, तथा प्राथमिकता दी गई उद्योग एवं खनन, परिवहन एवं संचार, तथा सामाजिक सेवाओं को भी।

चौथी पंचवर्षीय योजना (1969-74)

चौथी पंचवर्षीय योजना ने त्वरित विकास एवं तेजी से परिणाम लाने वाली परियोजनाओं पर जोर दिया। नीति को बदलकर मूल्य-लाभांश (price incentives) के आधार पर आयात की जगह निर्यात बढ़ाने की ओर उन्मुख किया गया। योजना सहायता की अनिश्चितता से भी आक्रांत रही। 1968-74 के दौरान भारत द्वारा प्राप्त की गई अधिकांश विदेशी सहायता पिछले ऋणों के भुगतान के लिए सूदसहित ऋणदाताओं को चुका दी गई। चौथी योजना के आरंभिक दो वर्ष अत्यंत उत्साहवर्द्धक थे जबकि खाद्यान्न और औद्योगिक उत्पादन में रिकार्ड बढ़ोत्तरी हुई। लेकिन आगामी तीन साल निम्न उत्पादन, बिजली संकट, परिवहन समस्याएं तथा उच्च मुद्रास्फीति के कारण निराशाजनक सिद्ध हुए। भारत को बांग्लादेश से आने वाले शरणार्थियों की भारी संख्या तथा 1971 के भारत-पाकिस्तान युद्ध का दंश झेलना पड़ा। इस योजना के दौरान जिस एक नई नीति का परिचय दिया गया वह था ग्रामीण गरीबी-उन्मूलन कार्यक्रमों का सूत्रपात। योजना के लिए रु. 24,882 करोड़ रु. के व्यय का प्रावधान था। इसमें से 15,902 करोड़ रु. सार्वजनिक सेक्टर के कार्यक्रमों के लिए रखा गया तथा 8,980 करोड़ रु. निजी सेक्टर के लिए। योजना का उद्देश्य था राष्ट्रीय आय में 5.7 प्रतिशत की वृद्धि दर हासिल करना लेकिन केवल 3.3 प्रतिशत विकास-दर ही हासिल की जा सकी।

पांचवीं पंचवर्षीय योजना (1974-78)

पांचवीं योजना का प्रारूप तब तैयार किया गया था जबकि 1973 के खाड़ी संकट (Gulf crisis) के कारण अंतर्राष्ट्रीय तेल मूल्यों में बेतहाशा उछाल के कारण भारत अभूतपूर्व मुद्रास्फीति का गंभीर संकट झेल रहा था। खाद्यान्न, उर्वरक एवं तेल के मूल्यों में आई इतनी तेजी ने उन सारे पूर्वानुमानों को धराशायी कर दिया जिन पर योजना का प्रारूप आधारित किया गया था। योजना के सबसे प्रमुख लक्ष्य थे गरीबी-उन्मूलन एवं आत्मनिर्भरता की उपलब्धि। कार्यनीतियों का संबंध तीन प्रमुख सेक्टरों के विकास से था-कृषि, ऊर्जा एवं महत्त्वपूर्ण अंतर्वर्ती, तथा रोजगार के अतिरिक्त अवसरों का सृजन। योजना की कुल

सार्वजनिक सेक्टर परिव्यय 39,320 करोड़ रु. था जिसमें से 22 प्रतिशत कृषि और सिंचाई के लिए, 26 प्रतिशत उद्योग और खनन के लिए, तथा 20 प्रतिशत परिवहन एवं संचार के लिए निर्धारित था। योजना में आरंभ में राष्ट्रीय आय में 5.5 प्रतिशत की वृद्धि लाने का लक्ष्य रखा गया। लेकिन दुर्भाग्य से योजना अपने पांच वर्ष पूरे नहीं कर सकी। इसे नव-निर्वाचित जनता पार्टी सरकार द्वारा चौथे वर्ष (मार्च 1978) में ही रोक दिया गया। जनता सरकार की आरंभिक योजना गतिशील योजना की शुरूआत करने की थी-एक ऐसी योजना जिसे चीन में कार्यान्वित किया जा चुका था। लेकिन वे दो वार्षिक योजनाओं-1978-79 और 1979-80 से संतुष्ट थे। पांचवीं योजना के फलस्वरूप राष्ट्रीय आय में पांच प्रतिशत का इजाफा हुआ।

छठी पंचवर्षीय योजना (1980-85)

योजना का सूत्रपात गरीबी-उन्मूलन, ग्रामीण विकास तथा संतुलित क्षेत्रीय विकास के प्रमुख उद्देश्यों के साथ किया गया। क्षेत्रीय विषमताओं को कम करने के उद्देश्य के अनुरूप, योजना लागत में "विशेष क्षेत्र कार्यक्रम" (Special Area Programme) के लिए अच्छी-खासी रकम रखी गई थी। योजना का निरूपण 1980-81 से लेकर 1994-95 तक की 15 वर्षों की अवधि को परिव्याप्त करते हुए दीर्घकालिक परिप्रेक्ष्य की पृष्ठभूमि में किया गया था। विकास के इस परिप्रेक्ष्य का लक्ष्य था गरीबी हटाने की दिशा में तेजी से प्रगति, लाभदायक रोजगार का सृजन तथा तकनीकी एवं आर्थिक स्व-निर्भरता। ऊर्जा के उपयोग तथा विकास की दिशा में संरक्षण और सक्षमता पर जोर देते हुए ऊर्जा के स्वदेशी स्रोतों को तेजी से विकसित करना तथा प्राकृतिक एवं पर्यावरणीय परिसंपत्तियों का विकास और संरक्षण भी योजना के अन्य लक्ष्य थे।

छठी योजना में 97,500 करोड़ रु. के परिव्यय का अनुमान था लेकिन वास्तविक व्यय तत्कालीन मूल्य-दर पर 109,291.7 रु. करोड़ तक जा पहुंचा। कुल व्यय में से 24 प्रतिशत कृषि और सिंचाई के लिए तथा 27.8 प्रतिशत उद्योग एवं खनन के लिए रखा गया था। योजना ने लक्षित 5.2 प्रतिशत विकास-दर के मुकाबले 5.4 प्रतिशत की वार्षिक दर हासिल की। औद्योगिक उत्पादन प्रति वर्ष 5.5 प्रतिशत तक गया लेकिन यह 7 प्रतिशत के लक्षित दर से कम था। गरीबी का अनुपात 1977-78 के 48 प्रतिशत के मुकाबले 1984-85 में 37 प्रतिशत कम हुआ। योजना का समग्र वृद्धि लक्ष्य मुख्य रूप से अच्छी कृषि एवं सेवा सेक्टर में तेज वृद्धि के कारण प्राप्त किया जा सका। योजना के सफल कार्यान्वयन के कारण गरीबी तथा कम विकास की लंबे समय से चली आ रही समस्याओं को सुलझाने में भारत की क्षमता का विकास हुआ।

सातवीं पंचवर्षीय योजना (1985-90)

सातवीं योजना के अंतर्गत उन नीतियों पर जोर देने का प्रयास किया गया जिनसे खाद्यान्न के उत्पादन में तेजी लाई जा सके और रोजगार के अवसर तथा उत्पादकता में वृद्धि की

जा सके। योजना की रणनीतियों को इस तरह गतिशील किया गया कि वे गरीबी, बेरोजगारी एवं क्षेत्रीय असंतुलन की समस्याओं पर सीधा प्रहार कर सकें। इसमें विकास की गति तेज करने तथा आर्थिक एवं अर्थव्यवस्था के तकनीकी आधुनिकीकरण की प्रक्रिया को और आगे ले जाने की आवश्यकता पर जोर दिया गया। योजना में कृषि-विकास की दिशा में विस्तृत रणनीति प्रस्तुत की गई तथा कृषि-उत्पादन में प्रति वर्ष चार प्रतिशत की लक्षित विकास-दर निर्धारित की गई। उद्योगों और खनिजों के विकास पर योजना का वास्तविक व्यय 26,295 करोड़ रु. हुआ और इस सेक्टर में इसने 8.5 प्रतिशत की वार्षिक विकास-दर हासिल की। विकास की प्रक्रिया को सहज बनाने की दृष्टि से योजना में संरचनाओं के विकास पर पहले से ज्यादा जोर दिया गया। सार्वजनिक क्षेत्र की कुल लागत का करीब 31 प्रतिशत ऊर्जा के लिए रखा गया था। योजना अवधि में ऊर्जा के सृजन में 12.2 प्रतिशत औसत सालाना दर से विकास की उम्मीद की गई थी। पांच प्रतिशत की लक्षित विकास-दर के मुकाबले योजना ने 5.8 प्रतिशत की वार्षिक औसत विकास-दर प्राप्त की। सातवीं योजना को कुछ दिक्कतों का सामना भी करना पड़ा। इसे भुगतान-संतुलन, बजट घाटों और मूल्य-स्तरों के बढ़ते हुए दबाव के दौर से गुजरना पड़ा। घाटे के अर्थ-नियोजन का स्तर उम्मीद से ढाई गुणा ज्यादा था। इस तरह, सातवीं योजना ने विकास लक्ष्य हासिल किए तथा इसने अर्थव्यवस्था पर कई दबावों और तनावों को भी जन्म दिया।

आठवीं पंचवर्षीय योजना (1992-97)

आठवीं योजना को 1990-91 में शुरू होना था लेकिन राजनीतिक परिवर्तनों के कारण ऐसा नहीं हो सका। नव-निर्वाचित सरकार ने आठवीं योजना को 1 अप्रैल 1992 से आरंभ करने का निश्चय किया (इससे पहले 1990-91 और 1991-92 के लिए वार्षिक योजनाएं थीं) तथा इसमें रोजगार एवं सामाजिक रूपांतरण को विस्तारित करने पर जोर दिया गया। उस समय, अर्थव्यवस्था गंभीर संकटों के दौर से गुजर रही थी। सर्वप्रथम तो वित्तीय समस्याएं थीं जिन्होंने संसाधनों की उपलब्धता पर गंभीर प्रतिबंध लागू कर दिए। दूसरे, भारत को सार्वजनिक सेक्टर के निवेशों का रुख मोड़कर अर्थतंत्र के उन सेक्टरों में ले जाना था जहां प्राइवेट सेक्टर का स्थानांतरण संभव था। इसके साथ ही, इसे सामाजिक सेक्टर में निवेश में कदम रखना था। तीसरी बात, यह सुनिश्चित किया जाना था कि विकास की प्रक्रिया का लाभ गरीबों को मिले और परिवर्तित ढांचे इस काम में रुकावट न बनें।

इस प्रकार, आठवीं योजना की कुछ विशेषताएं थीं जो इसे पहले की अन्य योजनाओं से अलग कर देती हैं।

1. इस योजना की प्रकृति निर्देशात्मक न होकर संकेतात्मक थी।
2. इसमें विकास प्रक्रियाओं की धुरी के रूप में मानव विकास को माना गया।
3. इसने छठी और सातवीं योजनाओं को प्रभावित करने वाले वित्तीय असंतुलनों को सुधारने का प्रयास किया।
4. यह एक समेकित योजना थी और अतः इसने ग्रामीण विकास के क्षेत्र में कार्यरत विभिन्न विभागों और एजेंसियों को एकीकृत करने का प्रस्ताव रखा। उदाहरण के

लिए, समन्वित नीति-निर्धारण और कार्यान्वयन के लिए ऊर्जा और परिवहन को एक ही छत के नीचे लाना।

5. विकास कार्यों के लिए निष्क्रिय अनुरीक्षण (passive observance) सरकार पर संपूर्ण निर्भरता की प्रवृत्ति की जगह इस योजना में विकास-प्रक्रिया के दायरे में लोगों की भागीदारी का महत्त्व पहचाना गया।
6. यह योजना कार्य-प्रदर्शन (performance oriented) की ओर उन्मुख थी।
7. योजना के अंतर्गत शहरी क्षेत्रों में पलायन को रोकने के लिए ग्रामीण क्षेत्रों में रोजगार-सृजन पर विशेष ध्यान दिया गया।

आठवीं योजना का सूत्रपात 1990 के दशक के संरचनात्मक सुधारों के ढांचे के अंतर्गत किया गया था जिसके माध्यम से भारत की अर्थव्यवस्था में आमूलचूल परिवर्तन हुआ था। योजना प्रति वर्ष 6.8 प्रतिशत की औसत विकास-दर के साथ समाप्त हुई, अर्थात 5.6 प्रतिशत की लक्षित विकास-दर से 1.2 प्रतिशत ज्यादा। योजना के अंतिम तीन वर्षों के दौरान औसत विकास-दर 7 प्रतिशत थी जिसने भारत को दुनिया के दस शीर्षस्थ कार्य-प्रदर्शकों की कतार में खड़ा कर दिया। योजना की कुछ खामियां भी रहीं। कृषि क्षेत्र में प्राप्त किया गया विकास संतोषजनक स्तर से नीचे था। कृषि-निवेश और साख की उपलब्धता स्थिर बनी रही। बिजली, परिवहन एवं संचार जैसी संरचनात्मक सुविधाओं के लिए निर्धारित लक्ष्यों को प्राप्त करने में योजना असफल रही। साथ ही योजना के दौरान 8.8 प्रतिशत की औसत मुद्रास्फीति दर का अनुभव किया गया।

नौवीं पंचवर्षीय योजना (1997-2002)

नौवीं योजना भारत की आजादी के 50वें वर्ष में आरंभ की गई। भारत के लोगों ने अपनी विविधता के बावजूद एक संगठित राष्ट्र के निर्माण की अपनी क्षमता तथा एक जीवंत एवं गतिशील लोकतांत्रिक संरचना के अंतर्गत विकास के लिए अपनी प्रतिबद्धता प्रदर्शित की थी। ऐसी उत्साहवर्द्धक पृष्ठभूमि में नौवीं योजना का रूप-निर्धारण ''सामाजिक न्याय के विकास'' के उद्देश्य के साथ किया गया। 1996-97 की मूल्य-दर पर नौवीं योजना में 2,171,000 करोड़ रु. के निवेश का प्रस्ताव रखा गया। इस निवेश में से, 92.6 प्रतिशत घरेलू संसाधनों से प्राप्त किया जाना था। सार्वजनिक सेक्टर में किया गया निवेश महज 33 प्रतिशत था।

योजना के वर्षों में अर्थव्यवस्था की विकास दर प्रति वर्ष 6.5 प्रतिशत की लक्षित दर से कम थी। 1997-98 में, खासतौर पर कृषि उत्पादन में वृद्धि के कारण अर्थव्यवस्था में 6.8 प्रतिशत की रिकॉर्ड वृद्धि दर्ज की गई। लेकिन दूसरी ओर वस्तु-उत्पादन के क्षेत्र का कार्य प्रदर्शन मंद पड़ा रहा और उसमें चार प्रतिशत से भी कम का विकास हुआ। सेवा सेक्टर का काम-काज अच्छा चलता रहा। निर्माण, संचार, लोक प्रशासन एवं अन्य सेवाएं-इन चार क्षेत्रों में उम्मीद से बेहतर कार्य प्रदर्शन हुआ। अन्य सेवाओं में हुए विकास का श्रेय सॉफ्टवेयर सेक्टर में हुए विकास को जाता है। 6.5 प्रतिशत के औसत वार्षिक

विकास लक्ष्य के मुकाबले वार्षिक विकास-दरें थीं 5 प्रतिशत, 6.8 प्रतिशत, 5.9 प्रतिशत, 6.45 प्रतिशत, एवं अंतत: 5.2 प्रतिशत। कृषि क्षेत्र में, योजना का लक्ष्य था 234 मिलियन टन खाद्यान्न का उत्पादन था, लेकिन केवल 209 मिलियन टन ही हासिल किया जा सका। अर्थव्यवस्था में भी मुद्रास्फीति का रुझान देखा गया। लेकिन कुल वृहद संकेतकों से ऊपरी रुझान परिलक्षित हुआ तथा भारतीय अर्थव्यवस्था में वैश्विक प्रतिस्पर्द्धा के साथ कदम मिलाने की कूबत देखी गई।

दसवीं पंचवर्षीय योजना (2002-2007)

सुधार के बाद वाली अवधि में सकल घरेलू उत्पाद (GDP) का विकास 1980 के दशक के औसत लगभग 5.7 प्रतिशत से बेहतर होकर आठवीं और नौवीं योजना अवधियों में लगभग औसत 6.5 प्रतिशत हो गया। इस प्रकार भारत सबसे तेजी से विकसित हो रही अर्थव्यवस्थाओं में शामिल हो गया। जनसंख्या की विकास दर कम हुई तथा साक्षरता और तेजी से बढ़ते ज्ञान एवं अर्थव्यवस्था के विकास के कारण भारत के विकास पथ पर आशा की किरणें फूटीं। लेकिन इन आशा की किरणों के मध्य भी भारत के संदर्भ में तथ्यों के अन्य तारामंडल भी हैं जो और भी अधिक बड़े संदर्भों का पथ प्रशस्त करते हैं। विकास के ऐसे कई पहलू हैं जहां प्रगति की स्थिति स्पष्ट रूप से निराशाजनक है।

मौजूदा दैनिक स्थिति के आधार पर बेरोजगारी का परिदृश्य अपेक्षाकृत बढ़ा है-सात प्रतिशत से भी ऊपर है। ग्रामीण क्षेत्रों में, 1 से 5 वर्ष तक के आयु-वर्ग में आधे से भी अधिक बच्चे कुपोषण के शिकार हैं। शिशु मृत्यु-दर पिछले कई सालों से प्रति हजार 72 पर ठहरी हुई है। गांवों के 60 प्रतिशत और शहरी क्षेत्रों के करीब 20 प्रतिशत घरों में नल उपलब्ध नहीं हैं। शहरी पर्यावरण में आई गिरावट, झुग्गी-झोपड़ियों में रहने वाले लोगों की आबादी में वृद्धि और, इन सबसे बढ़कर, खतरे के निशान तक जा पहुंची जनसंख्या-इन सबने मिलकर शहरी गरीब तबकों के जीवन की गुणवत्ता को प्रभावित किया है। पिछले दशक के दौरान युवा स्त्री-पुरुषों के बीच के लिंग अनुपात में आई कमी, जैसा 2001 की जनगणना से परिलक्षित होता है, इस बात का संकेत है कि संविधान में स्वतंत्रता और नारी-समानता के जो आश्वासन दिए गए हैं उन्हें अभी भी साकार किया जाना बाकी है।

ऐसी पृष्ठभूमि में, दसवीं योजना नई सहस्राब्दी के आरंभ में अतीत की उपलब्धियों पर नए विकास के निर्माण और साथ ही विगत गलतियों के निराकरण का अवसर देती है। दसवीं योजना में औसत वार्षिक सकल घरेलू उत्पाद (GDP) में 8.1 प्रतिशत की वृद्धि का लक्ष्य रखा गया था। इससे उम्मीद की गई थी कि ग्यारहवीं योजना की अवधि में 9 प्रतिशत से अधिक की विकास-दर का आधार तैयार होगा। पहले दो सालों का विकास लक्ष्य था औसतन सात प्रतिशत। 2002-03 में वास्तविक कार्य-प्रदर्शन 4.6 प्रतिशत और 2003-04 में 8.3 प्रतिशत रहा है, तथा अंतिम तीन वर्षों में औसतन 6.5 प्रतिशत जो कि दसवीं योजना के लक्ष्य 8.1 प्रतिशत से कम है।

तालिका 2
विभिन्न पंचवर्षीय योजनाओं में निवेश, वृद्धि दर और प्राथमिकता के क्षेत्र

योजना एवं योजनावधि	प्रस्तावित निवेश	वास्तविक निवेश	विकास दर लक्ष्य	प्राप्ति विकास दर	प्राथमिकता के क्षेत्र
पहली योजना 1951-56	2070	1960	2.1	3.6	कृषि, सिंचाई, विद्युत
दूसरी योजना 1956-61	4800	4672	4.5	4.2	भारी उद्योग, चिकित्सा एवं स्वास्थ्य
तीसरी योजना 1961-66	7500	8577	5.6	2.7	खाद्यान्न, उद्योग
चौथी योजना 1969-74	15900	15799	5.7	2.1	कृषि-सिंचाई
पांचवीं योजना 1974-79	37250	39426	4.4	4.8	जनस्वास्थ्य, समाज कल्याण
छठी योजना 1980-85	95500	109292	5.2	5.4	कृषि, उद्योग, ऊर्जा
सातवीं योजना 1985-90	180000	218730	5.0	6.0	ऊर्जा, खाद्यान्न
आठवीं योजना 1992-97	434000	495670	5.6	6.7	मानव संसाधन-शिक्षा, स्वास्थ्य और रोजगार विकास
नौवीं योजना 1997-02	859000	941041	6.5	5.4	सामाजिक न्याय, ग्राम विकास, रोजगार
दसवीं योजना 2002-07	1592000	–	8.0	7.2	रोजगार, ऊर्जा-सुधार तथा सामाजिक अवसंरचना का विकास
ग्याहरवीं योजना 2007-12			9.0	–	गरीबी, आय, शिक्षा, स्वास्थ्य महिलाएं, बच्चे, तथा अधोसंरचना

स्रोत: भारत की दसवीं पंचवर्षीय योजना (2002-2007)

ग्यारहवीं पंचवर्षीय योजना की दिशा में (2007-12)

देश की सर्वोच्च नीति-निर्धारक संस्था राष्ट्रीय विकास परिषद (NDC) ने 19 दिसंबर, 2007 को ग्यारहवीं योजना के दस्तावेज़ को अनुमोदित किया। इसमें योजना के प्रथम चार वर्षों में औसतन नौ प्रतिशत जी.डी.पी. विकास दर की परिकल्पना की गई है जिससे 2011-12 में योजना की समाप्ति तक 10 प्रतिशत की विकास दर प्राप्त की जा सके।

कुल 36,000 करोड़ के निवेश के साथ सकल बजट सहयोग (Gross Budgetary Support) 10 लाख करोड़ रु. पर करीब 115 प्रतिशत ज्यादा निर्धारित किया गया है ताकि स्वास्थ्य, शिक्षा, तथा अधिक नौकरियों का सृजन करके गरीबी दूर करने जैसी सामाजिक अधोसंरचनाओं के विकास के माध्यम से राज्यों द्वारा विकास का एक नया सूत्रपात किया जा सके। गरीबी–उन्मूलन, शिक्षा, स्वास्थ्य, महिलाओं एवं बच्चों की स्थिति में सुधार, अधोसंरचना–विकास एवं पर्यावरण के संबंध में राष्ट्रीय स्तर पर 27 एवं राज्य स्तर पर 13 लक्ष्य प्रस्तावित किए गए हैं। सात करोड़ नए रोजगारों का सृजन करके गरीबी के मामलों में 10 प्रतिशत कमी लाने का लक्ष्य रखा गया है। सभी गांवों में बिजली का कनेक्शन दिया जाना है।

ग्यारहवीं योजना ज्यादा तेज, व्यापक आधार वाले एवं समावेशकारी विकास (inclusive growth) को गति देने की नई विचारदृष्टि पर आधारित नीतियों की पुनःसंरचना का अवसर प्रदान करती है। इसे गरीबी कम करने तथा समाज का विखंडन जारी रखने वाली विभिन्न विभाजन–रेखाओं को दूर करने पर ध्यान केंद्रित करने के लिहाज से बनाया गया है। ग्यारहवीं योजना का उद्देश्य योजना-अवधि के अंत तक 10 प्रतिशत की विकास दर हासिल करके अर्थव्यवस्था को चिरस्थायी विकास के मुहाने पर खड़ा करना है। इससे पहले से भी अधिक तेज गति से उत्पादक रोजगार का सृजन होगा। साथ ही प्रति वर्ष चार प्रतिशत की दर से कृषि के स्वस्थ विकास को भी लक्षित किया गया है।

प्रति वर्ष 1.5 प्रतिशत की दर से बढ़ती हुई जनसंख्या के साथ, सकल घरेलू उत्पाद में 10 वर्षों के अंदर नौ प्रतिशत का विकास वास्तविक प्रति व्यक्ति आय को दोगुना कर देगा। इसके साथ ही ऐसी नीतियां भी होनी चाहिए जो यह सुनिश्चित कर सकें कि प्रति व्यक्ति आय का विकास व्यापक आधार पर हो और जनसंख्या के सभी खंडों को लाभान्वित करे–खास तौर पर उन्हें जो अब तक वंचित रहे थे। समावेशकारी विकास का एक प्रमुख तत्त्व होना चाहिए लोगों को स्वास्थ्य, शिक्षा, एवं पीने के स्वच्छ जल जैसी बुनियादी सुविधाओं तक पहुंच प्रदान करने का पूर्ण प्रयास।

1990–91 का आर्थिक संकट एवं सुधार

1950 से लेकर 1990 तक के चार दशकों में भारत के आर्थिक विकास का सारांश जगदीश भगवती द्वारा इन शब्दों में प्रस्तुत किया गया है:

1950 में हमने अपनी यात्रा यहां से आरंभ की थी–उच्च वृद्धि–दर; व्यापार एवं निवेश के प्रति खुलापन; उन्नति की ओर अग्रसर; सामाजिक व्यय के बारे में जागरूकता; यह आत्मविश्वास कि विकास के ज़रिए गरीबी को गंभीरतापूर्वक हटाया जा सकता है; वृहद स्थिरता; आशावाद, और इसलिए पूरे विश्व से प्राप्त प्रशंसा।

लेकिन 1980 के अंत में हम इस मुकाम पर थे[6]–निम्न वृद्धि–दर; व्यापार एवं निवेश बंद प्राय; लाइसेंस की मारी हुई, प्रतिबंधात्मक स्थिति; सामाजिक व्ययों को कायम रखने में अक्षमता; गरीबी हटाने में विकास की प्रभाविता के बारे में आत्मविश्वास की कमी; वृहद अस्थिरता, वास्तविक संकट; निराशावाद, और इसलिए वैश्विक मामलों में भारत के साथ किनाराकशी।

नियंत्रण एवं घुमावदार प्रक्रिया के माध्यम से राज्य के बहुत ज्यादा हस्तक्षेप से गंभीर आर्थिक विकृतियां उत्पन्न हुईं और विकास की धारा रूक गई। जैसा कि कहा गया है, सरकार की औद्योगिक नीति "अति-संरक्षण" (over protection) के स्तर तक नीचे पहुंच गई। दर-सूचियों एवं विस्तृत भौतिक आयात नियंत्रण राज के माध्यम से प्रत्यक्ष नियंत्रणों तथा विदेशी विनिमय पर सख्त नियंत्रण ने भारतीय उद्योग की प्रतिस्पर्द्धात्मक क्षमता को पंगु बना दिया गया। इसके फलस्वरूप उच्च लागत वाली अर्थव्यवस्था का जन्म हुआ है। औद्योगिक सेक्टर पर नियंत्रण को वृहत रूप दे दिए जाने के कारण बाजार-संकेतकों को विकृत बना दिया तथा इसने कई सूक्ष्म-आर्थिक अक्षमताओं के विकास में योगदान दिया।[7] भगवती और श्रीनिवासन ने स्पष्ट रूप से वर्णित किया है कि इन सूक्ष्म-आर्थिक अक्षमताओं ने किस प्रकार वृहत आर्थिक अक्षमताओं को जन्म दिया जिसके कारण बजट घाटे में अस्थायित्वपूर्ण तीव्र विकास प्रतिफलित हुआ।[8] एक-एक मामले में अफसरशाही के नियंत्रण और समय-समय पर जारी अधिसूचनाओं के जरिए दी गई छूटों के कारण ट्रांजैक्शन मूल्यों में इजाफा हुआ तथा औद्योगिक प्रतिस्पर्द्धा कम हुई। इन नियंत्रणों ने भ्रष्टाचार के लिए भी बड़े दरवाजे खोल दिए और इस कारण काले धन और हवाला मार्केट जैसे घोटाले सामने आए।[9]

सरकार द्वारा घरेलू एवं विदेशी ऋण पर अत्यधिक निर्भरता की प्रवृत्ति के साथ ही इस संकट की आहट 1980 के दशक के मध्य से ही सुनाई देने लगी थी। मध्य-पूर्व में उत्पन्न संघर्ष (इराक द्वारा कुवैत पर आक्रमण) और उसके बाद तेल के मूल्यों में आई भारी तेजी ने वृहत-आर्थिक प्रबंधन को गहरा आघात पहुंचाया। इन तमाम घटनाओं ने मिलकर एक ऐसे गंभीर संकट को जन्म दिया जिसके लक्षण थे-उच्च आर्थिक घाटा, तेजी से बढ़ती हुई मुद्रास्फीति एवं भुगतान-संतुलन में बाधा जिसके कारण विदेशी मुद्रा भंडार तेजी से खाली होता चला गया।

सार्वजनिक क्षेत्र पर राजनीतिक एवं प्रशासनिक नियंत्रण आर्थिक रूप से अस्थायी हो गया है। 1990 तक सार्वजनिक सेक्टर का कुल उधार जी.डी.पी के नौ प्रतिशत तक बढ़ गया। इस प्रकार, सार्वजनिक सेक्टर जिसे बाकी अर्थव्यवस्था के लिए संसाधन उत्पन्न करने का स्रोत बनना चाहिए था, वह धीरे-धीरे पूरे समाज पर ही निर्भर रहने लगा।[10]

इस तरह, सकल घरेलू उत्पादन में केंद्र सरकार का आर्थिक घाटा 1990-91 में 8.3 प्रतिशत तक पहुंच गया जो अब तक का सबसे ज्यादा था। अगस्त 1991 में मुद्रास्फीति की दर 17 प्रतिशत की ऊंचाई तक पहुंच गई और मार्च 1991 तक विदेशी मुद्रा भंडार मात्र एक बिलियन डॉलर तक गिर गया जिससे केवल लगभग दो सप्ताहों की आयात आवश्यकता ही पूरी की जा सकती थी। भारत आर्थिक रूप से पतन के मुहाने पर खड़ा था। संभव था कि यह अपनी अंतर्राष्ट्रीय आर्थिक प्रतिबद्धताओं को पूरा करने से भी चूक जाता।

1991 के इस घोर आर्थिक संकट के मद्देनजर, भारत सरकार उदारीकरण के आधार पर बड़ी तेजी से आर्थिक सुधार उपायों को विकसित करने में लग गई। व्यापक सुधार पैकेजों में शामिल थे-निजी एवं सार्वजनिक सेक्टर के उद्योगों से संरक्षण कम करने एवं प्रतिस्पर्द्धा बढ़ाने के लिए ठोस एवं समन्वित उपाय। इन सुधारों का लक्ष्य था वृहत आर्थिक स्थिरता तथा

अर्थव्यवस्था के विभिन्न सेक्टरों में संरचनात्मक सामंजस्य। सुधार का उद्देश्य था एक ऐसी औद्योगिक एवं व्यापार नीति की संरचना विकसित करना जो अर्थतंत्र की प्रभावशीलता को बढ़ाएगी और इसकी अंतर्राष्ट्रीय प्रतियोगात्मकता का विकास करेगी। इसके स्पष्ट ध्येय– अर्थव्यवस्था को विनियमित करना, सरकारी उपक्रमों की भूमिका को कम करना, आर्थिक विकास की गति बढ़ाना, वैश्विक प्रतिस्पर्द्धा की चुनौतियों का मुकाबला करना और, निस्संदेह, सामाजिक, समानता एवं न्याय सुनिश्चित करना। इसने स्वतंत्रता प्राप्ति के बाद से अपनाए गए नेहरूवादी मॉडल से एक अलग रुख अख्तियार किया।

औद्योगिक सुधार

- नौ उद्योगों को छोड़कर बाकी सबमें औद्योगिक लाइसेसिंग समाप्त करना।
- विशुद्ध रूप से सार्वजनिक सेक्टर होने की सीमा चार उद्योगों तक घटा दी गई जबकि पहले सत्रह उद्योग इस दायरे में आते थे।
- कुछ नियमों में अत्याधिक बदलाव, जैसेः एकाधिकार एवं प्रतिबंधित व्यापार प्रथाएं (MRTP) एवं विदेशी विनिमय नियंत्रण अधिनियम (FERA)
- 51 उद्योगों में 51 प्रतिशत तक तथा नौ विनिर्धारित उद्योगों में 74 प्रतिशत तक विदेशी प्रत्यक्ष निवेश (FDI) की स्वतः अनुमति।
- रणनीतिक रूप से महत्त्वपूर्ण एवं वृहत निवेश वाले क्षेत्रों में प्रत्यक्ष विदेशी निवेश को प्रोत्साहित करने के लिए विदेशी निवेश प्रोत्साहन बोर्ड (Foreign Investment Promotion Board) की विशेष स्थापना।
- घरेलू प्राइवेट सेक्टर एवं विदेशी प्रत्यक्ष निवेश के लिए ठोस संरचनाओं का विकास।

आर्थिक सुधार

- जुलाई 1991 के आरंभ में रुपए का 20 प्रतिशत अवमूल्यन तथा धीरे-धीरे बाजार-निर्धारित विनिमय-दर की ओर परिवर्तन।
- अगस्त 1994 में रुपए की पूर्ण चालू खाता परिवर्तनीयता (current account convertibility)।
- बैंकों की जमा एवं उधार दरों का प्रगतिशील रूप से विनियमन।
- सांविधिक तरलता अनुपात (SLR) तथा नकद आरक्षित अनुपात (CRR) में अत्यंत कमी लाना जिससे बैंकों को ऋण-देय संसाधनों के नियोजन में ज्यादा स्वतंत्रता मिली।
- धन एवं विदेशी विनिमय बाजारों को समेकित करने के कार्य को आगे बढ़ाना।
- निम्नांकित माध्यमों से बैंकिंग प्रणाली को मजबूत बनाने का कार्यः (i) पूंजी की पर्याप्तता, (ii) एकाउंटिंग के दूरदर्शी नियम-कायदे, तथा (iii) बैंकों को ज्यादा स्वशासी एवं स्वतंत्र बनाना।
- प्राइवेट सेक्टर बैंकों एवं विदेशी बैंकों की स्थापना की अनुमति देना।
- पूंजी बाजार की दिशा में प्रमुख सुधार जिनमें शामिल थेः 1. इक्विटी की फ्री प्राइसिंग, 2. पोर्टफोलियो निवेशों में विदेशी संस्थागत निवेशकों (FIIs) को अनुमति देना, 3. कॉर्पोरेट सेक्टर को ग्लोबल डिपॉजिटरी रिसीटस (GDRs)/एक्सटर्नल

कॉमर्शियल बॉरोइंग्स (ECBs) तक पहुंच कायम करने की अनुमति देना, इत्यादि।

- भारत के प्रतिभूति एवं विनिमय बोर्ड (SEBI) की स्थापना।

कर प्रणाली को तार्किक एवं सरल बनाना

- व्यक्तिगत आय-कर: टॉप रेट में 1990-91 के 56 प्रतिशत के मुकाबले 30 प्रतिशत तक की कमी लाना।
- कॉर्पोरेट टैक्स: (i) घरेलू कंपनियों के लिए 51.75 प्रतिशत से 35 प्रतिशत तथा (ii) विदेशी कंपनियों के लिए 74.75 प्रतिशत से 48 प्रतिशत।
- सीमा-शुल्क: उत्पादों का वर्गीकरण पहले से कम/पहले से कम दरें 8 प्रतिशत से 18 प्रतिशत तक के दायरे में, कुछ मामलों में 30% तक।
- मोडिफाइड वैल्यू-ऐडेड टैक्स (MODVAT) में सीमा-पारीण विस्तार।
- धीरे-धीरे वैट लागू करने की दिशा में बदलाव।
- सीमा-शुल्क: सीमा-शुल्क दरों को अत्यधिक तर्कसंगत बनाना और उसमें उल्लेखनीय कमी।
- दीर्घकालिक निर्यात-आयात (EXIM) नीति–(i) मात्रात्मक प्रतिबंध समाप्त, विवेकाधिकार-नियंत्रण खत्म, (ii) व्यापारिक वस्तुओं को सारणीबद्ध (canalised) करना।
- अधिकतम दर को 300 प्रतिशत से घटाकर 40 प्रतिशत किया गया। अब ज्यादातर दरें 10 प्रतिशत से 25 प्रतिशत के बीच हैं।

अधोसंरचनात्मक सुधार

दूरसंचार, टेलीफोन उपकरण निर्माण उद्योग, सड़क परिवहन, राजपथ विकास एवं शिपिंग इत्यादि क्षेत्रों में बड़े-बड़े सुधार कार्य किए गए। दूरसंचार के क्षेत्र में लागू किए सुधारों में शामिल थे–सेल्यूलर मोबाइल फोन, रेडियो पेजिंग, इलेक्ट्रॉनिक मेल, इत्यादि कई मूल्य-संवर्द्धित सेवाएं जिन्हें प्राइवेट सेक्टरों के लिए मुक्त किया गया। बुनियादी टेलीकॉम सेवाएं प्रदान करने के लिए विदेशी एक्विटी की भागीदारी की अनुमति दी गई और भारतीय दूरसंचार नियामक प्राधिकरण (TRAI) की स्थापना की गई। 1991 में कुल एक्विटी के 51 प्रतिशत तक विदेशी एक्विटी की स्वत: अनुमति के साथ टेलीफोन उपकरण निर्माण उद्योग को विनियमित कर दिया गया। विदेशी एक्विटी की भागीदारी की अनुमति के साथ बीमा सेक्टर भी खोल दिया गया। आसान शर्तों पर ऋण की सुविधा एवं बॉन्डों के प्रवाह की दृष्टि से सड़क सेक्टर को उद्योग घोषित कर दिया गया। निजी सेक्टर की भागीदारी को प्रोत्साहित करने के लिए सरकार ने एक नीति घोषित की—उपयोगकर्ता शुल्क लागू करना एवं राजमार्ग विकास के लिए BoT आधार का निर्माण।

आर्थिक सुधारों के प्रभाव

विकास एवं संरचनात्मक परिवर्तन: सुधार-पूर्व दशक (1980 का दशक) एवं सुधार के बाद के दशक की विकास-दरों के रुझान तालिका 3 में दर्शाए गए हैं। इससे यह संकेत मिलता है कि पिछली अवधि की तुलना में, सुधार के बाद वाली अवधि में अर्थव्यवस्था ने अधिक स्थिर

एवं स्थायी विकास हासिल किया। वर्तमान दशक के दौरान अर्थव्यवस्था ने 2003-04 में 8.5 प्रतिशत की और 2004-05 में 7.5 प्रतिशत की उच्च विकास-दर प्राप्त की।

तालिका 3
सकल घरेलू उत्पाद (GDP) की वार्षिक वृद्धि-दरें

वर्ष	वृद्धि-दर	वर्ष	वृद्धि-दर
	1993-94 के मूल्यों पर		
1980-81	7.20	1990-91	5.60
1981-82	6.00	1991-92	1.30
1982-83	3.10	1992-93	5.10
1983-84	7.10	1993-94	5.90
1984-85	4.30	1994-95	7.30
1985-86	4.50	1995-96	7.30
1986-87	4.30	1996-97	7.80
1987-88	3.80	1997-98	4.80
1988-89	10.50	1998-99	6.50
1989-90	6.70	1999-2000	6.10
औसत	5.81	–	5.77
	1999-2000 के मूल्यों पर		
2000-01	4.40	2003-04	8.50
2001-02	5.80	2004-05 (P)	7.50
2002-03	3.80		

स्रोत: इकोनॉमिक सर्वे 2004-05 एवं 2006-07
P = तात्कालिक आकलन

1980 और 1990 के दशकों के सेक्टर-अनुसार वृद्धि-दरों से हमें यह पता चलता है कि अर्थतंत्र के विभिन्न सेक्टरों में कितने परिवर्तन हो गए हैं। तालिका 4 में 1980-81 के बाद से सेक्टर-अनुसार वृद्धि-दर दर्शाई गई है।

कृषि एवं इससे जुड़े हुए सेक्टर कुल रोजगार के आधे से भी अधिक और राष्ट्रीय आय के करीब एक-चौथाई की व्यवस्था करते हैं। 1980 के दशक के दौरान कृषि की वार्षिक वृद्धि-दर के रुझान से यह पता चलता है कि इस सेक्टर ने केवल तीन वर्षों में ही सीमांत या नकारात्मक विकास दर्ज़ किया। दूसरी ओर 1990 के दशक में इस सेक्टर ने चार सालों में नकारात्मक या सीमांत वृद्धि-दर दर्शाई। कृषि-उत्पादों के इंडेक्स से पता चलता है कि सुधार के बाद वाले दशक (1990 के दशक) की तुलना में कृषि का कार्य-प्रदर्शन सुधार के पूर्व वाले दशक में ही अच्छा था।

तालिका 4
सेक्टर-अनुसार वृद्धि-दर (प्रतिशत)

वर्ष	कृषि, वानिकी एवं मत्स्य-पालन	उत्पादन, निर्माण, बिजली, गैस, जलापूर्ति	व्यापार, होटल, परिवहन एवं संचार	वित्तीय, बीमा, रीयल एस्टेट एवं व्यवसाय सेवाएं	लोक प्रशासन एवं प्रतिरक्षा तथा अन्य सेवाएं
1980-81	12.90	4.00	5.70	1.90	4.10
1981-82	6.70	7.40	6.20	8.30	2.60
1982-83	0.00	2.90	4.60	10.40	8.00
1983-84	9.10	8.70	4.90	10.00	3.90
1984-85	1.50	6.20	5.10	8.50	6.80
1985-86	1.00	4.70	7.90	10.20	6.50
1986-87	0.20	6.20	5.90	11.30	7.00
1987-88	-1.00	7.00	5.20	8.40	7.20
1988-89	15.40	8.60	6.00	11.40	6.40
1989-90	1.90	10.70	7.40	12.60	8.30
औसत	4.67	6.64	5.89	9.30	6.08
1990-91	4.60	7.40	4.90	7.70	4.10
1991-92	-1.10	-1.00	2.50	12.00	2.60
1992-93	5.40	4.30	5.60	5.90	4.60
1993-94	3.90	5.60	7.10	13.40	3.50
1995-96	5.30	10.30	10.40	5.60	3.20
1996-97	-0.30	12.30	13.30	8.20	7.90
1997-98	8.80	7.70	7.80	7.00	6.30
1998-99	-1.50	3.80	7.80	11.60	11.70
1999-2000	5.90	3.80	7.70	7.40	10.40
		4.90		10.60	12.20
औसत		5.91	7.56	8.94	6.65
1999-2000 के मूल्यों पर					
2000-01	0.00	6.80	7.30	4.10	4.80
2001-02	5.90	2.80	9.10	7.30	4.10
2002-03	-5.90	6.90	9.20	8.00	3.90
2003-04	9.30	7.80	12.10	5.60	5.40
2004-05	0.60	10.00	10.90	8.70	7.90

स्रोत: इकोनॉमिक सर्वे 2004-05 एवं 2006-07

उत्पादन, निर्माण, बिजली, गैस, जलापूर्ति वाले द्वितीयक सेक्टर की वृद्धि-दर के रुझान यह दर्शाते हैं कि 1980 के दशक में इस सेक्टर ने 6.64 का औसत वार्षिक वृद्धि-दर हासिल किया और 1990 के दशक में 5.91 (तालिका 4)। 1990 के दशक की तुलना में इस सेक्टर ने 1980 के दशक में स्थिर वृद्धि-दर हासिल की। तथापि, द्वितीयक सेक्टर में वर्तमान दशक की पहली अर्द्धाली में ज्यादा उच्च वृद्धि-दर दर्ज़ की गई। पिछली अवधि की तुलना में 1990 के दशक में औद्योगिक उत्पादन की दर निम्न थी लेकिन 2002-03 के बाद से औद्योगिक उत्पादन की दर में तेजी आई। सुधार के बाद वाली अवधि में, कई नए उत्पादों के शुभारंभ के साथ औद्योगिक सेक्टर में तेजी से संरचनात्मक एवं तकनीकी परिवर्तन हुए।

आर्थिक विकास के कारण अर्थव्यवस्था में संरचनात्मक परिवर्तन हुए। भारतीय अर्थव्यवस्था के विभिन्न सेक्टरों के शेयरों की संरचना में 1980-81 से हुए मुख्य परिवर्तन की झलक तालिका 5 में दिखलाई गई है।

तालिका 5

स्थिर मूल्यों पर GDP के सेक्टर-अनुसार शेयर-परिवर्तन (प्रतिशत)

वर्ष	प्राथमिक	द्वितीयक	तृतीयक	कुल
		1993-94 के मूल्यानुसार		
1980-81	41.82	21.59	36.59	100.00
1990-91	34.93	24.49	40.58	100.00
1999-2000	27.36	24.30	48.33	100.00
		1993-94 के मूल्यानुसार		
1999-2000	27.32	23.00	49.69	100.00
2004-05	22.40	23.89	53.70	100.00

स्रोत: इकोनॉमिक सर्वे 2004-05 एवं 2006-07

1980 के दशक के दौरान, एक ओर प्राथमिक सेक्टर के शेयर में गिरावट और दूसरी ओर द्वितीयक एवं तृतीयक सेक्टरों के शेयर में वृद्धि एक प्रमुख परिवर्तन रहा। 1990 के दशक के दौरान, तृतीयक सेक्टर के शेयर में वृद्धि हुई लेकिन द्वितीयक सेक्टर का शेयर स्थिर बना रहा। इस दशक के पहले पांच वर्षों में, सिर्फ तृतीयक सेक्टर के शेयर में वृद्धि देखी गई। जीडीपी में तृतीयक सेक्टर का शेयर 54 प्रतिशत तक जा बढ़ा। इस तरह, व्यापक संरचनात्मक परिवर्तन थे: प्राथमिक सेक्टर के शेयर में स्थिर गिरावट, द्वितीयक सेक्टर के शेयर में इजाफा और उसके बाद स्थिरता, तथा तृतीयक सेक्टर के शेयर में सतत विकास।

बचत एवं निवेश: अर्थव्यवस्था के आधारभूत निर्धारक तत्त्व हैं बचत एवं निवेश की दरें। भारत में घरेलू बचत के अंतर्गत हाउसहोल्ड सेक्टर, प्राइवेट कॉर्पोरेट सेक्टर और पब्लिक सेक्टर आते हैं। 1980 के दशक की तुलना में 1990 के दशक और वर्तमान दशक

के प्रारंभिक पांच वर्षों में घरेलू बचत एवं पूंजी निर्माण की दरें उच्च थीं। घरेलू बचत के मामले में, हाउसहोल्ड सेक्टर एवं प्राइवेट कॉर्पोरेट सेक्टर में विकास परिलक्षित हुआ। एकमात्र सेक्टर जिसमें बचत में गिरावट दर्ज़ की गई वह था पब्लिक सेक्टर। इस तरह, आर्थिक सुधार के बाद वाली अवधि में अर्थतंत्र के विकास की अच्छी दर उपलब्ध होने का श्रेय बेहतर घरेलू बचत एवं पूंजी निर्माण को दिया जा सकता है।

प्रति व्यक्ति आय एवं रोजगार: स्थिर मूल्यों पर प्रति व्यक्ति आय के रुझानों से पता चला कि 1980 के दशक की तुलना में 1990 के दशक के दौरान प्रति व्यक्ति आय की विकास-दर ज्यादा ऊंची थी। इस दशक के पहले पांच वर्षों में, स्थिर मूल्यों पर प्रति व्यक्ति आय में 22 प्रतिशत की वृद्धि हुई। स्थिर मूल्यों पर प्रति व्यक्ति आय की समग्र वृद्धि यह संकेतित करती है कि पिछली अवधि की तुलना में आर्थिक सुधार के बाद वाली अवधि में वृद्धि-दर ज्यादा ऊंची थी (तालिका 6)।

तालिका 6

प्रति व्यक्ति आय

वर्ष	प्रति व्यक्ति आय (रु.) वर्तमान मूल्य पर	प्रति व्यक्ति आय (रु.) स्थिर मूल्य पर
1979-80	1,485	5,092
1984-85	2,690	5,956
1989-90	4,693	7,087
1994-95	8,857	8,070
1999-2000	15,625	10,071
2000-01	16,648	16,133
2001-02	17,800	16,762
2002-03	18,899	17,075
2003-04	20,936	18,263
2004-05 (P)	22,946	19,297

स्रोत: इकोनॉमिक सर्वे 2006-07

नेशनल सैंपल सर्वे ऑर्गेनाइजेशन (NSSO) के अनुसार, कुल रोजगार में 1983 के 239.57 मिलियन (व्यक्ति वर्ष) के मुकाबले 1993-94 में 315.84 मिलियन तथा 1999-2000 में 336.75 मिलियन की वृद्धि हुई। 1983 एवं 1987-88 के बीच रोजगार की वार्षिक वृद्धि 2.73 प्रतिशत के दायरे में थी। इस अवधि में, कृषि क्षेत्र में 1.64 प्रतिशत वृद्धि दर्ज़ की गई, द्वितीयक सेक्टर में 5.56 प्रतिशत एवं तृतीयक सेक्टर में 3.91 प्रतिशत। वृद्धि-दर के ये रुझान 1987-88 से लेकर 1993-94 के बीच बने रहे। इस अवधि में, हालांकि कृषि क्षेत्र ने उच्चतर विकास दर्ज़ किया लेकिन द्वितीयक सेक्टर की वृद्धि-दर में गिरावट आई। तृतीयक सेक्टर में ज्यादा परिवर्तन न होते हुए भी रोजगार में वृद्धि का रुझान जारी रहा (तालिका 6)।

आर्थिक सुधार के बाद वाली अवधि में, खास तौर पर 1993-94 एवं 1999-2000 के दौरान रोजगार की वृद्धि-दर में गिरावट आई। रोजगार की वार्षिक वृद्धि-दर गिरकर 1.1 प्रतिशत पर आ गई। इस अवधि में रोजगार में शून्य वृद्धि के साथ कृषि क्षेत्र स्थिर बना रहा। द्वितीयक सेक्टर में 3.05 प्रतिशत की वृद्धि दर्ज़ की गई। दूसरी ओर, तृतीयक सेक्टर के सभी उप-सेक्टरों में वृद्धि देखी गई। एकमात्र अपवाद रहे सामुदायिक, सामाजिक एवं व्यक्तिगत सेवाएं। इस तरह, 1980 एवं 1990 के दशकों में रोजगार-विकास के रुझानों से यह दिखाई दिया कि सुधार के बाद वाली अवधि में वृद्धि-दर निम्नतर थी।

गरीबी: योजना आयोग (1993) के विशेषज्ञ दल ने वर्ष 1983 के लिए 89.45 रु. (ग्रामीण) और 117.64 रु. (शहरी) प्रति व्यक्ति कुल मासिक व्यय को गरीबी-रेखा के रूप में तय किया। यही 1983 में भारत की आधिकारिक गरीबी-रेखा थी। प्रति व्यक्ति कुल व्यय के इस स्तर पर, यह उम्मीद की जाती है कि ग्रामीण क्षेत्रों में व्यक्ति को प्रति व्यक्ति दैनिक रूप से वांछित 2400 कैलोरी एवं शहरी क्षेत्रों में 2100 कैलोरी प्राप्त होगी। तदनुसार, ग्रामीण क्षेत्रों में गरीबी-रेखा से नीचे 45.7 प्रतिशत लोग थे और शहरी क्षेत्रों में 40.8 प्रतिशत लोग (तालिका 7)। आधिकारिक गरीबी-रेखा के आधार पर, 1980 और 1990 के दशकों में गरीबी में सतत गिरावट देखी गई। लेकिन एक उल्लेखनीय विकास यह था कि 1990 के दशक में गरीबी में बहुत उच्च दर पर गिरावट आई। इससे यह प्रतीत हुआ कि आर्थिक सुधारों के कारण रोजगार एवं आय-सृजन के क्षेत्र में व्यापक परिवर्तन आरंभ हो गए हैं जिसके फलस्वरूप 1990 के दशक में गरीबी में भारी कमी आई। 1999-2000 के आकलन के अनुसार, ग्रामीण एवं शहरी क्षेत्रों में गरीबी-रेखा से नीचे रहने वाले लोगों का प्रतिशत क्रमश: 27.1 प्रतिशत एवं 23.6 प्रतिशत था। 1999-2000 में निर्धारित की गई गरीबी-रेखा प्रति माह प्रति व्यक्ति कुल 327.65 रु. (ग्रामीण क्षेत्र) एवं 454.11 रु. (शहरी क्षेत्र) व्यय पर आधारित था। गरीबी-रेखा की अपनी अनेक सीमाएं हैं और इसके अंतर्गत खराब स्वास्थ्य, निम्न शिक्षा, भौगोलिक अलगाव, कानून तक ठीक से पहुंच न होना, जाति एवं लिंग-आधारित हानियां, कम आय, कर्ज़ पर निर्भरता इत्यादि बातों को शामिल नहीं किया गया है और इसके अंतर्गत संरचनात्मक असमानताओं एवं गरीबी को उत्पन्न, कायम और पुनरुत्पादित करने वाले अन्य कारकों पर भी विचार नहीं किया गया है।

अतीत और भविष्य

योजना-अवधि में राज्य-केंद्रित आर्थिक नीति का मुख्य उद्देश्य आर्थिक विकास था। आर्थिक नीतियों को इसी उद्देश्य की प्राप्ति के लिए गतिशील किया गया था। कृषि की सतत उपेक्षा की गई एवं शहरी क्षेत्रों में औद्योगिक विकास को तरज़ीह देते हुए खेतिहर कृषि पर आधारित ग्रामीण सेक्टर को विकास कोष से वंचित रखा गया। देश के सामाजिक-आर्थिक विकास में कृषि का अत्यधिक महत्त्व एक सर्वविदित तथ्य है। कृषि के कारण 52 प्रतिशत से भी अधिक कामगार जनसंख्या को रोजगार मिलता है और

जी.डी.पी. में इसका योगदान लगभग 18 प्रतिशत है। विकास का तात्पर्य समझ लिया गया है उद्योगीकरण, आयातित उपभोक्ता पद्धति एवं जीवन-शैली, शिक्षा, स्वास्थ्य एवं शहरी रुझान वाली अन्य व्यवस्थाएं और दूसरी ओर गरीब ग्रामीण बहुसंख्यकों की वास्तविक जरूरतों को नजरअंदाज किया जाता रहा है।

योजनाओं की असफलता का कारण रहा है दोषपूर्ण कार्यान्वयन, सामाजिक कारकों के साथ तालमेल का अभाव एवं राजनीतिक तथा आर्थिक कारकों द्वारा उत्पन्न बाधाएं। देश की विकास योजनाओं के लक्ष्य और निवेश की संभावनाएं बहुत ही महत्वाकांक्षी एवं अव्यावहारिक रही हैं। इसके अलावा भारतीय नियोजन की केंद्रीकृत प्रकृति इसे और अधिक जटिल बना देती है जिसमें इस बात की कतई उपेक्षा की गई है कि हर क्षेत्र की अपनी व्यक्तिगत विशेषता, संभावनाएं और जरूरतें होती हैं। नेहरू के व्यक्तित्व और कांग्रेस पार्टी द्वारा देश पर लंबे समय तक किए गए शासन के अलावा, सार्वजनिक क्षेत्र में केंद्रीकरण की तीव्र प्रवृत्ति को अफसरशाही की परंपरा से भी बल मिला जो कि समरूपता, संसक्ति, अनेक समितियों के माध्यम से निर्णय लेने की आदत एवं आंतरिक दृष्टिकोण वाले दिमाग पर निर्भर थी। प्रधानमंत्री के तत्कालीन सचिव एल.के. झा के अनुसार, 'केंद्रीकरण भारतीय प्रशासनिक प्रणाली की असफलताओं में से एक रहा है। सरकार के आकार-प्रकार में भारी-भरकम विस्तार के बावजूद—प्रभावशाली एवं महत्त्वपूर्ण निर्णय लिए जाने के बिंदु बहुत ही कम हैं। केंद्रीकरण के इस मनोविकार-जो कि कई सरकारी विभागों को प्रभावित किए हुए है-का मुख्य शिकार होता है सार्वजनिक सेक्टर।'[1]

राष्ट्रीय विकास योजनाएं न केवल महत्त्वपूर्ण एवं नियोजित लक्ष्यों को पाने में असफल रहीं बल्कि उन्होंने विकास की एक अवांछित शैली विकसित कर दी। आजादी के बाद से विकास की जिस शैली को अपनाया जाता रहा है वह हमें प्रायः सभी आर्थिक एवं सामाजिक सेक्टरों में एकपक्षीय विकास की दिशा में ले गई है। इसके कारण समाज के विभिन्न तबकों के बीच इसके लाभों का समान रूप से संवितरण नहीं हो पाया।

आर्थिक सुधार के बाद वाली अवधि में घटित संरचनात्मक परिवर्तन के रूप में प्राथमिक सेक्टर में गिरावट आई और तृतीयक सेक्टर प्रमुख सेक्टर बनकर उभरा। सकल घरेलू बचत एवं पूंजी-सृजन में आई सतत तेजी ने अर्थव्यवस्था की निवेश-प्रक्रिया को गति प्रदान की है। सुधार की सबसे महत्त्वपूर्ण उपलब्धि रही है भुगतान स्थिति के संतुलन में स्थायी सुधार एवं विदेशी मुद्रा भंडारों का संग्रहण।

लेकिन फिर भी कुछ मोर्चों पर सुधार के वांछित परिणाम नहीं मिल सके, जैसे: बेरोजगारी एवं गरीबी कम करना, ग्रामीण विकास, ग्रामीण एवं शहरी गरीबों की स्थिति में सुधार, सार्वजनिक सेवाओं का विस्तार, संरचनात्मक विकास, इत्यादि। स्टॉकों, रीयल एस्टेट, सोना एवं अन्य संपत्तियों के मामले में सट्टेबाजी पर आधारित निवेश ने बुरे एवं अवांछित सामाजिक प्रभावों को जन्म दिया। कृषि क्षेत्र में अपनाई गई कुछ नीतियों ने छोटे एवं सीमांत किसानों के हितों पर नकारात्मक असर डाला और देश के कई हिस्सों में भारी संख्या में किसानों ने आत्महत्या की। सुधारों ने समाज के गरीब तबकों को भी दरकिनार कर दिया, जैसे भूमिहीन कृषि श्रमिक, सीमांत किसान, आदिवासी लोग, अनौपचारिक क्षेत्रों में काम करने वाले श्रमिक, तथा ऐसे कामगार जो पूर्णतः कृषि एवं उससे जुड़े कार्यकलापों पर निर्भर थे।

इसी तरह, ये नीतियां जन शिक्षा, स्वास्थ्य सेवाओं, सार्वजनिक उपयोगिता सेवाओं इत्यादि में सुधार लाने और जन वितरण प्रणाली को मजबूत बनाने में भी असफल रहीं।

आर्थिक बुनियादी तत्त्व, आर्थिक सुधार, भूमंडलीकरण, इत्यादि अवधारणाओं को विकास के अलग-अलग मुकामों पर खड़े एवं विविध सामाजिक-आर्थिक संस्थापनाओं वाले अलग-अलग देशों के लिए विभिन्न तरीकों से परिभाषित किए जाने की जरूरत है। भारतीय अर्थतंत्र की बुनियादी जरूरतों पर शिक्षा, स्वास्थ्य सेवा, अधोसंरचना, महिलाओं के सशक्तीकरण, जनसंख्या-नियंत्रण, एवं विकास की ऐसी ही अन्य सुविधाओं के संदर्भ में विचार किया जाना चाहिए। शिक्षा, स्वास्थ्य एवं अन्य आरंभिक अनुकूल दशाओं के अभाव में भूमंडलीकरण और उदारीकरण के उभरते हुए रुझान का लाभ उठा पाने की दिशा में प्रतिकूल प्रभाव ही पड़ेगा। नीति-निर्धारकों को चाहिए कि वे इन बुनियादी बातों पर ध्यान दें जो कि भारतीय प्रणाली के लिए ज्यादा प्रासंगिक हैं, न कि उसे विदेशी संस्थाओं और विद्वानों द्वारा सर्वव्यापी रूप से परिभाषित आधारभूत बातों तक ही सीमित रहना चाहिए।

हालांकि राष्ट्रीय विकास योजना अपने बुनियादी उद्देश्यों को प्राप्त करने में असफल रही है, लेकिन निराशावादी बनने की कोई जरूरत नहीं। भारत प्राकृतिक और मानव संसाधन इन दोनों ही वरदानों से विभूषित है और माना जाता है कि विकास के विश्लेषण और नियोजन के एकाकार तरीके को अपनाने से वर्तमान समय में देश के सामने व्याप्त कुछ बुनियादी सामाजिक-आर्थिक समस्याओं के समाधान की दिशा में दूरगामी प्रभाव पड़ेंगे।

योजना को संघीय लोकतंत्र के दायरे में लाना होगा। यदि यह अर्थतंत्र में राज्यों की समुचित भूमिका पर विचार करने से चूक जाता है तो पूरी संभावना है कि भविष्य की योजनाओं के सामने बाधाएं उपस्थित होंगी और वे राजनीतिक विवादों की सुर्खियां बनकर रह जाएंगी। अतः आगे से योजना से संबंधित व्यापक निर्णय केवल केंद्र सरकार के निर्णय नहीं रह जाएंगे। उनका उदय केंद्र एवं राज्य सरकारों के बीच संपन्न हुए सुलह-सौदों से होगा। यह मान्यता तेजी से बढ़ रही है कि अर्थव्यवस्था में केंद्र एवं राज्य सरकार की सापेक्षिक भूमिकाएं भी पुनःपरिभाषित की जानी चाहिए। केंद्र को चाहिए कि वह अपनी भूमिका वृहत-आर्थिक प्रबंधन, वैधानिक संरचना के सृजन एवं वस्तुओं, सेवाओं तथा व्यक्तियों की आवाजाही तक ही सीमित रखे और कार्यान्वयन की जिम्मेवारी राज्यों पर छोड़ दे। आर्थिक सुधारों के शुभारंभ के साथ ही सरकार एवं प्राइवेट सेक्टर के बीच ज्यादा व्यापक एवं गहन परामर्श की संभावना है।

उपलब्ध संसाधनों के बारे में यथार्थवादी नज़रिए से देखने की कोशिश की जानी चाहिए। 'अति नियोजन' (overplanning) की प्रवृत्ति से बचना चाहिए। लोगों के मन में झूठी आशाओं को जन्म देने के बजाय कार्यान्वयन के सभी बिंदुओं पर अनुक्रियात्मक सक्रियता और पहल सुनिश्चित करने के लिए सुधारात्मक प्रक्रिया चलाने, विभिन्न निजी एवं सार्वजनिक एजेंसियों के बीच आपस में बेहतर समन्वय स्थापित करने और, अंततः, योजना बनाने और कार्यान्वित करने के लिए सभी स्तरों पर योजना की समस्त प्रणाली और उसे अंगीकार करने के संदर्भ में लोगों के मन में आत्मविश्वास का संचार करते हुए

जन-सहयोग हासिल करने पर ध्यान दिया जाना चाहिए। योजना का ध्यान विशुद्धरूपेण प्राथमिक शिक्षा के विस्तार, स्वास्थ्य कार्यक्रमों, पेय जल की उपलब्धता एवं अधोसंरचनात्मक सुविधाओं पर केंद्रित होना चाहिए क्योंकि ऐसा करने से दुर्लभ संसाधनों को विनष्ट होने से रोका जा सकेगा जो कि, दुर्भाग्य से, भारत की योजना का एक अभिशाप बना रहा है।

भारत एक ऐसा देश है जो अभी परिवर्तन के दौर से गुजर रहा है। इसे अभी भी अपने लोकतांत्रिक प्रयोग को पूरा करना है क्योंकि प्रबल सामाजिक-आर्थिक शक्तियों की ओर से मिल रहे आंतरिक दबाव लगातार इसे अपने लोकतंत्र के पथ से डिगाने पर आमादा हैं। औपनिवेशिक विरासत, सामाजिक विविधता, गरीबी एवं अशिक्षा और इन सबके साथ ही राजनीतिक प्रणाली की अजीब स्थिति अभिशासन के लाभ हर किसी तक पहुंचने के मार्ग के अवरोधक तत्त्व बने हुए हैं। भारत एक नरम (soft) राज्य है।[12] कटौती करने और अधिकारों के हनन से कहीं बढ़कर भारत के सामने जो सर्वप्रथम दायित्व है वह है एक सुचारू लोकतांत्रिक प्रशासनिक राज्य का निर्माण।

19 अप्रैल 1996 को संयुक्त राष्ट्र आम सभा के लोक प्रशासन एवं विकास नामक सत्र में जी.ए. रिजॉल्यूशन 50/225 अपनाया गया, जिसमें:[13]

(i) यह बात दोहराई गई कि सामाजिक एवं लोकोन्मुखी चिरस्थायी विकास की आधारशिला के लिए लोकतंत्र एवं समाज के सभी सेक्टरों में पारदर्शी तथा जिम्मेवार अभिशासन (governance) का होना अनिवार्य है।

(ii) यह माना गया कि लोक प्रशासनिक प्रणालियों के स्वस्थ एवं प्रभावी होने तथा उन्हें समुचित क्षमताओं और संभावनाओं से सुसज्जित होने की अत्यंत आवश्यकता है।

(iii) यह कथन दोहराया गया कि सभी देशों की सरकारों को समस्त मानव अधिकारों और मूलभूत स्वतंत्रताओं की सुरक्षा और उनका संवर्द्धन करना चाहिए, जिनमें विकास का अधिकार भी शामिल है।

नए आर्थिक सुधारों ने बाजार एवं सरकार की सापेक्षिक भूमिकाओं को पुन:परिभाषित कर दिया है। हालांकि सुधार कार्यक्रमों में कई सेक्टरों में प्रत्यक्ष विदेशी पूंजी के भारी प्रवाह की पूर्वकल्पना की गई है, फिर भी गरीबी के शीघ्र उन्मूलन एवं बुनियादी सुविधाओं के विस्तार के लिए राज्य की महत्त्वपूर्ण जिम्मेवारी से इन्कार करना संभव नहीं है। अत:, आर्थिक सुधार कार्यक्रम के लिए निर्धारित लक्ष्यों एवं सामाजिक कल्याण के लिए निर्धारित लक्ष्यों–जोकि अभी भी राज्य के विशिष्ट क्षेत्र के अंतर्गत आते हैं–के बीच कोई संघर्ष नहीं होना चाहिए। केवल कोई सक्रिय राज्य ही सामाजिक न्याय को बढ़ावा दे सकता है, गुणवत्तापरक सेवाओं तक हर किसी की पहुंच सुनिश्चित कर सकता है तथा रिजॉल्यूशन 50/225 में दी गई शर्तों के अनुसार कानून का शासन एवं मानवाधिकार का सम्मान संरक्षित कर सकता है।

इसलिए, विकास की कुंजी है "सु-शासन"। सरकार के अंदर किए गए सुधारों की पुष्टि केवल लोक या नागरिक सेवाओं तक ही नहीं होनी चाहिए बल्कि इसमें सरकार की अन्य सभी शाखाओं को शामिल किया जाना चाहिए तथा इन सुधारों के समानांतर

सामाजिक सेक्टरों एवं विकास के साधनों में भी सुधार होना चाहिए। विश्व बैंक ने ''तीसरी दुनिया'' (Third World), विशेष उप-सहारा अफ्रीका,[14] के लिए भी अभिशासन की एक बेहतर प्रणाली की संस्थापना पर जोर दिया है। तीसरी दुनिया के राज्यों को चाहिए कि वे कानून के शासन, राजनीतिक बहुलतावाद एवं प्रशासनिक उत्तरदायित्व को बढ़ावा दें।[15]

दुर्भाग्य से यह सच है कि सरकार ने बहुत हद तक अपनी विश्वसनीयता खो दी है। सबसे महत्त्वपूर्ण कार्य है इस विश्वसनीयता को बहाल करना और इसके लिए चाहिए एक प्रभावी, ईमानदार, पारदर्शी एवं लोकतांत्रिक अभिशासन। तेजी से विकास को बढ़ावा देने की दिशा में गरीबी कम करने, असमानता, अशिक्षा एवं अज्ञान मिटाने, परिवार नियोजन, दुर्लभ संसाधनों के प्रबंधन, प्राकृतिक असंतुलन एवं प्रदूषण की समस्याओं के निवारण, उदारीकरण की सामाजिक कीमतों, निजीकरण एवं वैश्वीकरण इत्यादि को उन चुनौतियों के रूप में माना गया है जिनका हमें उत्तर देना है। समाज के वृहत्तर फलक पर इन तमाम नए परिदृश्यों के कुल एवं समग्र प्रभाव ने नई समस्याओं को जन्म दिया है, जैसे अनेक किस्म के अपराध, विचलन, आतंकवाद एवं हिंसा, और इन सबने मिलकर देश की एकता और अखंडता को ही खतरे में डाल दिया है। प्रशासन द्वारा विश्वास, आस्था और मूल्यों के इन संकटों तथा आंतरिक हिंसा एवं बाहरी दबावों की चुनौतियों का निराकरण किया जाना चाहिए क्योंकि भारत की *''नियति से मुलाकात''* आज भी जारी है।

इंडिया विजन: 2020

योजना आयोग ने आर्थिक विकास के पूर्व अनुमानों पर आधारित रिपोर्ट *इंडिया विजन*-2020 23 जनवरी 2003 को जारी की। इसमें वर्ष 2020 तक देश में शत-प्रतिशत साक्षरता, गरीबी और बेरोजगारी से मुक्ति एवं प्रति व्यक्ति आय में चार गुनी वृद्धि करने का सपना देखा गया है। इसके अतिरिक्त वर्ष 2020 तक प्रति वर्ष 9 प्रतिशत की दर से सकल घरेलू उत्पाद में वृद्धि करने का लक्ष्य निर्धारित किया गया है। (तालिका 7)। उल्लेखनीय है कि सन् 2020 के भारत के लिए एक दृष्टि पत्र तैयार करने के उद्देश्य से योजना आयोग ने मई 2000 में आयोग के सदस्य डॉ. एस. पी. गुप्ता की अध्यक्षता में 17 सदस्यीय समिति का गठन किया था। बाद में 21 अन्य विशिष्ट लोग इसमें जोड़े गए। इसमें यह आशा व्यक्त की गई है कि सन् 2020 में देश के 1.35 अरब लोगों के खान-पान, रहन-सहन, शिक्षा और जीवन काल में वृद्धि होगी। 6 से 14 वर्ष की आयु के शत-प्रतिशत बच्चे स्कूल जाएंगे। रिपोर्ट के अनुसार वर्ष 2020 तक प्रति वर्ष 2 प्रतिशत की दर से वृद्धि के साथ 20 करोड़ लोगों के लिए रोजगार का सृजन होगा, परंतु कृषि क्षेत्र में रोजगार का सृजन 56 प्रतिशत से घटकर 40 प्रतिशत रह जाने की संभावना व्यक्त की गई है।

तालिका 7
इंडिया विजन 2020

विकास के मानक	वर्तमान स्थिति	2020 की संभावना
गरीबी रेखा से नीचे की आबादी	26 प्रतिशत	13 प्रतिशत
बेरोजगारी की दर	7.3 प्रतिशत	6.8 प्रतिशत
वयस्क पुरुष साक्षरता	68 प्रतिशत	96 प्रतिशत
वयस्क महिला साक्षरता	44 प्रतिशत	94 प्रतिशत
प्राथमिक विद्यालयों में दाखिला	77.2 प्रतिशत	99.9 प्रतिशत
शिक्षा पर खर्च, जीडीपी प्रतिशत	3.2 प्रतिशत	4.9 प्रतिशत
जीवन प्रत्याशा	64 वर्ष	69 वर्ष
5 वर्ष से कम के बच्चों में कुपोषण	45 प्रतिवर्ष	8 प्रतिशत
स्वास्थ्य पर खर्च (जीडीपी प्रतिशत)	0.8	3.4
प्रति व्यक्ति ऊर्जा खपत (किलोग्राम तेल के समतुल्य)	486.0	2002.0
बिजली खपत (किलो वाट प्रति घंटे)	384.0	2460.0
टेलीफोन (प्रति हजार आबादी पर)	34.0	203.0
व्यक्तिगत कंप्यूटर (प्रति 1000 पर)	3.3	52.3

संदर्भ

1. Esman, Milton J., "The Politics of Development Administration", in J. D. Monotogmery and W.J. Siffin, (eds.) *Approaches to Development Politics Administration and Change*, McGraw Hill Company: New York, 1966, p. 59.
2. *Ibid.*, p. 60.
3. Vasudevan, A., *RBI Occasional Papers*, Vol. 18, No. 2-3, June-September 1997, Reserve Bank of India, New Delhi.
4. *Ibid.*
5. Bhagwati, Jagdish, "The Design of Indian Development," in Isher Judge Ahluwalia and I.M.D. Little, (eds.) *India's Economic Reforms and Development: Essays for Manmohan Singh*, Oxford University Press: New Delhi, 1998.
6. Chakravarthy, S., *Development Planning: The Indian Experience*, Clarendon Press: Oxford, 1987.
7. Khusro, A. M., *Managing Indian Economy*, Har Anand, New Delhi: Publication, 1993.
8. Bhagwati, Jagdish, and Srinivasan, T. N., *India's Economic Reforms,* Ministry of Finance, Government of India, New Delhi, 1993.
9. Rudoloph, Lloyd, and Rudolph, Susanne, *In Pursuit of Lakshmi: The Political Economy of the Indian State*, University of Chicago Press: Chicago, 1987.

10. Raghavulu, C. V., "Privatisation and Public Enterprises in India: Issues of Policy and Implementation", *The Indian Journal of Public Administration*, Vol XLII. No.3. July–September 1996.
11. Jha, L. K., "Too Much of Central Control is Defective", *The Hindu*, March 7, 1967, p.12.
12. Gunnar Myrdal, *The Challenge of World Poverty*, Penguin: London, 1970, p.211 Myrdal has termed Third World Countries as Soft State.
13. United Nations General Assembly, 50th Session; 112 Plenary Meeting, 19 April, 1996, *Resolution No. 50/225–Public Administration and Development*, Vol. II, 24 December 1995–17 September 1996 , United Nations Publication: New York, 1997, pp. 5–7.
14. World Bank, *Governance and Development*, World Bank: Washington, 1992.
15. Moore, M., (ed.), *Good Governance*, IDS Bulletin, No. 24, 1993, pp. 1–79.

24

राष्ट्रीय एकीकरण

इतिहास साक्षी है कि हमारे देश में एकता का प्रश्न हमेशा अपनी आवाज को बुलंद करता रहा है। इसका प्रमुख कारण है एकता और अखंडता पर प्रहार करने वाले तत्त्वों की सोच जनता की भावनात्मक एकता को आघात पहुंचाने की होती है। रजनी कोठारी के अनुसार, 'राजनीतिक विकास की बुनियादी समस्या एकीकरण की है अर्थात् नए राजनीतिक केंद्र बिंदु की स्थापना और दृढ़ीकरण, उनका बहुमुखी विस्तार, विभिन्न संस्थाओं का पल्लवन, विविधता को एक सूत्र में संग्रहण कर एक राष्ट्र का निर्माण अर्थात् एकीकरण की क्षमता का विकास यही समस्या हमारे राष्ट्र निर्माताओं के सामने सबसे बड़ी समस्या रही है।'

राष्ट्रीय एकीकरण

राष्ट्रीय एकीकरण का अर्थ–भारत के सभी लोगों में समरसता, बंधुता और सहानुभूति का भाव (fellow feeling) उत्पन्न करना, सभी प्रकार के भेदभाव, जाति धर्म से ऊपर उठकर राष्ट्र के गौरव और उनकी खुशहाली के मार्ग को प्रशस्त करना, भारत की संस्कृति के अंतर्गत विविधता व भिन्नताओं के होते हुए भी एक-दूसरे के प्रति उत्साह, उमंग व जीवंतता से परिपूर्ण अपने भाव रखना, सभी भारतीय एक ही मातृभूमि के पुत्र हैं यही भावना रखना राष्ट्रीय एकता का लक्षण है। भारत देश विविधता में एकता का आदर्श उदाहरण रहा है–हमारे संविधान निर्माता 'सर्वधर्म समभाव, के प्रति निष्ठा रखते थे और भारत की संस्कृति हमेशा से ही विविधता में एकता का शंख फूंकती है। जहां भिन्न-भिन्न जातियां और विभिन्न प्रकार की सामाजिक अनेकता उपस्थित है, वहां आज भी एकता विद्यमान है। भारत की चारों दिशाओं में जाति, धर्म, त्यौहार के रंगों आदि में अनेक दृष्टियों से एकता की बात स्पष्ट होती है। एच. रिसले का कथन है कि 'भारत में दर्शक को भौतिक क्षेत्र में और सामाजिक रूप से भाषा, आचार और धर्म में जो विविधता दिखाई देती है, उसकी तह में हिमालय से कन्याकुमारी तक एक आंतरिक एकता है।' इस एकता को बनाए रखने में भाषा, साहित्य, सामाजिक व्यवस्था, धर्म, राजनीतिक सत्ता आदि का महत्त्वपूर्ण योगदान रहा है। भारत में विभिन्नता (जाति, धर्म, समुदाय, वर्ग) की माला में एकता के मोती पिरोए हुए हैं। राष्ट्रीय एकता में अनेकता का प्रमुख कारण विभेद नहीं है वरन् असुरक्षा की भावना है।

डॉ. मधु दमानी (राठी), असिस्टेंट प्रोफेसर, देशबंधु कॉलेज, दिल्ली विश्वविद्यालय

राष्ट्रीय एकीकरण की प्रमुख समस्याएं

भारतीय संविधान का निर्माण राष्ट्र की एकता और अखंडता को बनाए रखने, भाई-चारे की भावना को विकसित करने के उद्देश्य से किया गया। हमारे देश का सबसे बड़ा दुर्भाग्य यही रहा है कि हम जाति, मजहब, भाषा व क्षेत्रीयता के नाम के इतने दीवाने हैं कि राष्ट्र के हितों की भी परवाह नहीं करते। संविधान निर्माताओं ने एक ऐसे संविधान का सपना देखा था जिसमें एकता का स्वरूप पुष्ट होकर सामने आए। 1946 में डॉ. राधाकृष्ण ने कहा 'भारत के लोग हिंदू हों या मुसलमान, राजा हो या किसान, इसी देश के नागरिक हैं। यह मानना संभव नहीं है कि हमारी अलग-अलग पहचान है।' लेकिन भारत में सांप्रदायिकता, जातिवाद, हिंसात्मक गतिविधियां, क्षेत्रीयतावाद, भाषावाद, सामाजिक-सांस्कृतिक विभेद आदि प्रवृत्तियों ने भारत की राष्ट्रीय एकता और अखंडता के लिए गंभीर खतरा पैदा किया है। रजनी कोठारी के अनुसार, 'राजनीतिक विकास की मूलभूत समस्या एकीकरण की है।' एम. एन. श्रीवास्तव के अनुसार, 'विभाजनकारी प्रवृत्तियां आज भी अस्तित्व में हैं और भविष्य में बनी रहेंगी।'

सांप्रदायिकता

संविधान द्वारा भारत को पंथनिरपेक्ष राज्य घोषित किया गया है अर्थात् ऐसा राज्य जो सभी धर्मों के प्रति तटस्थता और निष्पक्षता का भाव रखता है। पंथ या धर्म-निरपेक्ष शब्द ''अंग्रेजी'' भाषा के सैक्यूलर (secular) शब्द का हिंदी पर्याय है। सैक्यूलर शब्द लैटिन भाषा के *सरकुलम* शब्द से बना हैं जिसका अर्थ होता है संसार अथवा युग। इस प्रकार धर्मनिरपेक्ष राज्य का अभिप्राय एक ऐसे राज्य से है जिसका अपना कोई धर्म नहीं होता और जो धर्म के आधार पर व्यक्तियों में कोई भेदभाव नहीं करता। इसका अर्थ राज्य धार्मिक मामलों में पूर्णतया तटस्थ रहता है क्योंकि ये धर्म को व्यक्तिगत वस्तु मानता है। भारत में पंथ निरपेक्षता या धर्मनिरपेक्षता का सिद्धांत होते हुए भी सांप्रदायिकता के तत्त्व मौजूद हैं। संप्रदाय शब्द शिक्षा संबंधी चर्चाओं के अपमानजनक अर्थ में प्रयोग किया जाता है जो संकीर्ण सांप्रदायिक हितों को दर्शाता है। सांप्रदायिकता के अंतर्गत वे सभी भावनाएं या क्रियाकलाप आ जाते हैं जिनमें किसी धर्म अथवा भाषा के आधार पर किसी विशेष समूह के हितों पर बल दिया जाए और इन हितों को राष्ट्रीय हितों से अधिक प्राथमिकता दी जाए। स्वाभाविक है कि इससे अन्य संप्रदायों एवं राष्ट्र के हितों की अपूरणीय क्षति होगी, निश्चय ही यह सांप्रदायिकता है जिसके अंतर्गत सामाजिक, धार्मिक समूह अन्य समूहों के मूल्य पर अपने आर्थिक, सामाजिक, राजनीतिक हितों में अधिकतम संवृद्धि करना चाहता है। धर्म के नियमों का पालन करना या धर्म के प्रति प्रतिबद्धता सांप्रदायिकता नहीं है लेकिन एक ही धर्म को अन्य धर्मों से श्रेष्ठ मानना सांप्रदायिकता है।

सांप्रदायिकता का अर्थः भारत में विभिन्न मजहबों के अनुयायी (शैव, वैष्णव, जैन, बौद्ध, मुसलमान, ईसाई, सिक्ख, पारसी और यहूदी) रहते हैं। हिंदू अपने आप में कोई

मजहब नहीं है। वह अपने आप में विभिन्न प्रकार के मतों को समाहित किए हुए है। किसी का अपने मजहब के प्रति पूर्ण आस्था रखना "सांप्रदायिकता" नहीं है। मजहब की आजादी प्रत्येक मनुष्य का संविधान द्वारा प्रदत्त एक मौलिक अधिकार है। "सांप्रदायिकता" का अर्थ मज़हब का उन्माद खड़ा करके लोगों की भावनाओं को भड़काना और आपस में राष्ट्रीयता की बजाय मज़हब का हौआ खड़ा करना है। कट्टरपंथी ताकतें राष्ट्र को एकता और प्रगति के पथ पर आगे बढ़ने से रोकती हैं। पं. नेहरू के अनुसार 'सांप्रदायिकता धार्मिक समुदाय पर आधारित एक संकीर्ण समूह मनोवृत्ति है, लेकिन वस्तुत: यह निहित स्वार्थों के अंतर्गत राजनीतिक शक्ति और संरक्षण को सिद्ध करने का माध्यम है।

भारत में सांप्रदायिकता का उदय और विकास: भारत में सांप्रदायिकता की समस्या ब्रिटिश शासन की देन है। ब्रिटिश शासन ने "फूट डालो और राज्य करो" की नीति अपनाई और भावी कार्यक्रम निर्धारित किया। इसी नीति के परिणामस्वरूप भारत में हिंदू-मुस्लिम की समस्या ने जन्म लिया। यही समस्या कालांतर में विभाजन का कारण बनी। जैसे–

- 1857 के स्वतंत्रता संग्राम को ब्रिटिश सरकार ने मुसलमानों द्वारा सत्ता प्राप्ति का साधन समझा और मुसलमानों के प्रति अविश्वास की नीति अपनाई हिंदुओं के प्रति उनकी नीति उदार एवं सहयोग की रही।
- 1906 में राजनीतिक दल के रूप में मुस्लिम लीग की स्थापना और पृथक निर्वाचक मंडल की स्थापना की गई थी।
- 1909 के अधिनियम द्वारा मुस्लिम समुदाय के लिए निर्वाचन के अंतर्गत पृथक प्रतिनिधित्व की व्यवस्था की गई थी। इसी से पृथकतावाद का उदय हुआ।
- 1935 भारत शासन अधिनियम द्वारा मुस्लिम और गैर-मुस्लिम समुदायों के बीच सांप्रदायिक वैमनस्य को और अधिक बढ़ा दिया गया। इसके अंतर्गत "सांप्रदायिक अधिनिर्णय" के आधार पर मुसलमानों, सिक्खों के लिए पृथक प्रतिनिधित्व की व्यवस्था की गई थी।
- 19वीं शताब्दी के अंतिम चरण में ब्रिटिश सरकार का दृष्टिकोण हिंदुओं के प्रति परिवर्तित हो गया। उन्होंने मुस्लिम समुदाय को संरक्षण देना प्रारंभ कर दिया था। 1940 में जिन्ना द्वारा सांप्रदायिक राजनीति के खलनायक के रूप में द्वि-राष्ट्र सिद्धांत का प्रतिपादन किया गया और 1947 में सांप्रदायिकता के आधार पर भारत का विभाजन हुआ।
- वर्तमान में सांप्रदायिकता के नाम पर जो आंदोलन हुए हैं उनका जुड़ाव जनता की भावनात्मक विचारधाराओं से रहा है जैसे 1984 में इंदिरा गांधी की हत्या के बाद सिक्ख विरोधी दंगे, 1989 में भागलपुर नरसंहार, 6 दिसंबर 1992 में बाबरी मस्जिद का विध्वंस, 2002 में गोधरा की घटना के बाद सांप्रदायिक दंगे हुए जिससे धार्मिक आधार पर जनता में अव्यवस्था फैल गई।

सांप्रदायिकता की प्रमुख प्रवृत्तियां:

1. सांप्रदायिकता एक संकीर्ण प्रतिबंधित विचारधारा है जो कि धर्मविरोधी, जनविरोधी होने के साथ-साथ राष्ट्रविरोधी भी है।
2. सांप्रदायिकता भारत के विकास, आधुनिकीकरण एवं राष्ट्र निर्माण के मार्ग में सबसे बड़ी बाधा है। ऐसा इसलिए क्योंकि जब परंपरागत अभावों एवं आधुनिक अभावों के मध्य अन्तःक्रिया होती है तो उसके समुचित मूल्य कमजोर पड़ जाते हैं, किंतु भारत में इसके विपरीत ही घटित हुआ है।
3. सांप्रदायिकता, धर्मनिरपेक्ष एवं प्रजातांत्रिक सरकार के लिए एक शक्तिशाली संकट व गंभीर चुनौती है।

उपरोक्त तथ्यों को दृष्टिगत रखते हुए हम सरलता से निष्कर्ष निकाल सकते हैं कि सांप्रदायिकता एक स्थिति विशेष न होकर एक विचारधारा है। सांप्रदायिक दंगे तथा सांप्रदायिक हिंसा की घटनाएं घटित होना इसी का दुष्परिणाम है।

सांप्रदायिकता के कारण

भारतीय राजनीति में सांप्रदायिकता के कारण भारतीय जन-कल्याण, राष्ट्रीय एकता और संगठन को आज सबसे बड़ा खतरा पैदा हो गया है। सांप्रदायिकता की प्रवृत्ति औपनिवेशिक काल के पूर्व मौजूद नहीं थी यह एक आधुनिक परिघटना है। भारत में स्वतंत्रता के पूर्व ब्रिटिश साम्राज्य के दौरान सांप्रदायिक वैमनस्य की भावना जनता के विचारों के अंतर्गत बोई गई थी। स्वतंत्रता के पश्चात् विभाजन की त्रासदी के दौरान सांप्रदायिकता हिंसा के रूप में सामने आई थी। जब इसके बाद पंथनिरपेक्षता का शब्द प्रस्तावना में 1976 में जोड़ा गया तब भारतीय संविधान में यह नवीन दिशाएं प्रदान करने वाला साबित हुआ, किंतु विगत पांच दशकों में सांप्रदायिक मतभेदों एवं उपद्रवों ने संकट उत्पन्न कर दिया है। पंथनिरपेक्षता या धर्मनिरपेक्षता की धारणा देते हुए भी सांप्रदायिकता के उत्पन्न होने के निम्नलिखित कारण रहे हैं:

1. **मुसलमानों से पृथक्करण की भावना:** स्वतंत्रता के पूर्व अंग्रेजों ने भारत के दो प्रमुख संप्रदाय हिंदू व मुसलमान में ''फूट डालो राज्य करो'' की नीति के तहत सांप्रदायिक वैमनस्य के बीज डाले। इसी कारण देश के अंतर्गत सांप्रदायिक घृणा का वातावरण बन गया था। जनगणना में अंग्रेजों ने धर्म के आधार पर वर्गीकरण किया था और उनसे भिन्न-भिन्न व्यवहार किया। सांप्रदायिक आधार पर पृथक निर्वाचन क्षेत्र 1909 के मार्ले-मिंटो सुधार द्वारा किया गया। ब्रिटिश शासकों द्वारा सांप्रदायिक प्रवृत्ति के निरंतर विस्तार के परिणामस्वरूप देश का विभाजन हुआ। स्वतंत्रता के पश्चात् धर्मनिरपेक्ष राष्ट्रवादी भावनाओं के बावजूद भारतीय उपमहाद्वीप में रहने वाले समुदायों को जोड़कर नहीं रख सके क्योंकि सांप्रदायिक मनोवृत्तियों एवं तत्त्वों ने राष्ट्रीय सहिष्णुता एवं सदभावना को गहरा आघात पहुंचाया है।

2. **सांप्रदायिकता के आधार पर राजनीतिक दलों का गठन:** स्वाधीनता के पश्चात् पंथ और संप्रदाय के आधार पर राजनीतिक दलों के गठन का सिलसिला जारी रहा। हमारे लोकतंत्र का दुर्भाग्य है कि राजनीतिक दलों का चयन इस आधार पर होता है कि उस चुनाव क्षेत्र में किस संप्रदाय या जाति की प्रधानता है। ये राजनीतिक दल पंथ के आधार पर ही प्रत्याशी के चुनाव एवं संप्रदाय पर आधारित ध्रुवीकरण को प्रोत्साहन देते हैं। शिरोमणि अकाली दल, मुस्लिम लीग, राम राज्य परिषद्, हिंदू महासभा आदि राजनीतिक दलों एवं समूहों के गठन में सांप्रदायिक तत्त्वों की महत्त्वपूर्ण भूमिका रही है। प्रोफेसर मोरिस जोंस ने लिखा है कि 'संप्रदाय के आधार पर गठित राजनीतिक दल संकीर्ण राजनीति में अपने हितों को प्रश्रय देते हैं।'
3. **धर्म के नाम पर वोट बैंक:** भारत में अधिकांश राजनीतिक दल और उनके नेता चुनावों में धर्म के नाम पर वोट मांगते हैं। वोट प्राप्त करने के लिए पादरियों, इमामों, साधुओं, मठाधीशों के साथ बैठकर सांठ-गांठ की जाती है। प्रत्याशियों का निर्वाचन करने, मतदान के समय वोट मांगने वाले और मतदान करने वालों के आचरण पर संप्रदाय के पंथिक तत्त्व छाए रहते हैं। हिंदू और मुस्लिम दोनों संप्रदाय के राजनीतिक दल वोट का सौदा संप्रदाय के नाम पर करते हैं।
4. **राजनीति में धार्मिक उन्माद फैलाने में दबाव गुटों का योगदान:** सांप्रदायिक संगठन भारतीय राजनीति में प्रमुख दबाव समूह की भूमिका निभाते हैं। ये पंथ के आधार पर अपने समूह बनाते हैं और देश की नीतियों को प्रभावित करते हैं और कभी-कभी अपनी इच्छा अनुसार निर्णय भी करवाते हैं। प्रमुख मुस्लिम संगठन जैसे अमारते शारिया, जमायते इस्लामी, जमीयत-उल-उलेमा-ए-हिन्द आदि ने सरकारी नीतियों को प्रभावित किया है जैसे उर्दू को सांविधानिक संरक्षण दिया जाए, अलीगढ़ विश्वविद्यालय को अल्पसंख्यक स्वरूप प्रदान करना, मुस्लिम पसर्नल लॉ में परिवर्तन न होने देना। राष्ट्रीय स्वयं सेवक संघ (आर.एस.एस.) द्वारा हिंदू राष्ट्रीय चेतना को जगाने का प्रयास किया गया और वह हिंदू संस्कृति, हिंदू संस्कार के अधिकार की मांग गर्व के साथ करता है। हिंदू संस्कृति की पहचान व प्रसार के लिए विश्व भारतीय स्कूल विशेष दिवसों संबंधी कार्यक्रमावली को बनाते हैं जैसे शिवाजी व जीजाबाई, विवेकानंद, दीनदयाल उपाध्याय, वीर सावरकर आदि के जन्म दिवस को मनाया जाता है। आर.एस.एस. के अनुसार अयोध्या, मथुरा और काशी कोई राजनीतिक विषय नहीं हैं बल्कि राष्ट्रीय विषय हैं।
5. **सांप्रदायिक एवं आतंकवादी गतिविधियों में इस्लाम का इस्तेमाल:** भारत की मुस्लिम जनता के मानस पर जो मुद्दे हावी रहे हैं, वे सांप्रदायिक हिंसा का इस्लामीकरण, अलगाववाद और आतंकवाद खासकर जम्मू कश्मीर राज्य के संदर्भ में रहा है। सरकार ने "सांप्रदायिक तनाव को बढ़ावा देने" और "भारत की सुरक्षा के प्रति हानिकारक" गतिविधियों के तहत "अवैध गतिविधि प्रतिरक्षा अधिनियम" के तहत सितंबर 2001 में भारतीय छात्र इस्लामिक आंदोलन (सिमी–SIMI) पर

औपचारिक रूप से प्रतिबंध लगा दिया क्योंकि सरकार के अनुसार सिमी के लश्कर-ए-तय्यबा और हिजबुल मुजाहिदीन जैसे आतंकवादी गुटों से संबंध थे। मुस्लिम गुट "दीनदार अंजुमन" व "दीनदार चन्नाबसवेश्वेर सिद्दकी" (DCS) पर प्रतिबंध 3 मई 2001 में लगाया गया था जो 2000 में कर्नाटक व आंध्र प्रदेश चर्च बमबारी के लिए जिम्मेदार थे।

6. **धर्म के आधार पर पृथक राज्य की मांग:** धर्म के नाम पर पृथक राज्य की मांग समय-समय पर राजनीतिक दलों द्वारा की जाती रही है। अकाली दल द्वारा पंजाबी सूबे की मांग भाषा के आधार पर करना लेकिन यह मांग पृथक राज्य की मांग पंथ के आधार पर थी। संत फतेह सिंह द्वारा सिख "होम लैंड" की मांग, पंजाब राज्य का विभाजन पंथ के आधार पर होना, नागालैंड में ईसाइयों द्वारा पृथक राज्य की मांग करना।
7. **विभिन्न राज्यों द्वारा धर्म को बढ़ावा दिया जाना:** धर्म और संप्रदाय के आधार पर समुदायों का भारतीय राजनीति में काफी गहरा प्रभाव पड़ा है क्योंकि भारत में धर्म संस्कृति का अभिन्न हिस्सा रहा है। धर्म ही काफी हद तक राज्यों की सामाजिक-राजनीतिक प्रक्रियाओं को ढालने में कारगर सिद्ध हुआ है। धर्म का राज्यों पर जो प्रभाव पड़ा है पंजाब व केरल के संदर्भ में समझा जा सकता है। केरल की राजनीति में ऊपरी तौर पर वामपंथी रंग नजर आता है। लेकिन अंतरंग रूप से धार्मिक और सांप्रदायिक गुटों के गठजोड़ से बना है। पंजाब राज्य की राजनीति में अकाली दल और शिरोमणि गुरुद्वारा प्रबंधक कमेटी (SGPC) द्वारा प्रमुख भमिका निभाई जाती है। सिख पंथ द्वारा अकाली दल के प्रधान का चुनाव रोकना, स्वर्ण मंदिर के सामने अकाल तख्त की स्थापना, अकाल तख्त का स्वरूप व भूमिका सरकार के समान है जिस पर समकालीन सरकार के आदेश लागू नहीं होते। धार्मिक विवादों के साथ-साथ राजनीतिक विवादों के बारे में फैसला अकाली दल ही करता है। इस प्रकार भारत की राज्य व्यवस्था में सत्तारूढ़ दल का सांप्रदायिकता एवं विभिन्न संप्रदाय के संगठनों के अस्तित्व को बनाए रखने में अपना ही निहित स्वार्थ होता है। यह राजनीतिक संगठन धर्म के आधार पर समाज के विभाजन में अपनी महत्त्वपूर्ण भूमिका निभाते हैं।
8. **संकीर्ण समूह चेतना एवं पृथकतावाद:** भारत में एक ओर अल्पसंख्यकों, विशेषत: मुस्लिम समुदाय इस बात से नाराज़ है कि संविधान निर्माताओं ने अल्पसंख्यक वर्ग के हितों को गंभीरता से नहीं लिया खासकर आर्थिक हितों को। इसी कारण मुस्लिम समुदाय राष्ट्र की मुख्यधारा से जुड़ नहीं पाया तथा आज भी पृथकतावाद की भावना से ग्रस्त है। वहीं दूसरी ओर संकीर्ण हिंदू राष्ट्रवाद के समर्थकों ने देश के बहुलतावादी स्वरूप को अस्वीकार कर दिया। पृथक समूह चेतना से ग्रसित मुसलमानों तथा संकीर्ण हिंदू राष्ट्रवाद ने देश के दो प्रमुख संप्रदायों के मध्य वैमनस्य एवं आशंका को उपजाया एवं एकीकृत राष्ट्रीयता की भावना पर प्रहार किया और इसी कारण जातिगत एवं सांप्रदायिकता का पोषण धर्म के नाम पर होने लगा।

9. **राजनीतिक अस्थिरता:** सांप्रदायिकता के कारण राजनीतिक अस्थिरता का संकट उत्पन्न होता है। सांप्रदायिकता ऐसी परिस्थितियां उत्पन्न कर देती है जिससे सामाजिक तनाव व राजसत्ता के प्रति असंतोष का जन्म होता है। सांप्रदायिक दंगों के समय पीड़ित वर्ग को संरक्षण न देने पर राजसत्ता के प्रति जनता का अविश्वास जन्म लेता है जो भविष्य में राजनीतिक अस्थिरता को उत्पन्न करता है। सांप्रदायिक दंगों के खिलाफ सरकार द्वारा कठोर कार्यवाही न किए जाने पर जनता में निराशा की भावना पैदा होती है, लोकतंत्रीय ढांचे में सहभागी शासन व्यवस्था के सिद्धांत के प्रतिकूल है।

सांप्रदायिकता के दुष्परिणाम

सांप्रदायिकता की संकीर्ण भावना के दुष्परिणाम निम्नलिखित हैं:

1. सांप्रदायिकता का उन्माद शहरी क्षेत्रों के साथ-साथ ग्रामीण क्षेत्रों में भी अपना कसाव फैला रहा है अर्थात् सांप्रदायिकता की भावना जन-जन की भावना बनती जा रही है। रामजन्म भूमि-बाबरी मस्जिद इसका ज्वलंत प्रमाण है।
2. धर्म को व्यक्तिगत आचरण समझा जाता है इसी कारण अनेक समस्याएं उठ रही हैं जैसे सांप्रदायिक दंगे, हिंसा, धर्म स्थल से संबंधित विवाद, समुदायों के अंतर्गत शत्रुता व घृणा का भाव आदि।
3. राष्ट्र की एकता व अखंडता को सांप्रदायिकता की भावना गहरा आघात पहुंचाती है। इससे भारतीय राज्य की सत्ता व अस्मिता को भी चोट पहुंचती है।
4. सांप्रदायिकता के कारण निर्दोष लोगों का अमूल्य जीवन नष्ट होने के साथ-साथ देश के बहुसांस्कृतिक ढांचे में मौजूद सौहार्द की भी क्षति होती है।
5. सांप्रदायिकता राष्ट्र की प्रगति एवं समृद्धि को भी चोट पहुंचाती है। सांप्रदायिक दंगों के समय आर्थिक गतिविधियां व जनजीवन ठप्प हो जाता है।
6. सांप्रदायिकता को बढ़ावा देने वाले तत्त्व विभिन्न वर्गों में आपसी द्वेष को प्रसारित करने का प्रयास करते हैं। हिंदू और मुसलमान अपने-अपने धार्मिक हितों के लिए सरकार पर दबाव डालते हैं। यही द्वेष समाज के अंतर्गत आतंक का रूप ले लेता है जिससे आपसी दंगे व मार-काट होती है।
7. भारत एक बहुसंप्रदायवादी व सांप्रदायिक ध्रुवीकरण वाला देश है जिसमें सांप्रदायिक संगठनों द्वारा द्वेषपूर्ण भावनाओं को फैलाए जाने के कारण राष्ट्रीय सुरक्षा को खतरा पैदा हो जाता है। इससे हिंसा, बर्बरता और अस्थिरता की भावना पैदा होती है जोकि राष्ट्र की प्रगति और उन्नति में बाधक होती है। राष्ट्रीय समस्याओं के साथ-साथ सांप्रदायिकता की भावना से अंतर्राष्ट्रीय स्तर पर भी भारत की लोकतंत्रीय पंथनिरपेक्ष छवि पर प्रश्नचिह्न लग जाता है।
8. प्राय: सांप्रदायिक हिंसा का शिकार निर्दोष लोग होते हैं जिसमें निर्धन, पिछड़े वर्ग, महिलाएं, बच्चे, वृद्ध व असहाय लोग ही होते हैं और सांप्रदायिक हिंसा के मनोवैज्ञानिक, सामाजिक, आर्थिक दुष्परिणाम आने वाली पीढ़ियों को भविष्य में झेलने पड़ सकते हैं।

सांप्रदायिकता पर नियंत्रण रखने के उपाय

संविधान की प्रस्तावना के अंतर्गत 'भारत को पंथनिरपेक्ष लोकतांत्रिक गणराज्य की संज्ञा दी गई है।' पंथनिरपेक्ष राज्य का अपना कोई धर्म नहीं होता, राज्य पंथ के आधार पर कोई भेद नहीं करता, राज्य पंथ विशेष को संरक्षण या पंथ का प्रचार नहीं करता, धर्म के आधार पर कर नहीं वसूल करता। राज्य की नीतियां किसी पंथ विशेष की परंपराओं तथा विश्वासों के अनुकूल निर्धारित नहीं होती हैं। स्वतंत्रता के उपरांत सांप्रदायिकता ने भारत के सामाजिक-सांस्कृतिक ताने बाने को भी छिन्न-भिन्न कर दिया है। इसलिए सांप्रदायिकता के तात्कालिक एवं दीर्घकालिक दुष्परिणाम का उन्मूलन करना परम आवश्यक है। इसके अंतर्गत राजनीतिक इच्छा शक्ति एवं कानून व्यवस्था कायम करके सांप्रदायिकता की भावना को कम किया जा सकता है। 1988 के अधिनियम द्वारा राजनीतिक दलों को चुनाव आयुक्त कार्यालय में अपना पंजीकरण करना होगा और वह व्यक्ति जिनको धार्मिक व जातीय अपराध के लिए सजा मिल चुकी है वे व्यक्ति चुनाव में उम्मीदवार नहीं बन सकेंगे और उन्हें *धर्मनिरपेक्षपता* के आदर्श में आस्था रखने की घोषणा करनी पड़ेगी। परंतु कानूनी व्यवस्था के साथ-साथ सामाजिक और सांस्कृतिक सहिष्णुता में पूर्ण विश्वास कायम करना राष्ट्रीय एकता के लिए जरूरी कदम है। सांप्रदायिकता को दूर करने के लिए कुछ सुझाव अग्रलिखित हैं:

1. भारतीय संस्कृति के प्रति गहरी आस्था का भाव नागरिकों में होना जरूरी है। सभी समुदायों में आपसी समभाव की भावना विकसित करना ज्यादा जरूरी है। जो समुदाय व राजनीतिक दल सांप्रदायिकता का प्रचार करे या धार्मिक भावनाओं को भड़काए उसके प्रति सरकार के द्वारा बिना किसी भेदभाव के कठोर कार्यवाही की जाए तथा सांप्रदायिक तत्त्वों का उन्मूलन करने में कोई लापरवाही न बरती जाए।
2. पंथनिरपेक्ष राज्य के रूप में सरकार द्वारा ऐसे कानून का निर्माण करना चाहिए, जोकि प्रत्येक व्यक्ति पर समान रूप से लागू हों। कानून व नियम बनाते समय जाति, लिंग, पंथ, भाषा एवं संप्रदाय संबंधी भेदभाव नहीं होना चाहिए।
3. राजनीतिक दलों को मजहब, भाषा, जाति और क्षेत्र के आधार पर लोगों को आपस में लड़ाने व अलग करने की भावना से अपने आप को दूर रखना चाहिए जो राजनीतिक दल धार्मिक भावनाओं को अपने हित के लिए भड़काता है। इस प्रकार के दलों का बहिष्कार सरकार व समाज दोनों द्वारा किया जाना चाहिए। राजनीतिक दलों के लिए आचार-संहिता का पालन करना जरूरी होना चाहिए।
4. धर्मनिरपेक्ष समाज में शिक्षा पद्धति का अपना एक महत्त्व है। शिक्षण पद्धति में आध्यात्मिक मूल्यों का समावेश किया जाए और ऐसी पुस्तकों को बढ़ावा दिया जाए जिसमें सांप्रदायिकता से छुटकारा पाने, आपसी सद्भाव को प्रेरित करने का प्रयास किया जाए।

5. प्रत्येक धर्म का व्यक्ति अन्य धर्म का आदर करे जिसमें सभी धर्म ग्रंथों के प्रति (बाइबल, गीता, गुरुग्रंथ साहिब आदि) विश्वास व आस्था का भाव समाहित होना चाहिए। इन ग्रंथों के अध्ययन के द्वारा धर्म की बुनियादी एकता को दर्शाया जाता है।
6. प्रत्येक नागरिक धर्म का विस्तार मन, वचन, कर्म तीनों आधार पर करे क्योंकि धर्म ही वह शक्ति है जोकि मानवता के बीच समन्वय स्थापित कर सकती है। जिसके अंतर्गत सबसे बड़ा धर्म मानवता की सेवा है न कि धर्म के नाम पर उन्माद फैलाना।
7. जन संचार के साधनों (mass media) की भूमिका सांप्रदायिक भावना को कम करने में सहायक सिद्ध हो सकती है। इंटरनेट, ई-मेल, चलचित्र, आकाशवाणी, दूरदर्शन, समाचार पत्रों के माध्यम से धर्म के नाम पर दकियानूसी विचारों व संस्कारों के प्रति संघर्ष की शुरुआत करनी होगी।
8. सांप्रदायिक दंगों से निराकरण के लिए आम जनता जिसके अंतर्गत विशेषतः युवा पीढ़ी को आगे आना चाहिए और सरकार के द्वारा रेपिड एक्शन फोर्स का विस्तार एवं सशक्तीकरण किया जाना चाहिए। भारतीय धर्मनिरपेक्ष मंच (Indian Secular Forum), इंसानी बिरादरी व अखिल भारतीय सांप्रदायिकता विरोध समिति जैसे गैर सरकारी संगठनों द्वारा सांप्रदायिकता रोकने हेतु और ज्यादा प्रभावी कार्य व सम्मेलन किए जाने चाहिए।
9. सांप्रदायिकता के उन्मूलन के लिए यह आवश्यक है कि विविध संप्रदायों में अंतर्कलह के मुद्दों को न्यायालयों द्वारा लंबे समय तक टालने के स्थान पर त्वरित रूप से निराकरण का प्रयास करना चाहिए। न्यायालयों के साथ-साथ पारस्परिक विचार-विमर्श द्वारा भी आपसी अंतर्कलह को सुलझाया जा सकता है।
10. आज यह आवश्यक है कि धर्म की धारणा को अंधविश्वास तथा संकीर्णता के गहरे गर्त से निकालकर आध्यात्मिकता के धरातल पर प्रतिष्ठित किया जाए। भारत के पूर्व राष्ट्रपति डॉ. ए.पी.जे. अब्दुल कलाम के शब्दों में, 'भारत के लोगों के मन-मस्तिष्क की एकात्मकता उत्पन्न करने हेतु भारतीयों में नैतिकता, सदाचार और आध्यात्मिकता की नींव डालनी होगी। आर्थिक समृद्धि एवं धार्मिक समृद्धि के बीच सशक्त पुलों का निर्माण करना होगा। धर्म और विज्ञान के बीच समन्वय की स्थापना होने पर ही भारत में समृद्धि और शांति की स्थापना हो पाएगी। इसके लिए "मैं" और "तू" की अहमन्यता और क्षुद्रता का त्याग आवश्यक है।'
11. समाज कल्याण एवं समाज सुधार के लिए राज्य द्वारा धर्म के नाम पर प्रचलित सामाजिक कुरीतियों एवं अंधविश्वासों का उन्मूलन शीघ्रता से करना चाहिए। उदाहरण, स्टेट ऑफ बॉम्बे बनाम नरासु अप्पामाली वाद (1952) इसमें यह निर्णय लिया गया कि बहुविवाह हिंदू धर्म का आवश्यक तत्त्व नहीं है। इसी प्रकार सैफुद्दीन साहेब बनाम स्टेट ऑफ बॉम्बे (1962) में देवदासी अथवा सतीप्रथा पर बने कानूनों को राज्य द्वारा वैद्य ठहराया गया।

धर्मनिरपेक्षता की अवधारणा

भारतीय राजनीति के अंतर्गत सदैव से ही सर्वाधिक प्रचारित व विवादित सत्य धर्मनिरपेक्षता है। भारतीय संविधान में पंथनिरपेक्षता शब्द 42वें संविधान संशोधन के द्वारा प्रस्तावना में जोड़ा गया था। इसका अभिप्राय यह है कि राज्य पंथ के नाम पर पूर्णतः तटस्थ है। प्रत्येक धर्म को मानने वाले संप्रदाय को राज्य समान रूप से संरक्षण प्रदान करता है, किंतु किसी धर्म के मामले में राज्य द्वारा हस्तक्षेप नहीं किया जाता है। धर्मनिरपेक्षता न ईश्वर विरोधी है और न ही ईश्वर समर्थक। यह भक्त, नास्तिक एवं संशयवादी सभी को समान मानता है। अतः पंथनिरपेक्ष राज्य के रूप में धार्मिक आधार पर किसी भी प्रकार का भेदभाव नहीं किया जाएगा। पंथनिरपेक्षता भारतीय संविधान का आधारभूत ढांचा है (एस.आर. बोम्मई बनाम भारत संघ 1994) सैक्यूलर या धर्मनिरपेक्षता का अर्थ सभी धर्मों का समान रूप से आदर करना, धर्म के क्षेत्र में व्यक्ति को स्वतंत्र छोड़ देना है। राज्य जनता के धार्मिक जीवन में तब तक हस्तक्षेप नहीं कर सकता है जब तक ऐसा सामाजिक हित के लिए आवश्यक न हो। भारतीय संविधान में धर्मनिरपेक्षता की धारणा के संबंध में निम्नलिखित प्रावधान किए गए हैं:

1. **धर्म और नागरिकता:** भारत के संविधान के प्रारूप के अंतर्गत "हम भारत के लोग" शब्द का प्रयोग इस बात का प्रतीक है कि देश के नागरिक भारतीय पहले हैं, हिंदू, मुस्लिम, सिख आदि बाद में हैं। केवल धर्म के आधार पर कोई भारत का नागरिक नहीं बन सकता है और न ही किसी विशेष धर्म के कारण नागरिकता से वंचित किया जा सकता है। भारतीय नागरिकता के नियमों के अंतर्गत धर्म को स्थान न देकर धर्मनिरपेक्षता को अपनाया गया है।
2. **पंथनिरपेक्षता की भावना:** 42वें संविधान संशोधन द्वारा पंथनिरपेक्ष शब्द को प्रस्तावना के अंतर्गत जोड़ा गया है। प्रतिष्ठा और "अवसर की समता" तथा बंधुत्व की भावना जैसे वाक्यांश पंथनिरपेक्षता की भावना को और अधिक पोषण प्रदान करते हैं। पंथनिरपेक्षता संविधान का आधारभूत ढांचा है और राज्य सभी धर्मों एवं धार्मिक समुदायों के साथ समान व्यवहार करता है।
3. **अस्पृश्यता का अंत:** पंथनिरपेक्षता का उदार आदर्श इस बात पर बल देता है कि सामाजिक जीवन में जाति या अन्य किसी आधार पर कोई भेदभाव नहीं किया जाना चाहिए। इस दृष्टि से संविधान की धारा 17 के द्वारा अस्पृश्यता का उन्मूलन कर दिया गया है। इस प्रकार धर्म की आड़ में भारतीय समाज के अंतर्गत मनुष्य, मनुष्य पर जो अत्याचार करता है। उसे इस व्यवस्था के आधार पर समाप्त कर दिया गया है।
4. **धार्मिक आधार पर भेदभाव का निषेध:** संविधान के द्वारा नागरिकों को यह विश्वास दिलाया गया है कि धर्म के आधार पर उनके साथ कोई भेदभाव नहीं किया जाएगा। संविधान के मूल अधिकारों से संबंधित भाग 3 में, अनुच्छेद 14 में सभी व्यक्तियों को "कानून के समक्ष समानता" तथा "कानून का समान

संरक्षण'' प्रदान किया गया है। संविधान का अनुच्छेद 15(क) राज्य को धर्म, जाति, लिंग तथा जन्म स्थान के आधार पर नागरिकों में किसी भी प्रकार के भेदभाव का निषेध करता है। अनुच्छेद 15 के अनुसार सार्वजनिक पदों पर नियुक्तियां करने में धर्म के आधार पर कोई भेदभाव नहीं किया जाएगा।

5. **धार्मिक स्वतंत्रता:** भारतीय संविधान के द्वारा प्रत्येक नागरिक को धार्मिक स्वतंत्रता प्रदान की गई है। संविधान के अनुच्छेद 25 से 28 तक सभी व्यक्तियों को अंत:करण से धर्म को मानने की स्वतंत्रता, धार्मिक कार्यों में प्रबंध की स्वतंत्रता, धार्मिक संस्थाओं के कार्यों के लिए करारोपण का निषेध, किसी भी धर्म का आचरण व प्रचार करने का समान अधिकार, राज्य धार्मिक शिक्षा के प्रति तटस्थ रहेगा और सरकारी शिक्षण संस्थाओं में कोई धार्मिक शिक्षा नहीं दी जा सकती है लेकिन कुछ शिक्षा संस्थाओं को धार्मिक शिक्षा या धार्मिक उपासना में उपस्थित होने के बारे में स्वतंत्रता है।
6. **धर्मनिरपेक्षता और सामाजिक व्यवहार:** अनुच्छेद 44 संपूर्ण भारत के लिए एक समान व्यवहार संहिता बनाने का निर्देश देता है। इस प्रकार की व्यवस्था राष्ट्रीय एकता, अखंडता और सामाजिक प्रगति के लिए आवश्यक है। भारत के विभिन्न समुदायों में व्यक्तिगत आचरण के अपने अलग-अलग नियम हैं। अत: इस विषय में प्रयास करना इन समुदायों के द्वारा अपने धर्म के अंतर्गत हस्तक्षेप मान लिया जाता है। धर्म का कार्यक्षेत्र सीमित और संकुचित होता है जबकि राज्य का कार्यक्षेत्र विस्तृत और व्यापक होता है। राज्य पर हमारे संपूर्ण समाज की प्रगति और आर्थिक विकास का दायित्व है। अत: राज्य द्वारा इस प्रकार के नियम व कानून अवश्य बनाने चाहिए, जो समाज की प्रगति के लिए आवश्यक है।

संविधान के अंतर्गत उपरोक्त वर्णित उपबंधों से यह स्पष्ट होता है कि भारतीय राज्य व्यवस्था धर्म विरोधी नहीं है अर्थात् थ्योक्रेटिक या धर्मतंत्रवादी राज्य व्यवस्था न होकर एक धर्मनिरपेक्ष राज्य है। धर्मनिरपेक्ष राज्य के साथ भारत की समाज व्यवस्था का स्थायी तत्त्व राष्ट्रीय एकता है। हम भारतवासी प्रत्येक अतिवाद के विरोधी हैं। व्यावहारिक दृष्टि से धरती पर रहने की अनिवार्य आवश्यकताओं से युक्त सहअस्तित्व ही सर्वाधिक महत्त्वपूर्ण है। धर्मनिरपेक्षता का धर्म के साथ कोई विरोध नहीं है। इसके अंतर्गत नागरिकों के जीवन से धर्म को समाप्त न करके धर्म की स्वतंत्रता है, लेकिन संयम के साथ धर्म का आचरण करने का अधिकार है। पंथनिरपेक्ष राज्य सभी धर्मों के सार ''मानव धर्म'' पर आधारित वास्तविक आध्यात्मिक राज्य होता है। इस प्रकार का राज्य, उसका कानून और सत्ता सब कुछ नैतिकता पर आधारित होते हैं। धर्मनिरपेक्षता का मार्ग अपनाना मानव जाति का श्रेष्ठ धर्म है। न केवल भारत बल्कि विश्व के अन्य प्रगतिशील राज्यों द्वारा भी इस मार्ग (धर्मनिरपेक्षता) को अपनाया गया है। वर्तमान में रूस और पूर्वी यूरोप के अन्य राज्यों ने भी ''धर्म विरोध'' की स्थिति का त्याग करके यथार्थ रूप से पंथनिरपेक्षता की स्थिति को अपना लिया है।

राजनीति में जातिवाद

भारतीय सामाजिक व्यवस्था में जाति की भूमिका प्राचीनकाल से ही रही है। जातिप्रथा की शुरुआत के संबंध में विद्वानों में बड़ा मतभेद है, लेकिन इतना अवश्य है कि जाति व्यवस्था एक प्राचीन संस्था है। इसकी उत्पत्ति आर्यों के आगमन के साथ हुई थी। लगभग 1500 ई. के आसपास आर्यों ने उत्तर पश्चिमी दिशा से भारत में प्रवेश किया। यहां उनका देशज लोगों से संघर्ष हुआ तथा यह संघर्ष शताब्दियों तक चला। आर्य लोग यहां पर रहने वाले लोगों को सांस्कृतिक रूप से निकृष्ट मानते थे और डॉ. भगवत शरण उपाध्याय का तो यह मत है कि ''जातिप्रथा का विकास आर्यों ने भारत में आने से पूर्व ही कर लिया होगा।'' वैदिक काल में वर्णव्यवस्था पर आधारित समाज में मुख्य रूप से चार वर्ण–ब्राह्मण, क्षत्रिय, वैश्य और शूद्र थे। इनके अपने–अपने व्यवसाय थे। वैदिक काल में व्यक्ति की सामाजिक स्थिति जन्म-निर्धारित नहीं थी, जन्म पर आधारित जाति प्रथा का प्रारंभ वैदिकोत्तर काल में माना जाता है। धीरे–धीरे समाज में यह विश्वास गहरा होता गया कि जाति प्रथा ईश्वरीय देन है, बाद में वर्ण–व्यवस्था के ही परिणामस्वरूप भारतीय समाज हजारों जातियों और उपजातियों में विभक्त हो गया। जाति की कठोरता और जटिलता में निरंतर वृद्धि होती गई जिसके कारण यह सामाजिक भेदभाव और आर्थिक विषमता का आधार बन गई। मनोरंजन मोहंती के अनुसार, 'जाति कुछ हिंदू सांस्कृतिक भागीदारी द्वारा पदसोपान श्रेणी पर स्थित एक आनुक्रमिक समूह है।' डॉ. अंबेडकर के अनुसार, 'जाति व्यवस्था तथा अस्पृश्यता हिंदू सामाजिक व्यवस्था के दो महत्त्वपूर्ण संघटक हैं।' भारतीय समाज में प्रारंभ से ही दो वर्ग रहे हैं प्रथम वर्ग को उच्च या सबल वर्ग कहा जाता है तथा दूसरे वर्ग को दलित व शोषित, निम्न, वंचित वर्ग के नाम से जाना जाता है। निम्न एवं वंचित वर्ग शुरू से ही उच्च या सबल वर्ग के शोषण का शिकार रहा है तथा उसे समाज में तिरस्कार तथा हेय दृष्टि से देखा जाता है। उच्च तथा निम्न के इस भेद को मिटाने तथा देश में समानता की स्थापना हेतु स्वतंत्रता के पश्चात् भारतीय संविधान में संविधान निर्माताओं द्वारा इस हेतु सामाजिक न्याय की स्थापना की गई ताकि वंचित वर्ग को समाज की मुख्यधारा में लाया जा सके। वंचित वर्ग को उच्च वर्ग के समान लाने हेतु संविधान के अंतर्गत सामाजिक, आर्थिक, शैक्षणिक, राजनीतिक संरक्षण देने का प्रावधान किया गया है।

जातिप्रथा का अर्थ एवं स्वरूप

जातिप्रथा किसी न किसी रूप में संसार के प्रत्येक क्षेत्र में पाई जाती है। बाबू जगजीवन राम के शब्दों में 'जाति भारतीय राजनीति की सर्वाधिक महत्त्वपूर्ण सत्यता है। एक सामान्य भारतीय अपना सब कुछ त्याग सकता है परंतु वह जाति–व्यवस्था में अपने विश्वास को तिलांजलि नहीं दे सकता है।' जातिप्रथा भारतीय हिंदू समाज की प्रमुख विशेषता है जोकि एक कुरीति के रूप में उभर कर सामने आई है। इसका प्रभाव हिंदू, मुस्लिम, सिक्ख, ईसाई सभी समाजों में देखने को मिलता है। भारत में जातिप्रथा की उत्पत्ति वैदिक काल से ही मानी जाती है। वैदिक काल में वर्णव्यवस्था के आधार पर जातियों को वर्गीकृत किया गया

था जिसमें ब्राह्मण (पुरोहित), क्षत्रिय (योद्धा), वैश्य (व्यापारी), शूद्र (कारीगर एवं सेवक) तथा अछूत या जाति बहिष्कृत लोग आते थे। परंपरागत रूप में जाति की सामाजिक विरासत व्यावसायिक वंशानुक्रम और श्रम विभाजन पर आधारित थी। एक जाति के लोग दूसरी जाति के लोगों के साथ सहयोग की भावना के साथ रहते थे। मौलिक रूप से यह व्यवस्था सामाजिक सहयोग के सिद्धांत पर केंद्रित थी।

जाति व्यवस्था की प्रमुख विशेषताएं: सुखदेव थोरट कहते हैं कि, 'सामाजिक क्षेत्र में जाति व्यवस्था में (i) सामाजिक समूहों (जातियों) में लोगों का विभाजन शामिल है; तथा इन जातियों के सदस्यों के सामाजिक, धार्मिक, सांस्कृतिक तथा आर्थिक अधिकार जन्म से ही उस जाति में पूर्व निश्चित हैं और वे वंशानुगत हैं; (ii) जाति समूहों के मध्य इन अधिकारों का असमान रूप से वितरण है; (iii) हिंदूवाद के दर्शन द्वारा प्रदान सामाजिक व्यवस्था के औचित्य प्रतिपादन ने एक ऐसी सामाजिक व आर्थिक जाति-बहिष्कार की यंत्र रचना को जन्म दिया है जिससे इस व्यवस्था का सख्ती से पालन किया जाता है। आर्थिक अधिकार के क्षेत्र में, हिंदू सामाजिक व्यवस्था आर्थिक वितरण की भी एक योजना प्रदान करती है।

डॉ. केतकर जाति को परिभाषित करते हुए कहते हैं कि यह 'एक ऐसा सामाजिक समूह है जिसकी दो विशेषताएं हैं: *प्रथम* सदस्यता केवल उन तक सीमित है जो सदस्यों द्वारा जन्म दिए गए हैं तथा इस प्रकार के जन्म लिए हुए सभी लोगों को शामिल करती है। *दूसरे*, एक निष्ठुर सामाजिक कानून द्वारा समूह से बाहर विवाह करने से सदस्यों को रोका गया है।

डॉ. अंबेडकर के अनुसार जाति व्यवस्था का अध्ययन चार प्रमुख बिंदुओं के इर्द-गिर्द तक सीमित है-(i) हिंदू जनसंख्या की संयुक्त बनावट के बावजूद इसमें गहरी सांस्कृतिक एकता है; (ii) जाति एक वृहत् सांस्कृतिक इकाई का टुकडों में संविभाजन है; (iii) प्रारंभ में कोई जातियां नहीं थीं; (iv) वर्गों की नकल एवं बहिष्कार द्वारा जातियां बन गई हैं।

इस प्रकार जाति व्यवस्था एक ऐसा समुदाय है जो जन्म के आधार पर निश्चित होता है। जाति वर्ण व्यवस्था का ही परिवर्तित रूप है जो गुण व कर्म पर आधारित है। वर्ण व्यवस्था का निर्धारण व्यवसाय से होता था जबकि जाति का निश्चय जन्म से होता है। एक ही जाति के अंतर्गत कई उपजातियां समाहित होती हैं। जातियों के पदसोपान में चार वर्ग होते हैं जैसे ब्राह्मण सबसे ऊपर, उसके बाद क्षत्रिय, वैश्य तथा शूद्र आते हैं। शूद्रों को सबके अधीन रखा गया और इनका कार्य उच्च जातियों की सेवा करना था। जातियों के आधार पर ही खान-पान और सामाजिक आदान-प्रदान पर प्रतिबंध होता है। यहां तक कि गांव तथा शहरों में भी जाति के आधार पर पृथकता की भावना बनी रहती है। कोई भी वर्ग दूसरे वर्ग के व्यवसाय का अतिक्रमण नहीं करेगा और प्रत्येक वर्ग अपने व्यवसाय को पुश्तैनी अधिकार समझता है। अपनी ही जातियों के अंतर्गत सामाजिक, वैवाहिक, वैचारिक आदान-प्रदान होता है।

जाति और राजनीति के आपसी संबंध

स्वतंत्रता प्राप्ति के पश्चात् भारत में लोकतांत्रिक प्रक्रिया के प्रारंभ होने से भारतीय समाज में स्थापित जातिप्रथा ने मतदान में महत्त्वपूर्ण भूमिका निभाना प्रारंभ कर दिया और जाति

की राजनीति में भूमिका से जाति एक महत्त्वपूर्ण व प्रभावकारी तत्त्व बनती चली गई। इस प्रकार वयस्क मताधिकार लागू करने के पश्चात् जाति एक राजनीतिक शक्ति के रूप में उभर कर सामने आई है। प्रोफेसर रुडोल्फ के शब्दों में, 'भारत के राजनीतिक लोकतंत्र के संबंध में जाति वह धुरी है, जिसके माध्यम से नवीन मूल्यों एवं तरीकों की खोज की जा रही है यथार्थ में यह एक ऐसा माध्यम बन गई है, जिसके जरिए भारतीय जनता को लोकतांत्रिक राजनीतिक प्रक्रिया से जोड़ा जा सकता है।' रजनी कोठारी के अनुसार, 'जिसे हम राजनीति में जातिवाद के नाम से पुकारते हैं, वह वास्तव में जाति का राजनीतिककरण है।' राजनेता जातीय समूहों (caste groupings) का इसलिए समर्थन करते हैं ताकि उनके माध्यम से सत्ता तक पहुंचने में मदद मिल सके। लोकनायक जय प्रकाश नारायण के अनुसार 'भारत में जाति प्रमुख राजनीतिक दल हैं।' भारत में जाति एवं राजनीति के मध्य आपसी संबंध को इन बिंदुओं के आधार पर समझ सकते हैं:

- राजनीतिक दलों के कार्यक्रम तथा निर्णय जाति के आधार पर होते हैं। राजनीतिक दलों के पदाधिकारी जाति के आधार पर बनाए जाते हैं। विभिन्न जातियों का समर्थन प्राप्त करने के लिए दलों के कार्यक्रम भी उसी प्रकार से बनाए जाते हैं।
- चुनाव के अंतर्गत जाति का प्रभाव सर्वाधिक देखा जाता है। चुनाव में प्रत्याशी खड़ा करने से पूर्व प्रत्येक राजनीतिक दल उस चुनाव क्षेत्र में जातियों के प्रतिशत का अध्ययन अवश्य कर लेता है और जाति के आधार पर मतदान भी होता है।
- राजनीति में जातिवाद के प्रभाव को जाति का राजनीतिकरण कहा जा सकता है। लोकतांत्रिक राजनीति के तहत राजनीति जाति के संगठन के माध्यम से अपना आधार दृढ़ करती है। जाति ने राजनीति में अपनी भूमिका निर्वाह हेतु नवीन रूप धारण कर लिया है।
- सभी राजनीतिक दल सिद्धांततः जातिवाद की निंदा करते हैं किंतु जाति ध्रुवीकरण के माध्यम से सत्ता प्राप्त करने का प्रयास करते हैं।
- राजनीतिक दलों द्वारा प्रत्याशियों का चयन तथा सफलता की संभावना का आकलन जातीय मापदंडों से किया जाता है। योग्यता व सेवा तत्त्व की घोर उपेक्षा की जाती है।
- मंत्रिमंडल का निर्माण करते समय यह ध्यान रखा जाता है कि सभी जातियों को प्रतिनिधित्व प्राप्त हो जाए।
- जातियां सरकार की निर्णय प्रक्रिया को प्रभावित करती हैं। इसका उदाहरण है अनुसूचित जातियों के लिए आरक्षण, मंडल आयोग द्वारा अन्य पिछड़े वर्ग के लिए आरक्षण का क्रियान्वयन।
- प्रशासन में भी आरक्षण के माध्यम से जाति को महत्त्व प्रदान किया गया है।
- राजनीतिक नेतृत्व का जनाधार केवल जातिगत आधार तक ही सीमित है। चुनावों में जाति की राजनीतिक शक्ति को घृणित राजनीति का माध्यम बना दिया है। राजनीतिक दल का जन समर्थन प्राप्त करने के लिए जातिवाद के अतिरिक्त किसी 'वाद' से काम चलता हो जैसे संप्रदायवाद या क्षेत्रवाद तो उन्हें उनका उपयोग करने में रत्तीभर भी संकोच नहीं होगा।

- जातीय संघर्ष से राजनीति के अंतर्गत हिंसा का प्रवेश हो गया है और जाति एक उपलाभ पदावली (catch pharse) बन गई है।

भारतीय राजनीति में जाति की भूमिका

राजनीति पर जाति व्यवस्था का प्रभाव समय व्यतीत होने के साथ-साथ बढ़ रहा है लेकिन जाति व्यवस्था का रूप परिवर्तित होता रहता है। रुडोल्फ के अनुसार, 'भारतीय समाज से जाति व्यवस्था का उन्मूलन नहीं किया जा सकता, भले ही जाति का स्वरूप परिवर्तित होता रहे।' और रुडोल्फ ने इसी को *परंपराओं का आधुनिकीकरण* कहकर पुकारा है। रजनी कोठारी के अनुसार, 'कोई भी समाज तंत्र पूर्णतया नष्ट नहीं हो सकता है। अतः भारतीय समाज की मूल संरचना ''जाति व्यवस्था'' कभी लोप नहीं हो सकती। उन्होंने कहा कि वर्तमान स्थिति में यह सोचना उचित है कि जाति व्यवस्था आधुनिक राजनीति में किस प्रकार का स्वरूप धारण कर रही है तथा जाति प्रधान समाज में राजनीति का स्वरूप कैसा बन गया है।' भारतीय राजनीति को प्रभावित करने में जाति की भूमिका का अध्ययन निम्नानुसार विवेचित किया जा सकता है:

1. **जाति प्रधान राजनीतिक दलों का विकास:** राजनीति के अंतर्गत सफलता प्राप्त करने के लिए जाति प्रधान राजनीतिक दलों का विकास हो रहा है। यह नेता जाति की भावनाओं को उभार कर राजनीतिक लाभ उठाते हैं और उसी के आधार पर चुनाव जीतने का प्रयास करते हैं। उदाहरण, उत्तर भारत में लोकदल पार्टी, बहुजन समाज पार्टी, समाजवादी पार्टी, शिवसेना, राष्ट्रीय जनता दल, मुस्लिम लीग आदि।
2. **जाति के आधार पर चुनाव क्षेत्र में उम्मीदवारों का चयन:** भारत के सभी राजनीतिक दल अपने प्रत्याशियों का चयन करते समय जातिगत आधार पर निर्णय लेते हैं। जिस चुनाव क्षेत्र में प्राय: जिस जाति का बहुमत होता है उसी जाति के उम्मीदवार को वहां खड़ा किया जाता है। 1962, 1970, 1977, 1980, 1984, 1989 के आम निर्वाचनों में जाति की निर्णायक भूमिका रही है।
3. **राजनीतिक दलों द्वारा आरक्षण के माध्यम से हितों को पूरा करने की होड़:** पिछले कुछ वर्षों में दुर्बल वर्गों को आगे बढ़ाने के लिए सभी राजनीतिक दल आरक्षण की सीमा बढ़ाने के लिए प्रयासरत हैं। आरक्षण के माध्यम से राजनीतिक दल जातिगत समूहों को वोट बैंक के रूप में इस्तेमाल करते हैं। इसकी शुरूआत वी.पी.सिंह ने पिछड़े वर्ग को आरक्षण प्रदान कर की। इस घोषणा के बाद देश भर में बड़े पैमाने पर जातीय संघर्ष होने लगे। इस प्रकार 1989 तथा 1990 में मंडल आयोग द्वारा ''अन्य-पिछड़े वर्ग'' को आरक्षण प्रदान करने से भारतीय राजनीति अत्याधिक प्रभावित हुई है। पिछड़ा वर्ग राजनीति मुख्य रूप से राजनीतिक दलों और नेताओं द्वारा चुनावी लामबंदी और उनके बीच समर्थन प्राप्त करने से जुड़ी रही। 2007 में राजस्थान में गुर्जर समाज द्वारा ''अन्य पिछड़े वर्ग'' में शामिल किए जाने की मांग को आंदोलन के रूप में लिया गया था।

4. **मंत्रिमंडल के निर्माण में जातिगत प्रतिनिधित्वः** केंद्रीय एवं राज्यों के मंत्रिमंडलों में विविध जातियों के प्रतिनिधित्व का ध्यान रखा जाता है, जैसे ब्राह्मण, जाट, राजपूत, कायस्थ, हरिजन आदि। जाति को मंत्रिमंडल में उसकी शक्ति के आधार पर प्रतिनिधित्व प्राप्त होता है और इसके आधार पर जनप्रतिनिधियों को सरकार में विविध विभागों का मंत्री बनाए जाने की प्रवृत्ति भारतीय राजनीतिक व्यवस्था का यथार्थ स्वरूप बन गया है।
5. **राजनीति के अंतर्गत पंथनिरपेक्षता को व्यवहार में लाया गया हैः** भारतीय समाजों में धार्मिक सहनशीलता की प्रवृत्ति बढ़ी है क्योंकि कोई भी जाति-समूह पंथनिरपेक्ष सिद्धांत जैसे आधुनिक मूल्य को अपनाए बिना भारतीय राजनीति में महत्त्वूर्ण स्थान प्राप्त नहीं कर सकता। विभिन्न जातियों में पारस्परिक सहयोग के कारण पंथ निरपेक्षता को व्यवहार में अपनाया गया है।
6. **राज्य राजनीति में जातिः** राज्यों की राजनीति के अंतर्गत जाति का निर्णायक भाव स्पष्ट होता है। किसी भी राज्य की राजनीति जातिगत प्रभाव से मुक्त नहीं है। केरल, बिहार, महाराष्ट्र, तमिलनाडु, आंध्र प्रदेश, हरियाणा, राजस्थान राज्यों में जातियां ही मुख्य्य भूमिका निभाती हैं। संजय कुमार ने अपने लेख, "न्यू फेज इन बैकवर्ड कास्ट पॉलिटिक्स इन बिहार 1990-2000" (1991) में लिखा है कि 1995 के विधानसभा चुनाव के अंतर्गत अन्य-पिछड़े वर्गों के सशक्तीकरण का प्रयास किया गया। यादवों ने जनता दल को, जबकि कुर्मियों और कोएरियों ने समता पार्टी को समर्थन प्रदान किया।

राज्यों की राजनीति किसी भी जातिगत प्रभाव से अछूती नहीं होती है। इसका उदाहरण, तमिलनाडु में ब्राह्मण-अब्राह्मण के बीच, आंध्र प्रदेश में कम्मा तथा रेड्डी, केरल में हिंदू-ईसाइयों के मध्य, कर्नाटक में लिंगायत एवं वोक्कलिंगा के बीच, राजस्थान में जाट एवं राजपूतों में, बिहार में, राजपूत-ब्राह्मण-कायस्थ जनजातियों के मध्य संघर्ष आदि। देश के अन्य राज्य जैसे उत्तर प्रदेश में सवर्णों एवं दलितों के मध्य, महाराष्ट्र में ब्राह्मण और मराठा जातियों के मध्य, उड़ीसा में आदिवासी या पिछड़ी जातियों एवं अगड़ी जातियों के मध्य हमेशा संघर्ष रहा है जो राज्य राजनीति को प्रभावित करते हैं। राज्य राजनीति के संबंध में निम्नलिखित तथ्य उभर कर सामने आए हैं:

- जाति ने राज्यों में संगठन के लिए शक्तिशाली आधार प्रदान किया है। रजनी कोठारी के अनुसार, 'यह राजनीति नहीं है जो जाति परस्त हो गई है, बल्कि यह जाति है जो राजनीतिपरस्त हो गई है।' इस प्रकार रजनी कोठारी ने जाति को राजनीति में महत्त्वपूर्ण उत्प्रेरक तत्त्व माना है। ग्रेनविल ऑस्टिन के अनुसार, 'स्थानीय और राज्य स्तर की राजनीति में जाति संघ और समुदाय निर्णय प्रक्रिया को प्रभावित करने में उसी प्रकार की भूमिका अदा करते हैं, जिस प्रकार पश्चिमी देशों में दबाव गुट ।' डॉ. सुभाष कश्यप ने हरियाणा की राजनीति के संदर्भ में लिखा है कि हरियाणा के जनजीवन में *जाति* राजनीतिक दल की अपेक्षा

महत्त्वपूर्ण है। चुनाव के समय वहां यह नारा सुनाई पड़ता है-''जाट की बेटी जाट को, जाट का वोट जाट को।''

- चुनाव में जातिवाद का प्रभाव प्रत्येक क्षेत्र में देखा जाता है जैसे राज्यों की राजनीति में उम्मीदवार का नामांकन, चुनाव का प्रचार-प्रसार, मतदान आदि में जातिवादी भावनाओं को प्रेरित किया जाता है। मतदाताओं को जातिगत भावनाओं के पक्ष में मतदान देने के लिए परिवर्तित किया जाता है।
- जैसे-जैसे आधुनिकीकरण बढ़ता जा रहा है, वैसे-वैसे राज्यों की राजनीति में जातिवाद का प्रभाव बढ़ रहा है। मोरिस जोंस के अनुसार,'राज्य की राजनीति में जैसे-जैसे आधुनिकीकरण एवं समाजीकरण होता जा रहा है तथा शहरीकरण बढ़ता जा रहा है, राज्यों के निवासी प्रतिस्पर्धा की दृष्टि से जातिगत सीमाओं में और अधिक बढ़ते जा रहे हैं।'

जाति की भूमिका का आलोचनात्मक मूल्यांकन

राजनीतिक दलों ने जब जनता को सम्मोहित करने में अपने आपको असमर्थ महसूस किया तब राजनीति का खेल खेलने के लिए नेताओं ने राजनीति में जातिवाद का सहारा लिया। दलित शोषितों के उत्थान की आड़ में जातिवाद को राजनीति का अनिवार्य अंग बना दिया। जातिवाद के कारण जहां राज्य का उद्देश्य जनकल्याण का था उसको बदलकर रख दिया, उसका वास्तविक उद्देश्य विभिन्न जातियों को असंतुष्ट करने का रह गया। राजनीतिक दलों ने जातियों को वोट बैंक के रूप में हमेशा प्रयुक्त किया है।

अत: राजनीति ने समाज व्यवस्था के दोषों को बढ़ावा देकर उसे परस्पर जाति संघर्ष एवं वैमनस्यता की आग में डाल दिया जिस पर राजनीतिक नेता अपने हाथ सेंकते रहते हैं। जातिवाद ने लोकतंत्र की धारणा के विरुद्ध काम किया है। जाति व्यवस्था ने राष्ट्र के एकीकृत स्वरूप के लिए संकट पैदा कर दिया है। फिर भी यह सत्य है कि जाति भारत की सामाजिक संरचना की महत्त्वपूर्ण इकाई है जिसकी उपेक्षा करना आसान नहीं है। आवश्यकता इस बात की है कि जाति के नकारात्मक स्वरूप के स्थान पर सकारात्मक स्वरूप की स्थापना की जाए। रुडोल्फ एवं रुडोल्फ के अनुसार-जाति व्यवस्था ने जातियों के राजनीतिकरण में सहयोग देकर परंपरावादी व्यवस्था को आधुनिकता में ढालने का कार्य किया है। रुडोल्फ के अनुसार, 'अपने परिवर्तित रूप में जाति व्यवस्था ने भारत में कृषक समाज में प्रतिनिधि लोकतंत्र की सफलता तथा भारतीयों की आपसी दूरी कम करके, उन्हें अधिक समान बनाकर समानता के विकास में सहायता दी है।'

भारतीय राजनीति में भाषायी कारक (Language Factor in Indian Politics)

भारतीय राजनीति के अनेक निर्धारक तत्त्वों में से एक भाषा भी है। भारत एक बहुभाषी देश है। यहां अनेक भाषाएं और बोलियां बोली जाती हैं। इनमें से 22 भाषाएं संविधान की 8वीं अनुसूची में शामिल की गई हैं। भाषा लोगों के बीच में संचार का प्रमुख साधन है।

भारत में 1652 से अधिक भाषाएं बोली जाती हैं जिसमें से 63 भाषाएं अभारतीय हैं इसमें से अधिसंख्य आर्य भाषाएं हैं, जो संस्कृत के प्रभाव से उत्पन्न हुई हैं। दक्षिण भारत में द्रविड़ भाषाएं–तमिल, तेलुगु, कन्नड़, मलयालम बोली जाती हैं। जब भारत में इतनी भाषाएं हैं तो किस प्रकार एकीकरण संभव है। भाषा की विविधता भारतीय समाज की अनूठी विरासत है किंतु यही विशेषता तब संकट बन जाती है जब यहां पर बोली तथा लिखी जाने वाली अनेक भाषाओं के कारण लोगों के मध्य द्वेष उत्पन्न होता है। 1950 से 1960 के बीच राजनीति का प्रमुख मुद्दा भाषा ही था।

मुसलमानों के शासनकाल में यहां उर्दू का विकास हुआ, अंग्रेजों के समय में अंग्रेजी का विकास हुआ। इसका परिणाम यह हुआ कि भारतीय भाषाओं का महत्त्व कम हो गया, तथा उन्हें हीन एवं दुर्बल भाषाएं समझा जाने लगा। स्वतंत्र भारत में अंग्रेजी का वर्चस्व बनाए रखा गया तथा हिंदी को राष्ट्रभाषा एवं क्षेत्रीय भाषा तक ही सीमित रखा गया। इस त्रिभाषा सूत्र ने भाषागत राजनीति को जन्म दिया। हिंदी बोलने वाले क्षेत्रों में अंग्रेजी विरोधी आंदोलन चलाए गए तथा दक्षिण भारत में राजनीतिक दलों द्वारा हिंदी विरोधी आंदोलन चलाए गए तथा यह कहा गया कि हिंदी को उन पर जबर्दस्ती थोपा जा रहा है। मुसलमानों ने उर्दू को द्वितीय राजभाषा का दर्जा देने के लिए आंदोलन चलाया और मातृभाषा को छोड़कर मुसलमानों ने उर्दू का मुद्दा लगातार जीवित रखा जब तक भारतीय भाषा के रूप में शैक्षिक पाठ्यक्रम में इसको शामिल न कर लिया जाए। इस प्रकार सांप्रदायिकता के रंग में उर्दू को राजनीतिक नेताओं द्वारा जोड़ा गया।

प्रोफेसर मॉरिस जोंस लिखते हैं, 'क्षेत्रवाद और भाषा के सवाल भारतीय राजनीति के ज्वलंत प्रश्न रहे हैं और भारत के हाल के राजनीतिक इतिहास की घटनाओं के साथ इनका इतना गहरा संबंध रहा है कि अक्सर ऐसा लगता है कि यह राष्ट्रीय एकता की संपूर्ण समस्या है।' भाषागत आधार पर संकुचित भावनाएं, दबाव गुटों का उद्भव और भाषा के आधार पर राज्यों की मांग तथा राजनीतिक आंदोलन राष्ट्रीय एकता के लिए संकट उत्पन्न करते हैं। भाषायी आधार पर समस्त विवादों के निवारण के लिए एक ऐसी संपर्क भाषा की जरूरत है जोकि विभिन्न भाषा-भाषी व्यक्तियों को एकता के सूत्र में बांध सके। राजनीतिक एकता के साथ-साथ भाषा की एकता प्राप्त करना लोकतंत्र के लिए जरूरी है।

भाषा के संबंध में सांविधानिक प्रावधान

भारतीय संविधान के अंतर्गत भाषा एक महत्त्वपूर्ण मुद्दा रहा है। सांविधानिक व्यवस्था में भाषा संबंधी महत्त्वपूर्ण तथ्य अनुच्छेद 343-351 के अंतर्गत हैं जो निम्नांकित हैं–

1. **संघ की भाषा (अनुच्छेद 343):** संघ की राजभाषा हिंदी और देवनागरी लिपि होगी। संविधान के प्रारंभ से पंद्रह वर्ष की अवधि तक शासकीय कार्यों के लिए अंग्रेजी भाषा का प्रयोग होगा, लेकिन संसद 15 वर्ष की अवधि के पश्चात् विधि द्वारा अंग्रेजी भाषा का या अंकों के देवनागरी रूप को शासकीय कार्यों के लिए उपबंधित कर सकेगी।

2. **राजभाषा आयोग और संसद की समिति (अनुच्छेद 344):** राष्ट्रपति संविधान के प्रारंभ के पांच वर्ष पश्चात् तथा उसके बाद आदेश द्वारा एक राजभाषा आयोग गठित करेगा। जो हिंदी भाषा के प्रयोग में अधिकाधिक वृद्धि, अंग्रेजी के प्रयोग को कम करने से संबंधी प्रश्नों पर सिफारिश करेगा। संविधान में राजभाषा आयोग की सिफारिशों पर विचार कर अपना प्रतिवेदन प्रस्तुत करने के लिए संसदीय समिति (भाषा समिति) का प्रावधान किया गया था जिसकी सिफारिशों के आधार पर राष्ट्रपति निर्देश जारी करने का अधिकार रखता है।
3. **प्रादेशिक भाषा (अनुच्छेद 345):** प्रत्येक राज्य के विधानमंडल को यह अधिकार है कि राज्य समस्त सरकारी कार्यों के लिए किसी एक या एक से अधिक भाषाएं स्वीकार कर सकता है, लेकिन जब तक राज्य ऐसा नहीं करता है तब तक अंग्रेजी भाषा का प्रयोग यथावत् होता रहेगा।
4. **एक राज्य द्वारा दूसरे राज्य के मध्य पत्र व्यवहार की भाषा (अनुच्छेद 346):** पत्रादि के संबंध में भाषा वही होगी जो उस समय संघ की राजभाषा अर्थात् शासकीय कार्यों के लिए अधिकृत भाषा होगी। लेकिन यदि दो राज्य समझौते द्वारा हिंदी को पत्रादि की भाषा स्वीकार करना चाहें तो कर सकते हैं।
5. **राज्यभाषा की मांग (अनुच्छेद 347):** किसी राज्य में बोली जाने वाली भाषा के लिए राज्यभाषा बनाए जाने की मांग होती है तो राष्ट्रपति उसकी सिफारिश राज्यभाषा के रूप में मान्यता देने के लिए कर सकता है।
6. **न्यायालय तथा विधेयकों की भाषा (अनुच्छेद 348):** जब तक संसद द्वारा अन्यथा निर्धारित न किया जाए, तब तक उच्चतम एवं उच्च न्यायालयों तथा विधानमंडल की भाषा अंग्रेजी होगी।
7. **भाषा से संबंधित विशेष प्रक्रिया (अनुच्छेद 349):** संविधान के प्रारंभ से पंद्रह वर्ष की अवधि के दौरान प्रयोग की जाने वाली भाषा के लिए कोई विधेयक राष्ट्रपति की पूर्व मंजूरी, जोकि वह भाषा आयोग तथा भाषा समिति के प्रतिवेदन विचार करके देगा, इसके बाद ही संसद में प्रयुक्त किया जा सकता है।
8. **विशेष निर्देश (अनुच्छेद 350):** कोई भी व्यक्ति राज्य में प्रयोग किए जाने वाली भाषा में अपनी व्यथा निवारण के लिए प्रतिवेदन दे सकता है और किसी भी राज्य द्वारा भाषायी अल्पसंख्यक वर्गों के बच्चों को उनकी मातृभाषा में शिक्षा के लिए उचित प्रबंध किया जाएगा और भाषायी अल्पसंख्यक वर्गों से राष्ट्रपति विशेष अधिकारी नियुक्त करेगा।
9. **हिंदी भाषा की समृद्धि (अनुच्छेद 351):** हिंदी भाषा के विकास के लिए संघ सरकार कार्य करेगी और संस्कृत से एवं इसके अलावा अन्य भाषाओं से शब्द ग्रहण करते हुए उसकी समृद्धि सुनिश्चित करेगी। संविधान में राजभाषा के रूप में हिंदी भाषा को मान्यता देते हुए वर्तमान भारतीय संविधान में 22 भाषाएं हैं।

संविधान संशोधन अधिनियम (92वां) 2003 द्वारा 4 भाषाएं जोड़ी गईं–असमिया, बंगला, गुजराती, हिंदी, कन्नड़, कश्मीरी, कोंकणी, मलयालम, मणिपुरी, मराठी, नेपाली, उड़िया, पंजाबी, संस्कृत, सिंधी, तमिल, तेलुगू, उर्दू, डोगरी, मैथिली, संथाली, बोडो आदि।

भारत में राजनीति और भाषा: अंत:क्रिया

भाषा के आधार पर राजनीतिक दलों द्वारा संकीर्ण राजनीतिक हितों को प्रश्रय दिया जाता है एवं भाषा के आधार पर विवाद उत्पन्न होता है जो भारत की राष्ट्रीय एकता को चुनौती प्रस्तुत करता है। भाषा के सवाल पर राष्ट्रीय एकता कहीं खंडित न हो जाए यह डर भारत के लोकतंत्र में साफ रूप से झलकता है जो इस प्रकार है:

1. भाषा के आधार पर राज्यों का पुनर्गठन: भाषावार राज्यों के पुनर्गठन की समस्या भारत में सबसे ज्यादा गंभीर रही है। भाषा के आधार पर राज्य बनाने के लिए स्वतंत्रता के समय कांग्रेस समिति (नेहरू, पटेल) ने मना कर दिया था, लेकिन कांग्रेस कार्य समिति के अध्यक्ष पी.डी. टंडन द्वारा 1951 में भाषा के आधार पर राज्य की मांग की गई थी। इस मांग के आधार पर 1953 में मद्रास राज्य के तेलुगू भाषी क्षेत्रों को अलग कर एक पृथक राज्य आंध्र प्रदेश की स्थापना की गई और 1953 में राज्य पुनर्गठन आयोग की नियुक्ति की गई जिसने *भाषाई और सांस्कृतिक एकरूपता* के आधार पर राज्यों के पुनर्गठन की सिफारिश की और आयोग की सिफारिशों के आधार पर 1956 में भारत के नक्शे के अंतर्गत 14 राज्यों का निर्माण किया गया था। जैसे आंध्र प्रदेश, असम, बिहार, बंबई, जम्मू-कश्मीर, केरल, मध्य प्रदेश, मैसूर, उड़ीसा, राजस्थान, उत्तर प्रदेश, बंगाल आदि।

2. भाषायी राज्यों का विवाद: भाषा के आधार पर 1960 में बंबई में बहुत ज्यादा हिंसा होने पर यह महाराष्ट्र और गुजरात में विभक्त हो गया था। पंजाब भाषा के आधार पर 1966 में पंजाब व हरियाणा में विभक्त हो गया था।

3. भाषागत राजनीति के कारण धरती-पुत्र (The son of the soil): इस धारणा के अंतर्गत राज्य के संसाधनों, रोजगार के अवसरों का प्रादेशिक भाषा-भाषियों के पक्ष में आबंटन तथा अन्य भाषा-भाषियों के प्रति असहिष्णुता की प्रवृत्ति ने भाषागत समुदायों में अंतर्कलह की प्रवृत्ति को जन्म दिया है। जो लोग प्रादेशिक भाषा बोलते हैं, सरकारी व गैर-सरकारी पदों पर उन्हीं को नियुक्त किया जाता है। महाराष्ट्र में शिवसेना ने मलयाली भाषी एवं कन्नड़ भाषी कर्नाटकवासियों का विरोध किया था। इसके अलावा पश्चिम बंगाल में मारवाड़ियों को हटाने की प्रवृत्ति, बैंगलोर में असम-भाषी लोग अपने आप को अल्पसंख्यक समझने लगे, असम में असमगण परिषद् ने गैर आसमियों के विरुद्ध आंदोलन किया, असम में बंगालियों को हटाया गया और भाषा के आधार पर राजनीति में दबाव गुटों का उदय हुआ है।

4. भाषा के आधार पर पिछड़े क्षेत्रों द्वारा अलग क्षेत्र की मांग: भाषा के आधार पर राज्यों के अंतर्गत विशेष क्षेत्र बनाने का आंदोलन तेलंगाना-आंध्र प्रदेश विदर्भ; महाराष्ट्र, सौराष्ट्र-गुजरात, झारखंड-बिहार, उत्तराखंड, बुंदेलखंड-उत्तर प्रदेश, गोरखालैंड-पश्चिम बंगाल, छत्तीसगढ़ मध्य प्रदेश आदि।

5. राज्य सीमा को लेकर विवाद: भाषा के आधार पर राज्य सीमा के अंतर्गत विवाद अरुणाचल प्रदेश और असम, पंजाब और हरियाणा, महाराष्ट्र और कर्नाटक, कर्नाटक और केरल।

निष्कर्ष

भारत की राष्ट्रीय भाषा क्या हो? यह उत्तर ज्यादा कठिन नहीं है परंतु राजनीति के अंतर्गत इसे अपराध की तरह प्रयोग किया जाता है। राधा कृष्णन शिक्षा समिति रिपोर्ट 1949 की सिफारिश के अनुसार विश्वविद्यालय शिक्षा क्षेत्रीय भाषा में होनी चाहिए। लेकिन 1968 में एम.सी. छागला ने उच्च शिक्षा में अंग्रेजी भाषा का ही समर्थन किया था। लेकिन गांधी जी के अनुसार हिंदुस्तानी (हिंदी और उर्दू) भारत की राष्ट्रभाषा होनी चाहिए क्योंकि यह सबसे ज्यादा सरल और समझी जाने वाली भाषा है। भाषा की राजनीति सामान्य और भाषा संबंधी संगठन भाषावाद को बढ़ाने में सहयोग देते हैं। लेकिन भारतीय राजनीति में भाषा के तनाव के आधार पर राजनीतिक स्वार्थों से प्रेरित दलों, समुदायों ने अपना फायदा ज्यादा देखा है और जनता का कल्याण कम देखा है। देश की राजनीति ने राजभाषा के प्रश्न अथवा प्रादेशिक भाषाओं की राजभाषा को चुनौती तथा भाषायी आधार पर राज्यों के पुनर्गठन के मुद्दों का कार्य किया है। बहुभाषी राष्ट्र के रूप में भाषाओं का वैविध्य भारत का अनूठा लक्षण है, जिसे दलीय राजनीति से ग्रस्त राजनीतिक दलों ने परस्पर अंतर्कलह का अभियंत्र बना दिया है।

भारत में भाषा की समस्या इतनी व्यापक और उलझी हुई है कि इसका नकारात्मक स्वरूप ही ज्यादा सामने आता है। जैसे भाषावाद की वजह से न हिंदी और न ही प्रादेशिक भाषाओं का समुचित विकास हो पाया है। देश अंग्रेजी भाषा की गिरफ्त में फंसता ही जा रहा है। सैद्धांतिक रूप से राजकार्य की भाषा हिंदी है लेकिन व्यवहार में अंग्रेजी देश की प्रमुख भाषा बन गई है और स्वभाषा का दर्शन कहीं भी नहीं हो पाता है। भाषा के आधार पर ही उत्तर और दक्षिण भारत दो टुकड़ों में विभाजित हो गया है और उर्दू भाषी क्षेत्र बिहार और उत्तर प्रदेश में इसे दूसरी भाषा का दर्जा दिया गया और शिक्षा के अंतर्गत सर्वमान्य शिक्षा नीति का अभाव बना हुआ है।

भाषायी विवादों का समाधान दुराग्रहों से नहीं होगा, बल्कि सभी राज्यों को समझौता कार्य नीति अपनानी होगी–*त्रिभाषा सूत्र* (हिंदी, अंग्रेजी, क्षेत्रीय भाषा) को पूरी ईमानदारी से लागू करना होगा, अंग्रेजी का प्रयोग सुविधा अनुकूल एवं प्रशासनिक आवश्यकता के अनुसार किया जाना चाहिए। भाषा के प्रश्न को राजनीतिक स्वार्थों से ऊपर उठकर कार्य करना होगा। सरकारी आयोग ने भी भाषा के प्रश्न का राजनीतिकरण करने के विरुद्ध सावधान किया है,

क्योंकि इससे भारतीय जनतंत्र को जड़ से नष्ट करने की संभावनाएं हैं। महत्त्वपूर्ण बिंदु यह है कि भाषा की राजनीति ने राजनीतिक विकास और राजनीतिक एकीकरण के लिए लोकतांत्रिक दायरा प्रदान किया है जहां पर भाषा को थोपा नहीं जा सकता है।

हिंसा की समस्या

भारत के लोकतंत्र को प्रभावित करने वाले नकारात्मक मुद्दे जातीय और सांप्रदायिक हैं जो हिंसा के वातावरण को बढ़ावा देते हैं। भारतीय राजनीति में हिंसा की राजनीति के अंतर्गत आंदोलन जुलूस, रैली, पदयात्रा, उग्र प्रदर्शन, हिंसात्मक आंदोलन, घेराव, तोड़फोड़, अनावश्यक भीड़ इकट्ठी करना आदि महत्त्वपूर्ण भूमिका निभाते हैं। भारतीय कानून व्यवस्था इससे भंग होती है और राष्ट्र की प्रगति में बाधा पहुंचती है तथा जनजीवन अस्त-व्यस्त हो जाता है। सरकार का बहुत समय एवं साधन विपक्ष की रैलियों और आंदोलनों को रोकने व संयमित करने में खर्च हो जाता है। यदि आंदोलन लोकतंत्र को मजबूत करने के लिए हो, तो यह उचित है और यदि यह आंदोलन केवल अपनी शक्ति प्रदर्शित करके सत्ता हथियाने के लिए है या सरकारी कार्यों में रुकावट पैदा करने के लिए हैं तो, यह आंदोलन का नकारात्मक स्वरूप है तथा यह स्वरूप लोकतंत्र को तथा राष्ट्र की एकता को दुर्बल करने में सहायक सिद्ध होता है।

देश में जो हिंसक वारदातें हुई हैं उनके लिए कई बातें जिम्मेदार हैं जो हिंसा के प्रमुख कारण के रूप में मानी जाती हैं। जैसे–

1. **राजनीतिक हिंसा एवं गुंडागर्दी:** भारतीय राजनीति का अपराधीकरण हो जाने से बंद, हड़ताल, घेराव, मारपीट, हत्या आदि की घटनाएं आम बात होती गई हैं। एक राजनीतिक दल द्वारा दूसरे राजनीतिक दल के लोगों पर सुनियोजित ढंग से हमला करना, उन्हें कुछ करने से रोकना, उनकी सभाओं में उपद्रव मचाना भारतीय राजनीतिक संस्कृति का अंग बन चुकी है। राजनीति में हिंसा एक समस्या न होकर हिंसा की राजनीति में बदल रही है। निर्वाचन का अर्थ उम्मीदवारों और राजनीतिक दलों की नीतियों पर जनता की राय न होकर, उम्मीदवारों और राजनीतिक दलों के रणकौशल का प्रतीक बनता जा रहा है। निर्वाचन के समय नीतियों व कार्यक्रम के स्थान पर उन्मादी नारे अर्थात् भड़काऊ भाषण दिए जाते हैं। इससे चुनाव में हिंसा का स्वरूप लगातार बढ़ता जा रहा है। कई बार तो चुनावी हिंसा के कारण मतदान निरस्त कर, पुनः मतदान कराना पड़ता है और हिंसा के डर से मतदाता मतदान के लिए भी आने से डरते हैं। यह हिंसा की प्रवृत्ति लोकतांत्रिक प्रक्रिया के लिए घातक है।
2. **सांप्रदायिक व जातीय हिंसा:** भारतीय राजनीति में वोट बैंक की राजनीति प्रचलित है। सभी राजनीतिक दल धर्म, जाति, पिछड़ा वर्ग, अनुसूचित जाति व जनजाति के नाम पर वोट बैंक बनाने का प्रयास करते हैं। परिणामस्वरूप भारतीय समाज में धर्म और जाति का स्वरूप विखंडित हो रहा है और जातीय विद्वेष की

आग चारों तरफ भड़क रही है। जातीय हिंसा का प्रमुख स्वरूप जिन भारतीय राज्यों में देखने को मिला है वह है बिहार, राजस्थान और उत्तर प्रदेश। उत्तर भारत के कुछ शहरों व आंध्र व कर्नाटक में कुछ हिस्सों में सांप्रदायिक स्थिति अच्छी नहीं रही है और मेरठ, अलीगढ़, रांची, धनबाद और हैदराबाद, सांप्रदायिक दृष्टि से सबसे ज्यादा संवेदनशील क्षेत्र रहे हैं। सांप्रदायिक दंगों की शुरुआत 19वीं शताब्दी के उत्तरार्ध में हो चुकी थी। मुस्लिम संप्रदाय के द्वारा गौ वध, ईसाइयों एवं मुसलमानों द्वारा धर्मांतरण आदि से हिंदू सांप्रदायिक भावनाएं संपूर्ण भारत में भड़काई गई थीं। सांप्रदायिक उन्माद को और बढ़ाने वाले मुद्दे थे–समान आचार संहिता अनुच्छेद 370 को समाप्त किया जाना (जम्मू-कश्मीर), बाबरी मस्जिद का तोड़ा जाना।

3. **नक्सलवादी हिंसा:** नक्सलवादियों ने लोकतांत्रिक राजनीति का पूर्ण विरोध करते हुए जन क्रांति पर बल दिया। इसके लिए भूमिहीन मजदूरों को संगठित कर गुरिल्ला युद्ध पद्धति के आधार पर भूमिपतियों के विरुद्ध खूनी संघर्ष किया गया। वर्तमान में आंध्र प्रदेश के तेलंगाना क्षेत्र में "पीपुल्स वार ग्रुप" नक्सलवादी संगठन के रूप में सक्रिय है, तमिलनाडु में तमिल टाइगर्स (लिट्टे) के द्वारा हिंसात्मक घटनाएं, असम में उल्फा व बोडो संगठन द्वारा हिंसात्मक घटनाएं और बिहार व उड़ीसा के कुछ इलाकों में नक्सली संगठनों ने अपना प्रभाव काफी बढ़ाया है।
4. **आदिवासी हिंसा:** असम, उड़ीसा और भारत के उत्तर-पूर्वी क्षेत्रों में रहने वाले आदिवासी लोग इस बात से दुखी हैं कि उनके क्षेत्रों का विकास पूर्ण रूप से नहीं हो पाया है इसीलिए नागालैंड, असम, मिजोरम, त्रिपुरा में यह हिंसक संगठन जबरन धन वसूलने और नागरिकों के साथ हिंसात्मक व्यवहार करते हैं।
5. **अलगावादी ताकतें:** भारत के कश्मीर राज्य के अंतर्गत अलगाववादी ताकतें सक्रिय हैं जोकि पाकिस्तान के आई.एस.आई. आतंकवादी संगठन द्वारा समर्थित हैं। प्रमुख अलगावादी संगठन–जम्मू-कश्मीर लिबरेशन फ्रंट, कश्मीर लिबरेशन आर्मी, हिजबुल मुजाहिद्दीन और जमाते तुबला। इन संगठनों द्वारा पूरे देश में हिंसा व दंगों का वातावरण प्रभावी रहता है।

भारत में प्रमुख हिंसक आंदोलन: गुजरात में आंदोलन (1973 में अहमदाबाद बंद का आंदोलन जिसके परिणामस्वरूप हिंसा की व्यापक घटनाएं), बिहार में आंदोलन (झारखंड के आदिवासियों द्वारा पृथक राज्य की मांग को लेकर हिंसक आंदोलन 1989), असम में आंदोलन (बोडो, उल्फा द्वारा पृथक राज्य की मांग और असम में हिंसा का माहौल), पंजाब में आंदोलन (अकाली दल द्वारा धार्मिक और राजनीतिक मांगों को लेकर हिंसात्मक गतिविधियां), गोरखा आंदोलन (दार्जिलिंग में रहने वाले गोरखाओं ने पृथक राज्य के लिए हड़ताल व हिंसा का सहारा लिया था।)

निष्कर्ष

हिंसा के वातावरण से राष्ट्र कमजोर हो रहा है। लोकतंत्र के नाम पर अराजकता का माहौल सर्वत्र फैल रहा है। हिंसात्मक आंदोलन को बढ़ावा देने में धार्मिक दल, जातीय दल, राजनीतिक दल प्रमुख भूमिका निभाते हैं। हिंसा की समस्या पर नियंत्रण रखने के लिए प्रमुंख सुझाव–राजनीतिक दलों में लोकतंत्र की भावना का विकास करना जरूरी है। इसके लिए उनका शुद्धिकरण करना आज की प्रथम आवश्यकता है और उनको अपने आपको इस प्रकार परिवर्तित करना है कि जनता और राजनेता दोनों के बीच पारदर्शिता आ पाए। युवा पीढ़ी को नैतिक शिक्षा या व्यावहारिक शिक्षा दी जाए जिसमें हिंसक गतिविधियां, एवं आतंकवादी गतिविधियों को रोकने के उपाय शामिल हो। संचार माध्यमों द्वारा जनता को हिंसा से सचेत व सावधान रहने के प्रभावी उपाय किए जाने चाहिए। सरकार द्वारा आर्थिक स्थिति में सुधार किया जाए जिससे जनता में असुरक्षा का वातावरण समाप्त हो सके। सरकार द्वारा जन आंदोलन से पहले ही राज्यों की उचित मांगों को स्वीकार कर लेना चाहिए और हिंसक तत्त्वों से बड़ी सख्ती से निपटा जाए। इसके लिए प्रशासन और पुलिस को हमेशा सचेत रहने की जरूरत है और आम जनता भी हिंसा से निपटने के लिए सजग रहे।

संदर्भ

1. Kohli, Atul, (ed.), *The Success of India's Democracy*, Foundation Books: New Delhi 2002.
2. Basu, Durga Das, *Introduction to the Constitution of India*, Prentice Hall: New Delhi, 1998.
3. Austin, Granvile, *The Indian Constitution-Corner Stone of Nation*, Clarendon Press: Oxford, 1966.
4. Mohanty, M., (ed.), *Class, Caste and Gender*, Sage Publication: Delhi, 2004.
5. Chatterjee, Partha, (ed.), *State and Politics in India*, Oxford University Press: New Delhi, 2007.
6. Brass, Poul R., *Caste Function and Party in Indian Politics*, Chanakya Publications, Delhi, 1985.
7. Kothari, Rajni, *Caste in Indian Politics*, New Delhi: Orient Longman Delhi, 1970.
8. Kothari, Rajni, *Politics in India*, New Delhi: Orient Longman, Delhi, 1970.
9. Loyd, Rudolph, and Susanne Hoeber, Rudolph, *The Modernity of Political Tradition: Political Development in India*, University of Chicago Press, Chicago, 1967.
10. Shukla, Subhash, *Issues in Indian Polity*, Anamika Publisher: New Delhi, 2008.
11. Thorat, S. Hindu Serial order and Caste System and Human Rights of the Dalits.
12. Chandra, Bipan, *India After Independence*, Viking: New Delhi, 1999.

13. Jones, W. H. Morris, *The Government and Politics of India*, B. I. Publications Ltd., 1984.
14. नेहरू, जवाहर लाल, *दि डिस्कवरी ऑफ इंडिया*, ऑक्सफोर्ड यूनिवर्सिटी प्रेस: लंदन, 1956।
15. चंद्र, विपिन, *आधुनिक भारत में सांप्रदायिकता*, दिल्ली विश्वविद्यालय, नई दिल्ली, 1996.
16. कश्यप, सुभाष, *दल-बदल की राजनीति*, 1971.
17. मूल संविधान का 92वां संविधान संशोधन विधेयक 2003 द्वारा शामिल भारत 2004, प्रकाशन विभाग, सूचना एवं प्रसारण मंत्रालय, भारत सरकार।
18. भारत का संविधान, विधि और न्याय मंत्रालय, भारत सरकार, 2005.

25

विकास प्रक्रिया एवं विदेश नीति

विकास एवं विदेश नीति का आपस में गहरा संबंध है। विकास विदेश नीति को प्रभावित करता है और विदेश नीति विकास की दिशा व गति को। महत्त्वपूर्ण बात यह है कि एक सशक्त विदेश नीति का आधार स्वस्थ आर्थिक विकास में देखा जा सकता है। भारत की विदेश नीति भी इसी तथ्य की पुष्टि करती है।

भारत की विदेश नीति और विकास

भारत जैसे एक विकासशील देश के लिए विदेश नीति व विकास का संबंध अति महत्त्वपूर्ण है। जहां एक ओर विकास की आवश्यकताएं देश को एक विशेष विदेश नीति अपनाने के लिए बाध्य करती हैं, वहीं दूसरी ओर, विकास का अभाव विकट समस्याएं उत्पन्न करता है। जनता की अपेक्षाओं को पूरा न करने की स्थिति में सरकारें गिर सकती हैं और कभी-कभी तो राज्य का अस्तित्व ही खतरे में पड़ सकता है। अत: यह कहना उचित होगा कि एक विकासशील देश के लिए आर्थिक विकास सरकार की प्राथमिकता होती है।[1]

लंबे समय तक औपनिवेशिक शासन के अधीन रहने के कारण भारत कृषि व औद्योगिक विकास के क्षेत्र में पिछड़ चुका था। 1947 में देश में चारों ओर गरीबी और भुखमरी व्याप्त थी। अनाज का उत्पादन जनता के भरण-पोषण के लिए पर्याप्त नहीं था। सदियों से चल रहे आर्थिक संसाधनों के औपनिवेशिक निकास (drain of wealth) और बाद में, विभाजन के कारण संसाधनों एवं पूंजी की भारी कमी थी। अंतर्राष्ट्रीय स्तर पर भी हालात चिंताजनक थे। अमेरिका तथा सोवियत संघ के नेतृत्त्व में विश्व दो खेमों में बंटा हुआ था जिसके मध्य भीषण ''शीत युद्ध'' (cold war) चल रहा था। इन परिस्थितियों में भारत को एक ऐसी विदेश नीति की आवश्यकता थी जो उसकी विकास की जरूरतों को पूरा तो करे परंतु भारतीयों की भावनाओं व स्वतंत्रता संग्राम के दौरान की गई कुर्बानियों की कद्र करते हुए अंतर्राष्ट्रीय वास्तविकताओं के संदर्भ में राष्ट्रीय हित में हो। उपरोक्त दृष्टि से भारत की विदेश नीति के लिए नेहरू को ''गुटनिरपेक्षता'' की नीति उपयुक्त लगी।

1. गुटनिरपेक्षता की नीति: सितंबर 1946 को राष्ट्र को संबोधित करते हुए पं. नेहरू ने स्पष्ट किया 'हम, जहां तक हो सके, ऐसे समूहों के शक्ति संघर्ष से दूर रहना चाहते हैं जो एक-दूसरे के खिलाफ गुटबंदी करते हैं और जिनके कारण इतिहास में दो विश्व युद्ध

कुसुम लता चड्ढा, एसोसिएट प्रोफेसर, पी.जी.डी.ए.वी. कॉलेज, दिल्ली विश्वविद्यालय

हो चुके हैं और जो भविष्य में, इनसे भी भयंकर युद्ध करवा सकते है।'[2] अतः यह कहना गलत नहीं होगा कि गुटनिरपेक्षता की नीति को अपनाने के पीछे एक प्रमुख कारण था देश के सीमित साधनों को युद्ध में व्यय करने के बजाय देश के विकास के लिए सुरक्षित रखना।

यहां यह तथ्य विचारणीय है कि विकासशील देशों के लिए, जिनमें भारत भी शामिल है, सैन्य-क्षमता का विकास व आर्थिक विकास, साथ-साथ संभव नहीं है। सैनिक तैयारी के लिए विशेष प्रकार के समान (goods) एवं सेवाओं (services) की आवश्यकता पड़ती है जो आर्थिक विकास के लिए उपयुक्त नहीं। उदाहरण के लिए, इस्पात एवं सीमेंट, रक्षा संबंधी निर्माण के लिए आवश्यक हैं परंतु यदि इनका सनिक उद्देश्यों के लिए प्रयोग हो तो ये रेलवे तथा बांध बनाने के लिए उपलब्ध नहीं होंगे। इस संदर्भ में रक्षा मामलों के विशेषज्ञ श्री खेड़ा ने सही कहा है, '1940-50 के दशक में भारत को अपनी सीमाओं को हर ओर से सुरक्षित रखने के लिए एक विकसित देश जितने संसाधनों की आवश्यकता थी।'[3] अतः युद्ध से स्वयं को दूर रखने की विदेश नीति ही भारत के लिए उपयुक्त थी।

2. सैन्य क्षमता बनाम आर्थिक विकास: विदेश नीति का प्रयोग विकास की आवश्यकताओं की पूर्ति के लिए भी किया जाता है। विकास की दिशा की स्पष्टता विदेश नीति की दिशा भी स्पष्ट करती है। पं. नेहरू इस बात से अनभिज्ञ नहीं थे तथा जल्दी से जल्दी विकास की रणनीति के विषय में निर्णय लेने के हक में थे। उनका कहना था: 'अंततः विदेश नीति आर्थिक नीति का परिणाम होती है और जब तक भारत अपनी आर्थिक नीति के बारे में स्पष्ट नहीं होगा तब तक उसकी विदेश नीति भी अस्पष्ट, अपूर्ण व दिशाहीन रहेगी।'[4] अतः स्वतंत्रता प्राप्ति के बाद भारत ने नियोजित विकास (planned development) की नीति को अपनाया जिसमें प्रथम पंचवर्षीय योजना (First Five Year Plan) में भारी उद्योगों की स्थापना का लक्ष्य रखा गया। इस लक्ष्य-निर्धारण के साथ ही भारत की विदेश नीति की दिशा को भी कुछ स्पष्टता मिली।

3. विकास के लिए अंतर्राष्ट्रीय सहयोग की आवश्यकता: 1949 में भारत की अमेरिका से दोस्ती की पेशकश मुख्य रूप से उसकी आर्थिक आवश्यकताओं का परिणाम थी। देश के आर्थिक विकास को आधार प्रदान करने के उद्देश्य से भारी उद्योगों की स्थापना के लिए भारत के पास न तो पूंजी थी और न ही तकनीकी जानकारी। 1940 के दशक में विश्व में अमेरिका ही एकमात्र देश था जो भारत की इस क्षेत्र में सहायता करने में सक्षम था। अतः 1949 में भारत के प्रधानमंत्री पं. नेहरू इसी उद्देश्य से अमेरिका की यात्रा पर गए परंतु अमेरिका ने भारत की सहायता करने से साफ इंकार कर दिया। अमेरिका उन दिनों शीत युद्ध की चपेट में था और उसे साथियों की तलाश थी। उसकी नजर में गुटनिरपेक्षता की नीति एक संदिग्ध तथा ''अनैतिक'' (immoral) नीति थी। अमेरिका के आर्थिक क्षेत्र में सहायता से इंकार करने पर भारत को अपनी प्रथम पंचवर्षीय योजना के लक्ष्यों में भी परिवर्तन करना पड़ा। पंचवर्षीय योजना में कृषि के क्षेत्र में विकास को प्राथमिकता दी गई तथा भारी उद्योगों की स्थापना के लक्ष्य को फिलहाल स्थगित कर दिया गया। अतः एक ओर जहां आर्थिक आवश्यकताओं ने भारत को अमेरिका की ओर मोड़ा वहीं अमेरिका के इंकार ने भारत के आर्थिक लक्ष्यों में परिवर्तन करवाया।

4. विकास की प्राथमिकताः पड़ोसी देशों से मैत्रीपूर्ण संबंधः अपने आर्थिक विकास की प्राथमिकताओं को ध्यान में रखते हुए 1940-50 में भारत की विदेश नीति पड़ोसी देश के साथ संबंध सुधारने की रही। 8 अगस्त, 1949 को भारत-भूटान संधि की गई, जिसके द्वारा भूटान विदेशी मामलों में भारत की सलाह लेने के लिए सहमत हो गया। 3 जुलाई, 1950 को भारत-नेपाल संधि हुई जिसके अंतर्गत किसी "पड़ोसी देश" से गंभीर विवाद की स्थिति में दोनों ने एक-दूसरे को सूचित करने पर सहमति जताई। संधि में वर्णित "पड़ोसी देश" चीन था जो 1 अक्टूबर, 1949 को "साम्यवादी चीन" के रूप में अस्तित्व में आया था। चीन की साम्यवादी सरकार ने सत्ता संभालते ही अपनी पूर्ववर्ती सरकार द्वारा किए गए सीमा समझौतों पर पुनर्विचार करने की घोषणा कर दी। इस घोषणा से भारत सरकार तथा अन्य हिमालय स्थित राज्य आशंकित थे। 7 अक्टूबर, 1950 को चीन ने तिब्बत में सेना भेजकर उस पर कब्जा जमा लिया। भारत अब भी कड़ा रुख अपनाने को तैयार नहीं था। भारतीय जनता के इस अन्याय के विरुद्ध आक्रोश जताने के बावजूद नेहरू सरकार ने चीन के तिब्बत को "मुक्त" (liberate) कराने की कार्यवाही पर मात्र, अफसोस (regret) जताया। बाद में राज्यसभा में तिब्बत पर बहस के दौरान प्रधानमंत्री ने कहा, 'अंततः सवाल संतुलन का है। हमें यह फैसला करना होगा कि हम अपनी सरहदों के विकास पर धन व्यय करें या फिर किसी ऐसे क्षेत्र (sector) पर जिससे हमें तत्काल लाभ मिल सके, मसलन इस्पात या खाद उद्योग।'[5] 1954 में भारत ने तिब्बत के विषय में चीन के साथ "पंचशील समझौता" कर लिया और तिब्बत पर चीन का आधिपत्य स्वीकार कर लिया।

स्वतंत्रता-पूर्व से ही भारत अपने विशाल आकार, गौरवमय अतीत एवं संसाधनों की विविधता एवं विपुलता के आधार पर अंतर्राष्ट्रीय राजनीति में विशेषकर एशिया की राजनीति में, महत्त्वपूर्ण भूमिका एवं नेतृत्त्व की कल्पना करता रहा था। इस क्षेत्र में उसे अपना कोई प्रतिद्वंद्वी भी नजर नहीं आता था। परंतु 1950 के दशक में भारत के पड़ोसी देश चीन ने जिस तेजी से आर्थिक विकास किया, उससे भारत को एक मजबूत चुनौती महसूस हुई।

भारत-चीन संबंधः एशिया के आर्थिक व राजनीतिक नेतृत्व की होड़

चीन की आर्थिक उपलब्धियों की चर्चा न केवल अंतर्राष्ट्रीय जगत में बल्कि भारत में भी होने लगी। इसी दौरान चीन की यात्रा पर गए गांधीवादियों ने प्रशंसा के पुल बांध दिए।[6] प्रेस में भी चीन तथा भारत की तुलना होने लगी।[7] बहस का विषय यह था कि विकासशील देश के लिए चीन का साम्यवादी मॉडल बेहतर है या फिर भारत का समाजवादी-लोकतांत्रिक मॉडल? स्वयं पं. नेहरू अपने चीन के दौरे पर उसके बहुमुखी विकास से प्रभावित हुए बिना नहीं रह सके। उनकी जीवनी-लेखक प्रोफेसर माइकल ब्रीचर का तो यहां तक दावा है कि 1955 में आवडी के कांग्रेस अधिवेशन में "समाजवादी समाज के निर्माण" (socialistic pattern of society) की घोषणा के पीछे यही अनुभव रहा होगा।[8]

त्वरित आर्थिक विकास ने चीन की विदेश नीति का स्वरूप आक्रामक बना दिया। चीन तथा भारत के बीच एशिया के नेतृत्व की होड़ स्पष्ट दिखने लगी। 1954 से ही चीन लगातार भारत की सीमाओं का उल्लंघन करता रहा था। 1955 के बांडुंग अफ्रो-एशियाई सम्मेलन में पं. नेहरू द्वारा चीन के प्रधानमंत्री चाऊ इन-लाई का परिचय करवाना भी चीन को अखर रहा था। 1959 में तिब्बत से बौद्ध धार्मिक नेता दलाई लामा के भारत में शरण लेने से भारत-चीन संबंध और भी बिगड़ गए। फिर भी भारत सरकार लगातार बातचीत द्वारा हल निकालने पर बल देती रही। 1960 में बातचीत में गतिरोध उत्पन्न हो गया और 1962 में चीन ने भारत पर आक्रमण कर दिया। इस युद्ध के विषय में प्रोफेसर बारबरा वार्ड की राय है कि इस ''आक्रमण का उद्देश्य भारत के आर्थिक मर्मस्थल को आहत करना था'' ("the attack was aimed at the economic heart of India.")[9] चीन अब एशिया का सबसे शक्तिशाली देश था। नेपाल, भूटान, सिक्किम, बर्मा एवं श्रीलंका अब उसकी दोस्ती को आतुर थे। भारत-चीन वैमनस्य को अब ये सभी देश अपने पक्ष में भुनाने में समर्थ हो गए।

उपमहाद्वीप में शीत युद्ध का प्रसार: भारत-सोवियत संघ मित्रता की शुरूआत

साम्यवादी चीन के शक्तिशाली होने का अर्थ था एशिया क्षेत्र में शीत युद्ध की बिसात में सोवियत संघ का पक्ष मजबूत होना। शक्ति संतुलन स्थापित करने के उद्देश्य से अमेरिका ने पाकिस्तान में दिलचस्पी दिखानी शुरू कर दी। 1955 में पाकिस्तान अमेरिका के नेतृत्त्व में गठित दक्षिण-पूर्वी एशियाई सैनिक संधि (South East Asian Treaty Organisation, SEATO) सीटो, का सदस्य बन गया। शीत युद्ध अब दक्षिण एशिया में, भारत के द्वार पर था।

शीत युद्ध जनित विवशता एवं ''समाजवादी समाज के निर्माण'' संबंधी कांग्रेस पार्टी की घोषणा ने सोवियत संघ का ध्यान भारत की ओर खींचा। कट्टरपंथी रूसी नेता स्टालिन की 1953 में मृत्यु के बाद ख्रुशचेव के नेतृत्व में सोवियत संघ अपेक्षाकृत उदार हो गया था तथा ''शांतिपूर्ण सहअस्तित्व'' व ''विकास के तीसरे रास्ते'' (third road to development) का समर्थक बन गया था। इन बदली परिस्थितियों में रूस के लिए गैर साम्यवादी गुटनिरपेक्ष भारत के साथ संबंध स्थापित करना आसान हो गया। 1955 में रूसी नेता भारत की यात्रा पर आए। वे कश्मीर भी गए जिससे विश्व को और विशेषकर पाकिस्तान को, यह संदेश गया कि सोवियत संघ कश्मीर को भारत का अभिन्न अंग स्वीकार करता है। रूस ने भारत में पहले इस्पात कारखाने की स्थापना में सहायता दी और आसान शर्तों पर कर्ज भी दिया। इस प्रकार भारत में विकास की एक महत्त्वपूर्ण आवश्यकता की पूर्ति के साथ भारत-सोवियत मित्रता का सूत्रपात हुआ। दूसरी ओर सोवियत संघ की सहायता के आश्वासन पर द्वितीय पंचवर्षीय योजना में भारी उद्योग स्थापित करने का लक्ष्य रखा गया।

1. भारत-रूस मैत्री और भारत में ''समाजवादी'' कार्यक्रम: भारत-रूस मित्रता में प्रगाढ़ता के साथ-साथ घरेलू आर्थिक नीति में भी परिवर्तन देखे गए। 1969 में भारत

की प्रधानमंत्री श्रीमती इंदिरा गांधी के तथाकथित ''समाजवादी'' कार्यक्रमों का कांग्रेस पार्टी के कुछ सदस्यों द्वारा घोर विरोध हुआ तथा कांग्रेस में फूट पड़ गई। इंदिरा गांधी के नेतृत्व में बनी कांग्रेस पार्टी की सरकार अब निर्विरोध ''समाजवादी'' कार्यक्रम लागू करने लगी। 1969 में चौदह बैंकों का राष्ट्रीयकरण हुआ तथा 1970 में रियासतों के राजाओं को दिए जाने वाले प्रीवी पर्स (Privy Purse) अर्थात्, पेंशन, समाप्त कर दिए गए। न्यायालय के द्वारा रुकावटें खड़ी करने पर संवैधानिक संशोधन किए गए। फूट के कारण कमजोर होने की बात को झुठलाते हुए मार्च 1971 के मध्यावधि चुनाव में इंदिरा गांधी के नेतृत्व में कांग्रेस पार्टी ने ''गरीबी हटाओ'' के नारे पर 2/3 सीटों के बहुमत से जीत हासिल की।

2. भारत-सोवियत मैत्री संधि: 1971 भारत-सोवियत मित्रता के लिए भी महत्त्वपूर्ण वर्ष था। अगस्त 1971 में भारत-सोवियत सहयोग का चरम-बिंदु ''भारत-सोवियत मैत्री संधि'' (Indo-Soviet Friendship Treaty) थी जिसके एक अनुच्छेद में अप्रत्यक्ष रूप से सैनिक सहायता का भी प्रावधान था। संधि के नौंवे अनुच्छेद में यह कहा गया था कि ''किसी तीसरे देश के'' दोनों देशों में से किसी एक पर आक्रमण करने की स्थिति में, दोनों देश उस तीसरे देश को मदद पहुंचाने से परहेज (abstain) करेंगे। इसी प्रकार दोनों में से यदि किसी भी देश पर आक्रमण हो अथवा उसका खतरा हो, तो दोनों पक्ष तत्काल आपसी सलाह मशविरा (immediate mutual consultation) कर उस खतरे को दूर करने के लिए समुचित प्रभावी कदम उठाकर अपने देशों में शांति व सुरक्षा सुनिश्चित करेंगे।[10] यह संधि तत्कालीन पूर्वी पाकिस्तान (अब बांग्लादेश) की परिस्थितियों के संदर्भ में भारत व पाकिस्तान के बिगड़ते संबंधों के परिप्रेक्ष्य में की गई थी। दिसंबर 1971 में भारत तथा पाकिस्तान के मध्य युद्ध में इसी संधि के कारण अमेरिका पाकिस्तान की ओर से युद्ध में शामिल नहीं हुआ और भारत को अभूतपूर्व विजय प्राप्त हुई।

युद्ध में विजय अंतर्राष्ट्रीय समुदाय की नजर में किसी देश को कुछ समय के लिए शक्तिशाली बना सकती है परंतु यह प्रतिष्ठा तभी तक कायम रहती है जब तक वह देश आर्थिक रूप से भी मजबूत रहे। 1971 में पाकिस्तान को हरा कर भारत की साख बढ़ गई थी। पाकिस्तान के अस्तित्व को लेकर ही अब प्रश्न उठाने लगे थे। अमेरिका ने पहली बार उपमहाद्वीप में अपनी नीति पर पुनर्विचार किया और भारत से मित्रता की पेशकश की। अमेरिका के राष्ट्रपति निक्सन ने आरंभिक विचार-विमर्श के लिए अपने विदेश सचिव, हेनरी किसिंजर को भारत भेजा। परंतु भारत इस पहल का अपनी बिगड़ती आर्थिक स्थिति के कारण लाभ नहीं उठा सका।

बिगड़ती आर्थिक स्थिति और भारत की अंतर्राष्ट्रीय साख पर प्रभाव

1970 के दशक में भारत भीषण आर्थिक संकट से जूझ रहा था। बांग्लादेशी विस्थापितों को शरण देने, युद्ध के खर्चे तथा लगभग 90,000 पाकिस्तानी युद्धबंदियों के रख-रखाव में भारत की अर्थव्यवस्था चरमरा गई थी। इस दौरान दो सालों तक लगातार फसल भी खराब रही। अंतर्राष्ट्रीय तेल संकट ने भी भारत की अर्थव्यवस्था को प्रभावित किया। आर्थिक वंचनाओं ने जनता को सरकार के खिलाफ कर दिया। गुजरात में छात्र आंदोलन

के रूप में शुरू होकर समाजवादी नेता जय प्रकाश नारायण के आह्वान पर यह "संपूर्ण क्रांति" (Total Revolution) का आंदोलन बनकर तेज़ी से पूरे देश में फैलने लगा। भ्रष्ट सरकारों से इस्तीफे की मांग कर रहे इस आंदोलन ने कांग्रेस सरकारों की नींदें हराम कर दी। परिस्थितियों को काबू से बाहर होते देख तत्कालीन केंद्र सरकार ने संविधान के अनुच्छेद 352 का हवाला देते हुए जून 1975 में आंतरिक आपातकालीन स्थिति (emergency) की घोषणा कर दी। मौलिक अधिकारों को स्थगित कर दिया गया तथा विरोधी दलों के सदस्यों को हिरासत में ले लिया गया। मानव अधिकारों का भी उल्लंघन हुआ। इन सारी स्थितियों के कारण भारत एवं अमेरिका की दोस्ती की शुरुआत अच्छी नहीं रही। इस मित्रता की पहल करने वाले राष्ट्रपति निक्सन को डेमोक्रेटिक पार्टी के कार्यालय, वाटरगेट भवन, में असंवैधानिक तरीके से जासूसी करने के आरोप के सिद्ध होने पर वाटरगेट मामले (Watergate Scandal) में इस्तीफा देना पड़ा। उनके विरोधी दल के जिमी कार्टर ने चुनाव "मानव अधिकारों के रक्षक" के रूप में लड़ा और 1976 में विजयी होने पर मानव अधिकारों का हनन करने के आरोप में भारत को आर्थिक सहायता देना भी बंद कर दिया। 1977 में भारत की प्रथम गैरकांग्रेसी सरकार ने "वास्तविक गुटनिरपेक्षता" (genuine non-alignment) की घोषणा कर अमेरिका से पुनः मित्रता की कोशिश की परंतु निराशा हाथ लगी। देश के आर्थिक हालात के संदर्भ में अमेरिका की दोस्ती उन दिनों भारत की जरूरत थी परंतु अमेरिका आर्थिक रूप से कमजोर, गुटनिरपेक्षता की "संदिग्ध" नीति के समर्थक, भारत से दोस्ती का जोखिम नहीं उठाना चाहता था।

1970 के उत्तरार्द्ध से जो भारत का आर्थिक पतन शुरू हुआ वह 1979-80 के दूसरे अंतर्राष्ट्रीय तेल संकट से और भी गंभीर हो गया। देश के अंदर तेल की आपूर्ति के लिए भारत को अपनी विदेशी-विनिमय (foreign exchange) निधि का व्यय करना पड़ा। ऐसी कठिन परिस्थितियों में भारत ने अंतर्राष्ट्रीय मुद्रा कोष International Monetary Fund (IMF) से कर्ज की मांग की परंतु उसकी कठोर शर्तों के कारण अपने हाथ पीछे कर लिए। भारत की अर्थव्यवस्था एक के बाद एक नए संकट से जूझती रही और सरकार कामचलाऊ उपाय करती रही। 1991 में पी.वी. नरसिंह राव की अल्पमत कांग्रेस सरकार ने अंतर्राष्ट्रीय मुद्रा कोष से शर्तों समेत ऋण लेने का निर्णय लिया। अब अंतर्राष्ट्रीय व्यापार के संस्थागत ढांचे में बने रहने तथा देनदारी के संकट से स्थायी रूप से निबटने के लिए भारतीय नेतृत्व को एक नई आर्थिक नीति बनानी पड़ी जिससे वैश्वीकरण (globalization) तथा उदारीकरण (liberalization) की शुरुआत हुई।

वैश्वीकरण एवं आर्थिक कूटनीति का प्रारंभ

वैश्वीकरण एवं उदारीकरण की नीति अपनाने के साथ ही भारत विश्व आर्थिक व्यवस्था का सक्रिय सदस्य बन गया। भारत की विदेश नीति निर्माताओं ने अब आर्थिक कूटनीति (Economic Diplomacy) का रास्ता अपनाया। 1990 से ही एक नए सरकारी विभाग "निवेश प्रचार इकाई" का गठन हो चुका था। इस इकाई का उद्देश्य था देश से संबंधित आर्थिक जानकारी को अंतर्राष्ट्रीय स्तर पर उपलब्ध करवाना तथा भारत के राजनयिक

संस्थानों (Indian Missions) के बीच आर्थिक तथा वाणिज्यिक कार्यवाहियों को समन्वित करना। भारतीय विदेश नीति का झुकाव "दक्षिण-दक्षिण" (South-South) संवाद में भी बढ़ने लगा जिसके जरिए भारत पूर्व एशिया के देशों से मुख्य रूप से आर्थिक सहयोग बढ़ाने लगा। इधर 1991 में शीत युद्ध की समाप्ति तथा सोवियत मैत्री के बंधन से मुक्त होने से भारत के साथ नजदीकी संबंध बनाने के इच्छुक अन्य देशों की हिचकिचाहट भी समाप्त हो गई। अब भारत अंतर्राष्ट्रीय स्तर पर ऐसे क्षेत्रीय संगठनों के करीब आने लगा जो उसे आर्थिक विकास में सहयोग दे सकते थे। इस कड़ी में प्रमुख था दक्षिणी-पूर्वी एशियाई देशों का संगठन "आसियान" (ASEAN, Association of South East Asian Nations)। इसके सदस्य देशों ने 1970-80 में अभूतपूर्व आर्थिक सफलता प्राप्त की थी। इन्हें इसी कारण "एशियन टाइगर्स" (Asian Tigers) के नाम से भी जाना जाता था।

1. पूर्वी एशिया के देशों से मित्रता की पेशकश: 1963 से ही आसियान देशों ने भारत को संगठन में शामिल होने का न्यौता दिया था परंतु भारत ने तब उनका आग्रह अपनी गुटनिरपेक्ष नीति के कारण ठुकरा दिया था, क्योंकि कई आसियान देश अमेरिका के साथ सैनिक संधि के सदस्य थे। बाद में भारत-सोवियत मैत्री के कारण ये देश भी भारत से दूर रहे। भारत के परमाणु शक्ति (1974) बनने के बाद ये देश भारत के इरादों को लेकर सशंकित हो गए। शीत युद्ध की समाप्ति के बाद इन देशों ने देखा कि भारत की उनमें कोई रुचि नहीं है और उसकी सैन्य शक्ति निजी सुरक्षा के लिए है तो उन्होंने भारत की ओर पुनः दोस्ती का हाथ बढ़ाया। 1990 में हिंद महासागर को शांति क्षेत्र बनाए रखने के लिए भारतीय सेना ने "पूर्वोन्मुखी" (Look East) नीति अपनाई तथा इंडोनेशिया, सिंगापुर तथा मलेशिया के साथ संयुक्त नौसेना अभियान चलाए। 1991 में भारत को आसियान का "क्षेत्रक सहयोगी", (Sectoral Partner) बनाया गया। 1992-95 के बीच इंडोनेशिया, सिंगापुर तथा मलेशिया में भारत के प्रधानमंत्री ने दौरा किया। 1995 के अंत में भारत को "वार्ताकार सहयोगी" (Dialogue Partner) का दर्जा हासिल हो गया। इन वर्षों में भारत एवं आसियान देशों के बीच व्यापार 30 प्रतिशत सालाना दर से बढ़ा।[11] 1997 में एशियाई आर्थिक संकट के बाद आसियान देशों ने, चीन, जापान तथा द. कोरिया के साथ मुक्त व्यापार तथा क्षेत्रीय सुरक्षा संबंधी बातचीत शुरू कर दी।[12] बाद में भारत को भी इस बातचीत में शामिल कर लिया गया जिससे भारत का आर्थिक सहयोग का दायरा गैर-आसियान तथा शक्तिशाली दक्षिण-पूर्वी एशिया के अन्य देशों तक विस्तृत हो गया। दिसंबर 2005 में मलेशिया की राजधानी, कुआलालंपुर में संपन्न 'पूर्वी एशिया शिखर सम्मेलन' (East Asian Summit) में भारत के प्रधानमंत्री मनमोहन सिंह शामिल हुए। आसियान देशों ने भारत के साथ सूचना प्रौद्योगिकी (information technology) तथा चिकित्सोपयोगी सहयोग (medical cooperation) के क्षेत्र में कई समझौते किए। यह सम्मेलन आर्थिक दृष्टिकोण से अत्यंत महत्त्वपूर्ण था क्योंकि इसमें आसियान के दस सदस्यों के अतिरिक्त तीन महत्त्वपूर्ण आर्थिक शक्तियां, चीन, जापान तथा दक्षिण कोरिया एवं भारत, ऑस्ट्रेलिया तथा न्यूजीलैंड ने हिस्सा लिया। भारत के लिए यह विदेश नीति एवं व्यापार-दोनों दृष्टियों से विशिष्ट उपलब्धि थी।[13]

2. 'दक्षेस' की स्थापना दक्षिण पूर्वी एशिया में आर्थिक सहयोग की शुरूआत: इसी प्रकार 1985 में गठित दक्षिण एशियाई क्षेत्रीय सहयोग संगठन 'दक्षेस' (SAARC, South Asian Association for Regional Cooperation) भी 1997 से, आर्थिक सहयोग की ओर उन्मुख हुआ है। भारत ने इसमें पहल की है और फरवरी 2006 से कई उत्पादों में सदस्य देशों को व्यापार में रियायत दी है।[14]

3. नई अंतर्राष्ट्रीय अर्थव्यवस्था के संदर्भ में विश्व व्यापार संगठन में भूमिका: क्षेत्रीय आर्थिक सहयोग के अतिरिक्त अंतर्राष्ट्रीय स्तर पर भी आर्थिक क्षेत्र में भारत ने विकासशील देशों के हक की मांग की है। 1974 में संयुक्त राष्ट्र द्वारा "नई अंतर्राष्ट्रीय अर्थ-व्यवस्था" (New International Economic Order) की घोषणा की गई थी जिसके अंतर्गत अंतर्राष्ट्रीय व्यापार को कम विकसित तथा विकासशील देशों के लिए लाभप्रद बनाने का प्रयास किया गया था। इन्हीं प्रयासों के फलस्वरूप 1995 में विश्व व्यापार संगठन (World Trade Organisation) की स्थापना की गई। भारत ने इस संगठन के विभिन्न सम्मेलनों में महत्त्वपूर्ण भूमिका निभाई है तथा विकासशील देशों के हितों की रक्षा के लिए विकसित देशों को अपने किसानों की "सब्सिडी" समाप्त करने के लिए राजी करवा लिया। इसी प्रकार मजदूरों के बारे में भी तीसरी दुनिया की परिस्थितियों के मद्देनजर भेदभावपूर्ण समझौते नहीं होने दिए। भारत के नेतृत्व में 2003 में बीस विकासशील देशों ने मिलकर G-20 का गठन किया जो अपने हितों की रक्षा के लिए जुझारू रहा है। 2006 में भारत के वाणिज्य मंत्री इस संगठन के सम्मेलन में भाग लेने गए तथा भारतीय हितों को संरक्षित किया।[15]

आर्थिक सुधार और विदेश नीति पर प्रभाव

आर्थिक कूटनीति अपनाने के बाद से ही भारत की अर्थव्यवस्था में सुधार हुआ है। यह सुधार सकारात्मक रूप से इसकी विदेश नीति में भी परिलक्षित हुआ। भारत विदेश नीति में सशक्त निर्णय लेने लगा है। 1991 में भारत ने इराक (जो भारत का मित्र देश था, तथा जिसके तेल पर भारत निर्भर भी था) के कुवैत पर आक्रमण की भर्त्सना की। बाद में भारत ने अमेरिका के द्वारा इराक पर आक्रमण का भी खुलकर विरोध किया। 1998 में भारत ने दूसरा परमाणु परीक्षण (पहला 1974 में था) किया और अमेरिका तथा जापान के विरोध से विचलित नहीं हुआ। दोनों देशों के द्वारा आर्थिक सहायता बंद किए जाने को भी भारत झेल गया।

भारत की विदेश नीति में भी नई व्यावहारिकता (pragmmatism) नज़र आने लगी है। चीन के साथ भारत ने सीमा-संबंधी मुद्दों पर विचार-विमर्श स्थगित कर आर्थिक सहयोग के समझौते किए हैं। 2006 में जहां भारत ने अपनी तेल की जरूरतों को पूरा करने के लिए ईरान-पाकिस्तान-अफगानिस्तान से "पाईप लाइन समझौता" किया वहीं ईरान के नाजायज़ परमाणु कार्यक्रम के विरोध में अंतर्राष्ट्रीय परमाणु ऊर्जा एजेंसी (IAEA) में ईरान के खिलाफ मतदान किया।

भारत-अमेरिका 'वैश्विक साझेदारी': आर्थिक व कूटनीतिक महत्त्व

देश के अंदर ऊर्जा की समस्या को हल करने के लिए भारत ने 2006 में अमेरिका से परमाणु ईंधन संबंधी समझौता किया। आर्थिक विकास के दृष्टिकोण से यह अत्यधिक महत्त्वपूर्ण समझौता है। अर्थशास्त्री यह मानते हैं कि बिजली के उत्पादन तथा विकास में सीधा संबंध है। यदि भारत 10 प्रतिशत की विकास दर का इच्छुक है तो उसे बिजली उत्पादन की विकास दर भी 10 प्रतिशत ही करनी होगी।[16]

इस समझौते को यदि हम भारत की परमाणु नीति के संदर्भ में देखें तो स्थिति और भी स्पष्ट हो जाती है। भारत के परमाणु कार्यक्रम की शुरुआत 1950 में परमाणु ऊर्जा आयोग (Atomic Energy Commission) की स्थापना से हुई। आरंभिक वर्षों में कनाडा ने कोलंबो योजना तथा अमेरिका ने ''शांति के लिए परमाणु'' (atoms for peace) कार्यक्रम के अंतर्गत भारत को परमाणु ईंधन व प्रौद्योगिक (technology) के क्षेत्र में सहयोग दिया, जिसके फलस्वरूप 'साइरस' (CIRUS—Canada India Research United States) की स्थापना हुई है। 1962 के भारत-चीन युद्ध और 1964 में चीन द्वारा परमाणु परीक्षण करने के बाद भारत ने अपनी सुरक्षा की आवश्यकताओं को देखते हुए ''द्वि-उद्देश्यीय परमाणु नीति'' (dual purpose nuclear policy) अपनाई। अब परमाणु शक्ति के ऊर्जा के साथ-साथ सामरिक उद्देश्यों के लिए भी प्रयोग के कार्यक्रम बनाए गए। फलत: 1974 में ''साइरस'' की सुविधाओं का लाभ उठाते हुए भारत ने प्रथम परमाणु परीक्षण किया। अमेरिका ने इसे अपने साथ समझौते का उल्लंघन मानते हुए भारत के तारापुर संयंत्र को ईंधन देना बंद कर दिया। अमेरिकी संसद ने भी भारत को किसी भी प्रकार की परमाणु सहायता बंद कर देने से संबंधित कठोर कानून बनाए। भारत-अमेरिका संबंधों में भी दूरियां आ गईं।

इस पृष्ठभूमि में मार्च तथा जुलाई 2006 में किया गया भारत-अमेरिकी समझौता कई मायनों में ऐतिहासिक है। जुलाई 18, 2006 के अपने संयुक्त वक्तव्य में अमेरिकी राष्ट्रपति, जार्ज बुश एवं भारत के प्रधानमंत्री, श्री मनमोहन सिंह ने ''वैश्विक साझेदारी'' (global partnership) की घोषणा की जिसके अंतर्गत अन्य बातों के अलावा, भारत तथा अमेरिका के बीच ''संपूर्ण नागरिक परमाणु सहयोग'' (full civil nuclear cooperation) की घोषणा की गई। अमेरिका के राष्ट्रपति ने भारत में तारापुर समेत अन्य ''नागरिक परमाणु'' संयंत्रों के लिए ईंधन दिए जाने से संबंधित अमेरिकी संसद से सभी बाधाएं दूर करवा देने का वादा किया एवं परमाणु प्रौद्योगिकी भी उपलब्ध करवाने तथा विश्व के 45 सदस्यीय ''परमाणु आपूर्तिकर्ता समूह'' (Nuclear Suppliers Group, NSG) में अपने सहयोगियों को इसी प्रकार का समझौता करने के लिए प्रेरित करने का वचन दिया है। अमेरिका ने भारत को एक ''जिम्मेदार परमाणु शक्ति'' (Responsible Nuclear Power) कहकर उसे परमाणु अस्त्र रखने वाले राज्य (Nuclear Weapon State) का भी दर्जा दे दिया है जो भारत को अन्य परमाणु अस्त्र रखने वाले देशों की तरह ही अंतर्राष्ट्रीय सुविधाएं प्राप्त करने में मदद पहुंचाएगा।[17]

जवाब में भारत ने अपने "सामरिक" (military) परमाणु संयंत्रों को "नागरिक" संयंत्रों से पृथक करने की प्रतिबद्धता व्यक्त की है। भारत अपने "नागरिक" संयंत्रों को अंतर्राष्ट्रीय परमाणु ऊर्जा आयोग (IAEA) की निगरानी में रखने को तैयार है तथा इससे संबंधित एक अतिरिक्त संलेख (Additional Protocol) पर हस्ताक्षर करेगा।[18]

"नागरिक" व "सैनिक" संयंत्रों में अंतर करने से (क) भारत "अप्रसार" के लिए प्रतिबद्ध होगा, तथा (ख) अमेरिका "अप्रसार संधि" (NPT) के अनुच्छेद 1, जिसके अंतर्गत परमाणु अस्त्र निर्माण कार्यक्रम में सहयोग देने की मनाही है, से बच जाएगा।

हालांकि इस समझौते को आर्थिक आधार पर सराहा जा रहा है किंतु यह भारत के लिए आर्थिक से अधिक कूटनीतिक जीत है जो तीस सालों से चले आ रहे भारत-अमेरिका संबंधों को सुधारने की दिशा में महत्त्वपूर्ण कदम है। अमेरिका में भारतीय राजदूत ललित मानसिंह के अनुसार; 'भारत-अमेरिका परमाणु सौदा एक महत्त्वपूर्ण उपलब्धि है। न केवल यह भारत की गहराती ऊर्जा समस्या का एक स्थायी हल है बल्कि यह भारत को एक परमाणु राज्य के रूप में मान्यता प्रदान करता है। इस प्रकार यह भारत के विरुद्ध कई दशकों से चले आ रहे, परमाणु अलगाववाद तथा प्रौद्योगिकी की वंचना को दूर कर देगा।'[19] *सेमिनार* पत्रिका में लिखते हुए ललित मानसिंह भारत-अमेरिकी समझौते के दस लाभ बताते हुए इसे भारत-अमेरिका संबंधों में एक मील का पत्थर मानते हैं।[20]

इस समझौते के विषय में पर्यावरणविदों एवं भारत के वैज्ञानिक समुदाय ने आशंकाएं जताई हैं। परमाणु ऊर्जा से भारत की ऊर्जा समस्या का तो हल हो सकेगा किंतु परमाणु ऊर्जा के उत्पादन से जो कूड़ा, अपशिष्ट (waste) बचेगा उसका क्या होगा? यह प्रश्न पर्यावरणविदों के साथ-साथ विकास के समर्थकों के लिए भी ध्यान देने योग्य है। "संपोषक विकास" (Sustainable Development) के संदर्भ में इस पर विचार होना अभी बाकी है।

जहां तक भारत की अमेरिका पर अतिनिर्भरता की बात पर वैज्ञानिक समुदाय की आशंका थी, उसे सरकार ने रूस के साथ कच्चा माल समझौता कर दूर कर दिया है। अब भारत रूस एवं अमेरिका दोनों से ही कच्चा माल प्राप्त करने की स्थिति में है।

निष्कर्ष

उपरोक्त वर्णन से यह स्पष्ट हो जाता है कि विकास एवं विदेश नीति का घनिष्ठ संबंध है। भारत द्वारा "गुटनिरपेक्ष" विदेश नीति अपनाने के पीछे, उसके आरंभिक वर्षों में अमेरिका से घनिष्ठता के प्रयास, 1950 के उत्तरार्द्ध से भारत-रूस मित्रता-सभी के आधार में आर्थिक विकास था। इसी प्रकार भारत की घरेलू आर्थिक नीति का "समाजवादी" दौर काफी हद तक भारत-रूस मित्रता से प्रभावित था। 1990 के दशक से "वैश्वीकरण" ने आर्थिक एवं विदेश नीति के अंतर को धूमिल कर दिया है। अब "शुद्ध" कूटनीति एवं "शुद्ध" आर्थिक नीति जैसी कोई स्थिति नहीं है। विदेश नीति और आर्थिक नीति अब एक दूसरे में समाविष्ट हैं।

संदर्भ

1. Misra, K. P., *Foreign Policy and its Planning*, New York, 1970, p. 5.
2. Nehru, Jawaharlal, ''Future taking shape'', *Indian Foreign Policy: Selected speeches 1946–April 1961,* Publications Division: Delhi, 1961, p. 2.
3. Khera, S. S., *India's Defence Problem,* Bombay, 1968, p. 210.
4. Nehru, Jawaharlal, ''Non-alignment'', Speech in Constituent Assembly (Legislative), 4 Dec, 1947, op cit, p. 24.
5. *Ibid*, ''A long term Problem'', statement in Rajya Sabha, 8 Dec, 1959, p. 378.
6. Arora, S. K., "Indian Attitudes towards China", *International Journal*, Winter 1958–59.
7. "India will try out Chinese Methods in Agricultural Production", *Times of India*, 3 Nov 1958, p. 1; "Cultivation of Rice: Chinese way to be tried", *Ibid*, 24 Feb, 1959, p. 10; ''Studies of Chinese Methods of Steel Production'', *Ibid;* 4 March, 1959, p. 6.
8. Brecher, Michael, *Nehru: A Political Biography,* London, 1959, p. 254.
9. Reported in S.K. Arora, *op cit*; p. 59.
10. Appendix-I, *Indo-Soviet Relations: Prospects and Problems,* Institute of Asia Pacific Studies, Patriot Publishers: New Delhi, 1991, p. 218.
11. Singh, Swaran, "India and the ASEAN Regional Forum", *Hindustan Times,* New Delhi, 16 August, 1996.
12. Pannu, S. P. S., "India for concrete steps to double trade', *Hindustan Times,* 27 August, 1997.
13. 'Asean Games' (ed) Ibid; 16 December, 2005.
14. Narsalay, Raghav, "SAFTA–Real Time Opportunity", Business Associate Feature, *Business Standard,* New Delhi 30 January, 2006.
15. "Ladoos and jalebis for Kamal Nath", *Ibid*; 22 December, 2005.
16. Arunachalam, V. S., "This ain't no rocket science", *Hindustan Times,* 12 February, 2006.
17. Details of the Agreement based on CRS Report for Congress received by CRS Web, *Congressional Research Service,* 3 March, 2006
18. CRS Report, *op cit.*
19. *India Today*, 6 March, 2006.
20. Mansingh, Lalit, 'The Nuclear Dual and Beyond', *Seminar* 560, April 2006, pp. 20-24.

26

भारत और मानव अधिकार

राजनीति और अधिकारों का गहरा संबंध है। अधिकार जो राजनीतिक, आर्थिक, सामाजिक एवं सांस्कृतिक श्रेणियों में विभाजित हैं। पर इन सब को एक साथ जोड़कर अगर समझा जाए तो मानव अधिकारों को समझा जा सकता है। राजनीतिक अधिकारों का दृष्टिकोण मानवीय मूल्यों अर्थात् स्वतंत्रता, समानता तथा जीवन पर अधिक बल देता है।

मानवाधिकारों का इतिहास बहुत लंबा है। मानवाधिकारों की आवश्यकता व इसकी उपयोगिता के साथ-साथ मानवाधिकारों के औचित्य को लेकर जो भी चर्चा हुई उसने बुद्धिजीवियों व राष्ट्रों को दो भिन्न-भिन्न विचारधाराओं में बांट दिया।[1]

जर्मन दार्शनिक इमैन्युअल कांट ने मानव अधिकारों को समझने के लिए[2] अधिकारों की त्रिकोणमितीय संरचना को प्रतिपादित किया है:

–नागरिक अधिकार

–अंतर्राष्ट्रीय अधिकार

–समजातीय अधिकार

कांट के अनुसार लोगों के पास अधिकार इसलिए हैं क्योंकि वे धरती पर एक साथ रहते हैं। यह स्पष्ट रूप से कांट के मानव जाति के एकीकरण के विचार को प्रदर्शित करता है। ''अधिकार'' शब्द को परिभाषित करते हुए हैरोल्ड लास्की ने कहा है, 'अधिकार मानव जीवन की ऐसी परिस्थितियाँ हैं जिनके बिना सामान्यतया कोई व्यक्ति अपने व्यक्तित्व का पूर्ण विकास नहीं कर सकता है।' अत: यह तर्कसंगत है कि ऐसे अधिकार जिनके बिना एक मानव अपने व्यक्तित्व के पूर्ण विकास के बारे में सोच भी नहीं सकता जो कि मानव में मानव होने के फलस्वरूप अंतर्निहित है।

अधिकारों की व्याख्या के लिए तीन सिद्धांत प्रस्तुत किए गए हैं: (1) उदारवादी व्यक्तिवादी सिद्धांत, (2) लास्की का सिद्धांत, तथा (3) मार्क्सवादी सिद्धांत। पहले सिद्धांत की तीन प्रमुख अभिव्यक्तियां हैं: (i) लाक का प्राकृतिक अधिकारों का सिद्धांत, (ii) हॉब्स-आस्टिन का वैधानिक सिद्धांत, तथा (iii) ग्रीन का नैतिक सिद्धांत। लास्की के सिद्धांत में ऐतिहासिक, सामाजिक-कल्याणकारी और लोकतांत्रिक-समाजवादी दृष्टिकोणों का समन्वय है। अधिकारों के मार्क्सवादी सिद्धांत में द्वंद्वात्मक, ऐतिहासिक भौतिकवादी, क्रांतिकारी और सर्वहारावर्गीय व्याख्या प्रस्तुत की गई है।

श्रुति शर्मा, असिस्टेंट प्रोफेसर, मिरांडा हाउस कॉलेज, दिल्ली विश्वविद्यालय

मार्क्स का मत है कि अधिकारों का वर्ग-संघर्षों के माध्यम से क्रमशः विकास हुआ है। यूनानी नगर-राज्यों, रोम के साम्राज्य, मध्ययुगीन यूरोपीय राज्यों में ये कुलीन, दासों के स्वामी, अभिजातवर्गीय नागरिकों तक सीमित थे। सोलहवीं सदी के बाद यूरोपीय समाज में व्यापारी, औद्योगिक बुर्जुआ वर्ग का उदय हुआ। इंग्लैंड के गृहयुद्ध और फ्रांसीसी-अमेरिकी गणतांत्रिक क्रांतियों के द्वारा बुर्जुआ वर्ग ने क्रमशः आर्थिक, सामाजिक और राजनीतिक सत्ता पर आधिपत्य कर लिया। चूंकि बुर्जुआ क्रांति जनता, मुख्यतः किसानों और शहरी कारीगरों, की मदद से की गई थी, इसलिए इस क्रांति ने जनता के मानवाधिकारों का नारा बुलंद किया।

भारतीय चिंतक कौटिल्य भी आर्थिक अधिकारों के साथ-साथ नागरिक व कानूनी अधिकारों के बारे में विस्तारपूर्वक चर्चा करते हैं। कौटिल्य के अनुसार, 'राजा अनाथ, बूढ़े व बेसहारा लोगों को आर्थिक सहायता प्रदान करेगा तथा साथ ही उन माताओं व उनके बच्चों को भी जीवनयापन हेतु सहायता प्रदान करेगा जो असहाय हैं।'[3] कुछ दार्शनिकों के लिए यह राज्य और राजा के कर्त्तव्य हैं पर साथ ही इस कर्त्तव्य में मानवाधिकारों की झलक भी नजर आती है।

प्राचीन भारत में वेद, पुराण, भगवद्-गीता मानवाधिकारों के लिए आधार प्रदान करते हैं। यहां तक कि अशोक व अकबर ने भारत में मानवाधिकारों की परंपरा को आगे बढ़ाने में सहयोग दिया। प्राचीन भारत में "वसुधैव कुटुंबकम्" और "सबका कल्याण हो" जैसे वाक्य मानवाधिकारों की अवधारणा को प्रदर्शित करते हैं।, परंतु सामान्यतः यह माना जाता है कि मानवाधिकार की अवधारणा का उद्गम पश्चिम में हुआ। 1215 का मैग्नाकार्टा, 1628 का अधिकारों की याचिका, 1888 के अधिकारों के घोषणापत्र, 1791 के अमेरिका के अधिकारों के घोषणापत्र और 1789 के फ्रेंच मानवाधिकारों के घोषणापत्र को अधिकारों को विस्तृत रूप प्रदान करने व सुरक्षा प्रदान करने वाले प्रशासनिक दस्तावेज की तरह लिया गया। परंतु मानवाधिकारों की अवधारणा को पुष्ट करने में सबसे महत्त्वपूर्ण कदम तब उठाया गया जब संयुक्त राष्ट्र द्वारा 10 दिसंबर, 1948 को मानवाधिकारों का सार्वभौमिक घोषणापत्र पास किया गया।[4] परंतु यह कानून द्वारा स्थापित दस्तावेज नहीं था अतः 1966[5] में नागरिक व राजनीतिक अधिकारों तथा सामाजिक व सांस्कृतिक अधिकारों से संबंधित अंतर्राष्ट्रीय समझौते किए गए, जिन्हें 1976 में लागू किया गया। भारत ने इन दोनों समझौतों पर अपने हस्ताक्षर किए हैं।[6] संयुक्त राष्ट्र के पांच प्रमुख विधायी दस्तावेज बने, जिनमें मानवाधिकारों की परिभाषा करके उनकी गारंटी दी गई है; ये हैं: मानवाधिकारों की सार्वभौम घोषणा 1948, आर्थिक, सामाजिक और सांस्कृतिक अधिकारों का अंतर्राष्ट्रीय प्रतिज्ञापत्र (1966), नागरिक एवं राजनीतिक अधिकारों का अंतर्राष्ट्रीय प्रतिज्ञापत्र (1966) और बाद वाले प्रतिज्ञापत्र से संबद्ध दो परिचालक, यानी ऑपरेशनल समझौते (प्रोटोकोल), यह घोषणापत्र मूल रूप से नैतिक अधिकार पत्र हैं। ये प्रतिज्ञापत्र भी ऐसी संधिया हैं, जो उन देशों के लिए अनिवार्य हैं, जिन्होंने इनका अनुमोदन किया है। मानवाधिकारों पर अंतर्राष्ट्रीय विधेयक इन सबको मिलाकर संयुक्त दस्तावेज बना।

मानवाधिकारों का वर्गीकरण

अंतर्राष्ट्रीय स्तर पर मानवाधिकारों को पीढ़ियों के माध्यम से भी वर्गीकृत किया गया है। इसमें अधिकारों को निम्न तीन प्रकार से वर्गीकृत किया गया है:

1. प्रथम पीढ़ी के अधिकार (First-generation rights)
2. द्वितीय पीढ़ी के अधिकार (Second-generation rights)
3. तृतीय पीढ़ी के अधिकार (Third-generation rights)

प्रथम पीढ़ी के अधिकार "स्वतंत्रता" से संबंधित हैं जो मानव अधिकारों की सार्वभौमिक घोषणा (UDHR) के अनुच्छेद 3 से 21 तक में निहित है। सामान्यत: नागरिक और राजनीतिक अधिकार प्रथम पीढ़ी के अधिकार को बढ़ाते (reffered) हैं। जो राज्य से संबंधित व्यक्ति को व्यक्तिगत स्तर पर गारंटी प्रदान करते हैं। द्वितीय पीढ़ी के अधिकार "समानता" से संबंधित हैं जिन्हें मानव अधिकारों की सार्वभौमिक घोषणा (UDHR) के अनुच्छेद 22 से 27 तक में निहित किया गया है। ये मुख्यत: आर्थिक, सामाजिक तथा सांस्कृतिक अधिकारों से संबंधित हैं। ये अधिकार मुख्यत: राज्य द्वारा मुख्य जरूरतों (basic needs) को पूरा करने की मांग करते हैं। अन्य शब्दों में नागरिक और राजनीतिक अधिकार व्यक्तिगत रूप से राज्य के बल प्रयोग या जबरदस्ती के विरुद्ध स्वतंत्रता की मांग करते हैं तथा आर्थिक, सामाजिक व सांस्कृतिक अधिकार राज्य के उत्तरदायित्वों, प्रावधानों तथा क्रियाओं को आवश्यक बनाते हैं जिससे कि राज्य अपने उत्तरदायित्वों का निर्वाह अच्छे से कर सके। इसी प्रकार तीसरी पीढ़ी के अधिकार "बंधुता" (Fraternity) से संबंधित है जिसमें सामूहिक अधिकार आते हैं। ये अधिकार व्यक्ति, समूह तथा राज्य के बीच संबंध बढ़ाता है। इन अधिकारों में विकास का अधिकार, आत्मनिर्णय का अधिकार, शांति का अधिकार, स्वस्थ वातावरण का अधिकार इत्यादि आते है।

तालिका-1

नागरिक और राजनैतिक अधिकारों की तालिका कौन, किस दस्तावेज में

अधिकार	दस्तावेज/अनु.	दस्तावेज/अनु.	दस्तावेज/अनु.
	मानव अधिकारों की सार्वभौम घोषणा	नागरिक और राजनैतिक अधिकारों की अंतर्राष्ट्रीय प्रसंविदा	भारतीय संविधान
(1)	(2)	(3)	(4)
समानता और गैर भेदभाव का अधिकार	अनु. 1, 2 और 7	अनु. 2(1), 3 और 26	अनु. 14-18
प्रभावकारी उपचार का अधिकार	अनु. 8	अनु. 2(3)	अनु. 32 और 226
प्राण का अधिकार	अनु. 3	अनु. 6	अनु. 21

(*Contd*)

(1)	(2)	(3)	(4)
यंत्रणा से मुक्ति का अधिकार	अनु. 5	अनु. 7 और 10	
दासता और बलात् श्रम के विरुद्ध अधिकार	अनु. 4	अनु. 8	अनु. 23
स्वतंत्रता और सुरक्षा का अधिकार	अनु. 3 और 9	अनु. 9	अनु. 19 और 21
संचरण का अधिकार	अनु. 13	अनु. 12	अनु. 19(1) (घ)
ऋण विचरण, निर्दोषता की उपधारणा, प्रक्रियात्मक संरक्षण और दोहरे जोखिम के विरुद्ध संरक्षण का अधिकार	अनु. 10 और 11 (1)	अनु. 14	अनु. 20(2), 21
कार्योत्तर विधियों के विरुद्ध संरक्षण का अधिकार	अनु. 11(2)	अनु. 15	अनु. 20(1)
विधि के समक्ष व्यक्ति के रूप में मान्यता का अधिकार	अनु. 6	अनु. 16	
संपत्ति का अधिकार	अनु. 17		अनु. 300(क)
एकान्तता, परिवार, पत्राचार, सम्मान एवं ख्याति का अधिकार	अनु. 12	अनु. 17 और 19 (3) (क)	अनु. 21
अभिमत, अन्त:करण एवं स्वतंत्रता का अधिकार	अनु. 18	अनु. 18	अनु. 25, 28
विचार एवं अभिव्यक्ति की स्वतंत्रता का अधिकार	अनु. 19	अनु. 19	अनु. 19(1)(क)
सभा और सम्मेलन की स्वतंत्रता का अधिकार	अनु. 20	अनु. 21	अनु. 19(1)(ख)
संगम की स्वतंत्रता का अधिकार	अनु. 20	अनु. 22	अनु. 19(1)(ग)
विवाह, पति एवं पत्नी की समानता एवं परिवार का अधिकार	अनु. 16	अनु. 3 और 23	
बालक का अधिकार		अनु. 24	अनु. 24
राजनैतिक अधिकार	अनु. 21	अनु. 25	अनु. 16(1)
अल्पसंख्यकों के अधिकार		अनु. 27	अनु. 29-30

नोट–उपरोक्त अधिकारों के अतिरिक्त कतिपय सामूहिक अधिकार हैं जो कुछ दस्तावेजों में उल्लिखित हैं। जैसे लोगों का आत्मनिर्णय का अधिकार नागरिक और राजनैतिक अधिकारों की अंतर्राष्ट्रीय प्रसंविदा के अनुच्छेद 1(1), आर्थिक, सामाजिक और सांस्कृतिक अधिकारों की अंतर्राष्ट्रीय प्रसंविदा के अनुच्छेद 1(1), और मानव और जनअधिकारों के अफ्रीकी अभिसमय के अनुच्छेद 20 में समाविष्ट है। इसी प्रकार लोगों का अपनी संपदा और नैसर्गिक संसाधनों के व्ययन के अधिकार का समावेश, राजनैतिक और नागरिक अधिकारों की अंतर्राष्ट्रीय प्रसंविदा के अनुच्छेद 1(2), आर्थिक, सामाजिक एवं सांस्कृतिक अधिकारों की अंतर्राष्ट्रीय प्रसंविदा के अनुच्छेद 1(2) तथा मानव और जन अधिकारों के अफ्रीकी अभिसमय के अनुच्छेद 21 में है।

तालिका-2

आर्थिक, सामाजिक और सांस्कृतिक अधिकारों की तालिका कौन किस दस्तावेज में

अधिकार	मानव अधिकारों की सार्वभौम घोषणा	आर्थिक सामाजिक और सांस्कृतिक अधिकारों की की अंतर्राष्ट्रीय प्रसंविदा	भारतीय संविधान
(1)	(2)	(3)	(4)
आर्थिक आत्म निर्णय का अधिकार		अनु. 1	
काम का अधिकार	अनु. 23(1)	अनु. 6	अनु. 41
काम के न्यायोचित और अनुकूल वतावरण का अधिकार	अनु. 23(1)	अनु. 7	अनु. 42
श्रमिक संघ बनाने का अधिकार	अनु. 23(4)	अनु. 8	अनु. 19(ग)
सामाजिक सुरक्षा का अधिकार	अनु. 22	अनु. 9	अनु. 41
परिवार के संरक्षण और सहायता का अधिकार	अनु. 16, 25(2)	अनु. 10(1)	अनु. 42 (कुछ सीमा तक)
पर्याप्त जीवन का स्तर का अधिकार	अनु. 25(1)	अनु. 11(1) और (2)	अनु. 47
शारीरिक और मानसिक स्वास्थ्य का अधिकार	अनु. 25(1)	अनु. 12(1)	अनु. 47
शिक्षा का अधिकार	अनु. 26	अनु. 13	अनु. 41, 45
सांस्कृतिक अधिकार	अनु. 27	अनु. 15	अनु. 29
सामूहिक सौदेबाजी का अधिकार	–	अनु. 8	–

(Contd)

(1)	(2)	(3)	(4)
समान काम के लिए समान वेतन का अधिकार	अनु. 23(2)	अनु. 7(क)(1)	अनु. 39(घ)
आराम और अवकाश का अधिकार	अनु. 24	अनु. 7(घ)	–

मानवाधिकार आयोग

भारतीय संविधान में मौलिक अधिकारों तथा राज्य के नीति निदेशक सिद्धांतों (जिनका उल्लेख संविधान के भाग 3 व 4 में किया गया है) के माध्यम से मानवाधिकारों को सुरक्षा प्रदान की गई है। हमारे संविधान के अनुच्छेद 350A, 350B, अनुच्छेद 341; 342 को समाहित करके–भाषायी, सांस्कृतिक व धार्मिक स्तर पर अल्पसंख्यक वर्गों के लिए सामूहिक अधिकारों की व्यवस्था की है। परंतु मानवाधिकारों के संरक्षण का विचार तब ज्यादा पुष्ट रूप में सामने आया जब 1993 में विएना में आयोजित विएना सम्मेलन के पश्चात् भारत ने 1993 में मानवाधिकार संरक्षण अधिनियम को पास किया, हालांकि इस अधिनियम के पास होने की क्रिया को कुछ संदेहास्पद कहा जा सकता है। राष्ट्रपति द्वारा मानवाधिकार संरक्षण अध्यादेश की घोषणा 1993 में ही कर दी गई थी। यद्यपि मानवाधिकार आयोग कानून 14 मई 1993 को ही आ चुका था, परंतु इसे उस समय तक पास नहीं किया गया। जब संसद का सत्र न चल रहा हो और कोई संकट की स्थिति उत्पन्न हो जाए जिसे नियंत्रण में करने के लिए किसी तात्कालिक कानून की आवश्यकता हो तब राष्ट्रपति को मजबूर होकर अध्यादेश जारी करना होता है परंतु आज तक यह स्पष्ट नहीं हो पाया है कि उस समय ऐसी कौन-सी गंभीर परिस्थितियां थीं जिनके कारण इस अध्यादेश को पास करने की जरूरत पड़ी। अंततः मानवाधिकार संरक्षण बिल को 1993 में संसद के दोनों सदनों द्वारा पास किया गया और 8 जनवरी 1994 को राष्ट्रपति ने उस पर अपनी स्वीकृति प्रदान की। 28 सितंबर 1993 से ही इस कानून को तत्काल प्रभाव के साथ लागू कर दिया गया था।[7]

मानवाधिकार संरक्षण कानून के 8 अध्याय हैं जिसके अंतर्गत 43 भाग या धाराएं हैं। इस कानून की धारा 2(घ) ''मानव अधिकार'' का उल्लेख करती है। जिसका अर्थ है व्यक्ति के वह अधिकार जो जीवन, स्वतंत्रता, समानता व प्रतिष्ठा से संबंधित हैं व जिन्हें भारत के संविधान द्वारा गारंटी प्रदान की गई हो, भारत के न्यायालय द्वारा लागू किया गया हो व अंतर्राष्ट्रीय समझौतों द्वारा स्थापित किया गया हो। ये कानून पूरे भारत में समान रूप से लागू होते हैं परंतु जम्मू व कश्मीर में ये सीमित रूप से लागू होते हैं।[8]

इस कानून का अध्याय 2 राष्ट्रीय मानवाधिकार आयोग पर चर्चा करता है।[9] राष्ट्रीय मानवाधिकार आयोग एमनेस्टी इंटरनेशनल द्वारा निर्धारित कुछ आधारभूत दिशा निर्देशों का पालन करता है जो एक अंतर्राष्ट्रीय गैर सरकारी संगठन है। उदाहरणार्थ–एमनेस्टी इंटरनेशनल द्वारा यह स्पष्ट किया गया है कि मानवाधिकार आयोग को सरकारी तंत्र से स्वतंत्र होना

चाहिए। मानवाधिकार आयोग के संबंध में यह सही भी है क्योंकि इसे कानून द्वारा स्थापित किया गया है। साथ ही एमनेस्टी इंटरनेशनल द्वारा यह भी दिशा-निर्देश दिया गया है कि मानवाधिकारों का हनन होने पर मानवाधिकार आयोग गैर सरकारी संगठनों के साथ मिलकर कार्य करे, इस बात को मानव-अधिकार संरक्षण अधिनियम 1993 की धारा 12(i) में स्पष्ट किया गया है।

रचना[10]

कानून का भाग 3, मानवाधिकार आयोग की रचना के संबंध में चर्चा करता है। मानवाधिकार आयोग में एक अध्यक्ष होगा तथा चार अन्य सदस्य होंगे। इन चारों सदस्यों के लिए कुछ शर्तें भी निर्धारित की गई हैं। एक सदस्य वह होगा जो उच्च न्यायालय का मुख्य न्यायाधीश हो या रहा हो, एक सदस्य वह होगा जो उच्चतम न्यायालय का न्यायाधीश हो या रहा हो, तथा अन्य दो सदस्य जिनकी नियुक्ति केंद्रीय सरकार द्वारा उन व्यक्तियों में से की जाएगी जिन्हें मानवाधिकारों से संबंधित मामलों का ज्ञान हो या व्यावहारिक अनुभव हो। इसी के साथ-साथ अल्पसंख्यकों के लिए राष्ट्रीय आयोग, अनुसूचित जाति एवं अनुसूचित जनजातियों के लिए राष्ट्रीय आयोग एवं महिलाओं के लिए राष्ट्रीय आयोग के अध्यायों को धारा 12 के खंडों (ख) से (ण) में निर्दिष्ट कार्यों के निर्वहन हेतु आयोग के सदस्य समझा जाएगा। आयोग का अध्यक्ष एवं अन्य सदस्य 5 वर्ष की अवधि के लिए नियुक्त किए जाएंगे और 70 वर्ष की आयु के पश्चात् कोई भी सदस्य पद को धारण नहीं करेगा। इसी सीमा के अंतर्गत रहते हुए कोई भी सदस्य 5 वर्षों के लिए दूसरी अवधि के लिए पुनर्नियुक्त हो सकता है। धारा 6 के अनुसार कोई भी महिला या पुरुष मानवाधिकार आयोग का सदस्य बनने के पश्चात् भारत सरकार या राज्य सरकार के अधीन लाभ के पद पर कार्य नहीं करेगा। धारा 5 आयोग के अध्यक्ष व अन्य सदस्यों को उनके पद से हटाए जाने के संबंध में चर्चा करता है। धारा 8 सदस्यों की सेवा की शर्तों पर चर्चा कराता है जिन्हें अलाभकारी रूप में परिवर्तित नहीं किया जा सकता।

मानवाधिकार आयोग का मुख्य कार्यालय दिल्ली में है तथा केंद्रीय सरकार के निर्देश पर आयोग अपने कार्यालय भारत में किसी भी स्थान पर स्थापित कर सकता है।

मानवाधिकार आयोग के कार्य एवं शक्तियां[11]

अध्याय 3 की धारा 12 के अंतर्गत आयोग के कार्यों का वर्णन किया गया है तथा धारा 13 आयोग की जांच से संबंधित शक्तियों का वर्णन करती है। इसका सबसे महत्त्वपूर्ण कार्य यह है कि आयोग स्वयं ही (suo motto) मानवाधिकारों के हनन से संबंधित मामलों की जांच कर सकता है तथा साथ ही किसी सरकारी अधिकारी द्वारा मानवाधिकारों के उल्लंघन करने पर भी आयोग स्वयं जांच कर सकने की शक्ति रखता है।

आयोग को यह भी शक्ति प्राप्त है कि वह किसी सूचना के अंतर्गत किसी भी जेल या संस्थान का दौरा कर सके, मानवाधिकारों को प्रभावी रूप से लागू करने हेतु कुछ

सुझाव दे सकता है, मानव अधिकारों से संबंधित मामलों में अनुसंधान कर सकता है, मानवाधिकारों के संबंध में दिशानिर्देश दे सकता है, मानवाधिकारों के संबंध में शिक्षा का प्रचार कर सकता है तथा गैर सरकारी संगठनों के प्रयासों को बढ़ाने में उनकी सहायता कर सकता है।

मानवाधिकार आयोग वार्षिक रिपोर्ट भी तैयार करता है जिसे संसद के समक्ष चर्चा हेतु रखा जाता है। जब मानवाधिकार आयोग को स्थापित किया गया तो इसके संबंध में कई आलोचनाएं भी सामने आईं।[12] जस्टिस वी.आर. कृष्ण अय्यर ने कहा, 'यह हमारे लिए काफी आतंक व भय की बात है कि हमें मानव-अधिकारों पर एक आयोग बनाने के लिए केवल इसलिए सोचना चाहिए क्योंकि स्वीडन, संयुक्त राष्ट्र अमेरिका की कांग्रेस और अन्य देशों का यह कहना है कि (हम) भारतीय मानवाधिकारों को सम्मान प्रदान नहीं करते।' उनका मानना है कि भारत के लोगों के लिए यह आयोग एक अफीम की तरह है।[13] परंतु आज के समय में मानवाधिकार आयोग के आलोचक शांत हैं क्योंकि मानवाधिकार आयोग द्वारा जो सराहनीय कार्य अब तक किए गए हैं उन कार्यों ने आलोचकों का मुंह बंद कर दिया है। मानवाधिकार आयोग काफी बड़े-बड़े मुद्दों पर निर्णय कर चुका है जैसे रिफ्यूजियों[14], महिलाओं[15], बंदियों के अधिकार व बाल मजदूरी[16] आदि।

उत्तर प्रदेश में प्राप्त रिपोर्ट से जब मानवाधिकार आयोग को यह सूचना प्राप्त हुई कि पुलिस स्टेशन में एक व्यक्ति को जलाकर मारा गया तब आयोग ने न केवल इसके खिलाफ सख्त कार्यवाही के लिए कदम उठाए बल्कि मरने वाले व्यक्ति के संबंधियों को तीन लाख रुपये मुआवजा भी दिलवाया।[17] आज मानवाधिकार आयोग को मानवाधिकारों की रक्षा हेतु एक सक्षम एव उत्तम संस्थान के रूप में जाना जाता है। हाल ही में बेस्ट बेकरी मुकद्दमे में मानवाधिकार आयोग के योगदान को नकारा नहीं जा सकता।

हर वर्ष मानवाधिकार आयोग के पास हजारों शिकायतें आती हैं जो इस आयोग की उपयोगिता व लोगों में इस आयोग के प्रति बढ़ते विश्वास को प्रदर्शित करता है। *हिंदुस्तान टाइम्स* ने 4 मई, 2006 को एक रिपोर्ट प्रकाशित की जिसके अनुसार एशियन सेंटर फॉर ह्यूमन राइट्स ने मानवाधिकार आयोग को उन सभी अफसरों के खिलाफ कार्यवाही करने को कहा जिन्होंने 4 साल के बुधिया सिंह को उड़ीसा में अत्यधिक गर्मी में 65 किलोमीटर की दौड़ में भगाया। इस प्रकार की घटनाएं केवल मानवाधिकार आयोग की लोकप्रियता को दर्शाती हैं। ध्यान देने योग्य बात यह है कि वे राज्य जहां वामदल की सरकारें हैं जैसे पश्चिम बंगाल, इत्यादि राज्यों ने भी मानवाधिकार आयोगों को स्थापित किया है, साथ ही उत्तर प्रदेश व जम्मू कश्मीर राज्यों ने भी मानवाधिकार सेल स्थापित किए हैं। वस्तुत: संयुक्त राष्ट्र ने मानवाधिकार आयोग के सामने यह प्रस्ताव रखा है कि वह दूसरे देशों विशेषकर एशिया-प्रशांत क्षेत्रों में ऐसे ही आयोग स्थापित करने में संयुक्त राष्ट्र की मदद करें।[18]

यहां यह जानना बहुत आवश्यक है कि यदि भारत के न्यायालयों ने इस आयोग को समर्थन नहीं दिया होता तो मानवाधिकार आयोग की सफलता की कहानी आज बिल्कुल अधूरी रहती। सामान्य स्तर पर जहां भारतीय न्यायालय मानवाधिकारों के उद्देश्यों को

प्रोत्साहित करने का प्रयास करते हैं वहीं विशेष स्तर पर ये मानवाधिकार आयोग को भी प्रोत्साहित करते हैं।

मानवाधिकार और न्यायालय

भारत में न्यायालयों ने लोगों की आकांक्षाओं के अनुसार ही कार्य भी किया है। यहां न्यायालय केवल कानून को स्थापित करने वाले न्यायालय नहीं हैं बल्कि न्यायालय न्याय, जनहित याचिका और उपेंद्र बख्शी के अनुसार "सार्वजनिक हित याचिका" को भी स्थापित करती है, जो एक तरफ जो भारतीय लोकतंत्र को मजबूत आधार प्रदान करता है व मानव अधिकारों के विचार को सुदृढ़ व पुष्ट रूप प्रदान करता है। पहले यह माना जाता था कि न्यायालय में स्वयं वही व्यक्ति याचिका दायर कर सकता है जिसके अधिकारों का हनन हुआ हो व जो कानूनी स्तर पर पीड़ित हुआ हो परंतु अब यह नियम बिल्कुल बदल चुका है। आज लोकहित के लिए कोई भी व्यक्ति, किसी दूसरे व्यक्ति या व्यक्ति समूह को न्याय दिलाने हेतु याचिका दायर कर सकता है। आज कोई भी व्यक्ति जिसके स्वयं का कोई हित न भी हो तब भी वह किसी पीड़ित व्यक्ति को न्याय दिलाने हेतु एक साधारण पोस्टकार्ड द्वारा न्यायालय में जनहित याचिका दायर कर सकता है।[19]

न्याय के लिए लोगों की बढ़ती मांग ने भारतीय न्यायालयों में न्यायिक सक्रियता को स्थापित करने में महत्त्वपूर्ण भूमिका निभाई और दूसरी ओर अत्यधिक शक्ति के प्रयोग के कारण राज्य एक वैधानिक स्वेच्छाचारी के रूप में परिवर्तित होता जा रहा है जिसकी वजह से मानवाधिकारों की सक्रियता बढ़ी है। वस्तुतः उपेंद्र बख्शी न्यायालयों द्वारा निर्मित कुछ मौलिक अधिकारों का वर्णन करते हैं जिनमें से कुछ इस प्रकार हैं:[20] प्रतिष्ठा का अधिकार; जीवनयापन का अधिकार; राज्य के द्वारा कोई क्षति होने पर मुआवजा पाने का अधिकार; शिक्षा का अधिकार; पर्यावरण का अधिकार।

न्यायालय ने जहां मानवाधिकारों की धारणा विस्तृत रूप से की है वहीं मानवाधिकारों के क्षेत्र को भी विकसित किया है। अभी हाल ही में अपने निर्णय[21] में जस्टिस सब्बरवाल ने कहा कि मानवाधिकारों का उल्लंघन कई रूपों में होता है जैसे–लैंगिक असमानता, प्रदूषण, पर्यावरण का गिरता स्तर, अपर्याप्त पोषण, दलितों का सामाजिक बहिष्कार, आदि।

न्यायालय ने जीवन के सभी पहलुओं पर जैसे मनुष्य की प्रतिष्ठा, जीवनयापन, गुप्तता, चिकित्सा सत्ता, पर्यावरण आदि पर निर्णय दिए हैं और इन सबके प्रति न्यायालय के सकारात्मक दृष्टिकोण ने मानवाधिकारों के क्षेत्र को विस्तृत किया है।[22] 1993 में लागू किए गए मानवाधिकार संरक्षण अधिनियम का अध्याय 6 मानवाधिकार न्यायालयों की रचना का उल्लेख करता है, जो मानवाधिकारों के उल्लंघन होने पर जल्दी से जल्दी सुनवाई किए जाने की बात करता है (धारा 30) तथा साथ ही सभी न्यायालयों के लिए एक विशेष सरकारी अभियोक्ता की भी बात करता है (धारा 31) यदि इस प्रावधान को भारत के सभी राज्यों में लागू कर दिया जाए तो भारत में मानवाधिकारों की स्थिति और अधिक बेहतर हो सकती है।

मानवाधिकार और गैर-सरकारी संगठन

राज्य व राज्य द्वारा स्थापित संस्थाओं के साथ-साथ नागरिक समाज भी काफी बड़े स्तर पर मानवाधिकारों की सुरक्षा हेतु आगे आया है। परंतु यहां यह समझ पाने में समस्या उत्पन्न होती है कि मानवाधिकार के आंदोलन केवल राज्य का लोकतंत्रीकरण करने का प्रयास कर रहे हैं या फिर ये समाज में समाहित हो रहे हैं? हालांकि इस प्रश्न का स्पष्ट उत्तर दे पाना काफी कठिन है परंतु इस पर चर्चा करना अति आवश्यक है।

मानव अधिकारों के लिए लड़ रहे गैर-सरकारी संगठनों के सामने कई चुनौतियां हैं जिनमें से एक चुनौती यह है कि अधिकतर उन्हें राज्य के अंदर ही क्रियाकलाप करना है, और विकसित होना है। यहां हीगल का एक वाक्य सही प्रतीत होता है कि नागरिक समाज के उद्‌गम के लिए राज्य का होना एक पूर्व स्थिति है। हालांकि आज ऐसे भी गैर-सरकारी संगठन हैं जो सामूहिक स्तर पर काम करते हैं और राज्य की सीमा रेखा से ऊपर हैं।

मानवाधिकार आंदोलन की विडंबना यह भी है कि केवल एक मानवाधिकार आंदोलन नहीं है। भारत में मानवाधिकारों पर वार्तालाप दो स्तर पर विभाजित हो गया है:

(i) नागरिक स्वतंत्रताएं, जो कि राज्य के विरुद्ध नागरिकों के अधिकारों पर जोर देते हैं।

(ii) लोगों के लोकतांत्रिक अधिकार।[23] यह विभेद कई रूपों में महत्त्वपूर्ण है। दोनों ही अधिकारों की वैचारिक संरचना भिन्न है। भारत में वामपंथी राजनीतिज्ञ व बुद्धिजीवी लोकतांत्रिक अधिकारों के आंदोलन से जुड़े नजर आते हैं तो वहीं उदारवादी नागरिक स्वतंत्रताओं के समर्थन में खड़े होते हैं।

1977-1980 में दिल्ली में स्थित दो मुख्य संगठन जैसे-पीपुल्स यूनियन फॉर सिविल लिबर्टी और पीपुल्स यूनियन फॉर डेमोक्रेटिक राइटस ने मिलकर एक ही संगठन के रूप में काम करना शुरू किया परंतु कार्य करने के दौरान ही दोनों विचारधाराओं में टकराव उत्पन्न हुआ। जो लोग लोकतांत्रिक अधिकारों का समर्थन कर रहे थे वे संवैधानिक अधिकारों के दायरे से बाहर जाना चाहते थे। लोकतांत्रिक अधिकारों के समर्थकों के अनुसार यदि वंचित वर्गों को पहले से स्थापित सामाजिक-आर्थिक व्यवस्था के अंतर्गत अपनी समस्याओं का निदान नहीं मिलता तो उन्हें पूरा अधिकार है कि वे संघर्ष करके पहले से स्थापित व्यवस्था परिवर्तित कर नई व्यवस्था स्थापित करें। ये दोनों ही दृष्टिकोण मिलकर एक विस्तृत मानवाधिकार परिप्रेक्ष्य की रचना कर सकते हैं।[24]

वाल्जर ने एक बार यह कहा था कि 'मैं नागरिक समाज के साथ कार्य करना चाहता हूं परंतु मुझे नागरिक समाज द्वारा दिए जाने वाले तर्कों से कहीं न कहीं असहजता प्रतीत होती है।' यह असहजता नागरिक समाज की अनिश्चितता से उत्पन्न नहीं होती बल्कि नागरिक समाज की ओर राज्य का जो दृष्टिकोण रहा है उससे भी असहजता होती है। कुछ उदाहरणों के माध्यम से इसे समझा जा सकता है-

नर्मदा बचाओ आंदोलन समाचार की सुर्खियों में रहा है। यह संघर्ष उचित मुआवजे व पुनर्वास जैसे मुद्दों को लेकर किया जा रहा है। वास्तव में गांव में लोग इसे विनाशकारी विकास मानते हैं और इसके विरुद्ध संघर्ष करने के लिए एकजुट हैं। इसी संदर्भ में विश्व

बैंक ने दबाव में आकर व मोरसे के नेतृत्व में एक आयोग बनाया परंतु यह आयोग भी बांध के निर्माण पर कोई अंकुश नहीं लगा सका और इसी कारण विश्व बैंक व सरकार को संदेहास्पद दृष्टि से देखा गया क्योंकि लोगों का यह मानना था कि सरकार व विश्व बैंक दोनों मिलकर पर्यावरण व संस्कृति का नाश कर रहे हैं।

कुछ ऐसी ही कहानी हमें छत्तीसगढ़ मजदूर श्रमिक संगठन के मजदूरों के साथ देखने को मिलती है। यह एक ऐसा श्रमिक संगठन है जो आपातकाल के पश्चात् आया परंतु सितंबर 1991 में छत्तीसगढ़ मजदूर श्रमिक संगठन के नेता "नियोगी" की हत्या कर दी गई।

भारत के संदर्भ में यदि इन मानवाधिकारों से संबंधित आंदोलनों को देखा जाए तो हमें बहुत से प्रश्न अनुत्तरित दिखाई देंगे परंतु इसका अभिप्राय यह नहीं है कि हमें इन प्रश्नों पर ध्यान नहीं देना चाहिए क्योंकि अंतिम अन्वेषण में यही प्रश्न कार्यों व उद्देश्यों के लिए आधार प्रदान करते हैं। उपेंद्र बख्शी का भी यही मानना है कि मानवाधिकारों की राजनीति प्रभुत्व की राजनीति की तुलना में अधिक कठिन है और यहां हम इमैन्युल लैविनास की वाक्शैली का प्रयोग कर सकते हैं—"विषम या कठिन स्वतंत्रता"। जिस स्वतंत्रता की मांग मानवाधिकारों के समर्थक करते हैं वह सबसे कठिन स्वतंत्रता है।

वर्तमान में सरकार ने कुछ ऐसे कदम उठाए हैं जिससे मानवाधिकारों के हनन को रोका जा सके परंतु अभी भी बहुत कुछ करना बाकी है। 1995 में भारत सरकार ने संयुक्त राष्ट्र मानवाधिकार समिति को अपनी रिपोर्ट सौंपी। यह समिति मानवाधिकारों के व्यवहार पर नजर रखने वाली एक मुख्य समिति है। इस रिपोर्ट के आधार पर एमनेस्टी इंटरनेशनल ने भारत सरकार को कई सुझाव दिए जो कि इस प्रकार है[25]:

– यह निश्चित हो कि भारत में शांतिपूर्ण रूप से विरोध करने की स्वतंत्रता बनी रहेगी और विरोध करने वालों के विरुद्ध अत्यधिक पुलिस बल का प्रयोग नहीं किया जाएगा। (शांतिपूर्ण हड़ताल पर बैठे मेडिकल छात्रों के साथ कई राज्यों की पुलिस द्वारा जो दुर्व्यवहार किया गया व लाठी चार्ज किया गया, वह साफ तौर पर मानवाधिकारों के विरुद्ध है।)
– मानवाधिकारों के उल्लंघन के संबंध में जांच जल्दी व पारदर्शी तरीके से हो ताकि अपराधी को जल्दी से जल्दी सजा मिल सके। (परंतु भारत में न्याय बहुत देरी से मिलता है जो कि न्याय न मिलने के समान है।)
– भारत के सभी राज्यों में मानवाधिकारों की व्यावहारिकता की जांच हेतु अंतरष्ट्रीय मानवाधिकार संगठनों तथा संयुक्त राष्ट्र मानवाधिकारों से संबंधित तंत्रों को प्रवेश करने दिए जाएं। (परंतु इसे अभी तक भारत में स्वीकृति नहीं दी गई है।)

इस प्रकार यह स्पष्ट है कि भारत में मानवाधिकारों की पृष्ठभूमि उतनी साफ-सुथरी नहीं है जैसा कि प्राय: चित्रित किया जाता है। एक लोकतांत्रिक देश होते हुए भी भारत में इन अधिकारों की पृष्ठभूमि पर कई काले दाग हैं। परंतु हमें आशा नहीं खोनी चाहिए। इसके लिए आवश्यक है कि राज्य नागरिकों के प्रति पारदर्शी व जवाबदेह बना रहे तथा नागरिक भी अपने अधिकारों के लिए लड़ें।

निष्कर्ष रूप में मेरे विचार से मानवाधिकारों की आवश्यकता हमें इसलिए नहीं है कि हम मनुष्य हैं परंतु हमें मनुष्य बनाने के लिए मानवाधिकारों की आवश्यकता है। यह संदेश तभी सार्थक होगा जब मानवता स्वयं ही मानवता की विनयपूर्ण प्रार्थना को सुनें।

संदर्भ

1. ज्यादातर रूप से देखा गया है कि विकसित देशों का यह मानना है कि मानवाधिकार सार्वभौमिक हैं। परंतु विकासशील देश ऐसा नहीं मानते। इस विस्तारपूर्ण चर्चा के लिए देखिए Bouandel. Y—*Human Rights and Comparative Politics*, University of Hamberside, Dastmouth.
2. Reiss, H. (Ed.) *Kant : Political Writing,* Cambridge University Press.
3. Subramanium S., *Human Rights : International Challenge*, Vol. I, 1997.
4. Srivastav, P. V., *Human Rights–Issues and Implementation,* Vol. I, Indian Publishers, 2004.
5. Joseph, S., Schultzs, J., Caster, M.,—*The International Convention on Civil and Political Rights,* Oxford University Press, 2000.
6. भारतीय राष्ट्रपति, नीलम संजीवा रेड्डी ने 19.4.1979 को हस्ताक्षर किए.
7. Nirmal, J. C. (ed), *Human Rights in India,* OUP: Delhi, 2000.
8. जम्मू और कश्मीर में अनुच्छेद 370 लागू किया जाता है।
9. मानवाधिकार अधिनियम (1993) से पहले ही मध्य प्रदेश में मानवाधिकार आयोग (1992) था।
10. चर्चा के लिए देखिए Nirmal, J. C. (ed) *ibid*, pp. 271-19.
11. *Ibid*, pp. 221-222.
12. People's Union for Democratic Rights (PUDR) Report, Delhi, August 1993.
13. Nirmal, J. C. (ed), *ibid.*, p. 216.
14. Chimini, S. B. (ed)—*International Refugee Law*, Sage Publications, 2000.
15. Basu, P.—*Human Rights under Indian Constitution and Allied Laws*, Modern law Publications, 2002.
16. Whitfield, D. (ed)—*Prisons–2000 years on,* Routledge, 1991.
17. *Deccan Herald*, 4th May, 1996.
18. Report in *The Hindu,* 11th March, 1996. For a study of Human Rights Commission in Africa, Canada and Australia, see Srivastav P.V.—*Human Rights–Issues and Implementations*, Vol. 2, Indian Publishers and distributors, 2004.
19. S. P. Gupta v. Union of India 1981 SSC 87 pp
20. यह सूची मैंने उपेंद्र बख्शी के article *The State and Human Rights* से ली है।
21. People's Union for Civil Liberties v. Union of India, 205 SSC 436.

22. वादों की सूची और उन पर चर्चा के लिए देखिए Mehta, L. P. and Verma, N.—*Human Rights under the Indian Constitution—The Philosophy of Judicial Jerrymandoring*, Deep and Deep Publication, 1999.
23. यह विभेद मैंने उपेंद्र बख्शी के article *The State and Human Rights* से लिया है।
24. Haragopal G. and Balagopal K.—*Civil Liberties Movement and State in India*, Sangam Books: Mumbai, 1998.
25. Alam A.,—*Human Rights in India:* Issues and Challenges, Raj Publication, 2000.

खंड–V

27

पर्यावरण संबंधी प्रमुख चिंताएं और वनवासियों के अधिकार

पर्यावरण संबंधी प्रमुख चिंताएं

आज पृथ्वी का पर्यावरण तेजी से परिवर्तित हो रहा है। इसके मूल में प्राकृतिक व मानवीय दोनों कारण हैं। पर्यावरण का ह्रास व संबंधित नकारात्मक परिवर्तन संपूर्ण मानव सभ्यता के लिए घातक हो सकते हैं। पर्यावरण ह्रास किसी एक देश, प्रदेश या प्रजाति की चिंता का विषय नहीं है। इसके प्रभाव संपूर्ण विश्व पर समान रूप से देखे जा सकते हैं। यद्यपि किसी देश विशेष की पर्यावरण संबंधी समस्याएं इसके विकास के स्तर, आर्थिक संरचना, उत्पादन तकनीक व पर्यावरण संबंधी नीतियों से प्रभावित हो सकती हैं। कुछ समस्याएं आर्थिक विकास के निम्न स्तर से व कुछ तीव्र आर्थिक वृद्धि से संबंधित हैं। भारत के संदर्भ में हम निम्न पर्यावरण संबंधी चिंताओं का उल्लेख कर सकते हैं।

1. जलवायु परिवर्तन: जलवायु परिवर्तन आज संपूर्ण विश्व के सामने सबसे बड़ी चुनौती है। बीसवीं शताब्दी में पृथ्वी के तापमान में 0.6° सेंटीग्रेड की वृद्धि देखी गई। जलवायु परिवर्तन और वैश्विक तापमान में वृद्धि का मुख्य कारण मानव क्रियाकलापों को माना जा रहा है। जलवायु के मॉडलों के अनुसार पूर्वानुमान लगाया जा रहा है कि वर्ष 2100 तक विश्व के तापमान में 6° सेंटीग्रेड की वृद्धि हो जाएगी। ऐसा भी माना जा रहा है कि वर्ष 2100 में तापमान बढ़ने से समुद्र तल का स्तर 9-88 सेंटीमीटर तक बढ़ सकता है जिससे विश्व के कई भाग समुद्र में डूब सकते हैं। जलवायु परिवर्तन वर्षा के प्रतिरूप व पानी की उपलब्धता को भी प्रभावित करेगा जिससे भविष्य में खाद्यान्न का संकट उत्पन्न हो सकता है। जलवायु मॉडलों के अनुसार भारत में तापमान 2.3° से 4.8 सेंटीग्रेड तक बढ़ सकता है।

एक अनुमान के अनुसार 7 मिलियन लोग इसके कारण विस्थापित हो सकते हैं। 5700 वर्ग किमी तक भूमि का ह्रास हो सकता है व कई महत्त्वपूर्ण फसलों का उत्पादन रूक सकता है।

डॉ. कविता अरोड़ा, असिस्टेंट प्रोफेसर, भूगोल विभाग, शहीद भगत सिंह कॉलेज, दिल्ली विश्वविद्यालय।

2. वन ह्रास: वन एक नवीकरणीय संसाधन है व इनका आर्थिक योगदान भी महत्त्वपूर्ण है। पृथ्वी पर वनों के विभिन्न प्रकार पाए जाते हैं। एक लंबे समय तक मनुष्य ईंधन, निवास, कृषि व उद्योग संबंधी आवश्यकताओं की पूर्ति वन क्षेत्रों को काट कर या जला कर करता रहा। आरंभ में कम जनसंख्या व न्यूनतम आवश्यकताओं के कारण वन ह्रास बहुत कम था जिससे वनों के पुनर्त्पादन के लिए पर्याप्त समय उपलब्ध हो जाता था। धीरे-धीरे जनसंख्या में वृद्धि तथा आधुनिक विकास की विशाल आवश्यकताओं के कारण वनों का तीव्र विनाश हुआ। यूरोप में औद्योगिकीकरण व कृषि के विस्तार के कारण वनों का ह्रास हुआ। यही स्थिति बाद में उत्तरी अमेरिका में देखी गई और बाद में एशिया व अफ्रीका में। हाल ही के वर्षों में वन विनाश की सबसे तीव्र गति ब्राजील, मैक्सिको, मलेशिया और इंडोनेशिया में देखी गई। वनावरण के नाश में मलेशिया का स्थान विश्व में सबसे ऊपर है।

वर्ष 2005 की फॉरेस्ट रिपोर्ट के अनुसार भारत में वनावरण में 728 वर्ग कि.मी. का ह्रास देखा गया है। वनों का यह विनाश संपूर्ण विश्व के लिए चिंता का विषय है क्योंकि वन प्रत्यक्ष रूप से ही नहीं अप्रत्यक्ष रूप से भी वातावरण संतुलन के लिए आवश्यक हैं। हाल ही में एक सर्वेक्षण के दौरान यह पाया गया कि वनों व जलवायु परिवर्तन में महत्त्वपूर्ण संबंध है। पिछले 150 वर्षों में वन आवरण के ह्रास से वातावरण में कार्बनडाई-ऑक्साइड की मात्रा में 30% की वृद्धि हुई है।

3. जैव विविधता का क्षरण: जल अथवा स्थल में सूक्ष्म जीव-जंतुओं व वनस्पतियों के विभिन्न प्रकारों की उपस्थिति ही जैव विविधता है। उच्च से निम्न अक्षांशों की ओर जाने पर जैव विविधता में वृद्धि होती जाती है। इसीलिए विषुवतरेखीय प्रदेशों में जैव विविधता सर्वाधिक है जबकि आर्कटिक व अंटार्कटिक प्रदेशों में यह अत्यंत कम है। विश्व की 50% प्रजातीय विविधता विश्व के संपूर्ण भूभाग के केवल 7% क्षेत्र में पाई जाती है और वह क्षेत्र विषुवतरेखीय प्रदेश है। जलवायु व पर्यावरण की भिन्नता जैव विविधता का प्रमुख कारण है। प्राकृतिक रूप से एक सीमित मात्रा में जैव विविधता का क्षरण एक सामान्य तथ्य है क्योंकि वातावरण में परिवर्तन के कारण कुछ प्रजातियां प्रत्येक काल में समाप्त होती रहती हैं। पिछले 150 वर्षों में जैव विविधता के क्षरण की तीव्र गति देखी गई है। हार्वर्ड विश्वविद्यालय के एक जीव वैज्ञानिक ई. ओ. विल्सन के अनुसार प्रति वर्ष लगभग 20,000 प्रजातियां समाप्त हो जाती हैं। सबसे अधिक क्षरण विषुवतरेखीय प्रदेशों में हो रहा है जो संपूर्ण विश्व के लिए चिंता का विषय है। इस संबंध में विश्व स्तर पर कई प्रयास किए जा रहे हैं। अंतर्राष्ट्रीय स्तर पर लुप्त प्राय: वनस्पतियों व जीवों के संरक्षण के लिए 1995 में ''कन्वेंशन ऑन इंटरनेशनल ट्रेड इन एनजेंडरड स्पीशीज (CITES)'' पर हस्ताक्षर किए गए। इसी पर 1992 में रियो पृथ्वी सम्मेलन में 150 देशों ने कनवेंशन ऑफ बायोलोजिकल डाइवरसिटी (CBD) पर हस्ताक्षर किए। इसके तीन उद्देश्य थे:

(i) जैवविविधता का संरक्षण; (ii) संस्थिर (सस्टेनेबल) आधार पर जैवविविधता का प्रयोग; (iii) जैव विविधता के प्रयोग से होने वाले लाभों का समान बंटवारा।

भारत में विश्व का कुल 2.4% भौगोलिक क्षेत्र है किंतु यहां विश्व की जैव विविधता

का 8% पाया गया है। वनस्पतियों की विविधता के संदर्भ में भारत का विश्व में दसवां और एशिया में चौथा स्थान है। स्तनधारी प्राणियों के संदर्भ में इसका विश्व में दसवां व कशेरूकी प्राणियों के संदर्भ में ग्यारहवां स्थान है। कृषि व पशुओं संबंधी प्रजातियों के संबंध में इसका विश्व में सातवां स्थान है। आधुनिक प्रगति की विकास संबंधी परियोजनाओं के कारण देश की जैव विविधता का तीव्र ह्रास हो रहा है। एक अनुमान के अनुसार 1500 से अधिक वनस्पतियां, 79 स्तनधारी प्राणी, 44 पक्षी, 14 सरीसृप व 3 उभयचर लुप्त प्राय प्राणियों की सूची में सम्मिलित हैं।

जैवविविधता के इस ह्रास को रोकने के लिए न केवल इस विविधता का सूक्ष्म सर्वेक्षण किया गया वरन प्रारक्षित क्षेत्रों, राष्ट्रीय उद्यानों, वन्य जीव अभयारण्यों और जैवमंडल क्षेत्रों का एक संजाल विकसित किया गया है। इस संदर्भ में भारत ने एक जैव विविधता अधिनियम, 2002 भी पारित किया और एक नेशनल बायोडायवरसिटी एथोरिटी का भी गठन किया है। इनका उद्देश्य सी.बी.डी. के निर्धारित लक्ष्यों को प्राप्त करना है।

4. वायु व जल प्रदूषण: पर्यावरण में किसी हानिकारक अवांछनीय पदार्थ की उपस्थिति प्रदूषण कहलाती है। प्रदूषण प्राकृतिक व मानवीय दोनों कारणों से हो सकता है। वायु व जल जो मानव जीवन के लिए आवश्यक हैं, इनका प्रदूषित होना आज विश्व के लिए सबसे अधिक चिंता का विषय है। हमारे वायुमंडल में विभिन्न गैसें एक निश्चित अनुपात में पाई जाती हैं जब किन्हीं कारणों से गैसों की निश्चित मात्रा एवं अनुपात में अवांछनीय परिवर्तन हो जाता है तो इसे वायु प्रदूषण कहा जाता है। वायु प्रदूषण गैसीय व कणीकीय प्रदूषकों से हो सकता है। तीव्र आर्थिक विकास, औद्योगिक व यातायात संबंधी प्रगति वायु प्रदूषण के मुख्य कारण हैं। वायु प्रदूषण राजनैतिक सीमाओं से परे संपूर्ण विश्व को प्रभावित करता है। अत: मानव सभ्यता के भविष्य की सुरक्षा के लिए इसका प्रभावशाली नियंत्रण आवश्यक है।

वायु प्रदूषण के साथ ही जल प्रदूषण भी वर्तमान विश्व के लिए चिंता का कारण है। धीरे-धीरे स्वच्छ जल के स्रोत समाप्त हो रहे हैं व पर्यावरणविदों को आशंका है कि अगला विश्व युद्ध जल के लिए ही लड़ा जाएगा। यदि भारत की स्थिति को देखा जाए तो गंगा, यमुना तथा अन्य बड़ी नदियों का जल प्रदूषित हो चुका है। गंगा नदी में प्रदूषण को समाप्त करने के लिए 1986 से गंगा कार्य योजना आरंभ की गई किंतु आज भी नदी जल का प्रदूषण कम नहीं हुआ है। आधुनिक कृषि व औद्योगिक विकास भूजल में भी प्रदूषण की वृद्धि कर रहा है।

5. अपशिष्ट पदार्थों का निस्तारण: जनसंख्या वृद्धि के कारण आज विश्व अपशिष्ट पदार्थों के निस्तारण की गंभीर समस्या का भी सामना कर रहा है। यद्यपि भारत में विकसित देशों की तुलना में प्रति व्यक्ति अपशिष्ट पदार्थों का उत्पादन कम है किंतु विशाल जनसंख्या के कारण इसकी मात्रा अधिक हो जाती है। अपशिष्ट पदार्थों के संग्रह, परिवहन व निस्तारण के लिए आवश्यक संरचना के बिना नगरों की अनियंत्रित वृद्धि के कारण स्वास्थ्य संबंधी विभिन्न समस्याएं उत्पन्न हो गई हैं। फ्लाई एश, फास्फोरस, जिप्सम

व लोहे का स्लैग भारत में उद्योगों से निकलने वाले ठोस अपशिष्ट हैं। भारत में प्रत्येक वर्ष लगभग 5 मिलियन टन ठोस अपशिष्ट उत्पन्न होते हैं।

वनवासियों के अधिकार

वन व वनवासी: संपूर्ण विश्व में मानव समुदाय बड़ी मात्रा में वनों से प्राप्त होने वाले उत्पादों व सेवाओं पर निर्भर करते हैं। वृक्षों से मनुष्य को मकान, फर्नीचर और रेल मार्ग बनाने के लिए लकड़ी, कागज बनाने के लिए लुग्दी, भोज्य पदार्थ व प्रतिदिन प्रयोग की विभिन्न वस्तुएं जैसे तेल, रेजिन व लाख आदि प्राप्त होते हैं। बहुत से घरों को इन पदार्थों के विक्रय से ही आय प्राप्त होती है। भारत व बहुत से अन्य विकासशील देशों में लकड़ी ही ऊर्जा का मुख्य स्रोत है। इसके अतिरिक्त वृक्ष मृदा संरक्षण, जल संग्रहण व जलवायु के संतुलन में भी महत्त्वपूर्ण भूमिका निभाते हैं। इस प्रकार प्रत्यक्ष व अप्रत्यक्ष रूप से संपूर्ण मानव सभ्यता वनों का प्रयोग करती है किंतु वनों में व वनों के आसपास रहने वाले आदिवासियों व ग्रामवासियों के लिए वानिकी ही जीवन का मुख्य आधार है। वन और आदिवासी एक-दूसरे के पूरक हैं। भारत में भी वनों के निकट रहने वाले 60 मिलियन आदिवासियों का जीवन पूर्णतः वनों पर निर्भर है। शताब्दियों से ये एक-दूसरे के अविच्छिन्न अंग रहे हैं। इनका आर्थिक, सामाजिक जीवन, संस्कृति व परंपराएं वनों पर आधारित हैं। आज वनवासियों और प्रकृति के बीच शताब्दियों से स्थापित यह संतुलन बिगड़ रहा हैं। इसके मूल में जनसंख्या वृद्धि और आधुनिक विकास संबंधी नीतियां हैं।

भारत में वनों की स्थिति व प्रकार: भारत में वन अत्यंत असमान रूप से वितरित हैं। भारतीय मुख्य भूमि को वन क्षेत्रों की उपलब्धता के आधार पर पांच प्रदेशों में बांटा जा सकता है।

क्षेत्र	वनावरण प्रतिशत में
हिमालय क्षेत्र	18%
उत्तरी मैदानी क्षेत्र	5%
प्रायद्वीपीय पठार और पहाड़ी क्षेत्र	57%
पश्चिमी घाट और तटीय प्रदेश	10%
पूर्वी घाट और तटीय प्रदेश	10%
कुल	100%

इस विभाजन में अंडमान व निकोबार द्वीप समूह तथा लक्षद्वीप को सम्मिलित नहीं किया गया है। भारत के पर्यावरण व वन मंत्रालय द्वारा वर्ष 2003 में जारी फॉरेस्ट रिपोर्ट के अनुसार भारत में 1999 से 2003 तक संपूर्ण वन क्षेत्र में 6% की वृद्धि दर्ज की गई जबकि फॉरेस्ट रिपोर्ट 2005, जिसे वर्ष 2008 में प्रस्तुत किया गया,

के अनुसार वर्ष 2002-2004 में देश के वनावरण में 728 वर्ग किमी.(0.11%) का ह्रास देखा गया।

इसके अनुसार भारत का कुल वनावरण 67.71 मिलियन हेक्टेयर था जो देश के कुल भूभाग का 20.6% था। इसमें से 5.46 मि. हेक्टेयर (1.66%) अत्यधिक सघन वन, 33.26 मि. हेक्टेयर (10.12%) मध्यम सघनता वाले वन और शेष 28.29 मि. हेक्टेयर (8.82%) खुले व .45 मि. हैक्टेयर मेंग्रोव थे।

मध्य प्रदेश में देश का सर्वाधिक वनावरण 7.6 मि. हेक्टेयर (11.22%) पाया गया। इसके बाद 10.01% के साथ अरुणाचल प्रदेश दूसरे स्थान पर व 8.25% के साथ छत्तीसगढ़ तीसरे स्थान पर था। उत्तर-पूर्व के 7 राज्यों में देश के कुल वनावरण का 25.11% पाया गया। देश के 188 जनजातीय जिलों में भारत के कुल वनावरण का 60.11% भाग पाया गया।

1964 में लियरमोंथ ने भारत की संपूर्ण भूमि को विभिन्न वन्य क्षेत्रों में विभाजित किया था। संक्षेप में भारत के पांच प्रमुख जलवायु आधारित वन्य क्षेत्र निम्न हैं।

आर्द्र उष्ण कटिबंधीय (moist tropical) *वन*: भारत में पाए जाने वाले आर्द्र उष्ण कटिबंधीय वन दो प्रकार के हैं। आर्द्र उष्ण कटिबंधीय सदाबहार वन और उप आर्द्र उष्ण कटिबंधीय सदाबहार वन। आर्द्र उष्ण कटिबंधीय वन मुख्यत: पश्चिम घाट और असम की पहाड़ियों पर मिलते हैं। ये उन स्थानों पर विकसित होते हैं जहां वर्षा 120 इंच से अधिक होती है। उप आर्द्र उष्ण कटिबंधीय सदाबहार वन बंगाल और उड़ीसा में पाए जाते हैं। उष्ण कटिबंधीय सदाबहार वनों का एक प्रकार उष्ण कटिबंधीय पतझड़ वन भी है जिन्हें मानसून वन भी कहते हैं। गर्मी के मौसम में इन वनों के अधिकांश वृक्ष अपनी पत्तियां गिरा देते हैं। यह भारत के संपूर्ण वनों का 37% है और आर्थिक दृष्टि से सबसे अधिक मूल्यवान हैं। साल, टीक, चंदन, शीशम, महुआ आदि मुख्य वृक्ष हैं।

आर्द्र उष्ण कटिबंधीय वनों का उप प्रकार ज्वरीय वन भी हैं। यह दलदली क्षेत्रों में पाए जाते हैं। इनमें वृक्षों की जड़ें जमीन से बाहर की ओर निकली रहती हैं। इन्हें मेंग्रोव (mangrove) वनों के नाम से भी जाना जाता है। मेंग्रोव वन भारत की सभी मुख्य नदियों के डेल्टा क्षेत्रों में पाए जाते हैं।

शुष्क उष्ण कटिबंधीय वन (dry tropical): अपारगम्य मृदा के ऊपर पाई जाने वाली उष्ण रेतीली मृदा में शुष्क उष्ण कटिबंधीय वन पाए जाते हैं। ये छोटे वृक्षों व झाड़ियों के बीच-बीच में पाए जाने वाले लंबे वृक्षों के लिए जाने जाते हैं। नदियों के किनारों पर पाए जाने वाले उत्तरी शुष्क उष्ण कटिबंधीय वन (The Northern dry tropical riverside forest) खैर, शीशम, बबूल मुख्यत: उत्तर के बाढ़ के मैदानों में पाए जाने वाले मुख्य वृक्ष हैं। उत्तर प्रदेश का गोंडा, बहराइच क्षेत्र बेल के वृक्ष के लिए जाना जाता है। अकेसिया घास और पॉम के वृक्ष गंगा के मैदान की मुख्य विशिष्टता है। शिवालिक की एल्यूमिनियम मृदा में शुष्क बांस की विभिन्न प्रजातियां मिलती हैं।

शुष्क उष्णकटिबंधीय पतक्षड़ वनों में सवाना प्रकार के वृक्ष घास के मैदान पाए जाते हैं। उष्ण कटिबंधीय शुष्क सदाबहारी वन मद्रास से पॉइन्ट कालीमेयर (Calimere) तट की समुद्री पट्टी पर पाए जाते हैं।

कंटीले वन (Thorn Forest) खुले बौने वन हैं जो 30 इंच से कम वर्षा वाले क्षेत्रों में पाए जाते हैं। यह उत्तर पश्चिम में और पश्चिमी घाट के वृष्टि छाया प्रदेश में पाए जाते हैं। यह ईंधन व चारे के महत्त्वपूर्ण स्रोत हैं। खैर, कत्था यहां के दो प्रमुख उत्पाद हैं।

पर्वतीय उप उष्णकटिबंधीय वनों को अविकसित उष्णकटिबंधीय वन भी कहा जा सकता है। यह उष्ण कटिबंधीय वनों की तरह सघन नहीं होते। यह नीलगिरी का पलानी व पहाड़ियों पर 3500 से 5000 फीट की ऊंचाई तक मिलते हैं। इनके उप प्रकार पश्चिमी घाट के ऊंचे क्षेत्रों, सतपुड़ा/मैकाल चोटियों, माउंट आबू और अरावली पहाड़ियों पर मिलते हैं। ओक, चेस्टनट, एश व बीच वृक्ष मुख्यतः हिमालय व असम में 70 से 700 फीट की ऊंचाई पर पाए जाते हैं।

उप उष्णकटिबंधीय पाइन वन हिमालय के ढालों पर 3000 से 6000 फीट की ऊंचाई पर मिलते हैं। चिर वृक्ष यहां की मुख्य प्रणाली है।

उप उष्णकटिबंधीय शुष्क सदाबहार वन हिमालय के फुटहिल्स और पंजाब व कश्मीर के सीमित क्षेत्रों में 1500-5000 फीट की ऊंचाई पर पाए जाते हैं।

उप उष्णकटिबंधीय पर्वतीय सवाना वन अरावली व नीलगिरी के विस्तृत क्षेत्रों पर पाए जाते हैं।

पर्वतीय शीतोष्ण वन (Montane Temperate) मंगोलिया, एल्म, प्रून्स इस प्रकार के वनों के मुख्य वृक्ष हैं।

भारतीय इतिहास के परिप्रेक्ष्य में वन व वनवासियों के संबंध

आदि प्रस्तर काल से मानव सघन वनों व वृक्षों पर निर्भर रहा है। नव प्रस्तर काल में मनुष्य ने ईंटों के घर बनाना आरंभ कर दिया था। ऐसा अनुमान लगाया गया है कि ईंटें लकड़ियों को जला कर पकाई जाती थीं। पंजाब तथा सिंध के मोहनजोदड़ो व हड़प्पा की खुदाई में कई प्रजातियों की लकड़ियों के अवशेष मिले हैं। जिन लकड़ियों को पहचानना संभव हो सका है उनमें देवदार, बेर, शीशम व इल्म प्रजातियां प्रमुख हैं।

आर्य कालः एक अनुमान के अनुसार आर्य भारत में 2000 से 1800 ईसा पूर्व में आए। तब यहां उच्च कोटि की द्रविड़ सभ्यता फल-फूल रही थी जिसका सघन विस्तृत वनों तथा वन्य प्राणियों से पूर्ण सामंजस्य था।

वैदिक कालः वेद, उपनिषद् तथा आरण्यकों की रचना अनुमानतः 1500 ईसा पूर्व में की गई। इनमें वृक्षों एवं वन्य पशुओं के बारे में पर्याप्त जानकारी दी गई है।

रामायण एवं महाभारत कालः महाकाव्य रामायण में नैमिषारण्य, चित्रकूट, दण्डकारण्य, पंचवटी, किषकंधा, विन्ध्य कानन व लंका के वनोपवन का विस्तृत विवरण किया गया है। महाभारत में भी द्वैत वन, काम्यक वन, खांडव वन, कदली वन, सौगंधिक वन, द्वारका वनों का विवरण मिलता है।

मौर्य काल: मौर्य काल में वनों के बारे में कई स्त्रोतों जैसे कौटिल्य का *अर्थशास्त्र* (321 ई.पू.), मैगस्थनीज की *इंडिका* (305 ई.पू.) *मुद्राराक्षस*, अशोक के लेख (273-236 ई.पू.) इत्यादि से जानकारी प्राप्त है। इस काल के सबसे महत्त्वपूर्ण अभिलेख कौटिल्य के *अर्थशास्त्र* के अनुसार चन्द्रगुप्त मौर्य के काल में वन विभाग एक स्वतंत्र विभाग था। इस विभाग के अध्यक्ष को कूपाध्यक्ष कहा जाता था तथा अन्य विभागाध्यक्षों के अनुसार उसे 1000 पनस का वेतन दिया जाता था। उसका कार्य था–(i) वनों की उत्पादन क्षमता में वृद्धि करना; (ii) वृक्षों की कीमत निर्धारित करना; (iii) वनों में पाए जाने वाले मजबूत वृक्षों का वर्गीकरण करना। मैगस्थनीज के अनुसार वनों को तीन श्रेणी में बांटा गया था–(i) आरक्षित वन (ii) जन वन (iii) ब्राह्मणों को दान दिए गए वन।

ऐसा माना जा सकता है कि "जन-वन" आम जनता व वनवासियों को वन उत्पादों के प्रयोग का अधिकार प्रदान करते रहे होंगे। गुप्त काल के वनों का विवरण चीनी यात्री ह्वेनसांग जिसने 629 से 645 ई. पू. में भारत यात्रा के लेखों में मिलता है। उसके अनुसार उस समय आमरा तथा अशोक वृक्ष के वन उगाए जाते थे। वन आय के स्त्रोत थे तथा वनोपज का दोहन करने हेतु राजमार्ग तथा वन मार्ग बनवाए गए। गुप्त काल के बाद देश छोटे-छोटे राज्यों में बंट गया। मुगल काल (1526 से 1700) तक भारत का बड़ा भाग एक साम्राज्य में रहा। मुगल सम्राट वन प्रेमी नहीं थे किंतु उन्होंने कई उद्यान बनवाए व शिकारगाह विकसित किए। (तिवारी, डी. एन., 1991)

अंग्रेजी शासन

अंग्रेजी शासन के आरंभ में कृषि व वनों पर निर्भर ग्रामवासी अपने चारों ओर फैले हुए अपार जंगलों व परती भूमि का लाभ लिया करते थे। उदाहरणार्थ गढ़वाल की परती भूमि अथवा वनों ने आरंभ में अंग्रेजी शासकों का ध्यान कभी अपनी और आकृष्ट नहीं किया यद्यपि अंग्रेजी शासन निर्यात किए जाने वाले भैषजिक पौधों पर उपकर लगाता था किंतु अन्य वनोपजों के प्रयोग की छूट थी। इसी तरह मद्रास में परंपरानुसार गांवों की सरहद के भीतर उनके अपने स्वामित्व वाले वन थे। कृषक शासक वर्ग को निश्चित शुल्क देते थे। उसके एवज में समुदायों द्वारा जंगलों पर स्थापित अधिकार की मान्यता शासन प्रदान करता था।

वनवासी अपने दैनिक जीवकोपार्जन हेतु अनेक प्रकार से वनों पर आश्रित थे। कई स्थानों पर झूम कृषि का प्रचलन था। वन विषयों में शासन की दिलचस्पी 1806 में मालाबार में सागोन वृक्षों के आरक्षण के रूप में परिलक्षित हुई। संभवत: साम्राज्यवादी मंसूबों के तहत ओक वृक्षों के जंगलों के ह्रास के कारण इंग्लैंड में इमारती लकड़ी की निरंतर आपूर्ति, खासकर ब्रिटिश नौसेना के लिए बहुत आवश्यक थी। साम्राज्यवादी शक्तियों की प्रतिस्पर्धा की बेला में भारतीय लकड़ी ने ही नेपोलियन के विरुद्ध इंग्लैंड की रक्षा की तथा बाद में यही इमारती लकड़ी नाविक शक्ति के रूप में उभर कर सामने आई।

रेलवे के विस्तार के लिए अंग्रेजी शासन ने कई वनों को काट डाला। वनों के इस ह्रास को देखते हुए 1862 में तत्कालीन गवर्नर जनरल ने एक ऐसे विभाग की आवश्यकता महसूस की जो रेलों के लिए लकड़ी की आवश्यकताओं को पूरा कर सके। (तिवारी, डी. एन. 1991)

अतः प्रयोग के तौर पर बॉम्बे, मद्रास और सिंध में वन विभागों की स्थापना के बाद 1864 में एक जर्मन वनस्पतिशास्त्री और भारतीय वनों के प्रथम इंस्पेक्टर जनरल डेट्रिच ब्रांडिस के निरीक्षण में एक ''इंपीरियल फॉरेस्ट डिपार्टमेंट'' की स्थापना की गई। इस नए विभाग ने 1865 में भारतीय वन अधिनियम (Indian Forest Act) बनाया। यद्यपि औपनिवेशिक शासन ने 1865 के वन अधिनियम को अनुपयुक्त पाया क्योंकि इससे पारंपरिक अधिकारों की मान्यता के कारण राज्य के वनों पर पूर्ण अधिकार करने की प्रक्रिया में बाधा पड़ रही थी। एक परिचर्चा के बाद 1878 में एक नया अधिनियम पारित किया गया जिसे 1890, 1901, 1918 और 1919 में संशोधित किया गया और 1927 में इसका अंतिम रूप सामने आया। 1927 का वन अधिनियम 1878 के अधिनियम की संरचना पर आधारित है और आज भी प्रासंगिक है। इस अधिनियम के 1865 के रूप से 1878 तक के रूपांतरण के दौरान हुई परिचर्चा अत्यंत महत्त्वपूर्ण रही क्योंकि इसने वनवासियों व वनों पर निर्भर अनेक समुदायों के भविष्य को सुनिश्चित किया।

ब्रांडिस और बाडेन पॉवेल विवाद: भारत में वन कानून संबंधी परिचर्चा में दो पूर्णतया विपरीत मत श्री बी. एच. बाडेन पॉवेल और मद्रास रेवेन्यू बोर्ड के थे। पॉवेल का मत था कि भारत में वनों पर राज्य का पूर्ण अधिकार होना चाहिए व वर्तमान सामुदायिक पारंपरिक अधिकारों को पूर्णतया समाप्त कर देना चाहिए साथ ही वनवासियों द्वारा वन भूमि के किसी भी तरह के प्रयोग पर रोक लगा देनी चाहिए। इस मत के अनुसार केवल राज्य द्वारा दिए गए कानूनी अधिकारों को ही मान्यता दी जानी चाहिए। दूसरी ओर मद्रास रेवेन्यू बोर्ड का मानना था कि वन भूमि पर आदिवासी समूहों व ग्रामवासियों का सामूहिक स्वामित्व रहा है व इसे मान्यता मिलनी चाहिए। बोर्ड का मानना था कि इस सामूहिक स्वामित्व की प्रथा व समुदायों के जीवन निर्वाह में घनिष्ठ संबंध है और इसकी मौद्रिक भरपाई नहीं की जा सकती।

इन दोनों विपरीत मतों के मध्य श्री डेट्रिच ब्रांडिस ने एक मध्यम मार्ग अपनाया। जहां एक ओर उन्होंने वन भूमियों पर राज्य के अधिकार का समर्थन किया वहीं उन्होंने गांवों के परिधि क्षेत्रों में लघु वनावरणों पर स्थानीय समुदायों के द्वारा प्रबंधन व नियंत्रण की आवश्यकता पर भी बल दिया। ब्रांडिस ने बॉडेन पॉवेल द्वारा प्रस्तावित सामुदायिक अधिकारों के स्वैच्छिक रूप से पूर्ण उन्मूलन पर आपत्ति व्यक्त की व न्यायपूर्ण वनाधिकारों के निर्धारण का समर्थन किया।

इस प्रकार **1878 का अधिनियम** वास्तव में बाडेन पॉवेल मॉडल पर आधारित था जिसमें ब्रांडिस के कुछ सुझावों को सम्मिलित किया गया था। इसने राज्य के स्वामित्व को तीन प्रकारों–(1) संरक्षित वन (2) ग्राम वन व (3) प्रारक्षित वनों में वर्गीकृत किया। इसने वनाधिकार के निर्धारण के लिए एक अत्यंत जटिल पद्धति को सम्मिलित किया। इसमें कानून का उल्लंघन होने पर दंड का भी प्रावधान किया गया। शिकार पर प्रतिबंध को छोड़कर इसमें संरक्षण से संबंधित कोई प्रावधान नहीं था। इसके अनुसार वन राज्य की व्यक्तिगत संपत्ति थी जिनसे राज्य लकड़ियां व कर प्राप्त कर सकता था। इस प्रकार एक

ही झटके में औपनिवेशिक शासन ने शताब्दियों पुराने वनवासियों व ग्रामवासियों के पारंपरिक जीवन निर्वाह प्रतिरूप व संस्कृति पर गहरा आघात किया।

भारतीय वन अधिनियम, 1927: भारतीय वन अधिनियम, 1927 आज भी बहुत से भारतीय राज्यों के वन कानूनों के लिए मॉडल है। यह भारतीय वनों के भाग्य के निर्धारण का प्रथम कानूनी संयंत्र था। इसने राज्य को एक ऐसा तरीका दिया था जिससे भारत की आधी भूमि को सरकारी भूमि में तब्दील किया जा सकता था। यद्यपि भारत के वनों में लंबे समय से वनवासी समुदाय रह रहे थे, वन संसाधनों को न केवल वे बल्कि वनों के समीप रहने वाले ग्रामवासी भी अपने जीवन निर्वाह के लिए प्रयोग करते थे। एक लंबे समय तक वनों पर निर्भरता से इन्होंने वनों के प्रयोग, संरक्षण व अधिकारों के लिए कुछ पारंपरिक नियमों व दिशा-निर्देशों का विकास किया था। किंतु 1927 के अधिनियम में इन स्थानीय पारंपरिक नियमों व कानूनों को कोई स्थान नहीं दिया गया।

इस अधिनियम में केवल दो ही विषयों पर बल दिया गया है: (1) लकड़ी के उत्पादन पर नियंत्रण व (2) वन क्षेत्रों का अधिग्रहण। इससे ब्रिटिश सरकार के सही इरादों को समझा जा सकता है। 1927 का यह अधिनियम कई वर्षों तक भारतीय वन भूमि के भाग्य का निर्धारण करता रहा यहां तक कि स्वतंत्रता के बाद भारत सरकार ने बिना किसी संशोधन के इसे अपनाया व जारी रखा, कई राज्यों ने अपने वन अधिनियम इसी मॉडल के आधार पर बनाए।

स्वतंत्रता के पश्चात

1950 में भारत सरकार ने वनों को "राज्य सूची" में सम्मिलित किया। 1952 में भारत सरकार ने एक राष्ट्रीय वन नीति बनाई जो कागज पर तो वनों के संरक्षण व पारिस्थितिकीय महत्त्व पर बल देती थी किंतु इस नीति से संबंधी निर्णय किसी वास्तविक योजना व विधान के रूप में परिवर्तित नहीं हो पाए। 1972 के वन्य जीवन संरक्षण अधिनियम के द्वारा असंख्य आदिवासी वन क्षेत्रों से विस्थापित कर दिए गए।

1977 में 42वें संविधान संशोधन द्वारा वन समवर्ती सूची के विषय बन गए अर्थात् अब संसद व राज्य विधानसभाएं दोनों इस संबंध में कानून बना सकते थे। वनों के संरक्षण पर ध्यान देते हुए भारत सरकार ने 1980 में एक नया कानून बनाया।

वन (संरक्षण) अधिनियम, 1980 और संशोधन 1988: 1980 के अधिनियम को वन भूमि के अन्य उद्देश्यों के लिए परिवर्तन को रोकने के लिए बनाया गया। यह अधिनियम व्यावसायिक उद्देश्य के लिए वन भूमि के रूपांतरण की अनुमति देता है यदि केंद्रीय सरकार से (क्लियरेंस) शोधन ले लिया जाए। 1988 में वन (संरक्षण) अधिनियम, 1980 में एक संशोधन किया गया। इस संशोधन के अनुसार किसी भी व्यक्ति, कंपनी या संस्थान को वन भूमि के प्रयोग के लिए केंद्र सरकार से अनुमति लेना अनिवार्य है। इसके प्रत्युत्तर में केंद्र वित्त आयोग द्वारा निर्धारित फार्मूले के अनुसार कर की क्षति की भरपाई

के रूप में राज्यों को मुआवजा देगा। यही नहीं यह अधिनियम वनवासियों के अधिकारों को वनों की वहन क्षमता से जोड़कर उनमें कटौती भी करता है।

वन नीति 1988: भारत एक ऐसा देश है जिसने 1894 में अपनी प्रथम वन नीति बनाई थी जिसमें स्थायी कृषि को वानिकी से अधिक प्राथमिकता दी गई। स्वतंत्रता के बाद भारत के तीव्र आर्थिक विकास की आवश्यकता को देखते हुए 1952 में वन नीति में संशोधन किए गए। इसमें वनों के महत्त्व को समझते हुए उनके विस्तार, प्रबंधन, आर्थिक उपयोग व संरक्षण पर बल दिया गया।

वनों व जैव विविधता के तीव्र ह्रास और इस संदर्भ में अंतर्राष्ट्रीय स्तर की परिचर्चा ने भारत सरकार का ध्यान पुनः खींचा और सरकार ने 1988 में एक नई वन नीति प्रस्तुत की। इसमें जैवविविधता के संरक्षण, पारिस्थितिकीय संतुलन के पुनर्स्थापन और बचे हुए प्राकृतिक वनों के संरक्षण की बात की गई है। इस नीति में वन और स्थानीय समुदायों के अटूट संबंध, उनके पारंपरिक अधिकारों के संरक्षण और उनके जीवन निर्वाह के लिए वनों की उपयोगिता पर बल दिया गया व इसमें वनारोपण व सामाजिक वानिकी की आवश्यकता को भी उजागर किया गया है।

चूंकि 1988 की नीति ने वनों के संरक्षण व पुनर्त्पादन में स्थानीय निवासियों की भागीदारी पर विचार किया अतः सरकार ने वन ह्रास वाले क्षेत्रों में वनों के पुनर्त्पादन में वनवासियों व गैर-सरकारी संगठनों की भागीदारी के लिए संयुक्त वन प्रबंधन (Joint Forest Management (JFM)), नोटीफिकेशन जारी किया।

1988 की नीति की मुख्य विशेषताएं निम्न हैं:

1. पर्यावरणीय स्थिरता और पारिस्थितिकीय संतुलन को बनाए रखने को सर्वोच्च प्राथमिकता;
2. वनारोपण, सामाजिक, वानिकी और फार्म वानिकी को बड़े पैमाने पर अपनाने की आवश्यकता;
3. गैर वन-प्रयोजनों के लिए वन भूमि का सीमित तथा नियमित उपयोग;
4. आदिवासी एवं वनों के बीच सहजीवी संबंधों के विकास तथा शोषण से मुक्ति दिलाने का प्रयास;
5. झूम कृषि को व्यवस्थित करने पर जोर;
6. वनों पर आधारित उद्योगों को रियायती दरों पर वन उत्पादों की आपूर्ति की परंपरा की समाप्ति;
7. वन अनुसंधान, शिक्षा एवं प्रसार में समन्वय तथा उत्पादकता को बढ़ावा।
8. वानिकी के लिए अधिक वित्तीय सहायता।

जून 1990 के दिशानिर्देश और संयुक्त वन प्रबंधन: 1988 की नीति के सही क्रियान्वयन के लिए भारत सरकार ने 1 जून 1990 को एक प्रस्ताव जारी किया। इसके द्वारा वन विभाग के लिए स्थानीय समुदायों को वन प्रबंधन में सम्मिलित करना संभव हो गया। जून 1990 के प्रस्ताव ने प्रथम बार वन भूमियों पर समुदायों के अधिकारों का संरक्षण

किया। इसने सरकार व लोगों के बीच मध्यस्थ के रूप में गैर-सरकारी संगठनों की संभावित भूमिका को भी पहचाना। इस योजना की मुख्य विशिष्टताएं निम्न थीं:

- वन भूमियों तक पहुंच व वनोत्पादों के प्रयोग का अधिकार उन ग्रामवासियों को दिया जाए जो ग्राम संगठनों के रूप में संगठित हैं।
- वनवासियों को वनोत्पादों के प्रयोग के अधिकार दिए जाएं। इसके बाद भी यदि वे सफलतापूर्वक वनों का संरक्षण करते हैं तो उन्हें काष्ठ व अन्य वनोत्पादों की बिक्री से प्राप्त लाभ का 20 से 60 प्रतिशत तक दिया जाए।
- ईंधन, चारे व काष्ठ के लिए वृक्षों के साथ-साथ उन्हें फलों के लिए भी वनारोपण की अनुमति दी जाए।
- ग्राम समुदाय द्वारा संरक्षित वन क्षेत्रों में चराई की अनुमति नहीं दी जाए। किंतु ग्रामीणों को अपने पशुओं के चारे के लिए घास काट कर ले जाने की अनुमति दी जाए।
- लाभ प्राप्तकर्ताओं और स्वैच्छिक संगठनों को वन भूमियों का किसी प्रकार का स्वामित्व या पट्टे का अधिकार नहीं दिया जाए।
- यदि वनों में चराई या अतिक्रमण को रोकना संभव न हो तो इन वनों के प्रयोग से प्राप्त होने वाले लाभों के अधिकार को रोक दिया जाए।
- यह सुनिश्चित किया जाए कि लोगों की भागीदारी से प्राप्त होने वाले लाभ केवल स्थानीय समुदायों को ही मिले न कि अन्य व्यवसायिक संगठनों को।

अनुसूचित जनजाति और अन्य पारंपरिक वनवासियों के वन अधिकार संबंधी कानून 2006 (The Scheduled Tribes and other Traditional Forest Dwellers (Recognition of Forest Rights) Act, 2006)

अनुसूचित जनजाति और अन्य पारंपरिक वनवासियों के वन अधिकार संबंधी कानून 2006, 31 दिसंबर 2007 को लागू कर दिया गया। इस कानून की प्रस्तावना में उल्लेख किया गया है कि यह "एक ऐसा कानून है जो वनों में निवास करने वाली जनजातियों और अन्य वनवासियों के वन भूमि पर अधिकार और उनके वन आधारित रोजगार को मान्यता देता है। ये ऐसी जनजातियां हैं जो पीढ़ियों से वनों में निवास कर रही थीं किंतु उनके अधिकारों को कभी रिकॉर्ड नहीं किया जा सका।"

जनजातियों व वन में निवास करने वाले अन्य व्यक्तियों के अधिकार

इस कानून के द्वारा वनवासियों के मुख्यत: निम्न अधिकार सुनिश्चित किए गए हैं।

1. स्वामित्व संबंधी अधिकार: इस कानून के अनुसार किसी भी परिवार को अधिकतम 4 हैक्टेयर भूमि का अधिकार दिया जा सकता है। यह भूमि भी केवल वही होगी जिस पर यह परिवार पहले से निर्भर है। अर्थात् कोई भी नई जमीन इन वनवासियों को नहीं दी जाएगी।

2. प्रयोग संबंधी अधिकारः इसके अंतर्गत यह कानून विभिन्न (माइनर) वनोत्पादों के संग्रहण, बिक्री व प्रयोग के अलावा, वन क्षेत्रों में पाए जाने वाले जल, चरागाहों व पगडंडियों के प्रयोग को सुनिश्चित करता है।

3. विकास अनुदान और मुआवजे संबंधी अधिकारः अवैधनिक निष्कासन या बलात विस्थापन के बदले में मुआवजे का अधिकार भी इस कानून में सुनिश्चित किया गया है और वनवासियों को उनके विकास का भी अधिकार दिया गया है।

4. वन प्रबंधन का अधिकारः वन जनजातियों व अन्य निवासियों को वनों के संरक्षण पुनर्त्पादन और प्रबंधन का अधिकार भी दिया गया है।

5. जैवविविधता के संरक्षण व बौद्धिक संपत्ति का अधिकारः पारंपरिक ज्ञान व पद्धतियों के द्वारा जैवविविधता के संरक्षण और बौद्धिक संपत्ति के अधिकार को भी इस कानून में मान्यता दी गई है।

योग्यता संबंधी मापदंडः इस कानून के द्वारा अपने अधिकारों को प्राप्त करने का प्रथम मापदंड है कि वह व्यक्ति या परिवार वन क्षेत्र में निवास करता हो और वन भूमि पर अपने जीवन निर्वाह के लिए निर्भर हो। इसके अतिरिक्त या तो वह उस क्षेत्र में सूचित अनुसूचित जनजाति का सदस्य हो या पिछले 75 वर्षों से वनों में रह रहा हो।

अधिकारों को मान्यता देने की प्रक्रियाः इस कानून के खंड 6(1) के अनुसार सर्वप्रथम ग्राम सभा या ग्राम पंचायत वनों व वन संसाधनों पर अधिकारों के समर्थन में एक प्रस्ताव पारित करेगी (इसमें यह निर्धारित किया जाएगा कि कौन-सी भूमि किस व्यक्ति या समुदाय से संबंधित है और 13 दिसंबर 2005 को कौन-कौन से व्यक्ति वन भूमि का प्रयोग कर रहे थे।) यह प्रस्ताव तालुक या सब डिवीजन स्तर पर पुनः मूल्यांकित किया जाएगा और उसके बाद जिला स्तर पर इसका पुनः मूल्यांकन होगा।

वन्य जीवन के संरक्षण के लिए पुनर्वास

इस कानून का खंड 4(2) वन्य जीवन संरक्षण के लिए आदिवासियों व अन्य वनवासियों के पुनर्वास की प्रक्रिया को निर्धारित करता है। इसका प्रथम चरण यह निर्धारित करना है कि पुनर्वास अत्यंत आवश्यक है और इसका कोई विकल्प नहीं है। इसे समुदायों की सलाह व सहयोग से ही किया जा सकता है। दूसरा चरण यह है कि विस्थापन व पुनर्वास के लिए स्थानीय समुदायों की सहमति आवश्यक है तथा अंत में पुनर्वास के लिए केवल मुआवजा ही नहीं दिया जाएगा वरन् उन्हें जीवन निर्वाह सुरक्षा भी प्रदान की जाएगी।

आलोचना व विरोध

पर्यावरणविदों व वन्य जीवन के संरक्षणवादियों ने इस आधार पर इस कानून का विरोध किया कि यह वनों व वन्य जीवों के संरक्षण को बाधित करेगा। इसके अतिरिक्त उनका यह भी कहना था कि इसका मूलभूत उद्देश्य विलयित कर दिया गया है। इसमें जनजातियों के बदले में वनों पर निर्भर अन्य समुदायों के अधिकारों के प्रारक्षण को प्रधानता दी गई है।

वन संरक्षण अधिनियम 1980 में गौण वनोत्पादों के प्रयोग पर कड़ी सजा के प्रावधान थे जबकि 2006 का यह कानून वनवासियों द्वारा गौण वनोत्पादों के प्रयोग को वैधानिक स्वरूप प्रदान करता है।

इस कानून के अनुसार प्राथमिक लाभ प्राप्त करने वाले आदिवासी व वनवासी वही लोग होंगे जो रिकॉर्डेड वन क्षेत्रों में निवास करते हैं अनरिकॉर्डेड वन क्षेत्रों के वनवासियों के अधिकारों को कैसे सुनिश्चित किया जाएगा इसका इस कानून में कोई उल्लेख नहीं है।

पर्यावरण व वन मंत्रालय के ही आंकड़ों के अनुसार वर्ष 2005 से 2007 के बीच करीब 5.75 लाख हैक्टेयर वन भूमि जिसमें सघन वन भी सम्मिलित थे गैर वन उद्देश्यों जैसे खनन, ऊर्जा व अन्य विकास परियोजनाएं, के लिए दे दी गई।

100 से अधिक MoUs पर हस्ताक्षर किए गए। हम सभी इस तथ्य से अवगत हैं कि हमारे वन क्षेत्रों का 65% आदिवासी बहुल क्षेत्र है और 50 ऐसे जिले जहां सघन वन क्षेत्र हैं, में से 49 आदिवासी जिले हैं। ऐसे में प्रश्न यह उठता है कि वैश्वीकरण व आधुनिक विकास के इस युग में क्या हम केवल कानून बनाकर वनवासियों के अधिकारों को सुनिश्चित कर पाएंगे। अत: जरूरत है ऐसे जागरूक प्रयासों की जिनके द्वारा हम वनों व उनमें रहने वाले निवासियों के एकीकृत स्वरूप बचाए रख कर संस्थिर विकास को प्राप्त कर सकें।

वनों के प्रयोग संबंधी अधिकार

व्यक्ति, समुदाय व सरकार विविध उद्देश्यों के लिए वनों का प्रयोग करते हैं। सामान्यत: इसमें व्यवसायिक उद्देश्यों की ही प्रधानता रहती है जो वनों के बड़े पैमाने पर विघटन का कारण है। हाल ही में यह अनुभव किया गया कि वनवासियों ने वनों के प्रयोग के लिए कई ऐसी पद्धतियों को खोजा और अपनाया है जिससे वनों का वास्तविक स्वरूप प्रारक्षित रहता है। अत: वनों व वनों के प्रयोग पर इन समुदायों के अधिकारों को मान्यता देना व सुरक्षित करना आवश्यक है।

भूमि धारणाधिकार (land tenure) पर आधारित वन प्रयोग संबंधी अधिकार: वनों के प्रयोग के अधिकार किसी स्थान के भूमि अधिकारों पर निर्भर करते हैं। भूमि अधिकार विभिन्न व्यक्तियों, विभिन्न समयों और भूमि के विभिन्न पक्षों से संबंधित अधिकारों का बंडल है। वनों के क्षेत्र में यह अधिकार काफी जटिल है क्योंकि भूमि व वृक्ष संबंधी अधिकार पृथक रूप से निर्धारित होते हैं। यह पारंपरिक सामुदायिक अधिकारों व नवीन विधानों में अंतर के कारण भी जटिल हो गए हैं। यह अधिकार राजनैतिक, सामाजिक और आर्थिक शक्तियों से भी प्रभावित होते हैं। अत: अधिकांशत: यह भूमि पर वैधानिक स्वामित्व से निर्धारित होते हैं।

वन भूमि स्वामित्व और वन प्रयोग संबंधी अधिकार: वन भूमि स्वामित्व तीन प्रकार का हो सकता है–

1. व्यक्तिगत वन: इस प्रकार का वन भूमि स्वामित्व सबसे अधिक संकेंद्रित अधिकारों से संबंधित होता है।

2. सामुदायिक वनः सामुदायिक वनों पर अधिकारों को कम मान्यता प्राप्त है और कई बार इन्हें समझा भी नहीं गया है। सामुदायिक वनों में वृक्षों व उनके उत्पादों के प्रयोग प्रायः इसके प्रकार व संग्रह करने के समय से निर्धारित होते हैं।

3. राज्य वनः वन क्षेत्र के संबंध में भारत में राज्य अधिकृत वन सबसे अधिक हैं। वनों पर राज्यों का अधिकार औपनिवेशिक शासन और स्वतंत्र भारत की सरकारों दोनों ने आरंभ किया।

संरक्षित व प्रारक्षित वन और वनों के प्रयोग के अधिकारः संरक्षित व प्रारक्षित वन भारतीय वन अधिनियम 1927 के अनुसार राज्य अधिकृत क्षेत्र हैं। सामान्य अवधारणा है कि राज्य अधिकृत वन स्थानीय लोगों के लिए पूर्णतया प्रतिबंधित हैं किंतु 1927 के अधिनियम कें अनुसार वृक्षों की कुछ ही प्रजातियां संरक्षित सूची में हैं व शेष प्रजातियों के प्रयोग की पूर्ण छूट है।

संपूर्ण औपनिवेशिक शासन के दौरान संरक्षित व प्रारक्षित वनों का पारिभाषिक अंतर बहुत स्पष्ट नहीं रहा व स्वतंत्रता के बाद भी इस अस्पष्टता के कारण वनों का प्रबंधन बाधित हुआ है।

संवैधानिक प्रावधान

संविधान निर्माता अनुसूचित जनजाति की परिस्थितियों से भलीभाति अवगत थे तथा उनके उत्थान हेतु प्रयासरत थे। संविधान का अनुच्छेद 46 जो कि राज्यों के नीति निदेशक सिद्धांतों के पाठ का एक हिस्सा है, में वर्णित है कि:

"राज्य गरीब तबके के लोगों, विशेषकर अनुसूचित जाति तथा अनुसूचित जनजाति के लोगों के शैक्षिक तथा आर्थिक स्तर को सुधारने में विशेष रुचि लेगा, उन्हें सामाजिक न्याय दिलवाने एवं सभी प्रकार के शोषणों से उनकी रक्षा करेगा।"

यह अकेला अनुच्छेद राज्य की नीतियों (केंद्र तथा राज्य दोनों) के इस संबंध में क्रियान्वयन में सहायक सिद्ध हुआ। वास्तव में बहुत से संवैधानिक प्रावधान इसी अनुच्छेद से क्रियान्वित हुए।

अनुच्छेद 15 किसी नागरिक के प्रति धर्म, वंश, जाति, लिंग तथा जन्म स्थान के आधार पर किसी भी प्रकार के भेदभाव के विरुद्ध है।

इसी में धारा (4) के अंतर्गत राज्य सरकार को अनुसूचित जाति तथा अनुसूचित जनजाति के सदस्यों के उत्थान हेतु कार्य करने का विशेष प्रावधान किया गया है।

अनुच्छेद 16 सभी नागरिकों के लिए समानता के आधार पर रोजगार अथवा किसी सार्वजनिक कार्यालय में नियुक्ति हेतु अवसर प्रदान करता है लेकिन राज्य को अनुसूचित जनजाति के अभ्यार्थियों के लिए नियुक्तियों अथवा पदों के आरक्षण करने का अधिकार है।

अनुच्छेद 17 के अंतर्गत बोलने की स्वतंत्रता, विधान मंडल, संस्था, संघ, संपत्ति की प्राप्ति तथा निपटान, किसी व्यवसाय को करना, व्यापार करना व देश के किसी भी भाग में भ्रमण करने व निवास का अधिकार देता है, किंतु अनुसूचित जनजाति के हितों के प्रतिकूल होने पर कानून द्वारा ऐसे किसी भी अधिकार पर प्रतिबंध लगाया जा सकता है।

अनुच्छेद 23 के अंतर्गत मानवीय व्यापार करने, बेगार तथा अन्य प्रकार से बलपूर्वक काम कराने संबंधी रोक लगाना है। यह विशेष रूप से अनुसूचित जनजाति के लिए प्रासंगिक है। (*तिवारी, डी. एन., 1991*)

वृक्षों व वनों की रक्षा के जन आंदोलन

वृक्षों व वनों की रक्षा के लिए जन आंदोलनों का इतिहास बहुत पुराना है। यहां कुछ प्रमुख आंदोलनों का संक्षिप्त उल्लेख किया जा रहा है।

पेड़ों की रक्षा के लिए पेड़ों से चिपक जाने के आंदोलन की शुरुआत राजस्थान से हुई थी। यह स्वतंत्रता से पूर्व की घटना है। जब एक बार जोधपुर नरेश को राजमहल बनाने के लिए लकड़ी की आवश्यकता हुई तो उनके कर्मचारियों ने पेड़ काटना आरंभ किया, जिसका विरोध लोगों ने पेड़ों से चिपक कर किया। इसी से प्रेरित होकर स्वतंत्र भारत में उत्तर प्रदेश (वर्तमान उत्तरांचल) के गढ़वाल क्षेत्र में चिपको आंदोलन हुआ।

चिपको आंदोलन: यह आंदोलन 1973 में तत्कालीन उत्तर प्रदेश के चमोली जिले के गोपेश्वर नामक स्थान से शुरू हुआ। इस आंदोलन में महिलाओं ने श्रीमती गौरा देवी के नेतृत्व में बढ़-चढ़ कर हिस्सा लिया। इसमें गांववासियों ने पेड़ों से चिपक कर उन्हें कटने से रोका। श्री सुन्दर लाल बहुगुणा व चंडी प्रसाद भट्ट को इसका प्रणेता माना गया। बाद में इस आंदोलन का कार्य क्षेत्र और व्यापक हो गया व इसमें समग्र पर्यावरण की सुरक्षा को सम्मिलित कर लिया गया।

एप्पिको आंदोलन: यह आंदोलन भी अर्थ, संदर्भ और अभिप्राय में चिपको आंदोलन के ही सदृश है। अंतर केवल यह रहा कि यह दक्षिण भारत में केंद्रित था। इसके प्रणेता श्री पांडरंग हेगड़े हैं। चिपको की शैली यदि पेड़ों से चिपक कर बचाने की थी तो एप्पिको की शैली पेड़ों का आलिंगन करना थी। इस आंदोलन का नारा था–"उलिसु बेलेसु मत्तु बलिसु" अर्थात् बचाओ, बढ़ाओ और काम में लाओ। इस आंदोलन ने भी चिपको आंदोलन की तरह पेड़ और मनुष्य के जैविक, सांस्कृतिक और ऐतिहासिक रिश्तों के साथ आर्थिक रिश्तों पर भी बल दिया।

पश्चिमी घाट बचाओ आंदोलन: गोवा की पीपुल्स पार्टी द्वारा प्रायोजित पश्चिमी घाट बचाओ आंदोलन महाराष्ट्र में आरंभ किया गया। इस आंदोलन ने "जंगल बचाओ, मानव बचाओ" का नारा बुलंद किया। इसका मुख्य केंद्र पश्चिमी घाट थे। आंदोलनकारियों के अनुसार महाराष्ट्र सरकार की गलत नीतियों के कारण वहां के नासिक और अहमद नगर जिले की सहयाद्रि पर्वतमाला पर दूर-दूर तक पेड़ नहीं दिखाई देते थे। महाराष्ट्र सरकार के विकास निगम ने पेड़ लगाने के नाम पर युक्लिप्टस और बबूल का रोपण किया जिससे कोई वनोपज नहीं मिलती तथा यह जमीन से बहुत अधिक जल भी सोखते हैं। सार यह है कि अंधाधुंध पेड़ों की कटाई, उत्खनन, बांध निर्माण आदि क्रियाकलापों ने जबरदस्त प्राकृतिक असंतुलन पैदा कर दिया है, अतः पश्चिमी घाट के वनों का संर्वधन व संरक्षण आवश्यक है।

नक्सलवाद की समस्या

देश के 8 राज्यों के 33 जिले (झारखंड के 10, छत्तीसगढ़ के 7, बिहार के 6, उड़ीसा के 5, महाराष्ट्र के 2 व आंध्र प्रदेश, मध्य प्रदेश और उत्तर प्रदेश प्रत्येक का एक-एक जिला) नक्सलवाद की समस्या का सामना कर रहे हैं। ये भी क्षेत्र मुख्यतः वन व

आदिवासी बहुल क्षेत्र हैं। विभिन्न विकास परियोजनाओं के कारण इन क्षेत्रों में क्रमिक वनावरण ह्रास देखा गया। इन वन क्षेत्रों पर निर्भर रहने वाले आदिवासियों के जीवकोपार्जन के साधन समाप्त हो गए व नई आर्थिक गतिविधियों में उन्हें सम्मिलित नहीं किया जा सका। अतः इन क्षेत्रों की तीव्र आर्थिक वृद्धि के बावजूद वनवासियों की प्रतिव्यक्ति आय निम्नतम रही। कई वर्षों तक ये वनवासी साम्राज्यवादियों, सामंतवादियों, बड़े व्यवसायिक घरानों सूदखोरों, व्यापारियों, वन कर्मचारियों व सरकारों के शोषण के शिकार रहे।

वर्षों से उनकी अनसुनी शिकायतों को माओ त्जेडोंग की विचारधारा से जोड़कर व्यवस्थित रूप से शोषित किया गया। इन आंदोलनकारियों का उद्देश्य अब केवल आदिवासियों व ग्रामवासियों की सामाजिक व आर्थिक शिकायतों को दूर करने तक ही सीमित न रह कर राजनैतिक हो गया है। अब वे हथियारों के प्रयोग से राजनैतिक शक्ति प्राप्त करना चाहते हैं। सरकार माओवादियों को समाप्त करने के लिए अपने पुलिस बल को जंगल युद्ध की तकनीकों का प्रशिक्षण दे रही है यद्यपि आवश्यकता यह है कि वनवासियों व अन्य स्थानीय निवासियों के शोषण को रोका जाए व इन क्षेत्रों के संतुलित विकास पर ध्यान दिया जाए।

संदर्भ

- Saxena, N. C., "The Saga of Participatory Forest Management in India", Center for International Forestry Research: Indonesia, 1997
- तिवारी डी. एन., *वनों का मनमोहक संसार*, भारतीय वानिकी अनुसंधान एवं शिक्षा परिषद्: देहरादून, 1991
- Baxi, U. *The Crisis of the Indian Legal System*, Vikas Publishing House: Delhi 1982
- Arnold, David and Guha, Ramachandra, *Nature, Culture, Imperialism,* Oxford University Press: New Delhi, 1995.
- Gadgil, M. and Guha, R. *This Fissured Land: An Ecological Histroy of India*, Oxford University Press: Delhi, 1995
- Poffenberger, M. and McGean, B. (eds.) *Village Voices, Forest Choices*, Oxford University Press: New Delhi, 1995
- Nandkarni, M. V., The Political Economy of Forest Use and Management, 1989
- Guha R., "Forestry in British and Past-British India: A historical Analysis", *Economic and Political Weekly* 18 (44, 45 and 46: 1892-1896 and 1940-1946), 1983
- Pathak, A., *Contested Domains: The State, Peasants and Forests in Contemporary India*, Sage Publication: New Delhi 1994
- Shiva, Vandana, *Staying Alive Women Ecology and Survival*, Zed Books: London, 1989
- Cernea, M.M., *Putting People First: Sociological Variables in Rural Development,* Oxford University Press: Oxford, 1991

परिशिष्ट

शब्द संक्षेप

ABVP : Akhil Bhartiya Vidyarthi Parishad
एबीवीपी : अखिल भारतीय विद्यार्थी परिषद्
AIDMK : All India Anna Dravida Munetra Kazhagam
एडीएमके : ऑल इंडिया अन्ना द्रविड़ मुनेत्र कड़गम
AITUC : All India Trade Union Congress
एटक : अखिल भारतीय ट्रेड यूनियन कांग्रेस
ASEAN : Association of Southeast Asian Nation
आसियान : दक्षिणपूर्व एशियाई देशों का समूह
BJP : Bhartiya Janta Party
भाजपा : भारतीय जनता पार्टी
BSP : Bahujan Samaj Party
बसपा : बहुजन समाज पार्टी
CBD : Convention on Biological Diversity
सीबीडी : जैव विविधता कनवेंशन
CIRUS : Canada India Research US
साइरस : कनाडा इंडिया रिसर्च यूएस
CITES : Convention on International Trade in Endangered Species
सीआईटीईएस : कंवेंशन ऑन इंटरनेशनल ट्रेड इन एंडेंजर्ड स्पीशीज
CPCB : Central Pollution Control Board
सीपीसीबी : केंद्रीय प्रदूषण नियंत्रण बोर्ड
CRR : Cash Reserve Ratio
सीआरआर : नकद आरक्षित अनुपात
CSDS : Centre for the Study of Developing Societies
सीएसडीएस : सेंटर फॉर द स्टडी ऑफ डिवेलपिंग सोसायट्रीज
CSR : Corporate Social Responsibility
सीएसआर : कॉरपोरेट सोशल रिस्पांसिबिलिटी
DMK : Dravida Munnetra Kazhagam
डीएमके : द्रविड़ मुनेत्र कड़गम
DPEP : District Primary Education Programme
डीपीईपी : डिस्ट्रिक्ट प्राइमरी एजुकेशन प्रोग्राम
DRDA : District Rural Development Agency
डीआरडीए : डिस्ट्रिक्ट रूरल डिवेलपमेंट एजेंसी
ECB : External Commercial Borrowings
ईसीबी : एक्सटर्नल कॉमर्शियल बॉरोइंग्स

EVM : Electronic Voting Machine
ईवीएम : इलेक्ट्रॉनिक मतदान मशीन
EXIM : Export-Import
एक्जिम : आयात-निर्यात
FDI : Foreign Direct Investment
एफडीआई : प्रत्यक्ष विदेशी निवेश
FERA : Foreign Exchange Regulation Act
फेरा : विदेशी विनियम नियंत्रण अधिनियम
FICCI : Federation of Indian Chamber of Commerce and Industries
फिक्की : भारतीय वाणिज्यिक औद्योगिक व्यापार संघ
GDP : Gross Domestic Product
जीडीपी : सकल घरेलू उत्पाद
GDR : Global Depository Recept
जीडीआर : ग्लोबल डिपॉजिटरी रिसीट्
IAEA : International Atomic Energy Agency
आईएईए : अंतर्राष्ट्रीय परमाणु ऊर्जा एजेंसी
IAS : Indian Administrative Services
आईएएस : भारतीय प्रशासनिक सेवा
IFS : Indian Foreign Services
आईएफएस : भारतीय विदेश सेवा
ILO : International Labour Organisation
आईएलओ : अंतर्राष्ट्रीय श्रमिक संघ
IMF : International Monetary Fund
आईएमएफ : अंतर्राष्ट्रीय मुद्रा कोष
IPS : Indian Police Services
आईपीएस : भारतीय पुलिस सेवा
IRDP : Intergrated Rural Development Programme
आईआरडीपी : इंटीग्रेटेड रूरल डिवेलपमेंट प्रोग्राम
ITUF : Indian Trade Union Federation
आईटीयूएफ : इंडियन ट्रेड यूनियन फेडरेशन
MISA : Maintenance of Internal Security Act
मीसा : आंतरिक सुरक्षा व्यवस्था अधिनियम
MKSS : Mazdoor Kisan Shakti Sangathan
एमकेएसएस : मजदूर किसान शक्ति संगठन
MNS : Maharastra Navnirman Sena
मनसे : महाराष्ट्र नवनिर्माण सेना
MODVAT : Modified Value Added Tax
मोडवेट : मोडिफाइड वैल्यू एडेड टैक्स
MRTP : Monopolies and Restrictive Trade Practices
एमआरटीपी : एकाधिकार एवं प्रतिबंधित व्यापार प्रथाएं

NC	:	National Conference
एनसी	:	नेशनल कांफ्रेंस
NCEPC	:	National Committee on Environmental Planning and Coordination
एनसीईपीसी	:	नेशनल कमेटी ऑन एनवायरनमेंटल प्लानिंग एंड कॉरडिनेशन
NDC	:	National Development Council
एनडीसी	:	राष्ट्रीय विकास परिषद्
NGO	:	Non-Governmental Organization
एनजीओ	:	गैर-सरकारी संगठन
NPT	:	Non Proliferation Treaty
एनपीटी	:	परमाणु अप्रसार संधि
NREGA	:	National Rural Employment Guarantee Act
नरेगा	:	राष्ट्रीय ग्रामीण रोजगार गारंटी अधिनियम
NREP	:	National Rural Employment Programme
एनआरईपी	:	राष्ट्रीय ग्रामीण रोजगार कार्यक्रम
NSG	:	Nuclear Suppliers Group
एनएसजी	:	परमाणु आपूर्तिकर्ता समूह
OBC	:	Other Backward Class
ओबीसी	:	अन्य पिछड़ा वर्ग
PIL	:	Public Interest Litigation
पीआईएल	:	जनहित याचिका
POTA	:	Prevention of Terrorists Activities Act
पोटा	:	प्रीवेंशन ऑफ टेररिस्ट एक्टीविटिज एक्ट
RJD	:	Rastriya Janta Dal
राजद	:	राष्ट्रीय जनता दल
RLEGP	:	Rural Development and Poverty Alleviation
आरएलईजीपी	:	रूरल डिवेलपमेंट एंड पॉवर्टी एलिविएशन
SAARC	:	South Asian Association for Regional Cooperation
दक्षेस	:	दक्षिण एशियाई क्षेत्रीय सहयोग संगठन
SEATO	:	Southeast Asia Treaty Organization
सीएटो	:	दक्षिणपूर्व एशिया संधि संगठन
SGPC	:	Shiromani Gurudwara Prabandhak Committee
एसजीपीसी	:	शिरोमणि गुरुद्वारा प्रबंधक कमेटी
SHG	:	Self Help Group
एसएचजी	:	स्वयं सहायता समूह
SIMI	:	Students Islamic Movement of India
सिमी	:	स्टूडेंट्स इस्लामिक मूवमेंट ऑफ इंडिया
SLR	:	Statutory Liquidity Ratio
एसएलआर	:	सांविधिक तरलता अनुपात

SP	:	Samajwadi Party
सपा	:	समाजवादी पार्टी
TADA	:	Terrorist and Disruptive Activites (Prevention) Act
टाडा	:	विध्वंसात्मक गतिविधि निरोध अधिनियम
TRAI	:	Telecom Regulatory Authority of India
ट्राई	:	भारतीय दूरसंचार नियामक प्राधिकरण
UDHR	:	Universal Declaration of Human Rights
यूडीएचआर	:	मानवाधिकारों की सार्वभौमिक घोषणा
UNCED	:	United Nations Conference on Environment and Development
यूएनसीईडी	:	यूनाइटेड नेशंस कांफ्रेंस ऑन इनवायरनमेंट एंड डिवेलपमेंट
UNDP	:	United Nation Development Programme
यूएनडीपी	:	संयुक्त राष्ट्र विकास कार्यक्रम
UNEP	:	United Nation Environment Programme
यूएनईपी	:	संयुक्त राष्ट्र पर्यावरण कार्यक्रम
UPA	:	United Progressive Alliance
यूपीए	:	संयुक्त प्रगतिशील गठबंधन
VHP	:	Vishwa Hindu Parishad
विहिप	:	विश्व हिन्दू परिषद
WTO	:	World Trade Organisation
डब्ल्यूटीओ	:	विश्व व्यापार संगठन